D1749545

DER ZIRKUS DER NACHT

✺

VOOR HET ONBEKENDE
MEISJE OP HET
GROOTE TOERNOOI VAN
BRUGGE, 1975

✺

DER ZIRKUS DER NACHT

"Die Photographie": Asta & Johanne Nielsen, 1895,
Asta Nielsen: Die schweigende Muse, S. 67,
Kopenhagen 1945/46, Carl Hanser Verlag

Bibliografische Information der Deutschen Nationalbi-bliothek:
Die Deutsche Nationalbibliothek verzeichnet diese Publi-kation in der Deutschen Nationalbibliografie; detaillierte bibliografische Daten sind im Internet über http://dnb.dnb.de abrufbar.

© J. Hartmut Kohn, Rastede, 2008-2018 / *Edition Blanchegarde*

Umschlaggestaltung: BoD – Books on Demand, Norderstedt

Auflage 1 – ohne Lektorat und Verlagskorrektur
Auflage 2 – aktualisiert, ohne Lektorat und Verlagskorrektur

© 2018 Herstellung und Verlag: BoD – Books on Demand, Norderstedt.
ISBN: 9783752803938

MIX
Papier aus verantwortungsvollen Quellen
Paper from responsible sources
FSC® C105338

DER ZIRKUS DER NACHT

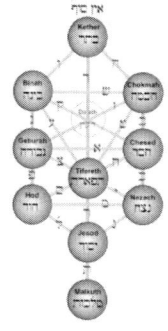

PROLOG

Ein ganz besonders provokatives Werk, zunächst privat gedruckt und dann in der Bibliothèque Nationale in Paris deponiert. In Le Serpent Rouge geht es um die Merowinger, die Ermordung von Dagobert II, eine verborgene Königsrasse, den Rosenkreuzer-Symbolismus, Astrologie und Maria Magdalena. Auf dem Umschlag stehen die Namen der Autoren: Louis Saint-Maxent, Gaston de Koker und Pierre Feugere.

Zwei Tage, nachdem dieses kleine Buch erschien, untersuchte die Pariser Polizei drei Fälle von erhängten Männern, bei denen die Umstände sowohl auf Selbstmord als auch auf Mord schließen ließen. Die Opfer hießen, natürlich, Louis Saint-Maxent, Gaston de Koker und Pierre Feugere.

Robert Anton Wilson: Das Lexikon der Verschwörungstheorien, Frankfurt am Main, 2000 zu: Le Serpent Rouge, veröffentlicht in der Bibliothèque nationale de France im Jahr 1967

"4° 'Geheimer Meister', 6° 'Geheimer Sekretär', 16° 'Meister von Jerusalem', 25° 'Ritter der Ehernen Schlange' – Sehr undurchsichtig", sagte Stèin.

"Keineswegs." Marten schüttelte bedächtig den Kopf. "Das sind sehr verbreitete Freimaurer-Hochgrade nach schottischem Ritus."

"Ach so?"

Oldenburg, Samstag, 15. September 1984

<u>Oldenburg, Dienstag, 25. September 1984</u>

Da endlich hatte ich die wahre Bedeutung der *Steinernen Karte* erkannt. Die mäandernden Linien, die Punkte, die Abkürzungen. Sie stellten nicht das dichte Netz der Templerwege, Besitzungen und Komtureien des Ordens in Frankreich dar, sondern wiesen tatsächlich den Weg zum letzten der Zwölf Teile des *Großen Geheimnisses*, des *allumfassenden und geheimen Plans der Tempelritter*.

Dieser letzte, seit den Rosenkreuzern verloren geglaubte Teil der Karte zeigte Belgien, die *burgundischen Niederlande*, oder, wie es auf der Karte selbst vermerkt war, die *Grafschaft Flandern*.
Die Erkenntnis kommt zu spät. Wir haben alles verloren. Das Päckchen mit den Briefen und Namen der *Geheimen Oberen*, die Hinweise auf die Templer. Die *Steinerne Karte*. Und nicht zuletzt Jochen, Jochen Marburg, den wir *Echo* nannten, weil er für einige Monate ein – meiner Meinung nach – ebenso obskures wie psychedelisches Verhältnis zu der – meiner Meinung nach – ebenso obskuren wie psychedelischen Rockband *Echo & the Bunnymen* entwickelte, wobei es sich bei jenem *Echo*, dem Namensgeber der Band, eigentlich um einen Drum-Computer handelte. Ich glaube, das war im Sommer 1980. Echo, also Jochen, hingegen spielte seitdem E-Gitarre. Wenn ich sage *spielte*, dann weil ich nicht weiß, ob er es noch einmal tun wird. Er ist seit fünf Tagen spurlos verschwunden.
Die Nachricht, die er zurückgelassen hat, deutet freilich darauf hin, daß er noch am Leben ist. Oder dem Wahnsinn verfallen.
Ich suche Rosa, schrieb er auf einen kleinen Zettel. *Ich weiß nun, wo sie ist, und ich werde sie finden. Entweder kehre ich mit ihr zurück oder gar nicht.*
Ich hätte es wissen müssen, ich hätte ihn retten müssen. Seit dem Augenblick, an dem er diese verdammte Photographie in seinen Händen gehalten hatte, war er verändert. Damals hätte ich vielleicht noch etwas tun können, insistieren, versuchen, ihn zur Vernunft zu bringen. Möglicherweise mit Gewalt. Der Zweck heiligt bekanntlich die Mittel.
Nun ist er fort, verloren. Nach allem was in den letzten drei Wochen geschehen ist, habe ich wenig Hoffnung, daß er zurückkehrt.
Er wird Rosa nicht finden.
Die Photographie, deren Motiv – eine junge, dunkelhaarige Frau in der Schwesternuniform des Ersten Weltkrieges – er nachjagt, trug den Stempel der *Photographischen Anstalt Carl W. Gasthuber, München*, aus dem Jahr 1919. Darunter stand in schöner Mädchenhandschrift: *Frage in der Rue de la Manticore nach mir, in der Stadt unseres Glückes. Ich werde warten bis Johanni. Rosa. Mai 1919.*
Natürlich war mir und auch Echo klar, daß nicht er mit diesen Zeilen gemeint war. Und doch glaubte er, diese Frau gesehen zu haben, im Zirkus, dem *Zirkus der Nacht*, einem weiteren Hirngespinst, dem er in den letzten Tagen verfallen war. Ich habe diesen Zirkus nie gesehen.
Und wenn ich richtig nachrechne, so muß die Frau auf der Photographie weit über achtzig Jahre alt sein. Wenn sie überhaupt noch lebt.
Keine Frage, Echo hat sich auf den Weg zur *Chymischen Hochzeit* gemacht, die man ignorieren aber nicht leugnen kann. Wem dies kein Begriff ist, der lese das Büchlein des *Johann Valentin Andreae*, veröffentlicht 1616

zu Straßburg. Diese alchemistische Schrift schildert die Einweihungserlebnisse des *Christian Rosenkreutz*. Sie sind voller Allegorien auf die Templer, ihre Macht, ihre bevorstehende Rückkehr und den *Großen Plan*.

Er wird Rosa nicht finden.

Dafür werden SIE sorgen, denn SIE wollen nur die Karte. Und dann wird der zwölfte Bote sein Ziel erreicht haben...

Oh ja, es stimmt, ich hatte mich geweigert, an die Existenz okkulter Bünde zu glauben. Ich hatte gedacht, nach unserem ersten Treffen aussteigen zu können aus einer Geschichte, die so unglaubwürdig klang, daß ich keine Zeit darauf verschwenden wollte. Doch es war eine Geschichte, die niemanden, der auch nur von ihr gehört hat, aus ihren Klauen läßt.

Der alte Marten, in dessen Buchladen ich einige Zeit arbeitete, wußte von Anfang an, daß okkultes Wissen in den Geheimgesellschaften gehortet wird. Wenn man ihm glauben kann, dann sind sie die Verbindung der Templer zur *profanen* Welt. Ihre Aufgabe ist es, die Suche, mit der *Johann Valentin Andreae* vor fast dreihundert Jahren begonnen hat, fortzuführen. Die Suche nach dem zwölften Teil der *Steinernen Karte*, die das *Große Geheimnis*, den *Großen Plan des Tempelritterordens*, komplett macht und auflöst. An diesem Tag, wenn die Karte in ihre Hände fällt, kommt sie zurück – um Rache zu nehmen für den Verrat des Papstes, die Geldgier des Königs, für ihre Vernichtung: die *Arme Ritterschaft Christi und des salomonischen Tempels zu Jerusalem*.

Ich habe seine Warnungen als Spinnerei abgetan, als Historienmärchen, das in unserer heutigen Zeit keinen Platz hat.

Ich habe mich geirrt. Ich, nicht er.

Die Geheimbünde haben längst die Witterung aufgenommen, die Logen sind auf der Spur der *Steinernen Karte*.

Marten wußte um die Gefahr. Aber er hat sie einfach ignoriert. Vom ersten Augenblick an, da er von dem Päckchen mit der Karte, das Echo gefunden hatte, erfuhr, war er besessen von dem Gedanken, er könne den Templern ihren Teil am *Großen Geheimnis* streitig machen. Ein unsinniges Unterfangen, denn SIE sind überall.

Ich habe die ganze Nacht wachgelegen. Bei jedem noch so geringen Geräusch glaubte ich, SIE vor der Tür zu wissen. Wer SIE wirklich sind, kann ich nur vermuten. SIE waren schon in Frankreich hinter dem Päckchen her und sind seiner Spur bis zu uns nach Oldenburg gefolgt. Die Templer, die Logen, die Mafia selbst – sie alle suchen den zwölften Teil des Geheimnisses, sie alle sind gleichermaßen gefährlich.

Ich besitze die *Steinerne Karte* nicht, das nicht. Ich habe sie nur ein paarmal in der Hand gehalten. Ich habe sie gesehen, und das genügt wohl. Ich glaube, Echo hat sie mitgenommen. Oder sie wurde ihm abgenommen. Einerlei. SIE werden mir nicht glauben. SIE dulden keine Mitwisser.

Ich werde die Nachricht, die Echo zurückgelassen hat, den beiden Beamten übergeben, die seit Tagen nach ihm fragen. Mehr kann ich nicht tun. Sie geben vor, seine Spur verloren zu haben.

Stümper.

Aber wer weiß schon, ob sie überhaupt Polizisten sind? *Der Kraken hat seine Arme überall*, heißt es in den Berichten über die Mafia.

1. DER NARR

> *"Garçon, si ton destin exige une victoire,*
> *N'oublie jamais ce nom: Camerone".*
> Camerone, Jean-Pax Mefret, 1981, Collection Combat

> *"Zum Ende des Dienstes in der Fremdenlegion schließlich führt der Weg den Legionär ein letztes Mal in das 1er R.E. (Erste Fremdenregiment), um administrativ die Rückkehr ins Zivilleben vorzubereiten."*
> Entnommen: www.lalegion.de, eine *"Internetseite über die Französische Fremdenlegion"*, 1999

1. AUBAGNE, FRANKREICH, FREITAG, 24. AUGUST 1984

Jossele, kleiner Jossele. Worte, die so vertraut waren wie die Stimme, die zu ihnen gehörte. Und obwohl sie ihm im Kopf rumgeisterten seit er ein kleiner Junge war, mal mehr, mal weniger, konnte er beides doch keiner Begebenheit in seinem Leben zuordnen. Capitaine Jacques Morand wischte die Gedanken ein weiteres Mal mit einem Kopfschütteln fort. Er stand auf, strich sich automatisch glättend über die Uniform und ging zum Fenster. Ein ungeduldiger Blick auf die Armbanduhr. Sein Termin beim *Patron* war um zehn, nun war es drei Minuten nach. Der Colonel ließ ihn warten! Das wäre bei Leclercque, seinem Vorgänger, nicht passiert. Doch der war nun, wie man sich erzählte, in Paris. Wieder schweiften seine Gedanken ab. Dort unten auf dem breiten Paradeplatz stand das Ehrenmal der Legion, das *Monument Aux Morts*, verlassen in der Morgensonne. In Gedanken sah er sich dort noch stehen, am 30. April, dem Jahrestag der Schlacht von *Camerone*, der an jedem Standort der Welt, von jeder Einheit der Fremdenlegion gefeiert wird. *Camerone*, das ist für die Legion Sinnbild für Durchhaltewillen und Gehorsam – und zugleich ihr höchster Feiertag. Besonders natürlich hier, im *Maison Mère*, dem Mutterhaus der Legion in Aubagne, einige Kilometer östlich von Marseille. Morand, und das betrachtete er als die höchste Auszeichnung seiner Laufbahn, hatte als Offizier der ersten Compagnie dort unten vor allen Besuchern und angetretenen Legionären während der Zeremonie die üblichen Passagen aus der Geschichte der Schlacht vorgelesen. Eine Tradition und in der Tat eine Ehre, die im Rahmen der Feierlichkeiten nur verdienten Offizieren zuteil wurde.

Und jetzt? Jetzt war es vorbei, seine Dienstzeit, sein Leben – was für ihn im Augenblick das Gleiche war. Das schwarze Loch, in das er fallen würde, lag unüberwindbar und drohend vor ihm. Die feierliche Entlassung nach fast vierzig Dienstjahren. Was konnte schon sein, jenseits der Legion? Eine Antwort darauf hatte Morand in den letzten Jahren nicht gefunden, und das würde vermutlich auch so bleiben. Die Legion entließ ihn so feierlich, wie sie nur konnte: Auskleidung, Verabschiedung durch den Regimentskommandeur, ein letztes Gespräch mit dem Chef der Aufklärung, Überreichung des Veteranen-Abzeichens und dann raus aus der Kaserne. Er haßte den Gedanken, doch der Zeitpunkt war nun fast gekommen.

Die Tür des kleinen Vorzimmers öffnete sich, Colonel Pétain, der Kommandeur des *Ersten Fremdenregiments*, das seit je her hier in Aubagne beheimatet war, trat heraus, lächelte, als Morand sich zu ihm umwandte, und machte eine einladende Geste. Morand folgte ihr. Beide Männer waren in etwa gleich groß, sie trugen ihre Uniform mit Stolz, waren durchtrainiert, und ihr kurzgeschorenes, graumeliertes Haar ließ sie trotz des Altersunterschiedes von nahezu zwanzig Jahren, durchaus ähnlich aussehen. Morands Blick fiel im Vorbeigehen auf den Adjutanten hinter dem Vorzimmerschreibtisch. Für einen Augenblick beneidete er den jungen Soldaten um alles, was noch vor ihm lag.

Pétain setzte sich und bot Morand eine Zigarre an. Kopfschütteln. Nein, Zigarren waren nichts für ihn.

Mit einer lässigen Handbewegung schloß der Colonel die Zigarrendose und stellte sie wieder auf seinen Schreibtisch. "Nun Capitaine, keine zwei Wochen mehr, dann sind Sie frei." Was als Scherz gemeint war, löste bei Morand nur ein widerwilliges Lächeln aus. Er hatte geahnt, daß diese Mischung aus steifer Gutmütigkeit und Schadenfreude, die vor ihm saß, eine weitere Bewährungsprobe in seiner zu Ende gehenden Dienstzeit werden würde. Nein, er würde sich alles andere als frei fühlen. Morand sah seinen Vorgesetzten abwartend an. Pétain aber empfand gar keine Schadenfreude. Es war nicht sein erstes Gespräch dieser Art. Nur die Jungen waren froh, wenn sie ihre fünf oder zehn Jahre Legion hinter sich hatten. Mit Morand war das etwas anderes, er hatte fast vierzig Jahre gedient und war vor 15 Jahren zum Offizier befördert worden. Eine Besonderheit für einen Ausländer, da die Offizierslaufbahn in der Regel nur Franzosen vorbehalten war. "Was haben Sie jetzt vor?" fragte der Colonel und griff mit einem schmalen Lächeln nach Morands Stammakte. "Werden Sie fortgehen aus Frankreich?"

"Keine Ahnung." Der Capitaine zuckte mit den Schultern und dachte an seine Wohnung in Marseille, die er vor einigen Monaten, nach dem Einsatz im Tschad, und nachdem ihm endgültig klargeworden war, daß er den Rest seiner Dienstzeit hier in der Stammeinheit verbringen würde, gemietet hatte. Dann plötzlich wurde ihm bewußt, daß er sehr wohl einen Plan hatte, eine vage Idee, die sich im Laufe der letzten Monate immer mehr zu verfestigen schien. "Ich werde mich auf die Suche nach meinen Eltern machen", sagte er schließlich mit rauher Stimme. "Sie leben nicht mehr, da bin ich mir sicher. Aber irgendeinen Hinweis wird es ja wohl noch geben..."

"Die Morands..." murmelte Pétain und sah in die Akte. "Moerkerke", fragte er schließlich. "Wo ist das?"

Einen Augenblick mußte der Capitaine überlegen, denn das *Elternhaus* hatte er nicht gemeint. "Belgien", erklärte er sodann. "Ein kleiner Ort in der Nähe der Küste. Aber..."

"Ach ja, Sie sind ja Belgier!"

Morand schnaubte. "Nein", sagte er tonlos. Das hatte er auch einmal gedacht. "Ich bin Deutscher. Meine Eltern waren jedenfalls Deutsche..." Er überlegte einen Augenblick. Das, was er vorhatte, war keineswegs einfach. Er hatte lange darüber nachgedacht und war zu der Einsicht gelangt, daß sein Vorhaben, sich auf die Suche nach seiner Vergangenheit zu machen, nicht ohne die Hilfe der Legion zu bewerkstelligen war. Ob es ein Grabstein war oder irgendein sonstiger Hinweis auf seinen Vater, seine Mutter oder deren Familie. Er nahm an, daß keiner von ihnen das Dritte Reich überlebt hatte. Und die Legion verfügte über einen eigenen Geheimdienst, das *Deuxième Bureau*, das offiziell zwar in den französischen Auslandsnachrichtendienst eingegliedert worden war, zu dem der Colonel aber sicher noch Kontakt haben dürfte... "Ich brauche Ihre Hilfe", sagte er zu Pétain gewandt.

Der Colonel reagierte nicht sofort. Scheinbar regungslos überflog er die folgenden Seiten von Morands Stammakte, bis zu jener verblichenen Kopie, die seltsamerweise einen Stempel mit deutschem Reichsadler aufwies. Er machte ein Fragezeichen daneben. Es stimmte also offenbar, Morand war tatsächlich Deutscher. Er legte die Akte vor sich auf den Tisch. *Na und wenn schon*, dachte er. Die Deutschen stellten seit je her den größten Teil der Fremdenlegionäre. Pétain lächelte gezwungen und rief sich Morands letzte Worte wieder ins Gedächtnis. "Hilfe?" fragte er. "Wobei?"

"Bei der Suche nach meinen Eltern."

"Die Adresse in Belgien?" fragte Pétain, krauste die Stirn und warf einen Blick auf die Akte. Im selben Moment wurde ihm klar, daß Morand nicht *Moerkerke* meinte.

11

Bevor Morand etwas antworten konnte, klingelte das Telefon. Der Colonel machte eine entschuldigende Geste und nahm ab. "Was ist?" Er lauschte einige Sekunden in den Hörer. "Das *Deuxième Bureau*?" fragte er überrascht. Dann, mit einem Seitenblick auf den Capitaine, fügte er hinzu: "Nein, nicht hier", sagte er knapp, "ich komme rüber..." Mit einem Seufzer stand Pétain auf, bedeutete Morand zu warten und verließ das Büro. Als die Tür ins Schloß fiel, beugte sich Morand vor und griff über den Tisch nach seiner Stammakte. Er blätterte sie nur kurz durch, ohne zu wissen, weshalb. Vielleicht war es Pétains Notiz, die ihn neugierig gemacht hatten, vielleicht auch nur der Drang zu lesen, was die Legion über ihn wußte.

Einsatzbefehle, Lehrgangszeugnisse, Beurteilungen – auf den ersten Blick nur gute – machten den Großteil der Unterlagen aus. Dann stieß er auf eine abgegriffene, blasse Seite, auf der ein deutscher Reichsadler prangte, eine Geburtsurkunde, seine Geburtsurkunde, die Geburtsurkunde, die ihn vor fünfundvierzig Jahren dazu getrieben hatte, von zu Hause fortzulaufen. Dahinter noch ein Dokument, ebenfalls auf deutsch, und ein Brief. Er las seinen Vornamen, zugegeben, Jacques war kein seltener Name, aber es war zweifelsfrei seiner. Die Legion wußte Bescheid. Er hatte es nie erwähnt, also hatten sie Erkundigungen eingezogen über ihn. Er zuckte mit den Schultern und blätterte weiter. *Lieber Claes*, las er, *bitte nimm dich in tiefster Christenpflicht dieses Kindes an...* Claes, so hieß sein Vater. Sein Adoptivvater. Morand zögerte, blätterte zurück zur Geburtsurkunde. Sein Deutsch war gut genug um das Wichtigste entziffern zu können. Seine Mutter, so stand es in dem entsprechenden Feld, war Rosa Kerschenstein. Das wußte er, denn er kannte diese Urkunde, und sah plötzlich wieder das Wohnzimmer des kleinen Bauernhauses vor seinen Augen, den schweren Eichenschrank, in dessen Schubladen er eines Tages diese Urkunde gefunden hatte. Dreiundvierzig Jahre war das nun her. Der Vater, so stand es dort, war unbekannt...

Er hatte keine Zeit mehr, weiterzulesen, vor der Tür ertönte Pétains Stimme und Morand schob die Akte wieder zurück. Als der Colonel eintrat, wandte Morand sich um und fragte geistesgegenwärtig: "Etwas Dringendes?"

"Natürlich", erwiderte Pétain knapp und warf einen Blick auf seinen Schreibtisch. Morand war klar, daß die Akte nicht exakt an der Stelle lag, von wo er sie aufgenommen hatte, doch der Colonel setzte sich, ohne eine Bemerkung darüber zu verlieren. Und schließlich war es ja auch *seine* Akte. "Das *Deuxième Bureau*", sagte Pétain statt dessen. "Wenn die Geheimniskrämer uns nicht mindestens einmal am Tag belästigen können, sind sie nicht zufrieden..." Er klappte mit einer raschen Bewegung die Akte zu, legte die Fingerspitzen zusammen und lehnte sich in seinem Sessel zurück. Die Luft war drückend, schon um diese Zeit, der Ventilator an der Decke rotierte leise summend, ansonsten war es still im Büro des Colonels. Morand versuchte sich einzureden, daß es mittlerweile und nachdem er über vierzig

Jahre nicht mehr mit seinen Eltern – *mit den Morands* – gesprochen hatte, völlig gleichgültig war, von wem er abstammte. Wozu brauchte er jetzt noch Wurzeln? Vergeblich.

Der Colonel wandte den Blick von Morand zum Fenster. Plötzlich schien er sich an den eigentlichen Grund dieses Gesprächs zu erinnern. "Capitaine", begann er und lenkte seinen Blick wieder auf sein Gegenüber. "Sie haben eine beachtliche Dienstzeit hinter sich. Ihrer Akte kann ich nichts wirklich Negatives über Sie entnehmen. Nicht zuletzt deshalb bedaure ich es, daß Sie das Regiment – daß Sie die Legion – nun bald..."

"Ich brauche Ihre Hilfe", unterbrach ihn Morand. "Ich möchte noch einen Blick in meine Akte werfen". Er ertrug dieses Standardgewäsch nicht. *Nichts wirklich Negatives* bedeutete, daß seine gelegentlichen Eigenmächtigkeiten und Auseinandersetzungen mit Vorgesetzten in der Vergangenheit Eingang in diese Mappe gefunden hatten. Natürlich hatten sie das. Aber das interessierte ihn nun nicht mehr, das war vorbei. Jetzt wollte er wissen, ob die Legion ihm helfen konnte. Ein letztes Mal. *Vater unbekannt*, das hatte er ein Leben lang mit sich herumgetragen. Irgendwo aber mußte es doch einen Hinweis geben!

"Es tut mir leid, Morand", erwiderte Pétain ein wenig verärgert darüber, in seinem Standardmonolog unterbrochen worden zu sein. "Derlei Unterlagen sind nicht für den Legionär bestimmt. Sie enthalten zum Teil Geheimnisse und sind nur für den Dienstgebrauch..."

"*Ich bin kein Legionär, ich bin Offizier!*" fuhr Morand seinen Vorgesetzten an. Er war aufgestanden, hatte sich vorgebeugt und war drauf und dran, sich die Akte zu nehmen. Pétain sah ihn nur scharf an, blieb aber unbewegt auf seinem Sessel sitzen. "Sie werden bald sehr viel Zeit haben", erwiderte Pétain betont ruhig. "Zeit, um nachzudenken, wie Sie Ihre Karriere hätten gestalten können, wenn Sie nicht so häufig Ihrer Unbedachtheit nachgegeben hätten. Dienen heißt Disziplin, das gilt für uns alle." Er seufzte und versuchte es mit einem versöhnlichen Lächeln. "Im Augenblick sind Sie noch Angehöriger der Legion. Wie Sie wissen sollten, bedeutet das absolute Gehorsamspflicht. Auch als Offizier. In diese Akte kann ich Ihnen keinen Einblick gewähren."

Morand setzte sich. "Finden Sie etwas über meine Eltern heraus", sagte er ruhig. Er versuchte, es wie eine Bitte klingen zu lassen, was vermutlich mißlang.

"Ihre Eltern?" Pétain hob die Augenbrauen.

"Ja." Morand wies auf seine Stammakte. "Da drin ist ein Hinweis auf meine Mutter. Was ist aus ihr geworden? Lebt sie noch? Wenn nicht, wo ist sie abgeblieben? Irgend etwas in der Richtung. Das *Deuxième Bureau* ist gewöhnlich recht gut darin, derartige Dinge herauszufinden. Helfen Sie mir, dann sind Sie mich los..."

Pétain verdrehte die Augen. Natürlich hatte der Capitaine die Gelegenheit genutzt und einen Blick in seine Akte geworfen! Warum hatte er sie auch liegenlassen? "Hören Sie", begann er unschlüssig. "Ich habe keinen..."
...*Einfluß auf das Deuxième Bureau*, wollte er sagen. Doch Morand unterbrach ihn: "In zwei Wochen ist es aus", brummte er, "Dann bin ich ein Niemand, kein Offizier mehr, kein Nichts. Ich will wissen, woher ich komme, das ist alles. Helfen Sie mir. Mehr will ich ja nicht..."

Pétain nahm die Akte vom Tisch und blätterte sie ein weiteres Mal durch, doch sie enthielt keinen weiteren Hinweis auf die Frau in der Geburtsurkunde. *Rosa Kerschenstein*, das klang jüdisch, dachte er. Einen Augenblick lang sah er den Capitaine nachdenklich an. Dann nahm er ein Blatt Papier aus einer der Schreibtischschubladen, notierte einen Namen und eine Telefonnummer darauf und reichte es Morand. "Ich kann nichts für Sie tun", sagte er leise. "Eine offizielle Anfrage hätte keinen Zweck, das *Bureau* akzeptiert derartige Ersuchen nicht. Erst recht nicht, da Ihre Akte seit einiger Zeit als geheim eingestuft ist." Morand wollte etwas sagen, doch der Colonel hob die Hand und fuhr fort: "Ich habe Ihnen die Nummer meines Vorgängers aufgeschrieben, Colonel Leclercque. Vielleicht kennen Sie ihn noch? Er ist als Verbindungsoffizier nach Paris versetzt worden. Rufen Sie ihn an. Vielleicht kann er Ihnen helfen, unter der Hand gewissermaßen..."

Morand verzog den Mund und stand auf. Eine freundliche Absage nannte man das wohl. Nun gut, dann war er eben auf sich gestellt. In den letzten Tagen würde er nicht mehr in Frage stellen, was er in drei oder vier Jahrzehnten mehr oder weniger erfolgreich verinnerlicht hatte. Er nickte, wandte sich um und ging zur Tür. "Capitaine Morand", sagte er rhetorisch, drehte sich noch einmal um und führte flüchtig die Hand zur Stirn, "ich melde mich ab!"

Pétain ließ ihn gehen. Er war unzufrieden mit sich und dem Gespräch. Das war unprofessionell, das konnte er besser. Ihm war klar, daß Morand vielleicht mehr hätte erwarten können. Schließlich ging es nicht um militärische Geheimnisse. Aber die Papiere unterlagen tatsächlich einer strengen Geheimhaltungsstufe, und damit alles, was mit ihnen zusammenhing. Also hatte er richtig gehandelt.

Mißmutig und unzufrieden betrachtete er die alten Dokumente, seufzte und klappte alles wieder zu. Paris dachte sich alle Augenblicke etwas Neues aus, um die Truppe zu nerven. Die Stammakte eines altgedienten Offiziers auf den Index zu setzen – das allerdings war wirklich neu. Pétain steckte die Mappe in einen Umschlag, verschloß ihn, verließ sein Büro und gab sie seinem Adjutanten. "Geben Sie gut darauf acht", sagte er mit spöttischem Unterton. "Das *Deuxième Bureau* holt die Akte noch heute nachmittag raus..."

Der junge Adjutant nickte. "Oui, mon Colonel."

> *C'est une leçon par la suite.*
> *Quand ILS se reproduiront,*
> *Car ILS ne sont pas à ses derniers masques,*
> *Congédiez-les brusquement,*
> *Et surtout n'allez pas les chercher dans les grottes,*
> *Mais chercher ma tombe telle que j'ai chercha ça:*
> *La tombe de la croix et des roses.*
> Rosa, Rue de la Manticore, Bruges, May 1919

2. MARSEILLE, FRANKREICH, SAMSTAG, 25. AUGUST 1984

Leclercque setzte sich mühsam auf das dunkle Ledersofa und legte den Telefonhörer auf. Schmerzen zogen durch seinen Rücken, ruiniert für die Legion in Indochina, im Kongo und Gott weiß wo. Daran hatten auch die letzten Monate hinterm Schreibtisch im Hauptquartier der *Direction Générale de la Sécurité Extérieure* nichts mehr geändert. Den Posten als Verbindungsoffizier beim französischen Auslandsnachrichtendienst hatte er Ende Februar bekommen, überraschend schnell, und so dankbar er zunächst gewesen war, nach Élises Tod aus Marseille fortzukommen, so abgeschoben fühlte er sich bereits nach wenigen Wochen. Überflüssige Besprechungen, Telefonate und sinnloser Schreibkram – über Langeweile hatte er sich in Paris nicht beklagen können, aber sinnvoll erschien ihm die Arbeit beileibe nicht. Und mal ehrlich: Stabsoffiziere, die nie einen Einsatz geleitet hatten, Attachés, Minister, Präfekten – nein, das war nie seine Welt gewesen. Tatsächlich war er hier nach all den Jahren, die er als Kommandeur des *Ersten Fremdenregiments* in Aubagne gedient hatte, in eine Sinnkrise geraten, die der nach dem Tod seiner Frau in nichts nachstand. Auch die Beförderung zum Colonel hatte daran nichts geändert. Er vermißte die Legion, vermißte sein Fremdenregiment, vermißte Marseille. Paris minderte die Trauer um seine Frau nicht im geringsten. Vielleicht besaß er deswegen noch die kleine Wohnung, die er zusammen mit Élise in der Nähe des Marseiller Hafens und nur eine halbe Stunde von der Kaserne in Aubagne entfernt, gekauft hatte. Hier wollten sie die gemeinsame Zeit nachholen, die ihnen die Legion nur allzuselten gelassen hatte.

Manchmal, wenn er nachts wach lag, fragte er sich, warum das *Commandement* ihn so plötzlich versetzt hatte. Abgeschoben, war dann seine bevorzugte Wortwahl, oder ausrangiert. Natürlich war die Begründung gewesen, daß seine langjährigen Leistungen durch den Posten in Paris gewürdigt und gekrönt werden sollten.

Unfug. Er ahnte, daß es nur Phrasen waren. Zugegeben, er hatte sich verändert, damals, als ihm klargeworden war, daß Élise die nächsten Wochen im Krankenhaus nicht überleben würde, er hatte Urlaub gebraucht, Zeit, um mit sich und der Situation fertig zu werden, Zeit, die sie ihm gegeben hatten. Dann eine kurze Notiz, die Einberufung in das *Commandement de la Légion Etrangère*, den Legionsstab, wo ihm ganz kameradschaftlich das Angebot gemacht wurde, die letzten Monate bis zu seinem Ausscheiden als Verbindungsoffizier nach Paris zu gehen. Ein Angebot von dem er ahnte, daß es keines war – die Vorschläge der Legion waren in der Regel Befehle. Leclercque nahm an. Nicht zuletzt, weil die nach Élises Tod verwaiste und nunmehr triste Wohnung in Marseille ihn dazu drängte. Verkaufen hatte er das Appartement mit dem wunderbaren Blick auf den Yachthafen und den unzähligen Erinnerungen aber ebenfalls nicht. Und das war gut gewesen, denn er bereute es längst fortgegangen zu sein. So oft es ging, fuhr Leclercque zurück nach Marseille, weil er es in Paris nicht aushielt.

Die Wochen vergingen in einem Gefühl von Auflösung, stets auf der Flucht, und doch gewiß, nie anzukommen. Élise war tot und nichts würde sie ihm zurückbringen. Als Leclercque sich zu fragen begann, wie er die Einsätze der letzten dreißig Jahre gemeistert hatte, erfolgreich und mit geringem Blutzoll der ihm anvertrauten Männer, stets als Soldat und Offizier aus Überzeugung, als er sich zu fragen begann, wieso diese Kaltblütigkeit jetzt nicht mehr funktionierte und wie lange er diesen Gecken in Paris noch etwas vormachen wollte – gerade da kam der Anruf, Morands Anruf.

"Ich brauche Ihre Hilfe, mon Colonel." Der Mann mit der rauhen Stimme war unmittelbar zur Sache gekommen, nachdem Leclercque sich gemeldet hatte. *Hilfe...* Es dauerte einen Augenblick, bis er die Stimme einem Gesicht und das Gesicht einem Namen zuordnen konnte. Er seufzte. "Lassen Sie die Förmlichkeiten, Morand. Ich gehöre nicht mehr zur Truppe. Wie sollte ich Ihnen jetzt noch helfen können?" Leclercque wunderte sich ein wenig über seine Schroffheit. Klang da etwa Verbitterung durch? Sollte er sich nicht freuen, etwas von *seinem Regiment* zu hören? Von *seinen Leuten*? Er dachte nach. Jacques Morand war etwa ein Jahr zuvor zum *Ersten Fremdenregiment* nach Aubagne versetzt worden, und es war absehbar, daß es für ihn die letzte Station in seiner Karriere sein würde. Nach fast vierzig Dienstjahren mußte der Capitaine nun kurz vor seiner *feierlichen Entlassung* stehen. Leclercque erinnerte sich an Apelle, Briefings, ein kurzes Gespräch anläßlich seiner Verabschiedung, bei denen er Morand begegnet war, einem stämmigen, nicht allzugroßen Mann, vielleicht einen Meter siebzig, und wenn seine Augen einmal Milde und Lebensfreude ausgedrückt hatten, so mußten diese Eigenschaften im Verlauf seines Legionärsdaseins verlorengegangen sein. Übriggeblieben waren ein wacher, stets irgendwie melancholischer Blick und zahlreiche Narben in einem einstmals sicher attraktiven Gesicht.

Als Morand nichts entgegnete, sah er sich gezwungen, nachzufragen: "Worum geht es denn?"

Es dauerte ein paar weitere Sekunden, bis der Capitaine sich regte. Ein Räuspern, dann begann er zu erzählen, langsam, präzise, in ruhigen Worten, von seiner Absicht, mehr über seine Vergangenheit zu erfahren, jetzt endlich, nach all der Zeit. Über seine wirkliche Abstammung, die er jahrzehntelang verdrängt und doch stets mit sich herumgetragen hatte, von seinem Abschied und der Leere, die damit einhergehen würde. Er erzählte von seinem Gespräch mit Colonel Pétain und davon, daß seine eigene Stammakte als geheim eingestuft worden war.

"Wenn Pétain Ihnen nicht helfen kann, dann kann ich es erst recht nicht", erklärte Leclercque, doch es klang eher wie eine Vermutung.

"Andersrum", brummte Morand. "Wenn Sie es nicht können, wer dann? Pétain fühlt sich an die Anweisungen des *Commandements* gebunden..."

"Ach, und Sie glauben, daß ich..."

"Ich brauche nur ein paar Hinweise, nichts Schlimmes, vielleicht ein paar Adressen. Was steht über meine Familie in den Akten. Lebt einer von ihnen noch, irgend sowas..."

"Warum sollte ich das tun?"

"Weil Sie mit Leib und Seele Offizier der Legion sind."

Einen Augenblick lang war Leclercque perplex, von der Antwort ebenso überrascht wie getroffen. Natürlich war Morand einer seiner Männer und das Maß an Loyalität gegenüber seinem neuen Arbeitgeber in Paris im gleichen Maße geschrumpft wie er sich zur Legion zurückwünschte. Aber was wußte schon der Capitaine davon?

"Sagt Ihnen der Name Kerschenstein etwas?" Morand hatte den Namen bisher nicht erwähnt. Warum dies einen Unterschied machen sollte, vermochte er nicht zu sagen. Er folgte nur seiner Intuition.

"Kerschenstein..." Leclercque zögerte. Eine Erinnerung, vage nur und durchzogen von zahlreichen anderen, machte sich in ihm breit. Er kannte den Namen, aber wieso konnte er ihn nicht zuordnen? Und wieso bekam er dennoch eine Gänsehaut, wenn er ihn hörte? "Ich werde sehen, was ich für Sie tun kann", hörte er sich plötzlich sagen. "Rufen Sie mich in ein paar Tagen wieder an..." Mechanisch legte er den Hörer auf, starrte vor sich hin, kopfschüttelnd. Er hatte plötzlich ein Bild von Élise vor Augen, unbeschwert und jung...

> "Nach deren Exempel soll auch die politische Ordnung in Europa von uns hergestellt werden, wenn dasjenige wird eingetreten und geschehen sein, das vorausgehen soll, und wenn unsere Posaune mit hellem Schall und großem Geschrei öffentlich erschallen wird."
> J. V. Andreae: *Confessio* Fraternitatis, 1614, Diederichs, 1984, P. 84

3. MARSEILLE, FRANKREICH, SAMSTAG, 25. AUGUST 1984

Die Mittagssonne schien durch die nur halb zugezogenen Vorhänge und machte aus der kleinen Wohnung beinahe einen Brutkasten. Der laue Wind, der vom Meer herüberwehte, vermochte dagegen nichts auszurichten. Durch das Fenster drangen die fernen Geräusche des Marseiller Hafens und mischten sich mit dem monotonen Ticken der Biedermeier Portaluhr – eine Gefühlsduselei, die seit Jahren auf dem Kaminsims stand. Leclercque sortierte unkonzentriert Kleider, Schuhe, Bücher, ohne wirklich zu wissen, was er mit Élises Sachen anfangen sollte. Der Anruf des Capitaines am Vormittag ging ihm nicht aus dem Sinn, und so hatte er sich darangemacht, das immer wieder aufgeschobene anzugehen. Zaghaft und unschlüssig begann er aufzuräumen, Élises Sachen auszusortieren und in Kartons zu verstauen.

Im nachhinein mußte er zugeben, daß ihm Morands Anruf sogar geschmeichelt hatte. Soldaten waren nur selten Poeten, aber wenn man zwischen den Zeilen lesen konnte, dann blitzte hier und da durchaus mal Anerkennung auf. Nun gut, er würde ihm helfen.

Während der folgenden tristen Stunden zwischen Kleiderkartons, Papieren und Stapeln noch zu sortierender Bücher, ging Leclercque in Gedanken die Liste der Männer im Legionsstab durch, die ihm vertrauenswürdig erschienen – und ihm noch einen Gefallen schuldeten. Zum Glück gab es davon einige.

Am sinnvollsten erschien es ihm, Raimond Girardeaux anzurufen. Er war Adjudant-Chef im Stab des *Deuxième Bureau*, einer Unterabteilung des Auslandsnachrichtendienstes innerhalb der Legion. Girardeaux, ein ruhiger Mittfünfziger mit kurzen, dunklen Haaren, einem anachronistisch wirkenden Oberlippenbärtchen und schmalen, müde wirkenden Augen, war mit Leclercque zusammen im Tschad und in Zaire gewesen, bevor sie beide im Abstand von wenigen Monaten von den Fallschirmjägern zum Ersten Fremdenregiment nach Aubagne wechselten. Girardeaux, der die Kommandoeinsätze nicht mehr ertrug, wußte, daß Leclercque dabei seine Hände im Spiel gehabt hatte und war ihm noch heute dankbar.

Sie verabredeten sich für den Abend des darauffolgenden Tages und trafen sich am Marseiller Yachthafen bei *Pierre*, Leclercques Lieblingsbistro. Nach kurzer, korsisch zurückhaltender Begrüßung – sie stammten beide von der Mittelmeerinsel – überreichte der Adjutant-Chef Leclercque betont unauffällig eine Kopie der Stammakte Morands.

"Was ist mit diesem Morand?" wollte der Colonel wissen. Er sah sein Gegenüber fragend an und legte die Akte auf den Tisch.

"Mit *Morand* ist nichts, mon Colonel", erwiderte Girardeaux und wies etwas nervös auf die Kopien. Daß sie auf dem Tisch lagen, schien ihm unangenehm zu sein. "Abgesehen davon, daß er manchmal etwas aufbrausend ist und in zehn Tagen entlassen wird."

"Gibt es einen Grund, daß Pétain ihm keine Akteneinsicht gewährt?"

"Das muß er doch gar nicht."

Leclercque sah den Adjutant-Chef fordernd an. "Girardeaux! Verkaufen Sie mich nicht für dumm." Dann zwinkerte er seinem Gegenüber zu. "Morand hat ihn danach gefragt. Offenbar hat er etwas in der Akte entdeckt, das er sich genauer ansehen will. Ist das schlimm?"

Der andere seufzte. "Der Colonel hat Anweisungen", sagte er schließlich gedämpft. "Ich weiß nicht, was an dieser Akte nicht stimmt, mir scheint überhaupt nichts Besonderes darinzustehen. Dennoch ist sie vor einigen Tagen ganz plötzlich als *très secret défense* eingestuft. Allein die Möglichkeit, daß Ihr Capitaine einen Blick hineingeworfen haben könnte, könnte Pétain in ziemliche Schwierigkeiten bringen."

"Na, er muß es ja niemandem sagen", entgegnete Leclercque lächelnd.

Girardeaux blieb ernst. "Nehmen Sie die Kopien mit und verlieren Sie zu niemandem ein Wort darüber. Wenn bekannt wird, daß es ein Duplikat gibt, dann bin ich geliefert…"

Leclercque, der die Mappe bereits aufgeschlagen hatte, nickte, klappte sie verstohlen wieder zu und ließ sie neben sich auf dem Stuhl verschwinden. "Die Akte ist das eine", sagte er und dachte an Morands Anruf. "Ich möchte, daß Sie noch etwas für mich herausfinden. Morand ist auf der Suche nach seinen Wurzeln, seiner Vergangenheit. Sie kennen das ja, eine Art Zivilkoller oder so. Er will unbedingt seine Eltern finden, die vor oder während des Krieges verschwunden sind."

"Lassen Sie mich raten – er meint nicht die Morands?"

"Er erwähnte den Namen Kerschenstein."

"Er hat die Akte gelesen?"

"Pétain hat ihn ein paar Minuten damit alleingelassen", erwiderte Leclercque mit einem schmalen Grinsen.

"Wie unvorsichtig." Girardeaux verdrehte die Augen. "In der Akte finden sich tatsächlich Hinweise auf eine Rosa und einen Jacob Kerschenstein", gab er schließlich zu. "Und ich vermute, daß dies der Grund für die Klassifizierung als *geheim* ist."

"Jacob Kerschenstein? Aber warum? Ist der Mann beim Mossad?" Leclercque sah den Adjutant-Chef mit hochgezogenen Augenbrauen an. Die

Einstufung als *très secret défense* war gewöhnlich militärischen Informationen vorbehalten.

"Beim Israelischen Geheimdienst? Glaube ich nicht. Der Mann ist neunzig." Girardeaux krauste nachdenklich die Stirn. "Andererseits wäre es eine durchaus plausible Erklärung..."

"Und er war ja nicht immer neunzig", fügte Leclercque hinzu.

"Nein..." Girardeaux verzog den Mund. "Ich kann das überprüfen", bot er an. "Zumindest kann ich es versuchen."

Leclercque nickte dankbar. "Ich muß wissen, was es mit dieser Geheimniskrämerei auf sich hat."

"Ich kann nichts versprechen", erwiderte der Adjutant-Chef. "Das *Deuxième Bureau* ist in dieser Angelegenheit nur Befehlsempfänger..."

"Was soll das heißen? Hat das *Ministerium* hat die Anweisung gegeben?"

"Ja."

"Wer?"

Girardeaux lächelte und zuckte mit den Schultern.

Macht nichts, dachte Leclercque. Das war im Augenblick auch nebensächlich. "Rosa Kerschenstein", sagte er statt dessen leise und versuchte, sein Gegenüber mit einem väterlichen Blick zu motivieren. "Versuchen Sie, auch über sie etwas herauszufinden. Morand ist einer von uns. Er hat vierzig Jahre seinen Kopf für Frankreich riskiert. Ich finde, jetzt könnte Frankreich etwas davon zurückgeben."

"Sie wissen, wie es ist, wenn man sich mit dem Staat anlegt?"

Leclercque nickte ohne den Blick von Girardeaux zu wenden.

"Also gut..." Der Adjutant-Chef sah seinen ehemaligen Vorgesetzten ergeben an. "Ich werde tun was ich kann."

Leclercque bedachte ihn mit einem wohlwollenden Blick. "Ich weiß, Girardeaux", entgegnete er leise. "Und ich danke Ihnen! Wenn ich etwas für Sie tun kann –"

"Non non, mon Colonel", erwiderte der Adjutant-Chef mit einem entschiedenen Kopfschütteln und stand auf. "Ich tue das gerne. Es ist mir ein Vergnügen, Ihnen behilflich sein zu können. Nur... in diesem Fall..." Er zögerte, dann fügte er knapp hinzu: "Ich kann Ihnen nichts versprechen."

"Ich weiß. Ich verlasse mich auf Sie."

"Geben Sie mir zwei Tage Zeit." Mit einem kurzen, gezwungenen Lächeln wandte er sich ab und war nach wenigen Augenblicken im geschäftigen Treiben auf dem *Quai de Rive Neuve*, der am alten Hafen entlangführte, verschwunden. Leclercque sah ihm nach. "Passen Sie auf sich auf", sagte er leise.

"Verdammt nochmal", entfuhr es Leclercque. Es war völlig unverständlich! Bis spät in die Nacht hinein hatte er an seinem geschwungenen, nur von

einer kleinen messingfarbenen Tischleuchte erhellten, Schreibtisch gesessen. Erst jetzt, als die Portaluhr Mitternacht schlug und die von See her wehende Brise die Wohnung soweit abgekühlt hatte, daß ihn sogar ein wenig fröstelte, legte Leclercque die Akte aus der Hand. Er seufzte, fuhr sich durch das kurze, seitliche Haar und streckte sich. In der Akte fand sich eine Heiratsurkunde, die besagte, daß eine geborene Rosa Liebkind die Frau von Jacob Kerschenstein war. Datiert auf neunzehnhundertachtzehn. Und eine Geburtsurkunde. Datiert auf neunzehnhundertneunzehn, beides nach seiner Meinung absolut kein Grund für irgendwelche Geheimhaltungsauflagen. Viel zu lange her. Und Girardeaux hatte recht. Der Rest der Papiere war ebenfalls unauffällig. Leclercque hatte in seinem Berufsleben zahllose Stammakten gesehen, erstellt oder bearbeitet und wußte, welche Informationen brisant waren und welche nicht. Diese waren es nicht. Sein Blick fiel auf zwei Zahlenkombinationen, vielleicht Aktenzeichen, die handschriftlich vermerkt auf der ersten Seite der Mappe standen. Er konnte sie nicht zuordnen und legte die Mappe kopfschüttelnd fort. Was versprach Morand sich davon, nach Menschen zu suchen, die er nie zuvor gesehen hatte? Würde er selbst es tun, wenn er seine Eltern nie kennengelernt hätte?

Kerschenstein...

Leclercque sah nachdenklich hinaus auf das Meer – oder auf den Punkt in der Dunkelheit, an dem der Leuchtturm auf der *Île du Planier* alle fünf Sekunden mit einem Lichtkegel das Fahrwasser markierte. Für einen Augenblick glaubte er, sich an den Namen zu erinnern.

Dann war der Augenblick vorbei.

"*Guten Abend Colonel!*" Die Begrüßung fiel gewohnt herzlich aus, zwei Küsse auf die Wange, ein vertrauliches Händeschütteln, dann geleitete Pierre Leclercque an seinen Lieblingsplatz unter dem Vordach der Terrasse. "Ah, Moment, ich habe etwas für Sie", sagte der Wirt noch bevor Leclercque sich setzen konnte. Er verschwand im Inneren des Bistros und kehrte keine Minute später wieder zurück, in der einen Hand ein Glas Pastis Orange, in der anderen einen Briefumschlag.

"Was ist das?"

"Das hat ein Herr gestern für Sie abgegeben", erwiderte Pierre. "Ich glaube, es war der, mit dem Sie vor ein paar Tagen hier waren..."

"Girardeaux", murmelte Leclercque und sah zur Uhr. Es war kurz vor sechs. Warum brachte er den Umschlag nicht gleich selber mit? Er nahm einen Schluck Pastis und öffnete den Umschlag. Ein mit Schreibmaschine beschriebenes Blatt kam zum Vorschein. Es enthielt eine Art Lebenslauf Kerschensteins, zusammengestellt vom *Deuxième Bureau*, das diesem Mann anscheinend eine besondere Bedeutung zumaß, eine Bedeutung, die sich Leclercque noch immer nicht erschloß. Girardeaux hatte das Papier offenbar nur kopiert. Leclercque sah sich um. Der Adjutant-Chef war noch nicht in Sichtweite. Also lehnte er sich zurück und las: Kerschenstein war im Januar 1895 in Oldenburg geboren worden. *Oldenburg* – das mußte irgendwo im Norden Deutschlands sein. Dann folgte eine Zusammenfassung des Lebenslaufes: aufgewachsen als Sohn jüdischer Eltern, während des Krieges als Freiwilliger an der Westfront, Kriegstrauung im Sommer 1918, die Armut im Nachkriegsdeutschland nie so richtig überwunden, 1939 deportiert nach Esterwegen, später registriert im KZ Buchenwald. Kurz vor Kriegsende nach Dachau transportiert, wo er fünfundvierzig befreit wurde. 1947 bis 1950 Zivilangestellter der Britischen Rheinarmee, Dienst in einer britischen *Denazification Unit*, der *Public Safety Special Branch,* unter Captain Graham Willard...

Graham Willard! Leclercque traute seinen Augen nicht. Aber ein Irrtum war ausgeschlossen. So viele Captains mit diesem Namen gab es nicht in der britischen Armee. Vor seinen Augen zeichnete sich das Bild eines smarten jungen Offiziers mit flachsblondem Haar, typisch britischem Oberlippenbärtchen und lachenden Augen, denen, soweit er sich erinnerte, keine Frau hatte widerstehen können. Kein Zweifel, er kannte diesen Willard, Graham, sie waren befreundet gewesen, damals, waren es noch lange danach gewesen, eine Freundschaft, die im Nachkriegsdeutschland begonnen hatte, als Leclercque und Willard in den Alliierten *Denazification Units* ihrer Sektoren tätig gewesen waren, und die später aus seltenen Besuchen und sporadischen Telefongesprächen bestanden hatte, bis... Leclercque dachte nach. Bis zu jenem Sommer, in dem ihre Freundschaft ein abruptes Ende nahm. Er verdrängte den Gedanken sofort wieder.

Im Grunde war es ohnehin völlig übertrieben, von Freundschaft zu sprechen. Aber in einem Leben, das kaum eine normale Beziehung, eine Ehe oder ein Familienleben zuließ, war selbst der sporadische Kontakt zu einem Menschen, den man mochte, schon ein intimer Bund. Und jetzt dämmerte ihm auch, in welchem Zusammenhang er den Namen Kerschenstein bereits gehört hatte – es war Graham, der damals immer wieder von einem Kerschenstein erzählt hatte, einem deutschen Juden, der sich durch das Aufspüren untergetauchter SS-Offiziere einen Namen gemacht hatte.

Leclercque betrachtete das Blatt ein wenig enttäuscht. Über Rosa war nichts vermerkt und Kerschensteins Vita endete neunzehnhundertfünfzig. Das war wenig, weniger als er vom *Deuxième Bureau* erwartet hatte. Aber vielleicht hatte Girardeaux heute noch mehr für ihn. Ein weiterer Blick zur Uhr, es war mittlerweile zwanzig nach sechs. Wo blieb der Mann?

Girardeaux kam nicht. Um sieben bestellte sich Leclercque zu seinem vierten Pastis, eine Bouillabaisse. Das hatte er ohnehin vorgehabt. Doch er genoß sie nicht, sondern schlang sie und die mitgelieferten Baguettestückchen nervös herunter, wobei er angestrengt darüber nachdachte, wie er an einem Freitagabend Kontakt zu dem Adjutant-Chef aufnehmen konnte, um herauszufinden, was geschehen sein mochte.

Eine halbe Stunde später war er wieder zu Hause, besorgte sich von der Telefonauskunft Girardeaux' Nummer und rief an. So einfach würde er sich nicht abspeisen lassen. Ein paar Zeilen und eine Adresse ohne jeden weiteren Kommentar, das war nicht die Arbeitsweise, die er von Girardeaux gewohnt war. Nach einer endlos scheinenden Zeit nahm jemand den Hörer ab. Ein paar weitere Sekunden vergingen, dann erklang eine Frauenstimme: "Ja?"

Leclercque nahm an, daß es sich um Frau Girardeaux handelte und fragte sie nach ihrem Mann. Sie protestierte nicht. "Ich dachte, er wäre bei Ihnen, Monsieur", antwortete sie. In ihrer Stimme klang Unsicherheit und Angst mit.

"Bei mir?" Leclercque bekam augenblicklich ein schlechtes Gewissen. Hatte er sich vielleicht in der Zeit vertan? Wartete der Adjutant-Chef am Ende gerade bei *Pierre*? "Ich war vor fast zwei Stunden mit Ihrem Mann am Hafen verabredet", erwiderte er vorsichtig. "Aber er ist nicht gekommen..."

"Nein, nein, nicht heute", korrigierte ihn Madame Girardeaux. "Er ist gestern abend zu Ihnen gefahren. Seitdem habe ich ihn nicht mehr gesehen..."

"Gestern abend?" wiederholte Leclercque überrascht. "Aber da war ich gar nicht in Marseille... Und seitdem ist er fort?"

"Ja..." Sie seufzte einmal. "Ich mache mir Sorgen, Monsieur le Colonel..."

Leclercque räusperte sich. "Er ist beim *Deuxième Bureau*", versuchte er die Frau zu beruhigen. "Der Job bringt es manchmal mit sich, unerwartet verreisen zu müssen."

"Er ist bisher nie fortgeblieben ohne mir etwas zu sagen..." antwortete sie tonlos. "Nie..."

Nein, vermutlich nicht, dachte Leclercque, der wußte, daß die Frau damals einer der Gründe für Girardeaux' Versetzungswunsch war. Eine düstere Ahnung beschlich ihn, daß etwas mit dem Adjutant-Chef nicht in Ordnung war, etwas das über die Vermutung, Girardeaux könnte wegen einer *Indiskretion* Ärger bekommen haben, weit hinausging. "Ich werde mich erkundigen", versprach er. "Ich werde mich erkundigen, und sobald ich etwas in Erfahrung gebracht habe, lasse ich es Sie wissen..." Leclercque machte Anstalten aufzulegen, überlegte es sich ganz plötzlich anders und fügte noch hinzu: "Machen Sie sich keine Sorgen!" Doch Madame Girardeaux hatte bereits eingehängt.

Nachdenklich und mit langsamem Nicken legte Leclercque den Hörer auf das Telefon. Geheim oder nicht, er mußte seine Kontakte spielen lassen...

Ohne das Adreßbuch zu Rate ziehen zu müssen, wählte er die Nummer des *Deuxième Bureau* in Aubagne. Vergeblich. Als nächstes versuchte er es in Paris, im Hauptquartier der *Direction Générale*. Die aber, die ihm seiner Meinung nach hätten Auskunft geben können, waren auch hier nicht mehr erreichbar. Leclercque hinterließ eine Nachricht, knallte den Hörer auf die Gabel und fluchte. Einige Minuten blieb er so sitzen, starrte regungslos in die Dämmerung, die allmählich von dem großen Wohnzimmer Besitz ergriff und überlegte, was er tun könnte. *Nichts* war seine Antwort. Nichts außer warten...

Plötzlich hatte er einen Gedanken vor Augen, eine Erinnerung, die sich nicht sofort wieder verflüchtigte, das Bild von einer Nachricht, handschriftlich, auf grauem Papier. Leclercque erhob sich mit einem unterdrückten Stöhnen, lief zum Wohnzimmer, sah sich unschlüssig um und begann, zunächst langsam, dann immer hektischer, in den Schubladen und Regalen der Schrankwand zu suchen. Irgendwo mußte es noch Briefe von Graham geben, uralt, aus den Fünfzigern wahrscheinlich, Élise hatte so etwas ja immer aufbewahrt, und in einem dieser Briefe stand tatsächlich etwas über eben diesen Kerschenstein, da war er sich ganz sicher. Leclercque suchte im Wohnzimmer, im Schlafzimmer und schließlich wieder im Wohnzimmer, und erst als er die kleine Zigarrenkiste in der Hand hielt, wußte er, daß er am Ziel war.

Er öffnete den Deckel, blätterte durch Briefe und Postkarten verschiedenster Herkunft und hielt schließlich den feldgrauen Umschlag in der Hand, von dem er wußte, daß er Willards Brief enthielt. Ein Lächeln flog über sein Gesicht, zufrieden, melancholisch, nachdenklich. Vermutlich war er dort an jenem Tag gelandet, an dem er und Élise ihre Sachen gepackt hatten, um nach Marseille zu ziehen. Vor nicht viel weniger als dreißig Jahren – Élise, die junge Frau eines jungen Offiziers und er, eben jener junge Offizier, der das Angebot angenommen hatte, als Leutnant der französischen Armee zur *Legion d' Etrangère* zu wechseln, nur für ein paar Jahre, nur der Karriere wegen. Aus den paar Jahren waren dreißig geworden.

Er starrte abwesend auf den Briefumschlag. Élises Tod war nicht überraschend gekommen, das ganz gewiß nicht. Die Diagnose auf Unterleibskrebs hatte Monate zurückgelegen und ihnen Zeit gegeben, sich neben aller verbleibenden Hoffnung auf das Unvermeidliche einzustellen. Dennoch hatte Élises Tod Leclercque aus der Bahn geworfen, hatte einen anderen Menschen aus ihm gemacht, verschlossener vielleicht, gereizter und zugleich dünnhäutiger.

Ein Jahr war vergangen, in dem er immer wieder versucht hatte, abzuwägen, ob er aufhören sollte, den Dienst quittieren, zugeben, daß er nie wieder zu seiner alten Form zurückkehren würde, oder ob die darauffolgende Einsamkeit nicht alles nur noch schlimmer machen würde. Élise war sein wahres Leben gewesen, hatte zu ihm gestanden, als er monatelang fort war, Kommandos oder Einsätze von denen er ihr oft genug nicht einmal hatte erzählen dürfen. Sie mußte zahlreiche Umzüge und seine Launen ertragen,

Einsamkeit und Traumata, die er nicht hatte ablegen können wie seine Uniform.

Deshalb, und nur deshalb, hatte er nicht lange gezögert, als das Angebot aus Paris kam.

Die Einsicht, daß er nicht vor sich selbst fliehen konnte, kam erst später mit der Erkenntnis, daß er sich in Paris noch einsamer fühlte als in Marseille. Und als er sich schließlich entschlossen hatte, Élises Sachen durchzugehen, um zu entscheiden, was er behalten wollte – behalten *mußte*, weil er es nie übers Herz bringen würde, sich von allzu persönlichen Dingen, Schmuck, Briefen, Büchern zu trennen – und was er Élises Schwester schicken konnte, weil der Anblick ihrer Kleider immer wieder die sinnlose Hoffnung hervorrief, sie sei nur kurz fortgegangen, da tat er auch dies unter Schmerzen, die er, der so viele Menschen im Kampf hatte sterben sehen, nicht für möglich gehalten hatte.

Er hatte sich Zeit gelassen, und es waren Wochen vergangen, bis er einigermaßen zuversichtlich war, daß er nicht nur die Trauer um Élise sondern auch seinen Job als Regimentskommandeur hinter sich lassen konnte.

Dann war Morands Anruf gekommen...

Leclercque seufzte und betrachtete den Umschlag, den er immer noch in der Hand hielt. Sein Blick blieb am Adressaten hängen und er zog die Augenbrauen hoch. Der Brief war nicht *von* sondern *an* Graham Willard gesandt. Seltsam, hatte er doch gedacht, daß Graham ihnen damals geschrieben hatte...

Aber nein, nein, es stimmte, er erinnerte sich vage an jenen Abend, an dem ein junger englischer Lance Corporal auf der französischen Kommandantur vorstellig geworden war, um ihm den Brief zu übergeben. Graham hatte ihm aufgetragen, alles, was im Stab nach seiner Abreise noch an privater Post eintrudelte, an Leclercques Adresse zu überbringen – und es hatte *einige* Fräuleins gegeben, die ihn vermißten. Nun ja, Abreise – Willard hatte ein neues Kommando bekommen, damals, er war zu den *Royal Engineers* nach Zypern versetzt worden, das im Begriff gewesen war, sich gegen die britische Kolonialherrschaft aufzulehnen. Ein ziemlich überraschendes Kommando, das er innerhalb von vierundzwanzig Stunden hatte antreten müssen.

Langsam zog Leclercque den Brief aus dem Umschlag und entfaltete ihn. Nur ein paar Zeilen in kleiner, hakeliger Schrift standen auf dem Papier:

Bad Oeynhausen, 18. Februar 1950

Nein Graham, ich habe ihn natürlich nicht getötet. Ich kenne den Mann ja gar nicht! Ich kann das mit dem Messer nicht erklären. Du kennst doch die deutsche Justiz –
Ich brauche Deine Hilfe, andernfalls kriege ich Merbach nie!
Bitte tue was Du kannst.

Jacob Kerschenstein

Ein recht kurzer Brief, dessen Bedeutung sich Leclercque dennoch nicht so ganz erschloß. Es handelte sich offensichtlich um eine Antwort, Willard wußte also Bescheid über Kerschensteins Probleme mit der deutschen Justiz. Ob er ihm hatte helfen können? Diesen Brief jedenfalls hatte er nicht bekommen. Zwischen Briefdatum und Poststempel lagen fast zwei Monate – ein Indiz dafür, daß der Brief zurückgehalten worden war. Willard war zu diesem Zeitpunkt ohnehin längst in Akrotiri gewesen, einem westlich von Limassol gelegenen, britischen Militärstützpunkt auf Zypern. Was dann passierte und warum der Brief bis heute in der kleinen Kiste verschwunden war, daran konnte er sich nicht erinnern. Hatte Élise ihn vielleicht sogar dort versteckt?

Wie auch immer, es gab nur einen, der ihm hier weiterhelfen konnte: Graham Willard. Aber Graham und er hatten sich – Leclercque mußte überlegen – zehn, nein, elf Jahre nicht mehr gesehen. Adresse und Telefonnummer befanden sich mittlerweile auf einem der hinteren Plätze in Leclercques Notizbuch – er hoffte, daß beides noch aktuell war...

> *Und sie führten Jesus zu dem Hohenpriester, dahin zusammengekommen waren alle Hohenpriester und Ältesten und Schriftgelehrten. Petrus aber folgte ihm nach von ferne bis hinein in des Hohenpriesters Palast; und er war da und saß bei den Knechten und wärmte sich bei dem Licht.*
> Markus, Kapitel 14 Vers 53, 54

4. MARSEILLE, FRANKREICH, MITTWOCH, 29. AUGUST 1984

Am nächsten Morgen nahm Leclercque kurzentschlossen den Hörer in die Hand und wählte die Nummer, die er in seinem Adreßbuch gefunden hatte, beginnend mit der Vorwahl für Warmingham, einem kleinen Ort südlich von Manchester, in den Willard vor vielen Jahren gezogen war. Einzig mit der Absicht, nach seiner Pensionierung dort Rosen zu züchten, wie er damals beteuert hatte. *Rosen! Willard!* Leclercque mußte lachen. Und noch während er lachte, drängte sich die Erinnerung an den Sommer in sein Bewußtsein, in dem er Willard das letzte Mal gesehen hatte, in dem er mit Élise, Willard und dessen Freundin, an deren Namen er sich nicht mehr erinnerte, im Mittelmeer segeln war. Und in dem sie gelacht und getrunken hatten, durch die Kneipen Marseilles gezogen waren und Pläne für das nächste Jahr gemacht hatten. Bis zum heutigen Tag war daraus nichts geworden, und dabei würde es auch bleiben; Élise war tot, Grahams Freundin verschwunden und er selbst hatte nach dem, was damals geschehen war, nie wieder das Bedürfnis gehabt, mit Graham zu sprechen.

Sollte er also nicht lieber auflegen?

Im selben Augenblick wurde das leise Tuten von der Stimme des Engländers unterbrochen, der sich in der bekannten, ruhigen und sonoren Weise meldete. Zu spät! Aber was sagte man nach über zehn Jahren? Wie führte man etwas fort, das es vielleicht gar nicht mehr gab, eine Freundschaft, die vor langen Jahren in die Brüche gegangen war? Leclercque versuchte es mit: "Was machen die Rosen?" Daß es etwas mißmutig klang, bemerkte er nicht.

Willard, der einige Sekunden brauchte, bis er verstanden hatte, wer ihn da anrief, erwiderte ebenso unwirsch: "Die sind doch längst vertrocknet. Es war Lissy's verdammter Job, sich um die Mistdinger zu kümmern..."

Lissy, richtig, das war ihr Name. "Seit wann ist sie fort?" formulierte Leclercque seine Schlußfolgerung.

"Nach meiner Pensionierung hat sie's genau einen Monat ausgehalten. Dann hat sie ihre Sachen gepackt."

Leclercque überlegte, ob er Mitleid zeigen sollte – und ob es ihm und Élise nach seinem Abschied von der Legion ähnlich ergangen wäre; doch der Gedanke war müßig, Élise war tot. "Wie geht es dir?" fragte er statt dessen.

Willard brummte abschätzig. "Du hast doch nicht angerufen, um dir das Selbstmitleidsgewäsch eines alten Mannes anzuhören."

"Und wenn doch?"

Willard lachte leise. "Das wäre dann sehr nett von dir", sagte er schließlich. "Aber was willst du wirklich? Hat Élise dich auch verlassen?"

Leclercque preßte die Lippen zusammen. "Ja", sagte er schließlich. "Sie ist tot."

Die scheinbar endlose Stille, die nun folgte, wurde beendet durch einen leisen Fluch. "Ich bin ein Arschloch, oder?"

"Ja." Einen Augenblick lang dachte Leclercque darüber nach, ob er die alte Geschichte wieder aufwärmen und den Engländer zur Rede stellen sollte. *Was ist gewesen damals, zwischen dir und Élise?*

Er ließ es sein. Darum ging es heute nicht.

Willard schnaubte. "Es tut mir…"

"Sagt dir der Name Kerschenstein noch etwas?" unterbrach ihn Leclercque schroff. Er hatte keine Zeit, um den heißen Brei herumzureden.

Verwirrtes Schweigen folgte. Dann ein Seufzen. "Also deswegen rufst du an. Wegen alter Geschichten… Was ist mit Kerschenstein?"

"Das will ich von dir wissen. Du hast ihn einmal gut gekannt."

"Gut gekannt ist absolut übertrieben", brummte Willard und fügte nach einigem Zögern hinzu: "Das ist so lange her. Ich glaube nicht, daß ich dir da weiterhelfen kann…"

Leclercque verzog den Mund. Es war eine unsinnige Idee gewesen, Graham anzurufen. Jetzt aber aufzugeben, wäre genauso dumm. Er versuchte es noch einmal: "Weißt du, was aus ihm geworden ist? Lebt er noch? Hast du ihn je wiedergesehen?"

Willard antwortete nicht sogleich, er schien zu überlegen, und Leclercque ließ ihm Zeit. Es war ein Alte-Männer-Gespräch, jedem Satz gingen Sekunden des Abwägens voraus. "Ich bin nicht gut in solchen Dingen", brummte der Engländer schließlich. "Ich habe mich nie wieder gekümmert. Das ist allein meine Sache. Warum willst du das wissen?"

"Das ist eine lange Geschichte, Graham. Kerschensteins Name taucht in der Stammakte eines Offiziers meines alten Regiments auf. Er will mehr über den Mann wissen, offensichtlich ist er sein Vater. Aber aus irgendeinem Grund macht das Ministerium einen ziemlichen Aufstand um die Akte, mittlerweile ist sie sogar als streng geheim eingestuft. Und ich vermute, es hat etwas mit diesem Deutschen zu tun."

"Sein Vater? Du meinst, Kerschenstein hat einen Sohn?" Willard lachte. "Dann ist es nicht mein Kerschenstein." Er sprach den Namen Körschenstien aus.

"Doch, Graham, es ist derselbe Mann. Er hat bis Neunzehnhundertfünfzig für dich gearbeitet. Und möglicherweise einen Menschen umgebracht. Das Ministerium…"

"Unsinn!" unterbrach Willard den Franzosen. "Das... nein, das kann nicht sein! Und außerdem war ich Neunzehnhundertfünfzig schon in... na irgendwo anders eben."

"Akrotiri", ergänzte Leclercque ruhig. "Und kurz zuvor hat er dir einen Brief geschrieben, in dem er seine Unschuld beteuert. Du wußtest also, daß er wegen Mordes angeklagt war."

Willard seufzte. "Das ist alles so lange her. Ein halbes Menschenleben oder mehr. Ich kann dir mit diesem Kerschenstein nicht helfen. Laß uns ein anderes Mal weitersprechen, im Augenblick habe ich es ziemlich eilig."

Leclercque ließ es sein. Sie verabschiedeten sich ohne ein weiteres Wiedersehen oder Wiederhören zu verabreden und legten auf. Was sollte er nun tun? Graham war keine Hilfe gewesen, gleichgültig, ob er sich nicht erinnerte oder nicht erinnern wollte.

Aber seine Neugier war geweckt. Was war so besonderes an diesem Kerschenstein, daß allein schon seine Existenz geheimgehalten werden sollte?

Das einzige was er Morand bis jetzt anbieten konnte, war ein Lebenslauf, der in den Fünfzigerjahren endete. Zusammen mit einem über dreißig Jahre alten Brief ein karges Ergebnis für einen Geheimdienst, den er einmal für ähnlich effizient wie den *CIA* gehalten hatte.

Er mußte Girardeaux finden.

Und er hoffte, daß Willard es sich anders überlegen und noch einmal anrufen würde.

Doch der Anruf kam nicht. Es wurde Abend, ohne daß etwas geschah. Statt dessen rief er selbst in der Kaserne an und verabredete sich mit Morand für Samstagabend. Und um das Nützliche mit dem Angenehmen zu verbinden, schlug er sein Lieblingsbistro vor, direkt am Hafen. Dort war immer etwas los und sie waren trotzdem unter sich. Schließlich konnte er den Capitaine nicht gut zu sich nach Hause bestellen. Wie sah denn das aus?

Der TGV Marseille – Paris benötigte gut drei Stunden, um von der Küste zur Hauptstadt oder zurück zu gelangen. Leclercque sah auf die Uhr und stellte zufrieden fest, daß er bei Pierre noch etwas zu essen bekommen würde. Manchmal befürchtete er, die Leute könnten ihn für eingefahren halten. Doch im nächsten Augenblick wischte er derartige Bedenken vom Tisch. Er saß eben gerne bei Pierre, sah auf den Hafen und träumte von einer Yacht. Von *seiner Yacht*, die er nie besitzen würde. Elise war begeistert gewesen vom Segeln, vom Wasser, von der Freiheit. Ohne sie war all das nichts mehr wert.

Er sah aus dem Fenster und beobachtete die Landschaft, sie flog nur so vorbei, und das war auch gut so. Nach fast einem Jahr regelmäßigen Pendelns war auch diese Aussicht längst langweilig geworden. Die *Direction Générale de la Sécurité Extérieure* hatte nicht zurückgerufen. *Keiner* seiner

Kontakte dort hatte sich gemeldet, und ebenso verschlossen hatte sich das *Deuxième Bureau* in Aubagne gezeigt, das ihn sogar abgewiesen hatte, ihn, den ehemaligen Kommandeur des *Ersten Fremdenregiments*! Also war er kurzerhand nach Paris gefahren, um in Erfahrung zu bringen, was mit Girardeaux geschehen war.

Verschwunden, hatte es mit ernster Miene geheißen. Girardeaux sei seit Montag nicht mehr in der Dienststelle gesehen worden, zu Hause ebensowenig. Es fehle jede Spur von ihm. Am Mittwoch wurde die Police National verständigt, die Landesweit nach ihm suchte.

Verschwunden. Warum hatten sie ihm das nicht am Telefon gesagt?

Und nun?

Leclercques vage Befürchtung, das Verschwinden des Adjutant-Chefs könnte mit ihm, mit seiner Frage nach Kerschenstein, zu tun haben, wurde während der Rückfahrt zur drückenden Gewißheit. Der zeitliche Zusammenhang und die Notiz, die er bei Pierre abgegeben hatte, schlossen alles andere aus.

Aber was war geschehen? Er mußte sich jemandem anvertrauen. Pétain fiel ihm ein, sein Nachfolger. Solange auch nur die Möglichkeit bestand, daß Girardeaux noch lebte, vielleicht untergetaucht war, konnte er auf Geheimniskrämerei keine Rücksicht nehmen.

Doch Pétain war nicht mehr in der Kaserne. Und auch Morand, mit dem er nun so schnell wie möglich sprechen wollte, war nicht erreichbar. *Was für ein vertaner Freitag*, dachte Leclercque. Er sah auf die Uhr. Noch sechzehn Stunden bis zu seinem Treffen mit dem Capitaine.

> *Tiens, voilà du boudin, voilà du boudin, voilà du boudin,*
> *pour les Alsaciens, les Suisses et les Lorrains,*
> *Pour les Belges y en a plus, pour les Belges,*
> *y en a plus, ce sont des tireurs au cul.*
> Le Boudin, Marschlied der Fremdenlegion

5. MARSEILLE, FRANKREICH, SAMSTAG, 01. SEPTEMBER 1984

Die Woche war Morand lang geworden. Aus der Alltagsroutine, der Ausbildung und den regimentsinternen Dienstabläufen herausgenommen, flossen die Tage zäh und langweilig dahin. Vor zwei Tagen hatte Leclercque angerufen und sich mit ihm verabredet, und nun saß er im *Chez Pierre*, vermutlich dem Stammbistro des Colonels, ebenso neugierig wie mißmutig und hungrig. Die Mittagszeit war lange vorüber, nicht nur nach seinen Maßstäben, und der *Quai de Rive Neuve* am alten Hafen Marseilles war in einen Zustand trägen Abwartens verfallen – die windgeschützten Terrassen der Cafés waren kaum besetzt, Bedienungen in der üblichen Uniform – schwarze Hose, weißes Hemd, schwarze Weste –, standen angelehnt und gelangweilt in den Eingangstüren und schienen die Sommersonnenstrahlen in sich aufzusaugen, bevor am Abend Bootsbesitzer, Touristen und die örtliche Hautevolee das Viertel wieder bevölkerten.

Auch mit fünfundsechzig Jahren war Morands Körper noch durchtrainiert, seine Augen tiefliegend und dunkel, die Haare kurz und grau, wenngleich die Spuren des Alterns auch ihn nicht ausgespart hatten. Besonders das vergangene Jahr relativer Ruhe in Aubagne, in der Kaserne, hatte ihn müde gemacht, hatte an ihm gezehrt und ihm mehr als deutlich gemacht, daß die ganz großen Abenteuer nun wohl vorüber waren. Tatsächlich hatte er keinen der Einsätze der letzten Jahrzehnte als Abenteuer aufgefaßt, ganz bestimmt nicht. In den meisten Fällen war es nur um das schlichte Überleben gegangen. In allen anderen vermutlich nur darum, nicht zurück zu müssen, zurück nach Hause. Zurück in die Vergangenheit.

Er trug die zweifarbige, tadellos gebügelte Uniform der Legion, oliv und beige, das schwarze Képi mit dem goldenen Besatz lag vor ihm auf dem Tisch und wies ihn schon von weitem als Offizier aus.

Ein Blick zur Uhr. Der Colonel war zehn Minuten überfällig. Morand überlegte, ob er gehen sollte.

Aber dann würde er die einmalige Gelegenheit verpassen, etwas über seine Eltern zu erfahren. Und mal ehrlich: fünf Tage vor seiner *Feierlichen Entlassung*, wie die Legion es nannte, gab es für ihn in der Kaserne ohnehin kaum noch etwas zu tun. Kein Grund also, jetzt dorthin zurückzukehren. Leclercque hatte ihn hierher bestellt, hatte ihn sprechen wollen, hatte ihm eine Kopie seiner Akte versprochen – eben das was Pétain ihm verweigert hatte. Nein, er würde erst wieder zurückfahren, wenn er die Akte in Händen hielt.

Die Morands drängten in sein Bewußtsein. Er hatte sie sein Leben lang verurteilt für das, was sie getan hatten. Aber was hatten sie denn getan? Sie hatten ihm verschwiegen, daß seine leiblichen Eltern ihn verstoßen hatten. Im Gegenzug hatten sie ihn wie ihren eigenen Sohn angenommen und ihm Zuneigung und ein Zuhause gegeben. *Zuneigung*, so konnte man es wohl nennen. Einen Augenblick lang mußte er gegen eine unliebsame Wehmut ankämpfen.

Leclercque kam noch immer nicht. Morand blieb ruhig, obgleich er es haßte, versetzt zu werden. Er blieb ruhig, weil er es immer hatte bleiben müssen. Er war eben zu lang Soldat gewesen, konnte sich beherrschen, nun ja, meistens jedenfalls. Aber was sollte er auch tun? Gehen konnte er nicht einfach, dafür war ihm die Akte zu wichtig.

Die Minuten flossen träge dahin. Sie vergingen um so langsamer wie der Whisky aus Morands Glas, Schluck um Schluck, verschwand. Als es leer war, knallte Morand es auf den Tisch und sprang auf. "*Garçon!*" Er reichte dem herbeieilenden Ober eine 20-Franc-Note und hielt ihn, als er sich wieder abwenden wollte, am Arm fest. "Wo finde ich Leclercque?" Es war anzunehmen, daß dies das Stammbistro des Colonels war, warum sonst hätte er ihn hierherbestellen sollen? Also würden sie hier wissen, wo er wohnte. Tatsächlich schrieb ihm der Kellner nach einigem Zögern eine Adresse auf, und vermutlich hatte Morands Uniform bei dieser Indiskretion geholfen.

Den Weg zu finden fiel Morand nicht schwer. Die *Rue Neuve Sainte-Catherine* war nicht weit und er war lange genug Ausbildungsoffizier im *1er Régiment Etranger*, lange genug in Aubagne, um die Stadt, das Umland und nicht zuletzt Marseille, seine Kneipen und seine Straßen zu kennen. Was er in dieser Zeit über Leclercque erfahren hatte, war banal. Er war einige Monate nach Morand versetzt worden, war nun meistens in Paris, und die Gerüchte, was der Colonel denn dort tat, waren vielfältig aber vage. Aber es hieß auch, er hätte noch eine Wohnung in Marseille, im *Quartier Saint Victor*, die er trotz des Todes seiner Frau nicht aufgab. Oder vielleicht gerade deswegen. Auch die Offiziersmesse war ein dankbarer Nährboden für Tratsch. Er mochte Leclercque, der Colonel war ein guter Kommandeur gewesen. Um so verwunderlicher, daß er nicht wie verabredet gekommen war. War das, was er wollte, zuviel verlangt oder hatte er sich am Ende doch auf Pétains Seite gestellt?

Jossele, kleiner Jossele. Morand brauchte nicht weit zu gehen, das *Quartier Saint Victor* war um die Ecke. Demzufolge blieb nicht viel Zeit, darüber nachzudenken, warum Leclercque ihn versetzt haben mochte – oder warum ihm gerade jetzt wieder diese Worte in den Sinn kamen. *Jossele.*

Das Haus, das er suchte, lag also in der Nähe des Yachthafens, in einer Straße mit bunten, zum Teil recht verkommenen, Mietshäusern. Das, in dem

Leclercque wohnte, hob sich ab, war gepflegt, lag ein wenig zurück, hinter hohen Zäunen und einer Hecke. Es besaß eine Tiefgarage, einen marmorgetäfelten Eingang und eine fensterlose Sicherheitstür.
Die *Sicherheitstür* allerdings stand offen...
Jossele, kleiner Jossele. Wenn er nur wüßte, woher er diese Stimme kannte, eine Frauenstimme, woher diesen Namen, und warum er den Gedanken daran nicht wieder loswurde!
Ohne seinen Schritt zu verlangsamen überquerte Morand die Straße, umrundete einen schwarzen Mercedes, der demonstrativ im Halteverbot vor dem Eingang parkte, und betrat das Treppenhaus. Daß Leclercques Wohnung im vierten Obergeschoß liegen mußte, hatte er mit einem flüchtigen Blick auf die Klingelschilder festgestellt. Für einen Augenblick fragte er sich, warum er hier war. Was für ein Spiel trieb Leclercque mit ihm? Wenn er es sich anders überlegt hatte, auf Pétains Linie eingeschwenkt war, dann konnte er sich diesen Weg sparen. Wenn es drauf ankam hielten diese Stabsoffiziere natürlich immer zusammen! Ein Gedanke blitzte in ihm auf: diesmal würde er sich holen was er wollte. Disziplin war jetzt nicht mehr so wichtig, er hatte nichts zu verlieren, einem altgedienten Capitaine mit fünf Resttagen vor der Nase würden sie kein Disziplinarverfahren mehr aufhalsen!
Plötzlich blieb er auf dem Treppenabsatz stehen, schloß die Augen und atmete tief durch. Er versuchte, sich zu beruhigen. Doch der Haß auf die Legion, ihre Offiziere oder doch wenigstens auf das *Deuxième Bureau*, der seit seinem Aufbruch bei Pierre Besitz von ihm ergriffen hatte, blieb.

Leclercque sah nervös auf seine Armbanduhr. Halb zwei. Es wurde Zeit, sich auf den Weg zu machen. Er hatte eine Weile darüber nachgedacht, Kopien von Morands Akte zu behalten, damit er in der Lage wäre, eigene Nachforschungen anzustellen, sich dann aber zugestanden, älter geworden zu sein, klüger und weitaus weniger neugierig als vielleicht noch vor zehn oder zwanzig Jahren. Für ihn würde der Fall Kerschenstein, sobald er Morand die Kopien übergeben hatte, abgeschlossen sein. Ebenso wie der *Fall Graham Willard*. Möglicherweise hatte er ihn auf dem falschen Fuß erwischt. Aber dann war es an Graham, sich wieder zu melden. Doch das, mußte Leclercque sich eingestehen, würde er nicht tun. Ja, es wäre schön gewesen, die Einsamkeit gegen ein paar Tage mit Graham einzutauschen, in den Club oder auf einen Pastis in sein Lieblingsbistro zu gehen. Das zumindest war es, was früher ihre gegenseitigen Besuche ausgemacht hatte: den lieben Gott einen guten Mann seinlassen und einen *draufmachen* – was gewöhnlich nicht mehr bedeutete als am Hafen entlang zu flanieren, Boule zu spielen oder Pétanque, wie sie es doch eigentlich nannten, ein paar Flaschen guten Weins und ein vorzügliches Essen zu genießen. Fast eine ganz normale Freundschaft eben, wenn, ja, wenn Graham sich nicht gegen ihn und für Élise entschieden hätte.

Leclercque sah zu dem kleinen Kirschbaumsekretär hinüber, der im Eßzimmer am Fenster stand, ging zielstrebig dorthin, öffnete die Schreibplatte und entnahm dem darunterliegenden Fach den grauen Aktenhefter, den er von Girardeaux bekommen hatte und auf dem, von ihm selbst dahingekritzelt, Morands Personenkennziffer geschrieben stand. Kurzentschlossen nahm er auch Kerschensteins Brief aus einer der darüber liegenden Schubladen und steckte ihn zwischen die Blätter. Vielleicht hatte Morand ja Interesse an ihm. Er selbst brauchte ihn nicht mehr.

Ein flüchtiger Blick aus dem Fenster, ein Mercedes, schwarz, neu. Der Wagen stand vor dem Eingang. *Da ist Parkverbot*, dachte er flüchtig. Dann kehrte er zurück ins Wohnzimmer, ein Lächeln auf den Lippen – die Austern in dem kleinen Bistro waren vorzüglich, dazu ein schöner weißer Chardonnay – das waren gute Aussichten auf den anstehenden Nachmittag...

Im nächsten Augenblick läutete es.

Leclercque sah erneut zur Uhr. *War das Morand?* Wenn ja, dann war das ein Zeichen seiner Ungeduld, denn es war noch vor zwei. Oder ging seine Uhr nach? Er wollte im Wohnzimmer nachsehen, die Portaluhr ging immer richtig, wurde aber im selben Augenblick von einem zweiten Klingeln aufgehalten. Mit einem Seufzer wandte er sich wieder dem Flur zu. Was für einen Unterschied machte es schon? Er wollte ja ohnehin aufbrechen. Mit einem Griff zog er seine Jacke von der Garderobe und öffnete die Tür.

Als erstes sah Leclercque die Waffe, die auf ihn gerichtet war. Im Halbdunkel des Treppenhauses erkannte er einen Mann in Uniform, das Képi eines Offiziers verdunkelte ein Gesicht, daß er schon einmal gesehen zu haben glaubte. *Morand*, dachte er im selben Moment, und schlug dennoch die Wohnungstür wieder zu, hastig, reflexartig angesichts der Waffe. Doch sie schloß nicht. Statt dessen ertönte ein hochfrequentes Geräusch, mündungsfeuergedämpft. Holz splitterte, Wärme durchzuckte seine Schulter. Die Tür wurde aufgedrückt, er warf sich dagegen, ohne Erfolg aber mit Schmerzen. Der nächste Gedanke war *Flucht*. Leclercque hastete zurück über den Flur. Ein weiterer Schuß, er duckte sich, stürzte nach links, vermutlich der falsche Entschluß, zurück aber konnte er nicht mehr. Vor ihm lag das Badezimmer, ein kleiner Raum mit einem kleinen Fenster, wie automatisch verschloß Leclercque die Tür und wußte im selben Moment, daß ihm nun jeder weitere Fluchtweg versperrt war. Vom Balkon führte eine Feuerleiter hinab, warum war er nicht dorthin gelaufen? Ein Schuß durchschlug die Tür, nur wenige Zentimeter neben ihm. Er blutete, natürlich, ein hastiger Gedanke an den ersten Schuß, der ihn offensichtlich getroffen hatte. Ein weiteres Mal splitterte Holz, diesmal war der Schmerz größer, seine rechte Schulter hing plötzlich schlaf herab. Noch mehr Blut tränkte sein Hemd. Die Mappe war seiner Hand entglitten und zu Boden gefallen. Einen Augenblick überlegte er. Warum? Warum das alles? Wer, zum Teufel, war das da draußen? Die Uniform... Morand... War es wirklich Morand? Leclercque wollte es durch die Tür schreien, doch das ging nicht mehr, seine Stimme versagte. Kerschenstein, dachte er, es geht nur um diesen verdammten Kerschenstein, worum sonst? Erst Girardeaux, jetzt er. Was stand in dieser verdammten Akte, das einen auf Gehorsam gedrillten Legionär derart durchdrehen ließ? Und es konnte nur diese Akte sein... oder doch etwas Persönliches? Leclercques Gedanken wurden träger, er öffnete das Fenster, wohl wissend, daß es viel zu tief hinab ging, als daß er hätte springen können. Seine Knie gaben nach und er sackte zu Boden. Ein weiterer Schuß ließ den großen Spiegel splittern, Glasscherben verteilten sich auf ihm, dem Waschbecken und dem Fußboden. Er sah die Splitter, doch er hörte sie nicht. Mit dem noch beweglichen rechten Arm griff er instinktiv nach der Stammakte und schleuderte sie aus dem Fenster, ohne recht zu wissen, warum. Vielleicht aus Trotz? Er fuhr sich mit dem Handrücken über den Mund, gleichzeitig mußte er husten. Alles klebte ein bißchen, schmeckte nach süßem Eisen und lief rot über seine Hand. Gut, daß er heute nicht nach Paris fahren mußte, es würde dauern, bis er alles aufgeräumt hätte... all das Blut aufgewischt...

Im nächsten Augenblick bemerkte er, daß die Tür offenstand, bemerkte die Waffe, die auf ihn gerichtet war, auf seinen Unterleib. Dann zuckte er zusammen, getroffen, und sank langsam auf die Seite. Die nächsten beiden Schüsse hörte und spürte er nicht mehr.

Mit beginnender Enttäuschung betrachtete Morand die roten Flecken auf dem Fußboden, folgte ihrer Spur durch die aufgebrochene Badezimmertür bis zu Leclercque, der zusammengekrümmt in einer Lache aus allmählich gerinnendem Blut lag. Ein routinierter Griff an die Halsschlagader – nichts, der Colonel war zwar noch warm, doch er war tot, da biß die Maus keinen Faden ab. Ein Blick in die starren Augen hätte auch genügt. Hunderte Mal gesehen, nichts Besonderes, und dennoch blieb ein flaues Gefühl in der Magengegend. Warum ausgerechnet Leclercque? Der Capitaine fluchte, stieg über die Leiche und sah aus dem offenstehenden Fenster. Wollte Leclercque fliehen oder war der Mörder so entkommen? Unter ihm lag ein schlicht begrünter Hinterhof, Mülltonnen, etwas Rasen, ein Fahrradschuppen. Auf einer der Tonnen lag etwas, das einer Personalakte sehr ähnlich sah. Morand wandte sich um und blickte in ein vermummtes Gesicht, das, der Uniform zufolge, einem Offizier der Legion gehören mußte. Der Mann, der breitbeinig in der Badezimmertür stand, hielt eine Pistole auf ihn gerichtet, eine PA 15, das gleiche Modell wie seine eigene Dienstwaffe, was Morand mit einem Blick erkannte, ebenso wie den Dienstgrad und das Abzeichen des Ersten Fremdenregiments, den Adler und die Schlange von Camerone. Aber das konnte nicht sein, er kannte alle Offiziere seiner Einheit, und dieser Bursche, vermummt oder nicht, gehörte ganz bestimmt nicht dazu! "Du bist keiner von uns", sagte er mit rauher Stimme und machte einen Schritt auf den Fremden zu. "Du beschmutzt diese Uniform, Garçon." *Angriff war die beste Verteidigung*, dachte er. *Oder eine andere Form von Selbstmord.*

"Halt's Maul!" fuhr ihn die vermummte Gestalt mit markantem osteuropäischem Akzent an, sah sich kurz um und bedeutete Morand mit der Waffe, ihm in den Flur zu folgen. An der Eingangstür angelangt, zielte er auf Morand, der mitten im Flur stand und sich urplötzlich beim Beten ertappte. Im nächsten Augenblick erkannte er, wie unsinnig das war und fluchte. Gleichzeitig begann sein Gegenüber zu lachen, er ließ die Waffe sinken und warf sie dem Capitaine zu. Morand fing die PA 15 auf, nahm sie sofort in die rechte Hand, zielte auf den Mann und drückte ab.

Klick.

Er stieß einen weiteren Fluch aus, ließ die Waffe fallen und griff gleichzeitig nach dem Dolch, den er, von der Uniformjacke verdeckt, auch außerhalb der Kaserne am Gürtel trug. Morand stürzte auf den Legionsoffizier zu, der ihn einen Augenblick lang überrascht anstarrte, dann aber katzengleich zur Seite wich und seinen Angreifer mit einem Faustschlag bremste. Morand sah Sterne, die erst verschwanden, als die Wohnungstür mit einem lauten Knall zufiel. Er atmete geräuschvoll durch die Zähne aus und taumelte wütend und in der Absicht, die Verfolgung aufzunehmen, zur Wohnungstür.

Sie war verschlossen. *Dieser Bastard hatte die Tür abgeschlossen! Wenn er ihn doch bloß erwischt hätte!* Sein Blick fiel auf das Kampfmesser. An der Klinge klebte etwas Blut... *Hatte er ihn also doch erwischt?*

Ein wenig zufriedener steckt er das Messer zurück in die Scheide. Durch die Lappen gegangen war ihm der Typ trotzdem.

Mit der Rechten rieb er sich das Kinn. Gut fürs Ego war der Schlag nicht – wurde er etwa alt? Vor zwanzig Jahren wäre ihm das ganz sicher nicht passiert... Morand seufzte und hob die Waffe auf. Mit einem routinierten Griff überprüfte er ihre Mechanik. Nichts klemmte an der PA 15, alles war in Ordnung. Nur das Magazin war leer. Es dauerte einige Sekunden, bis er sich auf seine Situation besann, aber erst als er durch das Wohnzimmerfenster entfernte Polizeisirenen hörte, wurde ihm klar, daß irgend etwas nicht stimmte. Zeugen würden einen Legionsoffizier gesehen haben, er selbst hatte vermutlich die Tatwaffe in der Hand und er stand in der Wohnung des Toten. Eine Falle? Aus der Nummer würde er jedenfalls so leicht nicht rauskommen, verdächtiger konnte man einfach nicht sein. Er überlegte kurz, das Treppenhaus war ihm versperrt, selbst wenn er die Tür aufbrach. Und dennoch mußte er hier verschwinden, mußte hier raus, noch bevor die Polizei die Wohnung stürmte. Aus dem Wohnzimmer erklang ein Knarren, er fuhr herum und sah die Balkontür, die sich im Wind bewegte. Eine Welle der Erleichterung durchflutete ihn, er machte ein paar Schritte und sah die Feuerleiter, die neben der Brüstung hinabführte. Ein Blick hinunter versprach die Rettung – *es gab tatsächlich einen Notausgang!* Wie in einem schlechten Film. Im nächsten Augenblick aber heulte ein Schuß im Metallgeländer der Treppe. Reflexartig taumelte Morand zurück. Er fluchte und wußte im selben Augenblick, daß er *hier* nicht rauskommen würde! *Wer* geschossen hatte, konnte er nicht sehen, der Osteuropäer oder ein Komplize. Die Polizei war es gewiß nicht.

Morand sah sich um. Hatte er noch eine Chance, durch den Vordereingang zu entkommen? Heftiges Schlagen gegen die Tür beantwortete die Frage mit *nein*. Die *Flics* waren überraschend schnell. Öffnen kam nicht in Frage, noch nicht! Morand atmete tief durch und versuchte sich zu konzentrieren. Was hätte er in Algiers gemacht? Was hätte er seinen Rekruten erzählt? Im Treppenhaus krächzte ein Funkgerät, Rufe hallten dumpf von jenseits der Tür. Keine zwei Minuten mehr und sie waren hier drin. Behende und ohne ein Geräusch öffnete Morand die einzig verbleibende Zimmertür. Leclercques Schlafzimmer lag dahinter, ein Doppelbett, ein großer Schrank, eine Truhe. Er steckte die Waffe in seine Jackentasche, zog die Decken vom Bett und ebenso das Laken, verknotete alles und hastete zurück ins Badezimmer. Mit einem weiteren Knoten befestigte er sein provisorisches Seil am Fensterrahmen und ließ sich hinabgleiten. Es war zu kurz, die letzten drei Meter mußte er springen, tat es ohne nachzudenken, rollte sich ab und wollte aufspringen. *Wollte.* Der Schmerz, der plötzlich seinen Rücken und den rechten Knöchel durchzog, verhinderte genau das. Morand stöhnte auf, sah sich um und kroch zurück zu den Mülltonnen, wo er an die Hauswand gelehnt einige Sekunden verschnaufte. Entfernte Rufe ertönten über ihm. Hier sitzenbleiben konnte er nicht, das war ihm klar. Er sah sich um und fluchte, als er einsehen mußte, daß er eingeschlossen war – der einzige Weg, der aus dem Hinterhof führte, war der durch das Haus, vorbei am Treppenaufgang. Morand stand auf, sog mit zusammengepreßten Zähnen die Luft ein um nicht vor Schmerzen laut zu Fluchen und stützte sich an der Hauswand ab. Verdammt, vor zwanzig Jahren wäre ihm das nicht passiert. Offensichtlich hatte die Legion recht: er gehörte schon zum alten Eisen. Ein Blick zurück, er sah zu den Mülltonnen, sah die graue Aktenmappe, ergriff sie automatisch und humpelte vorsichtig zur Hintertür. Ein kurzes Stöhnen, es tat weh, aber er konnte doch auftreten, immerhin. Vorsichtig drückte Morand die Tür auf, durch das Treppenhaus hallten Rufe, hier unten aber schien im Augenblick niemand zu sein. Er biß die Zähne aufeinander und machte sich auf den Weg zur Eingangstür, immer noch ein wenig hinkend, vorbei an der Kellertreppe und den Briefkästen. Zwei der kleinen Türen standen offen, eine war aufgebrochen, in einer vierten steckte ein großer Briefumschlag. Im Vorbeigehen sah er, daß es Leclercques Briefkasten war. Er stutzte, zögerte einen Augenblick, dann zog er den Umschlag heraus und ging weiter, langsam aber ohne auf einen Flic zu treffen.

Möglichst unauffällig, dachte er und mußte im nächsten Augenblick beinahe lachen. In seiner Uniform war er in dieser Minute vermutlich der auffälligste Mann in der ganzen Straße. Morand passierte den Streifenwagen, der direkt vor dem Eingang stand, verlassen und mit rotierendem Blaulicht. Der schwarze Mercedes war fort. Er zweifelte nicht daran, daß der Wagen seinem Angreifer gehört hatte. Vor ihm mußte er sich also auch in acht nehmen.

"*Il voila!*" ertönte es über ihm, *da ist er!* Ein Blick nach oben, flüchtig, hinauf zum vierten Stock, Morand erkannte in einem der großen Treppenhausfenster zwei Männer, einer zeigte auf ihn, zog seine Waffe, zögerte. Der Capitaine fluchte, versuchte zu laufen, strauchelte, ein wilder Schmerz durchzog seinen Knöchel, er stützte sich an einer Gartenpforte ab, sah zur Seite, die beiden Männer waren verschwunden. Er duckte sich unwillkürlich und kroch im Schutz einer Hecke weiter, den schmalen Weg entlang auf die Tür des Nachbarhauses zu. Dahinter lag, ähnlich wie in Leclercques Haus, ein Gang, ein schmaler Gang. Er drückte gegen die Tür, sie gab nach, erleichtert hielt er inne, lauschte einen Moment in Richtung Straße, dann humpelte er durch den dunklen Hausflur in den dazugehörigen Hinterhof.

Die Schmerzen wurden schlimmer, und er war langsam, viel zu langsam. Warum nicht einfach aufgeben? Alles ließ sich erklären, sein Alibi war doch nicht schlecht! Der Kellner bei Pierre würde für ihn aussagen müssen! *Der Kellner...* Morand fluchte und ging weiter, langsam, Schritt für Schritt, immer das rechte Bein nachziehend. Der Kellner würde natürlich aussagen, daß er nach Leclercque gefragt hatte, daß er wütend war, als er das Bistro verließ. Und der Colonel war keine zehn Minuten bevor Morand die Wohnung betreten hatte, erschossen worden. Kein Pathologe der Welt würde bestätigen können, daß er, Morand, den Colonel *nicht* erschossen hatte. Und nicht zuletzt hatte er immer noch die Tatwaffe. Verdammt, er hatte keine Chance, er *mußte* hier verschwinden!

Der Weg führte weiter, direkt auf die Rückseite des Blocks zu, wo die *Rue Sainte* verlief.

Bleiben Sie stehen! Rufe und Schritte halten aus dem Flur hinter ihm. *Wo kommen die so schnell her?* Morand begann schneller zu laufen, so gut es ging, um die nächste Hausecke, noch weiter. *Natürlich, sie haben vermutlich das Viertel umstellt! Aber so schnell?*

Zumindest, stellte Morand zufrieden fest, hatte er entweder eine Methode gefunden, zu gehen ohne den Knöchel zu sehr zu belasten – oder das Gehen tat seinem Fuß einfach nur gut. Nach ein paar weiteren Schritten jedenfalls erreichte er den *Cours Jean Ballard*, der direkt zum alten Hafen führte, sah sich an der Ecke um und erkannte, daß sein Vorsprung vor seinen Verfolgern bedrohlich geschrumpft war. Taxen fuhren im dichten Verkehr vorbei, langsam genug, um jederzeit anhalten zu können. Morand winkte eines heran. "*Quartier Viénot*", sagte er außer Atem, "Aubagne!"

Der Taxifahrer warf einen Blick in den Rückspiegel, nickte, setzte den Blinker und fuhr los. Seine Verfolger ließ er zurück, knapp, aber was sollten sie tun? Schießen konnten sie hier nicht. Morand verlor sie aus den Augen – und sie ihn, so hoffte er, auch.

Wieviel Zeit mochte bleiben, bis sie ihn identifiziert hatten? Eine Stunde oder zwei? Vermutlich weniger, es gab nur eine Kaserne in der Nähe Marseilles, und zwar das Hauptquartier der Legion. Die Polizei, die ihn in seiner Uniform als Legionär erkannt hatte, würde genau dort anfangen zu suchen. "*Nein* –" sagte Morand nach ein paar hundert Metern. "Nicht nach Aubagne, warten Sie... das ist Unsinn... fahren Sie... fahren Sie in die *Rue Montplaisir*!" Der Fahrer wurde langsamer und brummte irgend etwas, zuckte aber mit den Schultern und nickte widerwillig. Drei Kilometer statt dreißig. Die Fahrt nach Aubagne wäre zehnmal lukrativer gewesen.

Morand wollte nach Hause, das war ungefährlicher, ein kleiner Aufschub vielleicht. Als Offizier mußte er natürlich nicht in der Kaserne schlafen, und so hatte er sich eine kleine Wohnung in Marseille genommen. Die *Rue Montplaisir* lag nicht gerade in einem Stadtteil, in dem er alt werden wollte, aber immerhin bot seine Wohnung einen passablen Blick auf das Meer und die *Ile*. Er brauchte jetzt Ruhe, Zeit zum Nachdenken, nachdenken darüber, warum die *Police Municipale* plötzlich vor Leclercques Tür gestanden hatte. Wenn er tatsächlich die *Tatwaffe* eingesteckt hatte, dann konnten die tödlichen Schüsse außerhalb der Wohnung kaum zu hören gewesen sein, denn sie hatte einen Schalldämpfer.

Und nicht zuletzt mußte er entscheiden, was er nun tun sollte. Sollte er überhaupt etwas tun, außer seine Sachen zu packen und zu verschwinden? Was hielt ihn denn noch?

Morand lachte auf, als er seine Wohnung betrat und sich der Situation bewußt wurde, in der er sich befand: wenn er jetzt floh, dann mit geringen Aussichten dauerhaft davonzukommen. Außerdem kam das einem Schuldeingeständnis gleich. Tat er es allerdings nicht, dann würde er sich noch heute abend in Untersuchungshaft wiederfinden. Eine unattraktive Alternative, denn die Indizien sprachen ja wohl gegen ihn.

Merde! Fluchend und die Jacke auf den kleinen, weißen Küchentisch werfend, trat er ans Fenster, das einen guten Überblick über die Straße gewährte. Wieviel Zeit mochte bleiben, bis die Flics hier auftauchten, bis sie ihn aus den fünfhundert Mann des Regiments als Tatverdächtigen herausgefiltert hatte? Morand zuckte mit den Schultern, setzte sich und schlug seine

Stammakte auf, die er ebenfalls auf den Tisch geworfen hatte. Eine Beurteilung, alte Lehrgangszeugnisse und Marschbefehle. Was er vor sich sah, war ein Legionärsleben in Kurzform, maschinengeschrieben, mit Stempeln versehen. Dann Kopien einer Geburtsurkunde und einer Heiratsurkunde. Ein Name war eingekreist, *Rosa Kerschenstein*. Seine Mutter. Dann las er das nächste Blatt, ein Brief der Jesuitengemeinschaft *Notre Dame De La Paix à Namur* vom 23. Juni 1919. Ein Empfehlungsschreiben an Claes und Soetkin Morand, die beiden Menschen, die er zwanzig Jahre für seine Eltern gehalten hatte. *Lieber Claes, bitte nimm dich in tiefster Christenpflicht dieses Kindes an...*

Die Heiratsurkunde wies ebenjene Rosa als Ehefrau eines Jacob Kerschenstein aus, Unteroffizier der 26. Infanteriedivision vor Ypern, Feldtrauung März 1918, Oostkamp, Flandern. Jacob Kerschenstein. Nur ein Name, aber immerhin ein Anhaltpunkt.

Morand ließ die Mappe sinken. "*Trouducs!*" zischte er und feuerte den Ordner in die Ecke. "*Diese Arschlöcher vom Deuxième Bureau haben das alles die ganzen Jahre gewußt! Und mich haben sie wie ein dummes Kind behandelt! Kein Wort. Kein Hinweis.*"

Mit einem kurzen Stöhnen, denn noch immer schmerzte sein Knöchel, hob er die Akte wieder auf, und erst auf den zweiten Blick fiel ihm der Brief auf, der offenbar darin gesteckt hatte und nun herausgerutscht war, ein kleiner grauer Umschlag. Mechanisch bückte er sich erneut, faltete ihn auseinander und erkannte, daß es ein handgeschriebener Brief von eben jenem Jacob Kerschenstein war, der für ihn bisher nur als abstrakter Name existiert hatte. *Nein Graham, ich habe ihn natürlich nicht getötet. Ich kenne den Mann ja gar nicht!* Morand zuckte mit den Schultern. Aus irgendeinem Grund ließ ihn dieser Mann ebenso wie sein flehender Brief kalt. Seine Geschichte interessierte ihn nicht, er wollte nur wissen, ob er sein Vater war oder nicht. Wenn er es war, und es bestanden kaum noch Zweifel, – nun, dann würde man sehen. Vielleicht würde er ihm eine reinhauen. Vielleicht war sein Zorn bis dahin auch verraucht. Denn eines stand mit diesem Brief, der auf den *18. Februar 1950* datiert war, fest – Jacob Kerschenstein hatte den Krieg überlebt. Und vielleicht lebte er immer noch!

Morand steckte den Brief wieder zwischen die Seiten seiner Akte. Mit einem weiteren Fluch wurde ihm bewußt, daß ihm die Zeit davonlief, die Polizei würde bald vor seiner Tür stehen, vielleicht eher als erwartet, wenn sie schlau genug waren, die Marseiller Taxifahrer nach einem Legionsoffizier und dessen Fahrtziel zu befragen. Doch bevor er den nächsten Schritt unternahm, mußte er sich Klarheit verschaffen über das Ausmaß des Schlamassels, in den er geraten war.

Hastig riß er den Umschlag auf, der in Leclercques Briefkasten gesteckt hatte und der entweder die Stromrechnung oder, mit ein bißchen Glück, eine Erklärung enthalten mochte.

Jean, verzeih mir, stand in kleiner Handschrift auf dem obersten Blatt. *Es ist schwer, die eigene Unzulänglichkeit zu ertragen, und deshalb versuche ich hiermit nach all den Jahren zumindest den Ansatz einer Erklärung. Ich fürchte, ich habe Jacob im Stich gelassen. Irgend etwas hätte ich tun können, tun müssen. Statt dessen habe ich ihn vergessen. Ich dachte, das müsse so sein, Berufssoldaten können sich nicht binden. Du hattest recht, Akrotiri war mein nächstes Kommando, und es war weit weg. Ich wußte, was er vorhatte, es war eine Manie von ihm, untergetauchten Nazis hinterherzuschnüffeln. Nur allzu verständlich, nach allem, was er durchgemacht hat. Aber er hat sich nicht nur Freunde damit gemacht, auch auf unserer Seite nicht. Ich wußte, daß es nicht leicht werden würde für ihn. Ich habe ihn gedeckt, so lange ich konnte. Dann kam die Versetzung, und von da an war er auf sich gestellt.*
Auch Dir war ich kein Freund, habe Dich immer um Élise beneidet. Ich habe sie begehrt. Aber keine Angst, sie hat mich abgewiesen, jeden meiner Versuche, sie Dir wegzunehmen, sie war eine wunderbare Frau. Als mir klarwurde, wie aussichtslos es war, mußte ich fort. Bei euch beiden konnte ich nicht mehr sein. Vielleicht verstehst Du ja, was ich hier schreibe. Und vielleicht vergibst Du mir.
Wenn Du wissen willst, was an Kerschenstein besonders war, dann muß ich gestehen, ich weiß es nicht. In den Monaten vor meiner Versetzung hat er Anklageschriften zusammengestellt. Wenn ich mich recht erinnere, war er einem Hans Merbach auf der Spur, der bei Kriegsende untergetaucht war. Ich habe heute versucht, die Unterlagen in Rheindahlen zu kopieren, im Archiv der Rheinarmee, war ich mir doch sicher, daß noch Papiere von damals dort liegen. Aber sie scheinen verschwunden zu sein. Gefunden habe ich jedenfalls nichts mehr. Und das wiederum paßt zu meiner Vermutung, daß hier etwas nicht stimmt. Auch glaube ich mittlerweile, Kerschensteins eigenmächtige Arbeit war der Grund für meine damalige Versetzung. General Bagnall, dieser Langweiler, bestreitet das. Ich habe mit ihm zu Mittag gegessen, wobei er erwähnte, daß der Alliierte Kontrollrat eine Anklageerhebung befürwortet, aber jede Einmischung verweigert hat. Es wird alles seinen ordentlichen Lauf genommen haben, da bin ich mir sicher. Das Merbach-Verfahren war aber bereits damals geheim. Vermutlich ist das Getue um die Akte, die Du erwähnt hast, nur noch eine Nachwirkung von damals.
Ich hoffe, Dir wenigstens in diesem Punkt geholfen zu haben und werde noch heute wieder zurückreisen, unsicher, ob wir uns noch einmal wiedersehen werden.

Dein Graham Willard

Morand ließ den Brief sinken. Er öffnete den Kühlschrank, griff ohne hinzusehen nach einer Flasche Weinbrand und stellte sie auf den Tisch. Ein Blick durchs Fenster, nichts, nur der übliche Feierabendverkehr. *Eine Gnadenfrist*, dachte er, setzte sich und nahm einen Schluck aus der Flasche.

Nach dem was dieser Willard schrieb, sah es verdammt danach aus, als hätte die ganze Geheimniskrämerei und Leclercques Tod mit dem Merbach-Verfahren vor dreißig oder mehr Jahren zu tun. Aber was war so besonders an dem Mann? Wie er die Amis kannte, hatten sie Merbach damals bestimmt nicht laufenlassen.

Und wenn doch?

Er zog ein weiteres loses Blatt aus der Mappe. Es beschrieb Kerschensteins Lebenslauf. Morand pfiff anerkennend. Dann hatte Leclercque also doch noch etwas herausgefunden! Daß der Lebenslauf 1950 endete war allerdings ein Wermutstropfen und bedeutete, daß er selbst herausfinden mußte, ob der alte Mann noch lebte. Aber zumindest wußte er jetzt, wo er anfangen konnte zu suchen – und im selben Moment stand damit sein nächster Schritt fest!

Fahrig steckte Morand den Lebenslauf wieder zwischen die anderen Blätter, wobei sein Blick auf den Urkunden haftenblieb, auf dem Brief der Jesuitengemeinschaft an seine... an die Morands. Saftige grüne Felder erschienen plötzlich vor seinem inneren Auge, kleine weißgekalkte Häuser, endlose Baumreihen und Kanäle. *Flandern.* Was nicht die Zeit aus seinen Erinnerungen radiert hatte, verklärte sich und griff wie eine kalte Faust um sein Herz, und wie automatisch drangen wieder die Worte *Jossele, kleiner Jossele* an sein Ohr. Aber sie wollten nicht recht zu diesen Bildern passen...

Er begann zu zittern, nahm noch einen Schluck Weinbrand und knallte die Flasche mit der Rechten auf den Tisch. Eine endlose Zeit verging mit Gedanken, die er nicht fassen konnte, und Erinnerungen, die keine waren. *Flandern. Dieu d'Amour, wie lange war das her?* Er riß sich los von seinen Gedanken, zwang sich aufzustehen, zum Fenster zu gehen und hinunterzusehen. Geradezu widerwillig rief er sich in Erinnerung, daß dort unten jeden Moment die Flics auftauchen konnten. Weit vor seinem Fenster, über dem Meer, begann innerhalb von wenigen Minuten die untergehende Sonne alles mit einem glühenden Rotorange zu überziehen. Morands Gedanken glitten ab, fort in die Vergangenheit, und während er die angebrochene Weinbrandflasche mit wenigen Zügen leerte zog vor seinen Augen sein Leben vorüber, mit allem was geschehen war und hätte geschehen können.

Nein, es gab kein Zurück mehr! Er mußte hier verschwinden, sofort, und zwar über die Grenze, so weit wie möglich. Deutschland erschien ihm da in jeder Hinsicht eine gute Idee. Die Suche nach Kerschenstein würde ihn zu sich selbst – und hoffentlich auch zu Leclercques Mörder – führen. Wenn er den Flics nicht wenigstens einen konkreten Hinweis liefern konnte, brauchte er sich in Frankreich nicht mehr sehen zu lassen. Aber reichte ein Hinweis aus, um seinen Kopf zu retten? Morand seufzte, packte seinen Seesack – einen Koffer besaß er nicht –, zog sich um und verließ eine Viertelstunde später die Wohnung.

Gare de Marseille-Saint-Charles.
In der Annahme, die Französische Staatseisenbahn sei das unauffälligste Verkehrsmittel, das er an diesem Tag nutzen könnte, hatte Morand beschlossen, den Zug nach Brüssel zu nehmen. Seinem Citroën *DS 21* traute er die lange Fahrt ohnehin nicht mehr zu. Er hatte die *Göttin* gebraucht gekauft und es vom ersten Tag an bereut. Nach Brüssel – und von dort aus nach Gent und dann irgendwie nach Moerkerke – wollte er, um Gewißheit zu erlangen. Gewißheit, ob die Geburtsurkunde, die er vor fünfundvierzig Jahren im Wohnzimmerschrank seiner Eltern gefunden – und von der er in seiner Personalakte eine Kopie entdeckt – hatte, wirklich *seine* war. *Ach verdammt, natürlich war es seine! Keine Frage!* Vermutlich war es reine Sentimentalität, die ihn dazu trieb, das Ticket nach Brüssel zu kaufen. War *Sentimentalität* nicht der Ausdruck, den weltfremde Romantiker für Dummheit benutzten? Was würde ihn erwarten, wenn er nach mehr als vier Jahrzehnten vor der Tür der beiden Menschen stand, die ihn großgezogen hatten?

Moerkerke. Der kleine Ort lag an einem der zahllosen belgischen Kanäle, irgendwo zwischen Gent und der Nordseeküste, inmitten der flandrischen Polderlandschaft. *Höchstwahrscheinlich*, dachte Morand bitter, *werde ich ihn nicht einmal wiederfinden.*

Zwanzig Uhr fünfundfünfzig. Um diese Zeit war die große Bahnhofshalle immer noch belebt, überwiegend von Berufspendlern und Urlaubern. Vermutlich deswegen nahm Morand auch die beiden Beamten nicht wahr, die mit einer Liste aller seit dem Mittag nicht in die Kaserne zurückgekehrten Legionäre in der Nähe der Fahrkartenschalter standen. Es dauerte nicht lange, bis sie ihn erkannt hatten, die Drillichjacke, die Morand auch jetzt trug, einfach weil er sie immer getragen hatte, und der olivfarbene Seesack waren zu auffällig, als daß man ihn hätte übersehen können. Einer der Beamten folgte ihm, während der andere, etwas abseits, mit dem Funkgerät Verstärkung herbeirief – schließlich war der Legionär mit großer Wahrscheinlichkeit bewaffnet und schreckte nach einem Mord auch vor dem nächsten nicht zurück.

Wenige Minuten später standen sechs Beamte in Morands Sichtweite: Er wandte sich vom Fahrkartenschalter ab, steckte sein Zugticket *Marseille – Bruxelles* in die Hemdtasche und ging langsam hinüber zu den Bahnsteigen.

"*Jetzt!*" Morand sah sich verwundert um, eine Stimme ertönte unmittelbar neben ihm, eine Hand legte sich auf seine Schulter, er spürte etwas Hartes im Rücken, das er sofort als die Mündung einer Waffe erkannte. Situationen wie diese gehörten zum üblichen Nahkampfausbildungsprogramm, auch wenn *sein* letztes Training schon eine Weile her war. "*Jetzt was?*" zischte er und befreite sich nahezu reflexartig mit einem Rippenstoß von seinem Angreifer. Im Umdrehen wehrte er einen weiteren Fausthieb ab und schlug zurück. Für den Teil einer Sekunde blickte er in die Augen des zweiten Angreifers und wußte instinktiv, daß es sich um einen Flic handelte. Das machte die Flucht nicht einfacher, aber berechenbarer. Hände griffen nach ihm, doch Morand konnte sich entwinden, lief davon, durch die Menge, hastete die Treppe zu den Bahnsteigen hinauf, ohne auch nur in Erwägung zu ziehen, den Seesack als lästigen Ballast abzuwerfen. Vor Schüssen hatte er keine Angst, dazu war es überall hier immer noch zu belebt. Fast wie auf einer Wolke der Zuversicht und des Selbstvertrauens erreichte er den Bahnsteig, gefolgt von fünf der sechs Beamten, die es nicht geschafft hatten, ihm den Weg zu verstellen. Menschen drängten ihm wieder entgegen. Er zögerte, wurde langsamer. In einen der wartenden Züge einzusteigen wäre pure Dummheit gewesen, dort hätten sie ihn sofort. Wohin also?

Morand lief weiter, wenngleich unschlüssiger als zuvor. Hastige Schritte folgten ihm nach. *Wohin?*

Plötzlich wurde erneut nach seinem Seesack gegriffen, Hände, die er nicht sogleich sah und von denen er sich auf die gleiche Weise befreien wollte, wie zuvor. Diesmal allerdings wurde sein Stoß abgewehrt, mit einem Schlag in die Seite beantwortet und er selbst vom Bahnsteig gedrängt. Im nächsten Augenblick sah er sich zwischen zwei Waggons des wartenden Schnellzugs Marseille – Paris – Bruxelles gedrängt, in dem er eigentlich entspannt hatte sitzen wollen. Morand fluchte, versuchte sich zu wehren und stemmte sich gegen die Zugkupplung.

Auf dem Bahnsteig, zwischen neugierigen Gesichtern, sah er zwei weitere Männer mit gezogener Pistole. Sie verschwanden im nächsten Augenblick hinter einem vorbeirollenden Kofferkarren mit zahllosen Anhängern.

"*Verdammt, Capitaine, hören Sie auf! Es wimmelt hier von Polizisten!*"

Morands Gegenwehr ließ augenblicklich nach. Die Bewaffneten oben auf dem Bahnsteig fluchten und machten Anstalten, um den Karren herumzulaufen. Die beiden Männer neben ihm aber kannten seinen Dienstgrad, also kannten sie *ihn,* also waren es Legionäre?

Zeit, das herauszufinden, blieb ihm nicht. "*Hier lang!*" zischte einer von ihnen. Ohne einen Gedanken an das *Wohin* zu verschwenden, gab Morand seinen Widerstand vollends auf, folgte den Männern, lief am Zug entlang, dann über eine Reihe von Gleisen, und weiter Richtung Ausfahrt. Scheinwerfer blendeten ihn, kamen so rasch näher, daß er springen mußte, jemand zog ihn am Arm, dann spürte er den Sog der silbergrauen *Corail*-Waggons, das Kreischen der Bremsen, das Donnern stählerner Räder. Von einem Augenblick zum nächsten trennte sie ein Schnellzug von den Polizeibeamten, die ihnen auf die Geleise gefolgt waren. Sekunden später erreichten sie die Dunkelheit jenseits der Bahnsteige.

Durch ein Tor gelangten die drei Männer zur *Avenue Pierre Semard* auf der Rückseite des Bahnhofs. Vor einem Güterschuppen, und etwas abseits einer matt leuchtenden Straßenlaterne, wartete ein sandfarbener *Ford Transit*, nahm sie auf und verlor sich beschleunigend in der Nacht.

"Keine besonders gute Idee, einfach verschwinden zu wollen, Capitaine."

"Du hättest natürlich eine bessere gehabt", brummte Morand, musterte den jungen Offizier und tastete nach seinem Seesack, der es wie durch ein Wunder auch in den *Transit* geschafft hatte. Sie saßen zu viert in dem Armeelieferwagen, der sie offenbar aus der Stadt bringen sollte, der Fahrer, ein Caporal, die beiden Männer, die ihn, nun ja – fürs Erste befreit hatten, und die, nach den Uniformmützen auf dem Armaturenbrett zu urteilen, Legionsoffiziere waren, und er selbst. Daß es sich um Legionäre handelte, hätte er eigentlich beim ersten Abwehrschlag schon merken müssen. Das war die gleiche Ausbildung.

"Sie sind der Hauptverdächtige in einem Mordfall", ertönte von vorne die Stimme des Beifahrers, eines ebenfalls noch jungen Lieutenants.

"Ein Mordfall, der nur die Legion etwas angeht", fügte der Zweite wieder hinzu, ein Sous-Lieutenant mit Osteuropäischen Gesichtszügen. Sein Französisch war einwandfrei. Er sah den Capitaine aus schmalen Augen an.

Müdigkeit und ein Hauch von Resignation legten sich auf Morand. Er sah an sich herab, die Jacke, verdammt, das war keine besonders gute Wahl in diesem Fall, zu eindeutig *Fremdenlegion*. Aber es hatte jahrzehntelang nichts anderes für ihn gegeben! In modischen Dingen war er nicht wirklich bewandert. Er schloß die Augen und lehnte sich zurück, das Herz raste, die Wirkung des Weinbrands war längst verflogen. "Ich habe Leclercque nicht erschossen…" murmelte er und versuchte abzuwägen, ob es gut oder schlecht war, daß er jetzt in diesem Wagen saß. Möglicherweise war er auch nur vom Regen in die Traufe geraten, oder anders gesagt: in die Hände der *Police Militaire*. Die Jungs würden nicht lange fackeln, wenn auch nur der Funke einer Wahrscheinlichkeit bestand, daß er Leclercque umgebracht hatte. Die waren schlimmer als die Staatspolizei. Die Legion versuchte solche Angelegenheiten auf ihre Weise zu regeln.

Der gequälte Motor des Transporters dröhnte in das anhaltende Schweigen. Morand öffnete die Augen. Doch der Blick seines Gegenübers, tatsächlich ein Militärpolizist, wirkte eher besorgt als vorwurfsvoll. Aber vielleicht glaubte er das auch nur.

"Die Polizei ist anderer Meinung."

"Das ist bedauerlich."

"Vor allem für Sie, Capitaine."

"Ich hab' schon ganz andere Probleme bewältigt. Die Flics sind nicht schlauer als die Việt Minh und Marseille ist nicht halb so schlimm wie Điện Biên Phủ!"

Der Sous-Lieutenant neben ihm betrachtete Morand ruhig. "Indochina, Capitaine, bei allem Respekt, das ist dreißig Jahre her. Die Zeiten haben sich geändert..." Er beugte sich vor und fügte hinzu: "In der ganzen Stadt wird nach Ihnen gesucht. Willkommen in der Zivilisation!"

Was weißt du schon, du Grünschnabel! Morand atmete tief durch und versuchte, sich zusammenzureißen. Natürlich hatte der Junge Recht. In der Uniform fiel er selbst in einer Garnisonsstadt wie Marseille auf wie ein bunter Hund. Vermutlich hing sein Phantombild schon in jeder Polizeistation. Das war etwas ganz anderes als damals...

Der Fahrer wurde langsamer. Vier aufgeblendete Autoscheinwerfer bedeuteten mit grellem Licht, daß die Straße gesperrt war. Ein roter Punkt tanzte dazwischen, sie wurden an den Straßenrand gewunken. *Das war's dann wohl*, dachte Morand. Jetzt hatten sie ihn. *Das Ende einer Dienstfahrt.*

Der Fahrer fluchte und brachte den Ford widerwillig aber schließlich mit einem Ruck zum Stehen. "*Die Flics*", zischte er. Morand wollte etwas sagen, etwas wie: *da habt ihr's, ihr seid auch nicht besser im Großstadtdschungel als ich, jetzt haben uns die Bullen...* Doch der Sous-Lieutenant winkte ab, *still jetzt!*

Mit ernster Miene grüßend und sich ein wenig herunterbeugend, damit er besser in den Transporter sehen konnte, trat ein Beamter in dunkelblauer Polizeiuniform näher, eine Maschinenpistole im Anschlag. *Die nehmen die Sache aber ernst,* dachte Morand. *Bin ich so gefährlich?*

Nach einem kurzen fragenden Blick zum Offizier neben ihm kurbelte der Fahrer die Seitenscheibe herunter. "Was gibt's?"

"Personenkontrolle", war die knappe Antwort. "Alles raus aus dem Wagen!"

"Dies ist ein Wagen des *Ersten Fremdenregiments*", erwiderte der Fahrer scharf. "Ich fahre drei Offiziere. Da gibt es wohl nichts zu kontrollieren!"

"Das gibt es wohl doch, mon ami", erwiderte der Polizist ruhig und lugte in das Fahrzeug. "Zufällig suchen wir genau einen von euch Jungs." Er richtete sich wieder auf und deutete mit seiner Waffe an, daß sie aussteigen sollten. Morand beobachtete, wie zwei weitere Beamte näherkamen, auch sie hielten ihre Waffen im Anschlag. Er sah über die Straße, die Häuserzeile, die wartenden Einsatzfahrzeuge, und schätzte die Wahrscheinlichkeit, den Flics *und* der Legion zu entkommen auf wenig mehr als Null. *Aber immerhin nicht gleich Null*, dachte er im nächsten Moment und taxierte die Wagentür und den Sous-Lieutenant neben ihm aus den Augenwinkeln. Die Vorstellung eingesperrt zu sein, in Untersuchungshaft oder – nach derzeitiger Beweislage – für den Rest seines Lebens in einem der Staatsgefängnisse, schlugen ihm unmittelbar auf den Magen. In einer Zelle würde er ersticken. Daß ein Anwalt ihm weiterhelfen würde, hielt Morand für ausgeschlossen. Für einen Augenblick herrschte angespannte Stille. Der Fahrer des Militärtransits warf dem Lieutenant neben ihm erneut einen fragenden Blick zu. Ein kaum wahrnehmbares Kopfnicken war die Antwort. Morand führte seine Hand langsam zur Türverriegelung. Dann fiel sein Blick auf die Waffe am Koppel des Sous-Lieutenants. Eine Waffe, die würde er brauchen. Seine – oder besser gesagt, die Tatwaffe – steckte irgendwo tief in seinem Seesack. Vorsichtig streckte er seine linke Hand aus...

Dann aber kam es anders.

"Ich habe einen Passierschein", sagte der Beifahrer und zog einen Zettel aus der Jackentasche.

"Sehr witzig", erwiderte der Polizist. Doch ein Hauch von Unsicherheit klang in seinen Worten mit. Er trat wieder näher an den Wagen heran, nahe genug, um dem Fahrer des Transits Gelegenheit zu geben, ihn am Kragen zu packen. Der Caporal zog den überraschten Beamten zu sich heran. Der Kopf des Mannes schlug mit einem dumpfen Knall an den Türrahmen und der Caporal gab Gas. Morand wurde vom Sitz gerissen, als sie einen der Streifenwagen rammten, fing sich aber gleich wieder, der Sous-Lieutenant drückte ihn nach unten, der Polizist schrie, Maschinengewehrfeuer ertönte neben der Fahrertür, und im selben Augenblick ließ der Legionär los. Der Mann, den sie wohl hundert Meter mitgeschleift hatten, verschwand aus Morands Blickfeld, überschlug sich ein paarmal und blieb schließlich reglos mitten auf der Straße liegen. Schüsse ertönten weit hinter ihnen, zwei Einschläge in der Heckscheibe, eine etwas zu schnell genommene Kurve folgte, sie mußten sich festhalten, Lichtfenster huschten über ihre Gesichter, dann lenkte der Fahrer den Wagen auf die Schnellstraße. Die A5. Sie fuhren also nach Aubagne, dachte Morand, der sich wieder aufgerichtet hatte, in die Kaserne. In der Ferne ertönten Sirenen, leise, zu leise. Wenig später verloren sie sich im Fahrgeräusch des Transits.

Hinter den Rolltoren der Hauptwache war die Welt eine andere. Zurück in der Kaserne, im *Quartier Viénot*, galten eigene Gesetze, eigene Regeln, eigene Strafen, und Morand wußte, wenn die Legion nicht wollte, daß er zurückkehrte in sein altes, in sein neues Leben, dann *würde* er auch nicht zurückkehren. Sie hatten ihn also in die Kaserne gebracht, waren den Flics entkommen und waren ihnen zuvorgekommen – denn kurz darauf waren alle Zuwegungen zum Kasernengelände abgesperrt worden, diesmal mit eilig herangeholten *Spanischen Reitern*.

Was jetzt mit ihm geschehen würde, wußte vermutlich allein das *Deuxième Bureau*. Wilde Bilder tanzten vor den Augen des Capitaines, er selbst hatte genug Disziplinarmaßnahmen durchgeführt, Befehlsverweigerung zog eine der Härtesten nach sich – die Ermordung eines Vorgesetzten aber war noch eine ganz andere Hausnummer. Auf Arrest, Schlafentzug oder Hunger würde das nicht hinauslaufen, soviel war klar. Schon eher Strafbataillon. Der Tschad, Zaire oder Kolwezi waren nur einige Flugstunden entfernt, und diese Flüge gingen regelmäßig. Wenn dort ein Legionär verschwand, fragte nie wieder jemand nach ihm. Das Kasernengelände verfügte über einen eigenen Hubschrauberlandeplatz und, was im Augenblick viel wichtiger war, es gab in den nächsten Stunden keine rechtliche Handhabe für die Police Municipale, den Legionsbereich zu betreten. Gut oder schlecht, er war der Legion ausgeliefert.

Morand wurde in eine der Zellen gebracht, die, ohne einen direkten Zugang von außen, dem Wachgebäude angegliedert waren. Als die Tür hinter ihm zufiel, setzte er sich mit einem resignierten Seufzer auf die schmale Pritsche, die die Hälfte des kleinen Raumes ausfüllte, und starrte auf die Wand vor ihm. *Immerhin ist das Bett nicht hochgeklappt*, war sein erster Gedanke gewesen. In Algiers hatte es Zellen gegeben, die den Legionär zwangen, tagelang zu stehen…

Der zweite Gedanke galt Leclercque und seinem Mörder. Wie, zum Teufel, sollte er beweisen, daß nicht er den Colonel umgebracht hatte? *Daß* er es beweisen mußte – und zwar schnell –, stand außer Frage, die Unschuldsvermutung galt hier nicht für ihn. Aber wie sollte er das anstellen, ohne die Kaserne zu verlassen?

Als er schließlich einsah, daß es darauf keine Antwort gab, daß seine Suche hier und jetzt zu Ende war, gab er auf, legte sich hin und zählte, wie die Sekunden verrannen, wie aus Sekunden Minuten und aus Minuten Stunden wurden…

Gegen zwei Uhr morgens wurde sein Name gerufen. Morand, der im ersten Moment nicht wußte, wo er war, öffnete die Augen und sah einen bewaffneten Militärpolizisten vor seiner Pritsche. In Sekundenbruchteilen setzte sich das Puzzle zusammen, der Mord, die Flucht, die Zelle – er mußte eingeschlafen sein.

"*Mitkommen…!*"

Eine Viertelstunde später saß Morand im schwach beleuchteten Büro des Sicherheitsoffiziers. Commandant Le Maire war Leclercques Vize gewesen und gab vor, auch nach dessen Versetzung nach Paris mit dem Colonel befreundet gewesen zu sein. *Schlechte Voraussetzung für ein objektives Gespräch*, dachte Morand.

"Warum haben Sie Leclercque umgebracht?" war denn auch die erste Frage des S1.

Morand schüttelte träge den Kopf. "Ich habe ihn nicht umgebracht", sagte er tonlos. "Warum hätte ich das tun sollen? *Er* hatte mich zu sich bestellt."

"Das schließt sich ja nicht aus. Sie geben also zu, in Colonel Leclercques Wohnung gewesen zu sein?"

"Ich sagte doch..."

"Können Sie beweisen, daß der Colonel Sie eingeladen hat? Was wollte er denn von Ihnen?" Le Maires Stimme klang unerwartet jovial, sein Blick aber war lauernd wie der eines hungrigen Falken. Er war stämmig, sein kurzes, graublondes und so gut es ging zum Scheitel gekämmtes Haar umrahmte ein kantiges, rotes Gesicht mit schmalen Lippen und dunklen Augen. *Bluthochdruck*, dachte Morand und sah den Commandant unverwandt an. Er war drauf und dran zu antworten: *Das geht dich überhaupt nichts an, du Grünschnabel!* Aber wirklich hilfreich wäre das im Augenblick auch nicht gewesen. Und daß Le Maire ein Grünschnabel war, konnte man nun auch nicht sagen. Er beließ es also dabei mit den Schultern zu zucken.

"Sie haben ihn aufgesucht *ohne zu wissen, warum?*" Le Maire sah den Capitaine zweifelnd an. "Oder soll ich daraus schließen, daß Sie ihn umbringen wollten? Warum wollten Sie das?"

"*Verdammt, ich wollte ihn nicht umbringen!*"

"Dann haben Sie es im Affekt getan?"

"Ich..." Morand fuchtelte hilflos mit den Händen. "Ich habe ihn nicht umgebracht!"

Le Maire grinste spöttisch.

"Sie können mir glauben", sagte Morand sachlich, nachdem er einmal tief Luft geholt hatte, "daß auch ich keine Überraschungen mag. Aber er hat mich nun mal eingeladen. Ich bin neugierig, von Natur aus, und deswegen bin ich hingegangen." Er hatte weder vor, seine Stammakte zu erwähnen, noch Leclercques Versprechen, sie zu besorgen. Und die Sache mit Kerschenstein ging sowieso nur ihn selbst etwas an. Mit dem Mord konnte das auch gar nichts zu tun haben. "Hören Sie, mon Commandant", sagte er statt dessen. "Sie vertun Ihre Zeit. Der Mörder von Leclercque läuft irgendwo dort draußen frei herum und sucht sich vermutlich gerade sein nächstes Opfer! Sie sollten alles daransetzen, ihn zu kriegen. Ich jedenfalls habe den Colonel nicht erschossen..."

"*Capitaine*", seufzte Le Maire. "*Hören Sie auf mit diesem Unsinn!* Meine Geduld ist zu Ende. Sie sind hier, weil wir mit Männern, die unsere Offiziere umbringen, effizienter umgehen als die Justiz dort draußen. Monsieur Mitterand hat die Todesstrafe abgeschafft? Bitte, sein Bier – *wir nicht*. Das einzige, was Sie von einem sehr kurzen aber tödlichen Einsatz in Ruanda trennt, ist meine Neugier! Ich will wissen, warum Sie Leclercque umgebracht haben."

"Wie kommen Sie überhaupt darauf", erwiderte Morand nervös, "daß ich etwas mit Leclercques Tod zu tun habe?"

"Oh das war einfach", meinte Le Maire und bemühte sich, beiläufig zu klingen. "Wir haben gute Beziehungen zur Polizei. Die war Ihnen heute mittag schon auf den Fersen…"

Heute mittag? dachte Morand, *wieso wußten die Flics heute mittag schon, daß ich Leclercque in seiner Wohnung aufsuchen würde?*

"Warum haben Sie Leclercque umgebracht?" wiederholte Le Maire. Er sah Morand in die Augen und wartete ab, ob seine Drohung den gewünschten Eindruck hinterlassen hatte. Doch sein Gegenüber verzog nur den Mund.

"Schweigen hilft Ihnen nicht weiter, Capitaine. Ebensowenig wie leugnen. Also reden Sie!"

"Reden? Sie wissen doch anscheinend schon alles…" Offenbar hatte er mit seinen Befürchtungen recht behalten. Nicht nur die Polizei, auch die Legion hielt ihn für den Mörder. Sprach wirklich alles gegen ihn?

"Wie zum Beispiel kommt Ihre Personalakte in Ihr Gepäck?" Le Maires Stimme war wieder ruhig. "Ihr Regimentskommandeur hat sie Ihnen nicht ausgehändigt. Oder die an Leclercque gerichteten Briefe? Und wie erklären Sie den Besitz der Tatwaffe, auf der nur Ihre Fingerabdrücke zu finden sind?" Zugegeben, das letzte war ein Bluff. Aber vermutlich einer, der sich bald bestätigen würde. "*Herr Gott, Ihre Fingerabdrücke sind über die halbe Wohnung verteilt*", fuhr der Commandant fort. "Und es gibt Zeugen, die Sie in der Nähe des Tatorts gesehen haben. Zur Tatzeit." Er sah den Capitaine durchdringend an. "Ich warne Sie, Morand: nur mit einer sehr guten Antwort können Sie sich die Auslieferung an die Polizei verdienen. Muß ich Sie daran erinnern, daß die Tutsi in Ruanda nicht besonders gut auf die Legion zu sprechen sind? Ich denke, Sie wissen, was ich meine?"

"Als ich in die Wohnung kam", sagte Morand leise und schloß die Augen, "war Leclercque bereits tot. Vielleicht fragen Sie mal diesen falschen Fuffziger in Legionsuniform, der sich in der Wohnung versteckt hatte…"

Le Maire sah sein Gegenüber interessiert an. "Es war noch jemand in der Wohnung?"

"Der Mörder doch wohl!"

"*Natürlich, und der sah zufällig aus wie Sie und gab Ihnen seine Waffe bevor er ging!*" fuhr Le Maire den Capitaine an.

"Wie der Mann aussah weiß ich nicht", brummte Morand, der zu ahnen begann, daß seine Geschichte ein paar Schwächen hatte. "Er war ja maskiert. Aber im großen und ganzen war es genauso, ja."

Es klopfte einmal, dann trat ein Legionär herein, flüsterte etwas in das Ohr seines Vorgesetzten und legte zwei Aktenmappen, eine durchsichtige Plastiktasche mit einer Pistole und eine Notiz auf den Schreibtisch des Commandants, der ihn mit einem Kopfnicken wieder entließ. Morand wußte sofort, daß es sich um die Papiere und die Waffe aus seinem Seesack handelte. Die zweite Mappe war wahrscheinlich der Polizeibericht. Jedes Leugnen erübrigte sich damit wohl...

Le Maire warf einen Blick auf die Notiz. Dann sah er sein Gegenüber in einer Mischung aus Interesse und Enttäuschung an. Er wußte jetzt, daß Morand die Waffe in der Hand gehabt hatte. Und er wußte, daß Leclercque mit dieser oder einer ähnlichen Waffe erschossen worden war. Wenn er eins und eins zusammenzählte... Nun ja, Genaueres würde die kriminaltechnische Untersuchung ergeben.

Der Capitaine beugte sich vor und sah auf den Boden. Die Einsicht überkam ihn letztlich wie ein kalter Schauer: es gab tatsächlich nichts, das für ihn sprach. Er war auf sich gestellt, und die einzige Chance, die ihm blieb, war, die Wahrheit zu erzählen und zu hoffen, daß der Commandant ihm glaubte. Aber würde er ihm glauben? Vermutlich nicht...

"Ich habe den Colonel vor einer Woche angerufen", begann er schließlich mit rauher Stimme. Dann erzählte er Le Maire alles was in der vergangenen Woche geschehen war, vom Abschlußgespräch mit dem Regimentskommandeur bis zur Flucht aus Leclercques Wohnung, von Kerschensteins Brief bis zu Willards Geständnis und dem Lebenslauf des alten Mannes. Er ließ auch den unechten Offizier nicht aus, den er mit dem Messer verletzt hatte.

"Das hilft Ihnen auch nicht weiter", war Le Maires Antwort darauf. "Ich werde den Sanitätsbereich überprüfen lassen. Aber Hoffnung würde ich mir an Ihrer Stelle nicht machen." Dann summierte der Commandant kurz die Fakten und überlegte, wie wahrscheinlich es war, daß Morand den Colonel umgebracht hatte.

Er kam zu keinem Ergebnis und fluchte leise. "Finden Sie es nicht selbst ausgesprochen dämlich, überall in Leclercques Wohnung Ihre Fingerabdrücke zu verteilen, die mögliche Tatwaffe einzustecken und dann auch noch zu flüchten?" fragte er spöttisch.

Morand hob die Augenbrauen. Ihm war nicht entgangen, daß Le Maire die Pistole nur noch als *mögliche* Tatwaffe bezeichnete. "Was sollte ich denn machen", antwortete er ein wenig kleinlaut. "Ich war mit Leclercque verabredet. Und dann finde ich ihn erschossen in seiner Wohnung. Als die Flics vor der Tür standen, konnte ich doch nicht dableiben. Ich war in einer verdammt beschissenen Situation..."

"Das sind Sie immer noch. Aber schön, daß Sie das wenigstens einsehen. Und die Waffe?"

"*Verdammt, der Typ hat sie mir doch zugeworfen!*" rief Morand. Die Waffe war eine MAB PA 15, die Standardpistole der Legion. Die meisten Offiziere verfügten über eine solche Waffe. Er selbst hatte seine vor einigen Monaten abgegeben. Was sollte er in der Kaserne noch damit? "Der Typ hat sie mir doch zugeworfen", wiederholte er schwach. "Man läßt eine Waffe nicht einfach auf den Boden fallen…" Daß er es letztlich doch getan hatte, stand auf einem anderen Blatt.

Auf den Boden fallen… "Da haben Sie recht", seufzte Le Maire. War der Mann wirklich so naiv? Aber gut, was sollte er sagen? Die Waffe war so heilig wie die Kameradschaft. "Warum hat er sie Ihnen zugeworfen?"

"Damit geschieht was geschehen ist", erwiderte Morand ernst. "Ich fange sie auf und halte die Tatwaffe in der Hand. Und kurz darauf stehen die Flics vor der Tür…"

"Sie hätten schießen können."

"Das Magazin war leer…"

"Ach so." Le Maire nickte. Einen Augenblick lang dachte er nach. Der Informant des *Deuxième Bureau* hatte gesagt, daß in der Wohnung des Colonels nichts fehlte. Ein gewöhnlicher Raubüberfall war somit ausgeschlossen. "Und Sie bleiben dabei, daß es um diese verdammten Papiere geht?" fragte er schließlich und tippte auf Morands Stammakte.

"Warum sonst hätte Leclercque sie aus dem Fenster werfen sollen?"

"Sagen *Sie's* mir."

Der Capitaine schnaubte abfällig. Er richtete seinen Blick aus dem Fenster. "*Ich habe ihn nicht umgebracht. Und schon gar nicht für diese Akte!* Er hat mir geholfen. Nur ein wenig, aber immerhin…"

"Und Ihnen war das zu wenig. Daher…"

"Jetzt hören Sie auf mit dieser Tour! Mir ging es um Adressen von Menschen, die vermutlich längst tot sind! Nicht um Geld oder Dinge, für die Menschen sonst so töten… Rosa Kerschenstein. Ich wollte etwas über sie wissen, sonst nichts…" Er seufzte. "Daraus wird jetzt wohl nichts mehr…"

"Ihre persönliche Gefühlslage interessiert mich nicht!" Le Maire stand auf und begann, in seinem Büro auf und ab zu gehen. "Solange ich keinen Beweis für Ihren mysteriösen Legionär habe, sind Sie mein Mörder", sagte er leise und wandte sich Morand zu. "Spätestens morgen früh wird irgendein Commissaire hier auftauchen und nach Ihnen fragen", fuhr er mit einem schmalen Lächeln und fest entschlossen, einen letzten Versuch zu starten, seine Menschenkenntnis ad absurdum zu führen, fort. Ihm ging es in erster Linie darum, herauszufinden, *warum* Colonel Leclercque umgebracht wurde. Die Geschichte mit der Akte war unwahrscheinlich aber nicht unmöglich. Konnte er Spionage und den Verrat von militärischen Geheimnissen ausschließen, war ihm alles andere egal, dann sollte die Polizei ihre Arbeit machen, die Legion würde sich nicht mehr einmischen. Aber falls doch, dann mußte er alles daransetzen, den Täter und sein Motiv zu finden. Oder anders gesagt: die möglicherweise entwendeten Dokumente. Die Polizei würde ihnen in dieser Hinsicht keine Hilfe sein. "Dieser Commissaire", fuhr er fort, "der weiß, daß Sie in Leclercques Wohnung waren, daß Sie mit ihm bereits vorher Kontakt hatten, wird weitere Fragen stellen, nach dem Menschen Morand, nach möglichen Motiven oder Ursachen für das was geschehen ist. Und vielleicht werde ich ihm berichten, daß Sie ein sehr impulsiver Mensch sind, daß Sie seit einem Jahr kein Kommando mehr bekommen haben, weil Sie nervlich fertig sind, ein Wrack nach vierzig Dienstjahren gewissermaßen, daß Sie im Besitz einer Waffe sind und daß Leclercque Ihnen das eine oder andere verheimlicht hat. Was, das ist nebensächlich. Ein Streit um die Wahrheit mit tragischem Ausgang. Vielleicht wäre es das – in Verbindung mit Ihren Fingerabdrücken an der Tatwaffe –, was diesen Commissaire sehr zuversichtlich machen würde, in Ihnen den Richtigen gefunden zu haben. Es gibt seit drei Jahren keine Todesstrafe mehr in Frankreich. Aber stellen Sie sich das, was Sie erwartet, als langsamen Tod vor. In Ihrem Alter..."

Traum oder Wirklichkeit, Morand war sich nicht sicher, ob das, was er gerade hörte, wirklich ernstgemeint war. Oder sollte es ihm gleichgültig sein, solange es kein Flug nach Ruanda ohne Rückfahrkarte war?

"Und dann ist da noch die Sache mit dem Polizisten, den Sie heute nacht mit einem Fahrzeug der *Compagnie des Services*... sagen wir: schwer verletzt haben. Mit ein bißchen Glück überlebt er..."

"*Das war ich nicht!*" entrüstete sich Morand.

"Nun, drei Legionäre, davon zwei Offiziere, könnten bestätigen, daß Sie den Wagen gefahren haben..."

Morand stand auf, sah den Commandant entgeistert an, wollte schreien, fragen, ob er Witze mache, wollte ihn am Kragen packen und zur Vernunft bringen – und setzte sich doch wieder hin. Nein, sein Gegenüber scherzte nicht, scherzte vermutlich nie. Er biß die Zähne zusammen und lehnte sich zurück. Hätte er nur diese verdammte Akte nie gelesen, nie nach ihr gefragt, nie versucht, zu verstehen. Er wäre in fünf oder sechs Tagen ein freier Mann gewesen, und die Leclercques, Pétains und Le Maires dieser Welt hätten ihn am Arsch lecken können. Aber er *hatte* die Akte gelesen, und irgend jemandem schien das nicht zu passen.

Das Telefon auf Le Maires Schreibtisch unterbrach seine Gedanken. Der schrille Ton wirkte um so lauter, als es noch nicht einmal drei Uhr morgens war. Er rief Morand die Müdigkeit ins Bewußtsein und den Haß, den er mittlerweile für diesen Kerschenstein empfand. Er kannte ihn nicht, seinen angeblichen Vater, und doch machte er ihm seit etwa fünfzehn Stunden mehr Scherereien als eine Horde wilder Moslems! Er schloß die Augen und atmete tief ein. Hatte Le Maire am Ende vielleicht recht? War er wirklich ein nervliches Wrack? Hatten sie ihn deshalb abgeschoben nach Marseille, Ausbildungsdienst, Kaserne, Abstellgleis?

Die Stimme des Colonels drang in Morands Bewußtsein. Sie klang ruhig und verbindlich, doch man sah ihm an, daß er stocksauer war. "Nein, wir waren rein zufällig in der Nähe. Ach das... das waren nur Routinefragen. Schließlich geht es um einen Offizier der Legion... Oui, ganz wie Sie meinen, Monsieur le Préfet..."

Er telefoniert also mit dem Innenministerium, dachte Morand und hoffte, daß es dabei nicht um ihn ging. Die Hoffnung wurde im nächsten Moment zerschlagen. "*Liefern Sie mir den Mann aus!*" Le Maire hielt den Telefonhörer eine Handbreit von seinem Ohr entfernt, so daß Morand den Präfekten schreien hören konnte. "*Ich hebe die Immunität der ganzen Kaserne auf!* Wenn sich herausstellt, daß der Mann sich in Ihrer Kaserne aufhält, dann sind Sie geliefert!" Worte wie Disziplinarverfahren, Durchsuchungsbefehl und Police National folgten. Dann wurde es einen Augenblick ruhig am anderen Ende der Leitung. Le Maire nutzte die Stille höflich aber mit fester Stimme, um den Politiker zu beschwichtigen, wobei er einen vorwurfsvollen Blick in Morands Richtung warf: "Wir sind absolut darauf bedacht, Ihnen weiterhelfen zu... Die Verkehrskontrolle? Davon weiß ich nichts... Ja, diese Art von Transportern benutzen wir ebenfalls, das stimmt... selbstverständlich, Monsieur le Préfet... ich werde das untersuchen lassen... selbstverständlich... ich bin mir nicht sicher, ob überhaupt ein Offizier zu dem Zeitpunkt... Oui, ich werde das untersuchen lassen, natürlich... ja, auf Wiederhören..."

Der Commandant legte den Telefonhörer auf, bedachte den Präfekten mit einem rüden Fluch und sah dann zu Morand hinüber. "Ich denke, das Wesentliche haben Sie gehört?" fragte er mit kaum wahrnehmbarem Lächeln.

"Er meint bestimmt nicht mich", erwiderte der Capitaine knapp.

"*Natürlich tut er das, Sie Idiot!*" Le Maire rieb sich die Augen und schien nachzudenken. "Wenn die Sie in die Hände kriegen..." begann er leise. Dann aber nahm er den Telefonhörer wieder auf und wählte eine kurze Nummer. "Douchet?" fragte er schließlich. Eine Pause trat ein, in der Douchet – wer auch immer das sein mochte – offensichtlich unaufgefordert Bericht erstattete. "Nein, nein, das haben Sie sehr gut gemacht", sagte Le Maire schließlich väterlich. "Da haben Sie recht, das war in der Tat etwas unvorsichtig... Nein, keine Angst, wir haben noch ein paar Stunden Zeit. Ich habe dem Präfekten ein wenig Honig um den Bart geschmiert, das hilft immer. Seien Sie trotzdem das nächste Mal diskreter. Und melden Sie sich später bei mir." Mit einem Seufzer legte der Commandant den Hörer auf, lehnte sich zurück und starrte einen endlosen Augenblick lang an die Decke. Dann endlich beugte er sich wieder vor griff erneut zu Telefon, wählte und sagte: "Bringt den Capitaine wieder in seine Zelle..."

Die Nacht kroch träge dahin. An schlafen war nicht zu denken, dafür ging Morand zu viel im Kopf herum. In den letzten Stunden – und um viel mehr handelte es sich ja nicht – war er in eine Sache hineingeraten, die sein Leben, oder das was davon noch übrig war, völlig veränderte. Sein Interesse an den Kerschensteins war auf den Nullpunkt gesunken. Aber dieses Desinteresse kam zu spät. Wenn Le Maire ihn in ein paar Stunden den Flics auslieferte, dann würde er den Rest seiner nicht mehr allzugroßen Zukunft hinter Gittern verbringen, was weitaus schlimmer war als die ohnehin schon trübe Aussicht, die letzten Jahre gelangweilt und betrunken in Legionärskneipen zu vermodern.

Es dämmerte bereits, als die Zellentür erneut aufgeschlossen wurde. Morand fuhr nervös und ohne die Augen auch nur eine Minute zugemacht zu haben, auf. Ein junger Sous-Lieutenant trat herein, die rechte Hand am Griff der Pistole im Holster. "Folgen Sie mir bitte, mon Capitaine", sagte er ruhig und wies zur Tür. "Commandant Le Maire will Sie sprechen."

Als der Lieutenant ihm an der Zellentür Platz machte und vorgehen ließ, erkannte Morand, daß es einer der Männer war, die ihn am Abend vor den Flics gerettet hatten. Oder sollte man sagen: entführt hatten? Er sah auf seine Armbanduhr. "Le Maire?" fragte er müde und mehr zu sich selbst. "Schon wieder?"

Kurz bevor sie das Vorzimmer des Commandants erreicht hatten, wandte sich der junge Offizier zu Morand. "Mon Capitaine", sagte er leise. "Niemand von uns glaubt, daß Sie es getan haben."

Ein wenig überrascht und gegen seinen Willen gerührt, verzog Morand den Mund und nickte zum Dank. Dann ging die Tür auf und Le Maires Adjutant dirigierte ihn wieder zu seinem Platz vor Le Maires Schreibtisch, wo er sich sowohl dem Commandant als auch Colonel Pétain gegenübersah.

"Morand", sagte der Commandant in einem freundlicheren Tonfall als zuvor. "Ich hatte Sie für einen durchtriebenen Burschen mit viel Phantasie gehalten". Mit einer Handbewegung schnitt er dem Capitaine, der protestieren wollte, das Wort ab. "Beruhigen Sie sich. Im Augenblick halte ich Sie für einen Trottel ohne Phantasie. Ich weiß nicht, was Ihnen lieber ist, aber immerhin beginne ich, Ihnen Ihre Geschichte zu glauben. Und dafür, daß die Legion Sie nicht ausgebildet hat, krimineller zu denken als die Flics, können Sie schließlich auch nichts."

Morand begann allmählich, den Überblick zu verlieren. Er sah die beiden Offiziere nur verständnislos an. Gehörte das zur Verhörtaktik?

Le Maire verstand den verständnislosen Blick seines Gegenübers und lächelte müde. "Der Präfekt sagt, Ihre Schuld sei erwiesen. Falls Sie in der Kaserne Zuflucht suchen sollten, erwartet er von mir, Sie umgehend auszuliefern. Na, ich denke, dazu werde ich sehr bald einen richterlichen Beschluß auf dem Tisch haben, spätestens wenn der Beamte, mit dem Sie an der

Straßensperre Kontakt hatten, wieder bei Bewußtsein ist und sich an Sie erinnert..."

Das Fluchen des Capitaines machte keinen Eindruck auf den Commandant. Er wechselte einen Blick mit Pétain und fuhr fort: "Außerdem habe ich erfahren, daß es einen Brief von Ihnen an Leclercque gibt, in dem Sie drohen, ihn umzubringen. Und Zeugenaussagen, die Sie vor Leclercques Wohnung gesehen haben, kurz bevor die Schüsse fielen. Alles in allem sind Sie so gut wie erledigt."

Morand versuchte sich zu konzentrieren und das, was Le Maire gesagt hatte, zu ordnen. Es dauerte eine Weile, dann arbeitete sein Verstand wieder. "Ich habe Leclercque nie geschrieben", erwiderte er sachlich, wenn auch mit dem verzweifelten Unterton eines in die Ecke Getriebenen. "Und die Schüsse kann niemand gehört haben, weil die Waffe einen Mündungsfeuerdämpfer hat." Er wies auf die Pistole auf Le Maires Tisch, die tatsächlich einen Schalldämpfer besaß. "Keine Ahnung, ob mich jemand gesehen hat. Aber Uniformen sehen eben ziemlich gleich aus..."

"Ich weiß." Der Commandant lächelte süffisant.

"Wenn Sie das wissen, dann helfen Sie mir!"

"Was habe ich davon?"

"Es... verdammt, es geht um die Ehre der Legion..." Etwas Konkreteres fiel Morand nicht ein.

"Wohl eher um *Ihre* Ehre", brummte Le Maire, dem etwas ganz anderes im Kopf herumging: der Präfekt hatte erwähnt, daß ab sofort Beamte der Staatspolizei aus Paris die Untersuchungen führten. Das war ziemlich ungewöhnlich. Die Marseiller *Police Municipale* war natürlich ohnehin aus dem Rennen, die Kompetenz lag, da es sich um ein Kapitalverbrechen handelte, bei der *Police Nationale*. Aber warum schickten sie Leute aus Paris? Seine Vermutung, daß hier etwas absolut nicht in Ordnung war, wurde noch verstärkt durch Douchets Bestätigung, daß der Brief, soweit er es beurteilen konnte, ebensowenig echt war wie die Zeugenaussagen. Sein Adjutant, das mußte Le Maire zugeben, besaß allmählich bessere Kontakte zur Polizei als er selbst. Er wandte sich um und sah aus dem Fenster. Vor ihm lag der schwach erleuchtete Kasernenhof. Mit kleinen Augen, denn er war müde, sah Le Maire hinaus. Er überlegte. Die Polizei hatte begonnen, Indizien zu fälschen. Das Ministerium hatte sich nach wenigen Stunden in Person des Präfekten bereits eingemischt und seine eigenen Leute für die Untersuchung nach Marseille geschickt. Das Verschwinden Girardeaux' – natürlich wußte er davon – wurde vom *Deuxième Bureau* totgeschwiegen. Hier stimmte etwas nicht, dachte er immer wieder, wandte sich schließlich um und sah an Colonel Pétains Blick, daß er genau dasselbe dachte. Wenn man dann noch ein wenig Menschenkenntnis in die Waagschale warf, mußte man einfach zu dem Ergebnis kommen, daß Morand nicht der Täter sein konnte. Trotzdem – oder gerade weil – er sich so komplett dämlich verhielt.

Nach wie vor galt es herauszufinden, *warum* Leclercque umgebracht worden war. Ging es um Kerschenstein, wie Pétain vermutete, oder um den Verrat militärischer Geheimnisse? Bei einem Mann von Leclercques Dienstgrad und Position war dies die plausiblere Variante. Aber das Ministerium würde sich nicht in die Karten gucken lassen und erst recht nicht mit der Wahrheit herausrücken. Nach Douchets Fauxpas bei der Befragung der örtlichen Polizei, hatten die Untersuchungsbehörden ohnehin das Regiment im Visier. Wenn in ein paar Stunden der Durchsuchungsbeschluß vorläge, würde es hier im *Quartier Viennot* nur so von Polizisten wimmeln. Dann würde es ewig dauern, bis sie ihre eigenen Untersuchungen fortsetzen konnten.

Es sei denn...

"Machen wir es kurz, Morand", begann Le Maire schließlich. Ein erster schwacher Schimmer des anbrechenden Tages machte sich über den Dächern der Kaserne breit. Der Commandant wandte sich um und setzte sich, dem Capitaine zugewandt, halb auf seinen Schreibtisch. "Sie sitzen ganz schön tief in der Scheiße."

"Erzählen Sie mir was Neues...", erwiderte der Capitaine müde.

"*Unterbrechen Sie mich nicht!*", fuhr ihn der Sicherheitsoffizier an. "In ein paar Stunden wird der Untersuchungsrichter und die halbe Marseiller Polizei vor den Kasernentoren stehen. Bis dahin muß ich mich entscheiden, ob ich Sie den Flics oder den Tutsi in Ruanda ausliefere..."

"Die Schwarzen machen gründlichere Arbeit", suggerierte Pétain.

"Ich dachte, die Tutsi wären aus dem Spiel", erwiderte Morand ohne eine Miene zu verziehen.

Le Maire fuhr sich müde mit der Hand durchs Gesicht und warf Pétain einen vielsagenden Blick zu. Dann wandte er sich wieder an Morand. "Vielleicht", sagte er schließlich, "vielleicht geben wir Ihnen ja eine Chance."

Ich will keine Chance, dachte Morand, *ich will, daß mir endlich jemand glaubt!* Er verzog mißmutig den Mund. Nun ja, Chance klang irgendwie besser als nichts.

"Was der Commandant meint, ist eine Art Handel", schaltete sich Pétain ein. "Sie helfen uns und wir helfen Ihnen."

Morand lachte bitter auf. "Klingt nicht gut..."

"Sie haben die Wahl."

Die Wahl... sehr witzig. Der Capitaine brummte irgend etwas, das Le Maire als Einverständnis wertete. "Gut", sagte er, sah erneut kurz zu Pétain hinüber und stand auf. "Ich denke, wir sollten mit offenen Karten spielen. Ich wiederhole mich, wenn ich sage, daß Sie wirklich tief in der Scheiße sitzen.

Wenn Sie dort hinausgehen" – er wies in Richtung des Haupttores der Kaserne – "Wenn Sie dort hinausgehen oder *hinausgebracht werden*, haben die Flics ihren Mörder..."

"*Ich bin kein Mörder!*" Morand sprang ebenfalls auf.

"Sie wiederholen sich", erwiderte Le Maire trocken. "Setzen Sie sich hin. Was Sie sind oder zu sein glauben, ist belanglos. Paris will Sie, und nur Sie. Warum weiß ich nicht, aber es ist so, und das sollte Ihnen klar sein."

"Und Sie?"

"Und ich?" Le Maire lächelte. "Ich verlasse mich auf meine Menschenkenntnis..." Er hatte Morands Messer untersuchen lassen. Es wies tatsächlich Reste von Blut auf. Nicht viel, aber genug, um festzustellen, daß es sich um die Blutgruppe AB handelte. Eine seltene Blutgruppe, die nur sechs Männer hier am Standort teilten, und keiner von ihnen war verletzt. Leclercque selbst hatte A positiv, auch er schied somit als Opfer aus. Morands Geschichte vom Unbekannten, mochte also stimmen. Ein Beweis für seine Unschuld lieferte das Blut an seinem Messer natürlich nicht.

Das Läuten des Telefons auf seinem Schreibtisch riß Le Maire aus seinen Gedanken. Er nahm ab, meldete sich und hörte zu. Endlos lange Sekunden vergingen, in denen sich sein Gesichtsausdruck zunehmend verdüsterte. Schließlich notierte er sich auf einem kleinen Zettel zwei Zahlen-Buchstaben-Kombinationen. Er knallte den Kugelschreiber mit Nachdruck auf seine Schreibunterlage, fluchte und rang sich ein *Danke* ab bevor er ebenso geräuschvoll auflegte. Morand und Pétain sahen den Commandant fragend an, doch der schien sie gar nicht zu bemerken. Er starrte geistesabwesend auf den vor ihm liegenden Zettel, dann wandte er sich Pétain zu: "Girardeaux ist offenbar wirklich verschwunden", sagte er gepreßt. "Seine Frau hat vor drei Tagen zuletzt etwas von ihm gehört."

"Und da meldet sie sich heute schon?"

Le Maire warf dem Colonel ein flüchtiges Lächeln zu. "Er ist öfter über Nacht fortgeblieben", erklärte er matt. "Das bringt unser Job so mit sich."

Pétain versuchte beeindruckt zu gucken.

"Das *Bureau* allerdings hat seit letztem Wochenende nichts mehr von ihm gehört", fügte Le Maire hinzu. "Abgemeldet hat er sich auch nicht."

"*Kommt das auch öfter vor bei euch?*"

Le Maire nickte.

"Hat die Girardeaux die Flics alarmiert?"

"Nein, sie hat die Nummer des *Deuxième Bureau* gewählt. Wir haben also immer noch einen kleinen Vorsprung."

"Einen Vorsprung?" fragte Pétain. "Wofür?"

Der Commandant schob ihm seine Telefonnotiz zu. "Er hat offenbar etwas herausgefunden", sagte er mit einem Blick hinüber zu Morand, der ihre Unterhaltung wortlos verfolgte. "Sein Anruf kam aus Deutschland. Wo dort, wissen wir noch nicht, aber unsere Leute sind dran. Die können das ebensogut wie die Police Nationale. Ich vermute, er war auf der Suche nach Kerschenstein."

"*Kerschenstein?*"

"Darauf läuft es doch hinaus, Thierry." Le Maire machte eine entschuldigende Geste. "Oder was glauben Sie, Capitaine?"

Morand nickte. Natürlich vermutete auch er, daß es nur um diesen Mann ging, um Kerschenstein. Aber warum? Was war so besonders an diesem Menschen?

Pétain zuckte mit den Schultern. "Wo ist denn dieser Wunderknabe Kerschenstein?"

"Meine Leute sind gerade dabei, das herauszufinden..."

"Und das hier?" Der Colonel zeigte auf Le Maires Notiz, die zwei Zahlen und Buchstabenreihen enthielt. "Was soll das?"

"Er hat seiner Frau aufgetragen uns diese Codes zu geben falls er... nun, falls er sich nicht wieder melden würde..."

"Er hat also etwas geahnt?"

"Möglich..." Le Maire streckte sich müde. Er war seit fast sechsunddreißig Stunden auf den Beinen, was ihn allmählich gereizt und unkonzentriert werden ließ. "Du solltest keine voreiligen Schlüsse ziehen", fügte er schroff hinzu. "Vielleicht ist er nur untergetaucht."

"Glaubst du das?"

Der Commandant schwieg. Dann schüttelte er langsam den Kopf. "Nein..." Plötzlich schien ihm etwas einzufallen. Mit einer hastigen Handbewegung zog er den grauen Umschlag aus Morands Stammakte, öffnete den Brief und verglich die beiden Zahlenkombinationen. Er nickte. Seine Notiz stimmte mit der auf dem Brief überein. Wäre er ein wenig wacher, dann wäre ihm das sofort aufgefallen. "Wissen Sie was dies hier zu bedeuten hat, Morand?" Er schob dem Capitaine den Zettel hinüber.

Der schüttelte den Kopf. "Nein, keine Ahnung. Wer ist Girardeaux?"

Le Maire hob verwundert die Augenbrauen. Aber natürlich, Morand kannte den Mann gar nicht. Er war ja Leclercques *geheimer Kontakt...* "Girardeaux", erklärte er knapp, "arbeitet für das *Deuxième Bureau*. Nach allem, was wir wissen, war er es, der Leclercque eine Kopie Ihrer Akte besorgt hat."

"Hat Leclercque ihn auf Kerschenstein angesetzt?" wollte Pétain wissen.

"Vermutlich", erwiderte Le Maire und öffnete mit einem beiläufigen Handgriff einen der Schränke, die die Wand hinter ihm bedeckten. Nacheinander stellte er drei Gläser und eine Flasche auf den Schreibtisch. "Ich glaube, sie waren befreundet. Und es sieht nun mal so aus, als ginge es einzig um diesen alten Mann. Und das wiederum dürfte ein Freundschaftsdienst für *Sie* gewesen sein, nicht wahr, Capitaine?"

Morand brummte widerwillig. "Ich wollte eben wissen, wer das ist – mein Vater..."

"Natürlich, Capitaine, natürlich..." Le Maire öffnete die Flasche und setzte sich. "Ich frage mich, was es mit diesen Zahlenkombinationen auf sich hat..."

"Das könnte so etwas wie Aktenzeichen sein", vermutete Pétain. Er betrachtete den Brief mit Leclercques handschriftlichem Vermerk und Le Maires Notiz. "Aber das hilft uns nicht weiter. Die Zahlen hatten wir vorher schon..."

"Es sei denn..." Der Commandant griff zum Hörer und wählte. "*Hat sie sonst noch etwas gesagt?*" bellte er ohne sich zu melden in den Apparat. Einen Augenblick und ein paar Erklärungen später legte er den Hörer schwungvoll wieder auf. "*Idiot*", zischte er. Dann sah er auf. "Es scheint sich tatsächlich um ein Aktenzeichen zu handeln. Girardeaux hat seiner Frau gegenüber noch erwähnt, daß das *Verfahren* eingestellt wurde..."

"Die Mordanklage?", meldete sich Morand zu Wort, und als die beiden Offiziere ihn fragend ansahen, fügte er hinzu: "Kerschenstein hat davon geschrieben. Er schwor, er wäre unschuldig!"

"Ja, die Mordanklage..." Pétain nickte. Auch er hatte die Unterlagen in dieser Nacht gelesen. "Aber das Ganze ist dreißig Jahre her..."

"Es ist die einzige Spur, die uns weiterbringt", seufzte Le Maire.

"Wieso *uns*?" fragte Pétain. "Wir liefern Morand mit allem, was wir hier haben dem Untersuchungsrichter frei Haus –" er zeigte mit triumphierenden Grinsen auf die Briefe. "Wir haben unsere Ruhe und der Fall ist gelöst..."

"Die Sache hat einen Haken", sagte der Commandant mit einem müden Grinsen. "Ich glaube nicht, daß unser Capitaine der Mörder ist. Nicht Leclercques und schon gar nicht Girardeaux'..."

"Danke", brummte Morand beunruhigt.

Le Maire bedachte ihn mit einem kalten Blick. Dann fuhr er fort: "Tatsächlich ist Morand der einzige, der uns im Augenblick helfen kann. Liefern wir ihn aus, sind wir ihn los. Die Polizei hat ihren Schuldigen. Aber ich habe das Gefühl, daß uns das Ministerium trotzdem nicht aus den Augen lassen wird, weil wir ebenfalls von diesem verdammten Kerschenstein wissen."

"Das ist ja Unsinn..." begann Pétain, doch der Commandant schnitt ihm das Wort ab: "Nein Thierry, Leclercques und Girardeaux' Fehler war, daß sie ihre Nase in etwas gesteckt haben, das mit diesem Kerschenstein zu tun hat." Er warf Morand einen weiteren kalten Blick zu. "Ebenso wie wir es gerade tun..."

Pétain schwieg.

"Wir können nur versuchen, uns zu wehren." Le Maire nahm die Flasche wieder auf und begann, die Gläser zu füllen. Morand sah die beiden Offiziere skeptisch an. *Kommen wir also zur Sache*, dachte er mißmutig und ein wenig neugierig zugleich. Sein Blick fiel auf die Flasche, die der Commandant zurück auf den Tisch stellte. *Whisky*, stellte er fest. *Wenigstens Single Malt. Wenn auch kein Dalwhinnie.*

"Hören Sie zu, Morand..." Le Maire verteilte die Gläser und setzte sich wieder. Er sammelte sich kurz, dann fuhr er fort: "Die Polizei fahndet mittlerweile im ganzen Departement *Bouches-du-Rhône* nach Ihnen. Vermutlich auch schon in ganz Frankreich. Uns, das heißt der Legion – und auch dem *Deuxième Bureau* – sind die Hände gebunden. Vielleicht bleiben uns noch ein paar Stunden, dann haben wir die Polizei und die Staatsanwaltschaft hier…" Aus den Augenwinkeln beobachtete er die Reaktion des Capitaines. Doch der blieb abwartend regungslos; er war ebenfalls müde und hatte plötzlich überhaupt kein Interesse mehr an einem *Deal*, der ihn dem Gefängnis womöglich noch ein Stück näher bringen würde. Wenn man nicht kämpfen konnte, sagte er sich, war Flucht das einzige was blieb, um Leben und Material zu schonen.

Aber genau das schien Le Maire ihm im nächsten Moment vorzuschlagen: "Ich will den Mörder", begann er. "Denn die Wahrscheinlichkeit, daß Sie das sind, erscheint mir verschwindend gering…" Pétain wollte protestieren, doch eine Geste des Commandants ließ ihn verstummen. "Zwei unserer Offiziere wurden erschossen, und die Polizei läuft einem Präfekten und einem Untersuchungsrichter hinterher, die es anscheinend ausgerechnet auf Sie abgesehen haben. Irgend etwas stimmt da nicht. Aber was, das können wir nur herausfinden, indem wir den wir den Unbekannten, von dem nur unser Capitaine weiß, wie er aussieht, kriegen und hierherschaffen."

"*Hierherschaffen?*" fragte Morand und sah den Commandant zweifelnd an. "Wie soll das gehen? Der Mann trug eine Maske, und er ist mittlerweile über alle Berge!"

"Sie haben von einer Tätowierung am Hals erzählt…"

"Habe ich das?" Morand überlegte. Tatsächlich hatte er dies Detail für eher belanglos gehalten, vermutlich weil er es nicht hatte lesen können. Ein paar kyrillische Buchstaben, darunter ein Schwert oder ein Messer, irgend so etwas. Er nickte langsam.

"Wir wissen, daß dieser Kerschenstein Deutscher ist", fuhr Le Maire fort. "Um ihn scheint sich ja wohl alles zu drehen. Suchen Sie ihn auf, bringen Sie ihn hierher. Ich bin sicher, unser Mann wird ihm folgen…"

"Und mir."

"Um Sie mache ich mir keine Sorgen." Le Maire schmunzelte. "Ein Offizier der Legion wird mit diesem Typen fertig!"

"Zwei haben es nicht geschafft…"

Le Maire wurde ernst. "Sie haben keine Wahl", erwiderte er scharf. "Wenn Sie es nicht vorziehen, den Rest Ihres lausigen Lebens auf der Flucht zu verbringen."

Morand verzog das Gesicht und fluchte. Im selben Augenblick ertönte das Telefon erneut. Diesmal hob Pétain ab. "Jetzt schon?" fragte er und wandte sich zu Le Maire. "Die Flics sind da", erklärte er und hängte auf. "Ich kümmere mich darum."
"Du?"
"*Du etwa?*" Der Colonel nickte in Richtung Morand und verließ das Zimmer.
Le Maire seufzte. "Dann haben wir wohl weniger Zeit als gedacht", sagte er, stand auf und holte seinen Adjutanten. "Schaffen Sie ihn fort und machen Sie einen Zivilisten aus ihm", brummte er und notierte eine Telefonnummer auf einem Notizblock. "In einer halben Stunde will ich ihn nicht mehr in der Kaserne sehen. Und achten Sie darauf, daß die *Flics* ihn nicht in die Hände bekommen. Die werden vermutlich zuerst das Stabsgebäude und die Unterkünfte durchsuchen..."
"Ach, Commandant..." begann Morand und wies den Adjutant, der ihn aus dem Büro dirigieren wollte zurück. "Deutschland ist groß und teuer – wie und wo soll ich Kerschenstein suchen. Leclercque wollte mir seine Adresse beschaffen..."
Le Maire reichte ihm den Notizzettel. "Rufen Sie mich unter dieser Nummer an. *Und nur unter dieser Nummer.* Ich werde mich um die Adresse kümmern. Vöckler wird Ihnen Geld mitgeben." Er wies auf den Adjutanten. Alles Weitere sehen wir, wenn Sie in Deutschland sind. Und jetzt verschwinden Sie..."

Das *Deuxième Bureau* steckte Morand in einen dunklen, nicht wirklich perfekt sitzenden, Anzug. Zusammen mit einem hellblauen Hemd und einer tristen Krawatte sollte er wie ein Geschäftsmann aussehen. Nach Morands Meinung glich das Ergebnis eher einem erfolglosen Inkassobeamten, aber er mußte zugeben, daß er so weit weniger auffiel als in seiner Uniform.
Er hatte Geld bekommen, D-Mark, deutsches Geld, denn zurück in seine Wohnung konnte er nicht mehr, und wo auch immer er etwas von seinem Konto abheben würde – die Polizei würde Wind davon bekommen.
Alles, was sein Seesack enthalten hatte, steckte jetzt in einer schwarzen *Samsonite*-Reisetasche. Wenig später fuhren ihn die drei Legionäre, deren Bekanntschaft er am Vorabend gemacht hatte, nach Valence, geleiteten ihn zum TGV nach Paris und sorgten dafür, daß er unbehelligt einsteigen konnte. Offenbar hatte die Police National ihre Kreise noch nicht so weit gezogen. Direkt von Marseille aus zu fahren, wäre allerdings in jedem Fall zu gefährlich gewesen.
Von nun an, dessen war Morand sich bewußt, lag alles Weitere einzig an ihm.

Die Landschaft zog am Abteilfenster vorbei und wirkte plötzlich schrecklich zivil. Dies war kein Flug in einen neuen Einsatz. Keine Barackenstadt, keine Kaserne wartete auf Morand, kein Flughafen, von dem aus eine in Tarnfarben lackierte *Transall* ihn in irgendeine gottverlassene Gegend in Afrika bringen würde. Sein Bedauern hielt sich in Grenzen. Hätte dieser Flug tatsächlich stattgefunden, wäre es sein letzter gewesen. In diesem Fall aber hatte er wenigstens noch eine kleine Chance, eine Chance namens Kerschenstein.

Kerschenstein! Merde!

Er begann, den Mann zu hassen! Wollte er wirklich wissen, wer sein Vater war? Reichte es nicht, Claes und Soetkin Morand enttäuscht zu haben, die beiden Menschen, die ihm im Leben weitaus mehr bedeutet hatten als irgendein genetisch nachweisbarer Vater, der sich einen Dreck um ihn scherte? Zugegeben, diese Einsicht kam vermutlich Jahrzehnte zu spät. Dennoch nagten Zweifel an ihm. Oder war es nur ein schlechtes Gewissen?

Bilder tauchten vor seinen Augen auf, die mit der französischen Landschaft jenseits der Abteilfenster nichts gemein hatten, weißgekalkte Häuser oder solche aus graubraunem Stein, endlose Baumreihen, endlose Kanäle, die gütigen Augen seiner Mutter, das verschmitzte Lächeln seines Vaters. Ein Vater, der nicht *sein* Vater war. *Scheiß drauf,* dachte er. Warum war er nicht dortgeblieben, damals? Warum hatte es ihn fortgezogen?

Jossele, kleiner Jossele. Morand schreckte auf. Die Worte hallten sekundenlang in seinen Ohren wider. Das Bild einer dunkelhaarigen, jungen Frau gehörte zu ihnen. Es verblaßte innerhalb von Sekunden. Doch die Zeit reichte aus, um einen Entschluß zu fassen. Er würde nicht nach Deutschland fahren, zumindest nicht gleich. In Brüssel würde er sich ein Taxi nehmen, ein Taxi nach Moerkerke. Nach Hause.

> "Hat ein Gott diese Welt erschaffen, so möchte ich nicht dieser Gott sein; das Elend der Welt zerrisse mir das Herz."
> J. K. Huysmans: Gegen den Strich, 1884, S. 171

6. OLDENBURG, MONTAG, 03. SEPTEMBER 1984

Kerschenstein döste vor sich hin, die Hände auf dem Tisch, den Kopf vornübergebeugt. Es war früher Nachmittag. Der Teller, auf dem zuvor zwei dünn bestrichene Wurstbrote gelegen hatten, stand nun leer auf dem Küchentisch, daneben ein Becher mit kaltgewordenem Kaffee. Zwei Fliegen flogen und liefen über den Tisch.

Irgendwo im Haus, vielleicht ein, zwei Stockwerke tiefer, bellte unaufhörlich ein Hund, im Treppenhaus waren Schritte zu hören, in der Nachbarwohnung schob jemand einen Stuhl zurück. Stimmen drangen dumpf durch die dünnen Wände. Kerschenstein kannte die Geräusche und ignorierte sie. Kein Grund aufzuhören mit den Träumen, die nur im Halbschlaf kamen und danach wieder verschwanden. Kindheitserinnerungen, alles was ihm geblieben war.

Plötzlich zuckte er zusammen. Aus dem Treppenhaus drangen leise Geräusche, andere Geräusche als sonst. Er sprang auf, ein hastiger Blick auf die Straße. Unten vor dem Haus liefen zwei Männer in dunklen Mänteln. Hoffentlich nicht die SA! Im nächsten Augenblick klingelte es. Er hielt den Atem an und lauschte. Alles war still. Vor drei Tagen waren Grünbergs plötzlich verschwunden. Und Seligmanns ebenfalls. Abgeholt, nur zwei Koffer in der Hand. Kerschenstein hatte gebetet und sich hinter den Gardinen versteckt.

Es klingelte erneut. Vorbei, dachte er, zwecklos. Er sah sich im Zimmer um, ein paar Möbel aus dem elterlichen Haus, die Stehlampe mit ihrem spärlichen Licht, Bücher, Bilder, die Menorah... Er seufzte und ging langsam zur Tür, öffnete sie und wurde im selben Augenblick von einer dunklen Gestalt zurückgedrängt.

Es dauerte einen Augenblick, bis seine Augen den Eindringling fixiert hatten. "Spitta!" murmelte Kerschenstein erleichtert. Und ein wenig vorwurfsvoll. Walter Spitta war Pastor in Jaderberg, und er versorgte seit über einem Jahr die Oldenburger Juden so gut er konnte mit dem Nötigsten an Nahrung, Kleidung und Informationen. Kerschenstein warf einen Blick in das Treppenhaus, dann verschloß er leise die Tür, nahm dem Pastor den nassen Mantel ab und führte ihn in das kleine Wohnzimmer.

"Sie sind in Gefahr", sagte Spitta nervös. Er hatte diesmal keine Tasche dabei.

"Das weiß ich schon lange", grinste Kerschenstein bitter.

Spitta schüttelte besorgt den Kopf. "Diesmal wird es ernst. Die Deportationen haben wieder begonnen. In spätestens drei Tagen wird Oldenburg judenfrei sein..."
"Umsiedlung?" fragte Kerschenstein. Das war die offizielle Meldung.
Der Pastor verzog den Mund. "Ich bin mir nicht sicher. Ich fürchte, der Ausdruck trifft es nur teilweise."
Kerschenstein nickte, vage ahnend, was der Pastor damit meinte. Er sah hinüber zum Tisch mit der Häkeldecke. Was auch immer geschehen mochte, Rosas Bilder, ihre Briefe und alles, was sie ihm geschickt hatte, waren in Sicherheit. Vielleicht hatte er ja in ein paar Monaten schon Gelegenheit, alles wieder auszugraben. Wenn sich alles beruhigt hatte...
Sie setzten sich. Kerschenstein stellte ein Glas auf den Tisch und wies auf den halbvollen Krug. "Ich habe nur Wasser."
Spitta bedankte sich und goß das Glas voll. Er wußte, daß mit dem Beschäftigungsverbot für Juden oft genug bitterste Armut einherging. "Was haben Sie da?" fragte er müde, als er den Krug abstellte. Auf dem Tische lag eine Photographie.
"Ach..." Kerschenstein seufzte. "Das ist eine lange Geschichte..." Er sah den Pastor fragend an.
Spitta lächelte. "Ein wenig Zeit habe ich." Er mußte mit dem Fahrrad zurück nach Jaderberg. Fünfundzwanzig Kilometer. Aber nicht in der Dunkelheit, dachte er und sah zur Uhr. Das war zu gefährlich. Ihm blieben noch ein paar Stunden.
"Wußten Sie, daß ich verheiratet bin?"
"Nein", erwiderte Spitta überrascht. "Was ist geschehen? Wo ist Ihre Frau? Ich meine..."
Kerschenstein fuhr sanft über die kleine Schwarzweißphotographie, warf einen wehleidigen Blick darauf und reichte sie dem Pastor. "Ja, Sie haben recht. Kerschenstein und eine Frau! Was für ein absurder Gedanke..."
"Nein, das hatte ich damit nicht sagen..."
"Ich habe keine Ahnung wo sie jetzt ist", fuhr Kerschenstein ungerührt fort. "Ich habe sie nach dem Krieg nicht wiedergesehen."
"Ist ihr etwas zugestoßen?"
Jacob Kerschenstein sah abwesend aus dem Fenster. Dann nickte er langsam. "Ich bin nach München gefahren. Hélène wohnte dort, wissen Sie? Rosas Schwester. Sie war die einzige Verbindung. Im Mai 1919 war das wohl, ich weiß es nicht mehr..." Seine Stimme war leise und rauh.
"Rosa?"
"Meine Frau."
"So... Sie haben sie gesucht?"

Kerschenstein nickte. Natürlich hatte er das. Und wie er sie gesucht hatte! In München, in Belgien, er hatte ihre Spur verfolgt, bis er sie verlor. Und ihm das Geld ausging.

Auf der Straße wurde es laut, Rufe erklangen, Kerschenstein sprang auf und lugte vorsichtig aus dem Fenster. Ein paar Häuser weiter hielt ein Lkw. Menschen froren auf der planenlosen Pritsche, in Mäntel gehüllt, ängstlich an den Häusern hinaufsehend. Einige hatten einen Koffer in der Hand, wie in einem überfüllten Zug.

Soldaten kamen hinzu. Rufe. Kommandos in kaltem, plötzlich so fremdem Tonfall. Er erkannte die beiden Runen auf den Helmen und wandte sich ruckartig vom Fenster ab. "Sie müssen verschwinden", flüsterte er dem Pastor zu. "Hier in der Wohnung dürfen Sie nicht bleiben!"

Spitta nickte. Er betrachtete Kerschenstein mit einem typischen Abschiedsblick und schüttelte ihm lange und fest die Hand. Dann wandte er sich um und verließ schnellen Schrittes die Wohnung.

Jacob Kerschenstein sah ihm nach. Er wußte, daß er ihn nicht wiedersehen würde. Diesmal konnte er nicht davonlaufen. Seine Gleichgültigkeit wechselte zu Angst. Er begann zu zittern. Vielleicht war es auch nur die Kälte, versuchte er sich einzureden, kein Grund, Angst zu haben. Wenigstens Rosa war in Sicherheit! Zumindest hoffte er das. Aber wer vermochte zu sagen, wo sie war? Sein Blick fiel auf eines der Bücher, die seit Tagen ungelesen auf der Anrichte lagen. Ein wenig mitleidig steckte er es wieder zurück in das Regal. Er kannte die meisten beinahe auswendig, und doch verspürte er plötzlich das Verlangen, sie noch einmal zu lesen. Alle.

Er lachte leise auf. Wer würde die Bücher nun wohl lesen? Oder würden sie sie auch verbrennen?

Das Klingeln an der Tür erstickte alle Gedanken.

Kerschenstein nahm den kleinen Koffer auf, der seit Tagen gepackt im Flur stand, sah sich noch einmal um, trat ans Fenster und spähte vorsichtig hinab. Ein Soldat stand auf dem Gehweg, sein Gesicht war unter dem Schatten des Helms kaum zu erkennen. Es war schmal und jung. Der Soldat hatte den Karabiner über den Rücken gehängt. Hinter ihm stand unruhig ein SA-Mann. Kerschenstein schluckte, sein Hals war plötzlich vollkommen trocken. Einen Augenblick lang fürchtete er, nie wieder hierher zurückzukommen. Der SA-Mann sah herauf zu Kerschensteins Fenster... In wenigen Augenblicken würde er hier oben sein.

Erneutes Klingeln, lärmend und durchdringend in der Einsamkeit seiner Wohnung, ließ ihn zusammenfahren, er wandte sich um, sein Herz begann zu rasen, die Angst, abgeholt und fortgebracht zu werden, aus einer Reihe vorzutreten oder beim Apell ausgewählt zu werden begann ihn zu lähmen. Die Angst zu sterben, er war sie nie wieder losgeworden.

Dabei war alles gutgegangen, viele Jahre lang, sehr viele Jahre, er hatte sie nicht gezählt. Nicht die vor Fünfundvierzig und nicht die danach. In bescheidener Einsamkeit hatte er gelebt, vielleicht hin und wieder einmal einen *Carob* mit Lewek getrunken, seinem einzigen Freund. *Carob* war ihr Lieblingsgetränk. Allerdings nur mit Rum. Kerschenstein kicherte leise.

Er hatte versucht, zu vergessen, Merbach, den er nach dem Krieg fast vor den Militärgerichtshof gebracht hätte, SS-Obersturmführer Merbach, sein sadistisches Grinsen, seine Willkür. Das zynische, stets von einer Uniformmütze beschirmte Gesicht hatte ihn noch lange bis in den Schlaf verfolgt. Oder den jungen Lieutenant Willard – seinen Vorgesetzten, als er nach dem Krieg bei den Briten wieder Fuß fassen konnte. Willard, der ihn im Stich gelassen hatte. Oder den jungen SS-Mann, der ihn während des letzten Todesmarsches nach Dachau nicht aus den Augen gelassen hatte – wann war das noch? März oder April Neunzehnhundertfünfundvierzig? Vermutlich. Doch die Gedanken kehrten immer wieder zurück. Selbst Rosa war allgegenwärtig geblieben, Rosa, seine Frau, auf deren Rückkehr er selbst nach sechzig Jahren noch hoffte. Rosa, deren letzte Photographie er verschenkt hatte, aus Dankbarkeit für ein paar Stücke Brot...

Vergessen ist verdammt schwer, wenn man allein ist, wenn man mehr als genug Zeit hat zum Nachdenken.

Im Juli hatte er ihn wiedergesehen, den SS-Mann. Er hatte es zunächst nicht geglaubt, der Mann war alt geworden. Sie beide waren alt geworden. Doch die Gesichtszüge waren dieselben. Kein Zweifel. Schließlich, nach ein paar Tagen, hatte er den Mann angesprochen. Doch er hatte nichts von ihm wissen wollen...

Es klingelte erneut. *Dieser verdammte Dessauer!* Würde er nie locker lassen? Hatte er nicht alles getan, was sie wollten? Mord verjährt nie, das wußten sie, Dessauer wußte das. Er war ein guter Anwalt, keine Frage. Die Geschichte mit Merbachs Freispruch war sein Meisterstück gewesen!

Kerschenstein mochte nicht mehr, konnte einfach nicht mehr. Er hielt sich nervös am Tisch fest und beschloß, die Tür nicht zu öffnen. Ganz einfach. Probleme lösten sich auf, wenn man sie ignorierte.

Das Herzklopfen blieb. Er lauschte in die Stille. Vor der Tür war nichts zu hören – Kerschenstein schüttelte den Kopf. Eigentlich hatte das mit dem *Ignorieren* noch nie geklappt. Was, wenn *sie* die Tür aufbrachen? *Ihnen* war alles zuzutrauen!

Mit einem fahrigen Blick betrachtete er das Blatt Papier, das vor ihm auf dem Tisch lag. Er schob den Teller ein wenig beiseite, um es besser sehen zu können, wobei er ein paar Fliegen aufscheuchte. Die Zeichnung darauf war nicht schlecht, das dachte er selbst, und er hielt sie für ein geniales Testament. *Für den Fall der Fälle*, wie er immer sagte.

Für den Fall, der nun bald eintreten würde. Sie würden sich das Päckchen mit Gewalt holen, Rosas Briefe, die Bilder und der andere Kram. Aber so einfach würde er ihnen das Päckchen nicht überlassen. Außer Lewek würde niemand je die Bedeutung seiner Bleistiftskizze erraten! Er lächelte nervös, fuhr sich durch das dünne Haar und zog ebenso beiläufig wie fachmännisch eine der Linien nach. Zeichnen konnte er, trotz seiner neunzig Jahre. Ein paar Steine, eine Inschrift, plastisch, detailgetreu. Ein kurzer Hustenanfall, die Linie bekam eine Delle. Kerschenstein verzog den Mund, fluchte und feuerte den Bleistift in die Zimmerecke.

Wieder klingelte es an der Tür, diesmal viel länger. Hatten sie ihn gehört? Der alte Mann hielt den Atem an und starrte auf die Zimmertür. *Sie* gaben nicht auf, nein, diesmal war es *ihnen* ernst. Todernst. Seine Hände begannen unkontrollierbar zu zittern. Er dachte an den Taxifahrer, doch der konnte es nicht sein. Lewek? Lewek hatte einen Schlüssel, der würde nicht klingeln. Blieb nur noch Dessauer oder einer seiner Männer. Sonst hatte sich hier in all den Jahren niemand sehen lassen. *Die* ließen nicht locker! Was war es noch, das Dessauer wollte? Die Photographie? Ja, darum ging es wohl, das Päckchen. Hätte er dem Taxifahrer nur nie etwas davon erzählt. Nur von ihm konnten SIE das wissen...

Diesmal klopfte es, pochte gegen die Tür. Nicht heftig, vorsichtig. Aber... *so vorsichtig?* Das war nicht Dessauer, keinesfalls! So konnte nur eine Frau klopfen, ganz bestimmt! Sollte er sich so vertan haben? *Rosa!* durchfuhr es ihn. *Rosa! Endlich! Sie war zurückgekehrt.* Sie hatte ihn gefunden!

Er stand auf, schalt sich, nicht gleich nachgesehen zu haben, hielt sich mit der Linken am Tisch fest und fuhr sich mit der anderen Hand erneut aufgeregt durch das schüttere Haar. Ein wenig wackelig ging er zur Wohnungstür hinüber, vorsichtig, sehnsüchtig. *Oh, Rosa!*

Ein hastiger Blick durch den Spion gab ihm Gewißheit. Die Augen, die Gesichtszüge. Nach all den Jahren war sie zu ihm zurückgekehrt, nach all den Jahren! Kein Gedanke mehr an Merbach oder Dessauer. Alles wurde gut...

Brussel-Zuid tönte es blechern aus den Lautsprechern am Bahnsteig, *Bruxelles-Midi.* Der Zug war mit quietschenden Bremsen langsamer geworden und mit einem Ruck endgültig zum Stehen gekommen. Morand hatte schon vor einer viertel Stunde sein Abteil verlassen und mit seiner Reisetasche an der Tür am Waggonende gewartet. Er sah hinaus auf die Bahnsteige und versuchte auszumachen, ob es dort Polizisten gab, die auf ihn warten mochten. Eine Uniform aber war in dem überwältigenden Gedränge nicht zu sehen. Vielleicht auch ganz gut so, das mit dem Gedränge, war sein nächster Gedanke. Er mochte derartige Menschenansammlungen nicht, die Polizei aber würde ihn hier wohl kaum finden.

Mit dem Strom der Reisenden drängte Morand von den Bahnsteigen fort, stieg hinauf zum Ausgang am *Place Victor Horta* und wandte sich nach rechts, zu den in Sichtweite liegenden Taxiständen. Er überlegte, ob es nicht sinnvoller wäre, ein Auto zu mieten. Dann aber erinnerte er sich, im Auftrag und auf Spesenrechnung des *Deuxième Bureau* unterwegs zu sein. Er fühlte sich gewissermaßen eingeladen und bestieg schließlich eine der Taxen, die in der Nähe des Bahnhofs warteten.

Auf dem Rücksitz des Wagens überlegte Morand einen Augenblick, bevor er das Fahrtziel nannte. Ein wenig Koketterie, wie er zugeben mußte, denn den Namen des kleinen Ortes hatte er auch nach vierzig Jahren nicht vergessen. "*Moerkerke*", sagte er hingebungsvoll. "*C'est près de Bruges...*"

Der Chauffeur nickte, lächelte zufrieden und fuhr los. Er mochte es nicht, wenn seine Fahrgäste glaubten, er kenne sich nicht aus in Belgien und meinten, ihm Tips geben zu müssen. Aber angesichts dessen, was am Ende auf dem Taxameter stehen würde, verkniff er sich jeden bissigen Kommentar.

Morand hatte im Zug geschlafen, ein paar Stunden. Vielleicht auch nur gedöst. Der vorsichtige Halbschlaf eines ehemaligen Frontsoldaten. Jetzt war er wach, sah auf die Straße hinaus und hoffte, irgend etwas wiederzuerkennen, was dem Belgien seiner Kindheit ähnelte.

Vergeblich. Nichts glich den Erinnerungen, die er seit vierzig Jahren mit sich herumtrug.

Es dämmerte bereits als sie die Autobahn verließen, um Richtung Maldegem zu fahren, einen kleinen Ort kurz vor ihrem Ziel, an dessen Namen sich Morand nicht einmal mehr erinnern konnte. Als sie schließlich den Leopold Kanal überquerten, der eigentlich aus zwei kleinen, parallel verlaufenden und von Pappeln gesäumten Kanälen bestand, blickte Morand nervös zur Uhr. Es war fast neun. Plötzlich fielen ihm zahllose Gründe ein, warum der Taxifahrer besser zu irgendeinem gottverdammten Hotel oder vielleicht sogar zum nächsten Bahnhof fahren sollte, anstatt ihn an der Adresse, die Morand ihm gegeben hatte, abzusetzen. Doch er biß die Zähne zusammen und schwieg. Dies war die einzige, wenn auch nur sehr vage Verbindung zu seinem Ziel, und er konnte es sich nicht leisten, diese Möglichkeit, eine Verbindung zu Kerschenstein zu finden, auszulassen. *Wer weiß*, dachte er, *vielleicht dauert es Tage, bis das Deuxième Bureau die Adresse des Deutschen herausfindet*. Daß sie sie herausfinden würden, bezweifelte Morand nicht. Doch im Augenblick war es wichtig, alles zu vermeiden, was seinen Aufenthaltsort verraten konnte.

Der aus dem Kanal aufsteigende Nebel, die gelbrot beleuchteten Straßen und die abendlich kühle, flandrische Luft, die durch das Autofenster hereindrang, erschlugen ihn auf eine unangenehm sentimentale Weise. Als der Fahrer die Taxe im nächsten Augenblick vor dem Haus der Morands zum

Stehen brachte, wurde sein Hals seltsam trocken. Er räusperte sich und griff nach seinem Portemonnaie.

"Endlich zu Hause, was?" meinte der Fahrer, vermutlich nur um etwas zu sagen.

"Nein", erwiderte Morand und stieg aus. "Das glaube ich nicht..." Er zahlte mit Französischen Francs, denn belgisches Geld hatte er nicht.

Erst jetzt, da er auf der schwach beleuchteten Straße vor dem Haus stand, das er vor dreiundvierzig Jahren heimlich und zum letzten Mal verlassen hatte, kam ihm der Gedanke, daß hier vielleicht längst nicht mehr die Morands wohnten, daß sie fortgezogen – oder, nun ja, gestorben – sein konnten.

Es war ihm egal.

Nein, das war es natürlich nicht. Aber dieser Augenblick, jetzt, hier in Moerkerke, machte jeden Umweg wett. Er sog die kühle Nachtluft ein, sah sich um, ließ die alten, irgendwie immer noch vertrauten Häuser auf sich wirken – und überlegte, wie er hier am schnellsten verschwinden konnte.

Im nächsten Augenblick öffnete sich die Haustür. Ein Mann trat im Licht einer kleinen Haustürlampe heraus und musterte ihn. Es schien, als wären die letzten vier Jahrzehnte gar nicht vergangen. Oh, das Haar war dünn und grau geworden, die Haltung ein wenig gebeugt, tiefe Falten wo ehedem Bartstoppeln sprossen, doch die Gesichtszüge waren so unverändert, daß der junge Morand den alten sofort erkannte. Und umgekehrt, zweifellos, denn der alte Mann durchquerte den kleinen Vorgarten, blieb vor Morand stehen, sah ihm kurz in die Augen und gab ihm eine Ohrfeige. Dann eine Zweite, diesmal auf der anderen Seite. "Die erste ist dafür, daß du ohne ein Wort zu sagen verschwunden bist", sagte er mit leiser, rauher Stimme, nachdem der junge Morand sich nicht rührte. "Und die Zweite dafür, daß du zu spät zurückgekommen bist." Damit drehte er sich um und kehrte zurück ins Haus. Morand hatte die recht schwach ausgeführte Bestrafung nicht nur wortlos hingenommen, er lächelte sogar ein wenig. Aus Erleichterung. Dann wurde ihm der zweite Satz bewußt. *Zu spät?* Er sah zum Haus.

Der Alte war im Eingang verschwunden, schaute kurz darauf aber wieder heraus. "Was ist?" fragte er. "Bist du da draußen festgewachsen?"

Morand nahm seine Sachen und folgte dem Alten ins Haus.

"Setz dich, wenn du was essen willst", ertönte es etwas rauh aus der Küche.

Essen. Ja, das wollte er. Morand stellte die Reisetasche ab und folgte seinem inneren Drang, sich umzusehen. Alles hier war mit langsam wiederkehrenden Erinnerungen behaftet, nichts schien sich verändert zu haben, die dunklen Bodenfliesen, die dunklen Möbel, die uralten Tapeten, Deckchen, Teppiche, Nippes, die alte Holztreppe ins Obergeschoß und zahllose kleine und große Bilder, Ölgemälde, das eine oder andere Kalenderblatt und immer wieder Photos. Dann, auf dem steinernen Sims des Küchenkamins, entdeckte er sie. Schwarzweißphotographien in kleinen, mittleren und großen Aufstellrahmen, ordentlich aufgereiht und nicht allzu nachlässig abgestaubt. Bilder von ihm selbst, als Kind, als Jugendlicher, auf dem Fahrrad, im Garten, mit den Eltern. Daß der Begriff *Eltern* hier nicht mehr funktionierte, war ihm in diesem Augenblick vollkommen egal. Er fühlte, daß er angekommen war, hier und jetzt. *Heimgekommen*. Irgend etwas zog sich um seinen Hals zusammen und sein Mund wurde trocken. War er nicht bis jetzt immer stolz darauf gewesen, daß ihn nichts mehr anrühren konnte? Daß er abgestumpft war von dem tausendfachen Tod, den er gesehen und bewältigt hatte? Hier hatte jemand Bilder von ihm aufgestellt. Vierzig Jahre lang. Er schnaubte. War sein erster Gedanke gewesen, wie er in dieser Enge je hatte leben können, so fragte sich Morand jetzt, wieso er überhaupt auf den Gedanken gekommen war, fortzulaufen.

Doch all das war so lange her, fast ein Menschenleben. Und es war nicht mehr zu ändern. Er wollte sich abwenden. Dann aber nahm er das letzte Bild in der Reihe wahr, das Bild seiner Mutter, oder von *Soetkin Morand*, wie er sich still korrigierte. Es war eine recht neue Photographie, vielleicht aus den Siebzigern. Ein schwarzes Trauerband war um die rechte obere Ecke gebunden.

Der Alte stand plötzlich hinter ihm. "Sie ist im Frühjahr gestorben", erklärte er knapp. "Sie hat bis zuletzt gehofft, du wärst am Leben und würdest zurückkommen."

Ihre Blicke trafen sich kurz und ausdruckslos, dann schlurfte der alte Morand zurück in die Küche. Offenbar war alles gesagt, was die zweite Ohrfeige anbetraf.

Morand folgte ihm, setzte sich an den Küchentisch und wartete. Als der Alte zwei Teller mit Bratkartoffeln und Speck, einen Steintopf mit Senf und zwei Flaschen *Duvel*, ein Starkbier aus der Nähe von Antwerpen, das Morand noch von früher kannte, auf den Tisch stellte, glaubte er, es sei Zeit für eine Erklärung. Für die Geschichte seines Lebens. Für den Versuch, Absolution zu erlangen.

"Laß' es", unterbrach der alte Morand den jungen, noch bevor der das erste Wort herausgebracht hatte. "Du kannst es nicht erzählen. Nicht heute nacht. Nichts würde die letzten vierzig Jahre ungeschehen machen, also versuch es gar nicht erst. Es war dein Leben. Wir wußten, daß wir dich irgendwann verlieren würden. Wir haben es nie verwunden. Aber so ist das wohl mit Adoptivsöhnen..." Er verzog den Mund, sah einen Augenblick auf seinen Teller und begann schließlich zu essen. Sie waren vergangen, die letzten vierzig Jahre, was geschehen war, war geschehen. Die Verzweiflung war in Wut umgeschlagen, und die Wut in Gleichgültigkeit.

Dem jungen Morand tat diese Gleichgültigkeit, mit der der alte Morand ihm Begegnete, hundertmal mehr weh als angeschrieen zu werden, als Vorwürfe, als körperliche Gewalt. Gegen Gleichgültigkeit konnte man sich nicht wehren.

Sie aßen still, ohne viel zu erzählen. Und als der Teller leer und der letzte Schluck *Duvel* getrunken war, wußte Morand, daß er entgegen seiner anfänglichen Hoffnung, kein neues Zuhause gefunden hatte.

Zu spät. Viel zu spät.

"Warum bist du gekommen?" fragte der Alte als die Stille unerträglich zu werden schien.

Wollte er es ihm einfach machen, überlegte Morand, oder war dies der Anfang vom Abschied? *Ich konnte nicht eher,* war sein erster Ansatz. Doch diesen Unsinn wollte er sich und dem Alten nicht antun. Ebensowenig wie: *ich habe es nicht mehr ausgehalten.* Er beließ es bei den Fakten. "Ich bin entlassen worden. Rente. Altenteil. Die Legion braucht mich nicht mehr..." Warum wurde er die Verbitterung darüber nicht los?

"Soetkin und ich haben dich nicht zum Kriegsdienst erzogen", entgegnete der Alte knapp. Er wußte, was mit Legion gemeint war.

Nein, dachte Morand, *das vielleicht nicht. Aber ihr hättet mit mir reden sollen, damals, als es noch gegangen wäre. Ihr hättet mir von meinen Wurzeln erzählen sollen, von eurer Liebe und den Umständen, die zu allem geführt hatten...* Umstände! Was für ein armseliges Wort. Er schüttelte unbewußt den Kopf.

Vielleicht sollte er gehen.

Aber wohin? In nächsten Augenblick fiel ihm ein, weshalb er eigentlich hier war, wenn man mal von der Hoffnung auf Vergebung absah. "Hattet ihr Kontakt zu den Kerschensteins?" fragte er leise. "Ich meine, nach dem Krieg vielleicht?"

Der Alte sah ihn mitleidig an und schüttelte den Kopf. Morand erwartete etwas wie: *willst du die also auch noch belästigen?* Doch sein Gegenüber schwieg. Er schien nachzudenken. Dann stand er unvermittelt auf und wandte sich um. "Du kannst eine Nacht bleiben. In deinem Zimmer, wenn du es noch wiederfindest." Damit verließ er die kleine Küche, schlurfte in den Flur und stieg die knarrende Treppe hinauf ins Obergeschoß. Morand sah ihm mit großen Augen hinterher. *Sein Zimmer?* Einen fremderen Klang als heute hatte diese Bezeichnung vermutlich nie gehabt. *Sein Zimmer.* Er mußte überlegen. Hatte es sich nicht hier unten, am Ende des Flures befunden? Direkt neben der Tür zum Garten? Er stand auf, ohne in der Lage zu sein, zum Zimmer am Ende des Flures zu gehen. Über ihm knarzten die Bodendielen. Der Alte ging zu Bett. Ein kurzer Seufzer, dann setzte er sich wieder. Hatte er wirklich geglaubt, hier zu erfahren, wo dieser Kerschenstein sich aufhielt? Was sollte er nun tun? Kerschenstein war seine Spur, und wenn er sie verlor, stand er ohne alles da. Auf das *Deuxième Bureau* brauchte er im Augenblick nicht zu hoffen...

Mit einem Seufzer stand er wieder auf, räumte die Teller ab und stellte sie in die Spüle. Dann gab er dem ungewohnten Drang nach, abzuwaschen, wartete vergebens auf irgendwelche nostalgischen Gefühle dabei, räumte dennoch die Bierflaschen weg und machte sich anschließend auf den Weg zu *seinem Zimmer*. Einen Augenblick zögerte er. Unbeholfen. Unzufrieden. Dann drückte er die Klinke hinunter und betrat das Zimmer, das einmal *seins* gewesen war. Ihn erwartet nicht die befürchtete – oder erhoffte? – Devotionaliensammlung, auf die die Bilder auf dem Kaminsims hinweisen mochte, sondern eine ebenso dunkle wie muffige Kammer, mit einem Bett und einer Truhe aus dunklem, abgestoßenem Eichenholz. Ein Gästezimmer für Gäste, die es seit Jahren nicht mehr gegeben hatte.

Zehn Minuten später lag Morand auf dem Bett und starrte an die Decke. Einen Augenblick lang dachte er an verpaßte Gelegenheiten, an Kindheitserinnerungen und die ganze vertane Zeit danach. Dann war er eingeschlafen.

Morand erwachte noch im Dunkeln. Seine Armbanduhr zeigte fünf Uhr dreißig. Er brauchte nicht lange zu überlegen, um zu entscheiden, daß dies der geeignete Zeitpunkt war, um aufzubrechen, gleichgültig wohin. Er wollte dem Alten nicht noch einmal über den Weg laufen, so viel stand fest. Das war sicherlich in beider Interesse.

Kerschensteins Adresse hatte er ja nicht und das Fahrziel *Bad Oeynhausen*, das auf seiner Bahnfahrkarte stand, war nur ein Provisorium. Es war der Ort, an dem Kerschenstein vermutlich nach dem Krieg gewohnt hatte, denn in Bad Oeynhausen, das wußte er mittlerweile, hatte sich das Hauptquartier der Britischen Rheinarmee befunden. Und für die hatte Kerschenstein gearbeitet.

Leise und geschmeidig stand er auf, zog sich an und ging ins Bad. Der alte Morand schlief sicher noch.

Kurz darauf nahm er leise seine Tasche, zog die Jacke von der Garderobe und warf einen letzten Blick in die vom Mondlicht spärlich erhellte Küche. Ein Hauch von Wehmut erfüllte ihn und ließ ihn noch einen letzten Blick auf das Bild von Madame Morand werfen. Er nahm es in die Hand. Viel konnte er im blaßgelben Licht nicht erkennen, fast nur die Umrisse. Ein gütiges Gesicht, dachte er dennoch.

"Du kannst es mitnehmen", erklang die brüchige Stimme des Alten hinter ihm.

Morand fuhr herum. In der Küchentür stand der alte Morand in seiner viel zu weiten Hose und einem Unterhemd. Er lächelte auf sonderbare Weise. Zumindest schien es so, denn seine Stimme klang recht kühl, als er fortfuhr: "Claeyns kann mir noch einen Abzug machen, auch wenn er seinen Photoladen längst aufgegeben hat." Er legte etwas auf den Küchentisch. "Ich vermute, danach hast du gesucht", sagte er kühl. "Soetkin hat ihn all die Jahre aufbewahrt. Warum weiß ich nicht ..." Dann ließ er Morand allein in der Küche zurück und schlurfte zur Treppe ohne sich ein weiteres Mal umzusehen.

Der Capitaine sah ihm nach, sah auf das Bild in seiner Hand und schließlich auf den Tisch. Er trat näher und erkannte einen Brief. Ein paar Zeilen auf deutsch, die Frage, ob Rosa noch einmal zurückgekommen sei um nach dem Kind zu sehen. Ein Hauch von Verzweiflung klang in der Bitte mit, ihn doch zu benachrichtigen, wenn es ein Lebenszeichen von Rosa gäbe. Ob es eines gegeben hatte, wußte Morand nicht, aber unter den Zeilen stand eine Antwortadresse, und schließlich die Unterschrift Jacob Kerschensteins.

Der alte Morand hatte also tatsächlich einen Hinweis auf den Verbleib des leiblichen Vater seines Adoptivsohns...

Gleich nach seiner Ankunft kaufte Morand sich in der Halle des Bahnhofs *Bad Oeynhausen Nord* eine Fahrkarte nach Oldenburg. Es war bereits spät am Nachmittag und die Fahrt würde weitere zweieinhalb Stunden dauern. Aber was half es ihm? Auf Kerschensteins Brief an die Morands war eine Adresse in Oldenburg als Absender angegeben. Ob Kerschenstein noch lebte – und ob er immer noch *hier* lebte –, war fraglich. Aber einerlei, es war die einzige Spur die er hatte, und Morand war dankbar, daß er sie hatte.

Rosas Augen hatten Jacob Kerschenstein in ihren Bann geschlagen, auch Jahrzehnte nach ihrer Hochzeitsnacht noch. Er öffnete die Tür, zittrig, das Herz bis zum Halse schlagend.

Sein erwartungsvoller Blick wurde starr, senkte sich, wandte sich enttäuscht ab. Ein Mann stand dort, ein Mann, der Menschen getötet hatte. Kerschenstein erkannte so etwas.

Wieso hatte er überhaupt die Tür geöffnet? Wo war Rosa? *Er hatte doch Rosa gesehen!*

Ein unangenehmer Gedanke durchfuhr ihn: *Rosa war tot.* Seit sechzig Jahren. Wie hatte er das vergessen können? Wie hatte er glauben können, sie wäre zurückgekehrt?

Kerschenstein wollte die Tür wieder schließen, so enttäuscht, so ängstlich, doch der Fremde drängte sich herein, faßte ihn am Kragen, schlug die Tür zu und preßte ihn an die Wand. Ein hartes Gesicht sah ihn an, desillusionierte Augen in denen sich Wut zu Mitleid wandelte. Kerschenstein konnte in Augen lesen, hatte es immer gekonnt und es hatte ihm oft geholfen.

Der Fremde ließ ihn los und Kerschenstein zupfte an seinem verblichenen Hemd, ließ den Fremden an der Tür stehen, schlurfte wortlos in die Küche zurück, immer wieder den Kopf schüttelnd. Wieso nur hatte er das Gefühl gehabt, Rosa zu sehen? Wurde er allmählich verrückt?

Der Fremde folgte ihm. "Was haben Sie denn gedacht, wer vor der Tür steht?"

Einen Augenblick hielt Kerschenstein inne, zögerte, sah noch immer die Augen vor sich, *ihre* Augen. "Was geht's dich an?"

"Warum haben Sie mich dann hereingelassen?"

"Die Augen..." begann der alte Mann leise. "Ich hab' mich eben getäuscht... *verschwinde!*"

"Ich habe also Rosas Augen?" fragte Morand und stellte, als er keine Antwort erhielt, wenig enthusiastisch fest: "Dann bist du also wirklich mein Vater..."

Das Wort drang fremd und widersinnig in Kerschensteins Bewußtsein: *Vater!* Er fuhr herum und betrachtete den anderen mit versteinertem Gesicht. *Vater!* Dieses Wort war so absurd! Sein Gesicht wurde zur Grimasse. "*Du bist nicht von meinem Blut, du bist ein Bastard!*" rief er und begann kauzig zu lachen. "Ein Bastard..." Schließlich ging das Lachen in einen Hustenanfall über.

Der alte Mann mußte sich setzen. Kaum merklich wankend und scheinbar kraftlos beugte er sich über den Küchentisch und suchte mit flinken Augen nach irgend etwas. Sein Gegenüber strafte er mit Nichtbeachtung. Es war ein Fehler gewesen, den Fremden in die Wohnung zu lassen, soviel war klar. Aber was hätte er tun sollen? Er glaubte eben noch immer an Rosas Rückkehr...

Wahrscheinlich hatte ihn sogar Dessauer geschickt, oder Merbach, diese Ratte! Einen weiteren Schergen, der Rosas Geheimnis stehlen sollte. Er würde sich widersetzen, ganz bestimmt! Das Photo gehörte ihm und die Briefe waren in Sicherheit! Sobald er es hatte, würde alles gut werden. Sobald er das Photo hatte, und er würde es mit ins Grab nehmen.

Unvorsichtig war es gewesen, die Tür zu öffnen, unvorsichtig und dumm. Ein paar Sekunden Zufriedenheit darüber, daß nicht Dessauer dort gestanden hatte. Statt dessen war ein Mann hereingekommen, um einiges jünger als er selbst, stämmig, nicht allzugroß, graue Hose, hellblaues Hemd, Drillichjacke.

"Wie heißt du?"

"Jacques Morand."

Der Name sagte ihm nichts. Nur die Augen, Rosas Augen, die waren unverkennbar. Wieso hatte der Fremde *ihre* Augen? Der alte Mann fuhr sich mit der Hand über die Stirn. Die junge Frau war plötzlich so nahe, ihr Duft, ihre sanfte Stimme, dazwischen der Geruch von Karbol und muffigen Decken... Dann erinnerte er sich auch an die blaßblauen Zeilen in ihrem letzten Brief: *Mein Sohn, den ich nach Dir Jacques genannt habe...*

Ihr Sohn! Ihr Sohn, der nicht *sein* Sohn war! Im Mai 1919 hatte sie ihm von der Geburt geschrieben, ein Jahr nach ihrer Hochzeit, ein Jahr, nachdem sie sich zum letzten Mal gesehen hatten. Himmel, wie lange war das her? Er hatte sie trotzdem zurückgewollt, so sehr, daß es schmerzte. Ein Leben lang.

Kerschensteins Augen richteten sich wieder auf den Fremden. Er haßte diesen Mann, er haßte ihn seit dem Augenblick, da er die Wohnung betreten hatte. Er wollte ihn nicht sehen, denn er hatte die Wunde wieder aufgerissen, viel schlimmer, als es Dessauer getan hatte. Warum nur interessierten sich plötzlich alle für Rosa?

Er begann leise zu kichern. Alles war gut versteckt. Nichts würden *sie* bekommen, nicht Rosas Briefe, nicht die Bilder und auch nicht den anderen Kram! Dessauer hatte es ihm in all den Jahren nicht nehmen können, und auch *dieser* Bastard würde nichts finden! Er hatte es zu gut versteckt! Nur das letzte Photo mußte er sich noch zurückholen, das, auf dem sie ihn anlächelte. *Oh, Rosa,* dachte er. *Ich habe Dich geliebt. Immer. Auch wenn das einzige, was mir geblieben ist, Deine Briefe und die Photographien sind...*

Sie war seine große Liebe gewesen, seine Hoffnung in den Jahren, in denen es keine Hoffnung gab, sein Traum, als nur noch Träume geblieben waren, seine Realität, die es nicht gab. Und so haßte und liebte er sich und Rosa und war alt und einsam darüber geworden.

Und jetzt kam dieser Bengel an und glaubte, er, Jacob Kerschenstein, wäre sein Vater. Was für ein Widersinn, was für eine billige Finte!

Im nächsten Augenblick realisierte Kerschensteins wieder, daß der andere ihm noch gegenübersaß, ihn sogar unverhohlen anstarrte. Er war Fremdenlegionär, dieser Mann, der sich Morand nannte, ja ja, seine Augen waren noch recht gut, und so hatte er auch das rotgrüne Gürtelschloß gesehen. *Legio Patria Nostra* oder so ähnlich. Er hatte viel gelesen in seinem Leben, nicht nur den *Tanach. Tora. Talmud.* Er kannte sich recht gut aus in der Welt. Niemand würde freiwillig mit so einem Gürtel herumlaufen.

Fremdenlegion... das wunderte ihn gar nicht! Er hustete erneut, und das Husten schlug auf den Magen. Wo waren die verdammten Tabletten?

Morand betrachtete den Alten zugleich erwartungsvoll und ernüchtert. Wie automatisch schob er ihm eine der lila Tabletten zu, die versteckt hinter der Tasse lagen.

Kerschenstein fixierte den Legionär. "Ich bin nicht dein Vater", versicherte er, ein wenig krächzend.

"Du bist Rosas Mann..."

Der Alte winkte ab. "Was weißt du schon!" Er schloß die Augen und wandte den Kopf zur Seite. Sein Atem ging schwer vom Husten, als er murmelte: "Rosa, Rosa... immer wieder Rosa. Was wollen nur alle von meiner Rosa?"

"Wer will etwas von Rosa?"

"Dessauer." Kerschensteins Stimme war so leise, daß Morand ihn kaum verstand. "Er will die Bilder... oder das Päckchen. Ich weiß es nicht..."

Morand wurde hellhörig. "Wer ist Dessauer?" fragte er. "Und welches Päckchen?"

Der Alte wandte sich ruckartig um und bedachte Morand mit einem scharfen Blick. "*Was schert es Dich?*" greinte er. "Kümmre du dich um deinen Kram!" Dann schnaubte er abfällig. "Wenn du wissen willst, wer für deine Existenz verantwortlich ist, du Narr... wenn du wirklich... Ach zum Kuckuck, du kommst Jahrzehnte zu spät!" Kerschenstein grinste unfreundlich und starrte wieder auf die Tasse, die vor ihm stand. Die lilafarbene Tablette, die Morand ihm zugeschoben hatte, schien ihm nicht geheuer. Trotzdem nahm er sie schließlich und schluckte sie hinunter, widerwillig und mit zugekniffenen Augen. "Bring' deiner Herkunft mehr Respekt entgegen", sagte er und mußte aufstoßen. "Vielleicht wirst du's dann einmal verstehen..." *Verstehen, was ich getan habe*, dachte er. *Verstehen, warum ich nicht dein Vater bin. Verstehen, warum ich dich hasse...* Er schüttelte den Kopf und versuchte erneut zu lachen, darüber, daß der Besuch dieses Jacques Morand so absurd war, so unpassend. Lächerlich geradezu. Die Morands hatten auf seine Frage nach Rosa nicht geantwortet, damals, hatten ihn wie einen Bittsteller einfach ignoriert. Jetzt war es an ihm, auf Fragen zu schweigen... Der Versuch eines Lachens ging in rasselndes Husten über. Mit glasigen Augen begann er vor sich hin zu brummeln, ein Brummeln, aus dem Morand nur das Wort *Bastard* heraushören konnte.

Bei dem Alten war offenbar ein Sparren locker und es würde schwer werden, aus ihm etwas Vernünftiges herauszubekommen. Morand überlegte, was er tun sollte. Daß Kerschenstein nicht sein Vater war, es nicht sein wollte oder es auch nur vergessen hatte (was ihn nicht einmal wundern würde), lag auf der Hand. Nicht, daß er es nach den letzten Minuten bedauerte, *nicht* von diesem Alten abzustammen. Aber es bedeutete, daß seine Suche noch nicht zu Ende war.

So oder so, Le Maire erwartete, daß er den Zusammenhang zwischen diesem alten Grantler und dem Mord in der *Rue Neuve Sainte-Catherine* herausfand. Morand betrachtete den Alten angewidert. Als ob es da einen Zusammenhang geben konnte! Eine Sackgasse. Aber was sollte er tun? Ein Auto mieten, Kerschenstein hineinsetzen und mit ihm zurückfahren nach Marseille, damit die Herren dort mit diesem Sonderling ihr Glück versuchen konnten?

Er würde nicht einmal über die Grenze kommen.

Oder sollte er Le Maire anrufen?

Ach was! Er würde nicht kommen, nicht jetzt, nicht ohne konkrete Hinweise...

Morand sah sich um, während der Alte vor sich hinstarrte. Nein, da mußte noch mehr sein, irgendwo hinter der Fassade aus Altersstarrsinn und Verrücktheit, irgendwo mußte sich eine Spur zu Rosa finden lassen! Denn soviel war mittlerweile klar: nicht nur er suchte nach Rosa. *Ich muß herausfinden, was es mit diesem* Päckchen *auf sich hat*, dachte Morand. *Und wer Dessauer ist*.

Er dachte an die kleine Wohnung in Marseille, dritte Etage, winziger Balkon, Blick auf das Meer und den Leuchtturm auf der *Île de Planier*...

Wunderschön.

Todlangweilig.

Morand seufzte und betrachtete den alten Mann, der ihm gegenüber am Tisch saß. Wie sollte er aus diesem widerspenstigen Menschen *irgend etwas* herausbekommen?

Sein Blick fiel auf das Blatt Papier, das zwischen ihm und Kerschenstein auf dem Tisch lag. Zwei Bleistifte, ein Bierdeckel, die gelben Fahrtquittungen eines Taxifahrers und eine halbvolle Tasse Kaffee standen oder lagen darauf. Ein Teefleck zog sich über den rechten Rand des Blattes. Morand zog es unter der Tasse hervor, und Kerschenstein war nicht schnell genug, es ihm wieder aus der Hand zu reißen. "Laß das liegen, du Bastard!" rief er in weinerlichem Ton und stand zitternd auf. "Du bist nicht rein! Du wirst zugrunde daran gehen, du bist nicht rein..." Auf den Tisch gestützt und schwer atmend sah er den Fremden an. "Dessauer hat dich geschickt!" sagte er schließlich, so abfällig wie es ihm möglich war. "Dessauer! Stimmt's? Ihr wollt mich alle nur hintergehen, ihr alle, auch dieser verdammte Taximann..."

"Taximann?" fragte Morand leise, bemüht, möglichst gleichgültig die Zeichnung zu betrachten. "Dessauer?" Über Taxifahrer regte sich jeder auf, aber konnte es sein, daß dieser Dessauer, von dem der Alte immer sprach, das fehlende Glied war? Die Verbindung zu Leclercques Mörder? "Erzähl' mir etwas über Dessauer."

Der Alte grunzte abweisend. "Dessauer ist eine Ratte! Es gibt viele davon, aber er ist eine besonders wertlose..." Er starrte mit leeren Augen über den Tisch, sanft mit dem Kopf schwankend. Dann zuckte er zusammen und blickte ruckartig zu dem Fremden hinüber: "Dessauer hat mein Leben ruiniert", murmelte er. "Das ist lange her. Ich hatte all das schon fast verdrängt, vergessen, wenn man von Vergessen sprechen kann. Alles wäre gut gewesen, wenn er nicht nach über dreißig Jahren wieder zurückgekommen wäre... Er wollte mir Rosa wegnehmen... Alle wollen sie nur Rosa..." Kerschenstein versuchte, um den Tisch herumzugehen. Er schien es auf die Zeichnung abgesehen zu haben. Morand sah ihm einen Augenblick zu, faltete das Blatt und schob den alten Mann mit der linken Hand zurück auf seinen Stuhl. Er bedachte ihn mit einem kurzen, mitleidigen Blick. "Rosa?" fragte er schließlich und steckte das Blatt mit der Zeichnung in die Jackentasche. "Wo ist sie?"

"Ihre Briefe", korrigierte Kerschenstein leise.

"Also ihre Briefe." Morand versuchte, so gleichgültig wie möglich zu klingen. "Aber wo ist Rosa?" fragte er. "Dann sagen Sie mir wenigstens wo ich Rosa finde."

"Rosa?" krähte Kerschenstein. "Was willst du von ihr?"

Morand sah den Alten enttäuscht an. "Können Sie sich das nicht denken?" fragte er leise. "Sie ist meine Mutter."

"Scher dich zum Teifel!"

"Du bist der Mann meiner Mutter", beharrte Morand lauter und in drohendem Tonfall. Und ohne wirklich sagen zu können, warum er in das vertrautere *Du* verfiel. "Ich wurde ein Jahr nach eurer Hochzeit geboren. Erklär' mir doch, wie es sein kann, daß du *nicht* mein Vater bist. Ich weiß, es ist verdammt spät, aber ich will wissen, woher ich komme! Woher ich *wirklich* komme..."

"*Der Mann deiner Mutter!*" äffte Kerschenstein sein Gegenüber nach. "Weißt du was das Wort bedeutet? Hochzeit? Im Krieg?" Er schniefte verächtlich durch die Nase.

"Ja."

Kerschenstein warf seinem Besucher einen vorwurfsvollen Blick zu. Doch bevor er etwas Mißbilligendes sagen konnte, erinnerte er sich, daß der andere vermutlich sein Leben lang Soldat gewesen war, *Fremdenlegionär*. Er verzog mürrisch den Mund. Nein, Krieg war wohl kein Einzelschicksal. Er nahm einen Schluck Kaffee und starrte auf einen Punkt, der weit hinter Morand lag. "Bist *du* verheiratet?" wollte er nach einer Weile wissen.

Diese Frage kam überraschend. So überraschend, daß sie Morand an einem wunden Punkt traf. Verheiratet... nein, soweit war es nie gekommen. Nicht mit Aysha, die vor seinen Augen von einer Autobombe zerrissen worden war, vor einer halben Ewigkeit in Algiers, und nicht mit Edith, die fortgelaufen war, nachdem er ihr unbeholfen und überstürzt den Antrag gemacht hatte, um sie nicht zu verlieren. Kleine, dunkelhäutige Aysha. Arme, verschreckte Edith. Er schüttelte den Kopf. Nein, verheiratet war er nicht. Und er fürchtete, daß es gut so war.

Kerschenstein fuhr sich über sein unrasiertes Kinn, verständnisvoll und gedankenverloren nickend. Er schien Bilder vor seinen Augen zu sehen, die ihren Ursprung weit jenseits der kleinen Küche hatten, dunkle Bilder von schmutzigen Uniformen, Angst, Leid und weißen Schwesternhauben. Erinnerungen, die er fünfundsechzig Jahre mit sich herumgetragen hatte. "Ich habe Rosa in meinem Leben nur drei Wochen gesehen", sagte er schließlich nüchtern. "Wir heirateten in einem Feldlazarett, Kriegstrauung mit Reichskriegsflagge, Kaiserbild und mannshohen Granatenhülsen als Schmuck. Die Hochzeitsnacht haben wir im Lazarett in einem Schlafsaal verbracht, abgetrennt mit Vorhängen. Wo sollten wir auch hin? Die kanadischen Artilleriestellungen waren keine dreißig Kilometer entfernt!" Er stockte, bevor er hinzufügte: "Trotzdem, glücklicher als in dieser Nacht war ich nie wieder…" Mühsam sah er auf und blickte den Capitaine mit wäßrigen Augen an. "Ich habe kein Kind mit Rosa. Und ich habe sie nach diesen drei Wochen in Oostkamp nie wieder gesehen."

Jacques Morand sah den Alten mitleidig an. Wie verbittert mußte er sein – oder wie verrückt –, wenn die Sehnsucht seines Lebens auf drei Wochen beruhte? "Habe ich Ähnlichkeit mit ihr?" fragte er nach einer Weile.

Kerschenstein nickte.

"Hast du ein Bild von ihr?"

"*Nein!*"

Das war deutlich, dachte Morand, und gerade deswegen glaubte er dem alten Mann nicht. "Was ist aus ihr geworden?"

"Das geht dich nichts an!" brummelte Kerschenstein, der offenbar seine verständnisvolle Phase wieder hinter sich gelassen hatte.

"Sie ist meine Mutter!"

"Woher weißt du das überhaupt?"

"Ich habe die Geburtsurkunde gesehen. Rosa Kerschenstein…" Morand stockte – der Gedanke war einfach zu ungewohnt: "Rosa Kerschenstein, geborene Liebkind, ist meine Mutter."

"Ja… Ja, Liebkind… das war ihr Name…"

"Warum bist du nicht bei ihr geblieben?"

"Es war Krieg…"

"Du hast ihn überlebt. Du hättest sie holen können."

Kerschensteins Augen wurden schmal. Er war drauf und dran, dem anderen an die Kehle zu springen. Glaubte dieser Bastard denn, er hätte das nicht versucht? Ganz bis München war er gefahren und noch weiter. Soweit man eben konnte. Als die Räterepublik niedergeschlagen war, die Kommunisten gefangen oder erschossen und Scheidemann die Freikorps endlich unter Kontrolle hatte, da war Rosa nicht mehr zu finden gewesen. Sie war längst nicht mehr dort. Ihre Briefe waren aus München gekommen, nach dem Krieg, das wußte er. Auch eine Adresse hatte sie hinterlassen. Doch als er sie holen wollte, war sie fort gewesen, geflohen, und das war gut so, denn die Freikorps machten kurzen Prozeß mit den Kommunisten und ihren Schützlingen. Juden gehörten dazu. Rosas letzter Brief kam aus Flandern, dem blutigen Land, das er nie im Leben wiedersehen wollte. "Sie ist zurückgekehrt", sagte er leise, nachdem ihm klargeworden war, daß es eigentlich ziemlich unvernünftig wäre, dem anderen an die Kehle gehen zu wollen.

"Zurückgekehrt?"

Kerschenstein nickte langsam. "Ich bin vor Ypern von Tanks überrollt worden…" erklärte er mit ausdruckslosem Gesicht. "In einem Lazarett in Belgien, nicht weit von der Front, habe ich sie dann das erste Mal gesehen…"

"Ich kenne Oostkamp", sagte Morand knapp. "Und nach dem Krieg?"

"*Nach dem Krieg?*" Kerschensteins Augen funkelten sein Gegenüber an, doch er blieb ruhig. "Was glaubst du denn? Ich bin ihr natürlich nachgefahren", brummelte er, "nach München. Aus München waren ihre Briefe gekommen. Die Rote Armee, das Luitpold-Gymnasium... Aber das ist eine andere Geschichte. Bei ihrer Schwester hatte sie gewohnt... Sie war doch längst fort, als ich kam. Wochen später erreichte mich ihr letzter Brief. Und Hélène habe ich nie wieder gesehen..."

"Hélène?"

"Das ist ihre Schwester", krächzte Kerschenstein, als wäre er eben erst aus München zurückgekommen. "Rosa ist in die falschen Kreise geraten, ganz sicher! Dieser von Teufeld, diese verdammten *vornehmen Herren*! Glauben immer, sie wären was Besseres und... und... sie könnten alles und jede haben!" Er atmete schwer. Sein Mund bewegte sich, als hätte er noch so viel mehr zu erzählen, doch es blieb still, er brachte nur ein unkontrolliertes Schmatzen hervor.

Morand verstand kaum etwas, ahnte aber, daß es keinen Sinn hatte, den Alten zu drängen.

"Was stand in den Briefen?" fragte er statt dessen.

"*Briefe?* Was für Briefe? Rosas Briefe gehen dich einen Dreck an!"

"Warum erzählst du mir dann davon?"

Ein widerwilliges Grunzen folgte. Kerschenstein nahm mit zittrigen Händen einen Schluck Kaffee. "Der letzte Brief...", begann er schließlich in etwas ruhigerem Ton. "Der letzte Brief... er kam aus Belgien. Ich hab' das damals nicht verstanden! Hélène, die war auf der richtigen Seite gewesen, Spartakus, die Roten waren seit je her gut zu uns Juden... ach was weißt du schon... Aber Rosa? Warum hat sie das getan?"

"Was?"

"Was?" Der Alte schnaubte verächtlich. "*Du verstehst nichts*! Aber auch gar nichts! Sie hat sich dem von Teufeld an den Hals geworfen. Ein Freiherr und Mitglied der *Thule-Gesellschaft*..."

"Kenne ich nicht."

"Die haben uns Juden gehaßt. Ich weiß nicht, was sie von Rosa wollten... das waren Völkische, Antisemiten..."

Morand nickte. *Thule-Gesellschaft* klang tatsächlich sehr germanisch. "Woher weißt du das alles, wenn du Rosa nicht wiedergesehen hast?" fragte er.

Der Blick des Alten verlor sich irgendwo jenseits der Zimmerwände. "Das ist eine lange Geschichte", murmelte er, begann schließlich aber doch zu erzählen, vermutlich weil auch er all das einmal loswerden mußte und in den letzten Jahren nur sehr wenig Zuhörer gehabt hatte. Oder lag es daran, daß er Morand vertraute? Ein kurzes Lächeln flog über das Gesicht des Capitaines. Nein, das war wohl eher unwahrscheinlich. "Die Rosenbaums", erklärte Kerschenstein. "Sie haben mir davon erzählt. Hélène hat bei ihnen zur Miete gewohnt, Rosas Schwester. Später, als Rosa aus Flandern zurückkam, ist sie bei ihr untergekommen. Das war direkt nach dem Krieg." Er nickte langsam, als die Erinnerungen kamen. "Nach dem Ersten Weltkrieg haben die Bolschewisten versucht, einen sozialistischen Staat zu schaffen, so eine Art Rätedemokratie nach russischem Vorbild. Hat sich in München tatsächlich ein paar Wochen lang gehalten, wurde dann aber von der Reichswehr und angeheuerten Freikorps niedergeschlagen. 1919 war das, im Mai. Die Roten hatten Geiseln genommen um den Einmarsch der Freikorps zu verhindern. Kannst du alles nachlesen. Eine dieser Geiseln, die im Keller des..." er suchte nach dem richtigen Namen, "...des *Luitpold-Gymnasiums* festgehalten worden waren, war dieser Freiherr von Teufeld. Rosa hat von ihm geschrieben, sie kannte ihn seit einigen Wochen, er hat sich wohl um sie gekümmert, keine Ahnung warum. Als die Freikorps schließlich trotzdem angriffen, wurden alle Geiseln erschossen. Auch der von Teufeld. Rosa konnte offenbar fliehen. Bei den Rosenbaums jedenfalls ist sie nicht wieder aufgetaucht." Kerschenstein räusperte sich und wischte sich über die Augen. "Ich hatte geglaubt, sie wäre der Reichswehr in die Hände gefallen", fuhr er fort. "So wie Hélène, die Unbeirrbare. Auch sie war damals in München. Ich habe bei ihr übernachtet. Sie war bei den Roten. Ich habe nie wieder von ihr gehört...

Die Freikorps haben dann alles umgebracht, was jüdisch oder kommunistisch war. Ein paar Wochen später aber kam noch ein Brief, ein letzter Brief. Diesmal aus Belgien..." Er sah seinen ungebetenen Gast aus traurigen Augen an. "Ich bin ihr nachgefahren", fuhr er nach kurzem Zögern fort, "bis Aachen. Dann war mein Geld zu Ende. Und Deutschland auch. Ich war Soldat gewesen. Alles was ich noch hatte, war meine Uniform und ein abgetragener Anzug. Damit bin ich gar nicht nach Belgien hineingekommen..."

"Wo ist sie hingefahren?"

"Der Brief war in Brugge abgestempelt", sinnierte der alte Mann. "Vielleicht Brugge, vielleicht Oostkamp, ich weiß es nicht..."

"Oostkamp? Warum?" Morand wußte, daß Oostkamp nur ein oder zwei Kilometer vor Brugge lag. Er war als Kind ein paarmal dort gewesen.

Kerschensteins Augen blitzten auf. "Dort war das Feldlazarett, du Dummkopf! Im Krieg!" erwiderte er schroff. "Wir haben uns dort kennengelernt. Ich war überzeugt, daß sie zurückgefahren war nach Oostkamp, wo sie..." Er unterbrach sich und schüttelte den Kopf. "Aber das macht jetzt auch keinen Unterschied mehr. Den Weg, den sie genommen hat, schrieb sie auf das Photo, das letzte Photo, das ich von ihr bekam. Es war eine Einladung, die ich nicht lesen konnte, die ich nicht verstand..." Er sah seinen Gast verständnisheischend an. "Ich spreche kein Französisch", erklärte er, als Morand ihn fragend ansah. "Im Lager hat es mir jemand übersetzt, aber da war es zu spät..."

"Im Lager?" fragte Morand. Dann erinnerte er sich an das Memo des *Deuxième Bureau* und nickte. "*Buchenwald*."

"Ja..."

Morand verstand die Erzählfragmente des Alten noch nicht so ganz, doch er spürte, daß er es dabei bewenden lassen mußte.

"Und du hast sie nie wieder gesehen?" fragte er statt dessen.

Kerschenstein schüttelte den Kopf.

Ein letzter Versuch: "Aber du weißt, wer mein Vater ist?"

Der Alte verzog den Mund zu einem abfälligen Grinsen. "Scher dich zum Teifel", murmelte er. "Scher dich zum Teifel!"

Er wußte es also. Morand überlegte, was er tun sollte. Es gab zahlreiche Methoden, Menschen zum Sprechen zu bringen, und er kannte eine ganze Menge davon. Aber Le Maire hatte ihn hierher geschickt, um Antworten zu finden, nicht um Kerschenstein umzubringen. *Honneur et Fidélité*, dachte Morand. Ehre und Treue. Ein kaum merkliches Kopfschütteln. Seine Mutter hatte diesen Mann einmal geliebt. Er konnte ihm kein Leid antun. Zumindest vermutete Morand das in diesem Augenblick. Er würde wiederkommen, morgen schon, wenn der Alte eine Nacht über alles geschlafen hatte. Er würde wiederkommen und weitere Fragen stellen. Auf ein paar Tage kam es jetzt auch nicht mehr an.

Mit einem letzten, flüchtigen Blick sah er auf den Tisch, sah die gelben Quittungen mit der breit gedruckten Nummer der Taxizentrale. Er nahm sie in die Hand und betrachtete sie. *Stadtfahrt* stand mit Kugelschreiber darauf geschrieben, ein Datum, eine Unterschrift und immer dieselbe Taxe: *Wagen 103*. Zehn oder elf Belege dieser Art lagen auf dem Tisch, ausgestellt über ein paar Wochen, und die letzte... er blätterte sie noch einmal durch, die letzte war etwa vier Tage alt, unterschrieben von immer demselben Fahrer: *Gert Marburg* stand unter der markanten Telefonnummer, *Kraftdroschkenbetrieb*, Unterschrift. Morand steckte eine der Karten ein, wandte sich, ohne den Alten noch einmal anzusehen, um und ging. Als die Haustür mit einem lauten Knall zufiel, sank Kerschenstein auf seinem Stuhl gänzlich zusammen und begann zu weinen.

Eine halbe Stunde später saß Morand auf dem Rücksitz der Taxe mit der Registrierungsnummer 103, die er von der nächsten Telefonzelle aus bestellt hatte, nur ein paar hundert Meter die Straße hinunter. Er hatte warten müssen, doch das hatte ihm nichts ausgemacht. Er wollte sich den Mann ansehen, den Kerschenstein in einem Atemzug mit Dessauer genannt hatte und der in den letzten Wochen wohl einer der wenigen Kontakte des Alten war.

Außerdem konnte Morand sich über ein paar Dinge Gedanken machen: wie sollte er zum Beispiel weiter vorgehen? Um seinen Hals aus der Schlinge zu ziehen, mußte er die Verbindung zwischen Kerschenstein und Leclercque finden. Nach dem Wenigen, das er von dem Alten gehört hatte, konnte dies eigentlich nur dieser Dessauer sein, der nach dreißig Jahren wieder bei ihm aufgetaucht war und vermutlich kein Interesse daran hatte, daß jemand anderes ihm bei Kerschenstein zuvorkam. Eine lange Zeit, aber sie konnte der Grund dafür sein, daß die Hinweise auf Kerschenstein vergessen und nicht bereits aus seiner Akte entfernt worden waren, als er sie in die Hand bekam. Der Alte selbst jedenfalls konnte nichts mit dem Mord zu tun haben, das war ausgeschlossen. Aber wenn es das Päckchen war, das Kerschenstein vor über sechzig Jahren von Rosa erhalten hatte, das er versteckt hatte und dessen Spur Dessauer nun gefunden hatte... Das Päckchen, welchen Inhalts es auch sein mochte, war es der Grund für den Mord an Leclercque?

Er mußte Dessauer finden um Klarheit zu bekommen. Nur, wie sollte er das anstellen?

Morand schnaubte verächtlich. Wenn alles einfach wäre, dann würde er jetzt nicht hier sitzen und, auf ein verdammtes deutsches Taxi warten, um in sein verdammtes deutsches Hotelzimmer gebracht zu werden. Dann würde er jetzt vermutlich seinen *Whisky* am Yachthafen trinken. In Marseille.

Außerdem, war sein nächster Gedanke, *bin ich noch nicht am Ziel meiner eigenen Suche.* Kerschenstein hatte zwar tatsächlich Rosa geheiratet, aber er war, wenn er dem Alten glauben konnte, trotzdem nicht sein Vater. Und Dessauer? Warum suchte er nach Rosa? War *er* etwa sein Vater? Hatte er zu Beginn seiner Reise noch versucht, abzuwägen was wichtiger war – Le Maire oder seine eigene Geschichte –, so mußte er mittlerweile zugeben, daß es keinen Unterschied zwischen Beidem gab. Rosa Liebkind war der Schlüssel zum lächerlichen Rest seiner Zukunft, zu seinen Wurzeln und dem Mord an Leclercque.

Morand hatte sich den Taxifahrer als drahtigen Unterweltschurken vorgestellt, als Handlanger eines Syndikats von, nun ja, ehemaligen Nazis aus dem Umfeld Merbachs vielleicht. Doch er sah sich enttäuscht. Marburg, so hieß der Mann ja wohl, war hager, vielleicht Anfang oder Mitte Sechzig, mit nach hinten gekämmtem, schütterem Haar. Er trug eine Weste über dem altmodischen Hemd in der seine Brille steckte. *Hoffentlich ist er nicht kurzsichtig*, dachte Morand und stieg hinter dem Fahrer ein. Er empfand eher Mitleid als Respekt vor dem Mann.

Marburg hatte nur kurz genickt, als Morand ihm das Fahrtziel mitgeteilt hatte: das Hotel *Batavia*, in dem er am Vorabend ein Zimmer genommen hatte. Es war günstig, und genauso sah es auch aus. Ebenso wie das gesamte Hotel. Aber das war nebensächlich. Und auf seine Weise hatte es vielleicht sogar mehr Charme als die Kaserne in Aubagne.

Auf dem Papier, das er in Kerschensteins Küche eingesteckt hatte, war etwas zu sehen, das wie ein kleiner Mauerabschnitt oder eine Tafel aussah. Es war schön gezeichnet, ein wenig krickelig vielleicht, lief nach oben hin spitz zu und war in drei Teile unterteilt. In dem oberen Abschnitt war ein Davidstern zu sehen, links darunter ein Gebilde aus Kreisen, das ihn ein wenig an das *Atomium* in Brüssel erinnerte, das er vor unendlich langer Zeit nach einer Parade einmal besucht hatte. Auf der rechten Seite befanden sich kleine, hebräische Schriftzeichen, die aus dem Bild herausliefen und wie Mäander das ganze Blatt bedeckten. Er hatte keine Ahnung, was sie bedeuteten oder warum Kerschenstein dies gezeichnet hatte, und es war gut gezeichnet, dreidimensional mit hervorgehobenem Rand und etwas schattierten Buchstaben, der Untergrund wirkte rauh und steinern. Er überlegte, welchen Sinn die Zeichnung haben mochte. Und einen Sinn mußte sie haben, denn das Blatt war dem Alten ziemlich wichtig gewesen. *Bring' deiner Herkunft mehr Respekt entgegen. Vielleicht wirst du's dann mal verstehen...*, das waren Kerschensteins Worte gewesen. Was auch immer er damit gemeint hatte, es half Morand nicht weiter, ebensowenig wie dies gezeichnete Phantasiegebilde. Bis vor ein paar Tagen hatte er nicht einmal etwas von dieser Herkunft gewußt. Er lachte auf und schüttelte den Kopf. Das alles war so verrückt...

Der Fahrer musterte ihn im Rückspiegel. *Kein Wunder*, dachte Morand, faltete die Zeichnung des Alten wieder zusammen und ließ sie in seiner Jackentasche verschwinden. Damit konnte er sich auch noch später beschäftigen. Im Augenblick war der Fahrer wichtiger. Schließlich hatte er ihn extra bestellt.

"Woher kennen Sie Jacob Kerschenstein?" fragte er unvermittelt.

Der Fahrer sah erneut in den Rückspiegel, diesmal allerdings überrascht. "Wen?" fragte er unsicher.

Die Toleranzschwelle Morands war nicht besonders hoch, erst recht nicht, wenn er unmißverständliche Kommandos gegeben oder einfache Fragen gestellt hatte. Dennoch riß er sich zusammen und wiederholte die Frage mit nur leicht erhöhter Lautstärke. *"Woher kennen Sie Kerschenstein?"*

"Ich... kenne ihn nicht."

So, so, dachte Morand zufrieden. *Die richtige Antwort hätte heißen müssen: ich kenne niemanden mit diesem Namen.* Er nickte entschuldigend und lehnte sich zurück. Er hatte nicht nur den richtigen Wagen sondern auch den richtigen Fahrer gefunden. Das war gut. Vor dem Hotel ließ er sich eine Quittung geben. "Schreiben Sie mir Ihren Namen darauf", sagte er beiläufig. "Ich werde in den nächsten Tagen noch öfter eine Taxe brauchen."

Es war ein Fehler gewesen, gestern abend, den Taxifahrer am Bahnhof nach einem vernünftigen Hotel zu fragen, dachte Morand, als er die Rezeption des *Batavia* betrat. Taxifahrer übersetzen *vernünftig* immer mit *entlegen*. Aber, nun ja, das hatte auch seine Vorteile. Je weniger Menschen ihn sahen, desto besser. Er öffnete seine Zimmertür, warf die Jacke auf das Bett und legte die Zeichnung auf den Tisch neben seine Stammakte und Willards Dossier. Plötzlich sah er den alten Mann vor sich, Kerschenstein, an seinem Küchentisch. *Bastard* hatte er ihn genannt! Sympathien erwarb man sich so nicht. Morand wurde das Gefühl nicht los, daß der Alte den Mann kannte, von dem seine Frau ein Kind bekommen hatte. Ob es jener von Teufeld war, den die Kommunisten umgebracht hatten? Er setzte sich, stellte die Flasche *Whisky* auf den Tisch, die er in der verlassenen Hotelbar mitgehen lassen hatte – eine wesentlich miesere Qualität als das Gesöff in Le Maires Büro – und betrachtete die Zeichnung. Er betrachtete sie lange, und als er den dritten oder vierten Schluck aus der Flasche genommen hatte, zerknüllte er das Papier und warf es in die Ecke. Was für ein vollkommener Schwachsinn, diese Kritzelei! Was für eine Enttäuschung, dieser Idiot von Kerschenstein! Aber damit kam er nicht durch! Er würde morgen weder hinfahren, dem Alten noch einmal auf den Zahn fühlen. Mit debilen Andeutungen würde Kerschenstein morgen nicht davonkommen. Und dann dürfte der Taxifahrer ihm einiges über seinen Fahrgast verraten. Taxifahrer wissen im allgemeinen eine ganze Menge über ihre Stammgäste, und auf diesen hier traf das besonders zu. Morand überlegte, ob er den Mann auch nach Dessauer fragen sollte. Ein Schuß ins Blaue, aber man wußte ja nie. Er entschied, daß er es auf jeden Fall versuchen sollte.

Die *Whisky*flasche war halbleer, als Morand die Augen zufielen. Seine letzten Gedanken drehten sich um den alten Mann. Wahrscheinlich kam man ihm nur mit Sturheit, Geduld und kindlich wertfreier Auffassungsgabe bei. Eigenschaften, auf die er sich würde besinnen müssen und von denen er hoffte, daß sie irgendwo in ihm schlummerten, denn letztlich hatten genau diese Eigenschaften ihm in Indochina das *Croix de Guerre avec Palme* beschert, eine der höchsten Auszeichnungen der Legion, und sie hatten ihm einige Male sein Leben gerettet. Kerschenstein, dessen war er sich bewußt, war der Schlüssel zu allem, zu Rosa, zu seinem wirklichen Vater, zu Dessauer, zu seiner Freiheit...

Nach dem Frühstück bestellte Morand eine Taxe, *seine* Taxe gewissermaßen, denn es gab nur *einen* Fahrer, der ihn interessierte.

Wenig später fuhr *Wagen Zehndrei* vor. Morand stieg ein. "Fahren Sie los, Marburg."

Ein fragender Blick in den Rückspiegel, dann fuhr der Fahrer los. "Wohin wollen Sie?"

Morand betrachtete den anderen von der Rückbank aus. "Kerschenstein", sagte er knapp.

"Kerschenstein?" Marburg bremste wieder. "Aber hören Sie... ich..."

"Hör auf mit den Fisimatenten!" schrie ihn der Capitaine an. "Du weißt genau, wo er wohnt!" Er hielt dem Fahrer eine von Kerschensteins Taxiquittungen vor die Nase. *Jüdischer Friedhof* stand darauf.

Marburg seufzte ergeben und fuhr erneut an. Die Quittung trug seinen Namen...

Im Wagen roch es nach billigem Schnaps. Morand bemerkte es trotz seines eigenen Restalkoholgehalts, sobald Marburg das offene Seitenfenster wieder hochgekurbelt hatte. Er stellte keine Fragen, noch nicht, erinnerte sich aber, diesen Geruch am Vortag bereits wahrgenommen zu haben. *Um so besser*, dachte er, *um so besser.*

"Hol' mich in zwei Stunden wieder ab", sagte er beim Bezahlen. Der Fahrer nickte nervös und beeilte sich, fortzukommen.

Kerschenstein öffnete die Tür einen Spalt und betrachtete den unangemeldeten aber nicht unerwarteten Besucher ohne jedoch Anstalten zu machen, ihn hereinzulassen. Morand drückte die Tür wortlos auf und den Alten beiseite. "Guten Morgen, Vater", sagte er ohne zu wissen warum. Vermutlich nur, um den Alten zu ärgern.

"Ich bin nicht dein Vater", seufzte Kerschenstein und schloß die Tür. "Was willst du?" fragte er, ohne sich umzusehen.

Er schien in besserer Verfassung zu sein, das Atmen zumindest fiel ihm leichter heute morgen und sein Blick war fester, das spärliche Haar sorgfältig nach hinten gekämmt.

"Ich will mehr über Rosa wissen."

Kerschenstein lachte heiser. "Dann hat Dessauer dich geschickt." Er schüttelte den Kopf und schlurfte hinüber zur Küche. Mit etwas zittrigen Händen begann er schließlich Kaffee zu kochen, füllte Wasser in einen verkalkten Kessel und Kaffeepulver in einen blaßgelben Porzellanfilterbehälter. Morand stand in der Tür und beobachtete den alten Mann stumm – und war plötzlich fast ein wenig neidisch. Denn eines hatte der Alte ihm voraus: er hatte Rosa, seine Mutter, gekannt, begehrt, geliebt. Nun, vielleicht war er ja heute bereit, etwas mehr aus der Vergangenheit zu offenbaren. Fragen hatte er genug, Rosa und diesen Dessauer betreffend. Kaffee jedenfalls war ein gutes Zeichen. Jetzt mußte er nur noch warten. "Mich hat niemand geschickt", sagte er schließlich. "Aber du kannst mir sagen, wo ich diesen *Dessauer* finde."

Kerschenstein hielt einen Augenblick inne. Dann öffnete er einen der Schränke über der Spüle und holte zwei Tassen hervor. "Hier, mach' dich nützlich", brummte er und reichte sie seinem Gast. Morand nahm die Tassen und sah sich unbeholfen um.

"Nein, nicht hier..." Kerschenstein wies in Richtung des kleinen Wohnzimmers. "Dort..."

Das Wohnzimmer war spartanisch eingerichtet, ein Schlafsofa, Tisch, Schrank, Anrichte, ein alter Cocktailsessel, eine Leuchte. Morand stellte die Tassen auf den kleinen Tisch und sah sich um. Ein halbes Leben hier verbringen zu müssen, erschien ihm mehr als trostlos.

"Viel zu holen gibt's hier nicht", brummte der Alte, schlurfte an Morand vorbei und stellte Zucker und ein Plastikfläschchen mit Sahne auf den Tisch. Seltsamerweise klang sein Brummen viel freundlicher als noch am Tag zuvor. "Das mußte auch schon Dessauer einsehen", fügte er hinzu.

Morand setzte sich und wenig später kam sein Gastgeber mit dem Kaffee.

"Wann war er das letzte Mal hier?"

"Vor ein paar Tagen." Kerschenstein zögerte. "Vielleicht auch vor ein paar Wochen. Ich weiß es nicht."

Tage oder Wochen, dachte Morand. *Ein sehr guter Einstieg. Präzise Auskünfte erleichtern das Miteinander...* "Und was wollte er?"

"*Was schert dich das?*" fuhr ihn der Alte an.

Na gut, dachte Morand schulterzuckend. *Dann nicht.* Er beschloß, zunächst behutsam vorzugehen und schwieg. Wie und wo sollte er auch sonst beginnen? Es drehte sich doch alles um Dessauer. Und Rosa. Er war weder Verhörspezialist noch geübt in charmanter Plauderei. Und natürlich – er wollte wissen, was seine Mutter für eine Frau gewesen war. Daß sie noch lebte, wagte er nicht einmal zu hoffen. Aber man wußte ja nie. Und warum in Dreiteufelsnamen hatte sie ihn ausgerechnet in Belgien zur Adoption freigegeben? Wie wäre sein Leben wohl verlaufen, wenn sie es nicht getan hätte? Ein müßiger Gedanke, der ohnehin von Kerschenstein unterbrochen wurde:

"Warum kommst du erst jetzt?" fragte der Alte, nachdem er den ersten Schluck getrunken und die Tasse mit zitternden Händen wieder auf den Tisch gestellt hatte.

Der Kaffee war dünn und die Sahne vor Tagen schon sauer geworden, doch das kümmerte Morand nicht, er trank das Zeug ohnehin schwarz. Den Proviantmeister hätten die Kameraden allerdings gelyncht dafür. Ein paar Sekundenlang überlegte er, wieviel er Kerschenstein erzählen sollte. Wieviel Persönliches war Geheimnis der Legion? Er zuckte mit den Schultern. Sein ganzes Leben gehörte der Legion. Und alles was blieb, seine Vergangenheit – oder seine Identität – hatte sich vor wenigen Tagen in Marseille aufgelöst, in Leclercques Wohnung, auf der Flucht vor den Flics, Stück für Stück, aber vielleicht auch erst in Moerkerke, in der Nacht, in der er mit seinem Vater gesprochen hatte. Der Vater, der nicht sein Vater war. Er hatte keine Lust darüber zu reden. Trotzdem rang er sich eine Antwort ab: "Ich habe es erst vor einer Woche erfahren."

Kerschenstein nickte, er schien zu verstehen und fragte nicht weiter. Auch er hatte lange nicht über die Zeit sprechen können, die zwischen seiner Deportation und dem Einmarsch der Alliierten lag. Jetzt aber fing er an, selbst zu erzählen, vom Krieg, dem ersten großen Krieg, von der Nachkriegszeit, der Hungersnot, von den Pogromen und den Jahren im Konzentrationslager, vom Überleben und dem Wiederanfang bei den Briten, von der Zeit danach, als er nicht mehr Fuß fassen konnte, als Juden in Deutschland *heilige Kühe*, aber dennoch unerwünscht zu sein schienen, um diese Redensart zu benutzen. Er erzählte, als wäre der Legionär der erste seit Jahrzehnten, der zuhörte, und fast genauso war es wohl auch.

"Und dieser Dessauer", fragte Morand noch einmal, nachdem Kerschenstein alles gesagt zu haben schien und in Schweigen verfallen war. "Was ist mit dem?"

"Woher weißt du von Dessauer?"

"Du hast erzählt, daß er nach Rosa gefragt hat."

"Dessauer geht dich nichts an!"

"Hat er dich besucht?"

Der Alte zuckte zusammen. Dann betrachtete er sein Gegenüber mit schmalen Augen. "Ich glaube, der Taxifahrer hat ihn wieder angeschleppt", sagte er schließlich, und in seiner Stimme klang die Feindseligkeit vom Vortag wieder durch. "Und du bist entschieden zu neugierig."

"Wann?"

Ein Seufzen. "Vor vierzehn Tagen, was weiß ich..."

"Und was wollte er?"

Kerschenstein starrte in seinen Kaffeebecher. "Laß mich in Ruhe", murmelte er ohne auf die Frage einzugehen.

"Und seit wann kennst du den Taxifahrer?"

Teilnahmsloses Schweigen war die Antwort. Kerschenstein regte sich nicht. Morand überlegte, ob er hartnäckig bleiben sollte. Der Alte war eigensinnig und Dessauer schien sein wunder Punkt zu sein. Der Taxifahrer aber anscheinend ebenfalls, und das machte diesen Marburg wieder interessant.

"Hat er dich erpreßt?" Es waren die Zeilen, die in dem grauen Umschlag gesteckt hatten, die Morand dies vermuten ließen, und er verfluchte sich, daß er den Brief nicht gleich mitgenommen hatte. *Nein Graham, ich habe ihn natürlich nicht getötet...*

Kerschenstein funkelte sein Gegenüber wütend an. "*Gewäsch!*" *Er* winkte kategorisch ab. *"Was bildest du dir ein? Womit denn wohl auch?"*

"Mit einem Mord?" fragte der Capitaine zurück und sah den Alten fragend an. Er versuchte einen freundlichen Gesichtsausdruck. Der alte Mann aber schien seine Frage gar nicht verstanden zu haben und sah nur kurz auf. Die Falten auf seiner Stirn zuckten einmal. "Das hast du in einem Brief an Willard geschrieben", versuchte Morand ihm auf die Sprünge zu helfen. "Wer war der Mann, den du umgebracht haben sollst?"

Kerschenstein, der weiter in seinen Kaffee gestarrt hatte, schien zu begreifen. Er sah ruckartig auf. "*Wie kannst du es wagen*", sagte er gepreßt, "nach sechs Millionen ermordeten Juden, mich zu fragen, ob ich..."

"*Hast du ihn umgebracht?*" wiederholte Morand trocken.

Kerschenstein schnaubte verächtlich. "Was weißt du davon?"

"Nicht viel."

"Dann ist es gut. Und woher weißt du davon?"

"Du selbst hast es geschrieben."

"Geschrieben? Unsinn! Und, und... und wenn, dann war es ganz bestimmt nicht für dich gedacht..." Wieder trat eine Pause ein, in der Kerschenstein nicht den Eindruck erweckte, mehr sagen zu wollen. Morand überlegte, ob er etwas nachhelfen sollte, um den Alten zum Reden zu bringen. Ihm dauerte das alles schon viel zu lang. Aber er seufzte nur, riß sich zusammen und versuchte es auf eine andere Art: "Rosa", sagte er leise. "Was ist mit Rosa?"

Als Kerschenstein erneut schwieg, keine Anstalten machte, *irgend etwas* über Rosa zu erzählen, vielleicht sogar gar nichts mehr zu sagen, versuchte Morand es mit einem Trick. Er zuckte mit den Schultern, trank den letzten Schluck kalten Kaffees und warf einen Blick auf die Uhr. Tatsächlich, stellte er fest, würde der Taxifahrer bald vor der Tür stehen.

Kerschenstein, der sofort bemerkte, daß sein seltsamer Besuch Anstalten machte, aufzubrechen, zögerte einen Augenblick, offenbar mit sich ringend, was er denn nun tun sollte. Einsamkeit konnte so weh tun... Widerstrebend, aber noch bevor Morand wirklich aufgestanden war, zog der alte Mann umständlich und vorsichtig ein kleines Stück Papier aus der Seitentasche seiner abgetragenen, grauen Strickjacke.

Das Stück Papier war eine Schwarzweißphotographie, und er überreichte sie seinem Gast feierlich und mit erwartungsvollem Blick. Morand nahm sie neugierig entgegen, betrachtete sie, wendete sie ein paarmal unbeholfen. *Jossele, kleiner Jossele* waren die Worte, die er plötzlich so deutlich hörte, daß er zusammenfuhr. Für einen Augenblick wurden seine Augen feuchter als es ihm guttat.

Auf der Photographie war eine junge Frau zu sehen, in grauweißer Schwesternkleidung vor einem Militärfahrzeug. Ein vermutlich rotes Kreuz auf weißem Untergrund wies es als Krankentransporter aus.

Morand betrachtete die Photographie noch eine endlose Zeitlang. Kein Zweifel, daß das junge Mädchen seine Mutter war, der Alte hatte also doch ein Photo von ihr. Die Augen, der Mund, er glaubte sich in ihren Zügen zu erkennen und hatte plötzlich eine Art Kloß im Hals, den er durch Räuspern vergeblich versuchte wegzubekommen. Seine Mutter. Seine *leibliche* Mutter.

Die unbekannte, vielleicht sogar herzlose Lebenslüge. Adjektive und Substantive gab es genug. Aber zählten sie nach all der Zeit noch etwas?

Nach langem Zögern legte er das Bild ehrfurchtsvoll wieder auf den Tisch. Er wollte es Kerschenstein nicht wegnehmen. Nun ja, jedenfalls *jetzt noch nicht.*

"Sie war wunderschön", sagte er leise und wurde sich im selben Moment bewußt, daß er in der Vergangenheit gesprochen hatte. War es nicht möglich, daß sie noch lebte?

"Wunderschön, ja…" Der Alte nickte. Und als hätte er die Gedanken seines Besuchers erahnt, fügte er hinzu: "Das ist sie bestimmt immer noch…" Er steckte die Photographie vorsichtig wieder ein. Plötzlich verfiel er in ein kindliches Kichern. "Ich werde sie suchen", sagte er mit einem verschwörerischen Ausdruck. "Und diesmal, diesmal werde ich sie finden, diesmal werde ich mich nicht abwimmeln lassen…" Kerschenstein saß vornübergebeugt auf dem Sofa, sah durch seinen Besuch hindurch und wirkte mit einem Mal so abwesend wie am Vortag. Jede Klarheit schien von ihm abgefallen.

"Sie lebt also noch?" fragte Morand skeptisch.

Kerschenstein reagierte nicht, er starrte nur vor sich auf den Tisch, den Kopf leicht hin und her wiegend. *Vermutlich ist er bei Rosa*, dachte Morand resigniert. *Irgendwie.* Was konnte man tun?

Im nächsten Moment kam ihm die Türglocke zu Hilfe. Ein, zwei kurze Male klingelte es und riß Kerschenstein aus seinem Tagtraum. Er sah sich ein wenig ängstlich um, machte aber keine Anstalten aufzustehen. "Natürlich", sagte er plötzlich, als klammere er sich aus Angst an ihr Gespräch, "natürlich lebt sie noch."

Marburg, dachte Morand, der Taxifahrer, *er* hatte vermutlich geklingelt. Aber der war ihm im Augenblick egal. "Wo?" fragte er so sanft wie es ihm möglich war. "Wo lebt sie jetzt?"

"Auf dem Glashüttengelände", murmelte der Alte. "Sie ist mit einem Zirkus dort, ich habe sie auf dem Friedhof gesehen, der ist ja ganz in der Nähe. Aber dann war sie wieder fort, und im Zirkus haben sie mich nicht zu ihr gelassen… *Mich, ihren Mann!*"

"Zirkus?" wollte Morand wissen. "Was für ein Zirkus?" Nicht, daß er den Worten des Alten allzuviel Wert beimaß, dazu klang das, was er gerade gesagt hatte, viel zu wirr. Oder wie ein Beweis seines geistigen Verfalls. Aber er hatte Zeit. Um den Alten zu bearbeiten, brauchte er ohnehin noch ein paar Tage. Warum also sollte er die Sache mit dem Zirkus nicht wenigstens überprüfen? Und warum sollte eine neunzigjährige Frau nicht mit einem Zirkus umherreisen. Er verkniff sich ein Lachen, unsicher, ob er den Gedanken überhaupt lustig oder viel eher traurig finden sollte.

"Der Zirkus", fuhr Kerschenstein fort, mehr zu sich als zu seinem Gegenüber, "der Zirkus ist mal da und mal nicht. Und wenn er wieder fort ist, will ihn niemand gesehen haben. Aber vielleicht bin ich auch nur schon verrückt geworden, vielleicht spinne ich einfach nur..."

Höchstwahrscheinlich, dachte Morand, stand auf und warf einen Blick aus dem Fenster. Dort unten stand Marburgs kleine Taxe. "Und dieser Zirkus gastiert auf dem *Glashüttengelände*?" fragte er, unschlüssig, ob er das nach Kerschensteins letzten Worten überhaupt noch wissen wollte.

Der alte Mann nickte langsam. Die Wirkung der Türglocke war anscheinend verflogen, die Tagträume kamen zurück. "Aber ich weiß jetzt, wo ich sie finden kann, wenn sie wieder fort ist... sie hatte es mir aufgeschrieben... auf ihrem Photo... der Taxifahrer hat es mir zurückgeben..." Seine Stimme war leise und klang so zerbrechlich, daß Morand nicht mehr zu weiterzufragen wagte. Eine Weile betrachtete er den Alten, wie er langsam nickend auf dem Sofa saß und plötzlich wie weggetreten vor sich hin summte. Es hatte keinen Sinn, im Augenblick war nichts mehr mit ihm anzufangen. "Laß nur", sagte er leise mit einem mitleidigen Blick auf den alten Mann. "Ich finde alleine hinaus..."

Wagen 103 stand noch immer vor dem Haus als Morand aus der Tür trat. Ein blankgeputzter, neuer Hundertneunziger Mercedes. Morand stieg ohne Gruß ein, setzte sich auf den Rücksitz, gab sein Ziel an, und schweigend fuhren sie zum Hotel.

"Fahr auf den Hof", sagte er, als sie das *Batavia* erreicht hatten. Vor dem Hintereingang des Hotels ließ Marburg die Taxe ausrollen, nahm über die Schulter das Geld entgegen und trug die Fahrt in ein kleines Büchlein ein. Dann sah er auf, sah in den Rückspiegel, und als er feststellte, daß Morand keine Anstalten machte, auszusteigen, lief ihm ein kalter Schauer über den Rücken. Instinktiv griff er in die Türablage und umklammerte den Griff der Pistole, die er vor fast vierzig Jahren aus dem Krieg in den Frieden hinübergerettet hatte. Lange Jahre hatte sie in einem kleinen Waldstück vergraben gelegen. Als er anfing Taxi zu fahren, hatte er sie wieder ausgegraben und führte sie seither während jeder Schicht mit sich. Für den Fall der Fälle, wie man so sagte. Daß sie ihm hier drinnen im Wagen nicht viel nützte, verdrängte er. "Ist noch etwas?" versuchte er möglichst ruhig zu fragen.

"Erzähl mir was über Kerschenstein", sagte Morand leise.

Marburg zuckte bei dem Namen ein wenig zusammen. "Ich?" fragte er überrascht.

"Du hast ihn doch gefahren, oder?"

Marburg sah wieder in den Rückspiegel. Sein Blick traf den Morands. Der Mann sah nicht so aus als ob man ihn belügen sollte. "Ein paarmal..."

"Und dann nicht mehr."

"Nein..."

"Warum nicht?"

"Was geht Sie das an?" Das war ihm so rausgerutscht, und Marburg bereute die Antwort sofort, denn im gleichen Moment beugte Morand sich vorsichtig vor und legte überraschend schnell seinen Arm um Marburgs Hals. "Es geht mich eine ganze Menge an", erklärte er leise und zog den Griff etwas fester. Marburg, der Morands Kraft nichts entgegenzusetzen hatte, röchelte kurz. Die Waffe fiel auf den Boden. "Ich... ich weiß es nicht", beeilte er sich zu sagen, wobei das mehr ein Krächzen war. "Er wollte plötzlich nicht mehr... ich hab' damit nichts zu tun, gar nichts!" Die Klammer um seinen Hals wurde noch ein wenig enger.

"Nein... bitte!" Marburg begann zu zappeln und versuchte vor Angst nicht einmal den Alarmknopf unter der Lenksäule zu betätigen. "Ich weiß... es wirklich... nicht..."

"Du hast Dessauer zu dem Alten gebracht, du Judas", zischte Morand, "stimmt's?" Das hatte Kerschenstein jedenfalls gesagt: *den hat der Taxifahrer angeschleppt.* Oder so ähnlich.

Statt einer Antwort kam nur ein leises Röcheln. Im nächsten Augenblick ließ Morand los und stieß den Fahrer von sich. Marburg schnellte vor und schlug mit dem Kopf gegen das Lenkrad. Seinem Schmerzensschrei folgte ein leises Jammern.

"*Dessauer...*" wiederholte Morand ungeduldig.

"Nein", beeilte sich Marburg, "ich... ich kenne keinen Dessauer..." Er rieb sich den Hals und betrachtete seinen Fahrgast mit schmerzverzerrtem Gesicht im Rückspiegel. Der sah ihn auffordernd und unmißverständlich aus schmalen Augen an.

"Gut... ja, ich... ich habe ihn ein paarmal gefahren, Kerschenstein, in die Stadt oder auf den Friedhof... danach habe ich nichts mehr von ihm gehört..."

"Und zum Glashüttengelände?"

"Kann sein..."

"Und Dessauer?"

"Ich weiß nicht..."

Im nächsten Augenblick wurde der Taxifahrer erneut von Morands Arm an den Sitz gepreßt. "Ja", jammerte Marburg, "ja, ich habe mit ihm über Kerschenstein gesprochen..." Er hustete und röchelte.

"Woher kennst du den Mann?"

"Ich kenne ihn nicht..."

Morand zog den Arm etwas fester um Marburgs Hals, woraufhin der sofort anfing zu gestikulieren. "Ich... ich..."

Morand ließ los.

"Er... Rechtsanwalt..." Marburg hustete erneut und rieb sich den Hals. "Kommt aus Hamburg..."

"Die Adresse", brummte Morand ungeduldig.

"Ich schreib es auf", japste der Fahrer. Seine Hände zitterten, als er kurz darauf einen Zettel mit einer Hamburger Adresse nach hinten reichte.
"Was wollte Dessauer von Kerschenstein?"
"Das... das weiß ich nicht! Er hat nur gesagt, daß er ihn besuchen will..."
"Du lügst! Worüber habt ihr gesprochen?"
"Über..." Marburg seufzte. "Über ein Photo."
Morand glaubte ihm nicht, ließ es aber gut sein. Er stieg aus und öffnete die Fahrertür bevor Marburg Gas geben konnte. "Hol' mich morgen hier wieder ab", brummte er, während sein Blick auf die Pistole fiel. Er lächelte abschätzig. "Gleiche Zeit wie heute. Und vielleicht fällt dir bis dahin ja noch ein bißchen mehr ein."
Marburg nickte ängstlich und fuhr sich über den Hals. "Aber ich habe Ihnen alles gesagt..."
"Überleg' es dir." Der Legionär sah den anderen kühl an. "Wenn du nicht kommst, mon ami, dann komme ich zu dir! Und dann zeige ich dir, wie man unter Legionären mit Verrätern umgeht!"

Morand starrte müde auf das mondbeschienene Fensterkreuz. Er lag auf dem Bett, angezogen, regungslos, hin und wieder die Asche seiner Zigarette wegschnippend. Er rauchte selten, eigentlich gar nicht, nur wenn sein Gefühl ihm die besondere Einsamkeit bewußt machte, die sich seit Jahren immer enger um ihn zog. Er verfluchte Le Maire, Pétain, Leclercque und alle Kerschensteins dieser Welt.
Warum hatte er den alten Morand wieder alleingelassen? War Moerkerke nach vierzig Jahren wirklich immer noch zu klein für ihn? Oder hätte es das Zuhause sein können, nach dem er eben diese vierzig Jahre lang gesucht hatte? Stiefvater hin oder her, irgendwo mußte ein Mann zu Hause sein!
Wie automatisch drückte er die Zigarette im leeren *Whisky*glas aus, das er in der Linken hielt. Vor seinen Augen lief ein Film ab, die Hauptdarsteller hasteten durchs Bild, sahen ihn fragend an und schüttelten den Kopf. *Du wirst es nie herausbekommen*, sagte ein alter Mann, der große Ähnlichkeit mit Kerschenstein hatte. Dann wurde er erschossen und fiel wie ein nasser Sack zu Boden. Morand schloß die Augen, kniff sie zusammen, als könne er damit etwas ungeschehen machen. Doch der Kerschenstein in seinem Kopf stand nicht wieder auf. Plötzlich ahnte er, daß der alte Mann nicht mehr lange leben würde...
Die Zeit wurde knapp, wenn er herausfinden wollte, weshalb Leclercque erschossen worden war. Aber wie sollte er das anstellen, wenn der Alte nicht redete? Was um alles in der Welt hatte das mit dem Colonel zu tun?
Für einen Augenblick setzte Morands Fähigkeit zu denken aus. Die Lider fielen ihm zu und eine Welle von Mitleid durchflutete ihn. Eine Empfindung, von der er angenommen, daß es sie für ihn nicht gab. Und doch, als er Ker-

schenstein gegenübergesessen hatte, dem Mann, den seine Mutter einmal geliebt hatte, da war alles andere nebensächlich geworden.

Morgen, dachte er, morgen werde ich nicht locker lassen... Es gibt so viele Fragen...

Im nächsten Augenblick war er eingeschlafen.

2. DER TURM

לבך ויאמץ חזק

Chasak weja´ametz libecha

Sei stark, und mutig sei dein Herz
(Psalm 27,14)

7. OLDENBURG, DIENSTAG, 04. SEPTEMBER 1984
Marburg hatte tatsächlich den Mut aufgebracht – vielleicht war es aber auch die pure Angst –, Morand ein weiteres Mal zu Kerschenstein zu fahren. Der jedoch rührte sich nicht. Auch nach mehrmaligem Klingeln nicht. Morand überlegte, was er tun sollte. Er trat ein paar Schritte zurück und sah den Wohnblock hinauf, einer von vielen in immer der gleichen Bauweise, zwei, drei Etagen, grauer Putz, Plattenwege und Mülleimerhäuschen. Abfall lag in den kargen Büschen neben dem Eingang.

Morand fluchte, weil er Marburg hatte wegfahren lassen. *Aber was soll's*, dachte er. Ihm blieb keine Wahl, er wollte – und mußte – mit Kerschenstein sprechen, mußte herausfinden, welche Rolle Dessauer spielte. Zu viele Fragen, und die vage Hoffnung, die Verbindung zu Leclercques Tod – oder besser: zu seinem Mörder – zu finden. Morand klingelte noch einmal.

Vergeblich. *Wo war der Alte?* Marburg hatte ihn wohl kaum zum Glashüttengelände gefahren! Nachdenklich blickte er zurück zur Straße. *Könnte ein Problem sein, von hier fortzukommen.* Oder sollte er laufen? Morand fluchte und spie aus. Dann wanderte sein Blick wieder zur Hauswand hinauf, dorthin, wo seiner Meinung nach der Balkon von Kerschensteins Wohnung liegen mußte.

Die Tür zum Balkon stand offen.

Ein paar Minuten lang beobachtete er sie. Vergeblich. Nichts bewegte sich dort oben. Der Alte trieb sein Spiel mit ihm, dessen war er sich sicher. Öffnete einfach nicht. Aber ebenso sicher hatte Morand die besseren Nerven. Er klingelte erneut, ungeduldig, anhaltend. Aber was, wenn diesem alten Narren doch etwas passiert war? Was, wenn Dessauer ihm zuvorgekommen war?

Jemand kam die Treppe heruntergelaufen, zwei Mädchen stießen die Haustür auf, betrachteten ihn kurz und liefen kichernd den Weg hinunter zur Straße. Einen Augenblick lang sah er ihnen nach, dann, bevor die Tür wieder zufallen konnte, drängte er sich in den Eingang, stieg die vier Treppen zu Kerschensteins Wohnung hinauf und öffnete sie routiniert mit der Visitenkarte des Taxifahrers. Sie paßte problemlos in den Spalt zwischen Tür und Zarge. Wenn der Alte nicht da war, würde er in der Wohnung auf ihn warten, wenn er nicht sprechen wollte, würde er einen Weg finden, das zu ändern. Ungeduld machte sich in ihm breit und die Einsicht, daß Le Maire würde Ergebnisse sehen wollen, nicht nur eine Adresse...

Leise und fast unbemerkt betrat Morand die Wohnung, nur beobachtet durch den Türspion der Wohnung gegenüber. Daß er die Tür nicht mit einem Schlüssel geöffnet hatte, konnte die Nachbarin nur erahnen. Dennoch machte sie ein paar Schritte zurück, griff nach dem Telefon und wählte die Nummer, die der Polizist ihr vor ein paar Tagen gegeben hatte.

Morand schloß die Tür und lauschte. Ein leises Knarren ertönte, sonst war es ruhig. Dann wieder, offenbar kam es aus dem Wohnzimmer. Er griff automatisch an den Gürtel, wo vor Monaten noch seine Waffe gesteckt hatte. Doch er hatte keine Waffe, nun ja, außer seinem Kampfmesser, das er mitgenommen hatte, um den Taxifahrer einzuschüchtern. Ebensowenig war dies ein *Kommandounternehmen,* er trug keine Uniform und sein Gesicht war nicht mit Tarnfarbe geschwärzt. Ein wehmütiges Lächeln flog über seinen Mund, die Legion ließ ihn nicht los. Für einen Augenblick überkam ihn ein Gefühl von Hilflosigkeit, dann riß er sich zusammen, zog das Messer aus seiner Jacke und überquerte mit vorsichtigen, nahezu lautlosen Schritten den Flur. Die Küchentür stand offen, doch dahinter war niemand zu sehen. Er ging weiter, öffnete die Wohnzimmertür mit der Fußspitze, sah hinein, und erkannte schließlich, daß es einzig die Balkontür war, die leicht im Wind knarrte. Morand sah sich um. Ein Schlafzimmer gab es nicht, Kerschensteins Bett schien das Sofa zu sein. Sein Blick wanderte zurück zum Flur und fiel auf eine dritte Tür. Vermutlich das Badezimmer, direkt neben dem Eingang. Er hatte es übersehen obgleich die Tür einen spaltbreit offenstand. *Uninteressant, d*achte Morand, e*r wird ja wohl nicht stundenlang auf dem Klo hocken.* Nein, der Vogel war ausgeflogen.

Nun war es nicht so, daß er vor Kerschenstein Angst hatte, aber nach dem, was in Marseille geschehen war, ließ sich nicht ausschließen, daß der

Mann aus Leclercques Wohnung ihm bis hierher gefolgt war. Schließlich schien es ihnen darum zu gehen, Spuren zu löschen, die zu Kerschenstein führten. Früher oder später würden SIE auch Kerschenstein selbst auslöschen. Das war zwangsläufig so. Er steckte das Messer zurück in die Jacke und sah sich um. Schrank, Anrichte, Cocktailsessel, kaum etwas war verändert seit gestern. Einige Schranktüren standen offen, die Schubladen des Wohnzimmerschranks waren herausgezogen. Kerschenstein schien etwas gesucht zu haben. Aber wo war er? Beim Arzt? Friedhof? Glashütte, auf seiner irrwitzigen Suche nach Rosa?

Morand war es egal. Wenn er allein war, hatte er zumindest die Gelegenheit, sich mal in Ruhe umzusehen. Vielleicht gab es noch mehr Photos oder Hinweise auf Rosa. Mit schnellem Griff öffnete er den Wohnzimmerschrank. Tassen, Teller, eine Schachtel Kekse. Hinter der nächsten Tür ein paar Bücher, die dreibändige Bibel, Tora, ein paar vergilbte Sachbücher, *Schlag auf – sieh nach*, 2. Auflage von 1957. Alles roch ein wenig muffig, auch der Karton mit der Aufschrift *Rosa*. Einen Augenblick hielt Morand ehrfürchtig inne, dann nahm und öffnete er ihn.

Der Karton war leer.

Ein zweiter, dahinterstehender aber war schwerer. Diesmal fühlte Morand, daß er am Ziel war, und tatsächlich, die kleine, verblichene Pappschachtel enthielt Photographien. Ein Schmunzeln huschte über sein Gesicht als er die Bilder betrachtete, eines nach dem anderen. Alte Photographien mit der Patina des Rührseligen, Unbeholfenen, längst Vergangenen. Ein Ausschnitt aus der Wirklichkeit. Der Bruchteil einer Sekunde aber zig Jahre alt, konserviert in Schwarzweiß mit gezacktem, weißen Rand. Ein Hauch von Sepia.

Eine Frau, deren Gesichtszüge seinen glichen. Rosa.

Es dauerte einen geistesabwesenden Augenblick, dann nahm Morand das Bild und steckte es ein. Es war nicht das Bild, das der Alte ihm am Tag zuvor gezeigt hatte, aber es war eines von *ihr*, von Rosa. Die übrigen Photos, unter denen noch einige mehr von seiner Mutter waren, legte er schließlich zurück in die Schachtel.

Was würde er tun, wenn der Alte zurückkam? Wäre es nicht besser, die Wohnung so schnell wie möglich zu verlassen? Den Alten nicht zu erschrecken, nicht das winzige bißchen Vertrauen zu zerstören, das er bei seinem letzten Besuch gefaßt hatte? Morand mußte lachen. Was würde er tun, wenn die *Việt Minh* zurückkamen, das war eine vernünftige Frage. Aber der Alte? Er schüttelte den Kopf und suchte weiter. Eine bessere Gelegenheit, etwas von Rosa oder Dessauer zu finden, würde sich nicht mehr bieten. Mit dem Alten würde er schon fertig werden...

Doch er fand nichts, das einen Hinweis auf die unbekannte Frau, die Frau, die seine Mutter war, liefern konnte. Geschweige denn auf Dessauer. Ein leiser Seufzer, dann begann er von vorne, akribisch, stoisch. Er durchsuchte

den Schrank, die Klappfächer, die Schubladen, die obere, die mittlere, die...
– Morand hielt inne. Auf dem Boden des mittleren Faches lag ein Umschlag, das gelbweiße Papier mußte er vorhin übersehen haben. Er zog den Umschlag hervor, betrachtete ihn überrascht, und begann ihn in der nächsten Sekunde hastig zu öffnen.

Merde! Ein in der amerikanischen Besatzungszone ausgestellter Unbedenklichkeitsnachweis war nicht das, was Morand hatte finden wollen, ein *Persilschein*, ausgestellt auf den Namen *Hans von Selchenhausen*. Ihm wurde eine makellose politische Vergangenheit bescheinigt, die zu Arbeit und Erwerb berechtigte. Konservativ bis reaktionär zwar, aber kein Nazi. *Aufgrund der Angaben in Ihrem Meldebogen sind Sie von dem Gesetz zur Befreiung vom Nationalsozialismus und Militarismus vom 5. März 1946 nicht betroffen.* Morand fragte sich kurz, wer Hans von Selchenhausen war, fand die Antwort aber im nächsten Augenblick in einem Zeitungsartikel vom 17. Dezember 1949, der sich ebenfalls in dem Umschlag befand:

> *Mord noch nicht aufgeklärt – Im Mordfall des vor acht Monaten erstochen in seiner Wohnung aufgefundenen Oberamtsrats Hans von Selchenhausen wurden die Ermittlungen nunmehr offiziell eingestellt. Nach Angaben der Staatsanwaltschaft wurde der Hauptverdächtige, ein 55 Jahre alter Verwaltungsangestellter, wieder auf freien Fuß gesetzt. Man habe nicht mit letzter Sicherheit die Täterschaft des Angeklagten feststellen können, so die Begründung. Daß das Verschwinden der Tatwaffe, angeblich ein britischer Militärdolch, ebenso wie Ermittlungspannen dazu geführt hatte, die Einstellung des Verfahrens zu beschleunigen, wies die Staatsanwaltschaft von sich...*

Morand steckte beides zurück in den Umschlag und fragte sich, warum Kerschenstein wohl ein Interesse an diesem von Selchenhausen haben mochte. Er zuckte mit den Schultern und legte den Umschlag zurück. Vermutlich hatte er den Mann einmal gekannt, wer wußte das schon? Warum nur, fragte er sich, besaß der Alte nichts von Rosa. Wo sie ihm doch so wichtig war? *Irgend etwas muß man doch aufbewahren!* Briefe, Notizen, Bilder...

Immerhin, einige Photos hatte er ja gefunden. *Man darf nicht undankbar sein...* Im nächsten Augenblick, aus heiterem Himmel gewissermaßen, wurde ihm klar, wer Hans von Selchenhausen war. Er suchte den Umschlag wieder hervor und las noch einmal die Zeitungsmeldung. Natürlich, der *fünfundfünfzigjährige Verwaltungsangestellte*, das war Kerschenstein. Er hatte offiziell unter Anklage gestanden. Seine Freiheit hatte er nicht Willard zu verdanken, den er um Hilfe angeschrieben hatte, sondern ganz banalen Ermittlungspannen. Und das wiederum konnte bedeuten, daß Kerschenstein den Mord tatsächlich begangen hatte. *Begangen haben könnte.* "Oder Willard hatte noch für die Ermittlungspannen gesorgt", murmelte er geistesabwesend und steckte den Umschlag in seine Innentasche. Eine Verbindung zu Leclercque sah er aber immer noch nicht. Dann fiel Morands Blick wieder auf die Schublade. Er wollte sie zuschieben, entdeckte aber dort, wo der erste Umschlag gelegen hatte, einen zweiten, kleineren, nahm ihn neugierig heraus und erkannte sogleich, daß auch dies kein Relikt aus Kerschensteins Zeit mit Rosa war. Der Brief war maschinengeschrieben und auf den 1. März 1949 datiert:

> *Ein Jude, der ein Mörder ist, ein Opfer, das doch in Wirklichkeit ein Täter ist.*
> *Wir wissen, wo du in der Nacht des 23. Februar warst.*
> *Wir haben die Beweise. Wenn du schweigst, wirst du leben. Wenn nicht, werden auch wir unser Schweigen brechen, und das wäre schlimm für dich, schlimm für euch alle. Wer glaubt schon einem Ankläger der selber tötet? Sie würden Dich zerreißen, bei lebendigem Leibe.*

Morand überlegte, an wen dieser Brief adressiert und was am 23. Februar 1949 geschehen sein mochte. Tatsächlich konnte er nur an Kerschenstein gerichtet gewesen sein. Sinn machte er dadurch aber immer noch nicht. Es sei denn – Morand las die Zeilen ein zweites Mal... Aber natürlich! Dies war eine Art Erpresserschreiben. Vermutlich ging es um die Anklagepapiere, die er damals gegen Merbach zusammengestellt hatte. *Die Papiere im Tausch gegen Kerschensteins Freiheit.* Deshalb konnte Willard sie nicht im Armeearchiv finden. Ein gewagter Tausch. Und wenn Kerschenstein später geredet hätte? Morand fluchte, es war nicht sein Metier, Hypothesen aufzustellen. Er würde den Alten später fragen, das war viel einfacher.

Morand steckte auch den zweiten Brief ein und begann, die Anrichte zu durchsuchen, fand Geschirr, Gläser, daneben Ordner mit Rechnungen, Sozialhilfebescheiden und jahrzehntealtem Behördenschriftverkehr. Ein hölzerner Ablagekorb enthielt Zeichenkarton, zwei Blätter unter alten Zeitungen, beide hatten das gleiche Motiv, sie glichen dem, das er vor zwei Tagen von Kerschensteins Küchentisch mitgenommen hatte. Er zog die Blätter hervor und ein kleines Medaillon fiel zu Boden, ein kleiner, dunkel angelaufener Anhänger an einer silbernen Kette. Morand hob es auf, er zögerte einen Augenblick, unschlüssig, ob er es öffnen sollte. Dann aber drückte er auf den Verschluß, und mit einem leisen *Klick* gab das Medaillon eine Photographie frei. Das kleine ovale Portrait eines Mädchens, oder einer jungen

Frau. Es mußte einmal feucht geworden sein, denn der untere Teil war kaum noch zu erkennen. Dennoch stand ohne Zweifel fest, daß es ein Bild von Rosa war. Im Deckel war eine hebräische Inschrift eingraviert.

Morand legte das Medaillon und die Blätter auf den Tisch, und jetzt erst fiel ihm auf, daß die gleichen Worte auf Kerschensteins Zeichnung zu lesen waren. Er hatte sie an den Rand geschrieben und auf dem nächsten Blatt die Übersetzung hinzugefügt: Chasak weja´ametz libecha. Sei stark, und mutig sei dein Herz...

Was sollte er nun tun? Alles mitnehmen und den Alten damit berauben. Oder alles liegenlassen und warten, bis Kerschenstein zurückkam?

Ein Luftzug, die Balkontür knarrte im Wind. Morand fuhr zusammen, wandte sich um und zog automatisch sein Messer. Dabei stieß er gegen den Tisch, eine kleine Leuchte kippte zur Seite und drohte zu Boden zu fallen. Er fing sie mit der Linken auf. Selbstzufrieden mit seinem Reaktionsvermögen stellte er die Lampe wieder auf den Tisch.

Einen Augenblick zögerte er, irgend etwas stimmte nicht. Er nahm die Lampe wieder auf, hob sie hoch und blickte unter den Schirm. Ein kleines Mikrophon klebte daran, versteckt, etwas unterhalb der Glühbirne.

Eine Wanze? Morand stellte die Leuchte lautlos zurück. Kerschenstein wurde abgehört? Was war mit dem Alten los? Was wußte er, das ihn so interessant machte?

Interessant für wen?

Schlagartig ging ihm auf, daß es Zeit war, die Wohnung zu verlassen. Er würde nicht mehr lange alleine sein. Hastig, mit wenigen Handgriffen, räumte wieder auf, steckte das Medaillon ein, schloß die Schubladen und sah sich noch einmal um. Für einen Augenblick wunderte er sich, mit welcher Leichtigkeit er einen alten, wehrlosen Mann berauben konnte. Nun ja, Geld nahm er nicht mit, aber es würde dem Alten das Herz brechen, wenn er dahinterkam, daß Rosas Bild, die kleine Photographie, und das Medaillon fehlte.

Gleichgültig. Er würde es zurückbekommen. Möglicherweise.

Morand wandte sich zum Gehen. Dann, wie von einem Blitz getroffen, verharrte er. Die Erkenntnis kam ganz plötzlich. Die Schlüssel. Auf dem Tisch lagen Schlüssel. Kerschensteins Wohnungsschlüssel. Der Alte war gar nicht fort. Er lauschte in die Stille und wandte sich um, langsam, fast schon theatralisch. Kerschenstein – er wußte jetzt, wo Kerschenstein war...

> *"Sub umbra alarum tuarum, Jehova!"*
> *Johann Valentin Andreae: Fama Fraternitatis, 1614,*
> *Diederichs, 1984, S. 18*

> *"Wie köstlich ist deine Güte, Gott, daß Menschenkinder unter*
> *dem Schatten deiner Flügel Zuflucht haben!"*
> *Der Psalter, 1. Buch, Psalm 36, 8*

8. KÖLN, MITTWOCH, 05. SEPTEMBER 1984

"Es geht ihm nicht gut." Elke Marburgs Unsicherheit war deutlich zu spüren als sie mit ihrem Sohn sprach. Echo schwieg, er ahnte, was nun kommen würde. Es hatte schon so viele von diesen Anrufen gegeben. "Diesmal wirklich..." fügte sie fast flehend hinzu, denn es war nicht immer wirklich so gewesen.

"Hat er getrunken?"

Natürlich hatte er. Seit der Scheidung vor neun Jahren hatte Gert Marburg jedesmal getrunken, wenn er sie anrief. Es passierte nicht mehr oft, aber wenn, dann brauchte er sein Pensum. Sonst fehlte ihm der Mut. Sie haßte es, wenn er sie anrief. Sie hatte sich scheiden lassen und hatte so viele Gründe dafür gehabt. Einer davon war seine Trinkerei. Sie hatte damit abgeschlossen und hoffte jedesmal, es wäre der letzte Anruf. Doch selbst der Umzug nach Hannover und die unvermeidliche Männerstimme, die sich irgendwann statt ihrer am Telefon meldete, konnten Gert Marburg nicht davon abhalten, anzurufen. Nach ein paar Monaten versuchte er es wieder, und sie konnte nicht auflegen, sie empfand nur Mitleid, fertigte ihn ab, mal sachlich, mal aufbrausend, beschwor ihn, hörte sich sein Leid an. Und er genoß es, war einsichtig, gelobte Besserung und hoffte immer wieder, sie würde zu ihm zurückkommen. Und immer, wenn er einsah, daß sie *nie* zurückkommen würde, vergaß er seine Vorsätze, und griff zur Flasche. Diesmal sei es jedoch nicht so gewesen zu sein. "Nein", sagte sie und es kam ihr vor als würde sie lügen, "er hatte nicht getrunken..."

Echo glaubte ihr nicht. "Und was soll ich jetzt..." er beendete den Satz nicht, denn es war klar, was kommen würde, und er wollte es so lange wie möglich hinausschieben. Er hatte weder Zeit noch das Bedürfnis nach Oldenburg zu fahren, seinen Vater zu besuchen, an den Ort seiner Kindheit zurückzukehren. Echo sah seinen Vater nur noch selten, und je seltener seine Besuche wurden, desto schwieriger wurden sie. Es war *seine* Entscheidung gewesen, *Echos* Flucht. Er wollte nicht in den Sog seines Vaters geraten, Alkohol, Taxifahren, Einsamkeit...

"Sieh nach ihm..." antwortete seine Mutter sofort, und es klang fast wie eine Frage. "Er hat nur noch dich ..."

"Er hat mich mit der Scheidung ebenso verloren", versuchte Echo sachlich zu antworten. Er hatte keine Lust, der Schuttabladeplatz für die alkoholerstickten Probleme seines Vaters zu sein. Ein paar Jahre war das so gegangen, nach der Scheidung, bis er schließlich floh, vor beiden, vor den Problemen seines Vaters und vor dem neuen Mann im Leben seiner Mutter. Bundeswehr. Danach Studium in Köln, zusammen mit Hauke, Hauke Landgraf, den kannte er schon seit der Grundschule. Hauke war zwei Klassen über ihm, zwei Jahre älter, hatte – damals zumindest – einen prägenden Musikgeschmack und seither die Doppelfunktion des großen Bruders und des besten Freundes inne. Echo war Einzelkind.

Nach der Schule entschied Hauke sich, seiner Achtundsechzigererziehung folgend, für den Zivildienst. Danach studierte er, während Echo noch seinen Wehrdienst ableistete. Marine, Sylt und Nordholz, Marinefliegergeschwader. In fünfzehn Monaten der kometenhafte Aufstieg zum Obergefreiten. Hauke hatte sich die Uni Köln ausgesucht, um Informatik zu studieren. Im folgenden Jahr sahen sie sich kaum noch. Dann war Echo ihm gefolgt, hatte begonnen, Betriebswirtschaftslehre zu studieren. Natürlich auch in Köln. Jetzt war er sechsundzwanzig und machte sich daran, seine Diplomarbeit zu schreiben. Mit ein bißchen Glück war er fertig, bevor Hauke seine Erste Staatsprüfung bestand (kein Zweifel, *daß* er sie bestand, er brauchte nur etwas länger dafür). Nein, Echo konnte es sich gar nicht leisten, die Arbeit ausgerechnet jetzt zu unterbrechen. Er fand, das war eine gute Rechtfertigung *nicht* zu seinem Vater zu fahren.

Und noch mehr Erinnerungsfetzen gingen ihm durch den Kopf, Erinnerungen an endlose, nächtliche Diskussionen, wenn sein Vater ihn nachts, obwohl er sich jedes Mal so gut es ging schlafend stellte, aus dem Bett geholt hatte, angetrunken und einsam, nur um jemanden zum Reden zu haben. Das mußte so mit fünf oder sechs gewesen sein. Und seine Mutter? Seine Mutter war an diesen Abenden nicht da, was selten vorkam, zugegeben, aber hin und wieder mußte sie wohl raus. Oder wenn er ihm zum zwanzigsten Mal von früher, von der besseren Zeit seiner im Krieg doppelt verlorenen Kindheit, erzählt hatte, im Wohnzimmer oder der Küche, statt ihn mit den anderen Kindern spielen zu lassen. Szenen von Gemeinsamkeit, Familie oder von stolzem Hinaufsehen zu seinem Vater waren blaß und wurden im Augenblick ihres Auftauchens verdrängt von Erinnerungen an den schleichenden Verfall, an den Kampf des Alkohols gegen das Gehirn, gegen den Willen, gegen die Kraft. Mit der Gegenwart war sein Vater schon damals nicht klargekommen. Und das Bild drängte sich auf, wie er Mutter geschlagen hatte, nachts, betrunken, schreiend. Aber es verschwamm. Sein Vater hatte nie jemanden geschlagen. Er taugte nicht zum Feindbild, und das machte alles nur noch schlimmer.

Eine Welle von Mitleid durchflutete ihn und brandete im Widerwillen.

"Was hat er denn diesmal?" fragte Echo, und es klang vielleicht ein wenig zu unfreundlich.

"Angst."
"Angst? Was meinst du mit *Angst*?"
"Er hat Angst, Jochen", antwortete seine Mutter. Jochen. Das klang plötzlich so ernst. Jochen Marburg. Von allen anderen wurde er Echo genannt. Über den Sinn hatte er nie nachgedacht, es war einfach *Echo*, das *englische Echo*. Er wußte nicht mehr, wer ihm den Namen verpaßt hatte, aber zweifellos war er allen ziemlich auf die Nerven gefallen, damals, als er wochenlang nur noch *Echo & the Bunnymen* gehört hatte, die Band um Ian McCulloch, und auf der Gitarre *Villier's Terrace*, *Crododiles* oder *Rescue* nachgespielt – oder es zumindest versucht – hatte. Am 18. Mai 1980, dem Tag vor ihrer USA-Tournee, erhängte sich der Sänger der Manchester-Band *Joy Division*, Ian Curtis, wodurch ihre Single *Love will tear us apart* in den britischen Charts bis auf Platz 13 stieg und *Joy Division* in Echos leben trat, alles andere verdrängte und ihn nie wieder losließ. Sein Musikuniversum veränderte sich von einem Tag auf den anderen. Den Spitznamen aber behielt er. *Echo*.
Joy Division spielte eine Art Post-Punk. Innovativ und genial, und so ehrlich desillusioniert, traurig und dunkel, daß sie nie die Chance auf dauerhaften Charterfolg hatten. *Echo & the Bunnymen* hatten seine Freunde akzeptiert, *Joy Division* aber hatten sie nie verstanden.
Dabei hörte er die immer noch gerne.
"Er hat Angst", wiederholte seine Mutter leise. "Irgend etwas ist geschehen…"
"Aber du weißt nicht was…"
"Irgend etwas mit einem Photo. Und dann ist auch noch ein Fahrgast ist gestorben…"
"Das kommt vor…"
Echos Vater fuhr Taxi, seit fast 25 Jahren. Er war sein eigener Herr, hatte seinen eigenen Wagen, und das nutzte er auch aus. Er fuhr nur so oft, wie es unbedingt nötig war, um über die Runden zu kommen. Was für einen Unterschied machte da ein Fahrgast mehr oder weniger?
In Köln hatte Echo irgendwann begonnen, ebenfalls Taxi zu fahren. Der Job war einigermaßen leicht zu bekommen – und einträglicher als ein Praktikum bei *KPMG*, *Price Waterhouse* oder einer kleineren Steuerberaterkanzlei. Trotzdem widerstrebte es ihm, er haßte das Taxifahren, *eben weil* es der Job seines Vaters war. Aber das Zimmer wollte bezahlt werden, die Bücher, das Studium, der Opel, vor allem der Opel.
"… das weißt du doch, oder?" fragte seine Mutter sanft.
Echo stellte fest, daß er überhaupt nicht mehr zugehört hatte.
Er versuchte Zeit zu gewinnen. "Ich… ich kann hier nicht vor Samstag weg…"
"Das ist schon gut, fahr nur hin…" antwortete sie schnell. Ihre Stimme klang erleichtert, und er war, entgegen der vagen Hoffnung, daß Samstag

vielleicht doch zu spät sein könnte und sie selbst bei seinem Vater vorbeischauen würde, wieder in die Falle getappt. *Tum demum ingemuit corvi deceptus stupor.*
　"OK", seufzte er, "ich werde sehen, was ich machen kann..."
　"Er hat doch nur noch dich", wiederholte sie, aber diesmal klang es seltsam beruhigt.
　Nach kurzem Zögern legte sie auf.

"Et après, le maréchal doit faire savoir le trépas du maître, le plus tôt qu'il pourra, à tous les commandeurs des provinces en deçà des mers pour qu'ils viennent au jour fixé conseiller la maison et élire le grand commandeur qui remplacera le Maître. Et si cela peut être sans dommage pour la maison, l'élection du Maître doit être célébrée à Jérusalem ou dans le royaume. Car là est la tête de la maison et la souveraine province de tout le Temple".

"Darauf soll der Marschall den Tod des Meisters sobald wie möglich allen Komthuren der Provinz diesseits des Meeres anzeigen und sie auffordern, an einem bestimmten Tage zu kommen, um über das Wohl des Ordens zu beraten und einen Großkomthur als Stellvertreter des Meisters zu wählen.
Wenn es ohne großen Schaden für den Orden möglich ist, soll sodann in Jerusalem aber wenigstens innerhalb des Königreichs die feierliche Wahl des Meisters stattfinden. Denn dort ist der Hauptsitz des Ordens und die wichtigste Provinz des ganzen Templerordens."
La Règle de l'Ordre du Temple, Article 200, Election du Maître du Temple.

9. OLDENBURG, DIENSTAG, 04. SEPTEMBER 1984

Morand stieß die Tür zu Kerschensteins Badezimmer auf. Sie knarrte ein wenig, als sie den Blick auf einen spärlich beleuchteten, engen und blau gefliesten Raum freigab. Eine Badewanne, Toilette, Waschbecken und eine kleine Waschmaschine ließen nur einen schmalen Gang frei. In der Mitte des Raumes hing eine nüchterne Deckenleuchte, und an dieser Deckenleuchte hing der alte Mann. Genaugenommen hing er an einer Schlinge, die am Deckenhaken der Lampe befestigt war. Morand verzog den Mund und fluchte leise, als sein Blick über die leeren Augen des Alten glitt, über das in den Hals einschneidende Seil, über die nasse Hose, die schlaffen Arme. Er war nicht schockiert, der Tod war für ihn längst etwas Alltägliches. Nur die unbestimmbare Trauer, die er plötzlich empfand, war neu, die verlorene Gelegenheit von Kerschenstein etwas über Rosa zu erfahren.

Beiläufig und routiniert hatte er nach dem Puls des Alten gefühlt, was natürlich überflüssig gewesen war, denn ein Blick genügte, um zu sehen, daß Kerschenstein ganz bestimmt nicht mehr lebte. Dennoch, sein Körper war nicht kalt, also konnte er noch nicht lange hier hängen. Morand durchsuchte Kerschenstein ohne ihn loszuknüpfen, die Taschen seiner Jacke, die Hosentaschen, die geballten Fäuste. Nichts, sie waren leer.

Enttäuscht setzte er sich auf den Rand der kleinen Badewanne. Enttäuscht, denn von einem toten Kerschenstein konnte er auch nichts mehr über Dessauer erfahren. Auf der Suche nach dem Mörder Leclercques war er wieder in einer Sackgasse gelandet.

Dem Beweis seiner Unschuld war er ebensowenig nähergekommen wie seinen eigenen Wurzeln. Im Grunde konnte er sich gleich neben Kerschenstein hängen.

Den letzten Gedanken verwarf er, stieß statt dessen wütend mit dem Fuß gegen einen kleinen Hocker und fluchte. Vermutlich, dachte er, war es der Hocker auf den der alte Mann gestiegen war, um sich die Schlinge um den Hals zu legen. Seltsam nur, daß der Hocker ordentlich neben seinen Füßen gestanden hatte. Viel zu ordentlich. Wie nachträglich hingestellt.

Merde! Morand stand auf, machte ein paar Schritte zurück zu Tür und betrachtete nüchtern die Szene. Ein unangenehmer Gedanke durchfuhr ihn: Kerschenstein hatte sich überhaupt nicht selbst erhängt! Warum hätte er das auch tun sollen? Schließlich wollte er ja noch nach Rosa suchen. Nein, irgend etwas stimmte hier nicht. Nicht Kerschenstein hatte im Wohnzimmer etwas gesucht, sondern sein Mörder. Er stieg auf den Hocker und betrachtete Kerschensteins Hals. *Stümper*, dachte er im selben Augenblick als er blaue Flecke unterhalb der Strangulationsfurche des Stricks erkannte. *Jeder halbwegs erfahrene Flic wird auf Anhieb erkennen, daß dies kein Selbstmord war.*

Morand stellte den Schemel wieder an seinen Platz und überlegte. Daß Kerschenstein direkt etwas mit dem Mord an Leclercque zu tun gehabt hatte, war jetzt erst recht auszuschließen. Ohne seine Magentabletten kam der Alte nicht einmal zum nächsten Taxistand, geschweige denn nach Marseille. Dahingegen war es klar, daß es eine indirekte Verbindung geben mußte – und zwar eine namens Dessauer. Aber was genau wollte Dessauer von Kerschenstein, von Willard, von Leclercque? Wußte der Alte etwas oder besaß er etwas? Zumindest schien ihm bewußt zu sein, daß Dessauer etwas von ihm gewollt hatte. *Er will mir Rosa wegnehmen...* hatte er gestern gesagt. *Alle wollen sie nur Rosa.* Was auch immer das bedeutete. Wenn er wußte, daß Dessauer etwas von ihm wollte, dann hätte er es versteckt. Aber hätten sie ihn umgebracht ohne es gefunden zu haben? *Macht man eigentlich nicht – es sein denn...*

Wenn sie es gefunden hatten, wenn der Alte geredet hatte, dann wäre er zu spät gekommen. Wenn nicht, würde Dessauer zurückkommen.

Zögernd begann Morand seine Suche erneut. Schließlich machte es schon einen Unterschied dort zu suchen, wo Kerschenstein etwas aufbewahrt haben konnte oder dort, wo er etwas – vor Dessauer – versteckt haben konnte. Er begann mit dem Wasserkasten der Toilettenspülung. Beliebtes Versteck. Aber es war leer. Die Küche vielleicht, dort gab es zahllose Verstecke, aber so viel Zeit blieb ihm im Augenblick nicht. Halbherzig durchwühlte er noch den Wäschekorb. Nichts. Sein Blick fiel auf die Waschmaschine. Er lachte über die Idee, öffnete aber dennoch die runde gläserne Tür, zog Unterhosen, die hier ganz sicher zu recht lagen, Socken und Hemden heraus und...

er stockte. In der Trommel lag ein Briefumschlag. Ein ziemlich dicker Briefumschlag. Offenbar das Lieblingsaufbewahrungsmittel des Alten, wenn man von Pappschachteln absah. Morand öffnete den Umschlag und erkannte Papiere in englischer und deutscher Sprache, Nachkriegsdeutschland, Englische Besatzungszone, Abschriften, Kopien von Briefen, Anweisungen, Befehle, dienstlicher Schriftverkehr. Möglicherweise handelte es sich um die Papiere, die Willard vergeblich in Rheindahlen gesucht hatte. Morand blätterte weiter. Ein Schreiben der 24. SS-Standarte aus Oldenburg betreffend Maßnahmen gegen die jüdische Kaufmannschaft, ein weiteres des Reichsstatthalters in Hamburg, der den Mietvertrag über ein Ladenlokal kündigt – Kerschenstein hatte also einen Laden? Es folgten Personallisten, säuberlich getrennt nach Einsatzbereich und Abteilung. Darüber immer wieder das Hakenkreuz, Lager Buchenwald. Einige der Namen waren markiert.

Kein Zweifel, dies waren die Anklageschriften, von denen Willard geschrieben hatte. Und dennoch war er sich nicht sicher, ob diese Papiere nach all den Jahren noch irgendeine juristische Relevanz hatten. Blieb die Frage, ob Dessauer das genauso sah. Aber warum hatte er sich dann erst jetzt auf die Suche danach gemacht?

Als er die Unterlagen wieder in den Umschlag zurückschieben wollte, stellte Morand fest, daß noch eine Photographie darin steckte. Er zog sie heraus und erkannte, daß es eine Aufnahme von Rosa war. Das Bild mußte während des Krieges aufgenommen sein, während des ersten großen Krieges. Es zeigte sie in Schwesternuniform, die dunklen Haare hochgesteckt. Sie sah nicht in die Kamera, ihr Gesicht aber war gut zu erkennen. Dieses Bild war keine Reproduktion, Morand wendete es und sah, daß es eine Art Widmung aufwies. *Saint Kathelyne, Rue de la Manticore , Gand*. Und darunter in ebenso blaßblauer, geschwungener Frauenhandschrift stand: *Je vais vous y attendent. Juin 1919*. Morand betrachtete die Handschrift einen langen, zeitlosen Augenblick lang. Es war seine Mutter, die dies geschrieben hatte, in der Hoffnung, daß Jacob Kerschenstein kommen würde, sie holen würde. *Ich werde dort auf Sie warten...* Vergeblich, wie er nun wußte.

Morand steckte die Photographie ein, schob die Unterlagen wieder in den Umschlag, kehrte zurück ins Wohnzimmer und sah sich noch einmal um. Sein Blick fiel auf die Lampe, deren versteckter Sender ihn daran erinnerte, daß er keine Zeit zu verlieren hatte. Zügig, aber ohne Hast, nahm er noch die übrigen Photographien aus der kleinen Schachtel im Wohnzimmerschrank, die brauchte der Alte ja jetzt nicht mehr. Er steckte sie ebenfalls in den Umschlag und verließ die Wohnung, nicht ohne den zweiten Schlüssel, der neben der Tür hing, einzustecken. Wer wußte schon, ob er nicht noch einmal zurückkommen mußte. Einen Augenblick lang überlegte er, ob er noch warten sollte, dem auflauern, der als nächstes kommen würde, alarmiert durch die von der Wanze übertragenen Geräusche. Nun, vielleicht sollte er das tun. Vielleicht würde er ihn zu Dessauer führen. *Sacrément*, wer hörte denn die Wohnung eines alten Mannes ab?

Als Morand auf die Straße trat, wurde ihm klar, daß er keine Sekunde zu lange gezögert hatte. Nur wenige Meter hinter ihm hielten zwei Fahrzeuge, eines der beiden war ein grünweißer Einsatzwagen. Männer sprangen heraus und liefen den Weg hinunter zum Eingang. Morand sah ihnen nicht nach. *Jetzt nicht zu schnell gehen, nicht auffallen*, dachte er und sah sich dennoch um. Einer der Männer, ein Beamter in Uniform, war stehengeblieben und musterte ihn einen Augenblick. Dann wurde die Haustür geöffnet, und Morand sah die Beamten ins Haus drängen. Zu Dessauer würden *die* ihn nicht führen. Er fluchte, als er weiterging. Sollten die Flics ruhig ihre Arbeit tun. Nur – wer hatte sie gerufen?

Am nahegelegenen Taxistand fragte Morand nach Wagen Einhundertdrei. Doch Marburg meldete sich nicht, und so setzte er sich in den ersten Wagen der Reihe und ließ sich ins Hotel fahren.

Auf dem Weg begann er, die Unterlagen zu studieren. Kerschenstein hatte sich auf Hans Merbach konzentriert, SS-Obersturmführer, Schutzhaftlagerführer und Adjutant im Konzentrationslager Buchenwald. *Schön und gut*, dachte Morand, aber warum war es nie zu einer Anklage gegen Merbach gekommen? Er ließ den Briefumschlag sinken, woraufhin zwei Photographien herausfielen. Er nahm sie auf und betrachtete sie. Auf der einen war eine Gruppe Offiziere zu sehen. Er hielt sich das Photo dichter vor die Augen und erkannte, daß sie alle SS-Kragenspiegel trugen. Auf der Rückseite waren mit Bleistift Namen, Dienstgrad und ein Datum vermerkt. 1944. Der Dritte von links war demnach Merbach. Kerschenstein hatte also sogar ein Photo von ihm. Ein gutaussehender Offizier, Mitte vierzig und damit wohl so alt wie Kerschenstein selbst.

Das zweite Photo zeigte einen Mann im Sakko, den dunklen Hut salopp ins Gesicht gezogen. Auf der Rückseite stand in krickliger Handschrift nur ein Name: *Dessauer.*

Der Fahrer bog von der Straße ab. Morand sah auf und erkannte, daß sie das Hotel erreicht hatten. Er zahlte und ging auf sein Zimmer. Das Dossier würde er sich noch einmal genauer ansehen müssen. Und dann sollte er sich den versoffenen Taxifahrer vornehmen...

3. DER TOD

> Das sagt der Erste und der Letzte, der tot war und ist lebendig geworden: Ich kenne deine Bedrängnis und deine Armut - du bist aber reich - und die Lästerung von denen, die sagen, sie seien Juden, und sind's nicht, sondern sind die Synagoge des Satans.
> Fürchte dich nicht vor dem, was du leiden wirst! Siehe, der Teufel wird einige von euch ins Gefängnis werfen, damit ihr versucht werdet, und ihr werdet in Bedrängnis sein zehn Tage. Sei getreu bis an den Tod, so will ich dir die Krone des Lebens geben... Wer überwindet, dem soll kein Leid geschehen von dem zweiten Tode.
> Die Offenbarung des Johannes, 2, 12, *Die sieben Sendschreiben*

10. OLDENBURG, MITTWOCH, 05. SEPTEMBER 1984

Tum demum ingemuit deceptus stupor corvi... Daß er in gewissem Sinne Recht hatte und tatsächlich in eine Falle getappt war – wenn auch nicht aus Dummheit, wie der Rabe bei *Phaedrus* –, das war Echo an jenem Mittwoch noch nicht bewußt.

Auch nicht, daß er seinen Vater nicht mehr wiedersehen würde.

Zwei Tage später rief seine Mutter erneut an.

"Er ist tot..."

Es dauerte eine Weile, bevor beide wieder etwas sagen konnten. Dann fuhr sie zaghaft fort: "Er... Dein Vater hatte einen Unfall..."

Echo erwiderte immer noch nichts, was sollte er auch sagen? Im ersten Augenblick war er erleichtert, doch er schob den Gedanken sofort wieder weg. Erleichtert? Verdammt, nein! Aber würde diese Nachricht sein Leben verändern? Sein Vater war auch vorher kaum noch darin vorgekommen. Nur war es *nun* definitiv: er war nicht mehr da. Erst später kam ihm der Gedanke, daß so vieles schiefgelaufen war, daß er so vieles vermißt hatte, und daß er verdammt noch mal getrauert *hätte*, wären sie sich nur ein bißchen näher gewesen. Aber waren Schuldzuweisungen fair? Nicht, wenn man die Kausalität ins Spiel brachte: wir alle sind ein Produkt unserer Erziehung und unserer Erfahrungen, sein Vater ebenso wie er selbst...

"Fährst du trotzdem?" fragte seine Mutter.

"Ja..." erwiderte er zaghaft. "Sicher." Kausalität war gut, man konnte alles auf sie schieben, auch die eigenen Versäumnisse. Andererseits konnte sie bei guter Argumentation auch leicht zurück bis ins *Holozän* führen.

Trauer empfand er in jenem Augenblick jedenfalls nicht. Er war einfach nur erschrocken.

"Kümmerst du dich um... um alles?"

Echo nickte. Natürlich würde er sich um alles kümmern. Klar. Aber was war das, *alles*? Was mußte man tun? Was kam auf ihn zu? Er hatte eigentlich keine Erfahrung mit dem Tod...

"Jochen?"

"Ja!" wiederholte er leise, "Ja, vielleicht fahre ich morgen hin..."

"Er wird morgen beerdigt..."

"Wer... wieso? Morgen schon?"

"Der... Beamte am Telefon hat es mir gesagt. Es geht wohl nicht anders. Der Unfall war am Mittwoch und..."

"Am Mittwoch?" unterbrach Echo seine Mutter. "Aber an dem Tag hast du doch noch mit ihm gesprochen!"

"Danach muß es passiert sein..."

"Und du hast gesagt, er wäre nüchtern gewesen", insistierte er. Es sollte klingen wie: *siehst du? Ich hatte Dir das sowieso nicht geglaubt!*, kam aber einfach nur traurig rüber. "Wir wissen noch nicht einmal, was passiert ist", fuhr er fort. "Sie können ihn nicht einfach beerdigen!"

"Er hatte einen Unfall", wiederholte sie leise. "Sie haben ihn mit zweieinhalb Promille aus dem Wagen geholt... Viel zu schnell gefahren..."

Und als er wieder nichts entgegnete, fügte sie wie zur Beruhigung hinzu: "Er war sofort tot." Sie wußte, daß das gelogen war. Doch es störte sie nicht. "Ich habe gesagt, sie können ihn beerdigen. Das ist so, wenn keine Angehörigen da sind..."

"Aber wir sind doch da!" fuhr Echo sie an, und als er verstand, was sie meinte, fügte er leise hinzu: "Ich bin doch da..."

Es war der siebte September, und es war das letzte Gespräch, das sie führten.

> "Hinter dieser verschwörerischen Operation steckte eine rechte italienische und letztlich internationale Freimaurerloge, bekannt unter dem Namen Propaganda 2 oder P2, zu der 962 (einige sagen: weit mehr) Politiker, Minister, Industrielle, Journalisten, Richter, hochrangige Militäroffiziere und Geheimdienstagenten aus verschiedenen Ländern gehörten, deren gemeinsames Ziel (der *Plan der Demokratischen Wiedergeburt*) darin bestand, zwei verläßliche politische Stützen in "demokratischem" Gewand zu schaffen: eine bürgerliche, kontrollierbare "linke" Kraft und eine so genannte "demokratische Rechte". Damit wurde ausdrücklich das Ziel verfolgt, jede echte politische Mobilisierung der Arbeiterklasse in Westeuropa und Südamerika zu ersticken..."
>
> Aus: Marc Wells über: "I Banchieri di Dio: Il caso Calvi (Gottes Bankiers: Der Fall Calvi), I 2001, Drehbuch von Armenia Balducci und Giuseppe Ferrara

11. OLDENBURG, FREITAG, 07. SEPTEMBER 1984

Der Raum war dunkel, und das war beabsichtigt, ein nie benutztes Büro im vierten Stock des Landgerichts in der Elisabethstraße, in das der letzte Rest Tageslicht durch ein schmales Fenster hereindrang. Der *Ritter der Ehernen Schlange* stand mit dem Rücken zum Licht, zur mattrosanen Dämmerung, sein Gesicht war kaum zu sehen, nur seine hohe Statur hob sich dunkel vom Gegenlicht ab.

Ihm gegenüber stand ein Mann im grauen, unauffälligen und bei Gericht durchaus üblichen Anzug. Seine weiße Krawatte schimmerte rötlich in der Dämmerung. Noch bevor sich die Augen des Mannes an das fehlende Licht gewöhnt hatten, wußte er, wer ihn rufen lassen hatte. "Ihr... seid nicht oft hier... ", sagte er zaghaft, führte die rechte Hand zum Herzen und hob sie dann zum Gruß. Er war ein wenig außer Atem, denn er war sofort, nachdem er die Nachricht erhalten hatte, die Treppen hinaufgeeilt. Jetzt starrte er in das Zwielicht des Raumes. "Hat Euch jemand kommen sehen?"

"Mach Dir darüber keine Sorgen, *Geheimer Sekretär*." Die Stimme des *Ritters der Ehernen Schlange* hatte einen leichten französischen Akzent. Sie war tief und ließ keine Zweifel an seiner Autorität aufkommen. "Hast du, wonach wir suchen?"

"Nein, *Ritter der Ehernen Schlange*."

"Diese Antwort war keine Option."

"Kerschenstein hat es nicht in seiner Wohnung."

"Dann suche es. Finde heraus, wo er es hat. Meine Geduld ist zu ende. Die Zeit drängt! Wir müssen dem Tempel zuvorkommen. Er scheint sein Medium gefunden zu haben..."

Der Mann zögerte, überlegte vielleicht einen Augenblick zu lange, lange genug jedenfalls, um ein gereiztes Räuspern seines Gegenübers zu provozieren. "Kerschenstein ist tot, o *Ritter der Ehernen Schlange*."

Der *Ritter der Ehernen Schlange* schrie auf, ein französischer Fluch, weitgehend unverständlich, aber wozu auch? Die Stille danach flößte dem Mann viel mehr Angst ein. Dann kam die leise, beherrschte Frage: "Wer?"

"Das weiß ich nicht", beeilte sich der Mann zu antworten. Obgleich er natürlich einen Verdacht hatte. Aber den behielt er für sich, dafür war es zu früh. "Noch nicht", fügte er hinzu.

Der *Ritter der Ehernen Schlange* wandte sich ab, trat an das schmale Fenster und sah hinaus in die Dämmerung. "Du denkst an den *Prinzen des Tabernakels*?" fragte er schließlich.

Der Mann fluchte lautlos über die Intention des Ritters. Oder konnte er Gedanken lesen? Zuzutrauen wäre ihm auch das. Logenmitglieder wurden nie mit ihrem Namen erwähnt, sondern stets mit ihrem Grad. Das war eine Frage der Ehre. Und der Geheimhaltung. Philosophische Grade – also Führungsgrade – gab es in Deutschland nicht allzu viele, daher wußte er, daß es sich beim *Prinzen des Tabernakels* um Dessauer handeln mußte. "Der *Prinz des Tabernakels* war eingeweiht", gab er leise zu. "Er wußte von der Photographie. Und er hatte noch eine alte Rechnung offen."

Der *Ritter der Ehernen Schlange* nickte. Ihm jedenfalls sah man nicht an, was er dachte. Dessauer war Teil der Loge, ein respektables Mitglied, und, wie man sich erzählte, ein häufiger Gast im Hause des *Ritters*. Wo auch immer das sein mochte. In jedem Fall machte sich Vorsicht bezahlt, wenn man die internen Verbindungen nicht kannte, sonst wurde man sehr schnell selbst zur *Persona non Grata*. In der Loge bedeutete das in der Regel *Persona non vivit*. Wenn man das so sagen konnte. Die Loge war mächtig. Grenzenlos. Sie half ihren Mitgliedern. Oder sie tötete sie.

"Geh jetzt", sagte der Ritter eine endlos erscheinende Zeit später. "Geh und suche das verdammte Päckchen. Um den *Prinzen des Tabernakels* kümmere *ich* mich, wenn die Zeit reif ist."

> "Denn sehet! Der Mensch gleicht da einem Wanderer, der an einem trüben Tage reist, wenn dichte Nebel Täler und Berge belagern. Obwohl solche Nebel die ganze sonst gar herrliche Gegend völlig unsichtbar machen, so besteht aber die Gegend dennoch; nur ihre reinen Abbilder können nicht zum Auge des Wanderers gelangen, und er kann sich darum auch keinen Begriff und keine Vorstellung von dem machen, was der dichte Nebel vor seinen Augen verhüllt. Er betrachtet wohl den Weg und erkennt aus den nur schwach ersichtlichen Weg Zeichen, daß er etwa wohl auf dem rechten Wege wandelt. Aber es kommen oft Seitenwege, die erfüllen ihn dann schon wieder mit Furcht und Sorge, weil er nicht recht wissen kann, welcher Weg da wohl der rechte ist. Er wartet, ob nicht ein anderer Wanderer ihm nach- oder entgegenkäme. Es kommen wohl welche; aber es geht ihnen wie dem, der von ihnen das Rechte zu erfahren wünschte..."
> Jakob Lorber: 'Das große Evangelium Johannes', Bd. 8, (ev08.077. Kapitel)

12. HANNOVER, DIENSTAG, 04. SEPTEMBER 1984

Das monotone Klopfen der Schienen machte Uwe Jordan träge. Die eintönige Landschaft zog am Abteilfenster vorbei und gab dem Abend einen vollends trostlosen Beigeschmack. Wiesen, Bauernhöfe, graue Asphaltstreifen, alles verregnet, und der Regen lief schräg am Abteilfenster herunter.

Die Augen fielen ihm zu. Der 19:20 Uhr Regionalexpreß ab Hannover war pünktlich aber langsam. Zwei Stunden dauerte die Fahrt nach Oldenburg, wenn man dem Fahrplan glauben konnte. Es gab schnellere Verbindungen.

Noch schneller wäre es vermutlich gegangen, wenn er den Golf mitbekommen hätte, aber der war seit dem Einsatz vor zwei Tagen nicht mehr fahrbereit. Ebenso wie sein eigener Wagen. Anlasser. Werkstatt. Und Berndes hatte es eilig gehabt. Kriminalhauptkommissar Berndes war sein Chef und Leiter der Abteilung 4 des Landeskriminalamts Niedersachsen. Um 15:00 Uhr hatte er Jordan zu sich bestellt. Jordan, der nach Studium und praktischer Ausbildung seit einem halben Jahr beim LKA war. Und Berndes hatte einen Job für ihn. Einen Job für jemanden, den er entbehren und um den er sich im Augenblick nicht kümmern konnte.

Berndes hatte ihn angewiesen sich zu setzen, auf den zierlosen Holzstuhl vor seinem Schreibtisch, hatte einen grünen Papphefter, auf dem mit breitem Stift und Schablone ein Aktenzeichen geschrieben war, über den Tisch geschoben und von Kerschenstein erzählt. Jakob Kerschenstein, der neunundachtzig war und sich in seiner kleinen, schäbigen Einzimmerwohnung im Oldenburger Stadtsüden umgebracht hatte. Am Badezimmerfenster erhängt. Oder an der Deckenlampe? Jordan öffnete den Mund, doch Berndes würgte die Frage, was denn das LKA damit zu tun hätte, mit einer Handbewegung ab. "Kerschenstein war Jude, da sind wir sensibler, mein Junge." Wohl nicht ohne Druck, denn er fuhr fort: "Der Zentralrat - und fragen Sie mich nicht, woher der das weiß – sitzt dem Innenminister im Nacken. Und der Innenminister dem Polizeipräsidenten." Der Hauptkommissar nahm die randlose Brille ab und rieb sich die Augen. Dann betrachtete er den jungen Kommissar und lächelte. "Der Polizeipräsident wiederum hat mich beauftragt, die Sache ins Reine zu bringen."

Jordan sah seinen Chef fragend an. Der registrierte Jordans Blick, fuhr sich durch sein kurzes, graues Haar und lehnte sich im Sessel zurück. "Ich hab' ja auch keine Ahnung, was er damit meint", fuhr er leise fort, "deswegen beauftrage ich Sie damit." Er grinste kaum merklich. "Aber im Ernst: das ist keine große Sache, ich weiß. Möcklinghoff will wissen was passiert ist. War es Selbstmord, gibt es Gründe, ist die Sache sauber oder gibt es einen rechtsextremen Hintergrund. Und da unser Herr Innenminister das wissen will, fahren Sie nach Oldenburg. Und zwar heute noch. Gleich. Bevor die da drüben zuviel Mist bauen. Nehmen Sie sich irgendein Hotel und sehen Sie sich die Sache an. Was wir kriegen konnten, finden Sie in dieser Mappe. Nicht viel, aber es geht ja auch nicht darum, die organisierte Kriminalität in Chicago zu bekämpfen." Er lachte leise und erwartete das gleich von Jordan. Der lächelte gezwungen. "Finden Sie heraus, was los ist. Wenn es eine rechtsradikale Schweinerei ist, dann will ich das sofort wissen. Alles andere ist deren Sache". Womit er die Kripo in Oldenburg meinte. Ein paar Sekunden starrte er auf den grünen Hefter, der vor ihm auf dem Schreibtisch lag. Dann seufzte er. Das war die übliche Ansprache an die Frischlinge von der Polizeischule bevor sie auf die Kollegen vor Ort losgelassen wurden. Na gut, dies war die Kurzform, aber es ging ja auch nur um einen Suizid. Zumindest ging er davon aus. Keine große Sache, wie er meinte. Und höchstwahrscheinlich auch kein rechter Hintergrund. So subtil, einen Suizid vorzutäuschen, waren die Brüder nicht. "Na ja", brummte er schließlich, "Sie halten mich ja sowieso auf dem Laufenden, nicht wahr? Und sollten Sie da drüben keine Unterstützung bekommen, berufen Sie sich einfach auf mich. Der Leitende Hauptkommissar ist mir noch etwas schuldig."

Jordan zögerte unschlüssig. *Auf dem Laufenden halten, herausfinden, ob eine rechtsradikale Schweinerei vorlag, alles andere ist deren Sache... Das* war ziemlich vage. Er sah Berndes an, Berndes sah ihn an. Dann nickte Jordan resigniert.

"Gut." Der Hauptkommissar nickte ebenfalls, und das war das Zeichen für Jordan, daß er gehen konnte. Widersprechen war vermutlich sinnlos, Nachfragen auch. Er verzog den Mund, stand auf und nahm die Akte vom Tisch. Mit einem kurzen Nicken wandte er sich zum Gehen.

"Jordan?"

Der junge Kommissar blickte sich um, sah seinen Vorgesetzten an, die Türklinke in der Hand.

"Ich habe mit Hauptkommissar Eilers gesprochen. Sein Dezernat hat den Fall bearbeitet. Wenden Sie sich an ihn, er wird Ihnen weiterhelfen. Und ich will, daß *nichts* nach außen dringt, bis wir wissen, was genau passiert ist."

Jordan nickte wieder. Er war begeistert. Einen Selbstmord *aufklären*, das war eine Herausforderung, das klang vielversprechend...

Ein paar Stunden später war Hannover eine Ewigkeit entfernt. Mit dem Bus nach Hause, Reisetasche packen, Videorecorder programmieren, mit der Gabel die kalten Spaghetti vom Vortag aufessen, Taxi zum Bahnhof, Quittung nicht vergessen!

Das monotone Klopfen der Schienen – nach einer Stunde war er eingeschlafen. Die Augen waren ihm einfach zugefallen, der Kopf zur Seite, gegen die roten Kunstlederkopfstützen gerutscht.

Der Zug ruckte, der Prospekt glitt ihm aus der Hand und im selben Augenblick zuckte er zusammen. Vor dem Fenster tauchte ein Bahnsteig auf, ein weißes Schild, *Hude*. Der Zug hielt mit quietschenden Bremsen. *Hude* war vermutlich auf keiner Karte zu finden, dachte er bitter.

Jordan reckte sich benommen und hob das kleine Heft auf. Das Abteil war leer. Ein Mann mit Reisetasche quälte sich durch den engen Gang. Draußen tönte ein Lautsprecher.

Oldenburg, das stand in dem Heft, war Universitätsstadt, ehemalige Residenzstadt des gleichnamigen Großherzogtums, und nach Hannover, Braunschweig und Osnabrück war sie die viertgrößte Stadt sowie eines der Oberzentren des Landes Niedersachsen. *Oberzentren*. Er war zu müde, um weiterzulesen und herauszufinden, was es damit auf sich hatte. Ein Bild zeigte ein gelbes Schloß, davor ein Platz mit modernen Wasserbrunnen. Schrecklich. Oldenburg war Sitz des Regierungsbezirks Weser-Ems und konnte auf eine fast 900jährige Geschichte zurückblicken. Toll. Jordan seufzte und warf das Heftchen in das Gepäcknetz vor ihm. Noch zwanzig Minuten zu fahren.

Er starrte aus dem Fenster. Ein paar Reisende liefen auf dem Bahnsteig vorüber. Dann schlossen die Türen mit metallischem Poltern. Der Zug ruckte und fuhr wieder an. Jordan öffnete das Fenster einen Spalt und schlug den grünen Papphefter auf, den er neben sich auf den Sitz gelegt hatte.

Er gähnte und begann, den Ordner durchzublättern.

Eine kurze, offiziell gehaltene Anfrage des Zentralrats der Juden an das Ministerium. Berndes hatte Recht: woher wußten die so schnell vom Tod des Alten? Was war so außergewöhnlich an seinem Selbstmord? War es in dieser Altersgruppe nicht durchaus verbreitet, sich umzubringen? Er zuckte mit den Schultern und betrachtete das nächste Blatt. Der Obduktionsbericht. Verlegung der Atemwege, Unterbrechung der zerebralen Blutzufuhr und Verletzung der Halswirbelsäule mit Schädigung der Medulla oblongata. Der typische Befund nach Erhängen. Jordan krauste die Stirn. Was machte er hier eigentlich? Unter den gegebenen Umständen war der Fall wirklich eindeutig. Hier stand nichts von Gift, weiteren Würgemalen oder Hämatomen. Und kein Mensch läßt sich widerstandslos den Strick umbinden... Oder doch? Nein, Kerschenstein *mußte* sich selbst getötet haben... Jordan lehnte sich zurück und stöhnte auf. Das war ein Job für einen Praktikanten! Er fühlte sich abgeschoben und verfluchte Berndes. Warum hatte der Hauptkommissar ihn bloß hierhergeschickt?

Warum ihm jetzt gerade Harald Lohmann einfiel, konnte Jordan gar nicht mal sagen. Vielleicht lag es daran, daß er ihn in diesem Augenblick beneidete. Nach dem Abitur hatten sich ihre Wege getrennt. Lohmann hatte in Hannover Journalistik studiert, er selbst hatte sich für den Polizeidienst entschieden und in Hann. Münden studiert. *Landespolizeischule.* Ein enttäuschtes Grinsen legte sich auf sein Gesicht. Ob die *Hannoversche Allgemeine* ein besserer Arbeitgeber war als das LKA, darüber konnte man vielleicht streiten. Tatsache aber war, daß Lohmann es mittlerweile bereits zum Ressortleiter gebracht hatte, was er bei ihren gelegentlichen Treffen auch stets hervorzukehren wußte. Ein Mann mit Führungsverantwortung und Entscheidungsbefugnissen.

Jordan fluchte und blätterte weiter.

Auf den nächsten Seiten fanden sich ein paar schlecht kopierte Bilder der Wohnung des Alten, eine Kopie des Ausweises mit einem nicht erkennbaren Photo und die eher dürftige Aussage des Wohnungsnachbarn. *Wenig Besuch, kaum Kontakt, nein, am Abend vorher habe ich nichts gehört. Ach –* dann schien ihm noch etwas eingefallen zu sein – *ein Mann mit Tarnjacke war ein paarmal da. Heute morgen noch.*

Mann mit Tarnjacke... Jordan rieb sich die Augen. Der Zug wurde langsamer und er ließ die Mappe wieder auf den Nebensitz fallen. Sie überfuhren einen Fluß oder einen Kanal, die Stahlträger der Brücke tanzten vor dem Abteilfenster. Dann rollten sie weiter, mit gleichmäßig niedriger Geschwindigkeit dem Oldenburger Hauptbahnhof entgegen.

> *Es gibt wenige Leute, die sich nicht zuweilen damit amüsiert hätten, die Schritte zurückzuverfolgen, durch die ihr Verstand zu irgendwelchen Schlüssen gekommen ist. Die Beschäftigung kann sehr interessant sein; und mancher, der sich zum ersten Mal in ihr versucht, ist höchst erstaunt über die scheinbar unendliche Entfernung zwischen dem Ausgangspunkt und dem Endpunkt seiner Gedanken und die Unzusammengehörigkeit beider. Groß war auch mein Erstaunen, als ich nun die Ausführungen des Franzosen vernahm und zugeben mußte, daß er die Wahrheit sprach.*
> Der Doppelmord in der Rue Morgue, E. A. Poe, 1847

13. OLDENBURG, FREITAG, 07. SEPTEMBER 1984

Das ist Selbstbeherrschung, dachte Morand. Auf dem Tisch standen noch immer die beiden Flaschen Irischen Whiskeys, die er sich mal wieder unbemerkt aus der Hotelbar besorgt hatte. In der goldenen Flüssigkeit brach sich das Sonnenlicht und schimmerte milde auf den Papieren, die auf dem kleinen Tisch seines Zimmers ausgebreitet lagen. Kein Zweifel, Kerschenstein war besessen gewesen, er hatte akribisch alles gesammelt, was er finden konnte. Zeugenaussagen, Lagerlisten, von Merbach unterschriebene Befehle, Korrespondenz mit dem Reichssicherheitshauptamt. Und wenn er die krickeligen Randnotizen richtig deutete, dann hatte der alte Mann sogar die neue Identität des untergetauchten Merbach herausgefunden. Nun, das konnte man ihm vielleicht auch nicht verdenken, nach all den Jahren, die er im Lager verbracht hatte. Dessauer, so las Morand, war Merbachs Verteidiger in einem Prozeß, den es nie gegeben hatte. Er pfiff überrascht und suchte die Photographie hervor, deren rückseitiges Gekritzel er in der Wohnung des Alten nicht sofort hatte entziffern können. Eine Weile betrachtete er sie nachdenklich. Netter Kerl, mochte man denken, wenn man ihn so sah. Wie war es Dessauer gelungen, den Alten auszutricksen?

Zuviel Selbstbeherrschung schadet auch nur. Morand öffnete eine der beiden Flaschen und legte sich aufs Bett. Ein Glas brauchte er nicht, das war zu umständlich. Nach kurzem Zögern schloß er die Augen und nahm den ersten Schluck. Für einen zufriedenen Augenblick, in dem die eichenfaßgelagerte Flüssigkeit seine Kehle hinunterlief, verblaßte der Gedanke an Kerschenstein. Bilder aus Aubagne tauchten vor seinen Augen auf, Kameraden, mit denen er jahrelang zusammengewesen war, Freunde, Vorgesetzte, Untergebene, Erinnerungen an Einsatzbesprechungen, endlose Fahrten im Spähpanzer, lange Abende in Baracken oder muffigen Zelten wechselten mit Gedanken an Teamgeist, Verantwortungsgefühl und Freundschaft. Morand biß sich auf die Unterlippe und spürte plötzlich einmal mehr, wie einsam er in den letzten Monaten geworden war. Dies hier war nicht seine Welt, nicht seine Art zu kämpfen, aber entfliehen konnte er ihr auch nicht. Jetzt nicht mehr. Wenn nicht noch ein Wunder geschah, dann konnte er nicht einmal mehr zurückkehren nach Frankreich. Zumindest nicht als freier Mann.

Zu allem Überfluß, stellte Morand schließlich fest, würde ihm bald das Geld ausgehen. Eine Bankanweisung kam nicht in Frage, da konnte er gleich bei den Flics anrufen und seine Adresse durchgeben. Schecks besaß er nicht, hatte er nie gebraucht...

Er schüttelte den Kopf, setzte sich auf, stellte die Whiskyflasche neben das Bett und tastete nach dem abgegriffenen, grauen Telefon auf dem Nachttisch. Es gab nur eine Möglichkeit. Zumindest fiel ihm nach einer Flasche Whisky keine bessere mehr ein. Er tastete nach dem Zettel mit Le Maires Nummer, der in der Brieftasche steckte.

Statt des Commandants meldete sich jedoch dessen Schreibstubenfaktotum, sagte etwas von falsch verbunden und legte auf. Morand fluchte und wählte erneut. So würde er sich natürlich nicht abwimmeln lassen. Diesmal dauerte es länger, bis die Leitung stand, das Freizeichen ertönte endlos lange, und schließlich, als Morand nur noch Sekunden davon entfernt war, den Hörer in die Ecke zu feuern, meldete sich die rauhe Stimme des Commandants: "Was ist?" fragte er unvermittelt. "Haben Sie Kerschenstein?"

"Ja."

"Und den Mörder?"

Morand schnaubte. "Nein, aber, hören Sie, ich habe kein Geld mehr."

"Das ist Ihr Problem. Haben Sie etwas herausgefunden?"

"Nein, ich..." Morand seufzte. "Ja... Ich habe so etwas wie eine Spur..."

"So so", unterbrach Le Maire den Capitaine. "Gehen Sie Sonntag ins *Pilgerhaus*. Das ist eine Art Bistro in diesem Ort."

"Woher kennen Sie..."

"Wir sind auch nicht untätig, Morand", schnitt Le Maire ihm das Wort ab. "Gehen Sie Sonntagabend. Es wird jemand dort sein, er wird Sie erkennen. Erzählen Sie ihm alles. Wenn es Hand und Fuß hat, bekommen Sie neue Anweisungen. Vielleicht wird er Ihnen auch Geld mitbringen, wir werden sehen. Und rufen Sie hier nie wieder an."

"Commandant..." Morand zögerte verständnislos. *Nie wieder anrufen?* Was sollte das jetzt? Es war doch abgemacht, Kontakt zu halten... "Commandant..." Doch Le Maire hatte bereits eingehängt.

Der Capitaine hielt noch eine ganze Weile den Hörer in der Hand und starrte auf den Tisch. Dann legte auch er auf, nahm die Flasche und legte sich wieder aufs Bett. Was für ein *Pilgerhaus*? War *er* verrückt oder Le Maire? War er wie ein Idiot in eine Falle gelaufen? Nach Deutschland geschickt und damit weit genug entfernt vom *Quartier Vienot*, um bei einer Verhaftung jede Verbindung ad absurdum zu führen? Hatte das *Deuxième Bureau* ihn fallenlassen? Glaubten sie nun doch, daß er Leclercque umgebracht hatte? Ein weiterer Schwall von Einsamkeit übermannte ihn. Er setzte die Flasche an den Mund und mußte feststellen, daß sie leer war. Mit einem Fluch ließ er sie auf den Boden fallen, atmete tief durch und versuchte, sich zusammenzureißen. Vermutlich lag der Grund für die abweisende Haltung des Commandants nur in seiner Angst, abgehört zu werden... *Verrückt*, dachte Morand, absolut verrückt. *Aber nicht unmöglich.* Sogar der alte Kerschenstein war abgehört worden.

Morand döste dahin auf der vergeblichen Suche nach einem Ausweg. Als die Dämmerung hereinbrach, hatte er die zweite Flasche Whisky fast geleert und festgestellt, daß selbst die Hoffnung auf die übliche beruhigende Wirkung ihn betrog. Statt ihrer versank er immer tiefer in einem Strudel aus Angst und Einsamkeit. Wenn die Legion ihn fallenließ, dann hatte er keine *Heimatbasis* mehr, dann war er verloren, dann hatte sein Leben keinen Sinn mehr. Zurück konnte er nicht, soviel war klar, hierbleiben aber ebensowenig. Er wollte aufstehen, streckte den Arm aus, haltsuchend, stieß dabei die Whiskyflasche vom Nachttisch und sank fluchend zurück aufs Bett. Zumindest in dieser Hinsicht zeigte der Alkohol Wirkung. Der zweite Anlauf war erfolgreicher. Er stand auf, knipste mit langsamer Bewegung die Nachttischlampe an, und ging, ebenso langsam, hinüber zu dem schmalen Schrank, in dem seine Reisetasche stand. Er war betrunken, kein Zweifel. Als er den Schrank erreicht hatte, mußte er sich erst einmal festhalten, leicht schwankend und ein wenig schwindelig. Vertrug er jetzt nicht einmal mehr ein paar Schlucke Whisky? Was war nur aus ihm geworden? Gleichgültig, völlig gleichgültig. Er griff in das Seitenfach der Tasche und tastete nach der Waffe. Le Maire hatte ihm seine PA 15 mitgegeben, für den Fall der Fälle, so sagte man wohl. Er beschloß, daß dies nun so ein Fall war, zog die Waffe aus der Tasche, entsicherte sie mit dem Daumen und legte sie an die Schläfe oder glaubte es zumindest. Dann drückte er ab. Er wußte, daß es im selben Moment vorbei war. Man hörte nichts mehr, nicht einmal den Schuß. Daß er sich in Marseille sah, den toten Leclercque, den Hinterhof seines Hauses, den alten Yachthafen, den Mercedes vor dem Eingang in der *Rue Neuve Sainte-Catherine*, all das hielt er für den Tod, für eine verkürzte Version seines Lebens, die man ja in diesem Sekundenbruchteil vor dem inneren Auge ablaufen sah. Es war ein deutsches Kennzeichen, er sah es plötzlich ganz deutlich. MG, dann BF und irgendeine verdammte Zahl, irgendeine. Hundert... oder zweihundert...

Morand ließ die Waffe in dem Augenblick sinken, in dem ihm bewußt wurde, daß es nicht geklappt hatte. *Vermutlich nicht geladen*, dachte er sachlich und versuchte, sich gegen eine Welle der Enttäuschung zu wappnen. Doch die kam nicht. *Wir liegen alle in der Gosse, aber einige von uns betrachten die Sterne.* Warum ihm jetzt gerade Oscar Wilde einfiel, konnte er nicht sagen. Aber es half. Er wußte, daß er die Sterne gesehen hatte, daß noch Hoffnung war. Es war ein deutscher Wagen gewesen, und der Mann in

Leclercques Wohnung war... nein, der war Russe. Egal, wie auch immer das zusammenpaßte, der Hauch von Überlebenswille und Kampfgeist loderten wieder in ihm auf. Die altbewährte Wirkung des Whiskys. *Endlich...*
Plötzlich wußte er auch, wer ihn zu diesem Mann führen würde. Morand nahm wieder das Telefon in die Hand, wählte Marburgs Nummer und wartete. Nach dem zwanzigsten Freizeichen legte er auf. *Dreckskerl*, dachte er. *Weiß genau, daß ich es bin und geht nicht ran. Aber dich kriege ich...* Er wählte die Nummer des Taxirings. Auch die stand groß auf der Visitenkarte des Fahrers. Die Zentrale meldete sich.
"Schicken Sie mir Wagen Hundertdrei", sagte er zufrieden.
Der Mann am anderen Ende der Leitung zögerte. Dann fragte er seltsam beklommen und im Grunde völlig unpassend: "Sind Sie ein Stammgast?"
"Könnte man so sagen", brummte Morand gereizt.
"Wagen Hundertdrei ist zur Zeit nicht besetzt..."
"Was heißt das?"
"Gert..." Der Mann am Telefon zögerte wieder. "...Marburg ist nicht... ich meine, er ist tot."
Morand nickte langsam. Ohne etwas zu erwidern legte er auf. Tot. Das klang irgendwie selbstverständlich. War das nicht zu erwarten gewesen? Er vergrub den Kopf in den Händen und saß regungslos da, auf der Bettkante, im gelben Schein der Nachttischlampe. Die Euphorie, die er für einen Moment verspürt hatte, verschwand, löste sich auf in ein Nichts aus Angst und Haß. Haß auf Dessauer, weil der seine Spuren schneller auslöschte als Morand ihnen folgen konnte. Und Angst davor, in ein paar Stunden selbst eine dieser ausgelöschten Spuren zu sein.
Dann lachte Morand, schüttelte den Kopf und löschte das Licht. Wurde er allmählich paranoid? Er war Soldat, er war vorbereitet, und er wußte, wie Dessauer dachte, oh ja, das wußte er nur zu gut! Angst mußte er nicht haben. Und wozu brauchte er den Taxifahrer? Schließlich hatte Marburg ihm Dessauers Adresse längst gegeben. Alles war ganz einfach! *Morgen*, dachte er, *morgen werde ich mir diesen Dessauer vornehmen!* Mit diesem Vorsatz ließ er sich wieder auf das Bett fallen, schob die Waffe unter das Kopfkissen und starrte an die Decke. Dessauer oder er, so stand die Sache, und er gedachte nicht, den Deutschen noch einmal triumphieren zu lassen!
Wenige Minuten später war er eingeschlafen.

Für einen Augenblick wußte er nicht mehr, wo er war, was geschehen war. Wer waren die graubraunen Gestalten unter viel zu großen Helmen? Verstümmelte Wesen auf schmutzigen Tragen, weiße Gestalten liefen hektisch umher. Seelen verkrüppelt von Angst, unerträglichen Erinnerungen und Schmerzen. Irgend etwas war mit dem Hotel geschehen... Er versuchte, aufzuwachen, doch die Einsicht kam rasch: er schlief gar nicht! Jeder Qua-

dratmeter seines auf Sichtweite reduzierten Universums lag plötzlich in Trümmern. Detonationen, so laut, daß seine Ohren schmerzten. Wenn nur diese schreckliche Angst nicht wäre! Sein Herz schlug so heftig, daß er glaubte, den Schlag einer Trommel zu hören. Ypern. Diksmuide, diese Namen bedeuteten den Tod, das wußte er. Westfront, Neunzehnhundertachtzehn, kein Ende abzusehen... Morand begann zu zittern, als ihm klarwurde, daß er längst nicht mehr in seinem Hotel war. Ich will nicht zurück an die Front! *murmelte er mit brüchiger Stimme. Eine junge Frau kam herbeigeeilt, eine weiße Schwesternhaube zwischen verdrecktem Drillich, Blut und Kot, das Gesicht war viel zu jung, die Augen viel zu hübsch. Sie sah ihn müde an, fast schon seelenlos, verzweifelt, abgestumpft. Nein, er wollte nicht zurück. Er kannte den Krieg, den Tod, die Gefahr. Was ihn zermürbte war die Ausweglosigkeit, Desillusion, Verzweiflung. Gerade so wie in Điện Biên Phủ, 1954, von den Viet Minh eingekesselt... Jossele, sagte jemand, kleiner Jossele. Sein eigener Schrei ließ ihn hochschrecken.* Ich will nicht zurück! Viel zu jung... *Mit dem Erwachen verblaßte ihr Gesicht, und die Morgendämmerung drängte in Morands Bewußtsein.*

Für einen Augenblick war er heilfroh, wach zu sein, zurückgekehrt aus einem Traum, den er sich nicht im geringsten erklären konnte. Ein verzweifelter Versuch, die Erinnerung an die junge Krankenschwester festzuhalten scheiterte an der Wirklichkeit: Kerschenstein war tot und mit ihm war die letzte Chance auf eine Spur zu Rosa gestorben. Rosa, die Krankenschwester, Rosa, die Frau, die Mutter. Morand setzte sich auf, ließ den Blick durch sein Zimmer schweifen, bis er an den leeren Whiskyflaschen hängenblieb. Enttäuschung darüber, daß Alkohol keinen nachhaltigen Beitrag zur Problembewältigung leisten konnte, durchflutete ihn. Dann überfluteten ihn Schwindel und Kopfschmerz. *Großer Gott war er alt!*

Nach einem ebenso späten wie spartanischen Frühstück entdeckte Morand auf einem der Nebentische die Tageszeitung, die hier *Nordwest-Zeitung* hieß. Er nahm sie mit aufs Zimmer und durchsuchte sie nach einer Notiz über den toten Taxifahrer.

Vergeblich. Beim zweiten Durchblättern aber stieß er auf eine kurze Polizeimeldung über Kerschenstein, in der von Einsamkeit, Altersdemenz und schließlich Selbstmord die Rede war. Morand glaubte seinen Augen nicht zu trauen. Seine Meinung von der Polizei war nie besonders hoch gewesen, diese Meldung aber schlug dem Faß den Boden aus. Selbst für ihn als kriminalistischen Laien war es eindeutig, daß der Alte umgebracht worden war. Wie, bitte schön, konnte dann eine derartige Nachricht verbreitet werden? Er fegte die Zeitung vom Tisch und überlegte. Natürlich konnte es sein, daß die Meldung – wie hieß es so schön? – aus *ermittlungstaktischen Gründen* lanciert worden war. Sehr wahrscheinlich erschien ihm das freilich nicht.

Mit einem Seufzer hob Morand die Zeitung wieder auf. Sein Blick fiel auf die Todesanzeigen. Eine besonders kleine betraf seinen Taxifahrer, Gert Marburg, *Deine trauernden Kollegen*, die Beerdigung war demnach... heute? *Das geht ja fix*, dachte Morand überrascht, schob es im nächsten Augenblick aber auf die allseits belächelte deutsche Gründlichkeit. Erst später ging ihm auf, daß es hier ein paar Zufälle zuviel gab, daß es viel wahrscheinlicher war, daß etwas in aller Eile vertuscht – oder in diesem Fall vergraben – werden sollte.

Morand änderte seine Planung. Nach Hamburg konnte er auch am Montag noch fahren. Heute würde er zur Beerdigung gehen. Und morgen? Morgen traf er sich mit Le Maires Verbindungsmann im... im *Pilgerhaus*. Wo auch immer das war. *Und wer weiß*, dachte er insgeheim, *vielleicht gibt es ja auch schon Neuigkeiten von den Ermittlungen in Marseille*. Wenn die Flics die wirklichen Mörder aufgespürt hatten, war sein Job hier erledigt, dann konnte er zurückkehren, dann war er frei.

Wenn er an die Zeitungsmeldung über Kerschenstein dachte, machte er sich diesbezüglich allerdings nicht allzu viele Hoffnungen...

> Der Herr ist mein Hirte, mir wird nichts mangeln.
> Er weidet mich auf einer grünen Aue,
> und führet mich zum frischen Wasser.
> Er erquicke meine Seele.
> Er führet mich auf rechter Straße um seines Namens willen.
> Und ob ich schon wanderte im finstern Tal, fürchte ich kein Unglück; denn du bist bei mir, dein Stecken und Stab trösten mich.
> Der Psalter, Kapitel 23.1 ff., *Der gute Hirte*

14. OLDENBURG, SAMSTAG, 08. SEPTEMBER 1984

Halb zwölf. Die Glocken der Friedhofskapelle läuteten noch. Das war ein gutes Zeichen, ganz bestimmt. Im Wagen war es unerträglich warm geworden, die Sonne brannte schon früh, und Echo war froh, als er auf den letzten Kilometern endlich das Schiebedach öffnen konnte.

Er verfluchte die Autobahn, die A1, diese verdammte Betonpiste. Dreihundert Kilometer für die er normalerweise zweieinhalb Stunden brauchte. Heute waren es über vier. Da halfen auch *D-Jetronic* und hundertfünfundfünfzig PS nicht.

Die Kopfschmerzen hatten nach der Hälfte der Strecke eingesetzt, er hatte Durst und war müde, hätte eigentlich nicht einmal fahren dürfen, nach vier, fünf Flaschen Bier in der Nacht? Er wußte es nicht mehr, und vermutlich hatte ihn nur der Kaffee, abgefüllt in eine große Thermoskanne, lebend bis hierher gebracht. Er hatte von seinem Vater geträumt, hatte ihn seinen Namen rufen hören, schreien, die ganze Nacht, verzweifelt, und so verdammt realistisch, daß Echo noch im Dunkeln aufgestanden war, müde und zerschlagen aber unfähig, weiterzuschlafen.

Übelkeit und Alptraum, beides hatte er nach dem Duschen einigermaßen verdrängt. Vor der Realität konnte er allerdings nicht fliehen. Die Beerdigung. Hoffentlich war er nicht komplett zu spät...

Echo fuhr sich müde durchs Haar. *Wie konnte das passieren*, hatte er sich während der ganzen Fahrt gefragt. Natürlich waren sie sich seit der Scheidung viel zu fremd geworden, er und sein Vater, viel zu fremd, als daß er es wirklich richtig hätte beurteilen können; dennoch widerstrebte es ihm zu glauben, daß sein Vater nach all den Jahren des vermutlich *organisierten* Alkoholkonsums, wie ihn nur Alkoholiker – die sich ja nicht betrinken, sondern nur stets ein bestimmtes Maß an Blutalkohol benötigen – betreiben können, daß er sich nach all den Jahren volltrunken an das Steuer seines Autos gesetzt haben soll. Wie hatte das passieren können?

Heute morgen hatte er in der Tat eine vage Ahnung davon.

Verdammt, warum kümmerte sich seine Mutter nicht? Wieso mußte er jetzt plötzlich, viel zu plötzlich, erwachsen werden? Um nichts anderes ging es. Wenn der Vater starb, war man kein Kind mehr. Eine kosmische Regel, der er sich immer noch zu widersetzen versuchte. Er wollte keine Verantwortung, keine Entscheidungen treffen. *Noch nicht.* Noch lange nicht...

Echo lenkte den Opel auf den schlecht gepflasterten Parkplatz am Eingang des Friedhofs und brachte ihn schräg, mit eingeschlagenen Rädern und träge nachfedernd auf einer der markierten Parkflächen zum Stehen. Er nahm die runde Nickelbrille ab, rieb sich die brennenden Augen. Im selben Augenblick überkam ihn die Müdigkeit, die er seit dem Duschen mit Hilfe des Kaffees verdrängt hatte.

Die Glocke der kleinen Friedhofskirche wurde leiser und verklang. Echo gab sich einen Ruck, griff mit der Rechten nach der dunklen Anzugjacke und den Blumen, die auf dem Beifahrersitz vor sich hin trockneten, und stieg aus. Mit dem routinierten Griff eines Coupéfahrers schloß er die Tür, darauf achtend, daß die rahmenlose Scheibe auch von der Gummidichtung aufgenommen wurde. Die Metallführungen der Seitenfenster gaben nach ein paar Wochen stets den Geist auf und hielten die Scheibe nicht mehr stabil, ein typisches Problem des Commodore Coupés. Aber er liebte den Wagen. Und wie er ihn liebte!

Halb zwölf, und er kam gerade noch rechtzeitig, um zu sehen, wie der Sarg auf einem nüchternen grauen Kunststoffkarren, geschoben und gezogen von zwei gebeugten Männern in schwarzen Anzügen, den Weg von der Friedhofskapelle zu den neuen Gräbern am Rand des Friedhofs gerollt wurde. Fünf Männer folgten dem Sarg, niemand sprach ein Wort, alle wirkten ein wenig gelangweilt. Einer von ihnen war ganz offensichtlich der Gemeindepastor in hellem Ornat, ein anderer trug eine olivfarbene Drillichjacke, der Dritte eine schwarze Regenjacke und die beiden übrigen trugen ihre Mäntel über dem Arm. Der Pastor verharrte als er den Nachzügler erblickte, die anderen folgten seinem musternden Blick. Echo kannte keinen von ihnen, wobei es für sie einigermaßen eindeutig sein mußte, daß er Gert Marburgs Sohn war.

Es war ein stilles Begräbnis, ein sehr stilles, einfach und klein in gewisser Hinsicht, und er hatte nicht viel damit zu tun gehabt. Alles war bereits veranlaßt, alles organisiert. Ein wenig zu schnell, wie Echo fand, aber vermutlich eines von den unzähligen Begräbnissen, die aus irgendeinem Grund von Behörden organisiert wurden und bis zum Verschwinden des Sargs in der Erde ein gewisses Maß an Eigendynamik entwickelten.

Dennoch, für Echo blieb ein seltsamer Beigeschmack, denn trotz allem Widerwillen war er es, der sich hätte kümmern müssen. Und er hätte es getan.

Zu spät. Keine Feierlichkeit, keine großen Reden, nur der Pastor war bestellt, um den Toten, um Echos Vater, auf den letzten Metern, den letzten Augenblicken, zu begleiten. Er hielt ein paar Schritte Abstand und versuchte vergeblich den verstohlenen Blicken der Männer am Sarg seines Vaters standzuhalten. Schließlich sah er zu Boden, während der ganzen Zeit zu Boden, oder starrte auf den Sarg und versuchte, sich nicht vorzustellen, daß er darin lag, sein Vater.

Es war eine gute Rede, die der Pastor hielt, nicht gemessen an der Anzahl der Worte, wohl aber spendete sie Trost, Trost für Echo zumindest, obgleich er sich wenig später kaum noch daran erinnerte. Einzig vielleicht an die oft benutzte Stelle aus dem Psalter. Der Herr ist mein Hirte, mir wird nichts mangeln... Aber wozu eigentlich tröstliche Worte? Tränen hatte Echo keine, dafür waren sie sich zu fremd geworden. Und doch hatte er schließlich das Gesicht seines Vaters vor Augen, ein Gesicht, nachdenklich, freundlich, betrunken, nüchtern, streitlustig, ein Gesicht, durchzogen von den Konturen der Taxe und seinem Haus und seinen verlorenen Ideen. Oh, Echo wünschte ihm, daß dort, wo er jetzt war, es an nichts mangelte...

Das Grab lag bezeichnenderweise unter einer großen Trauerbirke, in ihrem Schatten und dicht an ihren Wurzeln. In der Ferne türmten sich Wolken über Buschwerk und den Umrissen der Stadtautobahn, und erst sie waren es, die ihn seinen Kopf heben und erste Blicke in die Runde machen ließen. Nein, er kannte wirklich keinen der Männer, die am Grab standen, was ihm seinen Vater noch ein wenig mehr entfremdete. Aber eines verwunderte ihn doch - hatte er wirklich so wenige Freunde gehabt?

Eine Stille trat ein, die fast brennend auf ihm, brennend auf dem Grab lag, das plötzlich so groß und drohend schien, daß er unwillkürlich einen Schritt zurück trat. Der Pastor war verstummt und der Sarg hinabgelassen worden in die dunkle Grube zu ihren Füßen. Echo sah kurz zu den beiden Trägern hinüber, sah sie teilnahmslos die Seile aus der Grube ziehen, sah ihre abgetragenen Anzüge.

Dann endlich trat der Pastor vor und warf die symbolische Handvoll Erde auf den Sarg. Echo zuckte zusammen und sah sich um. Niemand schien ihn mehr zu beachten, und doch war er froh, daß jemand mit ihm an diesem Grab stand, daß alles geschehen war, daß sein Vater, gewollt oder ungewollt, nun seinen Frieden hatte. Einen Augenblicklang sah er jemanden zwischen einer Gruppe Birken am Ende der Grabreihe, jemanden, den er zu kennen glaubte. Dann aber war die ferne Gestalt wieder verschwunden, und im selben Moment wurde Echo sich bewußt, daß der Pastor ihn ansah, auffordernd, mißbilligend.

Echo nickte zur Entschuldigung, ließ seine Blumen, die bereits zu welken begonnen hatten, auf den Sarg fallen und ebenso eine Handvoll Erde. Ein Augenblick des Innehaltens, der nicht verhindern konnte, daß das Bild seines Vaters zu verblassen begann, dann wandte er sich ab und machte Platz für die wenigen anderen, die es ihm gleichtaten und eine letzte Schaufel Erde auf den Sarg warfen. Echo drängte es fort, er wollte wissen, wer der Fremde war, der sich nicht bis zum Grab getraut und sie aus der Distanz

beobachtet hatte. Und doch zögerte er, unsicher, ob es sich geziemte, einem Unbekannten hinterherzulaufen anstatt mit dem Pastor zu sprechen über etwas, das er am Ende ohnehin nicht empfand. Keine Frage, er fühlte Trauer, Trauer die man empfand, wenn etwas, das man kannte, das – ob groß oder klein – Teil seines Lebens war, nie wiederkehrte. Aber dazu benötigte er den Pfarrer nicht. Er würde wieder herkommen, wenn alles vorbei war, morgen vielleicht. Oder Übermorgen.
"Herr Marburg?"
Echo ging weiter, er nahm die Stimme hinter sich nicht wahr, hatte nicht einmal die Schritte gehört. Erst als sie noch einmal erklang, ein zweites Mal und eindringlicher, zuckte er zusammen und blieb stehen.
"Herr Marburg?"
Er fuhr herum und sah sich einem der Männer gegenüber, die mit ihm am Grab gestanden hatten.
"Mein Beileid." Der Mann zog sich den schwarzen Mantel über und schien einen Augenblick zu überlegen. "Ich wußte nicht, daß Marburg einen Sohn hat. Hat er nie erwähnt."
"Warum hätte er das tun sollen?" erwiderte Echo.
"Ja, warum?" Der andere lächelte abschätzig. "Ich bin nur ein Kollege. Sind sie von hier?"
Echo schüttelte den Kopf. So fragt man Leute aus, dachte er. Aber was sollte daran so schlimm sein? Schlimm war nur, daß er seine Verfolgung jetzt vermutlich aufgeben konnte.
"Werden Sie lange bleiben?"
"Das weiß ich noch nicht", entgegnete Echo und hoffte im selben Augenblick, daß es die letzte Frage war, die der Mann ihm stellte. "Ein paar Tage vielleicht", fügte er hinzu, wandte sich ab und ging weiter.
"Es hatte früher oder später so kommen müssen."
Echo blieb stehen. "Was meinen Sie damit?" fragte er und drehte sich langsam wieder um.
"Ach, nichts." In den Augen des anderen war trotz seines Lächelns für einen Moment ein unfreundliches Funkeln zu erkennen. "Die Kollegen waren nicht gut auf ihn zu sprechen. Eigentlich haben ihn die meisten gemieden", sagte er und ging weiter. "Meinten, er vergraule die Kundschaft."
Echo folgte dem Fahrer und hielt ihn am Ärmel fest. "Ich denke, Sie haben entweder zu viel oder zu wenig gesagt, Herr..."
Der andere blieb stehen und musterte Echo. Er war nicht größer, wirkte aber viel kräftiger. Seinen Namen nannte er nicht. "Sie wissen vermutlich, daß Ihr Vater trank. Natürlich wissen Sie das. Wenn er auf seiner letzten Fahrt Kundschaft im Wagen gehabt hätte, dann wäre es nicht bei einem Toten geblieben. Das wäre auf uns alle zurückgefallen." Er befreite sich von Echos Griff und ging, ohne sich noch einmal umzusehen.

"Auf seiner letzten Fahrt", brummte Echo. "Wie hört sich das denn an?"
"Ein Freund?"

Echo wandte sich um und sah einen kleinen, rundlichen Mann mit freundlichen Augen und kurzem grauem Haar. Auch er war einer der Männer, die um das Grab gestanden hatten, vermutlich ein weiterer Kollege und ungefähr in seines Vaters Alter. "Ich glaube nicht", erwiderte er. "Und Sie? Kennen Sie meinen Vater?"

"Wir waren..." Der andere zögerte ein wenig. "...befreundet." Er reichte Echo die Hand und stellte sich vor: "Siemer. Ich fahre den Zehnfünf. Wir haben uns fast täglich gesehen."

Echo hob die Augenbrauen. "Dann müßten Sie den Mann kennen", sagte er und sah in Richtung des Ausgangs. "Das war auch ein Kollege."

Siemer verzog den Mund. "Nein", sagte er kopfschüttelnd. "Der fährt nicht auf dem Taxiring."

"Vielleicht bei den anderen..."

"Bei Siemenroth, meinen Sie?" Siemer zuckte mit den Schultern. "Glaube ich nicht. Mir jedenfalls kommt das Gesicht nicht bekannt vor..."

Echo nickte langsam. "Er meinte, mein Vater hätte getrunken..." sagte er schließlich leise. Im Grunde war es ja so und er wußte das. Es von anderen zu hören war nur viel schlimmer.

Siemer sah ihn mitleidig an, was wohl soviel galt wie eine Bestätigung. "Wir alle haben unsere kleinen oder großen Makel", sagte er. "Einige sieht man, andere nicht. Die letzteren sind die schlimmeren."

Dann verabschiedete er sich, indem er Echo eine kleine gelbe Visitenkarte übergab und ihm die Hand reichte. "War schön, Sie kennengelernt zu haben. Sie ähneln Ihrem Vater ein wenig. Ich hoffe, sie denken nicht schlecht über ihn. Er hat oft von Ihnen und Ihrer Mutter gesprochen. Vielleicht sollte ich sagen: geschwärmt. Na, vielleicht können wir uns ja einmal über ihn unterhalten, wenn Sie Zeit haben. Sie wissen ja, wo sie mich erreichen können."

"Ja", sagte Echo leise als Siemer fort war, "das können wir tun". Er setzte seinen Weg zum Parkplatz fort, während er überlegte, wer der erste Mann gewesen sein mochte, der ihn angesprochen hatte. Kein Kollege? Und der in der Drillichjacke? Er war mittlerweile fort, aber dem Aussehen nach konnte es nur ein weiterer Kollege gewesen sein. Es gab viele schräge Vögel unter den Taxifahrern, das wußte er nur zu gut, denn schließlich fuhr er selber so oft er konnte, um über die Runden zu kommen.

Kaum zehn Schritte weiter wurde er ein weiteres Mal angesprochen. "Sie sind also Marburgs Sohn –"

Echo blieb stehen, seufzte und wandte sich erneut um. Jeans, Turnschuhe, Sonnenbrille und nicht viel älter als er selber – es war eine irgendwie synthetische Mischung aus Bänker und Sozialarbeiter, die da vor ihm stand.

Dunkle Haare, Mittelscheitel. Sehr in Mode seit einigen Jahren. Folgen der Neuen Deutschen Welle vermutlich. Er kannte auch diesen Mann nicht, aber die anderen beiden hatte er ja auch nicht gekannt. Nicht einmal den Pastor.

Langsam und mit einem unangenehm selbstsicheren Gang trat der Mann näher, eine Hand in der Tasche, mit der anderen den lässig über die Schulter geworfenen Mantel haltend.

"Ja, ich bin sein Sohn." Echo nickte. "Und wer sind Sie? Noch ein Kollege?"

Der andere lächelte gequält, griff in seine Hemdtasche und zeigte verstohlen seinen Ausweis vor. Uwe Jordan. Kriminalkommissar. Landeskriminalamt.

Echo war perplex, obgleich es im nächsten Augenblick auf ihn lächerlich wirkte. Polizei? dachte er. Wozu?

"Ich habe ein paar Fragen." Jordan steckte den Ausweis zurück und nahm die Brille ab. "Haben Sie etwas Zeit für mich?"

Ray Ban, dachte Echo. Dann löste er seinen Blick von der Sonnenbrille und schüttelte vehement den Kopf. Er fühlte sich überrumpelt und versuchte abzuschätzen, wie lange eine Befragung durch das LKA wohl dauern mochte. Etwas Zeit klang nach längerer Belästigung.

"Es ist wichtig."

"Was wollen Sie denn noch?" fragte er und verzog das Gesicht, da ihm seine Kopfschmerzen wieder bewußt wurden. In diesem Augenblick kam der Pastor an ihnen vorbei und grüßte mit einem langsamen Nicken und einem schmalen Lächeln, sagte aber nichts. Ein paar Sekunden später waren sie wieder allein.

Unter der Birke hatten die Totengräber begonnen, den Sarg mit Erde zu bedecken.

"Es ist wichtig", wiederholte Jordan.

Echo hatte nicht das Bedürfnis, mit irgend jemandem zu sprechen, nicht jetzt, und mit der Polizei schon gar nicht. Im nächsten Augenblick aber fragte er sich, was die Kriminalpolizei überhaupt mit dem Tod seines Vaters zu tun hatte. Ein Routinevorgang vielleicht. Er lachte innerlich. Routine! Vorschriften und Formalitäten sicherlich, denen sich seine Mutter mal wieder entzogen hatte. Dann aber erschien es ihm unwahrscheinlich, daß sie dafür jemanden aus Hannover schickten. Gleichzeitig durchzog ihn eine Art von Neugier, und die Gedanken, die ihm den ganzen Vormittag nicht aus dem Kopf gegangen waren, machten sich wieder breit: wovor hatte sein Vater wohl Angst gehabt und warum hatte er sich so plötzlich und so hemmungslos betrunken?

"Also, um was geht's?" fragte er langsam.

"Nicht hier..." Jordan sah sich um und schien zu überlegen. "Wo wohnen Sie zur Zeit?"

"Ich weiß nicht..." Darüber hatte Echo überhaupt noch nicht nachgedacht. Schließlich war Oldenburg immer noch eine Art Zuhause für ihn. "Ich denke, im Haus meines Vaters."

"Können wir dorthin fahren?"

Nein, war der erste Gedanke. Er selbst war ja noch nicht mal dort gewesen, und er wollte keinen Fremden dabeihaben, wenn er nach all den Jahren und mit all seinen Erinnerungen zum ersten Mal wieder heimkam.

"Nein", antwortete er leise. "Ich will jetzt allein sein. Ich bin gerade erst angekommen. Ich habe eine lange Fahrt hinter mir und hab mich noch nicht eingerichtet. Ich weiß noch nicht einmal, ob ich das überhaupt will. Ich bin müde..."

"Das verstehe ich", erwiderte Jordan, aber er sagte es langsam und mit dem Blick eines Tigers, dem man seine Beute wegnimmt. "Wenn Sie wollen lade ich Sie vor."

"Eine Vorladung? Sehr witzig."

"Nicht witzig. Es geht um Mord."

"Um Mord?" Das klang lächerlich. "Wie kommen Sie darauf? Ich denke, es war ein Unfall?"

"Ich meine ja auch nicht den Tod Ihres Vaters", sagte Jordan und klang dabei, als spräche er mit einem kleinen Kind. "Obwohl..." Er sah zurück zum Grab und schien einen Augenblick nachzudenken. "Nun, das wird man sehen", fügte er tonlos hinzu.

Echo sah den jungen Kommissar fragend an. Einen Augenblick lang überlegte er, ob das, was der andere gesagt hatte, bedeutete, daß er Zweifel hatte, Zweifel am Unfallhergang. Oder wollte er sich nur interessant machen? "Also gut. Wann und wo?"

Jordan sah sich unruhig um. "Kennen Sie das Pilgerhaus?" fragte er unvermittelt.

"Ja..."

"Sehr gut. Ich bin in einer Stunde dort." Damit ließ er Echo, ohne eine Reaktion abzuwarten, stehen.

Echo mußte zugeben, daß er neugierig geworden war. Obgleich dieser Jordan mit seiner ausgeprägten Arroganz, seiner Wichtigtuerei und seiner Aufdringlichkeit nicht gerade sein Herz erobert hatte. Aber gut, heiraten mußte er ihn ja nicht, und höchstwahrscheinlich war er ihn nach ein paar Fragen wieder los. Ein paar Fragen! Genau das war es, was ihn aufregte, er war müde, einsam und hatte noch nicht einmal ansatzweise den Tod seines Vaters verarbeitet, da kam dieser Schnösel von einem Kommissar und drängte sich ihm auf! Herrgott, warum konnte ihn nicht alle Welt einfach in Ruhe lassen?

Noch einmal sah er sich um, sah zurück zum Grab, zurück zu seinem Vater. Die Männer hatten ihre Arbeit erledigt, sie waren gegangen, die Birke wiegte sich leicht im Wind. Er würde etwas pflanzen müssen, schoß es ihm durch den Kopf. An einen Grabstein dachte Echo erst später...
Mit einem schicksalsergebenen Seufzer wandte er sich um und ging. Allmählich drang das Rauschen des Verkehrs, die Geräusche des Lebens vor dem Friedhof wieder in sein Bewußtsein. Und mit ihnen seine Müdigkeit.

Das *Pilgerhaus* war lange Zeit der Freihafen, das Restaurant am Ende des Universums, mit Handtuchhaltern an den Tischen und dem Modell eines manisch depressiven Roboters neben dem Eingang. Hier trafen sich die Aliens der vogonischen Bauflotten, die eigentlich den Planeten Erde längst der Hyperraum Umgehungsstraße hätten weichen lassen müssen, mit den Männern der *Heart Of Gold* um ihnen Gedichte vorzulesen. So oder so ähnlich nachzulesen im fiktiven Reiseführer *Per Anhalter durch die Galaxis*. Mag aber auch sein, daß die Erinnerung an dieser Stelle die Realität ein wenig verzerrt.
Es gab nicht viel, was Echo während des Studiums vermißte, diese Kneipe in Oldenburg gehörte auf jeden Fall dazu. Tatsächlich war das *Pilgerhaus* eine Bar am Rande der Altstadt, mit Holztresen aus den Fünfzigern und Billard, fast immer überfüllt, laut und verraucht, wohin morgens die Taxifahrer, Busfahrer, die Müllfahrer und die Handwerker aus der Gegend kamen, um sich einen kleinen Weißen zu gönnen (sie wußten nichts vom *Pangalaktischen Donnergurgler*), mittags die Studenten aus der Universität, um über den Sinn des Lebens zu debattieren – obgleich längst klar war, daß es sich dabei offiziell und bis zur Widerlegung des *Reiseführers* um *42* handelte, aber auch darüber konnte man endlos diskutieren –, und wo abends noch die Journalisten der *bourgeoisen* Zeitung hinzukamen, um sich mit Proletariat, studentischer Revolution und dem neugierigen Bürgertum zu vereinen. Kurzum, das *Pilgerhaus* war eine typische Kneipe, und ob *pangalaktische Taverne* oder nicht – man fand hier das interessanteste Publikum der Stadt. Eigentlich hatte die Bar einmal *Marvin's* heißen sollen, um den Handtuchhaltern und der übergroßen *Douglas-Adams*-Fotografie hinterm Tresen in gewisser Weise Rechnung zu tragen, aber aus unerklärlichen Gründen war es bei *Pilgerhaus* geblieben. Echo war's egal, er mochte den Namen sofort, obgleich er später nichts mehr von alldem wissen wollte, was auch nur im Entferntesten Gedanken an Kirche, Kreuzzug oder Ritterorden aufkommen ließ. Damals aber ahnte er noch nichts von Morand und den Templern.
Warum wollte ein Polizist aus Hannover ihn ausgerechnet hier treffen? Warum wollte er ihn überhaupt treffen?
An diesem Samstagnachmittag war das *Pilgerhaus* voll, geradezu überlaufen, die Türen standen weit offen und selbst an den Tischen vor und hinter

dem Haus war kein Platz mehr zu ergattern. Musik drang laut und plärrend aus kleinen Lautsprechern in den Ecken, übertönt noch vom Geplapper der Gäste. Aber vielleicht war es gerade das, was dieser Jordan suchte.

Echo sah sich um, drängelte sich mit kleinen Schritten an Stehtischen und Gästen vorbei, umrundete eine mit ernstem Gesicht diskutierende Gruppe Spätachtundsechziger und versuchte weitgehend erfolgreich Zigaretten und Biergläsern auszuweichen. Eine ebenso rundliche wie behende junge Frau eilte vorbei, ein Tablett mit leeren Gläsern vor sich her bugsierend. Echo sah ihr mit einem schmalen Lächeln nach, sie verschwand im stickigen Durcheinander der Kneipe. Bewundernswertes Durchsetzungsvermögen, dachte er noch. Dann fluchte er still und ungeduldig, nicht zuletzt, weil sein Kopfweh keine Anstalten machte zu verschwinden. Wo war dieser verdammte Polizist?

Ein paar Schritte weiter und kurz bevor er aufgeben wollte, erkannte Echo den Kommissar, der, diesmal ohne Mantel, die Ärmel des weißen Oberhemds aufgekrempelt, die Sonnenbrille in die Hemdtasche gesteckt, an einem kleinen Tisch am Fenster saß, nicht weit von der Tür, die in den rückwärtigen Biergarten führte. Der Polizist sah auf, als Echo näherkam und winkte ihn mit einer schlaksigen Handbewegung heran. Auf dem Tisch lag eine Pappschachtel, eine Art Schuhkarton, ein Glas Bier stand halbvoll daneben.

Echo schob nun ebenfalls die Hemdsärmel hoch und fuhr sich durchs Haar. Er hatte die Jacke im Wagen gelassen – es war ohnehin zu warm dafür. Mit einem kurzen Nicken setzte er sich und hoffte, daß er nicht allzulange bleiben mußte. Die Luft im *Pilgerhaus* stand, trotz der offenen Fenster. Wortlos schob ihm Jordan den Karton zu, gab der vorbeieilenden Bedienung ein Handzeichen, und lehnte sich sodann auf seinem Stuhl zurück. Echo betrachtete die Pappschachtel überrascht. Dann begriff er, öffnete sie, und tatsächlich befanden sich darin die letzten Habseligkeiten seines Vaters aus dem Unfallwagen: ein Schlüsselbund, eine teuer aussehende Armbanduhr, das große Lederportemonnaie zum Kassieren, die Papiere seines Vaters, Zigaretten, ein Flachmann, ein abgegriffener Kugelschreiber und eine Tarot-Karte. *La Morte, Der Tod,* eine Karte, *die das Ende einer Phase, Abschied von der Vergangenheit* oder *endgültige Trennung* bedeutete. *Wie passend*, dachte Echo. Woher sein Vater wohl diese Karte hatte? Und wo waren die übrigen?

Im Portemonnaie steckten ein altes Bild seiner Mutter, Kleingeld und über tausendfünfhundert Mark in kleinen und großen Scheinen. Die Papiere schienen vollständig zu sein, Führerschein, Personenbeförderungsschein, Ausweis und Impfpaß, ADAC-Ausweis und der Fahrzeugschein.

"Und?" fragte Jordan, der Echo alles in Ruhe betrachten lassen hatte, schließlich. "Fehlt etwas?"

"Woher soll ich das wissen?" erwiderte Echo. Aber was sollte schon fehlen, wenn Schlüssel und Geld noch da waren? Und warum sollte es fehlen?

Der Polizist grinste nur und erhob sein Glas. "Auf Ihr Wohl..."

Echo sah verstört auf den Tisch, auf das Bierglas, das die Bedienung auf Jordans Winken hin gebracht und auf dem Tisch abgestellt haben mußte, ohne daß er es wahrgenommen hatte. Und erst jetzt wurde ihm bewußt, daß er seit dem Morgen kaum etwas getrunken und einen unbändigen Durst hatte. Er nahm sein Glas, nickte Jordan zu und trank es in ein paar Zügen leer, gierig und ohne den Blick von den Habseligkeiten seines Vaters zu nehmen. *Tja nun*, dachte er und stellte das Glas ab, *mehr bleibt also nicht von uns*. Der Inhalt einer Jacke und ein Autowrack. Bestenfalls noch ein paar Erinnerungen. Solange noch jemand an dich denkt, bist du nicht tot. Wirklich beruhigend war das auch nicht. Dann sah er Jordan an. Jordan sah ihn an. Unschlüssig. Irgendwie. "Was wollen Sie von mir?" fragte er den Kommissar schließlich. "Ich meine...", er zeigte auf den Pappkarton, "abgesehen davon."

Jordan zögerte. Er war drauf und dran zu sagen: *nichts*. Der junge Marburg konnte ihm ja doch nicht weiterhelfen, auch wenn er das für einen Augenblick gedacht hatte. Er verzog den Mund, dann entschied er sich für ein Lächeln. Nun war er ja einmal hier. "Erzählen Sie mir von Ihrem Vater."

Das war Echos wunder Punkt. Er hatte vorhin auf dem Friedhof schon einsehen müssen, daß er kaum etwas über seinen Vater wußte. Den Vater von 1984. Hatte er Freunde? Was hatte er gedacht? Gefühlt? Fuhr er eigentlich gerne Taxi? Er versuchte die Frage abzuwehren: "Ziemlich taktlos, so kurz nach der Beerdigung, finden Sie nicht?"

"Mit über zwei Promille Auto zu fahren ist auch irgendwie taktlos."

Echo sah den Kommissar überrascht an.

"Das wissen Sie nicht?" Jordan hob, belustigt oder fragend ließ sich kaum sagen, die rechte Augenbraue. "Wir haben zwei Komma drei Promille Blutalkohol bei ihm festgestellt. Er hat also bewußt sein Leben aufs Spiel gesetzt. Und das aller anderen Verkehrsteilnehmer. Er war zu schnell und ist in der Kurve geradeaus gefahren, hinein in ein Waldstück. Er war nicht angeschnallt und ist mit dem Kopf durch die Windschutzscheibe..." Das war zumindest die offizielle Version.

Über zwei Promille, war Echos erster Gedanke, *da passiert so etwas wohl.* Er wußte, daß sein Vater trank – getrunken hatte –, aber gerade das war an der ganzen Sache ja so seltsam: er hatte schon so lange getrunken, und soweit er sich erinnern konnte, regelmäßig. Sollte er ihn einen Alkoholiker nennen? Aber hatte er nicht stets nur soviel getrunken, wie es eben *sein mußte*? Wenn man das so sagen konnte. Mit über zwei Promille war ein Mann volltrunken, zumindest nach Echos Vorstellung, und das hatte er bei seinem Vater noch nicht erlebt. Aber zugegeben, wann hatte er ihn überhaupt das letzte Mal *erlebt*? "Wie haben Sie ihn gefunden?" fragte er schließlich.

"Der Anruf einer Autofahrerin. Ihr Vater saß noch im Wagen, als die Kollegen eintrafen. Er hatte Glück, der Opel hat kein Feuer gefangen. Im Film wäre das anders ausgegangen..."

"Glück?" Echo krauste die Stirn. "Mein Vater ist tot!"

"Natürlich, Sie haben recht. Tut mir leid. Ich meinte damit, daß er hätte anders sterben können. Verbrennen oder so."

Ja, sicher, verbrennen. Echo verzog das Gesicht. "Aber deswegen sind Sie ja nicht hier", sagte er tonlos. "Und auf dem Friedhof haben Sie von einem Mord gesprochen."

Mist, dachte Jordan. Aber es stimmte, er hatte sich bereits dort verplappert. "Damit habe ich nicht Ihren Vater gemeint", erwiderte er und zog den Karton zu sich heran, öffnete ihn wieder und nahm die Armbanduhr heraus. "Wissen Sie, was so eine Uhr kostet?"

"Nein, keine Ahnung." Echo schüttelte den Kopf. "Wollen Sie sie mir abkaufen?"

Der Kommissar grinste gequält und hielt Echo die Armbanduhr vor die Nase. "Das ist eine *Breitling Navitimer*. Die geht nicht unter Achttausend Mark über den Ladentisch."

Echo sah den Kommissar überrascht an. Achttausend Mark war eine Summe, die sein Vater nicht einmal für ein Auto ausgegeben hätte. Mal abgesehen von der Taxe natürlich, aber das waren ja Betriebsausgaben. Irgendwie. "Ich lasse Ihnen etwas nach."

"Danke", brummte Jordan. Er ließ die Uhr wieder in die Schachtel fallen. "Ziemlicher Luxus für einen Taxifahrer, finden Sie nicht?"

"Das weiß ich nicht", meinte Echo. "Vielleicht hatte er drauf gespart..." Das glaubte er allerdings selber nicht. "Oder ist die Uhr geklaut?" fragte er vorsichtig. Auch das glaubte er nicht.

"Nein." Jordan schüttelte den Kopf. "Soweit ich weiß, nicht. Sagen Ihnen die Initialen *F* und *D* etwas?"

"Sollten sie?"

"Die Buchstaben sind in den Gehäusedeckel eingraviert."

Für immer Dein, dachte Echo, verwarf den Gedanken aus naheliegenden Gründen aber wieder. "Würde dafür sprechen, daß er sie nicht *neu* gekauft hat", mutmaßte er statt dessen und warf einen verlangenden Blick auf sein leeres Bierglas. "Ich wüßte nicht, daß mein Vater einen oder eine *FD* gekannt hat. Kann es sein, daß die Dinger gebraucht durchaus erschwinglich sind?"

"Keine Ahnung", entgegnete Jordan perplex. Für einen Augenblick verlor er den Faden. Die Argumentationskette und Schuldvermutung der Staatsanwaltschaft erschien plötzlich noch unglaubwürdiger.

Echo begann indes ungeduldig zu werden. "Kommen Sie endlich zur Sache", sagte er. "Wenn etwas mit der Uhr nicht stimmt, behalten Sie sie meinetwegen, andernfalls lassen Sie mich in Ruhe..."

Der Kommissar nickte. Er winkte fahrig nach der Bedienung, die einen kurzen Blick auf ihren Tisch warf und verstand. "Also gut", erklärte er schließlich. "Ich... bin ja auch nicht zum Spaß hier."

Na fein, dachte Echo während sein Blick zur Uhr zurückwanderte, zu der *Breitling*, die sich im Grunde weder er noch sein Vater jemals hätten leisten können. Woher kam sie also? Oder mußte *man fragen: Wofür hatte er sie bekommen? Von wem?*

Als Jordan weiterhin schwieg, sah Echo wieder auf. Fragend. Oder ungeduldig. "Also gut", wiederholte der Kommissar, "also gut... Ich werde Ihnen erklären, warum ich hier bin. Aber vorher habe ich noch ein paar Fragen. Nur um sicherzugehen, daß..." Er räusperte sich. "Seit... seit wann fährt ihr Vater Taxi?"

"Das weiß ich nicht. Lange..."

"Die Konzession wurde 1972 ausgestellt", erklärte Jordan. Die Frage war also eher rhetorisch gewesen. "Und seit wann trinkt er?"

Was für ein blödes Thema, dachte Echo und zuckte mit den Schultern. *Jedenfalls keines über das man gerne spricht. Geschweige denn buchführt.* "Schon ziemlich lange jedenfalls", sagte er zögernd.

"Das habe ich mir auch so gedacht. Und haben Sie sich schon gefragt, warum ausgerechnet jetzt etwas passiert ist?"

"Ja." Echo nickte langsam. "Das habe ich tatsächlich. Nur... ich kann's mir nicht erklären. Eigentlich wäre ihm das niemals passiert. Ich meine, *so* viel Alkohol... Das habe ich nie bei ihm erlebt. Aber das hilft nicht weiter. Es *ist* nun mal passiert..."

"Da haben Sie recht", bestätigte Jordan mit einem schwachen Lächeln. "Aber *wie* ist es passiert?"

"Ich dachte, das könnten Sie mir sagen?"

"Sie haben aber nicht gefragt."

"Ich dachte..."

"Sehen Sie?" unterbrach ihn Jordan. "Und das ist möglicherweise der Fehler. Unser beider Fehler. Auch ich habe gedacht."

Echo krauste ungehalten die Stirn, doch bevor er etwas erwidern konnte, fuhr sein Gegenüber fort: "Es gibt eine Unfallakte, aus der hervorgeht, daß Ihr Vater unter Alkohol die Kontrolle über sein Fahrzeug verloren hat. Er ist von der Straße abgekommen und hat sich überschlagen. Er war nicht angeschnallt und starb noch am Unfallort. Zeugen gab es nicht."

Echo nickte, wußte aber nicht, worauf der andere hinauswollte.

"Wissen Sie", fuhr Jordan etwas ungelenk fort, "im Grunde geht mich das hier gar nichts an. Ist nicht meine Baustelle, wie man so schön sagt. Ich bin hier, weil sich ein Mann das Leben genommen hat." *Und weil sie keinen anderen Deppen gefunden haben, der sich darum kümmert*, wollte er noch sagen, verkniff es sich aber. "Ihr Vater kannte diesen Mann", fuhr er statt dessen fort. "Als ich vor ein paar Tagen hörte, daß er sich totgefahren hat, hielt ich das für einen seltsamen Zufall, denn in den letzten Wochen vor seinem Tod hatten die beiden häufiger Kontakt. Ich habe mir das Auto angesehen. Mehr so aus Neugier. Sah schlimm aus der Wagen, aber nicht so schlimm, daß mir nicht ein, zwei Sachen aufgefallen wären."

"Was meinen Sie?"

"Nun, erstens: der Fahrer *war* angeschnallt."

"Sagten Sie nicht..."

Jordan nickte. "Richtig. Die Verletzungen Ihres Vaters rühren von einer Kollision mit der Windschutzscheibe her. Seltsam genug", fuhr er fort, "waren auf der *Beifahrerseite* der Scheibe Blutreste. Und, soweit man das noch erkennen konnte, war sie dort auch eingedrückt. Von innen."

Echo sah den Kommissar überrascht an. "Was heißt das?" fragte er zögernd. Obwohl er es im Grunde schon ahnte.

"Das heißt, daß die Verletzungen nicht zu den Umständen passen. Es sei denn, daß jemand anderes das Fahrzeug gefahren hat und Ihr Vater auf dem Beifahrersitz gesessen haben muß."

"Jemand, der meinen Vater betrunken gemacht hat, *richtig* betrunken, meinen Sie das? Jemand, der ihn dann auf den Beifahrersitz gesetzt hat, nicht angeschnallt, und dann das Auto..." Echo hielt inne und schüttelte den Kopf. Nein, das war unmöglich! "Dieser Jemand hätte auch verletzt sein müssen."

"Nicht unbedingt", meinte Jordan.

"Aber er hätte Spuren hinterlassen müssen!"

Jordan lächelte. Ein irgendwie trauriges Lächeln. "Ich sehe, Sie verstehen. Und genau deswegen wollte ich mich mit Ihnen treffen."

"Heißt das, es gibt keine Spuren?"

"Es gibt kein *Auto*", präzisierte Jordan. "Keine Untersuchung, keine Indizien, keine Spuren. Das Fahrzeug ist gestern in der Schrottpresse gelandet."

"*Das Auto meines Vaters?*" fuhr Echo auf.

In diesem Augenblick stellte die Bedienung zwei neue volle Biergläser auf den Tisch. Sie warf Echo einen skeptischen Blick zu, dann verschwand sie wieder. Jordan machte eine einladende Geste und nahm seinerseits einen großen Schluck.

"*Das Auto meines Vaters?*" wiederholte Echo verständnislos. "Wer hat das veranlaßt?"

Jordan zuckte mit den Schultern. Er wußte es tatsächlich nicht. Die Wahrscheinlichkeit, daß Eilers dahinterstand, war allerdings groß. Aber wie sollte er das erklären?

Er beschloß, dem jungen Marburg alles zu erzählen, was er wußte – nun, fast alles zumindest. Genug, um das Vertrauen des Studenten zu gewinnen. Wie anders konnte er herausfinden, was wirklich geschehen war? Ob Gert Marburg aus Geldgier Jacob Kerschenstein in den Tod getrieben und sich anschließend selbst umgebracht hatte oder ob Marburg ebenso wie Kerschenstein ein Opfer war? Aber warum? Und wessen Opfer? Kurz und gut, er mußte Marurgs Wohnung durchsuchen, und zwar genauer als es der Hauptkommissar getan hatte.

Jordan begann bei seinem Gespräch mit Berndes, seinem Dezernatsleiter, erzählte vom Auftrag, die Umstände eines Suizids zu untersuchen, ein Auftrag, der ihm so überaus sinnlos vorgekommen war, daß er am liebsten sofort wieder nach Hause gefahren wäre. Er erzählte von der Reserviertheit der Oldenburger Kripo, von der reichlich oberflächlich durchgeführten Obduktion des toten Kerschenstein, von den Taxiquittungen in dessen Wohnung, die letztlich zu Gert Marburg geführt hätten und vom Anfangsverdacht des Betrugs gegen Echos Vater. Es schien alles so gut zu passen, der häufige Kontakt der beiden, das Geld, die Uhr und letztlich die Selbsttötung in betrunkenem Zustand als Schuldeingeständnis.

Ein Schuldeingeständnis, das nichts wert war, denn offensichtlich wurde Marburg umgebracht.

Echo hatte ungläubig zugehört und starrte den Kommissar mit größer werdenden Augen an. "Die Zweifel sind mir erst gekommen als ich den Wagen sah", fügte Jordan hastig hinzu, denn Echo wirkte weder beruhigt noch auch nur im Ansatz verständnisvoll. "Ich glaube nicht mehr, daß es ein Unfall war. Beweisen kann ich es zwar nicht, wenn es aber stimmt, dann kann auch der Tod des alten Mannes kein Suizid gewesen sein. Was mir fehlt, ist die Erklärung für beides. Was ist tatsächlich vorgefallen und wo liegt das Motiv?"

Echo seufzte. Er zwang sich, ruhig zu bleiben, was ihm nur gelang, weil er anfing, Jordan zu glauben. Aber wenn Jordan die Wahrheit sagte, dann galt sein Vater im Augenblick als Krimineller, als Betrüger. Als jemand, der einen alten Mann in den Tod getrieben hatte… "Warum erzählen Sie mir das?" wollte er schließlich wissen. "Ich meine, ich kenne den Mann doch gar nicht."

"Warum… nun vermutlich, weil ich Ihre Hilfe brauche", erklärte Jordan ruhig. "Und Ihr Verständnis für den Fall, daß wir nichts an der Wahrheit ändern können."

Echo glaubte, die Einschränkung zu verstehen. "Auf wessen Seite sind Sie denn nun?"

Jordan lächelte. Er durfte es sich jetzt nicht mit dem Jungen verscherzen. "Auf meiner", erwiderte er dennoch. "Aber sagen Sie, wie war das Verhältnis zu ihrem Vater eigentlich?"

Das Verhältnis zu meinem Vater? dachte Echo. *Welches Verhältnis?* Für einen Augenblick verlor er die Lust an ihrer Unterhaltung. Einzig die Neugier, was wirklich mit seinem Vater geschehen war, hielt ihn zurück. War er an seinem letzten Abend das Opfer eines Verbrechens – oder seines schlechten Gewissens – geworden? "In den letzten Jahren haben wir uns nicht allzu häufig gesehen", sagte er schließlich. Und selbst das war noch untertrieben.

"Seit der Scheidung?"

Der Kommissar war offensichtlich gut informiert. Echo versuchte, sich seine Verwunderung nicht ansehen zu lassen. "Meine Mutter ist schon vor der Scheidung ausgezogen", erinnerte Echo widerwillig. "Und ich bin kurz darauf zum Bund gegangen. Da hat man nicht viel Zeit."

"Wir müssen alle mal erwachsen werden", betätigte Jordan und nahm einen Schluck aus seinem Bierglas. "Sie sind nie wieder hierher zurückgekommen, oder?"

"Nur zu Besuch. Ein paar Mal."

"Sie sagen, Sie kennen Jacob Kerschenstein nicht. Aber Ihre Mutter hat Ihnen sicher von ihrem Telefonat erzählt. Das letzte, mit Ihrem Vater."

Echo nickte abwartend. Woher wußte der Polizist davon?

"Ihr Vater hat erwähnt, daß er Angst hat. Stimmt das?"

"Sie haben hin und wieder telefoniert", bestätigte Echo ausweichend. "Allerdings nicht sehr oft."

"Ich meinte auch mehr den Inhalt des Gesprächs."

"Ich war nicht dabei."

"Hat Ihre Mutter nichts erzählt?"

Echo seufzte. Natürlich hatte sie das, und ihre Worte waren ihm seither immer wieder durch den Kopf gegangen. "Ja", gab er schließlich zu. "Er hatte Angst. Ein Fahrgast sei gestorben. Ob es dieser Kerschenstein war, weiß ich nicht, er hat den Namen nicht gesagt. Und von einem Photo war die Rede…"

"Er wußte also von Kerschensteins Tod."

"Ich sagte doch…"

"Wovor hatte er Angst?" fragte Jordan unmittelbar.

"Das weiß ich nicht", erwiderte Echo widerwillig. Aber so wie die Dinge mittlerweile lagen, hatte sein Vater Kerschenstein weit besser gekannt als es die Bezeichnung *Fahrgast* vermuten ließ.

Jordan ließ sich Zeit mit seiner nächsten Frage. Aus den Lautsprechern plärrte *Roxy Music*. Offensichtlich *Viva!*, das sechsundsiebziger Live-Album und eine schräge Version von *Out of the blue*. *Bryan Ferry* gab sein Bestes, aber *Roxy Music* waren einfach keine Liveband. Der hohe Geräuschpegel übertönte zum Glück die Dissonanzen.

"Ihr Vater hatte also Angst", stellte Jordan noch einmal fest. "Wovor? Vor Kerschenstein? Davor, daß er ihn anzeigte wie er ihn um sein Geld gebracht hatte?"

"Sie spinnen doch! Um die paar Mark?"

"So wie diese Tausendfünfhundert Mark können auch in der Vergangenheit schon Beträge geflossen sein..."

"Daß dieses Geld von Ihrem Kerschenstein stammt", unterbrach ihn Echo mit gepreßter Stimme, "ist eine sehr gewagte Hypothese."

Jordan hob die Schultern. "Nicht meine..."

"Sagten Sie nicht eben, sie glaubten nicht an die Vermutung der Staatsanwaltschaft?"

"Ich sagte, ich habe meine Zweifel." Jordan versuchte, konziliant zu lächeln. "Hören Sie zu, Marburg. Ich will herausfinden, was geschehen ist. Wenn sich alles so zugetragen hat, wie es die Staatsanwaltschaft behauptet, dann ist es eben so. Wenn nicht, dann werde ich alles dafür tun, Ihren Vater zu rehabilitieren. Ich habe nur den Eindruck, daß das schwierig wird. Denn Sie scheinen Ihren alten Herrn nicht so richtig gut gekannt zu haben..."

"Besser als Sie."

Jordan lachte auf und Echo erkannte, daß dies eine dumme Antwort war. "Hatte Ihr Vater Freunde? Oder Bekannte? Hat er sich in den letzten Tagen mit jemandem getroffen? Gibt es irgend jemand, der ihn an diesem Tag gesehen hat? Und vor allem: hat er einen Abschiedsbrief geschrieben?"

Ein Abschiedsbrief. Interessanter Gedanke. Ein paar verzweifelte aber klare Worte, ein Schuldeingeständnis würde Jordans Arbeit natürlich stark vereinfachen. Aber Echo glaubte nicht daran. Der Gedanke, daß sein Vater Freunde gehabt haben sollte, war demgegenüber fast schon belustigend. *Qui rem familiarem ipse curat*, wie es bei den *Grimms* hieß. Er war ein Eigenbrötler und hatte nie viel auf andere gegeben. Echo schüttelte den Kopf. "Ich könnte Ihnen nicht einmal *einen* Freund nennen. Und wie Sie wissen, habe nicht ich mit ihm telefoniert oder gesprochen, sondern meine Mutter."

Eine Weile sah Jordan Echo in die Augen. Dann lächelte er. "Sie lassen mich also das Haus Ihres Vaters durchsuchen?"

Echo nickte zögernd. Was blieb ihm anderes übrig? Er selbst kannte die Wahrheit nicht, kannte offensichtlich nicht einmal mehr seinen Vater. Wenn er wollte, daß Jordan ihm half, dann mußte er ihn in das Haus seines Vaters lassen. Die Geräusche des *Pilgerhaus* drangen in sein Bewußtsein. Jordan wandte seinen Blick ab, nahm einen Schluck Bier und zog eine Zigarette aus der Schachtel in seiner Hemdtasche. "Wan dürfen wir kommen?"

"Sobald Sie einen Durchsuchungsbefehl haben", erwiderte Echo.

Jordan zündete sich die Zigarette an und zog den Rauch ein. "Ich dachte, wir hätten das geklärt?" sagte er gereizt.

Echo grinste. Natürlich hatte der Polizist keinen Durchsuchungsbefehl, sonst würden sie hier nicht sitzen. "Kommen Sie in ein paar Tagen vorbei", sagte er beschwichtigend. "Heute möchte ich niemanden mehr sehen..."
"Dienstag bin ich bereits nicht mehr hier", warf Jordan ein. "Wir kommen morgen. Wenn's recht ist. Und bitte nicht allzuviel anrühren."
Ja, ja, dachte Echo und nickte. *Meinetwegen. Morgen also*. Er stand auf, wollte sich verabschieden, nahm den Karton in die Hand und betrachtete ihn. Dann fiel ihm noch etwas ein: "Da waren doch die drei Männer auf dem Friedhof", sagte er nachdenklich. "Haben Sie mit denen schon gesprochen?"
"Jawohl, Doktor Watson." Jordan nickte gespielt anerkennend. "Zwei waren Kollegen Ihres Vaters. Der Dritte ist mir durch die Lappen gegangen."
"Welcher?"
"Der mit der Tarnjacke."
"Natürlich..." dachte Echo laut. Der Mann war plötzlich verschwunden. "Vielleicht auch ein Fahrer?" Wer außer einem Taxifahrer ging schon in Militärklamotten auf eine Beerdigung? Ihm wurde bewußt, wie traurig ein Leben sein mußte, an dessen Ende es nur zwei, vielleicht drei, Arbeitskollegen gab, die zur Beerdigung kamen. Keine Freunde, keine Tränen, kein Abschiedsschmerz, nur Kenntnisnahme. Und der einzige Sohn kam auch noch zu spät... "Der Erste, mit dem *ich* gesprochen habe", sagte Echo nachdenklich, "war jedenfalls kein Kollege."
"Der Erste war *kein* Taxifahrer?" fragte Jordan mit zusammengekniffenen Augen und versuchte sich zu erinnern, welcher der beiden das gewesen sein mochte.
"Nein." Echo schüttelte den Kopf.
Einen Augenblick lang sah Jordan konsterniert auf sein mittlerweile leeres Bierglas. "Aber wir haben doch seine Aussage..." murmelte er. "Was wollte er von Ihnen?"
Echo zuckte mit den Schultern. "Keine Ahnung. Er erkundigte sich, wie lange ich in Oldenburg bleiben würde..."
Mit einem leisen Fluch griff Jordan in seine Brusttasche und holte eine Visitenkarte hervor, kritzelte etwas mit einem Bleistift darauf und reichte sie schließlich Echo. Landeskriminalamt, Niedersächsisches Landeswappen, Stern, Telefonnummer, Faxnummer, Dienstgrad. Und offenbar seine Privatnummer. "Rufen Sie mich an, wenn Ihnen noch etwas einfällt."
"Fragen Sie Siemer nach dem Mann", sagte Echo und schickte sich an zu gehen. "Der kennt scheinbar alle Fahrer. Für den Fall, daß nicht nur die Aussage, sondern auch sein Name falsch ist."
Jordan nickte ergeben. Also mußte er die Protokolle noch einmal lesen. Dann standen sie auf. "War Ihr Vater eigentlich Soldat?" fragte er unvermittelt.

Soldat? Noch so eine seltsame Frage. Und so sinnlos. Er wußte es nicht, was er mit einem Schulterzucken kundtat, ohne sich umzudrehen.

"In der *SS* vielleicht?"

"*Ich weiß es nicht*", erwiderte Echo ungehalten. Darüber hatten sie nie wirklich gesprochen. Dann rechnete er nach. Sein Vater war 17, nein 18 gewesen bei Kriegsende. Er konnte, wenn überhaupt, nur wenige Monate Soldat gewesen sein. "Warum wollen Sie das wissen?"

"Nur so..."

"Für *nur so* ist das eine ziemlich ungewöhnliche Frage."

"Es könnte etwas damit zu tun haben, ob... Ich meine..., es könnte der Berührungspunkt sein."

Der Berührungspunkt. Das war ebenso vage wie abstrakt. Der Krieg war fast vierzig Jahre vorbei. Daraus einen *Berührungspunkt* zu konstruieren, erschien Echo mehr als abwegig. Er krauste die Stirn und bedachte den Kommissar mit einem nachdenklichen Blick. Dann wandte er sich um und verschwand in der Menge. Was das Bier betraf, so fühlte er sich eingeladen.

Es war angenehm, wieder allein zu sein, in der Stille vor dem *Pilgerhaus*, auch wenn die frische Luft ihn ein wenig benommen machte. Aber das mochte auch andere Gründe haben. Hunger machte sich bemerkbar. Warum hatte er nicht auch etwas gegessen? Der Gedanke verblaßte, als ihm plötzlich bewußt wurde, daß er sich dem Unvermeidlichen stellen mußte, daß nun vermutlich die letzten Schritte seiner Kindheit bevorstanden.

Wenig später lenkte er den roten *Commodore* Richtung Stadtnorden, fest entschlossen, sich von Gefühlen nichts anhaben zu lassen, und ebensowenig von den verworrenen Anschuldigungen irgendeines Staatsanwalts. Sollten die doch denken, was sie wollten, solange der Fall zu den Akten gelegt wurde. Vielleicht war es doch keine so gute Idee, Jordan ins Haus zu lassen...

Echo fuhr vorbei an Mietshäusern und dem Betriebshof der örtlichen Buslinie, an einer Tankstelle auf der rechten Seite und dem endlosen Zaun eines Militärflughafens auf der linken. In der Ferne, über dem dichten Grün des Sichtschutzgürtels, setzte ein *Alpha Jet* des *Jagdbombergeschwaders* zum Landeanflug an.

Gleichzeitig begann es zu regnen, erst wenige Tropfen nur, dann, nach wenigen Minuten, war alles von einem dünnen, nassen Schleier überzogen.

Will ich das wirklich? dachte *Echo. Ein Erbe antreten, das mir nichts bedeutet? In ein Haus eindringen, in dem Vaters Geist, sein Geruch, seine Stimme und vielleicht seine Schuld am Tod eines Mannes noch gegenwärtig sind? War dieser Vater wirklich ein Erpresser? Ein Mörder? Und wieviel davon trug Echo in sich selbst? Es fiel schwer, diese Fragen zu stellen. Sie zu beantworten erschien ihm unmöglich.*

Echo seufzte. Was auch immer er fürchtete, dachte oder wollte – es gab niemand anderen, der die Sache mit dem Haus für ihn erledigte. Also fuhr er weiter, passierte das Ortsschild mit der Aufschrift *Metjendorf* und lenkte den Wagen ohne einen Augenblick unsicher zu zögern in die kleine Stichstraße, dorthin, wo einmal sein Zuhause gewesen war. Alles war wie früher, er war nur zu Besuch, er kannte den Weg, fand auf Anhieb den Wendeplatz, an dem damals für gewöhnlich das Familienauto und seines Vaters Taxe geparkt waren und erkannte, daß der cremefarbene Mercedes auch heute dort stand. Das Haus selbst lag nur wenige Meter vom Wendeplatz entfernt, das erste in einer Reihe von fünf gleich aussehenden Siebzigerjahreneubauten.

Er ließ den *Commodore* ausrollen und parkte ihn rückwärts neben der Taxe seines Vaters.

> *"...man habe außerhalb des französischen Königreichs, auf der ganzen Welt keinen einzigen Templerbruder gefunden, der diese Lügen sagt oder gesagt hat, woraus man recht deutlich den Grund ersieht, weshalb diese Lügen ... ausgesprochen werden: weil diejenigen, die sie gesagt haben, durch Furcht [vor der Folter], Gebete oder Geld korrumpiert waren."*
> Vertreter des Ordens am 7. April 1310 vor der päpstlichen Kommission (vgl. Alain Demurger: Die Templer, C. H. Beck, München, 1991, S. 280)

> *"Ich erinnere mich nicht mehr an alles. Und ich habe keine Zeit mehr, alles ausführlich niederzuschreiben. Dennoch will ich versuchen, soweit wie möglich zu berichten, denn vielleicht ist noch Rettung möglich..."*
> Jochen 'Echo' Marburg, 30. Oktober 1984

15. OLDENBURG, SAMSTAG, 08. SEPTEMBER 1984

Es regnete und es war warm, üblich für so einen Spätsommernachmittag. Die sechzehnte Stunde des Tages war angebrochen, in der Ferne läutete eine Kirchturmglocke und leise grummelte Donner. Sturm trieb die Wolken in wahllos abgestuften Grautönen über den Himmel. Sie schwammen spiegelverkehrt in den Regenlachen. Es roch nach Erde und Regen, der Geruch eines Sommergewitters.

Echo besah sich die ziehenden Wolken in den Pfützen und seinen Wagen, der sich grotesk und rot darin spiegelte. Ein kleiner, grüner Regenpfeifer sang.

Für einen Augenblick war alles so ruhig, so schön, trotz des sanften Regens, der auf ihn herabfiel, und es war angenehm, nichts zu tun als nur dazustehen, regungslos die fallenden Tropfen zu spüren und zu glauben, alles wäre wie früher.

Die Taxe seines Vaters, der *hellelfenbeinfarbene* Hundertneunziger, stand, von einer matten Schmutzschicht überzogen, unter den großen Ulmen am Rande des Wendekreises. Warum war sie so vernachlässigt? Sein Vater hatte immer darauf geachtet, daß seine Autos tadellos aussahen. Mit einer dreckigen Taxe hätte er nie einen Kunden abgeholt. *Vielleicht war es ja der Alkohol, der ihn verändert hat*, sagte eine Stimme in seinem Kopf, sie klang ein wenig nach Jordan. *So sehr verändert.*

Echo schüttelte den Kopf und sah zum Haus hinüber, das sie bezogen hatten, als er noch *ziemlich* jung und die Ehe seiner Eltern noch *ziemlich* intakt gewesen war. Zugegeben, das war lange her, doch in diesem Augenblick erschien es ihm nur wie ein paar Monate.

Während der Fahrt hatte er schon begonnen, einen Zeitplan aufzustellen, um sich abzulenken, um die Tage abzuschätzen, die er hier verbringen würde, um Sicherheit zu haben, denn in spätestens drei Wochen begann das Semester, sein letztes Semester, so hoffte er. *So schnell wie möglich zurück nach Köln*, hatte er sich schon auf der Hinfahrt immer wieder gesagt, keinen Tag verlieren. Jeder, der ihn kannte, wußte, daß er ehrgeizig genug war, die Regelstudienzeit einzuhalten. Und daß er weg wollte von diesem verdammten Taxifahren. Jedes zusätzliche Semester war verlorene Zeit und verlorenes Geld.

Verlorenes Geld, Echo mußte lachen, mußte an wache Nächte und endloses Grübeln an einsamen Kölner Taxiständen denken, Stunden, in denen ihm immer wieder bewußt wurde, daß der Hörsaal eine Welt war, die mit der jenseits des Campus nicht das geringste gemein hatte.

Und je näher der Abschluß, das Diplom, rückte, desto größer wurden die Ängste, desto beherrschender die Zweifel, die ihn befielen, wenn ihm bewußt wurde, daß der große Schritt herannahte, der Sprung ins kalte Wasser – oder wie auch immer man den Eintritt in die Arbeitswelt mit all ihren logischen und unlogischen Tiefen, mit ihren Konsequenzen und direkten Auswirkungen, ihren Anforderungen und Erwartungen auch bezeichnen mochte. Echo versuchte, seine grundsätzliche Angst, zu versagen, Angst, das Falsche zu tun, oder den Normen nicht entsprechen zu können, geflissentlich zu verdrängen. In der Regel gelang ihm das, aber es wurde immer schwieriger, je näher das Ende des Studiums rückte. Er machte sich nicht die Mühe, zu ergründen, woher diese Ängste kamen und ob sie berechtigt waren, sie waren da, begleitet vom Bild seines Vaters, den er zeitlebens nur als Taxifahrer gekannt hatte – obgleich er doch auch Maschinenbauingenieur gewesen war. Und so wollte er, verdammt nochmal, nicht auch enden!

Was auch immer nach dem Studium kommen mochte, er wollte die Uni beenden, wollte seinen Abschluß, einen guten Abschluß, und deshalb mußte er so schnell wie möglich wieder fort von hier, fort aus Oldenburg, fort von jedwedem schlechten Einfluß!

Und wenn Jordan recht hatte? Plötzlich wurde ihm bewußt, was die Konsequenz von dem was der Kommissar gesagt hatte, war: Wenn sein Vater nichts mit dem Tod dieses Kerschenstein zu tun hatte, wenn seine Angst berechtigt gewesen war, dann war der Unfall am Ende gar kein Unfall, kein Selbstmord. Schon gar nicht aus Schuldgefühlen...

Echo fiel es schwer, den Gedanken weiterzuverfolgen. Er sah sich um, betrachtete die Straße, den Wendeplatz, die wenigen Wiesen dahinter. Die Beerdigung ging ihm durch den Kopf, seines Vaters Beerdigung, sein letzter Abschied. Das Gefühl, etwas falsch gemacht zu haben, drängte sich auf. Ein schlechtes Gefühl, nicht zuletzt, weil er seinen Vater nach so langer Zeit nicht mehr lebend wiedergesehen hatte. Unwillkürlich fiel sein Blick auf die Taxe, widerwillig, voller Abneigung. Er hatte in Köln schon zu viele Stunden mit Taxifahren zugebracht. Das hatte er vermutlich vom seinem Vater, und er hatte es von Anfang an gehaßt...

Tropfen liefen an Echos Brillengläsern hinunter, ein milder, leichter Regen, der sich in sein Bewußtsein drängte, sich gierig auf seine Jacke und auf sein Haar legte, das er jeden Morgen zum Scheitel kämmte und das ihm doch spätestens mittags wieder wild ins Gesicht fiel. Er schüttelte den Regen ab und sah blinzelnd zum Himmel hinauf, betrachtete sekundenlang die vorbeiziehenden steingrauen Wolken und fühlte sich allein. Einfach nur allein.

Wie lange er dort gestanden hatte, wußte Echo nicht. Als ihm kein Grund mehr einfiel, länger zu zögern, zuckte er mit den Schultern, versuchte, sein Selbstmitleid mit einem Ruck abzuschütteln und ging langsam die kurze Strecke zu den Häusern hinüber, umständlich in der Jackentasche nach dem Schlüsselbund seines Vaters kramend.

Einen Augenblick lang berührte er das kleine, silberne Kreuz, das er an einer Kette um den Hals trug, vielleicht aus Angst, vielleicht war es auch nur ein Reflex. Das Kettchen hatte er von seiner Großmutter bekommen, *am Tag als Aldous Huxley starb*. Nicht, daß sie davon gewußt hätte, aber es war auch der Tag, an dem Echos Großvater gestorben war, der zweiundzwanzigste November, und der hatte das Kettchen aus dem Krieg mit heimgebracht. *Ihn* hatte es beschützt.

Mit einem ergebenen Seufzer schloß er die Eingangstür auf und schob beim Eintreten einen kleinen Stapel Post zur Seite. Ein muffiger Geruch von Feuchtigkeit und kaltem Rauch drang ihm entgegen. Angewidert rümpfte er die Nase, schloß die Tür und sah sich vorsichtig um. Eine Totenstille umfing ihn, die dafür sorgte, daß er sich unwillkürlich wie ein Eindringling fühlte. Und obwohl er hier vor Jahren, als sie noch eine Familie gewesen waren, gewohnt hatte, jedes Zimmer noch kannte und alles Damalige noch vor Augen hatte, war ihm dieses Haus so fremd geworden wie die Häuser in Köln, an deren Tür er geläutet hatte, um irgendeinen Fahrgast abzuholen und zu irgendeinem Ziel zu fahren.

Vor ihm lag der kleine schmale Flur, ein Heizkörper, ein Schuhschrank, rechts die Küchentür. Echo sah hinein. Die Küche war aufgeräumt, nur auf dem Tisch stand ein benutzter Kaffeebecher.

Am linken Ende des Flures führte eine Treppe in den ersten Stock. Geradeaus lag das Wohnzimmer. Echo öffnete die Tür, und erkannte sofort, daß irgend etwas nicht stimmte. Sein Vater war kein besonders ordentlicher Mensch gewesen, dieses Durcheinander aber paßte nun doch nicht zu ihm: die Schubladen des Wohnzimmerschranks, immer noch derselbe wie damals – Kirschbaum furniert, Barfach und große Türen –, waren herausgezogen, der Inhalt auf dem Boden verstreut. Es gab noch zwei kleinere Schränke und ein Bücherregal. Auch hier waren die Schubladen herausgezogen und offensichtlich zuvor durchsucht. Fast alle Bücher lagen auf dem Boden, dazwischen Ordner, Zeitungen, Tischdecken. Ein Stuhl war umgekippt, Sofakissen und Decken zerwühlt. Echo ging zur Terrassentür, die in den kleinen, verwilderten Garten führte und öffnete sie mit einem Stoß. Er brauchte frische Luft. Daß sein Vater die Wohnung so nicht hinterlassen hatte, war klar. Auch nicht mit zwei Promille.

Echo starrte in die Unordnung, sekundenlang. Dann stieg er die Treppe hinauf, nahezu automatisch. Neugierig. Oben waren das Kinderzimmer – er lachte auf bei dem Gedanken –, das Arbeitszimmer seines Vaters, das Bad und das Schlafzimmer. Standardaufteilung. Erinnerungen drängten sich wieder auf, durchzogen von Trauer. *Welchen* Verlust er betrauerte, konnte Echo dabei nicht einmal sagen.

Der Blick in das Schlafzimmer zeigte Hemden, Hosen, Unterwäsche und ein gefaltetes Laken, verteilt auf einem zerwühlten Bett und davor. Das nächste Zimmer – *Echos damaliges Zimmer* – war leer, bis auf ein Bett. Eine Tür weiter lag das Arbeitszimmer, hatte es immer schon getan. Nur die Nähmaschine fehlte, wie Echo mit einem melancholischen Lächeln feststellte. Ordner lagen auf dem Schreibtisch und auf dem Fußboden verteilt. Herausgerissenes Papier, zerfledderte Bücher bedeckt von gelben Taxiquittungen und der Erde einer umgestoßenen Topfpflanze. Für einen Augenblick resignierte er. Wie sollte man hier jemals wieder Ordnung schaffen? Wer zum Teufel war hier eingedrungen? Und was hatte er gesucht?

Der Fremde auf dem Friedhof fiel ihm ein. Zu dumm, daß er ihn nicht mehr erwischt hatte! Und zu dumm, daß er noch immer nicht dieses ferne, nur flüchtig gesehene Gesicht einem Namen zuordnen konnte. Am Ende war alles nur Einbildung gewesen?

Eines aber war keine Einbildung: Jordans Interesse an seinem Vater. Hatte er ihn zum Narren gehalten und die Wohnung durchsuchen lassen, während sie im *Pilgerhaus* gesessen hatten? Natürlich, das war es! Echo atmete tief durch, wutentbrannt – und bekam einen Hustenanfall. Er hustete und würgte, stolperte ins Badezimmer. Zum Glück ließ der Würgereiz nach, übergeben mußte er sich zumindest nicht. Er öffnete auch hier das Fenster und fühlte sich etwas besser. Dann öffnete er überall die Fenster, er konnte den Geruch nicht ertragen, die Luft, die sein Vater geatmet hatte, der abgestandene Rauch selbstgestopfter Zigaretten, der Geruch des Hauses...

Wenig später kehrte Echo zurück in das Arbeitszimmer. Hier stand ein Telefon, ein Zweitanschluß. Im Wohnzimmer stand ebenfalls eines. Er zog Jordans Karte aus der Hosentasche und wählte die Nummer, die er handschriftlich vermerkt hatte. Es dauerte nicht lange und eine freundliche Frauenstimme meldete sich: "Hotel-Heide-mein-Name-ist-Seiler-guten-Tag-womit-kann-ich-Ihnen-helfen?"

Echo fragte nach Jordan und wurde durchgestellt. Ein paar Sekunden später meldete sich der Kommissar.

"*Was fällt Ihnen ein, das Haus so zu hinterlassen!*" fuhr Echo ihn ohne Begrüßung an. "Was haben Sie hier überhaupt gesucht?"

"Herr Marburg?"
"Wer sonst? Das war ja eine großartige Idee, mich abzulenken, und..."
"Sind Sie zu Hause? Im Haus Ihres Vaters, meine ich?"
"Ja!" bellte Echo.
"Was ist geschehen?"
"*Das wissen Sie doch am besten... Es ist alles durchwühlt! Haben Sie wenigstens gefunden, was Sie suchten? Hat es Ihnen Spaß gemacht, mich vorzuführen?*"
Einen Augenblick herrschte Stille. "Ich komme vorbei."
"*Nicht nötig, nicht noch einmal!*" erwiderte Echo unwirsch. "*Ich will nur wissen, was Sie hier gesucht haben? Wollten Sie sich mit mir treffen, damit Ihre Leute in Ruhe das Haus durchsuchen konnten?*"
Jordan seufzte. "Herr Marburg, ich bin in einer Viertelstunde bei Ihnen..."
"Verdammt, ich habe nicht im Geringsten das Bedürfnis, Sie heute noch einmal zu sehen..." und damit knallte er den Hörer auf die Gabel. *Verdammt*, dachte er, *verdammt! Das ist doch alles nur ein Witz, ein Traum, ein schlechter Film!* Was zum Teufel hatte Jordan hier zu finden geglaubt?

Er setzte sich auf den Schreibtischstuhl und schüttelte den Kopf. Daß Jordan nicht umgehend wieder anrief, wertete er als Schuldeingeständnis. Von jetzt an, soviel war klar, würde es keine Kooperation mit der Polizei mehr geben! Echo fluchte, stand auf und stieg wieder die Treppe hinunter. Schließlich mußte er seine Sachen noch aus dem Wagen holen. Seine Sachen... Ein Haus, in das eingebrochen wurde, gleichgültig, ob durch kriminelle Banden oder das LKA, ist nie wieder in der Lage, ein Gefühl von Sicherheit zu vermitteln. *Hast du Angst, Jochen Marburg?* Er nickte, und im selben Moment erkannte er, daß die Terrassentür aufgebrochen war. Er sah sich um, ging hinüber zur Tür und prüfte den Schaden, den er zuvor übersehen haben mußte. Kein Zweifel: der Rahmen war gesplittert, sie war aufgehebelt worden. Hier waren sie also eingedrungen...

Anhaltendes Läuten an der Tür ließ ihn zusammenfahren. Er wandte sich um, und doch vergingen Sekunden, in denen Echo nur so dastand, unfähig zu entscheiden, was er tun sollte. Öffnen oder nicht? Jordan konnte es nicht sein, nicht nach ein paar Minuten. Eine weitere Frage drängte sich auf: hätten Jordans Männer die Terrassentür aufgebrochen? Nun, wenn nicht, wer dann? Er wandte sich um und sah zur Tür, sah einen dunklen Schemen davor, einen einzigen. Jordan, dachte er und gab einem Ordner einen Fußtritt. Im Grunde konnte es nur Jordan sein, und ihm würde er bestimmt nicht öffnen! Der Gedanke, daß Jordans Männer nicht derart stümperhaft die Terrassentür aufgebrochen hätten, drängte sich ihm ein weiteres Mal auf. Dann klingelte es zum zweiten Mal.

Der *Prinz des Tabernakels* starrte zum Fenster hinaus, atmete tief durch und versuchte für einen Moment, die abendliche Szenerie der *Elisabethstraße* auf sich wirken zu lassen, Kopfsteinpflaster, der großherzogliche Schloßgarten auf der gegenüberliegenden Seite. Ein vergeblicher Versuch, sich zu beruhigen. "*Das war so nicht abgemacht!*" schrie er im nächsten Augenblick und versuchte sofort, sich wieder zusammenzureißen. Er haßte es, zu schreien, selbst wenn er wütend war. Und er *war* wütend. "Der Taxifahrer hätte nicht sterben dürfen!" fuhr er gepreßt fort. "Da denkt doch jeder sofort, hier wäre eine Epidemie ausgebrochen!" *Eine Epidemie von Selbstmorden...*

Halström sah ihn schuldbewußt an. Für einen Augenblick wurde er unsicher. "*Der Ritter* hat den Auftrag erteilt..." antwortete er zögernd.

"Der *Ritter der Ehernen Schlange*", korrigierte der *Prinz des Tabernakels* beiläufig. Auch abwesende Brüder hatten ein Recht darauf, daß ihr Logengrad vollständig benannt wurde. Und wer wie er durch Initiation, Loyalität sowie langes und ehrerbietiges Dienen einen *Philosophischen Grad* verliehen bekommen hatte, der achtete besonders darauf. Die Gruppe der *Philosophischen Grade* war die höchste der Loge. Zumindest in Deutschland. Die wahre Macht saß in Frankreich. Vermutlich in Paris, das wußte aber niemand so genau.

Der *Prinz des Tabernakels* fluchte leise. Warum mischten sich immer dann Brüder ein, wenn man es am wenigsten gebrauchen konnte. "Der Taxifahrer war ungefährlich, der hatte ein paar Tausend Mark und eine schicke Uhr bekommen und war glücklich damit, der hätte nie etwas Falsches gesagt! Und in der Hand hatten wir ihn obendrein, schließlich steckte er mit drin! Das wirbelt doch alles nur Staub auf, verdammt nochmal!"

"Es sollte aussehen wie ein Unfall..."

"*Ein Unfall!* Daß ich nicht lache! Ihr seid Stümper!"

Halström sah zu Boden und schwieg. Natürlich war der *Prinz des Tabernakels* eine Initiationsstufe unter dem *Ritter der Ehernen Schlange*. Aber er war eine Autorität. Jeder wußte und spürte das. Und er hatte genügend Macht um ihm das Leben schwer zu machen, auch das wußte Halström. Problematisch wurde es nur, wenn die Interessen der beiden kollidierten.

"Wir müssen versuchen, es aus den Zeitungen rauszuhalten...", erwiderte Halström kleinlaut.

Der *Prinz des Tabernakels* winkte ab. "Darüber zerbrich du dir mal nicht den Kopf!" Das hatte er längst veranlaßt. Aber Sicherheit bedeutete das nicht, das hatten sie ja gesehen. Es gab immer irgendwelche Schreiberlinge, die sie nicht auf dem Plan hatten.

"Was hätte ich tun sollen?"

"*Mich fragen!*"

Halström verzog den Mund. Er mußte kleine Brötchen backen. Seine Initiation, also die rituelle Aufnahme in die Loge, stand noch in diesem Jahr an. In der Loge war er dann ein kleines Licht, *aber*, so hieß es, *die Loge sorgte sich um ihre Kinder*. Er würde einen Job bekommen, einen guten Job, und Geld, und die Sache mit dem gestohlenen Auto würde auch unter den Tisch gekehrt werden. Die Loge war mächtig. "Ja, *Prinz des Tabernakels*", antwortete er gehorsam.

Mit einer Handbewegung wurde er entlassen. Der *Prinz des Tabernakels* mußte telefonieren. Daß die unangenehme Arbeit immer an ihm hängenblieb, ging ihm verdammt gegen den Strich! Aber er durfte sich nicht beschweren, er hatte der Loge einige ungewöhnlich rasche Beförderungen, eine bemerkenswert günstige Innenstadtvilla und Ansehen zu verdanken, viel Ansehen. Trotz allem.

Halström machte keine Anstalten zu gehen.

Der *Prinz des Tabernakels* krauste die Stirn. "Ist noch etwas?"

"Ja..." Halströms Antwort kam zögerlich. Er durfte auf keinen Fall das Falsche sagen. Der *Ritter der Ehernen Schlange* war schließlich nicht aus der Welt. "Ich denke, es ging um das Photo", sagte er leise. "Der Taximann hat uns nicht das richtige gegeben..."

"...was die Sache verdammt nochmal nur schlimmer macht!" zischte der *Prinz des Tabernakels*. "Oder glaubst du, als Toter kann er diesen Fehler noch wieder gutmachen? Wo ist dieses verdammte Photo?"

"Ich weiß es nicht." Halström schüttelte den Kopf. "Wir hatten gedacht..."

"Ihr sollt nicht denken! Das mache ich." Er wandte sich ab, sah wieder hinaus auf die Straße. "Habt ihr seine Wohnung durchsucht?"

"Ja... da war es nicht..." Zumindest hatte er das Photo nicht gefunden.

Der *Prinz* fluchte. Das Photo war wichtig. Es enthielt einen Hinweis, so hieß es wenigstens, einen wichtigen Hinweis. Auf den Tempel. Ohne diesen Hinweis war das Päckchen – der Teufel mochte wissen, wo es war! – nur halb soviel wert! Warum war er nicht gleich darauf gekommen, daß Marburg die Photographie hatte, sie *haben mußte*? Er hätte sie ihm abnehmen sollen, als Marburg zu ihm gekommen war.

Mit einer ungeduldigen Handbewegung entließ er Halström. Verdammt, er mußte aufpassen, daß der *Ritter der Ehernen Schlange* nicht allzu mächtig wurde. Immer wieder funkte er ihm dazwischen! Ein weiteres Mal würde ihn der *Prinz* nicht hintergehen, dafür würde er sorgen!

Marcus Stëins Verhältnis zum Autofahren war weitaus pragmatischer als das seines Freundes, für den das *Opel Commodore B Coupé* eine Göttin auf Rädern war auf die er jahrelang gespart hatte. Stëin hingegen hatte seinen sechsundsiebziger *Commodore* GS einfach nur geerbt. Dessen Vorbesitzer, der um einiges ältere und beleibtere Bruder seines Vaters, war darin an einem Sonntagmorgen, im Anschluß an einen ausgiebigen Frühschoppen, einem Herzinfarkt erlegen, zum Glück für alle Beteiligten, bevor er den Wagen starten konnte. Nach Echos Meinung nicht der schlechteste Tod - *in einem B-Coupé...* Für Stëin hingegen hätte es auch eine 2CV sein können. Erst mit der Zeit begann er den Wagen zu lieben, eine Liebe, die sich an der Zapfsäule immer wieder abkühlte. Der Zweieinhalbliter Reihensechser mit seinen zwei durstigen Zenith 35/40 INAT Registervergasern hatte eben Durst.

Lässig, mit einer Hand, lenkte Stëin den Wagen rückwärts in eine Lücke am Straßenrand, schob den Wählhebel der Dreigangautomatik in Parkstellung und zog den Schlüssel ab. Mit eingezogenem Kopf lief er durch den Nieselregen zum Haus des alten Marburg hinüber und preßte den Finger so lange auf den Klingelknopf, daß man es auch in der hintersten Ecke hören mußte.

Er hatte lange mit sich gerungen, ob er herkommen sollte. Nach all den Jahren, in denen er und Echo sich nicht gesehen hatten, konnte man vielleicht nicht mehr von Freundschaft reden. Aber gut, Stëin war nicht nachtragend, jeder mußte den Weg gehen, den er für den richtigen erachtete, und wenn dieser Weg nicht wieder zurückführte, dann war das eben so. Im Gegensatz zu Echo wäre die Bundeswehr für Stëin allerdings auf keinen Fall in Frage gekommen, nicht einmal für fünfzehn Monate. Und studieren – nun, studieren konnte man doch auch in Oldenburg. Er mochte die Stadt, das Umfeld, und sah dem Augenblick, an dem er sie für seinen ersten Job verlassen mußte, keineswegs mit Vorfreude entgegen.

Nichts rührte sich.

Stëin drängte sich schutzsuchend in den Eingang, blinzelte in den Regen hinauf und klingelte erneut. Aus dem Haus drangen leise Geräusche, sonst tat sich nichts. Er schaute auf die Uhr. Kurz vor fünf. Keine schlechte Zeit eigentlich. Echo mußte genug Gelegenheit gehabt haben, sich einzurichten. Ungeduldig sah er sich um und überlegte, ob er ein drittes Mal klingeln oder einfach wieder gehen sollte. Doch irgend jemand schien im Haus zu sein und dem sollte er eine Chance geben.

Aber warum öffnete dieser Jemand nicht?

Der Regen rauschte leise in den Blättern, in der Ferne erklang der Donner eines abziehenden Gewitters und nicht weit von der Eingangstür entfernt tropfte Wasser aus einer undichten Dachrinne. Dann plötzlich gab die Tür in seinem Rücken nach, Stëin wandte sich um, und es dauerte eine Weile, bis er den Jungen, der keiner mehr war, wiedererkannte. Echo stand vor ihm, mit kurzen Haaren, härteren Gesichtszügen und einer Nickelbrille anstelle des kantigen Kassengestells. Er wirkte gehetzt, irgendwie, und erleichtert.

"Schätze, ich bin mal wieder zu spät gekommen, oder?"

151

Auch Echo brauchte ein paar Sekunden für den Abgleich seines Gegenübers mit dem Jungen aus seiner Erinnerung, den mit dem wirren, blonden Haar, ein wenig größer als er selbst, in ausgewaschenen Jeans und einer Packung *Samson*-Tabak in der Hemdtasche. Der Junge war keiner mehr, aber verändert hatte er sich kaum. Das Päckchen Tabak steckte in der Brusttasche eines grauen M65-Parkas, der als *Schimanski-Jacke* seit einigen Jahren ziemlich in Mode waren, aber das blonde Haar war immer noch so wild, wie er es in Erinnerung hatte, und selbst die Turnschuhe schienen noch aus der Schulzeit zu stammen. "Wie immer", antwortete Echo mit unsicherem Grinsen, und im selben Moment wurde ihm bewußt, daß es genau dieses Gesicht war, das er auf dem Friedhof für ein paar Sekunden gesehen hatte.

"Komm rein", sagte er leise.

Stëin sah sich um, zögernd, neugierig. Irgend etwas schien nicht zu stimmen in der Wohnung. "Was ist hier passiert?"

"Keine Ahnung", erwiderte Echo. "Einbrecher vermutlich. Oder die Bullen."

"Die Bullen?"

Echo nickte. "Ich habe vorhin mit einem Kommissar Jordan vom LKA gesprochen. Die wollten sich im Haus umsehen. Vielleicht haben sie das ja bereits getan. Willst du einen Kaffee?"

Stëin betrat das Wohnzimmer, stieg über die am Boden verstreuten Sachen und betrachtete mit fachmännischem Blick die Terrassentür. "Klar", sagte er, ohne sich umzudrehen. "Kaffee wäre gut..." Daß das Schloß verbogen und aufgebrochen und der Rahmen gesplittert war, hatte er gleich gesehen. Mit dem Fuß stieß er die Tür auf. Sie gab mit leisem Knarren nach. "Die Bullen..." wiederholte er skeptisch, während Echo in der Küche Kaffee auffüllte. Er war zwar kein großer Freund dieser Institution, aber derart grobmotorisch würden sie nicht vorgehen, da war er sich sicher.

"Dieser Jordan wollte sich das Haus ansehen", sagte Echo, an die Wohnzimmertür gelehnt. Etwas leiser und mit nachdenklichem Kopfschütteln fügte er hinzu: "Vater soll irgend jemanden in den Tod getrieben haben..." Je länger er darüber nachdachte, desto verrückter erschien ihm der Gedanke.

Stëin wies mit dem Daumen auf die offene Terrassentür: "Tut mir leid, aber das sieht nicht nach Polizei aus."

"Nein, vermutlich hast du recht..." Echo stieg über ein paar Ordner, blieb dann aber unschlüssig vor der Tür stehen.

"Nichts anfassen..." mahnte Stëin grinsend. "Solange die Polizei nicht da war."

Echo fluchte. "Die Polizei kommt nicht."

"Prima. Aber warum nicht?"

"Ich hab' gesagt, daß ich sie nicht hier haben will."

Stëin tat als würde er verstehen. "Weißt du, ob was fehlt?"

"Nein", antwortete Echo leise. "Woher denn?" Er wies auf das Durcheinander, in dem ein Außenstehender unmöglich erkennen konnte, ob etwas gestohlen wurde, und ging zurück in die Küche, aus der er wenig später mit zwei Bechern Kaffee wiederkam.

"Was ist das für eine Geschichte mit deinem Vater?" fragte Stëin, nahm den Kaffee, den Echo ihm reichte und setzte sich in einen der beiden Cocktailsessel, die, zum Fernseher ausgerichtet, am Wohnzimmertisch standen.

Echo stellte seinen Becher ab und setzte sich auf das alte Federkernsofa. Einen Augenblick lang sah er hinaus auf die Terrasse, betrachtete die aufgebrochene Tür und hatte plötzlich die Bilder eines Grillabends vor Augen, Freunde, Musik, seine Eltern und dazwischen er selbst, noch ziemlich klein. Zehn Jahre mochte das her sein, nein, eher fünfzehn.

Er wandte sich Stëin zu und verzog entschuldigend den Mund. "Wie gesagt, da war dieser Typ vom LKA", begann er schließlich. Und dann erzählte er von der Unterhaltung mit Jordan im *Pilgerhaus*, vom Unfall seines Vaters bis zum letzten Telefongespräch mit Echos Mutter.

"Und du meinst also, dieser Jordan sieht eine Verbindung zwischen diesem alten Mann, der sich umgebracht hat und deinem Vater."

Echo schüttelte den Kopf. "Im Grunde ist es die Staatsanwaltschaft, von der die Beschuldigungen kommen. Jordan selbst hat, wenn ich ihn richtig verstanden habe, sogar Zweifel daran."

Stëin verdrehte die Augen. "Dann mußt du ihm das hier zeigen", sagte er. "So sieht nicht die Wohnung eines Täters aus."

"Ja..." erwiderte Echo fast wie zu sich selbst und umfaßte seinen Becher mit beiden Händen. "Du hast wahrscheinlich recht." Der Kaffeeduft drang in sein Bewußtsein. Er tat gut, machte ihm allerdings auch bewußt, daß er schon viel zu lange nichts mehr gegessen hatte. Und daß er müde war, viel zu müde, um diesen Jordan anzurufen. "Vater hatte Angst", sagte er leise. "Und offensichtlich hatte er allen Grund dazu. Aber wovor? Wovor hatte er Angst?" Er wies auf das Durcheinander. "Vor denen, die hier waren?"

"Um das herauszufinden, wäre es hilfreich zu wissen, auf was es die Jungs abgesehen hatten", mutmaßte Stëin, nahm einen großen Schluck aus seinem Becher und stand auf um die Terrassentür noch einmal zu begutachten. Den Schaden würde ein Tischler beheben müssen, so ohne weiteres ließ sie sich nicht wieder verschließen. "Du kannst bei mir übernachten", sagte er schließlich. "Es sei denn, du fühlst dich in diesem Chaos wohl."

Es dauerte einen Augenblick, bis Echo das Für und Wider hier zu bleiben abgewogen hatte. Es gab kein *Für*. Das Haus roch nach muffiger Feuchtigkeit und kaltem Rauch, offensichtlich war nichts zu essen da und abschließen konnte er auch nicht. Hier zu bleiben wäre absolut unsinnig.

Er würde es dennoch tun. "Nicht heute nacht", sagte er ruhig und schüttelte den Kopf. "Heute nacht werde ich hier schlafen."

"*Die* kommen wieder!" Stëin wies auf die aufgebrochene Terrassentür.
"Wer *die*?"
Stëin hob die Schultern. "Die Einbrecher..."
Echo winkte ab. "Unsinn! Mein Vater ist tot. Wenn *sie* hier was gesucht haben, haben *sie's* gefunden. Das war's. Warum sollten sie nochmal zurückkommen?"
Das wußte Stëin auch nicht und deshalb drängte er nicht weiter. Ein ungutes Gefühl blieb dennoch. "Du bist jederzeit willkommen", sagte er statt dessen, trank den letzten Schluck Kaffee und knuffte Echo mit der Faust an die Schulter. "Ist schließlich verdamp lang her, daß wir uns gesehen haben."
"Mehr als vier Jahre", schätzte Echo und dachte einen Augenblick lang mit gemischten Gefühlen an die Zeit zurück, die er beim Bund und an der Uni verbracht hatte, zurück. Einiges hatte er hinter sich lassen können, als er Oldenburg verließ, und war froh darüber gewesen. Anderes hatte ihm gefehlt, all die Jahre, und dazu hatte ganz gewiß Stëin gehört. Hehre Vorsätze, die in Vergessenheit geraten waren: zu einem Treffen war es in der Zeit nie wieder gekommen. "1979", wiederholte er wehmütig. "Das Jahr in dem wir Joy Division gesehen haben..." Die Musik war sein Kalender, der Soundtrack zum Leben, dagegen konnte er nichts machen.
"Immer noch *Joy Division*?"
Echo nickte, zeigte auf den *Joy Division* Button an seinem Kragen und sah Stëin mit einem unsicheren Blick und einem vagen Schuldgefühl an. Wie hatten die Jahre nur so vergehen können? Im nächsten Augenblick aber war er einfach nur froh, ihn zu sehen, jemand bekannten, jemand, der ihn aus dieser plötzlichen Einsamkeit, aus dieser was-soll-ich-jetzt-bloß-tun-Stimmung herausholen würde... "Und immer noch *Echo & the Bunnymen*", fügte er hinzu.
"Das hab' ich nicht anders erwartet", lachte Stëin. Dann wurde er ernst. "Ich habe heute morgen erst von der Beerdigung gelesen, sonst wäre ich eher dort gewesen. Aber dann wollte ich nicht stören. Wie geht's dir?"
Echo zuckte mit den Schultern. "Ich weiß es nicht." Er kannte Stëin seit Jahren, seit der Schulzeit, damals... Stëin, Hauke Landgraf und er waren lange Zeit ein unzertrennliches Trio gewesen. Aus den Augen hatte sie sich erst verloren, als Echos Mutter fortzog. Echo ging im selben Monat zur Bundeswehr und kam anschließend nicht wieder zurück, sondern zog nach Köln, um sich an der Universität für BWL einzuschreiben. Zusammen mit Hauke, was fast wie ein Zufall erschien, aber im Grunde selbstverständlich gewesen war. Hauke hatte schon so oft die Rolle des großen Bruders übernommen.
Stëin war in Oldenburg geblieben, und ihr Kontakt reduzierte sich auf ein paar Telefongespräche und eine Karte von der Ostsee. Freunde waren sie dennoch geblieben, kein Groll, keine Enttäuschung, gute Freunde auf ihre

Art, über all die Jahre hinweg, und erst jetzt wurde ihm die Besonderheit dieser Freundschaft so recht bewußt, das Verstehen, das Loslassenkönnen und dennoch nicht zu vergessen. Er war hier. Stëin.

"Was wirst du tun?"

Ja, was sollte er tun? Er würde sich um das Haus kümmern müssen, um die Taxe, um alles. Und wie machte man das? Echo zuckte mit den Schultern. "Ich werde ein paar Tage bleiben. Ich muß mir erst einmal einen Überblick verschaffen."

"Und du willst tatsächlich hier übernachten?"

"Ja klar..." antwortete Echo mit gespielter Selbstverständlichkeit. Ganz schlüssig war er sich darüber nicht. Wenn er die Wahl hätte, ginge er lieber in ein Hotel. Doch er hatte sie nicht. Hotels waren teuer, selbst die günstigen. Also würde er im Totenreich bleiben und vermutlich im Bett seines Vaters schlafen müssen. Daß die Bezeichnung Totenreich für das Haus seines Vaters vielleicht etwas übertrieben war, ignorierte Echo. Es hielt ihn davon ab, sich allzu heimisch zu fühlen, denn das wollte er auf keinen Fall. Ein paar Tage, dann mußte er wieder fort, zurück nach Köln. "Was machst *du* jetzt?" fragte er, um das Thema zu wechseln.

Jetzt?" Stëin sah sich fragend um. Dann verstand er. "Nun ja, ich studiere. Sagte ich das nicht? Und ab und zu arbeite ich in einem Buchladen."

Tatsächlich waren das letzte, was Echo von Stëin gehört hatte, dessen Pläne gewesen, zur Uni zu gehen. "BWL?" fragte er.

Stëin rümpfte die Nase und verneinte. "*Germanistik*", erwiderte er so lapidar er konnte. "Und *Europäische Geschichte*."

"Lehramt?"

"*Nein!*" *Gott bewahre*, dachte Stëin und schüttelte vehement den Kopf. Irgendwelchen verwöhnten und desinteressierten Kids versuchen, etwas beizubringen, etwas das sie sowieso nie kapieren würden? Nein, dann lieber auf Lebenszeit im Buchladen aushelfen. Dorthin kamen wenigstens Menschen, die sich für das, was sie taten, interessierten. "Ich kenne da einen netten, kleinen Verlag in der Nähe von Hamburg", erklärte er schließlich hoffnungsvoll. "Die beschäftigen sich in erster Linie mit historischen und kulturellen Themen. Da werde ich's als Lektor versuchen..." Und bevor Echo etwas erwidern konnte, fragte er: "Und du? Was machst du jetzt?"

Echo hob die Augenbrauen. "Ich schreibe an meiner Diplomarbeit. *Marktbeeinflussung des Staates in Rezessionszeiten* und so. Nach Keynes natürlich. Guter Mann..."

"Ein weltfremder Theoretiker", lachte Stëin. "Aber keine Frage: klingt richtig spannend!"

"Das *ist* spannend", bestätigte Echo mit gespielter Überzeugung, mußte dann aber ebenfalls lachen. Manchmal dachte er tatsächlich, daß ihm Kunst oder Geschichte lieber gewesen wären. *Magister Artium...* Verrückte Idee. Umwoben vom Flair der Arbeitslosigkeit.

Stëin stand auf und schickte sich an zu gehen. Sein Blick fiel auf eine alte Familienphotographie. Eine kurze, verlegene Pause entstand. "Sie haben ihn also begraben..." sagte er und wollte noch etwas Tröstendes hinzufügen. Ihm fiel nichts ein.

"Ja", erwiderte Echo leise. "Ja, er ist... fort."

Stëin preßte die Lippen aufeinander. Offenbar suchte er noch immer nach den richtigen Worten. "Wenn du etwas brauchst", begann er schließlich unbeholfen, "oder reden willst..."

Echo verstand das Angebot und nickte. *Ja*, dachte er, *ich brauche jemanden, der mir sagt, was ich jetzt tun soll. Jemanden, der mir hilft, das Leben meines Vaters aufzulösen, auszulöschen, zu katalogisieren und in verschiedene Erinnerungsschubladen zu stopfen. Ich brauche jemanden, der mir hilft, mit all dem hier klarzukommen*, dachte er.

"Nein", sagte er. "Im Augenblick nicht."

Stëin neigte den Kopf und sah seinen Freund prüfend an. Dann grinste er und verließ er das Wohnzimmer. Kurz darauf fiel die Haustür hinter ihm ins Schloß.

Echo lächelte.

Es war still und er war allein.

> "Sorgfältig schildert der Regisseur Calvis [Roberto Calvi] Rolle in der Banco Ambrosiano, dem finanziellen Arm der P2. Die Bedeutung der Intervention dieser Bank in der Weltpolitik kann in einem einzigen Artikel oder einem Dokumentarfilm gar nicht erschöpfend gewürdigt werden. Die Auswirkungen sind bis heute zu spüren. Außerdem besetzen viele frühere Logenmitglieder bis heute wichtige Regierungspositionen, und das trotz der Tatsache, daß P2 und ähnliche Verbindungen auf die Liste illegaler Organisationen gesetzt wurden. So sitzen in Italiens heutiger Regierung außer dem Premier noch mehrere frühere P2-Mitglieder..."
> Aus: Marc Wells über: *I Banchieri di Dio: Il caso Calvi* (*Gottes Bankiers: Der Fall Calvi*), I 2001, Drehbuch von Armenia Balducci und Giuseppe Ferrara

16. NEW YORK, SONNTAG, 09. SEPTEMBER 1984

"Darf ich Dich wiedersehen?" fragte Suzanne mit gespielt verlangender Stimme. Sie war Ende zwanzig, blond, üppig. Mit einer routinierten Bewegung ließ sie die fünfhundert Dollar, die Dimitri ihr gegeben hatte, in ihrer Handtasche verschwinden. Dann warf sie sich den Pelzmantel über und sah den jungen Mann fragend an. Der *Russe* nickte. "Ich werde Dich anrufen", erwiderte er abwesend. Sie gab ihm einen Kuß, gleichgültig, wie eine Dreingabe. Sie wußte, daß er sie nicht wieder anrufen würde, was bedauerlich war, denn er war wild und zärtlich gewesen. Nicht brutal, wie die meisten anderen Männer, die das Hotel an sie vermittelte. Mit einem mechanischen Lächeln wandte sie sich um und verließ das Zimmer.

Dimitri zog seinen Morgenmantel zu, die Tür fiel ins Schloß, er war allein. Durch die große, zum Balkon hinausgehende Glasschiebetür konnte er fast bis auf den East River sehen. Das war nicht halb so romantisch, wie es sich anhörte, weil die *United Nations Headquarters* ihm einen Großteil der Sicht nahmen. Aber das war eben Amerika, eine der großen Enttäuschungen seines Lebens. Er lachte. Ihn kümmerte das längst nicht mehr, er war geschäftlich hier.

Sein Blick fiel auf den kleinen Tisch am Fenster. Die Autoschlüssel lagen darauf, seine Papiere, der Ausweis... Eine gute Arbeit. *Dimitri* stand darin, Dimitri Miller. Ein langweiliger Name, aber etwas Besseres war ihm nicht eingefallen. Ein russischer Nachname wäre zu auffällig gewesen, nur Dimitri, das mußte sein, darauf wollte er nicht verzichten. Sein Großvater hatte so geheißen. Das Verschweigen seines richtigen Namens war eine Grundvoraussetzung fürs Überleben in diesem Job. Von seinen Auftraggebern wurde er *der Russe* genannt. Manchmal auch Dimitri. Und es gab viele Auftraggeber, seit sich herumgesprochen hatte, daß er nicht fragte und nicht feilschte. Er machte seinen Job, und er machte ihn gut. Gelernt hatte er ihn in Afghanistan, wo er wenige Tage nach der Ankunft bei seiner Division in Kabul zu einer Gruppe Scharfschützen der *Spetsnaz* versetzt wurde, einer Spezialeinheit der Sowjetischen Armee. Der Grund dafür war weniger, daß er immer schon ein Einzelgänger gewesen war als vielmehr, daß er außergewöhnlich gut schießen konnte. Und wollte. Insgeheim hatte er gehofft, ein besseres Leben bei der *Spetsnaz* zu führen, eine bessere Uniform, besseres Essen, weniger sadistische Vorgesetzte. Das Letzte mochte zutreffen, dafür aber fand er sehr schnell heraus, daß er nicht nur Jäger war, sondern auch ein bevorzugtes Ziel der Mudschaheddin, die genau wußten, wie gefährlich die Scharfschützen für sie waren...

Fünf seiner Kameraden fielen innerhalb von zwei Wochen nach ihrer Ankunft, und es schien niemanden zu stören, nicht einmal ein Militärbegräbnis, sie verschwanden einfach.

Dimitri wollte nicht *einfach verschwinden*. Zumindest nicht auf diese Weise.

Und daß er zu Hause in Tscherkassy nicht zum gefeierten Helden der Sowjetunion avancieren würde, war ihm mittlerweile ebenso klargeworden.

Zwei Tage später fuhr er auf der Pritsche eines heruntergekommenen *ZiL-157*-Transporters nach Kandahar um versprengte Widerstandskämpfer in den Bergen zu jagen.

Weitere zwei Tage später saß er in einem Büro der CIA in Quetta, Pakistan. Die CIA organisierte von hier aus einen Teil der Waffenlieferungen an die Mudschaheddin, ein nervenaufreibender aber ungefährlicher Job für die Amis. Ein weiterer sowjetischer Deserteur war da eine willkommene Abwechslung...

Das Telefon klingelte und der *Russe* schüttelte die flüchtigen Gedanken an sein früheres Leben ab. Er hatte es geschafft, hatte sogar seine *Dragunowa* behalten, sein Handwerkszeug für einen der einträglichsten Jobs in der westlichen Welt. Es gab bessere Gewehre und er hätte sie sich leisten können. Aber er wollte nicht, in diesem Punkt war er sentimental.

Die Hotelvermittlung meldete sich und stellte einen *Long-Distance-Call* aus Europa durch. Er kannte den Mann am anderen Ende der Leitung, hatte verschiedene Male mit ihm telefoniert. Gesehen hatten sie sich nie. Der Russe hatte gearbeitet, der Deutsche gezahlt. Zufriedenheit der Kunden war die beste Voraussetzung für ein florierendes Geschäft.

"Um was geht es diesmal?" Dimitris Stimme klang desinteressiert. Aus Prinzip. Er konnte sich Coolness leisten.

Den Auftraggeber störte das nicht. "Kennen Sie Oldenburg?" fragte er.

Der Russe lachte und verneinte.

"Deutschland", erklärte der Mann knapp, "ziemlich weit im Norden. Wenn Sie über Bremen fliegen, haben Sie's schon fast gefunden. Ein hübscher kleiner Ort. Natürlich nur ein Fliegendreck im Vergleich zu New York."

Der Russe brummte gleichgültig. Er war in Korsun geboren, einem kleinen Ukrainischen Kaff bei Tscherkassy, mit nicht einmal zwanzigtausend Einwohnern. Er brauchte keine Großstädte zum Leben. "Was soll ich tun?"

Zögern. "Eine... etwas besondere Sache", begann der andere schließlich. "Eine Sache, die nicht an die große Glocke gehängt werden soll. Und deshalb müssen ein oder zwei Personen verschwinden..."

"Keine langen Geschichten", unterbrach ihn der Russe leise. "Wann und wo?" Mehr interessierte ihn nicht. Hintergründe machten sentimental und angreifbar.

"Morgen, spätestens übermorgen. Im *City Club Hotel* ist ein Zimmer für Sie reserviert. Dort finden Sie Geld und weitere Anweisungen." Er wartete auf eine Frage, aber der Russe schwieg. Also fügte er zögernd von sich aus hinzu: "Ach, und noch eine Besonderheit..."

"Was?"

"Keine Schußwaffen. Nur im Notfall. Denken Sie sich etwas anderes aus."

Die Antwort des Russen war ein unzufriedenes Brummen.

"Keine Angst", beschwichtigte der Anrufer. "Es wird nicht schwierig. Es geht nur um einen Studenten."

"Ein Student? Sie haben Angst vor einem Studenten?"

"Ich habe Angst vor dem, was er weiß oder noch herausfinden könnte. Ich will nicht, daß der Junge es an die große Glocke hängt..."

Der Russe zuckte gleichgültig mit den Schultern. "My uvidim", erwiderte er. "Wir werden sehen..."

"Kann ich mich auf Sie verlassen?"

"Ich will das Geld im Voraus. Persönlich übergeben. Ich habe schlechte Erfahrungen gemacht..."

Der Mann am anderen Ende der Leitung seufzte. Aber die Zeit drängte, und so rang er sich zu einer spontanen Antwort durch: "Ich schicke einen Mann mit dem nächsten Flieger. Er wird das Geld dabei haben und kann Sie mit zurücknehmen..."

"Eine Chartermaschine, hoffe ich."

Der Anrufer fluchte lautlos. "Seien Sie heute abend um 21.00 Uhr in der *Clubhouse Lounge, John F. Kennedy International Airport*. Alles Weitere wird sich ergeben."

Dimitri lächelte und legte auf.

> "...Selbst immer zur Einsamkeit geneigt, teilte ich ohne weiteres seine Stimmung. In unsere Zimmer im Faubourg Saint-Germain vergraben, schlugen wir alle Zukunftspläne in den Wind und schlummerten friedlich dahin, die düstere Welt mit Träumen vergoldend."
> E. A. Poe: Das Geheimnis der Marie Rogêt, Zürich 1965, S. 203

17. OLDENBURG, SONNTAG, 09. SEPTEMBER 1984

Echo erwachte, langsam, träge, versuchte, sich gegen die zurückkehrende Realität zu wehren. Vergebens, obgleich ihn die Dunkelheit umhüllte wie eine wärmende Decke. Etwas Beunruhigendes drängte auf ihn ein, vielleicht hatte es ihn sogar geweckt. Es zog ihn zu sich und stieß ihn ab, weckte sein Verlangen und schürte seine Angst, eine unbewußte Angst, die es zu überwinden galt. Echo erhob sich und verließ das Arbeitszimmer. Zweifel überkamen ihn. Sollte er jetzt hier herumlaufen? In diesem Totenreich in dem sein Vater noch zu Hause war? Seine Augen hatten sich an die Dunkelheit gewöhnt und führten ihn zum Treppenhaus. Hinter der Tür, dachte er, hinter der Tür wird sie auf mich warten. Er stieg hinauf, Stufe für Stufe, vorbei an einem Fenster, durch das der Mond blaß hereinschien, ein Fenster, das über mehrere Stockwerke zu reichen schien, lang und schmal, und das weit über ihm in einem gotischen Bogen auslief. Echo kannte dieses Fenster, doch nicht aus dem Haus seines Vaters. So groß war es ja gar nicht! Er lachte, und sein Lachen hallte von den Wänden wider. Wie unpassend. Er stieg weiter hinauf, der Tür entgegen, hinter der sie auf ihn wartete.

Das Geländer und er selbst warfen im Mondlicht lange Schatten an die Wände des Treppenhauses. Ein oder zwei Etagen später – er wußte es nicht mehr – blieb Echo stehen. Unsicher und ein wenig zitternd sah er sich um, sah hinunter in die Tiefe zwischen den Treppen, in der ein Kronleuchter an einer endlos scheinenden Kette hing, mattgelbes Licht verbreitend, das kaum zu ihm heraufreichte und sich mit dem fahlen Schein des Mondes vermengte. Er folgte der Kette mit seinen Augen bis hinauf zur Decke, weit über ihm, wo sie an einem schmiedeeisernen Haken befestigt war. Dann erschrak er. Ein Geräusch drang von der Tiefe zu ihm herauf, das Knarren von Holz. Es folgte eine Stille, in der er plötzlich den Wind wahrnahm, der leise in den Mauern heulte. Dann erklang erneut ein Knarren, jemand schien heraufzukommen, keuchend, schwerfällig. Echos Hand umfaßte das Geländer fester. Er durfte hier nicht sein, das wußte er. Dies Haus war das Totenreich. Er mußte fort von hier. Sein Blick wanderte nach oben, zur rettenden Tür. Doch wie ein Schlag riß es ihn beinahe von den Beinen, er taumelte ein, zwei Stufen zurück. Dort oben, am Ende der Treppe, war nichts, keine Tür, kein Absatz, nur eine Wand, eine kahle Wand. Die Treppe führte ins Nichts. Als er erneut die Schritte vernahm, die von unten näherkamen, lief er verzweifelt die letzten Stufen hinauf. Doch die Treppe begann zu schwan-

ken. Er verharrte, wollte sich am Geländer festhalten, aber auch das gab keinen Halt. Er schrie auf als es nachgab und, fast künstlich langsam, in die Tiefe stürzte, dumpf polternd bis es schließlich leise und entfernt krachend auf dem Boden zerbarst. Mit ihm löste auch sich die oberste Stufe, gefolgt von der nächsten. Nichts schien sie mehr zu halten, kein Stein, kein Sparren. Für einen Moment war es still. Keine Tritte waren mehr zu hören, nur das leise Heulen des Windes im Dach über ihm. Der Boden, die Stufen, das Holz, alles schwankte in trägem Rhythmus. Eine weitere Stufe, diesmal wenige Schritte unter ihm, fiel hinunter.

Echo versuchte, die lähmende Angst abzuschütteln, versuchte, sich zu bewegen auf seinem kleinen Podest aus Stufen, der sich allmählich aufzulösen begann. Er wollte hinunterlaufen – aber jeder Schritt würde eine weitere Stufe lösen, würde alles um ihn herum zum Einsturz bringen. Warum, warum nur hatte er sich hierher begeben? Was hatte ihn gelockt? Gehetzt sah er sich um, und im selben Augenblick, in dem er das weiße Gesicht hinter sich erkannte, mit weit aufgerissenen Augen und seltsam verzerrten Zügen, gaben schon die nächsten Stufen nach. Echo begann zu rutschen, versuchte sich festzuhalten. Vergeblich. Ein ferner Schrei ertönte, dann löste sich alles auf, fiel hinab, polternd, berstend, zog ihn hinab in die Tiefe, wo er aufschlagen würde, sterben, eine Sekunde der Angst, ein letzter Atemzug, das Herz schmerzte, die Brust, der Kopf.

Aus dem plötzlichen Fall in die Dunkelheit, die unerklärliche Tiefe des seltsam bekannten Treppenhauses, schreckte Echo hoch. Statt eines Aufpralls traf ihn die sekundenlange Ungewißheit, ob er wachte oder träumte. Der unendlich schale Geschmack im Mund deutete jedenfalls darauf hin, daß er geschlafen hatte, der Stuhl, auf dem er saß, ebenfalls. Es dauerte einige weitere Augenblicke, bis er wußte, wo er war, Augenblicke, in denen die Angst ihn noch in ihren Klauen hielt. Vor ihm stand eine leere Pappschachtel mit Pizzaresten, daneben ein Becher mit einer angetrockneten Kaffeepfütze. Er richtete sich auf und spürte mit dem beginnenden Pulsieren des Kreislaufs den Kopfschmerz vom Nacken zur Stirn schwappen. Der Rücken tat ihm weh.

Beim Versuch, sich zu orientieren, suchten seine Augen nach den schmalen Stiegen des Treppenhauses, die er noch vollkommen real vor sich sah. Ein Gedanke, der ihn immer wieder ängstlich zusammenfahren ließen. Nur ganz allmählich kam die Einsicht, daß alles nur ein Alb gewesen war...

Dies war das Haus seines Vaters, er hatte Notizen gemacht, war die Quittungen und Fahraufträge der letzten Wochen durchgegangen und hatte versucht, Hinweise zu finden auf den Tod seines alten Herrn. Oder auf eine Verbindung zu Kerschenstein.

Herausgefunden hatte er wenig. Kein Hinweis darauf, daß etwas fehlte, und schon gar kein Abschiedsbrief oder dergleichen. Einige Einträge in den

Fahrtunterlagen belegten, daß er Kerschenstein tatsächlich gefahren hatte, aber brachte ihn das weiter?

Echo holte seine Reisetasche aus dem Wagen und ging duschen.

Das Frühstück bestand aus einer Tasse Kaffee. Mehr war an einem Sonntag nicht zu bekommen.

Immer noch ein wenig benommen ließ Echo sich auf den Küchenstuhl fallen und versuchte nachzudenken. Vergeblich. Was geschehen war, schien nicht zusammenzugehören, und je länger er darüber nachdachte, desto öfter tanzten die Bilder des seltsamen Treppenhauses, die Angst vor der Tiefe, die im Nichts verlaufende Suche nach der Tür, wieder vor seinen Augen.

Echo stand auf, spülte seinen Becher aus und ließ ihn voll Wasser laufen. Mit zwei *Aspirin* hoffte er genug gegen die Kopfschmerzen getan zu haben. Normalerweise brauchte er vier oder fünf.

Wenig später verließ er das Haus, drehte den Schlüssel zweimal im Schloß – was ziemlich unsinnig war, denn die Tür zum Garten stand immer noch offen – und ging langsam zu seinem Wagen.

Es war ruhig, *sonntagmorgenruhig*, die Luft war kühl und roch nach einer verregneten Nacht. Echo überlegte, wo er am besten etwas zum Frühstücken ergattern konnte.

Mit einem gequälten Grinsen entschied er sich für Stëin.

> *Die Asche der Tempelschänder und jene die ihren Wegen folgen verfluchend, ließ ich den Abgrund hinter mir zurück, in den ich hineingestürzt war, während ich die Geste des Grauens machte: "Hier ist der Beweis, dass ich das Geheimnis des Siegels von Salomon kannte und ich die geheimen Orte dieser Königin besichtigt habe."*
> Saint-Maxent, Feugere und de Koker: Le Serpent Rouge, Paris 1967

18. OLDENBURG, SONNTAG, 09. SEPTEMBER 1984

Stëin war früh aufgestanden an diesem Sonntag. Als es an der Tür klingelte, saß er am Küchentisch der elterlichen Wohnung, rauchte und las die Zeitung vom Vortag. Daß er im Haus seiner Eltern wohnte, störte ihn nicht, sein Zimmer im Souterrain war wenigstens mietfrei. Ohnehin waren die beiden wochenlang mit dem Wohnmobil unterwegs, so daß er die *Beletage*, wie er das Hochparterre nannte, die meiste Zeit für sich hatte.

Das Haus der Stëins lag in der *Werbachstraße*. Kopfsteinpflaster aus Blaubasalt, Patriziervillen, große Grundstücke, alte Gärten. Was vor einhundert Jahren noch Vorort war, zählte mittlerweile zur Stadtmitte. Echo parkte den Wagen vor dem Haus und stieg die *Halbe Treppe* zum Eingang hinauf.

Als Stëin ihn sah, seufzte er mitleidig. Es war offensichtlich, daß er auf der Suche nach einem Frühstück war.

Echo setzte sich wortlos an den Küchentisch und sah sich um. Ein Gefühl von *Zuhause* durchflutete ihn und machte ihn träge. Aber vielleicht waren das auch nur die *Aspirin*. Ein flüchtiger Gedanke an seine eigene Wohnung, vierzig Quadratmeter im Kölner Stadtnorden, wurde begleitet von Widerwillen. Er hoffte inständig, daß es das letzte Semester war.

"Also?" fragte Stëin. "Was hast du jetzt vor?"

Eine Frage, über die Echo auch am zweiten Tag in Oldenburg noch nachdenken mußte. "Abwarten", erwiderte er schließlich unsicher. "Was sonst?" Er versuchte zu überlegen, was er tatsächlich tun sollte. "Nächste Woche spreche ich mit einem Makler und verkaufe die Taxe", beschloß er. "Was ich im Haus noch gebrauchen kann, nehme ich mit, Photoalben, Gläser, vielleicht einen Schrank, ich weiß es nicht. Den Rest soll der Makler machen. Danach bin ich weg…"

Stëin schob die Kanne in den Kaffeeautomaten und betätigte den Schalter. Dann wandte er sich um und betrachtete Echo einen Augenblick ohne etwas zu sagen.

"Die Taxe setze ich in die Zeitung…" wiederholte Echo noch ein Stück unsicherer. All das bedeutete, sich von Dingen trennen zu müssen, die ihn sein halbes Leben lang mehr oder weniger intensiv begleitet hatten.

"Laß dich mal nicht über den Tisch ziehen", sagte Stëin beiläufig. "Und denk dran, daß die Konzession wahrscheinlich mehr wert ist als der Wagen. Und du mußt den Vertrag mit der Taxizentrale kündigen. Und jemanden beauftragen, der den Haushalt auflöst. Entrümpelung nennt man so etwas wohl. Und die Tür solltest du vorher auch reparieren lassen. Das macht einen besseren Eindruck. Und..."

"Schon gut, schon gut!", unterbrach Echo ihn. "Ich hab's ja verstanden. Drei Wochen. Höchstens. Dann muß ich wieder in Köln sein. Mehr Zeit habe ich nicht."

Stëin grinste. "Ich will nur nicht, daß du die Sache unterschätzt." Sein Gesicht war unrasiert, das blonde Haar ungekämmt. Er war etwas größer und breiter als Echo, letzteres war vermutlich dem regelmäßigen Krafttraining und dem Schwimmen im Uni-Bad zuzuschreiben.

Echo nickte und starrte in seinen leeren Becher. Irgend etwas zu unterschätzen war eigentlich nicht seine Art.

"Wenn du willst, kannst du hierbleiben", wiederholte Stëin sein Angebot vom Vortag.

Hierbleiben, dachte Echo, *das wäre schön. Alles verdrängen, was geschehen war...* Allein bei dem Gedanken, in das verlassene Haus zurückzukehren, überkam ihn eine undefinierbare Abneigung.

Trotzdem schüttelte er den Kopf. "Ich will wissen, was im Haus passiert ist. Und wann es passiert ist, vor oder nach seinem Tod..."

Stëin sah ihn besorgt an. "Du meinst den Einbruch?"

"Das war kein gewöhnlicher Einbruch..."

"Hast du schon mit Jordan gesprochen?"

"Nein. Wann denn?" Echo war sich nicht einmal sicher, ob er das wollte.

"Das solltest du aber. Laß dich nicht in die Defensive drängen. Wenn du sagst, er hat Zweifel, dann sorge dafür, daß er sie behält. Zumindest solange, bis sie deinen Vater nicht mehr beschuldigen. Ich habe keine Ahnung, was in den Köpfen unserer Staatsanwälte vorgeht, aber du darfst nicht zulassen, daß sie ihn als eine Art Bauernopfer benutzen, jetzt wo er sich nicht mehr verteidigen kann! Womöglich bist du ja als nächstes dran..." Stëin goß den frischen Kaffee in ihre beiden Becher und setzte sich zu Echo an den Tisch. "Ich bin ja kein Freund von diesem Verein, aber hier geht es um eine Sache, die aufgeklärt werden sollte. Ich glaube nicht, daß dein Vater ein Mörder ist. Und auch kein Selbstmörder."

"Jordan hat mich gefragt, ob ich wüßte, daß mein Vater in der SS war", sagte Echo leise. Er nahm einen Schluck Kaffee und sah Stëin abwartend an.

"Und?"

"Dieser Kerschenstein war Jude."

"Du glaubst also, *das* ist der Zusammenhang?" Stëin sah Echo skeptisch an. "Das ist vierzig Jahre her..."

"Ich weiß nicht, was ich denken soll. Jordan glaubt das jedenfalls. Keine Ahnung, was hinter dieser Vermutung steckt. Aber was, wenn es wirklich einen Zusammenhang gibt? Wenn Vater ein Kriegsverbrecher oder sowas war? Kerschenstein hat ihn vielleicht erkannt und gedroht, ihn anzuzeigen..."

"Dann hätte er sich kaum selbst erhängt." Stëin schüttelte den Kopf. "Und dein Vater wäre kaum umgebracht worden..."

"Wurde er das denn?" fragte Echo überrascht. Natürlich, er selbst vermutete das auch, aber es war mehr ein Gefühl. Wie also kam Stëin zu dieser Ansicht?

"Hast du etwa keine Zeitung gelesen?" fragte sein Freund zurück. Er schien zu überlegen. Dann stand er unvermittelt auf, verschwand im Wohnzimmer und kehrte mit einem dünnen Anzeigenblatt zurück. "Zeitunglesen bildet", sagte er und reichte Echo die *Donnerstagszeitung*, ein wenig lokale Nachrichten, viel Werbung. "Manchmal jedenfalls", fügte er hinzu, diesmal ohne Sarkasmus.

Dann wies Stëin auf die Zeitung, die er gerade selbst gelesen hatte. "Du kennst sicher die *Nordwest-Zeitung* noch?"

Echo nickte. Natürlich kannte er sie.

"Gut. Die *Nordwest-Zeitung* schreibt zum Beispiel, daß der Fahrer des roten Opel Ascona – die meinen deinen Vater – in einer Kurve von der Straße abkam, sich überschlagen hat und seinen Verletzungen erlegen ist. Das Blatt weiß auch, daß der Fahrer über zwei Promille Blutalkoholgehalt hatte."

"Das hat auch Jordan gesagt..."

"Mag sein. Aber dann lies mal das da –" Stëin wies auf die Zeitung in Echos Hand. Ich hab' die Seite aufgeschlagen."

Tatsächlich war ein kleiner Bericht mit blauen Kugelschreiberstrichen markiert, zwölf Zeilen nur:

> "**Fahrerflucht.**
> Von KN.
> Ein Taxifahrer aus Oldenburg ist am Abend auf der Friedrichsfehner Straße mit seinem PKW, einem roten Opel Ascona, tödlich verunglückt. Sein Wagen kam in einer Kurve von der Straße ab und überschlug sich mehrmals. Der Fahrer war nach Angaben von Augenzeugen angetrunken. Die Polizei stellte 2,3 Promille Blutalkoholgehalt fest. Erste-Hilfe-Maßnahmen waren erfolglos, der Fahrer verstarb noch am Unfallort."

"Fällt dir etwas auf?"

Echo betrachtete die Meldung, dann wanderte sein Blick fragend zu Stëin. "Nein..." sagte er langsam und nahm die andere Zeitung vom Tisch. Dort

war genau derselbe Bericht abgedruckt, obwohl der Verfasser anscheinend ein anderer war. "Das ist im Grunde das, was die Polizei schon gesagt hat. Was soll mir auffallen?"
"Die Überschrift", sagte Stëin ruhig. "Sie paßt nicht zum Bericht."
Echo sah noch einmal hin. "Stimmt", murmelte er. "Seltsam, daß der gleiche Wortlaut von zwei unterschiedlichen Journalisten verwendet wurde."
"Das kann schon mal vorkommen", erklärte Stëin. "Für die eine Zeitung schreibe ich als *KN*, für die andere als *NK*."
Echo zuckte mit den Schultern. Der zweite Bericht war mit *RS* signiert. Keine Ähnlichkeit also. "Vielleicht hat die eine Zeitung von der anderen abgeschrieben. Und die Überschrift war ein Versehen."
"Das werden wir herausfinden. Im Übrigen sind beide Ausgaben vom selben Tag. Und man sollte diese Anzeigenblätter nicht unterschätzen." Er stand auf und goß ihnen beiden noch einmal ein wenig Kaffee nach. Grinsend fügte er hinzu: "Klein und unbedeutend. Aber näher am Geschehen!"
"Fahrerflucht..." Echo verzog den Mund. Seinen Vater konnten sie damit nicht gemeint haben. Wer also hatte die Fahrerflucht begangen? "Glaubst du deswegen nicht an einen Unfall?" fragte er skeptisch. "Wegen eines Druckfehlers?"
"Vielleicht..."
"Ob das ein Druck- oder Satzfehler war, kann uns doch bestimmt der Chefredakteur sagen –"
"*Chefredakteur*..." Stëin mußte lachen. "Das ist nicht die *Allgemeine*! Aber du hast natürlich recht", fuhr er nachdenklich fort. "Irgendeinen Verantwortlichen wird es dort geben..." Er suchte das Impressum des Blattes und dort die Adresse. *Ziegelhofstraße*. Das war gar nicht mal weit von hier. Er nahm einen letzten Schluck Kaffee und nickte Echo zu. "Wenn dieser Kommissar Zweifel hat aber nichts unternimmt, dann müssen *wir* eben etwas unternehmen!"
Echo nickte vorsichtig. Ganz so euphorisch war er nicht. Als aber Stëin aufstand, seine Jacke und die beiden Zeitungen schnappte, da stand auch er auf. Zusammen liefen sie die Treppe hinunter – und für einen Augenblick war es genauso, wie vor zehn oder fünfzehn Jahren, für einen Augenblick war alles so unbeschwert und einfach. Vor der Tür stand Echos rotes *Raleigh* Rennrad, dahinter Stëins Bonanzarad. Echo blieb stehen, für einen Augenblick ging sein Herzschlag heftiger. Dann schlug Stëin die Fahrertür seines Wagens zu, startete den Motor und verwischte ungewollt alle Erinnerungen.
Der Zeitungsverlag war im Erdgeschoß eines dunklen Eckgebäudes untergebracht. Früher wurden hier Brötchen verkauft, hart aber selbstgebakken. Noch früher Zigarren. Die Eingangstür war halbgeöffnet, vor dem Haus stand ein Fahrrad mit Packtaschen.

Die Uhr gegenüber dem Eingang zeigte kurz vor elf als sie durch die Tür traten. Ein älterer, dicker Mann in verschwitztem Hemd drückte gerade einem Zehnjährigen den zweiten Zeitungsstapel in die Hand. Der Junge wankte hinaus zu seinem Fahrrad, vorbei an Stëin, der zielstrebig den Raum betrat, grüßte und vor einer Art Tresen stehenblieb. Der Zeitungsmann sah dem Kleinen nach, dann wandte er sich an Stëin. "Was wollen Sie?"

"Wir wollen *KN* sprechen."

Es dauerte einen Augenblick, dann verstand der Mann. "Was wollen Sie denn von... von *KN*?" fragte er und wischte sich mit dem Ärmel über die schweißnasse Stirn.

Stëin legte die Donnerstagsausgabe auf den Tresen und tippte mit dem Zeigefinger auf den markierten Absatz. "Wir haben eine Frage zu diesem Bericht."

"Ach lassen Sie mich in Ruhe. Da sind Sie jetzt schon der Zweite oder Dritte, der sich darüber aufregt. Herrgott, man wird sich doch mal verschreiben können! Ist Ihnen das noch nie passiert?"

"Doch", gab Stëin zu. "Das kommt schon mal vor. War es also keine Fahrerflucht?"

"Keine Ahnung", brummte der Mann, ging ein paar Schritte hinüber zu seinem Schreibtisch und ließ sich auf seinen Stuhl fallen. Beide ächzten. "Kristin hat am Mittwochabend angerufen und gesagt, ich solle ihr zehn, zwölf Zeilen freihalten. Es ginge um Fahrerflucht." Er nahm eine Zigarette aus der Schachtel in seiner Hemdtasche und zündete sie sich an. "Ich habe das soweit gesetzt, die Überschrift auch, um Zeit zu sparen. Zwei Stunden später kam dann der Artikel per Fax. Den habe ich eingefügt. Ohne Korrektur. Das brauche ich bei ihr nie. Dann ging alles in die Druckerei." Er zog ein paarmal an seiner Zigarette und sah nervös auf seine Armbanduhr. "Ich hab' sie seitdem nicht mehr gesehen. Keine Ahnung, was sie geritten hat..."

"Danach würden wir sie gerne selber fragen", meinte Stëin, der aufgepaßt hatte: KN war kein *Er* sondern hieß *Kristin*. "Haben Sie ihre Adresse?"

"Natürlich habe ich die." Der Zeitungsmann grinste und aschte neben den Aschenbecher auf seinem Schreibtisch. "Aber das heißt nicht, daß ich sie Ihnen gebe. Redaktionsgeheimnis, comprende?"

"Es ist wichtig."

"Es ist immer alles wichtig, ich weiß. Aber es ist ja wohl klar, daß ich die Adresse nicht herausgebe..."

"Können Sie uns nicht doch sagen, wo wir Ihre Kollegin finden?" mischte Echo sich ein. Er trat neben Stëin und zeigte auf die Anzeige. "Der Taxifahrer war mein Vater, und ich möchte wissen, wie er gestorben ist..."

Der Zeitungsmann betrachtete Echo und schien zu überlegen, lange zu überlegen. Er seufzte. "Mein Beileid", brummte er schließlich, und wenngleich es auch wenig mitfühlend klang, so stand er jedenfalls auf und trat zu ihnen an den Tresen, kritzelte eine Adresse auf einen kleinen Notizzettel und schob ihn Echo hin. "Also meinetwegen. Aber sagen Sie ihr, daß sie sich endlich wieder blicken lassen soll. Ich kann hier nicht alles alleine machen!"

Der Russe wischte sich müde über die Augen. Er hatte kaum geschlafen im Flieger. Nicht weil er das Fliegen nicht vertrug – verglichen mit den Armee-*Antonovs* und ihren wackeligen Blechsitzen war sein KLM-Flug das reinste Paradies –, nein, er verspürte einfach keine Befriedigung bei dem Gedanken, einen jungen Kerl umzubringen, dessen einziges Vergehen es offenbar war, zum falschen Zeitpunkt am falschen Ort zu sein.

Ein Student, vermutlich jünger als er – für einen Augenblick wallte Neid in ihm auf. Er hätte gerne studiert, Maschinenbau, das wäre etwas für ihn gewesen. Vielleicht hätte er bessere Flugzeuge konstruiert als die Ingenieure in Kiew. Aber daran war gar nicht zu denken gewesen. Der einzige Weg aus der Armut in Korsun führte für ihn direkt zur Armee. Studenten waren Bürgerpack, keine Frage!

Schade nur, daß er nicht dazugehörte.

Wirkliches Kopfzerbrechen bereitete ihm zudem auch das *Wie*. Wie sollte er den Jungen töten, wenn er ihn nicht erschießen durfte? Mit dem Messer? Totprügeln? Gift? Alles Methoden, die er nicht mochte. Und warum wollten seine Auftraggeber diesmal keine Schußwaffen? Er seufzte. Es würde auf eine Eisenstange hinauslaufen, dachte er pragmatisch, eine einfache Eisenstange.

Noch in der Nacht fuhr er von Schiphol nach Oldenburg und parkte den gemieteten Range Rover auf dem rückwärtigen Garagenplatz des *Parkhotels*. Es war noch früh, sehr früh. *Zu* früh.

Auf dem Zimmer fand er tatsächlich den versprochenen Umschlag. Ein Schlüssel steckte darin, der Anhänger numeriert, dazu drei Buchstaben: Bhf. Dimitri lachte auf. Was für eine Stümperei! Genausogut hätten sie dem Portier auch alle Einzelheiten erklären können. Aber, nun ja, vielleicht gehörte der Portier ja auch zur Loge.

Wenig später saß er wieder im Wagen.

Das Schließfach enthielt einen weiteren Briefumschlag, dem er ein Bündel Geldscheine, eine Anfahrtskizze und ein Bild des Studenten entnahm (*verdammt, sah der jung aus*). Das ein wenig verschwommene Bild zeigte einen Jungen mit Nickelbrille vor einem roten Opel. Eine knapp gehaltene Anweisung besagte, daß der Abgebildete möglichst spurlos verschwinden, und die *Angelegenheit* bis zum 10. September erledigt sein müsse. *10. September.* Dimitri hob die Augenbrauen. Das war schon morgen.

Dann aber zuckte er mit den Schultern, ließ den Wagen an und kehrte zurück zum Hotel. Morgen, morgen abend war er längst schon wieder über alle Berge...

"Es kann natürlich alles nur ein Versehen sein", sagte Echo, nachdem sie wieder im Wagen saßen. "Daß die Überschrift nicht zum Artikel paßt, bedeutet gar nichts..."
Stëin nickte nachdenklich. Dann schob er eine Cassette in den Schacht und schaltete das Radio ein. *Maybe we're just puppets after all...* Die *Legendary Pink Dots* ertönten aus den Lautsprechern auf der Heckablage. *Love Puppets, my heart's a shiny gold...* Er glaubte nicht an ein Versehen. "Du solltest zu diesem Jordan fahren", sagte er schließlich. "Ich bin kein unbedingter Freund der Bullerei, das weißt du. Aber der Einbruch im Haus deines Vaters geht auf das Konto der anderen Fraktion. Das waren nicht mal Diebe, das waren..." Er zuckte mit den Schultern. "Ich weiß nicht, was für Typen das waren, aber sie haben irgend etwas gesucht. Im übrigen hätten Jordans Leute nicht die Tür aufgebrochen. Ich vermute sogar", fügte er süffisant grinsend hinzu, "sie hätten den Schlüssel benutzt, den dein Vater bei sich hatte."
Echo gähnte und streckte sich. Er hatte Hunger. Außerdem war ihm die letzte Nacht nicht bekommen. Und der seltsame Traum spukte wieder in seinem Kopf herum. "Ja, du hast vermutlich recht", sagte er schließlich. Daß Jordan im Besitz des Hausschlüssels gewesen war, hatte völlig übersehen.
"Natürlich habe ich recht", bestätigte Stëin lapidar. "Und *ich* werde mich bei der Reporterin umhören. Dann hat das Rätselraten ein Ende."
Rätselraten... Echo war sich nicht sicher, ob die Antworten der Reporterin sie wirklich weiterbringen würden, aber das war im Augenblick auch gar nicht so wichtig. Er war nur froh, nicht allein zu sein.
Mit geöffneten Seitenfenstern und dem tragischen Gesang von *Edward Ka-Spel* und seinen *Pink Dots* fuhren sie zurück zur *Werbachstraße*.

Eine Stunde später lenkte Stëin den *Commodore* auf die Auffahrt des Mehrfamilienhauses, in dem, wenn der Zeitungsmann die Wahrheit gesagt hatte, Kristin Nijmann wohnen sollte. Zumindest wäre es dann kein allzu großer Zufall, daß sie über den Unfall berichtet hatte, denn der verunglückte Ascona mußte ihr auf dem Heimweg aufgefallen sein. Sie wohnte in einem kleinen Ort namens Friedrichsfehn, keine drei Kilometer von der Unglücksstelle entfernt.
"Hier können Sie aber nicht stehen bleiben!"
Stëin sah hinüber zu dem Fenster, aus dem die Stimme kam. Sein Blick blieb an einem Feinrippunterhemd hängen. "Sie versperren die Zufahrt zur Tiefgarage..." ergänzte der grauhaarige Besitzer des Unterhemdes und

fügte schließlich noch väterlich hinzu: "Stellen Sie sich man da drüben hin." Er wies auf die gegenüberliegende Straßenseite. "Da stören Sie keinen…"

Stëin schüttelte den Kopf und ging langsam zum Haus. "Ich suche eine Kristin Nijmann", sagte er und warf einen Blick auf die Klingelschilder neben der Tür. Sie wohnte hier, und wie es aussah im dritten, im obersten, Stock.

Der Mann im Fenster folgte mit seinen kleinen Augen Stëins Blick. "Was woll'n Sie denn von ihr?" fragte er skeptisch.

"Nichts", erwiderte Stëin, und als ihm klar wurde, daß dies eine denkbar ungünstige Antwort war, fügte er hinzu: "Ich möchte sie sprechen. Ich komme von der Redaktion…"

Der andere machte eine verständnisvolle Geste. "Ich bin der Hausmeister, wissen Sie? Einer muß sich ja kümmern." Und mit wissendem Blick fügte er hinzu: "Es läuft in der letzten Zeit so viel kriminelles Gesocks hier rum."

"Gehör' ich nicht dazu", erwiderte Stëin und drückte auf den Klingelknopf neben dem Namensschild *Nijmann*.

"Die ist nicht da."

"Wieso…"

"Ich bin der Hausmeister hier, und ich krieg' das wohl mit, wer von unseren Leuten zu Hause ist und wer nicht!"

Stëin nickte anerkennend.

"Aber sie hat sich nicht abgemeldet", fügte der Pedell hinzu. "Wegen der Post und so. Also weit kann sie nicht sein."

"Haben Sie eine Ahnung, wann ich sie erreichen kann?"

"Nee, natürlich nicht!" antwortete der Hausmeister und verzog das Gesicht. Die Nijmann war schon *nicht ohne*, eine hübsche Mittvierzigerin, aber jedesmal, wenn seine Frau mitbekam, daß er sich zu lange mit der Mieterin aus dem dritten Stock unterhielt, wurde es laut in der Wohnung. Irgendwann hatte er begonnen, solchen Ärger zu vermeiden. Im nächsten Augenblick wies er wieder auf den *Commodore*. "Die Auffahrt…"

"Ich fahr' den Wagen weg", nickte Stëin, grüßte kurz und kehrte zurück zum Auto. *KN* hatte nicht aufgemacht, aber er wußte jetzt wenigstens, wo er sie finden konnte. *Heute abend,* dachte er, *heute abend werde ich sie mal besuchen…*

Er setzte zurück und gab Gas. Der Keihin-Doppelvergaser versorgte den Motor mit Gemisch und beschleunigte das Coupé mit leisem Grummeln auf 70. Plötzlich fiel ihm etwas ein, er bremste, überlegte einen Augenblick und wendete schließlich. Der Unfallort konnte nicht weit von hier sein und es wäre interessant zu sehen, *wo* es passiert war. Stëin fuhr langsam zurück zur Hauptstraße, die durch den kleinen Ort führte und bog ab in Richtung Oldenburg. Viele Wege führten dorthin, dieser durch den kleinen Wald, der dem alten Marburg zum Verhängnis geworden war. Nach einem Kilometer hatte er die vermeintliche Unfallstelle gefunden. Sein Blick folgte einer kaum mehr sichtbaren Bremsspur, die auf einen breiten Seitenstreifen aus Gras und niedrigem Gebüsch führte. Stëin blieb mit laufendem Motor stehen. Für einen Kilometer oder mehr zog sich die Bundesstraße schnurgerade hin. Unter normalen Umständen konnte hier einfach nichts passieren. Aber waren die Umstände normal gewesen? Zwei Promille waren es nicht. Dennoch, wenn er sich richtig erinnerte, hatte es geheißen, der Wagen sei aus der Kurve getragen worden. Hier war weit und breit keine Kurve...

Seltsam, dachte Stëin und betrachtete noch eine Weile die vermeintliche Unfallstelle. Dann sah er sich um, blinkte und fuhr weiter.

"Herr Jordan ist nicht hier." Das Lächeln der jungen Frau an der Rezeption wirkte ein wenig zu künstlich, was besonders auffiel, als es ruckartig wieder verschwand. Sein Zimmerschlüssel hing an dem dunklen Ebenholzschlüsselbrett hinter der Rezeption und in seinem Postfach lag ein Brief.

Echo nickte. "Wissen Sie, wann oder wo..." begann er nach einem Augenblick.

"Leider nein!" unterbrach ihn die Frau, ohne künstliches Lächeln.

Echo wandte sich um und betrachtete die kleine, langweilig wirkende Hotelhalle. Kein Mensch war zu sehen, nur in der *Heidekate*, dem hoteleigenen Restaurant, saßen ein paar Gäste. Leises Gemurmel und Besteckgeklapper. Was sollte er tun? Auf dem Revier hatte er bereits vergeblich nach dem Kommissar gefragt, auch dort war er nicht gewesen.

Unschlüssig verließ er das Hotel, setzte sich wieder in den Opel, den er vor dem überdachten Eingang abgestellt hatte, und fuhr langsam durch den trüben Sonntagmittag nach Hause. Unruhe ergriff ihn, ohne daß er sagen konnte, weshalb. Je näher er seinem Ziel, dem Haus seines Vaters, kam, desto nervöser wurde er. Es war, als würden der Traum und die immer noch präsente Angst dort auf ihn warten. Langsam ließ er den Wagen in den Wendekreis rollen an dem die kleine Stichstraße mit den Reihenhäusern lag. Echo sah sich um, doch nichts war zu sehen, Nachbarn nicht und auch kein fremder Wagen, nur die üblichen Autos, die, die vermutlich immer hier parkten und die Taxe, die mit grauer Regenpatina an ihrem Platz stand. So ruhig ist es früher nicht gewesen, dachte Echo, stellte den *Commodore* neben dem sandfarbenen Mercedes ab und stieg aus. Aber gerade das war es vermutlich, was ihn beunruhigte. Kaum ein Nachbar war ihm seit gestern über den Weg gelaufen.

Der Garten, der zum Haus gehörte, war der übliche Reihenhausgarten, in diesem Fall nur etwas ungepflegter als die danebenliegenden Gärten, von Büschen und Bäumen begrenzt, in der Mitte Rasen, wie üblich, seit mindestens vier Wochen ungemäht, am Rande ein kleiner Teich, noch von seiner Mutter angelegt, soweit er sich entsann. Ganz hübsch, wenn man etwas Ordnung schaffen würde. Das Grundstück, etwa fünfhundert Quadratmeter oder etwas mehr, grenzte an der Gartenseite schon an die nächste Stichstraße. Kein Mensch würde die Einbrecher gesehen haben, dachte Echo im Vorbeigehen, so zugewachsen war der Garten. Sie mußten nicht einmal vor dem Haus parken.

Fehlt etwas? Erneut wurde ihm bewußt, wie unsinnig die Frage war. Echo schloß die Tür auf und betrat das Haus. Im Grunde war es unmöglich für ihn, festzustellen, ob etwas fehlte. Papiere vielleicht, oder Schmuck, Geld, von dem er nichts wußte. Was sonst konnte sein Vater besessen haben, das so interessant war? Oder wurde am Ende gar nichts mitgenommen, eben *weil* nichts da war? Und würden SIE dann wiederkommen?

Echo schüttelte den Kopf. Zu viele Annahmen, dachte er, zu viele Fragen. Was konnte er finden, das SIE nicht gefunden hatten?

Das Telefon klingelte.

Einen Augenblick zögerte Echo, beide Apparate klingelten, der im Arbeitszimmer und der Hauptanschluß. Er betrat abwartend das Wohnzimmer, einen Augenblick lang kämpfte Neugier mit Ablehnung. Für ihn konnte dieser Anruf wohl kaum sein!

Der Apparat klingelte weiter.

Schließlich ging er doch zum Telefon und nahm den Hörer ab.

"Ja?"

"Gert, bist Du's?" Im Hintergrund wurde gesprochen.

"Nein", antwortete Echo. Sein Vater hieß Gert. "Nein, hier ist *Jochen* Marburg."

"Jochen?" Die Stimme am anderen Ende der Leitung klang überrascht. Ein paar Sekunden vergingen. "Moment mal..." klang es schließlich aus dem Hörer und Echo hörte dumpfes Gerede. Die Hand wurde vor den Hörer gehalten.

"Verdammt", sagte der andere schließlich, "ich rufe den ganzen Vormittag schon an, und jetzt gerade höre ich... also... jetzt erfahr' ich... es tut mir leid, ich wußte das mit deinem Vater nicht." Und als Echo nicht antwortete, fuhr er verlegen fort: "Ist alles OK?"

"Ja", beeilte sich Echo zu sagen, "kein Problem..."

"Gut..."

"Ja..."

Stille. Echo mußte grinsen. Er hatte an den Hintergrundgeräuschen erkannt, daß es jemand aus der Taxizentrale war. Normalerweise waren die Jungs nicht auf den Mund gefallen.

"Was wollten Sie von meinem Vater?"

"Hmm, eigentlich..." Es schien dem anderen unangenehm zu sein, trotzdem begann er schließlich umständlich zu erklären, warum er angerufen hatte: "Ich hab' eine Vorbestellung für Deinen Vater, also für den Zehndrei, übermorgen abend... Voßbergen... aber ich denke, da schicke ich jemand anderen hin, kein Problem..."

Zehndrei war die Konzessionsnummer der Taxe seines Vaters. "Wer denn?", fragte Echo schnell. "Und wo?"

"Kerschenstein, *An den Voßbergen, wie gesagt*..."

"*Kerschenstein?*" Der Fahrgast, dessen Tod seinem Vater solche Angst gemacht hatte? Und hier wußte noch niemand, daß Kerschenstein tot war? "Den kenne ich. Von wann ist der Auftrag?"

"Heute morgen, wieso?"

Heute morgen. Zu diesem Zeitpunkt war Kerschenstein schon fünf Tage tot. Das machte die Sache interessant. Verdammt interessant. Wer bestellte auf den Namen eines Toten eine Taxe? "Ich fahre hin", sagte Echo knapp.

"Du?"

"Ich. Ich habe einen P-Schein und ich habe eine Taxe..."

Aus dem Hörer ertönte ein unentschlossenes "Hmm. Ich dachte..." Dann klingelte es im Hintergrund und der Mann in der Zentrale mußte das Gespräch wohl oder übel beenden. "OK", sagte er kurz, "morgen abend 21 Uhr, *An den Voßbergen 47*, Kerschenstein. Daß mir keine Klagen kommen..." Noch bevor Echo etwas erwidern konnte, hatte der andere aufgelegt.

"Sieh mal an..." murmelte Echo und hängte ein. Er notierte Uhrzeit und Adresse auf einem der herumliegenden Zettel und steckte ihn ein. Ein Geräusch, ein Knarzen, das unvermittelt hinter ihm erklang, ließ ihn zusammenfahren. Mit einem Ruck wandte er sich um, suchend, lauschend. Die Terrassentür bewegte sich leicht im Wind. Das war's also nur? Die Tür, überlegte er im nächsten Augenblick, irgendwie mußte er sie verschließen. Ein Brett oder eine Stange sollten, als Sperre unter die Klinke geklemmt, wohl funktionieren. Vorübergehend wenigstens. Echo sah sich um und sein Blick fiel auf die Kellertür. Vielleicht konnte er dort unten etwas Brauchbares finden.

Es war viertel nach eins, mit Stëin war ohnehin noch nicht zu rechnen.

Auf den Parkplatz am Wendekreis rollte ein dunkler Geländewagen, herantastend, schleichend, suchend. Der Russe setzte zurück und parkte den Wagen neben Echos *Commodore*. Wie beiläufig nahm er den Umschlag vom Beifahrersitz und betrachtete noch einmal die Anweisungen, das Foto und die Adresse. Kein Zweifel, er war hier richtig.

Routiniert streifte er sich die glatten Lederhandschuhe über und griff nach seiner *Waffe*, einem abgesägten, alten Heizungsrohr. Dann stieg er aus und verriegelte die Türen. Alles lief gut, das Haus war verlassen, die Tür zum Garten würde offenstehen. Die Sicht darauf war sogar durch Büsche und Bäume versperrt. Was wollte er mehr? Dimitri sah sich um, kein Mensch war zu sehen. Ausgezeichnet! Er sprang über den Zaun, verschwand zwischen den Blättern und betrat kurz darauf das Haus durch die aufgebrochene Terrassentür. Hier hatte jemand ganze Arbeit geleistet! *Stümper*, dachte er und zog die Tür hinter sich wieder zu.

Dimitri brauchte nicht lange, um das Haus zu inspizieren und sich einen Plan zurechtzulegen. Er würde sich hier oben verstecken und abwarten, bis der Junge kam. Dann mußte er nur noch schnell sein. Und er *war* schnell. Im nächsten Augenblick hörte er die Haustür. Ein zufriedenes Lächeln legte sich auf sein Gesicht. Nahezu katzengleich zog er sich in den Raum zurück, der offensichtlich als Schlafzimmer diente, und suchte sein Versteck auf. Er war es gewohnt, an allen möglichen Orten regungslos auszuharren und zu warten, bis seine Chance kam. Ob als Scharfschütze oder auf der Flucht. Und dieses Wissen verlieh ihm ein gewisses Maß an Stoizismus. Wichtig war, dem Jungen den Fluchtweg abzuschneiden, und dazu mußte er ihn wohl oder übel hier oben haben. Eine Verfolgungsjagd, so kurz sie auch sein mochte – und das womöglich mit Zeugen – konnte er nicht gebrauchen.

Das *Pilgerhaus* gab es also tatsächlich, dachte Morand und betrachtete im Eingang stehend das Durcheinander im Schankraum. Man verstand sein eigenes Wort nicht, so hoch war der Geräuschpegel. Die Theke war vollbesetzt, ebenso die Stehtische und die zahlreichen größeren Tischen. Dazwischen standen, liefen, lachten Gäste jeglicher Herkunft in zigarettenrauchgetrübter Luft. Er hatte nie verstanden, warum offensichtlich linke Studenten in Armeejacken herumliefen, der Uniform des Klassenfeindes. Na, immerhin fiel er so etwas weniger auf, denn den Anzug hatte er seit seiner Ankunft hier nicht mehr getragen.

Plötzlich spürte Morand eine Hand auf seiner Schulter und fuhr herum. Vor ihm stand der junge Sous-Lieutenant aus Aubagne. Für einen Augenblick erhellte sich seine Miene. "*Le Brizec!*", rief er überrascht. "*Sie* sind gekommen?"

"Sie sollten sich einen neuen Schneider suchen, Monsieur le Capitaine", erwiderte Le Brizec süffisant anstelle einer Antwort und betrachtete abschätzend Morands Kampfjacke. Er selbst trug fast zivile schwarze Jeans und ein blaues Freizeithemd, dessen Ärmel er hochgekrempelt hatte.

Morand brummte etwas, in dem *noch keine Zeit gehabt* vorkam. Dann wies er zur Tür. "Kommen Sie, gehen wir…" Kneipen wie diese waren nicht seine Sache.

Der Sous-Lieutenant willigte ein und zusammen verließen sie das *Pilgerhaus*. "Haben Sie etwas herausgefunden?" wollte der junge Offizier wissen, nachdem sie etwas Abstand zu den Tischen vor dem *Pilgerhaus* gewonnen hatten.

"Ja."

"Und?"

"Ich brauche Geld. Eine Menge Geld, um hier eine Weile zu überleben. Und ich brauche die Gewähr, daß ich nicht länger für Leclercques Mörder gehalten werde..."

Über Le Brizecs Gesicht huschte ein Grinsen. "Ich bin nicht Gott, Capitaine", sagte er, griff nach seiner Brieftasche und holte ein Bündel Hundertmarkscheine hervor.

"Fünfhundert Mark?" ereiferte sich der Capitaine. "Das sind keine tausendsiebenhundert Franc! *Das ist nichts!*"

"Bisher haben Sie ja auch noch nichts geliefert", entgegnete Le Brizec lapidar.

Morand verzog das Gesicht. "Kerschenstein ist tot", erklärte er mit gedämpfter Stimme. "Ein Taxifahrer und eine Frau sind ebenfalls tot..."

"Das wissen wir", unterbrach ihn der Sous-Lieutenant. "Aber warum?"

"Kerschenstein wurde abgehört, ich war in seiner Wohnung. Er muß irgend etwas gehabt oder gewußt haben, das ihm zum Verhängnis geworden ist."

"Es war Ihr Job, das herauszufinden."

"*Ich bin erst eine Woche hier, mein Junge!*", fuhr Morand den jungen Offizier an. Dann fügte er etwas versöhnlicher hinzu: "Wie es aussieht, ist Kerschenstein das Opfer einer Verbindung von ehemaligen *SS*-Angehörigen geworden. Offiziell hat er sich erhängt. Zumindest wollen es die Deutschen so aussehen lassen. Tatsächlich ist er umgebracht worden. Mehr weiß ich nicht."

"Und was hat die *SS* damit zu tun?"

"Kerschenstein war nach dem Krieg einem gewissen Obersturmführer Merbach auf den Fersen. Das dürfte die Verbindung sein... Wenn ich mehr herausfinden soll, brauche ich noch ein paar Tage Zeit..."

Le Brizec nickte. Dann blieb er stehen. "Beeilen Sie sich, Morand. In Ihrem eigenen Interesse. Die deutschen Behörden sind heute über Ihre Flucht informiert worden. Ich vermute, Sie werden ab jetzt auch hier gesucht."

"Wer hat die Deutschen Informiert?"

"Die *Sûreté*." Le Brizec meinte die *Police Nationale*, wie sie mittlerweile hieß, aber Morand hatte ihn auch so verstanden.

"Zwei Spuren", sagte er. "Drei oder vier Tage. Dann sage ich Ihnen, worum es geht und wer dahinter steckt. Wer Kerschenstein umgebracht hat, der hat auch Leclercque auf dem Gewissen. Und dann will ich rehabilitiert werden..."

Der Sous-Lieutenant lächelte kurz. "Quid pro quo, Monsieur le Capitaine", sagte er schließlich. "Und der Commandant ist kein undankbarer Mensch." Dann wandte er sich ab und ließ Morand stehen. "Ich habe Ihre Telefonnummer", rief er über die Schulter, als er ein paar Schritte gegangen war. "Ich werde mich bei Ihnen melden..."

Morand sah ihm nach, tastete unwillig nach dem schmalen Bündel Markscheine in seiner Tasche und fluchte.

Vorsichtig tastend schaltete Echo das Licht an und stieg die Treppe zum Keller hinab, die, durch eine Tür getrennt, direkt vom Wohnzimmer aus hinabführte. Er hatte keine Ahnung, was er benötigte, um die Terrassentür notdürftig zu verriegeln, aber hier unten würde es zu finden sein. Echo traf auf das erwartete Durcheinander alter Sachen, zwei Schränke ohne Füße, vollgestopft mit Werkzeug, Schrauben, Nägeln, Holzresten und irgendwelchen Eisenteilen, ein alter Plattenspieler fiel Echo auf, ein Stapel Holz neben der Waschmaschine, der Wäschekorb, einige Kartons mit leeren Weinflaschen, daneben ein paar volle, ein Regal mit Dosen, eingemachten Früchten und anderen Lebensmitteln jenseits des Verfalldatums und von einer sanften Staubschicht bedeckt. Er sah noch das alte Radio unter der Treppe, das Grundig Röhrenradio. Dann ging das Licht aus.
Nach der ersten Sekunde der Überraschung fluchte Echo, er hielt die Luft an, lauschte in die Dunkelheit, versuchte, die Lähmung der Angst zu überwinden. Hatte ihn nicht schon auf der Fahrt hierher ein ungutes Gefühl befallen? Ach was, *Spökenkiekerei*! Ein Geräusch erklang in der Stille der Dunkelheit, ähnlich dem des Betätigens eines Lichtschalters – er war nicht allein im Haus...
Nach einigen Sekunden wurde der Lichtschimmer oben am Ende der Treppe deutlicher. Er tastete sich vor und stieg langsam hinauf. An der Tür betätigte er den Lichtschalter. Ohne Erfolg. Also vermutlich die Sicherung... Beruhigt trat Echo aus der Dunkelheit des Kellers und lauschte einen Augenblick regungslos. Kein Geräusch, nur das leise Knarren der Terrassentür im Wind. Er versuchte sich zu erinnern, wo der Sicherungskasten war. Der war im Keller, verdammt! Aber zumindest war damit ausgeschlossen, daß... nun ja – daß ein Fremder die Sicherung herausgedreht hatte. Er brauchte eine Taschenlampe. Lag nicht im Wagen eine? Echo beschloß, sie zu holen, mußte aber feststellen, daß die Tür abgeschlossen war. Etwas verunsichert – denn er war überzeugt, *nicht* abgeschlossen zu haben – begann er nach den Schlüsseln zu suchen. Sie waren nirgendwo zu sehen. *Oben*, war sein nächster Gedanke, *oben, wo sonst?* Er stieg hinauf, zwei Stufen auf einmal nehmend, genervt davon, daß in so einem Haus plötzlich irgendeine Sicherung herausspringen konnte. Und daß er seine Schlüssel nicht finden konnte. *Wo, zum Teufel...* Mit einem Seufzer betrat er das Arbeitszimmer, sah ungeduldig umher, sah aus dem Fenster, sah die Taxe, den *Commodore*, einen dunklen Geländewagen... *Shit! Wo war das verdammte Schlüsselbund?*
Die Terrassentür knarrte erneut, und unwillkürlich hielt er inne. *Reparieren*, dachte er, *ich muß diese Tür reparieren!* Dann hörte er die Schritte. Leise

nur, doch diesmal war er sich sicher, daß es nicht der Wind war. Ein kurzer Gedanke an Stëin – nein, der konnte es nicht sein, der hätte geklingelt. Waren SIE etwa zurückgekommen? Echo wich zurück, leise, langsam, bis zum Treppenaufgang, der zum Boden führte. Ein besseres Versteck fiel ihm nicht ein, und etwas Besseres als Verstecken schon gar nicht. Vielleicht konnte er auch durch das Bodenfenster verschwinden? Er stieg die Treppe hinauf, öffnete die Bodentür und starrte für einen Augenblick in das Durcheinander, das vor ihm lag – Kartons, ein altes Sofa, zwei Tische, eine Leiter und Stapel alter Mäntel, Jacken, Hosen, unzähliger Bücher, *Schmidt's Lesemappen*, sein zwanzig Jahre alter Teddy auf einem Stuhl, Bierkisten, Tand und Staub, viel Staub. *Nur Schrott*, dachte er. *Wie sollte man sich hier verstecken?* Im nächsten Augenblick gewahrte er einen Schatten hinter sich.

Dimitri hörte Schritte. Endlich! Bereit, sich in sein Versteck zurückzuziehen, lauschte er in den Treppenaufgang. Es dauerte einige Sekunden, bis er begriff, daß der Junge nicht heraufkam sondern hinabstieg in den Keller. Er verzog den Mund. Das gewisse Maß an Stoizismus schien sich heute – und angesichts der leichten, wenn nicht sogar *unwürdigen*, Beute – schneller zu erschöpfen als sonst. Er beschloß, zu handeln, wollte die Sache hinter sich bringen, raus aus Deutschland. Vorsichtig stieg er die Treppe hinab, warf einen Blick ins Wohnzimmer, dann in den Flur. Der Junge hatte den Hausschlüssel im Schloß steckenlassen. Dimitri überlegte nicht lange. Er schloß ab und steckte den Schlüssel ein. *Dieser* Fluchtweg wäre also versperrt. Im Gegensatz zur Terrassentür, aber das machte nichts. Er wußte, wie der Junge reagieren würde. Abschätzend sah er zur Kellertür hinüber. Marburg war noch immer dort unten. Warum also die Sache nicht gleich dort zu Ende bringen? Einen Augenblick wog er das Rohr in der Hand, dann ging er leise hinüber ins Wohnzimmer. Plötzlich hörte er den Jungen fluchen. Ein Blick die Kellertreppe hinab erklärte auch, warum. Das Licht war erloschen. Er versuchte, es anzuknipsen. Vergeblich. *Schlechte Voraussetzungen*, dachte er. *Bis sich meine Augen an die Dunkelheit gewöhnt haben, ist das Überraschungsmoment dahin.* Dann fragte er sich, *wieso* der Strom plötzlich ausgefallen war. Zufall? Kaum. Aus dem Keller ertönten langsame Schritte. Dimitri mußte sich entscheiden, zurück in den Garten oder nach oben. Er entschied sich für das Obergeschoß, unbewußt, spontan, er wich zurück und stieg die Treppe hinauf. Wenig später kam der Junge herauf, er hörte ihn im Arbeitszimmer und versteckte sich im Kleiderschrank. Die Schritte kamen näher, unschlüssig, zaghaft. Der Russe hörte, wie der Junge eine weitere Treppe hinaufstieg. Die Treppe zum Dachboden. *Was zum Teufel wollte er dort?* war sein erster Gedanke. *Was für ein Glück* sein zweiter. Dimitri verließ sein Versteck, umfaßte das kühle, metallene Rohr fester und folgte dem Jungen, raubtierhaft, routiniert, behende. Noch bevor sie die Bodentür erreicht hatten schlug er zu. Aber der Junge schien ihn bemerkt zu haben, wich reflexartig aus, und so erwischte er ihn nicht mit voller Kraft, nur etwas seitlich. Der Junge ging zu Boden, fiel die Stufen hinab an ihm vorbei. Dimitris Blick folgte seinem Opfer, zum Glück, denn so sah er den anderen Mann, in einen weißen Leinenmantel gehüllt, was für eine Witzfigur! Eine Witzfigur, die ihm einen verdammten Schrecken einjagte. Und die nach ihm schlug. Mit einem Schwert? Dimitri wich entsetzt zurück, stürzte zur Bodentür und verschloß sie. *Verdammter Mist*, zischte er, *das war nicht abgemacht!* Ein Schwert! Er ließ das Heizungsrohr fallen um das Dachfenster öffnen zu können, es lag direkt neben der Tür, und er stieg hindurch. Alles Weitere war klar: kein Risiko eingehen – er rutsche die Dachschräge in dem Augenblick hinunter, in dem die Tür mit einem Bersten aufflog, und hangelte sich hinab in den Garten, lief zu seinem gemieteten Geländewagen, startete ihn und verschwand.

Mit einem bißchen Glück verblutete der Junge.
Er mußte also wohl oder übel wiederkommen.
Wer aber war dieser Mann mit dem weißen Mantel?

Für den Bruchteil einer Sekunde erkannte Echo schemenhaft die fremde Gestalt im Dunkel des Treppenaufgangs und spürte gleich darauf, obwohl er sich reflexartig abwandte und instinktiv zu ducken versuchte, den brennenden Schlag über dem rechten Ohr, die Hitze, die ihn durchflutete, die Schmerzen.

Er strauchelte und sank zu Boden. Klebrige Wärme überzog sein Gesicht während er hart aufschlug und die Stufen hinunterfiel. Doch das nahm er schon nicht mehr wahr.

Stëin lenkte den Opel auf den Gehweg und brachte ihn vor der Einfahrt zum Stehen. Seine Eltern würden nicht vor nächster Woche wiederkommen, und so mußte er sich keine Mühe geben mit dem Einparken. Vor zwei Tagen war eine Ansichtskarte aus Zürich gekommen, Wetter gut, Essen ebenfalls. Gut genug jedenfalls, um noch eine ganze Weile zu bleiben.

Er blieb im Wagen sitzen, die Cassette vom Springsteen lief. *Dancing in the dark.* Im Grunde ein Kulturschock nach den *Legendary Pink Dots*, aber er war ja schließlich nicht eingefahren. Nur Independent-Mucke war ihm auf Dauer zu konsequent...

Echo war bei Jordan. Oder zu Hause. Daß er *KN* nicht angetroffen hatte, ärgerte Stëin. Und jetzt erst, da er darüber nachdachte, wurde ihm bewußt, daß etwas nicht in Ordnung war. Die Nijmann war nicht einfach nur *nicht da*, sie war *überfällig*, seit Tagen nicht mehr zu Hause gewesen. Seit jenem Tag, an dem sie den Unfallbericht gefaxt hatte.

Normalerweise meldet sie sich ab, hatte der Pedell gesagt. Also war auch ihr etwas passiert? Er startete den Wagen, ohne genau zu wissen, wohin er fahren sollte, und fand sich wenig später vor dem Ersten Polizeirevier wieder. In den Sechzigern auf eine Wiese gesetzt, die um die Jahrhundertwende sogar noch weit vor der Stadt lag, fügte sich der häßliche Block, der umgeben war von Parkplätzen, Rasen und ein paar Bäumchen, mittlerweile tatsächlich einigermaßen harmonisch in das Viertel ein. Der Mensch gewöhnt sich eben an alles. Ein zwei Meter hoher Metallzaun und ein Rolltor grenzten das Gelände von der gewöhnlichen Welt ab. Stëin fuhr langsamer und rollte auf die Einfahrt zu. Echos *Commodore* war nicht zu sehen. *Macht dann wohl wenig Sinn nach Jordan zu fragen*, dachte er. Das mit der Nijmann konnte er auch später melden. Und überhaupt, am Ende tauchte sie doch noch wieder auf, und er machte sich lächerlich? Vielleicht sollte er das mit der Vermißtenmeldung noch einmal überdenken...

Also fuhr Stëin weiter, dorthin, wo er Echo vermutete. Nach Metjendorf. Wenigstens ihm mußte er von der verlorengegangenen Journalistin erzählen.

Die Muskeln weigerten sich, den Befehl zum Aufstehen umzusetzen. Nicht einmal den Arm zu heben war er in der Lage. Wie durch einen Schleier nahm Echo wahr, daß sich ein Mann neben ihm niederkniete, sich über ihn beugte, ihn berührte und dann wieder aufstand. Er hatte etwas Schweres in der Hand, eine Eisenstange vielleicht, oder ein Schwert. Echo beobachtete ihn mit großer Gleichgültigkeit, er schwebte in einem warmen, wattigen Nichts, das ihn unvermittelt alles von weit oben betrachten ließ. Etwas Rotes tränkte den Teppichboden um ihn herum. Die Sonne blendete. Helles, weißes Licht umfing ihn, getragen von einem angenehmen Gefühl zunehmender Leichtigkeit. Echo blickte hinab in die Dunkelheit, sah sich auf der Bodentreppe liegen, zusammengekrümmt, blutüberströmt. Er sah einen Mann in einem weißen Mantel mit rotem Kreuz, er wollte ihn rufen, um Hilfe rufen, doch ihm wurde schwindelig, und letztlich verschwamm das Bild von ihm selbst vor seinen eigenen Augen. Ein Stechen im Arm, dann wurde das Gefühl der Lähmung stärker, sein Herz begann zu schmerzen und das Atmen wurde unmöglich. In der Dunkelheit hörte er Stimmen, doch sie waren undeutlich. Panik überkam ihn, er konnte keine Luft holen, ruderte hilflos mit den Armen oder glaubte es zumindest. Ein Gefühl wie in Watte, keine Empfindung, keine Berührung, kein Wille mehr zum Atmen, und doch erstickte er nicht. Das Leben ging einfach weiter, suchte sich seinen Weg ins Licht, heraus aus dem Nebel und der Wahrnehmungslosigkeit.

Ihr Gesicht war blaß. Auch sie trat aus dem Nebel, wenngleich die Helligkeit ihr keine Farbe gab, kein Leben. Echo ließ sich treiben, in die Dunkelheit, sah sich mit halboffenem Mund auf die junge Frau starren, die ihn verzweifelt ansah, anschrie. *Warum höre ich dich nicht?* dachte er, zu keiner Regung fähig, kein Wort kam über seine Lippen. Dieses Gesicht aber ließ ihn seinen Herzschlag spüren, ein Gefühl von Sehnsucht oder Wärme durchflutete ihn, undefinierbar. Ihre Gesichtszüge, ihr dunkles Haar, wunderschöne tiefe Augen sahen ihn an. Dann ein Lächeln, kaum daß sein Herz wieder zu schlagen begann. Es brachte ihn schier um den Verstand, daß er gelähmt war, gefangen in einem Kokon aus durchsichtiger Watte. Sie war so nahe und doch so unerreichbar, wie eine plastische Photographie, und sie verschwand, als die Schmerzen zurückkamen, verwehend im Wind. Ein Schütteln durchfuhr ihn, er spürte Hände, Stimmen erklangen, andere Stimmen, die nicht zu der jungen Frau paßten. Er sah sich selbst, von irgendwo weit oben, sah sich im Treppenhaus, noch immer auf den Stufen liegend, ein Mann lief fort, wie in Zeitlupe, ein zweiter sah ihm nach. Dann sank er hinab, sah sich immer deutlicher und näher, und spürte, daß er wieder in seinem eigenen Körper versank. Im nächsten Augenblick wurde es schwarz um ihn, das Schwarz geschlossener Augenlider.

Stëin fluchte. Echo hatte nicht reagiert, obwohl sein Wagen an der Straße stand. Nachdem er zum dritten Mal geklingelt hatte, erinnerte er sich an die aufgebrochene Terrassentür, suchte sich den Weg durch das Dickicht des Gartens und betrat das Haus von dort. Nach Echo zu rufen, machte keinen Sinn, soviel war Stëin klar. Wenn er hier war, dann war ihm etwas zugestoßen! Was wollte er auch in diesem verdammten Haus? Er sah sich um, versuchte, systematisch vorzugehen. Alles sah noch so aus wie am Vortag. Und alles war still. Die Kellertür stand auf, doch das Licht ließ sich nicht einschalten, dort war also bestimmt niemand. Er stieg die Treppe hinauf. Nichts, alle Zimmer waren leer. Sein Blick fiel auf die Treppe, die zum Boden führte, dort lag irgend etwas im Halbdunkel, er trat näher. Der süßliche Geruch von Blut trat ihm in die Nase, dann nahm er Echo wahr. Die runde Nikkelbrille, die ihn immer ein wenig wie den frühen John Lennon aussehen ließ, lag ein paar Stufen tiefer. Darüber, zusammengekrümmt im Winkel der Treppe, lag Echo. Sein Kopf war blutig, doch er schien zu atmen. Stëin fluchte und versuchte, den leblosen Körper von der Treppe zu ziehen, gab jedoch nach dem ersten Versuch auf, hastete statt dessen zurück in das Arbeitszimmer und griff nach dem Telefon.

Die Rettungssanitäter hoben Echo mit routinierten Handgriffen auf die Trage. Sie hatten seinen Kopf verbunden, doch die Wunde blutete weiter. Im nächsten Augenblick schlug Echo die Augen auf. "Was ist?" fragte er schwach. "Wo sind wir?"
"Alles in Ordnung", erwiderte Stëin mit zittriger Stimme. "Du bist zu Hause." Der Versuch, beruhigend zu klingen, mißlang kläglich.

"Können Sie mich sehen?" fragte der Sanitäter zu Echo gewandt. Doch der reagierte nicht, sah nur zu Stëin hinüber. "Hast du die Frau gesehen?" fragte er unvermittelt. "Sie muß hier irgendwo sein..."
Stëin schüttelte den Kopf. Natürlich hatte er keine Frau gesehen. War Echo etwa von einer Frau niedergeschlagen worden? "Ich... ich werde nach ihr suchen", antwortete er zögernd.
Der Sanitäter drängte Stëin sanft zur Seite. "*Hören Sie mich?*"
"Jaa..." antwortete Echo gedehnt.
"Wissen Sie, wie Sie heißen?"
Echo mußte überlegen. "Marburg..." erwiderte er schließlich. "Oder?"
"Paßt schon." Der Mann lächelte und machte seinem Kollegen ein Zeichen. Sie hoben die Trage an, Stëin trat zur Seite und machte den Weg frei
"Kann ich mitkommen?" rief Stëin ihnen hinterher.
"Nein", antwortete der ältere von ihnen. "Wir fahren ihn ins *Evangelische*. Da mußt du schon selbst hinfahren..."
Stëin nickte, folgte ihnen langsam die Treppe hinunter und blieb dann an der Haustür stehen. *Dieser Teil der Geschichte ist dann wohl eher etwas für die Profis*, dachte er plötzlich, seufzte und kehrte um, zurück ins Wohnzimmer. Aber sollte er wirklich die Polizei rufen? Als er den Telefonhörer in die Hand nahm, durchfuhr ihn ein Hauch von Widerwillen. Sein Blick fiel auf den Wohnzimmertisch und Jordans Visitenkarte. Er setzte sich und betrachtete sie. Das *LKA! Verdammt*. Er atmete ein und geräuschvoll wieder aus. Dieser Jordan hatte Echos Vater in Verdacht. Ganz offensichtlich war der Typ ein Spinner, aber Stëin hatte keine Zeit, um lange nachzudenken. *Also gut*, dachte er und wählte die Nummer, die Jordan handschriftlich vermerkt hatte.
"Marburg, sind Sie's?" Die Stimme aus dem Hörer klang verschlafen.
"Nicht ganz. Mein Name ist Stëin."
Jordan seufzte. "Kenne ich nicht. Wer sind Sie? Was heißt *nicht ganz*? Heute ist Sonn..." er unterbrach sich und zögerte einen Augenblick. Dann schaltete er. "*Verdammt, ist etwas mit Marburg?*"
"Der wird gerade ins Krankenhaus gefahren."
"*Was??*"
"Krankenhaus", wiederholte Stëin lapidar. "Und wie laufen Ihre Ermittlungen?"
Jordan grunzte etwas Unverständliches. "Was ist passiert? Und wer sind Sie?"
"Ein Überfall. In der Wohnung..." In ein paar Sätzen erklärte Stëin was geschehen war und wer er war.
"Bleiben Sie, wo sie sind. Ich..." Jordan fluchte. "Wir kommen sofort vorbei..."
"Nein, ich fahre jetzt ins Krankenhaus", erklärte Stëin ruhig.

"Verdammt noch mal!" tönte es aus dem Hörer, "Sie bleiben, wo Sie sind. Und rühren Sie nichts an!"

Stëin legte wortlos auf. Mal wieder *nichts anrühren*. Er fügte sich, zuckte mit den Schultern und begann schließlich, sich umzusehen. Alles sah noch so aus wie am Vortag, wenn man das bei diesem Durcheinander überhaupt beurteilen konnte.

Eine Viertelstunde später klingelte es endlich an der Tür. Stëin ließ den jungen Kommissar herein, der mit kurzem Nicken die Wohnung betrat, gefolgt von einem weiteren Beamten, der sich als Kriminalhauptmeister Engholm vorstellte, und zwei Männern, von denen er annahm, daß sie für die Spurensicherung zuständig waren.

"Wo ist es passiert?"

Stëin wies zur Treppe, und während sie hinaufstiegen, erzählte er von dem Einbruch am Vortag und der aufgebrochenen Terrassentür.

"War er bei Bewußtsein?" wollte Jordan wissen, als Stëin fertig war. "Hat er den Angreifer erkannt?"

Stëin nickte und wies auf den Blutfleck, der sich über zwei Treppenstufen verteilte. "Ob er jemanden erkannt hat, weiß ich nicht."

Jordan fluchte. "Sie haben nichts weggenommen?"

"Was denn, zum Beispiel?"

"Die Tatwaffe zum Beispiel."

"Sehr witzig!" Stëin verzog den Mund. "Ich habe keine Tatwaffe gesehen, und wenn, dann hätte ich Ihnen bestimmt nicht den Gefallen getan, sie mit meinen Fingerabdrücken zu verzieren."

"Das ist sehr freundlich von Ihnen." Jordan wandte sich ab und wies die beiden Spurensicherer ein, die ohnehin schon ihre Arbeit aufgenommen hatten und nur widerwillig nickten. Währenddessen sah Engholm sich bereits in der Wohnung um.

Stëin stieg die Treppe weiter hinauf und öffnete die Bodentür. Sie war aufgebrochen, der Rahmen am Schloß geborsten. Einer der Beamten sah ihm nach. "Kommen Sie bitte da oben weg!" rief er.

"Sofort", erwiderte Stëin und sah sich weiter ungeniert um. Der Boden war unaufgeräumt, vollgestellt mit allem möglichen Kram. Das einzige Dachfenster stand weit offen. Der Täter war also längst über alle Berge... Neben der Tür lag ein dunkles Metallrohr, ein Ende war blutverkrustet. Er stieg die Treppe wieder hinunter, vorbei an einem sichtlich genervten Beamten im weißen Overall. Im Arbeitszimmer traf Stëin auf Jordan, der in einem der Ordner blätterte, offensichtlich Abrechnungen. Unsicher, ob Echo dies recht war, fragte er: "Sie haben sicher einen Durchsuchungsbefehl?"

Jordan sah auf und fixierte ihn mit schmalen Augen. "Herr Stëin", erklärte er laut, wenn auch ein wenig unsicher. "Wenn Ihnen unsere Vorgehensweise nicht gefällt, dann steht es Ihnen frei..."

"Die Tatwaffe liegt auf dem Dachboden", unterbrach ihn Stëin ungerührt. "Der Täter nicht. Der ist scheinbar durch das Dachfenster abgehauen..."
Der Kommissar sah ihn einen Augenblick lang entgeistert an, dann legte er den Ordner beiseite und lief hinauf auf den Dachboden. Stëin schloß lächelnd die Tür und drehte den Schlüssel zweimal um, ließ ihn in seiner Tasche verschwinden und ging.

"Wir haben die Blutung gestillt", sagte der Arzt, ein hagerer, hochgewachsener Mittvierziger mit wachen Augen in einem müden Gesicht, leise. "Ob es sich dabei um eine Fraktur, eine Gehirnprellung oder ein Schädel-Hirn-Trauma handelt, kann ich Ihnen im Augenblick noch nicht sagen." Er sah zur Uhr, seufzte und legte seine Hand auf Stëins Schulter. "Mit ein bißchen Glück kommt er mit einer Platzwunde davon. Ich spreche später nochmal mit den Kollegen. Gehen Sie nach Hause. Sie können ohnehin erst morgen zu ihm..." Mit einem schwachen Lächeln verabschiedete er sich, lief weiter und verschwand hinter einer der nächsten Türen des Flures.
Stëin sah dem Arzt nach und verzog den Mund. Tun konnte er also nichts im Augenblick. Nun gut, dann würde er wenigstens noch einmal in Metjendorf nach dem Rechten sehen. Und Echos Reisetasche holen, damit er wenigstens etwas anzuziehen hatte, wenn er das Krankenhaus verließ. Wenn...
Das Marburgsche Haus betrat er in Ermangelung eines Schlüssels, den er in der Aufregung vergessen hatte, erneut durch den Garten. Die Beamten waren bereits wieder abgerückt, alles war verlassen. Als Stëin hinaufstieg um die Reisetasche zu holen und noch einmal einen Blick auf das zu werfen, was Jordan zweifellos den Tatort nennen würde, bemerkte er, daß der Strom ausgefallen war, und zwar, wie sich schließlich zeigte, im ganzen Haus. Nachdem er herausgefunden hatte, daß der Sicherungskasten im Keller sein mußte, ging er zum Auto um mit der großen Stabtaschenlampe zurückzukehren, die er für alle Fälle immer dabei hatte. Und tatsächlich war die Hauptsicherung herausgeflogen. Stëin überlegte kurz, wann das passiert sein mochte – vor, während oder nach dem Überfall? – und legte den Schalter wieder um. Doch der ließ sich nicht umlegen, er rastete einfach nicht wieder ein, wofür es nach Stëins Ansicht zwei Möglichkeiten gab: entweder war der Schalter kaputt – oder der Grund für den Kurzschluß bestand nach wie vor. Er seufzte, erwog kurz, Echo die Suche zu überlassen, machte sich dann aber daran, das Haus nach einer offensichtlichen Fehlerquelle abzusuchen. Nur, wie sollte die aussehen? Schließlich hatte er Echo nicht mit dem Fön in der Badewanne gefunden. Stëin stieg ungeduldig die Treppe zum Obergeschoß hinauf. Auch hier war nichts zu sehen, das einen Kurzschluß erklären konnte. Sein Blick fiel auf den dunklen, verkrusteten Fleck auf der Bodentreppe. Dort oben hatte er Echo gefunden, dort mußten sie ihn

überrascht haben. Wo hatten sie sich versteckt? Im Schlafzimmer? Vermutlich, die anderen Zimmer eigneten sich nicht dafür. Mit einem Fluch wandte er sich wieder ab, warf einen Blick in das Arbeitszimmer, dann in den danebenliegenden Raum. Nichts.

Plötzlich glaubte er, in den Augenwinkeln eine Bewegung wahrgenommen zu haben, ruckartig sah er sich um, lauschte regungslos in die Wohnung, wobei er konzentriert zu Boden sah. Alles war ruhig. Stëin schüttelte den Kopf und ärgerte sich, nicht einfach mit Echos Reisetasche nach Hause gefahren zu sein. Dann fiel ihm das kleine, dunkle Gebilde auf, das in einer der Steckdosen neben der Zimmertür steckte. Etwas umständlich, indem er überflüssigerweise ein Taschentuch zur Isolation benutzte, zog er es heraus und betrachtete es von allen Seiten. Als angehender *Magister Artium* erkannte er sofort, daß es sich bei dem Gebilde um eine etwas zurechtgebogene Bronzefibel handelte, eine Art mittelalterliche – oder antike – Gewandnadel. Eine Nachfertigung natürlich, korrigierte er sich. Dennoch betrachtete Stëin das Gebilde eine Zeitlang unschlüssig, ohne sich vorstellen zu können, wie oder warum es dort hingelangt war, wo er es gefunden hatte. Schließlich beschloß er, Echo danach zu fragen und ließ die Fibel in seine Hemdtasche gleiten. Die Sicherung jedenfalls ließ sich wieder einschalten, wie er wenig später zufrieden feststellte.

Stëin stieg wieder hinauf ins Wohnzimmer, lehnte sich gegen die Kellertür und besah sich nachdenklich die Unordnung. Die Spurensicherung hatte ganz sicher nicht das ganze Haus auf den Kopf gestellt, eher ziemlich oberflächlich gearbeitet, vielleicht nur den Tatort untersucht. Sonst hätten sie auch die Fibel gefunden. Er stieg erneut die Treppe hinauf zum Obergeschoß, sah sich unschlüssig um und ging dann hinüber zum Schlafzimmer, dessen Tür direkt neben dem Treppenaufgang lag. Hier mußte sich der Fremde versteckt haben. Ein Blick unters Bett schloß aus, daß er es immer noch tat. Hier wie auf dem Nachttisch lag Staub, augenscheinlich getragene Unterwäsche und ein Joghurtbecher. Stëin krauste die Stirn und öffnete wahllos einige Schubladen. Sie waren, bis auf ein paar Tabletten und ein gebrauchtes Taschentuch, leer. In Reichweite stand eine weißfurnierte Kommode. Ihre Türen und Schubladen standen offen und waren durchwühlt. Im Spiegel darüber sah Stëin das Schlafzimmerfenster. Wolken zogen über den grauen Nachmittagshimmel. Nachdenklich wandte er sich zur Tür. Dann hielt er einen Augenblick inne, überlegte einen Augenblick, schüttelte den Kopf und kniete sich wieder vor das Bett. Da war etwas gewesen, etwas, das noch weniger dorthin gehörte als die Unterwäsche.

Er fand das kleine Büchlein dort, wo es niemand sehen konnte, der nicht direkt unters Bett sah, der Schutzumschlag ein wenig abgegriffen und eingerissen, nichts Wichtiges scheinbar, kein entscheidendes Indiz, nur eben ein kleines Büchlein, und es lag dort, als hätte es auf ihn gewartet. Stëin legte sich auf den Boden und zog es hervor. *Flandern*, so der Titel, von Helmut Domke, erste Auflage, 1964. Langweilig auf den ersten Blick. Zumindest nicht der Hinweis, den er sich erhofft hatte. Aber was hatte er sich denn erhofft?

Stëin setzte sich aufs Bett. Bevor er das Buch aufschlug, mußte er ein paar Staubreste entfernen. *Warum nur Flandern?* fragte er sich und blätterte durch die ersten Seiten. Er selbst hielt Belgien für eines der langweiligsten Länder der Welt. Nun ja, nach Holland vielleicht. Kurz darauf fiel ein Bild aus den Seiten, eine Schwarzweißphotographie, auf der eine junge Frau zu erkennen war, eine hübsche Frau in Schwesternkleidung, mit dunklen, hochgesteckten Haaren und etwas abwesendem Blick. Sie stand vor einem Haus mit seltsamer Aufschrift, vielleicht in Holland. Er besah sich die Rückseite. *Fujifilm* stand darauf gedruckt, August 1984. Stëin wendete das Photo erneut und schüttelte den Kopf. Nein, die Aufnahme war älter, viel älter. Dies war eine Reproduktion. Schade, daß der alte Marburg nicht dazugeschrieben hatte, wer diese Frau war. *Allerdings*, dachte Stëin mit verlegenem Lächeln, *geht mich das auch überhaupt nichts an.* Er schlug das Buch zu und noch bevor er es in die Jackentasche gleiten ließ um es Echo mitzubringen, fiel der Groschen: *Flandern.* Dies war eine Aufnahme aus dem ersten Weltkrieg. Eine Krankenschwester an der Westfront. Ganz sicher wußte Echo, wer sie war.

Zögernd wandte er sich um. Er hätte so gerne irgend etwas gefunden, das erklärte, warum jemand in dieses Haus eingedrungen war. Warum Echo niedergeschlagen wurde. Daß er es gefunden hatte, erkannte er erst viel später.

Ein großer, breiter Kleiderschrank bedeckte die Wand gegenüber dem Bett. In Schränken wie diesen, groß, stabil und bis zur Decke reichend, konnte man sich ganz hervorragend verstecken. Warum war ihm das nicht gleich aufgefallen? Er ging hinüber und öffnete die Türen, eine nach der anderen, vier mit Lamellen, in der Mitte zwei Spiegeltüren. Im letzten Schrank hingen Jacken, ein Mantel, einige Anzüge von altem Schnitt, aber augenscheinlich fast nie getragen. Dazwischen eine Lücke von dreißig, vierzig Zentimetern. Stëin sah hinunter auf den Schrankboden, wo er ein wenig Dreck und das angetrocknete Grün von ehemals feuchtem Gras erkannte. Er kniete sich hin und stieß einen zufriedenen Pfiff aus. Hier hatte zweifellos jemand gestanden, und dieser *jemand* konnte nur der – wie sollte man ihn nennen? Mörder, Eindringling, Täter? – nun ja, es konnte nur der Täter gewesen sein. Zufrieden verschloß er den Schrank wieder. Ob Jordan dieses Versteck auch aufgefallen war? Na, vermutlich schon. Für derartige Geistesblitze wurden er und seine Kollegen ja eigentlich bezahlt.

Das einzige, was *er* noch tun konnte, um Echo zu helfen, war, mit der Nijmann zu sprechen und herauszufinden, was sie tatsächlich gesehen hatte. Wenn es einen Grund für die nicht zum Bericht passende Schlagzeile gab, dann wußte nur sie ihn. Stëin beschloß, die Journalistin aufzusuchen. *Heute noch.* Er sah hinaus und runzelte die Stirn. Es dämmerte bereits und war, wie er mit einem Blick zur Uhr feststellte, weit nach sieben Uhr. Er sollte sich also beeilen.

Mit einem schicksalsergebenen Seufzer machte er sich auf den Weg, schloß die Tür zum Arbeitszimmer hinter sich, schaltete das Flurlicht ein und lief die Treppe hinab.

Plötzlich flackerte das Licht, ein kurzes Summen, dann war es dunkel. Stëin hielt inne, blieb abrupt stehen. Er fluchte leise, sah sich instinktiv um, doch weder oben noch unten am Fuß der Treppe war irgend jemand zu sehen. Aber wie auch, es war schon ziemlich dunkel im Treppenaufgang, der verwinkelt und fensterlos war. Er tastete sich vorsichtig hinab, betätigte kurz darauf den Schalter am unteren Ende der Treppe und stellte fest, daß offenbar erneut die Sicherung herausgeflogen war. *Verdammt nochmal!* Zu allem Überfluß hatte er auch noch die Taschenlampe oben vergessen. *Wo eigentlich? Auf dem Schreibtisch?* Einen Augenblick lang wog er ab, was er tun sollte. Die Taschenlampe zurückzulassen gefiel ihm nicht. Andererseits brannte eine Sicherung nicht einfach so durch. Es war also noch jemand hier. Stëin schüttelte unbewußt den Kopf, wie um sich Mut zu machen, und stieg erneut hinauf, leise, vorsichtig. Sicher irgendeine marode Leitung, die er jetzt sowieso nicht finden würde.

Oder eine weitere Fibel. Ein kalter Schauer lief über seinen Rücken und Stëin ahnte, daß er verschwinden sollte. So schnell wie es eben ging.

Die Taschenlampe lag tatsächlich auf dem Schreibtisch des Arbeitszimmers. Er nahm sie und sah sich um. Es war nicht dunkel, das nicht, nur die Dämmerung nahm allmählich die Konturen, und so leuchtete er fahrig durch die oberen Räume. Sie waren verlassen, was er erleichtert zur Kenntnis nahm.

Dann, wie beiläufig im Lichtkegel der Taschenlampe, fand er den Grund für die Dunkelheit. Stëin glaubte, seinen Augen nicht trauen zu können. Eine Fibel ragte aus derselben Steckdose, die er vor einer halben Stunde schon – oder war es weniger? – von diesem antiken Ding befreit hatte. Er zögerte einige Sekunden unschlüssig, tastete nach der ersten Fibel in seiner Hemdtasche – sie war noch da – und überlegte. Zumindest versuchte er das, bugsierte aber schon im nächsten Moment wie automatisch das seltsame Gebilde aus der Steckdose und steckte es ebenfalls ein. Im selben Augenblick knarrte unten im Wohnzimmer die Terrassentür. Stëin umfaßte seine Taschenlampe fester und verharrte regungslos mit Blick auf die Tür. Sekunden vergingen, dann Minuten. Aber es blieb ruhig, kein Geräusch drang mehr herauf. Er versuchte sich einzureden, hysterisch zu sein, über zu reagieren, was ihm vielleicht sogar gelungen wäre, wenn da nicht die beiden Fibeln in seiner Hemdtasche gewesen wären. Nein, jemand war tatsächlich im Haus, daran bestand kein Zweifel, jemand *außer ihm*. Jemand, mit dem er keine Lust hatte, Bekanntschaft zu machen.

So leise er konnte schlich er hinunter, die Taschenlampe wie eine Streitaxt kampfbereit in der Hand. Die wenigen Meter bis zur Tür kamen ihm endlos vor. Als er endlich draußen vor dem Haus stand, mußte er für den Bruchteil einer Sekunde grinsen. Vielleicht vor Erleichterung. Vielleicht, weil er einsah, wie lächerlich seine Taschenlampe als Waffe wirkte. Sein Grinsen verschwand, als hinter ihm jemand "*Peribit!*" zischte. Stëin fuhr herum und starrte erschrocken in den Hausflur. Er war verlassen, niemand war dort.

Die Tür fiel zu. Vermutlich der Luftzug. Stëin lief zum Auto, stolperte, rannte. Er jagte den *Commodore* über die schmalen Straßen, erreichte die Kreisstraße und bog nach Oldenburg ab. *Peribit?* Wenn ihn seine Lateinkenntnisse nicht im Stich ließen, hieß das soviel wie: *verschwinde...*

Stëin fuhr sich mit der Hand durchs Gesicht, atmete tief durch und schüttelte den Kopf. *Das war Unsinn! Da war niemand!* Ein hervorragendes Beispiel für Autosuggestion, selbstinduzierte Beeinflussung der Psyche... *Nein*, entschied er. *Niemand hatte* peribit *gesagt. Das war alles nur Einbildung!* Wie automatisch fühlte er nach seiner Hemdtasche. Und dort waren die Fibeln. Sie waren keine Einbildung...

> "Es kann in Wirklichkeit keinen Zufall geben, denn eine einzige Ausnahme von der allgemeingültigen Gesetzmäßigkeit des Weltgeschehens würde diese aus den Angeln heben.
>   Als *Zufall* bezeichnen wir infolgedessen nur solche gesetzmäßigen Abläufe bzw. Zusammenhänge, deren ursächliche Verknüpfungen wir mit unserem begrenzten Begriffsvermögen noch nicht vollständig erfassen können..."
> Hans Endres: Numerologie, o. J.

19. FRIEDRICHSFEHN, SONNTAG, 09. SEPTEMBER 1984

Im Grunde wußte Stëin gar nicht, was er hier tat. Diese Frau am Wochenende zu Hause aufzusuchen, konnte vielleicht mehr von ihrem Entgegenkommen zerstören als ein freundlicher Anruf im Büro, dachte er. Aber im Büro war sie nun mal nicht gewesen.

Stëin hatte den *Commodore* an der Straße geparkt und war die kurze Auffahrt zu dem rot geklinkerten Mehrfamilienhaus, in dem Kristin Nijmann wohnte, hinaufgelaufen. Vor ihrem Klingelschild zögerte er, so, als wäre er beim Schlafwandeln erwacht. Was sollte er denn überhaupt sagen? Daß ihr Bericht Unsinn war und er eine andere Version, *also die Wahrheit*, hören wollte? Nun ja, etwas netter formuliert vielleicht? Und selbst wenn es stimmte, wenn es eine andere Version gab, würde sie sie ihm erzählen?

Aber verdammt, er konnte doch nicht mit leeren Händen zurückkommen. Seine Vision von *peribit*, wenn er sie sich nicht sogar eingebildet hatte, half Echo sicherlich nicht. Und die Fibeln?

Stëin riß sich zusammen und klingelte. Einmal. Zweimal. Auch nach dem dritten Mal meldete sich weder die Gegensprechanlage noch der Türsummer.

Statt dessen öffnete sich ruckartig die Haustür.

"*Schon wieder Sie?*"

Ein paar Sekunden lang starrte Stëin den Hausmeister ebenso überrascht wie schuldbewußt an. Aber welcher Schuld sollte er sich bewußt sein? "Ich..." begann er ohne lange zu überlegen. "Ich habe mir Sorgen gemacht. Sie wollte mich anrufen. Seit zwei Tagen. Hat sie aber nicht. Ich weiß nicht, wo sie ist..." Die Weltmeisterschaft im Improvisieren würde er so nicht gewinnen, das wurde ihm augenblicklich klar. Etwas Ähnliches dachte vermutlich auch der Hausmeister, der den Mund verzog und Stëin skeptisch musterte. Dann aber winkte ihn der füllige Mann dennoch in den Hausflur. "Sie warten hier", sagte er, ging behäbig hinüber zu seiner eigenen Wohnungstür und begann irgend etwas zu suchen. Wenig später kam er mit einem Schlüsselbund in der Hand zurück. "Ihr Wagen steht seit Donnerstag in der Tiefgarage", erklärte er ungefragt, während sie zusammen die Treppe hinaufstiegen. "Ohne Unterbrechung. Das ist ungewöhnlich. Hat meine Frau auch gesagt. Abgemeldet hat die Nijmann sich nämlich nicht." Er begann schwerer zu atmen je höher sie stiegen. "Man weiß ja, wie die jungen Dinger sind", brummte er als sie die Nijmannsche Tür erreicht hatten. "Aber es ist trotzdem ungewöhnlich." Und noch leiser fügte er hinzu: "Na ja, so jung ist sie ja auch nicht mehr..." Dann klingelte er noch einmal, suchte den passenden Schlüssel aus dem Bund und schloß, nachdem sich in der Wohnung nichts rührte, die Tür auf. Stille und Dunkelheit empfing sie. Und ein etwas säuerlicher Geruch.

Sie wechselten einen besorgten Blick, dann bedeutete der Hausmeister Stëin zu bleiben wo er war, seufzte und verschwand in der Wohnung. Stëin zögerte einen Augenblick, dann folgte er dem Pedell. Auf einer kleinen Kommode im Eingangsbereich stand ein Faxgerät, daneben, auf dem Fußboden, lag halbgeöffnet eine Handtasche, der Inhalt darum herum verstreut. Stëin kniete sich nieder. Irgend jemand hatte offenbar darin etwas gesucht. Und es eilig gehabt. Kugelschreiber, Lippenstifte, Bürste, Geldbörse, jede Menge Kleinkram, aber keine Notizen, kein Hinweis, nicht das, weswegen *er* hier war. Allein – nahm nicht jede Frau ihre Handtasche mit, wenn sie die Wohnung verließ? Jede? Nervös sah er zur Wohnungstür, schaltete das Licht ein und starrte das Türschloß mit großen Augen an. Der Schlüssel steckte. Von innen, dachte er langsam, sehr langsam, und ebenso langsam wandte er sich um. Kristin Nijmann war nicht seit Tagen fort, sie war in der Wohnung.

Kurz darauf hörte er den Hausmeister fluchen. Er schien zu stolpern und kam schließlich mit schnellen Schritten aus dem angrenzenden Wohnzimmer. "Scheiße, Scheiße, Scheiße, Scheiße..." Ohne von Stëin Notiz zu nehmen verließ er die Wohnung, verharrte kurz am Treppengeländer und lief dann hinunter.

Einen Moment lang zögerte Stëin. Er überlegte. Im Grunde war es klar, was den Mann so aus der Fassung gebracht haben mußte. *Geh*, dachte er. *Du solltest besser nicht hierbleiben...* Er hörte nicht auf sich, überschlug statt dessen die Zeit, die ihm blieb, bis der Hausmeister zurückkommen würde und schätzte sie auf etwa fünf Minuten. Solange würde er brauchen, um die Polizei zu alarmieren, aus einem Grund, der irgendwo jenseits des Flures liegen mußte.

Die Wohnung konnte nicht allzugroß sein, das Wohnzimmer, das direkt an den Flur angrenzte, war es jedenfalls nicht, vielleicht 20 Quadratmeter, die er nach dem Manuskript für den Artikel durchsuchen mußte, Fernseher, Sofaecke, Regalwand, vermutlich aus einem schwedischen Möbelhaus, und ein Schreibtisch. Davon ab ging das Badezimmer. Die Tür stand offen und er warf einen Blick hinein. Ein Handtuch lag über dem Wannenrand, ein weißer Frotteebademantel vor dem Waschbecken, daneben ein Schlüpfer. Aber das hatte den Hausmeister vermutlich nicht so aufgebracht.

Er schaltete das Licht an und sah sich um. Auf dem Glasschreibtisch direkt neben der Balkontür stand eine Schreibmaschine, loses Papier und einige

Ordner lagen daneben. Stëin ging hinüber und begann in den Ordnern zu blättern. Sie enthielten geordnete Berichte und Kolumnen, die Kristin Nijmann offenbar für verschiedene Zeitungen geschrieben hatte. Irgend jemand hatte das allerdings schon vor ihm getan, denn die obersten Blätter des letzten, des 1984er Ordners waren herausgerissen, was unschwer an den Papierfetzen in der Ringmechanik zu erkennen war. Die neuesten Artikel waren auf den Dezember 1983 datiert.

Stëin sah sich verzweifelt um. Wo zum Teufel konnte er einen Hinweis auf den Zeitungsbericht finden. Auf den *Wirklichen*? Und was hatte den Hausmeister nun eigentlich so aufgeschreckt? Sein Blick fiel auf eine dritte Tür, die ebenfalls vom Wohnzimmer abging. Als er sich ihr näherte, wurde ihm bewußt, daß der in der Wohnung vorherrschende, säuerliche Geruch, dort seinen Ursprung haben mußte.

Stëin blieb auf der Schwelle stehen und starrte in das Zimmer ohne das Licht einzuschalten, was der Hausmeister offenbar auch nicht getan hatte. Eine Schrankwand, ein Tisch, ein Schaukelstuhl, das Bett, zerwühlt aber leer. Es war Kristin Nijmanns Schlafzimmer. Dann erkannte Stëin, daß er nicht allein war.

"Scheiße", sagte nun auch er.

"Was machen Sie für einen Unfug?"

Wie durch einen Schleier sah Echo den jungen Kommissar neben seinem Bett sitzen. Seine Stimme klang sanfter als er sie in Erinnerung hatte. "Ich?" fragte Echo schwach. Den Kopf zu bewegen traute er sich nicht, das holte nur das Kopfweh zurück, das er für ein paar verschlafene Augenblicke vergessen hatte. Also lag er nur da und starrte auf die Kanüle in seinem Handrücken, die Infusionsleitung, die daran hing, irgendeine Flüssigkeit, die in ihn hineintropfte. "Ich kann mich an nichts erinnern…"

"Auch nicht daran, wer Sie angegriffen hat?" Die Stimme des Kommissars war nun fast väterlich.

"Nein…" Echo schloß die Augen. Visionen und Erinnerungen wirbelten in seinem Kopf. Wer hatte ihn niedergeschlagen? Er sah eine Tarnjacke. Und einen weißen Mantel. Und das Gesicht der jungen Frau, die sich über ihn gebeugt hatte und die er plötzlich wieder so nah bei sich fühlte, daß es schmerzte. Als er die Augen wieder öffnete, war Jordan nicht mehr da.

Hatte er geschlafen? Echos Lider sanken erneut herab, müde, hoffnungsvoll. Er wollte die junge Frau wiedersehen, die im Augenblick seines vermeintlichen Todes bei ihm war, wollte sie festhalten, tausend Dinge fragen. Doch da war nur Dunkelheit. Leere. Schlafen…

Gegen seinen Willen machte Stëin ein paar Schritte in den Raum, das Schlafzimmer, dessen Dunkelheit jemanden verbarg. Dann wandte er sich um und schaltete endlich das Licht an.

Er sah die Reporterin, sie lag neben dem Bett, auf der türabgewandten Seite, ein wenig verdreht und halb auf dem Rücken. Panik überkam ihn, Panik, die er mit dem Wort "*Scheiße!*", das ihm leise, aber immer wieder über die Lippen kam, zu bekämpfen versuchte. *Ebenso wie der Hausmeister*, dachte er und hielt sich für ziemlich einfallslos. Bei diesem Gedanken sah er sich um, sah zur Wohnungstür – zehn Meter und ein Treppenhaus, dann wäre der Alptraum zu Ende...

Nein, Fortlaufen wäre keine Lösung, nicht jetzt, wo er soweit gekommen war. Stëin blieb vor der Toten stehen, unschlüssig, suchend. Seine Hände begannen zu zittern. Die Abscheu, die er empfand verflog nach einer oder zwei Sekunden – vielleicht lebte sie ja noch!

Aber der Geruch... Erbrochenes, stellte er fest und umrundete das Bett. Eine Frau von Mitte Vierzig sah ihn an, oder eigentlich an ihm vorbei, starrte ins Nichts mit aufgerissenen Augen. Ihr ehemals hübsches Gesicht lag in einer Lache Erbrochenem, die Haut bläulich, die Wangen eingefallen. Stëin kämpfte gegen den Würgereiz an, der ihn plötzlich überkam und hielt, ohne zu überlegen, seinen Handrücken an ihren Hals. Unsinnig, sie *war* tot. *Ihr Blick* war tot.

Der kalte Körper hatte etwas Unwirkliches. Er zog die Hand zurück und wandte sich ab. Auf dem Bett lag eine Spiegelreflexkamera, das Fach für den Film war geöffnet und leer. Daneben leere Blisterpackungen, vermutlich Schlaftabletten. *Er* hatte noch nie welche genommen. War das Zeug also tatsächlich tödlich? In der richtigen Dosis wahrscheinlich schon, wie auch immer die war. Was jetzt? *Warum* hatte sie sich umgebracht? Hatte sie sich überhaupt umgebracht? Natürlich, hatte sie das, alles deutete darauf hin. Hatte es etwas mit dem Unfall zu tun? Nein, das war absurd. War es das wirklich? Warum sonst waren die letzten ihrer Berichte verschwunden? Die Berichte... Stëin atmete tief durch – und begann sofort zu husten. Tief durchatmen war nicht das, was in diesem Zimmer gerade Spaß machte. Er sah sich um, überlegte, was hier geschehen sein mochte. Er konnte sich kaum konzentrieren. Sein Blick ging zurück zu der toten Frau. Zweifellos Kristin Nijmann, auch wenn er sie noch nie gesehen hatte. Na, das würde die Polizei später herausfinden... *Reiß dich zusammen!* dachte er. Sein Blick fiel auf die Kamera. Nicht nur die Berichte waren fort, auch ihr letzter Film. Irgend etwas anderes stimmte ebenfalls nicht: ihre unnatürliche Haltung, die Hämatome an den Handgelenken, die hingeworfene Packung Schlaftabletten? Wenn jemand sie nun doch umgebracht hatte? Aus dem gleichen Grund aus dem *er* hier war? Dann wäre er zu spät gekommen. Es sei denn Kristin Nijmann hatte genau das befürchtet, hatte ihre letzte Notiz aus den Unterlagen genommen und versteckt.

Wo würde er selbst auf die Schnelle etwas verstecken? Stëins Blick fiel ein wenig angewidert auf die Tote. *Warum rannte er nicht weg? Er hatte mit all dem hier überhaupt nichts zu tun, er hatte ein ganz anderes Leben, ein völlig normales...*

Von der Straße drangen Polizeisirenen herauf, drängten sich in Stëins Bewußtsein und machten ihm klar, daß, wenn er etwas finden wollte, dafür nur noch Sekunden blieben.

Stëin fixierte den Leichnam. Was er jetzt tat, würde nicht nur die Untersuchungen behindern, es würde ihn am Ende selbst in Verdacht bringen. Aber es ging nicht anders, ein letzter Versuch, sonst war alles vergebens. Widerwillig tastete er die tote Frau ab, griff in die Känguruhtasche ihres Kapuzenshirts, unter das Kopfkissen, die Bettdecke. Nichts. Dann machte er einen letzten Versuch und durchsuchte die Taschen ihrer zum Glück nicht allzu engen Jeans. Bei der Berührung des kalten, festen Körpers preßte er die Lippen aufeinander, zog hastig den Zettel hervor, der in der rechten Tasche steckte, faltete ihn auseinander und stellte enttäuscht fest, daß es nur der Abholschein eines Farbfilms war, den sie am Donnerstag abgegeben hatte. *Tinis Film*, stand darauf. *Abholen 6. September.* Der Zettel trug das Logo eines Fotogeschäfts in Friedrichsfehn, ein oder zwei Kilometer von hier.

Aus dem Treppenhaus hallten Stimmen herauf, eine davon war die des Hausmeisters. Stëin ließ den Zettel, seine einzige Beute, automatisch in seiner Jacke verschwinden und begann hektisch zu überlegen, was er jetzt tun sollte – sich den Fragen der Polizei stellen oder so schnell wie möglich verschwinden. Sein Blick fiel auf die Balkontür und er entschied sich für letzteres. Seine sportliche Konstitution ließ es wahrscheinlich zu, daß er sich am Metallgerüst des Balkons hinunterhangeln konnte – seine Höhenangst nicht unbedingt. Dennoch schaffte er es irgendwie, hinunterzukommen, zwei Etagen hinabzuklettern und zu seinem Wagen zu laufen, gezwungen langsam zunächst, an den grünweißen Einsatzfahrzeugen vorbei, ohne darauf zu achten, ob ihn jemand sah. Nach ein paar Schritten lief er schneller und schließlich rannte er, rannte, ohne sich umzusehen, lief so schnell er konnte, erreichte den Wagen und schloß ihn mit zitternder Hand auf, ließ sich auf den Fahrersitz fallen und verschloß schweratmend die Tür. Nach kurzem Zögern startete er den Wagen, der Motor heulte auf. Die Räder drehten durch, als er anfuhr, aus der Seitenstraße zur Hauptstraße, Richtung Oldenburg, dann gab er richtig Gas, es war ihm egal, wieviel er zu schnell fuhr, er wollte nur fort.

Die Reifen rutschten auf dem nassen Pflaster der *Werbachstraße*, der Wagen kam zum Stehen. Der Motor erstarb, die Scheinwerfer erloschen. Stëin war zu Hause und zitterte noch immer. Er sah zur Uhr, es war zehn vor zehn.

Er hätte schwören können, daß es *Stunden* später war.

> Es ist eine der Fehlleistungen der herkömmlichen Forschung, auf einer strikten und künstlichen Unterscheidung zwischen Geschichte und Mythos zu beharren.
> Baigent, Leigh, Der Tempel und die Loge, London, 1991, S. 151

20. OLDENBURG, MONTAG, 10. SEPTEMBER 1984

Stëin hatte eine der miserabelsten Nächte der letzten Jahre, wenn nicht sogar seines Lebens, hinter sich – was nicht an der halben Flasche *Madeira* lag, die er, nachdem er nach Hause gekommen war, geleert hatte. Zum Glück war es eine einigermaßen kurze Nacht gewesen, denn er hatte noch lange wachgelegen und über seinen vergeblichen Versuch, etwas Konkretes über den Unfall des alten Marburg herauszufinden, nachgedacht. Ob er überhaupt geschlafen hatte, konnte er nicht mal sagen. In den besseren Momenten hatte er zu ergründen versucht, was der Tod der Nijmann mit dem des alten Marburg zu tun haben konnte. Und mit dem Überfall auf Echo. War er nun selbst in Gefahr, jetzt, da er sich eingemischt hatte, da er zwei Templerfibeln auf seinem Nachttisch liegen hatte? Antworten fand er nicht, denn vor seinen Augen tauchte immer wieder das blaue, verzerrte und schmutzige Gesicht der Reporterin auf, und das gehörte definitiv zu den schlechteren Augenblicken der Nacht.

Es war noch dunkel, als Stëin es nicht mehr aushielt, aufstand und in der Küche einen Kaffee aufsetzte. Er zündete sich eine Selbstgedrehte an, stellte den Becher vor sich auf den Küchentisch und betrachtete den Abholschein. Er war zu spät gekommen – oder die Täter schneller gewesen, je nach dem. Er war kein Arzt, aber daß die Frau nicht erst seit ein paar Stunden tot war, das war offensichtlich. Und daß Kristin Nijmann Selbstmord begangen haben sollte, daran glaubte er auch nicht mehr. Warum, das konnte er selber nicht einmal sagen.

Stëin spielte gedankenverloren mit dem kleinen Zettel. Donnerstag, 6. September, 9:00 Uhr stand darauf. Das war der Morgen nach dem Unfall. Warum hatte sie nichts Wichtigeres zu tun als einen Film zum Entwickeln zu geben? Es gab nur einen Grund – sie hatte am Abend zuvor Photos gemacht, Photos vom Unfallort, Photos, auf denen zu erkennen war, daß es sich um *Fahrerflucht* handelte, so wie sie es hatte schreiben wollen.

Hatte genau das sie am Ende verraten? Hatten ihre Mörder eben diesen Film gesucht? Und – hatten sie aus Kristin Nijmann herausbekommen, wo sie ihn finden konnten? Stëin sah auf die Uhr und fluchte. Noch ein paar Stunden, dann erst konnte er die Photos abholen...

Evangelisches Krankenhaus, Neurochirurgische Abteilung. Ein vorsichtiges Klopfen an der Tür mit der Nummer *53* deutete Besuch an. Echo hoffte, daß es nicht Jordan war. Sein Kopf tat auch nach zwei *Ibuprofen* noch weh, zumindest, wenn er ihn allzuschnell bewegte. Aber dazu lud die Tristesse des Vierbettzimmers ohnehin nicht ein. Immerhin waren die drei übrigen Betten nicht belegt. Er öffnete die Augen, wandte langsam den Kopf, und als er Stëin sah, huschte ein schmales Lächeln über sein Gesicht. "Woher weißt du, daß ich hier bin?" fragte er leise.

"Ich habe dich auf der Bodentreppe gefunden und den Rettungswagen gerufen", erklärte Stëin mit einem schmalen Lächeln.

Echo nickte verstehend. Erinnern konnte er sich allerdings nicht.

Stëin ließ seinen Blick im Zimmer umherschweifen, das mit vier Betten, einem Tisch, zwei Stühlen und zwei abgestoßene, grauen Doppelspinden vollgestellt war. Er haßte Krankenhäuser. Dann zeigte er auf die blaue Marinetasche, die er mitgebracht hatte. "Ich dachte, die kannst du gebrauchen..."

"Danke..."

Erst jetzt bemerkte Stëin, daß er nichts weiter mitgebracht hatte, keine Blumen, Zeitungen, Schokolade... Er verzog entschuldigend den Mund, dann stellte er die blaue Reisetasche auf einem der anderen Betten ab, nahm sich einen Stuhl und setzte sich zu Echo. Einen Augenblick lang sahen sie sich unbeholfen an. Stëins Gesicht war blaß, die Augen müde und der Bart stoppelig. In der Hinsicht sahen sie sich durchaus ähnlich. "Schicke Frisur", sagte er als sein Blick auf Echos Kopfwunde fiel.

Echo versuchte zu nicken. "Ich habe ein bißchen Blut verloren, eine Gehirnerschütterung und eine Platzwunde über der linken Schläfe", zählte er monoton auf. "Die wurde genäht und dazu mußten sie mein Haar wegrasieren." Über dem linken Ohr war ein schmaler Streifen sehr kurz geschorenen Haares und eine seltsame, rötliche, vermutlich antibakterielle Substanz zu erkennen. Er seufzte. "Immerhin keine Fraktur oder so."

"*Oder so* hättest du vermutlich nicht überlebt."

Echo winkte ab.

"Hast du schon mit Jordan gesprochen?"

"Er muß hiergewesen sein, ich kann mich aber nicht wirklich erinnern..."

Stëin sah ihn mitleidig an. "Du siehst echt scheiße aus, wenn ich mir die Bemerkung erlauben darf."

"Danke gleichfalls", erwiderte Echo. "Ich fühl' mich auch so. Und woran liegt's bei dir?"

Stëin grinste mit gequältem Gesichtsausdruck, den Blick auf einen imaginären Punkt auf dem Boden gerichtet. "Ich hatte auch eine miese Nacht." Er zögerte einen Augenblick, in dem er abzuwägen versuchte, ob er Echo von Kristin Nijmanns Tod berichten sollte. Aber mit irgend jemandem mußte er über die letzte Nacht reden...

Und so begann er schließlich zu erzählen, von seiner Absicht, mit Kristin Nijmann zu sprechen, dem ersten Versuch und dem Zweiten, ebenfalls vergeblichen, bei dem er sie tot aufgefunden hatte; von seiner Hoffnung, wenigstens einen Hinweis darauf zu finden, was sie gesehen haben mochte in der Nacht des Unfalls, und von seiner Flucht vor der Polizei. *Für Che Guevara* hatte er gemurmelt, als er den Balkon hinuntergeklettert war, immer wieder. *Völlig bescheuert*, wie er später am Abend einsah, aber es hatte ihm irgendwie geholfen.

Echo hatte zugehört ohne etwas zu sagen. Kristin Nijmanns Tod hatte er mit einem leichten Kopfnicken kommentiert. Im Grunde war es die Bestätigung, daß der Überfall auf ihn selbst schiefgegangen sein mußte, sonst wäre auch er nicht mehr am Leben. Aber warum? Was wußte er oder was hatte er getan? Was hatte sein Vater getan?

"Ich denke, damit ist Jordans Theorie, dein Vater könnte diesen Kirschstein auf dem Gewissen haben, vom Tisch", unterbrach Stëin Echos Gedanken.

"Kerschenstein", korrigierte Echo beiläufig und schüttelte vorsichtig den Kopf. "Ich glaube tatsächlich, daß die drei Todesfälle zusammengehören. Aber der Tod der Journalistin befreit meinen Vater nicht von den Verdächtigungen der Staatsanwaltschaft. Und vielleicht hat er tatsächlich in irgendeiner Sache dringesteckt." Der Gedanke, sein Vater könne in *einer Sache* dringesteckt haben, erschien Echo im selben Augenblick äußerst abstrus. Und einen Augenblick später fügte er hinzu: "Außerdem wird die Polizei dich suchen…"

"Warum sollten sie?"

"Du hast dich irgendwie verdächtig gemacht, oder? Außerdem wird der Hausmeister von dir erzählt haben…"

"Die wissen doch gar nicht, wer oder wo ich bin…" Stëins Stimme klang etwas unsicher.

"Wenn der Hausmeister aufgepaßt hat, warten sie vermutlich schon bei dir zu Hause…"

"Du meinst, er hat sich meine Autonummer gemerkt?"

"Möglich."

Stëin murmelte etwas Unverständliches. Es würde ja wohl niemand vermuten, daß er etwas mit dem Tod der Frau zu tun hatte. Oder etwa doch? Er spürte, wie sich eine unbestimmte Angst in ihm ausbreitete. Dann aber hellte sich seine Miene wieder auf. "Übrigens, vielleicht haben wir doch noch etwas, das uns weiterhilft!" Er holte den kleinen Abholzettel aus seiner Jackentasche hervor. "Kristin Nijmann hat kurz vor ihrem Tod einen Film zum Entwickeln gebracht."

Echo schloß die Augen. Er war müde und sein Kopf tat weh. "Wo hast du den Zettel her?" fragte er leise. Ein paar Fotos waren gewiß nicht der Schlüssel zum Geheimnis jenes Mittwochabends.

"Den trug sie bei sich", erwiderte Stëin knapp.

Echo öffnete die Augen wieder und sah seinen Freund fragend an. Dann hob er den Kopf ein wenig zum Zeichen, daß er verstanden hatte. Einzelheiten wollte er gar nicht mehr wissen. "Wann holst du ihn ab?"
"Gleich... Ich bin jedenfalls gespannt, was drauf ist."
"Vergiß nicht, Jordan einen Abzug machen zu lassen."
"Laß mich zufrieden mit deinem Jordan!" brummte Stëin.
Echo lächelte. Für einen Augenblick kam ihm in den Sinn, einfach wieder zu verschwinden, zurück nach Hause, nach Köln. Dorthin würden ihm weder Jordan noch die Unbekannten folgen. Nichts, was er hier tat, würde seinen Vater wieder zum Leben erwecken, und er selbst war in Köln sicherlich auch besser aufgehoben als hier. *Ja*, dachte er, *ganz genau!* Vielleicht war das, was passiert war, ja nur eine Warnung. *Ich sollte hier verschwinden! Und das Haus so schnell wie möglich verkaufen?*
Die Tür ging auf und eine Schwester kam herein. "So, das war's für heute", entschied sie. "Herr Marburg braucht Ruhe!" Mit einer aufgeregten Handbewegung bedeutete sie Stëin, daß er gehen möge.
"Ich sage dir Bescheid, wenn auf den Photos etwas interessantes zu sehen ist", seufzte er, stand auf und gab Echo einen vorsichtigen Klaps auf die Schulter. Dann musterte er einen Augenblick die Krankenschwester, stellte fest, daß sie nicht sein Typ war, und trollte sich.
"Photos? Worum geht es?" Jordan stand in der Tür und sah Stëin fragend an.
"Wer sind Sie denn?" Die Krankenschwester baute sich vor Jordan auf, stemmte die Hände in die Hüften und sah mit geneigtem Kopf zu ihm hinauf.
"Polizei", antwortete Jordan überrumpelt. "Wir untersuchen den Überfall auf Herrn Marburg. Er zeigte hilflos auf Echo.
"Zwei Minuten", antwortete sie ebenso knapp wie streng und verließ das Zimmer, wobei sie den erleichterten Stëin mit hinausdrängte.
Es dauerte etwas mehr als zwei Minuten bis Echo dem Kommissar alles, was ihm vom Vortag noch im Gedächtnis geblieben war, erzählt hatte. Den Anruf der Taxizentrale verschwieg er dabei, seine Vermutung, daß der Mann, der ihn niedergeschlagen hat, eine grüne Tarnjacke trug, hingegen nicht. Jordan hörte zu, fragte ein oder zweimal nach und machte sich Notizen. Als die Schwester zurückkam, ließ er sich bereitwillig aus dem Krankenzimmer komplimentieren und verschwand, nicht ohne zu versprechen, wiederzukommen.
Echo schlief bald danach wieder ein, aber es war kein tiefer Schlaf, er wurde unterbrochen von langen Augenblicken, in denen Kopfschmerzen sich mit Tagträumen abwechselten. Stëin kam zurück mit den Bildern, und auf allen war nur das Gesicht der Unbekannten zu erkennen. Je länger er die Photos ansah, desto unschärfer wurden sie. Wer zum Teufel war diese Frau?

Am späten Nachmittag hatte er Tabletten bekommen, die seine Schmerzen vertrieben und ihn schlafen ließen, diesmal einen tiefen, traumlosen Schlaf, aus dem er seltsam klar mitten in der Nacht erwachte. Eine Totenstille umgab ihn, die ihn wie ein Kokon gefangen zu halten schien, keine Krankenhausgeräusche, kein Straßenlärm. Einer plötzlichen Eingebung folgend, stand Echo auf. Er taumelte ein wenig, schaffte es aber, seine Jeans anzuziehen und versuchte, zur Tür zu gelangen. *Köln*, schoß ihm durch den Kopf, er sollte nach Hause fahren, alles hinter sich lassen, nach Hause fahren...

Echo trat hinaus auf den Stationsflur, der dunkel und mondbeschienen vor ihm lag. Der Umriß eines scheinbar endlos hohen Fensters zeichnete sich auf dem schwarzweiß gefliesten Boden ab, was ihn etwas wunderte, denn all das paßte so gar nicht zu seiner Vorstellung von einem Krankenhausflur. Dann lag die Treppe vor ihm, groß und beeindruckend, eine Holztreppe, wie er sie vor nicht allzulanger Zeit schon einmal gesehen hatte, die Stufen waren hoch und abgetreten, der Läufer verblichen und nur an den Rändern war das ursprüngliche Rot noch zu erkennen. Ungewöhnlich für ein Krankenhaus, dachte Echo und bemerkte im nächsten Augenblick die Schlangen, die sich auf dem Boden wanden und mit bemerkenswerter Schnelligkeit näherkamen, zwei oder drei, dann vier, sie kamen aus der Dunkelheit hervor und schlängelten zielstrebig auf ihn zu. Echo schrie auf, sah sich um und erkannte die Treppe als einzigen Ausweg, ging vorsichtig darauf zu und begann hinaufzusteigen. Stufe für Stufe, langsam zunächst, dann aber, als ihm bewußt wurde, woher er die Treppe kannte, begann er schneller zu laufen, hin und wieder zwei Stufen auf einmal nehmend, Treppenabsatz für Treppenabsatz, Etage um Etage, immer höher, dorthin – das wußte er jetzt – wo die rettende Tür war, die grüne Holztür, die er unbedingt erreichen mußte, bevor, ja bevor sie verschwand... Das Mondlicht verblaßte immer mehr, nachdem er auf seinem Weg hinauf die Fensterspitze passiert und unter sich zurückgelassen hatte. Die Frage, warum er wieder hier war, in diesem beklemmenden Treppenhaus, auf der Flucht vor diesen seltsam großen Reptilien, diese Frage stellte sich ihm nicht mehr. Echo ahnte nur, daß er sich beeilen mußte, um die Tür zu erreichen bevor die Treppe wieder in sich zusammenfiel! Und da war sie auch schon, die schmale verwitterte Tür, dort wo es nicht mehr weiterging. Er stolperte, strauchelte, hielt sich am Geländer fest, doch es gab nach, gab ihm keinen Halt, konnte ihn nicht bremsen sondern fiel mit ihm, den Stufen, Tragbalken und Streben noch im Angesicht der Tür, die wenige Meter vor ihm lag, in die Tiefe.

Ein Schrei drang wie von weitem an sein Ohr, Sekunden vergingen, bis ihm klar wurde, daß es sei eigener war. Der Schmerz des Aufpralls war kaum zu spüren, und doch ging ein Riß durch sein Bewußtsein, Blut, alles war naß. Blut? Verdammt, die Schlangen, er konnte nichts sehen, konnte

sich nicht bewegen, riß die Augen auf, versuchte jedenfalls, sie zu öffnen, fuhr sich schwer atmend über das Gesicht, gab sich Mühe, zu erkennen ob seine Hand, die er seltsam genug noch bewegen konnte, rot verschmiert war. Doch es war zu dunkel.
Grüne Punkte leuchteten matt an den Wänden...
Nur langsam fand er zurück in die Wirklichkeit. Dies war nicht die Eingangshalle. Das schmale, endlos hohe Fenster war verschwunden, es hatte sich in ein kleines Kunststofffenster verwandelt. Ihm wurde klar, daß es Schweiß war, der an ihm klebte, kein Blut. Plötzlich fror er, aber er war erleichtert, endlos erleichtert, als die Erinnerung zurückkam, auch wenn sie ihm bedeutete, im Krankenhaus zu sein.
Echo setzte sich auf den Bettrand, zitternd. Innerhalb von Sekunden verschwand das Gewesene im Nichts. Von seinem Traum blieben nur noch Fragmente übrig. Das seltsame Treppenhaus, die *Tür*. Für einen Augenblick übte die Tür einen ebenso starken Reiz aus, wie die Augen, *ihre* Augen, die er nur so kurz gesehen hatte, nach denen er aber eine so starke Sehnsucht verspürte, daß ihm alles andere egal war. Aber verdammt, auch sie war nur ein Traum. Und die Treppe? Wohin führte sie? *Wo* war sie, in welchem Haus? Er erinnerte sich, schon einmal von der Tür geträumt zu haben...
Im nächsten Augenblick wurde die Tür geöffnet. Eine junge Frau trat ein, die Nachtschwester. "Achtung, Licht", sagte sie gedämpft und schaltete die Deckenbeleuchtung ein. Ihr Blick fiel auf Echo, der mit schweißgetränktem Krankenhausnachthemd auf der Bettkante saß. "Was ist denn mit Ihnen los?" fragte sie etwas lauter, und es klang ein wenig vorwurfsvoll. Echo sah sie mit kleinen Augen an, machte eine *Ich-weiß-nicht*-Geste, doch es war eine erleichterte, zufriedene Geste, zufrieden darüber, daß seine noch aus dem Traum an ihm klammernde Angst unbegründet war, daß er nicht gestürzt war und daß auch kein Blut an ihm klebte.
"Sie haben geschrieen", sagte sie sanft und suchte aus einem der Schränke ein neues Nachthemd hervor. Sie hatte langes, dunkelblondes, zu einem Zopf geflochtenes Haar.
"Ich... ich hab' geträumt" antwortete Echo und fuhr sich mit der Linken durch das Gesicht als ob er die letzten Reste seines Traums fortwischen wollte. "Geträumt, sonst nichts..."
Die Schwester lächelte. Sie reichte ihm das Nachthemd. "Das kann passieren, in der ersten Zeit..." Sie betrachtete ihn mit einem, für ihr junges Gesicht viel zu mütterlichen Lächeln. "Trocknen Sie sich ab", riet sie ihm. Dann löschte sie das Licht und verließ den Raum.

Das Klingeln des alten Telefons drang wie aus weiter Ferne an Morands Ohren. Er öffnete verschlafen die Augen einen Spalt breit. Mattweißes Licht einer Straßenlaterne drang durch die ergrauten Gardinen in das Zimmer. Ein schrilles Klingeln lang fragte er sich wo er war. Dann begriff er und fuhr auf. Im nächsten Augenblick hatte er den Telefonhörer in der Hand. "Oui?"

"Ich bin es", lautete Le Maires knappe Antwort. Morands Müdigkeit verflog gleichzeitig mit dem Restalkohol in seinem Blut, zumindest schien es so. "Was gibt es?" fragte er vorsichtig.

"Girardeaux hat sich erschossen."

"Erschossen?" Die Nachricht wirkte ungefähr wie ein Schlag in den Magen. "Sagten Sie nicht, er wäre verschwunden?"

"Er wurde heute morgen gefunden, im Wald hier bei Aubagne, in seinem Wagen."

"Warum? Ich meine... hat es mit mir zu tun?"

"Ich denke, es hat mit Kerschenstein zu tun."

Merde, dachte Morand. "Dann hat nicht er selbst sich umgebracht, sondern..."

"Wir vermuten, Girardeaux hat für Leclercque eine Kopie Ihrer Akte besorgt", unterbrach Le Maire Morands Überlegungen. "Paris wirft ihm Geheimnisverrat vor. Ich hatte heute morgen erst den Haftbefehl für ihn bekommen."

"Hat er nicht für das *Deuxième Bureau* gearbeitet?"

"Der Haftbefehl ist an alle Dienststellen gegangen", erwiderte Le Maire und klang dabei ziemlich ungeduldig.

"Konnte er davon wissen?"

"Nein."

"Dann ist er ausgeschaltet worden."

"*Ja, au nom de Dieu!* Und jetzt passen Sie auf. Ich habe nicht viel Zeit. Dies ist eine öffentliche Telefonzelle..."

"Von wem?"

"*Ich weiß nicht, von wem er umgebracht wurde! Verdammt!* Schreiben Sie sich jetzt zwei Nummern auf. Es handelt sich dabei vermutlich um deutsche Aktenzeichen. Versuchen Sie, herauszufinden, was dahintersteckt. Es hat in irgendeiner Weise mit Kerschenstein zu tun, und ich vermute, es könnte Ihren Kopf retten, wenn Sie herausfinden, *was*. Mehr kann ich im Augenblick nicht für Sie tun."

"Können Sie das nicht viel besser..."

"Nein. Das Ministerium überwacht jeden unserer Schritte."

"Aber was für Aktenzeichen..."

Le Maire ignorierte Morands Frage und diktierte ihm statt dessen die beiden Zahlenkombinationen, die dieser mit einem resignierten Schnauben mitschrieb. "Wenn uns das nicht weiterbringt, kann ich für nichts garantieren. Der Präfekt hat Sie auf die *Schwarze Liste* gesetzt und ich kann mir denken, daß Interpol Ihnen bereits auf den Fersen ist. Beeilen Sie sich also besser.

Und seien Sie vorsichtig. Fragen Sie am besten Kerschenstein selbst danach..."

"Kerschenstein ist tot."

Der Commandant seufzte. "Dann Gnade Ihnen Gott", sagte er schließlich. "Versuchen Sie trotzdem etwas über die Aktenzeichen herauszufinden. Sie sind gewissermaßen Girardeaux' Vermächtnis."

"Oui, monsieur le..."

"Keine weiteren Namen", unterbrach ihn Le Maire. Dann legte er auf.

> Wie ein Traum vergeht, so wird er auch nicht zu finden sein,
> und wie ein Gesicht in der Nacht verschwindet.
> Welch Auge ihn gesehen hat, wird ihn nicht mehr sehen;
> und seine Stätte wird ihn nicht mehr schauen....
> Hiob, 20, "Zofars zweite Rede"

21. OLDENBURG, MONTAG, 10. SEPTEMBER 1984

Die Visite am nächsten Morgen fiel weitgehend aus. *Notfälle*, war die Begründung, alle verfügbaren Ärzte waren in der Notaufnahme oder im OP zu finden. Nur der Stationsarzt sah kurz herein. "Sie träumen schlecht?" fragte er unumwunden. Die Nachtschwester hatte also geplaudert. Echo wußte nicht, ob der Traum tatsächlich mit dem Überfall zusammenhing und nickte daher nur.

"Was ist passiert?" Der Stationsarzt deutete auf Echos Kopfwunde.

"Ich bin überfallen worden", erwiderte Echo zögernd. "Ich weiß nicht, wie es passiert ist und womit ich niedergeschlagen wurde." Er schauderte ein wenig. "Ist vielleicht auch ganz gut so. Ich vermute nur, daß irgend etwas schiefgelaufen ist, sonst hätte ich den Schlag richtig abbekommen..."

Der Arzt notierte sich etwas auf einem kleinen Notizblock und ließ das Geschriebene in den Tiefen seiner Kitteltasche verschwinden. "Sie haben tatsächlich Glück gehabt", bestätigte er mit verhaltenem Grinsen. Er beugte sich herab und betrachtete Echos genähte Kopfwunde aus der Nähe. "Dadurch, daß der Schlag in einem sehr spitzen Winkel ausgeführt wurde, ob absichtlich oder durch eine Abwehrmaßnahme, haben Sie keine Schädelfraktur davongetragen. Alles, was wir festgestellt haben, ist eine mehr oder weniger schwere Schädelprellung in Verbindung mit einer leichten Gehirnerschütterung. Daher auch Ihre Bewußtlosigkeit. Naja, und natürlich die großflächige Abschürfung auf der Kopfhaut. Sie haben ziemlich stark geblutet. Aber das ist nicht lebensbedrohlich. In ein paar Tagen kann der Verband wieder ab..."

Echo seufzte erleichtert. "Hätte schlimmer kommen können", sagte er leise.

"Nun, kein Grund Freudentänze aufzuführen", relativierte der Arzt und wandte sich zum Gehen. "Sie brauchen noch ein paar Tage Ruhe."

"Ruhig sein kann ich auch zu Hause. Ich werde heute abgeholt." Das war zwar keineswegs sicher, aber wie sonst sollte er die Vorbestellung fahren? Und er mußte sie fahren, denn es ging um diesen Kerschenstein.

Der Arzt krauste die Stirn und sah sich zu Echo um. "Das kann ich auf gar keinen Fall verantworten!"

"Macht nichts", murmelte Echo. "Das mache *ich* schon..."

Am Nachmittag unterschrieb Echo, daß weder Krankenhaus noch behandelnder Arzt für eventuelle Folgeschäden aufgrund eigenmächtiger und vorzeitiger Entlassung haftbar gemacht werden konnten, nahm seine blaue Marinereisetasche auf und verließ die Station in Richtung des Treppenhauses. Er hatte Stëin angerufen und den Rest des Vormittags und das Mittagessen verschlafen, was ihm gut bekommen zu sein schien – sowohl Schwindel als auch Kopfschmerzen waren weitgehend verschwunden. Sogar ein wenig Hunger machte sich bemerkbar. Allerdings mußte er sich mit einem trockenen Stück Marmorkuchen und einer Tasse dünnem Krankenhauskaffee zufriedengeben, die ein *Zivi* mit Rastazöpfen ihm auf den blechernen Nachttisch stellte.

Beim Anziehen war ihm ein wenig seltsam zumute, doch er dachte an den Anruf der Taxizentrale und die Vorbestellung für den Abend. Diese Tour mußte er unbedingt fahren! Den Toten erwartete er zwar nicht, aber mit etwas Glück würde er jemanden fahren, der sowohl seinen Vater als auch diesen Kerschenstein gekannt hatte. Eine vage Hoffnung war besser als gar keine Spur.

Eine Stunde später fuhr Stëin ihn nach Hause.

Sie saßen nebeneinander auf der Terrasse, auf dem Boden, an die sonnenwarme Hauswand gelehnt. Echos Kopfschmerzen waren zurückgekehrt und ein leichter Schwindel ebenfalls. Doch das war ihm egal, er wollte diese Tour fahren, komme was wolle. Verschwunden war der Gedanke daran, einfach aufzugeben. Sie würde, das hoffte er zumindest, ihn der Wahrheit ein Stück näher bringen. Was danach geschah – nun, das würde man sehen. Konnte sein, er würde zurückkehren ins Krankenhaus, zu den Ärzten, die ihm Ruhe verordnet hatten...

Trotz allen Widerwillens versuchte er, an den Nachmittag zu denken, an dem er niedergeschlagen wurde. Es war nicht so, daß er den Einbrecher überrascht hatte. Der Mann in der Tarnjacke war von hinten gekommen und hatte dann zugeschlagen. Genausogut hätte der Mann fliehen können, ungesehen sogar. Nein, sein Angreifer hatte es auf ihn abgesehen, soviel stand fest. Und er würde es noch einmal versuchen, wenn er die Gelegenheit dazu hatte. Vielleicht heute abend.

Echo legte die Photographien der Reporterin zur Seite und rieb sich die Augen, was ihm ein wenig Linderung verschaffte. Ein paar Farbphotos nur, der Rest war nicht belichtet. Sie zeigten seinen Vater, offenbar im Gras neben dem Ascona liegend. Jemand hatte ihn aus dem Auto geholt. Die Photographin vielleicht. Dann zwei Männer, einer von ihnen gibt seinem Vater eine Spritze. Beide schienen nicht zu bemerken, daß sie photographiert wurden. Ein Auto ist zu sehen, ein Hundertneunziger Mercedes, schwarz, Wiesbadener Kennzeichen, Photos von der Unfallstelle, im Hintergrund der Waldrand, vorne die Straße. *War einer der beiden ein Arzt?* Der Wagen steht stadteinwärts. Auf zwei weiteren Bildern waren ein Friedhof und eine

Lagerhalle zu sehen. Beides möglicherweise in Oldenburg, Echo konnte aber nicht sagen, wo.

"Ich hatte so gehofft, daß es uns weiterhilft." In Stëins Worten klang Enttäuschung mit.

Echo neigte skeptisch den Kopf. Auf den ersten Blick und für sich betrachtet waren die Bilder vielleicht schwer zu verstehen. Doch wenn man genauer hinsah, kam man nicht umhin, sich ein paar Fragen zu stellen: hatte die Reporterin die Straße photographiert, um zu zeigen, wie unwahrscheinlich es war, hier aus der Spur zu kommen? Und wenn ja, warum hatte sich sein Vater trotzdem überschlagen? Wer war der Mann, der seinem Vater eine Spritze gab? Ein Arzt? Eine entsprechende Tasche war auf keinem der Bilder zu erkennen. Und hatte Jordan nicht gesagt, daß sein Vater im Auto gestorben sei? Und schließlich die Richtung des Fahrzeugs. Hatte es sich gedreht oder war er tatsächlich auf der Fahrt nach Hause gewesen – und nicht, wie angenommen, stadtauswärts? Aber woher war er dann gekommen?

"Die Photos sind erstklassig", sagte Echo schließlich. "Wenn du mich fragst…" er zögerte einen Augenblick – "Wenn du mich fragst", beendete er den Satz schließlich, "dann haben diese beiden meinen Vater auf dem Gewissen."

Stëin hob die Photographien auf und legte sie gleich wieder auf den Boden. "Diese Bilder zeigen Unfallhelfer, die verschwunden sind", sagte er nachdenklich. "Aber Mörder?"

"Zeig' sie Jordan", erwiderte Echo bestimmt. "Wenigstens diese hier…" Er zeigte auf Photos auf denen der Mercedes und die beiden Männer zu sehen waren. "Er soll herausfinden, wer diese Typen sind und was sie ihm gespritzt haben." Dann tippte er auf zwei weitere Photographien. "Was ist mit denen?"

"Ich denke die haben nichts damit zu tun…" Stëin nahm die Bilder in die Hand. Sie zeigten einen alten Mann auf einem Friedhof, vor einem offenbar jüdischen Grabstein, und ein Industriegelände, das ihm irgendwie bekannt vorkam. Wo es genau lag, vermochte auch er nicht zu sagen.

Echo nahm Stëin die Bilder ab, betrachtete sie ein weiteres Mal und schüttelte dann nachdenklich den Kopf: "Es ist vielleicht nur ein Zufall", sagte er leise und tippte auf das Photo des alten Mannes, das, wie durch das Teleobjektiv eines Paparazzo, ein wenig unscharf, den *Jüdischen Friedhof* der Stadt zur Kulisse hatte. "Aber wenn das hier Kerschenstein ist, dann wußte diese Nijmann weit mehr, als wir ahnen…" Er nahm die Phototasche auf, zog die Negative heraus und hielt eines nach dem anderen ins Licht. "Diese beiden Photos wurden *vor* den Unfallbildern aufgenommen…"

"Vorher?" Stëin sah Echo verwundert an. "Das heißt", überlegte er schließlich und zeigte auf das Bild des alten Mannes, "falls dies hier tatsächlich Kerschenstein ist…"

"...dann sind die Photos vom Unfall kein Zufallsprodukt. Dann ist das tatsächlich der Beweis, daß es eine Verbindung zwischen Kerschenstein und meinem Vater gab. Und diesen beiden. Und Kristin Nijmann kannte sie."
"Davon haben wir nur nichts", stellte Stëin fest und dachte an Kristin Nijmanns Wohnung. "Diese Bilder sind der einzige Beweis. Wenn man sie Beweis nennen kann. Alles andere ist verschwunden."
"Stimmt. Aber die Bilder haben wir wenigstens." Echo tippte auf das Friedhofsphoto. "Wir müssen herausfinden", sagte er mit mehr Nachdruck als beabsichtigt, "ob dieser Mann auf dem Photo wirklich Kerschenstein ist."
Stëin nickte. Er überlegte, wer ihnen helfen konnte. Der einzige Name, der ihm in diesem Augenblick einfiel, war der des Kommissars. "Jordan", seufzte er.
"Jordan", bestätigte Echo. "Und er kann auch gleich den Halter des schwarzen Hundertneunzigers ausfindig machen. Das würde uns ein ganzes Stück weiterbringen."
"Oder auch nicht. Er wird fragen, warum wir das wissen wollen. Und was das Auto angeht –", Stëin wies auf die Photos, "der Wagen hat eine Wiesbadener Nummer. Ich denke, das ist ein Mietwagen." Nachdenklich fügte er hinzu: "Vielleicht sollten wir mal bei *Hertz* anrufen?"
"Hertz?"
"In Wiesbaden."
Echo begriff. "Du hast recht. Jordan..."
"Nein, nein, das kriegen wir auch selbst raus... ich übernehme das."
"Gut." Echo nickte, stand auf und ging in die Küche, wobei er seinen Blick über das Wohnzimmer schweifen ließ. Es würde einige Zeit dauern, die Unordnung hier und im Arbeitszimmer zu beseitigen. Aber wie sollte er die Ordner, die Papiere und die verstreut liegenden Gegenstände richtig einräumen? Die Ordnung seines Vaters war ebenso unverständlich wie unwiederbringlich. Aber letztlich war es Echo sogar egal. Im Grunde hatte er gar keine Ambitionen, sich hier einzurichten. Zwei Wochen noch, dann würde er spätestens wieder in seine Einzimmerwohnung in *Köln Ierefeld* zurückkehren. Ein Vakuum, ein Zustand des Provisoriums, mehr war das hier nicht. Wahrscheinlich würde irgendwann ohnehin alles im Container verschwinden...
Als er fünf Minuten später aus der Küche zurückkehrte, brachte er zwei Becher Kaffee mit. Und die Erkenntnis, daß er es wieder versäumt hatte, wenigstens das Nötigste einzukaufen. Er reichte Stëin einen Becher, setzte sich wieder neben ihn und verrührte zwei der Tabletten, die er aus dem Krankenhaus für den Kreislauf und gegen die Kopfschmerzen mitbekommen hatte, in seinem eigenen. Für einen Augenblick war alles so ruhig, so angenehm, der Kaffeeduft, die späten Sonnenstrahlen, dasitzen und nichts tun...

Dann drang der Fremde wieder in sein Bewußtsein. Der Fremde in der Tarnjacke, der ihn niedergeschlagen hatte, sein Vater, der tote Kerschenstein und die Reporterin geisterten in seinem Kopf herum, wirr und zusammenhanglos.

Es war Stëin, der ihn erlöste. "Jordan", sagte er vorsichtig. "Soll ich ihm wirklich die Photos zeigen?"

Echo überlegte einen Augenblick. Dann schüttelte er den Kopf. Er hatte es sich anders überlegt. Natürlich mußte die Polizei die Bilder früher oder später sehen. Schließlich waren sie, wenn man sie richtig auslegte, die wichtigsten Indizien dafür, daß sein Vater unschuldig war. Aber zuerst wollte er abwarten, was am Abend passieren würde, wer diese etwas makabre Vorbestellung aufgegeben hatte. *Und wer weiß*, dachte er und steckte dabei die beiden Bilder ein, *vielleicht erkennt mein Fahrgast sogar den alten Herrn auf dem Photo...*

Stëin nahm das mit einer hochgezogenen Augenbraue zur Kenntnis. "Du solltest ihm von der Vorbestellung heute abend..."

Komm...

Mit einer erhobenen Hand bedeutete Echo Stëin zu schweigen. Irgend etwas – irgendwer – war da, ganz in der Nähe –

Komm... Es war mehr ein Zischen, ein Wispern, als normales Sprechen. *Komm zu uns...* Echo fuhr zu Stëin herum, doch der sah ihn nur fragend an. *Er* hatte also nichts gesagt. *Non nobis, Domine*, irgendwo flüsterte jemand diese Worte, leise und immer wieder von neuem beginnend, drangen sie an Echos Ohr. *Non nobis, Domine, non nobis, sed nomini tuo da gloriam!* Dazwischen eine zweite Stimme: *Komm zu uns ... Sie wartet auf dich...*

Echo sah sich um, blickte dann wieder zu Stëin hinüber. "Hörst du das?" fragte er mit gequältem Gesicht.

Stëin antwortete nicht, zuckte nur mit den Schultern und sah sich suchend im Dickicht des Gartens um. Dann stand er auf, plötzlich, behende, nur um sogleich wieder in die Hocke zu gehen, einen bestimmten Punkt in der Nähe des Gartenzauns fixierend.

"Was ist?"

Non nobis, Domine...

Stëin legte den Zeigefinger auf den Mund. Nahezu künstlich langsam nahm er einen langen, abgebrochenen Zweig auf, hielt ihn vor sich wie eine Machete und ging durch das hohe, ungemähte Gras auf die wild wuchernden Büsche am Rand des Gartens zu. Echo stand ebenfalls auf, unsicher, ob er seinem Freund folgen sollte, sah ihm jedoch nur zu, wie er begann, im Gras unterhalb einer gedrungenen Blutpflaume herumzustochern. Ihm war ein wenig schwindelig.

"Was ist da?" fragte Echo noch einmal. Im nächsten Augenblick schrie Stëin auf und stolperte ein paar Schritte zurück. "Eine Schlange!" rief er erschrocken. Etwas dunkel Glänzendes schlängelte über den Boden zu seinen Füßen und verschwand sogleich wieder im hohen Gras.

"Eine Schlange?" Echo kam näher und sah in die Richtung, in die Stëin zeigte. "Ich sehe nichts..."

Stëin fluchte. "Ein Riesenvieh", brummte er und warf den Zweig fort. "Seit wann gibt's hier Schlangen?"

Echo zuckte mit den Schultern. "Ich hab' in dieser Gegend noch nie welche gesehen..." Er sah skeptisch zum Zaun hinüber. Für einen Augenblick drang das Bild einer roten Schlange in sein Bewußtsein, zischelnd und sich windend auf schwarzweißen Fliesen. Wo hatte er dieses Bild schon einmal gesehen?

Stëin schüttelte sich und verzog angewidert den Mund. "*Aber sie war da...*"

"Glaub' ich ja..."

Unschlüssig kehrten sie zurück zur Terrasse. Eine Weile sahen beide hinüber zum anderen Ende des Gartens. Doch da bewegte sich nichts mehr. Auch die Stimmen waren verschwunden.

"Können Schlangen sprechen?" Die Frage war nicht ernstgemeint. Dennoch, Echo hatte die Stimmen gehört – oder sollte man sagen: *wahrgenommen*?

Stëin sah seinen Freund konsterniert an.

"Ich meine: hast du das auch gehört?"

"Was?"

"Non nobis domine oder so etwas... Sie hat mich gerufen –"

"Sie?"

"Die Stimme."

"Es hat niemand etwas gesagt", stellte Stëin mit gekrauster Stirn fest. "Und diese *Kundalini* bestimmt nicht!"

"Diese was?"

"Kunda... na dieses Viech, die Schlange."

"*Kundalini*", wiederholte Echo langsam. "Habe ich das schon einmal gehört?"

"Keine Ahnung. Im Tantra ist die *Kundalini* eine Schlange, der die kosmische Energie des Menschen innewohnt", erklärte Stëin und setzte sich langsam wieder. "*Kundalini* ruht am Ende des Rückgrades. Die Legende sagt, daß die Templer einander den Hintern geküßt haben, um diese Energie freizusetzen." Er lachte unsicher.

"Die Templer? Wie kommst du jetzt plötzlich auf die Templer?"

"Ich weiß nicht", erwiderte Stëin mit einem Achselzucken. "Vielleicht weil du was von *non nobis domine* erzählt hast."

"Ja, das... das sagte diese Stimme. Was ist damit?"

"Das war der Leitspruch der Templer: *Nicht uns, o Herr, nicht uns, sondern Deinem Namen gib Ehre*. Psalm 115 oder so."
Echo schüttelte den Kopf. Die Templer. Wieso überraschte ihn das nicht? Hatte er nicht gerade erst... "Weißer Mantel mit rotem Kreuz?" frage er unvermittelt. "Das waren die doch, oder?"
Stëin nickte. "Die Templer trugen das rote Kreuz auf weißem Mantel, ja. Bei den Johannitern war's umgekehrt und der Deutschorden hatte ein weißes Kreuz auf schwarzem Mantel." Sein Studium begann sich bezahlt zu machen.
"Ich hab' so einen Mann gesehen", sagte Echo langsam und versuchte, sich an Einzelheiten zu erinnern. "Als ich niedergeschlagen wurde, habe ich zwei Männer gesehen, einer von ihnen trug diesen weißen Mantel mit rotem Kreuz..."
"Aber *das war nur ein Traum!*" lachte Stëin. "Bestenfalls eine – wie sagt man? – Nahtoderfahrung..." Im nächsten Augenblick aber, als ihm bewußt wurde, daß Echo tatsächlich beinahe umgebracht worden wäre, erstarb sein Lachen. Er erinnerte sich an den Zwischenfall vor zwei Tagen, tastete die Taschen seiner Jeansjacke ab und zog die beiden Fibeln hervor, die er aus der Steckdose des Arbeitszimmers gezogen hatte. Waren die Hinweise auf den Templerorden wirklich nur Zufall? "Schau –" Stëin reichte Echo eine der Bronzefibeln.
"Was ist das?"
"Eine Fibel", erklärte Stëin. Und als Echo immer noch nicht verstand, fügte er hinzu: "Die dienen zum Verschließen von Mänteln, hier oben..." Er deutete mit der linken Hand auf eine Stelle unterhalb seines Kehlkopfes. "Also früher zumindest... Aber sieh dir die Verzierungen an: es sind jeweils vier kleine Tatzenkreuze darauf."
"Tatzenkreuze?"
"Ja, oder Templerkreuze. Die Enden weiten sich tatzenförmig aus, siehst du? Daher der Name. Das der Johanniter ist ähnlich, bildet aber acht Spitzen an den Enden der Kreuzbalken."
Echo nickte ohne wirklich zu verstehen. "Woher hast du die?"
Die Frage war berechtigt, das mußte Stëin zugeben. Dennoch wich er Echos Blick aus und sah unglücklich zu Boden, so als müßte er etwas eingestehen, was seiner Weltanschauung völlig zuwiderlief. *Non nobis* – das Templermotto und der Templermantel, den Echo gerade erwähnt hatte, die *Kundalini*, die Fibeln... Allesamt Assoziationen zum Templerorden, ein Orden, der seit 650 Jahren nicht mehr existierte... Wer also sollte mit seinen Attributen spielen – und warum? "Die habe ich in der Steckdose gefunden", erklärte er schließlich, mit dem Kopf Richtung Obergeschoß weisend. "Oben, in dem Zimmer neben dem Büro. Jemand hat damit einen Kurzschluß verursacht. Zweimal hintereinander..."

"Einen Kurzschluß? Wieso sollte..."
"Vielleicht um dich und mich abzulenken, keine Ahnung. Wenn es *die* gewesen wären, die dich überfallen haben, dann hätten sie mich doch auch umgelegt. Scheinen ja nicht zimperlich zu sein. Gesehen habe ich zwar niemanden – " er fuchtelte unbeholfen mit den Armen, "trotzdem muß irgend jemand hier mit mir in der Wohnung gewesen sein."

Echo nickte, wobei er fast ein wenig enttäuscht war, daß auch Stëin jemanden bemerkt haben wollte.

Sie schwiegen eine Weile, nippten unbehaglich an ihrem mittlerweile kalten Kaffee und behielten mißtrauisch die hintere Ecke des Gartens im Auge. "Vielleicht hast du Recht", sagte Echo schließlich leise. "Ich kenne mich da nicht aus, und die Erinnerung verblaßt auch allmählich, aber wenn es, wie du sagst, tatsächlich eine Nahtoderfahrung war, bedeutet es dann nicht, daß das, was ich gesehen – oder wahrgenommen – habe, real war? Ich bin mir sicher, daß einer der beiden Männer den anderen davon abgehalten hat, mich zu töten. Oder zumindest noch einmal zuzuschlagen..."

Stëin seufzte. "Das habe ich so zwar nicht gemeint, aber... ja, vielleicht. Letzte Woche hätte ich das noch für ausgemachten Blödsinn gehalten..." Offenbar mußte er sich zu dem, was er sagte, durchringen: "Aber ich muß zugeben, daß mich das, was in den letzten Tagen passiert ist, etwas – wie soll ich sagen – verunsichert." Er zwang sich zu einem Grinsen. "Bis auf *Kundalini* natürlich", fügte er hinzu. "Die ist schließlich metaphorisch und kann daher nicht plötzlich in deinem Garten auftauchen."

Aber die Stimmen, wollte Echo sagen, verkniff es sich aber. Wieso hatten sie *ihn* gerufen – und nur ihn, denn Stëin hatte sie ja offensichtlich nicht gehört. Lag es am Haus? War es der drängende Geist seines Vaters? *Wurde er bereits verrückt?*

Echo hielt den Becher mit der Rechten fest umschlossen. Im Augenwinkel nahm er Stëin wahr, der nachdenklich vor sich hinstarrte. Ein beruhigendes Gefühl von Freundschaft und Vertrauen durchflutete ihn. Sie kannten sich seit... ja, seit wann eigentlich? Zwanzig Jahre waren es bestimmt. Erinnerungen an die Schulzeit flackerten auf, gemeinsames Herumtollen, gemeinsamer Schulweg, gemeinsame Freunde und Freundinnen. Stëins Bonanzarad, auf das Echo so gar nicht neidisch gewesen war, weil er kurz darauf sein erstes Rennrad bekommen hatte, ein rotes *Raleigh* mit weißem Lenkerband. Ein Traum, auf den er lange hatte sparen müssen. Eine merkwürdige Zeit. Für einen Augenblick wurde Echo bewußt, daß sie unwiederbringlich war, daß sie eine Ewigkeit her war, und daß er das schmerzlich bedauerte. Eine *Ewigkeit*? Zehn Jahre waren keine Ewigkeit! Und doch war es fast wie ein anderes Leben. Eine Zeit, in der alles unendlich schien, nichts schnell genug ging, die Eltern, die Großeltern, sie alle waren feste Größen, unwahrscheinlich, daß einer von ihnen einmal nicht mehr da sein würde um ihm die Welt zu erklären; daß er selbst Verantwortung für sein Leben würde übernehmen müssen. Erwachsenwerden nannte man das wohl. Und jetzt? War es jetzt soweit? Die Großeltern lebten nicht mehr, sein Vater lebte nicht mehr, seine Mutter... seine Mutter hatte keine Ahnung von dem, was hier passierte. Und Echo mußte sich selbst gegenüber Rechenschaft ablegen für sein Leben, für das Studium, das Haus, die Taxe. Niemand war mehr da, der ihm sagte, was er tun sollte. Ein Scheißgefühl.

Einen Augenblick lang drohte er in einen Strudel von Selbstmitleid zu geraten. Dann spürte er in seiner Linken die Fibel, die so grob und zugleich so detailliert gearbeitet war, daß sie kaum eine Nachbildung sein konnte. "Ein schönes Stück", sagte er leise ohne das Selbstmitleid auch nur Ansatzweise abschütteln zu können.

"Ja." Stëin sah auf, blickte zu Echo hinüber und überlegte. "Ich kenne jemanden, der sich mit diesem Zeug auskennt. Wenn uns einer sagen kann, ob das hier echt oder Schrott ist, dann der alte Marten..."

"Wer?"

"Marten. Ich helfe ab und zu in seinem Buchladen aus. Ich werde ihm die Fibel morgen zeigen..." Im nächsten Moment sprang er auf, stellte die Kaffeetasse auf den Boden und lief ins Haus. "Verdammt", hörte Echo ihn rufen, "das Buch!"

Wenig später war er wieder da und reichte Echo das kleine Büchlein über Flandern. "Das habe ich gestern gefunden." Er zögerte, dann fügte er hinzu: "Lag unterm Bett..."

Echo fragte ihn nicht, was er unter dem Bett seines Vaters gesucht haben mochte. "Flandern", las er. *Helmut Domke, 1964.* "Was ist damit?" Er kannte das Buch nicht, hatte es nie gesehen und hätte auch nicht gedacht, daß sein Vater sich für dieses Land interessierte.

"Schlag es auf. Das Lesezeichen ist ziemlich neu. Vielleicht sagt dir das etwas."

"Das Lesezeichen?" Echo blätterte das Buch durch bis er auf die alte Photographie stieß. Er nahm sie heraus und betrachtete sie. Endlose Sekunden vergingen in denen er zweifelte, schließlich aber doch erkannte, daß *sie* es war, die Unbekannte, die ihm in Erwartung des Todes erschienen war, deren tiefdunkle Augen er nie wieder vergessen würde. Es war als hätte ihn ein Schlag getroffen, ein Schlag, der plötzlich alle Bilder jenes Nachmittags wieder zurückbrachte, Bilder, die kaum mehr als vierundzwanzig Stunden hinter ihm lagen.

"Wer ist das?" fragte Stëin. "Kennst du sie etwa?"

"Das..." Echo starrte immer noch auf die sepiafarbene Aufnahme, die er in der Hand hielt. "Ich hab' dieses Gesicht schon einmal gesehen..."

Stëin nahm Echo das Bild ab. "*Das?*" fragte er skeptisch.

"Ja... heute nacht, oder gestern." Echo zitterte ein wenig. "...nein, gestern war das, bevor ihr mich gefunden habt..." Er nickte bestimmt.

"Etwa die Frau, nach der du gefragt hast?"

"Habe ich das?" Echo starrte auf die Photographie. "Ja, vielleicht..."

"Ein Traum..." Stëin zuckte mit den Schultern. "Manchmal sieht man etwas und meint, es schon einmal gesehen zu haben. Aber ich glaube nicht an diese Art von *déjà vu*. Unser Erinnerungsvermögen spielt uns manchmal einen Streich. Vermutlich hast du die Photographie vorher schon gesehen und denkst jetzt..."

"Nein", unterbrach Echo ihn schroff. "Ich kenne das Photo nicht, und das Buch auch nicht. Das *war sie*, ich habe sie ganz deutlich gesehen, das gleiche dunkle Haar, die Augen... Ich habe ihr Gesicht seit dem Überfall nicht mehr aus dem Kopf gekriegt..."

"War sie in der Wohnung? So wie die anderen beiden, die du... naja, gesehen zu haben glaubst?"

Gesehen zu haben glaubst. Echo reagierte nicht auf Stëins Anspielung. Die junge Frau war ebenso ungreifbar wie die beiden Männer, die er gesehen hatte. War er wirklich an der Schwelle zum Tod gewesen, so nahe *dran*, daß die Seele – und mit ihr das visuelle Wahrnehmungsvermögen – sich für einen Augenblick vom Körper getrennt hatte? Das erschien ihm so unwahrscheinlich, daß er Stëins Argwohn nicht übelnehmen konnte. Und doch trug er die Bilder seither in seinem Kopf.

Stëin betrachtete unterdessen die Photographie. Er war durchaus angetan von der jungen Krankenschwester – wäre da nicht die Einsicht, daß dieses Bild vor mindestens sechzig oder fünfundsechzig Jahren aufgenommen worden war, im Ersten Weltkrieg oder davor. Mit der Fertigkeit eines Kartenspielers ließ er das Photo um seine Finger gleiten und hielt es Echo so hin, daß er die Rückseite sehen konnte.

"August 1984." Echo zuckte mit den Schultern. "Eine Reproduktion also."

"Ja. Und erst ein paar Wochen alt. Warum sie dein Vater wohl anfertigen lassen hat?" Als Echo nicht antwortete, nur vor sich hinstarrte und kaum merklich den Kopf schüttelte, fuhr Stëin sanft fort: "Du kannst die Frau nicht gesehen haben. Zumindest nicht *so*. Sie ist weit über achtzig. Wenn sie noch lebt." Er steckte das Bild zurück in das Büchlein und reichte es Echo. "Träume verblassen", sagte er, wobei er unangenehm väterlich klang. "So intensiv sie auch waren." Und nach einem Blick zur Uhr fügte er hinzu: "Schätze, du mußt bald los. Oder kann ich's dir noch ausreden?"

Es war kurz vor acht, die Sonne versank allmählich hinter den Häusern und nahm die letzte Wärme mit sich. Echos Atem begann, sich als Wölkchen in der Abendluft abzusetzen. Plötzlich fröstelte ihn. "Nein", erwiderte er. "Das kannst du nicht..."

"Kannst du fahren? Ich meine, wirst du's schaffen?"

Echo nickte. Die beiden Tabletten in seinem Kaffee begannen, die Kopfschmerzen niederzuhalten, machten ihn aber gleichzeitig etwas benommen. "Die eine Fahrt wird schon gehen."

Stëin sah ihn argwöhnisch an, wußte aber, daß er ohnehin nichts ausrichten konnte. Echo würde sich, was auch immer geschehen mochte, in die Taxe setzen.

Sie gingen durch das Wohnzimmer zum Eingang und hatten beide dabei das Gefühl, beobachtet zu werden. Ein unbestimmtes, unangenehmes Gefühl, das Echo im nächsten Moment durch eine fahrige Geste abzuschütteln versuchte. "Stëin?" fragte er an der Tür.

"Ja?"

"Danke."

Stëin wandte sich mit einem Lächeln um. "Ist schon OK", sagte er und öffnete die Tür. "Und vergiß nicht, richtig abzuschließen!"

Echo verdrehte die Augen, grinste und verbeugte sich ansatzweise unterwürfig. Einen langen Augenblick bereute er, aus Oldenburg fortgegangen – oder zumindest nicht viel eher wieder zurückgekommen – zu sein. Warum führten Wege immer wieder auseinander?

Im Vorbeigehen steckte er das Büchlein in die Innentasche seiner Jacke, die neben der seines Vaters an der Garderobe hing. Das Photo würde er ganz sicher nicht wieder hergeben. Wo auch immer es herkam, es war die einzige Verbindung zu – Echo hielt inne und verzog den Mund – *zu seinem Traum*? Er wußte nicht einmal, wer die Frau war... Bevor er einen Gedanken an die Werthaltigkeit dieser Verbindung verschwenden konnte, klingelte es erneut. Ein Grinsen flog über sein Gesicht, weil er annahm, Stëin habe noch etwas vergessen. Doch als er die Tür öffnete, stand nicht Stëin im Eingang.

Für ein paar Sekunden nahm es ihm den Atem. Ein Anflug von Panik überkam ihn, als er die olivfarbene Tarnjacke sah, die ausgewaschenen Jeans. Doch in seinem Zustand war weglaufen keine Option.

"Es tut mir Leid..." Das Gesicht des anderen sah jung aus, fast mädchenhaft. Eine Windbö wehte das lockige, dunkle Haar in sein Gesicht. Er strich es mit der rechten Hand zurück und sah Echo aus dunkelgrauen Augen irgendwie schüchtern aber neugierig an. "Ich habe heute morgen erst gehört, was passiert ist..."

Echo sah den jungen Mann fragend an. Sein erster zusammenhängender Gedanke war: *für einen Mörder siehst du verdammt jung aus*.

Aber nein, das konnte nicht der Mann sein, den er gesehen hatte!

"Ich würde gerne Ihre Taxe fahren..." erklärte der andere schließlich, nachdem Echo nicht antwortete.

"Ach so..." Echo begann zu verstehen. Sein Vater hatte einen Fahrer gehabt für die freien Schichten. Er musterte den jungen Mann kurz. Jeans und

Pullover waren verwaschen aber sauber, die Kampfjacke durchaus Mode. Am Zaun stand sein Rennrad, ein gelbes *Trek*.

"Ich... ich bin für Ihren Vater gefahren", erklärte er zögerlich. "Die Nachtschichten, wissen Sie? Zwei oder dreimal in der Woche. Meistens am Wochenende."

Echo hob den Kopf. "*Sie* sind Jens von Aten!"

"Ja", sagte der andere, und er freute sich ganz offensichtlich, daß Echo seinen Namen kannte.

"Ich habe Quittungen und Pausenzettel von Ihnen gefunden..." erwiderte Echo nachdenklich und betrachtete das Rennrad. Von Aten lächelte. "Ich fahre seit ein paar Monaten die Taxe Ihres Vaters." Und verlegen fügte er hinzu: "Der Wagen ist schöner als die alten Mühlen vom Taxiring..."

Echo lächelte verständnisvoll. In Köln ging es ihm ebenso, durchgesessene Sitze, abgegriffene Lenkräder, Minimalausstattung. "Kommen Sie rein!"

Von Aten wehrte ab. "Nein, ich... ich muß noch zur Uni", erklärte er. "Bücherei, wissen Sie? Ich wollte nur fragen wegen morgen abend..."

"Morgen abend...", überlegte Echo. Was konnte schon passieren? Er wollte die Taxe nicht fahren, heute nacht vielleicht, gut, aber danach? Und ein paar Mark extra konnte er gut gebrauchen. "Morgen abend ist OK", meinte er schließlich und nickte, "kein Problem." Und etwas leiser fügte er hinzu: "Ich bin ja froh, wenn der Wagen besetzt ist."

"Und... und sonst? Die Wochenenden?" fragte von Aten zögerlich.

"Ich habe niemanden", sagte Echo. "Wenn ich den Wagen nicht brauche, können Sie ihn fahren."

"Freitags und samstags ab sechs wäre gut..."

Echo wurde ungeduldig und sah flüchtig zur Uhr. "Ich weiß noch nicht, wie lange ich hier sein werde. Es kann sein, daß ich den Wagen in der nächsten Zeit verkaufe." Er lächelte kurz. "Aber bis dahin gehören die Wochenenden Ihnen..."

"Danke", sagte der andere leise in einer Mischung aus Freude und Enttäuschung. "Dann komme ich morgen abend so gegen sechs?"

"Kein Problem. Aber morgen ist Dienstag."

Ein entschuldigendes Lächeln flog über von Atens Mund. "Keine Vorlesung am Mittwochvormittag", erklärte er.

"Also gut, morgen abend um sechs", bestätigte Echo mit einem fahrigen Lächeln. Er hatte die Abrechnungen von Atens gesehen. Er fuhr nicht außergewöhnlich viel ein, hatte aber einen passablen Kilometerschnitt. Das hieß, er fuhr wenig schwarz. *Was soll's*, dachte er, *der Junge ist in Ordnung. Und ich habe sowieso keine Alternative...*

Von Aten verabschiedete sich und wandte sich zu seinem Fahrrad um. Dann blieb er stehen und sah Echo noch einmal mit traurigem Blick an. "Ich würde den Wagen kaufen, wenn ich könnte..."

Echo lächelte. "Ich würde ihn behalten, wenn ich könnte."
"Das mit Ihrem Vater", fügte von Aten nach kurzem Zögern hinzu, "das tut mir leid."
"Haben Sie ihn gut gekannt?"
Von Aten schien zu überlegen, was er sagen sollte, schüttelte aber nur den Kopf und erwiderte leise: "Nein, nicht wirklich". Dann stieg er auf sein Fahrrad und fuhr fort ohne sich noch einmal umzusehen.

Morand war ausnahmsweise früh aufgestanden. Geschlafen hatte er, nach dem, was Le Maire gesagt hatte, ohnehin kaum. Gleich nach dem Frühstück, für das er sich hatte Zeit lassen müssen, da es noch vor acht war und er nicht erwartete, daß ihm ein deutscher Beamter um diese Zeit schon Auskunft geben würde, gleich nach dem Frühstück also ließ er sich die Nummer des örtlichen Amtsgerichts geben. Irgendwo mußte man ja anfangen, dachte er und erkundigte sich nach den beiden Aktenzeichen, die Le Maire ihm durchgegeben hatte. Zu seiner Überraschung wurde ihm tatsächlich weitergeholfen. Die erste Zahlen-Buchstaben-Kombination erwies sich als das Aktenzeichen einer Anklage, die im März 1949 zur Verhandlung hatte kommen sollen, jedoch offenbar kurz zuvor eingestellt worden war. Bei der Zweiten handelte es sich um kein deutsches Aktenzeichen sondern um einen Vorgang, der den Besatzungsmächten oblag.
"Woher wissen Sie das?"
"Zweifeln Sie an meinen Worten?"
Morand verzog den Mund. Jetzt war nicht der richtige Zeitpunkt, sich mit dem Mann am Telefon anzulegen. "Wo finde ich die?" fragte er anstelle einer Antwort.
"Die Besatzungsmächte?"
"Nein, die Vorgänge."
Der Mann am anderen Ende der Leitung ließ Morand einige Sekunden warten. "Das kann ich Ihnen nicht sagen", erklärte er schließlich, schien dann aber doch Mitleid zu bekommen. "Versuchen Sie es mal im *Berlin Document Center* der Amerikaner", riet er Morand. "Die können Ihnen möglicherweise weiterhelfen."
"Danke", brummte Morand. Plötzlich fiel ihm ein, daß der andere ihm noch zwei Antworten schuldig war. "Wer war eigentlich der Angeklagte in dem Prozeß?"
"Sie meinen, in dem Mordprozeß?" fragte der Mann am anderen Ende der Leitung langsam. Es schien als blättere er in irgendwelchen Unterlagen. "Kerschenstein", sagte er schließlich. "Jacob Kerschenstein. Warum interessiert Sie das eigentlich?"
"Und das Opfer?"

"Das Opfer... hier... das Opfer war ein gewisser Hans von Selchenhausen. Sind Sie Rechtsanwalt oder weswegen..."

Morand legte auf. *Von Selchenhausen.* Irgendwo hatte er den Namen schon einmal gehört. Oder gelesen. Aber wo? Er machte sich ein paar Notizen, dann rief er die Auskunft erneut an und ließ sich die Nummer des *BDC* geben. Dort allerdings erhielt er nur die lapidare Antwort, daß Unterlagen mit diesem Aktenzeichen nicht Bestandteil des Archivs seien. "Warum versuchen Sie es nicht bei den Briten?"

"Bei den Briten?" fragte Morand überrascht zurück.

"Ja, natürlich. Es ist ein britisches Aktenzeichen. Das sieht man doch..."

Ein weiteres Mal bemühte Morand die Telefonauskunft. Nach allem, was er in Leclercques Unterlagen gelesen hatte, konnte ihm im Grunde nur noch ein Mann weiterhelfen, ein Mann, der Kontakte zur Britischen Rheinarmee hatte. Sogar zu General Bagnal, wenn er sich recht erinnerte.

Es dauerte eine ganze Zeit, bis er Graham Willard am Apparat hatte. Entweder, er war ein vielbeschäftigter Pensionär – oder allergisch gegen Anrufe aus Deutschland. Tatsächlich lehnte er Morands Anfrage auch rundheraus ab: "Die Vergangenheit interessiert mich nicht mehr", brummte er ungehalten. "Und ich verbitte mir derartige Anrufe!" Womit das Gespräch für ihn beendet zu sein schien. Eine Frage kam allerdings doch noch: "Woher haben Sie überhaupt meine Nummer? Hat Jean sie Ihnen gegeben?"

"Nein", erwiderte Morand ruhig. "Colonel Leclercque ist tot." Er rechnete damit, daß Willard nun auflegen würde. Doch die Sekunden vergingen und das erwartete Freizeichen kam nicht.

"Tot?" fragte Willard statt dessen leise. "Sind Sie sicher?"

"Natürlich, ich habe ihn gefunden. Ihren Brief hat er leider nicht mehr gelesen..."

Der Engländer fluchte leise. "Im Gegensatz zu Ihnen, vermute ich?"

"Ich hielt ihn für einen passablen Anhaltspunkt. Ich muß wissen, wer ihn umgebracht hat."

"Ich weiß nicht, wie ich Ihnen da helfen soll."

Das glaube ich aber doch, dachte Morand. "Leclercque hat vor seinem Tod zwei Aktenzeichen notiert", erklärte er nach kurzem Zögern. "Das eine betrifft die Anklage gegen Kerschenstein. Das zweite ist ein britisches Aktenzeichen. vermutlich aus der Besatzungszeit..."

"Ach, daher weht der Wind. Und jetzt glauben Sie, ich kann Ihnen helfen..."

"Ja. Denn ich glaube, Sie haben etwas wieder gutzumachen..."

Willard lachte auf. "Das alles geht Sie einen Dreck an!" fuhr er den Capitaine an. Dann aber seufzte er. Und schließlich, nach einigen Sekunden des Zögerns, brummte er: "Rufen Sie mich morgen vormittag wieder an." Damit legte er auf.

Morand lächelte zufrieden.

Als er jedoch am nächsten Tag gegen zehn Uhr in Warmingham anrief, meldete sich Willard nicht. Auch nicht um elf Uhr, nicht um zwölf und nicht während des gesamten Nachmittags. Genaugenommen sprach er nie wieder mit dem Engländer.

Metjendorf. Gegen halb neun verließ Echo das Haus, zwanzig Uhr dreißig. Noch etwas unsicher auf den Beinen, doch immer noch entschlossen, zur Wohnung des toten Kerschensteins zu fahren. Gegen die Kopfschmerzen hatte er eine weitere Tablette genommen, die Übelkeit, davon war er überzeugt, würde sich geben, wenn er erstmal unterwegs war.

Mit ein wenig Herzklopfen schloß er die sandfarbene Taxe, in der zuletzt sein Vater gesessen hatte, auf. Ein Schwall des üblichen Taxigeruchs drang ihm entgegen, Kunstleder und Nikotin. Er setzte sich hinein, ließ den Diesel vorglühen, schaltete das Funkgerät ein und rückte sich den Sitz zurecht. Ein Blick in den Rückspiegel, der Verband sah abenteuerlich aus, aber das war nicht zu ändern. Echo startete den Motor und fuhr los. Wenige Minuten später wurde er bereits gerufen.

Wagen Zehndrei?

Echo drückte den Funkknopf zur Bestätigung.

Ah, da bist du ja. An den Voßbergen 47 geht klar?

"Ja, geht klar, ich bin unterwegs", bestätigte er. "Guten Abend."

Guten Abend. Sag' bescheid, ob's geklappt hat!

"Mach' ich."

Um 20:50 Uhr stand Echo vor dem Haus Nummer 47, ein unfreundlicher Wohnblock im Stadtteil *Kreyenbrück*. Der Eingang lag etwas zurück. Eine weiße Straßenleuchte und ein altes Türlicht erhellten sowohl den Eingang als auch den Weg dorthin. Feuchtigkeit begann sich auf das Pflaster zu legen.

Echo stieg aus, verschloß die Taxe und ging zum Eingang der Nummer 47. Der Block war wie unzählige andere in den Nachkriegsjahren gebaut worden, um den Flüchtlingen, die nach Oldenburg gekommen waren, ein Heim zu geben. Die Wohnungen waren für die Erstbezieher einmal ein ziemlicher Luxus gewesen. Viel war von diesem Flair allerdings nicht übriggeblieben.

Die Klingel, die zu Kerschensteins Wohnung gehörte, fand Echo auf Anhieb, drückte sie zweimal und wartete auf eine Antwort. Vergeblich. Er trat einen Schritt zurück und sah am Haus hinauf, doch hinter den Gardinen rührte sich nichts. Ohnehin waren die wenigsten Fenster erleuchtet. Ein Blick zur Uhr, es war fast neun. Den Autoschlüssel in der rechten Hand wiegend und ziemlich enttäuscht kehrte er langsam zur Taxe zurück.

Echo öffnete das Fenster einen Spalt, um zu verhindern, daß die Scheiben beschlugen, und starrte unschlüssig zur Seite, in Richtung des Eingangs. Die Haustür stand offen. Als die Lampe über der Tür von Nummer 47 erlosch, und nur noch das Halbdunkel der Straßenlaternen blieb, gab er jede Hoffnung, daß noch jemand kommen würde, auf. Es gab sicherlich nicht allzu viele Taxifahrer, die ernsthaft erwarteten, daß ein Fahrgast seine Fahrt auch dann antrat, wenn er zwischenzeitlich verstorben war. Was für ein Unsinn diese Fahrt war!
Wagen Zehndrei, tönte es blechern aus dem Funklautsprecher.
Echo sah zur Uhr, sie zeigte 21:10 Uhr. "Ich bin noch nicht besetzt..." antwortete er ungefragt.
Hatte ich mir schon fast gedacht. Willst du trotzdem noch warten?
"'n Augenblick noch, ja..."
Sag' mir Bescheid. Ich hab' da oben in zwanzig Minuten was...
"OK, danke."
Ein Blick hinüber zum Haus sagte ihm, daß die Haustür noch immer offen stand. Verdammt, nein, so leicht würde er sich nicht geschlagen geben! Er griff nach der Taschenlampe, nur um irgend etwas in der Hand zu haben, stieg aus und ging erneut zum Haus, betrat nach einem Augenblick der Unsicherheit das Treppenhaus, drückte den Lichtschalter und stieg die grauen Betonstufen hinauf. Kerschensteins Wohnung lag im zweiten Stock. Wieder zögerte er, als er die Wohnungstür erreichte. *Und jetzt,* dachte er. *Und jetzt?* Die Tür war nur angelehnt...
Einen Augenblick lauschte Echo in die Stille der Wohnung. Ein lautes *Klack* ließ ihn zusammenfahren, das Licht im Treppenhaus erlosch, er stand im Dunkeln. "Also gut", murmelte er, atmete tief durch und ärgerte sich über seine Schreckhaftigkeit. *Also gut, gehen wir! Ein Blick kann nicht schaden.* Er ließ die Taschenlampe aufleuchten und drückte die Wohnungstür auf. "*Hallo?*" Seine Stimme war leise und etwas belegt. Ein wenig unsicher machte Echo einen weiteren Schritt in die Wohnung, wobei er den Strahl der Lampe in den Flur richtete. Es wäre besser, wieder zu gehen, schoß ihm durch den Kopf, viel besser. Nach allem was geschehen war, konnte dies nur eine Falle sein, der Anruf, die offene Tür... Im nächsten Moment fiel die Wohnungstür hinter ihm zu. Echo spürte einen Arm, einen starken Arm, der ihn umklammerte, seine Brust zusammenpreßte, und gleichzeitig spürte er kalten, scharfen Stahl an seinem Hals. Ein Hauch von lange zuvor getrunkenem Whisky drang in seine Nase. Echo versuchte sich zu wehren, doch es war zwecklos, der Griff, die Klammer um seine Brust schien eisenhart. Ein Schlag auf seine rechte Hand folgte, die Taschenlampe fiel zu Boden und gleichzeitig leuchtete ein anderes Licht auf, blendete ihn daß es schmerzte. Echo kniff die Augen zusammen, weswegen er nicht rechtzeitig reagierte als er Sekunden später fortgestoßen wurde. Er stolperte und stieß

gegen einen Türrahmen. Vor seinen Augen blitzten Sterne auf, ein Brennen durchzog seine Schulter, als er auf dem Boden aufkam. Für einen Augenblick sah er im Gegenlicht der Taschenlampe seines Angreifers eine dunkle Drillichjacke.
Der Mann, der ihn vor zwei Tagen umbringen wollte...
"Was bist du denn für einer?" fragte eine rauhe Stimme mit veritablem französischem Akzent. Die Deckenbeleuchtung wurde eingeschaltet und stach in Echos Augen. Als er sie langsam wieder öffnete, erkannte er einen Mann, einen Mann, den er vor kurzem schon einmal gesehen hatte. Aber wo? Im Haus seines Vaters? Er rappelte sich auf, fühlte Schwindel und Übelkeit über sich kommen und blieb ein paar Sekunden tief atmend und mit geschlossenen Augen stehen. "Was wollen Sie von mir?" fragte er schließlich leise.
"Das könnte ich dich fragen."
"Ich bin..." begann Echo, darauf wartend, daß er sich jeden Augenblick übergeben mußte. Sein Kopf schien zu zerplatzen. "Ich... das Taxi... ich wurde herbestellt..."
"Unsinn", brummte der Mann mit der Drillichjacke. "Ich habe Marburg bestellt." Sein Gesichtsausdruck verriet, daß er die Bestellung offenbar vergessen hatte.
Echo ließ seine Schulter kreisen und stöhnte auf. Ein brennender Schmerz durchzog seinen Rücken. "Das ist mein Vater", zischte er.
Der andere sah ihn scharf an, murmelte etwas, das wie ein Fluch klang und stellte die Taschenlampe auf einen kleinen Tisch im Flur. "Also was willst du hier?"
Echo überlegte, ob er dem anderen etwas von seiner ursprünglichen Absicht erzählen sollte, einen Hinweis auf den Tod seines Vaters zu finden, vermutete aber, daß es wohl wenig Sinn hatte. "Sie haben eine Taxe bestellt", sagte er statt dessen so lapidar wie möglich. "Und hier bin ich."
Der Franzose – denn der Aussprache nach zu urteilen handelte es sich um einen solchen – brummte irgend etwas Unverständliches. Er schien zu überlegen, ohne dabei Echo aus den Augen zu lassen. "Verschwinde", sagte er nach einer Weile und wies auf die Wohnungstür. "Warte in deinem Wagen auf mich!" Und als Echo keine Anstalten machte, die Wohnung zu verlassen, fügte er beschwichtigend hinzu: "Ich komme in einer Minute..."
Echo nickte zögernd, verließ dann aber mit etwas unsicheren Schritten die Wohnung. Tatsächlich dauerte es nicht lange bis der Mann aus dem Eingang des Mietshauses trat und mit ruhigen, selbstsicheren Schritten auf die Taxe zukam. Er trug ein weißes Päckchen unter dem linken Arm, offenbar eine Plastiktüte. An der Hüfte erkannte Echo das Kampfmesser, dessen Bekanntschaft er bereits gemacht hatte. Er selbst hatte keine Waffe, nicht einmal das Bundeswehrmesser, daß er in Köln beim Taxifahren stets dabei-

hatte. Angesichts der kräftigen Statur des Mannes, dachte Echo, hätte es ihm ohnehin nichts genützt. Einen Augenblick lang fragte er sich, warum er nicht längst weggefahren war. Es handelte sich zweifellos um den Mann, der ihn am Tag zuvor niedergeschlagen hatte. Überstieg die Neugier wirklich seinen Überlebenswillen?

Erst jetzt achtete Echo auf das Aussehen des Fremden. Der Mann trug einen dünnen Rollkragenpullover unter einer hüftlangen, abgetragenen Tarnjacke, sein Alter war nur schwer einzuschätzen, lag aber sicherlich über sechzig. *Gainsbourg*, dachte Echo, *er sieht aus wie Serge Gainsbourg*. Und er sah aus wie jemand, der durchaus bereit war, Gewalt einzusetzen. Echos Magen krampfte sich zusammen als der Mann einstieg und die Plastiktüte zu seinen Füßen ablegte. Einen Augenblick lang herrschte Schweigen. Dann sagte der Fremde mit ungewöhnlich sanfter Stimme: "Fahr' mich zum *Batavia, Junge*." Als Echo den Motor nicht startete, fügte er hinzu: "Du weißt, wo das ist?"

Echo nickte. "Wer sind Sie?" fragte er, ohne weiter auf die Frage einzugehen. "Kerschensteins Sohn?"

Der andere stutzte. Dann lachte er auf, obgleich er zugeben mußte, daß die Annahme berechtigt war. "Morand", stellte er sich schließlich vor, da Echo den Motor immer noch nicht gestartet hatte. "Mein Name ist Morand. Können wir jetzt endlich?"

"Sie haben meine Frage nicht beantwortet", sagte Echo, ließ aber dennoch den Motor an und fuhr los. Wo das Hotel *Batavia* war, wußte er. Was ihn viel mehr interessierte war, was dieser Morand in der dunklen Wohnung gemacht hatte und welche Verbindung er zu Kerschenstein – und damit zu Echos Vater – hatte.

"*Peut être, mon ami*", erwiderte Morand und sah zum schwach beleuchteten Hauseingang zurück. Ein nervöses Zucken spielte um seinen Mund. "Aber ob und welche Fragen ich beantworte, entscheide immer noch ich selbst. "*Moi-même*, compris? Wenn du eine Erklärung willst, dann..." – er sah sich wieder um – "...dann fahr mich ins Hotel."

Ja, ja, dachte Echo, der die Nervosität des anderen spürte. *Und warum bitte nicht hier?*

"*Und beeil dich!*"

Echo preßte die Lippen aufeinander. Er haßte Ansagen wie diese. Aber irgend etwas in der Stimme des anderen, das eher Besorgnis war als Aggression, ließ ihn schneller fahren. Er lenkte den Wagen auf die Hauptstraße und meldete sich in der Zentrale ab.

Um so besser... tönte die Antwort aus dem Funkgerät, und gleich darauf: *Stand Klingenbergstraße?* – Stille – *Vor der Zentrale?* Einer der Fahrer vor der Zentrale meldete sich und bekam den zurückgehaltenen Fahrauftrag. Echo stellte den Funk leise. Sehr weit war die Tour nicht, dachte er. Doch darum ging es an diesem Abend auch nicht mehr. Kerschenstein hatte Echos Vater gekannt. Wie gut, das wußte er nicht, aber es war die einzige Verbindung zu dem, was geschehen war.

"Wenn Sie nicht sein Sohn sind", versuchte Echo es erneut, "woher kennen Sie dann Kerschenstein?"

Morand schien ihn nicht zu hören, er beugte sich vor und sah in den rechten Seitenspiegel. "Kannst du Autofahren?" fragte er leise. Sie erreichten eine Kreuzung, rechts führte die Straße zum Hotel, links in die Stadt hinein. Als Echo nicht antwortete stieß Morand ihn an und zeigte nach links, wobei der untere Teil einer Tätowierung sichtbar wurde. Ein Totenschädel und die Worte *Legio Patria nostra*. Ein Fremdenlegionär also?

"Fahr da 'rum", sagte Morand scharf.

"Aber das Hotel liegt…"

"*Tu was ich dir sage!*"

Es wurde grün und Echo bog von der Rechtsabbiegerspur aus links ab.

"Fahr durch die Stadt und versuch' den Wagen loszuwerden!" Er wies mit einer Kopfbewegung in den Rückspiegel, in dem Echo zwei Scheinwerfer erkannte, die ebenfalls von der falschen Fahrspur aus abgebogen waren und sich langsam näherten. Sie mußten wieder anhalten, die nächste Ampel war auf Rot umgeschlagen. Doch der Wagen hinter ihnen bremste kaum, sondern kam mit hoher Geschwindigkeit näher, wich aus und kam rechts neben ihnen zum Stehen. Der Beifahrer richtete eine Waffe auf sie, während der Fahrer die Seitenscheibe herunterkurbelte. Einen Augenblick zögerte Echo, einen Augenblick, in dem er abzuwägen versuchte, ob es sich bei dem, was er sah, um so etwas wie einen Spaß handeln konnte. *Nicht nach dem, was in den letzten Tagen passiert ist*, dachte er und trat das Gaspedal durch. Unbewußt nahm er wahr, daß die Ampel noch Rot zeigte, doch die Kreuzung war frei. Ein Schuß, so laut, als würde er in Blech einschlagen, dann das Quietschen der Reifen, Echo beschleunigte den Hundertneunziger, bog erst rechts ab, dann links über die Gegenfahrbahn, irgendwo hupte jemand. Er fuhr stadteinwärts, dicht gefolgt von zwei Lichtkegeln. Der Tacho zeigte 90, dann 100. Echos Puls war höher. Der Wagen hinter ihnen machte erneut Anstalten zu überholen. Echo versuchte zu überlegen, was er tun sollte. Wenn ihre Verfolger es schafften, sich neben sie zu setzen, dann war alles vorbei, *sie* würden schießen und er würde das Leben und die Taxe verlieren. Eins von beiden konnte er vielleicht retten. Er zog den Wagen nach links, drängte das andere Fahrzeug gegen eine Verkehrsinsel, Bremsen quietschten, eine Vollbremsung, Echo bog rechts ab, überfuhr zwei weitere rote Ampeln und bog Sekunden später mit quietschenden Reifen in die *Gottorpstraße*, an deren Verlängerung sich, wenn ihn seine Erinnerung nicht täuschte, das Zweite Polizeirevier befand. Er beschleunigte den Hundertneunziger so gut es die zweiundsiebzig PS zuließen, und hoffte, daß ihm auf der schmalen Straße niemand vors Auto lief. Die beiden Lichtkegel tauchten wieder auf, die weißen Scheinwerfer erhellten den Innenraum der Taxe. Morand hielt sich so gut es ging auf dem Beifahrersitz. Er klammerte sich an der Tür fest und beobachtete den Wagen, offenbar ein Citroën, im Seitenspiegel. Dann plötzlich wurde der Abstand zu ihren Verfolgern größer – der Fahrer schien zu ahnen, wohin Echo wollte.

Echo bremste und kam hinter einem grünweißen Passat, der vor dem Polizeigebäude abgestellt war, zum Stehen. Der Citroën bremste ebenfalls. Sein Fernlicht leuchtete auf, beide Fahrzeuge standen. Dann schien der Wagen langsam zurückzurollen. Echo konnte im grellen Licht der Scheinwerfer nichts von ihren Verfolgern erkennen, die schließlich rückwärts abbogen und mit quietschenden Reifen hinter einer Häuserzeile verschwanden. Er stieg aus, hastig und mit plötzlich pulsierenden Schmerzen im Hinterkopf, doch mehr als daß es sich um einen dunklen *Citroën CX* handeln mußte, konnte er nicht erkennen.

Echos Herz schlug bis zum Hals, aber er war zufrieden, den Wagen auf diese Weise losgeworden zu sein. Aus dem Eingang kamen zwei Polizisten. Echo sah zu ihnen hinüber. Noch bevor sie womöglich Fragen stellen konnten, stieg er wieder ein und lenkte den Hundertneunziger zurück auf die Straße. Im Rückspiegel sah er, wie die Beamten ihnen hinterher schauten.

"Das war nicht schlecht, mon p'tit", brummte Morand. "Und jetzt bring mich ins Hotel."

Ins Hotel... Es dauerte ein wenig, bis die Worte zu Echo durchdrangen. Kopfschmerzen breiteten sich aus, die Tabletten schienen plötzlich ihre Wirkung zu versagen. Noch immer ein wenig zitternd hielt er den Wagen an der nächsten Kreuzung an, blickte zur Seite und sah in Morands Gesicht, das im Sekundentakt vom gelben Blinklicht der Ampel erhellt wurde. Der Legionär verzog den Mund und wandte sich seufzend Echo zu. *Na was?*

"*Wer war das?*" fragte Echo, dem nun allmählich dämmerte, daß die Männer im *CX* nicht hinter ihm sondern hinter Morand her gewesen waren.

"Je ne sais pas." Der Legionär sah durch die Heckscheibe auf die Straße hinter ihnen und fügte schließlich beschwichtigend hinzu: "Ich weiß es wirklich nicht, aber ich möchte auf keinen Fall, daß *die* wissen, wohin *wir* fahren..."

Echo konnte nicht abschätzen, ob das die Wahrheit war, sah aber ein, daß der *Citroën* noch in der Nähe sein konnte und fuhr schließlich weiter. "Seit wann sind die hinter Ihnen her?" wollte er wissen.

"Das geht dich nichts an", erwiderte Morand ruhig, wobei er sich eingestehen mußte, daß er das selber gerne wüßte. Vermutlich waren sie durch die Wanzen in Kerschensteins Wohnung auf ihn aufmerksam geworden. In dem Fall waren es dann wohl Dessauers Männer. Mit einem Blick auf Echo fügte er hinzu: "Ich frage dich ja auch nicht nach deinem Turban..."

Das Licht der Scheinwerfer glitt über den nassen Asphalt, das Taxameter tickerte und Echo lenkte den Wagen mechanisch über ein paar Umwege zu der Adresse, die Morand ihm auf der kleinen Visitenkarte gezeigt hatte. Das Hotel lag am Stadtrand, nicht gerade die nobelste Adresse, aber danach sah der Mann ohnehin nicht aus.

Adrenalin baut sich weitaus langsamer ab, als es vom Körper ausgeschüttet wird. Echo atmete schnell und zitterte noch immer. Er umklammerte das Lenkrad fester, um nicht zu zeigen, wie mitgenommen er war. Denn obgleich auch Morand nervös zu sein schien, so wirkte er doch als hätte er in seinem Leben gelernt, Situationen, in denen er sich befand, unter Kontrolle zu halten.

Echo beobachtete die Straßen, durch die sie fuhren, den dunklen CX aber sah er nicht wieder.

Die Schmerzen krochen tiefer in ihn hinein, seine Augen brannten und ihm war hundeelend. Echo wünschte sich plötzlich, in seinem Bett zu liegen, sich zusammenzurollen, niemanden zu sehen und von niemandem gesehen zu werden.

Als er zu Morand hinübersah, erkannte Echo, daß dieser ein Photo in der Hand hielt. Der Legionär betrachtete das Photo regungslos, während sie auf die Hauptstraße bogen und stadtauswärts fuhren, in Richtung des Hotels. Dann plötzlich rief Morand: "*Halt!*" Und als Echo nicht sofort reagierte, fuhr er ihn an: "Halt' endlich an!"

Echo brachte den Wagen zum Stehen. "Und dann?" fragte er müde.

"Dann", erwiderte Morand, nur mühsam beherrscht, "sagst du mir, wo das hier ist." Er reichte Echo eine Schwarzweißphotographie. Der nahm und betrachtete sie, ein langweiliges Bild, wie es schien. Es zeigte ein leeres Industriegelände. Auf der Rückseite stand in Sütterlinschrift nur ein Wort: *Glashütte*. Echo sah noch einmal hin, griff dann in seine Jackentasche und holte die beiden Photos von Kristin Nijmann hervor. Das zweite Bild, das ohne den alten Mann, zeigte genaue denselben Ort, nur in Farbe: Maschendrahtzaun, Werkshallen und ein großer, freier Platz. *Natürlich*, dachte er. *Das alte Glashüttengelände!*

Morand, der sah, daß Echo offenbar wußte, wo das Photo aufgenommen wurde, nickte zufrieden. "Fahr mich hin", sagte er leise.

Echo seufzte, nickte und wendete den Wagen. Er verstand nicht, was gerade geschah. Warum Morand fast das gleiche Photo besaß wie die Nijmann, warum er zu diesem Gelände wollte und warum es für die Reporterin so wichtig gewesen zu sein schien... Lag es an den Schmerzen oder an der aufwallenden Müdigkeit – Echo stellte keine Fragen, er fuhr einfach, fahrig, unkonzentriert, froh, daß kaum noch jemand auf der Straße unterwegs war.

Ein paar Minuten später erreichten sie die seit über einem Jahr leerstehende Glashütte an der *Stedinger Straße. Beste Arbeitergegend*, dachte Echo und starrte in die Dunkelheit jenseits der Lichtkegel vor dem Hundertneunziger. Dichtgemacht. Wegrationalisiert. Überkapazitäten, so der Vorwand der Eigentümergesellschaft. Nach ein paar Augenblicken erkannte Echo, daß das Gelände gar nicht leer stand.

Ein großes dunkles Zelt mit zwei Spitzen ragte vor den alten Ziegelhallen auf, darum herum eine Stadt aus Wagen und kleineren Zelten. Ein Zirkus? Seit wann gastierte hier ein Zirkus?

Der Legionär ließ ihn vor dem großen Tor neben dem ehemaligen Pförtnerhäuschen halten. Der Schlagbaum war heruntergelassen, das Tor aber stand halboffen. Die Fenster des Häuschens waren brettervernagelt.

Das ganze Gelände lag in der Nähe des Hafens, umgeben von einem hohen Fabrikzaun, ungenutzt, verlassen. Seit der Stillegung verkam es, unkrautbewachsen und von Gestrüpp überwuchert, verwinkelt und dennoch groß genug, um einige Zirkusse aufzunehmen. Viele der unteren Fenster der Industriehallen und Nebengebäude waren ebenfalls mit Brettern vernagelt. Darüber starrten tote Fensterhöhlen mit zerbrochenen Scheiben und langen Moosstreifen unter den Simsen auf das Gelände herab. Das große Zelt davor leuchtete schwach in spärlichem, weißem Scheinwerferlicht.

Morand starrte gebannt auf die dunkle Szenerie hinter dem Zaun. "Mon dieu", sagte er leise. "Sie sind tatsächlich da... Es gibt ihn wirklich..." Mit einer Handbewegung ließ er Echo ein Stück weiterfahren, bis zu einem leeren Parkplatz, der noch zur Glashütte gehörte. Nicht weit davon führte ein überdachtes Eingangstor auf das Gelände. "Daß ich nicht eher daran gedacht habe..." murmelte er. Der Alte hatte also recht gehabt mit seinem Gerede vom Zirkus auf dem Glashüttengelände. Aber Zirkusse gab es viele. Ob er hier einen Hinweis auf Rosa fand, stand auf einem ganz anderen Blatt.

Morand stieg aus, ließ einen Zwanziger auf den Sitz fallen und erklärte tonlos: "Verschwinde. Ich brauche dich nicht mehr..."

Einen Augenblick lang sah Echo der dunklen Gestalt im matten Licht der Straßenbeleuchtung hinterher. Dann verschwand der Legionär im Schatten des Pförtnerhäuschens.

Das Taxameter zeigte fast dreißig Mark. Der Diesel tackerte, der Scheibenwischer fuhr im Fünfsekundentakt über die nasse Frontscheibe, und aus den Lautsprechern tönte die leise, weltfremde Stimme eines Nachrichtensprechers. Echo starrte über die Motorhaube in die Dunkelheit. Warum fuhr er nicht fort? Weg von diesem seltsamen Gelände, von diesem Zirkus, von dem niemand etwas wußte?

Die Sekunden verrannen. Morands Interesse war eindeutig. *Sie sind tatsächlich da*, hatte er gesagt. Kristin Nijmann hatte dieses Gelände sogar photographiert. Warum? Weil es etwas mit Kerschenstein – und somit auch etwas mit seinem Vater – zu tun hatte?

Hastig zog Echo den Schlüssel ab, stieg aus und schloß die Taxe ab. So schnell es Schwindel und Kopfschmerz zuließen lief er in dieselbe Richtung, in die Morand verschwunden war. Hinter dem Pförtnerhäuschen aber mußte er feststellen, daß er ihn bereits in dem Gewirr von kleinen Zelten und Wagen, die das große Zelt umgaben, verloren hatte. Echo spürte eine vage, von dem vor ihm liegenden Labyrinth ausgehende, Bedrohung, ein Gefühl des Beobachtetwerdens, eine latente Warnung, die ihm sagte, er solle umkehren. Doch all das war nicht stark genug, er war dem Bann des Zirkus bereits in dem Augenblick erlegen, in dem er das alte Glashüttengelände gesehen hatte. Langsam betrat er die dunkle Stadt aus verwittertem Leinen, sah auf die Zirkuswagen ohne Aufschrift, nur Nummern in alter Schrift und hier und da ein Kreuz, ein rotes Tatzenkreuz. Scheinwerfer warfen ihren milchigen Strahl auf das große Zelt. In ihrem Lichtkegel glitzerten die Tropfen des Nieselregens.

Alles wirkte, trotz des Lichts, wie ausgestorben, kaum ein Geräusch drang aus der dunklen Zeltstadt. Echos Schritte wurden langsamer. Geklirr, wie das von mittelalterlichen Waffen, erklang plötzlich, gedämpftes Stimmengewirr, dann wehte der Wind alles fort. Er wollte rufen, aber wonach? Welchen Namen? Den des Legionärs? Warum sollte er?

In den Augenwinkeln sah er Schatten huschen, eine Stimme flüsterte an seinem Ohr, er fuhr herum und – sah ins Nichts. *Hatte sie peribit gesagt?* Sein Atem stockte für eine Sekunde, dann beschloß er weiterzugehen. *Wo zum Teufel ist Morand?* fluchte er leise.

Wie zur Antwort versperrten ihm im nächsten Augenblick zwei kleinwüchsige Männer den Weg. Echo fuhr zusammen, machte einen Schritt rückwärts und stolperte beinahe. Die Männer trugen schwarze Kapuzenüberwürfe, Kukullen, dachte Echo, so nannte man sie wohl. Jeder von Ihnen hielt einen Stab in seiner Hand, aus Eisen wie es schien, oder zumindest mit einer eisernen Spitze, und fast doppelt so lang wie sie selber groß waren. Sie sahen ihn nur an, abwartend, ungnädig. "Bist du also gekommen?" zischte es an seinem rechten Ohr. Echo wandte reflexartig den Kopf – und sah nur Dunkelheit.

"Er ist wie sein Vater", erklang dieselbe Stimme nun an seinem linken Ohr.
"Nur mutiger."
"Oder blöder..."
Verhaltenes Gelächter. "Hochnotpeinlich verhören..."
Die Stimmen ertönten von rechts, links, hinter ihm. Er vermied es, sich umzuwenden, denn plötzlich spürte er an seinem Hals den kalten Stahl einer Messerklinge, und an seiner Schulter den fester werdenden Griff einer

Hand. "Laßt uns ihn töten..." zischte eine weitere Stimme hinter ihm. "Er muß leiden..."

"...Wie es die Regeln für einen Eindringling vorsehen..."

"Ihr – habt – meinen Vater – getötet", sagte Echo ebenso langsam wie nachdrücklich. Es ergab keinen Sinn, aber er war am Ende seiner Suche. Himmel, worauf hatte sein Vater sich nur eingelassen?" Er griff nach dem Messer an seinem Hals, bekam die Hand, die es hielt, zu fassen und konnte sie mit wenig Widerstand beiseite schieben. Ein Lachen erschallte, ein beängstigendes Lachen, und noch bevor er sich nach seinem Angreifer umsehen konnte, wurde er gestoßen, ein unvorbereiteter Stoß, der ihn Straucheln ließ, Echo stolperte und landete zwischen den beiden Kleinwüchsigen auf dem Boden. Es war, als würde sein Kopf explodieren. Trotzdem versuchte er aufzustehen, mit geschlossenen Augen und gegen die neuerlich aufwallende Übelkeit zusammengebissenen Zähnen. Die stählernen Lanzenspitzen der beiden kleinen Männer hinderten ihn daran. Männer, Frauen, Kinder drängten näher, in alten, grauen oder braunen Kleidern, Wämsern, Hosen. Sie lachten über ihn und starrten neugierig auf ihn herab.

Echo machte noch einmal einen Versuch, aufzustehen, doch vergeblich. Die Lanzenträger waren stärker.

Dann plötzlich sah Echo *ihre* Augen, hinter regennassem Haar, *sie* hatte sich durch die Menge gedrängt, *ihr* Gesicht lag halb im Schatten einer großen Kapuze, doch es war unverkennbar die Frau aus seinem Traum, es war das Mädchen auf dem Photo! Was für ein Unsinn, durchfuhr es ihn, das Photo war so alt... Das Photo... Fahrig und halbblind versuchte er, die Photographie aus der Tasche zu ziehen. Es gelang ihm nicht, war unmöglich, die beiden Kleinwüchsigen ließen kaum eine Bewegung zu.

Also war sie doch nicht nur ein Traum, eine Vision im Angesicht des Todes, eine Gaukelei seines Verstands? Echo benötigte endlose Sekunden, in denen er versuchte, zu begreifen, was er sah.

Dann war sie wieder verschwunden, ebenso schlagartig, wie sie in der Menge aufgetaucht war. Eine Stimme erklang, ein paar Worte auf französisch, auf die hin sich die Menge zerstreute. Die Lanzenspitzen, die sich in seine Brust und Schulter gedrückt hatten, gaben nach, so daß er zögernd aufstehen konnte. Er wollte loslaufen, wollte dem Mädchen hinterherlaufen, es ansehen, berühren, wollte es fragen, wieso... Die beiden Männer aber versperrten ihm den Weg. Im nächsten Augenblick wurde er von hinten mit festem Griff an den Armen gepackt und fortgezogen.

"*Wer bist du?*" rief Echo, und es klang beinahe hysterisch. Er schrie, versuchte, sich dem festen Griff zu entwinden. "*Laßt mich!*" hörte er sich schreien. Es klang lächerlich, unwirklich, hilflos. "*Laßt mich zu ihr!*"

Dann wurde er herumgewirbelt, gestoßen, mit ungeheurer Kraft. Er fiel und kam auf dem nassen Asphalt zu liegen, sein Arm tat weh, der Nacken, der

Kopf war dem Zerbersten nahe. Die Sterne, die er sah, erinnerten ihn an den Augenblick des Fallens auf der Bodentreppe.

Er schloß die Augen, wartend, daß der Kopfschmerz und die Übelkeit nachließen. Es dauerte viel zu lange, vielleicht hatte er auch das Bewußtsein verloren. Als er schließlich wieder die Augen öffnen konnte ohne sich sofort übergeben zu müssen, als die Schmerzen, die ihm die Ärzte im Krankenhaus prophezeit hatten, ein wenig nachließen, setzte er sich auf, sah sich um und starrte in die Dunkelheit der Zeltstadt. Niemand war mehr dort, nur das sanfte Rauschen des Regens drängte sich in sein Bewußtsein, kalt und ernüchternd.

Echo erhob sich ein wenig unsicher, sah sich um und ging langsam auf das verschlossene Pförtnerhäuschen zu. Er rieb sich den Ellenbogen, fühlte Blut und fluchte. Warum lief er nicht zurück zu den Zelten? An den beiden Wichten würde er schon vorbeikommen! *Laßt uns ihn töten...* Die Euphorie verblaßte, als sein Gedächtnis die Worte wieder hervorholte, die hinter ihm gerufen worden waren. Nein, in seinem Zustand sollte er nicht noch einmal dort hineingehen...

Vor der Pforte gaben seine Beinen nach, er lehnte sich an die Wand und sank zu Boden. Im Halbtrocken des Überdaches blieb Echo sitzen, hilflos in den Regen starrend.

Kleine Wichte, brennendes Feuer und die dunklen Augen einer alten Photographie Was war los? War er verrückt geworden? Eine Krankheit vielleicht, die auch seinen Vater befallen hatte? Kein Mord, kein Mysterium, alles völlig erklärbar: sein Vater war einfach nur dem Wahnsinn anheimgefallen und hatte sich umgebracht?

Alles Unsinn! Echo versuchte, den aufkommenden Fatalismus abzuschütteln. Es waren *ihre* Augen gewesen, das Bild, die Träume, es gab keinen Zweifel. Sie war wunderschön, *und sie war hier!* Sie war keine Wahnvorstellung.

Ebensowenig wie die Schmerzen in seinem Kopf.

"Kommen Sie!"

Echo zuckte zusammen und sah auf. Vor ihm stand Morand. Er wußte plötzlich nicht mehr, wie lange er hier gesessen hatte und was er eigentlich hier wollte. Er war einfach nur dankbar, daß es keiner der Zirkusleute war. Mit einem kurzen Nicken griff Echo nach der Hand, die ihm der Legionär reichte, und ließ sich hochziehen. Nachdem er einen Augenblick etwas benommen abgewartet hatte, ob die Kopfschmerzen zurückkehren würden, zeigte Echo auf die Zelte. "Was ist das?" fragte er leise.

"Das, mein Junge, ist der *Zirkus der Nacht*", erwiderte Morand.

Echo sah den anderen verständnislos an. "Der *Zirkus der Nacht*? Was zum Teufel..."

"Das mußt du selbst herausfinden", unterbrach Morand ihn. "Komm jetzt. Wir sollten hier verschwinden." Er legte die Hand auf Echos Schulter und drängte ihn zurück zur Straße.

"Aber *sie* ist dort..."

"Ja, das stimmt. Aber du wirst sie heute sowieso nicht wiedersehen. Also fahr mich zurück ins Hotel!"

"Der *Zirkus der Nacht*..."

Morand nickte. "Der alte Kerschenstein hatte ihn gesehen. Er glaubte bis zum Schluß, daß sein Mädchen mit dem Zirkus fortgegangen ist..."

"Sein Mädchen?"

"Das verstehst du nicht."

"*Sein Mädchen?*"

Der Legionär ignorierte ihn, sah sich statt dessen noch einmal um und drängte Echo zum Parkplatz. "Wir scheinen etwas Besonderes zu sein", sinnierte er selbstzufrieden. "Nicht jeder kann ihn sehen. Und erst recht nicht jeder kann sich daran erinnern..."

"*Ich* erinnere mich ziemlich gut", brummte Echo und rieb sich den schmerzenden Arm.

Das Hotel, von dem Morand gesprochen hatte, und vor dem Echo wenig später die Taxe abstellte, war ein ergrauter und heruntergekommener Bau in der Nähe der Autobahn, an dem die alten Gardinen vor den Fenstern zum Putz paßten, und die Feuerleiter, die an der Seitenwand in einen schmalen Zwischenhof hinabführte, nicht den Eindruck erweckte, im Notfall wirklich Leben retten zu können. Eine *günstige* Adresse gewissermaßen. *Hotel Batavia*...

Morand legte einen weiteren Zwanziger auf das Armaturenbrett, nahm das Päckchen in der weißen Plastiktüte und stieg aus. Aus der Ferne drang das Rauschen der Autobahn herüber, vage übertönt vom Tackern des Diesels. Echo hatte nicht bemerkt, daß Morand das Päckchen vorhin im Wagen liegengelassen hatte.

"Ich brauche dich noch ein paarmal in den nächsten Tagen", sagte Morand und betrachtete Echo mit väterlichem Grinsen. "Autofahren wirst du nach dieser Nacht ja wohl noch können."

Echo nickte wortlos. *Verschwinde*, dachte er. *Ich will zurück zur Glashütte...*

Morand wandte sich um und ging ein paar Schritte auf den Hoteleingang zu. Dann wandte er sich um. "Ich würde nicht zurückfahren", rief er Echo zu. "Du wirst den Zirkus nicht finden. Und falls doch, werden sie dich töten..."

"Warum..." begann Echo, doch er beendete seine Frage nicht. Es war ihm völlig egal, was passieren würde. Er wollte nur eines: *sie* wiedersehen.

"Weil ich es gesehen habe." Beantwortete Morand die unvollendete Frage. Er kam ein paar Schritte zurück. "Du erinnerst dich doch an den Zirkus?"
Echo nickte.
"Seltsam", murmelte der Legionär. "Wir scheinen tatsächlich etwas Besonderes zu sein." Er sah Echo prüfend an. "Du bist ein Narr, Marburg", zischte er mit mißbilligendem Kopfschütteln als ihm klarwurde, daß Echo trotz aller Warnungen zurück zum Glashüttengelände fahren wollte. "Ist aber auch egal, der *Zirkus der Nacht* wird nicht lange bleiben..."
Mit einem Ruck wandte er sich um und verschwand im schwach beleuchteten Eingang des Hotels. Echo sah ihm nach. Ein Blick auf die Uhr ließ ihn erneut an seinem Verstand zweifeln. Es war kurz nach elf. *Erst?* Die letzten Stunden kamen ihm vor wie eine Ewigkeit.
Langsam, im Grunde viel zu langsam, fuhr Echo zurück in die Stadt. An der Abzweigung zum Hafen zögerte er. Gab es *einen* Grund, *nicht* nach Hause zu fahren? Zu schlafen, zu hoffen, daß SIE ihn in Ruhe lassen würden? Er seufzte, legte den ersten Gang ein und gab Gas. *Mal nachschauen kann nicht schaden*, dachte er und lenkte den Mercedes auf die Straße, die zur alten Glashütte führte. *Ich muß ja nicht aussteigen...*
Er wußte, daß das Unsinn war, daß er natürlich aussteigen würde, daß er *sie* sehen wollte.
Jetzt, da er in der Taxe saß, verschwand das Schwindelgefühl allmählich, die Übelkeit verging. Er fühlte sich plötzlich stark genug, um es mit den grimmigen kleinen Kerlen aufnehmen zu können. Er wußte, daß auch das Unsinn war. *Schauspieler*, dachte er, nur um sich Mut zu machen. *Nichts anderes konnten diese Typen sein. Schauspieler und Clowns...*
Eine Minute später hatte Echo das Glashüttengelände erreicht. Er brachte den Wagen vor dem Pförtnerhäuschen zum Stehen und leuchtete den Platz jenseits des Zaunes mit den Schweinwerfern aus, blendete auf, versuchte nachzudenken, was angesichts dessen, was er sah, nicht gerade einfach war: Der Platz war leer. Die Scheinwerfer leuchteten bis an die ferne Fabrikhallenwand.
Echo stieg aus dem Wagen, ließ den Blick ebenso ungläubig wie verzweifelt über die vor ihm liegende Dunkelheit wandern. Was geschah mit ihm? Sein Verstand weigerte sich zu akzeptieren, daß das Gelände verlassen war. Kein Zirkus war zu sehen, kein Wagen, kein Zelt. Und erst recht nicht die junge Frau, die er suchte. Echo zog das Photo aus seiner Jackentasche hervor und betrachtete es im fahlen Licht der Straßenlaterne. Natürlich, sie war alt, die Photographie, die junge Frau hätte es nach allen Maßstäben der Rationalität ebenfalls sein müssen. Nichts paßte zusammen. Und doch hatte er sie gesehen.

Für einen Augenblick zweifelte er an seinem Verstand. Müde steckte er das Photo wieder ein, schalt sich ein Spinner zu sein und kehrte zurück zur Taxe. Ein Spinner. Ein Narr. Ein enttäuschter Narr...

> *This is the hour when the mysteries emerge*
> *Strangeness so hard to reflect*
> *A moment, so moving, goes straight to your heart*
> *Condition that's never been met*
> *The attraction that's held like a wake deep inside:*
> *Something I'll never forget.*
> Joy Division: "Komakino", Fact 28, 1980

22. OLDENBURG, MONTAG, 10. SEPTEMBER 1984

Echo kam mit dem Eindruck nach Hause, einem klebrigen Alptraum entkommen und dennoch zu früh erwacht zu sein. Es war auf ihn geschossen worden. Oder auf Morand, was auch nicht auszuschließen war. Er hatte *sie* gefunden, die junge Frau, die ihm seit eineinhalb Tagen im Kopf herumgeisterte, gefunden und wieder verloren. Er hatte gehofft, etwas über seinen Vater zu erfahren – und war enttäuscht worden.

Vielleicht sollte er wenigstens die Tatsache, daß er überhaupt noch lebte, etwas höher bewerten? Vielleicht. Im Augenblick aber fühlte er sich nur enttäuscht und einsam.

Es hatte aufgehört, zu regnen, doch das machte es nicht besser. Echo gab dem Drang nach, im ganzen Haus das Licht einzuschalten und damit wenigstens das Gefühl von Einsamkeit und Angst zu vertreiben. Diese Art der Selbstbeeinflussung funktionierte nur irgendwie nicht, denn hinter jeder Ecke schien ein Mann mit grüner Tarnjacke auf ihn zu warten. Oder ein Zwerg mit stählernem Wams. Oder gar eine Schlange. Mit einem Blick auf seine Armbanduhr wurde ihm klar, daß er seinen Hirngespinsten würde Widerstand leisten müssen, denn um Stëins Einladung anzunehmen, war es viel zu spät.

Müde und gleichzeitig angespannt ließ Echo seine Jacke auf den Boden des Arbeitszimmers fallen. Er rieb sich die Augen und verharrte einen Augenblick. Durch die geschlossenen Lider sah er die Schlange, Stëin, der nach ihr schlug, Kerschensteins dunkle Wohnung, den Legionär und die Scheinwerfer des Wagens, aus dem auf sie geschossen wurde. Das große Zelt im Regen. Die seltsam grimmigen Wichte, die nach ihm schlugen. Er stürzte ins Bad und übergab sich.

Als der Würgereiz nachließ, schleppte Echo sich ins Bett. Ohne sich auszuziehen rollte er sich in der Bettdecke ein und fiel unmittelbar in einen tiefen Schlaf. Als er wieder erwachte, war es noch immer dunkel. Wie lange er geschlafen hatte, wußte Echo nicht, es war ihm auch egal. Er fühlte sich ein wenig besser, hatte aber einen unbändigen Durst. Ohne die Benommenheit abschütteln zu können, stand er auf und ging hinunter in die Küche. Der Kühlschrank gab nichts her, also bediente sich Echo am Wasserhahn. Das half zwar nicht gegen den bohrenden Hunger, den er mittlerweile verspürte, aber es lenkte ab. Wenig später setzte er sich an den Schreibtisch im Arbeitszimmer seines Vaters. Der Raum war nicht besonders groß, noch dazu gesäumt von zwei Regalwänden, links entlang der ganzen Wand, rechts bis zum Schreibtisch, Modell *Buche zerkratzt*, gegenüber der Tür ein Fenster von dem aus der Garten zu sehen war, davor, auf dem Heizkörper, ein vertrockneter Ficus. In den Regalen standen Bücher aller Größen und aller Themen, überwiegend Belletristik, Bertelsmann, *Reader's Digest*, dazu Bilder und Aktenordner, Kataloge, Formblätter und andere Papiere, die eine ziemlich vernachlässigte Ablage dokumentierten. Aufbewahrte Briefumschläge auf denen mit Bleistift krickelig das Eingangsdatum vermerkt war, teilten sich den Platz mit den letzten Sonntagszeitungen und ordentlich sortierten *Perry Rhodan*-Heftchen. Dazwischen stand ein altes Radio, die *Hansawelle* war eingestellt, Radio Bremen. Echo schaltete es ein und wieder aus. Auf einem der Stapel stand ein kleines Automodell, eine Taxe. Der gleiche Typ und das gleiche Baujahr wie der Wagen unten im Wendekreis. Also vielleicht ein Jahr alt. Das mochte mit der Konzession zusammen Vierzig- oder Fünfzigtausend Mark bringen, dachte Echo flüchtig und hoffte gleichzeitig, daß der Daimler bezahlt war.

Vor ihm auf dem Schreibtisch lag eine der beiden Bronzefibeln und das Büchlein, das Stëin gefunden hatte. Echo schlug es auf und nahm die Photographie heraus. Er rechnete nach und schätzte, daß die Frau über achtzig Jahre alt sein mußte. Warum hatte er von ihr geträumt ohne sie zuvor gesehen zu haben? Sie war hübsch, auf der Photographie, unglaublich hübsch, auch wenn die weiße Schwesternhaube ihr dunkles Haar zum größten Teil verdeckte. Aber das hatte er doch nicht wissen können, *bevor* er das Photo kannte! Und er kannte es erst seit gestern. Echo schüttelte den Kopf, sie war keine Einbildung, kein Traum, er *hatte* sie gesehen! Gestern abend, an der alten Glashütte. Und er sah sie immer noch vor sich, starrte auf die Photographie, unfähig, zu verstehen. Erst der Traum, dann das Photo, dann sie selbst. Im Zirkus... Oder hatte es den Zirkus nie gegeben, war alles nur ein weiterer Traum gewesen? Wo war der verdammte Zirkus abgeblieben als er zum zweiten Mal auf dem Glashüttengelände gewesen war?

Zögernd legte er das Bild zur Seite, schlug das Buch auf und lehnte sich zurück. Mit einem Schlag kehrte die Müdigkeit zurück, also beließ Echo es dabei, das Buch flüchtig durchzublättern. Flandern, Antwerpen, Gent, Damme, die Stadt Tyll Uylenspiegels. Und Brugge, das als morbide, herbstlich trübe und verlassen wirkende Kulisse beschrieben wurde, spätbürgerlich und in Erinnerungen an eine bessere, hanseatische Zeit schwelgend. Georges Rodenbach wurde erwähnt, dessen Roman *Bruges-la-morte* in jenem toten Brugge des Fin-de-siècle spielte, das er selber noch kennengelernt hatte. Darin beschrieb er Hugo, einen Witwer, der in der Stadt nach dem Tod seiner Frau Vergessen und die Bestätigung seines eigenen Seelenzustands suchte. Er fand statt dessen eine Tänzerin, die seiner verstorbenen

Frau auf das Haar glich. Als sie merkte, daß er dem Wahnsinn verfallen und sie selbst nur eine lebende Reliquie war, kam es zur Katastrophe.

Flandern, flache Polderlandschaft, Kanäle, endlose Baumreihen und weißgekalkte Bauernhäuser. Ein seltsames Gefühl von Heimat überkam ihn. Echo schüttelte es ab. "Das kann doch alles weder mit Kerschenstein noch mit meinem Vater zu tun haben", brummte er, legte das Buch zurück und gähnte. Es war Zeit, wieder ins Bett zu gehen. Ein paar weitere Stunden Schlaf wären bestimmt gut. Echo nahm die bronzene Fibel auf, betrachtete sie kurz und legte sie auf das Buch. Für einen Augenblick fielen ihm die Augen zu, bleiern schwer und gierig schien der Schlaf zu, und dennoch hatte Echo das sonderbare Gefühl, als könnte er durch die geschlossenen Lider, ja selbst durch die Hände hindurch sehen. Es war, als würde sich vor ihm am Tisch etwas bewegen. Eine Stimme sprach Worte, die er nicht verstand, und er meinte, diese Stimme schon einmal gehört zu haben. Diesmal allerdings klang sie viel sanfter als er sie in Erinnerung hatte, als sie schließlich deutlich fragte: "Also los, was willst du sehen?"

"Sehen?" erwiderte Echo unsicher. "Ich weiß nicht..." Dabei gab es nur eines, das er sehen wollte: das Mädchen.

"Aber du hast uns gerufen."

"*Gerufen?*" Echo versuchte, die Augen zu öffnen. Doch wozu? Er sah ja. Und die Lider waren schwer, viel zu schwer...

Eine zweite Stimme erklang, gleichsam sanft, doch nicht so tief. "Du hast die Fibel benutzt", sagte sie. Echo glaubte, eine Schlange zu sehen, die sich rot schimmernd über den Schoß einer Frau wand, die davon unbeeindruckt das Buch betrachtete: "Flandern", sagte die Frau. "Eine gute Wahl."

"Das ist *sein* Blut", zischte die Schlange.

"Nein, ich... ich will das Mädchen sehen", beharrte Echo. Und als müßte er seinen Wunsch erklären, fügte er leise hinzu: "Die Frau, die mir das Leben gerettet hat..."

Ein Zischeln erklang, so als ob jemand lachte. "Wie theatralisch!"

"Das Mädchen", wiederholte die Frauenstimme nachdenklich.

"Aber um das Mädchen geht es gar nicht!"

"Tatata, natürlich tut es das! Sie ist Teil des Ganzen", warf die Frau ein. "Sie ist ebenfalls dort. Es schadet also nicht..."

"Er wird sie nicht finden! Es dauert zu lange!"

"Er muß..."

Für einen Augenblick wurde Echo der Widersinn seines Traumes bewußt. Er bemühte sich, die Augen zu öffnen. Ob es ihm gelang oder ob sie gar nicht geschlossen waren, konnte er nicht sagen. Die Frau aber, die vor ihm auf der anderen Seite des Tisches saß, rückte allmählich mehr in sein Sichtfeld. Ihr Alter war schwer zu schätzen, doch war sie weitaus älter als das Mädchen auf dem Photo. Sie trug ein hochgeschlossenes, weitfaltiges Kleid und eine Schwesternhaube. Auf dem Arm hatte sie – und bei dem Anblick zuckte er zusammen – eine Schlange, ein rötlich glänzendes, zusammengerolltes Reptil von beachtlicher Größe, das sich im nächsten Augenblick langsam auf ihn zu schlängelte. Im Schein des Lichts der Schreibtischlampe schien es, als sehe ihn die Schlange mit kleinen, dunklen Augen feindselig an. Plötzlich wußte er, wo er die Stimme schon einmal gehört hatte: am Nachmittag im Garten… *Komm zu uns…*

"Nenn' uns eine Zahl!" sagte die Schlange ungeduldig und neigte den Kopf ein wenig, woraufhin die Frau aufstand und flüsterte: "Sag du sie ihm. Du weißt doch die richtige."

Echo, der keine Ahnung hatte, was für eine Zahl gemeint war, sah die Frau dankbar an. Er fühlte sich wie in einem Dämmerzustand zwischen Traum und Wachheit, der Stuhl auf dem er saß, gab keinen Halt mehr, Bilder wirbelten vor seinen Augen und vermittelten ein Gefühl von bereits Erlebtem, gewissermaßen von Erinnerungen. Er rieb sich den Arm, und auch diese Schmerzen kannte er. Der Raum drehte sich ein wenig. Es war unmöglich, zu denken, die Schlange wand sich um die Frau, schnürte ihren Rock ein und fraß sich schließlich, ohne zu zögern, selbst, wobei sie die Frau mit der altertümlichen Schwesternhaube langsam, ganz langsam erdrosselte. Sein Vater schrie plötzlich, Stein, die Schwester, die im Todeskampf eine graue Uniform trug, neonbeleuchtete Krankenhausflure, eine Spritze wurde aus einem Arm gezogen…

Echo versuchte zu schreien, die Augen aufzureißen, fortzulaufen – und war doch nur gefangen in Bewegungslosigkeit.

"Ja, ich weiß sie", schnarrte die Schlange, die sich plötzlich zu seinen Füßen wand. Die Worte drangen wie durch Watte in sein Bewußtsein. "Ich weiß alle Zahlen!"

"Schick ihn dorthin, wo es begann…"

Einen Augenblick lang herrschte Schweigen. Echos Verstand versuchte, zu arbeiten, an irgendeinem Fixpunkt fußzufassen. Vergeblich. Widerwillig aber bestimmt erklang die erste Stimme: "Er wehrt sich."

"Ich dachte es mir. Wann also?"

"Zwölfhunderteinundneunzig…"

Echo sah winzige, dunkle Augen und wußte, daß es unmöglich war. Schlangen konnten nicht sprechen. Aber Frauen konnten auch nicht schweben, und dennoch tat sie es, schwebte aus seinem Blickfeld und ließ ihn zurück mit der Schlange. Wieso hatte er keine Angst?

"…der Oktober 1291 war ein dunkler Monat in Flandern."

"Einerlei", sagte die Schlange beherrscht. "Dies ist das Jahr der Rückkehr. Er kann es ja nicht abwarten…"

"Warum zögerst du dann?"

"Jungfer Neunmalklug", zischelte die Schlange und fuhr zu Echo gerichtet fort, als ob sie aus einer Chronik rezitierte: "Im Jahre des Herrn 1291 waren die Zeichen deutlich zu sehen. Überall wüteten Dürre, Hungersnot, Pest und Krieg. Der letzte Kreuzzug lag zwanzig Jahre zurück und nur die Alten konnten sich daran erinnern. Kreuzfahrer wurden für nicht viel mehr als Narren oder Glücksritter gehalten, und du warst einer von ihnen, einer der letzten, die Akkon lebend verließen..."

"Akkon war die letzte große Bastion in Outremer. Es war an einem 28. Mai gefallen", erklärte die Frau im weitfaltigen Kleid, doch ihre Stimme klang bereits viel leiser, viel ferner. "Mit ihm ging das Heilige Land, der letzte Rest der einstmals so mächtigen Kreuzfahrerstaaten, unter. Dein Schiff, ein überladener *Genuese*, verließ die Stadt kurz bevor die Soldaten des Sultans al-Malik al-Asraf eine Bresche in die Stadtmauer schlagen konnten. Sie stürmten die Stadt, plünderten und mordeten, bis sie im Blut wateten. Guillaume de Beaujeu, der 21. Großmeister des Tempelritterordens, und siebzehn seiner Ritter waren unter den letzten, die noch Widerstand leisteten, doch am Abend lebte keiner mehr von ihnen..."

Tiefschwarze Wolken wechselten mit grauen, graue mit weißen. Dazwischen klafften Reste von Azurblau. Herbststurm war über Flandern und er trieb die Wolken und den Regen vor sich her, rauschte in den langen Reihen schmaler, hoher Pappeln und strich wild über abgeerntete Stoppelfelder, die sich, bis in die Unendlichkeit flach, wie auf einem kleinen, krummen Schachbrett, vom Wegrand bis in die Ferne erstreckten. Die Pappeln verloren bereits ihre Blätter, die mit dem Dreck des Wegdammes aufstoben und umherwirbelten.

Männer zogen stumm und unwirklich langsam die Handelsstraße entlang, die über Bruxelles, Gent und Brugge zur See führte. Soldaten waren sie, ein Schildknappe, ein Ritter, zusammengewürfelt vom Zufall und vom Überlebenswillen, auf der langen Reise vom Heiligen Land. Der junge Ritter sah sich um. Sie waren fünf zu Pferd, und fünfzehn folgten ihnen zu Fuß. Der Tritt ihrer Lederstiefel verlor sich im Wind. Ihre Augen sahen aus tiefen Höhlen müder Gesichter, ihr Zeug war zerschlissen. Kaum einer trug noch das Kreuz auf seinem Mantel.

Zwanzig, die das Heilige Land, den Krieg, Typhus und die zerschlagene Verlockung des Fremden, des glorreichen Kampfes für Gott, hinter sich gelassen hatten. Soldaten des Kreuzes, oder solche, die es einmal gewesen waren. Er sah keine stolz heimkehrenden Recken, er sah in geschlagene Gesichter, betrogen, enttäuscht und desillusioniert. Und was ihm viel schlimmer erschien: sie hatte ihren Glauben verloren. Jeder Einzelne. Den Glauben an einen Gott, der sie verleugnet hatte, dem es vollkommen gleichgültig war, ob Menschen lebten oder starben, lachten, litten oder gequält wurden. Den Glauben an die Macht und die Güte eines Gottes, den es entweder nicht gab, oder der weder Macht noch Güte besaß.

Der Reiter neben ihm sah herüber. Die Neugier in seinem Blick wurde von Besorgnis verdrängt. Er hatte kurze Haare und trug ein Lederwams. Eine dunkle Kapuze hing über seinen Rücken. Er sagte etwas, doch die Worte gingen im Wind unter. Dann schüttelte er den Kopf, denn er schien mit der Antwort seines Ritters nicht zufrieden.

In der Ferne brach die rote Abendsonne durch die Wolken, gerade dort, wo sich die dunklen Mauerumrisse Gents erhoben, überragt vom Steen, der Festung des Grafen von Flandern.

Je näher sie der Stadt kamen, desto belebter wurde die Straße, Bauernwagen kamen ihnen träge entgegen, Reiter passierten, Handwerker und Händler hielten inne und starrten sie an. Doch in den Blicken lag keine Bewunderung. Der junge Ritter sah Abneigung, Neugier und manchmal Mitleid. Dann wandte er sich wieder um, sah auf die Männer, die mit ihm zogen, und er erkannte, daß sich ihnen ein Fremder angeschlossen hatte...

Die Männer passierten die Stadttore und der Fremde übernahm die Führung. Ohne wirklich Notiz von ihm zu nehmen, folgte jeder der Männer seiner hageren Gestalt. Er führte sie mit unsichtbarer Hand, führte sie durch die schmutzigen Gassen Gents bis zu einem kleinen Gasthof, direkt an der Schelde.

Der Ritter versuchte aufzuschließen, zu sehen, wer sie führte. Einen Sekundenbruchteil lang sah er in ein blasses Gesicht, tiefe Augenhöhlen, Knochen. Dann wandte der Fremde sich ab, verbarg sein Aussehen unter der Kapuze seines schwarzen Mantels. Jöns, sein Knappe, sah dem Ritter besorgt nach. "Was macht Ihr?" rief er. Sein Herr sah ihn nur verwundert an. Er wies auf den Schwarzen, doch Jöns konnte ihn nicht sehen, und der Ritter begann zu ahnen, daß ihm nicht mehr viel Zeit blieb, denn zweifellos hatte sich der Schwarze ihrer angenommen. Es war der Tod, der ihnen gefolgt war.

Die Kunde, daß es das Königreich Jerusalem, welches die Zwanzig vor fünf Monaten verlassen hatten, nicht mehr gab, hatte die Männer längst überholt. Der Zugang zu den Pilgerstätten war auf immer verloren, der Geburtsort Jesu in den Händen Ungläubiger. Sultan al-Malik al-Asraf Chalil hatte Akkon, die letzte christliche Stadt des Heiligen Landes, erobert. Von ihren Verteidigern lebte keiner mehr.

Die Nachricht griff wie ein Lauffeuer um sich, und viele, sehr viele sahen das Ende des Christentums nahe, denn Gott hatte sich an jenem Tag endgültig abgewandt.

Es dämmerte. Der Ritter bezog eine Kammer in jenem großen Gasthof an der Schelde, nahe der Stadtmauer. Er hatte den Schwarzen aus den Augen verloren, schlief einen tiefen, doch wenig erholsamen, Schlaf, und erwachte schwächer als an den Tagen zuvor. Als Jöns, sein Knappe, mit dem Gepäck kam, bemerkte der Ritter nicht, daß etwas fehlte, daß das kleine Bündel, vom Komtur in Akkon Fascis genannt, nicht mehr unter seinem Gepäck war. Sein fiebriger Blick ließ ihn darüber hinwegsehen.
Gleichgültig.
Die Sonne stand noch tief an jenem Morgen, schien mild und warm auf den nassen Boden und verhieß einen schönen Herbsttag. Der Ritter aber fror. Schweiß lief ihm von der Stirn, Schwindel hatte ihn befallen und die Glieder schmerzten. Sein Bursche hatte Mühe, ihm auf das Pferd zu helfen, und er wachte darüber, daß sein Herr sich im Sattel hielt. Er hatte Angst, Angst, daß es aufgrund dieser teufelsgesandten Krankheit, die überall im Lande herrschte, mit dem Ritter zu Ende gehen würde. Der Doktor aber hatte nur gelacht. Doktor Dee. "Dein Herr spielt mit dem Schwarzen Schach", hatte er gelacht...
So zogen sie weiter, allein, noch vor den anderen, und nur seine Sehnsucht, die ihn über Tausende von Meilen vorangetrieben hatte, die Sehnsucht nach seiner Frau, und sein mächtiger Wille, die kleine Turmfestung an der Küste Flanderns zu erreichen, hielten ihn aufrecht. Und vielleicht auch die schützende Hand des Schwarzen, der ihren Weg lenkte.
Er führte sie in die Irre.
Er wollte spielen und hielt sie am Leben.
Er begleitete sie stumm.
Er jagte sie.

Echo fuhr schwer atmend hoch, ein wenig schwindelig und schweißnaß. Einige flüchtige Sekunden lang hatte er das Gesicht unter der schwarzen Kapuze noch vor Augen, blaß und kalt. Es war der Tod, der ihn begleitet hatte.

Das Arbeitszimmer lag in dunklen Schatten, Mondlicht fiel herein und legte sich mattsilbern auf die Regale und den Schreibtisch. Er fühlte sich wie gelähmt. Die Augen fielen wieder zu und es kostete ungeheure Anstrengung, sie erneut zu öffnen. Für einen Augenblick gelang es ihm, und er sah die Silhouette eines Mannes vor dem Fenster stehen. Dann fiel er wieder in einen lähmenden Halbschlaf. Echo nahm Schritte wahr – oder träumte er? – und das leise Schließen einer Tür. Als er zum zweiten Mal erwachte, geschah dies mit etwas mehr Klarheit. Nur der Arm, auf dem er irgendwie gelegen hatte, war eingeschlafen und taub.

Nach endlosen Minuten richtete Echo sich endlich auf, versuchte die Benommenheit abzuschütteln und die Eindrücke, die wie lebendige Erinnerungen an gerade Erlebtes durch seinen Kopf rasten, zu ordnen. Er sah sein Pferd, die rauhe flandrische Landschaft, und das Gesicht jedes einzelnen der Männer, die mit ihm durch die schmutzigen Gassen Gents gezogen waren. Er wußte, er hatte ein Schwert und er wußte, er hatte einen Knappen – und ihm war durchaus bewußt, daß all das Unsinn war. Dennoch schmerzte diese Einsicht, denn es war mehr als ein Traum gewesen, es war wie ein Teil von ihm, und dieser Teil drängte zu der Frau auf dem Photo, von der er wußte, daß auch sie *dort* war, in Flandern, in einer anderen Zeit, begleitet vom Zirkus der Nacht.

Im nächsten Moment fiel Echo der Mann ein, der im Zimmer gestanden hatte. Ein kalter Schauer lief ihm über den Rücken und trieb seinen Puls in die Höhe, was gut war, denn nun war er plötzlich hellwach, lauschte sekundenlang in die Dunkelheit und stand, als wirklich kein Geräusch im Haus zu vernehmen war, schwerfällig auf, gestützt auf den Schreibtisch und unsicher nach dem Lichtschalter tastend. Jemand hatte das Licht gelöscht.

Angst überkam ihn, mehr als in den Tagen zuvor. Wer war hiergewesen? War es der Mann mit der Tarnjacke? Und was war aus der Frau in ihrem weitfaltigen Kleid geworden? Wo war... *verdammt, die Schlange!* Echo erzitterte. *Wo war die Schlange?*

Keine Frage, er mußte fort von hier! Unbeholfen tastete er weiter nach dem Lichtschalter und kniff, als er ihn endlich fand, die Augen zusammen. Die schwache Deckenbeleuchtung blendete. Seine Brille war auf den Boden gefallen und der linke Arm schmerzte. Überrascht hob er sie auf und rieb gedankenverloren seine Armbeuge. Doch beim Darüberfahren wurde der Schmerz stärker. Alarmiert schob Echo den Ärmel hoch und erkannte einen kleinen Bluterguß und drei Einstiche. Was zum Teufel... Erschrocken starrte er auf die Male. *Was war hier mit ihm geschehen? Stëin...*, dachte er verzweifelt, *ich muß hier raus!* Aber das war Unsinn, es war viel zu früh. Er würde ihn gar nicht aus dem Bett kriegen. Und was sollte er sagen? Daß er schlecht geträumt hatte? Die Einstiche waren nur ein schwacher Beweis.

Ob er blieb oder nicht, Echo ahnte, daß er in IHRER Hand war. Doch SIE wollten ihn nicht mehr töten, das war offensichtlich, sonst hätten SIE es heute nacht getan. SIE hatten irgend etwas anderes mit ihm vor!

Aber so leicht würde er es IHNEN nicht machen... Echo fiel die Waffe ein, die ihm sein Vater einmal gezeigt hatte und mit der er plötzlich ein so starkes Gefühl von Sicherheit verband, daß ein unbändiges Verlangen nach ihr in ihm wuchs. Er versuchte sich zu erinnern, wo die Waffe versteckt sein konnte. Echos erste Schlußfolgerung war, daß sie nicht im Haus, sondern irgendwo in der Taxe liegen mußte – etwas anderes machte keinen Sinn. Fast jeder Taxifahrer hatte irgend etwas bei sich, ein Spray, ein Messer oder eine Gaspistole. Nur, die seines Vaters war echt, herübergerettet aus dem letzten Krieg. Neun Millimeter. Vermutlich illegal, aber beruhigend.

Leise öffnete er die Tür und lauschte ein paar Sekunden in das Haus. Alles war still. Waren wirklich alle fort?

Schließlich hielt Echo es nicht mehr aus, er raffte sich auf und schlich – etwas unsicher noch – die Treppe hinunter, den Flur entlang und zur Vordertür hinaus. Als er die Taxe erreicht hatte, sah er sich mit gehetztem Blick um – und sah plötzlich in die Augen eines mutierten Schlangenmannes, groß, mit schuppiger Haut und Fangzähnen. Echo schrak zurück, taumelte, stolperte und fing sich gerade noch am Seitenspiegel des Mercedes. Dann war alles vorbei. Er war allein, ein Opfer seiner Hirngespinste. Oder Ängste.

Echo fluchte leise und versuchte, die Bilder abzuschütteln. Hastig begann er, den Wagen nach der Waffe zu durchsuchen, fahrig und mit zitternden Fingern, das Handschuhfach, Türtaschen, den Kofferraum. Vergeblich.

Mit einem enttäuschten Seufzer ließ Echo den Kofferraumdeckel zufallen. Er wandte sich um und starrte die Straße hinunter. Schritte erklangen und verhallten in der Ferne. Nichts deutete darauf hin, daß in dieser Nacht ein Mörder durch die Straße gelaufen war.

Plötzlich kam ihm eine Idee – einige Taxen hatten eine zusätzliche Ablage unter dem Fahrersitz. Vielleicht auch diese? Echo öffnete die Fahrertür erneut, kniete sich nieder und fand tatsächlich eine Klappe unter der Sitzfläche, ein Fach, in dem ein kleines, hartes Stoffbündel steckte. Als er es herauszog, auf den Sitz legte und ausrollte, verbreitete sich ein angenehmer Duft von Waffenöl. Es war tatsächlich die P38 seines Vaters, so wie er sie in Erinnerung hatte. Routiniert zog Echo das Magazin heraus und stellte fest, daß es voll war. Mit einem vagen Lächeln der Erleichterung und getragen von einem neuen Selbstbewußtsein kehrte er wieder zurück ins Haus.

Doch das verflog ebenso rasch wieder, als er sich der Einstiche bewußt wurde. Irgend jemand war in das Haus eingedrungen und hatte ihm irgend etwas gespritzt. Gift war es nicht. Aber Drogen? Halluzinogene? Oder zumindest ein Betäubungsmittel? Und warum?

Unmöglich zu sagen, nur eines war gewiß: Echo fühlte sich so elend wie nach einer durchzechten Nacht, eine Mixtur aus Ekel, Haß und Scham stieg in ihm auf, durchzogen von Übelkeit. Er versuchte, sich nicht auszumalen, was geschehen war – und zu welchem Zweck. So etwas wie Entzugserscheinungen machten sich breit, aber vielleicht auch nur das Verlangen, zurückzukehren in seinen Traum vermischt mit der Enttäuschung darüber, daß es nur ein Traum war.

"Eine Schlange", murmelte er und erinnerte sich daran, daß Stëin sie *Kundalini* genannt hatte. "So ein Unsinn..." Verzweiflung und Verwirrung machte sich in ihm breit. "So ein verdammter, beschissener Unsinn..."

Nachdem Echo sich vergewissert hatte, daß niemand außer ihm im Haus war, legte er sich auf das Bett im Schlafzimmer, schob die Waffe unter das

Kopfkissen und versuchte, an nichts zu denken während er an die Decke starrte.

Wenig später war er eingeschlafen.

Morand verschloß die Tür hinter sich. Er warf die Jacke auf das Bett, ließ sich auf den Stuhl fallen und vergrub das Gesicht in den Händen. *Was für ein beschissener Tag!* Willard hatte ihn reingelegt. Anders waren die Typen in dem silbernen CX nicht zu erklären. Aber warum?

Er seufzte laut und mußte lächeln. Der junge Marburg hatte Mumm, das mußte man ihm lassen. Vermutlich hatte er ihnen beiden das Leben gerettet!

Morands Blick verdüsterte sich. Gleichgültig, ob durch Kerschensteins Wanze, Willard oder gar die Legion: sie hatten ihn also gefunden. Wieviel Zeit blieb ihm jetzt noch? Ein paar Stunden? Ein paar Tage? Nicht länger jedenfalls als bis sie sein Hotel aufgespürt hatten. Und welche Chance hatte er schon, ohne zu wissen, *wer* hinter ihm her war – und warum?

Sein nächster Gedanke war: *ich muß Marburg warnen.* Wenn sie die Nummer der Taxe hatten, hatten sie Marburg. Und wenn sie Marburg hatten, dann hatten sie ihn. Morand öffnete eine der Flaschen, die vor ihm auf dem Tisch standen. Whisky. Aus der Bar mit heraufgebracht. Nach dem zweiten Schluck kam die Vernunft zurück. Er begann wieder, klar zu denken. Es war möglich, er konnte es schaffen! Hastig breitete er alles auf dem Tisch aus, was er heute und in der letzten Woche bei Kerschenstein hatte mitgehen lassen.

Der Umschlag mit den Papieren. Ein eindeutiges Indiz dafür, daß Kerschensteins Mörder dieser ehemalige SS-Offizier war. Merbach. Oder einer seiner Leute, er hatte bestimmt Komplizen. Morand blätterte die Papiere durch und fand das Geburtsdatum des Obersturmführers. 10. Mai 1910. Er war also vierundsiebzig. Eigentlich zu alt, um derartige Einsätze selbst auszuführen... Ein weiterer Name war markiert. Dessauer. Sturmführer. Auch er mittlerweile über siebzig. Warum war es nicht zu einer Verurteilung gekommen, damals, nach dem Krieg? Warum liefen die beiden noch frei herum?

Morand schob die Papiere beiseite und nahm einen Schluck aus der Flasche. Sein Blick fiel auf den Brief mit der Drohung. *Ein Jude, der ein Mörder ist, ein Opfer, das in Wirklichkeit ein Täter ist.*

Der Persilschein Hans von Selchenhausens. Der Zeitungsartikel. Morand setzte die Flasche ein weiteres Mal an und trank. Dann knallte er sie auf den Tisch. Natürlich! So war es! Kerschenstein hatte, während er für Willard arbeitete, herausgefunden, wo sich Merbach aufhielt, der bei Kriegsende zweifellos untergetaucht war. Aber auch Kerschenstein hatte eine Leiche im Keller – im wahrsten Sinne des Wortes: er hatte von Selchenhausen umgebracht. Warum, würde er nicht mehr herausfinden. Auf irgendeine Weise war es dann zu einem Deal gekommen, Kerschensteins Prozeß wurde eingestellt und im Gegenzug verzichtete er darauf, die Anklagepapiere einzureichen. Vielleicht hatte er es sich dann auf seine alten Tage anders überlegt. Und Merbach hatte ihn letztendlich umbringen lassen. So mußte es gewesen sein. Zufrieden lehnte sich Morand zurück und nahm einen weiteren Schluck Whisky.

Zwei Fragen allerdings blieben. Wo war Merbach jetzt? Und was hatte Leclercque damit zu tun? Wirklichen Aufschluß würden vermutlich nur die Papiere liefern, die im *Document Center* unter dem Aktenzeichen zu finden waren, das Le Maire ihm durchgegeben hatte. Er mußte wohl oder übel nach Rheindahlen und die Papiere selbst suchen...

Morand fluchte. Wie sollte er in das Archiv der Britischen Rheinarmee gelangen?

Sein Blick fiel auf das kleine Medaillon, das er in Kerschensteins Schrank gefunden hatte. Er nahm es und betrachtete das Bild. Die Augen, das dunkle Haar, ihre zeitlose Schönheit schien ihn zu erdrücken. *Jossele, kleiner Jossele...* Plötzlich wußte er, woher er diese Worte kannte, zu kennen glaubte. *Sie mußte sie gesagt haben, immer wieder, zärtlich, beruhigend. Verdammt! Er war ein verdammter Säugling gewesen, es war unmöglich, daß er sich daran erinnerte! Unmöglich!*

Der *Zirkus der Nacht* fiel ihm ein. Morand durchsuchte die Photos, bis er das richtige gefunden hatte: *Rosa. Habe sie gesehen. Sie sieht noch genauso aus wie damals. Der Zirkus der Nacht nimmt sie mit sich fort.* Es war das Photo vom Glashüttengelände, auf dem der Alte diese Worte vermerkt hatte, und nach allem, was Morand in der vergangenen Nacht gesehen hatte, schien er Recht gehabt zu haben. Er mußte Marburg fragen, ob der Zirkus noch dort gewesen war. Der Junge war bestimmt noch einmal hingefahren... Er mußte ihn warnen.

Morand nahm die Flasche und ließ die goldene Flüssigkeit seine Kehle hinunterlaufen. Den Jungen warnen, ja, das mußte er... Schwerfällig stand er auf, ging hinüber zum Bett und ließ sich darauf fallen. Keine Minute später war er eingeschlafen.

Was kann ein Menschenwesen Schlimmeres treffen als der quälende Gedanke, daß Gott unendliche Finsternis sei... Um sich davon zu befreien, strömen die Geißler auf den Straßen zusammen; sich Schmerzen zufügend, blutüberströmt flehen sie Gott an, ihr Licht und ihre Existenz zu sein.
A. Szczypiorski: Eine Messe für die Stadt Arras, 1971, S. 48

23. OLDENBURG, MITTWOCH, 12. SEPTEMBER 1984
Licht. Gelbes, warmes Licht. Echo öffnete die Augen und wußte im ersten Augenblick nicht, wo er sich befand. Es dauerte Sekunden, bis sein Erinnerungsvermögen ihm erklärte, daß er zu Hause war, daß er im Bett seines Vaters geschlafen hatte, gut geschlafen sogar, und so lang wie seit Tagen nicht mehr. Er erinnerte sich vage an einen Traum. Und obgleich er sich sicher war, daß sich der Traum in die Anzahl Träume einreihte, die er seit seinem *Unfall* auf der Bodentreppe gehabt hatte, so konnte er sich dennoch nicht an Details erinnern. Im Gegenteil, wenig später hatte er ihn sogar ganz vergessen.

Träge wandte er seinen Blick zur Tür. Die Sonne schien und warf ihre Strahlen durch das Fenster im Arbeitszimmer bis in den Flur, gelb und warm.

Echo griff nach seiner Armbanduhr. Es war fast zehn. *Himmel!* Lag das nun daran, daß er soviel Blut verloren hatte? Oder daran, daß er in der vorletzten Nacht kaum geschlafen hatte? Er setzte sich auf und überlegte, was er tun sollte. Dann zog er die Waffe unter dem Kissen hervor und ging langsam durch das Haus. Es war leer, niemand da, natürlich war niemand da.

Das Frühstück bestand aus den wenigen übriggebliebenen und ziemlich trockenen Brötchen, die er gestern gekauft hatte, dazu ein Becher Kaffee. Was sollte er tun, heute? Was *konnte* er tun? Morand war der einzige Anhaltspunkt, den er hatte. Die Nummer des Mietwagens – er mußte Stein darauf ansprechen. Vielleicht hatte er bereits etwas herausgefunden. Die junge Frau. Er mußte wissen, wer sie war, ein weiteres Mal nach dem Zirkus sehen, hoffen, daß er wieder dort war, auf dem Glashüttengelände. Er *mußte*, wenn er sich nicht länger von ihr – oder ihrem Bild – zum Narren halten lassen wollte, mit ihr sprechen. Noch einmal würde er sich nicht so einfach abweisen lassen! Er fühlte zweifelnd nach der Bandage auf seinem Kopf. Der Verband begann sich aufzulösen...

Nach dem Duschen durchsuchte er den Kleiderschrank seines Vaters. Ein unangenehmes Gefühl, aber nach der letzten, angezogen verbrachten Nacht brauchte er zumindest ein neues T-Shirt. Er fand Unterhemden. Feinripp, muffig aber sauber, und sie paßten, das war das Wichtigste. Dann durchsuchte er die Unterhosen. Feinripp, weiß... Echo rümpfte die Nase. Nein, das ging zu weit. Er suchte weiter und fand, unter der letzten, einen kleinen Terminkalender, Modell Werbegeschenk *Sparkasse*, Plastikeinband,

1984. Echo öffnete ihn und fand eine kleine Karte. Die dreizehnte Tarotkarte, der *Tod*. War das nicht die gleiche Karte, die sein Vater bei dem Unfall bei sich gehabt hatte? Natürlich, sie hatte mit den übrigen Sachen in dem kleinen Pappkarton gelegen. Er wußte nicht, welche Bedeutung die Karte hatte, woher sie kam oder wo die anderen einundsiebzig Karten waren.

Die Notizen aber, die sein Vater in den einzelnen Tagesfeldern eingetragen hatte, waren interessant. Insbesondere der Name Kerschenstein tauchte häufiger auf, am 8. August war der Name Schneewind eingetragen, *17:30, wegen K.*, und eine Telefonnummer. Am 11. Und am 17. August fand er die Eintragung *Dessauer, Hamburg*. Echo blätterte um und schlug September auf. Wieder fand er den Namen *Kerschenstein*. Darunter *Morand* und eine Telefonnummer, vermutlich die des Hotels. Unter dem fünften September, dem Tag, an dem sein Vater den tödlichen Unfall hatte, fanden sich die letzten Einträge: *Dessauer, anrufen* und eine französische Telefonnummer.

Echo zog sich Jeans und sein zerknittertes Hemd an, steckte den Taschenkalender ein und ging nachdenklich ins Arbeitszimmer hinüber. Die Einträge waren es, die den Zusammenhang ergaben. Kerschenstein, sein Vater, und Morand kannte beide. Aber wer war Dessauer? Und Schneewind?

Unschlüssig legte Echo die *Walther* auf den Tisch und betrachtete sie wie eine liebgewonnene Freundin. Sie würde Morand zum Reden bringen. Ein Grinsen flog über Echos Gesicht. Dann kam ihm ein anderer Gedanke. Er zog den Kalender hervor und wählte die Nummer, die hinter dem Namen Schneewind vermerkt war. Eine Hamburger Telefonnummer. Dies war immerhin eine Spur. Es dauerte ein wenig bis sich eine junge Frauenstimme meldete und ihm mitteilte, daß er mit der Rechtsanwaltskanzlei Schneewind und Partner verbunden sei.

"Marburg", begann Echo und versuchte dabei, etwas älter zu klingen. Distinguiert vielleicht. "Ich möchte Herrn Schneewind sprechen." Das Zögern am anderen Ende der Leitung zeigte ihm, daß er sich nicht schlecht dabei angestellt hatte.

"Ich..." ertönte es schließlich aus dem Hörer, "ich werde sehen, ob Herr Doktor Schneewind für Sie Zeit hat."

Herr Doktor, dachte Echo mit einem Lächeln und überlegte, wie er herausfinden sollte, was sein Vater von diesem Schneewind gewollt haben mochte.

Als Schneewind sich mit seltsam heller, rauher Stimme, die ihre Hamburger Herkunft nicht verleugnen konnte, meldete, wiederholte Echo seinen Namen. Auch Schneewind zögerte. Lag das nun daran, daß er sich nicht auf Anhieb an Echos Vater erinnerte – oder daran, daß er ihn eigentlich für tot hielt?

"Herr Schneewind, ich brauche noch einmal Dessauers Adresse", begann Echo. "Ich habe sie vergessen."
"Herr Dessauer wohnt hier in Hamburg", erklärte der Anwalt frei heraus. "Aber ich glaube nicht, daß ich Ihnen seine Adresse bereits gegeben habe." Seine Stimme klang ein wenig verschlagen, aber das war bei Anwälten wohl so üblich. "Haben Sie sich nicht in der vergangenen Woche getroffen?"
"Ich habe noch Fragen an ihn", erwiderte Echo und war froh, daß das nicht einmal gelogen war.
"Soso, Sie haben also Fragen."
"Ja, es geht um Kerschenstein…"
"Sie wissen genau", unterbrach ihn der Anwalt, "daß Sie nicht in der Situation sind Fragen zu stellen." Die Stimme am anderen Ende der Leitung wurde zusehends kälter. "Wer sind Sie?"
"Ich habe Ihnen meinen Namen doch bereits genannt", sagte Echo, der ahnte, daß Schneewind das Gespräch im nächsten Augenblick beenden würde. Dennoch wiederholte er seinen Namen: "Marburg."
"Sie sind nicht Gert Marburg."
Nein, ich bin Jochen Marburg, dachte Echo. "Was ist mit Kerschenstein?" fragte er, ohne auf Schneewind einzugehen. "Warum mußte er sterben?"
Anstelle einer Antwort legte der Anwalt auf.
Echo fluchte und hängte ebenfalls ein. *Das hätte besser laufen können.* Ein paar Dinge hatte er trotzdem herausgefunden. Sein Vater hatte vor seinem Tod Kontakt zu einem Hamburger Anwalt gehabt, und dieser Anwalt kannte auch Kerschenstein. Die fehlende Gegenfrage hatte das bestätigt. Die Verbindung zwischen seinem Vater und Kerschenstein mußte also über das reine Taxifahren hinausgegangen sein. Und schließlich hatte Schneewind ihm mitgeteilt, daß Dessauer, der andere Name im Kalender seines Vaters, in Hamburg zu finden war. Das schränkte die Suche ein. Straße und Hausnummer würde er dann im Telefonbuch finden. Welcher Art die Beziehung zwischen seinem Vater und Kerschenstein war und weshalb dieser Schneewind kontaktiert hatte, blieb allerdings offen.
So hilfreich diese *Spur* auch sein mochte, so wurde ihm doch plötzlich bewußt, daß ein Gespräch mit diesem Dessauer vermutlich dasselbe Ergebnis liefern würde: nämlich Schweigen. Angst überkam ihn und der Gedanke an den Überfall vor zwei Tagen tat sein Übriges. Auch sein Vater hatte Angst gehabt. Zu recht. Er war tot. Er war ebenso allein gewesen, wie Echo. Doch Echo war entschlossen, *nicht* allein zu bleiben. Er würde nicht denselben Fehler machen wie sein Vater!
Mit einer raschen Bewegung steckte Echo den Kalender wieder ein, schnappte sich die Waffe und seine Jacke. Die Photos fielen ihm ein, Stein hatte sie dagelassen. Er schob auch sie in seine Jackentasche und lief zur Tür.

Im selben Moment klingelte es, erst einmal, dann mehrmals.

Echo blieb stehen, sah sich um, sah zur Terrassentür und ging in Gedanken die kurze Liste der in Frage kommenden Besucher durch. Stëin gehörte nicht dazu. Der Mann mit der Tarnjacke schon. Jordan? Das wäre Zufall...

Es klingelte erneut, und Echo war sich klar, daß man ihn durch das Türglas sehen konnte. Er seufzte und öffnete.

"Entschuldigen Sie die Störung, Herr... *Marburg*?" Den Mann, der vor ihm stand, umgab die Aura eines Menschen, der es gewöhnt war, Befehle zu geben, autoritär uns selbstsicher. Er war größer als Echo, dem als erstes das hellgraue, zu einem Scheitel gekämmte Haar des anderen ins Auge fiel. Sein kurzes, keineswegs unsicheres Zögern lag vermutlich nur daran, daß er nicht wußte, ob er den richtigen Marburg vor sich hatte. Echo sagte nichts, nickte nur knapp. Er sah den Fremden fragend und vielleicht ein wenig abweisend an. Nicht abweisend genug.

"Mein Name ist Vomdorff", stellte sich der Mann vor. "Ich bin der zuständige Oberstaatsanwalt. Darf ich eintreten?"

Als Echo nichts erwiderte, fügte er hinzu: "Es geht um die Anklage gegen Ihren Vater."

"Anklage?" fragte Echo überrascht. "Mein Vater ist tot!"

"Ja natürlich", erwiderte der Oberstaatsanwalt. "Mein Beileid übrigens. Darf ich also hereinkommen?"

Echo trat zur Seite und ließ den Mann vorbei.

"Ich habe gerade mit Kommissar Jordan gesprochen", fuhr Vomdorff fort nachdem er ein paar Schritte in den Flur gemacht hatte. "Er hat erwähnt, daß Sie Zweifel an der polizeilichen Version des Hergangs haben?"

Es erschien Echo mehr als verwunderlich, daß ein Oberstaatsanwalt das Gespräch mit ihm, der ja nicht einmal Zeuge oder Beteiligter des Unfalls war, suchte. "Ist das von Belang?" fragte er, Vomdorff mit hochgezogenen Augenbrauen anschauend.

"Nun... nein. Für die Ermittlungen im eigentlichen Sinne ist das nicht wirklich von Belang." Vomdorff sah sich um. Es schien, als wolle er sich gerne hinsetzen oder zumindest weiter in das Wohnzimmer durchgehen. Echo ignorierte das. "Aber", erklärte der Oberstaatsanwalt einen Augenblick später, "solange unsere Ermittlungen noch nicht abgeschlossen sind, muß ich Sie auffordern, keine Halb- oder Unwahrheiten in die Welt zu setzen."

"*Unwahrheiten?* Ich?" Echo war zu perplex um sofort zu Antworten. War es denn nicht Jordan gewesen, der diese Vermutung geäußert hatte? Hatte nicht alles am Autowrack darauf hingedeutet, daß sein Vater gar nicht gefahren war?

Aber das Wrack war nicht mehr da...

"Die Sachlage stellt sich uns wie folgt dar: Jacob Kerschenstein ist von Ihrem Vater erpreßt – oder doch wenigstens bedroht – worden, woraufhin er sich umgebracht hat. Der kausale Zusammenhang macht ihren Vater nicht unmittelbar zu einem Mörder, zumal er sich durch Selbsttötung einem Gerichtsverfahren entzogen hat. Dennoch..."

"Mein Vater hat sich *was*?" unterbrach Echo den Oberstaatsanwalt aufgebracht. Zwar hatte Jordan etwas Ähnliches gesagt, aber er hatte doch wenigstens vorgegeben, nicht daran zu glauben.

"Dennoch –" fuhr der Oberstaatsanwalt unbeirrt fort, "möchte ich Ihnen den guten Rat geben, uns unsere Arbeit machen zu lassen und die Kriminalpolizei nicht auf falsche Spuren zu locken."

"Ich soll *was*?" Es war Echo bewußt, daß sein wiederholtes Nachfragen ihn nicht glaubhafter machte, aber angesichts der Ungeheuerlichkeit von Vomdorffs Anschuldigungen, war er zu nicht mehr in der Lage.

"Ich denke, Sie wissen, was ich meine, Herr Marburg. Verhalten Sie sich ruhig und warten Sie den Ausgang der Ermittlungen ab. Für Sie gibt es im Moment nichts zu tun und für Ihren Vater wird es ohnehin keine unangenehmen Konsequenzen mehr geben." Vomdorff lächelte süffisant. "Sie kennen den Tatbestand der Strafvereitelung? Schauen Sie ins Strafgesetzbuch, Paragraph Zweihundertachtundfünfzig. Ich will Ihnen keine Angst machen, ich möchte Sie nur warnen. Sie sind ein vielversprechender Student. Fahren Sie zurück nach Köln und machen Sie Ihr Diplom." Einen Augenblick sah er Echo abschätzend an. Dann wandte er sich zum Gehen.

Echo sah dem Oberstaatsanwalt sprachlos hinterher, beobachtete, wie er in eine dunkelgrüne Mercedes E-Klasse einstieg und davonfuhr.

Was zum Teufel war das für ein Auftritt? Wut wallte in ihm auf, vielleicht auch Haß. Und Angst. Wieder einmal Angst. Woher wußte der Mann so viel von ihm? Natürlich, Vomdorffs Auftritt hatte ihn durchaus eingeschüchtert. Erst allmählich kam ihm der Gedanke, daß genau das Vomdorffs Absicht gewesen sein mochte. *Aber warum?*

Echo schloß die Haustür und ging langsam hinüber ins Wohnzimmer, wo er unschlüssig hinaus in den Garten sah. Was sollte er jetzt tun? Er hatte sich Jordan anvertrauen wollen, aber *konnte* er ihm überhaupt noch trauen? Schließlich mußte er alles, was Echo im Pilgerhaus gesagt hatte, brühwarm weitererzählt haben.

Er holte aus und trat wütend mit dem rechten Fuß gegen die ohnehin schon angeschlagene Terrassentür, ein schmerzhafter Tritt, den die Tür überstand, und der Echo klarmachte, daß er seine Taktik ändern mußte. Nicht Jordan durfte ihn benutzen, sondern er mußte Jordan benutzen, zu seiner eigenen Sicherheit. Er durfte nicht dasselbe Schicksal wie sein Vater erleiden...

Eine Viertelstunde später lenkte Echo den *Commodore* auf den Parkplatz des Ersten Reviers.

Jordan sah überrascht auf, als Echo schließlich vor ihm stand. Raum 322, hell, spartanisch eingerichtet und unfreundlich. Vermutlich nur eine Übergangslösung für den Mann aus Hannover. Ihm gegenüber saß ein etwa vierzigjähriger Mann in Polizeiuniform, gescheiteltes Haar, Schnäuzer. Mit einem Lächeln stand der Polizist auf und stellte sich vor: "Engholm." Den Schulterstücken nach zu urteilen, war er Kriminalhauptmeister. Er reichte Echo die Hand.

"Wer hat Sie denn hier reingelassen?" fragte Jordan ohne den Versuch einer Begrüßung.

Echo zuckte mit den Schultern. "Ich wollte mich nur bedanken", sagte er unwillig.

"Bedanken? Wofür?"

"Dafür, daß Sie mir den Oberstaatsanwalt auf den Hals gejagt haben."

"*Ich?*" Jordan sah Echo entgeistert an. "*Den Oberstaatsanwalt?*"

"Ich glaube..." mischte sich der Kriminalhauptmeister vorsichtig ein, "...dafür kann mein Kollege nichts".

"*Und woher wußte er dann von unserem Gespräch im* Pilgerhaus*?*"

Jordan sah Echo überrascht an. Er hatte keinen blassen Schimmer.

"Es ist der Bericht", versuchte Engholm eine Erklärung. "Ich habe ihn an Eilers gegeben, und der vermutlich an die Staatsanwaltschaft. Vielleicht sogar direkt an Vomdorff..."

Jordan sah Echo mit gekrauster Stirn an. "Was wollte er von Ihnen?" fragte er, stand auf und fingerte nach einer Zigarette in seiner Hemdtasche.

"Ich soll meinen Mund halten", erwiderte Echo sarkastisch, unsicher, ob es wirklich sein konnte, daß Jordan nichts von Vomdorffs Besuch wußte. "Ich soll mich nicht in die Ermittlungen einmischen. Irgend etwas hat er von Strafvereitelung erzählt..."

"§ 258?" Engholm lachte auf. "Ich glaube kaum, daß der auf Sie anwendbar wäre."

Echo nickte dankbar. Überzeugt war er nicht. Aber das war es ja auch nicht, weswegen er hier war. Er wollte keine Fehler machen. Er wollte Sicherheit...

Zögernd holte er die Photos aus der Jackentasche und reichte sie Engholm, der ihm am nächsten stand. "Tatsächlich wollte ich Ihnen etwas zeigen", sagte er unsicher und hielt Jordan das kleine Notizbüchlein seines Vaters entgegen.

"Was ist das?" fragten die beiden Beamten unisono.

"Das mit den Photos..." begann Echo, "ist nicht so leicht zu erklären. Und den Kalender habe ich in den Sachen meines Vaters gefunden..."

Jordan blätterte das Büchlein durch. Dann, mit einem Seitenblick zu Engholm, griff er nach seiner Jacke und verließ das Büro. "Kommen Sie", rief er aus dem Flur zurück. Echo und der Hauptmeister sahen sich an. "Ich vermute, er will ins *Pilgerhaus*", sagte der Polizist mit einem erzwungenen Lächeln. "Fahren Sie auch dorthin. *Allein*." Und als er Echos fragenden Blick sah, winkte er mit den Photos und fügte hinzu: "*Bitte*."

Allein, dachte Echo. Wen hätte er auch schon mitnehmen sollen?

Ein paar Minuten später parkte er den *Commodore* in der Nähe des *Pilgerhaus*. Was sollte er hier? Schließlich ging es ihm nur darum, Jordan zu informieren, an langen Diskussionen hatte er kein Interesse. Und nach seinem Gespräch mit Vomdorff war sein Vertrauen in die Kneipe und ihre vermeintliche Anonymität auch irgendwie rapide gesunken. Aber er betrachtete die Photographien als eine Art Lebensversicherung, und so folgte er den beiden Beamten, die kurz vor ihm gekommen waren, hinein.

"Woher haben Sie die Bilder?" war Jordans erste Frage, schroff und ohne Einleitung, noch bevor Echo sich gesetzt hatte. Ein Tisch am Fenster in der Nähe des Eingangs. Jordan schien ein Gespür für freie Plätze im *Pilgerhaus* zu haben, denn die Bar war wie immer gut besucht. Ein Gespür für den richtigen Ton hatte er nicht.

Echo setzte sich und sah den Kommissar verärgert an. "Ist das wichtig?"

"*Nein, natürlich: die Unterschlagung von Beweismitteln ist ein völlig unwesentliches Delikt*", erwiderte Jordan aufgebracht. "Wie Sie wissen sollten…"

Engholm unterbrach ihn mit einer Handbewegung. "Es würde uns weiterhelfen", sagte er ruhig, "wenn wir wenigstens wüßten, *wer* sie aufgenommen hat".

"Die Photographien sind von Kristin Nijmann", erwiderte Echo knapp.

Jordan verdrehte die Augen, schwieg aber. Nicht zuletzt weil in diesem Augenblick die Bedienung kam und ihre Bestellung aufnahm. *Drei Tassen Kaffee*.

"Dann waren es vermutlich die letzten Bilder der Journalistin", sagte Engholm ernst, nachdem er die Photos durchgesehen hatte. Er wußte, daß er Echo nichts vorzumachen brauchte. Es war Stëin gewesen, der mit dem Hausmeister in Nijmanns Wohnung war. Und nun wußten sie auch warum. Engholm reichte Jordan die Photos. "Für sich betrachtet beweisen sie selbstverständlich gar nichts", schränkte er zu seinem Kollegen gewandt ein. "Andererseits könnten sie deine Vermutung, daß Marburg nicht selbst gefahren ist, durchaus bestätigen."

Jordan betrachtete die Bilder und nickte langsam. Der Taxifahrer lag neben dem Ascona. Laut Unfallprotokoll hatte er auf dem Fahrersitz gesessen. Die Blutspuren auf der Beifahrerseite, die Jordan gesehen hatte, waren nicht vermerkt. "Kennen Sie jemanden auf den Bildern?" fragte er ohne Echo anzusehen und zeigte auf die beiden Männer, die neben dem Taxifahrer knieten.

Echo schüttelte den Kopf.

Engholm hatte sich das Notizbüchlein genommen, das Jordan auf den Tisch gelegt hatte, und blätterte es durch. "Kennen Sie denn einen der Namen in diesem Kalender?" wollte er wissen.

Natürlich. Morands Name stand darin. Mit Schneewind hatte Echo telefoniert. Und Dessauer? Dessauer war tatsächlich der große Unbekannte, den es zu finden galt. Dessauer hatte beide gekannt, seinen Vater und Kerschenstein, und ein Eintrag mit seinem Namen fand sich am Tag vor dem Unfall. Kein Zweifel, Dessauer war die Antwort.

Doch Echo schüttelte erneut den Kopf. Alles mußten die Polizisten nicht wissen. "Werden Sie nach den Männern fahnden?" fragte er.

"Wir werden uns nach ihnen *erkundigen*", meinte Jordan vage und tippte auf die Bilder. "Zumindest nach den beiden auf den Photos. Um die Namen im Kalender ausfindig zu machen, fehlt uns die Zeit."

"*Ihnen fehlt die Zeit?*" fuhr Echo auf. Ein paar Gäste sahen sich nach ihm um, und so fragte er noch einmal, aber leiser: "Ihnen fehlt die Zeit um herauszufinden, mit wem sich mein Vater unmittelbar vor seinem Tod getroffen hat?"

Jordan verzog betroffen den Mund. Die Situation, in der er sich befand, war vertrackt genug, wie sollte er da noch einem Außenstehenden wie dem jungen Marburg erklären, weshalb die Ermittlungen nicht so liefen, wie man es sich vielleicht wünschte. *Und verdammt, was wußte er schon? Es war seine erste Ermittlung!*

Der Kaffee wurde gebracht, und erst als die Bedienung wieder außer Hörweite war, versuchte er eine Erklärung: "Es ist nicht so einfach wie Sie denken", begann er. "Sie wissen ja nun, wie die Staatsanwaltschaft tickt..." Ein kläglicher Versuch, und so beließ er es dabei.

"Das ist auch der Grund, weshalb wir uns *hierher* gefahren sind", trat ihm der Kriminalhauptmeister zur Seite. Auch ihm fiel es schwer, ebenso diplomatisch wie eindeutig zu sein. "Es gibt bei der Staatsanwaltschaft und leider auch bei der Kripo Kollegen, die, sagen wir, eine sehr feste Meinung zu den... Geschehnissen haben", erklärte er zögerlich. "Hätte sich nicht der Zentralrat der Juden eingeschaltet", fuhr er mit unergründlichem Lächeln fort, "dann hätte es vermutlich überhaupt keine Untersuchung gegeben..."

Als Jordan dieses Grinsen sah, begann er zu ahnen, was geschehen war. "*Du hast den Zentralrat informiert?*"

"Was sollte ich machen?" erwiderte der Hauptmeister lapidar. "Ich war mit Eilers in Kerschensteins Wohnung, nachdem wir den Hinweis über seinen vorgeblichen Suizid bekommen hatten. Für mich sah es ganz und gar nicht nach Suizid aus, und alles was ich tun konnte, nachdem klar war, daß Eilers von Mord nichts wissen wollte, war, das LKA in die Sache reinzuziehen..."

Jordan nickte langsam, unsicher, ob er Engholm verfluchen sollte, weil er es war, der seinen Einsatz in der *Provinz* zu verantworten hatte – oder ob er ihn bewundern sollte. "Bisher war mein Einsatz auch außerordentlich erfolgreich", murmelte er.

"Das könnte sich mit diesen Photos ändern", meinte Engholm väterlich. Er war zwar nur Hauptmeister aber immerhin fünfzehn Jahre älter als Jordan. "Wir werden herausfinden, wer diese beiden Männer sind. Dank der Journalistin haben dazu alles, was wir brauchen." Er wandte sich an Echo. "Glauben Sie, die Namen im Kalender Ihres Vaters könnten uns weiterhelfen?"

Eine Fangfrage, das wußte Echo. Schließlich hatte er bereits erklärt, keinen der Namen zu kennen. "Scheewind und Dessauer", sagte er dennoch mit wissendem Lächeln. "Die würde ich mir an Ihrer Stelle mal vornehmen..."

"Warum?"

"Nur so." Echo hob abwehrend die Hände. "Außerdem hat Ihr Herr Vomdorff gesagt, ich solle mich aus den Untersuchungen heraushalten."

"Und die Photos?"

"Tut mir leid. Kommt nicht wieder vor..."

Engholm lachte.

Echo nicht. "Sagen Sie", begann er nachdenklich. "Der Arzt, der nach dem Unfall die Alkoholuntersuchung bei meinem Vater vorgenommen hat – ist das derselbe, der den Totenschein ausgestellt hat?"

Engholm überlegte. Dann nickte er.

"Und die Anordnung, ihn so schnell zu beerdigen, von wem kam die?"

"Ebenfalls von demselben Gerichtsmediziner", erwiderte Engholm mit skeptischem Blick. "Sie zweifeln doch nicht an dem Gutachten?"

Echo lächelt nur. Der Arzt war sicher über jeden Zweifel erhaben. Ganz so wie Caesars zweite Frau *Pompeia*, bevor der Diktator sich von ihr scheiden ließ. Er zuckte mit den Schultern und trank seinen mittlerweile kalten Kaffee aus. "Ich weiß nur, daß ich die Umstände sehr seltsam finde."

"Jetzt, da Sie's sagen." Jordan sah Engholm fragend an. "Vielleicht sollten wir uns nochmal mit dem Arzt unterhalten?"

Engholm schüttelte den Kopf. "Das wird wenig Zweck haben. Er ist mit Eilers und mit Kolberg befreundet. Gut befreundet."

Jordan schnaubte. Das übliche Problem der letzten Tage also. Die beiden Polizisten schwiegen.

"Ich hoffe", unterbrach Echo die entstandene Stille, "daß Ihnen die Bilder weiterhelfen. Leider ist mein Angreifer keiner der beiden Typen auf den Photos..."

"Das wäre auch zu einfach", meinte Engholm. Und mit einem wohlwollenden Lächeln fügte er hinzu: "Danke, daß Sie zu uns gekommen sind."

"Trotzdem", brummte Jordan. "Ihnen ist schon klar, daß Sie Beweismittel unterschlagen haben?"

"*Ich?*" Echo fuhr zu Jordan herum. "Wenn, dann Stēin..."

"Lassen Sie nur." Engholm erhob sich und klopfte Echo beruhigend auf die Schulter. "Er meint es nicht so. Der Kaffee geht auf meine Rechnung..."
Auch Jordan erhob sich. "Kommen Sie morgen früh aufs Revier", sagte er im Gehen, ein schwacher Versuch die Initiative wieder an sich zu reißen. "Ich glaube, Sie wissen mehr über die drei Namen als Sie vorgeben..." Damit verließen die beiden Polizisten den Tisch.

Echo, der ebenfalls aufgestanden war, setzte sich wieder. Jordan hatte die Photos mitgenommen, den Taschenkalender aber liegengelassen. War er ihm nicht wichtig oder hatte er das Büchlein übersehen? Echo steckte ihn in seine Jackentasche. Dann warf er einen Blick in die Karte. Er hatte Hunger. Und keine Lust zu Stëin oder in das *Totenreich* zu fahren. *Ich muß mir diesen Ausdruck abgewöhnen*, dachte er mit einem Schmunzeln. *Oder auch nicht*. Es war ein angenehmes Gefühl, das ihn allmählich überkam. Zufriedenheit mischte sich mit einer vagen Ahnung von Sicherheit. Ja, es war gut gewesen, mit den beiden Polizisten zu sprechen. Gut und richtig. Fast wie das Gefühl einer frisch abgeschlossenen Lebensversicherung. Als nächstes mußte er herausfinden, wo in Hamburg er Dessauer finden konnte. Von ihm versprach Echo sich am meisten. Dessauer würde ihm die Zusammenhänge erklären müssen. Wenn es sein mußte, unter Zuhilfenahme der Waffe seines Vaters.
Echo lächelte zuversichtlich. Dann widmete er sich der kurzen aber interessanten Liste mit Pizzen auf der Karte.

Der Polizeipräsident drückte die schwere Eingangstür des Hauses in der Elisabethstraße auf, in das der Generalstaatsanwalt Karl Evers ihn eingeladen hatte. Er fand sich in einem dunkel getäfelten Treppenhaus wieder, Marmorfußboden und eine kurze Marmortreppe führten zur Wohnungstür der ersten Etage. Milchglas mit Jugendstilmuster verhinderte jeden Einblick, aber, wenn er sich recht erinnerte, mußte er ohnehin in den ersten Stock. Ein kurzes Lauschen, ob eine Tür oder ein Räuspern darauf hinwies, daß er empfangen wurde, doch alles war still. Etwas unsicher stieg Kolberg die knarrenden Treppenstufen hinauf. Die Jahrhundertwendevilla lag im *Gerichtsviertel*, unscheinbar und auf tannenbewachsenem Grundstück, war sie eingerahmt von einer großen Backsteinvilla aus den Dreißigern zur Linken und einem Einfamilienhaus auf der rechten Seite, das in den noch nicht denkmalschützenden Sechzigern als nüchterner Ersatz für das verkommene Anwesen eines Dr. Stein gebaut und mittlerweile von einem Rentnerehepaar bewohnt wurde.
Stein war erst 1944 enteignet worden, ein halbes Jahr nach seiner Deportation. Nach dem Krieg verkaufte die Stadt als Rechtsnachfolgerin das

Grundstück gewinnbringend, da keine Nachkommen mehr aufzufinden waren.

Seinen Wagen, einen roten Opel Rekord, hatte der Polizeipräsident vor der großen Doppelgarage abgestellt, die hinter hohen Rhododendronbüschen versteckt und somit von der Straße nicht einsehbar war.

"Aber Herr Doktor Friedmann..." Evers hielt den Telefonhörer zwischen Schulter und Ohr und blätterte gelangweilt in einer abgegriffenen Ausgabe der Oldenburger Denkmalschutzverordnung von 1961. Es dauerte ein wenig, bis Evers zu Wort kam und seinen Gesprächspartner beruhigen konnte. Doktor Friedmann hatte soeben erfahren, daß geplante Umbauten seiner Bank an der Gottorpstraße und der damit verbundene Abriß einer Stadtvilla voraussichtlich aus Denkmalschutzgründen abgelehnt würden.

Evers versuchte ihn erneut zu unterbrechen. Warum hatte er sich nicht verleugnen lassen? Dieser Friedmann war ein Langweiler. Aber manchmal auch nützlich. Er dachte an die Geschichte mit den Aktien, vor einem Jahr. Mit den Tips und dem Geld, das er von Friedmann kurzfristig bewilligt bekommen hatte, war es ihm möglich gewesen, ein schönes Sümmchen zu verdienen. Nicht zuletzt, weil er den Kauf rückwirkend möglich gemacht hatte. Der Gedanke stimmte ihn milder. Eine Hand wäscht eben die andere.

"Friedmann..." Evers versuchte freundschaftlich und bestimmt zu klingen. Es schien zu klappen, denn die Stimme am anderen Ende der Leitung verklang. "Sie wissen doch, daß Sie's nur mit Verwaltungsbeamten zu tun haben", versuchte Evers den Gesprächsfaden wiederzufinden, wobei er überlegte, ob diese Berufsbezeichnung im weitesten Sinne nicht auch auf ihn zutraf. "Da wird manchmal entschieden, ohne die Folgen zu bedenken. Und mal ehrlich: Denkmalschutz! Sie wollen investieren, Arbeitsplätze sichern, und so ein kleiner Sachbearbeiter kommt ihnen mit fünfundzwanzig Jahre alten Denkmalschutzvorschriften..." Friedmann fühlte sich verstanden, brummte aber nur.

"Wissen Sie was", fuhr der Generalstaatsanwalt jovial fort, "ich rufe heute noch den Niebergh an. So was konnten wir bis jetzt immer noch regeln, machen Sie sich da mal gar keine Sorgen..." Doktor Hans Niebergh war der Oberbürgermeister der Stadt Oldenburg und Mitglied des Niedersächsischen Landtages. Evers kannte ihn seit Jahren. Und wenn das nichts half, dann gab es erfahrungsgemäß noch andere Mittel mit denen man diesen Beamten beikommen konnte. Es ging nicht an, daß die machten, was sie wollten! Gesetz hin, Gesetz her!

Friedmann war schließlich zufriedengestellt und sie legten auf. *Warum muß ich mich um so was kümmern*, dachte Evers und schob die dunkelrot gebundene Denkmalschutzverordnung über den Mahagonischreibtisch. Schließlich kannte auch Friedmann den OB. Aber um derlei Angelegenhei-

ten direkt zu regeln, waren sich diese Vorstandsmitglieder wieder zu fein! Evers seufzte und griff wieder zum Telefon. Im nächsten Moment klopfte es.
"Ja?"
Seine Sekretärin trat herein. Sie war gut zehn Jahre jünger als Evers, trug ein ockerfarbenes Kostüm und hochgebundene Haare. Die neunundvierzig Jahre sah man ihr nicht an, und Evers bevorzugte ältere Frauen. Diese jungen Dinger waren auch nicht ansehnlicher. Und obendrein noch anstrengend. Karin Talbach erledigte von der Korrespondenz bis zur Terminabsprache und den *lästigen* Telefonaten alles, was in Evers' Umfeld so anfiel. Ein notwendiger Luxus, den er sich leistete, obwohl das Land ihm als Beamten der Besoldungsgruppe R diesen, nun, wie sollte man sagen – halbprivaten – Luxus nicht bezahlte. Aber schließlich mußte irgend jemand die Arbeit ja machen. "Ihr Besuch ist da", sagte sie und deutete mit einer Kopfbewegung in Richtung Flur. Evers nickte. "Ich komme..." antwortete er und sah lächelnd ihrem engen Kostüm hinterher.

Karl Evers war nicht nur in Gerichtskreisen anerkannt und geachtet, er hatte auch darüber hinaus ein gutes Ansehen – und besaß vor allem auch gute Verbindungen nach Hannover und ins Bundesjustizministerium. Böse Zungen behaupteten sogar, er kenne den Teufel persönlich, was möglicherweise nicht übertrieben war. Er war Generalstaatsanwalt mit dem Ruf eines sachlichen, manchmal vielleicht etwas zu harten, aber auf seinem Gebiet überaus erfolgreichen Justizbeamten. Er liebte und lebte das Understatement. Sein 500 SE hatte weder Typ- noch Motorbezeichnung auf dem Kofferraumdeckel, er trug keine Designeranzüge und es machte ihm nichts aus, *nicht* zu den schillernden Persönlichkeiten des regionalen öffentlichen Lebens zu gehören. Er *wußte*, daß er mehr Macht hatte als Bürgermeister, Räte und Richter zusammen und er genoß, daß die Aura, die ihn umgab, ein wenig von dieser Macht andeutete. Bis hinauf in die Ministerialebene.

Er hatte Kolberg eingeladen, und Kolberg hatte geschmeichelt und neugierig angenommen. Evers wohnte hier nicht, was Kolberg erst an der überdachten Eingangstür aufgefallen war, denn dort erklärte ein schlichtes, aktenordnergroßes Messingschild, daß er sich vor der Oldenburger Dependance der Gnostisch Katholischen Kirche befand. Vier weitere, kleinere Schilder wiesen allerdings darauf hin, daß sich in diesem Haus auch die Räumlichkeiten der *XANOS*, des *WERK*, des Anwaltsbüros *Cornelius & Partner* und eines nicht näher titulierten Herrn *C. Berentzen* befanden. Kolberg hatte den Zettel, auf dem die Adresse notiert war, aus der Tasche hervorgezogen. Sie stimmte.

Auf dem Treppenabsatz der ersten Etage machte er halt, fuhr sich mit der Rechten über seine Halbglatze, sah nach oben, dem weiteren Treppenverlauf nach und sah auf die Wand, die aus geschliffenem Glas bestand und ebenfalls jeden Einblick in den dahinter liegenden Wohn- oder Geschäftsbereich verwehrte. Im nächsten Augenblick öffnete sich die Tür. Der Generalstaatsanwalt selbst trat Kolberg entgegen und empfing ihn mit einem warmen Lächeln. Evers war einen Kopf größer als der Polizeipräsident, hatte volles graues Haar und eine Ausstrahlung, die er in den fast vier Jahrzehnten seiner Berufstätigkeit immer gewinnbringend eingesetzt hatte. Sie war erlernt. Und ebenso tadellos saß sein dunkler Zweireiher. "Schön, daß Sie kommen konnten!"

Kolberg, der seine Uniform gegen ein beigefarbenes Karojackett mit grauer Hose getauscht hatte, wirkte schon optisch unterlegen. "Danke für die Einladung!" erwiderte er, obgleich er keinen blassen Schimmer hatte, was der Generalstaatsanwalt mit dieser Einladung bezweckte. Für eine harmlose Plauderei kannten sie sich zu wenig.

Nachdem Evers seinen Gast hereingebeten und ihm ein wenig Zeit gegeben hatte, den dezent beleuchteten und einigermaßen stilsicher mit Rokokomöbeln ausgestatteten Flur – der eigentlich eher die Bezeichnung Eingangshalle verdient hatte – zu bestaunen, führte er ihn in ein auf drei Seiten schulterhoch eichengetäfeltes Zimmer. Die vierte Seite bestand aus einer ebenfalls dunklen, eichenen Regalwand, die bis zur Decke mit überwiegend ledergebundenen Büchern juristischen Inhalts angefüllt war. Ein für zwei Personen gedeckter Tisch, an den Ecken von vier mannshohen Kerzenleuchtern begrenzt, füllte den Raum zur Hälfte aus.

Evers bot seinem Gast Portwein und eine Zigarre an, die dieser ohne Umschweife annahm. Der Portwein war exzellent, wie Kolberg befand, ein siebzehn Jahre alter *Vintage*. Dann wurde höflich geplaudert, über das schöne Grundstück, das man von dem einzigen Fenster des zum Garten gelegenen Raumes herrlich überblicken konnte, über die Schwierigkeiten des Polizeialltags und die Tücken der Finanzgerichtsbarkeit. Nebenbei erfuhr Kolberg, daß XANOS eine Vermittlungsagentur für internationale Arbeitskräfte war, die gleichzeitig Existenzgründern unter die Arme griff, und daß DAS WERK der deutsche Teil einer, der katholischen Kirche nahestehenden, internationalen Stiftung war, in deren Namen Evers ihn empfing. *In höchstem Maße seriös.*

Kolberg versuchte, seine Verwunderung und seine Neugier zu überspielen. Wieso machte ein so vielbeschäftigter Mann Smalltalk mit ihm? Erwartete er etwa eine Spende für dieses… dieses WERK?

Es war bereits nach Sieben, als der Generalstaatsanwalt wie beiläufig zur Uhr sah. Die Dämmerung hatte eingesetzt, und er drehte das Licht an. Der warme Schein vierer, über dezent gerahmten Kopien *Flämischer Primitiver* angebrachter, goldener Leuchter vermischte sich mit dem der Kerzen und dem letzten fahlroten Licht des Tages.

Evers zog an einer samtenen Kordel in der Nähe der zweiten Tür des Raumes, woraufhin wenige Augenblicke später das Essen serviert wurde, hereingerollt auf zur Einrichtung passenden Servierwagen, von zwei Hausdienern in weißer Livree. Kolberg begann, sich ein wenig unwohl zu fühlen. Ein Gefühl, das der erste Gang nicht milderte: *Pot au feu vom Hummer, Kokoscreme mit Zitronengras und Thaispargel.* Wenigstens hatte Evers den Wein gewählt, gekostet und kunstvoll für gut befunden. Eine Zeremonie, die Kolberg viel zu umständlich war.

Als er zwanzig Minuten später vor einer *Tranche vom Steinbutt mit Languste auf Artischocken-Kirschtomatenragout und Olivenöl-Basilikum-Nage* saß, war er froh, nichts noch Komplexeres auf dem Teller zu haben. Daß es nicht wirklich sein Geschmack war, ließ sich Kolberg nicht anmerken.

Es war zwanzig Uhr geworden, als Evers sich, noch bevor er das *Soufflé von Lebkuchen und Valrhonaschokolade auf Tahitivanilleschaum* eines Blickes gewürdigt hatte, räusperte und in jovialem Ton sagte: "Ich glaube, es ist Zeit, daß wir uns den wesentlichen Dingen zuwenden." Auch sein *Lächeln* war gönnerhaft. Was konnte also schon passieren? Trotzdem sah Kolberg seinen Gastgeber überrascht an. Er wußte nicht, was ihn erwartete, und das mochte er nicht. Er wußte nicht einmal, ob Evers das Soufflé oder die Politik meinte. "*Den wichtigen Dingen*, Herr Generalstaatsanwalt?"

"Nun ja, ich wollte Sie kennenlernen. Schließlich sind Sie der wichtigste Mann der *Exekutive* – vor Ort. Und ich halte eine enge Zusammenarbeit – eine *engere* Zusammenarbeit - für wünschenswert und machbar..."

"Das freut mich", antwortete Kolberg lächelnd. "Um so mehr, als in der Vergangenheit von Seiten der Staatsanwaltschaft nicht immer die Kooperation gesucht wurde..."

Über Evers Gesicht flog für den Bruchteil eines Augenblicks ein Ausdruck der Verwunderung. Dann lächelte er wieder selbstsicher. Der Polizeipräsident war seit fast zwei Jahren im Amt. Sollte er versuchen zu erklären, warum er den Beamten nicht früher eingeladen hatte? Er lachte innerlich über diesen Gedanken. "Herr Kolberg", begann er mit nachdrücklichem Unterton, "Wenn das in der Vergangenheit so war, so bin ich autorisiert, es zu ändern. Meine Kontakte zum Ministerium sind nicht nur privater Natur."

Kolberg nickte. Das wäre schön, dachte er. Aber das konnte nicht alles sein, Evers erwähnte seine guten Beziehungen zur Politik sicherlich nicht immer wieder ohne Grund.

"Ich denke, wir kriegen da eine Linie 'rein!" fügte der Generalstaatsanwalt verbindlich hinzu.

"Gut..." Kolberg begann, im Dessert herumzustochern.

"Aber wenn wir von Kooperation sprechen", fuhr Evers einen Augenblick später fort, und ließ seine latente Autorität wieder zutage treten, "dann gibt es da noch einige kleine Punkte über die wir sprechen sollten."

"Und das wäre?"

"Wie Sie wissen, habe ich Sie im Namen der Stiftung *Das Werk* eingeladen. Eine Stiftung, die international Gutes tut, und zwar auf einem finanziell durchaus bemerkenswerten Niveau."

"In welchen Bereichen?"

"Nun, Kulturförderung, Sportförderung, Stipendien für begabte junge Menschen, dergleichen." Evers nahm die Serviette vom Schoß und tupfte sich den Mund ab bevor er fortfuhr: "Des weiteren ist *Das Werk* eine Art *Thinktank*, ein Konsilium dauerhaften Gedankenaustauschs zwischen einflußreichen Männern und Frauen aus Politik und Lehre. Sie wissen, was ich meine?"

Mit einem vagen Nicken versuchte Kolberg vorzutäuschen, daß er das tat.

"Auf dem letzten Stiftungscolloquium habe ich nun vorgeschlagen, Ihnen eine Mitgliedschaft anzutragen."

Kolbergs Blick wanderte von der Valrhonaschokolade zu Evers. Der fuhr sich mit der Zunge über die Lippen und hob die Augenbrauen. "Natürlich müssen Sie darüber nachdenken, das verstehe ich. Aus meiner Sicht aber passen Sie aufgrund Ihrer Persönlichkeit und natürlich auch aufgrund Ihrer Dienststellung hervorragend zu uns."

"Das..." Kolberg fühlte sich etwas überrumpelt und, obwohl er sich dagegen sträubte, auch geehrt. Zwar war ihm diese Stiftung bisher nicht bekannt, aber das war bei Leuten dieses Standes auch nicht weiter verwunderlich. Seiner Karriere würde es sicherlich zugute kommen. Er bedankte sich ein wenig ungelenk.

"Das ganze muß natürlich noch vom Leitungsgremium bestätigt werden", schränkte Evers ein. "Aber das dürfte nur eine Formalie sein." Er wandte sich seinem Dessert zu. "In dieser Stiftung gibt es übrigens einige Herren..." er zögerte und überlegte, ob er sagen sollte: *im Ministerium*. Er ließ es sein. "Es gibt einige Herren – in Hannover –", wiederholte er, "die die Vorgänge hier mit Besorgnis beobachten..."

"Vorgänge, die in meinen Bereich fallen?" fragte Kolberg skeptisch. *Natürlich*, war sein nächster Gedanke, warum sonst hätte Evers ihn einladen sollen.

Der Generalstaatsanwalt nickte. "Zwei Suizide und ein Unfall. Das ist spektakulär genug..."

"Vermutlich war es kein Suizid", unterbrach Kolberg ihn streberhaft und ärgerte sich im nächsten Augenblick darüber.

Evers lächelte, schloß die Augen und nickte. "Es ist spektakulär genug", wiederholte er, "und es war nicht einfach, die Sache aus den Zeitungen heraus zu halten."

"Sie..." Kolberg sah den Generalstaatsanwalt mit großen Augen an. "Sie haben die Presse..." Er suchte nach der richtigen Formulierung: "...zum

255

Schweigen gebracht?" So wollte er es eigentlich gar nicht ausdrücken, doch Evers schien sich nicht daran zu stören.

"Ja. Und wir möchten, daß die Angelegenheit auch weiterhin mit gebotener Diskretion behandelt wird."

"Wir?"

"Wir. Die Stiftung. Sie verstehen, daß ich keine Namen nenne. Wie gesagt, die Zeitung haben wir überzeugen können, da wird es keine Panne geben. Der eifrige Kommissar, den Ihnen Hannover geschickt hat, wird in einigen Tagen seine Sachen packen. Bleiben nur noch zwei Probleme: Der kleine Taxifahrer und Ihr Kriminalhauptmeister..."

"Engholm?"

Evers nickte.

"Was wissen Sie von Engholm?"

"Das tut nichts zur Sache. Stellen Sie ihn ruhig und überlassen Sie uns den Taxifahrer. Mehr brauchen Sie nicht zu tun."

Kolberg begann für einen Augenblick, alles für einen Spaß zu halten. Er lachte leise, doch Evers sah ihn nur ernst an. Kolbergs Lachen erstarb. "Herr Generalstaatsanwalt", begann er und suchte, immer noch unsicher, ob Evers nicht vielleicht doch einen Spaß mit ihm trieb, nach Worten. "Ich weiß nicht, was Sie meinen. Wenn Sie möchten, daß wir den Fall Kerschenstein mit aller gebotenen Rücksicht behandeln, dann kann ich Ihnen das zusichern. Aber wenn sich herausstellt, daß einer von den Dreien umgebracht wurde, dann wird das eine Untersuchung nach sich ziehen, da kann auch ich nichts dran ändern..."

Evers schüttelte langsam den Kopf. "Ich glaube, Sie verstehen immer noch nicht: es *wird* keinen Fall geben. Weder Kerschenstein noch Nijmann noch Marburg. Ich bitte Sie lediglich, Ihren Teil dazu beizutragen."

"Meinen Teil..." Kolberg starrte in die Dunkelheit jenseits des Fensters. Er konnte nicht einordnen, was Evers von ihm wollte. Doch bevor er etwas sagen konnte, stand Evers auf. Er holte eine kleine graue Visitenkarte aus seiner Jackentasche, legte sie vor Kolberg auf den Tisch und schickte sich an, den Raum zu verlassen. "Überlegen Sie sich, was Sie tun werden", sagte er, als er in der der Tür stehenblieb und sich noch einmal umsah. "Sie können mich im Büro anrufen, wenn Sie das Bedürfnis dazu haben. Und denken Sie daran: Freunde lassen Freunde nicht im Stich. Und Freunde kann man schneller brauchen als einem lieb ist. Ich werde beim Stiftungskuratorium ein gutes Wort für Sie einlegen..."

Ein Augenzwinkern, dann fiel die Tür ins Schloß und Kolberg war allein. Er starrte auf die eben zugefallene Tür. Ohne daß er es bewußt wahrnahm, fühlte er sich klein und unbedeutend, ein Rädchen in einem unbekannten Getriebe. Ein Rädchen, das zerspringt, wenn es sich nicht in der richtigen Richtung mitdreht. Ein beklemmendes Gefühl. Er nahm das halbvolle Glas

Wein auf, betrachtete es und stellte es wieder hin. Er konnte jetzt nichts mehr trinken. Dann stand er mühsam auf und verließ den Raum ebenfalls, langsam, durch die andere Tür, die Tür, durch die er gekommen war. *Aber wenn man sich mitdreht*, dachte er, *kann man auch mitwachsen...*

> "Gewöhnliche Leute, denen man auf der Straße begegnet ... betreiben insgeheim schwarze Magie, verbinden sich oder suchen Verbindungen mit den Geistern der Finsternis, um ihr Verlangen nach Höherem zu stillen, nach Haß, nach Liebe - in einem Wort: um Böses zu tun."
> J. K. Huysmans, Vorwort zu J. Bois: Le Satanisme et la Magie, 1895, S. VIII - IX (vgl. eco, S. 309)

24. OLDENBURG, DIENSTAG, 11. SEPTEMBER 1984

Nach kaum einer Stunde war er wieder wach gewesen, hatte sich gefragt, wie er überhaupt im Haus seines Vaters noch schlafen konnte und war träge aufgestanden. Vermutlich war der Wunsch zu träumen, von *ihr* zu träumen, den Weg zu *ihr* endlich zu finden, stärker gewesen als die Angst vor dem Fremden, dem Mann mit der Spritze, von dem er nicht einmal glaubte, daß es der Mann mit der Tarnjacke war...

Die Alexanderstraße, eine der großen Ausfallstraßen Oldenburgs, verdankte ihren Namen weder Alexander dem Großen noch dem Herrn von Humboldt – wobei man das durchaus hätte annehmen können –, sondern einfach nur einem gräflichen Holzknecht aus dem siebzehnten Jahrhundert. *Es sind nicht immer die großen Namen, die ihren Weg in die Geschichte finden*, dachte Echo und überlegte, was wohl in der Zeitung gestanden hätte, wenn er den Überfall am Samstag nicht überlebt hätte. In der *Nordwest-Zeitung*, wohlgemerkt, dem Blatt, das verbreitet hatte, sein Vater sei mit 2,3 Promille autogefahren und von der Straße abgekommen war. Woher hatten sie diese Information? Von der Polizei? Oder waren sie am Unfallort gewesen? Kaum anzunehmen. Echo beschloß, das noch am selben Tag nachzufragen.

Erst als er den Wagen vor dem Haus der Stëins abstellte, wurde ihm bewußt, daß es bereits dämmerte. Doch mit dem erwachenden Tag lösten sich nicht etwa seine Träume auf, die Erinnerungen an die seltsame Frau oder die Schlange. Es schien im Gegenteil eher so zu sein, daß sich die Bilder zu einer Art Erinnerung festigten, die sich gar nicht abstreifen ließ. Echo sah auf die Uhr, es war halb sieben. Er atmete tief durch und stieg aus, holte seine Reisetasche aus dem Kofferraum und ging hinüber zum Haus.

Stëin öffnete ihm mit verschlafenem Blick. "OK", sagte er, als er hinter Echo die Wohnungstür wieder schloß. "Du bist also vernünftig geworden?"

"Vernünftig?" fragte Echo zurück. Dann schüttelte er den Kopf. "Ich bin müde. Hast du ein Bett frei?"

"Bett kostet extra. Du kannst auf der Couch schlafen."

"Ich fahre zu Marten." Echo hatte gerade geduscht, als Stëin im Begriff war, aufzubrechen. "Kaffee steht auf dem Herd. Ich bin heute nachmittag wieder da..."

Marten? Echo trat aus dem Bad, nur mit einer Jeans bekleidet, und sah ihm verständnislos nach. "Warte..." rief er hastig und versuchte, wach zu werden. "Wer ist Marten?"
"Habe ich dir nicht von ihm erzählt?" erwiderte Stëin und sah auf seine Armbanduhr. Er schien es eilig zu haben. "Der alte Marten hat einen kleinen Buchladen in der Stadt..."
"*Einen Buchladen?*"
"Ja, Bücher... Buchstaben, geschriebene Worte... du erinnerst dich?" Stëin lächelte, zog die Tür zu und verließ die Wohnung ohne eine weitere Erklärung. Und ohne Echo die Gelegenheit zu geben, die Geschichte der vergangenen Nacht zu erzählen.
Nach dem Frühstück, das aus ein paar Scheiben Toast und ziemlich viel Kaffee bestand, blieb Echo noch lange am Tisch sitzen. Es war, als würde sich der Kater einer durchzechten Nacht in seinem Körper ausbreiten. Er fuhr mit der Hand über seine linke Armbeuge und fühlte sich plötzlich so hilflos, wehrlos. Vergewaltigt.
Aber er war *ihr* nähergekommen. Und deshalb war es sogar gut, daß er Stëin nichts hatte erzählen können. So blieben ihm noch ein paar Stunden, bis Stëins Rationalität den Glauben an seine Träume fortwischen würde. Und mit ihnen das Mädchen.

Es sind die Anfänge, die geheimnisvoll sind, die Anfänge, die unscheinbar und ungenau sind. Echo machte Pläne über die weitere Vorgehensweise, das Haus, die Taxe, Morand, das Mädchen. Und er merkte nicht, daß er bereits auf dem Wege war, sein bisheriges Leben aufzugeben und es völlig, gewissermaßen über Nacht, zu verdrängen, einzutauschen gegen etwas Vages, nicht zu greifendes, eine Mischung aus Sehnsucht und Neugier. Er wußte, wie unsinnig es war, zu glauben, die Augen, die er in einer Art Traum gesehen hatte, könnten zu jemandem gehören, dem er jemals nahe sein würde. Wie verrückt, zu glauben, daß er die junge Frau vor ein paar Stunden wirklich gesehen hatte. Schließlich war die Photographie über sechzig Jahre alt...
Und überhaupt: wenn er ihr irgend etwas bedeutete – hätte sie sich dann nicht vor ihn gestellt?
Nun war es ja auch nicht so, daß es keine Frauen in seinem Leben gegeben hatte. Daß er es nötig hatte, Hirngespinsten hinterherzulaufen. Die leidige Sache mit Hilke, die ein bißchen aussah wie Agnetha Fältskog und plötzlich in München Architektur studieren wollte, war jedenfalls erst ein paar Monate her.
Nach dem dritten Kaffee war die Übelkeit vergangen, die Kopfschmerzen ebenfalls. Er hatte sie eingetauscht gegen eine undefinierbare Nervosität. Als die Unruhe überhand zu nehmen schien, sprang Echo auf. Die Prioritä-

ten waren festgelegt. Er würde die Taxe in der Zentrale zum Verkauf anbieten. Wo sonst? Anschließend würde er einen Makler aufsuchen. Dann Morand. Vielleicht.

Gegen zwanzig nach acht betrat er die Taxi-Zentrale. Über den Preis würde man reden müssen, schließlich hatte er das Komplettpaket anzubieten, einen guten Wagen und eine Lizenz! Anders ausgedrückt: er hatte keine Ahnung, was er verlangen konnte.

"Bist du nicht der junge Marburg?"

Echo sah sich um. Die Stimme kam durch ein kleines Fenster in der Wand hinter dem ein Mann mit Telefonen, Funkgerät und einem großen Aschenbecher saß. "Ja."

"Das trifft sich gut." Der Zentralist griff zielsicher nach einem Zettel auf dem mit Zetteln übersäten Tisch. "Du wirst verlangt. Gerade reingekommen. *Batavia.*"

"Auf den Namen Morand?"

"Kann sein. Fahr hin."

Echo verzog den Mund. Einen Augenblick sah er zur Tür des Geschäftsführers hinüber, dann nickte er und verließ den Warteraum wieder. Die Taxe konnte er immer noch verkaufen.

Morand wartete an der Hotelbar auf ihn. Er drehte sich nicht um, als Echo durch die Schwenktür am Eingang kam, saß nur mit geradem Rücken vor etwas, das nach einem Glas Cognac aussah. Daneben lag ein Schlüssel, sein Zimmerschlüssel vermutlich. *24* stand auf einem kleinen hölzernen Kegel, der als Schlüsselanhänger diente.

"Wo warst du solange?" fragte der Legionär, und es klang noch nicht einmal vorwurfsvoll.

Echo unterdrückte ein Gähnen. "Ich bin überhaupt nicht im Dienst..."

"Tant mieux!" Morand wandte sich um und starrte Echo an. Er wankte kaum merklich. Dann stand er auf, griff nach der Aktentasche, die vor ihm auf dem Tresen lag und rief: "Komm', ich will zum Friedhof." Der Mann hinter der Theke nahm den Schlüssel an sich und lächelte mitleidig.

"*Zum Friedhof?*"

Morand war schon an Echo vorbei gegangen. Er wurde langsamer, blieb stehen und sah sich um. "Ich sage Dinge nicht gerne zweimal, Junge."

Echo atmete tief ein. "Zu welchem Friedhof? Wir haben eine ganze Menge davon..."

"Was weiß ich, wie eure Friedhöfe heißen!" brummte Morand. "Du bist doch der Taxifahrer..."

Einen Augenblick überlegte Echo, ob er nicht einfach davonfahren sollte. Dann dachte er an seinen Vater und daran, daß nur Morand ihm sagen

konnte, was vorgefallen war. Er brauchte ihn also. Als sie den Wagen erreicht hatten, öffnete er die Beifahrertür des *Commodore*.
"Was ist das?" fragte Morand mit hochgezogenen Augenbrauen.
"Wenn ich erst die Taxe geholt hätte, würden Sie noch in einer Stunde hier sitzen."
Morand zuckte die Schultern und stieg ein. Im Wagen aber blieb er unschlüssig und stumm sitzen. Er starrte vor sich hin, über die Motorhaube hinweg in die Ferne. Er roch nach Alkohol. Echo kurbelte das Schiebedach auf.
"Ich denke, wir müssen zum *Jüdischen Friedhof*", sagte der Legionär schließlich und zog die Beifahrertür zu. "Ihr habt hier doch einen Judenfriedhof, oder?"
"Ja, der ist nicht weit von hier..." seufzte Echo.
"Dann fahr'!"
Echo interessierte sich nicht sonderlich für Friedhöfe, und zum Diskutieren war er auch nicht aufgelegt. Also ließ er den Wagen an, und sie fuhren die kurze Strecke zur *Dedestraße*, an der der *Jüdische Friedhof* mit seinen 54 Gräbern, klein und versteckt zwischen Wohnhäusern lag. Auf dem Gelände stand eine Kapelle mit einem sechseckigen Turm, umrahmt von Laubbäumen. Echo hatte keine Ahnung was Morand dort wollte und erfuhr es auch nicht von seinem Fahrgast. Der Legionär schwieg ausdauernd während der ganzen Fahrt.
Der *Commodore* rollte langsam vor das kleine Eingangstor und kam mit einem Ruck zum Stehen. Morand erwachte abrupt aus seinen Gedanken. Er fluchte irgend etwas auf französisch, sah Echo kurz an und stieg umständlich aus.
"Warte!" rief er in den Wagen, "Aber nicht hier!" Dann schlug er die Tür zu.
Echo rollte ein Stück vor, dann hielt er wieder an. Er wußte, daß das Tor verschlossen war. Tatsächlich öffnete Morand die Beifahrertür nur wenige Augenblicke später.
"Wer hat den Schlüssel?" fragte er schroff.
"Keine Ahnung."
"*Keine Ahnung Merde*", brummte der Legionär. Er überlegte einen Augenblick, dann schickte er Echo erneut fort. Er solle hinter der nächsten Ecke, an der Südseite des Friedhofs warten, außer Sichtweite des kleinen eisernen Friedhofstores. Echo tat wie ihm geheißen. Wie automatisch zog er, nachdem er den Motor abgestellt hatte, das Büchlein über Flandern aus der Innentasche seiner Jacke, schlug es auf und entnahm die Photographie. Minutenlang starrte Echo auf das Bild, die Frau, die Krankenschwester, bis er es schließlich kopfschüttelnd wieder aus der Hand legte. Sie war so schön, die junge Frau auf dem Bild. Auf dem Glashüttengelände. Wenn er wenigstens herausgefunden hätte, wer sie war!

Gelangweilt drehte Echo die Sitzlehne zurück und sah durch das offene Schiebedach in den Himmel. Schäfchenwolken trieben über den blauen Himmel. Cumuli hießen sie wohl. Kein Wort hatte der Franzose über Kerschenstein gesagt, kein Wort über seinen Vater. Was wußte Morand und warum zum Teufel sagte er nichts?

Die Zeit verstrich. Die Sonne verschwand hinter den dichter werdenden Wolken und es wurde kühl im Wagen. Schade, daß der Opel kein Taxameter besaß, dachte Echo und döste allmählich weg.

Plötzlich, fast intuitiv, schrak er hoch. Morand stand vor dem Wagen, mit der Aktentasche in der Hand. Er starrte ins Auto und durch das Auto hindurch. Echo wußte nicht, wie lange der Legionär dort gestanden hatte, er wußte auch nicht, wie lange er gedöst hatte. Er drehte den Sitz hoch, öffnete die Tür und stieg aus. "Was ist geschehen?"

Der Legionär sah ihn nur wortlos an. Schließlich schüttelte er resigniert den Kopf, ging wortlos um den Wagen herum und stieg ein.

"Fahr zurück zum Hotel", wies er Echo an, und es klang, als wäre er weit fort von hier.

"Was ist geschehen?" fragte Echo erneut. "Waren Sie auf dem Friedhof?"

Doch Morand reagierte nicht, er saß nur trübsinnig und schweigend da, während sie die *Bremer Heerstraße* hinunterfuhren. Wieder fluchte Echo innerlich, daß er es nicht fertigbrachte, mehr aus Morand herauszubekommen. Aber was sollte er tun? Er konnte ihn kaum mit der Waffe dazu zwingen...

"Wir sind da", sagte Echo als der Wagen kurz darauf vor dem Eingang des Hotels zum Stehen kam, und erst jetzt sah er auf die Uhr. Es war fast elf. Er mußte mehr als eine halbe Stunde im Wagen geschlafen haben.

"Hier..." Morand griff in seine Jackentasche, gab Echo einen Fünfziger und stieg aus ohne sich zu verabschieden. Die Tür fiel zu. Echo fluchte. "*Hey!*" rief er, stieg aus und lief um den Opel herum. "*Was hat mein Vater mit diesem verdammten Kerschenstein zu tun?*"

Morand blieb stehen, wandte sich um und kam ein paar Schritte näher. Einen langen Augenblick sah er Echo nachdenklich an, dann schüttelte er den Kopf. "Das weiß ich nicht", sagte er leise. "Es interessiert mich auch nicht mehr..."

"Was wollten Sie dann von ihm?"

Morand grinste nur abfällig.

"Also hat Kerschenstein sich nicht umgebracht?"

Am Zucken um die Augen des anderen erkannte Echo, daß er die richtige Frage gestellt hatte. "*Wer* hat ihn dann umgebracht? Mein Vater?"

"Dein Vater?" Morand lachte bitter. "Der hätte nicht einmal sich selbst umbringen können!" Damit drehte er sich um und ging zurück zum Hotel. An der Tür wandte er sich noch einmal um. "Es macht deinen alten Herrn auch nicht wieder lebendig. Am besten, du verschwindest von hier!" rief er, "Heute noch!"

Echo starrte noch eine Weile auf den Hoteleingang, in dem der Legionär verschwunden war. Was wußte dieser Kerl? Warum sagte er es nicht einfach?

Als er wieder im Wagen saß, merkte Echo, wie sein Herz raste, die Hände klammerten sich am Lenkrad fest, so daß die Knöchel weiß hervortraten. *Verschwinden?* Nein, so einfach ließ er sich nicht abwimmeln! Jetzt nicht mehr.

Hatte Echo ursprünglich vorgehabt, in die Stadt zu fahren um mit einem Makler den Verkauf des Hauses zu besprechen, so verlor er plötzlich jegliches Interesse daran. Statt dessen tauchten in seinem Kopf Begriffe wie Elternhaus und Heimat auf. Mit der Taxe war das etwas anderes. Im Grunde haßte er sie.

Er fädelte sich in den Verkehr ein und ließ sich treiben. Einmal mehr fragte er sich, warum er nicht in der Klinik geblieben war. Sein Reaktionsvermögen war das nach einer durchzechten Nacht, Müdigkeit und Kopfschmerzen sprachen die gleiche Sprache.

Er versuchte sich zusammenzureißen und überlegte: für den Betrieb einer *Kraftdroschke* wurde eine Konzession benötigt, die von der Stadt ausgegeben wurde. Die Gesamtzahl der Konzessionen war begrenzt, was bedeutete, daß sich der Preis für eine Taxe aus zwei Teilen zusammensetzte: aus dem Wert des Wagens und aus dem Marktwert der Konzession. Wie üblich aber regelte leider – und das wußte er nicht erst, seit er *John Maynard Keynes* gelesen hatte – nicht nur das Angebot, also der Wert der Ware, sondern auch die Nachfrage den Preis. *Eine Ware ist so viel Wert wie ein Käufer bereit ist, dafür zu zahlen.* Nun gut, ob diese Nachfrage bestand, würde sich zeigen. Echo hoffte es. Er wollte die verdammte Taxe nicht. Und es blieb nicht viel Zeit.

Unwillkürlich hatte er den Weg nach Hause eingeschlagen, nach Metjendorf, in das Totenreich, wie er das Haus seines Vaters in Gedanken nannte. Die Musik aus den Hecklautsprechern drang in sein Bewußtsein, *Joy Division – Shadowplay. To the centre of the city where all roads meet waiting for you...* Echo sang halblaut mit. *To the depths of the ocean where all hopes sank searching for you...* Tränen traten ihm in die Augen, plötzlich, er biß die Zähne zusammen, aber es half nichts. Schließlich fuhr er rechts ran und vergrub den Kopf in den Händen. Was zum Teufel sollte er tun? Wo sollte er die junge Frau suchen, die ihm sein Verstand vorgaukelte und die doch so unfaßbar war? So unfaßbar wichtig.

Joy Division. Ian Curtis' sang weiter. I was moving through the silence without motion waiting for you – In a room with no window in the corner I found truth…

Das Hupen des Busses, auf dessen Halteplatz er stand, ließ ihn aufschrecken. Er drehte die Musik leiser, machte eine entschuldigende Geste, wischte sich mit dem Handrücken über die Augen und fuhr weiter.
Ein paar Minuten später stellte Echo den Opel neben der Taxe im Wendekreis ab. Argwöhnisch sah er sich um. Alles schien ruhig, die Tür war verschlossen und unversehrt. Erleichtert öffnete er sie und betrat das Haus, stieg die Treppe hinauf und stand schließlich in dem kleinen Zimmer, dem Arbeitszimmer seines Vaters. Der Geruch von Büchern und Holz umhüllte ihn sofort, vermischt mit einer Firnis von altem Zigarettenrauch, die auf allem lag. Er warf den Schlüssel auf den Schreibtisch. Ein wenig Staub wirbelte auf. Dann trat er unschlüssig ans Fenster. Warum war er wieder hierher zurückgekommen? Ob mit oder ohne Waffe, er war hier verdammt nochmal nicht sicher. Es hatte begonnen zu regnen, und Regentropfen liefen, erst abwartend, dann eilig, an der Scheibe herunter, trafen auf andere, rissen sie mit und vermischten sich schließlich mit den zahllosen Tropfen, die sich am Fensterrahmen sammelten und zerliefen. Hunderte neuer Tropfen hatten das gleiche Spiel längst von neuem begonnen.
Dort unten stand die Taxe, Vaters Taxe, klein, fast wie ein Spielzeug. Noch gehörte sie ihm. Plötzlich war er wieder so nah, so wirklich, plötzlich war er wieder ein Vater, den er vermißte, nachdem er in den letzten Jahren fast völlig aus seinem Leben verschwunden war. Echo spürte seine Anwesenheit auf unangenehme Weise, spürte seine Art, hörte seine Worte. Sein Vater war wie er, *er* war wie sein Vater. Er haßte ihn deswegen und er haßte die Taxe. Warum hatte er ihn alleingelassen mit dieser verdammten Taxe?

Das Telefon klingelte. Echo fuhr hoch, setzte sich auf den Bettrand und mußte einen Augenblick überlegen, wo er war. Ein Blick zur Uhr sagte ihm, daß es halb sieben war. Er mußte tatsächlich eingeschlafen sein. Unwillkürlich faßte er an die linke Armbeuge, doch dort war nichts Außergewöhnliches zu sehen. Keine neuen Einstiche. Es klingelte immer noch. Echo stand auf, ging hinüber ins Arbeitszimmer und blieb vor dem Telefon stehen. Es klingelte weiter. Ein wenig zögerlich nahm er ab.
"Wo steckst du?!" ertönte Stëins Stimme vorwurfsvoll aus dem Hörer.
"Ich bin hier..." erwiderte Echo, und es klang ein wenig trotzig.
Von der anderen Seite ertönte eine Art Grunzen. "Was machst du die ganze Zeit? Wir haben uns Sorgen gemacht!"
"Wir?"
"Jordan... Jordan ist hier. Er hat nach dir gefragt."

"Ich hab' gearbeitet", sagte Echo mit einem müden Unterton. "Morand hatte angerufen, ich habe ihn gefahren." Echo versuchte, lässig zu klingen, aber das schien Stëin nicht zu beeindrucken.
"Den ganzen Tag?"
"Nein. Ich hab mich dann hier aufs Ohr gehauen. Sofa klang nicht so gut..."
"*Quatsch keinen Unsinn!* Du kannst natürlich im Gästezimmer schlafen!"
"Was will Jordan?"
"Wissen, ob der Staatsanwalt bei dir war. Wer ist Morand?"
Einen Augenblick zögerte Echo. Dann fiel ihm ein, daß er keine Gelegenheit gehabt hatte, Stëin von der Fahrt mit dem Legionär zu erzählen. "Das war die Vorbestellung", erklärte er. "Die Kerschenstein Tour."
"Hat *er* den alten Mann umgebracht?" fragte Stëin rundheraus. Es war nicht herauszuhören, ob er die Frage ernst meinte.
"*Nein!*" Natürlich lag es nahe, daß Morand das Phantom mit der Armeejakke war. Der Gedanke war ihm am ersten Abend schon gekommen, als er den Legionär aus Kerschensteins Wohnung abgeholt hatte. Aber aus irgendeinem Grunde glaubte er nicht daran.
"Wann kommst du also?"
Echo schwieg. Er spürte ein Kribbeln in seinem Bauch und er sah die Photographie vor sich auf dem Tisch, die Augen der jungen Frau. Er hatte keine Angst mehr, er war nur noch neugierig. Süchtig. "Ich werde heute nacht hier bleiben."
Stëin schwieg. Sein Versuch war offenbar fehlgeschlagen. "Du mußt wissen, was du tust..." seufzte er. Daß es so war, daran hatte er seine Zweifel.

Unsinn. Alles was er tat war Unsinn! Er hatte am Nachmittag geschlafen, hier im *Totenreich*. Aber Träume waren nicht gekommen. Keine Visionen. Ganz zu schweigen von einer Idee, wie er den Legionär zum Reden bringen konnte.
Echo stand am Fenster, in der dunklen Küche, und starrte hinaus, über den Weg auf das Feld und die Baumreihe am Rain. Alles verschwand allmählich in der Dämmerung. Wenn die Träume schon nicht kamen, vielleicht würde ja wenigstens der Mann in der Tarnjacke zurückkommen, ihm sagen, weshalb sein Vater sterben mußte. Und weshalb er, Echo, sterben mußte. Vielleicht kein schlechter Gedanke, nachzugeben, abzuwarten, bis der Mann mit der Tarnjacke wiederkam. Vielleicht war der Tod der einzige Weg, zu *ihr* zu kommen...

> "Procul hinc, procul ite prophani."
> *(Fort von hier, geht fort, Uneingeweihter.)*
> J. V. Andreae: Die Chymische Hochzeit Christiani Rosenkreuz: Anno 1459, Diederichs, 1984, S. 110

25. OLDENBURG, MITTWOCH, 12. SEPTEMBER 1984

Die Bedienung im *Pilgerhaus* war überrascht, wie lange man sich an einer *Pizza Quattro Formaggii* und einem Glas *Lambrusco* aufhalten konnte. Doch Echo zeigte sich unbeeindruckt. Er hatte nachgedacht. Und je länger er nachdachte, desto unentschlossener wurde er. Sollte er wirklich nach Hamburg fahren? Webb Dessauer ebenso gesprächig war wie Schneewind, konnte er sich die Fahrt sparen. Und Morand? Ja, ihn mußte er zur Rede zu stellen. Wenn es sein mußte, mit der Waffe. Die Notizen im Kalender seines Vaters waren Anlaß genug.

Es war bereits nach fünfzehn Uhr, als Echo ins Auto stieg. Mit einem Griff in die Türtasche stellte er sicher, daß die Waffe noch dort war.

Es gibt kein Zurück mehr. Während er durch den beginnenden Feierabendverkehr in Richtung des Hotels fuhr, in dem Morand wohnte, dachte Echo über die einzigen beiden Fragen nach, die der Legionär ihm beantworten sollte: was hatte Kerschenstein mit seinem Vater zu tun und was hatte es mit dem Zirkus auf sich, den sie auf dem Glashüttengelände gesehen hatten? Morand wußte mehr als er sagte, und diesmal würde er ihn zum Reden bringen.

Er mußte lachen, wenn er daran dachte, wie beeindruckt sich Morand zeigen würde, wenn ein Grünschnabel wie er vor ihm stünde, ob mit oder ohne *P38*.

In der Rezeption empfing ihn eine etwas verhuscht wirkende Mittfünfzigerin. Vielleicht war sie auch nur angetrunken. Jedenfalls vermittelte sie einen routiniert unzufriedenen Eindruck als sie schließlich wortlos von irgendeiner, hinter dem Tresen verborgenen Tätigkeit, aufschaute.

"Ich möchte zu Herrn Morand"

"Ist nicht da."

"Zimmer vierundzwanzig..."

"Ich weiß, welches Zimmer er hat. Er ist trotzdem nicht da. Sind Sie etwa Taxifahrer?"

"Ja..." Echo nickte. "Das heißt, nein... Er hat nichts bestellt. Kein Taxi. Ich bin privat hier. Wann kommt er zurück?"

"Ich bin nicht sein Kindermädchen. Wenn er wieder da ist, dann ist er da..."

Echo verzog den Mund. Mit einem Kopfnicken wandte er sich um und kehrte zu seinem Auto zurück. Seine Befragung war also ins Wasser gefallen – mit dieser Einsicht kam die Enttäuschung und mit der Enttäuschung die Hilflosigkeit. Das mit Dessauer hatte er verpatzt. Das mit Morand ebenfalls

Was konnte er jetzt noch tun außer zu warten? Auf Morand, auf Jordan. Auf seine Träume. Er zog die Pistole hervor, die er im Rücken in den Hosenbund gesteckt hatte, verdeckt von seiner Jacke, und legte sie zurück in die Türtasche. Er brauchte sie jetzt nicht. Noch nicht.

Dann fuhr er zurück ins *Totenreich*.

> Siehe, ich will meinen Boten senden, der vor mir her den Weg bereiten soll. Und bald wird kommen zu seinem Tempel der Herr, den ihr sucht; und der Engel des Bundes, den ihr begehrt, siehe, er kommt!
> Maleachi, Kap. 3, 1

> Euch aber, die ihr meinen Namen fürchtet, soll aufgehen die Sonne der Gerechtigkeit und Heil unter ihren Flügeln.
> Maleachi, Kap. 3, 20

26. OLDENBURG, MITTWOCH, 12. SEPTEMBER 1984

Echo ertappte sich dabei, den Weg zum Hafen eingeschlagen zu haben, unwillkürlich, automatisch. Der Weg führte vorbei am ehemaligen Glashüttengelände. Bereits von weitem sah er, daß er vergebens gekommen war. Das Gelände war verlassen, tote Fenster schauten auf ihn herab, als er den *Commodore* vor das Pförtnerhäuschen lenkte, einen Augenblick stehenblieb und sich, nachdem kein Zweifel bestand, daß der Zirkus *nicht* hier war, vermutlich nie hiergewesen war, die Augen rieb. Er versuchte vergeblich, nachzudenken. Gab es die junge Frau wirklich? Hatte er sie erst im Traum gesehen und dann auf dem Photo, oder war es nicht doch umgekehrt gewesen? Er fluchte verunsichert, setzte zurück und lenkte den Wagen wieder auf die Straße.

Die Enttäuschung nagte noch an ihm, als er eine Viertelstunde später das Haus seines Vaters erreichte. Wenn der Zirkus nicht mehr dort war, wo er ihn zweimal gesehen hatte, dann gab es für einen vernünftigen Menschen kaum noch eine Hoffnung auf ein Wiedersehen mit dem Zirkusmädchen. Echo blieb nur noch eines: die Hoffnung auf Schlaf. Zu träumen und nie mehr aufzuwachen.

Und so betrat er das Haus, getrieben von der Sehnsucht nach einer Illusion. Eine irrationale Sehnsucht, das war ihm schon klar, doch es half nichts, er wollte *sie* wiedersehen, und wenn er dafür schlafen mußte, dann wollte er das an dem Ort, an dem er diesen Traum bereits gehabt hatte. Er wollte *ihre* Augen sehen, den Traum bis zu Ende durchleben, bis er wußte, wo er sie finden konnte. Daß Träume sich nie abrufen ließen, daß man sie nicht steuern konnte, daß sie keine Lösung waren, das verdrängte er.

Für den Augenblick aber konnte er ohnehin nicht schlafen. Und als Echo das Wohnzimmer sah, stand fest, daß er den Rest des Abends mit Aufräumen verbringen würde. Es gab einiges zu tun, und jetzt war der richtige Zeitpunkt. Natürlich wußte er nicht, wo was gestanden hatte, fest stand nur, daß Ordner und Bücher ins Regal gehörten.

Während er über den Boden verstreute Papiere und Sparbücher, auf denen entgegen Vomdorffs Behauptung kaum ein nennenswerter Betrag vermerkt war, einsammelte und in den Wohnzimmerschrankschubladen verstaute, dachte er an Stëin. Würde er wieder anrufen und ihm Vorwürfe machen? Echo lachte auf. Auch wenn er sich dagegen sträubte, er empfand es als beruhigend, daß sich jemand um ihn sorgte. Viel schlimmer wäre es, wenn ihm dieser Rückzugsort verwehrt bliebe.

Und er wunderte sich, wie ruhig es hier in der Straße war. In den vergangenen fünf Tagen hatte er kaum einen Nachbarn gesehen. Wenn der Mann mit der Tarnjacke wiederkam, würde es niemand bemerken...

Als er alles einigermaßen eingeräumt und geordnet hatte, war es bereits kurz vor zehn. Dunkelheit hatte sich breitgemacht, durchbrochen von Straßenlaternen jenseits des Gartens. Echo löschte die Deckenbeleuchtung und sah hinaus. Er fühlte sich plötzlich schrecklich verloren, fremd und überflüssig im Wohnzimmer seines Vaters.

Fernsehen, dachte er schließlich. Ein Versuch, den Anflug von Melancholie abzuschütteln. Ein bißchen Fernsehen würde ihn auf andere Gedanken bringen. Vielleicht schlief er dabei auch ein und war bei *ihr*. Doch in dem Moment, da er nach der Fernbedienung greifen wollte, klingelte das Telefon, kalt und durchdringend in die Stille hinein. Echo fuhr zusammen und fluchte leise. *Goddamn coward!*

Nur widerwillig nahm er den Hörer ab. "Marburg?"

Morand meldete sich, mit leiser Stimme. Er war in Hamburg, eine Adresse irgendwo in Bergedorf. Echo sollte ihn abholen. Gleich.

"Jetzt noch?" fragte er mit einem flüchtigen Blick zur Uhr. Es war fast halb zehn. "Wie sind Sie da hin gekommen?" Nicht mit ihm und seiner Taxe jedenfalls.

"Das geht dich nichts an", brummte Morand. Nach kurzem Zögern legte er auf.

Echo war sich bewußt, daß er das Geld, das er mit der Fahrt verdienen würde, dringend brauchte. Er hatte also gar keine Wahl. Mit einem Seufzer notierte er flüchtig die Adresse, die Morand ihm durchgegeben hatte. Einen Augenblick dachte er an Dessauer. *Ihn* hätte er aufsuchen sollen in Hamburg, und nicht diesen betrunkenen Kerl abholen! Aber wollte er nicht ohnehin mit Morand sprechen? Eine bessere Gelegenheit würde er nicht bekommen!

Zehn Minuten später fuhr er auf die Autobahn Richtung Bremen und Hamburg.

Kurz nach Mitternacht lenkte er den Wagen auf die Auffahrt einer alten Gründerzeitvilla, Souterrain und zwei Etagen, klassizistischer Giebel, Erker zur Straßenseite. Es war die Adresse, die Morand ihm durchgegeben hatte, kein Zweifel. Dennoch war alles dunkel, kein Licht drang durch die Fenster, keine Leuchte erhellte den Schotterweg zum Haus. Echo stieg dennoch aus.

Ein Blick zurück, das Taxischild leuchtete gelb in die Nacht hinein. Beruhigend. Echo erklomm die Stufen zum Eingang und versuchte, sich zu orientieren. Dann erkannte er die Hausnummer, darunter die Klingel.

Er war richtig.

Es war nur eine Klingel, sie war neben der Tür angebracht. Der Name darunter, eingearbeitet in ein cremeweißes Emailleschild, ließ Echo überrascht innehalten. Dann erlösten ihn leise Stimmen aus seiner Verwunderung, gedämpft, aber wahrnehmbar. Die Tür stand einen Spaltbreit offen, wie er erst jetzt bemerkte. Er blieb unschlüssig stehen, überlegte, ob es nicht vielleicht besser war, zu klingeln, jetzt, da er den Mann, den er suchte, gefunden hatte. Dessauer. Schließlich gehörte sich das so. Dann glaubte er, den Namen *Kerschenstein* zu hören. Es war Morands Stimme, die dunkel und mit französischem Akzent irgendwo im Haus erklang und dazu führte, daß Echo von einem auf den nächsten Moment jede Etikette verwarf und seiner Neugier nachgab. Vorsichtig, langsam und leise folgte er den Stimmen – denn der Legionär unterhielt sich zweifellos mit jemandem – durchquerte den Flur und ging auf das Licht zu, das am anderen Ende durch einen Türspalt fiel.

"Ich gebe zu", sagte eine Stimme, die älter war als Morands, "ich gebe zu, wir haben etwas nachgeholfen, um Kerschenstein auf seine Spur zu führen. Aber als er ihn gefunden hatte, lief zunächst alles nach Plan." Das war zweifellos Dessauer, der Hausherr.

"Was heißt das?" fragte Morand.

"Das heißt, daß Kerschenstein von Selchenhausen umgebracht hat."

"Das glaube ich nicht. Er hat geschworen, daß..." Morand zögerte. Was war ein Schwur in der Situation schon wert? "Außerdem wurde er freigesprochen –"

"Freigesprochen ja." Ein trockenes Lachen folgte. "Weil die Tatwaffe und der Befund der Spurensicherung verschwunden waren."

Echo verlagerte seinen Standort ein wenig, so daß er ein breiteres Blickfeld hatte, ihn aber nach wie vor das Dunkel des Flures schützte. Morand saß auf dem Rand eines braunen Ledersofas, eine Pistole in der Hand. Er sah seinen Gastgeber müde an. Dann ließ er den Blick und seine Waffe sinken. "Waren das auch Sie?"

"Oh nein, damit hatten wir nichts zu tun. Kerschenstein wollte mich als Anwalt. Obwohl ich befangen war, gewissermaßen, wie so viele von uns. Denn er hatte damals an Anklageschriften gearbeitet, mit denen er eine ganze Reihe *SS*-Angehörige den Amerikanern ausliefern wollte. Ich stand zwar nicht auf seiner Liste, das hat er immer wieder betont, dennoch war auch ich in der *SS*. Aber das ist eine andere Geschichte. Vielleicht eine von Freundschaft und Dankbarkeit. Wie auch immer, an die Beweisstücke, die ihn belasteten, bin ich nicht herangekommen. Das waren die Engländer."

"Warum sollten die Engländer Beweise in einem Mordprozeß verschwinden lassen?"

"Weil Kerschenstein einer der ihren war. Vergessen Sie nicht, daß er für die sogenannte *PSSB* arbeitete."

"*Die PSSB?*"

"Die *Public Safety Special Branch* der britischen Abteilung in der Kontrollkommission. Die Entnazifizierung gehörte zu deren Aufgaben. Er war gewissermaßen Angehöriger der Besatzungsarmee."

"Die Engländer..." wiederholte Morand skeptisch. "Das glaube ich Ihnen nicht."

"Das müssen Sie auch nicht", sagte Dessauer ruhig. "Erschießen Sie mich und lassen Sie's gut sein..."

"Nein." Morand schüttelte den Kopf und setzte sich etwas bequemer hin. "Ich habe Zeit."

Dessauer seufzte. "Wenn Sie es nicht tun, werden es die *anderen* erledigen." Er stand auf und ging zum Kamin hinüber, so daß Echo ihn für einen Augenblick auch sehen konnte, einen stattlichen, hochgewachsenen Mann um die achtzig, mit dichtem weißem Haar. "Ich darf doch?" fragte er mit Blick auf die ihm folgende Pistolenmündung in Morands Hand und wies auf eine Zigarrenkiste.

"Nur zu", brummte Morand. Dann aber fragte er: "*Welche anderen?*"

Dessauer ging nicht darauf ein. Er entnahm der Kiste eine *Toscanello*, kniff die Spitze ab und zündete sich die Zigarre an. "Kennen Sie Bruckners *Requiem in D Moll*?"

"Wer ist Bruckner?"

Dessauer lachte leise. "*Kerschenstein* kannte es. Wir mochten es beide und haben es häufig gehört."

"Wollen Sie mir erzählen, daß Sie..."

"Natürlich. Ich habe ihn regelmäßig zu mir nach Hause geholt. Was ihm vielleicht das Leben gerettet hat. Ich denke, damals waren wir so etwas wie Freunde."

Morand winkte ab. "Hören Sie auf mit dem Gewäsch, Dessauer! Sie waren Leiter der Standortverwaltung des KZ Buchenwald!"

"Woher wissen Sie das?" fragte der alte Mann belustigt.

"Kerschenstein hat Sie nach dem Krieg ausfindig gemacht, stimmt`s? Aufgabenbereich, Dienstgrad, unterschriebene Befehle, späterer Wohnort. Kerschenstein war ein ganz akribischer..."

Dessauer schnaubte kurz. "Nein, das hat ihn nicht interessiert."

"Wollen Sie mich auf den Arm nehmen?" fragte Morand ungehalten.

"Nein", erwiderte Dessauer matt. "Das habe ich nicht mehr nötig."

Morand verzog das Gesicht und wandte den Kopf zur Seite. Für eine Sekunde oder zwei fiel sein Blick auf Echo, wobei nicht zu erkennen war, ob er ihn sehen konnte. Dann blickte er langsam zu Boden, schien zu überlegen, wie er die Unterhaltung weiterführen sollte. "Setzen Sie sich", wies er Dessauer an. "Kerschenstein hat sie gefunden, trotz Ihrer Tarnung, Sie und Merbach. Er wollte Sie auffliegen lassen. Und deshalb wollten Sie ihm den Mord anhängen. Damit er den Mund hält..." Das war geraten. Aber wie sonst sollte man die Mordanklage erklären?

Dessauer setzte sich mit einem Seufzer. Er paffte ein, zweimal, stieß blaue Rauchwolken aus und schien zu überlegen. "Tatsächlich", sagte er schließlich, "hat Merbach darüber nachgedacht. Er hätte sich auf diese Weise nicht die Hände schmutzig machen müssen..."

Morand lachte auf.

"Ach so", sagte Dessauer verstehend. "*SS. Sie glauben, das sind alles Mörder?*" Er grunzte. "Ich jedenfalls habe nie einen Menschen umgebracht..."

"Schon gut." Morand schmunzelte.

"Nein, nichts ist gut!" fuhr ihn Dessauer an. "Sie können mir glauben, ich hatte genug Zeit um zu bereuen. Wir waren harte Hunde, keine Frage. Buchenwald war kein Mädchenpensionat. Es gab hunderte von Toten im Laufe der Jahre. Aber was hinterher daraus gemacht wurde, entbehrt jeder Grundlage. Massenvernichtung, ich bitte Sie! Den Alliierten war es natürlich recht. Rache ist eben süß. Natürlich sind gegen Kriegsende viele verreckt, verdammt viele. Die Amerikaner haben die Lager bombardiert, die Straßen, Eisenbahnen, Lagerhallen. Ganz Erfurt haben sie in Schutt und Asche gelegt. Damals wurden achtzigtausend Bombenopfer gezählt. Insgesamt müssen Millionen krepiert sein im Bombenhagel der Alliierten, Frauen, Kinder, Flüchtlinge. Wir haben kaum noch Verpflegung für das Lager bekommen, von Medikamenten mal ganz zu schweigen. Viele sind an der Ruhr krepiert. Als die Russen kamen, haben wir evakuiert. Freiwillig. Wer bleiben wollte, der konnte. Aber die meisten wollten mit, nur nicht dem Russen in die Hände fallen. Es war verrückt, wir konnten die gar nicht alle durchbringen. Immer wieder wurden wir beschossen von Jagdfliegern, die haben keinen Unterschied gemacht zwischen uns und den Juden. Ein Teil von denen ist verhungert, zusammengebrochen am Straßenrand, andere haben sich auf- und davongemacht. Manchmal haben wir die Hunde auf sie gejagt. Im übrigen das gleiche, was die Amis mit uns Deutschen gemacht haben. Was meinen Sie, wie viele Soldaten die amerikanische Gefangenschaft nicht überlebt haben? Vergiftet, erschossen, totgeprügelt, mit kurzen Stöckchen in Minenfelder gejagt..."

Morand hatte die Waffe längst sinken lassen. "Ich weiß", sagte er leise. Nur zu gut. Erinnerungen, die er Jahrzehnte lang verdrängt hatte. Die sogenannte Knüppelsuppe war noch das freundlichste, was sie in Gefangenschaft erwartet hatte.

"Wir wußten, daß es vorbei war. Aus reinem Selbstschutz hätten wir schon keine Massengräber zurückgelassen. Aber was sollten wir tun?"

"Und die Krematorien?"

"Die gab es, natürlich gab es die. Wir hatten Seuchen im Lager! Wo hätten wir denn die Leichen lassen sollen? Für Masseneinäscherungen, wenn Sie das meinen, waren die Anlagen überhaupt nicht ausgelegt..."

"Sie waren groß."

"Nein, das waren sie nicht. Die Nachbauten, die später errichtet wurden, die waren es. Aber unsere nicht."

"Ich glaube Ihnen nicht."

"Geht es Ihnen denn darum? Mir zu glauben?"

"Natürlich. Ich will wissen, was passiert ist. Und wenn Sie mir einen Bären aufbinden..."

"Warum sollte ich das tun? Ich muß mich nicht mehr rechtfertigen. Jetzt nicht mehr. Kerschenstein ist damals zu mir gekommen. Er hat gesagt, er verstehe das nicht. Strafe und Sühne ja. Deshalb wollte er unbedingt Merbach zur Strecke bringen. Merbach war zu weit gegangen. Aber daß Wahrheiten verfälscht wurden, damit kam er nicht klar. Wahrheit müsse Wahrheit bleiben, und wenn der Sieger ein ebenso großer Verbrecher ist, wie der Verlierer, dann müsse man die Welt darauf hinweisen. Er hat mir Photos gezeigt, amerikanische Photos. Die Leichenberge, das waren deutsche Soldaten, keine Juden. Ausgemergelt in Gefangenschaft. Die Toten während der Evakuierungsmärsche jedenfalls gingen überwiegend auf das Konto der russischen und der amerikanischen Flieger. Natürlich hat die Ruhr mitgeholfen..."

"Dessauer, das interessiert mich nicht ", unterbrach ihn Morand. "Was war mit Kerschenstein?"

Dessauer schien einen Augenblick nachzudenken. "Kerschenstein hat von Selchenhausen wirklich getötet", sagte er schließlich. "Er hatte, sagen wir, eine Rechnung mit ihm zu begleichen. Erst danach kam er zu mir. Aber da war es schon zu spät."

"Zu spät?"

"Natürlich. Er war ja kein Profikiller. Die Polizei war innerhalb von wenigen Tagen auf seiner Spur. Alle Indizien sprachen gegen ihn. Nur ein Motiv konnten sie nicht finden..."

Zu Echos Überraschung nickte Morand verstehend. Wußte er, was zwischen Kerschenstein und diesem von Selchenhausen vorgefallen war?

"Und Sie sollten ihn verteidigen? Ausgerechnet Sie?"

"Warum nicht? Ich hatte meinen Persilschein längst in der Tasche. Beziehungen, wissen Sie? Die Amis brauchten uns. Mein Jurastudium hatte ich vor dem Krieg schon abgeschlossen, also tat ich nach dem Krieg, was ich gelernt hatte. Ziemlich erfolgreich übrigens. Und wie gesagt, für Kerschenstein war ich eine Art Freund."

"Da hatte ich einen anderen Eindruck."

Dessauer brummte mißbilligend. "Nachdem die Engländer sich eingemischt hatten", erklärte er nach kurzem Zögern, "brauchte Kerschenstein mich nicht mehr und wollte mich loswerden."
"Ihr *Freund* wollte Sie loswerden?" grinste Morand.
"Bei Geld hört die Freundschaft eben auf…"
"Wieviel Geld?"
Dessauer zögerte erneut. Dann seufzte er. "Es ging nicht direkt um Geld" sagte er zögernd. "Ich wollte die Briefe seiner Frau. Genaugenommen nur den letzten."
"In dem sie von Selchenhausen erwähnte?"
"In dem sie die *Prieuré de Sion* erwähnte." Dessauer holte tief Luft. "Aber da hatte ich leider die Rechnung ohne den Wirt gemacht. Kerschenstein wollte den Brief nicht rausrücken. Dann ist er untergetaucht, mit Hilfe der Briten."
"*Untergetaucht?*" fragte Morand ungläubig.
"Ja, er hatte sich versteckt, ist dann nach Oldenburg gezogen. Ich verlor ihn aus den Augen und fand ihn erst vor ein paar Wochen wieder." Als Morand nichts erwiderte, lachte Dessauer leise. "Ich habe Sie gewarnt. Die Wahrheit ist nicht so ganz einfach. Und vermutlich nicht im Entferntesten so, wie Sie sie sich vorgestellt haben…"
Morand schüttelte nachdenklich den Kopf. "Aber warum haben Sie ihn nach all den Jahren noch umgebracht?"
"*Kerschenstein?*" Dessauer schnaubte. "Aber das war ich doch gar nicht. Zugegeben, ich habe ihm seinen Wortbruch übelgenommen. Und ich will immer noch diesen einen Brief – den ich jetzt wohl nie mehr bekommen werde. Aber umgebracht habe ich ihn deshalb nicht."
"Die *Prieuré de Sion*…", erinnerte sich Morand. Er schien diesen Namen zu kennen. "Nur darum geht es? *Nur darum?*"
"Das vermute ich jedenfalls. Kerschensteins Frau wußte, wo die *Prieuré* zu finden ist. Sie hat sie aufgesucht. Und ich bin nicht der einzige, der davon weiß und begierig ist, diesen Weg zu finden. Nur Kerschenstein schien nicht geahnt zu haben um was es dabei ging…"
Ebenso wie ich, dachte Echo. Dessauer war einer der letzten Menschen gewesen, mit denen sein Vater Kontakt hatte. Aber einen Grund für seinen Tod konnte er daraus immer noch nicht ableiten. Oder hatte auch sein Vater von der *Prieuré de Sion* gewußt? War sie wirklich so gefährlich?
Auch Morand schien für den Moment verunsichert. Aber er schien Dessauer zu glauben. "Ich hatte angenommen, daß Sie für seinen Tod verantwortlich sind…", gab er zu. "Sie oder Merbach…"
"Merbach ist lange tot", erwiderte Dessauer und zog ein paarmal an seiner Zigarre.

"*Tot?*" fragte Morand überrascht. Er hatte in den Unterlagen gelesen, daß Merbach Schutzhaftlagerführer und Adjutant im Konzentrationslager Buchenwald gewesen und nach dem Krieg untergetaucht war. Kerschenstein wollte ihn den Amerikanern ausliefern. Von seiner Hinrichtung hatte er nichts erwähnt.

"Tot, ja. Die Alliierten haben ihn in Landsberg ermordet", erklärte Dessauer tonlos. Müde fügte er hinzu: "Ich habe mich aus dem Verfahren herausgehalten. Das war Teil der Abmachung mit Kerschenstein. Leider hat er seinen Teil nicht eingehalten…"

Morand schüttelte nachdenklich den Kopf. Nicht aus Mitleid. Aber seine Hoffnung, Leclercques Mörder gefunden zu haben, war in dieser Nacht zusammengefallen wie ein Kartenhaus. Er war davon überzeugt gewesen, daß Kerschensteins Tragödie unmittelbar mit seiner Jagd nach Merbach zu tun gehabt hatte. "Wenn Merbach tot ist", fragte er leise, "wer hat dann Kerschenstein auf dem Gewissen? Und wer hat Leclercque umgebracht?"

"Wer ist Leclercque?"

Einen Augenblick dachte Morand darüber nach, ob er Dessauer alles erzählen sollte. *Zeitverschwendung*, dachte er schließlich und beließ es bei einer knappen Antwort: "Ein französischer Offizier."

"Ein hoher?"

Morand nickte. "Er hat mir eine Kopie meiner Personalakte besorgt."

"Und in dieser Akte war von Kerschenstein die Rede?"

Morand nickte erneut. "Deshalb war sie mir so wichtig. Ich hatte…" Er räusperte sich ein wenig verlegen. "ich hatte mal kurzzeitig angenommen, er wäre mein Vater…"

Dessauer lachte auf. "*Kerschenstein?* Ein durchaus amüsanter Gedanke! Aber im Ernst, Sie hätten die Akte lassen sollen wo sie war. Das wäre besser für alle gewesen." Einen Augenblick herrschte Stille. Dann fragte Dessauer: "Kennen Sie einen Lieutenant Colonel Graham Willard?"

"Ich habe von ihm gehört", antwortete Morand vorsichtig.

"Nehmen Sie sich in acht vor ihm. Er war Kerschensteins Mentor und hat gute Beziehungen zum britischen und französischen Geheimdienst. Ich habe keinen Beweis, aber ich bin überzeugt, daß er die Briefe und ihren Inhalt kennt. Er wird sie ebenfalls suchen. Aufgrund seiner Beziehungen dürfte er in der Lage sein, jeden Mitwisser auszuschalten."

"Aber er und Leclercque waren befreundet…"

"Was heißt das schon?"

Morand schloß die Augen. Er wirkte enttäuscht. Und ebenso besorgt. Dann schien ihm etwas einzufallen: "Bad Oeynhausen, was haben die für ein Autokennzeichen?"

"MG, soweit ich weiß."

In Bad Oeynhausen war das Hauptquartier der Britischen Streitkräfte in Deutschland. Der schwarze Mercedes vor Leclercques Haus hatte dieses Kennzeichen gehabt. MG. Dann BF. *BF wie British Forces?* Morand fluchte. Jetzt wußte er, von wem er reingelegt worden war. Und genau diesen Willard hatte er mit seinem Anruf auf seine Spur gelockt! Willard, der vermutlich immer noch für den Geheimdienst arbeitete. Oder für zwei. Warum sonst hätte Paris sich einmischen sollen?

Er wollte aufstehen, hatte genug erfahren, genug, um zu wissen, vor wem er sich von nun an in acht nehmen mußte. Dann sah zur Tür hinüber, in deren Schatten Echo nach wie vor stand, und er wandte sich erneut an Dessauer: "Was ist mit Marburg, diesem Taxifahrer? Was hat *er* mit Kerschenstein zu tun?"

Echos Herz begann heftiger zu schlagen. Sollte sich die Fahrt hierher doch noch gelohnt haben?

Dessauer schnaubte verächtlich. "Er ist tot, oder?"

"Ich will wissen, was mit ihm geschehen ist. Haben Sie ihn auf dem Gewissen?"

"*Natürlich nicht!* Marburg war einer von uns. Er war zwar erst siebzehn damals, aber er war einer von uns. Er kannte Kerschenstein, hatte ihn während der Evakuierung kennengelernt. Das hat er mir... ich weiß nicht... vor zwei Wochen oder so erzählt. Er ist hiergewesen."

"Weiter", forderte Morand sein Gegenüber auf. Nun wieder im Plauderton. "Ich will alles wissen."

Dessauer seufzte, begann aber schließlich zu erzählen: "Wie gesagt: Marburg kannte Kerschenstein von früher, sie waren auf dem gleichen Evakuierungsmarsch gewesen. Marburg schwor, er könne sich nicht erinnern, aber offensichtlich hat Kerschenstein ihn wiedererkannt. Ich habe das überprüft, es stimmte, sie waren beide dabeigewesen, Marburg als *SS*-Mann und der Jude Kerschenstein. Schicksal ist so eine Sache, wenn es nach fast vierzig Jahren dafür sorgt, daß zwei Menschen sich wiederfinden. Offenbar haben sie beide seit langem schon in Oldenburg gewohnt. Im August bestellt Kerschenstein dann zufällig genau die Taxe, die Marburg fährt. Und vermutlich erkennt er ihn sofort wieder. Von nun an bestellt Kerschenstein immer dieselbe Taxe, versucht, Marburg einzuladen, zu sich in die Wohnung zu locken. Marburg stellt sich dumm und ruft mich an. Er kannte unsere Kanzlei noch von damals, *Schneewind und Collegen*. Wir waren bei den Prozessen der Nachkriegszeit in Gerichtskreisen eher berüchtigt als berühmt. Er war es auch, der mich wieder auf Kerschenstein Spur gebracht hat. Ich habe dann versucht, ihn zu beruhigen, habe ihm gesagt, daß er nach all der Zeit nichts mehr zu befürchten hat. Was natürlich gelogen war. Dann habe ich gesagt, daß ich nicht mehr praktiziere, es mir aber in diesem besonderen Fall noch einmal überlegen würde. Ungefähr vor zwei Wochen haben wir uns dann getroffen. Er hat mir alles erzählt, wir sind mögliche Verteidigungsansätze durchgegangen und letztlich habe ich ihm versprochen, daß ich mich persönlich mit Kerschenstein unterhalten würde. Und das habe ich auch getan. Mit einem interessanten Ergebnis, übrigens. Marburg aber habe ich danach nicht mehr wiedergesehen. Leider. Um ihn zu beruhigen, hatte ich ihm meine *Breitling* gegeben. Als Anzahlung, gewissermaßen."

"Anzahlung? Wofür?"

"Für ein Photo. Und für den Brief natürlich. Er sollte mir beides besorgen. Wenn ich mich recht erinnere, hatte er aber nur noch einmal Kontakt zu Schneewind. Mehr kann ich dazu nicht sagen. Leider habe ich weder Photo noch Brief bekommen…"

Morand nickte und stand auf. Das schien ihm zu genügen. Ob er wußte, welches Photo Dessauer meinte, konnte Echo nicht sagen. Er wandte sich um und ging so langsam und leise wie möglich auf den Ausgang zu.

"Worüber haben Sie mit Kerschenstein bei Ihrem letzten Besuch gesprochen?" hörte er den Legionär noch fragen. Die Antwort war Stille. Eine lange Stille.

"Sie kotzen mich an", brummte Morand.

"Sie mich auch", war Dessauers Antwort. "Aber es war schön, mit jemandem zu plaudern."

Echo wartete, mit dem Rücken an die Taxe gelehnt. Es fiel ihm schwer, das Gehörte zu verarbeiten, dabei klang alles, was Dessauer gesagt hatte, so logisch. Jordan hatte also doch recht gehabt. Sein Vater war in der SS gewesen. Alle seine Schlußfolgerungen liefen darauf hinaus, daß Vomdorffs Anschuldigungen zum Teil berechtigt waren. Mit dem Unterschied, daß es verdammt wahrscheinlich war, daß sein Vater in seiner Angst durchgedreht war und Kerschenstein umgebracht hatte. Wer aber hatte ihn umgebracht?

Mit einem sanften, verstörten Kopfschütteln beschloß Echo, am nächsten Tag abzureisen. Warum sollte er versuchen, den Ruf eines Mörders zu retten? Er würde die Erbschaft abschlagen und nie wieder nach Oldenburg zurückkehren.

"Na komm, Junge. Laß uns zurückfahren." Morands Stimme klang seltsam väterlich und mitfühlend. Echo wandte langsam den Kopf zur Seite und betrachtete den Legionär, unsicher, was er sagen sollte. Er beließ es bei einem Nicken und stieg ein.

Morand seufzte, als Echo den Mercedes auf die Straße lenkte und Richtung Autobahn fuhr. Es klang müde. "Ab wann hast du zugehört?"

"Weiß ich nicht", murmelte Echo. Dann fiel es ihm wieder ein: "Ich glaube, Dessauer sagte, Kerschenstein hätte jemanden umgebracht. Wer war das? *Wen* hat er umgebracht?"

"Das tut nichts zur Sache. Kümmere dich um deinen Vater."

Echo sah in den Außenspiegel und bog auf die Hauptstraße ab. "Mein Vater ist ein Mörder..." erwiderte er tonlos.
"Könnte man meinen." Morand dachte nach. "Aber wenn du deinen alten Herrn besser gekannt hättest, dann wüßtest du, daß er nicht der Typ war, der töten konnte."
"Ich weiß nicht, was ich wissen sollte... Ich weiß nur, daß mein Vater einen Grund und die Gelegenheit hatte, den alten Mann zu töten."
"Dein Vater war ein Säufer", sagte Morand. "Und genau deswegen hat er Kerschenstein nicht umgebracht." Er lehnte den Kopf zurück und schloß die Augen. Einen Moment lang dachte er noch darüber nach, Echo umkehren zu lassen und Dessauer nach der *Überraschung* in dessen letztem Gespräch mit Marburg zu fragen. Dann war er eingeschlafen.
Ein Säufer oder ein Mörder. Großartige Alternative, dachte Echo. Auch er kämpfte mit der Müdigkeit, die sich mit jedem Kilometer drückender auf ihn legte. Er fuhr und fluchte leise vor sich hin, was letztlich irgendwie zu helfen schien, denn sie schafften es ohne Zwischenfälle bis zu Morands Hotel. Es war halb vier, als er den Legionär weckte und ein letztes Mal auf ein paar erklärende Worte hoffte. Wen hatte Kerschenstein umgebracht? Wer war der ermordete Offizier und was hatte er mit der Geschichte hier in Oldenburg zu tun?
Aber Echo wurde enttäuscht: Morand grunzte nur verschlafen, bezahlte mit ein paar großen Scheinen und stieg aus ohne sich zu verabschieden.
Enttäuscht und alleingelassen mit den Gedanken an einen Vater sah Echo ihm nach. Ein Vater, der getötet hatte, aus Angst davor, zur Rechenschaft gezogen zu werden.

Die Müdigkeit hatte er verdrängt, die Autobahn, die Gründerzeitvilla, Dessauer, alles tanzte vor seinen Augen. Echo stand am Fenster des Arbeitszimmers und starrte hinaus in die Dunkelheit. Sollte er wirklich zurückfahren nach Hause, nach Köln, alles hinter sich lassen, die Gedanken an seinen Vater ebenso wie die seltsam verwunschene junge Frau, deren Blick er nicht mehr vergessen konnte?
Eine Straßenlaterne malte ihr gelbes Licht auf den nassen, glänzenden Asphalt, ein Hund lief den Gehweg entlang, ein Mann mit baumelnder Hundeleine in der Hand folgte ihm. Leise klang das hochtourige Jaulen eines beschleunigenden Motorrades durch die Nacht, dann legte sich wieder Totenstille über alles.
Echo hielt die *Walther* in der Hand. Ein gutes Gefühl. Ein sicheres Gefühl. Ein Spielzeug, dessen Aufbau, Gefährlichkeit und Wirkung er seit seiner Zeit bei der Bundeswehr kannte und das ihm daher nicht mehr fremd war. Gleichzeitig aber vermittelte ihm sein Unterbewußtsein, daß ihm die Waffe im entscheidenden Augenblick absolut nichts nützen würde. Der Mann mit

der Tarnjacke würde sich erneut von hinten anschleichen und ihn bestimmt nicht vorwarnen...

Stimmen vor der Haustür rissen Echo aus seinen Gedanken. Er lief hinüber ins Schlafzimmer, das zur Vorderseite des Hauses hinaus lag. Vorsichtig lugte er aus dem Zimmer auf den Zufahrtsweg.

Es waren Nachbarn. Zumindest schien es so. Nach kurzer Zeit schlugen Autotüren zu, Motoren heulten auf und es war wieder ruhig.

Mit der Ruhe kam schließlich doch die Müdigkeit. Echo sah auf seine Armbanduhr, starrte auf das Ziffernblatt, bis er die schwach fluoreszierenden Zeiger erkennen konnte. Es war halb fünf. Er ließ sich auf das Bett fallen, schob die Pistole unter das Kopfkissen und starrte in die Dunkelheit des Hauses. Ein Autoscheinwerfer erhellte die Wand neben dem Fenster, dann war es wieder dunkel.

Das Bewußtsein verließ ihn allmählich, dann war er eingeschlafen.

Der Russe nahm ab.
"Ja", sagte er gelangweilt.
"Es gibt neue Anweisungen."
"Von wem?"
Der Mann am anderen Ende der Leitung lachte. "Von *oben*."
Dann folgte Schweigen. Der Russe wartete. "Lassen Sie den Jungen im Augenblick in Ruhe", sagte der Mann schließlich. "Und halten Sie sich zur Verfügung."
"Zur Verfügung halten kosten auch."
"Sie werden Ihr Geld schon bekommen. Fragen Sie morgen den Portier danach. Und fangen Sie nicht wieder an, Fragen zu stellen..."
Ein Klicken und das anschließende Freizeichen waren unmißverständlich. Der Russe fluchte und hängte ebenfalls ein. Er lehnte sich zurück, betrachtete das Hotelzimmer und fragte sich, ob er nicht aussteigen sollte, den Job hinschmeißen, zurückfliegen in die Staaten. Nicht, weil er Skrupel hatte, nein, das ganz bestimmt nicht. Aber wenn ein Job schiefging, dann wurde das Pflaster einfach zu heiß. Die Taktik war klar – und er hatte sie schon in Afghanistan gelernt: auf die Lauer legen, zuschlagen und verschwinden. Wenn der Feind erst einmal herausfand, wo man steckte, dann war man verloren. Und wenn man zudem noch befürchten mußte, daß der eigene Auftraggeber falschspielte, einem gewissermaßen einen Aufpasser hinterherschickte, dann war es Zeit, abzutauchen.

Dimitri tat es dennoch nicht. *Warum?* fragte er sich und wußte die Antwort doch schon vorher: die einzige Freiheit, die er in seinem Job *nicht* hatte, war, einen angenommenen Auftrag nicht bis zur letzten Konsequenz auszuführen. Wenn sich das herumsprach, konnte er einpacken...

> Denn siehe, es ist kein Wort auf meiner Zunge, das du, HERR, nicht alles wissest. Von allen Seiten umgibst du mich und hältst deine Hand über mir.
> Solche Erkenntnis ist mir zu wunderbar und zu hoch; ich kann sie nicht begreifen.
> Buch der Psalmen, Kapitel 139, Satz 5ff.

27. OLDENBURG, DONNERSTAG, 13. SEPTEMBER 198

Es läutete. Schwer zu sagen, zum wievielten Mal. Widerwillig gab Echo nach, stand auf, zog sich seine Jeans an und griff unter das Kopfkissen. Beim Hinuntergehen dachte er, daß es aus einem weiteren Grund lächerlich war, sich auf die Pistole zu verlassen: es war Jahre her, daß er zuletzt geschossen hatte. Vermutlich würde er den Mann mit der Tarnjacke selbst auf drei Meter verfehlen. Aber das war gleichgültig. Die Waffe gab ihm Sicherheit und die brauchte er jetzt.

Echo öffnete die Haustür. Vor ihm stand Vomdorff. *Jordans Vorladung*, schoß es ihm durch den Kopf. Aber er würde nicht Vomdorff schicken, oder? Im nächsten Moment wurde ihm bewußt, daß er die Waffe auf den Oberstaatsanwalt richtete. Er ließ sie sinken und wandte sich ab, ging in die Küche und legte die *Walther* auf den Kühlschrank. "Wie spät ist es?"

Vomdorff hatte die Tür geschlossen und war ihm gefolgt. "Neun Uhr", sagte er mit einem Lächeln.

"Was wollen Sie?"

"Ein Kaffee wäre gut."

Den konnte Echo auch gebrauchen. Drei oder vier Stunden Schlaf waren zu wenig. Er begann wortlos, die Kaffeemaschine zu befüllen. Unterdessen sah sich der Oberstaatsanwalt im Wohnzimmer um. "Darf ich mich *heute* setzen?"

"Wenn Sie mir sagen, weswegen Sie hier sind."

"Sie werden es nicht glauben, aber ich wohne in der Nähe. Ein paar Kilometer von hier. Ich dachte, ich nehme Ihnen den Weg ab."

Echo betrat ebenfalls das Wohnzimmer und wies auf einen der Sessel. Vomdorff setzte sich. Es war warm genug, um nur in Jeans und T-Shirt rumzulaufen. Dennoch fühlte sich Echo unbehaglich und ungewaschen. Aber Vomdorff schien es nicht zu bemerken. "Was wollen Sie denn noch von mir?"

"Ich denke, Sie haben gestern einen falschen Eindruck von mir bekommen. Das mag ich nicht."

Echo rieb sich die Augen und überlegte. "Ich glaube, Sie haben mir gedroht. Ich habe den Paragraphen vergessen, es war jedenfalls unmißverständlich…"

Vomdorff schwieg und lächelte, was Echo ein wenig verwirrte. Er kehrte zurück in die Küche. "Der Kaffee ist durchgelaufen…"

"Es geht mir vor allem darum, die Wahrheit herauszufinden", erklärte der Oberstaatsanwalt als Echo zwei Becher Kaffee auf den Wohnzimmertisch stellte. "Ich weiß – ich vermute –, daß Sie ein persönliches Interesse an der Aufklärung der Vorfälle haben, und daß Sie vermutlich vor allem wissen wollen, wie oder warum Ihr Vater zu Tode gekommen ist."

"Ihrer Meinung nach hat er sich umgebracht..."

"Nun, ganz so ist es nicht. Natürlich legen die Ermittlungen und das Unfallprotokoll diesen Schluß nahe. Aber ich muß zugeben, daß die Dokumentation der Ereignisse unter Umständen auch eine andere Interpretation zulassen."

"Und zwar?"

Vomdorff betrachtete seinen Kaffeebecher abschätzend. "Wissen Sie", begann er, nachdem er einen ersten, vorsichtigen Schluck genommen hatte, "Ihr Vater hat Geld bekommen, für seine Verhältnisse viel Geld. Geld das Kerschenstein fehlt, das er in den letzten Tagen vor seinem Tod vom Konto abgehoben hat."

"Wie kommen Sie darauf, daß mein Vater unverhältnismäßig viel Geld gehabt haben soll?"

"Wir haben seine Kontobewegungen überprüft." Als Echo ihn überrascht und verärgert ansah, fügte Vomdorff hinzu: "Das mußten wir, das ist Routine. Haben Sie selbst die Kontoauszüge gesehen?"

Nein, das hatte Echo nicht, und er konnte sich dafür in den Hintern treten. Aber Jordan vermutlich, und zwar an dem Tag, an dem Echo niedergeschlagen worden war. *Die Polizei wird sich das ganze Haus angesehen haben,* dachte er und schüttelte verneinend den Kopf.

"Eine Einzahlung über fünftausend Mark. Das ist mehr als er mit seiner Taxe verdienen konnte." Vomdorffs Stimme war sanft und verständnisvoll.

"Eine Bareinzahlung?" Echo fluchte innerlich über seinen Vater, der schon beinahe manisch darauf versessen war, sein Geld keinen Tag länger als notwendig zu Hause aufzubewahren. Er hatte ein Gespür für Sonderzinskonten...

"Eine Bareinzahlung, ja."

"Und was hat das mit diesem Kerschenstein zu tun?"

"Herr Kerschenstein hat wenige Tage zuvor fünftausend Mark von seinem Konto abgehoben."

"Das beweist nicht, daß es dasselbe Geld ist."

"Es ist mehr als wahrscheinlich, *daß* es dasselbe Geld ist", bekräftigte der Oberstaatsanwalt mit selbstsicherem Lächeln. "Aber ich gebe zu", fuhr er nach kurzem Zögern fort, "daß wir hier mit unserem Latein am Ende sind. Warum ist dieses Geld geflossen? Wir wissen, daß Ihr Vater in der SS gedient hat. Kerschenstein war Jude. Eine einfache Schuld-und-Sühne-Konstellation..."

Sie haben sich während der Evakuierungsmärsche kennengelernt, schoß es Echo durch den Kopf. Und genau das durfte die Polizei nicht erfahren. "Ein wenig *zu* einfach", erwiderte er. "Finden Sie nicht? Und wenn es wirklich so war, warum hat dann Kerschenstein meinem Vater Geld gegeben und nicht umgekehrt? Das wäre dann Schweigegeld."

Vomdorff taxierte Echo einen Augenblick lang. Dann nickte er. "Ich weiß es nicht und ich verstehe es auch nicht. Und deswegen benötigen wir Ihre Hilfe. Hat Ihr Vater irgend etwas erwähnt, Ihnen oder Ihrer Mutter gegenüber, irgendwann in der Vergangenheit, das einen Bezug zu Kerschenstein herstellt?" Als Echo ihn nur skeptisch ansah, fügte er hinzu: "Das muß nichts Schlimmes sein. Eine Anekdote vielleicht?"

"Das was ich unter einer Anekdote verstehe, würde Ihre Theorie zunichte machen, nach der mein Vater den alten Mann in den Tod getrieben haben soll", erwiderte Echo kalt. "Aber tatsächlich habe ich den Namen Kerschenstein nie zuvor gehört."

"Herr Marburg, Sie können mir schon glauben, daß wir unvoreingenommen in alle Richtungen ermitteln, solange ich die Untersuchungen führe." Vomdorffs Stimme hatte ein wenig an Wärme verloren. "Nur, genau dazu benötige ich jede verfügbare Information und soviel Hintergrundwissen, wie möglich."

"Hintergrundwissen?" wiederholte Echo schwach.

Vomdorff nickte. "Hat er zum Beispiel Briefe oder Photographien von Kerschenstein erhalten?"

"Nein." Echos Antwort kam etwas zu schnell, doch Vomdorff schien sie zu akzeptieren. Er nahm einen weiteren Schluck Kaffee, setzte den Becher nachdenklich ab, und es schien, als wolle er aufbrechen. Sein Blick wanderte zum Fenster, das einen großzügigen Blick auf den Garten freigab, zur Tür, die mit verbogenem Schloß im Wind schwankte. "Da gibt es noch etwas, weswegen ich mit Ihnen sprechen wollte", sagte er schließlich und wandte sich wieder Echo zu. "Wir haben ein Amtshilfeersuchen der französischen Polizei erhalten. Die *Police Nationale* sucht nach einem Franzosen, männlich, etwa sechzig Jahre. Der Mann ist oder war Fremdenlegionär. Soviel wir wissen, hat er vorgehabt, Kontakt zu Kerschenstein aufzunehmen". Als Echo ihn nur fragend und überrascht ansah, fuhr er fort: "Ich erzähle Ihnen das deshalb, weil dieser Mann gefährlich ist. Er hat einen Menschen getötet und ist auf der Flucht. Ich habe gehört, Sie fahren im Augenblick die Taxe Ihres Vaters?"

"Hin und wieder."

Vomdorff nickte. "Es könnte sein, daß er Ihre Nummer wählt. Visitenkarten und Quittungen Ihres Vaters lagen in Kerschensteins Wohnung, da ist es nicht ausgeschlossen, daß er Ihren Wagen bestellt."

Morand ein Mörder? Echo sah den Oberstaatsanwalt überrascht an. Möglich war das natürlich, alles war möglich. Aber halt – hatte Morand nicht gesagt, er selbst sei auf der Suche nach dem Mörder? "Ein Franzose sagten Sie?" Aber hatte Morand nicht erzählt Kerschenstein sei sein Vater? "Oder ist der Mann Deutscher?"

Vomdorff sah ihn scharf an. "Wie kommen Sie darauf?"

Ein Lapsus, dachte Echo und verfluchte sich dafür. "Nur eine Vermutung", versuchte er hastig zu relativieren. "Nach dem, was Sie gesagt haben, liegt das nahe. Ich meine, wo er doch mit Kerschenstein gesprochen hat…"

Einen Augenblick dachte Vomdorff nach. Dann gab er sich mit der Antwort zufrieden. "Sagen Sie uns, wenn ihnen ein Mann auffällt, auf den diese Beschreibung paßt", sagte er schließlich. "Der Mann kommt auch als Kerschensteins Mörder in Frage. Vielleicht wären damit die Anschuldigungen gegen Ihren Vater vom Tisch." Er stand auf, trat auf Echo zu und legte ihm freundschaftlich die Hand auf die Schulter. "Ich wollte Sie nur warnen. Und ich möchte, daß Sie wissen, daß ich Ihnen helfen will. Ich weiß, daß Ihr Vater nicht der Typ für eine Erpressung war. Aber ohne Ihre Hilfe, werden wir ihn nicht entlasten können. Dieser Franzose soll dem Vernehmen nach ziemlich gerissen und skrupellos sein. Es wäre eine große Hilfe, wenn Sie uns zu ihm führen könnten." Damit wandte er sich um und ging zur Haustür. Echo folgte ihm langsam. Irgend etwas stimmte nicht. Entweder der Oberstaatsanwalt oder Jordan war ein guter Schauspieler. Oder Morand. Sein Gefühl allerdings sagte, er solle Vomdorff trauen. Er wirkte auf eine bürokratische, abstoßende Weise ehrlich.

"Ach…" Vomdorff wandte sich um und reichte Echo seine Visitenkarte. "Nehmen Sie das hier. Sie können mich jederzeit anrufen!"

Der Vormittag verging mit der Überlegung, wem von den Dreien er nun wirklich trauen sollte. Vomdorff, der ganz plötzlich nichts mehr dagegen hatte, daß Echo sich einmischte, und sogar in Betracht zog, daß Morand der Mörder Kerschensteins war. Oder Jordan, der alles – oder vielleicht nicht ganz alles –, was Echo ihm erzählt hatte, an Vomdorff weitergegeben hatte? Oder Morand, der gewiß einiges auf dem Kerbholz hatte und der ständig eine Tarnjacke trug, ebenso wie der Mann, der versucht hatte, ihn umzubringen? Waren die beiden vielleicht doch identisch? Oder wenigstens ein Team?

Letztlich hatten alle drei direkt oder indirekt festgestellt, daß sein Vater unschuldig war. Aber selbst wenn das so war, dachte Echo, glaubte er selbst, daß sein Vater unschuldig war? Nach allem, was er in der letzten Nacht erfahren hatte? Es gab genügend Gründe, ihn für schuldig zu halten. Himmel! Die *SS* – waren das nicht alles Verbrecher?

Echo wußte nicht mehr, was er denken sollte, und er fragte sich allmählich, ob er es überhaupt noch wissen wollte. War es nicht im Grunde nur eine Sache, die ihn interessierte: der *Zirkus der Nacht*? Zu ihm konnte nur Morand etwas sagen, nur er konnte noch wissen, ob es möglich war, den Zirkus – und damit die immer noch unbekannte, junge Frau – wiederzufinden.

Er beschloß, Morand in seinem Hotel aufzusuchen. Sollte er diesmal nicht da sein, würde er warten. Mit der Pistole. Es war das letzte, was er noch tun konnte, und er würde sich diesmal nicht abweisen lassen.

Gegen Mittag standen Jordan und Engholm vor der Tür. Als Echo nach mehrmaligem Klingeln öffnete, traten die beiden Polizisten wortlos ein. Er schloß die Tür und sah fragend vom einen zum anderen. Jordan sah mitgenommen aus, gerade wie nach einer durchzechten Nacht. Trotz des leichten Nieselregens, der am Vormittag eingesetzt hatte, trug er eine Sonnenbrille. Er ging ins Wohnzimmer und setzte sich ungefragt. Engholm bedeutete Echo, dem Kommissar zu folgen.

"Was wollten Sie bei Franz Dessauer?" Jordans Stimme klang tatsächlich etwas belegt.

Echo setzte sich auf das Sofa. "Nichts", erwiderte er, obwohl er wußte, daß es keine gute Antwort war. "Ich kenne keinen Dessauer."

"*Lügen Sie mich nicht an!*" Jordan bereute sofort, geschrieen zu haben. "Sie waren heute nacht dort", fügte er leiser und mit gequälter Miene hinzu. "Also, was wollten Sie von ihm?"

"Sein Name stand im Kalender Ihres Vaters", erklärte Engholm sachlich. "Und wir haben Zeugenaussagen, die belegen, daß Ihre Taxe fast eine Stunde auf der Auffahrt des Hauses Ernst-Mantius-Straße 22 in Hamburg Bergedorf gestanden hat." Er setzte sich nun ebenfalls.

Wer bezeugt denn so etwas? fragte sich Echo. *Haben die Menschen nachts nichts Besseres zu tun?* Er sah vom einen zum anderen. "Lassen Sie mich beschatten?"

"Nein."

Dann war etwas passiert, folgerte Echo. Oder hatte Dessauer sie angezeigt? "Woher…"

"Wir können Sie auch gerne mitnehmen, Marburg", unterbrach ihn Jordan. "Also noch einmal: Woher kennen Sie Dessauer und was wollten Sie in der vergangenen Nacht von ihm?"

Echo seufzte. Es widerstrebte ihm, zu antworten, irgendwie. Aber hatte er sich etwas vorzuwerfen? Und konnte er überhaupt noch irgend etwas leugnen? "Ich kenne Dessauer nicht", wiederholte er stur. "Ich habe einen Fahrgast dort abgeholt. Alles andere ist Zufall."

"Zufall!" Jordan verkniff sich ein Lachen, verzog statt dessen nur gequält den Mund. "*Wen?*" fragte er drohend. "Müssen wir Ihnen alles aus der Nase ziehen? Wen, und wohin haben Sie ihn gefahren?"

"Ich kenne auch den Mann nicht", erwiderte Echo. Eine dunkle Ahnung beschlich ihn: Dessauer war etwas passiert. "Jedenfalls nicht richtig", schränkte er ein. "Ich weiß nicht einmal wie er heißt. Aber er kannte meinen Vater. Daher…"

"Franz Dessauer ist heute nacht umgebracht worden", mischte sich Engholm ein. "Ungefähr zu der Zeit, als Ihre Taxe vor seinem Haus stand."

Ohne es zu wollen, starrte Echo die beiden Polizisten mit großen Augen an. Er mußte Morand warnen, soviel stand fest. Denn was auch immer man ihm vorwerfen mochte, Dessauer hatte er nichts angetan.

"Wohin haben Sie den Mann gebracht?" wiederholte Jordan.

Echo überlegte kurz. Ihm war es egal, was mit Dessauer geschehen war, aber ein Morand hinter Gittern nützte ihm nichts. Er mußte Zeit gewinnen. "Ich habe den Mann in der Stadt rausgelassen", versuchte er zu improvisieren. "In der Nähe des Bahnhofs…"

"Herr Marburg", sagte Jordan mit gepreßter Stimme. "Das ist kein Spaß! *Sie* sind tatverdächtig. Sagen Sie uns, wo Sie den Mann hingefahren haben. Andernfalls nehmen wir Sie mit…"

Echo stand auf und sah den Kommissar mit schmalen Augen an. "Wenn Sie glauben, daß ich mit meiner Taxe nach Hamburg fahre, den Wagen vor dem Haus stehen lasse, mit beleuchtetem Taxischild, damit jeder mich sieht, und dann diesen Dessauer umbringe – ohne Motiv natürlich, denn ich kenne ihn gar nicht – und seelenruhig wieder nach Hause fahre, dann… dann müssen Sie mich eben mitnehmen…"

Auch Engholm stand auf. "Genau das glauben wir ja gar nicht", sagte er mit ernstem Gesicht. "Aber daß Sie *nichts* gesehen haben, Herr Marburg, glaube ich Ihnen auch nicht. Sie oder Ihr Fahrgast sind in irgendeiner Weise tatbeteiligt. Der zeitliche Zusammenhang ist viel zu eng. Wir lassen Sie jetzt allein. Überlegen Sie sich, ob Sie uns nicht doch helfen wollen. Oder anders gesagt: ob Ihnen der Name Ihres Fahrgastes nicht doch noch einfällt. Die Vermutung liegt übrigens nahe, daß der Mann auch für Kerschensteins Tod verantwortlich ist."

"Wir lassen ihn allein?" fragte Jordan ungläubig. "Hier? Jetzt? Marburg ist dringend tatverdächtig! Ob er ein Motiv hatte oder nicht, das werden wir später sehen!"

Echo krauste skeptisch die Stirn. Hatte er das nicht alles schon einmal gehört? Er schwieg vorsichtshalber, nickte nur zum Zeichen, daß er verstanden hatte. Auch Engholm nickte. Dann wandte er sich um und ging. Jordan verzog den Mund, stand ebenfalls auf. Er öffnete den Mund, als wolle er etwas sagen. Doch er zögerte nur kurz und folgte schließlich dem Kriminalhauptmeister.

Die Rezeption war unbesetzt. Morands Zimmerschlüssel hing nicht am Schlüsselbrett. Echo hielt sich nicht lange mit Warten auf, sondern stieg die Treppe hinauf, die zu den Gästezimmern führte. Er folgte einem Pfeil, unter dem auf einer Plastiktafel *Zimmer 20 bis 30* stand, ging einen schmalen Gang entlang und blieb vor der Tür stehen, hinter der Zimmer *24* lag. Er hatte den Schlüssel mit dieser Nummer vor zwei Tagen vor Morand auf der Theke liegen sehen. Ein paar Türen weiter schob eine Frau mit Kopftuch einen Wagen mit Eimern und Bettzeug auf den Flur. Sie schloß hinter sich ab und lenkte den Reinigungswagen gemächlich und wortlos an ihm vorbei.
Echo klopfte. Ohne Erfolg. Nach ein paar Sekunden klopfte er erneut. Wieder keine Reaktion. Schließlich drückte er die Klinke herunter und öffnete die Tür. Das Zimmer, das vor ihm lag, war klein, die halb zugezogenen Vorhänge tauchten es in ein grünliches Halbdunkel. Der Teppichboden war abgelaufen, der Kleiderschrank abgestoßen, die Luft muffig, alkohol- und rauchgeschwängert. Morand lag auf dem Bett. Er sah Echo mit halbgeöffneten Augen an und grunzte irgend etwas Unverständliches. Ungeschickt und tapsig versuchte er aufzustehen, schaffte es aber nicht auf Anhieb und blieb schwer atmend am Bettrand sitzen. Einen Augenblick schwankte er vor und zurück, schloß die Augen und öffnete sie wieder. Der Blick, den er Echo dabei zuwarf, war alles andere als freundlich. Sein Hemd stand weit offen, die Krawatte hing lose um seinen Hals, die Hose war von tagelangem, vermutlich ununterbrochenem Tragen, völlig zerknittert. Er hatte getrunken. Mit der Rechten fuhr sich Morand über das unrasierte Kinn, während sein Blick gierig durch den Raum wanderte. Echo überlegte, was der Legionär suchen mochte – dann entdeckte er die Flasche. Er nahm Morand die Mühe ab und reichte ihm die angebrochene Whiskyflasche, die auf dem einzigen kleinen Tisch neben dem Kleiderschrank stand. Der Legionär roch nach Schweiß.
"Was willst du?" fragte er schwerfällig.
"Dessauer ist tot", antwortete Echo ruhig.
"Dessauer?" Morand runzelte die Stirn als ob er überlegte, wer Dessauer war. Dann schien er zu verstehen. "Ach so..."
Auf der Fahrt zum Hotel hatte Echo immer wieder die letzte Nacht Revue passieren lassen. Tatsächlich war Morand erst Minuten nach ihm aus dem Haus gekommen. Zeit genug, um den alten Mann zu erschießen. Aber warum war dann kein Schuß zu hören gewesen? Morands Waffe hatte schließlich keinen Schalldämpfer, da war er sich sicher. Nun ja, vielleicht hatte er ihn auch erst später draufgeschraubt...

So oder so, Echo kam zu keinem Ergebnis, was ihn angesichts Morands desolater Verfassung nur noch stärker verunsicherte. Dennoch sagte er, was er gerade dachte: "Sie haben ihn umgebracht, oder?"
Morand vergrub das Gesicht in den Händen und schüttelte den Kopf.
"Und Kerschenstein?"
Einige Sekunden vergingen. Dann sah Morand auf und fixierte Echo mit kleinen Augen. "*Verschwinde, Trouduc...*" zischte er.
"Die Polizei hält *Sie* für den Mörder."
"Und ich halte dich für einen Idioten..." Morand stand auf, den Blick immer noch auf Echo gerichtet. Er ging ein wenig unsicher aber nicht schwankend zur Zimmertür, an der seine Jacke hing, griff in die Innentasche und zog geschmeidig und ohne zu zögern seine Waffe hervor. Bevor Echo reagieren konnte, zeigte der kantige Lauf der MAB 15 auf sein Gesicht.
Echo mußte schlucken, rührte sich aber nicht. "Und jetzt?" fragte er.
"Jetzt sagst du mir, ob mit dieser Waffe heute geschossen wurde." Morand ließ die Pistole einmal um den Zeigefinger kreisen und drückte sie mit dem Griffstück voran gegen Echos Brust. Dann ging er weiter in das angrenzende Bad und ließ Wasser laufen. Echo nahm das Magazin aus der Waffe. Es war voll. Dann zog er den Schlitten zurück und schnupperte. Kein Pulvergeruch. Nebenan prustete Morand, der vermutlich versuchte, nüchtern zu werden, Wasser aus dem Gesicht. Echo schob das Magazin zurück in die Waffe und legte sie auf den Tisch. Er wandte sich zu Morand um, der offensichtlich unschuldig war. "Aber wer hat Dessauer dann umgebracht?" fragte er leise.
Morand kam aus dem Bad, trocknete sich das Gesicht ab und warf das Handtuch aufs Bett. "*Wer, wer?*" brummte er ungehalten. "Wer hat deinen Alten umgebracht? Wer hat Leclercque umgebracht? Wer Kerschenstein? *Sag du's mir!*"
"Derselbe der Kristin Nijmann umgebracht und mich niedergeschlagen hat?"
"Nijmann? Wer ist das schon wieder?"
"Kristin Nijmann hat gesehen, wie mein Vater von der Straße gedrängt wurde. Einen Tag später war auch sie tot."
"Und das da?" Morand deutete auf die verschorfte Wunde über Echos linkem Ohr.
"Ein Überfall", erwiderte Echo knapp.
"So so." Morand zog die Augenbrauen hoch, fragte aber nicht weiter.
"Ein Mann mit Tarnjacke hat mich niedergeschlagen", erklärte Echo und setzte sich an den kleinen Tisch. "Ungefähr so wie Ihre." Er wies auf Morands Jacke an der Tür. "Am Wochenende", fügte er hinzu und fragte sich, warum er Morand für unschuldig hielt, obwohl immer noch einiges gegen ihn sprach. "Im Haus meines Vaters."
Morand schnaubte. "Da war ich nie."

"Kann sein. Warum waren Sie auf seiner Beerdigung?"

"Ich hatte gerade Zeit", erklärte Morand, steckte sein Hemd zurück in die Hose und knöpfte es wieder zu. "Dein Vater war ein armer Kerl, Marburg. Ich hatte Mitleid."

Mitleid! Echo verzog den Mund, hielt sich aber zurück. "Was wollte er von Kerschenstein?"

"Keine Ahnung. Er war Taxifahrer, oder?"

"Hat er ihn erpreßt?"

Morand schüttelte den Kopf. "Du bist ein genauso armer Kerl wie dein Vater! Du hast Dich nicht für ihn interessiert, und er hat's mit dir genauso vermasselt..." Er setzte sich zu Echo an den Tisch. "Dein Vater war kein Mörder. Und er war kein Erpresser. Ich an deiner Stelle würde über das nachdenken, was Dessauer gesagt hat."

"Daß mein Vater in der SS war? Also war er doch ein Mörder?"

Morand sprang auf, packte Echo mit beiden Händen an seinem Kapuzenshirt, zog ihn vom Stuhl hoch und drängte ihn mit lautem Krachen gegen die Schranktür. Sein Atem war widerlich. "Wie wär's, wenn du dein Gehirn mal einschalten würdest, du Wurm? Dein Vater war siebzehn, er ist zur SS eingezogen worden, da wette ich meinen Arsch drauf! Die Waffen-SS war eine Elitetruppe, ihre Kampfkraft, Kameradschaft und Ritterlichkeit waren vorbildlich! Mit der Lager-SS hatten die nicht das Geringste zu tun! Und ich wette, daß dein alter Herr mehr Angst vor Kerschenstein hatte als umgekehrt!" Er ließ Echo wieder los, nahm einen Schluck aus der Whiskyflasche und sah aus dem Fenster. "Ich habe Dessauer die Geschichte für dich noch einmal erzählen lassen. Wenn du ein bißchen Grips hättest, wüßtest du, was zwischen den beiden war. Kerschenstein hat nach dem Krieg für die Engländer gearbeitet. *Denazification Unit.* Wahrscheinlich hat er deinen Alten wiedererkannt..."

"Und der hat ihn umgebracht bevor..." Echo sprach nicht weiter. Er haßte sich selbst für diesen letzten Satz. *Was zum Teufel sagte er da?* Er rückte sein Kapuzenshirt zurecht und setzte sich. "Wie wurde Kerschenstein umgebracht?"

"Jemand hat ihn erwürgt", antwortete Morand tonlos. "Und dann wurde er erhängt, damit es wie Selbstmord aussieht."

Erwürgt und erhängt. Echo versuchte sich vorzustellen, ob sein Vater hierzu in der Lage war. Mental vielleicht. Wenn er verzweifelt genug war. Aber physisch? Er wandte sich Morand zu, der ihn unverwandt ansah. "Woher kennen Sie Kerschenstein?"

Der Legionär sah plötzlich sehr müde aus. Er seufzte und preßte die Finger an die Schläfen. "Ich hatte gedacht, daß es jetzt ruhig und langweilig wird, daß ich den Scheiß meines Lebens hinter mir habe. *Tscherkassy-*

Korssun habe ich überstanden, *Indochine* und *Algérie*, ich weiß nicht, wie viele Jahre... Ich dachte, das alles wäre vorbei und es würde mir fehlen..."
Indochina und Algerien. Echo überlegte. Natürlich, der Mann war Fremdenlegionär, was aber die Frage nach der Verbindung zu Kerschenstein nicht beantwortete.
"Soll ich dir eine Geschichte erzählen?" Morands Stimme war rauh.
Echo antwortete nicht, und Morands Mund verzog sich zu einem müden Grinsen. "Die Geschichte eines... eines Juden?"
"Kerschenstein?"
Der Franzose reagierte nicht. Er nahm einen weiteren Schluck aus der Whiskyflasche und versuchte aufzustehen. Es gelang ihm, wenngleich er sich nur sehr langsam bewegte, fast schon komisch langsam. Echo überlegte, ob ihn die Legion oder der Whisky so kaputtgemacht hatte. Vermutlich beides.
Morand dachte nach. "Dieser Mann, dieser Jude", sagte er schließlich, "hieß Jacob."
Echo sah Morand verwundert an. Der aber nickte nur und lachte schwach auf. "Es ist eine beschissene Geschichte, aber ich werde sie dir trotzdem erzählen. Und du bist der einzige, der diese Geschichte je zu hören bekommt..."
Echo fluchte innerlich und wünschte, Morand wäre nüchtern. Er hatte kein Interesse an dieser Geschichte, er wollte doch nur wissen, was Morand von Kerschenstein und von seinem Vater gewollt hatte, kurz bevor diese starben.
Den Legionär interessierte das nicht. Er sah vor sich auf den Boden und schien sich in Erinnerungen zu verlieren. "Jacob war ein ganz einfacher Junge, ganz einfach", begann er in malerischem, Whiskygetränktem Tonfall. "Sein Pech war nur, daß er in die beschissenste Zeit des Jahrhunderts geboren wurde..." Für einen Augenblick war nur sein schwerer Atem zu hören. Dann fuhr er, in etwas sachlicherem Ton, fort: "Jacob hat die Schule abgebrochen, haben viele gemacht, 1916, Einkleidung, Ausbildung, Kanonenfutter. Aber er wollte ja für den Kaiser kämpfen... und dabei wär' er fast krepiert. Aber er hat überlebt, immer wieder, Schrapnells, Gas, Minen, Angst. Einmal hat's ihn erwischt, nicht schlimm, drei Wochen Lazarett, mehr nicht. Andere sind durchgedreht. Oder lebendig umgegraben worden im Schlamm. Im eigenen Blut durchgewalkt von Granaten oder Panzerketten. *Er* kam ins Lazarett, nicht nach Hause. Westfront war das, Westfront. Frühjahr 1918, jawohl. Rosa hieß sie, Rosa war Krankenschwester. Hat ihm den Kopf verdreht ohne es zu wollen. Am Tag bevor er an die Front zurück mußte, heirateten sie. Feldtrauung, feierlich mit zwei aufrecht stehenden Granaten neben dem Holzaltar, Reichskriegsflagge und Kaiserbild. Ein paar Stunden in der Nacht zusammen, dann blieben nur noch Träume. Sie haben sich geschrie-

ben, ein paar Wochen. Es war längst vorbei, bevor er zu ihr zurückkehren konnte, und er hat's nicht gemerkt... Sie hat sich schwängern lassen von so einem Offizier in der Etappe, vergewaltigt, ich weiß nicht, und dann war sie weg. Hat das Kind in München zur Welt gebracht. Räterepublik, Arbeiteraufstand, Freikorps, da unten war immer noch Krieg. Er hat sie gefunden, nach ein paar Monaten, hat ihr geschrieben, der Trottel, statt sie zu holen. Und sie hat ihm nicht einmal die Chance gegeben, sie zu verstehen. Aber er konnte ihr wohl auch gar nicht helfen, nach allem, was er mitgemacht hatte. Ich weiß nicht, warum..." Morand starrte auf die Whiskyflasche und schüttelte kaum merklich den Kopf. "Dann war sie weg, verschwunden, hat das ungeliebte Kind mitgenommen. Immerhin hat sie's nicht wegmachen lassen. Aber was sollte sie mit dem Balg anfangen? Sie hat den Kleinen bei den Jesuiten gelassen, die haben ihn dann zu fremden Leuten gegeben, Pflegeeltern. Jacques hieß der Junge, und er wuchs bei Arbeitern auf, gute Menschen, aber streng. Er war das einzige Kind, und sie zogen ihn wie ihr eigenes auf, streng in christlichem Glauben..."

Morand setzte sich wieder auf den zweiten Stuhl. Ein aufdringlicher Geruch von Alkohol und Schweiß ging von ihm aus.

"1939, Jacques war gerade zwanzig geworden, holte sich Hitler die polnisch besetzten Gebiete zurück, die Franzosen und Engländer erklärten Deutschland den Krieg. Im nächsten Jahr besetzte er Belgien und Frankreich. Jacques, dem die Welt zu der Zeit längst zu klein geworden war, wollte fort von Kirche, Beichtstuhl und dem Job in der Fabrik. Er war nicht begeistert von Hitler und seinen Soldaten, von der Besetzung und der Ausgangssperre, aber der Gedanke, zu den Siegern zu gehören, faszinierte ihn. *Avec tes camerades europeéns sous le signe SS tu vaincras!* hieß es damals."

Morand hatte sich scheinbar warmgeredet, und ebenso erstaunlich wie er sich in den alkoholgeschwängerten Redefluß hineingesteigert hatte, erschien Echo die Ernüchterung des Legionärs. Es war, als würde Morand den Alkohol innerhalb von Minuten abbauen.

"Und Jacques *wollte* siegen", fuhr er ebenso melancholisch wie sachlich, fast nüchtern, fort. "Er meldete sich freiwillig. Natürlich gegen den Willen seiner Eltern. Eines Nachts lief er fort, er fühlte sich alt genug. Es folgten zwei Jahre Verfügungstruppe, 1942 SS-Junkerschule in Tölz, als Untersturmführer dann wieder an die Front. 5. SS-Panzerdivision *Wiking*. Ein Haufen Freiwilliger aus allen europäischen Ländern. Gestrandete Gestalten, die meisten jedenfalls, und ein paar Fanatiker. Sie kämpften um gegen die Welteroberungspläne des Bolschewismus anzutreten. Jacques merkte irgendwann, daß er andere Vorstellungen, die Welt zu retten, hatte als dieser Hitler, aber da war es zu spät. Und wohin hätte er auch gehen sollen?"

Ja, wohin, dachte Echo, der immer noch nicht ahnte, wer dieser Jacques war.

"1945 schlug er sich mit den Resten der Division in Österreich zur amerikanischen Demarkationslinie durch. Dann Gefangenschaft, *Knüppelsuppe* statt Rehabilitation, SS eben. Danach Leere, keine Heimat mehr. Er irrte durch Deutschland. Verwandte hatte er ja nicht, und ob seine Eltern noch lebten oder ob sie ihn überhaupt wiedersehen wollten, wußte er nicht. Nach Belgien zurückkehren konnte er sowieso nicht, dort hätten sie ihn wahrscheinlich gesteinigt, also führte sein Weg irgendwann und fast zielstrebig in eines der Rekrutierungsbüros der Fremdenlegion, die es in allen Besatzungszonen gab. Er hatte sich damit abgefunden, kein normales Leben mehr zu führen, hätte er auch gar nicht mehr gekonnt. Und so waren die nächsten vierzig Jahre für ihn weder Abenteuer noch die Hölle. *Indochine, Algerié, Biafra*, all das bedeutet gar nichts. Aber es war sein einziger Lebensinhalt, was gewesen war und was kommen würde, war gleichgültig. Der Legionär wird Franzose durch vergossenes Blut. Irgendeine Heimat braucht jeder..."

Jetzt erst ging Echo auf, daß sein Gegenüber von sich selbst sprach. Zwar hoffte er immer noch, daß die Geschichte nicht allzulang würde, sein Gesichtsausdruck aber war nun mitleidiger, verständnisvoller. Betroffener. Andererseits erinnerte ihn die Situation mit bitterem Geschmack an die Abende, an denen sein Vater ihn aus dem Bett geholt hatte, um mit ebenso schwerer Zunge wie Morand über Dinge zu lamentieren, von denen der kleine Jochen Marburg noch überhaupt keine Ahnung gehabt hatte. Immerhin konnte Echo diesmal aufstehen und gehen.

Aber er tat es nicht.

Morands Stimme drang wieder in den Vordergrund: "...sein ganzes Leben hat Jacques in der Legion verbracht, sein ganzes Leben... Es war ja nicht schlecht, das nicht! Bis zum Capitaine hatte er's schließlich gebracht." Er starrte vor sich auf den Tisch, und fügte langsam hinzu: "Und die letzten Jahre in Marseille möchte er auch nicht missen..."

Dann preßte er die Lippen aufeinander und sah auf. "Kennst du das *Deuxième Bureau*?"

Echo schüttelte den Kopf.

"Die wissen alles... Das *Bureau Statistique de la Légion Étrangère*. Das ist der Geheimdienst der Legion, weißt du? Du mußt nicht glauben, daß die Legion aus geflohenen Verbrechern besteht. Die Jungs wissen alles über dich. Die durchleuchten dein Leben bevor sie deinen Vertrag unterschreiben. Gewöhnliche Kriminelle sind viel zu unberechenbar! Sie haben auch Jacques' Leben durchleuchtet. Nur haben sie ihm nichts davon erzählt. Davon, daß sein Leben eine Lüge war, daß er im Grunde jemand ganz anderes war. Das haben sie wohl nicht für wichtig gehalten. Irgendwann hat Jacques es rausgekriegt. Aber seine Akte ist geheim. Nicht einmal er selbst darf sie lesen. Aber jemand hat sie ihm dann doch besorgt. Und dieser Jemand ist nun tot..."

"Leclercque?" fragte Echo, der sich an diesen Namen aus dem Gespräch mit Dessauer erinnerte, vorsichtig.

"Colonel Leclercque, jawohl. Sie wußten all die Jahre, daß die Morands nicht meine Eltern waren. Ich bin hierhergekommen, weil ich auf der Suche war. Auf der Suche nach denen, die Leclercque auf dem Gewissen haben. Und auf der Suche nach meiner Vergangenheit." Morand griff zur Flasche, setzte sie an den Mund, zögerte und überlegte es sich anders. "Mir ist mittlerweile klar, daß Leclercques Mörder in Paris sitzen..." Er seufzte. *Zumindest die Auftraggeber*, dachte er, stellte die Flasche wieder auf den Tisch und fuhr schließlich in der ersten Person fort: "Ich bin nach Hause gefahren. Was man so Zuhause nennt. Ich bin mit dem Zug nach Flandern gefahren, die Strecke über Paris und Gent. Von da aus mit der Taxe weiter nach Moerkerke – was gar nicht so einfach war: in den letzten fünfzig Jahren hat sich verdammt viel geändert. Je weiter ich fuhr, um so mehr Angst hab' ich bekommen. Ich habe getötet, habe meine Männer mehr als einmal vor dem Tod bewahrt, habe mich nachts allein durch den Dschungel geschlagen, bin mit dem Fallschirm über der Wüste abgesprungen und hab im Schützengraben tagelanges Artilleriefeuer überstanden. Aber vor der Begegnung mit meinen... nun ja, mit meinen Eltern, da hatte ich Angst, das kannst du mir glauben.

Als ich dann vor dem Haus in Moerkerke stand, in dem ich meine Kindheit verbracht hatte, konnte ich nicht mehr zurück. Die Taxe war fort und mein Vater stand, etwas krumm von der nie endenden Arbeit, im Eingang und musterte den verlorenen Sohn, von dem er auf Anhieb wußte, daß es *der* Jacques war, der vor über vierzig Jahren sein Haus verlassen hatte, um in der Armee des Feindes zu dienen.

Die Wiedersehensfreude des Alten hielt sich also in Grenzen. Aber er wies mich nicht ab, bat mich herein, und es gab schließlich, als wäre es das Normalste von der Welt, ein Abendbrot, das so gut und so verdammt nach Kindheit schmeckte, daß ich mich fragte, wie ich über vierzig Jahre lang ohne so etwas auskommen konnte, über vierzig Jahre..."

Morand machte eine Pause. Dann lachte er auf und sah aus dem Fenster. "Wir haben gesprochen, so gut es ging, ein bißchen über den Krieg, ein bißchen über Deutschland, über die Mutter, die vor ein paar Monaten beerdigt worden war und es nie überwunden hatte, daß ich fortgegangen war... Ich habe sie um ein paar Monate verpaßt..." Er schüttelte den Kopf. Konnte es sein, daß Morand feuchte Augen bekam? Echo sah zur Seite. "Wir sprachen über das Dorf, über die Leute, die erst nach Jahren aufgehört hatten, zu reden, über das Haus, an dem es so viel zu reparieren gab und über den Garten, in dem noch so viel zu tun war..." Der kleine schmale Garten, in dem immer noch das Gemüse für den Winter wuchs. Morand sah ebenfalls aus dem Fenster, durch das man eine schöne Aussicht auf die Stadtautobahn hatte. Mit starrem Blick auf irgend etwas dort draußen erzählte er weiter: "Wir saßen zusammen, bis nur noch Schweigen übrigblieb. Die Nacht verging und alles fühlte sich an wie in einem verdammten, toten Puppenhaus! Ich hatte gewollt, daß er mir verzeiht, und ich wäre geblieben, wenn er's getan hätte. Aber Verzeihen ist 'ne schwierige Sache, und man kann seinem Sohn nur verzeihen, wenn man einen hat. Der alte Morand hatte nun mal keinen..."

Er machte wieder eine Pause und es schien, als überlege er, wie er weitermachen sollte.

"Warum erzähle ich dir das alles eigentlich?" fragte er schließlich, und nach einem langen Blick auf Echo murmelte er: "Wahrscheinlich, weil ich es jemandem erzählen *muß*. Du bist ein armes Schwein, Marburg."

Morand rieb sich die Augen und dachte nach. Der alte Morand hatte bestätigt, daß er nicht sein Vater war. "Na ja", fuhr er leise fort. "Ich wußte es ja schon, hatte es wenigstens vermutet, wegen der Geburtsurkunde, weißt du? Mein Geburtstag und mein Name stand darin, Sütterlinschrift, Stempel mit Reichsadler. Aber nicht Soetkin Morand als meine Mutter sondern Rosa Kerschenstein. Kurz nach dem großen Krieg war die junge Frau mit einem Kind zu ihnen gekommen, eine Deutsche. 1919 oder so. Ein Mann hat sie begleitet, vermutlich Franziskaner, Kirche auf jeden Fall... Nein – es war ein Jesuitenpater! Er bat meine... er bat die Morands, den kleinen Jungen aufzunehmen..."

Ein paar lange Sekunden starrte er auf die Whiskyflasche. Dann fuhr er aufgeräumt fort: "Rosa war sehr hübsch, damals, aber völlig aufgelöst und ängstlich, wie sie da so vor den Morands stand. Ihre Schwester war verschleppt worden und sie selbst verfolgt. Sie hatte Angst um ihr Kind. Die Adresse in Belgien hatte sie von Freunden bekommen, mehr weiß ich nicht. Der Pfaffe hat die beiden dann überredet, Rosa das Kind abzunehmen. Und so ist der kleine Jacques bei Adoptiveltern aufgewachsen. Rosa ist nie zurückgekommen..."

Er schnaubte verächtlich. "Noch in derselben Nacht habe ich mich wieder auf den Weg gemacht", fuhr er kopfschüttelnd fort. "Es hatte keinen Sinn..." Er räusperte sich, wandte sich ab und sah wieder aus dem Fenster. "Außerdem mußte ich ja auch noch Kerschenstein finden. Meine einzige Spur zu Leclercques Mörder."

"Kerschenstein hat etwas mit dem Mord in Frankreich zu tun?" fragte Echo, der nicht die geringste Vorstellung vom Fahrgast seines Vaters hatte.

"Ja. Nein, also Kerschenstein war nie in Frankreich. Ich hatte Dessauer oder einen Komplizen in Verdacht. Aber der kann uns jetzt wohl nichts mehr erzählen..."

"Nein", sagte Echo nachdenklich. "Da scheint jemand schneller zu sein als wir". Seit er das Gespräch zwischen Morand und Dessauer mitangehört hatte, wußte er weniger als zuvor. Er hatte nie geglaubt, daß sein Vater den alten Mann in den Tod getrieben haben könnte. Erst die Theorie, daß seine SS-Zugehörigkeit eine Rolle spielen könnte, hatte Zweifel gesät. Aber würden sich diese Seilschaften gegenseitig umbringen?

Morand sah zu ihm herüber, ihre Blicke trafen sich, und es war wie ein Einverständnis als Echo nickte: *erzählen Sie weiter...*

"Rosa war Jüdin", fuhr der Franzose in düsterem Ton fort. Er schraubte die Whiskyflasche auf, nahm einen Schluck und reichte sie Echo. Der winkte ab. "Das war klar, seit ich ihren Namen zum ersten Mal gelesen hatte." Ein verzweifeltes Grinsen machte sich auf seinem Gesicht breit. "Das ist vollkommen widersinnig!" sagte er und klang dabei ein wenig schrill. "Stell dir vor, ich bin *Jude*!" Er stand auf und lief unschlüssig und ein wenig unsicher im Zimmer umher. Dann schob er ungeschickt den Stuhl beiseite und stellte sich ans Fenster. "So wie es aussieht jedenfalls zur Hälfte. Es schockiert mich nicht, jetzt nicht mehr... aber zuerst war es doch wie ein Schlag!" Er warf Echo einen Blick zu, der ihn verständnislos ansah. "Nein, nein", fuhr Morand ernst fort, "ich habe nie mit Juden zu tun gehabt, keine Verfolgungen und so weiter, Erschießungen oder KZ, das nicht! Wir waren ein Kampfverband, und wer uns sowas unterstellt, ist nicht besser als Dessauer und seine Schergen. Aber was hätten *Heydrich* oder Himmler gesagt, wenn sie gewußt hätten, daß ein Jude in ihrer *SS* dient!" Für einen Augenblick sah er belustigt aus, ein Lächeln flog über sein Gesicht, dann wurde er wieder ernst. "Mein ganzes Leben ist eine Lüge, ein Irrtum. Hätten sie's mir bloß gesagt, diese Narren!"

Echo wußte, er meinte die Morands, und in Gedanken gab er dem Legionär Recht. Aber was hätten die beiden tun sollen? Wäre er *nicht* fortgelaufen, wenn er seine Abstammung gekannt hätte? *Vielleicht*, dachte Echo, aber im Grunde interessierte es ihn nicht, und so fragte er nur: "Haben Sie Ihren Vater gefunden?"

Morand reagierte nicht. Er starrte nur schweigend aus dem Fenster und atmete schwer. Dann endlich wandte er sich ab, betrachtete Echo einen Augenblick abschätzend und setzte sich umständlich hin. "Ja, ich glaube, ich habe ihn gefunden", sagte er und seufzte leise. "Aber er ist tot. Schon lange." Er zuckte mit den Schultern. "Sein Glück..."

"Kannte Kerschenstein ihn?"

Morand nickte.

"Kannte mein Vater ihn?"

"Dein Vater?" Der Legionär sah Echo belustigt an. "Nein, warum?"

"Weil auch er tot ist."

"Das hat nichts miteinander zu tun. Zumindest nicht direkt..."

"Und indirekt?"

"Indirekt hat alles miteinander zu tun. Leclercque, dein Vater, Dessauer, Kerschenstein, Rosa. Ich glaube, bei dem Alten war ein Sparren locker. Der Krieg, das KZ, die Armut, die Einsamkeit, ich weiß es nicht... Es hat ihn wohl alles den Verstand gekostet. Er fragte immer wieder nach Rosa. Alles andere war ihm egal. So wie ich. So wie die Briefe. Ihre Bedeutung hat er nie verstanden, dachte wohl, es ginge immer nur um ihn..."

"Was für Briefe waren das? Ging es um meinen Vater?"

Morand lachte kurz auf. "Nein, es geht auch nicht immer nur um deinen Vater. Die Briefe sind viel älter..."

"*Warum mußte dann mein Vater sterben?*" drängte Echo ungeduldig.

"Du hast doch Dessauer gehört. Er wußte einfach zuviel, schätze ich."

"*Worüber?*"

"*Das weiß ich nicht.*" Morand warf Echo einen verärgerten Blick zu. Er hatte allmählich genug von Echos Fragen. "Ich habe doch gesagt, daß ich Dessauer in Verdacht hatte! Aber er hat ja alles abgestritten. Was hätte ich denn tun sollen? Ihn umbringen, damit er auspackt?"

Echo hob eine Augenbraue und sah Morand fragend an. "Haben Sie?"

Der Legionär merkte, daß er mit derlei Antworten vorsichtig sein mußte. "Nein, verdammt!" brummte er. "Dann hätte ich dich ja wohl nicht als Zeugen dazu bestellt." Er wog die fast leere Whiskyflasche in den Händen und dachte nach. "Ich weiß nicht, ob dein alter Herr irgend etwas von Kerschenstein besaß oder seine Geheimnisse kannte. Tatsache ist, daß jeder, daß er und Leclercque Opfer ein und derselben Geschichte sind..."

"Aber welcher?"

"Das, mein Junge, werden wir herausfinden müssen."

"Wir?"

Morand nahm den letzten Schluck aus der Flasche und stellte sie geräuschvoll auf den Tisch zurück. "Das war ein Scherz", brummte er ohne Echo anzusehen. Dann stand er auf, griff nach der Waffe, die immer noch auf dem Tisch lag und steckte sie in seinen Hosenbund. "Ich denke, du solltest jetzt gehen!"

Echo, der einsah, daß er von Morand nicht mehr viel erfahren würde und daß Morand tatsächlich nichts über den Tod oder den Mörder seines Vaters zu wissen schien, beeilte sich, die Frage zu stellen, die ihn von Anfang an beschäftigt hatte: "Der Zirkus", begann er vorsichtig, "der Zirkus auf dem Glashüttengelände. Was hat es damit auf sich? Warum ist er nicht mehr da? Und was meinten Sie mit: *nicht jeder kann sich daran erinnern?*"

"Das waren Kerschensteins Worte. Er glaubte, daß Rosa mit dem Zirkus fortgegangen ist..."

"Rosa? Mit diesem Zirkus?"

"Es ist ein besonderer Zirkus", erklärte Morand gereizt. "Nicht jeder kann ihn sehen. Und nicht jeder kann sich an ihn erinnern..."

"Das sagten Sie schon einmal. Nur, was für einen Sinn macht das? Was ist das für ein Zirkus?"

Morand lächelte ergeben. "Es ist der *Zirkus der Nacht*", sagte er leise, den Blick aus dem Fenster gerichtet. "Der Fluch der *Jehuddijeh*. Ein Vehikel der Templer um in die Welt zurückzukehren..."

"Der Templer? Wollen Sie mich auf den Arm nehmen?"

"Das waren Kerschensteins Worte. Vermutlich hat er das irgendwo gelesen, ich weiß es nicht." Morand richtete sich auf und sah Echo mit schmalen Augen an. "Aber du bist eben kein Jude, mein Junge. Du verstehst das nicht." Er stand auf und begann, im Schrank die Taschen seiner Jacke und die Reisetasche zu durchwühlen. Echo stand ebenfalls auf und betrachtete Morands Suche mit einem verzweifelten Blick. Wenn es bei Morands kryptischer Antwort blieb, würde er die junge Frau nie wiedersehen. "Wie kann ich den Zirkus wiederfinden?" versuchte er es ein letztes Mal.

Morand hielt inne, offenbar hatte er gefunden, was er suchte. "Das weiß ich nicht", sagte er leise. "Wenn ich es wüßte, dann hätte ich noch ein wenig Hoffnung, Rosa wiederzusehen." Dann mußte er selbst über seine Antwort lachen, obgleich er wußte, daß der Zirkus keine bloße Spinnerei Kerschensteins war. Aber all das war so irrational, so unsinnig, daß es beinahe lächerlich war. "Ich glaube", fügte er schließlich hinzu, "er wird irgendwann wieder auf dem Glashüttengelände auftauchen."

Dann wandte sich der Legionär zu Echo um und reichte ihm einen Schlüssel. "Hier", sagte er knapp. "Das ist sozusagen meine Lebensversicherung. Nimm es und verschwinde jetzt endlich."

"Was ist das?" fragte Echo verwundert.

Morand öffnete die schmale Tür neben dem Schrank, hinter der vermutlich das Bad lag. Noch in der Tür drehte er sich um, an den Rahmen gestützt, und antwortete: "Ich halte es für einen Schlüssel..." Damit verschwand er in dem kleinen Raum und ließ die Tür hinter sich zufallen. Echo sah ihm einen Augenblick nach, dann betrachtete er den Schlüssel, offensichtlich ein Schließfachschlüssel der Art, wie sie am Bahnhof gebräuchlich waren. Er warf ihn zurück auf den Tisch. Das Gespräch war also beendet, und es hatte ihm nicht das Geringste gebracht. Zumindest glaubte er das.

Mit einem Fluch und einem lauten Türknallen verließ er das Zimmer.

Morand atmete schwer. Schließlich, als klar war, daß Echo fort war, erbrach er sich in das Waschbecken. Es dauerte ein wenig, bis der Würgereiz nachließ und die letzten grünbraunen Reste vom Wasser fortgespült waren. Ohne zu wissen weshalb, fegte er mit einer wütenden Handbewegung die beiden schmutzigen Zahnputzgläser von der Waschbeckenablage. Sie zersprangen mit lautem Klirren auf dem gefliesten Boden. Es war die Einsamkeit, die sich an ihn klammerte und von der Morand wußte, daß er sie nicht mehr ertrug...

Zurück aus dem Badezimmer holte er eine weitere Whiskyflasche aus dem Schrank. Das erschien ihm die beste Methode, den widerlichen Geschmack aus dem Mund zu bekommen.

Cuiusvis hominis est errare, nullius nisi insipientis in errore perseverare.
(Irren ist menschlich, doch im Irrtum zu verharren ist ein Zeichen von Dummheit.)
Marcus Tullius Cicero, Philippica 12, 2

28. OLDENBURG, DONNERSTAG, 13. SEPTEMBER 1984

Es war spät geworden, durch die große Terrassentür drang nur noch graues Dämmerlicht. Echo saß auf dem Sofa und starrte auf die leeren Schachteln auf dem Tisch, in denen sich noch vor kurzem Pommes Frites, Mayo und eine Frikadelle befunden hatten. Was sollte er Jordan morgen früh erzählen? Eine andere Geschichte? Die, in der Morand vorkam? Denn der Legionär war letztlich sein Alibi. Oder hatte Morand ihn aus genau dem gleichen Grund nach Hamburg bestellt, in der Hoffnung, daß die Lücke in Echos Alibi nicht auffallen würde?

Was hatte er herausgefunden? Morand war auf der Suche nach Rosa Kerschenstein. Auch sie war mit dem Zirkus verschwunden, ebenso wie die junge Frau, nach der Echo suchte. Leider schien auch der Legionär nicht zu wissen, wo der Zirkus zu finden war. Die absurde Logik dieses Gedanken versuchte er zu verdrängen.

Ob sein Vater Rosa gekannt hatte? Ob sie die Verbindung zwischen den beiden war? Aber nein, Dessauer hatte gesagt, die beiden seien sich während der Evakuierungsmärsche begegnet. Dann hatte Kerschenstein seinen Vater erpreßt? Schneewind fiel ihm ein, Schneewind hatte mit Kerschenstein und seinem Vater kurz vor deren Tod gesprochen. Er mußte Schneewind aufsuchen, gleich morgen früh! Jordan konnte warten!

Echo öffnete eine der Bierflaschen, die er vom Imbiß mitgebracht hatte, und schaltete den Fernseher ein. Um die Einsamkeit zu vertreiben. Das *Heute-Journal* lief, im *Dritten* der *Landesspiegel*. Geräuschkulisse, mehr nicht. Draußen setzte sanfter Regen ein und trommelte leise auf das Verandadach. Gelangweilt schaltete er zwischen den drei Programmen hin und her, nahm einen Schluck Bier und überlegte, ob er Stëin anrufen sollte, um ihm von Dessauer, von Jordan, Vomdorff und seinem Gespräch mit Morand zu erzählen. Vielleicht machte all das für ihn einen Sinn.

Er sah auf die Uhr und verwarf den Gedanken, legte sich statt dessen auf das Sofa, nahm einen weiteren Schluck und drehte den Ton leiser. Ein bißchen Ablenkung. Vielleicht sogar Schlaf. Träume. Träume, in denen *sie* vorkam...

Wenig später stellte Echo die leere Bierflasche auf den Tisch. Der Sprecher berichtete von einem Anschlag in Afghanistan, von der Verfassungsänderung in Südafrika, von der Ablösung des der sowjetischen Verteidigungsministers... Die Grenze zum Einschlafen verlief gleitend, die Stimmen aus dem Fernseher wirkten so unendlich beruhigend, und bald nahm er sie kaum noch wahr.

Erst das Knarren einer Tür ließ ihn wieder hochschrecken. Im ersten Moment wußte er nicht einmal, wo er war. Dann aber sah er die Terrassentür, sie stand weit offen. Mit einem Satz war er aufgesprungen, sah sich hektisch um und suchte nach seiner Waffe – ohne sie jedoch zu finden. Er wandte sich um, tastete sich langsam zur Tür hinaus, in die Dunkelheit, und immer weiter, bis er die Stufen erreichte, die Treppe, von der er wußte, daß *die Frau auf dem Photo* an ihrem Ende wartete. *Glückseligkeit durchflutete ihn, er brauchte keine Träume, er würde sie auch so finden! Er mußte nur die Treppe hinaufsteigen, so einfach war das!* Aber er mußte es schnell tun, *war sein nächster Gedanke,* sonst würde er es wieder nicht schaffen... *Er berührte das Geländer, sah hinauf, sah den Kronleuchter, folgte mit seinem Blick dem Verlauf der Treppen, deren Ende von hier unten kaum mehr erkennbar war. Echo zögerte, blieb wie angewurzelt stehen auf den schwarzen und weißen Fliesen. Dies hier war nicht das Haus seines Vaters. Eine Erkenntnis, die in seinem Bewußtsein und im leisen Heulen des Windes ungehört verhallte. Er sah sich um, dem Drang widerstrebend, die Treppe hinaufzusteigen. Nein, es war zu spät, nicht mehr zu schaffen... zum Teufel, es mußte doch noch einen anderen Weg geben!*

Plötzlich, fast wie ein Sakrileg, zerriß ein Schrei die Stille, der Schrei eines Kindes, er widerhallte von den Wänden und verklang. Echo fuhr herum, taumelte erschrocken zurück und stieß gegen das Geländer. Er versuchte, zu erkennen, woher der Schrei kam, suchte den Raum, die Halle, mit seinen Augen ab, und erkannte eine Reihe von Türen, die gegenüber dem Eingang gelegen waren. Davor stand tatsächlich ein Kind. Es starrte gebannt auf etwas, das sich vor ihm auf dem Boden bewegte, das sich über die kalten Fliesen schlängelte... Echo ahnte, was es war, Kundalini, *schoß es ihm in den Sinn, er stürzte los, lief durch die große Halle, über die schwarzen und weißen Fliesen, auf denen sich kalt das Mondlicht spiegelte, sprang über die Reptilien – es waren tatsächlich schon mehrere – und griff nach dem Kind. Die Schlangen wanden sich mit zischelndem Geräusch näher, Echos Eingreifen schien sie aggressiv zu machen, angriffslustig. Gefährlich. Gehetzt wog er die Möglichkeiten ab, die ihm blieben, nahm das Kind auf den Arm und tastete ohne die Schlangen aus den Augen zu lassen, nach der Tür in seinem Rücken.*

Sie war verschlossen.

Er versuchte es mit der nächsten, ein paar Schritte weiter. Diese ließ sich öffnen, doch als er sie aufstieß, ertönte das gleiche beängstigende Zischeln wie hinter ihm bereits, das gleiche ledrige Kriechgeräusch der Fortbewegung. Das Kind wimmerte und umklammerte seine Schulter fester. Mit einem Fußtritt vertrieb er die Schlange, die ihnen am nächsten gekommen war. Ein Schmerzenslaut durchzog die Halle und ließ die übrigen Reptilien für einen Atemzug erstarren. Echo war in die Enge getrieben, er sah sich umgeben von fünf oder sechs Schlangen. Ohne zu überlegen lief er los, übersprang eine von ihnen und hastete der großen Haustür zu. Die Schlangen folgten ihm, zielstrebig, behende, schlängelten sich über die Fliesen und schienen sich ihrer Macht bewußt. Echo erreichte die schwere hölzerne Eingangstür, durch die er gekommen sein mußte, er betätigte die Klinke, warf sich dagegen, und konnte doch nur feststellen, daß auch sie jetzt verschlossen war, daß dieser Fluchtweg eine Illusion war. Ein Blick zurück zeigte ihm, daß aus der soeben geöffneten Tür weitere Schlangen kamen, daß sie sich alle auf ihn zubewegten.

Nur die Treppe blieb als Fluchtweg.

Zeit zum Nachdenken blieb nicht, also zog er sich hastig zur Treppe zurück, gefolgt von den zahlreicher werdenden Reptilien. Echo nahm zwei Stufen auf einmal, hastete hinauf mit dem Kind im Arm, Stufe um Stufe stieg er höher, erklomm Etage um Etage, hinauf in die Dunkelheit. Vielleicht würde er es ja bis zum Fenster schaffen…

Eine der nächsten Stufen gab nach, er strauchelte, fiel, das Kind entglitt seinem Griff. Abstützen, keine Sekunde verlieren! schoß es ihm durch den Kopf, er rappelte sich auf, nahm das Kind wieder in den Arm, das Kind, das sich seltsam klein und hart anfühlte. Es klammerte sich auch nicht mehr an ihm fest. Echo hielt es von sich, um es zu betrachten – und ließ es angewidert fallen. Eine Puppe, er hatte eine Puppe im Arm gehalten, die ihn gierig aus großen, toten Augen ansah, ihr Haar war zerzaust, das einst fein geschneiderte Kleid abgewetzt und fleckig. Als die Puppe auf den Stufen aufkam, vernahm er ein leises Geräusch, wie das ferne Brechen von Holz, und im selben Augenblick wußte er bereits, was geschehen würde. Die Stufen vor ihm gaben nach, gefolgt von denen unter ihm, fielen polternd in die Tiefe und rissen ihn und die Puppe mit sich hinab. Luft, er bekam keine Luft mehr! Sein Herz raste, und noch im Fall hörte er wieder das Schreien des Kindes, ein bekanntes Schreien, ein häßliches, durchdringendes Schreien, ein Schreien, daß dem Klingeln eines Telefons immer ähnlicher wurde.

Echo fuhr auf, orientierungslos und nach Atem ringend. Sein Herz raste, getrieben von Furcht. Es dauerte ein paar Sekunden bis er wach wurde und das Klingeln zuordnen konnte. Ein Blick auf die Armbanduhr sagte ihm, daß es bereits nach Mitternacht war. Wer rief um diese Zeit noch an? Ein leichtes Schwindelgefühl überkam ihn, als er sich aufsetzte und vorsichtig umsah, ängstlich, die Puppe oder – schlimmer noch – die Schlangen könnten im Zimmer sein. Doch nichts, außer dem flimmernden Bildschirm, bewegte sich. Selbst die Terrassentür war geschlossen. Er war allein.

Leise fluchend und immer noch ein wenig benommen schaltete er den Fernseher aus.

Das Telefon klingelte weiter. Er beugte sich vor und nahm ab.

Es war Morand, er sprach ziemlich leise aber aufgeregt: "Hör zu Marburg, ich brauche dich hier! Du mußt mich abholen! Jetzt! Schnell! Wir... wir haben nicht viel Zeit! Sie sind hinter mir her..." Er unterbrach seinen kurzen Redestrom schwer atmend für ein paar Sekunden, als ob er nach etwas lauschen würde. Dann fuhr er nervös fort: "Ich weiß jetzt, was SIE suchen, ich weiß, hinter was SIE her sind, etwas Wichtiges... Dessauer hat uns drauf gestoßen und er hat recht... Ich bin in Gefahr, wir beide sind in Gefahr. DIE kennen dich jetzt auch! Ich... wir... wir müssen fort von hier..." Er atmete fast asthmatisch, und Echo war sich nicht sicher, ob es eine Alkohollaune war, die den Legionär anrufen ließ, oder ob er ihn ernst nehmen sollte. "Wo sind Sie?" fragte er vorsichtig.

"*Ja wo denn wohl?* Im Hotel natürlich! Komm endlich her, beeil dich! Aber sieh dich vor! Du weißt schon zu viel! Wir müssen den Schlüssel in Sicherheit bringen, sie dürfen ihn nicht in die Hände bekommen!"

"Den Schlüssel?"

"*Ja, verdammt, den Schlüssel!*" Morand versuchte nicht zu schreien. "*Den Schlüssel, den du hättest mitnehmen sollen!*"

"Was sollte ich damit?" fragte Echo ungehalten zurück. Er kämpfte mit dem Wachwerden, mit einer seltsamen Lethargie, mit der Unfähigkeit, nachzudenken.

"*Komm...*" begann Morand aufbrausend und hielt sofort wieder inne. Er versuchte sich zu beruhigen und fuhr etwas leiser fort: "*Komm – jetzt – hierher...* Uns bleibt nicht viel Zeit..."

Echo stand umständlich auf und suchte mit der freien Hand nach dem Autoschlüssel. Er versuchte, seine Trägheit, die Müdigkeit und nicht zuletzt den Traum abzuschütteln. Die Schlangen waren nicht neu, er hatte jedesmal beim Einschlafen Angst vor ihnen. Aber was zum Teufel hatte es mit dem Kind auf sich?

"*Marburg?*" Morands Stimme drang tönern aus dem Hörer. "*Marburg!*"

"*Herrgott ja!* Ich..."

"Es ist der Tempel", unterbrach ihn der Legionär, "hörst Du? Am Ende geht es um die Templer! Dessauer hätte uns helfen können, dieser Verbrecher! Jetzt ist es zu spät... Ich habe ihn nicht umgebracht... SIE haben ihn getötet, um ihn zum Schweigen zu bringen!" Er keuchte ein paarmal, dann fuhr er fort: "Wir müssen es der ganzen Welt sagen, sonst bringen die uns auch um! Das sind nicht nur irgendwelche Banditen... Hol mich ab, wir müssen das Päckchen in Sicherheit bringen... Beeil dich!"

"Welches Päckchen?" fragte Echo.

"*Verdammt, Marburg!*" Morands Stimme überschlug sich fast: "Hol' mich ab, komm her, ich erzähle dir alles..." Er stockte wieder. Dann ertönte das Freizeichen.

Auch Echo legte auf, langsam, unschlüssig. Einen Augenblick wartete er, dann wandte er sich zur Tür, langsam zunächst, dann, als es ihm gelang den Schwindel und die Trägheit endgültig abzuschütteln, griff er nach seiner Jacke und lief hinaus. Als er vor dem Opel stand, bemerkte er den Taxischlüssel in seiner Hand. Also nahm er den Mercedes, wartete zwei endlose Sekunden des Vorglühens und fuhr schließlich Richtung Stadt, viel zu schnell, aber es war spät, kaum jemand noch unterwegs. *Taxigeschwindigkeit*, mehr nicht. Als er den Hundertneunziger auf die Autobahn lenkte, sah er zur Uhr. Es war viertel vor eins. Eine viertel Stunde war seit dem Anruf vergangen. *Eine viertel Stunde?*

Leichter Regen setzte ein, als er in die Ausfahrt fuhr und den Weg zum Hotel einschlug, begann sich auf die Straße und den Wagen zu legen, verschmierte die Scheiben und ließ die wenigen entgegenkommenden Scheinwerfer blenden.

Morand hatte ein Päckchen erwähnt. Ein Päckchen, das der Grund für den Tod dreier Menschen war? *Heroin*, war Echos erster Gedanke. Was sonst konnte so wichtig sein? Heroin würde alles erklären. Einen Augenblick lang versuchte er zu ergründen, was der Alte, was Kerschenstein und sein Vater mit Rauschgift zu tun gehabt haben konnten. Dann hatte er das Hotel erreicht, bog in die Zuwegung zum Parkplatz ein und stellte die Taxe in einer unbeleuchteten Ecke am Wall des Autobahnrings ab. Er verschloß den Wagen und sah sich um. Alles war ruhig. Nichts war zu sehen, das Morands Hektik rechtfertige. Echo zuckte mit den Schultern. Wenn Morand ihn auf den Arm genommen hatte, würde er diese Fahrt bezahlen müssen, dachte er und betrat das alte Hotel, dessen Eingang schummrig von ein paar schwachen Leuchten beschienen war. *Mit Nachtzuschlag*, fügte er ärgerlich hinzu. Ein Portier war weit und breit nicht zu sehen, der kleine Vorraum war völlig verwaist. Echo umrundete den Tresen und suchte nach den Zimmerschlüsseln, fand aber in dem Fach, in dem der Schlüssel mit der Nummer vierundzwanzig liegen sollte, nur einen kleinen, braunen Umschlag. Sollte der Schlüssel überhaupt dort liegen? Morand war doch auf seinem Zimmer! Echo fluchte, warf einen flüchtigen Blick in den dunklen Raum neben dem Schlüsselfach – vermutlich eine Art Büro, in dem die Portiers ihre Nachtschichten verbrachten, das jetzt aber verlassen schien – und eilte den Flur entlang zum Treppenhaus. Hoffentlich würde der Legionär ihm überhaupt öffnen...

Zimmer *Vierundzwanzig* lag am Ende eines schmalen Korridors, die Dielen knarrten und das ganze Haus roch muffig nach nie gelüfteten Räumen. Auch hier war alles ruhig, als Echo die Tür erreichte, sie war angelehnt. Er klopfte, zaghaft, dann noch einmal kräftiger. Nichts geschah, Morand rührte sich nicht. Mit einem Seufzer drückte Echo die Tür auf, darauf vorbereitet, Morand wecken zu müssen. Wärme drang aus dem dunklen Zimmer. Es roch süßlich nach Branntwein oder Whisky. Echo tastete neben der Tür nach dem Lichtschalter, ein Drehschalter aus den Fünfzigerjahren, eine blasse Schirmlampe an der Zimmerdecke leuchtete auf.

Der Schrank stand offen, auf dem Tisch lag eine Flasche, die beiden Stühle standen ordentlich ausgerichtet am Fenster, das PVC unter dem Heizkörper löste sich vom Fußboden. Morands Sachen lagen verstreut herum, so als hätte jemand in großer Eile Schrank und Koffer durchwühlt. Echo machte einen Schritt in das Zimmer, sah den Franzosen auf dem Bett liegen und ging hinüber zu ihm. Der Legionär starrte ihn mit großen Augen an, der Mund stand offen, ein wenig verzerrt, so als wäre er zu Tode erschrocken. Instinktiv kniete Echo nieder, faßte den Legionär am Arm, wollte ihn wachrütteln, ihn aus seinem Alkoholrausch wecken. Sein Blick fiel auf den Hals des Legionärs. Es dauerte eine Sekunde, bis er begriff, daß er zu spät gekommen war. Mit einem Fluch stand er auf, machte einen Schritt zurück und sah sich im Zimmer um, so als gälte es jemanden zu finden, der Morand wieder lebendig machen konnte.

Aber Morand war tot. Umgebracht. *Er war verdammt noch mal zu spät gekommen!*

Um den Hals des Legionärs war eine dünne Drahtschlinge gewunden. Sie schnitt tief ins Fleisch ein, an ihrem Verlauf quoll Blut hervor, das noch nicht geronnen war. Er überlegte, *er versuchte zu überlegen*, wann das geschehen sein konnte. Morand hatte ihn vor einer halben Stunde angerufen – oder wieviel Zeit war vergangen? Er sah wieder zum Bett. Ein grauer Telefonapparat stand daneben. *Die haben mich gefunden*, hatte Morand gesagt, die haben mich gefunden... Echo fluchte, rieb sich unbewußt die linke Armbeuge, und fragte sich, warum er nicht die Polizei gerufen hatte. *Warum zum Teufel hatte er nicht wenigstens Jordan Bescheid gesagt?*

Zu spät. Es war verdammt nochmal *zu spät!* Aber was wäre geschehen, wenn er Morands Mörder angetroffen hätte? Echo atmete tief durch und versuchte, sich zu beruhigen oder wenigstens doch zu konzentrieren. Der Franzose hatte von einem Päckchen gesprochen, das er in Sicherheit bringen wollte. Zumindest meinte er sich daran zu erinnern. Er sah sich um. Vor dem Bett lag ein Messer, ein SS-Kettendolch. Morands vermutlich. Er mußte ihn all die Jahre behalten haben. *Meine Ehre heißt Treue.* Genützt hat ihm der Dolch auch nichts, dachte Echo. Neben dem Messer lag Morands Pistole. Er erinnerte sich, daß der Legionär Dessauer mit dieser Waffe bedroht hatte und hob die Waffe auf. Plötzlich wurde ihm bewußt, daß Morands Unbekannte – Morands *Mörder* – noch in der Nähe sein mußten...

Er entsicherte die Waffe und ging vorsichtig hinüber zum Bad, dem einzigen Raum, in dem sich jemand hätte verstecken können. Mit einer raschen Handbewegung schaltete er das Licht an und sah in hinein. Das Bad war leer.

Und wenn es das nicht gewesen wäre? dachte er und schloß die Augen. Hatte er geglaubt, den Täter mit der Pistole stellen zu können? Er wußte nicht einmal, ob sie geladen war...

Echo steckte unbewußt die Waffe ein. Im selben Augenblick ließ ihn ein schrilles Klingeln zusammenfahren. Er wandte sich ruckartig um, sein Blick fiel auf das Telefon neben dem Bett, dessen Klingeln unwirklich, deplaziert und viel zu laut den Raum füllte. Gegen einen inneren Widerstand ankämpfend ging er langsam hinüber, griff nach dem Telefon und nahm den Hörer auf.

"Morand?" Die Stimme vom anderen Ende der Leitung klang dünn und blechern. "Morand, sont-ils là?"

"Nein..."

"*Merde!* Qu'est-ce que c'est? Morand?"

"Morand... ist tot..." stammelte Echo. "Il est mort..." Erst jetzt, da er es aussprach, wurde ihm endgültig bewußt, was geschehen war. Er ließ den Hörer fallen, wandte sich um, ein wenig taumelnd, und lief hinaus, die Treppe hinunter, getrieben von der Angst der Nächste sein zu können.

Ein Portier hatte sich noch immer nicht eingefunden. In einer Ecke hinter dem Empfangsschalter bemerkte Echo eine Flasche billigen Weizenkorns. Sie war halbleer. Er nahm das Telefon, den abgegriffenen Hörer, und wählte. 110. Flüsternd und so knapp wie möglich erzählte er von Morand, dem toten Morand, dem ermordeten Morand, gab dem Beamten sogar die Zimmernummer – weil es offensichtlich niemand sonst hier tun würde – und legte auf ohne seinen Namen zu nennen. Wie ein Widerhall erklang von irgendwo in der Nähe ein Geräusch. Als er es erkannte, fühlte er Panik in sich aufsteigen. Schritte klangen leise von der Treppe herüber, aus eben der Richtung, in der Morands Zimmer lag. Einen Augenblick lang starrte er in das matte Halbdunkel des Treppenhauses, unfähig, sich zu bewegen, fortzulaufen, sich in Sicherheit zu bringen. Erst als ihm sein Unterbewußtsein Morands letzte Worte ins Gedächtnis rief, fiel die späte Schockstarre von ihm ab. Es war der Schlüssel, den Morand verstecken wollte. Der Schlüssel und das Päckchen! Ohne den Schlüssel wäre alles umsonst gewesen. Einen erneuten Anflug von Panik unterdrückend, sah er sich in der kleinen Portiersloge um. Sein Blick fiel auf das schmucklose Regal, an dem die Zimmerschlüssel hingen. Die Schritte im Gang wurden langsamer. Eine sekundenlange Gnadenfrist also, die ausreichte, um den Briefumschlag, der in Morands Fach steckte, herauszuziehen – warum hatte er das nicht schon beim Hereinkommen getan? Dann erkannte er eine Silhouette in den Augenwinkeln und drängte sich rückwärts in den dunklen Raum, der vermutlich als Büro und Nachtlager diente, gerade rechtzeitig, um nicht der leicht schwankenden Gestalt in die Arme zu laufen, deren Bekanntschaft er am Wochenende bereits gemacht hatte. Wäre sie nüchtern gewesen, hätte sie ihn bestimmt bemerkt, so aber trottete sie weiter, betrat die Loge und ließ sich mit einem Ächzen auf den Stuhl hinter dem Empfangstresen fallen. Sein Rückweg war damit wohl versperrt, denn wie sollte er seine Anwesenheit hier erklären? Aber er *mußte* hier verschwinden, bevor die Polizei eintraf. Zeit, um noch einmal in Morands Zimmer nach dem Päckchen oder dem Schlüssel zu suchen, blieb ihm ohnehin nicht mehr...

Das schwache Licht der Parkplatzbeleuchtung drang durch das einzige Fenster und gab dem Raum Konturen. Echo sah sich um, er nahm den Fluchtweg erleichtert zur Kenntnis, mußte sich allerdings eingestehen, daß das Fenster nicht geräuschlos zu öffnen war: die Fensterbank war verstellt mit Flaschen, Vasen und Büchern... Im nächsten Moment erklangen erneut Schritte im Eingangsbereich. Woher sie kamen, konnte Echo nicht feststellen. Er vermutete, daß es die Polizei war, obgleich er keine Sirenen gehört hatte. Wer sonst sollte es um diese Zeit sein?

Eine Männerstimme erklang: "Hat er dir etwas gegeben?" Der osteuropäische Akzent paßte allerdings nicht so recht zu seiner Vorstellung von einem Polizeibeamten.

"Wer hat mir was gegeben?" fragte die Frau auf dem Stuhl schwerfällig.

"Morand."

"Der komische Franzose? Der hat mir gar nichts gegeben, der ist ja ständig betrunken..."

"Habt ihr einen Safe?"

"*Einen Safe?*" Sie lachte unsicher. "Unsere Gäste haben bestimmt nichts, was sie wegschließen müssen", brachte sie hervor. "Wer sind Sie überhaupt?"

Interessante Frage, dachte Echo. Doch statt einer Antwort bekam die Frau nur eine schallende Ohrfeige. Mit einem gepreßten Aufschrei fiel sie vom Stuhl zu Boden.

"*Ich* frage, *du* antwortest, Katjuscha." Die Stimme des Mannes klang gelangweilt. "Wenn ich dir etwas zur Aufbewahrung gebe, wo würdest du es hintun?"

Die Frau machte keine Anstalten, wieder aufzustehen. Sie sah sich unsicher um und versuchte offenbar zu verstehen, was geschehen war. Echo überlegte, ob er fliehen sollte, traute sich aber nicht. Die Distanz zwischen ihm und dem Fremden war nicht ausreichend für einen vernünftigen Vorsprung.

"Wir... wir bewahren hier nichts auf", antwortete sie schließlich mit einem spürbaren Zittern in der Stimme. "Ich wüßte das doch..."

"Hör zu", sagte der Mann, dessen Bewegungen Echo irgendwie bekannt vorkamen. Ebenso wie die olivfarbene Kampfjacke, die er trug. "Ich habe es eilig." Er zog die Frau am Revers ihrer etwas aus der Mode gekommenen, paillettenbesetzten Jacke zu sich hoch und sah ihr ins Gesicht. Es dauerte einen Augenblick, dann stotterte sie: "Halt... warten Sie, seine... seine Post, die steckt hier im Fach..." Sie sah sich nach dem kleinen Regal um, aus dem Echo den Umschlag genommen hatte. Der Fremde ließ sie los und die Frau taumelte ein wenig. "Das... aber... er ist weg..."

"Wer ist weg?"

"Der Brief..." Sie gestikulierte träge. "Da war ein Brief im Fach..." Ihr Blick fiel auf die offenstehende Tür des Hinterzimmers, in dem Echo stand. Auch der Fremde wandte sich nun um und sah in das Hinterzimmer. Dann aber widmete er sich wieder der Angestellten, packte sie erneut am Revers ihrer Jacke und stieß sie mit einem Krachen gegen das Regal. Sie heulte auf und begann zu wimmern. Ein guter Augenblick, um zu verschwinden, dachte Echo. Gleichzeitig hörte er leise Polizeisirenen von der Straße herüberheulen. Er mußte handeln, machte ein paar vorsichtige Schritte zum Fenster und riß es schließlich auf. Vasen und Flaschen fielen zu Boden, zerbrachen mit lautem Splittern, gefolgt vom dumpfen Aufprall mehrerer Bücher. Echo stieg auf das Fensterbrett und war mit einem Sprung draußen. Einen Augenblick mußte er sich orientieren, es war der Parkplatz hinter dem Hotel, irgendwo hier mußte seine Taxe stehen. Dann nahm er ein Schemen wahr, im Zimmer hinter ihm, und begann zu laufen.

Im Laufen hatte Echo den Fahrzeugschlüssel aus der Tasche gezogen, er erreichte den Hundertneunziger, schloß die Tür auf und startete den Wagen. Jetzt erst bemerkte er, daß er Morands Pistole eingesteckt hatte. Er holte sie hervor und ließ sie unterm Sitz verschwinden. Als er aufsah, bemerkte er den Mann mit der Tarnjacke. Er sprang geschmeidig aus dem Fenster, durch das Echo selbst geflohen war, und kam langsam näher.

> *Siehe, ich will euch senden den Propheten Elia, ehe der große und schreckliche Tag des Herrn kommt.*
> *Maleachi, Kap. 3, 23*

29. OLDENBURG, FREITAG, 14. SEPTEMBER 1984

Der Anruf ging um 1:04 Uhr in der Notrufzentrale ein. Es dauerte etwas mehr als zehn Minuten, bis die erste Funkstreife vor Ort war und zwanzig Minuten, bis ein Beamter der Kripo das Hotel *Batavia* betrat. Bei seinem Eintreffen waren bereits sechs Beamte der Bereitschaftspolizei und zwei von der Spurensicherung des K3 im Hotel. Ihr Bluterguß am linken Auge erzählte eine andere Geschichte.

"Was ist passiert?" Es war Eilers, der in dieser Nacht Bereitschaft hatte, ob Zufall oder nicht, er hatte seine Schicht am Nachmittag getauscht.

"Das weiß ich auch nicht so genau..." antwortete der Polizeikommissar, der ihm in der Eingangshalle entgegenkam, mit leicht süffisantem Grinsen - und er wollte gerade eine Erklärung folgen lassen, als ihn Eilers, dem man seine dreißig Dienstjahre, seinen Ehrgeiz und den späten Wechsel von der Bereitschaftspolizei zur Kripo unmittelbar ansah, unwirsch und laut anfuhr: "Was heißt das, Sie wissen nicht, was hier los ist? Seit wann sind Sie denn hier?"

Es gibt Menschen, die sind für den Nachtdienst nicht geschaffen und unausgeschlafen unerträglich, dachte Kommissar Voigt und sah seinen Kollegen von der Kripo ein paar Sekunden abwartend an. Er kannte den Hauptkommissar, war aber dennoch überrascht, ihn hier zu sehen. Schließlich riß er sich zusammen und erklärte den Sachverhalt, soweit er nach den ersten Minuten ersichtlich war: "Wir haben ein Tötungsdelikt gemeldet bekommen, anonym aber mit detaillierter Beschreibung des Tatorts. Es handelt sich dabei um ein Zimmer in diesem Hotel. Und zwar..." er sah auf seinen kleinen Notizblock. Dann wies er mit einem Kopfnicken den Flur hinunter, und sie gingen zusammen zum Treppenhaus. "Zimmer 24", fuhr er fort, als sie die Treppen hinaufstiegen. "In diesem Zimmer sind deutlich Spuren einer Auseinandersetzung zu sehen, und es scheint durchsucht worden zu sein. Nur...", fügte er hinzu und machte eine einladende Handbewegung in das Zimmer, in dem das vermeintliche Opfer gewohnt hatte. "Eine Leiche haben wir nicht gefunden..."

"Es ist *keine Leiche* im Zimmer?"

Voigt nickte.

"Aber sie *war* da?"

"So wie das Zimmer aussieht, ist das nicht auszuschließen. Das Bett ist benutzt, wir haben ein wenig Blut darauf gefunden, das ist alles. Aber die Spurensicherung war noch nicht da."

"Das kann auch eine andere Ursache haben", meinte Eilers. "Wissen wir schon etwas über den Bewohner?"

Kommissar Voigt nickte. "Er hat sich unter dem Namen Jacques Delors eingetragen. Der Concierge gegenüber hat er an der Bar erwähnt Fremdenlegionär zu sein. Und Belgier."

"Fremdenlegionäre sind immer Franzosen, Voigt. Merken Sie sich das."

"Jawohl, Herr Hauptkommissar."

Eilers warf dem Kommissar einen mißbilligenden Blick zu. Er mochte keine vorwitzigen Antworten. "Im Zimmer waren Papiere?"

"Nein. Nichts..."

"War der Anrufer der Mörder?"

"Ist nicht auszuschließen. Wenn es denn einen Toten gibt..."

Eilers nickte. Natürlich, dumme Frage. Er sah sich erleichtert im Zimmer um. Noch ein Toter wäre wahrlich keine gute Bilanz gewesen, weder für Oldenburg noch für seine Polizei. "Fremdenlegionär..." murmelte er schließlich und schüttelte den Kopf. "Und für eine Leiche, die es gar nicht gibt, werde ich aus dem Bett geholt..." Er bückte sich nach einer kleinen gelben Visitenkarte, die unter dem Tisch lag, und betrachtete sie. Echos Name und Wagennummer standen darauf. Eilers steckte sie ein. "Wenn Sie mehr zu bieten haben, dann sagen Sie's mir morgen früh", meinte er unwirsch. "Aber ich halte das für einen klaren Fall von Zechprellerei!"

"*Zechprellerei?*" fragte Voigt als hätte er nicht richtig verstanden.

"Spreche ich Swahili?" erwiderte Eilers. "Sehen Sie hier irgendwo Gepäck, Wäsche, Toilettenartikel?" Er grinste überlegen und verließ ohne sich umzudrehen das Zimmer.

Der Kommissar sah ihm ungläubig nach. "Ruf Engholm an", sagte er schließlich zu seinem Kollegen. "Er soll sofort kommen." Dann, tatsächlich ein wenig verunsichert, ging er hinüber ins Badezimmer. Zahnpasta, Zahnbürste und eine halbleere Flasche Duschgel standen auf der Ablage. Nicht viel vielleicht, aber nach geplanter Abreise sah es bestimmt nicht aus.

Es war fast zwei Uhr, als Jordans Telefon klingelte. Engholm berichtete ihm von den Ereignissen im Hotel *Batavia*. Und von dem verschwundenen Legionär.

"Ein Mord ohne Leiche?" fragte Jordan verschlafen.

"Ein Mord von dem Eilers nichts wissen will."

"*Weil es vielleicht kein Mord ist?*"

"Oder weil er mit Kerschenstein zu tun hat."

Jordan seufzte. "OK, ich mag ihn auch nicht, aber das heißt noch lange nicht..."

"Ich bin in zehn Minuten bei Dir..." unterbrach Engholm seinen Kollegen. Er hatte keine Lust über eine Sache am Telefon zu diskutieren, die sie sich schnellstens am Tatort ansehen sollten.

Jordan knurrte nur abweisend. "Du kannst in zehn Minuten machen, was du willst", erwiderte er, "aber laß mich damit in Ruhe. Ich bin raus aus der Sache... Die ganze Geschichte kotzt mich nur noch an!"

Engholm verdrehte die Augen. Jordan hatte vermutlich sämtliche Bierflaschen, die er am Abend zuvor mitgebracht hatte, geleert. "Raus?" fragte er, "Was meinst du mit *raus*?"

"Die Woche ist um", murmelte Jordan in einer Mischung aus verschlafenem Brummen und unsicherem Lallen. "Alles was wir bis jetzt gefunden haben, wurde abgeschmettert, niedergeschlagen, bagatellisiert. Es ist vorbei, Jens, ich fahre zurück! Die sollen ihren Mist alleine machen..." Das Tuten im Hörer deutete unschuldig und schüchtern an, daß die Verbindung unterbrochen war, Jordan hatte aufgelegt. Engholm starrte den Telefonhörer an und fluchte. Dann setzte er sich in den Wagen und fuhr zum Hotel *Batavia*.

In den letzten Tagen hatte der Ermittlungsleiter, Kriminalhauptkommissar Eilers, dem jungen Kommissar aus Hannover immer wieder klargemacht, wofür er ihn hielt. Nämlich die Inkarnation der behördlichen Zeitverschwendung. Gemäß den von ihm geleiteten Untersuchungen handelte es sich um die unglückliche Häufung von drei Suizidfällen, wie Selbstmord in der Fachsprache hieß. Ob Kerschenstein von Marburg in den Tod getrieben worden war, interessierte ihn nicht mehr, er hatte anderes zu tun. Selbst wenn es so wäre – was würden weitere Ermittlungen daran ändern? Wozu also einen Grünschnabel vom LKA die Arbeit ein zweites Mal machen lassen?

Nein, eine Zusammenarbeit hatte es nicht gegeben. Eilers war eine Autorität im Ersten Revier. Er irrte sich nun mal nicht.

"Jacques Morand", sagte Voigt leise. "Ich will verdammt sein, wenn das nicht derselbe Jacques Morand ist, den die französischen Kollegen suchen..."

Der Kriminalhauptmeister stand mit dem Kommissar in einer Ecke der Lobby des Hotels *Batavia* um sich von *den Kollegen der Schutzpolizei informieren zu lassen*, wie er es nannte. *Im Auftrag Jordans*, wie er diplomatisch hinzufügte. Er sah Voigt mit großen Augen an. "Der wird gesucht?" fragte er ungläubig und wies in Richtung von Morands Zimmer. "Bist du sicher?"

"Nein. Wir haben ja keine verläßlichen Hinweise auf seine Identität. Angemeldet hat er sich unter dem Namen Jacques Delors, deswegen hat Interpol ihn wohl nicht gefunden. Aber wir können getrost unseren Hintern darauf verwetten, daß es der gesuchte Legionär ist. Ich lasse es zur Sicherheit noch einmal nachprüfen. Ein Photoabgleich müßte uns weiterbringen."

Jacques Delors? Engholm überlegte einen Augenblick. Dann grinste er. War das nicht der französische Wirtschafts- und Finanzminister? Der Mann hatte also immerhin Humor.

"Wo ist eigentlich dein Kommissar?" fragte Voigt seinen Kollegen und sah sich um. "Hast du ihn schlafen lassen?"

"Ach der..." In Engholms Stimme schwang eine Mischung aus Väterlichkeit und Enttäuschung mit. "Der muß noch viel lernen." Er seufzte. "Eilers und Kolberg behandeln ihn nicht besonders zuvorkommend und Hannover hat ihn schon ein oder zweimal zurückgepfiffen..."

"Zurückgepfiffen? Ich denke, sie haben ihn gerade erst hierher geschickt."

"Ja, einen frustrierten LKA-Novizen." Der Hauptmeister lächelte matt. "Ich glaube manchmal, die haben ausgerechnet Jordan geschickt, weil sie wußten, daß er keine Ahnung hat, wie er so eine Ermittlung führen muß."

Voigt hob die Augenbrauen. "Was meinst du damit?"

"Ach, keine Ahnung..." erwiderte Engholm langsam. Er sah Voigt abschätzend an. Sie kannten sich seit Jahren und Engholm war sich ziemlich sicher, daß er ihm vertrauen und von seinen Zweifeln an der Richtigkeit der offiziellen Ermittlungsergebnisse erzählen konnte. Aber genaugenommen war dafür jetzt nicht der richtige Zeitpunkt. Er winkte ab und sah sich um. "Sag mir lieber, ob die Spurensicherung schon was gefunden hat."

Sie gingen hinauf zu Zimmer 24. Im Treppenhaus beschwerte sich ein dünner, ungewaschen riechender Mann im Schlafanzug bei einem Polizisten über den Lärm. Und darüber, daß die Rezeptionistin verschwunden und die Bar geschlossen war.

"Die Spurensicherung ist gerade erst durch. Wir haben Erde auf dem Boden gefunden. Auf dem Tisch liegt eine offene Flasche Whisky, ein bißchen ist ausgelaufen. Der Kleiderschrank ist leer, Koffer oder Tasche sind ebenfalls nicht aufzufinden."

"Das heißt, er könnte tatsächlich abgereist sein?"

Voigt zuckte mit den Schultern. "Die Umstände passen nicht wirklich dazu", überlegte er laut. "Der Anrufer, der die Leiche entdeckt haben will, der Überfall auf die Concierge, der Geländewagen, der uns entgegenkam."

"Ein Geländewagen?"

"Ja. Es sah aus, als hätte er eine Taxe verfolgt", bestätigte Voigt. "Leider haben wir beide nicht erwischt. Obwohl... die Taxe holen wir uns noch. Wir haben die Wagennummer."

"Die..." Engholm schloß die Augen. "Sag nicht, es war *103*."

"Doch. Aber er saß alleine im Wagen. Trotzdem glaube ich, daß uns Herr Marburg weiterhelfen kann. Und dann fürchte ich, daß aus Eilers' Theorie nichts wird."

Engholm sah seinen Kollegen fragend an.

"Zechprellerei", erklärte Voigt.

"Zechprellerei? Unsinn! Und woher weißt du, daß der Fahrer *Marburg* heißt?"

"Eine Vermutung. Seine Visitenkarte lag unterm Tisch. Ich hatte sie für die Spurensicherung liegenlassen, aber Eilers hat sie eingesteckt."
Engholm stieß einen überraschten Pfiff aus.
"Tja, es ist immer wichtig, ein paar Minuten *vor euch* hier zu sein", sagte der Kommissar selbstgefällig. "Auch wenn wir Uniform tragen, dümmer als ihr sind wir auch nicht!"
"Na ja..." Engholm machte eine abwägende Geste. Dann lachten beide. Im nächsten Augenblick wurde Voigt wieder ernst. "Und ich habe das hier gefunden", sagte er mit einem Unterton des Triumphes. Er zog eine durchsichtige Plastiktüte aus der Innentasche seiner Jacke und reichte sie Engholm.
"Was ist das?" fragte der. "Ein *Messer?*"
"Das, Kollege, könnte die Lösung zu den Todesfällen sein, die ihr untersucht."
"Lösung?" Engholms Ratlosigkeit stand ihm unmittelbar ins Gesicht geschrieben. "Aber keiner von denen ist erstochen worden..."
"Weiß ich. Aber sieh dir den Dolch mal genauer an", erklärte Voigt geduldig. "Kerschenstein war Jude, der alte Marburg bei der *SS*. Und nun taucht dieser Dolch im Zimmer eines verschwundenen Mannes auf, der offenbar beide kannte. Für mich paßt das alles zusammen und riecht nach Naziszene..." Er wartete mit erhobenen Augenbrauen bis das Gesagte bei Engholm anzukommen schien.
Der Hauptmeister nickte nachdenklich und betrachtete den *SS-Kettendolch*. "Das würde einen Sinn ergeben", sagte er schließlich. "Zumindest wäre es mal eine Richtung, in die es sich lohnen würde zu ermitteln. Was sagt Eilers dazu?"
Voigt neigte den Kopf ein wenig und sah seinen Kollegen verschwörerisch an. "Der weiß davon nichts. Ich wollte das Messer zuerst dir zeigen."

Auf dem Weg hinunter überlegte Engholm, ob der Tote wirklich der gesuchte Morand war. Und ob er wirklich tot war. Der Anruf konnte getürkt sein, Morand – oder Delors – selbst hätte ihn tätigen können.
Viel zu viel Aufwand, nur um unterzutauchen, befand er, und verwarf den Gedanken. Nein, es war mit ziemlicher Gewißheit der gesuchte Morand. Und der Dolch? War er ein Andenken oder hatte er eine Bedeutung, wie Voigt vermutete, war er Symbol einer Kameradschaft, die möglicherweise vier Menschen das Leben gekostet hatte? Und war er nicht eher der Beweis für ein Verbrechen, weil ein Zechpreller ihn nicht zurückgelassen hätte?
Ihm fiel die Visitenkarte ein, auf der Marburgs Name gestanden hatte – der Name des *jungen* Marburg? Sie würden sich den Studenten wohl noch einmal vornehmen müssen. Ihm kam ein unangenehmer Gedanke: hatten sie im Versuch, von Marburg etwas zu erfahren, zuviel von ihren Ermittlungser-

gebnissen preisgegeben? Marburg jedenfalls schien ihnen nicht alles gesagt zu haben...

"Geht es Ihnen etwas besser?" fragte er, als sie die Rezeption erreicht und sich zur Angestellten des Hotels gesetzt hatten. Die Frau nickte obwohl sie wahrscheinlich das Gegenteil meinte.

"Wie lange wohnte Morand hier schon?" Engholm betrachtete die Concierge ein wenig mitleidig. Sie war nur noch ein Häuflein Elend wie sie so in einem der Sessel im Eingangsbereich saß, ihren größer werdenden blauen Fleck kühlte und ein wenig verwirrt um sich sah. "Ich meine natürlich Monsieur Delors."

"Zwei Wochen?" fragte sie zurück als ginge es darum, die Antwort zu raten. Engholm notierte es sich trotzdem. "Wer hat Sie so zugerichtet?"

Die Frage schien sie zu erschrecken, obgleich sie in dieser Nacht schon häufiger gestellt worden war. "Ich..." antwortete sie und sah in der Lobby umher. "Ich war das... eine Tür, Sie wissen schon..."

Engholm verzog den Mund. "Ich denke", sagte er ruhig, "wir sollten Sie mitnehmen. Aufs Revier."

"Mitnehmen?" Die Frau kroch tiefer in den Sessel hinein. "Warum das denn?"

"Weil Sie möglicherweise den Mörder gesehen haben. Und wenn Sie nicht aussagen, decken Sie ihn..." Engholm war sich darüber im Klaren, daß dieser Vorwurf schwer aufrechtzuerhalten war, wenn sie nicht wenigstens eine Leiche fanden. Andererseits ahnte er, daß der blaue Fleck nur ein Vorgeschmack dessen war, was sie erwartete, wenn sie den Mann, der für Morands Verschwinden verantwortlich war, verriet.

Als er sah, wie die Concierge in eine Art konvulsives aber tränenloses Weinen verfiel, erhob er sich und ließ sie in Voigts Obhut zurück. Sie konnten die Frau später noch einmal befragen. Es war das hinter der Rezeption gelegene Büro, das seine Aufmerksamkeit auf sich zog. Ein offenstehendes Fenster ließ kühle Luft herein, es begann zu regnen. Auf dem Boden lagen Scherben, die Scheibe jedoch war heil. Das sieht nach Flucht aus, dachte er, nicht nach Einbruch. So oder so ähnlich ist jemand geflohen, der vielleicht alles gesehen hat... Plötzlich kam ihm eine Idee. Er rief den Kommissar zu sich. "Können wir die Fingerabdrücke in Morands Zimmer mit denen abgleichen, die wir bei Kerschenstein und bei Dessauer gefunden haben?"

"Klar, wenn du meinst, daß es was bringt", erwiderte Voigt mit einem Schulterzucken.

"Ich glaube, es gibt da irgendeinen gemeinsamen Nenner..."

"Du meinst doch nicht euren Studenten?"

"Doch, genau den meine ich. Marburg hat Dessauer nicht umgebracht. Aber ich gehe jede Wette ein, daß er den Legionär vor zwei Tagen nach Hamburg gefahren hat..." Er zögerte. War es am Ende möglich, daß der

Junge sogar wußte, wo Morand jetzt war? "Wir sollten uns *unseren Studenten* jetzt endlich holen..." sagte Engholm langsam. "Freiwillig scheint er ja nicht zu uns kommen zu wollen."

"Soll ich den Kollegen Bescheid sagen?" Es war nicht so, daß Voigt irgendwelche Anweisungen von einem Hauptmeister entgegenzunehmen hatte. Aber sie arbeiteten lange genug zusammen, um zu wissen, was sie aneinander hatten. Die Kooperation funktionierte in beide Richtungen. Engholm wußte das zu schätzen. Dennoch schüttelte er den Kopf. "Nein, das mache ich selber", erwiderte er grinsend. "Wir müssen behutsam mit dem Jungen umgehen. Aber erst einmal werde ich bei den Franzosen anrufen. Ich bin gespannt, was die zu unserem Fund sagen."

"Der Fund ist aber wieder verschwunden."

"Ja, und vielleicht hat die *Police National* ihre Finger im Spiel. Oder die Fremdenlegion selbst. Die sind bekannt für derartige Aktionen..."

"Fragt sich nur, ob sie es dir auf die Nase binden werden."

Engholm zuckte mit den Schultern. Abwarten. "Habt ihr die Telefonverbindungen schon überprüft?" fragte er, während er sich im Büro umsah.

"Wir sind gerade erst eine Stunde hier", brummte Voigt, der zugeben mußte, daß er daran nicht gedacht hatte.

Engholm beugte sich vor und sah aus dem Fenster. Wieso war er sich plötzlich so sicher, daß es der junge Marburg war, der Morands Tod gemeldet hatte?

Der Kommissar sah ihn fragend an.

"Irgend jemand ist durch dieses Fenster verschwunden", erklärte Engholm und wies auf die Scherben am Boden. Dann seufzte er. "Entweder der Mörder oder das vorgebliche Opfer. Oder jemand, der die beiden beobachtet hat..."

"Ich sage der Spurensicherung Bescheid, wenn sie oben fertig ist", erwiderte Voigt leise und griff nach seinem Funkgerät. Dann zögerte er. "Übrigens, findest du Eilers' Verhalten nicht auch ein wenig... merkwürdig?"

Engholm hatte tatsächlich den Eindruck, daß Eilers verändert war. Und diesen Eindruck hatte er, seit er mit dem Leitenden Kriminalhauptkommissar die Wohnung des alten Kerschenstein geöffnet und den alten Mann erhängt im Badezimmer vorgefunden hatte. Aber der Eindruck war vage, und tatsächlich hatte Engholm es bisher vermieden den Dezernatsleiter ernsthaft mit den stockenden Ermittlungen in Verbindung zu bringen, mit den schlecht oder gar nicht durchgeführten Obduktionen oder der Tatsache, daß nicht, wie früher, in alle Richtungen ermittelt wurde. Nein, es war vielmehr Vomdorff, den er in Verdacht hatte, Indizien für ein Verbrechen zu bagatellisieren. Die Möglichkeiten dazu hatte er jedenfalls. Engholm zuckte mit den Schultern und ließ Voigts Frage unbeantwortet. "Vomdorff", sagte er. "Vomdorffs Verhalten finde ich wesentlich seltsamer."

"Der Oberstaatsanwalt? Warum? Was sollte der davon haben wenn bei uns was schiefläuft?"

"Keine Ahnung", erwiderte Engholm, unsicher, ob er nicht gerade zu viel gesagt hatte. "Ich weiß nur, daß er sich einmischt, Jordan und den jungen Marburg eingeschüchtert, unseren interessantesten Zeugen..."

"Jordan sollte ein bißchen Gegenwind vertragen. Das wird nicht das einzige Mal in seinem Leben bleiben. Und wer weiß, ob dieser Marburg wirklich so unbeteiligt ist wie er tut..." Er zwinkerte Engholm zu, verließ das Büro und wandte sich der Hotelangestellten zu, die noch immer in der Lobby saß. Der Hauptwachtmeister sah seinem Kollegen mit gekrauster Stirn nach. Er glaubte nicht, daß er Jochen Marburg falsch einschätzte, nicht diesen jungen, introvertierten Studenten.

Aber die Saat des Zweifels war gesät.

"Als der Weise mit größter Ehrfurcht die Kassette ins Boot genommen hatte, öffnete sie sich von selbst. Ein Buch und ein Brief fanden sich darin, beide auf feinem Pergament geschrieben..."
Francis Bacon: Neu-Atlantis, 1627

30. OLDENBURG, FREITAG, 14. SEPTEMBER 1984

Echo zog die Fahrertür zu. Dennoch löste sich die vermeintliche Sicherheit des Hundertneunziger Mercedes auf, als er die Waffe in der rechten Hand des Mannes mit der Tarnjacke erkannte, nur wenige Meter vom Wagen entfernt. Das Nageln des Diesels erinnerte ihn daran, daß er im Grunde nur den rechten Fuß bewegen mußte. Echo starrte den Fremden an, erkannte ihn wieder und wußte, daß der andere diesmal von niemandem aufgehalten würde, diesmal war kein Mann im weißen Mantel in der Nähe. Seine Hände zitterten vor Anspannung, sein Blick war auf die Waffe des Fremden fixiert. Nur ganz allmählich wurde ihm bewußt, was er zu tun hatte...

Doch in diesem Augenblick wurde die Fahrertür aufgerissen, eine Hand griff nach ihm, erwischte ihn am Hemd und zerrte ihn aus dem Wagen. Völlig überrascht, daß der Mann in der Tarnjacke einen Komplizen hatte, der am anderen Ende des Parkplatzes gewartet haben mußte, klammerte Echo sich am Lenkrad fest, gab Gas und lenkte den Wagen mit hochdrehendem Motor und durchdrehenden Hinterrädern die Einfahrt entlang zur Straße. Seinen Angreifer zog er dabei gut zehn Meter mit. Dann lockerte sich der Griff, der Mann blieb stolpernd zurück, fiel hin und rutschte über die steinige Zufahrt. Ein Paar Scheinwerfer leuchtete im Rückspiegel auf. Fernlicht wurde eingeschaltet. *Ein Geländewagen*, dachte Echo, der, von den hochliegenden Scheinwerfern geblendet, die Augen zusammenkniff. Die Lichtkegel kamen zügig näher. Er zog die Tür wieder zu und drückte ohne hinzusehen mit dem Ellbogen den Verriegelungsknopf. Fast zu spät erkannte er die drei Polizeifahrzeuge, die vor das Hotel fuhren, machte eine Vollbremsung, rutschte einen Meter über das feuchte Pflaster und zog den Kopf ein. Doch auch der Fahrer hinter ihm trat, bewußt oder instinktiv, auf die Bremse und blieb mit aufheulendem Motor direkt hinter der Taxe stehen. Der dritte Einsatzwagen versperrte die Zufahrt, vermutlich absichtlich, denn einer der Beamten sprang aus dem Wagen und bedeutete ihnen, zurück auf den Parkplatz zu fahren. Echo blieb nicht viel Zeit, er sah den Gehweg, sah, daß er breit genug war, riß das Lenkrad herum und beschleunigte die Taxe, an den Polizisten und an parkenden Autos vorbei, über den Gehweg auf die Straße. Mit viel zu hoher Geschwindigkeit fuhr er stadteinwärts und ließ das Hotel hinter sich zurück. Es dauerte lange Sekunden, bis ein weiteres Scheinwerferpaar im Rückspiegel auftauchte und ihm folgte. Ob es der Geländewagen war, konnte er nicht sagen. Kurz darauf überquerte er bereits die Bahnlinie, die die Einfallstraße auf halbem Weg in die Stadt kreuzte, die Straße machte eine Biegung und er verlor den Sichtkontakt. Sekunden später befand er sich auf der Höhe der Taxizentrale. Echo bremste und lenkte den Wagen kurzentschlossen auf deren Hof, wo er ihn mit quietschenden Reifen zum Stehen brachte. Mit gelöschten Scheinwerferfern wartete er die Fahrzeuge ab, die auf der Hauptstraße vorbeifuhren, ein Geländewagen, gefolgt von einem Streifenwagen mit Sirene und Blaulicht.

Echo grinste nervös aber zufrieden. Er wartete ein paar Minuten, in denen er sich bewußt wurde, daß er unkontrollierbar zitterte. Für den Augenblick hatte er sie abgeschüttelt, die Polizei ebenso wie Morands Mörder. Nur ansatzweise wurde ihm bewußt, daß das, was er gesehen hatte, endgültig war. Morand war tot. Der einzige Mensch, der ihm wirklich hätte helfen können, lebte nicht mehr...

Was sollte er jetzt tun? Panik überkam ihn. Zurückfahren und nach dem Schlüssel oder dem Päckchen suchen konnte nicht. Es wimmelte im Hotel von Polizisten. Sollte alles vergebens gewesen, der letzte Hinweis Morands verloren sein?

Der Briefumschlag, erinnerte er sich. Verdammt, wo war das Ding? Echo tastete seine Jeans und die Jackentaschen ab und fand ihn schließlich in der Innentasche. Der Umschlag war recht dick und trug, wie er jetzt überrascht bemerkte, seinen Namen. *Marburg?* Echo riß den Umschlag auf und sah hinein. Das Couvert enthielt zwei weitere, hellgraue Briefumschläge, abgestoßen und verblichen, einen Zeitungsausschnitt, eine Photographie und einen Schlüssel. *Der Schlüssel, von dem Morand gesprochen hatte?* Seine anfängliche Panik wechselte schlagartig in Euphorie, nur um sofort wieder zu verebben. Was sollte er mit dem Schlüssel anfangen? Ein Schlüsselanhänger fehlte, und es gab hunderttausende von Schlössern in Oldenburg! Das Naheliegendste, nämlich ein Safe im Hotel, kam nicht in Frage, das wußte er mittlerweile. Es gab dort keinen. Enttäuscht zog er den Zeitungsausschnitt heraus und las. Es war ein Bericht über einen nicht aufgeklärten und fünfunddreißig Jahre zurückliegenden Mord an dem Oberamtsrat Hans von Selchenhausen. Echo zog ein weiteres Blatt hervor, das seinem Besitzer bestätigte, daß er nicht vom Gesetz zur Entnazifizierung betroffen sei. Ein sogenannter *Persilschein*, ausgestellt auf den Oberamtsrat. Zwei Briefe folgten, einer ohne Absender – *Ein Jude, der ein Mörder ist, ein Opfer, das doch in Wirklichkeit ein Täter ist. Wir wissen, wo du in der Nacht des 23. Februar warst. Wir haben die Beweise...* Wie schön für sie, dachte Echo und öffnete den nächsten: *Ich habe ihn nicht getötet, Graham, das mußt Du mir glauben. Ich brauche Deine Hilfe, sonst ist alles verloren, Rosa und ihr Vermächtnis, Merbach und meine Ehre... Ich glaube, ich weiß jetzt, was SIE wollen!* Er war mit *Kerschenstein* unterschrieben.

Echo betrachtete die Briefe ohne einen klaren Gedanken fassen zu können. Kerschenstein interessierte ihn nicht, absolut nicht, er wollte wissen, weshalb sein *Vater* hatte sterben müssen. Dies hier hatte nichts mit ihm zu tun. Als er aber alles wieder in den Umschlag stecken wollte, fiel ein kleines Medaillon heraus. Echo hob es auf und öffnete es. Selbst im Halbdunkel der Taxe war *ihr* Gesicht auf dem kleinen, eingearbeiteten Photo zu erkennen, das Gesicht der jungen Frau auf dem Glashüttengelände. Er umschloß es mit seiner Hand und hielt es einen langen, sehnsüchtigen Augenblick fest.

Widerstrebend ließ Echo das Medaillon wieder in den Umschlag gleiten, wobei sein Blick auf die Innenseite fiel. *Gare!* Stand dort geschrieben, zweifellos von Morand. *Gare!* Es dauerte ein paar regungslose Sekunden, bis er verstand.

Ein plötzliches Klopfen auf das Wagendach ließ Echo zusammenfahren. Er riß den Kopf herum, griff nach der Waffe in der Türtasche und versuchte sie zu laden. Durch die Seitenscheibe starrte ihn ein Gesicht mit grauem Dreitagebart an. *Der Schlüssel*, war sein einziger Gedanke. Warum, das wußte er nicht einmal.

"Ich will raus hier!" hörte er die brüchige Stimme eines offenbar türkischen Taxifahrers. "*Hopp hopp!*" Der Mann neigte den Kopf und wies auf eine der Taxen, die im Hof standen. Echo schloß die Augen, natürlich, er versperrte die Einfahrt. Mit einem erleichterten Fluchen fuhr er den Wagen zurück auf die Straße, sah sich um, suchte nach einem lauernden Geländewagen und beschleunigte, als er merkte, daß weit und breit kein anderes Fahrzeug in der Nähe war. Der nasse Asphalt glänzte im Licht der Straßenlaternen und gab der Nacht einen kalten Glanz. Im Radio spielten Joy Division. Echo sah verwundert auf die Uhr und drehte lauter. Es war Viertel vor zwei.

Als er nach ein paar Minuten den Bahnhof erreichte, oder *la Gare*, wie Morand geschrieben hatte, schien der Regen etwas nachzulassen. Zwei Taxen standen dort wo sich sonst die zehnfache Anzahl aufreihte. Ihre Fahrer nahmen keine Notiz von ihm als er den Wagen auf einem der Besucherparkplätze abstellte.

Echo beobachtete den leeren Vorplatz. Es kribbelte in seinem Nacken, er fühlte sich beobachtet. *Unsinn*, dachte er, *Paranoia*. Nur ein Kadett war zu sehen, der langsam am Bahnhofsplatz vorbeifuhr, vermutlich auf der Suche nach Sex. Der Straßenstrich war nur ein paar hundert Meter entfernt. Eine der Taxen verließ den Taxistand, die zweite rollte ein wenig vor. Danach war es wieder ruhig.

Echo nahm den kleinen Schlüssel, betrachtete ihn, unsicher darüber, ob er überhaupt auf der richtigen Spur war. Aber im Grunde waren die Schließfächer im Bahnhof die einzig logische Antwort auf die Frage nach dem passenden Schloß. Echo stieg aus und ging in das Bahnhofsgebäude, bemüht, langsam zu gehen, nicht aufzufallen. Aber vermutlich hätte er auch Menuett tanzen können, ohne daß es jemand bemerkt hätte. Der Taxifahrer am Stand hatte den Sitz ein wenig zurückgedreht und schien zu dösen. Leute die *in* den Bahnhof hineingingen interessierten ihn nicht. Auf der Bank neben dem Haupteingang lag ein Penner und schien zu schlafen.

Echo sah sich um. Erneut. Zwanghaft. Er suchte in der Bahnhofshalle nach den Schließfächern, überlegte, ob unter den wenigen Menschen, denen er begegnete, jemand war, der ihn beobachtete. Oder jemand, der eine olivfarbene Kampfjacke trug. Doch jeder schien mit sich selbst beschäftigt, niemand nahm Notiz von ihm, niemand trug eine Tarnjacke. Dann stand er plötzlich davor, eine Wand aus Schließfächern, graues Metall vor einer gefliesten Wand, kurz vor dem Tunnel, der zu den Bahnsteigen führte. Ein paar Schritte weiter ging es zu den Toiletten.

Echo betrachtete seinen Schlüssel und seufzte. Keine Nummer, kein Hinweis darauf, welches der Hundertzwanzig Schließfächer das richtige war. Notgedrungen mußte er es mit allen versuchen, die nicht schon offenstanden. Und er mußte sich beeilen, denn der Russe konnte ihn jeden Augenblick finden. Immerhin: der Schlüssel paßte grundsätzlich zu den Fächern, er war also auf der richtigen Spur. Systematisch probierte Echo Schloß um Schloß, während er in Gedanken versuchte, den stochastischen Prozeß der Wahrscheinlichkeitsberechnung gegen die ihm bekannten Methoden der Zeitreihenanalyse auszuspielen…

Immer wieder sah er sich um, ob nicht der Unbekannte in seiner Olivfarbenen Jacke hinter ihm stand. Dann endlich glitt der Schlüssel in das passende Schloß, er hatte das richtige Schließfach gefunden, der Schlüssel ließ sich drehen! Ebenso vorsichtig wie erwartungsvoll öffnete er die Tür und erblickte Morands Aktentasche. Zwar vermochte er im nachhinein nicht mehr zu sagen, was genau er erwartet hatte, als jedoch die Tasche vor ihm auf dem Boden stand und er einen neugierigen Blick hineingeworfen hatte, war es pure Enttäuschung, die er verspürte.

Ein einfaches Blatt Papier, mehr nicht. Echo warf einen ungläubigen Blick in das Schließfach, doch es war leer. Dann zog er das Blatt aus der Tasche und betrachtete es, von einer Seite, von beiden Seiten. Eine Zeichnung, ein paar Hieroglyphen, von denen er nichts verstand. Das Gefühl, auf den Arm genommen worden zu sein vermischte sich mit dem Haß auf Morand, der ihm nun nicht einmal mehr Antworten geben konnte. Aus. Vorbei.

Es war eine Bleistiftzeichnung, irgend etwas Jüdisches, so schien es. Oder war es nur der Beweis dafür, daß Morand komplett verrückt geworden war? Der Mann in der Kampfjacke sah das offenbar anders. Echo sah sich um und wußte, daß er hier verschwinden mußte. Nach seiner Flucht aus dem Hotel würde ihn jetzt nicht nur der Fremde sondern auch die Polizei suchen. Er sah auf seine Armbanduhr, es war kurz nach zwei. Aber was sollte er jetzt tun? Hatte es denn einen Sinn, überhaupt noch etwas zu tun?

Mit einem wütenden Tritt feuerte er die Aktentasche in die Ecke des Schließfachraums, ließ sich mit dem Rücken gegen die Schließfächer fallen und ging in die Hocke. Echo wußte nicht, wie lange er so dagesessen hatte, das Gesicht in die Hände vergraben, mutlos. Ratlos. Eine Minute? Zwei? Eine Hand berührte ihn an der Schulter. "Fehlt Ihnen etwas?" fragte eine junge Frau und beugte sich zu ihm herab. Echo sah auf und schüttelte den Kopf. "Dann ist es ja gut", erwiderte sie mit einem schmalen Lächeln und reichte ihm das Blatt und eine Photographie. "Das ist gewiß Ihres", sagte sie, wandte sich um und ging. Morands Aktentasche stand neben Echo auf dem Fußboden.

Das Blatt. Die Photographie. Es war die Photographie aus dem Buch. Hektisch griff er in seine Jackentasche. Wie kam die Frau an das Photo? Doch es war noch dort, dies hier war nicht dasselbe.

Überrascht betrachtete Echo die beiden Photographien, und erst ein Blick auf die Rückseite brachte Gewißheit: das zweite Photo war das Original, es trug den Stempel der *Photographischen Anstalt Carl W. Gasthuber, München* aus dem Jahr 1919. Darunter stand in schöner Mädchenhandschrift: *Frage in der Rue de la Manticore nach mir, in der Stadt unseres Glückes. Ich werde warten bis Johanni. Rosa. Mai 1919.* Für einen Augenblick starrte Echo das Photo an ohne einen klaren Gedanken fassen zu können. Wo kam dieses Bild her? In der Aktentasche war es nicht gewesen. Oder doch? Im nächsten Moment sprang er auf und lief in die Richtung, in welcher die junge Frau verschwunden war, lief in die Bahnhofshalle, sah sich um, lief weiter zum Vorplatz, sah sich auch hier um – und mußte doch nur feststellen, daß die Frau verschwunden war. Vielleicht mit der letzten Taxe gefahren? Der Taxistand war verwaist. Echo seufzte, steckte die Photos und die Zeichnung zurück in die Aktentasche und ging langsam hinüber zu seiner Taxe. Das gelbe Taxischild leuchtete in der Dunkelheit. Kalter Regen legte sich auf Gesicht und Hände. Wie in Trance ließ er die Tasche auf den Beifahrersitz fallen und fuhr los, fuhr wie automatisch durch die fast leeren Straßen nach Hause, starrte immer wieder auf die Tasche und versuchte zu begreifen, was geschehen war: Morand war tot. Wegen einer Zeichnung? Wegen des Photos?

Es ist der Tempel, verstehst du? Der Tempel! Nein, er verstand nicht! *Letzten Endes geht es um die Templer!* Whiskygeschwängerter, irrationaler Unsinn! *Verdammt, wir müssen hier weg! Sie wollen das Päckchen!* Echo hörte Morands Worte noch immer, er bekam sie in der Stille der Nacht, hier und jetzt in der Taxe, nicht mehr aus dem Kopf. *Wir müssen hier weg...* Er hatte nicht an die Angst des Legionärs geglaubt. Algerien, Indochina. Wie konnte dieser Mann Angst vor einem imaginären Ritterorden haben? Das war... *Geschichte!*

Bei Aristoteles ist ein Axiom der Grundsatz einer Theorie oder eines Systems, der innerhalb dieses Systems nicht begründet oder deduktiv abgeleitet werden muß. Auch Echo hätte Morand einfach glauben sollen. Er hätte sich beeilen sollen, zu ihm zu kommen. Vielleicht würde Morand dann noch leben. Vielleicht...

So aber hatte er nur eines – den Namen der jungen Frau, die ihn seit Tagen nicht losließ, die er auf dem Glashüttengelände gesehen hatte, die er selbst in seinen Träumen schon suchte.

Sie war über achtzig. Wenn sie noch lebte.

Rosa.

Aber das Axiom bestand nicht mehr. Morand hatte seine Theorie, daß Kerschenstein von einer Nazi-Organisation – oder deren Nachfolger – in den Tod getrieben worden war, im letzten Augenblick aufgegeben, ersetzt durch die wenig hilfreiche Aussage: *Es ist der Tempel, verstehst du?* Der Tempel... wenn er wenigstens wüßte, wo sich das Päckchen befand, von dem der Legionär gesprochen hatte. Vielleicht half ihm sein Inhalt weiter. Echo schüttelte den Kopf. Im Hotel war das verdammte Ding nicht, sonst hätte der Mann mit der Kampfjacke nicht sogar in der Rezeption danach gesucht. Plötzliche Angst überkam ihn: der Fremde hatte ihn gesehen, im Hotel, und wenn er eins und eins zusammenzählen konnte, mußte er vermuten, daß Echo das Päckchen vor ihm gefunden hatte. Und zweifellos hatte er ihn wiedererkannt...

Echo bremste, brachte den Wagen mit quietschenden Reifen zum Stehen. Er starrte über das Lenkrad hinaus auf die Straße. Nein, er konnte nicht nach Hause fahren, zurück in das Haus, in dem der Mann mit der Tarnjacke vielleicht schon auf ihn wartete. Eine Frage würde er stellen, eine letzte Frage: Wo ist das Päckchen? Danach war sein Leben nichts mehr wert. Ein zweites Mal würde es keine Rettung geben. Kein Mann im weißen Mantel würde seine schützende Hand über ihn halten...

Echo stockte konsterniert. Morands Hilferuf war nicht der erste Hinweis auf den Orden, seine Träume, die Schlange und die Fibel, die Stëin gefunden hatte – immer ging es nur um das eine: die Templer. Sein Vater muß das geahnt haben, schließlich hatte er genug Gelegenheit gehabt, mit Kerschenstein zu sprechen. Oder war er derart gefangen gewesen in seiner Angst, Kerschenstein könne späte Rache an ihm nehmen?

Plötzlich wurde Echo bewußt, daß er noch auf der Straße stand. Er rieb sich die Augen, sah sich um und fuhr langsam weiter. *Stëin.* Er mußte zu Stëin fahren, mußte ihm zeigen, was er gefunden hatte, mußte ihm vom Mord an dem Legionär erzählen. Stëin wußte vielleicht, ob man die Zeichnung des Alten ernstnehmen konnte. Und bei Stëin war er in Sicherheit, Stëins Wohnung kannte der Fremde nicht.

War das so? Mußte er nicht vielmehr davon ausgehen, daß er Stëin durch seine Anwesenheit in Gefahr brachte? Echo fluchte und gab Gas. Er durfte Stëin nicht mehr gefährden, als er es ohnehin schon getan hatte.

Echo fuhr ins Totenreich. Im Glauben, er könne den Mann in der Tarnjacke und Jordan austricksen, parkte er den Wagen nicht im Wendekreis neben dem *Commodore*, sondern ein paar Straßen weiter. Vielleicht war es Unsinn, aber in erster Linie würden sie nach der Taxe suchen. Und die würden sie hier am Feldrand, versteckt am Ende der Siedlung, nicht vermuten. Zumindest hoffte Echo das.

> *Er streifte mit seinem Körper die scheußliche Wunde dieser Pflanze; er vermeinte, sterben zu müssen und erwachte plötzlich, erstickt, erstarrt, irrsinnig vor Angst, mit einem Ruck: 'Gott sei Dank', seufzte er, 'es war nur ein Traum.'*
> J. K. Huysmans: À Rebours (Gegen den Strich), Berlin / Leipzig 1905, S. 193

31. OLDENBURG, FREITAG, 14. SEPTEMBER 1984

Die Leuchtziffern des Radioweckers auf dem Nachttisch zeigten 3:57. Fast vier, und der Schlaf wollte nicht kommen. Echo fühlte sich wie aufgedreht. Die Bilder der letzten Stunden tanzten vor seinen Augen, wann immer er sie schloß, sein Herz schlug laut und schnell, und die Angst ließ ihn bei jedem Geräusch vor dem Haus, bei jedem leisen Schlagen von Autotüren, jeder fernen Stimme oder selbst dem gelegentlichen Ticken der Heizung zusammenfahren. Er rieb sich den Arm, schob den linken Ärmel hoch und betrachtete die im Mondlicht kaum noch sichtbaren Einstiche. Er sollte nicht hiersein, dachte er immer wieder. Der Russe würde ihn bald finden. Doch wo sonst sollte er hingehen? Schließlich griff er nach der Waffe, die auf dem Nachttisch lag, schob sie unter das Kopfkissen und drehte sich auf die Seite. Sollte der Kerl kommen – er war vorbereitet!

In den Minuten des Dahindösens begannen rote Schlangen, Ritter und Krankenschwestern vor den Augen zu tanzen, gefolgt von einem sich windenden Morand, der aus dem Mund blutete. Die Träume der vergangenen Nächte waren noch immer so real, daß es ihm eher wie eine Erinnerung vorkam. Aber was bedeuteten sie? Was bedeutete das marode Treppenhaus und warum stürzte es ein bevor er zu *ihr* gelangte? Zu der Frau mit den dunklen Augen…

Die Gedanken verschwanden so zaghaft wie sie gekommen waren, als er gegen fünf Uhr in einen kurzen, unruhigen und traumlosen Schlaf fiel. Das Tageslicht weckte ihn gnädig, die Anzeige des Weckers stand auf kurz vor acht. Echo stieg aus dem Bett, holte die Waffe unter dem Kissen hervor und ging durchs Haus. Nichts, niemand war in der Wohnung gewesen, Türen und Fenster unversehrt, selbst die notdürftig reparierte Terrassentür. Hoffnung keimte in ihm auf, daß alles nun vorbei war, Morand tot, der Mann mit der Tarnjacke von der Polizei gefaßt.

Echo schüttelte den Kopf. Morands Tod war keineswegs Grund zur Hoffnung, daß alles vorbei war. Im Gegenteil. Wenn der Mann in der Tarnjacke noch immer in der Stadt war, frei herumlief, wie man so schön sagte, dann war es mehr als töricht, hier im Haus zu sein. Warum war er in dieser Nacht nicht gekommen? Spielte er mit ihm?

Im Grunde war Stëin der letzte Ausweg, wenn er nicht ganz verschwinden wollte. Und das wollte er jetzt, da er *ihren* Namen wußte, weniger denn je. Die Angst, Stëins Leben in Gefahr zu bringen, wog nach allem, was er in der letzten Woche erlebt hatte, geringer als die, sein eigenes zu verlieren. Und ganz sicher brauchte er seinen Rat.

Echo ging wieder hinauf, duschte, nahm seine Jacke und verließ das Haus. Er kam sich schrecklich egoistisch dabei vor.

> Die Nacht ist vorgerückt, der Tag aber nahe herbeigekommen. So laßt uns ablegen die Werke der Finsternis und anlegen die Waffen des Lichts.
> Römer, Kap. 13, 12

32. OLDENBURG, FREITAG, 14. SEPTEMBER 1984

Als Jordan am späten Morgen Raum 322 betrat, hatte Engholm noch keine Stunde geschlafen. Entsprechend müde war sein Blick, der eigentlich stinksauer und vorwurfsvoll hatte sein sollen. "Wo warst du?" fragte er matt.

"Ich habe meine Sachen gepackt..." erwiderte Jordan, was nicht ganz der Wahrheit entsprach. Aber was hatte er schon groß zu packen? Das ließ sich am Nachmittag schnell nachholen. Vielleicht war bis dahin auch der Kater abgeklungen...

Engholm nickte und schwieg. Dann fuhr er fort, auf die Tastatur seiner Schreibmaschine einzuhämmern.

"Was machst du da?" fragte Jordan.

Der Kriminalhauptmeister hielt inne. "Ich schreibe dir einen Brief", antwortete er ohne Jordan anzusehen und tippte weiter.

Jordan setzte sich an seinen Schreibtisch und sah seinem Kollegen zu. Dann lehnte er sich zurück und starrte an die Decke. "Tut mir leid, wegen heut' Nacht", sagte er nach einer Weile. Und als Engholm nicht antwortete, fuhr er fort: "Ich hatte etwas getrunken, ein paar Flaschen Bier vielleicht. Berndes hat mich gestern angerufen. Was auch immer hier geschehen sei: ich solle zurückkommen. Kolberg sagt, ich werde nicht gebraucht, und Eilers... du weißt selbst, daß die Fälle für ihn sowieso abgeschlossen sind..."

Engholm hörte auf zu schreiben und wandte sich mit einem müden Blick seinem Kollegen zu. "Hat dir niemand gesagt, daß *du* die Ermittlungen leitest? Im Auftrag des LKA gewissermaßen? Du bist weitgehend unabhängig, was unsere Behörde angeht."

"Seit Berndes Anruf hat sich dieser *Auftrag*, wie du es nennst, wohl erledigt."

"Dann sag ihm, daß wir zwei weitere Mordfälle haben!" brauste der Hauptmeister auf. "Daß Kristin Nijmann vergiftet wurde, wird ja wohl niemand mehr bestreiten! Und Morand ist nicht abgehauen, er ist tot!"

"Jaa", antwortete Jordan gedehnt. "Berndes bestreitet nur, daß es einen Zusammenhang gibt. Ihn interessiert nur, ob es einen antisemitischen Hintergrund gibt, sonst nichts."

"Dann sag ihm, es gibt einen."

"Welchen?"

Engholm seufzte. "Ein wenig Kreativität mußt du schon aufbringen", erwiderte er. "Im Sinne der Wahrheitsfindung..."

Minuten vergingen, in denen Jordan gelangweilt die Unterlagen auf seinem Schreibtisch durchblätterte ohne zu antworten, die Akte Kerschenstein und den Bericht der Hamburger Kollegen zum Mord an Franz Dessauer. Schließlich schob er die Akten beiseite. "Was war das mit dem Mord letzte Nacht?" fragte er unvermittelt. "Ist der Tote wieder aufgetaucht?" Es war ein Versuch witzig sein, er bereute es aber sofort. Der Kriminalhauptmeister stand auf und warf eine dünne Mappe auf Jordans Tisch.

"Was ist das?" fragte der Kommissar überrascht.

"Hast du das Lesen auch verlernt beim Saufen?"

Jordan verzog den Mund, öffnete die Mappe, die Voigts Bericht über den Einsatz im Hotel enthielt, eine kurze Notiz der Forensik betreffend Morands Fingerabdrücke und einen leeren Zettel. Die Fingerabdrücke waren sowohl in Franz Dessauers Hamburger Wohnung als auch in Kerschensteins Wohnung gefunden worden. Dann las er den Bericht. Als er fertig war, hielt er Engholm das leere Blatt hin. "Und das?"

Der Hauptmeister atmete einmal tief durch. Schließlich nahm er die Mappe wieder an sich, lehnte sich auf seinem Stuhl zurück und verschränkte die Arme hinterm Kopf. "Das, Herr Kommissar", erklärte er, bemüht, nicht laut zu werden, "ist alles, was ich bei einem Anruf des zuständigen *Juge d'Instruction*, also dem Untersuchungsrichter in Marseille, zum Fall Morand in Erfahrung gebracht habe. Und zwar nicht, weil ich der französischen Sprache nicht mächtig wäre oder der Herr Untersuchungsrichter nichts wüßte – nein, er *wollte* mir nichts sagen. Vermutlich hat er schon mit dem Ministerium telefoniert. Wenn die Leiche nicht schon verschwunden wäre, würden die sie bestimmt abholen lassen und wir hätten einen Fall weniger..."

"Du phantasierst! Vielleicht wollte er nichts sagen eben weil es keinen Mordfall Morand gibt?"

"Unsinn! Vor ein paar Tagen war genau dieser Morand noch international zur Fahndung ausgeschrieben. Und jetzt? Keine Information, kein Garnichts. Dabei könnten wir ihn mit ihrer Hilfe vielleicht finden..."

"Tot oder lebendig?"

"*Ich weiß es doch nicht, Uwe!*"

In Jordans Gesicht zeichnete sich ein schmales Lächeln ab. Ihm gefiel es, wie Engholm sich aufregte. Alles war besser als die Langeweile der letzten Tage. *Und wer weiß*, dachte er, *vielleicht kommen wir durch diesen Morand – ob tot oder nicht – ja endlich hinter das Geheimnis von Kerschensteins Tod*. Plötzlich krauste er die Stirn, nachdenklich und ein wenig leidend. Aber hatte da nicht etwas im Bericht dieses Voigt gestanden, das man nicht übergehen sollte? Jordan stand auf und beugte sich über den Schreibtisch, um sich den Bericht zurückzuholen. Er blätterte kurz bis zu der Stelle, an der vermerkt war, daß beim Eintreffen der Streifenwagen zwei Fahrzeuge fluchtartig das Hotelgelände verlassen hatten. Bei dem einen handelte es sich um... Er griff nach dem Telefon und wählte die Nummer der Taxizentrale. Eine halbe Minute später hatte er anhand der Konzessionsnummer fest-

gestellt, daß es Marburgs Taxe war, die wieder einmal zum Tatzeitpunkt am Ort des, nun ja, *mutmaßlichen* Verbrechens war. "Marburg", brummte er.
"Das wußten wir bereits."
Jordan ignorierte seinen Kollegen. "Und der andere Wagen?"
"Wir haben das Kennzeichen. Voigts Leute sind dran…"
Jordan nickte nachdenklich. "Wir nehmen uns Marburg vor. Noch heute morgen", erklärte er mit gequältem Aktionismus. Dann fiel sein Blick auf die zweite Mappe. "Haben wir eigentlich Marburgs Fingerabdrücke im Haus von Dessauer gefunden?"
"Hast du welche von ihm?" fragte Engholm gereizt zurück. "Ich meine, nur so zum vergleichen…"
Der Kommissar verzog den Mund. Nein, natürlich hatten sie keine Daten von dem Jungen. Um so dringender mußten sie ihn aufs Revier holen. Er stand auf und sah den Hauptmeister auffordernd an. "Holen wir ihn also ab?"
Engholm klappte die vor ihm liegende Akte zu und stand widerwillig ebenfalls auf. *Er* machte die Arbeit und dieser Grünschnabel gab die Befehle? "Nein", sagte er. "Der Junge läuft uns nicht weg. Ich besorge uns seine Fingerabdrücke. Aber du glaubst doch nicht im Ernst, daß er mehr war als der Fahrer?" Natürlich war es genau das, was er an Jordan vermißt hatte: ein wenig Tatendrang. Aber Marburg? Er mußte im Stillen lachen. Der Junge paßte bestimmt nicht in ihr Täterprofil. Irgendwie beteiligt war er dennoch, aber das herauszufinden, konnte warten.
Dann fiel ihm etwas ein, das im Augenblick hilfreicher war als Marburgs Befragung. Er nahm Voigts Bericht noch einmal zur Hand, blätterte kurz darin und reichte ihn aufgeschlagen dem Kommissar. "Da hast du deinen antisemitischen Hintergrund, oder wie du das nennst."
Jordan betrachtete die Photos auf der aufgeschlagenen Seite. Eines der Bilder ließ Morands Messer erkennen, das Offiziersmesser mit den Runen am Griff. Er zog die Augenbrauen hoch und nickte langsam. "Ja, das könnte klappen", murmelte er. "Da wird Berndes aber überrascht sein."
Im nächsten Moment ging die Tür auf. Voigt kam herein, warf Jordan einen kurzen, amüsierten Blick zu, den dieser sofort auf sein Fehlen am Tatort in der vergangenen Nacht bezog. "An der ganzen Geschichte könnte etwas dran sein", begann er zu Engholm gewandt und ließ sich in Jordans Schreibtischstuhl fallen. "Der erste Wagen, der uns gestern nacht durch die Lappen gegangen ist, gehört eurem jungen Freund. Beziehungsweise seinem Vater. Aber das wußten wir ja schon. Der Zweite ist zugelassen auf einen niederländischen Autovermieter und wurde am Montag in Schiphol an einen gewissen *Andreij Romanow* abgegeben, einen großen, blonden Mann, dessen Herkunft zu seinem Namen zu passen scheint. Nur leider ist der Name offenbar ebenso falsch wie sein Paß…"

"Romanow", sagte Engholm und lächelte zum ersten Mal an diesem Morgen. "Bescheidenheit gehört jedenfalls nicht zu seinen Vergehen."

Voigt, der wußte, daß es sich um den Namen der russischen Zarenfamilie handelte, lächelte ebenfalls. "Die Personenbeschreibung deckt sich übrigens mit der, die wir vom Überfall auf den jungen Marburg haben..."

Engholm und Jordan warfen sich einen überraschten Blick zu. Jordan hatte, trotz seiner Zweifel an der Aussagekraft dessen, was Echo ihm im Krankenhaus berichtet hatte, eine Gesprächsnotiz in der Fallakte abgeheftet. Die Beschreibung seines visionären Angreifers gehörte Dazu. "Können wir ein Phantombild bekommen?" fragte Jordan vorsichtig.

"Das läuft schon, Herr Kommissar", antwortete Voigt selbstzufrieden. "Das läuft... Nach Person und Fahrzeug wird bereits gefahndet..."

> ...in der Johannisnacht
> 36 Jahre nach dem Heuwagen
> 6 Botschaften mit Siegel
> Für die Weißen Mäntel (= die Tempelritter)
> Relapsi aus Provins für die (= bereit zur) Rache
> 6 mal 6 an 6 Orten
> Jedesmal 20 Jahre macht 120 Jahre
> Dies ist der Plan:
> Zum Donjon (gehen) die ersten
> Wiederum (= nach weiteren 120 Jahren) die zweiten bis zu denen mit
> Broten
> Wiederum (dito) zum Refugium
> Wiederum zu Notre Dame auf der anderen Seite des Flusses
> Wiederum zur Herberge der Popelicans
> Wiederum zum Stein
> 3 mal 6 (= 666) vor dem Fest der Großen Hure
>
> "Dunkler als die schwärzeste Nacht", sagte Belbo.
> "Sicher, das muß alles erst noch interpretiert werden..."
> U. Eco: Das Foucaultsche Pendel, 1989, S. 163

33. OLDENBURG, FREITAG, 14. SEPTEMBER 1984

"*Wo warst Du?*" fuhr Stëin Echo an als er um kurz vor sieben vor seiner Haustür stand. "Ich hab' versucht, dich anzurufen!"

Echo reagierte nicht. Er schlüpfte zwischen Stëin und der Haustür hindurch, ließ die Reisetasche auf den Steinboden des Treppenhauses fallen und reichte Stëin die Aktentasche aus dem Schließfach. "Morand ist tot", sagte er matt.

"Morand?"

"Der Mann, den ich aus Kerschensteins Wohnung abgeholt habe, ich hab' dir von ihm erzählt..."

Stëins Blick wanderte von der Aktentasche zu Echo. Er musterte ihn kurz, dann schob er ihn weiter, führte ihn die Stufen hinauf zur Wohnung seiner Eltern. "Kann sein", erwiderte er und betrachtete die hellbraune, lederne Aktentasche. "Was ist das?"

Echo sah müde aus und ängstlich. Er hatte die Taxe ein paar Straßen weiter geparkt, die gleiche Taktik, die in der vergangenen Nacht schon funktioniert hatte und die er Stëin schuldig war. Der Fremde mit dem russischen Akzent war mit der Hotelangestellten schon nicht zimperlich umgegangen, in Stëins Fall würde er erst recht keine Rücksicht nehmen. Echo verzog den Mund und sah seinen Freund an. Er wußte, daß es ein naiver Versuch war, sich und Stëin zu schützen, indem er den Wagen ein paar hundert Meter entfernt abstellte. "Ich weiß es nicht", sagte er leise und deutete auf die Tasche. "Aber es muß wichtig sein. Morand glaubt... er *glaubte*, Kerschensteins Mörder sind hinter dem Papier her..."

Stëin krauste die Stirn. Er ging in die Küche, nahm einen Becher aus dem Schrank und stellte ihn auf den Tisch. Echo folgte ihm, setzte sich an den Küchentisch und starrte auf den Becher, während sein Freund Kaffee hineingoß. Dann begann er zu erzählen, was geschehen war seit Morand ihn angerufen und zu Dessauer bestellt hatte, erzählte vom Glashüttengelände, von den Gesprächen mit Jordan bis hin zu den Ereignissen der vergangenen Nacht.

Mit dem Becher in der Hand hatte Stëin sich ebenfalls an den Tisch gesetzt und zugehört. Schließlich, nachdem Echo geendet hatte, nahm er stumm die Tasche, legte sie auf den Tisch und öffnete sie. Vorsichtig zog er das Blatt Papier hervor, die Zeichnung, die Kerschenstein angefertigt hatte, und betrachtete sie regungslos, nur seine Augen wanderten auf dem Blatt hin und her. "Was ist das?" fragte er schließlich.

"Ich hatte gehofft, daß du mir das sagen kannst..."

Stëin schüttelte den Kopf. Er legte das Blatt auf den Tisch und sah Echo mitleidig an. "Das ist Hebräisch, das kann ich nicht lesen. Wenn du willst, frage ich Marten danach."

Echo wehrte ab und nahm das Blatt zurück. Nein, das wollte er nicht, nicht noch jemanden mit hineinzuziehen. Irgendeine Bedeutung mußten diese Schriftzeichen natürlich haben. Aber welche? Hatte Morand sie verstanden? Wer konnte sie übersetzen?

"Du kannst nebenan schlafen", unterbrach Stëin Echos Gedanken während er seinen Becher in die Spüle stellte. "Überleg' dir das Angebot. Ich frage Marten danach. Wir können ihn heute abend besuchen."

"Ja, vielleicht", sagte Echo leise und stand auf. "Ich denk' drüber nach."

"Was hast du vor?"

"Ich hab noch ein paar Sachen zu erledigen..." Echo lächelte schwach. "Es wird Zeit, daß ich mein Leben wieder auf die Reihe kriege."

Als Echo eine Viertelstunde später das Haus verließ, sah Stëin ihm durch das Küchenfenster nach, solange, bis er hinter der nächsten Straßenecke verschwunden war. Dann ging er langsam in das Wohnzimmer seiner Eltern und nahm den Telefonhörer ab.

Echo hatte den Funk eingeschaltet und fuhr langsam und unentschlossen Richtung Innenstadt. Er wollte nachdenken, brauchte Ruhe, und die, so dachte er wenigstens, fand er am ehesten an irgendeinem Taxistand. Auf diese Weise hatte er schon Stunden mit Warten verbracht, und so war es wohl eine gute Gelegenheit um in Ruhe zu entscheiden, wie er weiter vorgehen sollte. Wenn es sich bei der Zeichnung tatsächlich um den Schlüssel zu Kerschensteins Tod handelte, so half ihm das leider nicht weiter, denn er verstand die Bedeutung der Zeichnung und der Worte nicht. Selbst Stëin hatte ihm nicht helfen können, wenn man davon absah, daß er glaubte, der alte Marten könne lesen was auf dem Papier stand. Nun, vielleicht war es so. Echos Vorbehalte gegenüber dem Buchhändler begannen plötzlich zu schwinden und sich nach und nach einem hoffnungslosen Pragmatismus zu ergeben.

Er war der Erste am *Stand Pferdemarkt*. Nach zwei Minuten wurde er gerufen, bekam eine Tour und mußte zugeben, daß Taxifahren an diesem Morgen offenbar nicht zum Nachdenken taugte. Er meldete sich und begrüßte den Mann am Funk, eine ruhige Stimme, die ihn wenig später aufforderte, im Anschluß in die Zentrale zu kommen.

"Herr Bartels will mit dir sprechen", sagte der Mann am Mikrophon als Echo später durch das kleine Holzfenster zwischen Fahrerraum und Telefonzentrale lugte.

"Warum?"

Der Zentralist quittierte Echos Frage mit einem Schulterzucken und wies mit dem Daumen zur Bürotür des Chefs.

Hans-Günther Bartels war, salopp gesagt, der Herr über alle zweiundachtzig Fahrzeugen der größten Taxizentrale Oldenburgs. Zwar gehörten ihm davon nur knapp zwanzig Autos, dennoch war er der größte Taxiunternehmer der Stadt und betrieb – was seine Vormachtstellung noch unterstrich – die Funkzentrale, die die in ihr zusammengeschlossenen Taxiunternehmer und Fahrer leitete. Es war kein besonders langes Gespräch, in dem Bartels Echo musterte, einzuschätzen versuchte und letztlich für *Wert* erachtete, bei ihm fahren zu dürfen. Dennoch machte er Echo klar, und er versuchte dabei taktvoll zu sein – schließlich war Gert Marburg erst eine Woche unter der Erde –, daß er die Taxe eigentlich gar nicht betreiben durfte, da er weder Konzession noch einen Personenbeförderungsschein der Stadt Oldenburg besaß, oder, anders gesagt, die Konzession auf jemanden ausgestellt war, der gar nicht mehr lebte.

"Ich meine es nur gut", meinte Bartels. "Ich möchte keine Taxe verlieren. Aber Gesetz ist Gesetz…"

Echo hatte sich über eine Menge Dinge Gedanken gemacht während der vergangenen Tage – über Details wie Konzessionen, Lizenzen oder das Personenbeförderungsgesetz im Allgemeinen allerdings nicht wirklich. Sie einigten sich darauf, daß Echo die Konzession umgehend umschreiben lassen sollte – obwohl Echo weder wußte, ob das so ohne weiteres möglich war noch ob er das überhaupt wollte. Sie sprachen über einen Verkauf der Taxe, was Bartels jovial aber kategorisch ablehnte – oder zumindest versuchte er, es Echo auszureden. Statt dessen bot er Echo Unterstützung beim Erwerb der Konzession und des *P-Scheins* an. Bartels meinte es ernst, zweifellos, und dennoch wurde Echo das Gefühl nicht los, daß es dem anderen in erster Linie darum ging, nicht die monatlichen Gebühren zu verlieren, die jeder der angeschlossenen Unternehmer an den Taxiring zahlen mußte. Er grinste bei diesem Gedanken, trotz aller Niedergeschlagenheit, als er die Zentrale verließ. *Money rules the world*, im Großen wie im Kleinen.

Echo hinterließ Stëins Telefonnummer für Notfälle, nicht zuletzt, da er sich erinnerte, daß Jens von Aten am Wochenende die eine oder andere Schicht fahren wollte. Wie sollte der ihn sonst erreichen, wenn er nicht zu Hause war?

Den Rest des Vormittages verbrachte er mit Tanken, Wagenwaschen und damit, sich ein paar neue Klamotten zu kaufen, denn das Repertoire seiner Reisetasche war mittlerweile erschöpft.

Die Stunden waren vergangen wie zwischen den Fingern zerrinnender Sand. Echo hatte für kurze Zeit nicht an das Haus, an seinen Vater oder an Morand gedacht, er hatte weder mit Jordan gesprochen noch diesen verdammten Zettel mit den seltsamen Malereien eines Blickes gewürdigt. Er war durch die Innenstadt geschlendert und hatte sich längst verdrängten Erinnerungen hingegeben. Einige Jahre war er nicht mehr hiergewesen und einiges hatte sich verändert, vieles war geblieben. Das Kaufhaus *Hertie*, seit fünfundzwanzig Jahren in Oldenburg, hatte er schon als kleines Kind in- und auswendig gekannt, *Hettlage*, *Leffers*, *CWM*, die *Plattenläden* und nicht zu vergessen die Bratwurst bei *Wurst Maxe*, schräg gegenüber dem *Wallkino*. Als er wieder im Auto saß fühlte er sich geläutert, beruhigt, um eine Entscheidung reicher und ein paar Mark ärmer. Der Vormittag war so alltäglich gewesen, daß er Echo unter den gegebenen Umständen geradezu surreal erschien, und diese Normalität wirkte sich so nachteilig auf seine Wachsamkeit aus, daß er nicht bemerkt hatte, wie sich ein blauer Opel Rekord an seine Fersen heftete.

"Heißt das, du fährst nicht zurück nach Köln?" fragte Stëin mit einem belustigten Seitenblick auf Echos Einkaufstüten.

"Nein", antwortete Echo ohne zu zögern. "Oder ja. Je nach dem." Er stellte die Tüten neben den Küchentisch und setzte sich. Fast eine Woche war vergangen seit der Beerdigung seines Vaters. Bis zum Semesterbeginn blieben ihm noch weitere vier Wochen, die mit Vorbereitungen für die Diplomarbeit, Besuchen in der Uni-Bibliothek und ersten Absprachen mit seinem Professor verplant waren. Heute vormittag aber war ihm klargeworden, daß er nicht zurückfahren konnte. Jedenfalls nicht, bevor er die junge Frau gefunden hatte, die seit der Nacht, in der er sie auf dem Glashüttengelände gesehen hatte, viel mehr war, als nur ein Traumbild. Aus dem latenten Wunsch, ihr nahe zu sein, war Begehren geworden in der Sekunde, als er sie in der Zeltstadt leibhaftig gesehen hatte. Der Zirkus aber blieb verschwunden, wie er auf dem Rückweg zu Stëin erneut hatte feststellen müssen. Er begehrte eine Unbekannte.

"Ich muß sie wiedersehen", fügte er knapp hinzu und stand auf. "Ich muß herausfinden, wer sie ist, und so lange werde ich bleiben..." Echo holte die Photographien aus seiner Jackentasche, betrachtete sie und seufzte. *Schwarzweiß*, dachte er. Und die Schwesternkleidung der jungen Frau glich denen, die er auf Weltkriegsphotos einmal gesehen hatte. Erster Weltkrieg. Verdammt, wenn er es nicht besser wüßte, mußte diese Frau über achtzig Jahre sein. Oder tot...

Tot? Natürlich, schoß es ihm durch den Kopf. Daß er da nicht schon eher drauf gekommen war! Echo suchte nach der Zeichnung, dem Blatt Papier aus dem Schließfach, fand es in einer der anderen Jackentaschen und faltete es auseinander. *Das ist ein Grabstein. Diese Zeichnung muß Morand bei Kerschenstein gefunden haben. Kerschenstein und niemand anderer hat einen jüdischen Grabstein gezeichnet, und zwar als eine Art Vermächtnis...* Echo griff nach seiner Jacke. Er hatte eine Idee.

Er hatte die Lösung!

Es klingelte. Echo zögerte erschrocken. War der *Russe* ihm gefolgt? Würde er einen Unterschied zwischen ihm und Stëin machen? Stëin verschonen?

Stëin ging zur Tür. *Nicht!* wollte Echo rufen, doch die Warnung blieb ihm im Hals stecken und verwandelte sich in ein Krächzen. Stëin achtete ohnehin nicht darauf. Wenig später kam er in Begleitung des Kriminalhauptmeisters zurück, der mit Jordan zusammenarbeitete. Sie sahen sich neugierig an. Und erleichtert.

Stëin machte eine einladende Geste in Richtung Küche. "Ich habe Kaffee."

Der Polizist lehnte ab und wandte sich statt dessen Echo zu: "Kennen Sie Jacques Morand?" fragte er ohne Einleitung. Sie hatten beschlossen, daß er alleine mit Echo sprechen sollte. Jordan wartete im Wagen. Engholm glaubte, auf diese Weise mehr in Erfahrung bringen zu können. Echo schüttelte spontan den Kopf.

"Kommen Sie, Marburg!" Engholm wirkte ungeduldig. "Wir haben Ihre Karte bei Morand gefunden!"

Echo zuckte mit den Schultern. "Was spielt das noch für eine Rolle?"

"Eine sehr große. Sie waren in der letzten Nacht in seinem Hotel. Und Sie haben ihn als ermordet gemeldet!"

Echo überlegte. Was sollte er sagen? Engholm hatte ihn überrascht. Er hatte nicht damit gerechnet daß die Beamten so schnell darauf kamen, *wer* aus dem Hotel angerufen hatte. Daß Engholms Schlußfolgerung ihn heute schon hierhergeführt hatten, paßte nicht in Echos Zeitplan. Er hatte im Grunde nichts zu verbergen, das nicht, aber die Spur, auf die ihn die Zeichnung geführt hatte, wollte er auf keinen Fall preisgeben. Sie würde ihn zu den Mördern seines Vaters – oder zu der unbekannten Frau – führen. Zugegeben, das war ein wenig optimistisch gedacht, aber bevor er nicht selbst herausgefunden hatte, was ihn erwartete, würde er sein Wissen nicht mit der Polizei teilen. "Ja", erklärte er schließlich zu Engholm gewandt. Er setzte sich wieder. "Ich habe ihn ein oder zweimal gefahren. Gestern abend hatte er mich angerufen und ins Hotel bestellt…"

Engholm seufzte und sah Echo drängend an. Offenbar hatte er es eilig. "Wann haben Sie ihn zuletzt gesehen?"

"Letzte Nacht, das sagte ich doch gerade!"

"Wann in der letzten Nacht?"

Echo zuckte mit den Schultern. "Halb eins vielleicht, ich weiß die Uhrzeit nicht mehr. Aber ich habe unmittelbar danach angerufen. Außerdem haben Sie mich doch wegfahren sehen!"

"Ja, das haben wir tatsächlich", gab Engholm mit einem schwachen Lächeln zu. "Haben Sie mit Morand gesprochen?"

"Nein", erwiderte Echo ruhig. "Natürlich nicht. Schließlich war er ja tot."

"Da sind Sie sich sicher?"

"Einigermaßen." Echo sah den Hauptmeister feindselig an. "Er hatte eine Schlinge im Hals, hat mich angestarrt, sich nicht bewegt und nicht geatmet. Als er noch lebte, hat er sich anders verhalten…"

Engholm fluchte. Auf Sarkasmus war er jetzt nicht eingestellt. "Was meinen Sie mit: *im Hals?*"

"Nun… sie war…" Echo mußte tief einatmen, als das Bild wieder vor seinen Augen erschien. "Sie war soweit zugezogen…"

Engholm nickte. "Wir haben Blut auf dem Bettlaken gefunden. Es könnte seins gewesen sein. Haben Sie etwas berührt?"

"Haben Sie den anderen?" fragte Echo zurück.

"Welchen anderen?"

"Welchen anderen! Den Mann mit der Tarnjacke, im Geländewagen, der hinter mir her war!"

"Nein", erwiderte Engholm und neigte den Kopf ein wenig. "Leider nicht. Könnte es derselbe…"

"Ja."

"Ja?"

"Ja, es war derselbe Mann, der mich niedergeschlagen hat."

Engholm taxierte Echo einen Augenblick. Dann machte er sich Notizen. "Und Sie haben wirklich nichts berührt?"

"Weiß ich nicht…"

Der Hauptmeister verdrehte die Augen. "War sonst noch jemand in der Nähe?" fragte er einen Augenblick später beherrscht.

"Höchstwahrscheinlich. Schließlich ist es ein Hotel." Echo funkelte den Polizisten an. Dann fügte er leise hinzu: "Aber ich habe nur diese Frau von der Rezeption gesehen. Sie kam zurück, nachdem ich bei Ihnen angerufen hatte. Und dann kam noch dieser Mann. Mit der Tarnjacke. Der, der mich verfolgt hat..."

"Und der Mann in der Tarnjacke war nicht Morand?" Engholm wußte natürlich, daß es kaum Morand gewesen sein konnte, denn dessen Jacke hatten sie im Hotelzimmer gefunden. Ebenso wie sein übriges Gepäck, das sie in einem Abstellraum gefunden hatten.

"Morand?" Echo stand auf und beugte sich über den Tisch. "*Was soll die Frage? Ich sagte doch, daß er bereits tot war!*"

Engholm nickte, und sein Nicken wirkte betont verständnisvoll. "Dann wird es Sie interessieren, daß Sie der einzige sind, der den Mann tot gesehen hat. *Wir* haben keine Leiche gefunden. Und wir fragen uns, warum uns jemand eine derartige Geschichte erzählen sollte..."

"Sie wollen mich auf den Arm nehmen, oder?" Echo starrte den Hauptmeister ungläubig an. Dann setzte er sich wieder. "*Er war tot! Er lag auf dem Bett!*"

"Vielleicht. Vielleicht wollen Sie auch nur von Ihrem Vater ablenken. Wäre das möglich?"

Echo schüttelte langsam den Kopf. Aber das konnte nicht sein! Er hatte den Legionär gesehen! Tot! Umgebracht von dem Mann in der Tarnjacke, kein Zweifel, das hatte er sich doch nicht eingebildet! Er warf Stein einen hilfesuchenden Blick zu. Doch der hob nur entschuldigend die Schultern. Was sollte er auch sagen? Schließlich hatte *er* Morand nicht gesehen.

Echo begann zu zweifeln, an sich und allem was er gesehen hatte.

Was er *geglaubt* hatte zu sehen. Für einen Augenblick erschien ihm sogar der Überfall auf ihn selbst unwirklich. Die sporadisch wiederkehrenden Kopfschmerzen wehrten sich allerdings gegen derartige Zweifel.

"Sie wissen, daß es nicht so ist", sagte er schließlich schwach. "Warum sollte ich von meinem Vater ablenken wollen?"

"Unsere Klienten handeln nicht immer rational", stellte Engholm fest. Das glaubte er selbst nicht. Es war vielmehr ein letzter Versuch, Echo aus der Reserve zu locken. Vergebens. Echo schüttelte nur kaum merklich den Kopf, achtete nicht auf die unsinnigen Anschuldigungen. Nur eines ging ihm durch den Kopf: wo war Morands Leiche? Warum war sie nicht dort, wo er sie gefunden hatte? "Der Mann in der Tarnjacke war nicht allein..." sagte er schließlich. Engholm notierte sich das. "Als ich fort wollte... er wollte mich aufhalten... Vielleicht haben die anderen Morand im Geländewagen fortgebracht?" Echo sah den Hauptmeister an.

Doch der machte sich ungerührt Notizen. "Was wollte Morand bei Franz Dessauer?"

"Dessauer?"

"Dessauer."

"Ich... ich habe ihn dort nur abgeholt..."

"Und die gesamte Rückfahrt über haben Sie geschwiegen?"
"Der hat doch geschlafen!" brauste Echo auf. Geschlafen – konnte man schlafen, wenn man soeben einen Menschen umgebracht hatte? Er selbst sicher nicht. Aber ein Fremdenlegionär? Ein Söldner? Die Möglichkeit bestand durchaus. Zeit genug hätte er gehabt. Und dennoch, Echo glaubte nicht, daß Morand den Mann getötet hatte…
"Warum decken Sie jemanden, der Ihrer Meinung nach tot ist?"
"Scheiße", war alles, was Echo erwidern konnte. "Ich sage nur, was ich weiß. Oder nicht weiß. Suchen Sie lieber nach den Männern mit dem Hundertneunziger…"
"Das tun wir, keine Sorge. Nur leider ist der Mercedes ein Allerweltsauto und das Kennzeichen des Fahrzeugs nicht registriert. Das erhöht nicht gerade die Erfolgsaussichten."
Echo wandte sich ab und trat ans Fenster. Gefälschte Kennzeichen also. Damit war die Unfallhelfergeschichte aber auch vom Tisch. Der Wagen war gestohlen. Keine Frage, die Männer im Hundertneunziger hatten seinen Vater auf dem Gewissen…
Wie aus weiter Ferne hörte er, wie sich der Polizist verabschiedete und ging. Er achtete nicht auf ihn. Ihm wurde plötzlich bewußt, daß der Vormittag in der Stadt nichts weiter als ein Fluchtversuch gewesen war. Ein fehlgeschlagener Fluchtversuch. Die Realität hatte ihn bereits wieder eingeholt. Echo goß sich Kaffee in einen der drei Becher, die auf dem Tisch standen. Gedankenverloren verrührte er einen Schuß Dosenmilch. Was war geschehen in der letzten Nacht? Von dem Augenblick, in dem er Morands Zimmer verlassen hatte bis zum Eintreffen der Polizei mochten fünfzehn Minuten vergangen sein, fünfzehn Minuten, in denen SIE das Zimmer nach dem Schlüssel oder dem Päckchen durchsucht und Morands Leiche fortgeschafft haben mußten. Daß es mehrere waren stand außer Zweifel. Es gab eine Feuerleiter, das wußte er. Darüber mußten SIE den Legionär zum Parkplatz und dann in den Geländewagen geschafft haben, während er sich im Büro hinter der Rezeption versteckt gehalten hatte. Durch seine Flucht war er IHNEN in die Quere gekommen. So mußte es gewesen sein… Wenn er sich nur an das Gesicht des Mannes erinnern könnte, der ihn aus dem Auto hatte zerren wollen! Aber dafür ging alles viel zu schnell.
Noch ein Gedanke drängte sich plötzlich auf: warum hatte er seine Vermutungen dem Polizisten nicht erzählt? Weil der ihm nicht geglaubt hätte? Oder weil er es Vomdorff erzählt hätte? Möglich. Vomdorff war ihm nicht geheuer. Echo legte den Löffel auf den Tisch, nahm den Becher in beide Hände und trank einen Schluck. Er hatte Angst. Angst vor dem, das nun kommen würde. Den Wagen ein paar Straßen entfernt zu parken war vermutlich naiv, und gewiß keine Garantie dafür, *nicht* von dem Mann in der Tarnjacke ge-

funden zu werden. Sich bei Stëin zu verstecken würde ihm nur einen Aufschub gewähren, mehr nicht...

Stëin setzte sich zu ihm. "Ich verstehe das nicht", sagte er schließlich. "Warum stellen die immer die gleichen Fragen?" Er goß sich ebenfalls einen Kaffee ein. "Sie müßten mittlerweile rausgefunden haben, daß die Nijmann umgebracht wurde", fuhr er schließlich nachdenklich fort. "Du hast ihnen doch die Photos gegeben, oder? Dann sollten sie die Verbindung zwischen ihr und deinem Vater kennen. Und damit zu Kerschenstein."

"Und damit zu Morand", ergänzte Echo und fügte, als Stëin ihn fragend ansah, hinzu: "Morand ist Kerschensteins Sohn."

Stëin hob eine Augenbraue. Es schien als würde er verstehen. Fast alles zumindest. Bis auf zwei Punkte: "Aber was hat dein Vater damit zu tun?" fragte er schließlich. "Und warum hast du das nicht diesem Engholm erzählt?"

"Das weiß ich nicht." Echo rieb sich die Augen. "Am Ende war Vater nur..." – er zögerte einen Augenblick, nicht zuletzt weil er inständig hoffte, daß diese Vermutung richtig war – "Am Ende war er nur eine Art Bauernopfer."

Gegen achtzehn Uhr rief Jens von Aten an. Sie verabredeten sich, und Echo übergab die Taxe eine Stunde später in Metjendorf. Auf dem Wendeplatz. Das Haus zu betreten traute er sich nicht. Von Aten fragte, ob er die nächsten drei Nachtschichten fahren könnte. Echo winkte ab, ihm war es recht. "Natürlich, behalte den Wagen ruhig." Im Augenblick konnte er jede Mark gebrauchen, und jetzt, da Morand nicht mehr lebte, brauchte er die Taxe ohnehin nicht mehr.

Echo setzte sich in den *Commodore* und ließ von Aten und den Hundertneunziger im Wendekreis unter den Ulmen zurück. Sie hatten ausgemacht, am Montag abzurechnen.

Echo fuhr zurück. Ein ruhiger Freitagabend, dachte er. So ruhig, daß er sich vielleicht sogar der Paranoia bezichtigt hätte, wären da nicht die immer wiederkehrenden Bilder des toten Legionärs in seinem Kopf gewesen, die kleine Kupferfibel, die er immer noch mit sich herumtrug, und nicht zuletzt das Photo von Rosa...

Und genau deshalb bemerkte er den blauen Opel Rekord, der ihm schon wieder folgte, auch jetzt nicht..

Im nächsten Moment hatte er ein anderes Bild vor Augen. Die Hotelauffahrt. *Es war ein Pajero* gewesen, da war er sich jetzt plötzlich sicher. *Ein silberner Mitsubishi Pajero!* Darin hatten sie Morand fortgeschafft. Die Spurensicherung würde das zweifellos bestätigen können. Und so viele Fahrzeuge dieses Typs gab es auch nicht in Oldenburg, da war es bestimmt nicht schwer, diesen Wagen zu finden...

Doch aus irgendeinem Grund interessierte es Echo nicht mehr. Warum sollte er Engholm und Jordan helfen? Er selbst hatte nichts davon. Nein! Er überlegte kurz, ob er zum Friedhof fahren sollte, zum *Jüdischen*, dorthin, wo er Morand abgesetzt hatte. Aber auch den Gedanken verwarf er. Es dämmerte bereits, und er fürchtete, das was er suchte, nicht mehr zu finden. Statt dessen nahm er den Umweg über den Hafen, fuhr am Glashüttengelände vorbei, getrieben von der Sehnsucht nach der jungen Frau, der Unbekannten vom Zirkus.

Vergeblich. Der Zirkus blieb verschwunden, solange er auch vor dem Zaun stand, an den *Commodore* gelehnt, in die Dunkelheit starrend. Die Sehnsucht blieb ungestillt und brannte weiter in ihm, das Feuer der Enttäuschung.

Stëin brachte Echo im Gästezimmer seiner Eltern unter, einem kleinen, straßenseitig gelegenen Raum, in dem außer einem Schrank und einem Bett, das Bügelbrett nebst Bügelwäsche, eine Nähmaschine und einige Umzugskartons mit längst vergessenem Inhalt untergebracht waren. Aber das störte Echo nicht, es war ja nicht für lange. Als die Tür sich hinter ihm schloß, löschte er das Licht, trat ans Fenster und blickte auf die Straße, die tauglänzend und still im fahlen Mondlicht vor ihm lag. Nur wenige Autos standen am Straßenrand, glitzernde Schatten in der Dunkelheit. Ein kalter, breiter Streifen blassen Mondlichts ergoß sich vom Fenster über das Bett bis zur Wand. Echo umfaßte schaudernd den Fenstergriff. In den Augenblicken, in denen er zur Ruhe kam, verspürte er eine klammernde, kalte Angst. Wußten SIE wo er sich jetzt aufhielt? Oder wartete IHR Mann, der Mann mit der Tarnjacke im Haus seines Vaters auf ihn?

Es war weit nach zwölf, als endlich die Müdigkeit kam, zusammen mit der Hoffnung, von *ihr* zu träumen. Daß diese Träume zunächst von Einstichen, also zweifellos Injektionen begleitet waren, versuchte er zu verdrängen. Hier bei Stëin war er auch davor sicher, hoffte er. Für den Augenblick jedenfalls.

Echo lag auf dem Bett, angezogen, reglos an die Zimmerdecke starrend und auf das Hinwegtreiben in die Dunkelheit wartend, in den Schlaf, der ihn vom lauterwerdenden Schlag seines Herzens erlöste. Die Zeit verging, und der Tag tanzte vor seinen Augen, der Tag und die vergangene Nacht. Morand. Der Russe. Bartels und die Entscheidung, ob er die Taxikonzession behalten sollte, von Aten, der jetzt vermutlich mit seiner, Echos, Taxe an irgendeinem Taxistand wartete, Oldenburg, das er fast vergessen – und doch vermißt – hatte, und immer wieder die Augen, das Gesicht, die Frau, die Ohnmacht, sie nicht fassen zu können, die Angst, sie verloren zu haben, dieses Wesen, das alles andere bedeutungslos werden ließ.

Dann drängten sich die Schlangen in sein Bewußtsein. Wer träumte schon von roten Schlangen und mittelalterlichen Heerstraßen? Echo erinnerte sich an jedes Detail, die Gesichter seiner Weggefährten, die Gassen und die

Häuser Gents. Träume vergißt man, sie verblassen nach dem Aufwachen, Geschehenes nicht. Wieso erinnerte er sich also daran?

Er beobachtete, wie der Streifen, den das fahle Mondlicht an die Wand malte, langsam zur Tür wanderte. Er sah es durch die geschlossenen Lider. Es hatte keinen Zweck, er konnte keinen Schlaf finden. Langsam und widerwillig setzte er sich schließlich auf, starrte in Dunkelheit des Zimmers, auf die getäfelten Wände. Ein großer Tisch, direkt am Fenster, ein Fenster ohne Glas, zwiebelförmig zugespitzt, ein Stuhl, ein Kreuz, dunkles Holz, beides reichverziert. Sonne drang herein. Hatte er etwa doch geschlafen? Jetzt bemerkte er, daß das Zimmer größer war als das, welches er vor kurzem betreten hatte. Ein Mann – er kannte ihn, wie war doch noch sein Name? – stand plötzlich vor ihm, dunkler Bart, graues Haar, kurzgeschoren, ungekämmt, er trug einen weißen Mantel, einen Umhang, darunter einen Gambeson. Der Mann sah ihn an, prüfend, hart, doch Echo konnte dem Blick standhalten und wurde mit einem Lächeln belohnt. Dann wußte er, wer der Mann war. Thibaud Gaudin, der Großkomtur von Jerusalem.

"De Marbourg", begann Gaudin im selben Moment und senkte den Blick als müsse er sich sammeln. "Ihr wißt, wie es um das Königreich steht. Ihr selbst habt von Jerusalem, unserem Ursprung, unserem Heiligtum, der Königin aller Städte, nie mehr gesehen, als seine Mauern und Türme in der Ferne. Ihr habt den Tempel Salomos nie betreten, und obgleich Ihr unserem Orden nur auf Zeit verbunden seid, so geltet ihr mir doch fast wie ein Sohn. Ihr wart mutig genug zu bleiben, trotz der Gefahr, die den letzten Bastionen des Königreichs Jerusalem droht. Das ehrt Euch. Doch nun habe ich anderes mit Euch vor". Er schmunzelte, sah sich um und setzte sich.

"Es ist zu spät", fuhr er etwas leiser fort, "und Ihr wißt es vermutlich. Kein christlicher Soldat wird jemals wieder die heiligste aller Städte betreten. Die Narren in ihrer verkommenen alten Welt haben den Glauben und die Gottesfurcht verloren. Sie denken gar nicht mehr daran, gegen Saladin zu ziehen und Jerusalem zu befreien." Er sah Echo enttäuscht aus dunklen, müden Augen an. "Der Papst hat den Herrn Jesus Christus verraten, er hat seine Ritter verraten und den Orden des Tempels zu Jerusalem!" Thibaud schien keine Angst vor Spitzeln des Vatikans zu haben, die es gewiß auch hier in Akkon noch gab. "Und er wird es noch einmal tun..." fügte Gaudin mit eisiger Stimme hinzu. Dann wandte er sich mit einem schmalen Lächeln Echo zu. "Und deswegen habe ich euch aus Blanche Garde kommen lassen."

Bei dem Namen Blanche Garde hatte Echo eine bescheidene Festung auf einer Anhöhe vor Augen. Er wußte, er würde sie nie wiedersehen, doch trieb er in einer Gleichgültigkeit, die nur Unwissende empfinden konnten. Oder Menschen, die wußten, daß sie träumten. Er fühlte keine Trauer über ihren Verlust. "Was erwartet Ihr von mir, Großkomtur?" hörte er sich stolz fragen.

Gaudin legte die Hand auf Echos Schulter. "Nicht weniger als Euer Leben, de Marbourg", entgegnete er freimütig. Und bevor Echo etwas erwidern konnte, fuhr er ernst fort: "Wir haben das Wissen und das Geheimnis, das der Orden in kaum zweihundert Jahren erlangt hat, bewahrt. Wenn die Zeit gekommen ist, wird es den Orden groß und mächtig machen, größer und mächtiger als je zuvor." Er zögerte einen Augenblick und sah aus dem Fenster, auf Dächer und Mauern Akkons. "Ich werde Euch nicht mehr sagen", erklärte Gaudin, und es klang beinahe väterlich. "Zu Eurem Schutz und dem des Ordens. Nur so viel sollt Ihr erfahren: das umfangreiche Wissen und das Große Geheimnis des Ordens vom Tempel Salomos befinden sich bereits im Abendland, verteilt auf zwölf Orte, die in einer Steinernen Karte verzeichnet sind. Es ist dieses Geheimnis, welches dem Orden sein Fortbestehen, seinen Reichtum und seine Macht garantiert. Und wird der Untergang des Königreichs Jerusalem auch unseren Untergang mit sich bringen, weil wir mit dem Heiligen Land unsere prima legitimationi verlieren werden, so wird es dank unserer Stärke dennoch nicht das Ende des Ordens bedeuten..."

Er richtete sich auf, als hätte er plötzlich alle Müdigkeit abgeschüttelt. "Doch bis dahin, so hoffe ich, bleiben uns noch einige Jahre Zeit", fuhr er mit fester Stimme fort. "Hört nun den Grund, weshalb ich Euch herkommen ließ, denn ich weiß, ich kann Euch trauen. Wir haben Euch auserwählt, Euch und eine bestimmte Anzahl anderer Ritter, denen das Geheimnis des Ordens anvertraut wurde. Keiner von euch wird je den ganzen Umfang, das ganze Ausmaß dieses Geheimnisses erfahren, denn würde es preisgegeben, dieses Geheimnis, so würde alles enden in einer Katastrophe jenseits allen Vorstellbaren." Der Großkomtur machte eine entschuldigende Geste, die etwas unwirklich wirkte. "Nur in den Händen weiser und bedächtiger Männer des Ordens kann diese Macht zur höheren Ehre Gottes verwendet werden", fügte er leise hinzu und nahm eine Schatulle aus einem orientalisch verzierten Schrank, öffnete sie und zog ein ledernes Päckchen hervor. "Erfahrt also, was Euch der Orden auferlegt hat." Gaudin wandte sich zu Echo um und reichte ihm das Bündel. "Dieses Fascis enthält die verschlüsselte Karte zu den zwölf Orten an denen jeweils ein Teil des Geheimnisses für lange Zeit versteckt bleiben wird. Es ist Mappa Lapideus, die Steinerne Karte, ohne die das Geheimnis wertlos ist, da es niemandem gelingen wird des Großen Geheimnisses ausfindig zu machen. Sie ist der Schlüssel ohne den alles andere wertlos ist. Überbringt es unseren Brüdern in Flandern. In Brugge wird man Euch zu finden wissen. Der Aufenthaltsort aller zwölf Gruppen ist selbst mir nicht bekannt. Ich sage Euch nur: Ihr seid einer unter dreizehn Gesandten, Boten des Tempels, seid Euch dessen bewußt, wer immer sich Euch auch in den Weg stellen mag. Denn noch gilt der Tempel etwas und Ihr könnt auf seinen Schutz in jeder Komturei vertrauen. Gleichwohl, reist ohne unser Kreuz, verliert kein Wort über euren Auftrag. Und solltet ihr scheitern, vernichtet die Karte eher als daß Ihr sie in fremde Hände fallen laßt. Denn dies hier ist eine Kopie der wirklichen Karte. Sie wird vernichtet, sobald euer Mandatum glücklich beendet ist. Verteidigt euch, so es sein muß, am besten aber schweigt wie ein Pilger.

Echo nahm ohne Widerspruch, ohne zu fragen und ohne einen Augenblick des Zweifelns das kleine Bündel in Empfang. Es war schwer aber handlich und schien kleine Steinwürfel zu enthalten.

Er sprach zu dem Großkomtur, unverständliche Worte in einer fremden Sprache, eine Art Formel, ein Eid in alten, französischen Worten.

"Ich vertraue Eurem Mut und Eurer Weitsicht", hörte er Thibaud sagen, und seine Augen fügten stumm hinzu: und Eurem Glück.

Echo verneigte sich und verließ nach kurzem Zögern die Kammer. Der Großkomtur von Jerusalem nickte ihm noch einmal zu und lächelte, traurig und müde. Er wußte, daß Akkon gefallen sein würde, wenn der junge Ritter Europa erreicht hatte.

Durch einen schmalen Gang, geschmückt mit Schwertern und Wappenschilden, deren Herkunft er nicht kannte, gelangte Echo in eine große Halle. Sonne erleuchtete sie, und ihre Strahlen fielen auf einen großen Stander, den Beaucéant, der von einem kunstvollen Holzgestell getragen wurde: er war je zur Hälfte schwarz und weiß.

Dahinter hingen zwölf Wandbehänge, ungewöhnlich fein gearbeitete Gobelins, auf denen die Wappen der mächtigsten Familien des sterbenden Königreichs zu erkennen waren, wie das derer von Anjou, von Lusignan, von Bouillon oder von Ibelin. Daß Echos Familieninsignien nicht zu sehen waren, wunderte ihn nicht. Zu gering war ihre Macht in Outremer gewesen, obgleich sie alles, selbst ihr Leben, im Kampf für das Heilige Land verloren hatten.

An der Tür wurde sein Blick von einer häßlich Fratze gefangengenommen, die auf ihn herabsah und ihn sich bekreuzigen ließ. Der Baphomet, ein Idol, das der Tempel heimlich verehren sollte. So gingen zumindest die Gerüchte. Echo hoffte indes, daß dieses abstoßende Wesen, einem Sartyr nicht unähnlich, ihm auf seiner bevorstehenden Reise im Namen des Ordens Schutz gewähren würde... Und Schutz würde er nötig haben. Akkon selbst wurde seit Monaten belagert und konnte nur mit einem der wenigen genuesischen oder venezianischen Kauffahrtschiffen verlassen werden, die noch um des beachtlichen Profits wagten, den Hafen anzulaufen. Die Zeit drängte, und jede Nacht konnte die letzte sein, in der noch eine Passage nach Zypern oder sogar zum italienischen Festland zu bekommen war.

Gelbes Licht verschlang die Dunkelheit, es erfüllte das kleine Zimmer und legte sich warm auf seine Schultern. Noch schützte ihn das Licht. Noch galt das Böse nicht...

Echo fuhr hoch, er schlug erschrocken die Augen auf, schweißnaß, sein Herz ging schnell. Der helle Mondlichtstreifen zog sich durch das Zimmer und verblaßte sogleich. Nicht der Mond, die Dämmerung begann, das kleine Zimmer zu erhellen. Echo erinnerte sich noch so deutlich an jedes gesprochene Wort, an das Gesicht des Mannes, den schwarzweißen *Beaucéant*, die groben Steine des Hauses und ein Schwert, das ihm Last und Schutz zugleich war, daß er sich unwillkürlich abtastete um nach dem Fascis zu sehen. Doch er fand es nicht.

Ganz langsam nur verdrängte das Licht des frühen Morgens seine Angst, die Angst, daß er versagen könnte, daß er den Tempel enttäuschen könnte, und mit dem Licht kam die Einsicht, daß das Fascis in eine andere Welt und nicht hierher gehörte.

Durch die Tür drangen leise das Röcheln einer Kaffeemaschine und der Duft von geröstetem Brot in sein Bewußtsein.

> "Siehe, ich lege in Zion einen Grundstein, einen bewährten Stein, einen kostbaren Eckstein, der fest gegründet ist. Wer glaubt, der flieht nicht."
> Jesaja, Kap. 28, 16

34. OLDENBURG, SAMSTAG, 15. SEPTEMBER 1984

Mit dem endgültigen Erwachen kam natürlich die Enttäuschung. Echo war der jungen Frau keineswegs nähergekommen. Er spürte, daß auch sie *dort* war, in jener Zeit, die er in seinen Träumen durchlebte. Nur waren diese Träume völlig durcheinandergeraten, auf die Ankunft in Gent folgte der Aufbruch in Akkon, die Übergabe eines Bündels mit dem Schlüssel zu irgendeinem Geheimnis, dazwischen immer wieder das Treppenhaus, eine Szene, die ihm eine seiner Grundängste vor Augen führte, die Angst vor der Höhe, und deren Sinn sich ihm nicht erschloß. Und das Mädchen oder die Puppe, welche Bedeutung hatte sie?

Die Frage aber, die ihn am meisten beschäftigte, war die nach dem letzten Akt, dem Augenblick in dem es – so hoffte er wenigstens – ein Wiedersehen mit der jungen Frau auf dem Photo geben würde.

Warum er glaubte, sie in seinen Träumen wiederzusehen, konnte Echo nicht sagen. Am Ende war es nur die Einsicht, daß er sie in dieser Welt längst verloren hatte.

Und noch etwas verstand er nicht. Warum ausgerechnet Flandern? Sollte er es auf Morand schieben? Seine Geschichten, sein Leben, seinen Tod? Seine Suche nach Rosa, der Frau auf der Photographie? Es war nicht recht plausibel, da die Träume begonnen hatten, *bevor* er wußte, daß der Legionär aus Belgien kam.

Echo seufzte. Die letzten zwei Wochen ließen sich nicht mit Logik erklären. Er stand auf und ging duschen. Stëin war bereits fort, zur Uni oder um in dem alten Buchladen auszuhelfen. Stëin hatte es vermutlich erwähnt, doch Echo erinnerte sich nicht. Kaffee, Toast und Butter hatte er auf dem Küchentisch zurückgelassen, doch Echo war nicht nach Frühstücken zumute. Der Zeitpunkt war nun endlich gekommen, herauszufinden, was es mit der Zeichnung wirklich auf sich hatte. Er nahm einen Schluck Kaffee und überlegte. Kerschensteins Skizze war nicht das Geheimnis, nicht der Grund für alles, was geschehen war. Sie war nur ein Hinweis. Es hatte, vermutlich ebenso wie bei Morand, ein wenig gedauert, bis Echo diesen Hinweis verstanden hatte, doch nun wußte er was er zu tun hatte.

Stëin hatte einen Hausschlüssel auf dem Küchenschrank zurückgelassen. Echo nahm ihn, zog die Tür hinter sich zu und lief die Straße hinunter zu seinem Wagen, wobei er immer wieder stehenblieb, um zu sehen, ob ihm jemand folgte oder ihn beobachtete. Offensichtlich war das nicht der Fall, wenn man von den beiden Männern absah, die in einem blauen Opel Rekord saßen, der zwanzig oder dreißig Meter hinter dem *Commodore* stand. Doch sie unterhielten sich und schienen ihn nicht zu bemerken.

Der Gedanke, der ihm gestern abend gekommen war, schien der einzig logische zu sein: Kerschensteins Zeichnung war kein Zeitvertreib gewesen, keine Kritzelei aus Langeweile, sondern so etwas wie ein Wegweiser. Morand hatte es vor ihm erkannt und schien das, worauf die Zeichnung hinwies, gefunden haben. Und zwar dort, wo er ihn am vergangenen Dienstag hingefahren und wieder abgeholt hatte: auf dem *Jüdischen Friedhof*.

Er hatte Kerschensteins Zeichnung und das Photo eingesteckt, fuhr durch die Stadt und überlegte, was ihn erwartete. Höchstwahrscheinlich war der Friedhof verschlossen. Wie also sollte er hineinkommen? Einfach über die Mauer klettern? Durfte man das?

Echo fluchte, natürlich würde er über die Mauer klettern! Das hätte er gestern abend schon tun sollen!

Zum Glück blieb ihm keine weitere Zeit zum Nachdenken, er hatte die mannshohe Ziegelsteinmauer des Friedhofs erreicht und parkte den Opel in ihrem Schatten und außer Sichtweite der großen metallenen Pforte. Echo stieg aus. Als erstes wollte er sein Glück am Tor versuchen, bevor er vor den Augen aller Anwohner über die Außenmauer in den *Seelenhort der Verdammten* eindrang, wie Stëin den Friedhof einmal genannt hatte. Wer, außer ihm, kam sonst wohl noch hierher? Gab es überhaupt noch Überlebende, die der Toten gedenken konnten?

Die gab es offensichtlich, denn Echo war weder der einzige noch der erste, der heute morgen durch dieses Tor trat. Der Rost am Vorhängeschloß ließ vermuten, daß es sich dabei um einen glücklichen Zufall handelte. Üblicherweise war es wohl verschlossen. Ein Fahrrad stand an die Innenseite der Mauer gelehnt.

Die Frage, was Morand hier gesucht – und gefunden – haben mochte, beschäftigte Echo, seit er Morand vor vier Tagen hierhergebracht und mit bleichem Gesicht zurückkommen gesehen hatte.

Ein wenig nervös trat er durch das bogenförmige Tor und fand sich sogleich in einem wirren Gebilde aus wuchernden Bäumen, Büschen, alten Steinen und Jahrzehnte altem Moos, durchsetzt von gepflegten Gräbern und blankgescheuerten Steinen, wieder. Die Beklemmung, die sich beim Durchschreiten des Tores auf ihn gelegt hatte, mischte sich mit der natürlichen Ehrfurcht und legte sich wie ein klammer Schatten auf seine Bewegungen. Was wollte er hier überhaupt? Was ging ihn all das an? *Fahr zurück*, sagte eine Stimme in ihm, *fahr zurück nach Köln*.

Echo schüttelte den Gedanken ab. Er zog die Zeichnung aus der Jackentasche und sah sich um.

Menorah und Davidstern, hebräische Inschriften hier und da, jüdische Namen und Segenssprüche. An Symbolik mangelte es nicht, nur der von Kerschenstein gezeichnete Stein war nirgends zu erkennen. Allerdings waren zahlreiche Steine und Stelen stark verwittert oder von Moos überzogen, grün und unleserlich. Echo seufzte, Gang um Gang durchstreifte er den Friedhof, las was er lesen konnte und hoffte, irgend etwas zu finden, das ihm weiterhelfen könnte. Schließlich hatte auch Morand es gefunden. Er hatte ja Zeit. Nichts drängte ihn. Nur das unbestimmte Gefühl, beobachtet zu werden.

Plötzlich blieb Echo stehen, sah auf ein kleines Grab mit eingesunkenem Granitstein, und wußte, hier, wo er stand, hatte auch Morand gestanden. Die Inschrift auf dem Stein war bis zur Unleserlichkeit verwittert. Aber *hinter* dem Grab stand, nahezu eingeschlossen von einem mindestens vier Meter hohen Lebensbaumungetüm und halb von Efeu zugewachsen, ein weiterer Stein, eine Steinplatte, etwa einen Meter fünfzig hoch, und ihr oberes Ende hatte die Form, die Kerschenstein auf seiner Zeichnung festgehalten hatte. Sie war spitz zulaufend und zeigte Symbole und hebräische Schriftzeichen. Echo steckte die Zeichnung wieder in die Jacke und starrte auf den Stein. Er hatte also recht gehabt, die Zeichnung war ein Hinweis auf dieses Grab. Aber warum, was war mit diesem Grab? Was stand auf dem Stein?

"In zehn Worten wurde die Welt erschaffen. Wenn du es aber näher betrachtest, sind es drei, die dich geschaffen haben: *Chessed*, *Geburah* und *Tifereth*; und *Chessed* hat dich gerichtet."

Echo fuhr herum. Ein Mann in weiter Lederweste und abgetragener brauner Cordhose stand hinter ihm und blinzelte ihn an. Er war groß und füllig, aber es war trotz des weißen Haarkranzes und der Fältchen um die Augen schwer zu sagen, wie alt er wohl sein mochte.

"Wer sind Sie?"

"Der Gärtner natürlich. Sie können Levek zu mir sagen." Er betrachtete Echo abschätzend. "Ich habe Sie hier noch nie gesehen, stimmt's?"

"Ich bin zum ersten Mal hier. Sie sprechen hebräisch?"

Levek grinste. "Ich kann es *lesen*", sagte er gutmütig. "Ich *spreche* jiddisch. No ja, manchmal noch."

Echo blickte auf das wilde Grün der umliegenden, verwahrlosten Gräber. Viele waren längst im hohen Gras verschwunden. "Ich wußte gar nicht, daß es hier einen Gärtner gibt."

"Einer muß sich doch kümmern."

"Natürlich..." Echo sah wieder auf die Steinplatte. "Was für ein Stein ist das?" fragte er. "Und was bedeutet das, was darauf steht?"

Der Gärtner betrachtete Echo nachdenklich. "Seltsam", antwortete er schließlich. "Die gleiche Frage wurde mir in der letzten Woche schon zweimal gestellt..." Er zupfte ein wenig am Efeu herum. "Ich hab' keine Ahnung, wer Samuel Kerschenstein war", gab er schließlich zu. "Wenn Sie genau hinsehen, können Sie erkennen, daß er 1912 im Alter von 53 Jahren gestorben ist..."

"Aber was bedeutet die Inschrift?" fragte Echo noch einmal. "Ich meine, was sind die zehn Worte, die die Welt erschaffen haben - die zehn Gebote?"
"Nein, nein, nicht die zehn Gebote." Der Alte lachte kurz. "Gemeint sind die zehn *Sephirot*, die Manifestationen Gottes, in denen er aus der Verborgenheit hervortritt. Mögen Sie Tee?"
"Tee?"
"Tee! Sie kennen doch Tee? Die Holländer brachten ihn im 17. Jahrhundert nach Europa..."
Echo grinste den Gärtner an. "Ja, natürlich, jetzt, wo Sie's sagen. Gerne."
Der Alte nickte zufrieden und sie durchquerten den kleinen Friedhof, um zu einem schmalen, weißgekalkten Haus zu gelangen, das ebenso schief wie die Friedhofsmauer an dieselbe geschmiegt in der Sonne ruhte und ein melancholisches Gemisch von Ruhe und Geborgenheit ausstrahlte. Echo sah sich um und versuchte, sich den Standort des Grabes einzuprägen.
Im Gärtnerhäuschen gab es tatsächlich Tee, und Honig, um ihn zu süßen.
"Wenn ich mich nicht irre, ist die Inschrift ein abgewandeltes Wort aus dem Sohar, das da heißt: 'In zehn Worten wurde die Welt erschaffen. Wenn du es aber näher betrachtest, sind es die drei, womit die Welt erschaffen wurde: Weisheit, Vernunft und Erkenntnis, und die Welt wurde nur um Israels Willen erschaffen, und so weiter."
Echo betrachtete den Gärtner aufmerksam, während er langsam den Tee umrührte. "Warum wurde es abgewandelt?"
Der Alte zuckte mit den Schultern. "*Chessed*, *Geburah* und *Tifereth* bezeichnen die Urmächte des seelischen Lebens. Sie sind ein Teil der über dem Menschen waltenden Geisteswelt. *Chessed* ist die *Sefira* der Liebe, *Geburah* die der strafenden Macht Gottes und *Tifereth* die Herrlichkeit der Harmonie von allem."
Echo vermutete, daß es sich bei Samuel um Kerschensteins Vater handelte. Oder vielleicht einen Onkel. Dann war es nicht ungewöhnlich, geschweige denn geheimnisvoll, daß er oft hierhergekommen war. Geheimnisvoll war nur einer der beiden, die nach Kerschenstein nach dem Grab gesucht hatten. Der andere war zweifellos Morand.
"Dann hat es also gar nichts mit..." Echo zögerte und überlegte, wie Kerschensteins Vorname lautete. Hatte Vomdorff den Namen nicht erwähnt? Richtig... "Dann hat es also gar nichts mit Jacob Kerschenstein zu tun?"
"Sie kennen Jacob?"
"Nicht persönlich."
Der Alte lächelte. "Nein, es hat nichts mit Jacob zu tun. Dies sind Gräber der Familie. Wenn ich mich recht erinnere, so hat *Chessed* ihn gerichtet, und das ist die Liebe."
"Die Liebe?"

"Die Liebe, ja. Ganz im Sinne zionistischer Romantik des späten neunzehnten Jahrhunderts. Der Stolz des Judentums, nicht von jedem verstanden zu werden. Das hat Jacob jedenfalls immer gesagt", erwiderte der Gärtner. "Im Grunde aber ist das belanglos", fügte er wenig später hinzu. "Die Inschrift ist nicht für Samuel Kerschenstein geschrieben worden. Sie ist viel älter. Der Stein gehörte einmal zum Familiengrab…"

Echo nickte. Einen Hinweis auf das was geschehen war konnte er also nicht von Kerschensteins Zeichnung und der mäandernden Schrift erwarten. "Dann ist es also völlig bedeutungslos, was auf dem Stein steht…" murmelte er.

"Nichts, was im Tanach steht, ist bedeutungslos", sagte Levek scharf. "Aber um das zu verstehen, braucht es auch mehr als nur das Interesse an einem Grab."

Der Gärtner stand auf und holte die Teekanne von dem kleinen Kohleofen, der neben dem friedhofsseitigen Fenster des schiefen Hauses stand, um ihnen nachzugießen. "Aber wenn es Sie interessiert –" brummte er, "versuchen können wir's ja mal…" Er stellte die Kanne zurück, setzte sich wieder an den kleinen Tisch und sah abwesend aus dem Fenster. "Die *Sephirot* sind eine Art Lebensbaum", begann er schließlich. "Sie spiegeln die göttliche Schöpfung im kleinen und im großen, gesamten, allumfassenden Kosmos. Sein Aufbau folgt den Zahlen von 1 bis 10. *Chessed* ist die vierte *Sefira*, *Geburah* die fünfte und *Tifereth* die sechste. Alle zusammen ergeben in ihrer Folge ein ziemlich vertracktes Modell der Begegnung von Gegensatzpaaren, die auf der mittleren Achse einen Ausgleich erfahren." Er malte das Gebilde, das Echo auf Kerschensteins Zeichnung zum ersten Mal gesehen hatte, auf den leicht staubigen Tisch und wies mit dem kleinen Finger auf den mittleren Kreis. "Das ist *Tifereth*, die Herrlichkeit Gottes."

Er lehnte sich zurück und nahm einen Schluck Tee. "Den zehn *Sephirot* werden sämtliche Inhalte der irdischen und göttlichen Welt systematisch zugeordnet", fuhr der Gärtner schließlich fort, und es klang, als hätte er sein Leben lang über nichts anderes gesprochen. "Dazu gehören tiefgründige Deutungen der hebräischen Bibel, Farben, Formen, hebräische Buchstaben, Engel, Welten, Körperglieder… Der Kabbalist vereinigt alle möglichen Erfahrungen, Elemente und Ereignisse im Modell des Lebensbaums mit dem Ziel der Vertiefung von Geist und Seele. Und natürlich der Erklärung des Seins…"

"Das muß man nicht sofort verstehen, oder?" meinte Echo nach einer Weile.

Offenbar hatte er ein besonders verständnisloses Gesicht gemacht, denn der Gärtner lachte. "Als *Goi* nicht", sagte er gutmütig. Dann stellte er seine Tasse ab und fuhr fort: "Ehe aber der Allheilige Abbild und Form der Welt erschaffen hat, war er allein, ohne Form und Gleichnis, also im Grunde *un-*

vorstellbar. Die Vorstellung von ihm entspricht nur seiner Herrschaft über alle Geschöpfe, so wie das Meer, dessen Wasser weder Fassung noch Form hat. Erst wenn wir das Meerwasser in ein Gefäß gießen – welches in diesem Fall die Erde ist –, bekommt es eine Form und wir können uns eine Vorstellung davon machen. Und dieser Ursprung ist *eins*, der Quell, der daraus fließt ist *zwei*, das Gefäß, in das er fließt ist *drei*, und aus diesem Gefäß gehen sieben Bäche hervor: das sind *zehn*. So hat die *Ursache der Ursachen* zehn *Sephirot* hervorgebracht. Sollte aber der Allheilige diese Gefäße einmal wieder zerbrechen – und er ist durchaus in der Lage dazu –, dann würde das Wasser zum Ursprung zurückkehren und alles Leben verdorren."

"... das ist jüdische Mystik?" fragte Echo skeptisch.

"Mystik, Kabbala..." Levek zuckte mit den Schultern. "Es steht im Alten Testament bei Jesaja geschrieben: *Und der Herr wird austrocknen die Zunge des Meeres von Ägypten und wird seine Hand gehen lassen über den Euphrat mit seinem starken Wind und ihn in sieben Bäche zerschlagen, so daß man mit Schuhen hindurchgehen kann.*" Er sah Echo durchdringend an. "Ihr habt nie begriffen, daß es nur *einen* Gott gibt, oder?"

Echo schwieg. Er hatte sich nie Gedanken gemacht über das Für und Wider von Monotheismus oder Polytheismus, da seiner Meinung nach selbst *ein* Gott noch zuviel war. Andererseits, das mußte man zugeben, waren es die Propheten, die immer wieder für Ärger gesorgt hatten. Er beschloß instinktiv, diese Einstellung im Augenblick für sich zu behalten. Die Ausführungen des Gärtners halfen ihm ohnehin nicht weiter, weshalb er den Zeitpunkt für gekommen hielt, zu fragen, wer die beiden anderen waren, die sich für die Sephirot interessiert hatten.

Der Gärtner neigte den Kopf als würde er abwägen, wieviel er Echo erzählen sollte. "Zwei Männer", antwortete er schließlich. "Einer mit so einer Militärjacke. Aber ganz nett. Und der andere? Ich weiß nicht. Ich glaube, er trug einen Anzug..."

Wer die *Militärjacke* trug, war klar. Interessant war nur der andere. Echo war sich sicher, daß der Gärtner sich genau erinnerte. Aber diese Gewißheit half ihm nicht. "Wie sah der Mann aus?" versuchte er es erneut. "Der Mann im Anzug, meine ich:"

Levek verzog das Gesicht, wobei er sich hinter dem rechten Ohr kratzte und nachzudenken schien. "Er war groß", antwortete er zögerlich. "Größer als ich."

Echo sah ihn auffordernd an.

"Nun ja, er hatte weißes Haar... richtig... und einen Scheitel. So betont vornehm..."

Echo nickte. Die Beschreibung paßte einwandfrei auf den Oberstaatsanwalt. Aber was hatte Vomdorff hierhergeführt? Oder verrannte er sich in etwas? Große grauhaarige Männer gab es viele.

"Und Sie?" unterbrach der Gärtner Echos Gedanken. "Woher kennen Sie den alten Kerschenstein?

Echo sah Levek überrascht an. "Ich kenne ihn gar nicht."

"Warum sind Sie dann hier?"

Daß er etwas an Kerschensteins Grab suchte, konnte er dem Gärtner kaum sagen. Er suchte also nach einer Ausrede. Ihm fiel keine ein. "Mein Vater kannte Kerschenstein. Jetzt, da sie beide tot sind..." Er zögerte. "Ich fahre Taxi", fuhr er schließlich fort. "Der Mann mit der Militärjacke, ich habe ihn hierhergefahren…"

Der Gärtner hob zweifelnd die Augenbrauen. "Ist mir gar nicht aufgefallen", sagte er, die Augen durchdringend auf Echo gerichtet. "Und jetzt sind Sie neugierig, was er hier gewollt haben mochte?"

Echo nickte, dankbar für die Vorlage. "Wann war Herr Kerschenstein das letzte Mal hier?"

"Oh, er ist immer noch hier", entgegnete Levek. "Sein Grab ist nur wenige Meter neben dem seines Vaters." Und als Echo ihn fragend ansah, fügte er hinzu: "Samuel. Sie haben davorgestanden."

"Sein Vater?"

"Nu ja, so sagte er wenigstens."

Echo fragte sich, ob der Gärtner noch mehr wußte, vielleicht sogar ein guter Freund von Kerschensteins war. Aber er hatte erfahren, was er wissen wollte, und dabei beließ er es. Ihm fehlte nur noch die Gewißheit, daß die Zeichnung des alten Mannes wirklich eine Art Wegweiser war. Dazu aber mußte er allein auf dem Friedhof sein. Er bedankte sich für das Gespräch und den Tee und erhob sich. Eigentlich ein unmißverständliches Zeichen des Aufbruchs. Levek aber machte keine Anstalten, ihn zu verabschieden. Statt dessen wandte er seinen Blick zum Fenster und sagte, gerade laut genug, damit Echo es hören konnte: "Ajin tachat ajin..."

"Was heißt das?" fragte Echo.

Der Gärtner sah ihn an. "Das ist ein grundlegendes Prinzip des jüdischen Religionsgesetzes, mein Junge. Ein Mensch, der einem anderen Menschen eine Verletzung oder Schlimmeres zugefügt hat, wird von der Thora zur Buße verpflichtet. Das kann eine Entschädigung sein, in einigen Fällen aber auch Rache". Und leise fügte er hinzu: "Auge für Auge..."

Unsicher was er sagen sollte, blieb Echo stehen, er starrte auf den Tisch, auf die leeren Teebecher. "Was meinen Sie damit?"

Levek lehnte sich zurück und lächelte Echo wieder an. "Ich scher' mich nicht drum, wer hierher kommt", sagte er großväterlich. "Erst recht nicht, wenn er bewaffnet ist..."

Bewaffnet? Hatte Morand seine Pistole getragen? Oder war Vomdorff bewaffnet gewesen? Hatte er das Päckchen am Ende schon gefunden?

Das Lächeln wurde schmaler, die Fältchen um die Augenbrauen verloren ein wenig Großväterlichkeit. Levek betrachtete Echo abschätzend. "Machen Sie sich keine Sorgen", sagte er. "Um all das zu verstehen, müßten Sie die *Kabbala* verstehen. Mehr noch, Sie müßten die Juden verstehen."

Echo nickte dankbar. "Mich interessiert nur der Fremde..."

"Jacob hat sich nicht umgebracht. Sehen Sie sich vor, wenn Ihnen Ihr Leben lieb ist..."

"Woher wissen Sie...?" Der Gärtner hatte es geschafft, Echo endgültig zu verunsichern. "Haben Sie ihn gekannt? Ich meine, haben Sie ihn *gut* gekannt?"

Der Gärtner machte eine abwägende Geste. "*Wir* sind nicht allzu viele hier in der Diaspora", sagte er mit undurchdringlichem Lächeln. "Da kennt man sich eben. Aber er war nicht oft hier. Hat nie viel gesprochen... Ich bin erst 1960 hierhergekommen. Aus Haifa. Wollte sehen, wie es im Land meiner Väter ist. Dabei bin ich hier hängengeblieben."

"Ihr Vater stammt von hier?"

Der Gärtner nickte. "Er ist fünfunddreißig emigriert. Erst in die Staaten, dann ins gelobte Land. Als Israel um sein Überleben kämpfte, war ich dabei..."

Echo nickte. Er erinnerte sich vage, vom israelischen Unabhängigkeitskrieg gehört zu haben. Dann fiel ihm wieder Kerschenstein ein. "Hatte er noch Verwandte?"

"Jacob?" Levek krauste nachdenklich die Stirn. "Nein, nicht daß ich wüßte. Es kam jedenfalls nie jemand zum Grab. Auch *letzte Woche* nicht."

"Letzte Woche?"

"Er wurde in der letzten Woche bestattet..." Plötzlich stand der Gärtner auf, sein Lächeln war verschwunden. Er trat auf Echo zu und faßte ihn fest an der Schulter: "Vergiß diesen Ort, vergiß, was ich sagte. Die... die Kabbala ist nichts für dich, mein Junge..."

Dann ließ er Echo los und verschwand aus der Tür. Echo sah ihm nach und rieb sich die Schulter. *Die Kabbala interessiert mich überhaupt nicht*, dachte er. *Aber was Vomdorff hier gesucht hat, das würde mich schon interessieren*. Dann verließ er eilig das kleine Gerätehaus und sah sich suchend um. Doch der Gärtner war verschwunden.

Eine Stunde mochte vergangen sein, so genau wußte Echo das nicht mehr, dann endlich war der Gärtner herauskommen, hatte sich umgesehen, und sorgfältig die eiserne Friedhofspforte verschlossen. Ohne jegliche Eile schwang er sich auf das Fahrrad, das er zuvor hinausgeschoben hatte, und verschwand schließlich in einer der Seitenstraßen. Echo sah ihm nach, wartete ohne den Blick abzuwenden, und wartete noch weitere fünf Minuten. Passanten gingen die Straße entlang, starrten ihn an, wußten ganz genau, was er vor hatte...

Er zögerte, unsicher, ob er wirklich über die Friedhofsmauer klettern sollte. Vielleicht war es besser, auf Levek zu warten? Echo sah auf die Uhr, es war fast halb zwei. Die Zeit drängte, was sollte er tun?

Mit einem Fluch wandte er sich um, warf einen letzten Blick auf den roten Commodore, der in der angrenzenden *Dedestraße*, außer Sichtweite des Eingangs, stand, und ging geradewegs zum Tor des kleinen Friedhofs hinüber. Er versuchte, langsam und teilnahmslos zu wirken. Ein Versuch, von dem er glaubte, daß nicht gelang. Kurz vor dem Tor sah er sich noch einmal kurz um und kletterte, etwas ungeschickt aber dennoch im ersten Anlauf, über die mannshohe Friedhofsmauer. Auf der anderen Seite ging er in die Hocke, spähte in die Runde und lief geduckt zu der Stelle, an der er Kerschensteins Grab gefunden hatte. *Samuel Kerschensteins Grab.* Tatsächlich erkannte er knapp zwei Meter daneben eine frische Grabstelle, ähnlich der seines Vaters, mit einer verwelkten Rose auf der frischen Erde. Von wem mochte die wohl... Gleichgültig. Er wandte sich der Thuja zu, in deren Schatten der halb eingesunkene Grabstein lag, direkt neben der Stele, die Kerschenstein so naturgetreu gezeichnet hatte, daß wenigstens zwei Menschen sie wiedergefunden hatten. Noch einmal sah er sich um, dann kniete er nieder. Die Erde um den Stein war schwarz und locker. Vorsichtig strich Echo das Gras auseinander und versuchte, den Stein zu bewegen. Leicht, beinahe *zu* leicht, gab er nach, ließ sich anheben und offenbarte in einer kleinen Steinmulde ein Päckchen aus schmuddeligem, braunem Wachstuch. Das also war das Päckchen, von dem Morand gesprochen hatte? Ohne zu zögern nahm er es heraus, ließ den Stein wieder in seine ursprüngliche Lage gleiten und stand auf. Plötzlich erinnerte er sich, sah die Villa Dessauers vor sich und den Legionär, der mit eben diesem Päckchen in der Hand die Stufen herabgelaufen kam. Warum zum Teufel hatte er es wieder zurückgebracht?

Weil SIE es sonst in IHRE Hände bekommen hätten, war die Antwort, die er sich in der nächsten Sekunde selber gab.

Echo wandte sich um. Es wurde Zeit, den Friedhof zu verlassen. Genau in diesem Moment öffnete sich die Tür des Gärtnerhäuschens an der Friedhofsmauer. Ein dunkel gekleideter Mann trat heraus. Sein Gesicht war vermummt von einer Sturmhaube, was völlig absurd aber tatsächlich bedrohlich aussah. Echo wandte sich ruckartig um, lief instinktiv in die andere Richtung, in der das Bethaus mit dem weißen, achteckigen Turm lag. Zu spät erkannte er den zweiten Mann, der genau dort auf ihn wartete, zu spät, um die Richtung zu ändern und zur Mauer zu laufen, denn der Vermummte hatte ihm bereits den Weg abgeschnitten.

Der Mann vor dem Bethaus ging langsam aber zielstrebig auf ihn zu. Er war nicht vermummt, hatte harte Gesichtszüge, blondes Haar und trug eine olivfarbene Kampfjacke. Echo kannte diesen Mann. Und plötzlich wußte er auch, warum er ihn seit einer Woche in Ruhe gelassen hatte. Er wäre längst tot, wenn der Russe nicht gewartet hätte. Auf das, was er in seiner rechten Hand hielt. Das Päckchen.

Die Pistole in seiner Hand war auf Echo gerichtet, und sie war zu nahe, als daß er einen Gedanken an Flucht hätte verschwenden können. Also blieb er stehen, hob die Hände und wagte einen flüchtigen Blick in die Runde, auf grünes Dickicht und einige Nachbarhäuser, dreigeschossige Stadtvillen, aus deren Fenster er sich gerade noch beobachtet gefühlt hatte, die nun aber leer und abweisend in die Ferne zu blicken schienen. Der Mann mit der Tarnjacke bedeutete ihm mit einer Kopfbewegung, in die Leichenhalle zu gehen. Echo seufzte, zögerte, wollte etwas sagen. Doch dann folgte er einfach der Anweisung. Vielleicht erschien es dem anderen zu gefährlich, ihn hier draußen zu erschießen, vielleicht ging es auch um... um irgend etwas anderes. Echo glaubte nicht daran, ebensowenig wie daran, daß der Mann mit dem weißen Mantel kommen würde. Er blieb stehen und spürte sofort die Pistole in seinem Rücken. Eine Hand stieß ihn vorwärts. Er blieb wieder stehen, woraufhin ein Fluch folgte, irgend etwas russisches, und ein Schlag an den Kopf, der ihn taumeln ließ. Einige Sekunden lang wurde Echo schwarz vor Augen, der Schmerz, der ihn bis ins Rückgrat schoß, war höllisch und ließ ihn taumeln. Echo fing sich, versuchte, sich nicht fallen zu lassen, versuchte weiterzugehen. Was sonst sollte er auch tun?

Echo steckte das Päckchen in seine Jacke, nicht um es zu verstecken, dazu war es zu spät, sondern um den Augenblick, in dem der Russe es ihm abnehmen würde hinauszuzögern. Denn ab diesem Augenblick war sein Leben keinen Pfifferling mehr wert.

In der Friedhofshalle umfing ihn kalte und muffige Luft. Graues Licht fiel durch das große Rundfenster und die Obergadenfenster auf einen steinernen Boden. Hinter ihnen fiel die Tür in ihr Sicherheitsschloß. Der andere wartete vor der Tür, und die Welt war endgültig ausgesperrt.

Echo blieb stehen. Er atmete langsam und wartete, daß der Schmerz abebbte. Schließlich wandte er sich um und sah den Mann mit der Tarnjacke fragend an.

"Gib mir das Paket", sagte der Russe, während die Pistole nach wie vor auf Echo gerichtet blieb. Im regungslosen Gesicht des Mannes zuckte ein Lächeln, als Echo den Kopf schüttelte. Er zuckte gleichgültig mit den Schultern, dann wies er mit der Pistole auf eine Treppe, die offenbar in einen Keller führte. Ob Krypta oder Leichenraum, die Treppe ging tief hinunter und ließ keinen Zweifel daran, daß nicht jeder, der sie hinabstieg, auch wieder heraufkam.

"Was wollen Sie mit dem Päckchen?" fragte Echo tonlos. Er zog den Reißverschluß seiner Jacke hoch, als ob er das Bündel dadurch in Sicherheit bringen könnte.

"Das geht dich nichts an. Gib es mir und geh weiter. Da hin!" Er wies erneut auf die Krypta.

Wie kommt ein Russe hierher? dachte Echo. Eine völlig irrelevante Frage in dieser Situation. Dennoch, diesseits der Zonengrenze waren Russen so selten wie Albinos. Er kannte sie nur aus Kriegserzählungen, und was er über sie gehört hatte, ließ wenig Spielraum für Sympathie. *Vorurteile*, dachte er während er auf die Treppe zuging. Doch der andere drängte ihn zur Seite und wies an der Treppe vorbei. "Da hin!"

Echo begann zu verstehen. Er sollte die Treppe nicht hinuntergehen, sondern hinunterfallen. Über das Geländer, an ihrer tiefsten Stelle. Genickbruch. *Tod eines Tempelräubers* würde in den Zeitungen stehen, obgleich man sich fragen durfte, was es hier zu rauben gab.

Der Russe bugsierte ihn vor das Geländer, hinter dem gut drei Meter tiefer eine schwere Eisentür in dunkle Kellerräume führte. Mit der Linken holte er eine Rolle Klebeband aus seiner Tarnjacke. "Hände her", sagte er wie beiläufig.

Echo streckte zögernd die Hände aus, während der Russe mit den Zähnen das Klebeband von der Rolle zog. Jetzt begriff Echo. Erschrocken und hastig zog er die Hände wieder zurück und schüttelte den Kopf. Gefesselt konnte er sich ja nicht einmal abstützen. Wenn er sich nicht beim Fall das Genick brach, dann würde es der Russe hinterher besorgen. Und ihm dann das Tape wieder abnehmen. Alles würde wie ein Unfall aussehen. Er sah sich verzweifelt nach einer Fluchtmöglichkeit um.

"Vergiß das..." grinste der Russe und hielt Echo den Pistolenlauf an die Nase, wobei er die Tätowierung an seinem Handgelenk entblößte. Ein kyrillisches Wort und ein Schwert. "Hände her!"

Echo gab sich geschlagen. Der durchtrainierten Statur des Mannes hatte er kaum etwas entgegenzusetzen. Schade nur, daß er die junge Frau nun nie wiedersehen würde... Als er die ersten Zentimeter Klebeband an seinem Handgelenk spürte, ließ ihn ein völlig unpassendes, erlösendes Geräusch aufhorchen. Die Tür zur Friedhofshalle wurde geöffnet. Der Russe sah auf. Vermutlich war es sein Komplize, der vermummte, dunkel gekleidete Mann.

Als der Mann mit der Tarnjacke regungslos verharrte, wandte sich Echo ebenfalls zur Eingangstür um. Mit zusammengekniffenen Augen erkannte er im hellen Gegenlicht den Friedhofsgärtner, der langsam und unbeeindruckt die Tür einrasten ließ, so daß der Geruch von Laub und Erde hereindrang. "Wir kriegen Besuch, junger Mann", sagte er ruhig und ließ sein Schlüsselbund in den tiefen Taschen seiner Weste verschwinden. Der Russe zögerte einen Augenblick ungläubig. Zeit genug für Echo loszusprinten. In den Augenwinkeln sah er, wie der Russe ausholte und nach ihm schlug. Der Schlag verfehlte sein Ziel, jemand rief "*Hier!*", Stühle wurden umgestoßen und ein Schuß hallte durch das Bethaus. Echo ging zu Boden, ließ sich hinter einer Reihe von Holzstühlen fallen, die in der Nähe des Hinterausgangs standen, so daß die dort Sitzenden auf eine kleine Apsis blicken und dem oder der Toten gedenken konnten. Jetzt allerdings war dort der Russe zu sehen, der einen weiteren Schuß auf die Eingangstür abgab und sich im selben Moment anschickte, hinter Echo herzulaufen.

Echo schätzte die Entfernung zu dem was wie ein Hinterausgang aussah, auf drei oder vier Meter. Das war zu schaffen, zumindest, wenn der Russe noch ein paar Sekunden abgelenkt und die Tür nicht verschlossen war. Er schleuderte einen der Stühle in Richtung des Russen und lief los, widerwillig ein stummes Gebet murmelnd, dann hatte er die Tür erreicht, drückte sie auf, sie gab nicht nach. Hektisch tastete er nach dem Schlüssel, drehte ihn um, drückte die Tür erneut auf. Aus den Augenwinkeln sah er den Russen über die Stühle springen und näherkommen. Der Schlüssel, er zog ihn hastig ab, schlug die Tür zu und ließ sich sofort von außen dagegen fallen. Die Schritte des Russen kamen näher. Die Tür erbebte, jemand versuchte sie aufzudrücken. Echo stocherte mit dem Schlüssel im Schloß herum, dann endlich paßte er, ließ sich drehen und in dem Moment, da die Türklinke mit ungeheurer Kraft niedergedrückt wurde, schloß er ab. Im nächsten Moment durchschlug ein Schuß die Tür, dann ein weiterer in der Nähe des Schlosses. Echo preßte sich an die Wand neben der Tür und sah sich um. Er befand sich in einem kleinen Vorraum, eine schwere, zweiflügelige Holztür führte nach draußen, ebenso wie zwei schmale, etwa zwei Meter hoch gelegene, Fenster. Es dauerte ein paar Sekunden, bis sein Verstand ihm sagte, daß er in der Falle saß. Der Mann mit der Tarnjacke würde die Tür eintreten und sich das Päckchen holen.

Dann aber wurde es still, kein Geräusch war zu hören, keine Stimmen. Und keine Schüsse...

Echo verharrte unschlüssig, überlegte, was er tun sollte. Zurückgehen? Nachsehen, was aus Levek geworden war? Sein Blick fiel auf die Tür. Er verwarf den Gedanken an den Gärtner und lief zur Tür hinüber. Sie war verschlossen, natürlich, aber es war eine zweiflügelige Tür – hastig schob er den Riegel aus dem Bodenanker und zog an dem massiveisernen Griff. Die Türflügel bewegten sich, öffneten sich schwerfällig nach innen, das Schloß glitt widerstrebend auseinander, Licht und warme Luft drangen herein...

Der Weg zur Friedhofsmauer war geschützt durch Büsche, hohe Grabsteine und eine junge Kastanie. Echo fühlte nach dem Päckchen in seine Jacke, lief los und kletterte schließlich mit einem Sprung auf die Mauer. Schreie ertönten, ein einzelner Schuß fiel, Mauerwerk splitterte unter ihm. Echo verzichtete darauf, sich umzusehen, er ließ sich fallen. Der *Commodore* stand in Sichtweite. Einige Passanten waren stehengeblieben und sahen neugierig zu ihm und zum Friedhof hinüber. Echo ignorierte sie, rannte auf das Auto zu, schloß zitternd die Tür auf und ließ sich auf den Fahrersitz fallen. Mit dem Starten des Motors wurde auch schon die Fahrertür aufgerissen, er erkannte den Mann vom Hotelparkplatz, vermutlich der Vermummte, und gab fluchend Gas. Die Tür schlug wieder zu und Echo spurtete mit quietschenden Reifen in Richtung Hauptstraße davon. Im Rückspiegel sah er den Mann taumeln, ein paar Schritte laufen und dann stehenbleiben. *Armer Kerl*, dachte Echo, zufrieden, daß es ihm zum zweiten Mal gelungen war, den anderen abzuhängen. Dann bog er in die *Stedinger Straße* ein und war außer Sichtweite. Und wenn man von dem Fahrer hinter ihm absah, dem er soeben die Vorfahrt genommen hatte, war er offensichtlich auch in Sicherheit. Das wiederholte Hupen störte ihn nach den letzten Minuten nicht mehr, im Gegenteil, es klang sogar irgendwie erlösend...

Echo fuhr durch die Stadt, abgelenkt durch den Verkehr, verzweifelt bemüht, nicht nachzudenken. Als er plötzlich merkte, daß er sein Ziel erreicht hatte, soeben am Haus der Stëins vorbeigefahren war ohne zu wissen, wie er hierhergekommen war, fuhr er unvermittelt rechts ran und vergrub das Gesicht in den Händen. Der Versuch, nachzudenken, mißlang. Sein Herz raste, ein Zittern schüttelte seinen Körper und im Nacken saß immer noch die Angst. Es war das Päckchen, kein Zweifel, SIE waren hinter dem verdammten Päckchen her! Morand hatte also recht gehabt, zum Teil zumindest, denn für Echo handelte es sich, nach allem was er in den letzten Tagen erfahren hatte, um eine rein faschistische Verschwörung. Wie der Russe da hineinpaßte, würde sich noch zeigen. Vielleicht war es auch eine Russische. An so etwas wie eine Templerverschwörung hatte er nie geglaubt, selbst seine Begegnungen auf dem Glashüttengelände hielt er für Maskerade.

Einige Sekunden starrte er auf das Bündel aus Wachspapier, das klein und unscheinbar auf dem Beifahrersitz lag. Er überlegte: Kerschenstein hatte es versteckt. Hatte sein Vater etwas darüber gewußt? Oder Kristin Nijmann? Sie alle waren tot. Wie Morand. Wie dieser französische Colonel.

Echo fluchte. Er griff zaghaft nach dem Päckchen, und obgleich er einen Hauch von Triumph verspürte es zu besitzen, blieb doch letztlich nur die kalte Angst. Jetzt steckte er endgültig mit drin. Eine Flucht nach Köln war sinnlos geworden, denn eines war klar: der Russe würde ihn früher oder später überall finden.

"*Gottverflucht!*" Der Kriminalhauptkommissar hatte sich vor Engholm, Voigt und Jordan aufgebaut. Er war außer sich. Sein Kopf war hochrot und sein Puls in einem ungesunden Bereich. "*Ich hoffe, Ihnen ist klar, daß Sie für das, was vorgefallen ist, die alleinige Verantwortung haben!*"

Einen Augenblick lang herrschte betroffene Stille. Dann räusperte sich Voigt. "Halten Sie es nicht für schlimmer, daß in der Stadt ein wildgewordener Mörder herumläuft?" wandte er kleinlaut ein.

"Jawohl, ein Killer läuft hier frei herum", entgegnete Kriminalhauptkommissar Eilers gepreßt. "Da gebe ich Ihnen voll und ganz recht! Und wessen Schuld ist das? Wer hat es geschafft, eine Polizeiaktion durch Eigenmächtigkeit und Unfähigkeit derart die Wand zu fahren, daß einer *meiner* Männer erschossen wurde?"

Oder beinahe, dachte Engholm. "Eine Polizeiaktion im eigentlichen Sinne..." begann er vorsichtig, wurde aber sogleich mit einer Handbewegung des Hauptkommissars ruhiggestellt. "*Bullshit!*" fuhr ihn Eilers an. Jordan warf seinem Kollegen einen gequälten Blick zu. Er hatte Kopfschmerzen, einen trockenen Hals und ihm war übel. Ein Zustand, der dem erneuten Alkoholkonsum der letzten Nacht geschuldet war und durch Eilers' Auftritt nicht besser wurde. Seine Reisetaschen standen im Eingangsbereich des Reviers, das er eigentlich gar nicht mehr hatte betreten wollen. Sein Zimmer war bezahlt, die Zugfahrkarte nach Hannover ebenfalls. Das erneute Gespräch mit seinem Sachgebietsleiter am letzten Abend war ebenso enttäuschend verlaufen, wie das Vorige. Die Herleitung eines rechtslastigen Hintergrunds durch den *SS*-Dolch des Legionärs sei interessant aber wenig belastbar, ebenso wie die Vermutung eines Zusammenhangs zwischen allen drei Todesfällen. Die Ermittlungen waren abgeschlossen, das LKA würde sich zurückziehen.

Am nächsten Morgen hatte ihn Engholm angerufen, von dem Schußwechsel auf dem *Jüdischen Friedhof* erzählt und ihm geraten, so schnell wie möglich aufs Revier zu kommen. Eilers würde ihn sehen wollen...

So war es gekommen. Jordan hatte zugeben müssen, daß er seine Enttäuschung erneut in einigen Flaschen Bier zu ertränken versucht hatte, er war im Grunde immer noch nicht ansprechbar, was sicherlich auch daran lag, daß er seit vierundzwanzig Stunden nichts mehr gegessen hatte. Aber auf den Weg hatte er sich schließlich doch gemacht.

War es wirklich seine Anweisung gewesen, den jungen Marburg zu überwachen? Jordan fluchte stumm. Ja, das hatte war es wohl. Und er hatte vergessen, die Überwachung wieder abzusagen, nachdem Berndes seinen Einsatz in Gutsherrenart Beendet hatte. Er fluchte noch einmal. Und jetzt? Jetzt lag einer der Kollegen lebensgefährlich verletzt im Krankenhaus... Aber, überlegte er, war es nicht so, daß Marburg ohne das Eingreifen der Kollegen jetzt tot wäre? Jordan seufzte und versuchte sich darauf zu konzentrieren, was der Hauptkommissar sagte. Es gelang ihm nicht.

"... Sie haben ihre Kollegen im Stich gelassen", drang Eilers' Stimme wieder in sein Bewußtsein. "Sie haben sie unvorbereitet auf einen Mann losgelassen, der international gesucht wird..."

Das reichte jetzt. Jordan wandte sich ab, verließ das Büro des Hauptkommissars ohne auf dessen Rufen zu reagieren. Ein wenig unsicher und langsam stieg er die Treppe hinunter, durchquerte den langen Korridor, schloß die Tür des Raums 322 hinter sich und genoß die Stille. Mit fahrigen Bewegungen zog er eine Zigarette aus der Schachtel in seiner Brusttasche und zündete sie sich an. Marburg, schoß es ihm durch den Kopf. Wenn die Kollegen auf dem *Jüdischen Friedhof* gewesen waren, dann mußte auch der Junge dort gewesen sein... Was zum Teufel hatte er dort gewollt? Und von was für einem international gesuchten Mann hatte Eilers gesprochen? *Kann es sein, daß ich nicht mehr alles mitbekomme?* dachte er und rieb sich die Schläfen. *Verfluchter Alkohol! Ich habe doch sonst nicht soviel getrunken... Es wird Zeit, daß ich nach Hause komme...*

Mit einem lauten Stöhnen ließ er sich auf seinen Schreibtischstuhl fallen, griff nach dem Telefon und suchte auf der Schreibunterlage nach Hauke Stëins Nummer.

Die paar Schritte zurück zu Stëins Wohnung taten Echo gut. Er bekam das Zittern unter Kontrolle und war sogar zu einigen zusammenhängenden Gedanken fähig. Sie galten durchweg dem Bündel, das er verstohlen in die Jacke gesteckt hatte.

Stëin öffnete die Tür mit dem vorwurfsvollen Blick, den Echo mittlerweile bereits kannte. Er sah an Echo herab und krauste die Stirn, als er die an der Mauer abgeschabte Jacke und die schmutzigen Jeans sah. "Wo warst du? Was ist passiert?"

Echo hielt ihm das Wachstuchpäckchen hin. "Das scheint es zu sein", sagte er. "Hinter dem Ding sind sie her..."

"Wie kommst du darauf?" fragte Stëin skeptisch.

"Kerschenstein hat es auf dem *Jüdischen Friedhof* versteckt", versuchte Echo zu erklären. "Morand hat es gefunden und wieder dort versteckt. Die Zeichnung war der Hinweis, die Schatzkarte gewissermaßen. Ich habe es heute geholt..." Er stockte. Stëin nahm das Päckchen und war klug genug, nicht weiter zu drängen. Sie gingen hinein, und als sie sich in der Küche gegenübersaßen, begann Echo zu erzählen was auf dem Friedhof geschehen war, vom Friedhofsgärtner und seinem Versuch, die Kabbala zu erklären, bis zum Wiedersehen mit dem Russen und seiner Flucht aus der Friedhofshalle.

Stëin hörte aufmerksam zu, ohne den Versuch zu machen, Echo zu unterbrechen. Erst als Echo Morands Vermutung erwähnte, daß es die Templer seien, um die es in Wirklichkeit ging, wurde er unruhig und begann, das Band zu entknoten, mit dem das Päckchen verschlossen war. Dann überlegte er es sich anders. "Hast du das Buch und das Photo?" fragte er unvermittelt.

"Das Buch? Ich weiß nicht..." Echo begriff. Er tastete die Taschen seiner Jacke ab, fand das Photo mit der jungen Frau darauf und sah Stëin fragend an: "Was ist damit?"

"Komm mit!"

"Wohin?" fragte Echo.

Stëin stand auf. "Zum alten Marten", erwiderte er entschlossen und ging hinaus. Echo folgte ihm. Er hatte keine Ahnung, was Stëin in dem kleinen Buchladen wollte. Aber er wußte, daß er es im Augenblick nicht ertragen würde, allein zu sein.

Sie verließen das Haus und liefen hinüber zu Stëins *Commodore*.

Im nächsten Augenblick klingelte im Haus das Telefon.

4. DER GAUKLER

> "...die Brüder des Ordens der Miliz vom Tempel, die die Wolfsnatur unter dem Schafspelz verbargen und unter dem Habit des Ordens in erbärmlicher Weise die Religion unseres Glaubens beleidigten, werden beschuldigt, Christus zu verleugnen, auf das Kreuz zu spucken, sich bei der Aufnahme in den Orden obszönen Gesten hinzugeben... und ...sie verpflichten sich durch ihr Gelübde und ohne Furcht, das menschliche Gesetz zu beleidigen, sich einander hinzugeben, ohne Widerrede, sobald es von ihnen verlangt wird."
> Aus dem Brief Philipps des Schönen an den Bailli von Caen, Jean de Verretot, vom 14. September 1307

35. OLDENBURG, SAMSTAG, 15. SEPTEMBER 1984

Diksmuide, am 22. Juli 1918

Rosa, meine liebste Rosa,

vielen Dank für Deinen lieben Brief! Auch Dein schönes Bild habe ich unversehrt erhalten. Nun kann ich mich in Gedanken, die ja immer bei Dir weilen, viel besser mit Dir unterhalten.

Unsere gemeinsamen Tage in Oostkamp sind schon jetzt, wenige Wochen nach meiner Rückkehr in den Krieg, so weit fort. Und doch sind sie mir unvergeßlich. Unsere Hochzeit und die einzige Nacht, die wir gemeinsam verbringen durften, erscheint hier an der Front so unwirklich, geradezu wie aus einer anderen Welt. Und doch ist es das schönste, was mir bisher widerfuhr!

Rosa, Du gibst mir Mut und die Hoffnung, zurückzukehren, denn noch lebe ich, und Herz und Geist haben mich nicht im Stiche gelassen. Doch habe ich ganz Fürchterliches mitgemacht und kann Dir kaum davon schreiben. Ich war verschüttet und wurde im Nahkampfe von einer canadischen Handgranate zu Boden geworfen und betäubt. Aber ich bin gerettet. Die meisten meiner Kameraden jedoch sind tot oder verwundet. Dreyer, der mit mir in Oostkamp war, ist tot, von einer Granate zerrissen, einen Tag nach seiner Rückkehr, Hanssen ist tot, Weiburg ist tot, Steyrer verwundet, und viele, viele, die Du nicht kennst, sind ebenfalls nicht mehr. Der Krieg zeigt noch einmal mehr sein g'ttloses Gesicht.

Wie Du dem Couvert entnommen haben wirst, bin ich jetzt bei der 10. Kompagnie. Vor vier Tagen haben wir Befehl bekommen, den zweiten Kampfgraben zu besetzen, in der Nacht darauf kamen wir in die vorderste Kampflinie. Gleich am Morgen geschah das Gräßlichste, was Menschen erleben können, und ich bin so froh, daß ich in Gedanken bei Dir sein darf. Morgens früh um neun wurden wir sehr heftig von Artillerie beschossen, das ging bis Mittag, worauf schweres Minenfeuer folgte und unser Graben, der hier keine Unterstände hat, sondern nur Löcher, größtenteils eingeebnet wurde. In solch einem Loch lagen wir mit zwei Mann. Wie ich entkam, kann ich Dir nicht erzählen, es ist zu schrecklich und ich mag es nicht noch einmal vor mir sehen. Ich bin verschüttet worden – ja, das scheint mein dauerhaftes Los zu sein –, und wieder wurde ich gerettet durch meine Kameraden, die nicht aufgeben wollten. Und noch, wenn ich die Augen schließe, sehe ich bei jeder Detonation Schrapnells, Erde und Leichenteile zu Boden schleudern.

Schließlich fanden wir uns in einem Grabenstück zusammen, das weniger mitgenommen war. Gegen Abend erst hört das Minenfeuer auf und als wir noch zitternd aufatmen wollten, da kam von beiden Seiten her der Canadier mit Flammenwerfern auf uns zu. Es war ganz entsetzlich. Eine 30 Meter hohe Rauchsäule, aus der brennendes Öl gegen uns gespritzt wurde. Wir glaubten uns alle verloren. Und da packte uns die Wut. Sterben müssen wir doch, dachten wir, und da gingen wir kalt mit Handgranaten den Flammen entgegen. Und sie wichen. Das hat uns fürs Erste gerettet.

Ich weiß nicht, was ich tun muß, damit ich Dich wiedersehen kann. Wir haben doch geheiratet! Wir wollen doch ein Kind, eine kleine Wohnung! Warum dürfen wir uns nun nicht sehen?

Manchmal ertrage ich kaum den Gedanken an Dich! Ich komme mir vor wie in einer anderen Welt. Wo ist unsere Kultur geblie-

ben, unsere Zivilisation? Als ich mit den vier Kameraden zurücklief, die von unserer Kompagnie überlebten, hatte ich alles zurücklassen müssen, mein Gewehr, meine Stiefel, mein Gepäck und den Französischen Beuteaffen. Rosa, Du würdest mich nicht wieder erkennen, und wenn, würd's Dich ekeln, mich zu berühren. Meine Uniform zerrissen, das Gesicht zerkratzt, barfuß und mit tagelang nicht geschorenem Bart. Mein Eßnapf ist eine alte Konservenbüchse, meinen Trinkbecher habe ich auf dem Müllhaufen, meinen Löffel auf der Landstraße gefunden, nur damit man das Nötigste besitzt. Ist es nicht schrecklich für dich? Zum Glück habe ich Deine Briefe noch immer in der Tasche.

Ich wollte Dir von Liebe schreiben, und statt dessen liest Du nun so etwas. Ich weiß, daß Du es auch nicht leicht hast, und viel Leid ansehen mußt im Hospital, aber was ich gesehen habe in den beiden Jahren, das ist die Hölle, und ich glaube nicht mehr, daß es einen G'tt gibt, der über uns wacht…

Schreibe an die 10. Kompagnie, dann werden mich Deine Briefe erreichen, auch wenn es immer sehr lange dauert. Ich warte auf den Tag an dem ich Dich wiedersehen kann und von dem an wir für immer zusammenbleiben werden, und ich lebe von den gemeinsamen Tagen, die wir hatten. Ich liebe Dich,

Dein Jacob

Oostkamp, am 02. August 1918

Mein lieber Jacob,

ich bin so froh, daß Du lebst. Wir hörten so viel Schlimmes von dem Ijzerbogen, über Artillerie und daß der Feind euch stark zusetzt. Hier sehen wir täglich, was bei euch geschieht, was der Krieg aus dem Menschen macht. Wir hören in der Ferne das Artilleriefeuer und auf den Bahren sind die Jungen, die oft verbrannt und verstümmelt sind. Auch die, deren Seele und Verstand auf dem Schlachtfeld geblieben ist, die nur noch Schreien oder stumm und zitternd vor sich hin starren, sind so zahlreich. Warum schikken sie sie wieder zu euch?

Jacob, ich weiß, ich müßte stark sein, und Dir Mut machen, dem Feind zu trotzen. Aber es fällt mir jeden Tag schwerer. Ich habe mit Schwester Katharina gesprochen. Sie sagt, es sei läster-

lich, G'tt zu leugnen. Aber ist es nicht G'tt, der uns leugnet, wenn all dies um uns herum geschieht?

Auch ich warte auf den Tag, an dem wir uns wiedersehen und bete in meiner Verzweiflung für Dich.

Deine Rosa

Diksmuide, am 7. Oktober 1918

Liebste Rosa.

Es war schön, Deinen Brief bekommen zu haben, Deine Schrift zu lesen. Auch wenn er sehr mutlos klingt und ich ihn erst sehr spät erhalten habe. Doch wir dürfen nicht verzagen, irgendwie, denn sonst ist alles verloren, alle Hoffnung dahin.

Wir liegen noch immer an der Ijzer bei Diksmuide. Heute hat der Artilleriebeschuß zum ersten Mal seit sechs Tagen aufgehört, und dennoch höre ich immer noch die Detonationen. Es regnet unablässig, wir sind alle durch naß und frieren sehr schlimm. So macht es eigentlich keinen Unterschied, ob wir unter Beschuß sind oder nicht, man stumpft ja doch ab und weiß, daß es jederzeit wieder losgeht. Nur wenn ich Deine Briefe lese, bekomme ich Angst, eine schreckliche Angst, denn dann wird mir klar, daß ich zurückkehren muß! Ich hätte nie gedacht, so etwas aushalten zu können, und bin doch nun schon zwei Jahre hier. Vor dem Beschuß hatten wir einen Tag lang immer wieder Gasalarm. Sie setzen jetzt auch dieses neue Senfgas ein, das Land riecht noch lange danach. Am Abend griffen dann die Canadier an, wir konnten sie aber weit vor den Gräben abwehren.

Rosa, ohne Dich wäre ich längst dort hinausgelaufen! Ich kann nicht mehr. Ich will nicht mehr. Warum hört es nicht auf? Wird dieses Schlachten je aufhören?

Zwischen unseren Gräben liegt ein Kamerad, wir sehen ihn fast jeden Tag. Er ist schon ganz verfallen. Wir konnten ihn nicht begraben, und so liegt er seit dem letzten Angriff im Juli dort im Schlamm. Und es liegen Tausende anderer dort draußen und werden immer wieder zerrissen mit jeder Granate die explodiert. Es ist viel schrecklicher als alle Worte es zu sagen vermögen, und doch muß es heraus aus mir. Geschrieen, geschrieben, gleichgültig. Alleine würde ich daran zugrunde gehen.

Ich will Dir keine Angst machen, ich weiß, auch Du hast es ja jetzt sehr schwer. Aber ich wünschte, es gäbe eine Macht, die dies alles beende könnte.
Bitte, bitte melde Dich, damit ich weiß, daß ich noch weiter aushalten kann.

Dein Jacob

22. Oktober 1918

Rosa, meine liebste Rosa,

ich schreibe Dir nur kurz, denn wir liegen nicht mehr in Stellung und ich habe kaum noch Zeit für einen Brief. Ich hoffe so sehr, es geht Dir gut. Ich habe ein solches Verlangen nach Dir, ein solches Verlangen nach Stille, nach Frieden.
Schreckliche Tage und ein trauriger Rückmarsch liegen hinter uns, denn so viel Kameraden fehlen uns. Wir haben Bruges zurückgelassen, und ich erfuhr, daß es das Hospital in Oostkamp nicht mehr gibt. Wir haben keine Ruhe mehr, die feindliche Übermacht ist zu groß. Wir marschieren seit Tagen ohne Pause, und nun habe ich vielleicht auch Dich verloren.
Ich hoffe so sehr, daß Du lebst. Hoffentlich werden wir bald von all dem Übel erlöst. Wir alle warten mit Sehnsucht und versteckter Freude auf den Tag, der die Welt neu erstehen läßt... Und dann können wir sagen, es muß sich alles, alles wenden. Ich hoffe, ich hoffe es so sehr, daß wir einander wieder finden. Ich hoffe... Es fällt so schwer zu hoffen, wenn der Glaube fehlt, aber etwas anderes bleibt uns nicht.

Dein Jacob

5. November 1918

Rosa,

Ich schreibe Dir noch einmal, und etwas unsicher wohl, denn ich habe immer noch keine Antwort bekommen. Aber ich denke dann immer, daß Du vielleicht alle Briefe auf einmal bekommen wirst, und dann ist es doch gut, sie geschrieben zu haben.

In diesen Tagen gehen immer mehr Gerüchte herum, und es scheint nun wohl doch sicher zu sein, daß bald alles vorbei ist. Ich möchte so sehr daran glauben!

Wir marschieren wieder, immer dem Franzmann vorher, und sind bald schon in Deutschland. Wir sprechen kaum noch, und kaum einer fragt, was werden wird, wenn wir dort sind.

Dein Jacob

München, 15. Dezember 1918

Mein lieber Jacob!

Verzeih mir, daß ich erst jetzt schreibe. Ich konnte Dir nicht mehr Schreiben in all den Wochen. Deine Briefe haben mich wohl erreicht. Aber ich habe sie erst jetzt gelesen. Ich konnte nicht anders, obgleich ich Dich so sehr gebraucht hätte, und ich durfte nicht, denn sie haben unsere Briefe zensiert. Ich habe gesehen, was der Krieg aus uns Menschen gemacht hat und ich habe es am eigenen Leibe gespürt. Das Warten auf Dich hat mich ebenso in den Wahnsinn getrieben wie der Anblick all der jungen Soldaten. Jedesmal, wenn unser Lazarett neue Transporte erreichten, habe ich gebetet, daß Du nicht darunter sein mögest. Und gleichzeitig habe ich mich so nach Dir und Deinem Schutz gesehnt!

Bis zum September blieben wir in Oostkamp. Dann, als wir das Donnern der Kanonen bereits deutlicher hören konnten, fuhren sie uns nach Breda, wo unser Lazarett nur noch aus Zelten bestand. Doch ich bin froh, Brügge nicht mehr sehen zu müssen! Ich kann Dir nicht erzählen, was uns widerfahren ist. Der Krieg ist nun vorüber, aber nichts ist vorbei, nichts kann das Geschehene ungeschehen machen und nichts gibt uns hier Ruhe. Das Töten geht weiter, und ich habe Angst.

Ach, ich schreibe so unbeholfen, und versuche doch nur, eine Entschuldigung zu finden. Eine Entschuldigung, wo ich doch nicht einmal weiß, ob Du aus diesem Krieg überhaupt zurückgekehrt bist oder ob diese Zeilen Dich überhaupt jemals erreichen...

Eine Entschuldigung, Jacob, denn, obgleich ich Deine Frau wurde, in den schönsten Tagen meines Lebens, als wir uns in

Oostkamp so oft sahen, so werde ich doch nicht wieder zu Dir zurückkehren. Ich kann es nicht und ich bitte Dich inständig, mir zu verzeihen und mich zu vergessen. Irgendwann werde ich es Dir erklären können, doch dann wird freilich alles zu spät sein.

Ich werde meine Schwester suchen, um ihr beizustehen. Sie braucht mich jetzt, da die Roten hier in München ihr Unwesen treiben. Sorge Dich also bitte nicht um mich, ich habe hier Freunde.

Ich bete zum Himmel, daß Du unversehrt zurückgekehrt bist. Diesen Brief sende ich an Deine Heimatadresse, da ich doch nicht weiß, ob es Dein Regiment noch gibt und wohin es euch verschlagen hat.

Rosa

Oldenburg, 5. Januar 1919

Rosa, kleine Rosa! Ich bin so froh von Dir zu hören. Ich bin heute erst heimgekommen, fast unversehrt am Körper, doch in mir drinnen ist es leer und dunkel. Ich kann nicht schlafen und kaum essen. Ich zittere stark und weiß bisweilen nicht, ob ich schreien oder weinen soll. Aber das wird vergehen, sagen sie.

Ich hatte so gehofft, daß ich Dich hier wiedertreffen würde. Nur dieser Gedanke und diese Hoffnung haben mich überhaupt am Leben gehalten. Und nun soll ich auch das verloren haben, was mir auf der ganzen Welt am Wichtigsten ist? Ich weiß nun gar nicht mehr, was werden soll, es ist Aufruhr in der Stadt, es gibt keine Arbeit, meine Wohnung kann ich nicht heizen, das Essen ist knapp und nun ist auch die Hoffnung auf Dich verloren? Ich verstehe, daß Du unsägliches durchgemacht haben mußt, aber wie, wenn nicht zusammen, könnten wir diese Zeit durchstehen? Ich bin doch hier, ich werde Arbeit finden, und nichts könnte mehr sein, das uns trennen soll.

Warum also darf ich nicht auf Dich hoffen? Ich denke so viel an Dich.

Jacob

München, 12.02.1919

Jacob!

Ich danke G'tt, daß Du noch lebst! Dein Brief aber, den ich erst vor zwei Tagen erhalten habe, muß der letzte bleiben. Was hier in München geschieht, ist wohl ohne Leidenschaft als Revolution zu benennen, und es wird bestimmt ein schlimmes Ende nehmen, wenn nicht bald jemand eingreift! Haben die Menschen denn immer noch nicht genug vom Krieg? Ich hoffe nur, daß alles gutgeht und ich will nicht, daß Du herkommst! Ein Krieg soll doch genug sein!

Ich habe hier ein neues Leben gefunden, und sollte es auch nur von kurzer Dauer sein, so ist mir hier in all dem Elend doch unerwartet ein wenig Glück zuteil geworden. Glück, daß ich nicht verdient habe, das ich aber dennoch – und gegen den Willen Hélènes, die ich endlich gefunden habe – zu erhalten versuche. Und es wäre für Dich nicht gut, mich wiederzusehen. Ich habe mich so sehr verändert. Du würdest mich nicht wiedererkennen, nicht verstehen. Und viel schlimmer: Du würdest mir nicht verzeihen...

Lebe wohl. In Ewig,

Deine Rosa

Oldenburg, 23. Februar 1919

Rosa,

Gwald geschrign, Rosa! Um Himmels willen. Ich wünsche Dir doch alles Glück der Welt! Sag mir nur, was ich tun kann, damit Du uns noch eine zweite Gelegenheit gibst, zusammenzukommen. Auch wenn Du Dich verändert hast. Das habe ich auch. Ich werde Arbeit finden, ich werde für uns sorgen!

Ich kann Dich nicht vergessen, kann diese Tage mit Dir nicht vergessen!

Die Anfänge sind geheimnisvoll und wir haben sie noch nicht hinter uns gelassen! Wir können sie immer noch nachholen. Erlaube mir, Dich abzuholen. Du bist doch meine Frau! Sag' nur ja.

Dein verzweifelter Jacob

München, 01.05.1919

Jacob!

Ich flehe Dich an, versuche zu vergessen, vergiß mich, vergiß die Anfänge und unsere Zukunft. Dies ist der letzte Brief, in dem ich antworte, und ich werde Dir alles erklären, obgleich ich weiß, welche Schande ich gestehe und wie weh ich Dir tun werde.

Ich selbst – ich will vergessen, und es ist mir schwer genug damit. Daher nur dieses: Ich bin entehrt worden, noch in Brügge bin ich entehrt worden, erniedrigt, geschändet. Im letzten Sommer, als ein Teil der Armee nach Ypern marschierte und wenige Wochen nur nach unserer Hochzeit. Nicht von einem Franzosen oder Flamen, nicht von einem jener Verbrecher die überall gleich sind, sondern von einem Soldaten, einem deutschen Offizier, der, betrunken wohl, doch nicht ohne seinen Verstand, mir auf dem Weg zu dem Transportkraftwagen, der uns zurückbringen sollte in das Lazarett, auflauerte. Und nicht allein die Gewalt, die Schmerzen und die Niedertracht waren das Schreckliche, sondern die Schmach in der er mich zurückgelassen hat...

Ich habe niemandem etwas gesagt. Geglaubt hätte mir ohnedies niemand, denn ich war nicht die erste. Eine Mitschwester wurde aus dem Sanitätsdienst entlassen, da man ihr selbst die Schuld an dem, was ihr widerfahren war, anlastete.

Meine Schwangerschaft war erst hier in München zu sehen, sodaß ich Hélène natürlich ins Vertrauen ziehen mußte. Doch auch sie weiß nicht, von wem das Kind ist, ich allein weiß seinen Namen, der mir unaussprechlich ist. Vor wenigen Wochen erst kam ich nieder, und das Kind, mein Sohn, ist so kräftig, so lieb und wunderbar, daß ich mir so sehr wünschte, er wäre nicht unter diesen Umständen geboren. Hier in München habe ich Aufnahme gefunden bei Hélène, meiner Schwester, und Franz Karl von Teufeld, ein Freiherr – und eigentlich Soldat der Reichswehr, und doch so gar nicht soldatisch – kümmerte sich sehr um mich. Obgleich ich aber keine Zukunft sah für ihn und für mich, fühlte ich mich doch sicher und so sehr zu ihm hingezogen, denn er war da als ich mit meinem Kind alleine stand.

Dies sind die beiden Gründe, weshalb ich es nicht mehr zustande brächte, Dir noch einmal in die Augen zu sehen, und Deine Hilfe in Anspruch zu nehmen, so Du sie mir überhaupt noch anbö-

test. Und gleichwohl der von Teufeld nun tot ist, erschossen mit neun anderen Geiseln, gestern im Luitpoldgymnasium, das Kind, das nicht von Dir ist, wäre immer zwischen uns.

Jacob, dies ist nicht alles, und könnte ich Dir doch wohl noch so vieles sagen, so vieles, das gestern und zuvor geschehen ist, so glaube ich, ist es besser, nunmehr über uns zu schweigen, denn ich kann nicht mehr. Ich habe Angst. Das Leben hier in München ist so schwer, sie kämpfen noch immer und viele von denen, die ich kennengelernt habe in den vergangenen Wochen, sind verschwunden und getötet. Ich will nicht, daß DU zu ihnen gehörst...

Vergib mir alles und vergiß mich und alles was uns verbindet, ich bitte Dich darum und nur um dies eine.

Rosa

München, 20.05.1919

Jacob!

Du hättest nicht hierher kommen dürfen!
Ich habe von Hélène davon erfahren, bei der ich nicht mehr wohne, und natürlich konnte ich Dich nicht treffen! Ich danke aber G'tt für Deine Liebe, und doch – auch sie kann nichts mehr ändern...

Dies ist das letzte, was ich Dir schreiben kann und will, und diesmal ist es für immer. Ich werde gehen, fortgehen von hier, fort von Krieg und Kampf, fort von dieser verrückten, sinnlosen und menschenverachtenden Revolution und das, was darauf folgte, fort von Kälte, Niedertracht und Arroganz. Ich hoffe, mein Sohn, mein kleiner Jossele, den ich nach Dir Jacques genannt habe, kommt in gute Hände, denn dort, wo ich hingehe, ist kein Platz für ihn, und hier in München ist es für das kleine, unschuldige Wesen schlimmer als irgendwo anders auf der Welt. Niemand ist hier sicher, besonders wir Juden nicht!

Ich werde gehen, ich muß gehen! Denn jene, die den von Teufeld umgebracht haben, suchen nun auch mich. Aber noch mehr fürchte ich die Prieuré, denn sie ist maskiert und ich erkenne sie nicht.

Leb' wohl, Jacob

Brügge, 24. Juni 1919

Mein liebster Jacob,

so schreibe ich Dir nun doch noch einmal, aus Angst, aus Sehnsucht oder, auch wenn du es bestimmt nicht verstehen wirst, aus Liebe.

Ich bin geflohen, fortgelaufen aus München, in ein Land, in dem ich mich so einsam fühle, daß es schmerzt. SIE haben mich hierher gebracht. Ich habe Jacques zurücklassen müssen, bei guten Menschen zwar, doch habe ich jede Hoffnung verloren, daß es nur für eine kurze Zeit sein möge. Er fehlt mir so sehr!

Jacob, ich weiß, du hast das Päckchen gefunden, Du mußt es gefunden haben! Sieh Dir seinen Inhalt genau an. Die Photographien und zahlreichen Papiere sind alles, was ich von dem von Teufeld zurückbehalten habe, ebenso wie die Steine, um die es eine besondere Bewandtnis hat. Ich habe Deine Briefe, die ich schon schrecklich vermisse, ebenfalls zurückgelassen. Sieh Dich also vor, wenn Du dieses Päckchen bei Dir trägst. Ich fürchte, der Tod des von Teufeld liegt darin begründet, und meine Angst genauso. Ich will nicht mehr sagen, obgleich ich München doch verlassen habe…

Die Zeit drängt, SIE werden mich bald holen. Daher will ich Dir schreiben, was ich niemandem zuvor offenbaren konnte: Der Vater Jacques' ist der Oberleutnant Hans von Selchenhausen. Ich erkannte ihn, sah ihn jedoch nie wieder, denn er wird seit den Kämpfen bei Amiens im September des letzten Jahres wohl vermißt. Ich wage zu hoffen, und G'tt möge mir verzeihen, daß er seiner gerechten Strafe im Felde nicht entgangen ist.

Der Freiherr Franz Karl von Teufeld ist mir nie zu nahe getreten. Er aber war, außer Dir nun, der einzige, der von dem von Selchenhausen wußte, und er versprach mir unmittelbar darauf seine Hilfe.

Gegen meinen Willen und alle Vorbehalte des Standes wegen, führte er mich in eine Gesellschaft ein, in der er seit Jahren verkehrte, und die eine geheime Loge, diesen Freimaurern vielleicht ähnlich, darstellt, und die zum Besseren des Deutschen Reiches und der ganzen Welt alles daran setze, stark und politisch einflußreich zu werden. Doch die Politik sei nur Mittel zum dem einen Zweck, eine Macht, die ganz anders als jede militärische sei, zu erreichen. Ach, du weißt, die Politik interessiert mich nicht, und so *einem Unsinn wie verschwörerischen Logen, kann ich schon gar nichts abgewinnen! Der von Teufeld aber sprach so eindringlich, so überzeugend, und er versprach mir, daß der Zugang zu dieser Loge gleichzeitig den Weg in eine andere Welt bedeute, in eine sichere und gute, eine Welt, die er bereits gesehen habe, und in der ich Obhut und Schutz finden könne. Obgleich ich noch immer zweifle, so bin ich doch verzagt genug, mich von der vagen Hoffnung leiten zu lassen, den Zugang und die Sicherheit dieser Loge zu suchen.*

Die Gesellschaft, in der er selbst ein hohes Mitglied ist, nannte der von Teufeld zunächst Thule–Gesellschaft. Erst wenige Tage vor seinem Tod offenbarte er mir, daß es jenseits dieser Gesellschaft eine weitere gäbe, die sich die "Prieuré de Sion" nenne, und nur durch sie gelange man zum alten und ehrwürdigen Orden der Tempelritter. Dieser Weg sei gefährlich und nur in einer Richtung zu beschreiten. Ein Zurück gebe es nicht mehr, denn jedem, der ihn beschreitet wird das Geheimnis offenbar, das wohl "der große, überlieferte Plan" genannt wird. Für den von Teufeld war es zu spät, er wurde verhaftet und kurz darauf von den Roten im Luitpold–Gymnasium erschossen. Ich konnte ihm nicht helfen und werde nun die Prieuré de Sion suchen um mich in ihren Schutz zu begeben.

Ich schreibe es Dir, wie ich es hörte, denn ich weiß nichts um die Bedeutung dieser Templer. Ich weiß nicht, ob er die Wahrheit sprach und ob ich die Tür finden werde. Denn er sprach von einer Tür, eine Tür, die zum Licht führe und hinter der ein jeder sicher aufgehoben wäre. Ich weiß nicht, was das Licht bedeuten mag, ich weiß nicht, was mich hinter dieser Tür erwarten wird. Aber ich ahne, wo diese Tür ist, und ich werde sie aufsuchen und durchschreiten, ob der Schlüssel paßt oder nicht.

Liebster Jacob, ich wünschte so sehr, du wärst hier in Brugge. Aber ich ahne, ich habe Dich verloren, wie ich alles verloren habe, meine Ehre und mein Kind.

Verzeih mir diesen Brief, doch meine Verzweiflung ist so groß in diesen Tagen, da wir so viel von unserer alten Weltordnung verlieren, und ich nicht weiß, was mir bevorsteht.

Möge G'tt uns beistehen.

Deine Rosa

> "C'est une leçon par la suite. Quand ILS se reproduiront, Car ILS ne sont pas à ses derniers masques, Congédiez–les brusquement. Et surtout n'allez pas les chercher dans les grottes, Mais chercher ma tombe tel que j'ai chercha ca: La tombe des roses de Rosa."

Vom letzten Brief fehlte ein Stück, es war abgerissen. Der alte Marten runzelte die Stirn. Dann legte er mit einer langsamen Bewegung die Briefe aus der Hand. Er hatte sie Echo und Stëin vorgelesen, und es schien, als müsse er sich sammeln und das Gelesene auf sich wirken lassen. Dann endlich räusperte er sich, setzte seine Lesebrille ab und sah in die Runde. Er war ein rundlicher, grauhaariger Mann von Ende sechzig, dessen Augen auch dann noch leuchteten und lachten, wenn es längst nichts mehr zu lachen gab. In Bezug auf die Rentabilität seines kleinen Buchladens in der *Kleinen Kirchstraße*, am Rande der Oldenburger Fußgängerzone, war das ein hilfreicher Zweckoptimismus. Von seiner Stammkundschaft hätte er nicht mehr überleben können, bekäme er nicht seit zwei Jahren eine karge Rente. Aber er liebte Bücher und Menschen gleichermaßen, und deshalb schob er den Zeitpunkt, an dem er seine *Bücherstube* schließen würde, immer wieder hinaus. Den Besuch der beiden jungen Leute, den genoß er allemal, und er hatte sie mit Tee, Keksen und einem Schluck Vintage Portwein von seiner Lieblingstraube, der *Touriga Nacional*, für seine Verhältnisse fürstlich bewirtet. Nun gut, in der Flasche war nur *Late Bottled Vintage*, aber den Unterschied merkten die beiden Jungs ohnehin nicht.

Es war fast achtzehn Uhr und seine beiden Besucher waren bereits seit zwei Stunden in dem kleinen Ladengeschäft. Sie saßen im Hinterzimmer um einen kleinen, runden Tisch, an dem kaum genug Platz für drei war. Aber es ging nicht um Bequemlichkeit, sie suchten nach etwas, das Stëin weihevoll *Erklärungen* nannte. Echo und er hatten Marten zunächst erzählt was vorgefallen war, seit sie sich am Tag der Beerdigung von Echos Vater getroffen hatten; von der Verabredung mit dem jungen Kommissar, über den Überfall und Echos Krankenhausaufenthalt bis hin zu den Schüssen auf dem *Jüdischen Friedhof*. Der alte Marten hatte geduldig zugehört, hin und wieder genickt, an bestimmten Stellen nachgefragt und einige Male nur mit dem Kopf geschüttelt. Auch die Begegnungen mit Morand, dessen Ermordung und die Vorfälle auf dem Glashüttengelände hatte Echo nicht unerwähnt gelassen. Offenbar war der *Zirkus der Nacht* dem alten Marten nicht unbekannt, denn als Echo von seiner Begegnung mit der jungen Frau, deren Briefe sie gerade gelesen hatten, erzählte, schien der Besitzer des Buchladens zwar überrascht, fragte aber nicht nach. Und als er Marten das Bild zeigte, Rosas Bild, das im Büchlein gesteckt hatte, und noch einmal darauf hinwies, daß er sie *gesehen* hatte, und zwar *bevor* er das Bild kannte, warf

Stëin dem alten Buchhändler einen skeptischen Blick zu. Der aber nickte nur, als wäre dieser Vorgang angesichts der Umstände ein durchaus natürliches Phänomen.

Schließlich hatte Marten umständlich und langsam das Päckchen geöffnet, die Briefe entnommen und auf Stëins Drängen hin vorgelesen. Er hatte nun gewußt, wer Kerschenstein war und warum Echo mehr über ihn und seine Verbindung zu Gert Marburg wissen wollte.

Nachdem er geendet hatte, war eine betroffene Stille entstanden. Marten faltete die Briefe wieder zusammen, steckte sie in ihre Couverts und verstaute alles in der Tasche, Morands Aktentasche, in der Echo das Päckchen hergebracht hatte.

"Ich möchte die Photographien noch einmal sehen". Echo griff nach der Aktentasche, die zu Martens Füßen stand, und stellte sie, während Stëin in letzter Sekunde Kekse und Gläser zur Seite schob, schwungvoll auf den Tisch. Der alte Buchhändler wußte, daß Echo und Stëin ihm den Vortritt lassen würden, da er die Deutungshoheit über das Päckchen, das so alt war wie er selbst, besaß. Sie sahen ihn auffordernd an, doch er lächelte nur und positionierte umständlich seine Pfeife samt Pfeifenstopfer, einen Tabaksbeutel und eine Schachtel Streichhölzer neben seiner Teetasse. Er sah in die Runde und genoß sichtbar die Neugier seiner jungen Besucher. "Ich finde die Briefe, die wir gerade gelesen haben, geben schon mehr Fragen auf als wir heute abend klären können", sagte er mit ruhiger Stimme. "Vielleicht sollten wir uns den Rest des Päckchens morgen ansehen?"

"*Marten!*" Stëin sah den alten Mann so vorwurfsvoll und durchdringend an, wie er konnte. Sie kannten sich mittlerweile seit fast fünf Jahren, und seit zwei Jahren half Stëin hin und wieder in dem kleinen Laden aus. Er wußte, daß Marten jeden mit seiner Ruhe verrückt machen konnte. Wenn er wollte.

"Nicht so schnell", sagte der Alte ruhig. "Ich würde es gerne richtig verstehen". Er lehnte sich zurück und überlegte einen Augenblick. "Dieser Mann, den Sie kennengelernt haben, dieser..."

"Morand", half Echo nickend.

"Dieser Morand, das ist der Sohn von Rosa Kerschenstein und Hans von Selchenhausen. Rosa war zwar mit Jacob Kerschenstein verheiratet, nach dem Krieg aber haben sich die beiden nicht mehr wiedergesehen, sei es, weil sie es aus Scham über die Vergewaltigung nicht übers Herz brachte oder weil sie jemand anderen kennengelernt hatte. Dieser andere war ausgerechnet der Freiherr von Teufeld. Eine ebensowenig standesgemäße wie dauerhafte Verbindung, da der von Teufeld nachgewiesenermaßen eine der sieben Geiseln war, die im April 1919 von der Roten Armee erschossen wurden."

Echo, der den geschichtlichen Hintergrund nicht kannte, nickte zaghaft. "Morand war hier, weil er nach seinen Wurzeln suchte", erklärte er. "Er hatte bis vor kurzem nichts von Rosa gewußt. Und als er herausgefunden hatte, daß sie seine Mutter war, machte er sich auf die Suche nach ihr. Aber er fand nur Kerschenstein."

"Eine weitere Enttäuschung vermutlich", ergänzte Marten. "Er wird erst hier, anhand dieser Briefe, herausgefunden haben, wer sein wirklicher Vater war..."

"Schön und gut", unterbrach ihn Stëin. "Das ist das Problem dieses Franzosen. Oder hat *er* Kerschenstein und Echos Vater umgebracht?"

Der Buchhändler lächelte nachdenklich. "Nein, das glaube ich nicht."

"Aber welchen Zusammenhang gibt es denn sonst? Gründe genug seine Mutter und diesen Kerschenstein zu hassen, hatte er ja wohl..."

"Nicht so eilig, junger Mann. Eins nach dem anderen." Martens Blick wanderte zu dem Päckchen in der Aktentasche. Er nahm es wieder heraus, stellte die Tasche zurück auf den Boden und begann, das Wachspapier auseinanderzufalten. "Zunächst einmal glaube ich nicht, daß Rosa eine schlechte Mutter war", sagte er leise und hielt inne. "Ich denke vielmehr, daß sie das Kind bei Pflegeeltern in Belgien aus Angst um ihr Leben zurückgelassen hat. Und um das ihres Kindes."

"Angst?" fragte Stëin. "Davon schreibt sie aber nichts. Und der Krieg war doch vorbei."

"Der Krieg war vorbei, ja. Aber in München – und dorthin ist sie gefahren – war Revolution. Und wenn du aufgepaßt hättest, würdest du dich daran erinnern, daß sie die *Prieuré de Sion* erwähnt hat."

"Das waren die, die ihr Zuflucht gewährt haben?"

Marten warf Stëin einen vielsagenden Blick zu. "Die *Prieuré* tut nichts ohne Eigennutz", sagte er.

"Du kennst diese *Prieuré*? Was sind das für Leute?"

"Kennen wäre übertrieben..." Marten lächelte. "Es ist in den letzten Jahrzehnten einiges über sie ans Licht gekommen. Man sagt, die *Prieuré de Sion* sei der einzig verbliebene Zugang zu den *Pauperes commilitones Christi templique Salomonici Hierosolymitanis*."

"Zu den... was?"

"Zum Templerorden", übersetzte Marten selbstzufrieden. "Und darum geht es hier letztendlich: der Zugang zum Templerorden! Aber gehen wir der Reihe nach vor." Seine tiefe Stimme klang plötzlich väterlich und beruhigend. Etwas umständlich begann er, den Inhalt des Päckchens auf dem Wachspapier zu ordnen: die Briefe, einen kleinen Stapel alter Photographien, zahlreiche zusammengefaltete, gelbliche Blätter, offensichtlich Briefpapier, und ein Wollsäckchen mit Steinen. Danach betrachtete er, während er sich Tabak in die Pfeife stopfte, ihn vorsichtig verdichtete und letztlich mit einem Streichholz anzündete, die Zeichnung, die Echo zum Grab und damit zum Päckchen geführt hatte und die mittlerweile schon ein wenig gelitten hatte.

"Ich denke, dieses *Gemälde* können wir getrost beiseite legen", begann er zu Echo gewandt. "Die Zeichnung hat ihren Zweck erfüllt. Sowohl Sie als auch Herr Morand haben das Grab, dessen Stein hier abgebildet wurde, gefunden..."

"Und damit das Päckchen", erwiderte Echo. "Aber was sollen wir mit den Briefen?"

"Oh, die Briefe erzählen uns eine ganze Menge." Marten lächelte. "Sie führen uns auf die richtige Spur."

"Spur? Was für eine Spur?"

"Ich gebe zu, daß all das für Außenstehende schwer zu verstehen ist." Er überlegte kurz, dann versuchte er, den Inhalt der Briefe zusammenzufassen: "Passen Sie auf – Kerschenstein kommt 1916 als junger Soldat an die Westfront, und zwar nach Flandern, einem der am härtesten umkämpften Abschnitte, wenn man von der Somme und Verdun einmal absieht. Er wird wiederholt verwundet und lernt bei seinem letzten Lazarettaufenthalt die Krankenschwester Rosa kennen. Die kurze Romanze endet gewissermaßen in einer Kriegstrauung und einer gemeinsamen Nacht. Danach sieht er Rosa nie wieder. Noch vor Kriegsende wird sie von dem deutschen Offizier, wie hieß er doch noch?"

"Von Selchenhausen", erinnerte sich Echo.

"Richtig. Dieser von Selchenhausen vergewaltigt sie, fällt aber kurz darauf bei Amiens..."

"Nein", Echo schüttelte nachdenklich den Kopf. "Nein, da hat sie sich geirrt." Erst jetzt begann er die Bedeutung der Zeitungsausschnitte zu verstehen, die Morand kurz vor seiner Ermordung zusammen mit dem Schließfachschlüssel in den Briefumschlag gesteckt haben mußte. Den Briefumschlag, den Echo schließlich in der Rezeption gefunden hatte. *Vor* dem Russen. "Von Selchenhausen hat beide Kriege überlebt", erinnerte er sich. "Er wurde 1949 ermordet. Kerschenstein wurde dafür angeklagt, aber aus Mangel an Beweisen nie verurteilt. Vermutlich auch weil ihm kein Motiv nachgewiesen werden konnte. Tatsächlich aber hatte er eines..."

Marten und Stëin sahen Echo fragend an.

"Zeitungsausschnitte von damals", erklärte Echo und wies auf die Aktentasche, in der sich der Umschlag aus dem Hotel befand. "Ich glaube, Morand hat sie in Kerschensteins Wohnung gefunden." Er erinnerte sich an die Worte aus einem weiteren Brief: *Ein Jude, der ein Mörder ist, ein Opfer, das doch in Wirklichkeit ein Täter ist...* "Der alte Mann war gar nicht so unschuldig wie jeder dachte", murmelte er. "Der Zusammenhang zwischen Kerschenstein und von Selchenhausen konnte nie nachgewiesen werden. Ob mein Vater davon gewußt hatte? Ob ihn vielleicht doch...?"

374

"Ich glaube", unterbrach ihn Marten sanft, "daß die Geschichte, in die Ihr Vater hineingeraten ist, viel vertrackter ist, als wir uns das gerade vorstellen können." Er nahm einen Schluck Portwein und räusperte sich. Dann fuhr er fort: "Aber der Reihe nach. Rosa geht also nach dem Krieg zur einzigen Person, der sie sich anvertrauen kann: ihre Schwester Hélène. Bei ihr bekommt sie ihr Kind. Ob sie durch Hélène auch den Freiherrn von Teufeld kennengelernt hat, wissen wir nicht. Ebensowenig, warum er gerade Rosa ins Vertrauen gezogen hat. Vielleicht haben ihn die Umstände dazu gezwungen. München war in jenen Nachkriegsmonaten ein gefährliches Pflaster. Für uns ist jedenfalls folgendes wichtig: Nach allem, was Rosa niedergeschrieben hat, können wir aber davon ausgehen, daß von Teufeld dem inneren Zirkel sowohl der Thule Gesellschaft als auch der *Prieuré de Sion* angehörte."

"War die *Thule–Gesellschaft* nicht eine rassistische Geheimgesellschaft, die gegen Ende des Ersten Weltkrieges in München entstand?" fragte Stëin und rieb sich die Augen.

"Sie waren völkisch", erklärte Marten. "Nicht rassistisch."

"Und was haben die mit den Templern zu tun?"

"Viele Geheimbünde berufen sich auf die Templer", meinte der Buchhändler. "Aber du hast recht. Wichtiger ist die *Prieuré de Sion*, von der Rosa scheibt. Sie ist vermutlich der Schlüssel, der Zugang zu tieferen Ebenen", fuhr er nachdenklich fort. "Die *Tür* eben. Rosa schrieb: *und dort scheine es wirklich gefährlich.* Von Teufeld hat ihr vor seinem Tod gesagt, an wen sie sich wenden muß. Er hat ihr den Zugang zur *Prieuré de Sion* offenbart..."

Stëin verzog den Mund. "Warum so umständlich?" fragte er zweifelnd. "Wo ist die Verbindung zu den Templern?"

"Na, denkt doch mal nach: Auch ein Templer lebt nicht ewig. Wie also würdet ihr euren Nachwuchs rekrutieren? Doch sicher nicht über eine Zeitungsannonce: Geheimbund mit Weltverschwörungspotential sucht Adepten!" Marten lachte auf. "Nein, so was läuft über andere Logen, die eine Art Vorauswahl treffen, nicht jeden reinlassen. Logen, die den Kontakt zur Öffentlichkeit halten und unter deren Deckmantel die wahren Mystiker arbeiten..."

"Woher wissen Sie das?" fragte Echo, obgleich das Gespräch in eine falsche Richtung zu laufen schien. Was er suchte, war die Erklärung des Unmöglichen, nämlich wie es sein konnte, daß er Rosa gesehen hatte. Die Templer interessierten ihn nicht, auch wenn sie für Morand vielleicht wichtig gewesen sein mochten.

"Diese Dinge stehen in Büchern, junger Freund. Und ich verkaufe Bücher nicht nur, ich lese sie auch..." Marten äugte skeptisch auf den Pegel des Portweins in seiner Flasche, entschloß sich dann aber doch, seinen beiden Gästen nachzuschenken. "Die *Prieuré de Sion* wird von vielen Autoren als Zugang zum Tempel bezeichnet", erklärte er, nahm einen Schluck Portwein und ließ ihn genüßlich über seine Zunge laufen. "Sie soll sich, alten Quellen zufolge, aus den Überlebenden des Templerordens rekrutiert haben. In den Siebziger Jahren sind in der Pariser Nationalbibliothek Papiere aufgetaucht, die *Dossiers Secrets*, in denen dieser Zusammenhang bestätigt wurde und eine direkte Linie der Großmeister des Ordens von Jacques de Molay bis in unsere Zeit *nachgewiesen* wurde."

"Du glaubst also wirklich, es geht nur darum?" fragte Stëin und sah skeptisch von Marten zum Päckchen und wieder zu Marten. "Um den Zugang zu einem Ritterorden, der vor sechshundertfünfzig Jahren ausgelöscht wurde?"

"Wir werden sehen..." murmelte Marten, aber es klang wie: *ja, genau das glaube ich*. Er beugte sich vor, öffnete das Säckchen und entnahm die darin enthaltenen Steine. Einen kurzen Augenblick betrachtete er sie mit versteinertem Blick, dann schob er die dunklen Rechtecke zu Stëin hinüber mit der knappen Bitte, sie in ihrer ursprünglichen Weise zusammenzulegen.

Stëin hob die Augenbrauen. "Das ist doch kein Puzzle..."

"Doch", erwiderte Marten ernst. "Eben das ist es." Dann wandte er sich wieder Echo zu. "Die Notiz mit dem Hinweis, daß Kerschenstein ein Mörder sei, finde ich interessant. Wissen Sie, von wem die stammen könnte?"

"Nein. Ich hatte angenommen, daß es die waren, die Kerschenstein ursprünglich anklagen wollte, SS–Offiziere und Mitarbeiter der Konzentrationslager, in denen er inhaftiert war. Sie wollten ihn wohl unter Druck setzen, damit er nicht gegen sie aussagte. Nur ergibt das irgendwie keinen Sinn, denn Dessauer war einer von ihnen und er bestreitet das. Kerschenstein hätte ihn bestimmt nicht gefragt, ob er ihn vor Gericht vertreten würde, wenn er von ihm bedroht worden wäre. Und Dessauer hätte das Mandat nicht akzeptiert. Andererseits ist es nicht dazu gekommen. Bevor Dessauer ihn verteidigen konnte, wurde das Verfahren eingestellt..."

Marten schien zu verstehen. Er nickte und sagte: "Es muß jemand gewesen sein, der von Kerschensteins Verbindung zu von Selchenhausen gewußt hat und Kapital daraus schlagen wollte. Vielleicht hat derjenige ihn sogar auf den ehemaligen Offizier aufmerksam gemacht und ein Treffen arrangiert?"

"Auf von Selchenhausen? Warum?"

"Um das zu erreichen, was er letztlich erreicht hat: Kerschenstein zum Schweigen zu bringen, ihn abhängig zu machen. Ob er wirklich den Vergewaltiger seiner Frau getötet hat, kann ich nicht sagen, aber in dem Augenblick, da er des Mordes angeklagt wurde, wird er einiges dafür gegeben haben, wieder frei zu sein..."

Echo nickte. So wird es gewesen sein. Blieb die Frage, wer von dieser Abhängigkeit profitiert hatte. Dessauer? Merbach? Sein Vater?

Marten schien seine Gedanken zu lesen. "Wenn ich Sie richtig verstanden habe, kannte Ihr Vater Kerschenstein. Könnte es sein, daß die beiden sich über Rosas Briefe unterhalten haben? Insbesondere den letzten?"
Echo zuckte mit den Schultern. "Ich weiß es nicht. Mein Vater hatte bestimmt keine Ahnung von den Templern. Und er hätte niemanden getötet. Schon gar nicht für ein Bündel Briefe."
Der Buchhändler seufzte nachdenklich. "Nun gut", sagte er schließlich aufgeräumt. "Das wird sich alles finden. Schauen wir einstweilen, was wir noch so alles finden." Er nahm die Photographien auf und betrachtete sie von beiden Seiten, sie waren an vielen Stellen geknickt, leicht bräunlich, die Rückseiten angelaufen. Mit fast verblichener Tinte waren Namen zu lesen, von einer zierlichen Frauenhandschrift sorgfältig vermerkt. Nach einem viel zu langen Augenblick reichte der Buchhändler Echo das erste Bild. Es zeigte eine Gruppe von sieben Männern und einer Frau. *Von Teufeld, Dessauer, DeChaumes, von Eisling, von Seidlitz, Walter Deike, Daum und Freifrau von Merk* war umseitig in fahriger Schrift zu lesen. *Dessauer?* dachte Echo, war das Zufall? Gab es eine Verbindung zwischen *dem* Dessauer, den Kerschenstein und Morand besucht hatten und jenem auf diesem Bild? Echo krauste die Stirn und sah Stëin an. Dann reichte er ihm die Photographie und wies mit dem Zeigefinger auf den Namen Dessauer. Stëin zuckte mit den Schultern. Natürlich, er kannte Dessauer ja nicht. Die nächste Photographie zeigte einen jungen Soldaten in grauer Felduniform und einer mit Tuch überzogenen Pickelhaube. Es war mit Jacob beschriftet, darunter, kaum noch leserlich, eine Jahreszahl: 1916. Kein Zweifel, daß es sich um den jungen Kerschenstein handelte, der 1916 an die Westfront kam. Echo gab das Photo lächelnd an Stëin weiter. Sie hatten es so verdammt gut heutzutage, dachte er, während Kerschensteins Briefe aus dem Schützengraben in seinem Kopf herumgeisterten. Niemand zwang sie, im Dreck und Gas zu sterben.
Der alte Marten legte die nächste Photographie vor Echo auf den Tisch. Er hatte sie sich lange angesehen, bevor er sie weiterreichte: Vier Männer in dunklem Frack waren darauf zu sehen, in einem kleinen Saal mit offensichtlich schwarz verhangenen Fenstern. Weiß bedeckte Tische mit zahlreichen Gläsern und Kerzen waren hinter ihnen zu erkennen. Auf der Rückseite des Bildes stand nur die Worte *Die Zitadelle des Lichts* geschrieben.
Dann folgte das letzte Bild. Marten lächelte und Echo nahm die Photographie mit großen Augen entgegen. Sie zeigte zwei junge Frauen, die, hintereinander stehend, in die Kamera sahen, eine lächelnd, die andere melancholisch–ernst. Es war Rosa, die hinter ihrer keck zum Photographen schauenden Schwester stehend, im dunklen Stehkragenkleid direkt in Echos Seele sah. Sein Mund wurde plötzlich trocken, er mußte schlucken, und starrte doch nur auf die junge Frau mit den lockigen Haaren. Auf der Rück-

seite war vermerkt: *Hélène und Rosa, für Rosa, an ihrem achtzehnten Geburtstag, 1. Juli 1915. Das ist also die Siebenundachtzigjährige, die mich seit Tagen nicht mehr losläßt,* dachte Echo verständnislos. *Was für ein Unsinn!* Er seufzte und gab Stëin zögernd die Photographie. Dann merkte er, daß Marten ihn beobachtet hatte. Der alte Mann lächelte, und es war ein freundliches Lächeln. Echo preßte die Lippen aufeinander. Es ging doch gar nicht um Rosa, versuchte er sich zu rechtfertigen, es ging nur um seinen Vater...

"Wer ist das?" fragte Stëin und zeigte auf die zweite, etwas jüngere Frau.

"Rosas Schwester", erwiderte Echo. Die Gesichtszüge der beiden Frauen ähnelten sich tatsächlich ein wenig. Stëin warf Echo einen prüfenden Blick zu und legte dann die Bilder beiseite.

"Zweifellos", bestätigte Marten ohne aufzusehen und nahm die Briefbögen, die sich ebenfalls in dem Päckchen befunden hatten, in die Hand. Als er den ersten auseinanderfaltete, wäre er beinahe in vier Teile zerfallen, so dünn war er an den Falzen bereits. Vorsichtig legte er einen nach dem anderen auf den Tisch, wo Stëin mit seiner Puzzlearbeit Fortschritte zu machen schien. Eine etwa zwei Handflächen große, dunkle Tafel entstand aus dem Häuflein Steine. "Was sind das für Papiere?" fragte er und sah zu Marten hinüber. Der reagierte nicht. Er schien konzentriert zu lesen. Erst nach einer endlosen Weile schob er die Blätter wortlos zu Stëin über den Tisch. Der legte einen der Steine, die er zusammenzufügen versuchte, zurück auf den Tisch und betrachtete die Papiere einige Augenblicke lang. "Eine Mitgliederliste oder so was", vermutete er zögerlich und sah Marten fragend an.

"Eine Mitgliederliste, ja." Der Buchhändler sah über den Rand seiner Brille von Stëin zu Echo und wieder zu Stëin. "Und zwar die Mitgliederliste der *Zitadelle des Lichts.*"

"*Zitadelle des Lichts?*" Echo warf einen Blick auf die Blätter. Tatsächlich erkannte er an ihrem oberen Rand das Kürzel *ZdL.* "Was ist das? Noch ein Orden?"

"Nie gehört", brummte Stëin und betrachtete die Blätter etwas genauer.

"Das glaube ich gerne", erwiderte Marten. "Es liegt im Wesen von Geheimorganisationen, daß über sie kaum etwas an die Öffentlichkeit dringt."

"Aber *du* kennst sie..."

Marten lachte gutmütig auf. "Eine hundertprozentige Geheimhaltung gibt es nur in den seltensten Fällen. Dabei kommen aber kaum mehr als Gerüchte ans Licht. Um euch Details zu offenbaren, müßte ich ein wenig in meinem Archiv wühlen." Er wies auf eine Ecke des mittlerweile fast dunklen und nur von einer Stehlampe erhellten Raums, in der stapelweise Magazine und Zeitschriften lagen. "Wenn ich mich richtig erinnere, ist die *Zitadelle des Lichts* eine vor dem Krieg in Paris gegründete Loge, die mittlerweile international... sagen wir: agiert."

"*Vor dem Ersten Weltkrieg?*"

"Ja, natürlich." Marten zog aus dem kleinen Stapel Photos das vorletzte heraus, drehte es um und tippte auf den handschriftlichen Kommentar. *Die Zitadelle des Lichts.* "Ich vermute, der Kommentar ist von ihr..."

Das stimmte, und das Photo war nicht jünger als die übrigen. "Was, glauben Sie, ist aus ihr geworden?"

Marten zog ein paarmal an seiner Pfeife. "Ich weiß es nicht", gestand er schließlich. "Aber hatten Sie nicht den *Zirkus der Nacht* erwähnt?"

"Ja, richtig." Echo nickte heftig. "Der Zirkus auf dem Glashüttengelände. Morand hat ihn so genannt... heißt das, Sie kennen ihn?"

"Oh nein, ich hatte noch nicht das ungeheure Glück ihn zu sehen." Marten verzog den Mund. "Oder vielleicht doch", fügte er hinzu. "Wer weiß das in diesem Fall schon?"

Echo verstand. *Wer ihn gesehen hat, vergißt ihn wieder.* So oder so ähnlich hatte Morand es ausgedrückt. "Was wissen Sie darüber?"

"Der *Zirkus der Nacht*, so heißt es, sei frei, an jeden Ort und in jede Zeit zu reisen. Für niemanden, außer denen, die mit ihm ziehen, ist das zu begreifen. Daher vergißt ihn jeder, der ihn gesehen hat, unmittelbar wieder. Sie können sich denken, daß aus diesem Grund nicht allzuviel über den *Zirkus der Nacht* niedergeschrieben wurde." Marten lächelte mitfühlend. "Johannes Trithemius hat ihn einmal erwähnt. Kurz vor seinem Tod. Fünfzehnhundertsechzehn war das wohl. In Bezug auf Ihre Begegnung mit Rosa kann ich daher leider keinerlei Schlüsse ziehen. Der *Zirkus der Nacht* wäre aber im Augenblick die einzige Erklärung, die ich dazu hätte."

"Oder eine Kopfverletzung." meinte Stëin trocken.

"Oh nein, ich glaube Herrn Marburg durchaus", verteidigte Marten seinen Gast. "Ich wünschte nur, ich selbst hätte dabei sein können..." Sein Blick fiel auf die Briefe. "Was sagst du zu den Listen?"

Stëin blätterte vorsichtig hin und her. Schließlich zuckte er mit den Schultern. "Die Liste ist aufgeteilt in Kategorien. Unter jeder stehen Namen. Aber ich weiß nicht, was uns das weiterhelfen soll?"

Marten machte eine auffordernde Handbewegung, woraufhin Stëin vorzulesen begann, was er entziffern konnte: "Als erstes kommen die Perfektionsgrade. *Geheimer Meister, Vollkommener Meister, Geheimer Sekretär, Vorgesetzter und Richter, Intendant der Gebäude, Auserwählter Meister der Neun, Auserwählter Meister der Fünfzehn, Erhabener Auserwählter Ritter, Großmeister–Architekt, Meister des Neunten Bogens, Großer Auserwählter* und *Vollkommener Maurer.* Immer mit einer ganzen Reihe von Namen darunter. Auf dem nächsten Blatt folgen die Kapitelgrade. *Ritter des Degens, Prinz von Jerusalem, Ritter vom Osten und Westen, Ritter Rosenkreuzer.* Auch hier sind einige Namen verzeichnet, aber schon weniger. Dann..." Stëin zog das nächste Blatt hervor, "dann sind hier noch die Philosophischen Grade: *Groß–Pontifex, Großmeister aller Symbolischen Logen, Preu-*

ßischer Ritter, Prinz von Libanon, Oberster des Tabernakels, Prinz des Tabernakels, Ritter der ehernen Schlange, Prinz der Gnade, Ritter–Kommandeur des Tempels, Ritter der Sonne, Ritter des Heiligen Andreas von Schottland, Ritter des Schwarzen und Weißen Adlers.* Einige Namen sind nicht leserlich, oder jedenfalls nur schwer. Als letztes stehen hier die Konsistorialgrade: *Großinspekteur–Inquisitor, Prinz des Königlichen Geheimnisses.* Und, wenn ich mich nicht verzählt habe, an 33. Stelle der Grad des Obersten Rates: *Souveräner General–Großinspekteur...*" Stëin blätterte noch einmal zwischen den Seiten hin und her. Dann sah er auf, krauste die Stirn und sah fragend zu Marten hinüber. "Dazwischen stehen eine ganze Menge Namen. Ihre Zahl verhält sich allerdings mehr oder weniger reziprok proportional zur Höhe der Grade. Nach dem 27. Grad kommt nichts mehr..."

Marten spitzte den Mund und dachte nach. "Das ist das Hochgradsystem nach schottischem Ritus", sagte er mehr zu sich als zu den anderen beiden. "Die ganz gewöhnliche Freimaurerhierarchie..." Dann wandte er sich an Stëin: "Welcher Name steht unter dem Souveränen General–Großinspekteur?"

"Keiner", erwiderte Stëin nach einem kurzen Blick auf die Liste. "Nach dem *Ritter–Kommandeur des Tempels* sind keine Namen mehr verzeichnet."

"Und um wen handelt es sich dabei?"

"Ein..." Stëin krauste angestrengt die Stirn. "Ein Hans von Raumer", las er schließlich vor. Er sah Marten an. Marten hob überrascht eine Augenbraue. "Wenn ich mich nicht irre, war von Raumer Mitglied im Kabinett Fehrenbach. Das würde bestätigen, daß die Zitadelle von Anfang an ein Sammelbecken politisch und wirtschaftlich einflußreicher Männer war..."

"Entschuldigung..." Echo sah den Buchhändler fragend an. "*Kabinett Fehrenbach?*"

"Das erste gewählte Kabinett der Weimarer Republik", erklärte Marten geduldig. "Von Raumer war Reichsschatzminister und Mitglied der Deutsche Volkspartei. Wie Stresemann übrigens auch."

"Rosas Lover habe ich hier allerdings nicht gefunden", brummte Stëin enttäuscht.

"*Von Teufeld war nicht Mitglied der Zitadelle des Lichts*", formulierte es der Buchhändler etwas seriöser. "Obwohl..." Er zögerte einen Augenblick, dann stand er auf und ging zielstrebig auf eines der Bücherregale im hinteren Bereich des kleinen Ladens zu. Wenig später kam er mit einem voluminösen, in Leinen gebundenen Folianten zurück. "Hier haben wir's ja! Die *Münchner Neuesten Nachrichten* berichteten am 3. Mai 1919 von sieben getöteten Geiseln", erklärte er bevor er schließlich vorlas: "*Die Ermordung erfolgte vor Mitternacht im Garten des Luitpoldgymnasiums. Die Geiseln wurden an die rückwärtige Wand gestellt. Den Befehl zum Feuern gab ein Mann der Roten Armee namens Seidl. Da sich die Soldaten des Leibregi-*

ments weigerten zu schießen, wurden auch Russen veranlaßt, die Ermordung auszuführen. Einige der Geiseln wurden durch Kolbenschläge und Bajonettstiche getötet. Unter den Ermordeten befand sich auch eine Frau. Die Leichen wurden beraubt und derart verstümmelt, daß sie bisher mit Ausnahme von dreien noch nicht erkannt werden konnten. Bei zwei Leichen fehlt die obere Hälfte des Kopfes. Alle sechs Leichen wurden in das gerichtsmedizinische Institut gebracht, und so weiter und so weiter." Marten sah vom einen zum anderen. "Und? Fällt euch was auf?"

Stëin schüttelte den Kopf.

"Es waren sieben Geiseln", sagte Echo leise. "Aber nur sechs Leichen. Eine fehlte offenbar am nächsten Morgen."

"Richtig." Marten nickte anerkennend und las weiter. "Franz von Teufeld war nicht unter den in der Gerichtsmedizin identifizierten Leichen", stellte er fest, nachdem er das Buch zugeklappt hatte.

"Willst du etwa behaupten, die *Zitadelle des Lichts* hätte ihn da rausgeholt?"

"Oder der *Zirkus der Nacht*", ergänzte Echo tonlos.

"Könnte doch sein. Ihr müßt zugeben, ein wenig seltsam ist es schon, daß er auch später nicht mehr erwähnt wurde…"

Stëin brummte etwas Unverständliches, vermutlich, weil er genau das zugeben mußte aber nicht wollte. "Vielleicht konnte er fliehen."

"Nein, darüber wäre berichtet worden, ich meine, dann wäre er doch wieder aufgetaucht, spätestens nach dem Ende der Räterepublik."

Mutmaßungen waren nicht Stëins Ding. Er zuckte unwillig mit den Schultern und sah auf das Gebilde vor sich auf dem Tisch. Ein Stein fehlte. Nachdenklich nahm er ihn in die Hand, betrachtete ihn von allen Seiten und fügte ihn dann an der letzten freien Stelle ein.

Auch Echo betrachtete nun das kleine Rechteck aus dunklen Steinen. Was war es, das so vielen Menschen den Tod gebracht hatte? Die Briefe? Die Liste mit den Hochgraden und Namen? Die Photographien oder dieses seltsame Puzzle? Marten folgte seinem Blick, schob seine Brille auf die Nasenspitze und betrachtete das Gebilde fachmännisch. "Das habe ich mir gedacht!" Er nickte zufrieden. "Wenn das nicht die *Steinerne Karte* ist, dann will ich nicht Franz Marten heißen…"

"Was meinst du damit?" fragte Stëin und sah auf. "Was für eine *Steinerne Karte*? Eine Art Schatzkarte?"

"Eine Schatzkarte," wiederholte Marten und legte seine Pfeife in den Aschenbecher. "Nun, ganz so einfach ist das nicht." Er griff nach seiner Tasse und wollte einen Schluck Tee trinken. Auf halbem Wege mußte er feststellen, daß die Tasse leer war. Seufzend stand er auf, schaltete den kleinen Zweiplattenherd, der neben einem ebenso kleinen Handwaschbekken installiert war, an und setzte einen Kessel Wasser auf.

"Sagen wir so", erklärte der Buchhändler schließlich, während er die leere Teekanne ausspülte. "Es ist der Hinweis darauf, wo nach dem Schatz oder dem *Großen Geheimnis* des Tempelritterordens zu suchen ist. Wer die *Steinerne Karte* hat, ist noch lange nicht am Ziel. Aber ohne sie würde er nie dorthin gelangen..."

Stëin verzog den Mund. "Willst du uns auf den Arm nehmen?" fragte er und versuchte, belustigt zu Echo hinüberzusehen. Doch der nickte nur, ebenso verstehend wie gleichgültig. Ein Schatz interessierte ihn nicht. Nur der *Zirkus der Nacht* würde ihn zu Rosa führen. Aber wollte er das noch? Wenn Marten recht hatte mit seinen Theorien – und, soweit er sich an seinen letzten Traum erinnerte, war das der Fall –, dann war in Rosas Leben kein Platz für ihn. Dann war von Teufeld der Mann ihres Herzens. Ihm war sie gefolgt.

Warum aber war sie *ihm* dann erschienen?

"Der Templerorden wurde 1314 aufgelöst..." begann Stëin.

"1312", berichtigte der Buchhändler.

"Gut, 1312. Nach all den Jahrhunderten wird es keiner Karte mehr bedürfen, um irgendwas zu suchen. Das wird der französische König damals schon erledigt haben. Ich sehe in dieser Geschichte keinen Zusammenhang zu..."

"Vergeblich", unterbrach ihn Marten. "Vergeblich, mein Junge. Weder der König noch der Papst haben den Schatz je gefunden."

"Über 650 Jahre..." brummte Stëin beharrlich.

"*Es ist der Tempel*", sagte Echo unvermittelt.

Stëin und Marten sahen sich zu ihm um, der eine mehr, der andere weniger überrascht. Echo warf ihnen einen gequälten Blick zu. "Es ist der Tempel. Das hat Morand gesagt, kurz bevor er umgebracht wurde. Ich hatte ihn nicht ernstgenommen, aber..." Er wies auf die Briefe und die Karte. "All das spricht doch dafür. Und denk doch an die Schlange, Stëin, und an die Templerfibeln!" *Und an meine Träume*, wollte er noch hinzufügen, ließ es aber sein.

"Jetzt nicht auch noch du..." Stëin sah ihn bittend an, doch Echo schlug auf den Tisch, daß das Teegeschirr schepperte. "Warum sind wir denn hierhergekommen?" brauste er auf. "Doch um herauszufinden, was es mit diesem verdammten Päckchen auf sich hat. Offensichtlich deutet alles darauf hin, daß es eine Verbindung zu den Templern gibt. Oder irgendwelchen Nachfolgern. Also akzeptieren wir das erstmal. Du hast den Zirkus nicht gesehen, den Mann mit dem weißen Mantel. Und auch Rosa nicht! *Ich schon!* Und jetzt will ich wissen, was ich tun soll! Der Schatz ist mir völlig gleichgültig, ich will wissen, was mit meinem Vater geschehen ist. Und ich will wissen, wer diese Frau ist. Rosa..."

"Ist ja schon gut", gab Stëin kleinlaut bei. "Es klingt ja nur so... unwahrscheinlich."

"Ich mache euch einen Vorschlag, Jungs", sagte Marten und lächelte gönnerhaft. "Ich werde euch jetzt alles erzählen, was ich weiß. Dazu muß ich ein wenig weiter ausholen, natürlich, aber ich denke, das ist es wert. Und danach könnt ihr selbst entscheiden, was ihr glauben wollt und was nicht."

Echo und Stëin nickten zögernd.

Das Wasser kochte, der Kessel begann zu pfeifen, und Marten wandte sich wieder dem kleinen Herd zu. Er goß in aller Ruhe das Wasser in die Kanne und tauchte den Filter hinein. "Wenn der *Zirkus der Nacht* tatsächlich zurückgekehrt ist", stellte er leise und ohne sich umzudrehen, fest, "dürfte an der Echtheit dieser Karte ohnehin kein Zweifel mehr bestehen."

"Sie glauben, die Karte ist der Grund für die Morde?"

Marten ließ sich Zeit. Erst als er den Tee eingegossen und sich wieder an den Tisch gesetzt hatte, versuchte er eine vage Antwort: "Ich bin nur ein einfacher Hobbyhistoriker, Herr Marburg. Aber ich bin auch nicht so nihilistisch gegenüber den Templermythen eingestellt, wie einige andere hier." Er warf Stëin einen gespielt vorwurfsvollen Blick zu. "Meine Einschätzung, nach allem, was ich heute abend hier gesehen habe, ist wie folgt: die Templer, von denen ich tatsächlich glaube, daß sie unter uns sind, würden in der Tat für diese Karte morden. Warum, das werde ich Ihnen gleich erläutern. Ob die *Zitadelle des Lichts* der Erwähnung ihres Namens auf einem der Photos so viel Wert beimißt, daß sie dafür tötet, kann ich nicht sagen. Wenn die Liste ihrer Mitglieder in fremde Hände fiele, wäre es für sie jedoch eine Katastrophe, die es zu verhindern gälte, und das zweifellos mit Waffengewalt..."

"Franz, die Liste ist siebzig Jahre alt", warf Stëin ein. "Die hat doch allerhöchstens noch historischen Wert!"

Marten nickte. "Eine Historie, die bis in die Gegenwart reicht. In vielen Logen wird die Mitgliedschaft strikt durch Erbfolge geregelt. Oder sie bleibt zumindest innerhalb der Familie. Nur wenn eine Erbnachfolge nicht zustande kommt oder abgelehnt wird, obliegt es der Führung, also dem *Nautonier* oder einem anderen Konsistorialgrad, neue Mitglieder zu erwählen..."

"Heißt das, die Mitglieder lassen sich mehr oder weniger über Generationen hinweg nachverfolgen?"

"In der Tat. Wenn, nur mal angenommen, ein Gustav Graf von Lambsdorff Mitglied der *Zitadelle* gewesen wäre, dann würde ich jede Wette eingehen, daß auch unser heutiger Wirtschaftsminister eben dieser Loge angehört. Und er wäre ganz bestimmt nicht glücklich, wenn seine Wähler davon Wind bekämen..."

"Das klingt plausibel", brummte Stëin. "Aber die Geschichte mit den Templern glaube ich dir noch nicht. Hatte die Polizei nicht eher die SS in Verdacht?"

"Die ist genauso Geschichte wie die Templer", warf Echo leidenschaftslos ein.

Stëin schüttelte den Kopf. "Dieser Fremdenlegionär wird doch nicht nach Oldenburg gekommen sein, um hier nach Ordensrittern zu suchen!"

"Wo sonst?" Marten machte eine entschuldigende Geste und wies auf den Tisch. "Das Päckchen ist hier..."

"Ach das verdammte Päckchen..."

"Stimmt", bestätigte der Buchhändler ein wenig ungeduldig. "Das Päckchen. Hört mir jetzt zu, dann versteht ihr vielleicht, warum ich glaube, daß wir uns vor den Templern in acht nehmen müssen."

Stëin, der sich vor einigen Semestern bereits mit den historischen Fakten des Mittelalters auseinandergesetzt hatte, zuckte gleichgültig mit den Schultern.

"Also gut", begann Marten. "Wie gesagt, um die Macht, den Reichtum und das Ende der Templer ranken sich zahllose Legenden. Einige sind vermutlich erfunden, andere aber sind nachweislich wahr. Zu den letzteren gehört nach Ansicht renommierter Geschichtswissenschaftler der *Große Plan*..."

"Wenn es einen Großen Plan gegeben hätte", bemerkte Stëin, "warum hat sich der Orden dann zerschlagen lassen?"

Marten ignorierte diesen Einwand und fuhr fort, wobei er auf die kleinen, schwarzen Steine auf dem Tisch wies: "Die *Steinerne Karte* ist Teil der Legenden oder Mythen, die in den letzten Jahrhunderten um die Templer gesponnen wurden. Sie ist gewissermaßen der Schlüssel dazu." Marten lehnte sich zurück und zündete sich in aller Ruhe erneut seine Pfeife an. Nachdem er ein paarmal gepafft und den Rauch Richtung Zimmerdecke ausgestoßen hatte, fuhr er fort: "Fangen wir also ganz von vorne an. Ich nehme an, Sie kennen die Geschichte der Templer?"

"So leidlich..." gab Echo zu.

"Dann will ich es kurz machen", sagte Marten ernst. "Sie erinnern sich, daß es die Kreuzzüge gegeben hat?"

Echo nickte. "1095 von Papst Urban auf dem Konzil zu Clermont gepredigt, um die Heiligen Stätten von den Ungläubigen zu befreien."

"Schulbildung ist doch etwas Feines", meinte Stëin. "Auf nach Jerusalem, *deus lo volt!*"

"Ähm ja. Keine Frage." Marten spitzte den Mund – was er immer tat, wenn er überlegte – und fuhr fort: "*Gott wollte es* also. Den Christen war seit einigen Jahrzehnten der Zugang zu den heiligen Stätten verweigert worden. Viele Pilger wurden erschlagen, versklavt oder auch nur ausgeraubt. Um so schlimmer, da der Weltuntergang für die Jahrtausendwende vorhergesagt worden war. Zwar ließ er auf sich warten, aber die europäische Christenheit glaubte nun mal daran und bereitete sich durch Wallfahrten, Beten und Fasten darauf vor..."

"Aber die Welt ging nicht unter..." warf Stëin ein. "Nur der Islam zeigte sein wahres Gesicht."

"Richtig. Und der Papst war der Meinung, daß die Menschheit Gottes Gnade sicher und der Weltuntergang aufgeschoben wäre, wenn ein christliches Heer die *Heilige Stadt* aus den Händen der Ungläubigen befreite..."

"So kam es zum ersten Kreuzzug?" versuchte Echo die Erzählung zu beschleunigen.

"So kam es zum ersten Kreuzzug", bestätigte Marten. "1099 fiel Jerusalem unter ziemlich hohen Verlusten in christliche Hände. Mit Hilfe von Byzanz, das froh war, die westlichen *zivilisierten* Barbaren, die durch sein Land gezogen waren, wieder loszusein..."

"...und Jerusalem wurde mit Heidenblut von der jahrhundertelangen Präsenz der Ungläubigen gereinigt", ergänzte Stëin bitter.

"Du kannst es nicht mehr ändern, mein Junge. Alles längst Geschichte. Und die Sarazenen waren auch kein Nähkränzchen." Marten krauste die Stirn und blickte zu Echo hinüber. "Was aber nun?" fuhr er fort, "Mit dem Erobern allein war's nicht getan. Das Land war groß, die Kreuzfahrer wenig und die Sarazenen nicht aus der Welt, sprich: die Gegend war gefährlich. Zudem zog es die ersten Ritter schon wieder zurück nach Europa an den heimischen Burgofen.

Im Jahre des Herrn 1100 wurde das Königreich Jerusalem ausgerufen und Balduin von Boulogne zum König gewählt. So weit, so gut. Aber riskant war es immer noch, ins Heilige Land zu reisen, zwar möglich, aber immer noch wurden Pilger überfallen. Auf den unübersichtlichen Straßen, die von der Küste nach Jerusalem führten, wimmelte es von Dieben, Räubern und Marodeuren, die ihr großes Geschäft witterten. Da das Heilige Land aber offiziell zurückerobert worden war, um die heiligen christlichen Stätten zu befreien und nicht zuletzt den Pilgern aus dem Abendland zugänglich zu machen, mußten diese Straßen und Orte gesichert und die Pilger geschützt, verpflegt und ärztlich versorgt werden."

Echo nickte. "Drei Dinge, die sich von einem allein schlecht unter einen Hut bringen lassen."

"Richtig", bestätigte Marten. "Entweder Kämpfen oder Pflegen. Im Jahr 1118 kam dann aber ein gewisser Hugues de Payns auf die Idee, das Unvereinbare zu vereinen: Mönche, die Kranke und Pilger pflegten, die aber, wenn sie angegriffen wurden, auch schon mal zurückhauen durften. Der Papst und die Kreuzfahrer waren ganz begeistert von dieser Idee, und der König von Jerusalem schenkte den ersten dieser Rittermönche gleich ein Domizil, in dem sie sich niederlassen konnten, nämlich das Kloster des alten Tempels von Salomo in Jerusalem, gleich neben dem Königspalast."

Stëin nickte. "Oder wie man heute sagt: die *Al Aqsa Moschee*."

"Das ist Ansichtssache", erwiderte Marten trocken.

"Aber es ist so."
"Auf wessen Seite stehst du eigentlich?" brummte der Alte. "Hier geht es um den jüdischen Tempel, den Herodes bauen lassen hat. Gerade du solltest den Zusammenhang kennen!"
"Das tue ich ja auch", gab Stëin zu. "Das Problem war und ist aber nun mal, daß Jerusalem und Umgebung für Christen, Juden und Moslems gleichermaßen ein Heiligtum darstellt."
"Nein, das Problem ist, daß du nicht verstehst, daß der Name *Arme Ritterschaft Christi vom salomonischen Tempel* daher rührt, daß König Balduin dem Orden einen Flügel seines Palastes auf dem Tempelberg in Jerusalem als Quartier angeboten hatte, welcher auf den Grundmauern des salomonischen Tempels gebaut worden war", brummte Marten und klopfte seine Pfeife aus. "Wenn ich heute noch fertig werden soll, dann unterbrich mich nicht immer!"
Echo lächelte matt. Er war sich nicht klar darüber, warum Stëin sich plötzlich so betont skeptisch zeigte. Schließlich hatte er dieses Treffen arrangiert, und zwar weil er von Martens Ruf als Hobbygnostiker gewußt haben mußte. Letztlich war es auch Stëin gewesen, der auf die Schlange – hatte er sie nicht *Kundalini* genannt? – und auf die Fibeln gestoßen war. Beides in der gegenwärtigen Situation außergewöhnliche Ereignisse. Wollte er nicht wahrhaben, was sich nicht erklären ließ? Und hatte er mit dieser Skepsis nicht absolut recht?
"…mit ihrem Einzug in den Tempel Salomos hatten sie ihren Namen weg." Plötzlich drang Martens Stimme wieder in Echos Bewußtsein. "Die Tempelritter", fuhr er in seiner Erklärung fort. "Ein Mönchsorden, aber mit Schwert und Rüstung und den drei klassischen Gelübden, Armut, Keuschheit und Gehorsam, alles zum Schutz der Pilger. Neben ihnen formierten sich dann später noch die Johanniter und die Deutschordensritter, um nur die größten zu nennen."
"Mönche die in den Krieg ziehen?" wunderte sich Echo.
"Das war etwas völlig neues", bestätigte der Buchhändler. "Aber es kam überall gut an. Die Ritterorden konnten sich über mangelnden Zulauf und fehlende Spenden nicht beklagen. Das mit dem fünften Gebot hat die Kirche ja ohnehin nie so genau genommen, schon gar nicht, wenn es um Heiden und Andersdenkende ging! Es galt also, für eine gute Sache zu kämpfen: zum Schutze des Heiligen Landes und der unbewaffneten Pilger." Er nahm einen Schluck lauwarmen Tees. Marten trank seinen Tee gewöhnlich erst, wenn er kalt geworden war. "Die ersten Ritter waren vermutlich tatsächlich gläubig und gottesfürchtig", fuhr er fort. "Idealisten eben. Sie hatten sogar gelobt, jeden Besitz abzulehnen. Das ging aber nur ein paar Jahre gut, dann änderten sich wohl die Zeiten, Jerusalem brauchte Soldaten und mit Luft und Liebe waren auch die Pilger nicht zu verteidigen. Schließlich gab es

erste Schenkungen, der Orden wurde reicher und mächtiger und zog dadurch immer mehr junge Männer an. Erst recht die, die aufgrund des vorherrschenden Erbrechts zu Hause in Europa ohnehin nichts zu erwarten hatten..."

"Eine Art Fremdenlegion", meinte Echo und dachte an Morand.

"So ungefähr. Man tut Gutes, trägt 'ne schicke Rüstung und ist erstmal von der Straße. Als Abfindung gab es dann noch Ablaß oder die komplette Vergebung der Sünden."

"Dann wurde ihnen der Prozeß aus Neid und Gier gemacht?" fragte Stëin leise.

"Ja und nein. Aber das kam erst später. Zunächst einmal wurde der Orden durch Schenkungen in Europa und *Outremer* sehr reich. Dazu kamen noch Geldgeschäfte. Die Templer waren die erste internationale Bank und haben gewissermaßen den bargeldlosen Zahlungsverkehr eingeführt. Risikolos Geld über hunderte oder tausende Meilen zu transferieren war damals ein absolutes Novum, und es prägte das Bewußtsein, daß der Orden sehr, sehr reich war. Dies und die Tatsache, daß die Templer nicht nur mächtig, sondern auch anders waren als die meisten Kreuzfahrer, trug letztlich zu ihrem Ende bei."

"Anders?"

Marten nickte. "Wenn sie nicht gerade kämpften, unterhielten sie gute Kontakte zu den Moslems. Im Prozeß wurden sie sogar beschuldigt, Verbindungen zu esoterischen Moslem-Sekten zu haben."

"Zu Recht?" fragte Stëin.

"Offenbar schon. Aber es ist auch nicht unbedingt verwunderlich", erklärte der Buchhändler. "Das Königreich Jerusalem bestand in all seinen Formen rund zweihundert Jahre. In dieser Zeit wurde nicht immer gekämpft, da bleiben Kontakte dieser Art nicht aus und waren wohl auch von Interesse für die Forscher unter ihnen. Eine völlig neue Betrachtungsweise des alten katholischen Glaubens..."

"Esoterisches Christentum", spottete Stëin. "Aber bedeutet das, daß sie mehr wußten als andere?"

"Der Legende nach, die sich bis heute gehalten hat, ja. Die Templer konnten die abendländische Heilsideologie mit orientalischem Wissen vergleichen, und am Ende stellten sie sie sogar in Frage. Sie standen dem Leben und dem Tod offener gegenüber als ihre Mitstreiter mit den kirchlichen Scheuklappen. Man sagt, wenn sie ihr Wissen offenbar gemacht hätten, gäbe es das Papsttum heute nicht mehr."

Stëin beugte sich vor und fuhr mit den Fingern über die dunklen Steine. "Sie hatten Kontakte zu Katharern, ägyptischen und syrischen Gelehrten und standen der keltischen Mystik ebenso nahe wie den okkulten christlichen Lehren."

"Da hast du sogar recht", lobte Marten lächelnd.
"Und deswegen hat man ihnen den Prozeß gemacht?" fragte Echo ungeduldig. Es war bereits nach zehn.
"Vordergründig ja." Marten nickte und stopfte geistesabwesend Tabak in seine Pfeife. "Es gab eine ganze Reihe von Anklagepunkten", erklärte er. "Sie haben den üblichen Inquisitionsquatsch vorgeholt. Die Templer wurden angeklagt, Jesus zu leugnen, nicht an die Sakramente zu glauben, obszöne Praktiken durchzuführen oder sich unerlaubt zu bereichern. Homosexualität war auch ein Anklagepunkt..."
"Dabei ist das nun wirklich nicht verwunderlich", fügte Stein hinzu. "Tagein tagaus nur mit Männern zusammen. Und wenn mal 'ne Stadt geplündert wurde, mußte man wegen des Zölibats die Frauen den anderen überlassen..."
"Wenn es denn so war", unterbrach ihn Marten. "Außerdem ist der halbe Vatikan bis heute schwul. Ein schwacher Anklagepunkt also. Aber es geht hier nicht um unser Verständnis für ihre Verfehlungen, zumal diese Beschuldigungen sowieso nur konstruiert waren..."
"Warum also wurden sie wirklich angeklagt?" fragte Echo noch einmal.
"Nun ja..." Marten sammelte sich. "Der Prozeß... Aus heutiger Sicht war er eine widerliche Posse, aber das kennen wir ja schon aus den Hexenprozessen. Gier, Haß und Neid waren immer schon die vorzüglichsten psychischen Kräfte der Menschheit. Im Wesentlichen gab es vermutlich zwei Beweggründe für die Anklagen. Erstens war der Orden dem Papst zu mächtig geworden, ein Staat im Staat gewissermaßen. Außerdem war Clemens V. in jenen Jahren mehr oder weniger eine Marionette des französischen Königs. Und zweitens hatte eben dieser es auf den Reichtum der Templer abgesehen. Und sie *waren* reich, reicher als die anderen Orden. Das weckt Begehrlichkeiten. Um es abzukürzen: Die Templer wurden gefangengesetzt, gefoltert und enteignet. Geständnisse der Vorwürfe aber gab es nur in Frankreich, also nur da wo gefoltert wurde."
"Dann bestand der Orden außerhalb Frankreichs weiter?"
"Nein, er wurde ja vom Papst aufgelöst..."
"Und", wollte Echo wissen, "hat der König sein Geld bekommen?"
"Das ist ja das Merkwürdige", meinte der Buchhändler. "Der Schatz der Templer, der ungeheuer groß gewesen sein mußte, wurde nie gefunden."
"Aber Sie sagten, es gab drei Ritterorden. Warum hatte es dann gerade sie Templer erwischt?"
"Ich denke, man hat vermutet, daß sie die reichsten waren. Aber es gab noch einen Grund. Nach dem Untergang des Heiligen Landes konzentrierte sich der Großteil ihrer Macht auf Frankreich. Die Templer waren ihrer eigentlichen Aufgabe beraubt und wurden innenpolitisch zu gefährlich."
"Aber die Verdienste der Templer..."

Marten winkte ab. "So etwas ist schnell vergessen. Akkon war 1291 gefallen, und die letzten Verteidiger der Stadt waren Templer. Sie gingen mit ihr unter. Danach lösten sich die kleinen Reste der Kreuzfahrerstaaten auf. Zehn Jahre später hatte man das auf dem alten Kontinent längst verdrängt..."

Echo erinnerte sich an seinen Traum, das schwarzweiße Banner, das Fascis. Dann stimmte es also, was der Großkomtur prophezeit hatte: Akkon hatte kurz vor dem Fall gestanden. Der Ritter in seinem Traum, sein Vorfahre vielleicht, war einer der letzten, die die Stadt lebend verlassen haben. "Was wurde also aus den Templern?" fragte er.

"Nun ja, das Ende vom Lied war, daß sie sich auf ihre Besitzungen im Abendland, also Europa, zurückzogen. Und das war schlecht, denn sie waren, wie gesagt, ihres eigentlichen Zwecks beraubt. Nicht, daß sie Langeweile hatten, das nicht. Aber sie waren nach altem Gesetz nur dem Papst Untertan und wurden eine Art unangreifbarer Staat im Staate. Der König von Frankreich..."

"Philipp der Schöne", ergänzte Stëin.

Marten nickte. "König Philipp also hatte Angst vor ihnen, wegen ihrer Macht und Unabhängigkeit, und weil sie ihm so dicht vor der Nase saßen..."

"Und die anderen Ritterorden waren keine Gefahr?" warf Echo ein.

"Nicht wirklich." Marten malte mit den Fingern eine imaginäre Landkarte auf den Tisch. "Die Johanniter kämpften auf Rhodos und die Deutschritter vertrieben Ungläubige aus dem späteren Ostpreußen. Beide hatten eine Legitimation und waren am Rande Europas beschäftigt. Die Templer aber waren eine Gefahr für Philipp, da sie ihre Macht auf Frankreich konzentrieren konnten."

"Aber wie kann es sein, daß ein so großer und mächtiger Orden sich einfach verbieten und auflösen ließ?" fragte Echo.

"So einfach war das nicht. Das wußte Philipp auch. Vermutlich wurden sie deswegen der Häresie, Sodomie und schlimmerem angeklagt. Das funktioniert immer."

"Sie haben sich nicht dagegen gewehrt?"

"Damit kommen wir zum Punkt." Marten nickte nachdrücklich. "In der Tat ist es völlig unverständlich, was damals geschah. Das Ende des Ordens ist widersinnig und voller Ungereimtheiten. Das erste Rätsel bei der ganzen Sache ist, daß, als die Anschuldigungen öffentlich erhoben wurden, die Templer sich auf ihren Burgen und Gütern nicht rührten. Und es dauerte lange, denn offensichtlich zog der Papst die Untersuchungen zunächst in die Länge, um den Templern die Möglichkeit zur Flucht zu geben. Sie aber blieben."

"Vielleicht fühlten sie sich stark genug?"

"Kaum." Marten wiegte unschlüssig den Kopf. "Gewiß, sie *waren* mächtig. Aber um es mit dem König aufzunehmen, hätten sie sich an einem Ort konzentrieren müssen. Das taten sie nicht."
"Und wenn sie nicht fliehen *konnten*?" meinte Stëin.
"Eine durchaus berechtigte Vermutung!" Marten stand auf, ging in den Ladenraum und begann, in den Regalen zu suchen. Wenig später kam er mit vier Büchern zurück. Wie kostbare Schätze legte er die verstaubten Folianten auf den Tisch. Stëin beugte sich vor und las leise vor: "*Gérard de Sède, Les Templiers sont parmi nous — ou l'énigme de Gisors, 1962. Die Templer, von Ernst Sommer, 1957. Le Dossier de l'affaire des Templiers, zusammengestellt von Georges Lizerand, 1923...*" Dann krauste er die Stirn. Ein dickes, ledergebundenes Buch aus dem Jahr achtzehnhundertsechs versprach in Frakturschrift die *Memoiren über die Tempelherren oder neue Aufklärungen über ihre Geschichte, ihren Process, die gegen sie vorgebrachten Beschuldigungen, und die geheimen Ursachen ihres Untergangs; zum Theil aus verschiedenen in Deutschland bekanntgemachten Urkunden und Schriften entlehnt.* Er sah zu Marten hinüber. "Ich hoffe, du kannst das einigermaßen zusammenfassen", sagte er und verzog den Mund. "Lesen wollen wir das doch jetzt nicht, oder?"
"Ja ja..." Marten winkte enttäuscht ab.
"*Aber das hat doch alles nichts mit uns zu tun!*" entfuhr es Echo. Mordende Geschichtsforscher erschienen ihm ebenso abstrus wie Geheimgesellschaften, die sich in die Oldenburger Provinz wagten. "*Fünf Menschen sind umgebracht worden, einer davon in Frankreich...*"
"Haben Sie Geduld", unterbrach ihn Marten. "Wenn das Päckchen hier, das Sie mir heute gezeigt haben, nicht wäre, würde ich Ihnen recht geben Aber glauben Sie mir, ich bin fest davon überzeugt, *daß* alles mit den Templern zu tun hat. Alles was das Päckchen enthält, ist eine Bestätigung dessen, was in diesen und vielen anderen Büchern vermutet und enthüllt wurde."
Echo wollte etwas einwenden, doch der Buchhändler hob die Hand. "Geben Sie mir noch ein paar Minuten, um Ihnen die Zusammenhänge zu erläutern. Danach können Sie selbst entscheiden." Er sah Echo mit hochgezogenen Augenbrauen und einem großväterlichen Lächeln an.
"OK", seufzte Echo. Was sonst konnte er tun? Nach Morands Tod war das Päckchen seine einzige Hoffnung.
Marten räusperte sich und schlug eines der Bücher auf. "Dies ist eine Zusammenstellung von Aufsätzen und Thesen durch Georges Lizerand", begann er. "Darin wird die Theorie vertreten, daß sich der Orden im Besitz einer Macht befindet, die er zur Zeit seiner Zerschlagung aus verschiedenen Gründen noch nicht ausspielen konnte. Und deswegen geschah, was geschehen mußte: am 14. September 1307 schickte König Philipp versiegelte Botschaften an alle obersten Hofbeamten Frankreichs, in denen er die Ver-

haftung der Templer befahl. Allerdings ist der Tag der Verhaftung auf den 13. Oktober festgesetzt. Genug Zeit also, daß irgend etwas hätte durchsickern können. Es ist wohl anzunehmen, daß auch die Templer ihre Spione hatten. Aber nichts passiert, vier Wochen später lassen sich ein paar Tausend Ritter widerstandslos verhaften. Selbst wenn sie sich auf das Eingreifen des Papstes verlassen hätten – der wie gesagt kaum wirkliche Macht hatte, weil er sich in Avignon im Exil und damit in direkter Abhängigkeit von Philipp befand – wäre es nur natürlich gewesen, daß sie sich gewehrt hätten. Haben sie aber nicht. Statt dessen gestehen sie unter Folter die abstrusesten Anschuldigungen – sie, die sich noch kurz zuvor von den Mamelukken lieber bei lebendigem Leibe die Haut abziehen ließen als ihrem Glauben abzuschwören..."

"Ein Inquisitionsprozeß", meinte Echo.

"Ja, ein Inquisitionsprozeß, aber ein äußerst ungewöhnlicher", erwiderte Marten. "Alle Umstände der Verhaftungen und des Prozesses deuten darauf hin, daß sich die Templer ihrer Sache sehr sicher waren."

"Sie werden darauf vertraut haben, daß ihre Macht auch vor Gericht und der Inquisition Bestand hat", vermutete Stein und sah hinüber zum Teekessel. Er war mittlerweile wieder leer. "Oder sie waren zu arrogant, um den Ernst der Lage zu erkennen."

"Nein. In beiden Fällen hätten sie sich schließlich und endlich gewehrt." Marten schüttelte den Kopf und tippte mit dem Zeigefinger energisch auf Lizerands Buch. "Die Rede ist bis heute vom großen Rätsel, dem Geheimnis der Templer, für dessen Wahrung sie freiwillig in den Kerker gegangen sind", sagte er enthusiastisch. "Ich meine, es deutet alles darauf hin! In anderen Ländern haben vor Gericht gestellte Templer damit gedroht, zu den Waffen zu greifen, falls die Anklagen nicht fallen gelassen würden, was im allgemeinen auch wirkte. Schließlich gab es zu jener Zeit etwa fünfzehntausend Templer in Europa. Wenn man die logistischen Probleme außen vor läßt, waren sie mehr als jede damals existierende einzelne Streitmacht. In Frankreich aber rührten sie sich trotzdem nicht."

"Gar keine Gegenwehr?"

"Nein, keine Hilferufe an ausländische Komtureien oder Mitbrüder, keine Drohungen, keine Interventionen beim Adel. Nichts."

"Sie meinen, es gab etwas, für dessen Geheimhaltung es sich lohnte, den Orden offiziell auflösen zu lassen?" fragte Echo ungläubig. "Den Ritterorden und das Leben von Mitbrüdern zu opfern?"

"Ganz genau!" Martens Augen leuchteten vor Begeisterung, während er in *Lizerands* Buch blätterte. "Dieses Geheimnis war bisher nur Hypothese, Teil der Legende oder, wie es die Skeptiker unter den sogenannten Schulhistorikern auszudrücken beliebten: die Spinnerei irgendwelcher esoterischen Zirkel." Schließlich schien er gefunden zu haben, wonach er suchte. Er drehte das Buch in Echos Richtung und deutete mit dem Finger auf eine mittelalterlich anmutende Zeichnung, die eine mosaikähnliche steinerne Tafel zeigte. Sie trug die Bildunterschrift *In occulto Templarii* und ähnelte sehr stark dem Gebilde, das vor Stëin auf dem Tisch lag. "Diese Karte", erklärte der Buchhändler, wird die Skeptiker verstummen und die Okkultisten jubeln lassen…"

"Du willst doch nicht irgend jemandem von dem, was hier vor uns auf dem Tisch liegt, erzählen?" fuhr Stëin auf.

"Natürlich", erwiderte Marten überrascht. "Wie sonst sollen wir die Karte auswerten und das Geheimnis lüften?"

"*Das ist mir völlig gleich*", rief Stëin. "Wegen diesem Scheiß sind fünf Menschen umgebracht worden! Und die, die das getan haben, stehen vielleicht schon da draußen!" Er zeigte hektisch zur Ladentür. "Ob Templerschatz oder nicht, interessiert mich nicht mehr! Ich will nicht der nächste sein…"

"Das will ich auch nicht, Hauke", sagte Marten leise. "Aber genau deswegen müssen wir Herrn Marburgs Fund öffentlich machen. Erst dann sind wir einigermaßen sicher. Die halbe Welt werden sie nicht umbringen können."

"Ich fürchte, er hat recht", seufzte Echo mit einem flüchtigen Seitenblick auf Stëin. "Aber wie sollen wir das anstellen?"

"Ich werde Montagmorgen die Redaktionen einiger Fachzeitschriften anrufen", erklärte der Buchhändler. "Außerdem sollten wir es ebenso machen, wie Ihr Fremdenlegionär: das Päckchen mit samt seinem Inhalt verstecken. Am besten in einem Bankschließfach."

"Bankschließfach?" Echo lachte kurz auf. Aber so verkehrt war die Idee im Grunde gar nicht. Kerschenstein und Morand hatten bisher den Friedhof als Versteck genutzt. Das würde nun nicht mehr funktionieren.

"*Und bis dahin?*" fragte Stëin, sichtlich nervös.

"Bis dahin sind es noch sechsunddreißig Stunden", erwiderte Echo nach einem Blick auf seine Armbanduhr. "Das ist viel Zeit."

"Zeit, in der wir uns verstecken sollten", meinte Stëin.

"Zeit, die wir *nutzen* sollten", korrigierte Marten. Er musterte nachdenklich seine Pfeife. Sie war ausgegangen. Schließlich legte er sie zur Seite, betrachtete einen Augenblick lang die *Steinerne Karte* und wandte sich dann zu Echo: "Vorausgesetzt, Sie haben noch Interesse an den Templern?"

Echo nickte müde, was nicht der Wahrheit entsprach. Es war nur noch Rosa, die ihn interessierte. Aber war er nicht auf irgendeine Art, die er nicht verstand, selber dem Orden verbunden?

"Also gut", begann der Buchhändler langsam. "Zunächst einmal gibt es da eine Geschichte, die, wie gesagt, zum Teil Legende ist. Wahr ist, daß es am Tag der Verhaftung der Templer in Paris zwölf Ordensrittern gelang, zu fliehen…"

"Die Geschichte mit dem Heuwagen?" fragte Stëin ein wenig unsicher.

"Genau die meine ich", erwiderte Marten. "Ich vermute, die Flucht mit Heuwagen durch die Stadttore ist nur eine Legende, vielleicht eine Metapher, die besagt, daß einige Ritter der Verhaftung entkommen sind und das Wissen um den Schatz mitgenommen haben."

"Einige oder zwölf?" fragte Stëin mit dem Anflug eines sarkastischen Lächelns auf den Lippen.

Marten seufzte. "*Mindestens* zwölf", erklärte er und stand auf um ein weiteres Buch zu holen. "Das Geheimnis ist in zwölf Teile aufgeteilt…"

"*Das umfangreiche Wissen*", unterbrach ihn Echo, "*und das Große Geheimnis des Ordens vom Tempel Salomos findet sich verteilt auf zwölf Orte, die in einer Steinernen Karte verzeichnet sind…*" Echo wiederholte die Worte des Großkomturs aus seinem Traum, wobei er sich im selben Moment erschrak, daß diese Worte so deutlich in seinem Gedächtnis geblieben waren. "*Es ist dieses Geheimnis, welches dem Orden sein Fortbestehen, seinen Reichtum und seine Macht garantiert.*"

Marten blieb stehen und wandte sich zu ihnen um. "*Was wissen Sie davon?*" fragte er überrascht. Auch Stëin blickte den Freund überrascht an.

"Ich… ich weiß nicht", begann Echo stockend. Von seinem Traum konnte er ihnen doch nichts erzählen, nicht hier, nicht jetzt. "Ich habe davon gehört…" sagte er schließlich vorsichtig.

Marten nickte, wenn auch ein wenig skeptisch. Dieser Junge überraschte ihn einmal mehr. Nun, man würde sehen…

"Ich fürchte", begann er als er sich wieder an den Tisch gesetzt hatte, "ich fürchte, ich muß ein wenig ausholen, um die Hintergründe dieser Legende zu erklären. Sagt euch die *Strikte Observanz* etwas?"

Stëin und Echo verneinten.

"So, so…" Sein Blick ruhte kurz auf Echo. Dann begann er zu erzählen: "Die *Strikte Observanz* war eine Art Freimaurerloge, die sehr stark auf der Struktur des Templerordens und seiner hierarchischen Ordnung basierte. Ihre Mitglieder wurden von sogenannten *Geheimen Oberen* geführt und betrachteten sich als indirekte Nachfolger der Templer. Einer ihrer Oberen und Mitbegründer war der Reichsfreiherr Karl Gotthelf von Hund und Altengrotkau – was für ein Name –. Durch ihn ist uns eine Schrift erhalten, welche den Titel trägt: *Testament Jacques de Molays, des letzten Großmeister der Tempelherrn*. Demnach sah de Molay offenbar seine Verhaftung voraus, und war entweder zu stolz, um zu fliehen, oder er konnte es aus organisatorischen Gründen nicht, also um das Geheimnis zu wahren. Jedenfalls hat er das Kommando über den Orden dem Neffen seines Vorgängers, dem Grafen von Beaujeu, übertragen, der damit zum geheimen Oberhaupt des in den Untergrund gegangenen Ordens wurde."

"Aber wurden die Großmeister nicht gewählt und vom Papst bestätigt?" fragte Stëin mit gekrauster Stirn.

"Das war in dieser Situation wohl nicht mehr drin, oder?" erwiderte Marten lapidar.

"Das stimmt natürlich", mußte Stëin zugeben. "Dann hat die *Strikte Observanz* die Nachfolge der Templer angetreten?"

"Oh, sogenannte Nachfolger gibt es viele. Freimaurer, Illuminaten, Rosenkreuzer, Neotempler, Alchimisten. Nicht zu vergessen die *Prieuré de Sion*, die, wenn man einem gewissen Pierre Plantard glauben darf, während des ersten Kreuzzuges von Gottfried von Bouillon in Jerusalem gegründet wurde."

"Rosa hat die *Prieuré de Sion* erwähnt..."

"Richtig. Die *Prieuré* gilt tatsächlich als der *direkte* Nachfolger der Templer. Tatsächlich sieht es so aus als existierten beide, der Tempel und die Prieuré, wobei letztere der Zugang zum Orden und seine Tarnung ist."

"Und die *Strikte... Dings*?" Echo war sich nicht sicher, ob er wirklich noch den Überblick behielt.

"Die *Strikte Observanz*", begann Marten und überlegte kurz. "Im Grunde ist die nicht von Belang. Sie müssen nur wissen, daß es sich bei all diesen Namen nicht um die Templer selbst handelt, sondern bestenfalls um eine Auswahlinstitution für der Nachwuchs..."

"Die Rosa mehr oder weniger ungewollt gefunden hat?"

Der Buchhändler nickte etwas widerwillig. "So könnte man es sagen. In ihrem Fall war es allerdings die *Thule-Gesellschaft*."

Echo sah ihn verständnislos an. "Aber warum geschieht all das erst jetzt? Hätte nicht schon vor einigen hundert Jahren jemand auf dieses sogenannte *Geheimnis* aufmerksam werden müssen? Und, angenommen sie haben Recht, warum kümmert sich der Orden selbst nicht darum, die Karte zu verstecken?"

"Berechtigte Fragen", gab der Buchhändler zu. "Was die Letzte angeht, vermute ich, daß die Templer selbst nicht wissen, wo sich die Karte befindet. Hinzu kommt so etwas wie Torschlußpanik."

"Torschlußpanik?" wiederholte Echo einmal mehr verwirrt.

"Nun ja," erwiderte Marten. "Die letzte Generation des Großen Plans ist angetreten, das Geheimnis zu entschlüsseln. Und dazu benötigen sie *alle* Teile der *Steinernen Karte*."

"*Franz!*" brauste Stëin auf. "Was soll das? *Die letzte Generation, der Große Plan*! Kannst du dich nicht etwas verständlicher ausdrücken?"

"Na, aber das müßt ihr doch wissen! Denkt doch nur mal an die *Protokolle der Weisen von Zion*, in denen die jüdische Weltverschwörung terminiert ist. Oder Gauthier Walther zum Beispiel, der in seinem Buch – wie hieß es doch gleich? – *La chevalerie et les aspects secrets de'l histoire* schreibt, daß die Vollendung des Welteroberungsplans der Templer für das Jahr Zweitausendvierzehn geplant ist."

"Es tut mir Leid", erklärte Echo mit einem hilfesuchenden Blick zu Stëin, "aber davon habe ich noch nie etwas gehört. Warum gerade 2014?"

Der Buchhändler holte tief Luft. "Ganz einfach", antwortete er, bemüht geduldig. "1314 plus 700!" Und als Echo ihn immer noch fragend ansah, mischte sich Stëin ein, der sich zu erinnern schien: "1314 gilt als das definitive Ende der Templer. Im März 1314, wurde Jacques de Molay, der letzte offizielle Großmeister, auf dem Scheiterhaufen in Paris verbrannt."

"Und erst nach seinem Tod", ergänzte Marten," konnte der 1307 in den Untergrund gegangene Teil des Ordens einen Nachfolger wählen und die Pläne für sein Fortbestehen in die Tat umsetzen."

Echo nickte zögernd. "Und warum 700 Jahre?"

"Was das angeht, denke ich, daß Franz auf die Rosenkreuzerveröffentlichungen anspielt…"

"*Die Rosenkreuzer?*"

"Ja die Rosenkreuzer", bestätigte der Buchhändler. "Ein interessantes Völkchen. In ihren Schriften stehen eine Menge wichtiger Dinge."

"Wichtige Dinge?" fragte Echo unsicher darüber, ob ihn das Gespräch noch wirklich interessierte. "Über den Heuwagen etwa?"

"Nein, nein…" Marten lachte leise. "Die Rosenkreuzer kamen erst viel später. Aber gerade deswegen sind ihre Schriften so interessant. Und letztlich haben die Rosenkreuzer ja erst alle darauf gebracht!"

"Worauf?" fragten Echo und Stëin gleichzeitig.

"Nun", begann Marten und betrachtete seine Pfeife nachdenklich. "Sagen wir mal so: der Plan der Templer war möglicherweise folgender: die zwölf geflohenen Ritter sollten mit jeweils einem Teil einer Karte, auf der verzeichnet war, wo sich der Schatz, das Geheimnis und ihre zukünftigen Rückzugsorte befanden, in den Untergrund gehen, sich verstecken, bis Gras über die ganze Sache gewachsen war. Und dann sollten sie wieder zusammenkommen und den Orden neu formieren…"

"Ich verstehe", meinte Echo. "Ein Schloß mit zwölf Schlüsseln. Sie wollten auf Nummer Sicher gehen. Und wann haben sie sich neu formiert?"

"Nie", erwiderte Stëin knapp.

"Nun, das ist so nicht ganz richtig", korrigierte der Buchhändler. Es gibt den Orden nach wie vor. Aber der Große Plan, erdacht, um das Wissen der Templer über einen langen Zeitraum zu schützen, ist vermutlich gescheitert. Denn er bestand unter anderem aus den beiden sensiblen Komponenten Zeit und Raum. Es war geplant, sich in regelmäßigen Abständen an einem bestimmten Ort zu treffen, um das Geheimnis weiterzugeben. Fällt eines dieser Treffen aus, weil eine der zwölf Gruppen, die sich 1314 getrennt haben, verhindert ist oder am falschen Ort wartet, so muß der Plan zwangsläufig scheitern…"

"Ich verstehe nur Bahnhof", sagte Echo verwirrt.

"Glaube ich gerne." Marten lächelte ihn wohlwollend an. "Denn hier kommen die Rosenkreuzer ins Spiel."

Stëin verzog den Mund. "Du meinst doch nicht etwa die *Fama Fraternitatis?*"

"Eben die."

"*Die was?*" fragte Echo.

"Also", begann Marten. "Ich erkläre es euch. Es gab drei Schriften, die von dem evangelischen Theologen Johann Valentin Andreae 1614 bis 1616 anonym veröffentlicht wurden, und zwar so geschickt, daß jeder wußte, daß sie von ihm sind. Das war wichtig, denn er wollte in bestimmten Kreisen Aufmerksamkeit erregen. Diese Veröffentlichungen wurden später bezeichnet als die Rosenkreuzer–Manifeste. In der ersten, der *Fama Fraternitatis*, beschreibt er erst einmal die Lebensgeschichte des Ordensgründers Christiani Rosencreutz. Im Großen und Ganzen ist sie aber bloß ein Aufruf, den Verfasser zu kontaktieren…"

"Aufruf?" fragte Echo. "An wen?" Dann begann er zu verstehen. "Sie meinen, es war eine Aufforderung an die verlorengegangenen Gruppen der Templer, sich bei ihm zu treffen?"

"So ungefähr, es war ein Aufruf, das letzte, fehlgeschlagenen Treffen zu wiederholen. Ebenso wie die zweite Veröffentlichung, die *Confessio*, die er vermutlich lanciert hatte, weil die Reaktion auf die *Fama Fraternitatis* ausgeblieben war. Dann, in seinem dritten Werk, die *Chymische Hochzeit*, wird der Verfasser, vermutlich aus demselben Grund, noch ein wenig deutlicher. Er beschreibt, in Form einer Geschichte, wie durch bestimmte Handlungen der zuvor getötete König wieder aufersteht."

"Und?"

"Mit dem *König* ist natürlich der Großmeister gemeint! Alles in allem findet man in den drei Werken so viele versteckte Hinweise auf die Templer, daß man sie gar nicht mehr mißverstehen kann. In der *Fama* steht zum Beispiel über den Orden der Rosenkreuzer: *Keiner solle sich einer anderen Beschäftigung hingeben, als Kranke zu pflegen und zwar ganz umsonst.* Oder: *Ein jeder Bruder soll sich alle Jahre am C. Tag bei S. Spiritus einstellen oder seines Ausbleibens Ursache schicken.* Oder: *Ein jeder Bruder soll sich nach einer tauglichen Person umsehen, die ihm gegebenenfalls nachfolgen kann.* Und nicht zuletzt: *Die Bruderschaft soll 100 Jahre verschwiegen bleiben.*"

"Und das heißt?"

"Das heißt, daß der Autor ein Problem hat. Er ist einer der Nachkommen der geflohenen Templer, die immer noch vergeblich auf ihr Zusammentreffen warten, das nicht zustande kommt, weil sich die Zwölf und ihre Nachfolger vollkommen aus den Augen verloren haben. Jetzt aber ist einer auf die geniale Idee gekommen, einen öffentlichen Aufruf – natürlich einigermaßen verschlüsselt – zu wagen. Er verpackt alles in die abenteuerlichen Geschichten eines *Christiani Rosencreutz* und vermerkt an der richtigen Stelle, um was es geht, nämlich Kranke zu pflegen und sie zu verteidigen, wie es die Aufgaben der Templer waren. Aber er schreibt noch mehr, er legt die überlieferten Abmachungen offen, die da sind, sich in bestimmten Abständen zu treffen, und für den Fall, daß etwas dazwischen kommen sollte, eine taugliche Person als Nachfolger zu erwählen, jemand der weiterhin das Zwölftel des Geheimnisses bewahrt. Und er sagt uns noch etwas über die Abmachungen von damals: nämlich, daß die Bruderschaft zunächst hundert Jahre abwarten soll. Möglicherweise war das dann wohl auch der Grund, daß alles schief gelaufen ist. Hundert Jahre sind eben eine ziemlich lange Zeit. Und nun, wie gesagt, wählt einer den Weg der Öffentlichkeit, um die anderen elf zu mobilisieren…"

"Aber die Rede ist nur von hundert Jahren."

Stëin nickte. "Aber ein paar Absätze weiter steht in der *Fama*: POST CXX ANNOS PATEBO, also in etwa: Nach 120 Jahren werde ich offenbar". Auch er hatte die Rosenkreuzer–Manifeste gelesen. Zum Teil zumindest. "Das heißt, ihre Aufgabe war es, sollte ein Treffen mißglückt sein, es nach hundertzwanzig Jahren erneut zu versuchen."

"Das werden sie wohl kaum erlebt haben…"

Stëin lachte: "Nicht *dieselben* Ritter, natürlich! Es soll sich um Gruppen gehandelt haben, die ihr Zwölftel des Großen Geheimnisses untereinander weitergegeben haben."

"Aber warum ein so langer Zeitraum?" überlegte Echo und rechnete nach: 1314, 1414, 1534, 1654, 1774, 1894, 2014. Nach der Rosenkreuzertheorie war das nächste Treffen erst in dreißig Jahren.

"Vermutlich um kein Risiko einzugehen", hörte er Stëin sagen.

"Über die Gründe des *Großen Plans* können wir nur Vermutungen anstellen", fügte der Buchhändler hinzu. "Möglicherweise erschien ihnen die Welt des vierzehnten Jahrhunderts noch nicht reif für das Große Geheimnis…"

Echo sah skeptisch von Stëin zu Marten. "Gut, ihr meint also, dieser Rosencreutz war ein Templer", sagte er langsam, "und er hat uns gesagt, wie es um den Orden steht: nämlich daß die Sache in die Hose gegangen ist. Sie sind in den Untergrund gegangen, mit ihrem großen Geheimnis – und nie wieder aufgetaucht, weil sie sich verpaßt haben."

Marten nickte unentschlossen. "Na ja, so könnte man es sagen."

"Aber", überlegte Echo, "heißt das nun, daß es nach 1534 keine Treffen mehr gegeben hat? Oder bedeutet die Sache mit den Manifesten, daß nicht *alle* Gruppen zu den Treffen erschienen sind?"

Darüber mußte Marten nachdenken. "Ich für meinen Teil bin überzeugt davon, daß es zu den Treffen gekommen ist", sagte er schließlich, "daß aber eine oder mehrere Gruppen nicht erschienen sind."

"Moment mal", wandte Stëin ein. "Die Veröffentlichung lag genau zwischen zwei Treffen. Wenn ich ein Treffen verpasse, dann warte ich nicht achtzig Jahre um zu sagen: *He, da hat was nicht geklappt!*"

Marten winkte ab: "Damals herrschten andere Maßstäbe. Und vielleicht wollte erst eine der folgenden Generationen sich nicht damit abfinden, daß ein komplettes Treffen fehlgeschlagen sein sollte…"

Stëin sah ihn skeptisch an. "Vielleicht", seufzte er.

"Und wie kommt es, daß wir die *Steinerne Karte* hier vor uns auf dem Tisch haben?" fragte Echo und zeigte auf das Steinpuzzle neben Stëins Teetasse.

"Ich glaube nicht…" begann Stëin.

"Dies ist nicht die *komplette Steinerne Karte*", unterbrach ihn der Buchhändler. "Es ist möglicherweise nur ein Zwölftel der wahren Karte."

"*Ein Zwölftel?*"

"Nun ja, es sind zwölf Gruppen", erklärte Marten. "Jede hat einen Teil der Karte."

"Warum haben sie sich den Schatz nicht schon nach hundert Jahren ausbezahlt?" fragte Stëin.

"Weil es nicht um einen Goldschatz geht, sondern um Macht. Bei jedem dieser Treffen hatten die zwölf Gruppen zu entscheiden, ob sie bereit waren, eben diese Macht anzuwenden…"

"Aber der Schatz…"

"Auch der wird noch irgendwo liegen", erwiderte Marten barsch. "*Wenn* die nachfolgenden Generationen nicht den Fortbestand des Ordens damit finanziert haben…"

"Und vielleicht alles umsonst", überlegte Stëin. "Was als geniales Mittel der Geheimhaltung gedacht war, hat sich als Fiasko herausgestellt."

Marten nickte und zeigte auf die *Steinerne Karte*: "Wie es aussieht fehlt seit den Rosenkreuzern eine Gruppe. Und zwar die mit unserer Karte."

"Und nun? Müssen wir dreißig Jahre warten, um herauszufinden, ob du und deine Okkultanten recht haben?"

"*Okkultisten*", brummte Marten. "Und es sind nicht *meine*. Wann das letzte Treffen stattfindet, weiß ich nicht. Aber das ist unerheblich." Er pochte mit der Rechten auf das steinerne Puzzle. "Tatsache ist, daß die Templer hinter diesem letzten Stück der Karte her sind. Und wenn wir Pech haben, nicht nur die Templer…"

"Sie meinen, es gibt noch andere Interessenten?"

"Diese Steine, mein Junge, sind der Zugang zu einer Macht, die tellurische Ströme, Genmanipulation oder…" – er suchte nach etwas anderem, gewaltigen – "…oder die Kernspaltung bei Weitem übertrifft. Es würde mich jedenfalls wundern, wenn sich plötzlich niemand mehr dafür interessieren sollte."

"Aber wie konnten sie verlorengehen?" überlegte Echo, dem die Tatsache, daß gerade er in den Besitz der *Steinernen Karte* gelangt war, mehr als phantastisch erschien. Gleichzeitig schoß ihm ein Gedanke durch den Kopf: *war es nicht das Beste, auf die Rückkehr des Zirkus zu warten und den Templern das Päckchen oder zumindest die Karte zurückzugeben?* Innerhalb einer Sekunde veränderte sich der Gedanke dahingehend, daß er das Päckchen auf keinen Fall herausgeben durfte ohne im Gegenzug ein Treffen mit Rosa einzufordern.

Ein naiver Gedanke.

"Es ist vermutlich so", überlegte der Buchhändler laut, "daß mit der Erschießung der Geiseln im Luitpold-Gymnasium ohne es zu wissen eine komplette Gruppe ausgeschaltet wurde. Alles was der Baron tun konnte war, Rosa die Karte zu übergeben und die junge Frau zu instruieren, sie an die richtige Person weiterzugeben. Doch in diesem Punkt hat sie versagt. Vielleicht auch, weil sie selber vor der *Roten Armee* fliehen mußte. Anstelle eines Nachfolgers bekam das Päckchen Jacob, dessen Spur sich irgendwann in den Konzentrationslagern verlor..." Marten verzog den Mund. "Das Schicksal macht vor niemandem halt", fügte er hinzu. "Auch vor den Templern nicht."

"*Templer!*" Es klang als hätte Stëin den Namen ausgespien. "*Viel wichtiger ist, was wir jetzt tun sollen –*"

Der Buchhändler stand auf. "Da hast du recht. Tatsache ist, daß wir den Schlüssel zum Großen Geheimnis in der Hand halten", sagte er mit einer Stimme, die ein wenig die Euphorie des frühen Abends verloren hatte. Natürlich, es war eine einmalige Gelegenheit, etwas von so großer historischer Bedeutung in Händen zu halten – und es bestand für ihn kein Zweifel an der Authentizität der *Steinernen Karte*. Im Grunde konnte er es noch nicht einmal fassen, sie vor sich auf dem Tisch zu sehen. Andererseits aber war er sich durchaus bewußt, daß der Besitz oder allein das Wissen um diese Karte, für mindestens fünf Menschen tödlich gewesen war. Wer auch immer diese Karte suchte, er würde weitertöten. "Ich bin mir sicher", fuhr er mit warnendem Unterton fort, "daß es außer den Templern eine ganze Reihe Hermetiker gibt, die alles dafür tun würden, diese Karte in die Hände zu bekommen. Und in diesem Fall bedeutet *alles*, wie wir wissen, wirklich *alles!*"

"Deine Hermetiker mit ihren okkult–esoterische Lehren in allen Ehren", sagte Stëin hin- und hergerissen zwischen Unglauben und Angst. "Aber glaubst du wirklich, es geht um eine mysteriöse Macht irgendwelcher..."

"Wenn dir die Toten der letzten Tage, von denen du selbst erzählt hast, nicht als Beweis genügen, mein Junge, dann bin ich gerne bereit, einen weiteren Sachkundigen hinzuzuziehen. Einen Wissenschaftler sogar..." Der Buchhändler funkelte Stëin ärgerlich an.

"Einen Wissenschaftler?" fragte Stëin überrascht.

"Jawohl, einen Wissenschaftler", erwiderte Marten. Erregt schob er die *Steinerne Karte* zusammen und ließ sie in die Aktentasche fallen, ebenso wie die Briefe und die Bilder. Dann stellte er die Tasche mit Nachdruck auf den Tisch. "Wir treffen uns hier, morgen, um die gleiche Zeit. Und dann sehen wir weiter!" Er nahm die Bücher und die Zeitschriften, schaltete im Verkaufsraum das Licht ein und schickte sich an, alles an seinen Ort zurückzubringen. Stēin und Echo sahen ihm überrascht hinterher.

"Ich glaube Ihnen auch so", sagte Echo. So phantastisch es sich auch anhörte, was der Buchhändler über den *Großen Plan* erzählt hatte – nach allem, was in den letzten Tagen geschehen war, dem Zirkus, den Träumen, der Schlange, den Fibeln und nicht zuletzt dem Tod Morands – klang die Möglichkeit, daß sie ein Artefakt aus den letzten Tagen des Tempelritterordens *gefunden* hatten nicht nur wahrscheinlich, sondern sogar irgendwie logisch.

Im nächsten Augenblick zerbarst die Schaufensterscheibe mit ohrenbetäubendem Klirren, ein Stein polterte über den Boden und Glassplitter prasselten auf Bücher, Auslage und Holzdielen. Der Buchhändler stieß einen Schrei aus, ließ die alten Bücher fallen und stolperte zurück in das Hinterzimmer.

"Verschwinde", stammelte er zu Echo gewandt. *"Da raus!"* Er wies auf die Hintertür und betätigte gleichzeitig den Lichtschalter. Der Verkaufsraum lag wieder im Dunkeln. *"Und nimm die Tasche mit!"*

"Er hat recht!" Stēins Stimme klang gepreßt, als er auch im Hinterzimmer das Licht löschte.

Echo warf einen letzten Blick in den Verkaufsraum, dann griff er nach der Aktentasche, lief zur Hintertür, schloß hastig auf und starrte hinaus. Nichts bewegte sich auf dem Garagenhof. Er rannte los, mit der Tasche auf dem Arm, in die kalte, frische Nachtluft hinein. Erst als er den Parkplatz am nahen Staatstheater erreicht hatte, wurde er langsamer, bis er schließlich fluchend stehenblieb. Sie waren mit Stēins Wagen gefahren. Der grüne *Commodore* stand vor ihm, den Schlüssel aber hatte Stēin.

Echo sah sich um, lauschte in die Nacht und überlegte. Wer zum Teufel hatte die Scheibe eingeworfen? Und warum? War es, weil sie dort gewesen waren, Stēin und er? Wer wußte, daß sie die *Steinerne Karte* hatten? Ja, natürlich, der *Russe* wußte davon. War er ihnen gefolgt? Die *Steinerne Karte* – er mußte sie in Sicherheit bringen! Echo raffte sich auf und lief weiter, wobei er sich immer wieder umsah und die wenigen Nachtschwärmer mied, die noch unterwegs waren. Nach ein paar hundert Metern hatte er den nächsten Taxistand erreicht. Einen Augenblick lang überlegte er sogar, ob er von Aten rufen lassen sollte, *seinen* Wagen, Hundertdrei. *Nein*, dachte er und stieg in die erste wartende Taxe ein. *Wer weiß, wo der Junge gerade ist!* Eine Entscheidung, die er binnen weniger Stunden bereuen sollte.

"Zum Hauptbahnhof", sagte Echo. Er war sich bewußt, daß das wenig einfallsreich war. Aber wo sonst gab es Schließfächer?

> *Danach werden wir, die wir leben und übrigbleiben, zugleich mit ihnen entrückt werden auf den Wolken in die Luft, dem Herrn entgegen; und so werden wir bei dem Herrn sein allezeit. So tröstet euch mit diesen Worten untereinander.*
> Der erste Brief des Paulus an die Thessalonicher, 4, 17

36. OLDENBURG, SONNTAG, 16. SEPTEMBER 1984

Sonntag morgen, dachte Martin Kolberg und schüttelte den Kopf. *Und noch nicht einmal sechs Uhr...* Er saß an seinem Schreibtisch und ordnete die Papiere, Faxe, Berichte, Hefter. Alles, was er zu den Vorgängen der vergangenen zehn Tage finden konnte, hatte er zusammengesucht. Zu den Vorgängen, auf die ihn am vergangenen Mittwochabend der Generalstaatsanwalt angesprochen hatte. Ein, zwei, nein: drei Selbsttötungen. Hinzu kamen ein Fall von mutmaßlicher Erpressung und einer, der auf Zechprellerei hinauslaufen würde...

Er hatte, das mußte er zugeben, geraume Zeit nachdenken müssen, hatte das Gespräch verarbeiten und die Optionen abwägen müssen. Donnerstag, Freitag und Samstag hatte er dazu gebraucht. Eine lange Zeit, angesichts einer einfachen oder wenigstens selbstverständlichen Entscheidung. Er überlegte. Die Berufung zum Polizeipräsidenten vor vier Jahren hatte er dem richtigen Parteibuch zu verdanken. Nun ja, nicht nur, aber es war recht hilfreich gewesen. Und nun? Nun sollte er für eine Entscheidung, die er ohnehin getroffen hätte, Mitglied einer der angesehensten Stiftungen des Landes werden. *Freunde ließen einander nicht im Stich.*

Er hätte ausgesorgt, keine Frage.

Seine Unterschrift würde die Ermittlungen beenden.

Und Engholm ruhigstellen, hatte Evers gesagt.

Kolberg kannte den Kriminalhauptmeister. Ein ruhiger, besonnener Mann. Das mußte er zugeben. Was gefiel dem Generalstaatsanwalt nicht an seiner Arbeit? Er konnte sich kaum vorstellen, daß dieser Engholm sich über Gebühr in etwas hineinsteigerte, daß er Gespenster sah, wo keine waren. Warum sollte er ihn ruhigstellen? Weil er zu anderen Ermittlungsergebnissen gekommen war als der leitende Kriminalhauptkommissar? Klang irgendwie lächerlich. Ein *Hauptmeister.* Keine Frage, Eilers hatte den Überblick, auf sein Wort und sein Urteil konnte er sich verlassen. Er hatte ihm die Untersuchungsergebnisse präsentiert, alles klang plausibel. Selbsttötung. Drei Fälle in einer Woche.

Etwas seltsam, aber aus dem Blickwinkel der Stochastik nicht unmöglich.

Vielleicht, so dachte Kolberg schließlich, lag es daran, daß Engholm diesem LKA–Kommissar zugeteilt war, wie hieß er doch gleich? Jordan? Machte keinen besonders guten Eindruck, der Junge. Vielleicht war er der Spinner, der Morde sah wo keine waren, weil er sich profilieren wollte.

Gleichgültig. In seinem Posteingang lag eine Telefonnotiz über einen Anruf des LKA, das den jungen Kommissar zurückbeordert hatte. Damit dürfte sich auch das Problem erledigt haben. Er würde Engholm wieder Eilers zuteilen.

Plötzlich durchflutete ihn eine unbestimmte Vorfreude. Der Gedanke an eine Aufnahme in der Loge – in der Stiftung –, die Zugehörigkeit zum *WERK*, festliche Roben, gute Gespräche, Nachmittage mit dem Generalstaatsanwalt auf dem Golfplatz... Ganz zu schweigen von Promotion. Die Vorstellung, nicht als Polizeidirektor in Rente zu gehen, klang plötzlich ungeheuer verlockend. Höhere Aufgaben erwarteten ihn! Er mußte nur noch sicherstellen, daß ihm nichts und niemand dazwischen kam.

Im nächsten Augenblick klopfte es an seine Tür.

" ...après un long sommeil, les mêmes hypothèses ressuscitent, sans doute nous reviennent–elles avec des vêtements neufs et plus riches, mais le fond reste le même et le masque nouveau dont elles s'affublent ne saurait tromper l'homme de science..."

"... nach langem Schlaf erscheinen wieder die gleichen Theorien, ohne Zweifel kehren sie zurück, prächtiger und eingehüllt in neue Kleider, doch das Fundament bleibt das gleiche und die neue Maske, welche sie tragen, wird den Menschen des Wissens nicht täuschen..."

Vorwort von Abbé Th. Moreux, Direktor des Observatoire de Bourges zu: "Le Serpent Rouge", von Louis Saint–Maient, 1966

37. OLDENBURG, SONNTAG, 16. SEPTEMBER 1984

"Laß deinen Mann, wo er ist!"

"Auf gar keinen Fall!" antwortete die Stimme am Telefon. "Das ist zu gefährlich!"

"Gefährlich ist jemand anderes", sagte der *Ritter der ehernen Schlange*. "Jemand in Oldenburg stellt sich quer."

"Wer?"

"Das laß' unsere Sorge sein, *Großmeister–Architekt*. Darum kümmert sich die Loge. Notfalls müssen wir..." – er zögerte genüßlich – "Notfalls müssen wir *disziplinarisch* eingreifen. Aber das wird nicht deine Aufgabe sein. Sorge dafür, daß Jordan bleibt. Er ist jung, unerfahren und labil. Soweit ich weiß, ist er ständig betrunken. Alles in allem das Beste, was uns passieren konnte, nachdem es nicht zu verhindern war, daß die *Behörde* sich einmischt. Wenn er abgezogen wird könnte der Zentralrat mißtrauisch werden. Und dann haben wir das BKA vor Ort. Willst du das?" Und fast wie zu sich selbst fügte er noch an: "Dieser andere Junge, Marburgs Sohn, er muß verschwinden. Noch heute nacht. Er ist bei weitem zu neugierig. Und es ist nicht auszuschließen, daß er hat, wonach wir suchen... Aber darum soll E..." Er hielt inne und korrigierte sich: "Darum soll der *Prinz von Jerusalem* sich kümmern..."

Der Mann am anderen Ende der Leitung knurrte unwillig. Er war der Meinung, daß *jedes* Risiko ausgeschaltet werden sollte. Jordan war lange genug in Oldenburg. Am Ende würde er doch noch etwas herausfinden. Sie sollten den Fall endlich abschließen!

Der *Ritter der ehernen Schlange* hatte seinem Logenbruder ein paar Sekunden zum Nachdenken gegeben. Jetzt räusperte er sich mahnend.

"Also gut", willigte der andere matt ein. Letzten Endes trug der *Ritter der Ehernen Schlange* die Verantwortung. "Ich tu' was ich kann. Wenn wir Jordan erreichen, werden wir ihn ein wenig einschüchtern und noch ein paar Tage in Oldenburg belassen. Mehr kann ich nicht versprechen. Seht also zu, daß ihr die Geschichte so schnell wie möglich vom Tisch kriegt..."

"Kümmere du dich um deinen Job", erwiderte der *Ritter* scharf, "wir machen unseren. Wenn alles klappt, werde ich dich oben lobend erwähnen. Wenn nicht, warten andere auf deinen Platz am Tisch. Der *Prinz* muß schließlich wissen, auf wen er sich verlassen kann." Der *Prinz des Königlichen Geheimnisses* war einer der höchsten Grade der Loge, und selbst der *Ritter* kannte ihn nicht einmal persönlich. Doch er kannte seine Macht. Sie alle kannten seine Macht.

Nach einer kurzen Pause setzte er noch einmal nach: "Wenn Jordan nicht mitspielt, bist du der erste, der die Konsequenzen zu spüren bekommt. Habe ich mich deutlich genug ausgedrückt?"

Der *Großmeister–Architekt* starrte aus dem Fenster auf die Schützenstraße, an der das Landeskriminalamt lag. Schließlich knurrte er ein *Ja*. Was blieb ihm anderes übrig? Dann legte er auf.

Auch der *Ritter der Ehernen Schlange* hängte ein, jedoch nur um sogleich erneut zu wählen, diesmal eine Oldenburger Vorwahl, diesmal, um mit dem *Prinzen von Jerusalem* zu sprechen. Er mußte dafür sorgen, daß der junge Marburg zum Schweigen gebracht wurde. Und sie mußten endlich diese verdammte Karte finden, die ihnen so viel bedeutete...

> "In der rechten Hand trug sie eine güldene Posaune, in die ein Name eingeprägt gewesen, den ich wohl lesen konnte, den zu offenbaren mir hernach verboten wurde."
> J. V. Andreae: Die *Chymische Hochzeit* Christiani Rosenkreuz: Anno 1459, Diederichs, 1984, S. 96

38. OLDENBURG, SONNTAG, 16. SEPTEMBER 1984

Es klopfte ein paarmal an die Bürotür. Wer konnte das nun wieder sein? Hatte er nicht einmal am Sonntagmorgen seine Ruhe? Kolberg schob die Unterlagen, die vor ihm auf dem Schreibtisch verteilt lagen, zusammen. Seine Sekretärin konnte sie am Montag wieder an die entsprechenden Dezernate zurückverteilen.

Es klopfte erneut. "Jaa..." murmelte er, stand auf und öffnete die Tür.

"Sie?" Zu Kolbergs Überraschung stand Kriminalhauptmeister Engholm vor ihm. *Wenn man vom Teufel sprach.* Unwillkürlich sah er auf seine Armbanduhr. Viertel nach sechs.

"Ich hatte Licht bei Ihnen gesehen", erwiderte Engholm sachlich. "Haben Sie einen Moment Zeit für mich?"

Kolberg war zu überrascht über den frühen Besuch, als daß er hätte *nein* sagen können. Er nickte, machte eine kurze einladende Geste und kehrte zurück zu seinem Schreibtisch. "Um was geht es?" fragte er nachdem er sich gesetzt hatte.

Der Blick des Kriminalhauptmeisters fiel auf den Stapel mit Unterlagen, die der Polizeipräsident soeben hatte zurückbringen wollen. Zuoberst erkannte er die Akte Kerschenstein. "Sie haben sich selbst mit dem Fall befaßt?" fragte er mit einem kurzen Nicken in Richtung der Unterlagen, nachdem er auf dem Besucherstuhl platzgenommen hatte.

"Ich habe die Akten nur überflogen", erwiderte Kolberg und sah sich sogleich genötigt hinzuzufügen: "Ich habe gehört, Sie gehen nicht konform mit den Untersuchungsergebnissen?"

Schön ausgedrückt, dachte Engholm. Er hatte sich auf dieses Gespräch nicht vorbereitet, sondern war spontan hinaufgegangen, nachdem er etwas ungläubig – und dennoch unzweifelhaft – Licht im Bürofenster des Polizeipräsidenten gesehen hatte. Außerdem fehlten die Ordner der Fälle Kerschenstein, Marburg, Nijmann und Morand aus der Ablage. Wenn man in den letzten drei Fällen aufgrund der spärlichen Aktenlage von Ordnern sprechen konnte. Er nickte. "Es gibt da meiner Meinung nach tatsächlich ein paar Unstimmigkeiten..."

Der Polizeipräsident seufzte. Warum nur wollte er das, was jetzt kommen würde, gar nicht hören? Er besann sich auf seine Rolle als Vorgesetzter, erwog kurz, ob er den Kriminalhauptmeister auffordern sollte, den Dienstweg einzuhalten, bedeutete Engholm dann aber doch, fortzufahren.

"Ich war dabei, als Jacob Kerschenstein in seiner Wohnung aufgefunden wurde", begann der sogleich. "Nachdem der anonyme Hinweis bei uns eingegangen war. Wir fanden ihn erhängt in seinem Badezimmer vor…"
"So steht's im Bericht", unterbrach ihn Kolberg mit einem mißmutigen Unterton.
"Und das wundert mich etwas. Denn mir war aufgefallen, daß unterhalb der Strangulationsfurche Würgemale zu sehen waren. Und an den Armen wies der Tote Hämatome auf. Beide Informationen stehen nicht im Bericht. Eine richtige Obduktion gab es meines Wissens auch nicht."
"*Das ist doch Unsinn!* Und eine Obduktion ist bei eindeutigen Selbsttötungen absolut unüblich, das wissen Sie genau." Kolberg klang zwar ein wenig verunsichert, fügte aber dennoch hinzu: "Und erlauben Sie mir, Ihre pathologischen Fähigkeiten in Zweifel zu ziehen."
Ein wenig gesunder Menschenverstand reicht da vollkommen aus, dachte Engholm. "Eine Obduktion wurde auch im Fall Nijmann nicht durchgeführt", sagte er statt dessen.
"Selbsttötung", stellte der Polizeipräsident kurz fest.
"Mit einer Injektion in den Nacken und Hämatomen am rechten Arm?"
"Nein, mit Schlaftabletten."
"Die Kristin Nijmann wieder erbrochen hat."
Kolberg krauste die Stirn, sagte aber nichts.
"Marburg", fuhr der Hauptmeister fort. "Bei ihm wurde nach seinem Tod mehrfach eingebrochen. Unter anderem wurde sein Sohn dabei niedergeschlagen und schwer verletzt…"
"Nichts desto trotz Selbsttötung", warf der Polizeipräsident ein, zog die Akte Marburg zu sich heran und pochte mit dem Finger auf den zusammenfassenden Bericht. "Wenngleich, das muß ich zugeben, ein ungewöhnlicher Fall. Aber ein derart hoher Blutalkoholwert in Verbindung mit dem Führen eines Kraftfahrzeugs ist zweifelsfrei eine Form von *betäubtem Suizid*. Beinahe schon Suizid in Verbindung mit Totschlag, wenn man die Gefährdung der anderen Verkehrsteilnehmer…"
"Die Verletzungen passen nicht zu seiner Sitzposition im Fahrzeug", unterbrach ihn Engholm.
Kolberg schwieg. Das war wohl kaum nachweisbar, dachte er. Zögernd sagte er nur: "Er hatte ein Motiv…"
Aber Engholm hatte seine Hausaufgaben gemacht. "Ein fragwürdiges", erwiderte er. "Wenn nicht sogar ein konstruiertes. Geldbewegungen zwischen den beiden konnten wir nicht nachweisen. Wo der plötzliche Reichtum des Taxifahrers herkommt, wenn man bei den paar tausend Mark von Reichtum sprechen kann, weiß ich nicht, aber vielleicht sollten wir einmal in Richtung Franz Dessauer ermitteln, der erschossen wurde und den der Tote ebenfalls kannte."

"Wie kommen Sie darauf?"
"Er hat mit ihm telefoniert."
"Haben *Sie* das herausgefunden?"
"Nein, das geht auf das Konto meines jungen Kollegen aus Hannover."
Wenn er mal nicht in Selbstmitleid versinkt, ist er ganz brauchbar. Engholm schmunzelte bei dem Gedanken.
Kolbergs "Ach so..." klang ein wenig abwertend. Dann überlegte er: "Dessauer... gab es nicht eine Anfrage der Kollegen aus Hamburg zu diesem Fall?"
Der Hauptmeister nickte. "Es liegen Zeugenaussagen vor, die in jener Nacht Marburgs Taxe vor dem Haus des Opfers gesehen haben wollen, was Marburg – der Sohn – auch zugibt. Er habe einen gewissen Morand dort abgeholt, das Haus aber nicht betreten."
"Morand? Das ist doch..."
"Das vierte Opfer."
"... der Mann, der verschwunden ist ohne seine Hotelrechnung zu bezahlen."
"Und ohne sein Gepäck mitzunehmen."
"Das Gepäck ist noch im Hotel?"
"Ein Teil."
Seltsam, dachte Kolberg, das hatte Eilers nicht erwähnt. "Aber eine Leiche haben Sie auch noch nicht?"
"Nein."
Kolberg runzelte die Stirn. Er war davon ausgegangen, daß alle Fälle nur zeitlich zusammenhingen. Nachdem was er jetzt von Engholm erfahren hatte, schien es einen inhaltlichen Zusammenhang zu geben...
Plötzlich fiel ihm etwas ein. Er beugte sich vor und durchsuchte den Stapel mit Unterlagen, die er sich zusammengesucht hatte. Dann reichte er Engholm ein Fax. Der Hauptmeister überflog das Stück Papier. Es war eine Bitte um Amtshilfe der französischen *Police Nationale*. Ein gewisser Jacques Morand war zur Fahndung ausgeschrieben. Er stand im Verdacht, zwei französische Offiziere erschossen zu haben. Engholm hob überrascht die Augenbrauen und las weiter: die *Sûreté*, wie sie früher hieß, vermutete, daß der Legionär nach Deutschland geflohen war...
Nun, nicht ganz zu unrecht, dachte Engholm und ließ das Fax sinken. Aber wieso kam diese Anfrage erst jetzt? Auf seine telefonische Anfrage hatten die Franzosen abweisend reagiert. Selbst der Untersuchungsrichter in Marseille hatte getan, als bedrohe Engholms Frage nach dem Legionär die innere Sicherheit.
Gleichgültig. Der Gedanke, der ihm nun kam, war unschön: hatten etwa die Franzosen den Legionär auf dem Gewissen?

Kolbergs Vermutung war eine andere: "Könnte es sein", überlegte er laut, "daß wir mit diesem Morand auch den Mörder Dessauers gefunden haben?"
"Nein..." Der Kriminalhauptmeister schüttelte vehement den Kopf. Natürlich sprachen die Zusammenhänge für diese Annahme. Aber er glaubte dennoch nicht daran. "Ich meine, wenn er wirklich tot ist, dann dürfte es sich bei ihm eher um ein weiteres Opfer der Mörder Kerschensteins handeln. Was Dessauers Mörder angeht, habe ich allerdings keine Idee. Sein Tod paßt nicht ganz in die Reihe..." Er zögerte. "Wenn wir natürlich die Hamburger Ermittlungsprotokolle im Fall Dessauer hätten..."
Kolberg verzog mißmutig den Mund. Er wandte sich ab und sah in die Dunkelheit jenseits der großen Bürofenster. Dann schloß er die Augen, müde den Todeskampf betrachtend, dem sein kurzer Traum vom Ruhm und Glanz der Loge *das WERK* zum Opfer fiel. Aber alles, was der Hauptmeister heute morgen vorgetragen hatte, klang absolut plausibel. Das konnte er doch nicht ignorieren... "Ich besorge Ihnen die Ermittlungsprotokolle im Fall Dessauer", sagte er tonlos. "Besorgen *Sie* mir Morands Leiche."
"Das werde ich", erwiderte Engholm, forscher als ihm lieb war.
Das Gespräch war beendet, und so verließ er das Büro des Polizeipräsidenten. Er hoffte, genug Zweifel an den derzeitigen Ermittlungsergebnissen gesät zu haben.
Kolberg lehnte sich zurück und fluchte. *Macht irgendwie einen guten Eindruck, dieser Engholm.* Zu gut, als daß er seine Theorien als Spinnerei abtun konnte. Und vielleicht sollte er ihn für den Laufbahnlehrgang vorschlagen, gehobener Dienst, Studium, Lehrgang...
Er verwarf den Gedanken. Sie waren ohnehin unterbesetzt. Und er war sich noch nicht sicher, ob er den Hauptmeister seit eben nicht sogar haßte.
Eilers fiel ihm ein. Sie kannten und verstanden sich seit einigen Jahren recht gut. Nicht zuletzt deshalb war der Leitende Hauptkommissar zu einem seiner engsten Mitarbeiter geworden. Vielleicht würde er sogar einmal sein Stellvertreter... Ruckartig zog er die Akten wieder zu sich heran und blätterte sie durch. Das war ihm bisher noch gar nicht aufgefallen: Kerschenstein, Marburg, Nijmann, und selbst im Hotel *Batavia* war Eilers der leitende Beamte gewesen. Zufall? Und war es auch Zufall, daß in jedem dieser Fälle die Ermittlungen eine falsche Richtung eingeschlagen zu haben schienen? Der Leitende Hauptkommissar war ein erfahrener Mann, an dessen Urteil er nie gezweifelt hatte. Im Gegenteil, er hatte ihm oft genug blind vertraut und ihn um seinen Rat gefragt. Und nun wurde er den Gedanken nicht mehr los, daß auch Bernd Eilers im Haus des Generalstaatsanwalts an jenem großen Tisch gesessen hatte, in jenem getäfelten Zimmer den Schmeicheleien des Mannes erlegen war, der ebenso einflußreich wie undurchsichtig, ebenso dominant wie allgegenwärtig und ebenso beredt wie mächtig war.

Doch was sollte er tun? Auf eine Beziehung zu Evers konnte er ihn auf keinen Fall ansprechen. Sobald Evers merkte, daß er nicht mitspielte, war es um seine Karriere geschehen. Ihm würde nicht einmal mehr Zeit bleiben, ein Untersuchungsverfahren gegen Eilers einzuleiten.

Evers. Kolberg fielen die Untermieter des Oberstaatsanwalts ein. Er beschloß, Engholm auf die Probe zu stellen und ihn ein paar Recherchen über die – wie hießen sie noch? – XANOS und das WERK machen zu lassen. Dann würde man sehen...

Jetzt aber mußte er handeln, und zwar schnell, wenn er das Schlimmste verhindern wollte. Und ohne daß Evers Wind davon bekam. Evers oder ein Mitglied der Loge. Bloß... wem konnte er jetzt noch vertrauen?

"Ich habe die Mörderorganisationen als Illusion, als Hirngespinst, als exaltierte Meinung Einzelner angesehen, die irgendwelche Erscheinungen verallgemeinerten. Ich muß mit tiefer Erschütterung feststellen, daß ich an dieser Feststellung nicht mehr festhalten kann."
Abgeordneter G. Stresemann, Reichstag am 5. Juli 1922

39. OLDENBURG, SONNTAG, 16. SEPTEMBER 1984

Jordan überhörte das Klopfen. Auch das zweite und das dritte Mal. Dann öffnete sich die Tür und das Telefon klingelte. Er schrak mit einem Fluchen auf, das Zimmer drehte sich noch ein wenig mit, warum konnte die Frau dabei stehen? Er hielt sich fest, sah wieder zur Tür, fuhr sich durch das wirre Haar und starrte das Zimmermädchen leicht schwankend an. Sie entschuldigte sich in irgendeiner Sprache und verließ das Zimmer hastig. Jordan versuchte gleichzeitig den Telefonhörer abzunehmen und gegen die aufwallende Übelkeit zu kämpfen. Es dauerte ein paar Sekunden, dann gelang ihm beides. Warum gewöhnte er sich nur nicht daran?
"Uwe?"
"Hmm."
"Kolberg ist wieder da." Engholm sprach leise, aber er klang aufgeregt, nervös.
Einen Augenblick lang tat sich Jordan schwer, einzuordnen, wer dieser Kolberg war. Dann fiel es ihm wieder ein. Der Polizeipräsident. Seit Donnerstag war er nicht mehr auf dem Revier gesehen worden. Donnerstag... Er seufzte: "Und?"
"Er will uns sehen…"
"Ich glaube nicht, daß *ich* jemanden sehen will…"
"Ich geb' dir zwanzig Minuten zum Duschen, und dann kommst du mit…"
"Laß mich in Ruhe!" brummte Jordan.
Engholm aber hatte schon aufgelegt.
Jordan fluchte. Wie war er überhaupt wieder hierhergekommen? Hannover! Wollte er nicht gestern zurück gefahren sein nach Hannover, *nach Hause*? Ganz allmählich kam die Erinnerung wieder. Der Anschiß von Eilers… Einer der Kollegen, die er mit der Marburgs Überwachung beauftragt hatte, war niedergeschossen worden... Engholm hatte ihn zum Bahnhof fahren sollen... Und dann? Sie waren in diesem *Pilgerhaus* gewesen. Bier. Pizza. Whisky... Vorsichtig und mit einem weiteren Fluchen stand Jordan auf. Daß er hier war, immer noch, in diesem verdammten Hotel, das hatte er allein Engholm zu verdanken! Und daß es jetzt einen weiteren Anschiß vom Polizeipräsidenten geben würde ebenfalls. Oder sogar ein Disziplinarverfahren... Himmel, er hatte schon Schwierigkeiten, dieses Wort überhaupt zu denken, geschweige denn auszusprechen. Er gehörte ins Bett!
War er wirklich verantwortlich für das was geschehen war?

> *In the shadowplay, acting out your own death – knowing no more*
> *As the assassins all grouped in four lines, dancing on the floor*
> *And with cold steel, odor on their bodies, made a move to connect*
> *I could only stare in disbelief as the crowds all left*
> Shadowplay, Joy Division, Unknown Pleasures, Fact X, 1979

40. OLDENBURG, SONNTAG, 16. SEPTEMBER 1984

Die Augen zu öffnen kostete Überwindung. Selbst das trübe Licht der Dämmerung schmerzte bis tief in die Pupillen hinein. Blaue, grüne Farbfetzen drangen herein, Staub tanzte in den Lichtbahnen, die durch hohe Kirchenfenster fielen. Echo wandte den Blick ab, zurück in die nur von wenigen Kerzen erhellte Dunkelheit eines Chorumganges. Zahlreiche Kapellen reihten sich aneinander, erdigen Totengeruch verströmend.

"Du bist mir bestimmt, Jochen Marburg." Sie lief neben ihm her, langsam, wie selbstverständlich, wie aus dem Nichts war sie gekommen, lächelte ihn an, mit dunklen Augen unter wildem, dunklem Haar. "Hier wird sich dereinst unser Schicksal offenbaren", fügte sie hinzu, rätselhaft und doch ohne Pathos. Sie umrundeten den Altar und kehrten zurück zum Hauptschiff. "Suche mich hier, wenn du zurückkommst. Ich werde auf dich warten..."

"Verlaß mich nicht", hörte er sich sagen. "Bleib bei mir..."

"Oh, das kann ich nicht", erwiderte sie ernst. "Ich gehöre zu IHNEN. Bring' IHNEN die Steinerne Karte, und vielleicht lassen SIE dich dann zu mir..."

"SIE können die Karte haben", sagte Echo hastig. "Ich will sie nicht! Ich will nur..." Er fühlte nach der Tasche in der er das Päckchen glaubte. Es war nicht da, nur der schmutzig weiße Umhang mit dem Tatzenkreuz, ein Kettenhemd und das Schwertgehenk, das an einem ledernen Gürtel hing. "Ich will nur dich", sagte er leise und wandte sich um. Doch da war niemand mehr. Er war allein. *Suche mich hier*, hatte sie gesagt. Aber wo war er hier? Kirchen gab es zuhauf und von innen war eine wie die andere! Wo nur sollte er sie suchen? Plötzlich wurde ihm klar, was er zu tun hatte, er begann zu laufen, so gut es in dem schweren Mantel ging. Echo nahm das Schwert in die Hand, lief das Seitenschiff entlang und erkannte den Ausgang, zwei riesige Tore, durch die das Tageslicht in die dunklen Mauern strömte. *Raus hier*, dachte Echo. *Ich muß raus hier, nachsehen, wo ich bin!* Dann plötzlich bewegten sich die Tore, wie von unsichtbarer Hand. Einen Augenblick zögerte er, wandte sich um, versuchte zu rufen, *Rosa! Er konnte sie doch nicht zurücklassen, sie mußte noch irgendwo hier sein!*

Ein Donnern hallte durch den Raum, hallte von den hohen Wänden der Seitenschiffe, vom Bogengang des Obergadens, vom Altar und von der Vierung wider. Das Tor war zugefallen, es war verschlossen, und so sehr er auch daran zerrte, es gab nicht nach. Dieser Weg war ihm versperrt, er war

allein, und er würde nie erfahren, wo er Rosa suchen mußte, nie... Für einen Augenblick nur ahnte er, daß es die Sint Salvators Kathedrale *war, daß er Brugge erreicht hatte, daß er, wenn alles gutging, sehr bald am Ziel war. Dann vergaß er.*
Entmutigt ließ er sich mit dem Rücken gegen das Kirchentor fallen, sank langsam und kraftlos in die Knie und vergrub das Gesicht in den Händen. Hatte er Rosa nun verloren?
Vor ihm lagen nur die grauen Säulen, in fahles Licht gehüllt, schwarze und weiße Bodenfliesen, die sich durch all seine Träume zu ziehen schienen. Um seine Füße zuckte eine rote Schlange. Doch er verspürte keine Angst mehr, nur eine allumfassende Gleichgültigkeit. Er war zu träge, zu müde um fortzulaufen...

Wie ein Schlag traf es ihn. Echo zitterte, als er erwachte, und ein kaum definierbares Verlangen schnürte ihm den Hals zu. Die seltsame Schlange war verschwunden, die *Kundalini*, die immer wieder seine Nähe zu suchen schien. Aber weshalb mußte er Rosas sirenenhaftes Locken ertragen, diese Demonstration der Unerreichbarkeit, wenn er sie ohnehin verloren hatte?

Mit dem Erwachen begann alles zu verblassen, die Kathedrale, Rosas Nähe, die Schlange zu seinen Füßen, alles verschwand, wie einfache Träume eben verschwinden. Nur das Verlangen blieb.

Es war noch dunkel. Echo fluchte, stand auf und sah zur Uhr. Kurz nach vier. Er versuchte zu ordnen, was in der Nacht geschehen war, rief sich den langen Abend beim alten Marten in Erinnerung und errechnete, daß er ein oder zwei Stunden geschlafen haben mußte. Reflexartig und ohne hinzusehen griff er in die Türtasche. Die Waffe lag noch dort. Und das Päckchen... richtig, das Päckchen steckte im Schließfach. Er hatte es dort deponiert und anschließend den Taxifahrer zu seinem Wagen dirigiert, der nicht allzu entfernt vom Haus der Stëins stand. Dort hatte er gewartet, war eingeschlafen, weil er sich sicher gefühlt hatte in dem roten *Commodore* oder weil seit dem Treffen in der Buchhandlung endlich einmal die Kopfschmerzen verklungen waren, Echo wußte es nicht mehr.

Er stieg aus und streckte sich. Etwa eine Stunde später saß er zusammen mit Stëin in der Küche.

"Die Bullen waren sofort da." Stëin starrte verärgert in die Tasse Kaffee auf dem Tisch, die er mit beiden Händen umklammert hielt. "Sie haben schlau getan, den Schaden aufgenommen und völlig zusammenhanglose Fragen gestellt. Und dann", fügte er gereizt hinzu, "haben sie Marten noch den Rat gegeben, das Schaufenster wieder zu verschließen! *Das Schaufenster verschließen!* Wie die sich das wohl vorgestellt haben?"

"Habt ihr jemanden gesehen?" wollte Echo wissen. "War noch jemand im Laden?" Er meinte natürlich, jemand, der sich für das Päckchen interessierte.

Stëin schüttelte den Kopf. "Nein. Die Bullen waren ja sofort da. Du warst gerade zur Tür raus, da flackerte vor dem Haus schon das Blaulicht. Seltsam, daß sie niemanden gesehen haben. Dann kamen die ersten Schaulustigen und alles war vorbei..."

"Ein Dummejungenstreich?"

"Eher eine Warnung oder sowas..."

"Nein", entgegnete Echo kategorisch. "Warum sollte er uns warnen?"

"*Er?*"

"Der Russe."

"Welcher Russe?"

"Der, der mich überfallen hat. Der, der Morand umgebracht hat."

"Ein Russe", wiederholte Stëin nachdenklich. "Versteh' ich nicht."

"Macht nichts." Echo stand auf und sah aus dem Fenster. Die Straße lag feucht von Tau, verlassen und beleuchtet von einer einzelnen Straßenlaterne vor ihm. "In gewissem Sinne war es natürlich eine Warnung", überlegte er laut. "Wir wissen jetzt, daß er uns gefunden hat und uns überall auflauern kann."

"*Was für ein Russe?*" fragte Stëin noch einmal. Dann fiel ihm der Vorfall auf dem Friedhof wieder ein. "*Der Russe?*" fragte er entsetzt.

"Ja, welcher sonst?" Echo wandte sich um und sah Stëin vorwurfsvoll an. "Dreimal habe ich den Mann gesehen, zuletzt gestern morgen auf dem *Jüdischen Friedhof*. Das habe ich doch erzählt! Er ist hinter dem Päckchen her."

"Weiß Jordan davon?"

"Vermutlich ja." Zumindest wenn die Männer, die den Russen gestern auf dem Friedhof in Bedrängnis gebracht hatten, keine Templer sondern Polizisten waren. Beides war ja mittlerweile möglich. "Dann dürfte das Treffen heute wohl ausfallen?"

Stëin lachte kurz. "Da kennst du unseren Marten aber schlecht. Wenn er sich etwas in den Kopf gesetzt hat, dann zieht er es auch durch..." Dann wurde er wieder ernst. "Die Nachbarn haben uns geholfen die Auslage mit Plastikfolie zu schützen", fuhr er leise fort. "Wenigstens gegen Wind und Wetter. Aber keine Angst, das Treffen findet nicht im Laden statt. Es ist heute abend im *Pilgerhaus*. Da ist es sicherer..."

Echo verzog das Gesicht. Aber vielleicht hatte Stëin recht. Inmitten so vieler Leute würde der Russe nicht wagen, etwas zu unternehmen. Fragte sich nur, wann er *hier* auftauchen würde...

Dann war Echo ins Bett gegangen.

...blaue, grüne Farbfetzen... Wie Träume doch alles durcheinanderbringen konnten. Rosa. Der Zirkus...

Sein Entschluß stand fest: das Päckchen im Tausch gegen Rosa! Es war die einzige Möglichkeit, an die junge Frau heranzukommen. Und was kümmerten ihn die Hermetiker dieser Welt, die für die *Steinerne Karte* töten würden. Je eher er das Päckchen los war, desto sicherer war er!

Später, nach ein paar Stunden unruhigen Schlafs, wunderte Echo sich, daß er den *Zirkus der Nacht*, wie Morand ihn genannt hatte, nicht schon eher wieder aufgesucht hatte. Der aufgeschlagene Ellenbogen, den ihm der Sturz eingebracht hatte, belegte, daß dies das einzige *Hirngespinst*, der einzige Traum war, für dessen Existenz er einen Beweis hatte. Mittlerweile war die Wunde schon fast verheilt. Er erinnerte sich allerdings auch daran, daß das Gelände am Freitag verlassen vor ihm gelegen hatte...

Als Echo das Gästezimmer verließ, sah er, daß Licht in der Küche brannte. Er ging leise über den Flur und spähte um die Ecke.

Stëin saß am Tisch. Er sah auf und lächelte Echo an. "Gut geschlafen?" fragte er müde grinsend.

"Nein, und du?"

Stëin schüttelte den Kopf. "Irgend etwas stimmt mit der Karte nicht."

"Warum?"

"Ich habe sie mir angesehen, immer wieder, soweit das bei der spärlichen Beleuchtung in Martens Hinterzimmer möglich war. Es scheint tatsächlich eine Art Landkarte zu sein, mit einer Küstenlinie und Flüssen, Punkte, die Städte markieren, und zwölf dieser Punkte waren mit Linien verbunden".

"Zwölf?" fragte Echo müde. Sein erster Gedanke war natürlich, daß es sich um die Orte handelte, an denen die zwölf in den Untergrund gegangenen Gruppen zu finden waren. Aber war es wirklich so einfach?

"Es gibt eine Besonderheit bei den französischen Templer–Komtureien", erklärte Stëin und rieb sich gedankenverloren die Augen. "Sie waren alle durch genau definierte Straßen verbunden, was ein ziemlich feinmaschiges Netz ergibt. Reisende konnten so in der Sicherheit des Tempels ganz Frankreich durchqueren. In diesem Netz gibt es aber einige große Routen, die man so, wie etwa Autobahnen, auf Karten dieser Größe verzeichnen könnte. Zum Beispiel liefen die meisten in La Rochelle zusammen, oder in Paris und Payens. Und unsere Karte scheint ein ähnliches Ziel zu verfolgen, hier sind auch verschiedene Punkte miteinander verbunden. Nur, *was* diese Punkte darstellen, das weiß ich nicht. Denn, daß sie keine französischen Städte oder Templerkomtureien darstellen, das ist mal klar..."

"Marten hat gesagt, es ist nur ein Teil der Karte."

Stëin schüttelte den Kopf. "Ich glaube nicht, daß dieses Gebilde etwas mit einem Templerschatz zu tun hat. Der Mittelpunkt des Ordens war bis zum Schluß Paris, oder bestenfalls Payens, wo der Orden gegründet wurde. Meinetwegen auch La Rochelle, ihr Handelszentrum... Sie hätten diese Städte auf so einem Hinweis nicht ausgelassen..."

"Wer sagt, daß der Schatz in Frankreich liegt?" meinte Echo. "Vielleicht handelt es sich um eine andere... *Provinz*? Und wenn Marten recht hat, gibt es noch eine ganze Menge mehr Teile davon..."

"Wieso?" Stëin sah Echo fragend an.

"Wegen der anderen Gruppen..."

"Ach so, richtig..." Dann schüttelte Stëin nachdenklich den Kopf. "Nein, sie hätten Namen von Häusern, Komtureien oder wenigstens Balleien vermerkt. Aber da ist nichts, nicht einmal ein Ordenssignet oder irgendwas! Nur ein paar Buchstaben..."

Echo nickte langsam. "Anfangsbuchstaben von Orten oder Festungen. Oder deren lateinischen Namen..."

"Paßt nicht..." sagte Stëin und schob seinen Schulatlas in Echos Richtung. Die Frankreichkarte war aufgeschlagen.

Echo winkte ab. "Ich weiß nicht mehr, was auf der Karte abgebildet war..." Er wollte noch hinzufügen, was er mit der Karte vorhatte, entschied sich aber zu schweigen. "Ich habe von diesem verdammten Puzzle geträumt", murmelte er statt dessen. "Und von der echten Karte, der großen. Wenn ich meinem Traum trauen kann, dann befindet sie sich in einer Kathedrale..."

"Das hilft uns weiter", erwiderte Stëin lächelnd. "Davon gibt es nur ein paar Tausend."

Echo nickte. "Ich weiß", sagte er leise und stand auf.

"Wo willst du hin?"

"Hin?"

Stëin wies auf Echos Füße. "Du hast Schuhe an..."

Echo zuckte mit den Schultern. "Ich muß noch mal raus", sagte er vage.

"OK", erwiderte Stëin bestimmt. "Ich komme mit! Schlafen kann ich sowieso nicht mehr."

"Nein..." Echo winkte ab. Wie sollte er Stëin erklären, daß er mitten in der Nacht zu einem leerstehenden Industriegelände fahren wollte? Er ging zurück in das kleine Gästezimmer und griff nach seiner Jacke. Sie war schwer vom Gewicht der Waffe, die er eingesteckt hatte.

"Ich will nur was nachsehen", sagte er ausweichend. "Nur ein wenig Luft schnappen."

"Kann ich auch gebrauchen." Stëin stand auf und sah seinen Freund mit schalkhaftem Lächeln an. "Der *Zirkus der Nacht* interessiert mich im übrigen auch", meinte er lapidar. "Wir sollten ihn uns zusammen ansehen."

Echo sah Stëin entgeistert an. War er nicht bisher skeptisch gewesen gegenüber seinen Träumen oder Visionen oder überhaupt allem, was damit zusammenhing? "Wenn wir ihn überhaupt sehen..." versuchte er zu relativieren, aber es war klar, daß er nicht alleine fortkommen würde.

"Du hast *sie* dort gesehen, stimmt's?" fragte Stëin als sie den *Commodore* erreicht hatten.

Echo nickte. "Aber ich konnte nicht mit ihr sprechen. Es schien, als hätten sie mich erwartet, und doch haben sie mich wieder..."
"...rausgeschmissen?"
"Ja."
"Weißt du", begann Stëin nach einer kurzen Pause. "Franz ist ein Enthusiast. Geheimbünde, Logen, vergangene Dynastien und Orden sind sein Steckenpferd. Für meinen Geschmack verliert er sich manchmal etwas zu sehr darin. Aber er weiß eine ganze Menge, und alles was er sagt, ist belegbar. Wie vertrauenswürdig seine Quellen sind, lasse ich mal offen. Nur weil ein Buch zweihundert Jahre alt ist, muß es nicht über jeden Zweifel erhaben sein..."
"Laß es gut sein", sagte Echo. "Ich weiß selbst nicht mehr, was ich glauben soll und was nicht. Und genau das macht mir im Moment ziemlich zu schaffen." Er hielt an einer einsamen Ampel an. Einige hundert Meter entfernt fuhr ein Auto, sonst tat sich nichts. Im Radio lief *The Crystal Ship*. *Doors. Before you slip into unconsciousness...* Seine Gedanken wanderten zurück zu seiner ersten Begegnung mit dem *Zirkus der Nacht*. Die dunklen Zelte, die Männer in ihren altertümlichen Kukullen und Mänteln. Und natürlich Rosa...
Stëin stieß ihn vorsichtig an. "Grün..."
Echo sah zur Ampel. Er nickte flüchtig und gab Gas. Nervosität machte sich in ihm breit. Nervosität und Angst. Was würde sie erwarten, wenn der Zirkus tatsächlich wieder auf dem Glashüttengelände stand?
Sie bogen in die *Stedinger Straße* ein, Echo beschleunigte den Opel, die sechs Zylinder heulten sanft auf, der Tacho zeigte neunzig Stundenkilometer an. Als die Glashütte in Sicht kam, ließ er den Wagen ausrollen. Hinter dem Metallzaun hob sich das dunkle, nur schwach beleuchtete Zelt vor dem noch dunkleren Nachthimmel ab. Das Tor zum Gelände stand offen. Echo lenkte den *Commodore* ohne zu zögern hindurch und bremste hinter dem Pförtnerhäuschen. Der Wagen kam weich nachfedernd zum Stehen. Im Scheinwerferkegel stand ein altertümlicher Wohnwagen mit Deichsel und Kutschbock, daneben ein paar Strohballen.
Der Motor erstarb, doch Echo blieb sitzen, starrte nur unschlüssig durch die Windschutzscheibe in die Dunkelheit. *Eine Falle*, dachte er. *Sie wissen, daß wir die Karte haben und sind zurückgekehrt...*
"Na komm", sagte Stëin schließlich, gab Echo einen Knuff auf den Arm und stieg aus. "Ich bin Skeptiker", fügte er leise hinzu und starrte beeindruckt auf das große Zelt. "Aber ich lasse mich überzeugen..."
"Ja..." murmelte Echo, "natürlich..."
Wind heulte in den Befestigungsseilen, vom Zirkus drang schwaches Licht herüber, und allmählich, nachdem sich ihre Augen an die scheinwerferlose Nacht gewöhnt hatten, konnten sie auch die umliegenden Zelte der kleinen

Stadt erkennen. Jetzt, da sie näher kamen, entdeckten sie kleine Lichter vor den Zelten, Petroleumlampen gleich; einige, mit farbigen Tüchern behangen, leuchteten blau oder rot. Aus dem großen, zweispitzigen Zelt drang leises Stimmengewirr, und immer wieder brandete Applaus auf. Sie sahen sich fragend an. Echo hob die Augenbrauen. Eine Vorstellung um diese Zeit? Er sah sich unruhig um, versuchte sich zu konzentrieren. Vergeblich. Es war die Sehnsucht, die ihn weitertrieb, über alle Angst hinweg, trotz des unbestimmten Gefühls, daß sie beobachtet wurden. Gleichgültig, zum Umkehren war es zu spät. Aber war es nötig, daß er Stëin hier mit hineinzog?

Echo wies in Richtung des großen Zeltes, das ebenso abweisend wie bizarr vor ihnen lag, und legte den Finger auf den Mund. Stëin nickte, und in stillem Einverständnis suchten sie sich ihren Weg durch das Labyrinth aus dunklem Tuch, Leder und hölzernen Wagen zum Haupteingang, zum überdachten Tor des großen Zeltes. Als Echo die Hand ausstreckte, um den Vorhang beiseite zu schieben, nahm er endlich die langerwarteten Schritte hinter sich wahr. Er hielt inne, sah sich um, doch er sah nur Dunkelheit. Stimmengewirr drang aus dem Zelt, die Seile sangen leise im Wind, irgendwo schlug Blech aneinander, in der Ferne kreischten Möwen. Er sah Stëin an. Der aber zuckte nur unbehaglich mit den Schultern. Zögernd ging Echo weiter, schob sich durch den Vorhang und trat in eine Art Vorraum. Auch hier war niemand zu sehen, nur das dumpfe, lauter werdende Gewirr der Stimmen war zu hören, ebenso die langsamen, abwartenden Schritte jenseits des Vorhangs, die ihnen folgten solange sie sich nicht umsahen. Als sie den Vorraum durchquerten, schwoll das Stimmengewirr weiter an, Licht drang durch eine Ritze in der Zeltbahn, Beifall erklang. Dann schoben sie die nächste Zeltbahn zur Seite, und endlich lag die Manege vor ihnen, so hell erleuchtet, daß es ihren Augen weh tat und sie Sekunden brauchten, um sich an das Licht zu gewöhnen.

Das Zirkusrund war leer, die Stimmen im selben Moment verklungen. Das Gefühl winzig klein zu sein drängte sie bei dem Blick in die Runde und hinauf zur Zirkuskuppel unwillkürlich zurück. Stëin schrie auf. Echo fuhr herum und verspürte im nächsten Augenblick einen stechenden Schmerz zwischen den Schulterblättern. Er strauchelte, wurde zu Boden geworfen und verlor vor Schmerzen für Sekunden das Bewußtsein. Benommen versuchte er sich wieder aufzurappeln, mit aller Kraft, doch es gelang nicht, und so sackte er keuchend und nach Luft ringend wieder auf den steinigen Boden. Selbst den Blick zu heben fiel ihm schwer. Erst als er die Stiefel vor sich sah, hoch, braun, staubig, sah er auf. Vor ihm stand ein dunkelgekleideter Hüne, dessen Lederwams sich vor dem Bauch spannte und der eine mehr als mannshohe Hellebarde vor sich hielt, mit deren Schaft er Echo vermutlich niedergeschlagen hatte. Daneben er kannte er Stëin, der von einem zweiten dunkelgekleideten Athleten im Schwitzkasten gehalten wurde.

"Du hast ihm doch nicht weh getan, oder?" fragte eine gehetzte Mädchenstimme im Halbdunkel. Echo wandte den Kopf und sah *ihre* Augen, spürte einen weiteren Stich in der Brust und versuchte mit aller Kraft aufzustehen. Es gelang nur mühsam, der Rücken schmerzte und seine Kraft reichte kaum, um sich auf den Beinen zu halten.

"Geh!" sagte der Hüne und schob die junge Frau sanft fort.

"*Nein!*" rief Echo, "*Warte!*" Er versuchte, ihr nachzulaufen. Doch der Versuch wurde von mehreren Händen, die ihn plötzlich festhielten, vereitelt.

"Deine Zeit ist noch nicht gekommen", sagte der Hüne ebenso sanft, wie er zu Rosa gesprochen hatte, die nun in das Dunkel des Manegeneingangs gedrängt wurde. Ein letzter Blick zurück, dann war sie verschwunden. Der Griff, mit dem der Mann Echos Arm umklammerte, war dagegen um so fester. Er stieß Echo zu Stëin hinüber und gab seinem Gefährten einen Wink, woraufhin dieser Stëin erlöste. Die beiden sahen sich einer Gruppe dunkel gekleideter Männer gegenüber, die wie aus dem Nichts auftauchten und in seltsam anachronistischen Lederwämsern oder weitläufigen Kapuzenumhängen gekleidet waren, die man wohl Kukullen nannte. *Sie war also hier*, dachte Echo, *und sie war wirklich!* Er hatte ihre Augen gesehen, ihr gelocktes Haar, hatte ihre Stimme gehört, ihren besorgten Blick gesehen – und sich vor ihr zum Narren gemacht. Sein Rücken tat noch immer weh. Sein Versuch ihr zu folgen war ebenso aussichtslos wie eine Flucht.

"Du bist auserwählt", sagte der Dunkle. "Sonst hättest du uns wohl nicht gefunden." Er senkte den Schaft seiner Hellebarde und hielt ihn vor Echos Brust als er ungeduldig fortfuhr: "Wir werden auf dich achten, Marburg, ob es dir gefällt oder nicht. Hier aber bist du nicht wohlgelitten, merke es dir. Deine Zeit noch nicht gekommen. Der Zirkus der Nacht und der Tempel, sie bleiben dir verwehrt…"

"*Ich weiß, daß das nicht so ist*", rief Echo unbeeindruckt, "*Ich will euren Hauptmann sprechen, den Komtur, den…*"

"Den Großmeister womöglich", unterbrach ihn der Hüne lachend. Die übrigen Männer fielen in sein Lachen mit ein. Dann aber senkten sie ihre Hellebarden und traten um einen Schritt näher.

"Halt wartet! Ich habe etwas für euch…" versuchte Echo es noch einmal. "Aber ich will mit dem Mädchen sprechen…"

"Was du hast oder nicht, ist belanglos", erwiderte der andere scharf. "Es gehört ohnehin dem Tempel. Und wir werden es uns holen, sobald die Zeit dafür gekommen ist. Und jetzt verschwindet!" Er wies auf den Opel, der plötzlich hinter ihnen stand. Echo wollte sich widersetzen, wollte zum Zelt zurücklaufen, dorthin, wo Rosa verschwunden war, doch die Klingen von sechs Hellebarden versperrten ihm den Weg.

419

Stëin zog ihn zum Wagen, setzte ihn auf den Beifahrersitz, und ließ den Motor an. In einer Mischung aus Enttäuschung und Zufriedenheit fuhren sie durch den noch nachtschwarzen Morgen zurück zum Haus der Stëins.

Es war halb sechs. An Schlaf war nicht mehr zu denken, Echo stand, die Hände in den Taschen, die Schultern hochgezogen, am Fenster des Wohnzimmers. Er starrte hinaus auf die Straße. Irgendwo dort draußen war *sie*, und *sie* war Wirklichkeit. Wenn es eine Wirklichkeit gab. Zweimal hatte er sie gesehen, und doch blieben Zweifel. Würde der *Zirkus der Nacht* nun wieder in der Zeit verschwinden?
"Du hattest also recht", sagte Stëin schließlich.
"Ja." Echo nickte. "Kein Traum."
"Du hast sie erkannt?"
"Ja."
Stëin schwieg. Auch er hatte sie erkannt, die Frau auf der alten Photographie. Es war zu früh am Morgen, um die mangelnde Logik zu hinterfragen. Die Photographie war über sechzig Jahre alt.
Irgendwo im Zimmer tickte eine Uhr, ihr Ticken war unendlich laut in der Dunkelheit. "Wenn du sie wiedersehen willst", sagte Stëin schließlich, "mußt du wieder hin fahren. Heute. Bei Tag sieht alles ganz anders aus..."
Echo zuckte mit den Schultern. Er wußte, es war zwecklos. Auch wenn der Dunkle gesagt hatte, er, Echo, sei auserwählt, was auch immer das bedeutete. Er hatte auch gesagt, Echo sei nicht wohlgelitten. Stëin hatte es doch ebenfalls gehört! Aber in was zum Teufel war er hineingeraten, was hatte er mit dem Tempel zu tun? Ihn interessierte doch nur das Mädchen!
"Du hättest ihnen also tatsächlich die Karte gegeben?" fragte Stëin aus der Dunkelheit hinter ihm.
"Ich..." Echo zögerte. "Ich wollte nur mit *ihr* sprechen... Die Karte interessiert mich nicht. Je eher wir sie los sind, desto besser für uns."
"Du brauchst dich nicht zu entschuldigen", sagte Stëin leise. "Die Idee war ja nicht schlecht. Marten hätte das natürlich anders gesehen. Aber offenbar wollten sie die Karte ohnehin nicht."
"Nein..." Echo schüttelte langsam den Kopf. "Offenbar nicht. Noch nicht. Aber jetzt wissen sie, daß ich sie habe..." Er wandte sich um und verließ das Zimmer. Vielleicht würde er doch noch etwas Schlaf finden.

Als der Morgen trübe und wolkenverhangen dämmerte, lag Echo auf dem Bett im Gästezimmer, ohne jedoch ein Auge zugemacht zu haben. Im fahlweißen Licht der Straßenlaterne hatte er auf Rosas Bild gestarrt bis sich ihre Konturen allmählich deutlich abzeichneten. Es war die originale, die alte Photographie, auf deren Rückseite *Frage in der Rue de la Manticore nach mir, in der Stadt unseres Glückes*, geschrieben stand. Und: *Ich werde war-*

ten bis Johanni. Rue de la Manticore – konnte es sein, daß dies die Adresse war, die Jacob, wenn er es denn verstanden und gewagt hätte, zu Rosa geführt hätte? Der Zugang zum Orden? Eine unscheinbare Hintertreppe hinab in die Katakomben? Vielleicht war es auch der geheime Treffpunkt der Oberen der *Prieuré de Sion*? Wenn Marten recht hatte, kam das aufs Gleiche heraus.

Brauchte er den *Zirkus der Nacht* noch, schoß es ihm plötzlich durch den Kopf, wenn er diese Adresse fände? War am Ende nicht alles viel einfacher, wenn er Rosa dort suchte, wo es der alte Kerschenstein versäumt hatte? Es war der Widersinn, die Logik der fünfundsechzig mittlerweile vergangenen Jahre, die ihn nicht sofort aufspringen und losfahren ließen.

Und die Tatsache, daß er nicht wußte, wie die *Stadt ihres Glückes* hieß, in der die *Rue de la Manticore* lag.

Als er in Jeans und T-Shirt und mit wirrem Haar die Küche betrat, saß Stëin bereits wieder am Tisch. Auch sein blondes Haar hing ungekämmt ins Gesicht, seine Augen starrten müde und übernächtigt auf den Schulatlas, der vor einer Tasse Kaffee, Cornflakes und ein paar restlichen Toastscheiben lag. Stëin sah auf. "Warum wollten SIE die Karte nicht?"

"Ich weiß es nicht."

"Weil SIE *wissen* wo sie ist?"

"Ich fürchte, ja." Echo tastete nach dem Schließfachschlüssel. Er steckte noch in seiner Tasche. "Aber warum nehmen SIE sich die Karten dann nicht?"

"Weil sie eine wertlose Kopie ist?"

"Du meinst Kerschenstein ist für eine wertlose Kopie gestorben?"

Stëin seufzte. Dann schüttelte er fluchend den Kopf. "Ich weiß nicht, was ich glauben soll…"

> *I never realised the lengths I'd have to go,*
> *All the darkest corners of a sense I didn't know.*
> *Just for one moment, I heard somebody call,*
> *Looked beyond the day in hand, there's nothing there at all.*
> Twenty Four Hours, Joy Division, Closer, Fact XXV, 1980

41. OLDENBURG, SONNTAG, 16. SEPTEMBER 1984

Es war einfach nicht logisch! dachte Echo. Es *war* die Frau auf der Photographie, die er gesehen hatte – oder zumindest glich sie ihr bis aufs Haar. Er war keineswegs so verrückt zu glauben, daß für einige Menschen die Zeit stehenbleiben konnte. Also war es eine Doppelgängerin? Die Tochter vielleicht? Nein. Rosas Enkelin? Unwahrscheinlich...

Und der Zirkus? Er hatte den Zirkus gesehen. Einige Male. Dann war er wieder verschwunden. Völlig unmöglich, daß er einen Tag später wieder auf dem Glashüttengelände stand. Und doch war es so.

Die Unfähigkeit, die Ereignisse der letzten zehn Tage erklären oder die Grenzen des eigenen Verstandes überqueren zu können, hinterließ einen schalen Nachgeschmack. Echo versuchte, nicht darüber nachzudenken. Wenn er die junge Frau nur wiedersehen würde! Stëin aber hatte Fakten gewollt. Das war natürlich das Recht der Ungläubigen. Und er hatte sie bekommen. Aber würde das auch noch zählen, wenn der Zirkus beim nächsten Mal nicht mehr da war? Oder wenn er ihn vergessen hatte wie jeder andere *Nichterwählte*? Es ließ sich nicht nachweisen, was ganz offensichtlich unerklärbar war. Nur der Hinweis auf ein Mysterium blieb, auf den *großen und geheimen Plan* der Templer. Und genau den zweifelte Stëin ebenfalls an, weil es nur allzu phantastisch klang. Die Fibeln, die möglicherweise Jahrhunderte alt waren, paßten für ihn dabei ebensowenig ins Bild wie die *Steinerne Karte* oder der Zirkus selbst. Stëin *glaubte* nicht, *wollte* nicht glauben, was nicht rationell erklärbar war oder mit seinem Geschichtsbild übereinstimmte.

Es ist so einfach, sagte eine Stimme in ihm, die Echo nicht ganz unbekannt vorkam. *Setz dich in dein Auto und verschwinde von hier. Dein Vater ist begraben. Um alles andere kannst du dich kümmern, wenn du dein Diplom in der Tasche hast. Bis dahin gibt es noch viel zu tun. Lernen, lesen und sechzig Seiten Diplomarbeit schreiben...*

Richtig, der Professor würde einen ersten Entwurf seiner Arbeit erwarten. Im *Chlodwig–Eck* galt es das eine oder andere Kölsch zu leeren. Vielleicht mit Christine. Hatte sie ihm nicht gesagt, sie würde ihn vermissen, weil er ein Wochenende in Oldenburg verbringen würde?

Christine, die irgend etwas auf Lehramt studierte.

Das war nun schon zwei Wochen her...

Echo stand am Küchenfenster, sah hinaus auf die Straße und spielte gedankenverloren mit dem Schließfachschlüssel, als er Stëin hinter sich hörte.

"Wo ist der *Zirkus der Nacht*?"

Ein paar Sekunden mußte Echo überlegen, weil er die Frage nicht einordnen konnte. Nur wenige Stunden zuvor waren sie auf dem Glashüttengelände gewesen, hatten Zelte und Wagen gesehen und sich letztlich von mittelalterlich aussehenden Schergen wieder vertreiben lassen. Er und auch Stëin hatten Rosa gesehen, Rosa, die ihnen vielleicht das Leben gerettet hatte. Was also sollte die Frage? "In der Stedinger Straße, auf dem Glashüttengelände", antwortete er wahrheitsgemäß und begriff gleichzeitig, daß das Phänomen eingetreten war, von dem Morand und auch Marten bereits erzählt hatten: Stëin wußte nichts mehr von ihrem nächtlichen Besuch im Zirkus.

"Gut. Also laß uns jetzt hinfahren und ein für alle Mal klarstellen, daß die Sache mit den Templern nichts anderes ist als ein Hirngespinst!"

Echo wollte etwas erwidern, doch Stëin hatte schon nach seiner Jacke gegriffen und war losgelaufen. Der flüchtige Gedanke an Christine, an Köln und die Uni zerplatzte wie eine giftige Seifenblase. Er hatte ihm sowieso nicht gefallen.

Echo wandte sich um und folgte Stëin hinaus.

Sie schwiegen während der ganzen Fahrt, und über die Stille legte sich einzig die Musik der *Doors*. *Take the highway to the end oft he night...* Erst als sie den Hafen erreicht hatten, erklärte Stëin lapidar und mit einem Blick in den Rückspiegel, daß sie verfolgt wurden.

"Verfolgt?" Echo sah sich um. "Bist du sicher?"

"Der weiße Passat..." Stëin wies mit dem Kopf nach hinten. "Die ganze Zeit schon..." Hinter einer langgezogenen Kurve erreichten sie eine Ampel. Zwei Autos warteten auf Grün. Stëin ging vom Gas, wurde langsamer, ebenso wie der weiße Wagen hinter ihnen. Dann gab er Gas, überholte die wartenden Fahrzeuge und bog in die Stedinger Straße. Der Volkswagen blieb zurück.

Echo hatte den Fahrer nicht erkennen können. War es der Russe, der sich an ihre Fersen geheftet hatte? *Wer sonst?* dachte er und tastete nach dem Schließfachschlüssel in seiner Tasche. Wer sonst würde ihnen jetzt und hier folgen? Er hoffte, daß sie auf dem Glashüttengelände, im Labyrinth der Zelte, in Sicherheit waren. Würde es eine zweite Chance geben nach ihrem Rauswurf wenige Stunden zuvor?

Doch von weitem schon erkannte er, daß das Gelände verlassen war. Seine Hoffnung schlug in Enttäuschung und Angst um. *Wie war das möglich?* Der Vorplatz jenseits des Eisenzauns war bis auf einige Stapel verwitternder Euro–Paletten und umherwehendes Stroh verwaist. Echo fluchte. Es hatte zu regnen begonnen und Regenlachen erstreckten sich bis hin zu den Hallen. Stëin fuhr bis vor das Pförtnerhaus, dorthin, wo sie vor ein paar Stunden bereits gestanden hatten. Der Motor erstarb, nur die Scheibenwischer bewegten sich in Intervallen.

Echo stieg ungläubig aus, er trat ans Tor, umklammerte die Eisenstreben, und sicherlich war es der Wind, der ihm die Tränen in die Augen trieb. Aus dem Auto drang die Musik der Doors herüber.

This is the end, my only friend, the end... Of our elaborate plans, of everything that stands, no safety nor surprise, I'll never look into your eyes... again...

An den kalt aufragenden Mauern der Glashütte stand ein Mann, mit blondem, zerzaustem Haar. Keine fünfzig Meter entfernt. Echo starrte ihn fasziniert an, denn der Mann paßte dort ebensowenig hin wie es ein paar Stunden zuvor die Zelte getan hatten. Vielleicht fiel ihm deshalb die Waffe nicht sofort auf, und er registrierte das Gewehr erst als der Mann es langsam auf Augenhöhe hob und auf ihn richtete.

Mit quietschenden Reifen und hochdrehendem Motor hielt der weiße Passat auf dem Gehweg hinter ihnen. Echo fuhr zusammen, wandte sich ruckartig um, bereit wegzulaufen – und erkannte im nächsten Augenblick Engholm. Dann stieg auch Jordan aus, blaß und stumm. Und wütend.

Und der Mann mit dem Gewehr? Echo sah wieder zur Glashütte hinüber, hektisch, die Mauern jenseits des Geländes fixierend. Doch dort war niemand mehr. *Der Russe*, dachte er. *Das war der Russe!* Er war ihnen auf der Spur...

"Schön, Sie zu sehen." Engholms Blick ließ vermuten, daß er nicht im herkömmlichen Sinne meinte, was er sagte.

"Was machen *Sie* denn hier?" Stein war ausgestiegen, sah die Polizisten überrascht an und zog mißmutig die Nase hoch.

Jordan ging nicht auf die Frage ein sondern wandte sich Echo zu. "Wagen Hundertdrei", fragte er schroff. "Gehört der Ihnen?"

Echo nickte. "Was ist damit?"

"Der Wagen..." Einen Augenblick überlegte er, ob er das, was er sagen wollte, richtig angefangen hatte.

"Ihr Fahrer hatte einen Unfall", kam ihm Engholm zu Hilfe. "Er ist auf dem Weg ins Krankenhaus gestorben..."

Die Taxe? Ein Unfall? Gestorben... Die Worte des Hauptmeisters hallten wie aus großer Ferne in Echos Ohren. *Das war kein Unfall*, dachte er sofort. Und sein nächster Gedanke war: *ich hätte in der Taxe sitzen sollen...* Warum hatte er zugelassen, daß ein anderer in die Sache mit hineingezogen worden war? "Wie...?" fragte er heiser. "Was ist passiert?"

"Das wissen wir noch nicht." Engholms Blick streifte neugierig suchend über das Glashüttengelände. "Vermutlich zu schnell gefahren. Das Fahrzeug wurde geborgen. Wenn Sie noch Wertgegenstände im Wagen haben..."

"*Wertgegenstände?*"

"Es ist doch ihr Wagen, oder?"

Echo nickte.

"Jens von Aten", fuhr Engholm fort. "Warum fuhr er die Taxe? Kannten Sie ihn gut?"

"Nein", erwiderte Echo leise. "*Nein verdammt...* Er fuhr für meinen Vater. Ich habe ihn nur zweimal gesehen..."

Engholm machte sich Notizen auf einem kleinen Block. "Kommen Sie in einer Stunde aufs Revier", sagte er schließlich ohne aufzusehen. "Dann wissen wir mehr. Und ein paar Fragen können Sie uns dann hoffentlich auch beantworten..."

Echo wandte sich ab. Vielleicht, dachte er und warf ebenfalls noch einen Blick auf das Fabrikgelände, dorthin, wo vor wenigen Stunden noch eine ganze Zeltstadt gestanden hatte. Und Rosa. Dann ging er zurück zum Opel. *Von Aten,* dachte er immer wieder. *Tot...*

"Was wollten Sie eigentlich hier?" rief ihm Jordan hinterher, nur um sich sogleich an den Kopf zu fassen. Rufen war in seinem Zustand nicht so gut.

Echo und Stëin sahen sich um. "Nichts", erwiderte Echo.

"Wegen nichts stehen Sie hier am Zaun und sehen sich eine Fabrikruine an?"

Was sollte er sagen? Die Geschichte vom Zirkus würden ihm die beiden Polizisten ohnehin nicht glauben. Nicht einmal Stëin glaubte sie. Die von der jungen Frau auf dem Photo ebenfalls nicht. *Gleichgültig,* dachte Echo. Er lächelte und machte ein paar Schritte auf den Hauptmeister zu. "Sie würden es doch nicht verstehen", sagte er ruhig und fügte in der festen Überzeugung, daß keiner der beiden ihm glauben würde, hinzu: "Dort drüben steht irgendwo ein Russe. Er hat ein Gewehr bei sich und hätte uns erschossen, wenn Sie nicht gekommen wären. Danke dafür, aber ich denke, er wird es nachholen..."

"Haben Sie getrunken?" fragte Jordan erwartungsgemäß.

"*Ein Russe?*" fragte Engholm bevor Echo antworten konnte.

"Ja, ein Russe. Er hat Morand auf dem Gewissen, und mich hätte er ebenfalls schon umgebracht, wenn nicht..." Er hielt inne. Auch die Geschichte vom Templer, der ihm beigestanden hatte, würden sie ihm nicht glauben. "Geben Sie Acht", sagte er statt dessen und wunderte sich, daß er so ruhig dabei blieb. "Wie gesagt: er hat eine Waffe."

"*Wollen Sie mich...*"

"Sie haben *den Russen* gesehen?" unterbrach Engholm den Kommissar.

"*Den Russen* oder *einen Russen*, ich weiß nicht. Vielleicht ist er auch Litauer oder Kasache. Er war in Morands Hotel und auf dem *Jüdischen Friedhof...*"

"Da waren Sie auch?" fragte Engholm überrascht.

"Ja." Echo wies mit der Rechten auf die Seite des Fabrikgebäudes, an der der Russe gestanden hatte. Vermutlich war er mittlerweile über alle Berge. "Er sucht etwas, das Morand gehörte. Oder diesem Kerschenstein. Ich fürchte nur, er wird nicht mehr da sein..." Damit stieg er zu Stëin in den *Commodore*.

"*Er sucht etwas?*" fragte Jordan. Seine Stimme krächzte ein wenig dabei. "*Was soll das heißen: er sucht etwas? Was weiß der Kerl denn noch alles?*"

"Mehr als du, wie es aussieht", erwiderte Engholm beiläufig und begann, in der vermeintlichen Sicherheit der gläsernen Pförtnerloge mit den Augen die toten Fenster der Glashütte abzusuchen. "Ruf' Verstärkung!" zischte er. "Schnell!"

"Es ist wohl gerecht, daß ich an einem so schrecklichen Tag und in den letzten Augenblicken meines Lebens die ganze Ungerechtigkeit der Lüge enthülle und der Wahrheit zum Siege verhelfe. Ich erkläre also angesichts des Himmels und der Erde und gestehe, wenn auch zu meiner eigenen Schmach, daß ich das größte aller Verbrechen begangen habe; aber das geschah nur, indem ich die Schandtaten zugab, derer man mit so großer Bosheit den Orden bezichtigt, einen Orden, dessen Unschuld ich bezeuge, da mich die Wahrheit dazu zwingt. Ich habe nur in die Erklärung, die man von mir forderte eingestimmt, um die menschlichen Schmerzen der Folter zu beenden und um die zu beugen, die mich marterten. Ich kenne die Qualen, die man denen bereitete, die den Mut hatten, ein solches Geständnis zu widerrufen; aber das grauenhafte Schauspiel, das sich mir bietet, kann mich doch nicht dazu bringen, daß ich eine erste Lüge mit einer zweiten bestätige; in einer so elenden Lage verzichte ich leichten Herzens auf das Leben, das mir schon hassenswert ist"

Biographisch–bibliographisches Kirchenlexikon, Band VI (1993); Spalten 35–38; Autor: Nicolaus Heutger: Die letzten Worte des Großmeisters des Tempelritterordens Jacques de Molay auf dem Scheiterhaufen

42. OLDENBURG, SONNTAG, 16. SEPTEMBER 1984

"Gib mir den Schließfachschlüssel." Stëin startete den Wagen, machte aber keine Anstalten loszufahren. Statt dessen hielt er Echo die rechte Hand geöffnet hin.

Den Schlüssel? Echo war perplex. Dann verstand er. "*Nein!*" seine Erwiderung kam mit voller Überzeugung. Der Schlüssel war seine Rückversicherung. Im Schließfach lag das Päckchen, die Photographien und die *Steinerne Karte*, vielleicht der einzige Weg, jemals zu Rosa zu gelangen. "Ich will nicht, daß irgend etwas darin dem Russen in die Hände fällt", sagte er leise.

"Schwachsinn!" zischte Stëin. "Das mit dem Russen hast du doch nur erfunden! Genauso wie den *Zirkus der Nacht!*"

"Du weißt, daß es nicht so ist."

Stëin grunzte.

"Du erinnerst dich wirklich nicht daran, was heute nacht geschehen ist, oder? An den Zirkus? An das Mädchen?"

"Da war kein Zirkus!"

"Und die Strohballen?"

"Echo, das ist ein Werksgelände. Da liegt alles mögliche rum!"

"Und die Fibeln? Die Schlange? Das Päckchen?"

"Fibeln?" fragte Stëin mit einem unsicheren Seitenblick. "Welche Fibeln?"

"Die du im Haus gefunden hast? Du hast erzählt, daß sie in der Steckdose steckten…"

Stëin sah Echo überrascht an. "Ich weiß nichts von Fibeln…"

"Aber du wolltest ihn doch selbst sehen, den Zirkus, die Zelte… und du hast Rosa gesehen! Daran mußt du dich doch erinnern!"

"Ich wollte hierherfahren um dir zu zeigen, daß du dir alles nur einbildest. Und ich erinnere mich daran, daß du von Injektionen gesprochen hast, die dich seltsame Dinge träumen ließen." Stëin seufzte, sah in den Rückspiegel und setzte zurück. "Hast du vielleicht in dieser Nacht noch eine bekommen?" Er warf Echo einen fragenden Blick zu und lenkte den Wagen langsam auf die Straße. Dann gab er Gas. Im nächsten Augenblick splitterten mit einem lauten Knall beide Seitenscheiben. Für ein paar Sekunden starrte Stëin auf das kleine Loch, um das sich wie ein Spinnennetz Glasrisse zogen. Dann wandte er den Kopf langsam wieder nach vorne, mit großen Augen auf die Straße starrend. Er trat das Gaspedal durch.

"Bist du OK?" fragte er schließlich, als sie außer Sichtweite der alten Glashütte waren. Es schien als hätte er noch immer nicht verstanden, was geschehen war. Echo nickte stumm. Auch er brauchte einige Sekunden, um zu begreifen. Beide Seitenscheiben waren durchschossen. Wären sie den Bruchteil einer Sekunde später getroffen worden – oder wäre Stëin schneller gefahren –, hätte das Geschoß auch seinen Hals durchschlagen.

"*Verdammte Scheiße!*" schrie Stëin plötzlich und riß Echo damit aus seiner Schockstarre. "Gib mir jetzt den Schlüssel oder gib wenigstens diesen Wahnsinnigen das verdammte Päckchen! Was zum Teufel gehen uns die Templer an? Wenn irgendwelche Verrückten hinter diesem Kram her sind, sollen sie es doch bekommen..." Er hielt auf der Straße an, zitternd und schwer atmend. "Ich hab' verdammt noch mal Angst, Echo..." sagte er schließlich leise. "Verstehst du das?"

Echo verstand nur eines: der Russe durfte den Polizisten nicht entkommen. Er schien die Jagd eröffnet zu haben, die Zeit der vorsichtigen Versuche war vorbei... Er sah Stëin an, der leichenblaß neben ihm saß, das Lenkrad krampfhaft umklammerte und geradeausstarrte. Von einem Augenblick auf den nächsten wurde ihm klar, daß er von nun an auf sich alleingestellt war. Stëin würde sich zurückziehen, und das war sein gutes Recht. Bei ihm blendete der Schutzmechanismus des Vergessens alles aus was bei Echo noch gegen eine Flucht sprach: den Zirkus der Nacht, die Templer und damit Rosa.

Echo nickte verspätet und erteilte Stëin damit die Absolution. Sollte er sich zurückziehen, der Tempel war nicht seine Sache. "Ich hole das Päckchen und bringe es heute abend mit zum Treffen." Echos Stimme klang entschlossener als ihm guttat. "Danach kannst du damit tun was du willst..." Der Zirkus der Nacht hatte sich nicht auf einen Handel eingelassen und er selbst hatte kein Interesse an dem *Großen Plan*. Was also sollte er mit dem Päckchen noch, wenn es ihn nicht zu Rosa führte? Und vielleicht würden SIE Stëin und Marten in Ruhe lassen, wenn SIE erst einmal das Päckchen hatten.

"Nein!" Stëin schüttelte fahrig den Kopf. "Du verstehst nicht. *Ich steige aus!* Die Templer und das Scheißpäckchen gehen mich nichts mehr an. Ich will nur, daß DIE es kriegen, damit SIE uns in Ruhe lassen! Ich komme nicht zum Treffen, Echo, ich komme nicht mit!"

Er hatte es ja erwartet, aber dennoch durchflutete Echo kalte Enttäuschung, Nadelstiche des Alleingelassenwerdens durchzuckten ihn und ließen Stëin plötzlich wie einen Fremden erscheinen. Er zwang sich, ruhig zu nicken. Die Entscheidung war nach dem letzten Schuß des Russen nur verständlich. "OK", sagte er leise. "Kein Problem... Ich fahre allein zu Marten."

"Der Legionär ist tot!" Die Stimme am Telefon klang aufgeregt.

"Das interessiert mich nicht", erwiderte der *Prinz von Jerusalem*. "Habt ihr das Päckchen?"

"Nein –"

"Was heißt das: *nein?*"

"Morand hatte es nicht bei sich. Wir haben das ganze Hotel durchsucht. Selbst der Russe hat nichts gefunden. Und dann kamen plötzlich die Bullen..."

Der *Prinz von Jerusalem* schwieg, und jede Sekunde des Schweigens machte es seinem Gesprächspartner nur noch unbehaglicher. Doch der *Prinz von Jerusalem* schwieg gar nicht mal aus Berechnung. Er dachte nach. Hatte Morand das Päckchen etwa wieder versteckt? Hatte er am Ende das Geheimnis mit in den Tod genommen?

"Im Zimmer des Legionärs lag eine Visitenkarte. Wagen Hundertdrei. Das ist Marburgs Taxe."

Es war unwahrscheinlich, daß der alte Marburg den Legionär kannte. *Es sei denn...* Der *Prinz von Jerusalem* fluchte. Sollte sich der *kleine* Marburg etwa eingemischt haben? War das Ende seines Vaters nicht abschreckend genug gewesen? Er seufzte. Der Russe hatte versagt, *zum Teufel mit ihm!* Hätte er sich nicht von irgendeinem Hirngespinst mit weißem Mantel vertreiben lassen, dann wäre der Junge jetzt tot! Und dieser Morand hätte niemanden gehabt, dem er sich anvertrauen konnte.

"Gut", sagte er, bemüht, geduldig zu klingen. "Ja, du hast recht. Das ist eine passable Spur. Besorg mir also diesen Jungen, damit die Suche endlich zu Ende ist. Sollte er das Päckchen haben, so werden wir es bekommen!"

"Ja, *Prinz von Jerusalem*", sagte das junge Logenmitglied am anderen Ende der Leitung. Vorsichtig fügte der junge Mann hinzu: "Da ist noch etwas..."

"*Was?*"

"Es gab einen Zwischenfall... auf dem *Jüdischen Friedhof...*"

"*Was?*" wiederholte der Prinz von Jerusalem mit gefrorener Stimme.

"Die Beschreibung paßt auf den Russen... und den jungen Marburg. Ein roter Opel *Commodore* mit Kölner Zulassung stand in der Nähe..."
"Kannst du auch in ganzen Sätzen berichten?"
"Der Russe scheint nicht allein hinter dem Jungen herzusein. Er will das Päckchen..."
"*Der Russe?* Was weiß der von dem Päckchen?"
"Es sieht so aus als würde er sich selbständig machen."
"Halt den Mund!" Der *Prinz von Jerusalem* begann zu begreifen. Der Jüdische Friedhof. Hatte Kerschenstein das Päckchen etwa dort versteckt? All die Jahre? Und nun hatten der Legionär und zweifellos auch der kleine Marburg es ihnen vor der Nase weggeschnappt! Er flucht. Der Russe hatte das vor ihnen allen begriffen. Er wußte, daß er mit dem Päckchen das ganz große Geld machen konnte! *Die Geister, die ich rief...* "Bring mir den Jungen!" zischte er. "Lebend! Den Rest erledige ich..." Sie mußten den jungen *vor* dem Russen finden, und zwar bald.
"Ja, *Prinz von Jerusalem*!"
Ohne weiteren Gruß legten beide auf.

Die Frage, wem er trauen konnte, hatte Kolberg sich nicht beantworten können, genausowenig wie die Frage, was er täte, wenn die Loge sich ihm in den Weg stellte, weil sein Handeln nicht in ihrem Sinne war. *Vorzeitige Pensionierung* waren die Wörter, die ihm dabei immer wieder im Kopf herumgingen.
Klang so schlecht auch wieder nicht. Aber würde es tatsächlich so glimpflich ausgehen? Sie hatten gewiß andere Mittel, um ihn abzustrafen. War es da nicht viel besser, Vorsätze und ein wenig Moral über Bord zu werfen? Mitglied der Loge zu sein, erschien ihm allemal als die bessere Wahl...

10.58 Uhr. Auf dem Korridor vor Kolbergs Büro wurden Stimmen laut. "Nun denn", sagte der Polizeipräsident leise, straffte seinen Oberkörper und stand auf. Es war an der Zeit, Nägel mit Köpfen zu machen und herauszufinden, wie die beiden Kommissare, die neben Engholm ebenfalls in die Vorkommnisse um die seltsame Selbsttötung des alten Kerschenstein involviert waren, über die Ereignisse dachten: er hatte den Hauptmeister, Jordan und Voigt zu sich bestellt. Nicht, daß er viel auf das gab, was dieser Spinner aus Hannover von sich gab. Aber wie bei allem, das er anpackte, wollte er auch diesmal wissen, woran er war. Und er war vorbereitet.
Wenig später saßen die drei Polizisten um den kleinen Besprechungstisch in Kolbergs Büro. Engholm, wie immer akkurat gekleidet, mit zum Scheitel gekämmtem Haar und gestutztem Oberlippenbart, Voigt, hochgewachsen, die blonden Haare flüchtig zum Mittelscheitel gekämmt, die dunklen Augen in seinem glattrasierten Gesicht müde aber neugierig auf den Polizeipräsi-

denten gerichtet und Jordan, der unrasiert und bemitleidenswert zwischen den beiden saß.

Kolbergs Mitleid mit dem jungen LKA–Beamten hielt sich allerdings in Grenzen, denn er hatte von Eilers schon zu viel über dessen nächtliche Alkoholexzesse gehört...

"Ich will Sie nicht lange aufhalten, meine Herren", begann der Polizeipräsident. Er sah in die kleine Runde und war sich im selben Moment seiner eigenen Heuchelei bewußt. *Egal*, dachte er und fuhr, ein weiteres Grinsen unterdrückend, fort: "Ich möchte im Augenblick nur von Ihnen wissen, wie Sie den Fall Kerschenstein beurteilen. Ich bin von Kriminalhauptkommissar Eilers zwar weitgehend auf dem Laufenden gehalten worden, aber..." er zögerte einen Augenblick. "Aber ich würde gerne, sagen wir: eine zweite Meinung hören."

Eine seltsame Frage für einen Sonntagvormittag, dachte Jordan, der diese Art der Mitarbeiterführung von seinem Vorgesetzten beim LKA nicht kannte. Sein Blick streifte den des Polizeipräsidenten, und im selben Moment wurde ihm klar, daß der Auftrag, den er von Anfang an als so sinnlos, ja beinahe demütigend empfunden hatte, mit dieser Besprechung, zu der der Kriminalhauptkommissar seltsamerweise nicht eingeladen war, einen anderen Verlauf nehmen würde. Er setzte zu einer Antwort an, da er glaubte, daß es eigentlich *sein* Fall war – und wußte doch gar nicht, was er sagen sollte. Aber Kolberg kam ihm ohnehin zuvor, indem er präzisierte: "Was ist gestern auf dem *Jüdischen Friedhof* passiert?" Und mit einem scharfen Blick auf Jordan fügte er hinzu: "Und warum ist es passiert?" Kolberg wußte natürlich, daß einer seiner Männer im Krankenhaus lag, lebensgefährlich verletzt. Er wußte auch, daß Eilers alles daransetzen würde, den Vorfall in einem Disziplinarverfahren zu klären. Ein Verfahren, das die Karriere des jungen LKA–Kommissars ungewöhnlich früh beenden könnte. Jordans Gesichtsausdruck zu Folge war er sich seiner Verantwortung für den Einsatz und der Konsequenzen daraus einigermaßen bewußt.

"Es hat einen Schußwechsel gegeben", meldete sich Voigt zu Wort. "Die Angaben des Kollegen und des einzigen Zeugen bestätigen unsere Vermutung, daß es sich bei dem Bewaffneten um *den Russen* handelte, von dem wir wissen, daß er international gesucht wird. Wären die Kollegen nicht so schnell vor Ort gewesen, hätte es vermutlich zwei Opfer gegeben..."

"Wer ist denn dieser Zeuge?" unterbrach Kolberg den Kommissar. "Hat der Russe ihn überfallen?"

"Nicht direkt..." Voigt schüttelte den Kopf und sah Engholm hilfesuchend an.

"Der Zeuge ist der Friedhofsgärtner", erklärte Engholm. "Levek Cohen. Er pflegt ehrenamtlich die Gräber und verwaltet die Schlüssel. Sonst haben wir nicht viel über ihn herausgefunden. Jedenfalls war er es, der die Kollegen zum Bethaus gerufen hat, weil er glaubte, dort wären Einbrecher."

"Ja, ja, aber nun lassen Sie sich doch nicht alles aus der Nase ziehen", brummte Kolberg ärgerlich. "Das Opfer…"

"Der Sohn des Taxifahrers war auf dem Gelände als die Schüsse fielen, Jochen Marburg. Sein Wagen stand an der Friedhofsmauer."

"*Ist er Jude?*"

"Nein."

"Was wollte er dann dort?" Kolberg krauste die Stirn und sah Voigt durchdringend an. "Haben Sie ihn vernommen?"

"Noch nicht", erwiderte der Kommissar ausweichend. "Wir haben den Jungen vorgeladen. Er, äh… wird bald hier sein…"

"Und dieser Cohen? Was sagt der?"

"Er hatte sich gegen Mittag mit Marburg unterhalten", antwortete Engholm mit einem Blick auf seinen Notizblock. "Über Kerschenstein. Dann, gegen 13.00 Uhr haben sie sich getrennt, Cohen hat das Friedhofstor abgeschlossen und ist mit seinem Fahrrad weggefahren. Aus irgendeinem Grund ist er aber nochmal zurückgekehrt. Als er sah, daß die Tür des kleinen Häuschens am Tor offenstand, hat er sich auf die Suche gemacht. Er hörte Stimmen im Bethaus und hat daraufhin die Polizei alarmiert. Da unsere Kollegen ganz in der Nähe waren, sind sie sofort mit ihm mitgegangen, um den vermeintlichen Einbrecher zu stellen. Daß der Mann bewaffnet war, konnte natürlich niemand ahnen…"

"Und erst recht nicht, daß es *unser Russe* war", ergänzte Voigt.

"Noch ist es nicht *unser Russe*", berichtigte ihn Kolberg. Dieser Hergang deckte sich nicht ganz mit Eilers' Geschichte. "Hat der Mann zuerst geschossen?"

"Ja. Er hatte die Waffe schon in der Hand und hat sofort geschossen als die Kollegen das Haus betraten. Dadurch ist er uns entwischt, ebenso wie Marburg, von dem wir nichts wußten. Erst der Gärtner hat ihn erwähnt."

Kolberg preßte die Lippen zusammen und schüttelte ungläubig den Kopf. "*Der Russe?*" sagte er leise zu sich selbst. "In unserer Stadt?"

"Es sieht so aus", erwiderte Engholm. Dann erzählte er von dem Vorkommnis auf dem ehemaligen Glashüttengelände. Sie hatten denselben *Range Rover* gesehen, wie beim Einsatz im *Hotel Batavia* am Donnerstag. Und wieder war er ihnen entkommen. Ob es tatsächlich die Handschrift des Russen war, konnte er nicht sagen, denn der Mann schien keine zu haben. In Bezug auf die Tötungsmethoden war er offenbar nicht wählerisch: Eisenstange, Gift und Drahtschlinge gehörten ebenso zu seinem Repertoire wie Schußwaffen.

"*Langsam*", bremste Kolberg den Hauptmeister. "Eins nach dem anderen. Glauben Sie etwa, der Mann ist für alle Todesfälle der letzten zwei Wochen verantwortlich?"
Engholm und Voigt nickten gleichzeitig.
Kolberg schloß die Augen und fuhr sich müde über die Stirn. "Zuzutrauen wär's ihm sogar", sagte er schließlich leise. Der Russe war kein Unbekannter. Zum Glück hatten sie bisher nur von ihm gehört.
"Aber aus eigenem Antrieb würde der Mann nicht töten", ergänzte Engholm. "Er hat Auftraggeber."
Kolberg nickte langsam. Natürlich hatte er Auftraggeber. Und Helfer. Je länger er darüber nachdachte, desto wahrscheinlicher war es, daß es jemanden gab, der *den Russen* deckte. Jemanden in seiner Dienststelle? Eilers? Nach den Fakten lag das nahe, aber es erschien ihm dennoch zu unwahrscheinlich. Und nahezu unmöglich, mit diesen drei Männern sowohl den Täter als auch seine Auftraggeber dingfest zu machen. Und genau da begann das Dilemma. Sein Blick blieb an Jordan haften, dem offensichtlich speiübel war und der wie ein Häuflein Elend auf seinem Stuhl saß. "Reißen Sie sich mal zusammen, junger Mann!" fuhr er den Kommissar an. "Ich habe den Antrag für ein Disziplinarverfahren gegen Sie auf dem Tisch. Und wenn Sie mir noch einmal mit einem derartigen Restalkoholpegel unter die Augen kommen, dann bin ich geneigt, es befürwortend an Ihren Disziplinarvorgesetzten weiterzuleiten!"
Jordan verzog den Mund und nickte stumm.
"Gut", brummte der Polizeipräsident. "Ansonsten habe ich Ihnen nichts vorzuwerfen. Es war augenscheinlich eine hervorragende Idee, den jungen Marburg überwachen zu lassen."
Engholm grinste verhalten während Jordan zwar große Augen bekam aber weiterhin schwieg. Diesmal aus purer Überraschung. Eine derartige Reaktion des Polizeichefs hatte er nicht erwartet.
"Befragen Sie Marburg zu Kerschenstein und zu der Angelegenheit auf dem *Jüdischen Friedhof*. Wenn die Möglichkeit besteht, daß *der Russe* hinter ihm her ist, dann wird die Überwachung fortgesetzt. Vielleicht geht uns der Bursche dabei sogar in die Falle..." Er überlegte einen Augenblick, dann fügte er vorsichtig hinzu: "Wenn es *der* Russe ist, den Interpol sucht, bin ich diesbezüglich allerdings nicht sehr zuversichtlich."
"Ich denke, wir können davon ausgehen, daß er es ist." Voigt grinste wissend und schob eine Mappe in Kolbergs Richtung. Sie enthielt ein paar mit Schreibmaschine beschriebene Blätter und einige Kopien.
"Was ist das?"
"Das ist alles, was wir in den paar Tagen zusammenstellen konnten", erwiderte Voigt ernst und fügte vorsichtig hinzu: "*Ohne den Hauptkommissar*

aufmerksam zu machen. Die Beschreibung des BKA deckt sich mit Marburgs und Cohens Zeugenaussagen."

Kolberg warf ihm einen kurzen, vorwurfsvollen Blick zu, obgleich er wußte, daß Voigt in Bezug auf Eilers recht hatte. Dann blätterte er durch die Mappe. Sie enthielt Berichte der Spurensicherung aus denen hervorging, daß in Marburgs Wohnung nach dem Überfall vor einer Woche Stoffetzen sichergestellt worden waren. Einer gehörte zu einer Uniformjacke, vermutlich russischer Herstellung, aber das mußte noch überprüft werden. Ein weiterer bestand aus weißem Leinen, gewebt und gebleicht nach einer Methode, wie sie im Mittelalter üblich war... Kolberg las die Passage erneut, doch der letzte Satz stand tatsächlich dort. *Fehlt nur noch*, dachte er und blätterte weiter, *daß wir auf das Grabtuch Christi stoßen. Aber das wäre immerhin mal ein Motiv für das was geschehen war...*

Darüber hinaus waren im Büro des *Batavia* Fingerabdrücke gefunden worden, die sich mit denen der Interpoldatenbank deckten: der Russe war also tatsächlich ihr Mann. Ein Photo lag ebenfalls in der Mappe, gefaxt aus Wiesbaden. Kolberg sah auf. "Sie haben das BKA angerufen?" fragte er ungläubig.

"Nach unseren Unterlagen hat *der Russe* in erster Linie in Frankreich gearbeitet", erwiderte Voigt. "Aber die Franzosen haben auf unsere Anfrage nicht reagiert. Zum Glück hatten die Kollegen in Wiesbaden schon eine Akte."

Der Polizeipräsident nickte langsam. "Und?"

"Die Concierge im *Batavia* hat ihn wiedererkannt. Ein Wunder, daß sie überhaupt etwas gesagt hat. Der Bursche muß sie ziemlich eingeschüchtert haben. Cohen hat ihn aber auch identifiziert."

Kolberg seufzte. "Gut", sagte er schließlich. "Klappern Sie alle Hotels in der Umgebung ab. Irgendwo muß er ja wohnen. Und überprüfen Sie die Autoverleiher. Er wird nicht so dumm sein, den Wagen dort wieder abzugeben, wo er ihn übernommen hat, aber das Kennzeichen hilft uns schon weiter. Wir haben doch das Kennzeichen?"

Voigt nickte.

"Dann lassen Sie nach dem Wagen fahnden."

Voigt nickte erneut.

Jordan setzte an, etwas zu sagen. Ein Versuch, der eher nach einem Stöhnen klang.

Kolberg wandte sich ihm zu. "Herr Kommissar?"

"Könnte es sein", begann Jordan ein wenig gequält, "daß dieser Arzt, dieser..."

"Doktor Kolbe", half ihm Engholm.

"Daß dieser Kolbe, der den Tod von Kerschenstein und den Alkoholgehalt von Marburgs Vater festgestellt hat, daß der vielleicht keine... exakte... Diagnose gestellt hat?"

Kolberg akzeptiert diese Vermutung mit einem Nicken, schloß aber eine Befragung des Arztes zum gegenwärtigen Zeitpunkt aus. Er befürchtete, daß Kolbe sofort Rückmeldung geben könnte, und damit würde er jede Option, was die Loge anging, zunichte machen. Andererseits, so überlegte er, war dies ein Punkt, in dem er Gewißheit haben mußte. Gewißheit in Bezug auf Eilers und Kolbe gleichermaßen.

"Ich werde einen befreundeten Pathologen bitten, eine erneute Obduktion vorzunehmen", sagte er nach kurzem Überlegen. Im Grunde war das ein Witz zwischen ihnen beiden gewesen, immer schon. Was braucht man im Freundeskreis? Einen Anwalt, einen Kfz–Mechaniker, Maler, Elektriker. Alles unter Umständen hilfreich. Aber ein Pathologe?

Nun, in diesem außergewöhnlichen Fall, verhielt es sich einmal anders. Magenschmerzen verursachte ihm nur, daß er eine Exhumierung gar nicht anordnen durfte. Im Falle Kerschensteins war das nicht ganz so schlimm, es würde keine Verwandten geben, die sich an höherer Stelle beschweren würden. Aber Marburg? Oder, wie hieß sie noch gleich – Kristin Nijmann?

Auf gar keinen Fall durfte er die Staatsanwaltschaft involvieren, dachte Kolberg. Wenn Evers dahinterkam, daß selbst er den gegenwärtigen Stand der Ermittlungen in Zweifel zog, dann... Nun, der Generalstaatsanwalt hatte die Konsequenzen klar genug angedeutet. Und solange er nicht wußte, ob Evers wirklich den Einfluß besaß, den er zu haben vorgab – oder nur bluffte, so lange würde er kleine Brötchen backen müssen. Und sehr vorsichtig sein müssen. Das war er seiner Frau und den Kindern schuldig.

Die Stille ließ ihn aufhorchen. Alle drei Beamten sahen ihn erwartungsvoll an. Kolberg entschuldigte sich mit einem kurzen Lächeln. "Fühlen Sie dem jungen Marburg noch einmal auf den Zahn", sagte er und stand auf. "Was wollte er auf dem *Jüdischen Friedhof*? Warum war er in Hamburg? Ich bin mir ziemlich sicher, daß er weiß, warum *der Russe* hinter ihm her ist. Und wenn *er* es weiß, sollten *wir* es auch erfahren. In seinem Interesse. Seine bisherigen Aussagen sind mir zu wenig."

"*Hamburg...*" Engholm wollte nach der Fallakte der hanseatischen Kollegen fragen, doch Kolberg wehrte ab.

"Ich halte es für besser", sagte Kolberg und überlegte einen Augenblick, wie er fortfahren sollte. "Ich halte es für besser, wenn wir unsere Ermittlungen im Fall Kerschenstein nicht an die große Glocke hängen. Das gilt für die Hamburger Kollegen und auch für diese Dienststelle". Und mit einem gequälten Unterton setzte er hinzu: "Das gilt bis auf weiteres auch für Kriminalhauptkommissar Eilers."

> " – Steigt nieder, nieder, arme Opferlämmer,
> den Weg, der zu der Hölle Pforte geht,
> und taucht zum Grund des Schachts, wo Schwarz im Dämmer
> von Wind gepeitscht, der nicht vom Himmel weht,
> die Sünden brodeln mit Gewitterkrachen."
> P. Ch. Baudelaire: Frauen in Verdammnis, Verbotene Verse aus den Blumen des Bösen, 1857

43. OLDENBURG, SONNTAG, 16. SEPTEMBER 1984

Echo starrte durch das Fenster des kleinen Gästezimmers hinaus auf die Straße, die Reisetasche gepackt vor sich auf den Sims gestellt. Stëin war irgendwo dort draußen. Sie waren zurückgekehrt, wortlos, ohne Stëins Entscheidung in Frage zu stellen. *Ich muß nachdenken*, hatte er gesagt. Das konnte Echo ihm nicht verdenken. Aber auch Echo hatte Angst, und auch er wußte nicht, wie er damit umgehen sollte. *Der Russe* wartete vermutlich geduldig auf ihn. Wenn er ihnen nicht bis hierher gefolgt war, dann im Haus seines Vaters.

Rosa fiel ihm ein. Die Templer. Er öffnete die Tasche und zog das Medaillon hervor, das er in Morands Briefumschlag gefunden hatte. Würden *sie* ihn ein weiteres Mal beschützen? Und wenn ja – warum taten *sie* es überhaupt?

Die Türklingel ließ ihn zusammenfahren. Echo verschwendete keinen Gedanken an den Russen – der würde nicht klingeln. Er ließ das Medaillon wieder in die Reisetasche fallen und ging zur Tür.

Pat und Patachon, dachte er, als Jordan und Engholm vor ihm standen. Ein Grinsen verkniff er sich, sah die Beamten statt dessen nur überrascht an. Dann fiel ihm die Vorladung ein. "Ach ja... Ich wäre schon noch zu Ihnen gekommen!"

"Wir haben es eilig", stellte Engholm klar und sah sich um. "Können wir reinkommen?"

Echo trat zur Seite.

"Sie sind sich bewußt, daß der Mann, der hinter ihnen her ist, ein international gesuchter Auftragsmörder ist?" war Engholms erste Frage, ein wenig wie eine Feststellung formuliert, als sie sich um den Küchentisch gesetzt hatten.

"Dann hat er sich ein paarmal ziemlich dämlich angestellt für einen Auftragsmörder, oder?" entgegnete Echo. "Immerhin lebe ich noch."

Engholm verzichtete auf einen Kommentar. "Wir haben ihn nicht festnehmen können", gab er statt dessen mit dem Unterton einer Drohung zu. "Am Glashüttengelände..."

"Das dachte ich mir schon."

"Was wollten Sie auf dem Friedhof?" fragte nun Jordan.

Es dauerte ein paar Sekunden, bis Echo sich für die richtige Antwort entschieden hatte. "Ich habe mit dem Gärtner gesprochen. Er kennt Kerschenstein. Und Kerschenstein kannte meinen Vater..."
"Und wirklich?"
"Aber ich sagte doch..."
"Marburg", unterbrach ihn Jordan, der seinen Kater überwunden zu haben schien, ungeduldig. "Wenn wir *Ihnen* helfen sollen, dann müssen Sie uns helfen. Wir sind hier, weil Sie unsere Hilfe mehr als nötig haben!"
Echo lächelte.
"*Finden Sie Ihre Situation wirklich so lustig?*" fuhr ihn Jordan an.
"Er hätte uns beide vorhin fast erwischt", erklärte Echo unbeeindruckt. Er wies aus dem Fenster. "Sehen Sie sich den grünen *Commodore* da draußen an. Vielleicht finden Sie noch etwas Verwertbares. Das Kaliber oder irgendwas..."
"*Er hat auf Sie geschossen...?*"
"Sie haben es ja nicht verhindert."
"*Wie zum Teufel...*"
"Wir kümmern uns gleich darum", sagte Engholm schnell in väterlichem Tonfall. "Hinter was ist *der Russe* her?"
Echo überlegte, was er sagen sollte. War es nicht ebenso sicher für sie alle, wenn er den Polizisten das Päckchen übergab? Je mehr Menschen davon wußten, desto größer war die Wahrscheinlichkeit, daß sie drei überlebten...
Vielleicht. Vielleicht war er das Stein und Marten schuldig. Aber *noch* nicht. *Morgen*, dachte er. *Morgen werde ich es euch bringen*. Bis dahin brauche ich es noch als *meine persönliche* Lebensversicherung. "Ich glaube, ich weiß, was er sucht", *sagte* er. "Geben Sie mir einen Abend Zeit. Dann kann ich Ihnen vielleicht erklären, worum es dem Mann geht."
Die beiden Polizisten sahen sich und dann Echo skeptisch an. Offensichtlich aber schienen sie einverstanden zu sein, viel zu schnell einverstanden zu sein, zumindest wechselte der Hauptmeister das Thema: "Was ist in Hamburg passiert?"
Echo mußte erneut überlegen. Sprach noch irgend etwas dagegen, den beiden Beamten von dem, was er an jenem Abend gehört hatte, zu erzählen? Je länger er darüber nachdachte, desto gleichgültiger wurde ihm, was hier geschah. Nichts von dem was er tat würde seinen Vater wieder lebendig machen. Eine Sache nur war ihm noch wichtig: er mußte das Mädchen wiedersehen, Rosa, die Unnahbare. Die Mysteriöse... Er war überzeugt, daß er den Weg zu ihr noch heute abend finden würde. Zusammen mit Marten. Die Stadt, in der er die *Rue de la Manticore* finden konnte.
Er nickte, lehnte sich zurück und begann zu erzählen, was am Mittwoch vorgefallen war, von Morands Anruf und dem Auftrag, ihn aus Hamburg

abzuholen, über das Gespräch – oder sollte er sagen: die Befragung – in Dessauers Haus, bis hin zur Rückfahrt nach Oldenburg, während der er beinahe eingeschlafen wäre. Er berichtete davon, daß Kerschenstein ein Anklagedossier über den Obersturmführer Merbach erstellt hatte, dann aber auf die Spur des Mannes gestoßen war, der seine Frau vergewaltigt hatte. Er erzählte, daß Kerschenstein den Mann umgebracht hatte, erzählte vom Mordprozeß, der zwar berechtigt, aber aufgrund des Eingreifens der Briten mit einer Einstellung beendet worden war.

Und erst jetzt, als er das Gespräch zwischen Dessauer und Morand zum wiederholten Male rekapitulierte, wurde ihm klar, daß sein Vater reingefallen, vielleicht sogar reingelegt worden war: es ging überhaupt nicht mehr um die SS oder die alliierte Siegerjustiz. Es war nur das Päckchen, das den alten Mann interessant machte. Dessauer hatte davon gewußt, und gewiß auch Willard und der französische Offizier. Sein Vater hatte nur zuviel gewußt. Er hatte SIE zu Kerschenstein geführt, das Päckchen, die Briefe, die Photographien aufgespürt. Durch einen Zufall. Dann hatte er verschwinden müssen. Das machte es nicht besser, aber es klang plausibler als die Version Vomdorffs, nach der es sein Vater gewesen war, der Kerschenstein in den Tod getrieben hatte. Aber würden die beiden Polizisten – und vor allem Vomdorff – ihm das glauben?

"Dieser Morand hatte also keine Gelegenheit, Dessauer umzubringen?" fragte Engholm nachdem Echo geendet hatte. Er stand auf und ging unschlüssig in der Küche auf und ab.

"Das habe ich nicht gesagt", erwiderte Echo. "Ich glaube nur nicht, *daß* er es getan hat."

"Warum wollen Sie ihn decken?" fragte Jordan. "Der Mann ist entweder tot oder über alle Berge..."

"Tot", stellte Echo einsilbig fest.

"Ach ja. Sie wollen ihn ja gesehen haben. Nur leider gibt es keine..."

"Was kann er von Dessauer gewollt haben?" unterbrach Engholm seinen Kollegen.

"Das habe ich Ihnen doch erzählt."

"Sie sagten, Sie seien nicht von Anfang an dabeigewesen."

"Morand wollte nur wissen, warum sich Kerschenstein mit dem Anwalt getroffen hat, woher sich die beiden kennen und worüber sie gesprochen haben. Und ob Dessauer Kerschenstein umgebracht hat. Mehr nicht."

"Und?" Engholm war stehengeblieben und sah auf Echo herab. "Hat er?" Das wäre allerdings der Wendepunkt in ihren Ermittlungen.

"Nein, ich glaube nicht. Er hat es immer wieder abgestritten."

Das wäre auch zu einfach gewesen, dachte Engholm. "Hat Morand auf der Rückfahrt denn nichts erzählt?" hakte er nach. "Vielleicht hat er sich ja damit gebrüstet, den SS–Offizier umgebracht zu haben?"

"Nein", erwiderte Echo knapp. "Das sagte ich doch schon." Er hatte allmählich genug von den Fragen.

"Er hat Dessauer also geglaubt?"

"Ich denke ja." Echo atmete einmal tief ein und aus. "Es ging Dessauer nicht um die alten Kamellen oder gar um die Rehabilitation der *SS*", fügte er leise hinzu. "So vermessen konnte der alte Mann nicht gewesen sein. Es ging allein um..." Er biß sich auf die Lippen. Um das Päckchen, aber das wollte er auf keinen Fall erwähnen, nicht jetzt.

"Um was?" fragte Jordan scharf.

"Ich weiß es nicht", erwiderte Echo eilig.

Auch Engholm sah ihn prüfend an.

"Um die Templer", sagte Echo schließlich mit einem Seufzer.

"*Die Templer?*" fragten die Polizisten gleichzeitig.

Echo nickte. "Das zumindest hat Morand behauptet, als ich ihn das letzte Mal gesprochen habe." Und das war nicht gelogen.

Jordan krauste ungläubig die Stirn und stand ebenfalls auf. "Templer..." sagte er mit einem abfälligen Unterton. "Bedenken Sie, daß Sie in der Sache Dessauer selbst tatverdächtig sind. Mit Geschichten wie den Templern machen Sie sich nicht glaubwürdiger."

"Gut", erwiderte Echo spitz. "Dann werde ich von jetzt an jede weitere Aussage verweigern."

"Sie sind Zeuge. Das können Sie gar nicht!"

"Solange ich tatverdächtig bin kann ich das sehr wohl..."

"Es geht darum, Sie zu schützen", sagte Engholm jovial und mit einem Seitenblick auf Jordan. "Niemand denkt noch ernsthaft, daß Sie etwas mit dem Mord an Dessauer zu tun haben."

Einer von euch beiden schon, dachte Echo.

Mit einem bemühten Lächeln schloß Engholm die Befragung ab. Ihm fiel die Untersuchung der Stoffreste in Marburgs Wohnung ein. War einer der beiden Stoffe nicht mittelalterlich bearbeitet? War also vielleicht doch etwas dran an dieser Templergeschichte? "Wir sehen uns morgen", sagte er im nächsten Moment. "Und nehmen Sie sich vor dem Russen in acht. Sie sollten sich versteckt halten und keinesfalls zum Haus Ihres Vaters fahren."

Echo nickte, scheinbar einsichtig. "Machen Sie sich um mich keine Sorgen. Ich kann auf mich aufpassen."

"Das haben wir gesehen", brummte Jordan vom Flur aus.

Engholm lächelte vielsagend. "Wir werden die Spurensicherung herschicken, damit sie den Wagen dort draußen untersucht. Und morgen sehen wir uns wieder. *Mit einer Erklärung.*"

Mit einem vagen Nicken deutete Echo an, daß das für ihn noch nicht sicher war.

Sie verabschiedeten sich. An der Haustür hielt er den Hauptmeister noch einmal am Arm fest: "Wo steht sie jetzt eigentlich, meine Taxe?"

"Die Taxe hat der Abschleppdienst übernommen", brummte Jordan.

"*Wiechmann*, heißt er, glaube ich. Hinten an der Bremer Heerstraße", fügte Engholm hinzu. "Wollen Sie sich den Wagen nochmal ansehen?"

Echo nickte. "Spricht etwas dagegen?"

"Nein. Die Kollegen haben am Unfallort ihre Photos gemacht. Scheint eindeutig zu schnell unterwegs gewesen zu sein, Ihr Fahrer. Tut mir Leid…"

Echo brachte die beiden zur Tür. Dann überlegte er kurz, ob er bleiben und auf Stëin warten sollte. Er entschied sich dagegen, schnappte sich seine Reisetasche und verließ das Haus.

"...die Brüder des Ordens der Miliz vom Tempel, die die Wolfsnatur unter dem Schafspelz verbargen und unter dem Habit des Ordens in erbärmlicher Weise die Religion unseres Glaubens beleidigten, werden beschuldigt, Christus zu verleugnen, auf das Kreuz zu spucken, sich bei der Aufnahme in den Orden obszönen Gesten hinzugeben... und ...sie verpflichten sich durch ihr Gelübde und ohne Furcht, das menschliche Gesetz zu beleidigen, sich einander hinzugeben, ohne Widerrede, sobald es von ihnen verlangt wird."
Aus dem Brief Philipps des Schönen an den Bailli von Caen, Jean de Verretot, vom 14. September 1307

44. OLDENBURG, SONNTAG, 16. SEPTEMBER 1984

"Ist das Ihr Wagen?" fragte der Mechaniker, ein Mittfünfziger mit schulterlangem, bereits von weißen Strähnen durchzogenem Haar. Sein grauer Overall war ölverschmiert und fleckig. Der Hundertneunziger hing noch am Haken des gelben Abschleppwagens. Er schien gerade erst auf den Hof gebracht worden zu sein. Echo nickte. *Ja, das war mein Wagen.* Front- und Beifahrerscheiben waren zersplittert, das Dach zur Hälfte eingedrückt, der Motorraum ebenfalls, Dreck und Gras klebten an den exponierten Stellen und auf dem Lenkrad und den Armaturen war getrocknetes Blut zu sehen. *Wie kann so etwas passieren?* Echo betrachtet den zusammengedrückten Bereich um den Fahrersitz und fluchte. Etwas Besseres fiel ihm nicht ein. Dort hatte Jens von Aten gesessen...

Der Mechaniker schien eine Antwort auf das *Wie* zu haben. "Ich würd' ja sagen", begann er ungefragt seine Meinung kundzutun, "der konnt' nicht mehr bremsen. Die fahren heute wie die Teufel, die jungen Leute! Würd' ich sagen..." Er musterte Echo von oben bis unten und beschloß, das Thema zu wechseln.

Echo sah ihn stumm an. Er kannte von Aten im Grunde gar nicht, aber daß er wie ein Teufel fuhr, konnte er sich nicht vorstellen. Nur, irgendwie mußte es ja passiert sein. "Wo haben Sie den Wagen abgeholt?" fragte er.

"B 211", kam sogleich die Antwort. "Kurz vor Brake."

Brake. Das waren fast dreißig Kilometer von Oldenburg. Wie kam von Aten überhaupt in diese Gegend? War er dorthin bestellt?

"Sind 'n paar üble Kurven auf der Strecke", überlegte der Mechaniker. "Das erklärt einiges..."

Echo fluchte erneut und wandte sich ab. Der Mechaniker ging ihm nach. "Ich mein' ja man nur", sagte er im Plauderton. War'n Freund von Ihnen?"

Echo verneinte nach kurzem Zögern.

"Ich wollt' auch nichts gesagt haben, wegen zu schnell fahren und so. Kann nämlich auch sein, daß da einer an rumgespielt hat..."

Echo blieb stehen und sah den Mann an. "*Rumgespielt?* Was heißt das?"

Der Mechaniker wischte sich die Hände an einem Wolltuch von undefinierbarer Farbe ab und bedeutete Echo mit wichtiger Miene und einem Kopfnicken mitzukommen, zurück zum Mercedes. Dann kniete er sich unter das vorn angehobene Fahrzeug und deutete mit einem Schraubenzieher auf eine zerrissene Leitung. "Kann natürlich sein, ich täusch' mich", meinte er als Echo sich neben ihn gekniet hatte, "aber ich freß 'n Besen, wenn da nicht einer dran rumgefummelt hat."
"Bremsschlauch?"
"Bremsschlauch", bestätigte der Mann im grauen Overall. "Da war einer mit was Scharfem dran." Tatsächlich war an beiden Bremskreisen ein kleines Leck zu sehen.
"War die Polizei schon hier?"
Der andere runzelte die Stirn. Polizei bedeutete immer Ärger. Das konnte dauern und man hatte den ganzen Hof voll stehen mit Leuten, die alles auf den Kopf stellten. Die waren schlimmer als die Gutachter von den Versicherungen! "Ich will nichts gesagt haben", murmelte er und ließ Echo allein auf dem Hof stehen. "Darf ich mal telefonieren?" rief Echo ihm nach, doch der Mechaniker war bereits im ehemaligen Kassenhäuschen der ehemaligen Tankstelle verschwunden. Echo zuckte mit den Schultern und folgte ihm. Wenn jemand tatsächlich die Bremsleitungen manipuliert hatte, dann konnte das nur ihm selbst gegolten haben. Wer wußte schon, daß von Aten Freitag und Samstag für ihn fahren wollte?

Echo rief das Erste Polizeirevier an und ließ sich mit Jordan verbinden. Es dauerte eine kleine Ewigkeit, bis der Kommissar ans Telefon kam. Als Echo ihm von dem Unfall und den Vermutungen des Mechanikers erzählte – der im Hintergrund heftig abwehrende Bewegungen machte und mit dem Kopf schüttelte –, wurde er allerdings schnell. "Warten Sie dort auf mich", sagte er und versprach, umgehend selbst zum Abschleppunternehmen zu kommen. Zwei Beamte von der Spurensicherung würden ihn begleiten. Echo dachte gar nicht daran zu warten. Er legte auf, warf fünfzig Pfennig auf den Schreibtisch und ging wieder hinaus.

Auf dem Seitenstreifen, nur zwanzig Meter weiter, stand ein dunkelblauer Opel Rekord. Echo nahm ihn und die beiden Männer, die darin saßen, kaum wahr. Er setzte sich auf die Motorhaube seines *Commodore* und starrte auf das elfenbeinbeigefarbene Autowrack. Ein Grund weniger, der ihn hier, in Oldenburg hielt. Dann fielen ihm Jens von Atens Eltern ein. Er war froh, ihnen nicht die Nachricht vom Tod ihres Sohnes überbringen zu müssen. Auch wenn es nicht seine Schuld war, daß der Junge sich totgefahren hatte.

Indirekt, war sein nächster Gedanke, *war es das schon...*

Er versuchte sich zusammenzureißen, ging zur Taxe zurück und nahm von Atens Wechselgeldbörse aus der Türtasche. Es kam ihm vor wie Leichenfledderei, auch wenn ein Teil davon ihm gehörte. Dann fiel sein Blick auf den

Beifahrersitz. Ein kleiner Zettel lag dort, so groß wie eine Visitenkarte. Er ging um den Wagen herum und griff durch das Fenster. Als Echo die Zeilen auf dem Zettel las, wurde ihm heiß und kalt zugleich. *Ich will die Karte*, war in Druckbuchstaben darauf zu lesen. Darunter stand: *ich werde in deiner Nähe bleiben.*

Dann, mit jagendem Herzschlag und im Bewußtsein, daß von Aten nicht mehr als ein Bauernopfer war, eine Art Exempel, fuhr Echo vom Hof des Abschleppdienstes. Gleichzeitig setzte sich auch der blaue Opel Rekord in Bewegung. Wenig später gesellte sich ein hellgrüner Mercedes zu ihnen, und nur der Russe, der darin saß, wußte, daß sie nun zu dritt unterwegs waren.

"*Wo ist der Wagen?*" rief Jordan eine Viertelstunde später auf dem *Wiechmann*–Gelände. "*Und wo ist Marburg?*"

Der Mechaniker kam langsam aus der Werkstatt herübergeschlendert. "Wenn Sie die Taxe meinen", sagte er und musterte Jordan mit zusammengekniffenen Augen. "Dann sind Sie zu spät. Die ist gerade vom Hof."

"Was soll das heißen: *die ist vom Hof?*"

"Na, die Polizei hat sie abgeholt. Was weiß ich warum. Wahrscheinlich wegen der Bremsschläuche..."

"*Ich bin die Polizei*", erwiderte Jordan aufgebracht.

"Na, denn wissen Sie ja wohl, wo das Wrack ist."

Jordan schnaubte. "*Wer* hat sie abgeholt", wollte er wissen. "Haben Sie sich den Ausweis zeigen lassen? Haben Sie eine Quittung?"

"Da müssen Sie im Büro fragen." Der Mechaniker wies zum Kassenhäuschen, hinter dem noch so etwas wie ein Geschäftsraum zu liegen schien.

Eine junge Frau, die Jordan – vermutlich aufgrund ihrer Frisur – irgendwie an Nena erinnerte, zeigte ihm den Durchschlag des ausgefüllten Quittungsbeleges. Die Unterschrift war unleserlich, natürlich. Auf seine Frage, ob sie Angaben zur Person des Mannes machen könne, der das Wrack der Taxe abgeholt habe, nickte sie und gab ihm eine recht genaue Beschreibung. Eine Beschreibung, die sofort das Bild des Polizeimeisteranwärters Broscheit in ihm wachrief. Jordan bereitete die Frau darauf vor, daß sie ihre Aussage und die Personenbeschreibung noch einmal auf dem Revier wiederholen müßte, dann fuhr er, zusammen mit den Kollegen von der Spurensicherung, zurück. Unterwegs fragte er nach Broscheit. Die Antwort der Leitzentrale, er sei weder auf Streife noch in der Dienststelle zu finden, paßte ins Schema, das Jordan sich gerade zurechtzulegen begann. Auch der junge Polizeimeisteranwärter, so erinnerte er sich, war bei einigen von Eilers Einsätzen dabeigewesen.

Eine seltsam fremde und seltsam vernünftige Stimme in seinem Inneren sagte Jordan, daß die etwas ungenaue Beschreibung der jungen Angestellten nicht nur auf den PMzA Broscheit sondern auch auf zahllose andere junge Männer passen konnte. Natürlich, eine Gegenüberstellung würde Klarheit bringen. Aber die kam im Augenblick nicht in Frage...

> *Wenn ich mich zu Bette lege, so denke ch an dich, wenn ich*
> *wach liege, sinne ich über dich nach.*
> *Der Psalter, 2. Buch, Ps. 63, 7*

45. OLDENBURG, SONNTAG, 16. SEPTEMBER 1984

Echo versuchte es ein weiteres Mal mit seinem Trick, den Wagen ein paar Straßen entfernt vom Haus zu parken. Eine wirkliche Tarnung konnte das nicht bedeuten, denn der Russe würde es ähnlich machen und die Wahrscheinlichkeit, daß er dabei den roten *Commodore* entdeckte, war entsprechend groß. Aber er wollte – er konnte – einfach nicht bei Stëin übernachten. Nicht jetzt, nach dessen Ausstieg.

Als er die Haustür aufschloß, schien irgend etwas verändert. Es war mehr ein Gefühl, als ein handfester Hinweis, und so betrat er das Haus mit noch größerer Wachsamkeit als sonst, die Waffe seines Vaters hielt er dabei entsichert in der Hand. Er wußte, es war widersinnig, hierherzukommen, obwohl er Angst davor hatte.

Sein Gefühl schien zu trügen, niemand war im Haus, im Erdgeschoß nicht und auch oben nicht. Selbst auf dem Dachboden hatte er nachgesehen. Ohne Ergebnis. Dann fiel Echo die provisorische Verriegelung der Terrassentür ein. Er lief hinunter ins Wohnzimmer, um ihren Zustand zu überprüfen und erkannte, als er es betrat, daß etwas auf dem Tisch lag, das dort nicht hingehörte. Verwundert trat er näher und erkannte zehn über Kreuz verlegte Karten, die am Freitag dort noch nicht gelegen hatten. *Tarotkarten*, dachte er und versuchte sich zu erinnern, wie das Legesystem hieß. Wenn ihn nicht alles täuschte, war es das *Keltische Kreuz*. Eine Nachbarin hatte ihm einmal das Tarotlegen beigebracht, doch man benötigte für die Deutung vermutlich mehr Talent, als er es besaß, und so hatte Echo diese Art der Zukunftsdeutung nie wirklich ernstgenommen.

Aber wo kamen die Karten her?

"Ich habe sie dort ausgelegt."

Echo fuhr herum und richtete die Waffe auf eine Frau. Er starrte sie einen Augenblick erschrocken an, dann erst erkannte er, daß es die Frau mit dem weitfaltigen Kleid war, die Frau, die eine Schwesternhaube trug und ihn zusammen mit der Schlange nach Gent und nach Akkon geschickt hatte, in die Komturei des Tempels. Nun ja, zumindest im Traum.

"Setzt euch, junger Freund."

Echo ließ die Waffe sinken. Der Versuch, festzustellen, ob er sich in einem weiteren Traum befand, scheiterte daran, daß sie ihn mit einem Lächeln zwang, ihrer Aufforderung zu folgen. Er setzte sich, ohne den Blick von der Frau zu nehmen, die so real vor ihm stand, wie Jordan und Engholm es eine halbe Stunde zuvor getan hatten.

"Nimm dir Zeit, die Karten anzusehen, denn du wirst ihrem Weg folgen."

Ihre Stimme war sanft und freundlich, doch sie war gleichzeitig so bestimmt, daß er keinen Augenblick daran zweifelte, daß die Karten wirklich seine Zukunft zeigten.

"Du siehst *Le Mat*", sagte die Frau mit dem weitfaltigen Kleid. "Den Narren, der mit Wanderstock und Bündel auf einen Abgrund zugeht. Das bist Du, am Anfang deiner Suche, unbedarft und jung..." Sie deutete auf die zweite Karte, die quer zur ersten in der Mitte des Kreuzes lag. "Dies kommt hinzu: *La Papesse*. Eine junge Frau, vielleicht eine Priesterin, von reinem Herzen und kühlem Verstand. Ich denke du weißt, wer sie ist..."

Echo nickte langsam. Rosa, dachte er, Rosa...

"Es folgen *Die Sieben der Stäbe* und *Der Turm*", fuhr sie lächelnd fort, "der zeigt, daß du dir bewußt bist, daß etwas zerstört wird, sich verändert, daß es nie wieder so sein wird wie zuvor, denn *Sechs der Schwerter* bedeutet Aufbruch, *Der Mond* und *Der Stern* führen zur achten Karte, die dir zeigt, wie es bisher um dich bestellt war: *Fünf der Münzen*, die Krise und Entbehrung bedeutet. Ein Mensch, den du vermißt." Ihre Stimme wurde schwächer, so als ob die Frau mit dem weitfaltigen Kleid nicht neben ihm stehen sondern sich immer weiter entfernen würde, als sie fortfuhr: "Die neunte Karte steht für das, was als nächstes kommen wird: *Acht der Kelche*, Aufbruch und Trennung. Doch alle Karten führen zu dieser, der Zehnten und letzten: *Die Liebenden*, die sechste Karte der *Großen Arkana* des Tarots. Sie zeugt von einer Entscheidung die für immer zu einem anderen Menschen führt. Doch diese Entscheidung ist offen, und sie liegt bei dir..."

"Was heißt das?" fragte Echo mit großer Anstrengung. "Was meinen Sie damit?" Die Frau in dem weitfaltigen Kleid aber lächelte ihn nur stumm an. Ihre Züge veränderten sich, sie wurden jünger, schmaler und ähnelten plötzlich auf so frappierende Weise Rosa, daß Echo einen leisen Aufschrei der Überraschung ausstieß, woraufhin sie ebenso leise kicherte.

Verlangend streckte Echo die Hand aus. "Wie kann ich dich finden?" fragte er, beinahe flüsternd, und in der Gewißheit, daß sie gleich schon wieder fort sein würde.

"Der Mann mit der Narbe wird es dir sagen", erwiderte die Frau mit dem weitfaltigen Kleid sanft. Dann stand sie auf, ging leichtfüßig zur Terrassentür und verschwand im Garten. Echo sprang auf, folgte ihr bis zur Tür – und mußte plötzlich feststellen, daß sie verschlossen war. Hastig zog er das Stück Holz unter der Klinke hervor, zog am Griff und fuhr zusammen, als hinter ihm die Haustür zuschlug. Ein kurzer Windstoß war beim Öffnen durch den Raum gegangen. Hatte er die Haustür nicht geschlossen?

Verwirrt sah er sich um, doch er war allein. Die Tarotkarten lagen auf dem Boden zerstreut, vom Winde verweht gewissermaßen. Sie erinnerten ihn daran, daß auch sein Vater eine dieser Karten bei sich getragen hatte. *La Morte*, wenn er sich richtig erinnerte. Der Tod. War die Frau mit dem weitfaltigen Kleid also auch bei ihm gewesen? Hatte sie auch ihm sein Schicksal vorhergesagt? Ihm fiel das Buch über Flandern ein, das Stëin hier im Haus gefunden hatte. Rosas Photographie hatte darin gesteckt. Hatte sein Vater sie dort hineingelegt oder war es die Frau mit dem weitfaltigen Kleid gewesen?

Echo sammelte die Karten auf, legte sie auf den Tisch und sah beiläufig zur Uhr. Es war kurz nach fünf... Einen Augenblick lang versuchte er zu verstehen, warum es schon so spät war und wo die letzten Stunden geblieben waren. Vergeblich. War es nicht gerade erst vierzehn Uhr gewesen?

Ein weiteres Mal stieg Echo die Treppe hinauf, trat an das Fenster des Arbeitszimmers und sah hinaus. Nichts war zu sehen, alles war ruhig. Dann fiel ihm der blaue Opel Rekord auf. Der Wagen kam ihm bekannt vor. Irgendwo hatte er ihn vor kurzem erst gesehen. Aber wo?

Paranoia, dachte er, zuckte mit den Schultern und lief wieder hinunter. Ganz geheuer war ihm der Opel dennoch nicht, zumal zwei Männer darin saßen und auf irgend etwas zu warten schienen. Ob sie zu dem *Russen* gehörten?

Es hatte keinen Zweck, er hielt es hier nicht mehr aus, er mußte fort. Alles wirkte tot, verwelkend, sinnlos.

Es blieb ohnehin nicht mehr viel Zeit bis zum Treffen mit Marten.

Echo verschloß die Haustür und schlich sich durch den Garten zur Seitenstraße, von der aus es nicht weit war bis zu jener Stelle, an der er den *Commodore* geparkt hatte.

Den hellgrünen Mercedes, der ebenfalls in der Seitenstraße parkte, bemerkte er nicht.

> *Zu allen Zeiten, aber vielleicht nie mehr als in der unseren, haben die Menschen mit Angst und Sorge oder mit Neugier und Wissensdurst dem Unbekannten ihre Teilnahme zugewendet und das große Geheimnis zu ergründen oder doch zu deuten und seine Äußerungen bald zu beeinflussen, bald für das eigene Leben wirksam zu machen gesucht.*
> Enno Nielsen: Das große Geheimnis, 1923, S. 5

46. OLDENBURG, SONNTAG, 16. SEPTEMBER 1984

Das *Pilgerhaus* war noch kaum besucht um diese Zeit. Lediglich ein paar der kleinen Tische vor dem Haus waren besetzt. Rick, der Wirt, putzte gelangweilt Gläser, zwei Studenten, die als Bedienung aushalfen, unterhielten sich leise neben der Espressomaschine. Echo setzte sich an eines der Fenster, die zur Straße hinausgingen, ein Platz in der Ecke, der eine gute Übersicht nach innen wie nach außen bot. Das Päckchen, das er gerade aus dem Schließfach am Bahnhof geholt hatte, steckte in der Innentasche seiner Jacke, die er über die Stuhllehne hängte.

Aus den Lautsprechern plärrte *Syd Barrett*, als Rick kam und Echos Bestellung aufnahm. Einige Zeit später standen ein Espresso, eine Karaffe mit Wasser und ein Thunfischrollo vor ihm auf dem Tisch. Es war kurz vor sechs und der alte Marten würde sicher bald kommen.

Doch Marten kam nicht.

Marten kam auch noch nicht, als Echo eine viertel Stunde später sowohl das Rollo aufgegessen als auch den Espresso ausgetrunken hatte und sich allmählich fragte, ob der alte Mann das Treffen wohl vergessen hatte. Es war halb sieben, und er starrte gedankenverloren aus dem Fenster. Regen hatte eingesetzt und überzog alles mit einem kalten Glanz, den Gehweg, den *Commodore*, den er in Sichtweite auf der gegenüberliegenden Straßenseite geparkt hatte, die Tische und Stühle, die wegen des Regens alleingelassen vor dem *Pilgerhaus* standen, die Bäume, in deren Laub sich der auffrischende Wind bemerkbar machte. Ungeduldig holte Echo das kleine Säckchen mit den Steinen hervor und begann, die Karte zusammenzusetzen, während ihm die Ereignisse der letzten Tage im Kopf herumgingen. Nach dem, was sie bei dem Buchhändler erfahren hatten, mußte Morand am Abend seines Todes auf der richtigen Spur gewesen sein: es ging tatsächlich um das Geheimnis der Tempelritter. Ob historisch begründbar oder nicht war dabei völlig irrelevant, denn solange die Auftraggeber des Russen an das Geheimnis, an den *Großen Plan*, glaubten, war jeder, der von dem Päckchen wußte, in tödlicher Gefahr.

Echo *wußte* nicht nur davon, es lag sogar vor ihm auf dem Tisch.

Grund genug, es loszuwerden.

Warum tauchte Marten nicht auf? Hatte es noch einen Überfall auf den Buchladen gegeben? Er dachte an die zerbrochene Schaufensterscheibe, für die vermutlich nicht einmal der Russe verantwortlich war. Das paßte irgendwie nicht in seine Liga...

Seine Gedanken schweiften ab zu ihrem Besuch auf dem Glashüttengelände – dem ersten, der sie zu Rosa geführt hatte, und dem zweiten, bei dem der *Zirkus der Nacht* nicht mehr dort gewesen war. Er erinnerte sich an das Gespräch mit den Polizisten, die irgendwie verändert schienen, und an den seltsamen Zwischenfall mit der Frau in dem weitfaltigen Kleid. Wen mochte sie mit dem *Mann mit der Narbe* gemeint haben? Den Russen? Hatte der überhaupt eine Narbe? Oder Marten? Echo lachte leise auf. Er hoffte zwar auf Erklärungen von Marten, eine Narbe aber trug der Buchhändler nicht zur Schau.

Er wischte den Gedanken fort. Die Karten hatten auf dem Boden gelegen, nichts bewies, daß die Frau wirklich dort gewesen war. Vermutlich war alles nur ein weiterer Tagtraum!

Marten – Echo sah zur Uhr. Es war mittlerweile weit nach Sieben, das Puzzle der *Steinernen Karte* lag längst zusammengefügt vor ihm. Wie Stëin hatte er Straßenlinien und Umrisse als Anhaltspunkt genommen. Er fluchte leise. Nach den gestrigen Ereignissen war es wirklich nicht mehr auszuschließen, daß dem Buchhändler etwas zugestoßen war. Vielleicht sollte er Stëin bitten, nach ihm zu sehen? Echo verwarf den Gedanken, starrte statt dessen nervös auf den Windfang des Eingangs. Wieder kam ihm die Frau mit dem weitfaltigen Kleid in den Sinn. Er versuchte, den Gedanken an sie zu verdrängen. Die Vorstellung, daß Tagträume und seltsame Visionen sein Leben bestimmten, war zu bedrückend...

Der Vorhang des Windfangs blähte sich, die Tür wurde vorsichtig aufgestoßen, und endlich erkannte Echo den Buchhändler, der in seinem offenen, langen Mantel und der dunklen Baskenmütze, die schräg über dem Ohr saß, wie ein Mitglied der Résistance aussah; eine Rolle, in der er sich vermutlich sogar gefallen würde. Echo hob die Hand und versuchte, sich bemerkbar zu machen, doch Marten nahm ihn nicht wahr. Ein weiterer Mann betrat das *Pilgerhaus*, sie schienen sich zu unterhalten, der Mann lachte und Marten nickte, sah sich um und erkannte schließlich Echo. Auch der zweite Mann sah zu Echo hinüber, blieb stehen und warf ihm einen prüfenden Blick zu. Dann schlug er den Regen von seinem Hut und folgte Marten zu Echos Tisch. Er war groß und gut gekleidet, dunkler Anzug, heller Mantel, die grauen Haare zum Scheitel gekämmt. Echo stand langsam auf, legte wie beiläufig die Speisekarte über das Puzzle und sah Marten fragend an. Erst jetzt erkannte er, wie müde der Buchhändler war, schmaler und blasser als am Vortag. Er wies lächelnd auf den Mann im Anzug. "Ich habe einen Experten mitgebracht", sagte er, und als der fragende Blick in Echos Gesicht nicht verschwand, fügte er hinzu: "So wie ich es angekündigt hatte."

Für einen Augenblick wirkte Martens Lächeln ein wenig gequält.

> "Anfangs waren es nur neun Männer, die einen so heiligen Entschluß gefaßt hatten; Sie dienten neun Jahre lang in weltlichen Gewändern und kleideten sich von dem, was die Gläubigen ihnen als Almosen gaben... Und weil sie keine eigene Kirche oder Wohnstatt hatten, beherbergte sie der König in seinem Palast nahe dem Tempel des Herrn..."
>
> Jacques de Vitry: Historia orientalis sive Hierosolymitana, in: Alain Demurger: Die Templer, 1991, S. 17

47. OLDENBURG, SONNTAG, 16. SEPTEMBER 1984

Dimitri hatte vorgesorgt. Sein Gepäck hatte er im Wagen verstaut, was im Hotelzimmer geblieben war, ließ sich ersetzen. Es war nicht immer möglich, aber in der Regel hinterließ er keine Fingerabdrücke, nicht einmal im Bad. Er war flexibel, und das war seine Überlebensgarantie.

Nach dem Mißgeschick auf dem *Jüdischen Friedhof* hatte er es für besser gehalten, nicht in das Park Hotel zurückzufahren, und nachdem ihm heute morgen die Miliz – ach nein: hier nannten sie sich ja *Polizei* –, nachdem ihm also heute morgen die Polizei auf dem Werksgelände erneut einen Strich durch die Rechnung gemacht hatte, hielt er es für besser, auch das Auto zu wechseln. Vermutlich stand der grüne Range Rover schon auf der Fahndungsliste, seit er am Donnerstag Morand endlich den Hals umgedreht hatte. Auch dieser Einsatz wäre beinahe schiefgelaufen. Zuerst hatte er die versoffene Hotelschlampe in Verdacht gehabt, die Cops angerufen zu haben. Aber tatsächlich war es wohl dieser Student gewesen. Hatte die Loge nicht versprochen, ihn auf ihre Weise auszuschalten?

Statt dessen waren ihm zwei Trottel als Aufpasser geschickt worden. Er haßte das. So etwas ging immer schief, wie man sah. Vielleicht hatten sie's ja wenigstens geschafft, die Leiche des Belgiers verschwinden zu lassen.

Es wurmte ihn, daß er im Augenblick nichts tun konnte. Er verlor allmählich die Geduld. Die Loge bildete sich ein, sie könne ihren Auftrag zurücknehmen, stornieren wie einen Flug. Er lachte auf. Der Auftrag hatte gelautet, den Studenten zu töten, und genau das würde er auch tun. Seine anfänglichen Bedenken waren verschwunden. Der junge Marburg hatte ihn gesehen, und das war sein Todesurteil. Es hatte einfach keinen Zweck, Zeugen am Leben zu lassen.

Was die Loge von dem Jungen wollte, war ihm gleichgültig. Auf die letzten dreißigtausend Dollar konnte er verzichten. Zumal ihm allmählich aufging, daß dieses Päckchen, das der Junge vor seinen Augen auf dem Friedhof ausgegraben hatte, hundertmal mehr wert war. Warum also nicht zwei Fliegen mit einer Klappe schlagen?

Den Jungen hatte er mehrmals vorgewarnt. Der Schuß heute morgen hätte gesessen, wenn er es nur gewollt hätte.

Er schoß nie vorbei.

Aber bevor er traf, mußte er herausfinden, wo der Bengel das Päckchen versteckt hatte. Das würde sehr bald geschehen. Er mußte nur noch die beiden Wachhunde, die ihm die Loge auf den Hals gehetzt hatte, loswerden...

> *Die Prieuré ist in neun Grade gegliedert. Die Menge der Mitglieder der einzelnen Grade nimmt absteigend um das Dreifache zu. Es gibt jedoch noch ein anderes Aufbauschema, das nur von 5 Graden spricht. In den 729 Provinzen:*
> *1. Novices (Novizen) 6561 Mitglieder*
> *2. Croisés (Kreuzfahrer) 2187 Mitglieder*
> *In den 27 Komtureien*
> *3. Preux (Helden) 729 Mitglieder*
> *4. Ecuyers (Schildknappen) 243 Mitglieder*
> *5. Chevaliers (Ritter) 81 Mitglieder*
> *6. Commandeurs (Komture) 27 Mitglieder*
> *In der Arche 'Kyria' (Rat der 13 Rosenkreuzer)*
> *7. Connétables (Konnetabeln) 9 Mitglieder*
> *8. Sénéchuax (Seneschalle) 3 Mitglieder*
> *9. Nautonier (Steuermann) 1 Mitglied*
> *Die Mitglieder werden meist durch Erbfolge bestimmt, da sie alle Nachfahren der Merowinger sind. Sollte ein Erbe ablehnen wählt der Nautonier einen durch seine Abstammung prädestinierten Ersatz. Der Nautonier wiederum wird durch eine Wahl der oberen 5 Grade bestimmt.*
> Vermutlicher Aufbau der *Prieuré de Sion* nach Pierre Plantard, Dossiers secrets d'Henri Lobineau, Bibliothèque nationale de France, 1964-1967

48. OLDENBURG, SONNTAG, 16. SEPTEMBER 1984

Der Mann stellte sich vor, ein wenig arrogant aber höflich. *Ricardo*.

"Doktor David Ricardo, Professor für mittelalterliche Geschichte und Politikwissenschaften an der Universität Oldenburg", fügte Marten erklärend hinzu.

Echo nickte unsicher. Oder war es feindselig? Erachtete Marten es wirklich für notwendig, einen fremden in die Sache einzubeziehen? Kerschenstein, Rosas Geschichte, die Morde, das war nichts, was er mit jemandem besprechen wollte, den er nicht einmal kannte. "Wer ist das?" fragte er zu Marten gewandt.

Der schien die Frage erwartet zu haben. "Wir kennen uns schon sehr lange, mein junger Freund. Von David habe ich sehr viel gelernt. Die Kreuzzüge, die Ritterorden, die okkulten Evangelien, die Mysterien, auf denen sie ruhen. David versucht seit Jahren Einsicht in die geheimen Akten der Templerprozesse des Vatikans zu bekommen. Dinge, die über bloßes Interesse und der Freude an Büchern hinausgehen, die sich einem gewöhnlichen Autodidakten nie erschließen würden..." Er versuchte zu lächeln, doch es mißlang. Kaum vorstellbar, dachte Echo, daß diese beiden Freunde sein sollten, so unterschiedlich waren sie von Art und Aussehen...

Die Narbe... Einen Augenblick lang starrte Echo Ricardo mit halb geöffnetem Mund und großen Augen an. Dann wurde ihm sein Verhalten bewußt und er wandte sich ab.

David Ricardo hatte eine Narbe auf der rechten Wange.

"Ein Schmiß", erklärte Ricardo, der Echos Blick durchaus bemerkt hatte. "Aus meiner dritten Mensur. Ein unachtsamer Augenblick..."
Echos Blick wanderte zurück zum Doktor.
"Gehe ich recht in der Annahme", sagte Ricardo mit einem Hauch von Spott, "daß Sie keiner Verbindung angehören?"
Echo nickte abwesend. Er hatte die Worte der Frau mit dem weitfaltigen Kleid noch seltsam deutlich im Kopf: *Der Mann mit der Narbe wird dir sagen, wo du Rosa findest...* Wie hatte sie von Ricardo wissen können? Oder war alles nur ein Zufall?
"Wir sollten uns setzen", versuchte Marten die entstandene Stille zu beenden und ließ sich auf einem der Stühle am Fenster nieder. Echo und Ricardo taten es ihm gleich.
"In meinen Augen", fuhr er fort, "ist David sogar eine der größten Kapazitäten auf dem Gebiet der Templerforschung. Natürlich nicht nur auf diesem, er lehrt drüben an der Universität und beschäftigt sich vorzugsweise und berufsbedingt mit der Geschichte des Mittelalters. Ich denke aber, Sie können ihn auch in biblischen Dingen um Rat fragen, oder in Bezug auf Gnosis und Kabbala. Er kennt sich in der Geschichte der Kreuzzüge ebensogut aus wie in der spätkeltischen Mythologie..."
"Ich denke, daß mich Detailkenntnisse vorgeschichtlicher Opferkulte heute abend nicht interessieren", unterbrach Echo Martens durchsichtige Lobeshymne.
Der Buchhändler zog eine Grimasse. Offenbar ein weiteres unsicheres Lächeln.
"Da wäre ich mir nicht so sicher", sagte Ricardo, ohne daß Echo erkennen konnte, ob er es ernst oder im Spaß meinte. "Ich kenne die Tiefen der Geschichte nur aus Studien, die belegen, daß ab einem gewissen Zeitpunkt Geschichte und Mysterien untrennbar miteinander verschmelzen. Und Sie dürfen mir glauben, daß die Templerregel und die spirituellen Rituale des Ordens ihren Ursprung in vorchristlichen Kulten und Bräuchen hatten." Er lächelte, doch seine Augen blieben seltsam starr. "Es war jedenfalls gut, daß Sie mich eingeweiht und zur *Steinernen Karte* befragt haben."
"Lassen Sie ihn bitte einen Blick darauf werfen", sagte Marten. "Sie haben sie doch dabei?"
Echo überlegte einen Augenblick, ob er das wirklich wollte. Schließlich hob er die Speisekarte an und gab den Blick auf die schwarzen Steine frei. Er mißtraute dem Doktor, weil er ihn nicht einschätzen konnte. Was genau ihn störte, wurde ihm erst viel später bewußt. Ricardo war groß, Mitte Fünfzig und schätzungsweise 90 Kilo schwer. Er wirkte freundlich, oder vielmehr verbindlich, wenn er lachte und seine Gestik war fein, geradezu vornehm. Das Gehabe eines Philosophen, dachte Echo, von dem man annahm, er gehe mit der Welt besonders vorsichtig um. Nur das kalte, regungslose Fun-

keln seiner Augen straften diesen Eindruck lügen. Andererseits aber war Echo begierig darauf, zu erfahren, ob der Mann ihm wirklich einen Hinweis zu Rosa geben konnte. Widerwillig schob er die *Steinerne Karte* in die Mitte des Tisches.

Während der Doktor das Gebilde langsam nickend begutachtete, bestellte Marten Kaffee und eine Runde *Pastis*. Echo beobachtete Ricardo regungslos und neugierig, doch erst als die Bedienung die Getränke auf den Tisch gestellt und sich wieder zurück zu ihrem zinkbeschlagenen Tresen begeben hatte, wagte er, nach der Bedeutung, der wahren Bedeutung, der *Steinernen Karte* zu fragen.

Ricardo lächelte. "Ich müßte die Steine natürlich noch einmal eingehend untersuchen um Genaueres zu sagen", erklärte er selbstsicher, "aber ich bin schon jetzt sicher, daß es sich nicht um die *Mappa Lapideus* handelt..."

Die Bezeichnung *Mappa Lapideus* ließ für einen Augenblick ein Grinsen über Echos Gesicht fliegen. Natürlich bedeutete sie nichts anderes als *die Steinerne Karte*. Es klang nur so – theatralisch.

"Aber du hast gesagt..."

Ricardo schüttelte den Kopf. "Die Wahrscheinlichkeit einen Teil der *wirklichen* Karte zu finden, war von Anfang an verschwindend gering. Zudem müssen wir uns die eigentliche *Mappa Mundi Lapideus* hundertmal größer vorstellen..."

"Ja", sagte Marten. "Gewiß..." Es fiel ihm schwer, seine Enttäuschung zu verbergen. Aus Ricardos Mund klang es so als handelte sich bei dem Artefakt um eine billige Fälschung. "Aber was ist es dann?" fragte er unsicher. "Ein Falsifikat?"

Der Doktor sah die Steine abschätzend an. "Nein, das ist es ganz sicher nicht..." er nippte an seinem Pastis. "Dafür ist sie ohnehin zu klein." Er zog ein Blatt Papier und einen Bleistift aus der Innentasche seiner Jacke, streifte sorgfältig das Papier über den Steinen glatt und schraffierte die Oberfläche mit dem Bleistift. Dann wendete er die Steine mit Hilfe von Echos Tischset, das noch immer unter seinem Teller lag, sodaß die Punkte und Linien nach unten zeigten. Er wiederholte das Kopierverfahren mit einem zweiten Blatt Papier auf der Rückseite der *Steinernen Karte*. Überrascht erkannte Echo, daß die Steine tatsächlich eine Rückseite hatten, die ihre eigene Information bereithielt. Ricardo betrachtete das Ergebnis einen Moment selbstgefällig. Dann schob er das Blatt Echo zu, der es mit größer werdenden Augen betrachtete. "Was ist das?"

Ricardo lächelte süffisant. "Eine seit langem in Logenkreisen gebräuchliche Methode weniger geheime Informationen zu transportieren. Die tatsächliche Nachricht dieser Steine ist mit dem bloßen Auge kaum zu erkennen. Die phantasievolle aber sinnfreie Rückseite wird in der Regel für die wahre Botschaft gehalten. Und natürlich nie identifiziert."

"Und was bedeutet... das?" Echo wies auf das Blatt mit der Schraffur.
Mit einem überlegenen Lächeln betrachtete der Doktor das Papier. Schließlich sah er mit hochgezogenen Augenbrauen von Marten zu Echo. "Ein wenig mittelalterliche Kunst", sagte er und nahm einen weiteren Schluck Pastis. Er lachte. "Schon gut. Lassen Sie mich mal sehen. Hier oben sehen wir zweifellos eine Skizze des Sephirot-Baumes, der Manifestationen Gottes, in denen er aus seiner Verborgenheit hervortritt..."
"Kabbala auf einem Templerdokument?" fragte Marten skeptisch.
"Wenn es der Geheimhaltung diente", erklärte der Doktor, "war den Templern jedes Mittel billig."
Echo wies auf die Mitte des Gebildes, das dem auf dem Papier aus dem Schließfach bis auf ein Detail sehr ähnlich war: "Dort fehlt etwas..." sagte er. Die Stimme des Friedhofsgärtners klang ihm plötzlich wieder im Ohr. "Sollte dort in der Mitte nicht *Tifereth* sein, die *Herrlichkeit Gottes*?"
Ricardo zeigte sich beeindruckt. "Wir haben also einen kleinen Kabbalisten unter uns", meinte er, und es klang beinahe anerkennend.
"Nein." Echo schüttelte den Kopf. "Ich dachte nur..."
"Oh, Sie haben ja recht." Ricardo grinste. "Tatsächlich fehlen einige Bezeichnungen in dieser Darstellung. Daß es nun gerade die *Herrlichkeit Gottes* ist, könnte einen tieferen Sinn haben. Auf jeden Fall liefert es Stoff für eine ganze Abhandlung zum Thema Häresie der Ritterorden des Orients..." Doch im nächsten Augenblick schüttelte er schon den Kopf. "Es geht nicht um die Sephirot", sagte er ernst und betrachtete sowohl Steine als auch Schraffur mit wachsendem Interesse. "Wir sollten unser Augenmerk lieber den weiteren Informationen widmen, die wir diesen Steinen entnehmen können." Ricardo nahm den Bleistift und zog einige der Schriftzüge und Linien nach, bevor er schließlich langsam las und erklärte: "*De Septenarii Mysteriis. Die Weltformel der Sieben.*" Dann tippte er auf eine weitere Stelle. "*Rue de la Manticore*", las er, "und hier: *La Porte*". Er sah Marten fragend an. "Die Tür?"
Marten zuckte mit den Schultern. Nur Echo fühlte sich an seine Träume erinnert, in denen er eine schier endlose Treppe auf der Suche nach *der Tür* hinaufstieg.
Ricardo las weiter und übersetzte aus dem Lateinischen: "*In dieser Figur ist begriffen Ewigkeit und Zeit, Gott und Mensch, Engel und Teufel, Himmel und Hölle, das alte und neue Jerusalem, samt allen Schöpfern und Kreaturen, Zeit und Stunden.*" Er wechselte einen weiteren, eher fragenden als vielsagenden Blick mit dem Buchhändler. Dann fuhr er fort die Schriftzeichen mit dem Bleistift nachzuziehen. Schließlich waren dreizehn Kreise zu erkennen, so angeordnet, daß zwölf kleine unter einem großen um die Sephirot herum plaziert waren. "Trēdecim", murmelte Ricardo. "Nein, es muß heißen: Tertius Decimus, *der Dreizehnte*..." Er seufzte. Den kleinen Kreisen zugeordnet

standen Namen, fremdartig, zum Teil kaum leserlich. "*Pélerin*, *Ravendel*, *Slijpe*, Brugensis, Gandauum..." entzifferte der Doktor einige von ihnen. Ohne Zusammenhang, wie es schien, schlichtweg Namen. "Slijpe, Brugge und Gent", übersetzte er langsam. In der Mitte war schließlich der Hinweis für das Interesse des Doktors zu lesen: *Mappa Mundi Lapideus*, die steinerne Weltkarte, deren Abbildung man auf dem Gebilde allerdings vergebens suchte.

"Also doch!" sagte Marten, der seine Euphorie noch nicht verloren zu haben schien und ungeduldig Ricardos Begeisterung erwartete. "Ein ganz außerordentlicher Fund! Was meinst du?"

"Was ich meine?" fragte Ricardo langsam zurück, "Das alles erscheint mir mehr als suspekt und zusammenhanglos. Wenn ich mich nicht irre, sind *Pélerin*, *Slijpe* und Brugge ehemalige Templerbesitzungen. Na ja, in Brugge gab es nur einen Templerhof, aber immerhin. Die anderen sind möglicherweise ebenfalls Komtureien oder Ordensfestungen, das müssen wir noch feststellen. Das, für sich betrachtet ist schon ein recht außerordentlicher Fund, da hast du Recht, Franz. Vielleicht hat es sogar etwas mit den Templern zu tun, templerischen Ursprungs ist es auf keinen Fall. Templerniederlassungen sind kein Geheimnis, der *Sephirotbaum* ebenfalls nicht. Und es paßt auch gar nicht zusammen! Der Hinweis auf die *Septenarii Mysteriis* stammt aus dem 16. Jahrhundert, also weit nach dem Ende des Tempelritterordens..." Er lehnte sich zurück und sah Marten nachdenklich an. "Trotzdem", sagte er nach einer Weile. "Ich bin überzeugt, daß es sich hierbei um keinen Spaß à la *Plantard* handelt. Es sind zwölf Orte erwähnt, und diese zwölf Orte können durchaus die Lage der *Steinernen Karte* bezeichnen. *Der wirklichen*. So wie sie nach dem Ende des Ritterordens angelegt wurde. Der dreizehnte Kreis stellt eine Art Fahrplan zur *Steinernen Karte* dar, einen Notschlüssel, gewissermaßen. Und damit könnte der Weg zum *Großen Geheimnis* der Tempelritter geebnet sein." Er überlegte kurz und machte dann ein sehr mißtrauisches Gesicht. "Wohlgemerkt:", fügte er an. "*Könnte.*"

"Du meinst wirklich, *Pélerin*, *Slijpe* und Brugge sind Orte, an denen ein Teil der *Steinernen Karte* zu finden ist?"

"Das habe ich versucht zu sagen."

"Das wäre..." Marten rang nach Worten. "Das wäre *Spektakulär*!"

Der Doktor schürzte die Lippen und nickte zustimmend. "Das würde euch in der Tat ein Stück weiterbringen. Natürlich müßte man das alles noch verifizieren..." Mit einem abwesenden Gesichtsausdruck trank er seinen Kaffee aus, faltete die Papiere mit den beiden Schraffuren zusammen und stand auf. Mit einer knappen Verbeugung verabschiedete er sich mit dem Hinweis auf eine weitere Verabredung, wobei er die Blätter elegant in seine Anzugtasche gleiten ließ. "*Plantard* hin, *Plantard* her", sagte er, "ich würde meine Suche auf das Umfeld der *Prieuré de Sion* beschränken. Vielleicht auch auf die den Rosenkreuzern nahestehenden Gruppierungen. Aber unter denen gibt es natürlich auch eine Menge Spinner..." Ricardo überlegte einen Augenblick. "Die *Rue de la Manticore* ", fügte er an Echo gewandt hinzu und wies auf die *Steinerne Karte*. "Ich halte sie für den Ort, den Sie suchen. *Sint Kathelynen*, sagt Ihnen das etwas?"

Echo schüttelte ein wenig überrumpelt den Kopf. *Sint Kathelynen? Was war das? Natürlich war sein erster Gedanke: Rosa. Aber...* "Woher wissen Sie, was ich suche?"

Ricardo lächelte süffisant. "Gleichgültig. Merken Sie sich den Namen: *Sint Kathelynen*. Es ist ein Sanatorium. Aber wenn Sie es gefunden haben, wissen Sie, wohin es führt..." Er stand auf. "Wenn Sie mehr zur Karte wissen wollen, melden Sie sich bei mir. Ich sehe sie mir dann gerne noch einmal an." Damit ging er, ohne ein weiteres Wort der Erklärung zu geben, und hinterließ überraschtes Schweigen an ihrem Tisch. Plötzlich, noch bevor Ricardo das *Pilgerhaus* verlassen hatte, sprang Echo auf und lief ihm hinterher. "Die beiden Papiere", sagte er. "Ich denke, wir sollten sie behalten."

Nun war es an Ricardo, überrumpelt zu sein. Er sah sich kurz um. Die Blicke der Gäste ruhten auf ihnen, Rick neigte interessiert den Kopf und auch Marten war aufgestanden. Widerwillig zog er die beiden Blätter wieder aus der Tasche. "Wenn ich Ihnen helfen soll..." begann er.

"Nicht nötig", unterbrach Echo ihn. "Nicht jetzt." Er nahm die Papiere und kehrte zurück zum Tisch.

Der Buchhändler sah ihn verärgert an. "Warum haben Sie das getan?"

"Ist Ihnen aufgefallen, wie gleichgültig er war, als er uns erklärte, daß diese Karte ein Hinweis auf die wahre *Steinerne Karte* zu sein scheint?"

"Sein könnte..."

"Ursprünglich war er von ihrer Echtheit überzeugt", erwiderte Echo. "Sie haben es *spektakulär* genannt. Wenn er recht hat – und er ist die Kapazität auf dem Gebiet –, dann ist es weit mehr als das. Aber Ricardo bleibt ganz ruhig und verweist auf die *Rue de la Manticore* , irgendeine Straße, die wir vermutlich ohnehin nie finden werden..." Echo lehnte sich zurück und schüttelte den Kopf. "Er wollte uns hintergehen."

Marten sah ihn gequält an. "Das glaube ich nicht", sagte er leise.

"Warum hat er dann keine Fragen gestellt? Warum hat er nicht gefragt, woher die Karte kommt und ob wir noch weitere Unterlagen, Photographien oder Schriften haben? Weil er sie dank der Durchschriften nicht mehr brauchte? Oder weil er sie sich besorgt hätte, sobald ich wieder zurück im Haus meines Vaters gewesen wäre? Vielleicht hätte er dort auch die Scheiben eingeworfen. Nein, irgend etwas stimmt mit Ihrem Doktor Ricardo nicht! Woher kennen Sie ihn eigentlich?"

Marten sah in die Richtung, in die Ricardo verschwunden war. "Er kauft seit langem seine Bücher bei mir", antwortete er zögernd. "Er hat mein Schaufenster bestimmt nicht eingeworfen."
"Er hat auch Ihre Theorie kaputtgemacht..."
"Er... ja... nicht ganz." Martens Blick wanderte zurück zu den Steinen. Er nickte mit schmalen Lippen. "Zugegeben, es ist nicht die *Steinerne Karte*. Aber es scheint doch wenigstens der Weg dorthin zu sein. Erinnern Sie sich, daß Rosa von einem Schlüssel sprach?"
"Ein Schlüssel?" Echo überlegte. "Richtig... Vom Schlüssel zu einer Tür, die zu den Templern führt... So oder so ähnlich jedenfalls."
"Genau. Ich denke, daß dies der Schlüssel ist, die Karte, die Jacob Kerschenstein den Weg zu ihr, zu Rosa zeigen sollte. Verschlüsselt genug, damit nicht jeder die Tür finden konnte, von der sie..."
"*Ach Kerschenstein!*", fuhr Echo den Buchhändler an. "*Hören Sie doch auf!* Dies ist der Nachschlüssel für Ihre verdammten Templer, das Verzeichnis aller zwölf Steinernen Karten. Die fehlende Gruppe wird mit diesem Ding, diesem Puzzle, überhaupt nicht mehr gebraucht..." Echo entfaltete die Pausen und strich sie glatt. Seit Tagen hörte er immer wieder Kerschenstein. Im Grunde hatte der alte Mann seinen Vater auf dem Gewissen. So und nicht umgekehrt.
"Sie meinen..."
"Ich bin keine Wissenschaftler", sagte Echo. "Aber hier sind zwölf Orte verzeichnet. Zwölf Orte. Also zwölf Karten. Wenn ich der Tempel wäre, hätte ich mich auch nicht nur auf einen Jahrhundertplan mit zwölf Gruppen verlassen..." Er krauste die Stirn. "Allerdings scheinen die Orte nicht in Frankreich zu liegen, sie klingen eher niederländisch. Na ja, bis auf *Pélerin* vielleicht..."
Marten schien von dieser Erklärung völlig überrascht und starrte mit großen Augen auf die von Ricardo angefertigten Pausen. Plötzlich lachte er leise. "Oh nein! Nein, nein, *Pélerin* liegt im heutigen Israel, in der Nähe von Haifa. Sie war die letzte Templerfestung im *Heiligen Land*. Auf den ersten Blick paßt *Pélerin* gar nicht in die Aufzählung. Ricardo hätte das wissen müssen."
"*Im Heiligen Land...*", wiederholte Echo ein wenig verwirrt. Das Bild des Komturs erschien vor seinen Augen, Gaudin, der ihm den letzten Auftrag, das Fascis mit dem zwölften Teil des *Großen Geheimnisses* übergeben hatte, er sah die schwarzweißen Banner im Rittersaal, den *Baphomet*, spürte die Hektik der Evakuierung, die Flüchtenden, den angespannten Todesmut der letzten Ritter im Angesicht von Saladins Streitmacht...
Aber das war in *Akkon*.
Akkon, Pélerin! Das paßte doch nicht zusammen! War er – oder sein Traum-Ich – nicht von Akkon aufgebrochen? Echo setzte die Brille ab und vergrub das Gesicht in den Händen. *Was für ein verrückter Traum! Warum war er immer noch so klar?*

"Was haben Sie?" fragte Marten besorgt.
"Es ist nichts." Echo schüttelte den Kopf. "Ich hatte nur gedacht, daß es Akkon hätte sein müssen…"
"Sie kennen sich besser aus als ich dachte", entgegnete der Buchhändler beeindruckt. "Tatsächlich war Akkon der letzte verbliebene Rest der Kreuzfahrerstaaten. Bis auf Pélerin, eine Templerfestung etwas südlich von Akkon. Sie wurde zwei Monate später aufgegeben, und damit wurde das Kapitel des Heiligen Landes endgültig geschlossen."
Dann hatte die wahre *Steinerne Karte*, das Urbild, von dem der Komtur in Akkon gesprochen hatte, seinen Weg über Pélerin genommen? Möglich. Im Grunde war es aber auch völlig belanglos für Echo. Aber es paßte alles zusammen, und das machte die ganze Geschichte, vom Päckchen bis hin zu seinen Träumen, so beängstigend glaubwürdig…
"Es ist also recht unzweifelhaft", erklärte Marten voller Überzeugung, "daß der Weg der dreizehn Gesandten in *Pélerin* seinen Ausgangspunkt gehabt haben muß."
Echo nickte. Er wollte jetzt von alldem gar nichts mehr wissen. *Ihn interessierte verdammt nochmal nur Rosa!*
Aber wahrscheinlich gehörte beides zusammen…
"Ich glaube eher, daß es Akkon war", sagte er tonlos. Aber vielleicht galt das ja nur für die ersten zwölf Boten.
"Einerlei…" erwiderte Marten ein wenig verwirrt. "Wichtig ist, wo sich die zwölf Teile der Steinernen Karte jetzt befinden. Und ich denke, das wissen wir seit heute." Ein unsicheres Grinsen huschte über sein Gesicht, sein Blick suchte den von Echo, der aber nachdenklich auf die schwarzen Steine vor sich starrte.
Marten griff nach seinem Glas Pastis, betrachtete es kurz und fragte sich, warum es immer noch ungeleert auf dem Tisch gestanden hatte. Dann stürzte er ihn mit einem Schluck hinunter und hielt inne. "Ich frage mich nur, warum er so plötzlich aufgebrochen ist", sagte er leise.
"Ricardo?" Echo sah auf und zeigte auf die Steine. "Na, ich denke, er hatte, was er wollte: die Durchschriften der Karte. Jetzt, da ich sie ihm abgenommen habe, werden wir ihn wohl bald wiedersehen." *Wenn nicht sogar heute nacht noch*, dachte er.
Der Buchhändler seufzte. Eine Zeitlang saßen sie sich schweigend gegenüber. Erst nachdem sich die Gelegenheit geboten hatte, den nächsten Pastis zu bestellen, formulierte Marten einen weiteren Gedanken: "Lassen wir die Möglichkeit, daß dieses Puzzle ein Wegweiser zur *Steinernen Karte* sein könnte, einmal außen vor. Warum hat er gesagt, daß Sie die *Rue de la Manticore* suchen sollen?"
"Um uns abzulenken", vermutete Echo. "Er kann von meiner Suche nach Rosa nichts gewußt haben…" Natürlich konnte er das, war sein nächster

Gedanke. *Die Frau mit dem weitfaltigen Kleid hat es ihm gesagt...* Er verwarf den Gedanken sofort wieder.

"Eigentlich nicht", bestätigte Marten, "da gebe ich Ihnen recht. Nicht einmal ich wußte davon." Er schmunzelte. "Aber deutet nicht alles daraufhin, daß Rosa den Weg zu den Templern gefunden hat? Sie selbst hat es geschrieben. Und Sie haben den *Zirkus der Nacht* erwähnt, wo Sie die junge Frau gesehen haben. Je länger ich darüber nachdenke, desto sicherer bin ich mir, daß dieses Artefakt nicht nur ein Wegweiser, sondern auch der Schlüssel ist..."

"Ein Schlüssel? Was für ein *Schlüssel* soll das sein – ein paar Steine?"

"Denken sie an das was Ricardo vorgelesen hat." Marten tippte auf die Karte. "Die *Rue de la Manticore* ist vielleicht eine Art fester *Zirkus der Nacht*. Wenn der Orden tatsächlich – nennen wir es einmal so – im *Untergrund* ist, dann braucht er eine Möglichkeit um herüberzukommen, in das Hier und Jetzt..." Marten sprach langsam, nachdenklich. "Verzeihen Sie meine vage Wortwahl. Ich meine damit natürlich die *Tür, la Porte,* der Weg, auf dem Rosa zu IHNEN gelangt ist. Und einen Hinweis, wo sie zu finden ist, haben wir ebenfalls: irgendwo zwischen *Slijpe*, Brugge und Gent soll diese Tür liegen..."

"*Slijpe?*"

"Ein kleiner Ort an der flämischen Küste", erwiderte Marten beiläufig. "Es hat dort einmal einen Tempelhof gegeben, *la court du Temple de Slype.* Wenn man die Punkte auf einer Karte verbände, bekäme man ein langgezogenes Dreieck."

"... das wie groß ist?"

Marten überlegte. "Auf seiner längsten Seite wird das Dreieck schon sechzig Kilometer haben", sagte er zögerlich. "Aber vielleicht hilft Ihnen ja der Name des Sanatoriums weiter, den Ricardo erwähnt hat."

"Ja, vielleicht..." Echo nickte langsam. *Sint Kathelynen* hatte Ricardo gesagt. Nur war dieses Sanatorium gewiß auf keiner gängigen Karte verzeichnet. Ebenso wie die *Rue de la Manticore* , die es nach all der Zeit ganz bestimmt auch nicht mehr gab.

Es war aussichtslos, dachte Echo. Wenn der *Zirkus der Nacht* nicht noch einmal auftauchte, hatte er Rosa trotz der *Steinernen Karte* verloren.

Er spürte eine Berührung, eine Hand an seinem Arm. Echo fuhr zusammen und sah, daß es nur Marten war. Er war aufgestanden. "Wir sollten gehen", sagte er. Ein Hauch von Pastis lag in der Luft. "Wir werden uns morgen wieder hier treffen und das weitere Vorgehen besprechen."

Echo nickte. "Ja", sagte er, "ja, das machen wir."

"Vielleicht können wir Marcus überreden, wieder mit dabei zu sein?" Der Buchhändler sah ihn in einer Mischung aus Melancholie, Besorgnis und Alkoholverklärtheit an.

"Wir können es versuchen", erwiderte Echo knapp. "Ich denke, zu dritt sind wir sicherer..." Nach den Gesetzen der Statistik zumindest.

Er ahnte, daß es zu diesem Treffen nicht mehr kommen würde und rang sich ein schmales Lächeln ab.

Als er im Wagen saß und den Zündschlüssel ins Schloß steckte, wußte Echo plötzlich nicht, wo er hinfahren sollte. Nach Hause, in das *Totenreich*, durfte er nicht, er konnte es nicht. *Der Russe* würde dort auf ihn warten. Jetzt, da er wußte, daß Echo das Päckchen besaß, war die *Jagdsaison* eröffnet, und ein zweites Mal würde ihn niemand schützen.

Echo verschloß die Fahrertür und startete den Wagen.

Es hatte keinen Zweck, er mußte sich eine andere Bleibe suchen, zumindest für die nächsten Tage. In Gedanken ging er die Hotels in der Nähe durch. Das *Batavia* kam nicht in Frage, es lag ohnehin nicht in der Nähe. Im Grunde blieb ihm nur das *Hotel Heide*, Jordans Hotel.

Nun, er würde dem Polizisten heute nacht schon nicht über den Weg laufen...

Eine Stunde später, als er im letzten freien Zimmer des Hotels auf dem Bett lag, angezogen und einsam, die Pistole unter dem Kopfkissen und eine Flasche Port neben sich, die er in der Bar teuer bezahlt, mit hinaufgenommen und bereits zur Hälfte geleert hatte, da erschien es ihm, als wäre Rosa, ebenso wie Morand und all die anderen, tot. Gestorben mit dem Verschwinden des Zirkus. Ein sinnloser Tod nach sinnlosen Versuchen, ihn in eine Sache hineinzuziehen, die er nicht verstand, die ihn nichts anging und ebensowenig interessierte. Es war nur Rosa, von der er sich wünschte, daß sie ein wenig realer gewesen wäre, nicht nur eine Folge des Schädeltraumas oder irgendwelcher Betäubungsmittel.

Noch immer blutete die Wunde nachts, wenn er lag, und noch immer wallten bei jeder heftigen Bewegung die mittlerweile so bekannten Kopfschmerzen wieder auf.

Wenn das Gefühl der Tristesse, das er mit der Rückkehr nach Köln verband, nicht ebenso stark gewesen wäre wie Hoffnungslosigkeit, Rosa zu finden, er wäre noch in dieser Nacht zurückgefahren.

So aber starrte Echo hinaus in die Dunkelheit jenseits des Fensters, sternlos und wolkenverhangen und ebenso trist wie alles andere, dachte darüber nach, ob sie sich überhaupt finden lassen wollte, und ob es nicht eigentlich viel besser wäre, das Päckchen einfach wieder zurückzubringen, unter dem Grabstein zu verstecken, so zu tun, als wäre nichts geschehen. Nach einer halben Flasche Port klang das wie eine sehr gute Idee...

Noch einmal zog er die Photographie zwischen den Seiten des kleinen Buches auf dem Nachttisch hervor und betrachtete sie, betrachtete die junge Frau mit den dunklen Haaren bis ihm die Augen zufielen und er in einen unruhigen aber traumlosen Schlaf fiel.

> "Aber für welches Geheimnis steht die Schlange?"
> "Für die Erdstrahlen. Aber die wahren."
> "Und was sind die wahren Erdstrahlen?"
> "Eine große kosmologische Metapher; und sie stehen für die Schlange."
> U. Eco: Das Foucaultsche Pendel, 1989, S. 527

49. OLDENBURG, SONNTAG, 16. SEPTEMBER 1984

"*Zum Teufel mit Ihnen*", brüllte der *Prinz von Jerusalem* in den Hörer. "*Ich habe genug! Es ist aus! Sie sind endgültig raus! Was bilden Sie sich denn ein?*" Er war nicht schnell aus der Fassung zu bringen, weiß Gott nicht! Aber seine Geduld war auch nicht unendlich! Die Loge hatte viel Geld bezahlt, um an das Päckchen zu kommen, mit allen Konsequenzen, die eine derartige Suche nach sich zog. Kollateralschäden nannte man das wohl. Kerschenstein hatte sich *umgebracht*, Marburg hatte ihn in den Tod getrieben, alles hatte ganz wunderbar gepaßt. Selbst die Franzosen hatten ihren Teil dazu beigetragen und diesen neugierigen Colonel aus dem Weg geräumt. Dann aber hatte es begonnen, ein wenig aus dem Ruder zu laufen. Ein Legionär, der den französischen Brüdern durch die Lappen gegangen war und der Loge eben jenes Päckchen vor der Nase weggeschnappt hatte. Eine Journalistin, die ihnen fast einen Strich durch die Rechnung gemacht hätte, weil sie zur falschen Zeit am falschen Ort gewesen war, und nun ein junger Taxifahrer, ein Student, ein Grünschnabel, der sich einmischte, weil er glaubte, daß sein Vater zwar ein Alkoholiker gewesen sein mochte, aber natürlich niemals betrunken Taxi gefahren wäre. *Absurd,* natürlich! Dummerweise hatte er ihnen offensichtlich ein zweites Mal das Päckchen weggeschnappt.

"Ich bin noch lange nicht raus", unterbrach der Russe am anderen Ende der Leitung die Gedanken des *Prinzen von Jerusalem*. Sein Ton war ruhig aber bestimmt.

Der *Prinz von Jerusalem* zögerte. "*Bitte?*"

"Erstens habe ich mein Geld noch nicht bekommen…"

"Geld?" unterbrach ihn der *Prinz von Jerusalem* ungehalten. "Wofür sollten…"

"…und zweitens", fuhr der Russe ungerührt fort, "hat mich der Junge gesehen. Das ist zu gefährlich. Ich werde ihn töten…"

Der *Prinz von Jerusalem* schnaubte verächtlich. "Dazu hatten Sie mehr als eine Gelegenheit! Und? Er lebt immer noch! Und jetzt will ich ihn lebend!"

"Wenn Sie gegen mich arbeiten, wird es natürlich nicht einfacher…"

"Ich habe schon einmal gesagt, daß wir damit nichts zu tun hatten. Der Mann in Marburgs Haus – wenn es ihn überhaupt gegeben hat – gehörte nicht zu uns!"

"Woher wußte er dann von meinem Auftrag?"

Das hatte er sich auch selbst immer wieder gefragt. Der *Prinz von Jerusalem* zuckte widerwillig mit den Schultern, was der Russe natürlich nicht sehen konnte. "Er war keiner von uns", sagte der *Prinz* leise. Er hatte sich wieder gefangen und überlegte, ob der Russe am Ende nicht doch noch nützlich sein konnte. "Der Junge hat etwas, das wir gerne hätten", erklärte er nach kurzem Überlegen. "Etwas das…"
"Ich habe das Päckchen", unterbrach ihn der Russe. "Wenn ich den kleinen Taxifahrer zum Schweigen gebracht habe, werden wir über den Preis reden." Das war ein wenig voreilig, dachte Dimitri. Aber man mußte diese Typen vor vollendete Tatsachen stellen.
Der *Prinz von Jerusalem* war zu überrascht, um sofort antworten zu können. Woher in aller Welt wußte der *Russe* von dem Päckchen? Er fluchte innerlich, versuchte aber, sich gelassen zu geben. "In Ordnung", sagte er so ruhig wie möglich, wenn auch ein wenig zu langsam. "Dann sollten wir uns treffen. Heute nachmittag noch. Und beim jungen Marburg gebe ich Ihnen freie Hand."
Der Russe lachte leise. "Sie wollen mich auf den Arm nehmen, oder?"
"Keineswegs", brummte der *Prinz von Jerusalem*, dem das Gespräch bereits zu lange dauerte. "Warum sollte ich?"
"Der Junge wird überwacht."
Überwacht? Woher zum Teufel… Mit Mühe verkniff er sich einen Kommentar. Aber war der Einsatz nach dem Zwischenfall auf dem *Jüdischen Friedhof* nicht beendet worden? Der *Prinz von Jerusalem* fluchte stumm. Noch etwas, um das er sich kümmern mußte! Jetzt nur nicht das Gesicht verlieren. "Ich nahm an", sagte er nach kurzem Zögern mit wiedergewonnener Souveränität, "daß das für Sie kein Problem ist. Nun, wie auch immer – die Überwachung wird heute oder morgen eingestellt. Darauf können Sie sich verlassen. Und dann erwarte ich Erfolge. Und das Päckchen…"
Dimitri, grinste und legte auf ohne ein weiteres Wort zu sagen. *Aber der Erfolg wird teuer für euch. Darauf kannst du dich verlassen…*

Bernd Kolberg saß auf der großen Teakholzbank auf seiner Terrasse, hielt regungslos ein allmählich wärmer werdendes Glas Cognac in der Hand und starrte in seinen Garten. Alles wurde immer üppiger und wuchs mittlerweile wie verrückt. Er hatte den gleichen Fehler wie die meisten Amateurgärtner gemacht und in den ersten Jahren viel zu viel gepflanzt. Nun ja, im Grunde war es Evelyn gewesen, seine Frau. Vielleicht gefiel es ihm gerade deshalb. Schade, daß Catrin, seine Jüngste, keine Ambitionen hatte, im Garten mitzuhelfen. Aber sie war jetzt in einem Alter, in dem Familie und Hausarbeit eher zur Nebensache wurde. *Mit Freunden rumhängen und so… Töchter!* Er gönnte es ihr. Und wer weiß, wie lange sie den Garten überhaupt noch hatten. Das Haus war groß und noch lange nicht abbezahlt.

Kolberg hatte Angst, Angst vor Evers. Er hatte den Generalstaatsanwalt nach ihrem letzten Gespräch noch nicht zurückgerufen und seine Worte klangen ihm noch im Ohr. *Ich glaube, Sie verstehen immer noch nicht: es wird keinen Fall geben. Weder Kerschenstein noch Nijmann noch Marburg. Ich bitte Sie lediglich, Ihren Teil dazu beizutragen.* Der letzte Satz klang auf gefährliche Art ironisch. Evers konnte ihm viel Ärger machen. Und er hatte sich wohl schon hundertmal gefragt, ob Evers die treibende Kraft war oder jemand anderes dahintersteckte? Am Ende eine ganze Organisation, wie er es nach dem Gespräch mit Engholm nicht mehr ausschließen mochte? Der Gedanke, daß es sich dabei um das WERK handelte, erschien ihm dabei wie ein widerwärtiger, unwirklicher Eindringling. Und war Eilers tatsächlich eine Art Komplize oder hatte er nur eine Reihe von Fehlern gemacht? Und warum hatte er sie gemacht?

Es hatte zwei Tage gedauert, bis er sich entschieden hatte, wie er auf Evers' *Bitte* reagieren sollte. Und im nachhinein fand er diese Frist, die er gebraucht hatte, ebenso ungeheuerlich wie das Ansinnen des Generalstaatsanwalts an sich. Natürlich konnte er keinen Einfluß auf die Ermittlungen nehmen! Er war doch nicht Polizist geworden um Gerechtigkeit irgendwelchen Klüngeleien zu opfern! Erst nach dem Gespräch mit Engholm hatte er gehandelt. Zu spät? Er hoffte nicht. Mit etwas Glück – und der Mithilfe seines Freundes Rolf, Arzt, Pathologe und Gott sei Dank verrückt genug, um eine unautorisierte Exhumierung und Untersuchung mitzumachen – waren sie schnell genug und konnten Fakten schaffen, die auch ein Oberstaatsanwalt nicht ignorieren durfte.

Er seufzte. Viel wahrscheinlicher war, daß ihm alles, was er heute getan hatte, morgen schon um die Ohren fliegen würde. Sein Vertrauen in Eilers war beschädigt vor Evers hatte er Angst und Vomdorff konnte er nicht einschätzen. Aber wem *konnte* er vertrauen? Jordan, den er fast nur angetrunken erlebt hatte? Voigt? Engholm? Wie war es mit dem Rest seiner Leute? Und wenn alles nur ein großangelegter Versuch war, ihn in Mißkredit und letztlich aus dem Amt zu bringen?

Ein weiterer Gedanke kam ihm: war der Richter, an den er sich notgedrungen wenden würde, vielleicht ebenfalls Mitglied des WERKs?

Plötzlich spürte er eine Hand auf seiner Schulter. "Hast du Probleme, Schatz?"

Er straffte seinen Oberkörper, stand auf und lächelte seine Frau an. "Nein", sagte er ruhig.

Seine Frau lächelte zurück. Ein überzeugenderes Lächeln als das, das er zustande gebracht hatte. Kolberg wußte, daß sie ihm nicht glaubte.

"Dann komm' essen", sagte sie.

Der Telefonanruf kam später, um zehn vor zwei. Das Gespräch war kurz, und er hatte es erwartet.

> "... die Begründung und Einrichtung eines Ordens ...
> den wir das *Haus Salomons* nennen."
> Francis Bacon: Neu–Atlantis, 1627

50. OLDENBURG, MONTAG, 17. SEPTEMBER 1984

Montagmorgen, 8.00 Uhr, die zweite Besprechung in Kolbergs Büro wurde wenige Minuten zuvor abgesagt. "Der Polizeipräsident hat einen wichtigen Termin, den er nicht verlegen konnte", hatte Kolbergs Sekretärin zu Engholm, der als erster eingetroffen war, gesagt. Dann hatte sie ihm einen Karton mit unterlagen in die Hand gedrückt und ihn auf eine Weise angelächelt, die er als unheilvoll interpretierte.

In der Tür wandte sich Engholm noch einmal um. "Wann wird er wieder hier sein?" fragte er.

Kolbergs Sekretärin zuckte mit den Schultern. "Der Termin ist in Hannover..."

Eine halbe Stunde später trafen sie sich in 322. Voigt und Engholm sahen müde aus, Jordan ebenfalls, aber er war nüchtern. Besser ging es ihm dadurch nicht, denn er sollte eigentlich auf dem Rückweg nach Hannover sein. Berndes würde ihn zerreißen...

Alle drei hatten bis in den frühen Morgen gearbeitet, hatten ein paar Stunden geschlafen und sich nun in Jordans ehemaligem Büro eingefunden.

"Kolberg ist wieder verschwunden." Engholm sah seine beiden Kollegen prüfend an. Als keine Reaktion sichtbar wurde, fügte er hinzu: "Diesmal ist er in Hannover."

"Innenministerium?" fragte Voigt müde.

Engholm hob die Schultern. Auszuschließen war das nicht. Ungewöhnlich war nur, daß der Polizeipräsident gestern vormittag noch nichts von diesem Termin wußte. Er zeigte auf die Akten, die Kolbergs Sekretärin ihm mitgegeben hatte. "Die Fallakten", sagte er müde. "Kerschenstein, Nijmann, Marburg, Morand und auch Dessauer. Die ist heute nacht per Fax aus Hamburg gekommen..."

"Was steht drin?" fragte Voigt und zeigte auf die Akte der Hamburger Kollegen.

"*Hattest du schon Zeit, dir die Unterlagen anzusehen, vielen Dank, daß du das gemacht hast, du bist ein toller Kollege*", murmelte Engholm und blätterte in seinen Aufzeichnungen. Aber wer sonst hätte es tun sollen? "Franz Dessauer ist aus geringer Entfernung mit einer Pistole erschossen worden" begann er. "Vorbehaltlich weiterer Erkenntnisse ist er durch zwei Neunmillimeterprojektile zu Tode gekommen. Ein Schuß in den Kopf, einen in die Herzgegend. Und zwar am Donnerstagmorgen zwischen zwei und vier Uhr. In diesem Zeitraum hatte er Besuch, und zwar von Jacques Morand und Jochen Marburg. Diese Information kommt allerdings von uns. Marburgs Taxe ist in diesem Zeitraum vor Dessauers Haus gesehen worden. Nach

Einschätzung der Hamburger Kollegen handelte es sich nicht um einen Einbruch oder Raubüberfall. Nichts scheint zu fehlen, keine Verwüstungen, Fenster und Türen sind intakt. Morand und Marburg sind festzunehmen und ihre Fingerabdrücke mit denen in Dessauers Haus abzugleichen." Er sah von Voigt zu Jordan. Dann fuhr er fort: "Dessauer war stiller Teilhaber der Rechtsanwaltskanzlei, *Schneewind und Collegen*, die er nach dem Krieg mitgegründet hatte. Vor drei Jahren hat er sich zur Ruhe gesetzt. Keine Vorstrafen, keine Einträge." Engholm reichte Jordan eine Mappe mit Faxkopien der Hamburger Ermittlungsakte. "Soweit der Bericht der Kollegen."

"Vielen Dank, daß du das gemacht hast, du bist ein toller Kollege", sagten die beiden Kommissare unisono und grinsten.

Engholm blieb ernst. "Wie wir allerdings Morand festnehmen sollen, bleibt ein Rätsel", sagte er.

"Haben wir einen Haftbefehl?" fragte Voigt.

"Nur für Morand und Marburg."

Jordan lachte auf. "Was für ein Motiv sollte er haben? Der kannte Dessauer doch gar nicht."

"Wenn du ein wenig besser aufpassen würdest", sagte Engholm kühl, "dann wüßtest du, daß die Namen Morand, Dessauer und Schneewind im Notizbuch von Marburgs Vater standen. Wenn er davon ausgeht, daß sie verantwortlich für den Tod seines alten Herren sind, sollten wir uns um Schneewind sorgen."

"Du meinst..."

"Nein. Aber es ist nicht auszuschließen. Es gibt jedenfalls durchaus eine Verbindung."

"Wenn wir die Tatwaffe hätten..."

"Ja wenn. Haben wir aber nicht." Engholm sah auf die Uhr. Es war fast neun. "Die Zeit reicht noch, um euch von meiner Nachtarbeit zu erzählen", sagte er und schlug sein Notizbuch auf.

Jordan sah Engholm betreten an, als dieser fortfuhr: "Dessauers Kanzlei hat in den Fünfziger– und Sechzigerjahren nicht nur zahlreiche Größen des NS–Regimes vertreten – zumindest die, die nach *Nürnberg* übriggeblieben waren – sondern auch Kerschenstein und Marburg..."

"*Was?*" Voigt verstand nicht. "*Beide?*"

"Offenbar. Ich habe ihn in den Unterlagen gefunden. Der junge Marburg hat recht gehabt: Kerschenstein war tatsächlich einmal wegen Mordes angeklagt..."

"Ich hatte das nicht so ganz ernst genommen", überlegte Jordan laut. "Mal abgesehen davon, daß ich den Zusammenhang nicht sehe – warum hatte sich ein Mann wie Kerschenstein, Jude und KZ–Opfer, an eine Kanzlei gewandt, die *SS*–Leute und... und... naja – *Nazis* verteidigt hatte?"

Das Telefon klingelte und Engholm nahm ab. Er hörte einen Augenblick lang zu, dann legte er auf und lächelte zufrieden.

"Was ist?" drängte Jordan, als der Hauptmeister keine Anstalten machte zu berichten. "Wer war das?"

"Das war Kolbergs Sekretärin." Engholms Gesicht wurde ernst. "Der Arzt hat angerufen." Er erinnerte sich nicht an den Namen. "Ihr wißt schon, der Bekannte von Kolberg..."

"Und?"

"Er hat es tatsächlich geschafft, Kerschenstein und die Nijmann zu untersuchen."

"*Untersuchen?*"

"Nun ja, pathologisch natürlich. Exhumierung gestern nachmittag, Untersuchung letzte Nacht..."

Voigt pfiff überrascht. "*Und?*" fragte er aufgebracht. "Was hat er herausgefunden? Nun laß dir doch nicht alles aus der Nase ziehen!"

Engholm lächelte wissend. "Ich hatte recht: Kerschenstein ist erwürgt worden", berichtete er, "*bevor* er erhängt wurde. Es sind deutliche Würgemale unterhalb der Strangulationsfurche, die der Strick hinterlassen hat, zu erkennen. Hautunterblutungen und Fingereindrücke und verschiedene Hämatome am ganzen Körper. Der Mann hat sich nicht selbst erhängt."

Jordans Gesicht zeigte eine Mischung aus Überraschung und Zufriedenheit. Ob diese neuen Erkenntnisse ausreichten, um den Fall weiterhin zu untersuchen, wußte er nicht. Auf jeden Fall war aus seinem Fall von Selbsttötung nun doch noch ein richtiger Mordfall geworden. Dennoch machte sich in ihm unmittelbar das Gefühl des Versagens breit. Die pathologische Untersuchung hätte *er* anfordern müssen...

Warum hatte er es nicht getan?

"Aber wer hat ihn erwürgt?" überlegte Voigt laut. "Gert Marburg?"

Engholm lachte auf. Er dachte an den schmächtigen Körper des toten Taxifahrers. "Wohl kaum."

"Dann werden wir wohl oder übel noch einmal die Nachbarn befragen müssen", meinte Voigt. "Und Kristin Nijmann? Was ist mit ihr?"

"Auch sie wurde umgebracht, und zwar durch eine Injektion in den Nakken."

"Wie wir es vermutet hatten", sagte Jordan euphorisch. "Gift?"

"Kondenswasser war es sicher nicht", entgegnete der Hauptmeister trokken. "Die Schlaftabletten, die sie genommen hatte, wären vollkommen ausreichend gewesen. Wenn sie sie nicht erbrochen hätte. Aber der Täter hatte auf seine Art vorgesorgt."

"*Womit?*" fragte Voigt langgezogen. Offenbar genoß Engholm es, sein Wissen in homöopathischen Dosen über ihnen auszubreiten.

"Talinolol", lautete die vom Notizblock abgelesene Antwort. "Verflüssigtes Cyclohexylureidophenoxy–hydroxy–tert–butylamino-propan, Talinololum eben. Ein Betablocker."

"Ein was?" Voigt sah seinen Kollegen mit großen Augen an.

"Ein Mittel zur Blutdrucksenkung", erklärte Jordan angewidert. Seine Mutter hatte versucht, sich damit umzubringen als er vierzehn war. Sie hatte Depressionen. Eine Krankheit, von der er zuvor nicht einmal gewußt hatte, daß es sie gab. Er hatte den Notarzt gerufen und sie hatte überlebt. Ein Umstand, den sie ihm nie verziehen und der dazu geführt hatte, daß er mit siebzehn ausgezogen war. "In hohen Dosen oder subkutan angewandt führt es zu Herzstillstand."

Voigt fluchte. "Also Mord. Damit dürfte sich unsere Theorie, daß die Toten nichts miteinander zu tun hatten, vollends in Luft auflösen."

"Das war Vomdorffs Theorie", warf Jordan ein. "Und es paßt zu den Photos, die die Nijmann gemacht hat."

"Das paßt nicht nur, das erklärt sie sogar." Engholm überlegte. *Da war doch noch was?* Er wandte sich an Jordan. "Haben wir schon die Namen der Burschen, die den Mercedes gemietet haben?" Um diesen Teil der Ermittlungen – nämlich die Identität der Fahrer bei der Autovermietung zu erfragen – hatte Jordan sich kümmern wollen.

Der schüttelte verärgert den Kopf. "Ich habe noch keine Antwort von *Hertz...*"

"Wie oft hast du nachgefragt?" wollte Engholm argwöhnisch wissen.

"Seit wann bin ich einem Hauptmeister Rechenschaft schuldig?" fragte Jordan schnippisch zurück.

"*Wie oft?*"

"Noch gar nicht... Aber nachts ist da auch keiner zu erreichen!"

Bevor Engholm etwas sagen konnte, mischte sich Voigt ein: "Falls es hier jemanden interessiert", begann er mit einem lakonischen Grinsen in Jordans Richtung. "*Ich* war *nicht* untätig. Ob Giftmord zu einem Auftragskiller paßt, weiß ich nicht – fest steht jedenfalls, daß *der Russe* in der Stadt ist." Dann verzog er den Mund. "Oder war... Wir haben das Hotel des Russen gefunden. Er scheint es ziemlich überstürzt verlassen zu haben. Leider bevor wir ihn kriegen konnten."

"Fingerabdrücke?"

"Negativ."

"Woher willst du dann wissen..."

"Die Personenbeschreibung, die uns der Portier gegeben hat, deckt sich sowohl mit der von Interpol als auch mit der, die uns die Concierge des *Batavia* gegeben hat. Er hat am Abend, bevor Marburg überfallen wurde, eingecheckt. Und der grüne Geländewagen, nach dem wir seit Donnerstag fahnden, steht ebenfalls auf dem Hotelparkplatz." Voigt sah Jordan und

Engholm stolz an. "In ein paar Stunden ist nun wirklich nicht mehr zu machen", erwiderte er ungehalten, als die Begeisterung seiner Kollegen ausblieb.

"Hat er ausgecheckt?" fragte Engholm.

"Nein. Ein Teil des Gepäcks fehlt, aber nicht alles. Der Vogel ist ausgeflogen..."

"Also hat ihn jemand gewarnt?" überlegte Engholm.

Voigt nickte. "Das halte ich für sehr wahrscheinlich. Der Portier hat nämlich einen Briefumschlag erwähnt, der kurz vor der Ankunft des Russen von einem Taxifahrer für ihn abgegeben worden war. Er konnte sich an den Fahrer und die Wagennummer erinnern, was nicht allzu verwunderlich war, denn der Fahrer war sein Schwager. Wir haben das überprüft und den Taxifahrer ermittelt. Er konnte sich sogar noch an die Tour erinnern." Er hob eine Augenbraue und erklärte verschwörerisch: "Der Brief kam aus der Gerichtsstraße."

Engholm seinen Kollegen überrascht an.

"Und das heißt?" wollte Jordan wissen.

"Die Staatsanwaltschaft liegt in der Gerichtsstraße", erwiderte Voigt, überrascht, daß er das erklären mußte.

"Und du glaubst, einer der Herren Staatsanwälte ist so blöd, einen schriftlichen Auftrag an einen Killer vom Büro aus per Taxe zu verschicken?"

Voigt verzog den Mund und zuckte mit den Schultern. Eigentlich glaubte er das nicht. Andererseits war es höchst unwahrscheinlich, daß jemand diesen Zusammenhang herausfand. Daß der Kurier der Schwager des Portiers war, konnte der Absender nicht ahnen, das war absoluter Zufall.

"Wann hat er den Brief abgeholt?"

"Abends, gegen 21.00 Uhr."

Engholms Stimme zitterte ein wenig, als er fragte: "Und wer war um diese Zeit noch im Büro?" Der Absender würde zumindest ein paar Erklärungen abgeben müssen. Vielleicht brachte sie der Brief doch weiter als er angenommen hatte. Vielleicht führte er sogar zu einer Verhaftung...

"Das", erwiderte Voigt unmittelbar, "müssen wir noch herausfinden."

"Und wie?"

"Renate ist gerade dabei."

"*Renate?*" fragte Jordan. "*Welche Renate?*"

"*Kolbergs Sekretärin?*" fragte Engholm ungläubig.

"Genau die", bestätigte Voigt grinsend. "Vermutlich plaudert sie gerade mit Evers' Sekretärin."

"*Evers? Der Generalstaatsanwalt?*" Engholm krauste skeptisch die Stirn.

"Genau der."

"Und das soll uns weiterhelfen?" fragte Jordan.

"Eine bessere Spur haben wir nicht."

Engholm überlegte. "Hat der Mann nicht telefoniert?"

"Doch", gab Voigt zu. Er druckste ein wenig rum und sah Jordan abwartend an.

"Und?" drängte Engholm.

Der Kommissar seufzte. "Der Russe hat dreimal telefoniert. Einmal mit einem Anschluß in Aubagne und einmal mit einem Anschluß in Paris. Von beiden wurde er angerufen. Danach hat er selbst eine Nummer in Hannover gewählt. Die beiden französischen Nummern haben wir angefragt, aber noch keine Antwort. Die Franzosen lassen sich offenbar besonders viel Zeit. Und die Hannoveraner Nummer läßt sich nur bis zur zentralen Vermittlung zurückverfolgen. Übrigens hat Morand zwei Anrufe von einer ganz ähnlichen Nummer, ebenfalls aus Aubagne, bekommen..."

"Morand interessiert mich nicht", sagte Jordan, ebenso argwöhnisch wie ungeduldig und mit einem Seitenblick auf Engholm. "*Von welcher zentralen Vermittlung hast du gesprochen?*" Seine Dienststelle lag in Hannover. Natürlich, er kannte nicht viele Kollegen dort, war er doch erst vor wenigen Wochen von der Fachhochschule zurückgekehrt.

"Wir müssen erst einmal..."

"*Welche zentrale Vermittlung?*"

Voigt seufzte. "Die des LKA."

"*Des LKA?*" Engholm warf Voigt einen überraschten Blick zu.

Jordan fluchte leise, doch Voigt zuckte nur mit den Schultern. "Ich kann's nicht ändern."

Einen Augenblick lang herrschte betroffene Stille im Raum. Dann sah Engholm Jordan an, der aufgestanden war und aus dem Fenster starrte: "Das hat doch nichts mit dir zu tun. Du warst ja hier. Das ist kein Mißtrauensvotum oder so etwas..." Sein Blick ging zu Voigt, doch der schwieg. Als Engholms Blick eindringlicher wurde, schüttelte auch er den Kopf. "Nein", sagte er leise. "Kein Mißtrauensvotum..."

"*Aber was ist, wenn es Berndes war?*" Jordan fluchte erneut. "*Ist doch nicht auszuschließen!*"

"Ich schätze, die Chance steht mindestens eins zu tausend", versuchte Engholm seinen Kollegen zu beruhigen. "Können wir sie nicht doch irgendwie weiterverfolgen?"

"Keine Chance..."

Jordan schloß die Augen. Er hatte überlegt, ob er Berndes anrufen und versuchen sollte, noch ein wenig Zeit herauszuschinden. Aber was würde der Hauptkommissar dazu sagen? Und wäre nicht alles, was er sagte, ein Indiz dafür, daß er zur anderen Seite gehörte? Nein, den Anruf konnte er sich sparen. Dann fiel ihm der verschwundene Mercedes ein. "Gibt es eigentlich was Neues von der Unfalltaxe?" fragte er unvermittelt. "Ich meine, habt ihr sie schon gefunden?"

Engholm und Voigt schüttelten den Kopf. Es interessierte sie auch nicht wirklich. Natürlich war das Verschwinden etwas seltsam, schön und gut, aber das war eher Marburgs Problem. Vielleicht hatte er sie unter der Hand verschrotten lassen. "Waren die Reifen abgefahren?" fragte Voigt spöttisch. "Oder war der TÜV abgelaufen?" Engholm und er grinsten sich an.
"Nein" erwiderte Jordan knapp. "Die Bremsen waren manipuliert."
Einen Augenblick lang sahen ihn die beiden Polizisten argwöhnisch an. Doch Jordan schien keinen Witz gemacht zu haben. Engholm erkannte das als erster. "Woher willst du das wissen?"
"Der Mechaniker..." versuchte Jordan zu erklären. "Gestern, beim Abschleppdienst. Er hat von defekten Bremsleitungen gesprochen. Und er schien zu wissen, was er sagt."
"*Verdammt! Warum hast du das nicht gestern schon gesagt?*" fuhr Voigt ihn an. Er war aufgesprungen und begann, wie angestochen im Zimmer umherzulaufen. "Wir hätten längst nach der Taxe fahnden können!"
"*Und ich dachte, die Fahndung läuft längst!*" verteidigte sich Jordan. "Kann ich ahnen, daß ihr euch hier so schwer damit tut? Immerhin wurde sie gestohlen..."
"*Ja, vom Schrottplatz! Und wir tun uns durchaus nicht schwer! Es macht nur einen Unterschied, ob wir nach irgendeinem Autowrack suchen oder nach dem Beweisstück in einem Mordfall fahnden!*"
"Regt euch nicht auf, das hilft uns nicht weiter", versuchte Engholm zu beschwichtigen. "Ich gebe zu, ich hatte den Unfall auch nicht gleich mit Marburg in Verbindung gebracht..." Er überlegte einen Augenblick. War das Verschwinden der Taxe am Ende sogar ein Glücksgriff, ein Fehler des Russen, der sie auf seine Spur – oder die seiner Auftraggeber – führen würde? "Wir sollten die Fahndung jetzt rausgeben", sagte er mit gespieltem Optimismus. "Sofort. Ein Autowrack kann sich ja nicht in Luft auflösen. Vielleicht steht der Wagen sogar noch irgendwo auf einem Transporter. Und der sollte sich doch finden lassen, oder?"
Jordan zündete sich eine Zigarette an. "Die Personenbeschreibung", begann er zögernd, indem er sich zu seinen beiden Kollegen umwandte, "die Personenbeschreibung des Mannes, der den Mercedes abgeholt hat, paßt auf Broscheit. Größe, Frisur, Haarfarbe, Oberlippenbart, Fliegerbrille..."
"*Broscheit?*" wiederholte Voigt. "Das ist ja Unsinn!"
"Welche Personenbeschreibung?" fragte Engholm überrascht.
"Ein Mädel auf dem Schrottplatz. Sie hat Schlüssel und Papiere der Taxe herausgegeben", erklärte Jordan und inhalierte den Rauch der *Camel*. "Sie hat sich an den Mann erinnert. Er sagte, er sei von der Polizei. Deswegen habe ich Kolberg nach einem Photo gefragt. Nur leider war später niemand mehr auf dem Schrottplatz, den ich hätte fragen können." Der Blick, den er

Voigt zuwarf, wirkte ein wenig trotzig, als er hinzufügte: "Das werde ich jetzt nachholen. Wenn es wirklich der Polizeimeister war..."
"Ja, wenn!" brummte Voigt. "Die Beschreibung paßt auf zig Männer. Und wenn du ihr ein Photo vor die Nase hältst, ist das wie eine Suggestivfrage."
Engholm nickte. "Eine Gegenüberstellung wäre besser. Aber dafür haben wir jetzt keine Zeit!" Er dachte an den höflichen jungen Kollegen. Höflich und hübsch. "Warum sollte der die Taxe verschwinden lassen?"
"Wessen Taxe ist verschwunden?" Die Tür war aufgegangen und Hauptkommissar Eilers stand im Zimmer, sah in die kleine Runde und grinste überlegen. "Ich störe doch nicht bei einer kleinen Pause?"
"Niemals!" erwiderte Voigt. Er stand wieder auf und machte Anstalten zu gehen.
"Bleiben Sie, Herr Kommissar, bleiben Sie hier! Ich habe einen Auftrag für Sie."
Voigt hob überrascht die Augenbrauen und setzte sich wieder.
"Ich habe hier einen Haftbefehl." Eilers beobachtete sie mit einem selbstzufriedenen Lächeln. Er nickte Engholm und Voigt zu. "Und Sie beide dürfen ihn vollstrecken. Jetzt. Bevor uns der junge Mann wieder entwischt."
Voigt nahm das Schreiben der Hamburger Staatsanwaltschaft entgegen, es war tatsächlich ein Haftbefehl, ausgestellt auf Jochen Marburg. Auch Engholm warf einen fragenden Blick auf das Schreiben, von dem sie bereits eine Kopie hatten. "Warum?" fragte er.
"Mordverdacht in zwei Fällen", erwiderte Eilers lapidar. "Dessauer und Morand..."
"Ich dachte, Morand hat nur die Zeche geprellt", rutschte es Voigt heraus. Es war die Feststellung des Hauptkommissars gewesen, nachdem die Leiche des Legionärs nicht mehr aufzufinden gewesen war.
"Wenn die Staatsanwaltschaft im Verlauf der Ermittlungen zu anderen Ergebnissen kommt, Herr Kommissar, dann ist es nicht an Ihnen, dies in Zweifel zu ziehen", erwiderte der Hauptkommissar gereizt. "Und wenn ich Sie jetzt bitten darf –" Er wies mit der Rechten zur Tür.
Engholm nickte und schob Voigt aus dem Büro. Begründet oder nicht, eine Verhaftung war für Marburg im Moment allemal besser als doch noch das Opfer des Russen zu werden. Warum allerdings ausgerechnet sie beide den Auftrag erhielten, erschloß sich ihm nicht. An der Tür sah er sich noch einmal um. Sein Blick traf sich mit Jordans, der ihm mit einem knappen Nicken signalisierte, daß er bleiben würde, bis sie zurückkamen. Auch er würde gerne noch ein Wort mit Marburg wechseln...
"Und nun zu Ihnen, Herr Kommissar." Eilers trat zu Jordan ans Fenster. "Ich weiß nicht ob *Sie's* wissen, aber Ihre Dienststelle hat Ihren Ferienaufenthalt hier in Oldenburg noch ein wenig verlängert. Er reichte Jordan ein

Fax mit der Anweisung des Landeskriminalamtes, von Jordans Vorgesetztem unterschrieben.

Jordan hob zu einer Antwort an, doch der Hauptkommissar machte nur eine wegwerfende Geste. "Ich habe jetzt keine Zeit, um mich um Sie zu kümmern", sagte er knapp und wandte sich ab. "Ich habe einen Termin. Wenn ich zurück bin, will ich Sie hier nicht mehr sehen! Schlagen Sie Ihre Zelte woanders auf." Damit eilte er aus dem Zimmer und den Flur hinunter, offenbar Engholm und Voigt folgend.

Jordan sah ihm mit zusammengepreßten Lippen und einem haßerfüllten Blick nach. Dann aber legte sich langsam, sehr langsam ein Grinsen auf sein Gesicht.

> *Ich mußte wach werden. ich begriff nicht, was los war. Der Plan sollte wahr sein? Absurd, wir hatten ihn doch erfunden! Wer hatte Belbo entführt? Die Rosenkreuzer? Der Graf von Saint-Germain, die Ochrana, die Tempelritter, die Assassinen? An diesem Punkt war alles möglich, denn alles war unwahrscheinlich geworden.*
> Das Foucaultsche Pendel, Umberto Eco, 1988, 1. Kapitel, "Chochmah"

51. OLDENBURG, MONTAG, 17. SEPTEMBER 1984

Hotel Heide, gegen drei Uhr erwachte Echo, gerade noch rechtzeitig, um es in das kleine angrenzende Bad zu schaffen und seinen Kopf über die Kloschüssel zu beugen. Er erbrach alles, was sein Magen noch herzugeben hatte, eine Mischung aus Thunfisch-Rollo, Bier und einer Menge Portwein.

Als es vorbei war, setzte er sich auf den Toilettendeckel, rieb sich die Augen und wartete, daß sein Verstand ihm sagte, er solle wieder zu Bett gehen.

Sein Verstand ließ sich Zeit.

Nach fünf Minuten stand Echo trotzdem auf, versuchte, sich den Geschmack von Erbrochenem aus dem Mund zu spülen und ging langsam durch die Dunkelheit zurück zu seinem Bett. Im Spiegel hatte er nur einen weiß schimmernden Geist, den elenden Schatten seiner selbst gesehen. *Das war er?* Himmel, sah er mies aus! Sein Gesicht war annähernd so weiß wie sein T-Shirt. Und er hatte schon wieder in der Jeans geschlafen. Er fluchte, aber im Grunde war es ihm egal. Im Grunde war ihm alles egal...

"Wann wirst du kommen?" fragte eine Mädchenstimme, die Echo sofort erkannte, nicht nur wegen ihres französischen Akzents. Er blieb wie angewurzelt stehen, starrte in die Dunkelheit und erkannte schließlich eine zierliche Gestalt vor dem schmalen Schlafzimmerfenster. Seine Augen hatten sich an die Dunkelheit gewöhnt, doch das fahle Licht einer Straßenlaterne verhinderte, daß er mehr sehen konnte als nur Rosas Konturen. "Wie kommst du hierher?" fragte er langsam anstatt zu antworten.

"Aber ich habe zuerst gefragt..."

"Ich wollte dich unbedingt wiedersehen", erwiderte Echo. "Aber ich wußte nicht wie. Wohin muß ich gehen? Wo finde ich dich?"

"Aber das weißt du doch", sagte sie sanft. "Wir haben dir mehr als einen Hinweis gegeben."

Echo trat näher, doch Rosa wich zurück. "Ich will dich sehen, ich will dich fühlen..." sagte er, ahnend, daß sie nur ein weiteres Trugbild war. "Bleib bei mir!"

Das Mädchen lachte auf, hell und klar. Kein hämisches Lachen, es war freundlich gemeint. Und doch wirkte es eigentümlich abweisend. "Du kennst mich doch gar nicht", insistierte sie.

Damit hatte sie natürlich recht. Und doch war es ihm, als kennte er sie seit Jahren, als wären sie seelenverwandt. Jedes ihrer Worte schmerzte, weil sie bewiesen, daß sie kein Traumbild war, und weil er gleichzeitig fürchtete, sie im nächsten Augenblick wieder zu verlieren. "Dann sag mir, wer du bist", sagte er fast flehentlich. "Sag mir, woher du kommst..." Echo kam sich plötzlich so schmutzig vor wie noch nie, verschlafen, verschwitzt und noch immer mit einem widerlichen Geschmack im Mund. Vermutlich nichts mit dem man eine junge Frau beeindrucken konnte.

"Das wirst du früh genug erfahren", antwortete sie leise. "Früher als dir lieb ist. Suche mich, wenn du bereit bist. Du weißt, wo du mich findest." Dann trat sie auf Echo zu und gab ihm einen Kuß. "Du bist mir bestimmt, Jochen Marburg, vergiß das nicht." Damit verließ sie das Hotelzimmer und verschwand in der Dunkelheit des Flures.

Echo starrte ihr nach. Sie hatte ihn geküßt. Einige Sekunden lang traute er sich nicht, sich zu bewegen. Schlangen, Templer, die Frau im weitfaltigen Kleid. Seit er hier war, schien seine Welt voll zu sein mit Traumbildern. Er würde sich nicht mehr narren lassen, von niemandem mehr!

Himmel, was für ein Unsinn! Diesmal war es kein Traum gewesen! "Warte!" rief er im nächsten Augenblick, riß die Tür auf und rannte dem Mädchen nach, den Gang entlang und die Treppe hinunter, in die Richtung, in der sie verschwunden war. Hier war es plötzlich hell, die Sonne schien, oder zumindest drang hin und wieder einer ihrer Strahlen durch die Wolken. Rosa aber war nicht zu sehen. Er lief weiter und fand sich im Eingangsbereich des Hotels, barfuß, in Jeans und T-Shirt.

Engholm sah ihn mit hochgezogenen Augenbrauen an. Neben ihm stand ein weiterer Polizist in Uniform.

"Was zum Teufel..." Echo sah durch sie hindurch, an ihnen vorbei, zur Straße hinaus, verstört und enttäuscht zugleich. Wo war sie hin? Und wieso war es bereits hell? Und wo war er hier? Dann sah er in Engholms Gesicht. Der Hauptmeister grinste. Er war froh, den jungen Marburg endlich gefunden zu haben. Nachdem sie sowohl bei Stëin als auch in Metjendorf vergeblich gesucht hatten, war er auf die Idee gekommen, die Hotelverzeichnisse durchzugehen. Mit Erfolg. "Würden Sie uns bitte begleiten?" fragte er ohne Begrüßung.

"Begleiten?"

"Wir haben noch ein paar Fragen." Engholm betrachtete Echo von oben bis unten. "Schlecht geschlafen?"

"Nein!", erwiderte Echo mit belegter Stimme. Dann wich sein Trotz. "Ja", berichtigte er sich.

"Dürfen wir mit raufkommen?"

Echo gab notgedrungen nach. "Ich habe weder gefrühstückt noch geduscht", brummte er. "Was wollen Sie von mir? Ich habe Ihnen doch schon alles gesagt."

"Dann duschen Sie und sagen es uns noch einmal. Zum Frühstücken ist es eh zu spät. Betrachten Sie sich als Verhaftet."

Zu spät? War es nicht eben erst drei Uhr nachts? Echo sah zur Uhr. Die Zeiger standen auf zehn vor zehn. Dann erst wurde er sich des letzten Satzes bewußt: "Verhaftet?" fragte er mit schriller Stimme. "Mit welcher Begründung das denn?"

Engholm verzog den Mund. "Das werden Sie erfahren, wenn Sie mitkommen."

"Ce sont les débuts qui sont mystérieux.
   Précise, douloureuse, déchirante, la mort est toujours repérable, elle est un trait brutal sur la carte du temps et de l'espace. Elle détruit en un éclair un ensemble de liens visibles ou invisibles qui ont parfois mis des années, des siècles à s'entremêler. Pourtant, malgré et à cause de cela, elle est la condition pour que la vie continue, se complexifie, créant des ordres provisoires qui retardent chaque fois le désordre croissant du monde: chaque agonie d'un réseau, si cruelle qu'elle soit, est nécessaire pour que de nouvelles connexions puissent s'établir, plus fortes, plus subtiles, différents. La mort fabrique le temps..."
   Simon, Yves: "Le voyageur magnifique", Paris 1987, S. 28

52. OLDENBURG, MONTAG, 17. SEPTEMBER 1984

Jordan sah dem Hauptkommissar nach, hörte, wie er die Treppe hinunterlief und, warum auch immer, nach Broscheit brüllte.

Er schloß die Tür. Jetzt war er allein in 322.

Du willst mich hier also nicht mehr sehen, dachte er und lachte auf. Die Worte des Hauptkommissars waren unmißverständlich. Und doch ließen sie ihn seltsam unberührt. Zwar fühlte sich Jordan jetzt, da Eilers ihm auch offiziell jede Unterstützung entzogen hatte, in die Enge gedrängt. Unter Druck aber waren ihm bisher immer noch die besten Ideen gekommen.

Ein wenig unentschlossen zog er die *Camel*-Packung aus der Hemdtasche und zündete sich eine Zigarette an. Dann setzte er sich auf seinen Schreibtischstuhl, legte die Füße auf den Tisch und schloß die Augen. Sein Gefühl sagte ihm, daß es wirklich Broscheit war, der das Wrack der Taxe hatte abholen lassen. Aber ein Gefühl war noch kein Beweis, ebensowenig wie die Personenbeschreibung der Frau auf dem Autohof. Er würde ihr dennoch Broscheits Photo zeigen und ihre Reaktion beobachten. Von wegen Suggestivfrage. Daß Broscheit ein netter Kollege war, bewies nicht gleichzeitig seine Unschuld.

Jordan zog an der Zigarette und ließ die Asche auf den Boden fallen. Schließlich stand er wieder auf und ging zum Fenster. Es dauerte nicht lange und er sah Eilers und den Polizeimeisteranwärter zu den zivilen Einsatzfahrzeugen hinüberlaufen. Sie schienen es eilig zu haben. Kurz darauf verließ ein silberner Mercedes das Polizeigelände.

Regungslos sah er dem Wagen nach. Als der Mercedes außer Sicht war, nickte er langsam, öffnete das Fenster und schnippte die Kippe hinaus. Warum hatte es sich Berndes wohl anders überlegt? Von den neuen Obduktionsergebnissen konnte er noch gar nichts wissen! Oder paßte gerade deshalb alles zusammen? Jordan nickte langsam. Er war nicht hier, um ein Verbrechen aufzuklären, diese Erkenntnis war ihm nach dem dritten oder vierten Bier an einem der letzten Abende bereits gekommen. Er war hier, um die Verbrechen *nicht* aufzuklären.

Aber das konnten sie nicht mit ihm machen! Er war nicht der dumme Junge für den ihn seine Vorgesetzten, Eilers oder vielleicht auch Vomdorff hielten. *Das war er doch nicht, oder?*
Mit einem widerwilligen Seufzer ließ Jordan sich in den Schreibtischstuhl fallen und begann, die Schubladen seines Rollcontainers auszuräumen. Es war nicht viel, das er mitnehmen würde, und so steckte er alles in eine Plastiktüte, einen Aktenkoffer hatte er ja nicht, dazu fühlte er sich zu jung.
Jordan steckte sich eine neue Zigarette an, stand auf und öffnete das Fenster. Als er sich, an das Fensterbrett gelehnt, wieder umwandte, sah er, daß ein Blatt von Engholms Schreibtisch geweht war. Es schwebte im Zickzack zu Boden. Langsam ging er hinüber und hob es wieder auf. Es war eine Notiz, und wenn er die Handschrift richtig deutete, war sie von Kolberg. Aber er konnte sich auch irren. HET WERK, stand darauf. XANOS und *Evers, Dr. Karl Evers: Elisabethstraße*.
Ein erster Funke von Neugier ließ Jordan zur Wandkarte hinübergehen und nach der Elisabethstraße suchen. Sie lag, wie er feststellte, in unmittelbarer Nähe der Gerichte und der Staatsanwaltschaft. Und richtig, jetzt konnte er auch den Namen zuordnen: Doktor Karl Evers war Leiter der hiesigen Staatsanwaltschaft und somit Vomdorffs Vorgesetzter. Da konnte man es sich natürlich leisten, in einer Villengegend zu *residieren*.
HET WERK – eine seltsame Notiz, mit der er ebensowenig anfangen konnte wie mit dem Begriff XANOS.
Jordan drückte die Zigarette auf der Untertasse aus, setzte sich an Engholms Schreibtisch und schaltete den Rechner ein. Seine Neugier wuchs. Vielleicht auch nur, um Engholm vorzugreifen. Es dauerte endlos, bis er hochfuhr und sich mit der *Inpol*-Datenbank verband. *Oh Wunder der Technik*, dachte er dennoch, als das Paßwort, das der Hauptmeister ihm vor ein paar Tagen aufgeschrieben hatte, den Weg zu einer Eingabemaske aus kleinen, grünen Buchstaben und Strichen freigab. Auf einem der ersten Fachlehrgänge seiner Ausbildung war ihnen noch der Umgang mit Lochkartengeräten beigebracht worden…
Kommen Sie zurück, hatte Berndes noch vor wenigen Tagen gesagt und erklärt, daß ein extremistischer Hintergrund, ein *rechtsextremistischer* Hintergrund, bei den Todesfällen, wie er es nannte, mittlerweile auszuschließen sei. Mit allem anderen käme die örtliche Kripo schon klar. Jordan bezweifelte das. Und Berndes? Warum hatte er seine Meinung geändert?
Wenn die Staatsanwaltschaft alle Hinweise ignorierte und statt dessen Marburg verhaften ließ, dann mochte das im Augenblick für den Jungen das Beste sein. Polizeiarbeit ging aber irgendwie anders.
Ein weiteres Mal sah er nervös zur Tür. Es konnte nicht lange dauern, bis Eilers zurückkäme. Aber was sollte er tun? Einfach verschwinden? Er sah auf den Monitor und schüttelte den Kopf. Zugegeben, HET WERK, das war

nichts mit dem er etwas anfangen konnte. Aber wenn Kolberg es auf Engholms Schreibtisch gelegt hatte, hing es höchstwahrscheinlich mit Kerschenstein zusammen. Es interessierte ihn um so mehr Eilers ihn *ganz offiziell* zum Teufel wünschte.

Jordan nahm sich einen Becher kalten Kaffees aus der Maschine und setzte sich wieder vor den Rechner. Lustlos tippte er den Begriff HET WERK in das Suchfeld ein. Es dauerte ein wenig, dann zeigte die INPOL-Datenbank die Ergebnismenge an: Eins. Anzeigen Ja / Nein. Jordan gab *Ja* ein und las: Das *Familia Spiritualis Opus*, wie sich das WERK in Kirchenkreisen nannte, war eine von der katholischen Kirche errichtete Gemeinschaft gottgeweihten Lebens. Es war von einer Belgierin, der sogenannten Mutter Julia Verhaeghe, im Jahr 1938 gegründet worden und hatte Einrichtungen in ganz Europa. Zur geistlichen Familie des WERKs gehörten auch Bischöfe, Diözesan-Priester und Diakone, ein ganzes Spektrum bekannter Namen. Jordans Blick fiel auf eine Art Satzung: *Wir streben danach, uns gegenseitig in der Treue zum Evangelium zu stärken und zu stützen...* Er schüttelte ungläubig den Kopf. Wenn Evers oder Vomdorff etwas mit dieser Institution zu tun hatten, mußten sie Heilige sein.

Das *Familia Spiritualis Opus*, so las Jordan weiter, hatte eine Münchner Adresse. In Oldenburg besaß es keinerlei Einrichtungen. Er stutzte. Um welche Art von Dependance handelte es sich dann bei den Räumlichkeiten in der *Elisabethstraße*? Konnte es sein, daß der Polizeirechner diese Adresse nicht kannte? Oder war er ganz und gar auf dem Holzweg? Irgend etwas paßte hier nicht.

Jordan fluchte und versuchte es mit dem Begriff *XANOS*. Wieder dauerte es ein wenig, dann teilten ihm die kleinen grünen Leuchtbuchstaben des großen Vierzehnzollbildschirms mit, daß es sich um eine GbR handelte, eine *Gesellschaft bürgerlichen Rechts*, deren Ziel die Vermittlung ausländischer Arbeitskräfte an deutsche und europäische Unternehmen zur Förderung der Ziele der Europäischen Gemeinschaft war. Darüber hinaus gab es einige gesperrte Vermerke, unter anderem war der Name des Geschäftsführers nicht ersichtlich. *Seltsam*, dachte Jordan. Soweit er wußte, konnten nur übergeordnete Stellen derartige Sperrungen oder Löschungen vornehmen. *Das BKA vielleicht. Oder die Staatsanwaltschaft?*

Zu guter Letzt gab er die Adresse in der Elisabethstraße ein. Nur die XANOS wurde als Mieter erwähnt und ein Dr. Karl Evers. Kein Hinweis auf das WERK oder den Eigentümer der Immobilie. Nichts.

Das war es dann wohl! Jordan druckte aus, was er gefunden hatte, betrachtete die wenigen Informationen einen Augenblick und knallte sie dann auf seinen Schreibtisch. Er dachte an Eilers, der jeden Moment wieder in der Tür stehen und ihn fragen konnte, warum er noch hier war. Schließlich hatte er ihn rausgeschmissen.

Verdammt, warum verstand er einfach nicht, was hier los war? Warum fehlten immer irgendwo Hinweise und Informationen?

Er erwischte sich plötzlich sogar dabei, wütend auf die *Nordwest-Zeitung* zu sein, die Tageszeitung, die es nicht einmal für nötig gehalten hatte, Kerschensteins Selbsttötung zu erwähnen. Die *Nordwest-Zeitung*... Plötzlich kam ihm eine Idee. Der Polizeirechner war nicht der einzige Hort allumfassenden Wissens. Erst recht nicht in diesem Fall. Es gab gewiß noch andere Archive, in denen etwas zu finden war. Einen Augenblick lang nur überlegte Jordan, dann griff er zum Telefon, wählte die Auskunft und fragte nach Harald Lohmann. *Hannoversche Allgemeine*, verbesserte er sich. Er kannte Lohmann seit dem Gymnasium, und selbst danach hatten sie sich noch einige Male getroffen. Lohmann war etwas älter als er, hatte in Hannover Journalistik studiert und arbeitete mittlerweile als Journalist und Archivar bei der *Allgemeinen*, wobei er *Archivar* nicht wirklich gerne hörte. Schließlich sah er sich nicht als griesgrämiger Sachverwalter, der verstaubte Zeitungsausgaben durch Kellerräume schob. Er war Anfang Dreißig, trug Jeans, am liebsten ein *No–Nukes–T–Shirt* und war gleichzeitig Journalist und Abteilungsleiter für den gesamten Informationsbereich des Verlagshauses.

Es war nicht so, daß Jordan ihn mochte, Lohmann war ein Linker, einer, der Tatsachen auch gerne mal verdrehte, wenn sie dem konservativen Bürgertum schadeten.

Aber vielleicht hatte sich das ja nach dem Studium abgeschliffen.

"Und man muß pragmatisch sein", murmelte Jordan während er die soeben erhaltene Nummer wählte. Linker hin oder her – die Möglichkeit, durch Lohmann etwas über das WERK – und vielleicht Vomdorff – herauszufinden, war zu verlockend.

Doch so einfach war das nicht. Als Lohmann sich meldete, schien er mehr als Überrascht, von Jordan zu hören – obgleich ihr letztes Treffen erst knapp ein halbes Jahr zurücklag. Als er hörte, worum es ging, klang er plötzlich äußerst reserviert und bekannte, daß er noch nie etwas von einem WERK gehört hätte. Jordan bat ihn noch einmal, mit etwas mehr Nachdruck, herauszufinden was er könne, gab ihm sogar seine Telefonnummer, erhielt aber nicht mehr als eine vage Zusage. *Ich habe im Augenblick wirklich verdammt viel zu tun...*

Kaum anzunehmen, daß er mir helfen wird, dachte Jordan enttäuscht, nachdem er aufgelegt hatte.

Dieser wenig erfolgreiche Versuch, alte Kontakte zu nutzen, machte den Morgen noch deprimierender, als Jordan ihn ohnehin schon empfand. Sollte er denn so einfach aufgeben? Was sollte er dann noch hier?

Nein, irgend etwas in ihm sträubte sich dagegen.

Ein anderer Teil aber sagte, er solle verschwinden, bevor Eilers ihn persönlich hinauswarf. Er wartete dennoch fast eine halbe Stunde auf die Rückkehr von Engholm und Voigt. Wenn Marburg bei ihnen war, würde er sich wenigstens in dieser Beziehung besser fühlen.

Seine Kollegen aber ließen auf sich warten. Ebenso wie ein Anruf Lohmanns. Um viertel vor elf verließ er endlich das Erste Revier.

Die junge Frau an der Rezeption lachte unbeholfen, als Jordan wieder eincheckte. Sie wies dem Kommissar das Zimmer zu, das er am Morgen geräumt hatte und schob ihm eine Telefonnotiz über den Tresen. Es war eine Hannoveraner Nummer. Hatte Lohmann etwa versucht, ihn hier im Hotel zu erreichen? Das LKA war es jedenfalls nicht.

Dennoch rief Jordan als erstes seine Dienststelle an. Er wollte Berndes sprechen, wollte ihm von den Obduktionsberichten und seinen neuesten Erkenntnissen berichten. Wie sollte er weiter vorgehen, wenn Broscheit sich vielleicht sogar im Fall Kerschenstein als tatverdächtig erweisen sollte? Durfte er so etwas überhaupt denken?

Der Leitende Kriminalhauptkommissar aber war nicht zu sprechen. Jordan sollte es später noch einmal versuchen.

Sein nächster Gedanke war wieder Broscheit. Er *hatte* Dreck am Stecken, dessen war Jordan sich sicher. *Wieviel*, war die Frage. Wie sicher mochte sich der Polizeimeister wohl fühlen? Mit Eilers' Rückendeckung und ohne zu wissen, daß die Frau im Büro des Abschleppunternehmens ihn erkannt hatte, glaubte er vermutlich nicht, Beweisstücke verstecken oder vernichten zu müssen.

Und es mußte mit dem Teufel zugehen, dachte Jordan als er seine Reisetasche auf das Bett fallenließ, *wenn es keine Beweisstücke gab! Dafür war alles viel zu schnell gegangen.*

Beweisstücke...

Jordan schloß die Tür des kleinen Hotelzimmers und setzte sich auf den einzigen Stuhl. Sein Blick fiel auf eine einsame Flasche *Jever Pilsener*, die aus seiner Reisetasche lugte. Im Grunde mochte er das Bier gar nicht. Aber sein Hannoveraner *Gilde Ratskeller* war hier offenbar völlig unbekannt.

Er lächelte die Flasche verlangend an. Dann aber nahm er das Telefon und wählte die Nummer, die auf dem Notizzettel stand. Es konnte eigentlich nur Lohmanns Nummer sein. Hoffentlich war es etwas Wichtiges. Er hatte keine Lust, mit dem Journalisten über alte Zeiten oder Schlimmeres zu sprechen. Nicht jetzt. Eigentlich nie. "Was gibt es denn?" fragte er ohne Begrüßung.

Lohmann schnaubte. "Ich hatte gedacht, es würde dich interessieren, daß es das WERK zweimal gibt", erwiderte er eingeschnappt. "Aber wenn du nicht willst..."

Jordan wurde hellhörig. "Was meinst du damit? Wieso zweimal?" fragte er hastig. "Davon hast du vorhin nichts gesagt..."

"Vorhin war ich im Büro. Da ist es zu gefährlich. Es gibt ein paar Namen, die auf dem Index stehen. Nicht nur bei uns, bei allen Zeitungen. Über diese Namen darf nicht oder nur positiv berichtet werden. Das WERK gehört dazu. Aber diese Typen sind genau das, was ich seit jeher verabscheue. Die sind rechts, bourgeois und etabliert. Und sie machen Geschäfte auf unsere Kosten..." *Mit uns meint er sicher die Arbeiterklasse*, vermutete Jordan.

"Und wenn doch mal einer von ihnen zur Verantwortung gezogen wird", fuhr Lohmann in immer noch gepreßtem Ton fort, "dann kümmert sich der entsprechende Richter darum. In der Regel wird die Anklage fallengelassen..."

Jordan verstand nicht. "Was meinst du damit?"

"Das WERK, das du meinst, ist eine Loge. Mit vielen Mitgliedern. Einflußreichen Mitgliedern. Woher weißt du von ihr?"

"Das tut nichts zur Sache", erwiderte Jordan leise. Als Lohmann nicht weitersprach, setzte er notgedrungen hinzu: "Wir untersuchen gerade einen Mordfall, der vertuscht werden soll. Ich habe eine Notiz, einen Hinweis auf das WERK auf dem Schreibtisch meines Kollegen gefunden..."

"Du schreibst also immer noch ab", spottete der Journalist, fuhr dann aber sachlich fort: "Es geht um eine Art Familientreffen."

Jordan krauste die Stirn. "Ich glaube, ich kann dir schon wieder nicht folgen..."

"Also paß auf." Lohmann überlegte kurz. "Das WERK, die XANOS und Evers, diese Namen stehen tatsächlich in einem Zusammenhang. Es ist noch nicht allzulange her, da habe ich mich mit dem WERK beschäftigt. Bis zu einem Punkt, an dem mir zu verstehen gegeben wurde, daß ich meine Nase lieber in andere Dinge stecken sollte, wenn ich meinen Job behalten wolle."

Das klang interessant. "Ich höre", sagte Jordan langsam.

"OK, zum einen gibt es da wirklich eine kirchliche Einrichtung mit dem Namen HET WERK", begann er, immer noch mit gedämpfter Stimme. "Höchst religiös und uneigennützig wie's aussieht. Das Ordenshaus steht in Belgien, es gibt enge Kontakte zur Kirche bis hin zum Vatikan. So weit so gut. In deren Schatten aber gibt es eine zweite Gesellschaft, eben diese Loge, von der ich gesprochen habe, über die kaum etwas an die Öffentlichkeit dringt. Sie hat wechselnde Meister oder Geschäftsführer, wenn man das so nennen kann." Und mehr zu sich als zu Jordan fügte er hinzu: "Interessant ist, daß es wegen der Namensgleichheit keinerlei Beschwerden seitens der Kirche gibt..."

"Du meinst, die gehören zusammen?"

"Möglich ist alles", meinte Lohmann unbestimmt. "Aber darüber kann ich nichts sagen. Was du wissen mußt, ist folgendes: HET WERK ist nur der belgische Name der Loge. Bei uns heißt sie DAS WERK, in Frankreich, wo sie gegründet wurde, kennt man sie unter Bezeichnungen wie *La Bonne Usine* oder auch *La Citadel de la Lumière*. Sie ist eine Art französischer Mafia, hat sich aber europaweit bis in die höchsten politischen und öffentlichen Ämter vorgearbeitet. In der Privatwirtschaft ist sie natürlich auch vertreten..."

"Das... vermutest du", sagte Jordan zögerlich. All das klang mehr nach Hollywood als nach einer plausiblen Antwort auf seine Frage nach dem WERK.

"Du mußt mir ja nicht glauben", erwiderte Lohmann knapp. "Es gibt selbstverständlich keine Fachliteratur darüber, falls du das erwartest, nur die Informationen, die unter der Hand weitergegeben werden. Die sind rar, aber soweit es mich betrifft, verläßlich. Natürlich traut sich niemand, sie zu veröffentlichen. Von der *Mafia*, der *Camorra*, der *Ndrangheta*, der *Cosa Nostra* oder der *P2* hast du ja sicher schon gehört. Dies hier ist die gleiche Kategorie, nur vielleicht etwas jünger."

Jordan schnaubte. "Du willst mir doch nicht weismachen, daß wir es hier mit der Mafia zu tun haben. Ich glaube, du liest zu viele Kriminalromane!"

"*Jetzt paß mal auf, mein Junge!*" zischte Lohmann. "*Ich habe dich zurückgerufen, weil du etwas von mir wissen wolltest. Wenn das eine Nummer zu groß ist für dich, dann lege ich besser auf!*"

Jordan stutzte. Meinte Lohmann es am Ende wirklich ernst? Zugegeben, die Wahrscheinlichkeit, daß der Journalist die Wahrheit sagte, war unter den gegebenen Umständen gar nicht so gering. "Schon gut", beeilte er sich zu sagen, "ich glaub dir ja. Erzähl mir, was du noch weißt."

Einen Augenblick blieb es still. Dann fuhr der Journalist in sachlicherem Tonfall fort: "Vor drei Jahren ist eine Mitgliederliste der italienischen *P2* aufgetaucht, der *Propaganda Due*, einer der berüchtigsten neuen Gruppierungen nach dem Zweiten Weltkrieg. Unter den knapp tausend Personen befanden sich alle Leiter der italienischen Geheimdienste, 195 Offiziere aus verschiedenen Armeekorps, zwölf Polizeipräsidenten, fünf Leiter verschiedener Finanzbehörden, hochrangige Richter, Bankiers, Geschäftsleute, Beamte und Journalisten. Selbst Parlamentarier und Minister standen auf der Liste."

"Ja, in Italien..."

"Du verstehst immer noch nicht, oder? Es war mehr Zufall als gute Polizeiarbeit, daß die Liste bekannt wurde. Und sie zeigt die Unterwanderung des öffentlichen Lebens durch die Loge. Das trifft soweit für die *P2* zu. Inwieweit das WERK denselben Einfluß in Frankreich und Deutschland besitzt, kann ich daraus nur ableiten. Aber er wird nicht geringer sein. Du siehst also, wie gefährlich diese Gesellschaften sind. Mit Verschwörungstheorien hat das nichts zu tun. Diese Logen sind real!"

"Aber *Loge* klingt irgendwie nach Theoretikern..."

Lohmann lachte verhalten. "Okkultisten, Uwe, nicht Theoretiker. Und das trifft nur auf den gnostischen Teil zu. Den pragmatischen interessiert die Entstehungsgeschichte ihrer Loge nicht. Es ist, wie ein sizilianischer Mafioso einmal gesagt hat: viele Männer der *Cosa Nostra* waren Freimaurer. In den Freimaurerlogen kamen sie in Kontakt mit Unternehmern, Institutionen und anderen Mächtigen. Sie alle tummeln sich in Freimaurerlogen, weil sie die Infrastruktur dieser Geheimbünde nutzen wollten."

Jordan fluchte leise, obgleich es ihm immer noch schwerfiel zu glauben, daß der Arm der *Mafia* – oder sollte er weniger pathetisch *der organisierten Kriminalität* sagen? – bis hierher reichte, in eine norddeutsche Kleinstadt, die weder politisch noch industriell oder finanziell irgendeine besondere Rolle spielte.

Warum? war sein nächster Gedanke. Und was bedeutete diese Erkenntnis für ihre Ermittlungen? Sollte er Berndes überhaupt von dieser Entwicklung berichten? *Nein, besser nicht.* Obwohl Lohmann vermutlich in dem, was er sagte, recht hatte, so hatte er bis jetzt noch keinerlei Beweise geliefert.

"Übrigens, falls es dich noch interessiert", unterbrach Lohmann Jordans Gedanken. "Das WERK, *das zweite WERK*, ist zu hundert Prozent an der XANOS beteiligt..."

"An der XANOS?" Der zweite Name auf Kolbergs Liste war ihm gerade noch nebensächlich erschienen. "Was weißt du über die XANOS?"

"Was weißt *du*?" war die Gegenfrage.

"Nicht viel", mußte Jordan zugeben. "Irgend jemand hat in unserer Datenbank alle Einträge, die nicht sowieso anderweitig zugänglich sind, gelöscht. Ich weiß nur, daß die beiden dieselbe Adresse haben."

Das konnte Lohmann bestätigen. "Was wurde gelöscht?" wollte er wissen. "Etwa der Hinweis auf den Geschäftsführer?" Ihm war klar, daß Löschungen nur von sehr wenigen autorisierten Dienststellen vorgenommen werden konnten. In diesem Fall paßte es hervorragend ins Bild. Jemand mit Einfluß wollte nicht genannt werden.

"Geschäftsführer, Kapital, Umsätze", bestätigte Jordan. "Außer der Adresse steht hier nix. Und auch im Handelsregister ist nichts zu finden..."

"Eine GbR steht nicht im Handelsregister", stellte Lohmann sachlich fest. "Weißt du übrigens, wer außerdem eine Etage im selben Haus angemietet hat?"

Jordan verneinte.

"Der Generalstaatsanwalt."

Auch der stand auf Engholms Notizzettel. Trotzdem fragte er ungläubig: "*Evers?*"

"Doktor Karl Evers. Ganz genau."

"Heißt das, Evers ist Mitglied der Loge?"

Lohmann lachte kurz auf. "Wenn das so einfach wäre. Aber zum einen verfüge ich leider über keine offizielle Mitgliederliste, zum anderen legt die Nähe zum Gericht und der Staatsanwaltschaft diese Standortwahl nahe. Weitere Schlußfolgerungen wären rein spekulativ."

Da mußte Jordan ihm recht geben. "Wem gehört die Immobilie", fragte er schließlich. "Und wer ist der Mieter? Evers oder das Land Niedersachsen?"

"Das ist schon eine wesentlich bessere Frage", meinte Lohmann anerkennend. "Das Haus gehört einem Belgier, was vermutlich kein Zufall ist, aber auch wieder nichts beweist. Eine direkte Verbindung zum WERK wird es ohnehin nicht geben, so etwas läuft immer über Immobilienbeteiligungen oder ähnliches." Er überlegte einen Augenblick. "Wenn du mich fragst", fügte er im Grundton der Überzeugung hinzu, "dann gehört denen das Haus. Der Eigentümer ist bestimmt ein Strohmann."

"Und Evers?"

Lohmann lachte freudlos. "Ich kann nur vermuten, und damit begebe ich mich auf dünnes Eis. Evers hat die Büros höchstwahrscheinlich selbst gemietet und untervermietet. Denn das Land ist nicht der Mieter, soviel habe ich herausgefunden. Aber auch das ist eben nur ein Rückschluß und bedeutet nicht, daß er etwas mit dem WERK zu tun hat."

"Und mit der XANOS? Hat er mit der etwas zu tun?"

"Evers? Keine Ahnung. Ist nicht auszuschließen. Aber du könntest einen seiner Mitarbeiter fragen…"

"Was meinst du damit? Wen?"

Lohmann seufzte unschlüssig. Er machte einen zunehmend nervöseren Eindruck. Aber er hatte angefangen, also mußte er es auch zu Ende bringen. "Wir haben mal versucht, jemanden von der XANOS zu interviewen. Ging unter anderem um Fördermittelmißbrauch. Es gab einen Hinweis von… also jedenfalls, einen Hinweis, der zur XANOS führte… das ist etwa ein halbes Jahr her. Ich habe natürlich nicht erwartet, ein Geständnis zu bekommen –" Lohmann lachte ein wenig unsicher. "Aber ich dachte, ein paar provokante Fragen würden unsere Leser auch schon interessieren."

"Und?"

"Meine Interviewanfrage wurde von der XANOS nicht beantwortet. Statt dessen erhielt ich einen Anpfiff vom Chef-Redakteur und einen Anruf vom Rechtsbeistand der Gesellschaft. Und nun rate mal, wer das war."

"Evers?"

"Nein", erwiderte Lohmann, "wo denkst du hin!" Jordan konnte die Unruhe des anderen förmlich spüren, als er sagte: "Es war ein gewisser Joachim Vomdorff."

"Der Oberstaatsanwalt?"

"Nein, der Opernsänger!" Lohmann fluchte. "Natürlich der Oberstaatsanwalt! Offensichtlich hat er noch einen Nebenjob."

Jordan pfiff anerkennend und ließ sich den Sachverhalt auf der Zunge zergehen: Vomdorff war Rechtsbeistand einer Gesellschaft, die zu hundert Prozent einer Loge gehörte, die ihrerseits, wenn Lohmann recht hatte, der organisierten Kriminalität zugerechnet wurde. "Damit hatte ich nicht gerechnet...."

"Wer von denen hat nicht mindestens zwei Einnahmequellen?" sagte Lohmann. "Er hat mir sogar seine Bluthunde auf den Hals gehetzt, um mich noch ein wenig mehr einzuschüchtern." *Hat ja auch geklappt*, dachte er verbittert.

"Bluthunde?"

"Ja. Offiziell standen sie natürlich in keiner Verbindung zu Vomdorff. Von einem habe ich mittlerweile den Namen herausgefunden..."

Einen Augenblick lang schwieg Jordan überrascht. Dann fragte er vorsichtig: "Du würdest mir doch den Namen sagen, wenn du ihn wüßtest, oder?"

Lohmann schnaubte. "Vielleicht kennst du ihn sogar. Ich habe den Typ auf einem Photo wiedererkannt..."

"*Was für ein Photo?*" drängte Jordan.

"War groß in der Zeitung. Die Vereidigung junger Polizeimeisteranwärter auf dem Gelände der Bereitschaftspolizei in Oldenburg. Da wo du jetzt bist..."

Ein paar Sekunden lang wurde Jordan schwarz vor Augen. Sein erster Gedanke war Engholm. Sein zweiter Voigt. Aber deren Vereidigung war viel zu lange her. Und es war auch mehr eine Befürchtung als eine Vermutung. Also um wen ging es? Jordan räusperte sich, als Lohmann keine Anstalten machte, einen Namen zu nennen.

"Broscheit heißt der Mann", erklärte der Journalist schließlich mit einiger Überwindung. "Markus Broscheit. Aber was soll's? Ich kann ihm nichts nachweisen. Und ich würde es, ehrlich gesagt, auch nicht wollen. Der Mann kennt meine Adresse. Und er ist zu allem fähig..."

Jetzt war es an Jordan sprachlos zu sein. "Kannst du mir das schriftlich geben?" fragte er langsam. Eine plötzliche Nervosität überkam ihn. Broscheit. Verdammt, er hatte recht! *Broscheit!* Der *nette* Polizeimeisteranwärter...

"Nein." Lohmann druckste rum. "Ich... Ich bin nicht scharf auf einen zweiten Besuch..." Dann fügte er eilig hinzu: "Ich könnte dir ein paar Dokumente von der XANOS besorgen, was hältst du davon?" Seine Stimme klang plötzlich gequält. "Rechnungen oder Schriftverkehr oder so... Aber keine Namen... laß mich da bitte raus!"

"Ja, ja, schon gut", erwiderte Jordan leise. "Vielleicht kriegen wir ihn auch so."

"Du kennst diesen Broscheit? Ist er in Hannover?"

"Nein. Er ist hier in Oldenburg. Und kennen wäre übertrieben. Aber das soll sich ändern..." Und damit legte Jordan auf. Plötzlich kam ihm alles völlig falsch und verdreht vor. Sollte das, was mit Kerschenstein begonnen hatte, tatsächlich mit Broscheit zu Ende gehen? War er der Mörder mit der Tarnjacke? Und der Russe? Ein Komplize?

Jordan stand auf, steckte sich eine Zigarette an und trat ans Fenster. Er wußte nun, daß Broscheit Dreck am Stecken hatte, viel Dreck offenbar. Er wußte es, doch solange Lohmann nicht aussagte, hatte er keinen Beweis. Bei Eilers war er sich nicht so sicher, ebensowenig bei Vomdorff. Er mochte beide nicht, was sie allerdings noch nicht zu Kriminellen machte. Aber eins nach dem anderen. Die Schwachstelle war nun Broscheit. Über ihn mußte er an die nächste – wie sagte man? – Ebene kommen.

Mit einem zuversichtlichen Nicken und getrieben von einem plötzlichen Einfall verließ Jordan sein Hotelzimmer. Es war an der Zeit, Nägel mit Köpfen zu machen! Broscheits Wohnung wartete darauf, nach Hinweisen untersucht zu werden. Und irgendeinen Hinweis, hoffte Jordan, *würde* er finden.

Was er vorhatte war illegal, unkollegial und würde ihn mit großer Wahrscheinlichkeit den Kopf kosten, auch das war ihm klar. Aber Broscheit war ihre einzige Spur, und Engholm oder Voigt würden ihr offensichtlich *nicht* nachgehen...

"Ein Zweifeln... eine Unschlüssigkeit, so als hätte unser Hirn den Gedanken geboren, daß mit dem letzten Atemhauch alles zu Ende sei, daß wir sterbend ins Nichts, in die Finsternis, ins Nichtsein eingehen, dorthin, wo nicht einmal mehr das Bewußtsein von jener allumfassenden Leere (und folglich auch die Leere selbst nicht mehr) existiert, wo nichts mehr ist, nichts..."
A. Szczypiorski: Eine Messe für die Stadt Arras, 1971, S. 47

53. OLDENBURG, MONTAG, 17. SEPTEMBER 1984

Marten schloß die Hintertür des kleinen Buchadens auf. Ein kalter Luftzug, zweifellos durch das schlecht abgeklebte Schaufenster hervorgerufen, kam ihm entgegen. Nach Pfeifentabak und alten Büchern roch es trotzdem. Der Glaser, fiel ihm ein, er mußte später den Glaser anrufen. Und die Versicherung. Wenn die nicht zahlte, konnte er dichtmachen. Eine neue Schaufensterscheibe war mit seinen Mitteln nicht drin. Marten seufzte, legte die Schlüssel auf den kleinen Tisch und schlurfte durch das Hinterzimmer nach vorne in den Verkaufsraum. Eine Viertelstunde noch, dann würde er öffnen. Ob überhaupt jemand kam, bei diesem Durcheinander? Glassplitter lagen noch zu kleinen Häufchen zusammengekehrt auf dem Boden und die Plastikfolie, die das Fenster ersetzte, erweckte den Eindruck einer Baustelle.

Marten trat an den alten Holztresen auf dem seine Kasse stand, und betrachtete sie wehmütig. Sie war beinahe so alt wie er. Vermutlich würde sie auf dem Müll landen, wenn er zum letzten Mal die Ladentür abschloß, so wie fast alles hier. Er verzog das Gesicht. Er hätte sie leeren und das Geld mit nach Hause nehmen müssen! Welch ein Leichtsinn! Aber er war so durcheinander gewesen. Und gestern... gestern hatte sich alles um Ricardo gedreht.

Der Gedanke, der ihm daraufhin durch den Kopf ging, gefiel ihm nicht, aber er konnte kein vernünftiges Argument dagegensetzen: *war jetzt nicht vielleicht der beste Zeitpunkt, um aufzuhören*? War die zerstörte Scheibe am Ende nur ein Wink des Schicksals?

Ein Geräusch riß ihn in der nächsten Sekunde aus seinen Gedanken. Die Tür zum Hintereingang fiel zu. Leise Schritte waren zu hören. Im Nebenzimmer nahm jemand die Schlüssel vom Tisch, dann klangen wieder leise Schritte herüber. Marten hielt inne und lauschte. Gedanken rasten durch seinen Kopf. War dies nun Kerschensteins Mörder? War es der Mann, der den jungen Marburg überfallen hatte? Dann war er selbst nun der Nächste? Die Tür wurde abgeschlossen. Warum hatte *er* das nicht getan? Marten wandte sich um, so leise er konnte, griff mechanisch zum Telefon, das neben der Kasse stand, nahm den Telefonhörer und wählte. Nicht die 110, was doch so naheliegend gewesen wäre, die Polizei. Nein, es war Stein, den er anrief. Die kleine Wählscheibe machte einen Höllenlärm in der Stille, zum Glück untermalt vom Schlagen der Schaufensterfolie im Wind. Das Freizeichen erklang, dreimal, viermal, doch Stëin meldete sich nicht. Als er aufsah, erkannte Marten, daß ein Mann in der Durchgangstür stand, schwarz gekleidet, schwarze Hose, schwarze Jacke, und die Motorradsturmhaube, die sein Gesicht verhüllte, war schwarz. Marten wich zurück und ließ den Hörer fallen. "Wer sind Sie?" stieß er hervor.

"Oh, diese Frage sollten Sie nicht stellen", entgegnete der andere nonchalant. Er steckte sein Messer, ein ebenfalls schwarzes Kampfmesser, elegant zurück in die Gürtelscheide. "Versuchen Sie es doch lieber mit: *was kann ich für Sie tun?*" Der Mann trat näher und legte den Hörer auf das Telefon. Marten wich zurück, unfähig etwas zu erwidern. Nur ein Name ging ihm durch den Kopf: *Ricardo*. Ricardo hatte diesen Mann geschickt, um die Steinerne Karte, oder was sie dafür gehalten hatten, an sich zu bringen... Im nächsten Augenblick stieß er gegen etwas, fuhr herum und sah sich einem zweiten Mann gegenüber, größer noch als der erste, stämmig und ebenfalls in schwarz gekleidet. Er hielt einen Strick in der Hand, zum Henkersknoten geknüpft, den er dem Buchhändler langsam, aber ohne zu zögern um den Hals legte. Marten ächzte auf, wehren aber konnte er sich nicht. Ihm wurden die Hände auf den Rücken geführt und mit Klebeband gefesselt. "Was...", begann er endlich zu stammeln, "was wollen Sie...?"

Marten erhielt keine Antwort. Statt dessen führten ihn die beiden am Strick in das Hinterzimmer. "Steig auf den Tisch!" Der Befehl kam diesmal ohne jegliche Nonchalance. Einer der beiden nahm sich einen Stuhl, stieg hinauf und zog das Seil durch den Deckenhaken der Zimmerlampe bis zur Tür, die in den Verkaufsraum führte. Als Marten auf dem Tisch stand, straffte und verknotete er es an der Klinke.

"Sie können sich bestimmt denken, was wir wollen", begann er schließlich in ebenso jovialem wie freundlichem Tonfall. *Überzuckert freundlich*, dachte Marten, und genau das machte ihm noch mehr Angst. "Wir wollen wissen, wo das Päckchen ist, das Päckchen von Ihrem jungen Freund. Leider haben wir ihn zu Hause nicht angetroffen."

"Von was für einem Päckchen reden Sie?" erwiderte Marten in der Absicht, nichts von dem, was ihm gewiß noch wissenschaftlichen Ruhm einbringen konnte, preiszugeben. Er erinnerte sich, daß Stëin von einem Russen gesprochen hatte, ein Russe, der hinter dem Päckchen her zu sein schien und den jungen Marburg niedergeschlagen hatte. Dieser Mann war, der Aussprache nach zu urteilen, Deutscher. Er fragte sich, was das zu bedeuten hatte. *Wer wußte alles von Kerschensteins Päckchen? Wer noch war hinter ihm her?*

"Sie wissen doch genau, von welchem Päckchen ich rede", erwiderte der Fremde in freundlichstem Ton. "Die *Steinerne Karte* hat es uns besonders angetan. Haben Sie sie hier?" Er sah sich suchend um.

Marten schüttelte den Kopf.

"Wo ist sie?" fragte der Fremde noch einmal in melodischem Tonfall.

"Das weiß ich nicht..." Bilder von Symposien gingen ihm durch den Kopf, Gesprächsrunden, in denen seine Meinung zum Templerorden und dessen Geheimnissen gefragt war, ja vielleicht sogar Talk Shows, wissenschaftliche Radiobeiträge. Seine Deutung des *Großen Geheimnisses* und dessen Auswirkung auf die westliche Zivilisation der Gegenwart gälte in einschlägigen Kreisen als maßgeblich. Er wäre nicht mehr darauf angewiesen, einsam und allein hinter seiner Ladentheke zu stehen und auf Kundschaft zu warten. Ein wenig später Ruhm, begründet durch den Fund von Kerschensteins Päckchen, wartete auf ihn...

Wie beiläufig lehnte sich der Fremde gegen das gespannte Seil und riß Marten damit aus seinem Kurzen Traum. Die Schlinge verengte sich und zog ihn nach oben zur Decke. Marten widerstand, er schwieg, auf Zehenspitzen stehend, sich streckend und ein wenig wankend. Nach einer halben Minute begann er zu röcheln. Er wollte etwas sagen, ohne zu wissen was, nur aufhören sollten sie! Der Fremde ließ nach, doch Marten schwindelte, er konnte sich nicht mehr auf den Beinen halten und fiel erneut in die Schlinge. Der Fremde seufzte und löste den Strick von der Tür, woraufhin der Buchhändler entkräftet auf den Tisch sank.

Der zweite Mann nahm die Teekanne vom Spültisch, ließ Wasser hineinlaufen und schüttete es Marten ins Gesicht. "Die Karte", sagte er ungeduldig. Marten sah auf, prustete vor sich hin und röchelte. Es dauerte eine Weile bis er antworten konnte. Als er dennoch schwieg, zog der erste der beiden wieder am Strick, und zwar mit einer derartigen Kraft, daß Marten gegen seinen Willen auf die Beine gezogen wurde. "Die Karte..." begann er verzweifelt. "Die Karte ist verschwunden..."

"Das glaube ich nicht", sagte der erste Mann ruhig und verknotete das Seil erneut an der Türklinke, so daß Marten sich nicht rühren konnte.

"Es... ist... aber so..." stammelte der Buchhändler. Er bekam kaum noch Luft.

"Wo ist sie. Wo hast du sie verschwinden lassen?"

"Ich... nicht ich..." Marten versuchte zu schlucken, sein Mund war vollkommen ausgetrocknet vor Angst. Es gelang ihm nicht. Im Gegensatz dazu war er kurz davor, sich in die Hose zu machen. Auch aus Angst. "Der Junge... der Junge hat sie wieder mitgenommen...", preßte er hervor. "Er wollte... er wollte sie in das Hafenbecken... werfen... irgendwo..."

"Du lügst!"

"Nein... ich... das Päckchen ist nicht mehr hier... er hat es mitgenommen... fragt Ri... cardo..."

"Scheiß auf Ricardo! Wo ist der Junge? Wo ist Marburg jetzt?"

"Ich..." Der Strick und die Angst brannten in Martens Kehle. "Ich... weiß es nicht..."

Das wutverzerrte Gesicht unter der Sturmhaube konnte der Buchhändler nicht sehen. Nachdem er nichts mehr sagte, nichts mehr sagen *konnte*, bekam er den Haß des anderen allerdings in Form eines Klebebands zu spüren, das ihm recht gefühllos über den Mund geklebt wurde.

"Los", fuhr der Mann in schwarz seinen Komplizen an. "Stell alles auf den Kopf. Wir werden sehen, ob er lügt oder nicht..." Wenn das Päckchen tatsächlich im Hafen lag – und auszuschließen war das nicht, denn scheinbar hatte der junge Taxifahrer seine Bedeutung bis heute nicht begriffen –, dann hatten sie ein völlig neues Problem: wie sollten sie das dem *Ritter der ehernen Schlange* erklären?

> "Ihr könnt euch glücklich schätzen, denn der Vater des Hauses Salomon hat von eurer Anwesenheit in der Stadt Kenntnis erhalten..."
> Francis Bacon: Neu–Atlantis, 1627

54. OLDENBURG, MONTAG, 17. SEPTEMBER 1984

Das Telefon klingelte um kurz vor zehn. Stëin rechnete mit einem weiteren Versuch Echos, ihn zu überreden, Marten bei seiner Suche nach den Mysterien des Tempelritterordens zu helfen.

Auf keinen Fall würde er sich zu einem derartigen Unsinn bereit erklären. Er wußte jetzt, wie gefährlich das war.

Dennoch nahm er den Hörer ab, gewappnet mit einer Reihe von Argumenten und unsicher, ob es nicht eigentlich besser war, Echo seinerseits zu überreden, mit dem Unsinn aufzuhören.

Ein unverständliches Flüstern erklang im Hörer, eine Stimme, weit entfernt. *Wer sind Sie?* Etwas schlug gegen den Hörer. Stëin hielt ihn sofort etwas vom Ohr weg. *Oh, diese Frage sollten Sie nicht stellen*, sagte jemand anderes, noch leiser. Dann war die Verbindung unterbrochen. Echo war es nicht, soviel war klar. Vielmehr klang die erste Stimme nach Marten. Stëin überlegte. Was hatte Marten von ihm wollen können?

Nun, er würde sich wieder melden, vermutlich hatte er Kundschaft, so etwas ging immer vor. Er sah zur Uhr. Nein, Marten hatte noch nicht geöffnet, es war noch zu früh.

Im nächsten Moment erst begriff er.

Stëin nahm erneut den Hörer auf und wählte die 110.

"Schicken Sie jemanden zur *Kleinen Kirchstraße*", sagte er im plötzlichen Bewußtsein, daß Marten kein Opfer seiner eigenen Verschwörungstheorien sondern wirklich in Gefahr war. "Die Buchhandlung! Jemand wird bedroht, Einbrecher..."

"Bedroht?" fragte der Mann am Telefon.

"Ja, mehr weiß ich nicht. Und sagen Sie Jordan Bescheid!"

"Jordan? Wir haben hier keinen Jordan."

Stëin fluchte. "*Bitte*", sagte er in flehendem Tonfall, dann sah er ein, daß es keinen Zweck hatte. Er legte auf, griff nach der Jacke mit den Autoschlüsseln und lief hinaus auf die Straße.

Es dauerte ungefähr zehn Minuten, bis der grüne *Commodore* vor Martens Buchhandlung zum Stehen kam. Stëin sprang aus dem Wagen und lief auf den Laden zu. Die Tür war verschlossen, aber das störte ihn nicht. Ohne zu zögern riß er die Folie zur Seite und stieg durch das Schaufenster in den Buchladen ein. Im Hinterzimmer war ein unbestimmbares Poltern zu hören, jemand schien fortzulaufen. Stëin zögerte, rief nach Marten – keine Antwort. Er lief weiter, bis zur schmalen Tür, die in den hinteren Raum führte. Sie stand offen. Vor dem kleinen, efeuumrankten Fenster, das zu einer Art Hin-

terhof hinausging, stand im Halbdunkel der Buchhändler, seltsam steif. *Warum stand er auf dem Tisch?*
Stëins Augen brauchten ein paar Sekunden, bis sie die tödliche Konstruktion erkannten. Sofort wandte er sich zur Tür und löste das Seil. Gleichzeitig sank Marten auf den Tisch, konnte sich nicht halten und fiel kraftlos zu Boden. Eine Tür schlug zu, vermutlich die des Hinterausgangs. Stëin lief zur Tür, stolperte, verlor wertvolle Sekunden, riß an der Klinke und stürzte hinaus – zu spät. Außer einem kleinen, gepflasterten Innenhof, Garagen und ein paar Kartons mit Altpapier war nichts zu sehen. Aus dem Haus drang ein leises Stöhnen. Stëin fuhr herum. *Marten! Verdammt, er mußte den Rettungswagen rufen!*
"Was ist geschehen?" Stëin kniete sich neben Marten und half ihm, sich stöhnend und unter Schmerzen aufzusetzen. Ein verstörter Blick, ungläubiges Zögern, dann versuchte der Buchhändler eine Antwort. Sie endete in einem unverständlichen Klagelaut, den Stëin bestimmt nicht verstanden hätte, wenn Marten nicht gleichzeitig auf die fast leere Flasche Port neben dem Handwaschbecken gezeigt hätte. Stëin verzog den Mund. Port war sicher nicht das beste Hausmittel in dieser Situation. Oder? Er goß ein Glas voll und reichte es Marten. Dann rief er den Rettungswagen. Marten versuchte zu protestieren, schaffte es aber nicht.
Als Stëin sich zu ihm auf den Fußboden setzte, weil er sich nicht traute, Marten nach dem Sturz noch weiter zu bewegen und weil Marten zu schwach war, um selbst aufzustehen, da versuchte der Buchhändler zu sprechen. "Das war kein gewöhnlicher Überfall", begann er. "Sie wollten die Karte..." Es war eigentlich mehr ein Hauchen, doch Stëin verstand es. Er nickte und bedeutete Marten, still zu sein.
Nach fast zehn Minuten, die ihm wie eine Ewigkeit erschien, traf der Rettungswagen ein. Gleichzeitig betraten zwei Polizeibeamte den Verkaufsraum.
"Uns wurde ein Einbruch gemeldet", sagte PMA Broscheit. Er sah sich fragend um. Dann fiel sein Blick auf den Strick an der Decke des Hinterzimmers.
"Was ist hier passiert?" fragte der zweite Polizist, der hinter ihm eintrat.

Um viertel vor elf erreichte Jordan das Haus, in dem der junge Polizeimeister wohnte, eine kleine Einliegerwohnung im *Heideweg*. Interessanterweise lag sie auf halbem Wege zu Marburgs Haus. Aber das war im Augenblick belanglos. "Sie brauchen nicht zu warten", sagte er als er dem Taxifahrer zehn Mark in die Hand drückte. Ein Fehler, wie sich herausstellen sollte.
Ein Alpha–Jet des nahen Jagdbombergeschwaders dröhnte im Landeanflug über ihn hinweg. Auf Jordans Klingeln öffnete sich die Tür und eine Frau jenseits der Sechzig lugte hinaus. Sie hatte ein Kartoffelschälmesser in der

Hand und trug eine aufregend gemusterte Kittelschürze. "Wer ist es denn?" tönte es hinter ihr aus dem Haus.

"Die Polizei", rief sie zurück, nachdem Jordan ihr seinen Dienstausweis gezeigt hatte. "Ein Kollege von dem netten Herrn Broscheit!"

Ihr Mann grummelte irgend etwas, dachte aber nicht daran, zur Tür zu kommen. Jordan lächelte sie an. "Ich muß etwas aus der Wohnung holen", log er. "Herr Broscheit hat mich geschickt." Als die Frau ihm ihren Zweitschlüssel gab, bedankte er sich höflich und wunderte sich darüber, wie ruhig er blieb.

Zurück in der Wohnung nahm die Frau den Telefonhörer auf und wählte die Nummer des Ersten Reviers.

Jordan betrat die kleine Zweizimmerwohnung und wußte plötzlich nicht einmal mehr, wonach er überhaupt suchen sollte. Einen Karton mit der Aufschrift *Wichtige Beweise* würde er nicht vorfinden. Immerhin, Broscheit hatte einen Schreibtisch, wie er zufrieden feststellte, und so ein Möbelstück lud vornehmlich zum Suchen ein. Ansonsten war die Wohnung spartanisch aber teuer eingerichtet, an der Wand über dem *Rolf Benz* Sofa hing ein gerahmtes Poster, *James Dean, Boulevard of Broken Dreams*.

Jordan machte sich daran, die Schreibtischschubladen zu durchsuchen, was nicht viel Zeit in Anspruch nahm, denn sie waren bis auf einige Schreibutensilien fast leer. Enttäuscht sah er sich um. "Vielleicht in der Küche?" murmelte er und fragte sich gleichzeitig, wie der Hinweis auf das Wrack der Taxe, den er so dringend brauchte, denn aussehen mochte. Der Fahrzeugschlüssel vielleicht? Oder die Papiere der Taxe?

Aber würde Broscheit so etwas in der Küche verstecken? Ein weißer Küchenschrank, Herd, Spüle, Kühlschrank. Eingebaut, alles vom Feinsten. War Broscheit nicht noch *Anwärter*?

Vielleicht bezahlte sein Vater all das. Vielleicht.

Jordan kamen erste Zweifel. War er auf der falschen Spur? Hatte Broscheit vielleicht doch nichts mit dem Verschwinden der Taxe zu tun, oder gar mit der *Loge*, wie Engholm es genannt hatte? *Loge!* Jordan verzog den Mund. Wie sahen Beweise für eine derartige Verbindung wohl aus? Mantel und Degen?

Oder viel Geld für eine teure Einrichtung?

Plötzlich fühlte er sich ziemlich unwohl in seiner Haut. *Hausfriedensbruch*, dachte er. Kein wirklich beruhigender Gedanke. Hoffentlich hatte sich die Vermieterin nicht seinen Namen gemerkt – *er war so ein Stümper!* Aber was, außer seinem Ausweis, hätte er ihr zeigen sollen? Sein Blick fiel auf die Pinnwand neben der Tür. Eine Schwarzweißphotographie war dort so festgesteckt, daß die Nadeln keine Spuren im Papier hinterließen. Sie zeigte zwei Frauen und sieben Männer vor einer großen Holztür. Die beiden Frauen sahen aus wie Gräfin und Zofe. Er schmunzelte. Direkt daneben hing ein Zettel mit einer Telefonnummer, von der Jordan seit gestern wußte, daß es die von Dessauer war. Was machte ein Polizeimeister mit der Telefonnummer des toten Rechtsanwalts? Seines Wissen nach war er nicht in den Hamburger Mordfall involviert.

Neugierig nahm er die Photographie von der Pinnwand – und hatte plötzlich zwei in der Hand. Hinter dem ersten steckte noch ein zweites Photo, das Bild einer jungen Frau mit dunklem, leicht gelocktem Haar. Rosa 1919 stand darauf. Irgendwo hatte er dieses – oder ein ähnliches – Photo schon einmal gesehen. Aber wo? Auf der Rückseite des ersten Photos stand nur: die *Thule–G., 1919...*

1919! Jetzt fiel es ihm wieder ein: das Bild erinnerte ihn an jene, die er am Tag nach seiner Ankunft in Kerschensteins Wohnung gefunden hatte. In einem Karton mit der Aufschrift *Rosa*. Wie kam Broscheit an ein Photo aus Kerschensteins Schrank?

Jordan sah unruhig zur Uhr. Er mahnte sich zur Eile. Wer wußte schon, wie lange Broscheit mit Eilers unterwegs war. Er wußte nicht einmal wohin sie gefahren waren. Fuhr er vielleicht mittags nach Hause? Nervös steckte er den Zettel und die Photographien ein. Vielleicht ließ sich beides verwerten. Ein Hinweis auf die verschwundene Taxe war es nicht.

Dann entdeckte er die Badezimmertür. Aber was konnte man da schon finden? Das Zimmer dahinter war klein, hatte statt der Badewanne nur eine Dusche und war in freundlichem Dunkelblau gefliest. Jordan krauste die Stirn und ließ seinen Blick durch den kleinen Raum schweifen. Über dem Waschbecken hing ein Spiegelschrank. Er öffnete die erste Tür, die Zweite, die Dritte. Deo, Duschgel und Rasierzeug, Haarspray, Zahnpasta...

Und ein braunes Fläschchen mit einer weißlichen Flüssigkeit, das weder nach Kosmetik noch nach Medizin aussah. *Talinolol* stand in flüchtiger Handschrift auf einem weißen Aufkleber.

Jordan nahm das Fläschchen mit seinem Taschentuch aus dem Schrank und steckte es ein. Talinolol war, das wußte er nicht nur von Engholm, ein stark blutdrucksenkendes Mittel. Das Mittel, mit dem Kristin Nijmann umgebracht wurde.

Vorsichtig ließ er die Türen des Schränkchens wieder zugleiten. Jetzt noch den Fahrzeugschlüssel zu finden war vermutlich zuviel verlangt. Nein, hier war nichts mehr zu holen. "Das dürfte auch so reichen", sagte er zufrieden zu sich selbst als er in den Flur trat.

"Das denke ich auch", bestätigte Markus Broscheit, der in der Wohnungstür stand.

> "Darauf rüstete ich mich auf den Weg, zog meinen weißen Leinenrock an, umgürtete meine Lenden mit einem blutroten Band, kreuzweise über die Schultern gebunden. Auf meinen Hut steckte ich vier rote Rosen..."
> Johann Valentin Andreae: Die *Chymische Hochzeit*, 1616

55. OLDENBURG, MONTAG, 17. SEPTEMBER 1984

"Was ist hier passiert?" wiederholte der Hauptkommissar nachdem Marten mit dem Rettungswagen fortgebracht worden war. Er sah sich im Hinterzimmer des kleinen Buchladens um während Polizeimeisteranwärter Broscheit an der Eingangstür wartete. Dann wandte er sich um und fixierte Stëin. "Und wer sind Sie eigentlich?" setzte er hinzu.

"Ich arbeite hier", erwiderte Stëin knapp. Er versuchte gar nicht erst, seine Ungeduld zu verbergen. Er wollte zu Marten ins Krankenhaus. Dann aber nannte er doch seinen Namen. Eilers notierte ihn sich, ebenso Stëins Anschrift und Telefonnummer. "Und was hier passiert ist, sieht man doch. Herr Marten ist überfallen worden. Die wollten ihn erhängen... Ich bin gerade noch rechtzeitig gekommen!"

Der Hauptkommissar lächelte. "Haben Sie jemanden gesehen?"

"Nein. Als ich kam, sind sie raus..."

"Zu schade, nicht?"

"Wieso? Was meinen Sie damit?"

"Vielleicht wollte sich der alte Mann selbst erhängen", vermutete Eilers. "Hatte er vielleicht Geldsorgen?"

Stëin sah den Hauptkommissar entgeistert an. "Das weiß ich doch nicht!"

"Wie kommen Sie dann hierher?"

"Ich?" *Verdächtigte dieser Mensch ihn jetzt etwa?* "Herr Marten hatte mich angerufen. Er sagte, er würde überfallen!"

"Das können wir ja überprüfen." Eilers nickte beiläufig. "Haben Sie einen Verdacht?"

"Einen Verdacht? Bei einem Einbruch? Nein." *Seltsame Frage*, dachte Stëin. Dann fiel ihm die zerbrochene Scheibe ein. "Wir hatten uns über die Templer unterhalten", sagte er leise. "Am Freitag, als die Schaufensterscheibe eingeworfen wurde..."

"So, so, über die Templer", erwiderte Eilers und sah skeptisch zur Auslage hinüber. "Geld fehlt nicht? Die Kasse? Irgend etwas Wertvolles?"

Stëin trat an die Kasse und öffnete die Lade. "Nein", sagte er. "Geld scheint nicht zu fehlen. Ob Bücher fehlen, weiß ich nicht."

"*Bücher?*" Eilers lachte abfällig. "Wo würde Herr Marten denn *wertvolle* Dinge aufbewahren?"

"Hier jedenfalls nicht", meinte Stëin und zeigte auf die mit Glasscherben übersäte Auslage.

"Nein, vermutlich nicht." Mit einem bedächtigen Nicken wandte sich Eilers zum Gehen. "Also bei sich zu Hause?"
"Das weiß ich nicht!" erwiderte Stëin entgeistert. "Und jetzt?" fragte er als Eilers nicht reagierte. "Was geschieht jetzt? Wann kommt die Spurensicherung?"
"Wir werden sehen." Der Hauptkommissar wandte sich um. Über sein Gesicht huschte ein Grinsen. "Bei Bagatellschäden kommen die gar nicht. Zuerst werden wir uns noch einmal mit Herrn Marten unterhalten. Dann sehen wir weiter." Daraufhin verließ er den Buchladen, setzte sich in den silbernen Mercedes, der mit rotierendem Blaulicht vor dem Eingang stand und sprach irgend etwas in das Sprechfunkgerät. Stëin hörte nur noch das Gequäke des Funklautsprechers. Der zweite Polizist, der am Wagen gewartet hatte, stieg ebenfalls ein.

"*Was ist geschehen?*" fragte Stëin streng, als er eine Stunde später an Martens Bett saß. Der Buchhändler hatte mittlerweile wieder eine normale Farbe bekommen, trug aber einen sicherlich unbequemen Halsverband. "Was meintest du damit, daß *sie die Karte wollten*?"
"Die *Steinerne Karte*, von der Ricardo gesagt hat, daß sie nicht die wahre Karte ist. Aber sie *ist* echt. Sie ist eine Art Wegweiser..." Martens Stimme war immer noch ein heiseres Krächzen."
"Aber du hast die Karte doch gar nicht..."
Marten sah Stëin nicht in die Augen und schüttelte den Kopf. "Nein, aber Marburg hat sie."
"Und das hast du ihnen gesagt?"
"Was sollte ich denn tun?"
"Und woher wußten sie von der *Steinerne Karte*?"
Der Buchhändler krächzte etwas Unverständliches und winkte ab.
"*Marten?*"
"*Ich weiß es nicht, verdammt noch mal!*" Und gequält fügte er hinzu: "Es kann nur Ricardo gewesen sein..."
"Wer ist Ricardo?"
Marten verzog den Mund und sah schuldbewußt aus dem Fenster. In seinen Augen lag eine Mischung aus Angst und Enttäuschung, als er Stëin in kurzen Worten vom gestrigen Abend im *Pilgerhaus* erzählte. Er hatte Glück gehabt, mehr nicht. Ohne Stëin wäre das Spiel, das gar keins war, tödlich ausgegangen bevor es richtig begonnen hatte. Der kurze Traum vom wissenschaftlichen Ruhm war ausgeträumt, die Nüchternheit zurückgekehrt.
"Woher kennst du ihn?"
Marten schwieg.
"*Du kennst ihn nicht?*" Stëin faßte sich an die Stirn. "*Ihr wart nie befreundet?*"

"Nein..."
"Shit!"
"Aber er hat uns geholfen..." murmelte der Alte nach einer Weile.
"Er hat euch ausgehorcht!"
"Ein Beweis, daß die Karte echt ist!"
Und Echo in Gefahr, dachte Stëin und nickte mit versteinerter Miene. "Deswegen wollte er sich auch eine Kopie machen..." Er vergrub das Gesicht in den Händen und dachte nach. Sie hatten alle drei den gleichen Kenntnisstand. Wenn es darum ging, das Geheimnis der Karte zu bewahren, waren sie alle gleichermaßen in Gefahr. Am meisten aber der, der in Besitz der Karte war. Echo...

Er wandte sich zu Marten, der ihn schuldbewußt ansah. "Wir müssen hier weg", sagte er. Dann schüttelte er den Kopf. "Nein, zu allererst müssen wir Echo warnen!"

Marten lachte trocken auf. "Und dann?" krächzte er. "Das hat doch alles keinen Sinn! Dein Freund hat keine Chance..."

"Natürlich hat er die", entrüstete Stëin sich. "Wir werden diesen Jordan anrufen. Die Polizei, sie muß uns..."

"Dieser Kommissar vorhin", unterbrach Marten ihn, "der mit der Halbglatze, du weißt schon..."

"Ja?"

"Er und einer der Männer, die mich überfallen haben...", erklärte er stockend. "Sie haben die gleichen Augen und die gleiche Stimme."

Stëin sah ihn entgeistert an. "Du meinst..." erst jetzt fiel ihm auf, daß er weder den Namen des Beamten noch das Kennzeichen des Einsatzwagens wußte. "Du meinst, es war dieser Polizist?" Seine Stimme krächzte nun ebenfalls ein wenig.

Marten nickte.

Der junge Polizeimeister richtete seine Dienstwaffe auf Jordan und bedeutete ihm, zurück ins Wohnzimmer zu gehen. Broscheit folgte mit ein wenig Abstand. Schließlich griff er zum Telefon, das neben dem weißen *Rolf Benz* Sofa stand, und begann zu wählen, ohne Jordan länger als für eine Sekunde aus den Augen zu lassen. "Ich bin's", sagte er nach ein paar Sekunden. "Meine Vermieterin hatte recht."

Jordan fluchte leise. Also hatte ihn die Frau doch verraten. Er beobachtete Broscheit stumm und versuchte herauszuhören, ob es Eilers war mit dem er sprach. Vergeblich.

"Ja", erklärte der Polizeimeister, wobei er gewichtig nickte, "es ist der Kommissar aus Hannover". Dann folgte ein Augenblick, in dem sich seine Miene völlig veränderte. "Ich soll was?" fragte er plötzlich. "*In meiner Wohnung?* Das... das kann ich nicht..." Er schüttelte den Kopf und betrachtete

Jordan angewidert wie ein lästiges Insekt. "Erschießen..." sagte er leise. "Ich muß Sie erschießen..." Dann legte er auf. "Und dann muß ich Marburg erschießen..." Sein Blick verlor sich in der Ferne. Man sah förmlich, wie er nachdachte, die Konsequenzen abwog und begriff, daß er den Fuß in eine Sackgasse gesetzt hatte.

In Jordan breitete sich Panik aus. Wie weit war dieser Mann mit der Loge verstrickt? Wie weit würde er gehen? Sein Verstand sagte zwar, daß Broscheit nicht so dumm sein konnte, ihn in seiner eigenen Wohnung zu erschießen. Aber es gab leider auch andere Möglichkeiten.

Die Augen des Kommissars waren auf die Waffe gerichtet. Er wußte, daß der Polizeimeister sie nicht zum ersten Mal gebrauchen würde. Jordan wollte etwas sagen, irgend etwas, das er im Psychologieteil seiner Ausbildung gelernt hatte. Dummerweise war genau an dieser Stelle seines Erinnerungsvermögens ein ziemlich schwarzes Loch. Broscheit ließ die Waffe sinken, er dachte nach, und Jordan versuchte diesen Augenblick zu nutzen. Doch bei der ersten Bewegung richtete der Polizeimeister die Waffe wieder ruckartig auf den Kommissar. Im nächsten Moment klingelte es. Broscheit fuhr zusammen und begann hektisch zu atmen. Er blieb wie gelähmt stehen, die Waffe auf Jordan gerichtet, den Blick auf die Wohnungstür. Sekunden vergingen bis es erneut klingelte. Ein Klopfen folgte. Jemand sagte etwas vor der Tür. Er schien zu begreifen, daß er handeln mußte, tastete an seinem Gürtel herum und warf Jordan schließlich ein paar Handschellen zu. "An der Heizung festmachen", zischte er gepreßt. Jordan, der die Handschellen aufgefangen hatte, warf einen kurzen Blick auf die Pistole. Dann nickte er ergeben und tat, was der Polizeimeister wollte. "Ein Wort und du bist dran!" sagte er ebenso ängstlich wie drohend, steckte die Waffe weg und lief zur Tür.

Jordan hörte die Stimme der Vermieterin, Broscheit antwortete etwas. Was, das konnte er nicht verstehen. Er bewegte sich, wobei die Handschellen am Heizungsrohr klapperten. Sekunden später wurde die Tür geschlossen und Broscheit kam zurück. Er fluchte kam auf Jordan zu und versetzte ihm einen Tritt in den Magen. Jordan, der vor der Heizung gesessen hatte, fiel zur Seite, krümmte sich und begann zu würgen. Ein weiterer Tritt folgte. Ihm wurde schwarz vor Augen. Engholm, warum hatte er Engholm nicht gesagt, was er vorhatte...

Als er wieder zu sich kam, war Broscheit dabei, ihn mit einem Schal zu knebeln. Es mochte vielleicht eine Minute vergangen sein, doch die hatte ausgereicht, ihn mit beiden Händen an die Heizung zu fesseln. Jordan war speiübel. Er versuchte, so gleichmäßig wie möglich zu atmen. Wenn er sich jetzt erbrach, würde er ersticken. Ein verdammt beschissener Tod.

Aus den Augenwinkeln sah er, wie Broscheit das Zimmer verließ. "Ich komme zurück", hörte er ihn sagen. "Bis dahin solltest du dich ruhig verhalten, sonst..." Die Tür fiel ohne das Ende der Drohung zu und es wurde still in der Wohnung, nur unterbrochen von Jordans Versuch, gleichmäßig und ruhig zu atmen.

Als sie im Ersten Polizeirevier eintrafen, wußte Echo noch immer nicht, was die Beamten von ihm wollten. Ein Witz, dachte er, eine Verwechslung. Wollten sie ihm wirklich den Mord an Dessauer anhängen? Gefragt hatte er nicht. Seine Gedanken drehten sich einzig um die verlorene Zeit und seine Begegnung mit Rosa. Er hatte mit ihr gesprochen, hatte den Kuß gespürt, und er bildete sich ein, immer noch den Duft ihrer Haut zu riechen. So etwas konnte kein Traum sein. Wo aber waren die Stunden nach ihrer Begegnung geblieben?

Sie betraten 322. Engholm bot ihm einen Platz und Kaffee an, und als er kurz darauf einen Becher vor Echo auf den Tisch stellte, erklärte er ruhig: "Herr Marburg, ich persönlich kann die Anschuldigungen, die gegen Sie vorgebracht wurden, nicht ganz nachvollziehen. Aber sie stehen im Raum und deshalb betrachten Sie sich bitte bis auf weiteres als vorläufig festgenommen...."

"Welche Anschuldigungen?"

Engholm sah Voigt fragend an. Der hatte sich auf einen zweiten Stuhl neben Echo gesetzt. "Mordverdacht in zwei Fällen", sagte er schließlich. "Franz Dessauer und Jacques Morand..."

"Aber das ist lächerlich!"

"Es steht Ihnen frei, sich zu den gegen Sie erhobenen Tatvorwürfen zu äußern. Und Sie dürfen natürlich einen Verteidiger Ihrer Wahl anrufen."

"Ich habe keinen Verteidiger", brummte Echo. "Und ich brauche auch keinen. Ich habe die beiden nicht umgebracht."

"Interessanterweise waren Sie aber jedesmal zur Tatzeit am Tatort", erwiderte Voigt. "In der Nacht zum letzten Donnerstag waren Sie im Haus des ermordeten Franz Dessauer und in der folgenden Nacht sind Sie im Hotel *Batavia* gewesen. Das haben Sie selbst zugegeben. Ich muß allerdings zugeben, daß uns zu Ihrem zweiten Mord noch die Leiche fehlt." Er grinste süffisant. "Aber eine reicht uns erstmal."

Echo glaubte, sich verhört zu haben. Er starrte den Polizisten mit großen Augen an. "Das ist jetzt nicht Ihr Ernst, oder?" Als die beiden Polizisten nicht antworteten, seufzte er ergeben. "Ja, ich habe Morand aus Dessauers Wohnung abgeholt. Da lebte Dessauer aber doch noch! Morand ist mein... Als ich Morand zum letzten Mal sah, war er schon tot. Eine Viertelstunde vorher hatte er mich zu Hause angerufen..."

"Die Staatsanwaltschaft geht davon aus, daß Sie Dessauer umgebracht haben und anschließend den Franzosen. Weil er Zeuge des ersten Mordes geworden war."

"Das ist doch Schwachsinn!" Echos Stimme überschlug sich.

"Die Fakten sagen etwas anderes."
"Ach, laß' mich in Ruhe!"
Engholm schob den Kommissar sanft zur Seite. "Herr Marburg", begann er und setzte sich auf den Schreibtisch. "Sie sollten mit uns zusammenarbeiten."
"Zusammenarbeiten? Wollen Sie mich verarschen?"
"Keineswegs." Engholms schmales Lächeln verschwand so schnell wie es gekommen war. "Wir haben uns gestern am Glashüttengelände gesehen. Ein Ausflug, bei dem – wenn wir Ihnen glauben können – jemand auf Sie geschossen haben soll. Jemand, den Sie als Russen bezeichnen..."
"Ganz genau! Der Typ wollte mich umbringen! *Mich!* Nicht umgekehrt..."
"Leider haben wir kein Projektil gefunden. Und auch keinen Russen. Aber Sie haben recht, die Seitenscheiben von Herrn Stëins Fahrzeug waren tatsächlich... zerbrochen." Natürlich konnte man zweifelsfrei erkennen, daß eine Kugel beide Seitenscheiben durchschlagen hatte. Aber so einfach wollte Engholm es Echo nicht machen.
Die Seitenscheiben von Herrn Stëins Fahrzeug, dachte Echo. *Das klingt so seltsam... Warum hatte er wohl nie* Marcus *zu Stëin gesagt?* "Heißt das, Sie glauben uns nicht?"
"Nun ja, ich persönlich bin geneigt, Ihnen zu glauben. Aber in einer Morduntersuchung geht es natürlich um Beweise. Was wollten Sie eigentlich gestern am Glashüttengelände?"
"Ein Zirkus hat dort gastiert", erklärte Echo ohne aufzusehen. Und ohne die Hoffnung, daß der Hauptmeister ihm glaubte. "Wir wollten sehen, ob er noch da ist..."
"Ein Zirkus!" Voigt lachte auf. "Etwas Besseres fällt Ihnen nicht ein?"
Engholm stand auf, ging um den Schreibtisch herum und setzte sich auf seinen Drehstuhl. "Herr Marburg, wäre es nicht allmählich an der Zeit, uns alles zu erzählen?" Er lehnte sich zurück. "Und ich meine *alles!*" Wenn sie das erreichten, dann hätte sich das ganze Theater schon gelohnt. Theater zumindest, bis Eilers den Jungen in die Finger bekam. Aber das konnten sie vielleicht noch verhindern.
"Was soll ich Ihnen denn noch erzählen?"
"Soll ich Ihnen ein paar Stichworte nennen? Kerschenstein? Dessauer? Der *Jüdische Friedhof*? Morand? Der Russe? Also – ich höre."
"Ich dachte, Sie glauben nicht an den Russen", erwiderte Echo tonlos.
Engholm lächelte. "*Ich höre*", wiederholte er anstelle einer Antwort.
Doch Echo war sich ganz und gar nicht sicher, ob er den Polizisten wirklich von allem, was in den letzten vierzehn Tagen geschehen war, erzählen sollte. Was würde er dadurch gewinnen? *Vielleicht die Freiheit*, dachte er im nächsten Moment, nachdem ihm wieder bewußt geworden war, daß er nicht mehr zum Spaß hier saß. Sie hatten ihn tatsächlich *festgenommen!* Mußte

es jetzt nicht sogar heißen: *was hatte er dadurch zu verlieren?* Rosa jedenfalls nicht. Rosa hatte er bereits verloren, Rosa... Plötzlich fiel ihm die *Steinerne Karte* wieder ein, das Dreieck, in dem sich irgendwo die *Rue de la Manticore* befand, die Straße, die zu Rosa führte...

Belgien, dachte er im nächsten Augenblick. *Das* war der Hinweis, den er bekommen hatte, der Hinweis, den Rosa gemeint hatte, und er galt noch immer! Tatsächlich wußte Echo nun, wo er nach ihr suchen mußte, er wußte es, *er mußte nach Belgien!*

Als Echo aufsah, waren zwei Augenpaare gespannt und zunehmend ungeduldig auf ihn gerichtet. Er nickte, zögerte verlegen, und entschied, daß ein paar Bröckchen Wahrheit ein akzeptabler Preis dafür waren, daß er von hier fortkam. Und so begann er zu erzählen, schnell, vielleicht ein wenig wirr, hastig, unkonzentriert, denn noch immer spukte Rosa in seinem Kopf herum.

Er erzählte von Morand, vom *Jüdischen Friedhof*, von seiner Begegnung mit dem *Russen*, seiner Fahrt nach Hamburg und dem Gespräch zwischen Morand und Dessauer und von dem Päckchen mit Briefen, Photographien und den Mitgliederlisten der *Zitadelle des Lichts*, das gut verwahrt in einem Schließfach lag. Alles andere verschwieg er: Rosa natürlich, und auch den *Zirkus der Nacht*, von dem sie ihm sowieso kein Wort geglaubt hätten. Und auch von der *Steinernen Karte* sagte er nichts.

Als er geendet hatte, sahen die beiden Beamten ihn unsicher und überrascht an. "Sie meinen", begann Engholm vorsichtig, "Sie meinen, alles hängt mit Kerschenstein zusammen? Womöglich mit diesem Briefen?"

"So scheint es wenigstens", bestätigte Echo. "Mit den Briefen und den Mitgliederlisten."

"Um das nachprüfen zu können", meinte Voigt gereizt, "sollten Sie uns das Päckchen ganz schnell einmal zeigen. Ich kann mir nur schwer vorstellen, daß *Briefe* die Ursache für die Morde sind."

"Ich habe sie nicht bei mir", erwiderte Echo. "Und im Augenblick bin ich verhaftet, wenn ich das richtig verstanden habe."

"Festgenommen", brummte Voigt.

"Ich glaube vielmehr, daß wir uns auf die Mitgliederlisten konzentrieren sollten", sagte Engholm leise, woraufhin Voigt ihm einen skeptischen Blick zuwarf: "Die Sachen sind mindestens siebzig Jahre alt..."

"Die Mitgliedschaft in der *Zitadelle des Lichts* beruht auf strikter Erbfolge", erklärte Echo tonlos. *Im Wesentlichen zumindest.*

Engholm nickte langsam. Er notierte sich, daß sie eine mögliche Verbindung zwischen dieser *Zitadelle des Lichts*, von der er noch nie gehört hatte, und dem WERK untersuchen sollten.

"Und die *SS*?" Voigt sah fragend in die Runde. "Wir haben immerhin den Dolch gefunden..."

"Auch in diese Richtung sollten wir ermitteln", sagte Engholm. "Immerhin ist Uwe gerade deswegen aus Hannover gekommen..."

"Der Kettendolch gehörte Morand", sagte Echo leise aber bestimmt zu Engholm. "Das war nicht mehr als ein Andenken aus dem Krieg. Er hat ihn all die Jahre mit durch die Welt geschleppt..." Vermutete er jedenfalls.

"Das heißt ja nichts", brummte Voigt.

"*Ich* habe Morand nicht umgebracht, *Morand* hat Dessauer und *Dessauer* Kerschenstein nicht umgebracht", seufzte Echo. "Ich kann's nicht beweisen, aber so ist es..."

"Das wird sich zeigen", meinte Engholm. "Woher rührt eigentlich Ihr Interesse an alldem? Warum haben Sie sich mit diesem Fremdenlegionär getroffen? Was wollen Sie mit dem Kerschensteins Päckchen? Warum sind Sie nach Hamburg gefahren? Wenn Ihre Taxe nicht vor dem Haus des Mordopfers gesehen worden wäre, stünde es jetzt besser um Sie..."

Echo seufzte. Die Frage, warum er noch hier und hinter Morand hergelaufen war, hatte er sich selbst schon zigmal gestellt. Nun also auch noch der Kommissar. Die Antwort blieb die gleiche: "Weil ich nicht glaube", begann er gedehnt, "daß mein Vater jemanden umgebracht hat. Dazu war er gar nicht in der Lage, weder physisch noch mental. Ebensowenig glaube ich, daß er mit zweieinhalb Promille Auto gefahren sein soll. Es tut mir leid, aber es ist die reine Neugier, die mich zu Morand, nach Hamburg oder hierher zu Ihnen gebracht hat..."

"Es hätte genausogut ein Platz neben Ihrem Vater sein können." Engholm wies hinüber zum Friedhof.

"Das Risiko mußte ich eingehen..."

Voigt wollte etwas Antworten, doch bevor ihm eine unfreundliche Bemerkung einfiel, klingelte das Telefon. Er schob den Kaffeebecher beiseite und nahm ab. "Was?" fragte er mürrisch. Dann hörte er ein paar Sekunden lang zu, zog die Augenbrauen hoch, nickte und sah abwechselnd von Echo zu Engholm. "Ist gut", murmelte er. "Wir sind sofort da."

"Was ist?" fragte Engholm.

"Wir haben eine weitere Leiche", erwiderte der Kommissar. "Eine *Wasserleiche*."

"Dann kann ich wohl gehen?" vermutete Echo.

"Nein, Marburg, das können Sie nicht!" Voigt zog aus seiner Jacke Handschellen hervor und machte Anstalten, sie Echo anzulegen. "Welchen Teil von *Sie sind festgenommen* haben Sie nicht verstanden?" fragte er scharf und trat auf Echo zu. "Im übrigen brauchen wir Sie jetzt für eine Identifizierung. Es besteht die Möglichkeit, daß es Morand ist..."

Echo verstand nicht, er sah den Kommissar nur entgeistert an. Alles lief plötzlich durcheinander. Vor ihm lag wieder der tote Legionär, eine Drahtschlinge im Hals, er erzählte von früher, der Russe kam hinzu und ein Tempelritter, Stëin schüttelte mißbilligend den Kopf...

Die Stimme des Kommissars drang an sein Ohr. "Sie würden ihn doch wiedererkennen, nehme ich an?" Echo nickte fahrig. Ja, das würde er wohl...

Engholm hatte seine Dienstwaffe aus der Schreibtischschublade genommen und war aufgestanden. "Laß das", sagte er, als er sah, was Voigt mit den Handschellen vorhatte, wobei er sich ein Schmunzeln nicht verkneifen konnte.

"Auf deine Verantwortung", brummte der Kommissar. Sie wollten gehen, doch Echo rührte sich nicht. "Muß das sein?" fragte er und sah die beiden Beamten leidend an. Eine Wasserleiche war nicht das, was er jetzt sehen wollte.

"Kommen Sie", sagte Engholm jovial. "Sie sind der einzige, der uns im Augenblick helfen kann." Er legte die Hand auf Echos Schulter und lenkte ihn behutsam zum Ausgang.

Voigt sah den beiden nach. Daß der junge Marburg ein Mörder war, mochte auch er nicht so recht glauben. Aber er war überzeugt davon, einen guten Blick für Menschen zu haben, die Drogen nahmen. Und Marburg gehörte dazu, was ihn letzten Endes nicht kalkulierbar machte. Und damit zu einem Mörder?

Echo saß schweigend auf dem Rücksitz des muffig und nach kaltem Rauch riechenden Passats. Kein großer Unterschied zur Taxe, dachte er, nur daß der Hundertneunziger trotz allem edler roch. Er hörte dem Polizeifunk zu und schwieg. Nur einmal versuchte er sich vorzustellen, wie ein Mensch nach vier Tagen unter Wasser wohl aussehen mochte und ob es überhaupt noch Anhaltspunkte gab, anhand derer er den Legionär identifizieren konnte. Er verdrängte den Gedanken und konzentrierte sich auf den Funk.

Wenig später erreichten sie den Hafen. Engholm fuhr viel zu schnell den *Stau* hinunter, eine Straße, die am Hafenbecken entlangführte. Sie passierten einen Wasserturm und überquerten einen Bahnübergang. Echo und Voigt hielten sich auf ihren Plätzen fest, so gut sie konnten.

"*Was machst Du?*" rief der Kommissar und rieb sich den Hinterkopf, mit dem er mehrmals gegen die Kopfstütze gestoßen war.

"Ich beeile mich..." erwiderte Engholm lapidar. Im nächsten Moment erreichten sie den mit rotweißem Band abgesperrten Bereich, in dem die Leiche gefunden worden war. Ein Streifenwagen und einige Zivilfahrzeuge standen an der Kaimauer. Dazwischen ein silbergrauer Mercedes *Bestatter* mit geöffneter Heckklappe. Engholm hielt mit leicht quietschenden Reifen vor der Absperrung.

"Verdammt, muß das sein?" zischte Voigt. Er stützte sich nervös am Armaturenbrett ab.

Engholm freute sich wie ein Kind, was nicht wirklich zu ihm paßte. "Die im Fernsehen machen das auch..."

"Die im Fernsehen haben Stuntleute", knurrte Voigt und stieg aus. "Und ständig neue Autos! *Ich* bin nur Polizist und *Du* mußt noch ein paar Jahre mit dieser Schindmähre auskommen..."

Echo stieg ebenfalls aus, wenn auch widerwillig. Er wußte, daß Morand tot war, und das genügte ihm. Es war schlimm genug, erinnerte es ihn doch daran, daß es an ihm gewesen war, Morand zu retten. Daß er ohnehin zu spätgekommen wäre, galt nicht mehr, war unbewiesen und wirkte im Augenblick überhaupt nicht schuldbefreiend.

Er fluchte und folgte Voigt und Engholm, die zwei blaß aussehende Polizisten begrüßten und auf eine hinter dem Leichenwagen auf der Straße stehende Bahre zugingen. Ein Taucher zog routiniert seinen Neoprenanzug aus und ein Beamter im hellen Overall zog den Reisverschluß des grünen Leichentuchs zu. Als er Voigt und Engholm herankommen hörte, sah sich der Polizeiarzt um. "Was machen Sie denn hier?" fragte er unwirsch.

"Ich wünsche Ihnen auch einen guten Tag, Herr Doktor Kolbe", erwiderte Engholm betont freundlich.

Voigt fragte nur: "Selbstmord?"

Der Arzt ignorierte Engholms Gruß. "Ja natürlich", erwiderte er statt dessen selbstgefällig und mit leicht arrogantem Tonfall. "Zuerst erwürgt sich der Mann mit einer Schlinge und dann springt er mit einem Gewicht an den Füßen ins Fahrwasser..." Er mochte die wenigsten Beamten des mittleren und gehobenen Dienstes mit denen er zu tun hatte. Aber das hatte eine lange Geschichte und beruhte auf Gegenseitigkeit. "Der Mann wurde vermutlich erdrosselt", erklärte er schließlich ohne jede Ironie. "Er hatte Steine an den Füßen. Das macht kein Selbstmörder..."

"Na sehen Sie", meinte Voigt beiläufig und sah sich um. "Dann sind wir ja richtig hier, oder?"

Kolbe sah ein, daß er in eine rhetorische Falle getappt war und grunzte nur kurz.

Einer der Uniformierten kam heran und berichtete, was geschehen war: Der Kapitän eines dreihundert Meter weiter liegenden Schubbootes hatte die Leiche des Legionärs im Wasser gesehen und die Polizei gerufen. Das war vor etwa einer Stunde gewesen. Die Leiche war geborgen worden und der Bereich abgesperrt. Auch die Aussage des Binnenschiffers war bereits aufgenommen worden.

"Sieht er schlimm aus?" fragte Engholm als Echo zu ihnen trat.

Kolbe sah den Kriminalhauptmeister mit einem seiner *Was–willst–du–denn*–Blicke an und atmete tief durch. Dann, mit einem Blick auf Echo, entschloß er sich doch zu einer Antwort: "Also, die Person lag meiner bescheidenen Meinung nach vier Tage im Wasser. Die Autolyse ist also noch nicht sonderlich weit fortgeschritten, er ist nur ein wenig aufgegangen. Naja, man muß auch mal Glück haben. Daß die Leiche trotz der befestigten Gewichte überhaupt aufgetaucht ist, haben wir vermutlich nur dem Umstand zu verdanken, daß sie von einem Wasserfahrzeug gerammt wurde und sich losgerissen hat. Ihre Füße suchen wir noch. Durch die Beschädigungen im Bereich des Kopfes und der rechten Schulter dürften eine Identifizierung schwierig werden."

Beschädigungen, dachte Voigt angewidert. So konnte nur ein Pathologe *von einer Leiche sprechen...* Gut, er sah ein, daß es Leute geben mußte, die diesen Job machten. Andererseits – wie sah es wohl in einem Menschen wie Kolbe aus. Machte ihm das hier am Ende noch Spaß? Er wandte sich zu einem der Polizisten um. "Woher wißt ihr, daß es unser Fremdenlegionär sein könnte?"

"Der Gürtel", antwortete der angesprochene Beamte. "Er trägt so einen komischen Gürtel..."

"Den kann sich jeder kaufen", stellte der Arzt trocken fest. "Aber diese Tätowierung kann sich nur ein gestörter Mensch machen lassen. Das spricht dann dafür, daß sich der Mann zur Fremdenlegion gemeldet hat..."

Voigt sah sich wieder zu Kolbe um. "Eine Tätowierung?"

"Ein Totenschädel und die Worte *Legio Patria nostra*", bemerkte Kolbe und lächelte süffisant. Dann meinte er, übersetzen zu müssen: "Die Legion ist unser Vaterland."

Voigt sah interessiert zu dem neben der Leiche knienden Arzt hinunter. "Ach was", meinte er lapidar.

Echo Hals wurde trocken. Er erinnerte sich an Morands Tätowierung, die er in der Taxe gesehen hatte, und wußte, daß es nur der Legionär sein konnte. "Darf ich sie sehen?" Eine Frage, die alle Abscheu ignorierte.

Engholm sah ihn an. "Sie müssen nicht", sagte er leise entgegen ihrer ursprünglichen Absicht. Nach dem Bericht des Arztes war er selbst kaum noch scharf darauf.

Nein, Echo sah nicht begeistert aus, aber er wollte Gewißheit, wollte wissen, ob ihm seine Erinnerung einen Streich spielte oder ob es diesmal war, wie er es gesehen hatte. "Nur den Arm?" fragte er vorsichtig.

Kolbe lächelte spöttisch, beugte sich hinunter und zog den Reisverschluß auf. Das Kunststofftuch gab den Blick auf einen zertrümmerten Oberkörper frei. Das Gesicht war kaum noch zu erkennen. Der Polizeiarzt hob den linken, aufgequollenen Arm aus der Umhüllung und zog das aufgerissene Hemd ein wenig zurück. *Der Totenschädel*, das war zweifelsfrei Morands Tätowierung. Auch die grün–rote Gürtelschnalle war Echo schon ein paarmal aufgefallen. Es *war* Morand. Oder das, was von ihm übriggeblieben war.

"*Machen Sie den Sack doch wieder zu!*" fuhr Engholm den Arzt an. Der beachtete ihn gar nicht, legte langsam den Arm des Toten wieder zurück und machte sich eine Notiz. Dann erst zog er den Reisverschluß wieder zu und gab den Bestattern mit einer Handbewegung zu verstehen, daß sie die Bahre in den Wagen schieben konnten.

"Es *ist* Morand", sagte Echo tonlos ohne Engholm oder Voigt anzusehen. Was wäre geschehen, wenn er eher bei Morand gewesen wäre, wenn er sich ein wenig beeilt hätte, nicht gezweifelt hätte? Er wußte, wie müßig die Frage war, und doch stellte er sie sich immer wieder. Ebenso wie die Frage, was als nächstes geschehen würde. Der Russe hatte gewußt, daß Kerschensteins Päckchen in Echos Händen war, da er es im Hotel nicht gefunden hatte. Auf dem Jüdischen Friedhof war er ihm noch einmal entkommen, aber ein zweites Mal würde sich der Mann nicht überrumpeln lassen. Und Echo war sich durchaus bewußt, daß das Wegschließen oder verstecken des Päckchens keine Lebensversicherung, sondern bestenfalls ein Aufschub, war. Wenn der Russe ihn das nächste Mal in die Hände bekam, dann war er es los. Und mit dem Päckchen auch sein Leben.

Echo wandte sich ab, ging um den *Bestatter* herum und an der Kaimauer entlang, ließ den riesigen Genossenschaftssilo, der über ihnen aufragte, die Absperrung, den Arzt und den Tod hinter sich, er lief einfach weiter. Zu viel Gewalt, zuviel Tod, sinnlos, unaufhörlich scheinbar. Was sollte er denn tun? Es war auf ihn geschossen worden, er war niedergeschlagen worden, vergiftet, *wer weiß womit und aus welchem Grund*! Nun aber gab es einen Grund, er lief vor ihm davon, immer schneller, an der Kaimauer entlang, irgendwohin, wohin, das wußte er nicht. Wo war schon Sicherheit?

Jordan wußte nicht mehr, wie lange er so dagelegen hatte, auf dem Boden neben der Heizung, die Arme seltsam verdreht, da sie mit Handschellen an die Heizungsrohre gefesselt waren. Ganz allmählich war mit den Krämpfen auch die Übelkeit vergangen. Die Erleichterung, sich nicht erbrochen zu haben, *nicht am Erbrochenen erstickt zu sein*, wurde gedämpft durch die Angst, daß Broscheit jeden Moment zurückkommen konnte. Die Wahrscheinlichkeit war groß, daß damit zugleich sein tatsächliches Todesurteil einherging. Nein, Broscheit wäre gewiß nicht so dumm, die eigene Dienstwaffe zu benutzen – vielmehr tanzte die Vision einer Drahtschlinge, die der viel stärkere Polizeimeister um seinen Hals zuzog, immer wieder vor seinen Augen. *Oder*, dachte er im nächsten Augenblick, *eine Spritze mit einer Überdosis Talinolol...*

Jordan begann erneut, panisch an den Handschellen zu zerren. Vergeblich, und doch tat er es aus lauter Verzweiflung immer wieder. Plötzlich hörte er Schritte im Treppenhaus. Ein Schlüssel wurde ins Türschloß gesteckt und die Hoffnung, die für eine oder zwei Sekunden in ihm aufkeimte, schlug in Panik um. Engholm, der einzige, von dem Rettung zu erwarten war, konnte es nicht sein. Er besaß keinen Schlüssel zu dieser Tür, er wußte noch nicht einmal, wo Jordan war...

"Kommen Sie, steigen Sie ein. Das ist besser für Sie..."
Echo blieb ein wenig unsicher stehen als der weiße VW Passat neben ihm hielt. Er erkannte den Polizeimeister, der ihn durch das geöffnete Autofenster auffordernd ansah.
Vorläufig festgenommen, erinnerte sich Echo. *Wegen Mordverdachts...*
Die Welt um ihn herum drehte allmählich durch. Er lachte kurz, fast hysterisch, auf, schüttelte ungläubig den Kopf, und überlegte, was er tun sollte. Doch es gab nichts zu tun, er hatte keine Wahl, mußte sich fügen. Mit einem traurigen Nicken öffnete er die Tür hinter Engholm und stieg in den Passat.

"Hallo?" rief zaghaft eine Frauenstimme.
"Laß das!" raunte eine Zweite, männliche.
Jordan hörte Schritte auf dem Flur, und verharrte regungslos. Die Schritte kamen näher. Dann erst, als er die Vermieterin und ihren Mann durch die Wohnzimmertür lugen sah, erkannte er die Stimme wieder. Von Erleichterung getrieben versuchte er etwas zu sagen, was natürlich mißlang. Er versuchte sich aufzusetzen, was ebenfalls mißlang, und warf den beiden einen flehenden Blick zu.
Der Mann fluchte und ächzte, als er sich vor Jordan hinkniete um ihm das breite Klebeband vom Mund zu reißen. "So geht ihr bei der Polizei mit Einbrechern um?" fragte er, sichtlich besorgt.
"Ich..." begann Jordan, ohne zu wissen, was er dem anderen antworten sollte. "Ich bin eigentlich kein Einbrecher", sagte er schließlich gequält. Seine Lippen brannten vom abgerissenen Tape.
"Was sind Sie dann *eigentlich*?" fragte der Vermieter mit unterdrückter Erheiterung.
Jordan grunzte nur und zerrte an seinen Handschellen.
"Ja, ist ja schon gut." Der Vermieter sah sich um, stand auf und verließ das Wohnzimmer wieder.
"*He*", rief Jordan verzweifelt. "*Wohin...*"
"Wissen Sie", unterbrach ihn die Frau. "Wir haben uns gewundert, warum Herr Broscheit ohne sie fortgegangen ist." Sie ließ ihren Vermieterblick durch die Wohnung streifen. "Herr Broscheit ist ein so netter, ruhiger Untermieter", versicherte sie ungefragt. "So kennen wir ihn gar nicht!" Und neugierig fügte sie hinzu: "Was wollten Sie hier?"
Jordan, der sich in seiner Rückenlage mehr als unwohl fühlte, versuchte ein weiteres Mal vergeblich, sich hinzusetzen. *Hoffentlich kommt Broscheit jetzt nicht zurück*, dachte er verzweifelt und suchte gleichzeitig nach einer Antwort für die Vermieterin. "Wir ermitteln gegen den Kollegen", sagte er

schließlich. Sein Zwerchfell schmerzte noch immer bei jedem Wort von den Tritten, die er hatte einstecken müssen. "Einzelheiten darf ich Ihnen nicht verraten."

Sie nickte zweifelnd.

Ihr Mann kam zurück, einen nicht allzugroßen Seitenschneider in der Hand. "Na, wollen mal sehen", murmelte er, Jordans Handschellen fixierend.

Er setzte die Zange in der Mitte an, dort wo sich drei Kettenglieder zischen den Armreifen befanden. Jordan fühlte die Zeit davonlaufen, zumal er keine Ahnung hatte, wieviel davon bereits vergangen war, seit Broscheit ihn hier zurückgelassen hatte. Skeptisch betrachtete er die Versuche des Mannes, der sein Werkzeug offenbar überschätzt oder seine Kraft unterschätzt hatte. Es klappte nicht. Einen Augenblick überlegte der Vermieter, dann sah er Jordan an und sagte: "Halten Sie mal."

Jordan verzog den Mund, tat aber wie ihm geheißen und hielt die Zage, wie sie ihm vorgelegt worden war, eine Griffseite auf dem Boden, die andere zeigte nach oben. Der Vermieter stellte sich hin und trat auf einen der beiden Griffe. Mit einem Knacken brach eines der Handschellenglieder und Jordan war frei.

So schnell er konnte stand Jordan auf und lief zum Telefon.

> Denn das sagen wir euch mit einem Wort des Herrn, daß wir, die wir leben und übrigbleiben bis zur Ankunft des Herrn, denen nicht zuvorkommen werden, die entschlafen sind. Denn er selbst, der Herr, wird, wenn der Befehl ertönt, wenn die Stimme des Erzengels und die Posaune Gottes erschallen, herabkommen vom Himmel, und zuerst werden die Toten, die in Christus gestorben sind, auferstehen.
> Der erste Brief des Paulus an die Thessalonicher, 4, 16

56. OLDENBURG, MONTAG, 17. SEPTEMBER 1984

"Marburg ist in Gefahr!" Jordans Stimme klang gehetzt, als er endlich Engholm am Telefon hatte. "Ihr müßt sofort einen Wagen schicken! Am besten gleich mehrere..."

"Marburg ist hier", unterbrach Engholm seinen Kollegen ruhig. "Aber wo bist du?"

"Ich?" Jordan sah sich um. Die beiden Vermieter betrachteten ihn interessiert. "Ich bin in Broscheits Wohnung. Hol mich hier ab, aber schnell! Es gibt Neuigkeiten. Und gib auf Marburg acht!"

"Warum dauert es eine Ewigkeit, dich zu erreichen?" tönte es aus dem Hörer, nachdem Eilers sich gemeldet hatte. "Eine halbe Stunde telefoniere ich schon hinter dir her!"

Eilers schloß seine Bürotür. "Ich *mußte* raus", versuchte er sich zu verteidigen. "Es... es gab ein paar Dinge zu erledigen, die ich nicht delegieren konnte..."

"Erfolgreich, wie ich hoffe."

Eilers brummte nur zur Antwort. Jordans war in Broscheits Wohnung eingedrungen und das Päckchen hatten sie immer noch nicht gefunden. *Erfolgreich* ging anders. Wenigstens aus Jordans Einbruch ließ sich mit etwas Glück eine Disziplinarstrafe machen. Dann waren sie ihn los. Blieb nur zu hoffen, daß er bei dem Polizeimeister nichts gefunden hatte...

"Nun gut", beendete der *Prinz von Jerusalem* das Geplänkel. "Wir haben keine Zeit zu verlieren. Die Loge braucht dich."

"Was soll ich tun?"

"Du mußt dich um drei Dinge kümmern. Erstens: finde heraus, ob der junge Marburg noch bewacht wird. Falls ja, stelle es ab. Denn zweitens: wir brauchen den Jungen. Nur er weiß, wo das Päckchen ist. Sobald er es uns, sagen wir, *übergeben* hat, muß er verschwinden. Und drittens: der Russe scheint sich selbständig zu machen. Er ist ebenfalls hinter Marburg und dem Päckchen her. Marburg darf er erledigen, aber beim Päckchen müssen wir ihm zuvorkommen."

Eilers fluchte. "Marburg ist hier, auf dem Revier."

"Laß ihn laufen und sorge dafür, daß er dich zum Päckchen führt. Alles Weitere erledigen wir."

"Sie meinen: der Russe?"
"Einerlei. Ich will nur eines nicht, und zwar, daß der Russe das Päckchen vor uns findet. Er darf uns auf keinen Fall zuvorkommen. Also beeil' dich! Ich schicke heute nachmittag zwei von unseren Leuten raus. Du mußt nur dafür sorgen, daß sie an den Jungen rankommen!" Damit war das Gespräch beendet. Eilers legte auf und fluchte erneut. Unvermittelt wandte er sich um und sah Broscheit in der Tür stehen. "*Hast du mitgehört?*" fuhr er ihn an.
Broscheit schüttelte den Kopf.
"Hast du das Päckchen?"
"Jordan ist geflohen", sagte der Polizeimeister anstelle einer Antwort. Er wirkte ein wenig weggetreten und blickte an Eilers vorbei. "Jordan ist geflohen..." Wenn nicht ein Wunder geschah, war er damit geliefert.
Eilers fluchte. "*Verschwinde! Das mit Jordan regle ich!*" Um alles mußte man sich selber kümmern, um alles! Aber vielleicht war es ja sogar seine Schuld. Vielleicht Gier? Vielleicht Dummheit? Hätte er Broscheit nicht abgezogen, in der Hoffnung Marburg und das Päckchen zu finden, hätte er ihn erst den Kommissar aus Hannover fertig machen lassen, dann wäre er ihnen nicht entwischt! Jetzt mußte er sich um Jordan kümmern *und* dafür sorgen, daß Broscheit das Maul hielt...
Fluchend stürmte er die Treppe hinauf und stieß die Tür zu 322 auf. Jordan, Voigt, Engholm und Echo fuhren gleichzeitig herum und sahen ihn überrascht an. Eilers brauchte zwei Sekunden um sich zu sammeln. "*Sie –*", er zeigte auf den jungen Kommissar, wobei er ihm ein improvisiertes maliziöses Grinsen schenkte, "*mitkommen! Wir gehen zum Polizeipräsidenten!*"
Jordan sah zu Engholm, der ihm zunickte.
"Und Sie –" Er zeigte auf Engholm. "Sie lassen Marburg in mein Büro bringen. Sofort. Ich werde ihn anschließend selbst verhören." Er wandte sich zu Echo. "Ich denke, was Morand und Dessauer angeht", sagte er leise und drohend, "haben Sie uns noch einiges zu erzählen!"
Echo sah Engholm an, dann Eilers. Ein ungutes Gefühl überkam ihn bei dem Gedanken, mit Eilers alleingelassen zu werden. Er nickte dennoch, und Engholm führte ihn aus dem Zimmer.
Eilers sah den beiden zufrieden hinterher. Damit dürfte die Loge ein Problem weniger haben. Er würde den Jungen gehenlassen. In ein paar Stunden, schätzte er, hatte er das Päckchen. Und Marburg war tot. Oder *flüchtig*. Das wäre dann die offizielle Version. Sie würden ihn zur Fahndung ausschreiben und die Akte irgendwann schließen. Sein Blick fiel auf Jordan, der noch immer unschlüssig im Raum stand. Eilers nickte wortlos in Richtung Tür.
Jordan hatte gerade Zeit genug gehabt, um Engholm und Voigt über die Vorfälle und seine Funde in Broscheits Wohnung zu informieren. Ungewiß über das, was ihn erwarten mochte, folgte er nun dem Hauptkommissar.

Hausfriedensbruch blieb Hausfriedensbruch, soviel war klar, gleichgültig mit welcher Intention. Für Broscheits Magentritte hatte er ebensowenig einen Zeugen wie für dessen Absicht, ihn zu erschießen. Alles was die beiden Vermieter gesehen hatten war, daß er an die Heizung gefesselt worden war. Ein guter Anwalt würde das *Anwendung unmittelbaren Zwangs zur Gefahrenabwehr* nennen. Er fluchte stumm und fragte sich, während er hinter dem Kriminalhauptkommissar herlief, ob Kolberg sich überhaupt auf irgendwelche Erklärungen einlassen würde.

Als sie das Vorzimmer erreichten, versuchte Kolbergs Sekretärin zwar, den Hauptkommissar abzuwimmeln, doch Eilers beachtete sie gar nicht, er rauschte mit seinem Opfer Jordan einfach durch ihr Büro. Er war in Fahrt gekommen.

"*Wir haben hier einen Einbrecher*", sagte er triumphierend, nachdem sie beide vor Kolbergs Schreibtisch Aufstellung genommen hatten. Es ging ihm einzig darum, Jordan einzuschüchtern, bevor er ihn nach Hause schickte, *nach Hause*, nach Hannover, wo er nie ankommen würde.

Der Polizeipräsident sah sehr langsam von den Akten auf seinem Schreibtisch auf, wobei er mit dem rechten Zeigefinger die Stelle markierte, an der er nun mit dem Lesen aufhören mußte. Er musterte seine beiden Besucher mit einer erhobenen Augenbraue. "Bernd, wir wollen doch nicht anfangen, uns gegenseitig zu verhaften", sagte er schließlich zu Eilers. Dem leichten Spott in seiner Stimme fiel es schwer, Herr über die schlechte Laune zu werden, die er aus Hannover mitgebracht hatte.

Eilers ging nicht darauf ein. "Der feine Herr ist in die Wohnung des Polizeimeisteranwärters eingedrungen", begann er sachlich, aber nicht ohne Häme. "Er hatte sich den Schlüssel von der Vermieterin geholt, die uns zum Glück informiert hat. Das ist Einbruch, Hausfriedensbruch..."

"Welcher Polizeimeisteranwärter?" unterbrach ihn der Polizeipräsident, während Jordan fluchte, stumm und verzweifelt. "Wir haben so viele davon."

"Ja, Broscheit natürlich", erwiderte Eilers, ein wenig aus dem Konzept gebracht.

"Und nun", fuhr er nach kurzem Zögern fort, "würde ich vorschlagen, daß dieser saubere Herr seine Dienstmarke und seine Waffe abgibt, damit wir ihn in Arrest nehmen können."

"*Arrest?*" Kolberg seufzte. Den Begriff hatte er schon lange nicht mehr gehört. Er lehnte sich zurück und betrachtete Jordan mit einer Miene, die Zustimmung zu den gerade gemachten Vorschlägen andeutete. "Ich kann mir nicht vorstellen, daß Sie eine Erklärung für Ihr Verhalten haben", sagte er eisig.

Jordan schwieg nur. Was sollte er auch sagen in Gegenwart von Eilers? Daß er vermutete, daß der Hauptkommissar telefonisch den Befehl zu einer Hinrichtung gegeben hatte?

"*Natürlich gibt es keine Erklärung!*" schrie Eilers zu Jordan gewandt. "*Eingeladen waren Sie ja wohl nicht!*" Dann fuhr er in etwas niedrigerer Lautstärke in Kolbergs Richtung fort, erwähnte Begriffe wie Disziplinarverfahren, Ende der Beamtenlaufbahn und sofortige Rückkehr nach Hannover, und er verstummte erst, als der Polizeipräsident mit der flachen Hand auf den Tisch schlug. "Laß es gut sein, Bernd. Kläre mit deinem Polizeimeisteranwärter Broscheit, ob hier ein Fall von Einbruchdiebstahl vorliegt, oder nur Hausfriedensbruch. Und frag ihn, ob er nicht auf eine Anzeige verzichtet. Dann schreib mir einen Bericht. Ich kümmere mich um unseren jungen Freund."

Eilers schnaubte und starrte den Polizeipräsidenten einige Sekunden unschlüssig an. Dann nickte er, notgedrungen. Mehr war hier wohl im Augenblick nicht zu machen... "Ich nehme ihn lieber mit", sagte er sachlich und streckte die Hand nach dem Kommissar aus.

"Ich sagte, ich kümmere mich um ihn." Kolbergs Stimme wurde laut und bestimmt. "*Geh jetzt bitte.*"

Der Hauptkommissar hob eine Augenbraue. Das paßte ihm gar nicht. Ein paar Sekunden lang zögerte er, innerlich kochend, fügte sich dann aber und verließ mit zusammengepreßten Lippen das Büro. Vor der geschlossenen Tür blieb er einen Augenblick stehen. Kolbergs Sekretärin tat, als bemerke sie ihn nicht. Eilers hörte leise die Stimme des Polizeipräsidenten. Auch er schrie nun offenbar. Jordan bekam also sein Fett weg! Aber das reichte nicht, er mußte ihn aus dem Weg haben, diesen *Grünschnabel!* Er hatte ihn von Anfang an nicht gemocht. Hoffentlich ließ Kolberg den Jungen nicht zu Wort kommen! Mit einem unsicheren Grinsen verließ er das Sekretariat.

Nach einem ersten Ausbruch hatte sich Kolberg wieder beruhigt. "*Idiot!*", fügte er gepreßt hinzu. Jordan widersprach nicht. Er hätte sich eben nicht erwischen lassen dürfen. Aber viel Zeit für eine ausgefeilte Planung hatte er auch wieder nicht gehabt.

"Warum haben Sie das getan? fragte Kolberg leise. "Was haben Sie sich dabei gedacht?" Nach einem Blick auf den Kommissar rief er sich das Gespräch mit Engholm ins Gedächtnis und gab sich widerwillig selbst die Antwort. "Haben Sie etwas gefunden?" fragte er kopfschüttelnd und, wenn Jordan das richtig sah, mit einem unterdrückten Lächeln.

Jordan erzählte ihm von dem Photo, Dessauers Telefonnummer und dem Fläschchen mit dem Betablocker.

"Wo ist das Talinolol? Wer untersucht das Gift?"

"Noch niemand."

Kolberg überlegte. "Bringen Sie mir das Fläschchen", sagte er schließlich. "Ich regele das. Und danach gehen Sie mir aus den Augen!"

Jordan nickte, unsicher, ob sich die Sache damit nun erledigt hatte oder nicht. Fünf Minuten später betrat er Kolbergs Büro erneut, zog eine Plastiktüte, in der das Fläschchen *Talinolol* steckte, aus der Jackentasche und stellte es auf den Schreibtisch. Er zögerte kurz, trollte sich dann aber wieder, ohne noch etwas zu sagen. Kolberg betrachtete das Fläschchen. Nachdem die Tür hinter Jordan zugefallen war, sah er auf, griff nach seinem Telefon und wählte eine Nummer.

"Sonderurlaub", hatte Eilers gesagt und daß er sich hier erst einmal nicht blicken lassen solle. Ein paar Tage Gras über die Sache wachsen lassen. In der Zwischenzeit wolle er versuchen, das Problem Jordan aus dem Weg zu schaffen. Auf welche Weise auch immer.
  Broscheit stahl sich über das Treppenhaus hinauf zu seinem Büro, Zimmer 208, das er sich mit zwei Kollegen aus einer anderen Schicht teilte. Nur um seinen Rucksack zu holen. Er wollte ihn nicht hierlassen. Bevor er die Tür zu seinem Büro öffnete, zögerte er. Was sollte er den Michaelis, seinen Vermietern sagen? Denn zweifellos waren sie es gewesen, die Jordan gefunden hatten. Nur sie hatten einen Zweitschlüssel zu seiner Wohnung. Hatte Jordan ihnen erzählt was vorgefallen war?
  Tod, dachte Broscheit. Er wünschte sich Jordans Tod. Mehr als alles andere. Und er würde alles daransetzen, daß dieser Wunsch in Erfüllung ging. Noch heute nacht...
  Er drückte die Tür auf und blieb wie angewurzelt stehen. "Was... was wollen Sie hier?" fragte er ebenso überrascht wie argwöhnisch, als er Engholm und Voigt sah.
  "*Dich*" war die Antwort des Kommissars.
  Broscheit sah Voigt mit großen Augen an. Nervosität machte sich plötzlich in ihm breit. Mit einem Seitenblick prüfte er seine Fluchtmöglichkeiten. Sie waren gering: Engholm schloß soeben die Zimmertür. "Wir wollen dich", wiederholte er. "Und das weißt du genau", fügte er hinzu und hielt dem Polizeimeisteranwärter das kleine, in einen durchsichtigen Plastikbeutel gehüllte, Fläschchen aus dem Badezimmerschrank hin.
  Broscheit krauste die Stirn. "Was ist das?" fragte er betont unwissend.
  "Talinolol", antwortete Engholm maliziös – eine Eigenschaft, die Voigt an dem Kriminalhauptmeister bisher noch gar nicht bemerkt hatte. Broscheit sah den Kriminalhauptmeister immer noch fragend an.
  "Ein Betablocker", erklärte Engholm und betrachtete den Polizeimeisteranwärter mit dem *hast–du–es–jetzt–endlich–kapiert–Blick* eines Oberlehrers. "Cyclohexyl..." Er stockte. Mehr bekam er von dem chemischen Namen nicht voreinander. *Betablocker* mußte reichen.
  Broscheit aber zeigte außer einem leichten Zucken um den Mund keine Reaktion.
  "Muß ich noch deutlicher werden?" fragte Engholm. "Kommissar Jordan hat es in deiner Wohnung gefunden. Mit deinen Fingerabdrücken darauf. Wir

haben es analysieren lassen", log er. "Es ist dieselbe Substanz und exakt dieselbe Mischung, wie die, an der Kristin Nijmann gestorben ist. Das dürfte reichen, mein Junge, du bist Geschichte. Polizeigeschichte zumindest. Lebenslang. Paragraph 211 Strafgesetzbuch, da hilft dir auch kein Eilers mehr." Voigt sah Engholm überrascht an. *Dich möchte ich nicht zum Feind haben*, dachte er belustigt. Im nächsten Augenblick wurde er wieder ernst. "Es hat doch keinen Zweck, Mann!", sagte er kumpelhaft. "Hilf uns lieber. Vielleicht kannst du damit deinen Kopf aus der Schlinge ziehen! Oder willst du behaupten, es war deine Idee, die Journalistin umzubringen?"
"Wieso umzubringen?" Broscheit sah ihn verzweifelt an. "Woher wißt ihr..."
Im Gegensatz zu seiner durchtrainierten äußeren Statur war sein Wesen das eines großen Jungen. Im Augenblick das eines erschrockenen großen Jungen. Er schloß die Augen und setzte sich an seinen Schreibtisch. "Aber ich war's doch gar nicht", sagte er leise. "Ich... ich sollte das Fläschchen nur aufbewahren..."
"Aufbewahren?" fragte Voigt vorsichtig. "Wie kommen dann deine Fingerabdrücke auf das Glas? Und woher hast du Dessauers Telefonnummer? Und die Photographien des alten Kerschenstein?"
Broscheit sah zu seinen Kollegen auf. "Woher wissen...?" Er hielt inne, überlegte und schüttelte den Kopf. Natürlich. Jordan hatte nicht nur das Fläschchen entdeckt. Dieser Teufel Jordan...
"Also der Reihe nach: woher hast du das Photo?"
"Ich... ich war doch bei der Untersuchung von Kerschensteins Wohnung dabei!" versuchte sich der junge Polizist zu verteidigen. "Ich war zusammen mit Eilers in der Wohnung!"
"Also auch noch Unterschlagung von Beweismaterial". Voigt machte sich Notizen in einem kleinen Büchlein. Dann sah er den jungen Polizisten durchdringend an. "Eilers gehört auch zu euch?"
"Zu uns..." Broscheits Blick fuhr unruhig im Raum umher. Er schien zu überlegen. "Nein, nein, der Hauptkommissar war der Einsatzleiter!" Und hastig fügte er hinzu: "Der weiß von nichts..."
"Erzähl das deiner Großmutter", fuhr Voigt nach einem skeptischen Blick zu Engholm fort. "Aber kommen wir zu Dessauers Telefonnummer. Was hattest du mit dem Anwalt zu tun?"
"Ich kenne keinen Dessauer..."
Voigt seufzte. "Macht nichts", sagte er jovial, als ginge es darum einem Kind zu erzählen, daß die aufgeschlagenen Knie wieder heilen würden. "Das graphologische Gutachten wird zeigen, wer die Nummer notiert hat..."
Broscheit schloß die Augen. Seine Mundwinkel zuckten nervös. "Soweit ich weiß, wollte Dessauer aussteigen", sagte er schließlich so leise, daß man ihn kaum verstand. "Nachdem Marburg erledigt worden war. Das war einer der ihren, hatte Dessauer gesagt. Ich glaube, er meinte die *SS*, sie waren

beide in der *SS* gewesen..." Er sah auf, sah mit einem Blick der Verzweiflung in Engholms Gesicht. Der aber sah ihn nur starr an.
"Die Loge läßt nicht zu, daß man sie verrät..." fuhr er langsam fort. "Ich weiß nicht, wer es war, ich weiß nur, daß Dessauer von der Loge umgebracht wurde." Sein Blick wanderte wieder hinab auf die Tischplatte vor ihm, als er weinerlich hinzufügte: "Das ist dasselbe, was mich jetzt erwartet..."
"Unsinn", erwiderte Engholm abwesend. "Wir sind ja auch noch da. Und von wem wurde Morand umgebracht? Von Marburg?"
"Aber der war doch schon tot..."
"Ich meine den jungen Marburg", fuhr ihn Voigt an.
Broscheit schüttelte resigniert den Kopf. "Nein, das war auch die Loge..."
Engholm stand auf und ging zum Fenster. "Das hatten wir uns schon gedacht", meinte er leise, fast wie zu sich selbst. Dann wandte er sich um. "Und jetzt sag uns, wo die Taxe ist!"
"*Welche Taxe?*" fuhr Broscheit verzweifelt auf.
Voigt glitt die Hand aus. Der junge Anwärter starrte den Kommissar ebenso überrascht wie erschrocken an. Voigt packte ihn an der Jacke. "*Wo ist Marburgs Taxe?*" schrie er. Im gleichen Moment sprang der Polizeimeister auf und schüttelte den Kommissar ab. Scheinbar mühelos packte er den anderen und schob ihn gegen den großen Aktenschrank neben der Tür. Während Broscheit noch überlegte, ob es genügte, Voigt mit einem Faustschlag oder mit einem Tritt zwischen die Beine auszuschalten, spürte er bereits den kalten Stahl von Engholms Dienstwaffe im Nacken. Er zögerte, unfähig den Gedanken weiterzuführen. Mit einem Seufzer ließ er den Kommissar los und kehrte zurück zu seinem Stuhl.
Voigt atmete aus, zog sein Hemd zurecht und folgte dem Polizeimeister. "Wo ist Marburgs Taxe?" wiederholte er betont sachlich.
"Die Taxe..." War also nicht einmal sein *Einsatz* bei dem Abschleppdienst unbemerkt geblieben? Es machte plötzlich alles gar keinen Sinn mehr, sein halbes Leben begann sich aufzulösen. Und Eilers, den er bewundert hatte, der sein Mentor war, der ihm eine Karriere versprochen hatte, würde er ihm jetzt noch helfen können?
Vielleicht wenn er ihm den Rücken freihielt, ja, vielleicht hatte er noch eine Chance, wenn es ihm gelang, die Kollegen mit der Taxe lange genug zu beschäftigen. Dadurch bekäme Eilers Zeit, sich selbst um den jungen Marburg zu kümmern. Wenn es gelang, ihm das Päckchen abzunehmen, dann würde sich die Loge auch ihm gegenüber gnädig zeigen. Der einzige Strohhalm, an den Broscheit sich noch klammern konnte. "*Tweelbäke*", murmelte er ergeben, nachdem ihm der letzte Gedanke Mut gemacht hatte. Das war weit vor der Stadt. "Sie... sie steht da im Wald..." Trotz allem hatte er Angst. Nicht vor Voigt, sondern vor der Loge. Wenn irgend etwas schiefging, war sein Leben keinen Pfifferling mehr wert.

Also durfte nichts schiefgehen.

Jordan, dachte er erneut. *Das habe ich alles nur Jordan zu verdanken, diesem Mistkerl!*

Mit einer linkischen Handbewegung sah er auf seine Armbanduhr und fügte kleinlaut hinzu: "Vielleicht ist sie auch schon weg..."

"*Weg?*" schrie Voigt und packte den Polizeimeister erneut an seinem Diensthemd, das ohnehin schon über die Hose hing. "*Was heißt das:* weg*? Wohin weg?*"

"Ich weiß es nicht..." Der junge Polizist setzte eine ängstliche Miene auf. "Ich habe den Wagen doch nur dorthin bringen lassen... Was dann damit passiert weiß ich nicht..."

"Laß ihn, Uwe." Engholms Hand lag auf Jordans Schulter. "Wir sind hier nicht im Wilden Westen."

Broscheit warf ihm einen dankbaren Blick zu.

"Zeig uns wo sie ist!" sagte der Kommissar und ließ den jungen Polizisten los.

Im nächsten Augenblick flog die Tür auf. "Was..."

Jordan stand in der Tür und sah in die Runde. "Hier seid ihr also." Er fixierte den Polizeimeisteranwärter kalt, dann wandte er sich an Engholm. "Hat er schon gesagt, wo er die Taxe hinbringen lassen hat?"

Engholm nickte.

"Dann sollten wir sie so schnell wie möglich sicherstellen."

"Vielleicht kann der Herr Kommissar das übernehmen?" fragte Voigt süßlich. "Wir drei unterhalten uns gerade so schön."

"Ich nicht", erwiderte Jordan betont beiläufig. "Ich bin suspendiert worden. Wo ist das Fläschchen?"

Engholm und Voigt sahen ihn überrascht an. "*Suspendiert?* Von Kolberg?"

"Nein, eigentlich von Eilers."

"Ach so..." Der Hauptmeister gab Jordan den Plastikbeutel mit dem Fläschchen. "Und was sagt Kolberg dazu?"

Jordan sah zu Broscheit hinüber, der auf seinem Schreibtischstuhl saß und vor sich auf den Boden starrte. "Der hat daraufhin Eilers suspendiert", log er einer spontanen Eingebung folgend. "Nachdem ich ihm erzählt habe, was ich in *seiner* Wohnung gefunden habe." Er wies auf den Polizeimeisteranwärter.

Broscheit sah kurz auf, sah mit gequältem Blick zu Jordan herüber und vergrub das Gesicht in seinen Händen. Offensichtlich glaubte er mit Eilers den letzten Hoffnungsschimmer verschwinden zu sehen.

Ein Lächeln flog über Jordans Mund, als er den Raum 208 verließ.

Engholm wandte sich wieder Broscheit zu. "Also los, mein Junge, es hat doch keinen Zweck mehr. Wer hat dir den Auftrag gegeben."

"Laß mich in Ruhe", murmelte Broscheit ohne aufzusehen.

"Gut. Dann gehst du für diese Typen ins Gefängnis. Und zwar für eine lange Zeit. Denn du bist der einzige, der für die Morde in Frage kommt..."

Der Polizeimeisteranwärter sah auf. "Ich bin doch erst einmal dabeigewesen", begann er unsicher. "Sie haben gesagt, die Loge wäre gut für mich, würde mir weiterhelfen, schließlich wollte ich es doch zu etwas bringen und so." Er atmete tief ein. Hatte er wirklich gerade die Loge erwähnt? Gleichgültig. Was machte das schon? Wenn es half, die beiden von Eilers abzulenken, war jedes Mittel erlaubt... "Dann", fuhr er fort, "sollte ich ein paar Dinge erledigen... Das Fläschchen sollte ich bei der Durchsuchung verschwinden lassen... Ich hab' ihr das Zeug nicht gespritzt!"

An Engholms zufriedenem Blick erkannte Broscheit, daß er schon wieder etwas Falsches gesagt hatte. Er fluchte leise. "Die Taxe sollte doch sowieso verschrottet werden..."

"In der Taxe hat sich jemand totgefahren", erklärte Engholm väterlich und mit leiser Stimme. "Die Bremsen waren manipuliert."

Broscheits erste Reaktion war ein erschrockenes Zucken um die Augenwinkel. "Das... das wußte ich nicht!" stammelte er leise.

Voigt warf dem Kriminalhauptmeister einen kurzen Blick zu. Erkennen, ob Engholm dem Jungen glaubte, konnte er nicht. Er selbst hielt es aber für unwahrscheinlich, daß Broscheit keine Ahnung gehabt hatte, in welche Kreise er sich begab. "Das wird dir nichts helfen", sagte väterlich. "Wenn wir deine Fingerabdrücke am Wagen finden, ist das der zweite Mord, für den wir dich drankriegen."

Engholm setzte sich vor Broscheit auf den Schreibtisch. "Wer von uns hängt noch mit drin?" fragte er, und es klang nicht mehr so väterlich wie Voigt.

"Ich... das weiß ich nicht... Niemand!"

"Du lügst schon wieder."

"Mein Kontakt war..." Broscheit seufzte. "Er hatte mich angesprochen, vor ein paar Monaten... aber ich kenne seinen Namen nicht... Es war keiner von uns!"

"Also war es Vomdorff?" Das war ein Bluff, natürlich, genaugenommen sogar ein sehr gefährlicher. Aber Engholm hatte den Eindruck, daß Broscheits Einschüchterung nicht mehr lange vorhalten würde. Sie mußten so viel wie möglich aus dem Jungen herausbekommen.

Broscheit schüttelte den Kopf ohne aufzusehen. "Von Vomdorff weiß ich nichts. Eilers hat sich ein paarmal mit dem Generalstaatsanwalt getroffen. Darauf war er sehr stolz. Mehr weiß ich nicht. Das war bevor dieser Kerschenstein..." Weiter sprach er nicht. Engholm und Voigt sahen sich überrascht an. Der Generalstaatsanwalt? Evers? Nein, das war nun doch unwahrscheinlich.

Plötzlich erinnerte sich Engholm, daß der Polizeimeister einen weiteren Begriff erwähnt hatte. "Wie heißt eigentlich *die Loge*?" wollte er wissen.

"Das... ich weiß es nicht..." Er seufzte. "Wir nennen es das WERK..."

"HET WERK..." Engholm nickte nachdenklich. Das hatte er doch irgendwo schon einmal gelesen? "Wer war noch dabei?" fragte der Hauptmeister ein zweites Mal in einem Anflug von Euphorie.

"Ich sag' doch, ich weiß es nicht", antwortete Broscheit in flehendem Ton. "Ich habe alle Anweisungen am Telefon bekommen..."

"Laß es gut sein, Jens." Voigt schob den PMA vom Stuhl und bugsierte ihn zur Tür. "Die Taxe ist jetzt wichtiger!"

"*Am Telefon...*" Das hätte seine Großmutter nicht einmal geglaubt. Der Kriminalhauptmeister lachte kurz und stand auf. "Aber nun, vielleicht hast du recht", seufzte er.

> *Forced by the pressure – the territories marked*
> *No longer the pleasure – I've since lost the heart*
> *Corrupted from memory – no longer the power*
> *It's creeping up slowly, that last fatal hour*
> *Oh I don't know what made me, what gave me the right*
> *to mess with your values and change wrong to right...*
> Candidate, Joy Division, Unknown Pleasures, Fact X, 1979

57. OLDENBURG, MONTAG, 17. SEPTEMBER 1984

Echo schob die Cassette in den Schacht, das Laufwerk begann zu summen. Baß und Schlagzeug setzten ein. *Candidate* erklang. *Joy Division*. Er drehte das Autoradio lauter, umklammerte das Lenkrad und starrte auf die Straße. Sein Leben hatte in den letzten beiden Wochen geradezu obskure Züge angenommen, die darin gipfelten, daß er ein paar Stunden inhaftiert war. Ein Vormittag unter Mordverdacht. Er haßte sich und er haßte die Polizei dafür, daß es so weit gekommen war. Wenigstens hatte ihn dieser Eilers zu guter Letzt wieder nach Hause fahren lassen, seltsamerweise ohne die angekündigte Vernehmung durchgeführt zu haben. Er mochte den Mann, welchen Grund er auch immer für diesen Sinneswandel gehabt haben mochte. Ungeschehen machte es natürlich nichts. Die vergangenen Stunden würde er so schnell nicht vergessen. Ebensowenig wie Morands Leiche...

Broscheit führte Voigt und Engholm zu einem kleinen Weg am *Tweelbäker See*, ein paar Kilometer vor der Stadt. Idyllisch und ruhig. Trotz der nahen Autobahn war es hier bereits ländlich, mit nur wenigen, vereinzelt liegenden, Bauernhöfen. Durchaus geeignet, ein Fahrzeug zu verstecken, wie Engholm fand. Hier hätten sie den Wagen nie gefunden.
Als Broscheit ihnen aber die Stelle zeigte, an der die Taxe gestanden haben sollte, war der Mercedes weit und breit nicht zu sehen.
Engholm fluchte.
"Wo ist der Wagen?" fragte Voigt ungehalten.
"Ich..." begann Broscheit überrascht, "ich weiß es nicht..."
"Was weißt du eigentlich?" fuhr ihn der Kommissar an. Er sah sich um, als könne jemand den Mercedes lediglich außer Sichtweite geschoben haben.
"Aber sie stand hier", beharrte Broscheit weinerlich. "Genau hier..."
Engholm nickte. "Wir fahren zurück", sagte er entschlossen, und bedeutete den beiden anderen, daß sie einsteigen sollten. "So viele Transporter, die in Frage kommen gibt's ja wohl nicht..." Sie würden Wrack und Autotransporter zur Fahndung ausschreiben, dachte er grimmig, und ahnte doch, daß sie den Wagen nicht mehr finden würden. Ohne das Wrack der Taxe aber waren sie um ein Beweisstück ärmer. Was sie bis jetzt gegen Broscheit in der Hand hatten, würde mit einem guten Anwalt nicht einmal reichen, ihn in Haft

zu behalten. Dessen, da war sich Engholm sicher, würde sich auch der Polizeimeisteranwärter nur allzuschnell bewußt werden. Einzig das Talinolol konnte ihnen mit etwas Glück noch weiterhelfen.

Auf dem Weg zum Revier startete Engholm einen weiteren Versuch: "Wer hat die Bremsleitungen angesägt?" Er sah in den Rückspiegel und versuchte, Broscheit zu beobachten. Aber es war zu spät. Broscheit schwieg. Er hatte den Kopf gegen die Seitenscheibe gelehnt und starrte auf die Straße. Von nun an würde er wohl nichts mehr sagen.

Eine Stunde später trafen sie sich bei Kolberg. Das zumindest war der Plan gewesen. Doch er war nicht zu sprechen. Es war seine Sekretärin, die Voigt, der als erster in Kolbergs Vorzimmer eintraf, eine Telefonnotiz in die Hand drückte und ihm mitteilte, der Polizeipräsident sei nicht mehr im Hause. Voigt fluchte enttäuscht und betrachtete den Zettel in seiner Hand. Es war das zusammengefaßte Untersuchungsergebnis des kleinen Fläschchens, das Jordan in Broscheits Wohnung gefunden hatte. "Ist das amtlich?" fragte er skeptisch.

Kolbergs Sekretärin zuckte mit den Schultern. "Das kommt von ihm." Sie nickte in Richtung Kolbergs Büro. "Ich vermute, es handelt sich noch einmal um ein *unter der Hand erstelltes Gutachten*. Du weißt doch, wie bei den Obduktionen."

"Ja", erinnerte sich Voigt und begann zu lesen. "Richtig. Die Obduktionen..." Nach Aussage des namenlosen Arztes – denn ein Name stand ebensowenig auf der Notiz wie eine Institutsbezeichnung – handelte es sich bei dem Mittel, das bei Broscheit gefunden worden war, tatsächlich um *Talinolol*, den Wirkstoff, mit dem Kristin Nijmann umgebracht worden war. Daß die beiden identisch waren, hieß allerdings noch lange nicht, daß der Besitzer des Fläschchens auch der Mörder war, dazu war der Wirkstoff zu verbreitet.

"Können wir?" Engholm und Jordan, der in 322 auf sie gewartet hatte, sich unbehaglich umsah und hoffte, nicht auf Eilers zu treffen, waren eingetroffen und im Begriff, Kolbergs Büro zu betreten.

"Er ist nicht da", sagte Voigt langsam und sah von der Notiz auf. "Wir gehen wieder runter in euer Büro." Er nickte der Sekretärin dankend zu, wedelte mit dem Untersuchungsbericht und verließ das Vorzimmer.

"Ich möchte die Herren ja nicht aufhalten", mischte sich Kolbergs Sekretärin mit erhobenen Augenbrauen und einem milden Lächeln ein. "Aber ich habe da noch eine Nachricht von meiner Kollegin."

"Du hast eine Kollegin?" fragte Voigt erfreut. Er kehrte zurück in das Vorzimmer.

"Allerdings. Bei der Staatsanwaltschaft."

"*Eine Nachricht?*" mischte Engholm sich ein. "Was für eine Nachricht?"

522

"Nun", erklärte sie zu Engholm gewandt, "ich soll Ihnen ausrichten, daß am letzten Sonntag abend um 21.00 Uhr laut der Zeiterfassung des automatischen Schließsystems nur eine Person in den Räumen der Staatsanwaltschaft war."

"*Staatsanwaltschaft?*" fragte nun Jordan mit gekrauster Stirn. Dann erinnerte er sich. "Ach natürlich! Der Briefbote! Der Umschlag für den Russen…"

Die Sekretärin nickte anerkennend.

"Und?" Voigt schloß die Tür und warf der Sekretärin einen ungeduldigen Blick zu.

"Diese Person war der Oberstaatsanwalt Joachim Vomdorff."

Die drei Polizisten sahen sich überrascht an. "Vomdorff?" wiederholte Engholm. "Nicht Evers?"

"Evers?" Jordan sah ihn verdutzt an. "Wieso Evers?"

"Generalstaatsanwalt Evers. Den solltest du kennen. Broscheit hat ihn vorhin im Zusammenhang mit Eilers erwähnt, deshalb dachte ich…"

"Das ist auch noch lange kein Beweis, daß er der Auftraggeber ist", warf Voigt ein. Sein Pessimismus war nicht selten aber erlesen.

"Ich denke doch", sagte die Sekretärin. Ihr Lächeln bekam etwas Triumphierendes. "Der Taxifahrer hat ihn wiedererkannt. Ich hatte ihn herbestellt und ihm Vomdorffs Photo im Anwaltsblatt gezeigt."

"Woher zum Teufel…" begann Voigt.

"Wenn ich etwas mache, dann mache ich es richtig", unterbrach ihn die Sekretärin. "Die Wagennummer und der Name des Fahrers standen in den Unterlagen, die ich für Herrn Kolberg zurücksortieren durfte. Alles andere war ein Kinderspiel."

"Arbeite für uns", sagte Voigt mit einem anerkennenden Lächeln. "Du verschwendest hier bloß deine Talente."

"*Oh nein…*" Sie lachte und machte eine hinauswerfende Geste. "Euer Job ist mir viel zu langweilig!"

Voigt und Engholm verließen das Büro, Jordan aber zögerte. "Können Sie etwas für mich heraus finden?" wandte er sich an die Sekretärin.

Dimitri hatte seine Sachen gepackt. Er würde abreisen, noch heute nacht. Wohin, das wußte er zwar noch nicht, aber das war auch gleichgültig. Wichtig war nur, daß er hier verschwand. Im Grunde war er schon viel zu lange in dieser Gegend. Das führte irgendwann auch den dümmsten Provinzbullen auf seine Spur.

Gelangweilt stand Dimitri am Fenster seines Hotelzimmers und wartete. *Dieser Grünschnabel war aber auch mit mehr Glück als Verstand gesegnet!* Auf dem Friedhof hatte er ihn unterschätzt. So etwas war ihm noch nie passiert und es würde auch nie wieder passieren. Nun ja, die Sache wäre anders gelaufen, wenn Marburg alleine gewesen wäre. Es war die Anweisung der Loge gewesen, kein Aufsehen zu erregen. Das nächste Mal würde er erst schießen und dann fragen.

So aber hatte Marburg das Päckchen noch immer. Er hatte es weggeschlossen und hielt sich damit vermutlich für besonders schlau. Aber Dimitri wußte, wie er an den Schlüssel kam. Er war lange genug in der *Sowjetskaja Armija* gewesen um zu lernen, wie man mit Menschen umging, die nicht kooperierten. Es war alles nur eine Frage der Zeit. Zeit, die er nicht hatte...

Endlich klingelte das Telefon. Dimitri nahm ab. "Ja?"

"Es geht los", sagte eine junge Stimme am anderen Ende der Leitung. "Er wird nicht mehr bewacht. Ist vermutlich auf dem Weg nach Hause..."

"*Spasibo*." Dimitri lächelte zufrieden und legte auf. Er war nicht der einzige, der diese Information hatte, was das anging, machte er sich keine Illusionen. Aber das war nicht schlimm. Es kam nur darauf an, sein Wissen effektiv zu nutzen. Eine seiner Stärken war die Fähigkeit, warten zu können, und am richtigen Ort und zur richtigen Zeit zuzuschlagen. Er würde nicht noch einmal in eine Falle laufen, diesmal galt es, alles richtig zu machen...

Das Telefon klingelte als er die Haustür aufschloß. Echo ließ sie hinter sich zufallen und lief zum Apparat. Die Taxizentrale meldete sich, jemand, den er nicht kannte. Aber wen kannte er dort schon? Sie hatten alle Fahrten herausgesucht, die an seine Taxe vermittelt worden waren. Natürlich war die letzte am interessantesten. Eine Adresse in Brake, die es, soviel hatten sie mittlerweile ebenfalls herausgefunden, überhaupt nicht gab, aufgenommen mit einer Rückruftelefonnummer, die es ebenfalls nicht gab und die offenbar nicht angerufen worden war. Gewöhnlich ein Grund die Tour nicht weiterzugeben. Brake lag an der Weser, knapp dreißig Kilometer entfernt, eine Fahrt, die sich lohnte. Allerdings nicht, wenn man vergeblich hinfuhr...

Der Anruf war am Abend vor dem Unfall gekommen, 17 Uhr 30, für Wagen 103, Jochen Marburg. *Für mich*, hatte Echo gedacht, und aufgelegt. *Für mich... Mir hat der Anschlag gegolten! Ich hätte in dem Wagen sitzen sollen!*

Er hatte den widersinnigen Gedanken, sich bei Jens von Aten entschuldigen zu müssen, dafür, daß er ihm den Wagen überlassen hatte. Oder bei seinen Eltern. Doch dafür fehlte ihm der Mut.

Statt dessen verließ er das Haus wieder, unschlüssig, ziellos, setzte sich in den *Commodore* und wäre am liebsten gleich losgefahren.

Mit quietschenden Reifen.

Irgendwohin.

Aber so einfach ging das nicht.

Er konnte nicht einfach davonlaufen wie Stëin, der nicht begriffen hatte, was Rosas Bild in Echo auslöste. Echo begriff es ja selbst nicht einmal. Rosa war ihm *begegnet bevor* er ihr Bild gesehen hatte. Und selbst in der vergangenen Nacht hatte er sie noch gesehen, so greifbar, daß es kein

Traum gewesen sein konnte! Er glaubte noch immer ihre Lippen auf seinen zu spüren.

Aber wo war sie abgeblieben? Wo waren die vermißten Stunden abgeblieben?

Der Zirkus war real, Rosa war es, die *Steinerne Karte* ebenfalls und sie war der Schlüssel zu Rosa. Dank Ricardo hatten sie sie entschlüsselt. Ricardo, der Komet. Er war aufgetaucht und wieder verschwunden. War er wirklich ein Freund des alten Marten? Wie es auch immer sein mochte, Echo hatte nicht das Bedürfnis ihn wiederzusehen. Und die Templer? Und die Macht und ihr Reichtum? Alles verschwand. Es interessierte ihn überhaupt nicht. Alles verblaßte im Schatten von Morands Tod. Und dem Verlangen nach Rosa...

Ein kalter Schauer überkam ihn. So wie Morand wollte er nicht auch enden, einsam, trinkend. Und vor allem erdrosselt. Er mußte raus hier, so schnell wie möglich. In eine Sache aber mußte er noch Ordnung bringen. Und er wußte auch schon wie.

Echo startete den Motor, rollte aus dem Wendekreis und gab Gas. Der Russe, bereits im Begriff auszusteigen, sah ihm mit bitterem Lächeln nach. Er wußte, daß der junge Marburg zurückkommen würde. Schon bald. Er konnte warten. Was blieb ihm anderes übrig. Aber nicht hier. Es gab noch mehr Dinge zu erledigen...

Bevor Echo auf die Hauptstraße bog, sah er, einer plötzlichen Eingebung folgend, in den Rückspiegel. Täuschte er sich? War in den letzten Tagen nicht immer ein dunkler Opel in seiner Nähe gewesen? Jetzt, da er darüber nachdachte, erschien es ihm ziemlich sicher: irgend jemand hatte ihn immer wieder begleitet. Wer, das konnte er nicht sagen.

Gleichgültig. Mehr als ein Schulterzucken war ihm der flüchtige Gedanke nicht wert. Nun jedenfalls war er allein, und das war gut so.

Keiner der drei Polizisten sagte ein Wort bis sie die Tür von 322 hinter sich geschlossen hatten. Engholm setzte sich an seinen Schreibtisch, Voigt stellte sich ans Fenster und sah hinaus. Vomdorff hatte den Russen beauftragt? Konnte man so dumm sein, dies vom Büro aus zu tun?

Oder so selbstsicher.

Jordan setzte sich ebenfalls und bemerkte Engholms verwunderten Blick auf den laufenden Rechner.

"Ich habe etwas nachgesehen", erklärte Jordan. Jetzt, da sie davon ausgehen konnten, daß Vomdorff den Russen beauftragt hatte, sollte er ihnen auch von seiner Unterhaltung mit Lohmann erzählen. "Und ich habe etwas herausgefunden..."

Seine beiden Kollegen sahen ihn überrascht an.

Jordan verzog den Mund. Wo sollte er anfangen? Er seufzte und begann schließlich bei der Notiz, die er auf Engholms Schreibtisch gefunden hatte, erzählte vom enttäuschenden Ergebnis seiner Datenbankrecherche und davon, daß er bei Harald Lohmann angerufen hatte, der interessanterweise viel mehr über das WERK, die XANOS und den Oberstaatsanwalt Vomdorff wußte. Bevor er endete erwähnte Jordan noch den Zwischenfall in Broscheits Wohnung. Schließlich taten ihm Brust und Unterleib immer noch weh.
"Er hat *was?*" fragte Voigt ungläubig, als er von Broscheits Tritten hörte. "Und du warst an die Heizung gefesselt?"
Jordan nickte.
Auch Engholm sah seinen Kollegen mit ehrlichem Mitleid an. "Warum hast du das nicht früher gesagt?"
"Es hätte uns auch nicht weitergebracht", erklärte Jordan leise. "Und außerdem hätte es Eilers zu früh auf den Plan gerufen. Was hat Broscheit gesagt?"
Broscheit saß unten in einer der Haftzellen. Zumindest solange, bis Eilers dahinterkam. Was dann geschah, hing von Kolberg ab. Nach all dem, was Jordan erzählt hatte, konnte allerdings auch der Kriminalhauptkommissar den jungen Polizisten nicht so ohne weiteres entlassen. "Broscheit hat zugegeben, die Taxe verschwinden zu lassen", berichtete Engholm. "Aber entweder, er hat uns gelinkt oder er wurde selber geprellt. Jedenfalls haben wir die Taxe nicht gefunden."
"Sag mal", begann Voigt mit nachdenklich gekrauster Stirn. "Wollte er uns vielleicht nur ablenken?"
"*Ablenken?*" Engholm, der plötzlich ahnte, daß Voigt recht haben könnte, sah seinen Kollegen überrascht an. Dann rief er plötzlich: "*Wo ist eigentlich Marburg?*"
"Marburg?" Voigt griff hastig zum Telefonhörer. Er wählte eine interne Nummer und wartete mit unbewegtem Gesicht. "Wo ist Marburg?" fragte er schließlich, obwohl er die Antwort bereits zu kennen glaubte.
"Eilers hat Marburg entlassen..." sagte er schließlich, nachdem er grußlos und mit einem Fluch den Hörer auf die Gabel geknallt hatte.
"Und ganz bestimmt nicht aus Gutmütigkeit!" vermutete Engholm. Er sah auf seine Armbanduhr. "Wie lange ist er fort?"
Voigt hob die Schultern. "Zu lange, vermutlich."
Engholm fluchte nervös, sah sich um und griff nach den Autoschlüsseln, die auf dem Schreibtisch lagen. "Wir müssen ihn zurückholen. Bevor es der Russe tut..." Das Telefon begann erneut zu klingeln. Dem Ton zu Folge ein internes Gespräch. Nach kurzem Zögern ließ er die Schlüssel wieder fallen und nahm ab. Dann reichte er der Hörer wortlos an Jordan weiter, der einen

Augenblick später einen überraschten Pfiff von sich gab, sich bedankte und auflegte. "Kolbergs Sekretärin", erklärte er. "Die Frau ist richtig gut!"

Auf Engholms ungeduldigen, durchdringenden und fragenden Blick hin fuhr er fort: "Sie hat mit der Taxizentrale telefoniert. Und mit der Post. Wißt ihr, wer die letzte Fahrt von Marburgs Taxe in Auftrag gegeben hat?"

So wahr ich lebe, spricht Gott, der Herr: ich habe kein Gefallen am Tode des Gottlosen, sondern daß der Gottlose umkehre von seinem Wege und lebe. So kehrt nun um von euren bösen Wegen. Warum wollt ihr sterben...?"
Hesekiel, Kap. 33, 11

58. OLDENBURG, MONTAG, 17. SEPTEMBER 1984

Die Frau im weitfaltigen Kleid, Jöns, der Knappe oder Kampfgefährte, die Treppe, die in den Turm hineinführte, die dreckigen Gassen Gents und die Sehnsucht, heimzukommen. Alles war abrufbar, war jederzeit gegenwärtig, wie eine gewöhnliche Erinnerung. Der *Zirkus der Nacht* aber war es nicht. Er kam und ging nach eigenen Regeln. Und nun stand er wieder am Gitterzaun der alten Glashütte, starrte auf das leere Gelände und fragte sich, ob das, was er hier gesehen hatte, überhaupt Wirklichkeit gewesen war...

Echo wandte sich ab, setzte sich wieder in den *Commodore* und fuhr langsam zurück, Richtung Stadt. Als er die *Heilig–Geist–Kirche* passierte, in deren unmittelbarer Nähe der *Jüdische Friedhof* lag, sah er plötzlich Morand, wie er mit verklärtem Blick vor ihm stand. Echo wäre vor Schreck beinahe auf seinen Vordermann aufgefahren. Er bremste, hielt am Straßenrand und sah sich um. Tatsächlich überquerte ein Mann in Tarnjacke die Straße und verschwand in Richtung der Synagoge. Es dauerte einen endlosen Augenblick, bis Echo sich durchringen konnte, zu wenden. Er lenkte den Wagen in die Richtung, in die der vermeintliche Morand gegangen war, vorbei am Friedhof, am schmiedeeisernen Tor und noch ein Stück weiter. Doch es war zu spät, der Mann in der Tarnjacke blieb verschwunden. Unschlüssig stellte er den Wagen am Ende einer Reihe parkender Autos am Straßenrand ab. Es war nicht Morand gewesen, den er gesehen hatte. Es war der Mann, der ihn niedergeschlagen hatte. Der Mann mit der Tarnjacke. Was hatte er hier zu suchen? Hier. Bei Cohen, dem Gärtner.

Echo stieg aus, fast mechanisch, verschloß den Wagen und ging langsam hinüber, zurück zum Friedhof. Als er ihn erreichte, sah er, daß das Tor nicht verschlossen sondern angelehnt war. Ein kurzes Zögern nur, der Russe mochte dort warten. Oder SIE, die Unbekannten, die Loge. Oder war das dasselbe? Und welche Rolle spielte der Tempel?

Gleichgültig. Die unausgesprochene Frage nach seinem Vater ließ ihn weitergehen und vorsichtig das Tor wieder hinter sich schließen. Auch die Tür zum Gärtnerhäuschen stand seltsamerweise offen. Echo trat ein, wobei er ein wenig den Kopf einziehen mußte, um nicht an den Rahmen zu stoßen. Der Ofen, auf dem der Gärtner vor zwei Tagen den Tee gebrüht hatte, war kalt. Auf dem Tisch stand noch immer das Glas Honig, daneben lag ein Blatt Papier. Echo nahm es auf und erkannte, daß es die Zeichnung Kerschensteins war. Wie kam diese Zeichnung hierher? *Chessed*, *Geburah* und *Tifereth*. Mit zittriger Handschrift hatte jemand *Jedem das Seine* darunter geschrieben. *Jedem das Seine. Suum cuique*, das hatte er bei den Feldjägern mal gelesen, und die hatte er in keiner guten Erinnerung. Aber was sollte das hier?

"Du bist sehr neugierig, mein Junge", sagte jemand hinter ihm, "neugierig, sehr mutig oder sehr dumm".

Echo fuhr herum. Die hölzerne Eingangstür fiel zu und verdunkelte den Raum ein wenig. Er erkannte dennoch, daß der Lauf einer Pistole auf ihn zeigte. Der alte Cohen, der Friedhofsgärtner, sah ihn mit bitterem Gesichtsausdruck an.

Echo fing sich rasch. *Was soll das?* wollte er fragen, doch Cohen ließ ihn nicht zu Wort kommen. "Du glaubst, ich kann damit nicht umgehen?" fragte er ohne eine Regung. "Oh, da täuschst du dich. Was glaubst du, wie viele von euch ich mit so einem Ding schon umgelegt habe?" Er lachte emotionslos. "Nach dem Krieg, als es auf einen mehr oder weniger nicht ankam."

Echo sah ihn ungläubig an. "Ich verstehe nicht..."

"Oh nein, natürlich nicht. Die heutige Generation versteht ja überhaupt nichts mehr. Zumindest nicht das, was sie nicht verstehen will." Er zielte auf Echo. "Nimm die Hände hoch und knie dich hin!"

Widerwillig tat Echo wie ihm geheißen. Was sollte er auch tun? Der Alte war imstande ihn umzulegen. Endlich begann der alte Gärtner zu lächeln. Ohne sein Gegenüber aus den Augen zu lassen, schloß er die Tür ab.

Dimitri ließ seine Reisetasche in den Kofferraum fallen und setzte sich an das Steuer des Mercedes. Er mochte den Wagen nicht – sein Range Rover war da eine ganz andere Klasse –, aber es war ratsam, etwas unauffälliger unterwegs zu sein. Er hatte sich für einen W123 entschieden, einen gebrauchten, weißen 250E, den er am Morgen bar bezahlt und vom Händler anmelden lassen hatte. Auf einen deutschen Namen natürlich. An Ausweispapieren mangelte es ihm nicht.

Die letzte Nacht hatte er in einem Hotel in Bremen verbracht. Die hundert Kilometer waren gut angelegt. Natürlich, Bremen war eine häßliche Stadt, verströmte aber wenigstens einen Hauch von Großstadtflair. Dimitri glaubte, damit alles richtig gemacht zu haben. Eine weitere Nacht in Oldenburg wäre zu auffällig gewesen, zu gefährlich. Er hielt nicht viel von der deutschen Polizei – kein Vergleich zur sowjetischen *Kriminalmilizija* –, doch es war trotzdem ratsam Vorsicht walten zu lassen und die eigenen Spuren soweit wie möglich zu verwischen.

Die Uhr im Armaturenbrett des Mercedes stand bereits auf weit nach sechs, als er in Metjendorf eintraf. Den Wagen parkte er in einer Seitenstraße in der Nähe des Hauses, in dem er den jungen Marburg vermutete. Für einen Augenblick überkamen ihn Zweifel, Angst, die Loge könne den Jungen bereits umgebracht haben, denn der rote Opel, den er fuhr, war noch nirgends zu sehen.

Aber das war Unsinn. Dimitri hatte ein Gespür für die Verhaltensmuster seiner Opfer. Und für die Denkweise seiner Auftraggeber. Er wußte, daß die Loge nichts überstürzen würde. Sie wollten nicht nur das Päckchen, sie wollten noch etwas anderes von dem Jungen. Was, das wußte er nicht. Es war ihm auch egal. Er würde sich nur das Päckchen holen, es an den Meistbietenden verkaufen und bei der Gelegenheit einen Zeugen ausschalten.

Dimitri stellte den Motor ab und machte es sich bequem. *Metjendorf* murmelte er und lachte leise auf. Auf was für Namen diese Deutschen kamen...

Ein paar Minuten später öffnete er die Reisetasche auf dem Beifahrersitz. Vorsichtig entnahm er ihr die österreichische *Glock 17*, eine gebrauchte aber recht neue Pistole, die sein Auftraggeber in einem Schließfach für ihn hinterlegt hatte, da die *MAB*, mit der er den französischen Colonel erschossen hatte, ein Beweisstück war, mit dem Morand hätte belastet werden sollen. *Hätte*. Nun war es egal, und Morand scherte das nicht mehr, er war ja nun tot. Dimitri hatte das Problem auf seine Weise gelöst.

Routiniert überprüfte er die Waffe, zog den *Impuls* Schalldämpfer aus seinem Lederetui und montierte ihn an der *Glock*. Er wog sie einige Male in der Hand, bis er entschied, daß sie auf kurze Entfernung ebensogut war wie jede andere, und ließ sie schließlich in der Türtasche des Mercedes verschwinden. Dann drehte Dimitri die Sitzlehne zurück, stellte leise das Radio an und wartete.

"Ein schönes Spielzeug", sagte Cohen. Er betrachtet die Pistole in seiner Hand. "*Jericho*", las er versonnen. "Ich muß zugeben: das Ding vermittelt ein Gefühl von Macht." Seine Stimme klang unangenehm zufrieden. Er sah auf und betrachtete Echo, der seinerseits die Pistole fixierte. "Sie gehörte dem Polizisten", erklärte er hastig, "der dir vor zwei Tagen das Leben gerettet hat, hier drüben im Bethaus. Ich habe einfach gesagt, der Russe hätte sie eingesteckt. Es wird ein wenig dauern, bis sie herausfinden, daß das nicht stimmt..." Einen kurzen, weiteren Moment genoß er Echos Hilflosigkeit, dann fuchtelte er mit der Waffe herum und brummte: "Na los, steh' schon auf!"

Echo erhob sich langsam. Es brauchte ein paar Sekunden bis er einen klaren Gedanken fassen konnte. Er musterte den anderen von oben bis unten. Eine alte, blaue Jeans, ein kariertes Hemd, eine beigefarbene Jacke. Das volle graue Haar ein wenig zerzaust. Echo erkannte den Ansatz eines Lächelns, Fältchen zogen sich um die Augen eines im Grunde freundlichen Gesichts. Zugegeben, der Mann sah aus, wie ein Gärtner. Aber Echo wußte, daß die deutsche Polizei keine *Jericho* Waffen benutzte, die Geschichte konnte also nicht stimmen...

"Du bist also neugierig", wiederholte der Gärtner und sah Echo ernst an. "Neugierig und dumm."

"Und Sie sind überrascht, daß ich noch lebe", erwiderte Echo grimmig. "Wo ist der Mann mit der Tarnjacke?"

"Der Russe?" Cohen sah besorgt aus dem Fenster. "Das weiß ich nicht. Weit wird er nicht sein." Er verzog den Mund zu einem Lächeln und sah wieder zu Echo hinüber. "Überrascht, meinst du? Ach nein... Im Gegenteil, ich darf wohl mit einiger Zufriedenheit feststellen, daß ich meinen Teil dazu beigetragen habe. Ich hätte allerdings nicht erwartet, dich wiederzusehen, mein Junge. Was willst du hier?"

"Mein Vater ist tot", begann Echo.

"Ich weiß. Und?"

"Er und Kerschenstein kannten sich. Ich will wissen, was geschehen ist. Woher kannten sie sich? Was ist passiert in der Woche, in der sie starben? Und weshalb mußten sie sterben?"

Der Friedhofsgärtner sah verstohlen aus einem der kleinen Fenster, durch die man einen passablen Blick auf das Eingangstor hatte. Echo bemerkte seinen Blick und fluchte stumm. Heute würde ihn niemand retten. Seine Bewacher, vermutlich von Jordan beauftragt, waren ihm heute nicht gefolgt. "Es ist interessant", sagte Cohen mit einem enttäuschten Schmunzeln. "Ich meine, es ist interessant, daß jemand nach Jacob fragt. Seit seinem Tod bist du der erste..."

"Und der Russe?"

"Ach, der ist nur hinter Jacobs Päckchen her. Ich habe ihm gesagt, daß du es hast..."

"Vielen Dank. Dann stehe ich ja wohl nicht mehr in ihrer Schuld."

"Das habe ich auch nicht gesagt." Er steckte die Waffe in die Jackentasche und spähte erneut aus dem Fenster. "Wie gut kanntest du deinen Vater?"

"Was geht Sie das an?" fragte Echo zurück.

"Also nicht so gut."

Echo wollte etwas erwidern, doch Cohen beachtete ihn gar nicht. "Dann muß ich dir wohl ein bißchen bei deiner Ahnenforschung behilflich sein", fuhr er fort. "Nu ja, daß du nichts weißt, wundert mich gar nicht..."

Echo sah den Gärtner verärgert an. Zugegeben, er hatte sich nie dafür interessiert, wie es seinem Vater in seiner Jugend ergangen war, und sein Vater hatte auch nie viel über die letzten Kriegsmonate erzählt. Er war als junger Mann vor den Russen aus Ostpreußen geflohen. Aber darum ging es doch jetzt überhaupt nicht! "Ich will wissen, warum mein Vater sterben mußte", beharrte er.

"Natürlich, Jungchen, natürlich. Aber dazu mußt du wissen, daß dein Vater in der SS war."

Aber das wußte er ja mittlerweile. "Vor vierzig Jahren", entgegnete er abweisend. "Ich will wissen, was vor zwei Wochen passiert ist."

"Dein Vater war in der *SS*", beharrte der Gärtner. "Im Februar 1945, noch während seiner Ausbildung zum Scharführer, wurde er zur Evakuierung des Lagers Buchenwald abgestellt. Sein Zug, oder seine Schar, wie es bei der *SS* hieß, begleitete den Marsch von 1100 Juden zum 400 Kilometer entfernt gelegenen Lager Dachau. Die Sowjetarmee rückte näher, die Alliierten bombardierten Städte und Straßen. Hunger und Seuchen breiteten sich aus. Auf dem Marsch kam es mehrmals zu Erschießungen, auch dein Vater nahm daran teil, vielleicht, weil er es für richtig hielt, vielleicht weil er sich nicht traute, sich zu weigern..."

"Das glaube ich nicht..." Echo starrte Cohen ungläubig an. "Woher wollen Sie das wissen?" Er schüttelte den Kopf. Nein, das konnte nicht sein. Nicht sein Vater! Sein Vater war hier das Opfer, Opfer sind unschuldig... Unschuldig...

Hatten sie ihn deswegen getötet? Als späte Rache für das, was im Krieg geschehen war? Aber wer hatte Kerschenstein getötet? Oder hatte der sich tatsächlich erhängt? Alles drehte sich und nichts, was der Gärtner sagte, ergab einen Sinn.

"Woher wollen Sie das alles wissen?" wiederholte er. "Woher kennen Sie meinen Vater?"

Der Gärtner lächelte mitleidig. "Ich weiß es von Jacob", erklärte er. "Wir haben uns lange unterhalten in all den Jahren. Wir hatten viel Zeit. Und dann habe ich natürlich auch ein paar Nachforschungen angestellt. Wir Juden haben Verbindungen, weißt du? Uns stehen die Archive der Siegermächte offen."

"Sagten Sie nicht, sie hätten kaum mit Kerschenstein gesprochen?"

"No ja, hab ich das? Bah, daran kann ich mich nicht erinnern. Und überhaupt, mir ist so, als hätte ich schon einmal gesagt, daß du mich Levek sollst nennen."

Echo verzog den Mund. Warum sollte er den Gärtner duzen? Er wußte ja noch nicht einmal, ob er hier lebend herauskam. "Und wegen dieser alten Geschichte wurde mein Vater umgebracht?"

"Diese *alte Geschichte* hat über sechs Millionen Menschen meines Volkes das Leben gekostet", erwiderte der Gärtner sanft. Er sah erneut aus dem Fenster.

"Sechs Millionen", Echo nickte und sah Cohen betreten an. "Natürlich... entschuldigen Sie... ich meine: *entschuldige*. Aber..."

"Kein Aber. Weder Kerschenstein noch ich haben deinen Vater getötet."

"Kerschenstein nicht, das ist mir klar." Sein Vater hatte ja von dessen Tod erzählt. "Aber warum..."

"Warum? Weil nichts nur böse ist, nichts nur gut, nichts ist schwarzweiß im wirklichen Leben. Der Marsch dauerte lange Tage. Er war einer von zahllosen. Viele starben an Typhus und vor Entkräftung. Deshalb wurden sie auch Todesmärsche genannt. Jacob erinnerte sich an deinen Vater, weil der ihm sein Wasser gegeben hat. Heimlich. Und seine Ration. Mehrmals. Jacob wollte aufgeben, auch er war am Ende, fast erfroren und völlig entkräftet. Dein Vater hat ihm geholfen, hat ihm gewissermaßen das Leben gerettet, wieviel auch immer das damals noch wert gewesen sein mochte." Er sah Echo durchdringend an. Ein schmales Lächeln zog sich über seinen Mund. "Als die Häftlinge schließlich in Bayreuth auf Waggons verladen wurden, trennten sich ihre Wege. Als Dank gab Jacob ihm das Wertvollste, das er noch besaß: eine Photographie seiner Frau."

"*Rosa?*"

"Nanu? Du kennst sie?"

Echo nickte langsam und verunsichert. "Wir haben ein Päckchen gefunden, mit ihren Briefen und Photos darin..." Dann erinnerte er sich an die Photographie aus dem Buch, er griff hastig in seine Jackentasche und zog sie hervor. Es war die die Kopie, nicht die ursprüngliche Photographie aus dem Jahr 1919, auf deren Rückseite Rosa eine Nachricht an Jacob Kerschenstein geschrieben hatte. *Frage in der Rue de la Manticore nach mir, in der Stadt unseres Glückes. Ich werde warten bis Johanni. Rosa...*

Er reichte sie dem Gärtner. "Heißt das, Kerschenstein wollte meinem Vater gar nichts Böses?"

Cohen schüttelte den Kopf. Seine Augen wurden schmal und bekamen einen gierigen Ausdruck. Er nahm die Photographie. "Nein", sagte er mit einem nervösen Unterton. "Er war ihm noch immer dankbar. Nur das Photo wollte er zurückhaben. Die Photos und die Briefe waren alles, was ihm von Rosa noch geblieben war. Jedes einzelne war ungeheuer wichtig für ihn." Er betrachtete die junge Frau in ihrer Schwesternuniform und nickte. Auch Cohen war also hinter der Photographie her. Ein Gärtner war er dann wohl nicht. Er wandte sie hastig um. Echo konnte sich ein kurzes Grinsen nicht verkneifen, als er die plötzliche Enttäuschung im Gesicht des Gärtners sah. Cohen versuchte sich nichts anmerken zu lassen und gab das Bild wortlos zurück.

"Ich verstehe das nicht", murmelte Echo, während er das Bild wieder einsteckte. Er versuchte, sich seinen Vater vorzustellen. Und die Märsche, die Zeit, die Umstände, den Krieg. "Wie konnte er schießen?" Dann sah er den Gärtner an. "Was hat sie wieder zusammengeführt? Und warum mußten sie sterben?"

Cohen zuckte mit den Schultern. Er hatte wieder zu seiner alten Ruhe zurückgefunden. "Das Wiedersehen war Zufall, denke ich. Schicksal wird es nicht gewesen sein."

Er lehnte sich zurück und erzählte weiter: "Im Sommer haben sie sich getroffen. Marburg, der Taxifahrer, Kerschenstein sein Fahrgast. Jacob hat ihn wiedererkannt, Marburg, den ehemaligen *SS*–Mann, der an den Erschießungen teilgenommen und ihm das Leben gerettet hat. Den jungen Landsmann, dem er das letzte Photo seiner Frau gegeben hat. Er bestellt ihn immer wieder, bis er sich sicher ist. Denn Menschen verändern sich in vierzig Jahren. Er bestellt deinen Vater für jede noch so kleine Fahrt, und irgendwann traut er sich, ihn anzusprechen, fragt ihn, ob er sich erinnert, Februar 1945, die Evakuierung, die *SS*, die Todesmärsche. Er hätte es nicht getan, wenn ihm das Photo nicht so wichtig gewesen wäre..."

"Todesmärsche..."

"No ja, du verstehst also", sagte Cohen. "Dein Vater bekam es wohl mit der Angst zu tun, vielleicht befürchtete er, Jacob wolle ihn denunzieren, anzeigen, vor Gericht bringen, vor ein internationales Tribunal oder weiß der Himmel, was er gedacht hat."

"Und er wollte nur das Photo?"

"Ja, er wollte nur das Photo." Cohen nickte langsam. "Das Photo, das du mir gezeigt hast. Natürlich das Original. Mit einer Widmung von Rosa."

"Eine Widmung?" Echo tat unwissend. "Was für eine Widmung?"

"Daran konnte sich Jacob auch nicht mehr erinnern", erwiderte Cohen knapp. "Er hat deinem Vater von Rosa erzählt, von seiner lebenslangen Suche, von Rosas Verschwinden, von dem Päckchen, das sie ihm geschickt hatte und was sich darin befand. Er hatte sogar sein letztes Geld vom Konto abgehoben, weil er Rosa suchen wollte. Ich glaube, auf der Photographie stand, wohin sie damals gegangen war?" Ein mitleidiges Lächeln flog über sein Gesicht. "Dein Vater aber schien es nicht zu verstehen. Von jenem Tag an ließ er sich verleugnen, er ging nicht mehr ans Telefon, und schließlich bekam Jacob Besuch von einem Rechtsanwalt."

So allmählich ergab alles für Echo einen Sinn. Nicht für seinen Vater hatte Kerschenstein das Geld abgehoben, sondern um Rosa zu suchen. Armer alter Narr. *Frage in der Rue de la Manticore nach mir, in der Stadt unseres Glückes* hatte auf dem Photo gestanden. Hatte er das Original wirklich zurückbekommen?

Sein Vater hatte mit Kerschensteins Tod nichts zu tun.

Dann erinnerte er sich an Cohens Worte. "Ein Rechtsanwalt?" fragte er skeptisch. "Wollte er meinen Vater anzeigen?"

Der Gärtner lachte traurig auf. "Nein", sagte er kopfschüttelnd. "Er bekam Besuch von einem Rechtsanwalt deines Vaters. Dein Vater hat sich in seiner Angst an eine Verbindung erinnert, die nach dem Krieg überwiegend Nazigrößen und Kriegsverbrecher vertreten hat. Dieser Mann, ich glaube Schneewind hieß er, hat daraufhin Jacob bedroht."

"*Der Rechtsanwalt meines Vaters?*"

"Der Rechtsanwalt deines Vaters", bestätigte Cohen. "Am nächsten Tag kam Jacob zu mir. Er hat mir alles erzählt, und ich mußte ihm helfen, das Päckchen zu vergraben, das Päckchen, das du später gefunden hast..."

"Und vor mir Morand", murmelte Echo nachdenklich. Plötzlich fiel ihm auch die Eintragung im Notizbuch seines Vaters wieder ein: *Schneewind, 17.30 Uhr, wegen K.* Dessauer hatte recht: sein Vater war allein durch Zufall in die ganze Sache hineingeraten. Durch ein Mißverständnis. Dadurch, daß er sich bei Schneewind gemeldet und ihm von Kerschenstein – und vermutlich der Photographie von Rosa – erzählt hatte, wurde die Loge auf das Päckchen aufmerksam. Das alles erklärte auch Schneewinds seltsames Verhalten am Telefon, als er ihn auf Kerschenstein angesprochen hatte. "Aber woher wußte die Loge von dem Päckchen?" fragte er leise und mehr zu sich selbst als an Cohen gewandt.

Doch der Gärtner schien auch das zu wissen: "Die Loge..." begann er langsam. "Du kennst den Namen, den man der Mafia gegeben hat?"

Echo schüttelte den Kopf.

"Nun, man nennt sie *la Piovra*, *den Kraken*. Weil sie sich ebenso unerbittlich ausbreitet, wie die Arme eines Kraken. Das gilt auch für die *Zitadelle des Lichts*, die Loge, in deren Fänge Jacob, ebenso wie dein Vater, geraten ist. Vielleicht kennst du sie auch als DAS WERK. Einerlei, ich weiß, daß du Morand kennst. Auch er ist mehr oder weniger zufällig in die Sache hineingeraten, weil er glaubte, daß Jacob sein Vater war." Er lachte ein weiteres Mal und stand auf um die Tür des schmalen, weißgetünchten Schränkchens zu öffnen, dem er bei Echos letztem Besuch Teetassen, Tee und Honig entnommen hatte. Ohne hinzusehen holte er einen Briefumschlag hervor. "Dieser Brief", sagte er und reichte Echo eine verblassende Fotokopie aus dem Umschlag, "dieser Brief ist im Grunde der Anfang von allem."

Echo sah den Gärtner verständnislos an. Sein Blick fiel auf den oberen Rand des Briefes. *Paris, Janvier 4, 1949* stand dort. *Ziemlich weit weg für einen Anfang*, dachte er und las:

Dear Mr. Willard,

Sie haben recht mit Ihrer Vermutung und gut daran getan, sich an mich zu erinnern. Ich würde gerne die von Ihnen erwähnten Dokumente persönlich in Augenschein nehmen, insbesondere die Steinerne Karte, und würde Sie bitten, mich zum Zwecke eines Treffens noch einmal zu kontaktieren. Der Inhalt des von Ihnen erwähnten Konvoluts scheint von beträchtlichem wissenschaftlichem Interesse. Sollte er sich als das herausstellen, was er verspricht, so bin ich befugt, Ihnen

einen zufriedenstellenden finanziellen Ausgleich für Ihre Bemühungen anzubieten.
In Erwartung Ihrer baldigen Antwort verbleibe ich allerhöflichst und mit freundlichen Grüßen,

Ihr François Camiènne

Echo verstand noch immer nicht. "Wer ist Willard?" fragte er. "Und wer ist Camiènne?"

Cohen kamen plötzlich Bedenken, ob er nicht vielleicht schon zuviel gesagt hatte. Vermutlich hatte er das, aber nun war es einmal geschehen und er mußte die Sache so gut es ging zu Ende bringen. Er sah in Echos Augen und kam zu dem Schluß, daß er dem Jungen alles würde erzählen müssen, um ihn auf das, as kommen würde, vorzubereiten. *Alles, was er wußte* zumindest. Er seufzte, stand auf und ging zur Tür. Vorsichtig spähte er hinaus, dann setzte er sich wieder. "Willard und Camiènne haben sich während des Krieges in Paris kennengelernt. Willard war Infanterieoffizier der Britischen Armee, Camiènne Mitarbeiter der *Bibliothèque Nationale de France.* Er war einerseits das, was er zu sein vorgab, nämlich eine Art verstaubter Wissenschaftler, andererseits aber auch – und das wußte Willard wohl nicht – Mitglied der *Zitadelle des Lichts...*"

"...der *Zitadelle des Lichts*", wiederholte Echo leise. Natürlich, Rosa hatte diese Loge erwähnt und auch Marten schien sie nicht unbekannt zu sein. "Und woher wußte er von der *Steinernen Karte?*"

"Oh, das ist kein Mysterium. Jacob hat für Willard gearbeitet. Oder anders gesagt: für die Britische Rheinarmee. Nach dem Krieg hat Willard eine Zeitlang die *Denazification Unit* des Britischen *Intelligence Service* in Rheindahlen geleitet, wo er Kerschenstein kennenlernte. Sie kamen sich näher und irgendwann zeigte Jacob ihm das Päckchen, die Photos und die Briefe. Willard, der die Sache vom ersten Augenblick an hochinteressant fand, erinnerte sich an Camiènne und berichtete ihm, entgegen Jacobs ausdrücklichen Wunsch, von dem Päckchen. Willard ist kurz darauf nach Zypern versetzt worden, womit der Kontakt zu Camiènne abbrach. Und Jacob hat das Päckchen versteckt, denn hergeben wollte er es auf keinen Fall. So ist die Loge darauf aufmerksam geworden. Camiènne wußte, daß im Großen Plan der Templer nur der Schlüssel zur *Steinernen Karte* fehlte, und daß diese Karte in ihrer Gesamtheit ungeheuer wertvoll war."

Cohen kannte auch diesen Teil der Templerlegenden? Echo schüttelte den Kopf. Aber warum hatte es vierzig Jahre gebraucht, um das Päckchen zu finden? "All das ist so lange her..."

"Auch die Logen sind verschiedenen Interessen unterworfen. Es gab einen Versuch, Jacob zur Herausgabe des Päckchens zu zwingen, und zwar durch eine Mordanklage. Der britische Militärgouverneur Sir Brian Robertson persönlich hat das Verfahren jedoch aufgrund mangelnder Beweise wieder einstellen lassen."

"Ich verstehe nicht ganz... War Kerschenstein schuldig? Und was hat das mit dem Päckchen zu tun?"

Cohen schmunzelte. Er ließ sich Zeit mit seiner Antwort. "Was bedeutet Schuld angesichts sechs Millionen ermordeter Juden?" begann er schließlich. "Wie ich schon sagte, hatte Jacob einen Job bei der *Denazification Unit* des *British Intelligence Service*. Er hatte Zugriff auf sämtliche Adreßdaten der Besatzungszone. Es dauerte nicht lange, bis er Hans von Selchenhausen ausfindig gemacht hat..."

"Der Mann, der Rosa vergewaltigt hat?"

Der Gärtner warf Echo einen anerkennenden Blick zu. "Sie haben die Briefe gelesen?"

Echo nickte. Und er hatte mit Morand gesprochen, hatte seine Worte noch im Ohr, die Wirrungen seines Lebens ebenso wie die Hoffnung, daß er mit Kerschenstein seinen Vater gefunden hätte.

"Jacob wäre trotzdem nie auf die Idee gekommen, nach Berlin zu fahren – dort wohnte von Selchenhausen nach dem Krieg –, wenn ihm nicht jemand eine Zugfahrkarte geschickt hätte. Jacob hat nie herausgefunden, wer es war, ich vermute aber, daß die *Zitadelle des Lichts* ihre Hand im Spiel hatte, irgend jemand, der ihn gefügig und erpreßbar machen wollte. Natürlich fuhr Jacob nach Berlin und suchte von Selchenhausen in dessen Wohnung auf. Nach einem kurzen Streit hat er den Mann, der Rosa geschändet und ihre Ehe auf dem Gewissen hatte, erstochen. Zwei Wochen später wurde er verhaftet. Noch im Polizeigewahrsam bekam er die Nachricht, daß er sich freikaufen könne, wenn er das Versteck des Päckchens verriete. Doch diesem Handel ist das britische Militärgouvernement zuvorgekommen, das einen der ihren natürlich nicht der deutschen Justiz überlassen wollte. Danach konnte Jacob der *Zitadelle des Lichts* in Person eines Rechtsanwalts Dessauer glaubhaft machen, daß der Handel mit dem Päckchen mit den Briten stattgefunden hatte und bei ihm nichts mehr zu holen war..."

"Dessauer sagte, Kerschenstein hätte ihn damals mit der Verteidigung beauftragt", erinnerte sich Echo.

"So, das weißt du also auch schon." Der Gärtner sah Echo in einer Mischung aus Erstaunen und Bewunderung an. Dann schüttelte er den Kopf. "Das war gelogen. Er war der Kontaktmann, der Jacob erpressen sollte."

"Und wie ist die Loge wieder auf das Päckchen aufmerksam geworden?"

"Durch deinen Vater. Oder Jacobs Redseligkeit. Je nach dem." Cohen verzog nachdenklich den Mund. "Jacob hat all die Jahre versucht, das Geschehene zu verdrängen. Nur um des Wiedersehens willen hätte er deinen Vater nicht angesprochen. Und um ihn vor Gericht zu bringen schon gar nicht. Er hat deinen Vater einzig wegen der Photographie angesprochen, an die er all die Jahre hatte denken müssen und die er um jeden Preis zurückbekommen wollte. Aus diesem Grund hat er ihm auch von Rosa, ihren Briefen, ihrem Verschwinden und dem Päckchen erzählt. Und dein Vater hat es brühwarm Dessauer berichtet, weil er Angst hatte, Jacob könne ihn Anzeigen. Damit wußte die Loge, daß Jacob gelogen hatte und das Päckchen doch noch besaß. Das war sein Todesurteil." Er grinste abfällig. "Wie alt war dein Vater bei Kriegsende?"

"Siebzehn."

Cohen nickte, immer noch grinsend. Sein Grinsen wirkte wie eine Absolution.

"Aber warum mußte er sterben?" fragte Echo mit gequältem Gesichtsausdruck. Alles was er heute nachmittag hörte, war so logisch, so nachvollziehbar und gleichzeitig so surreal. Nichts von alledem machte es besser. Sein Vater hatte in seiner Angst die falsche Entscheidung getroffen. Hätte er mit Kerschenstein gesprochen statt mit Dessauer, dann wäre alles anders verlaufen...

"Warum, ja, da kann ich nur Vermutungen anstellen", unterbrach der Gärtner Echos Gedanken. "Ich glaube nicht, daß er Mitglied der Loge war. Aber er wußte, daß Schneewind oder Dessauer sich um Jacob kümmern würden, das werden sie ihm zugesagt haben. Nach Jacobs Tod hätte er nur eins und eins zusammenzählen müssen, um zu erahnen, wer Jacob auf dem Gewissen hatte. Und das war Dessauer wohl zu gefährlich..."

"Dann hat Dessauer Kerschenstein umgebracht?"

"Ach wo. Zumindest nicht persönlich. Und deinen Vater auch nicht. Dessauer hat sich die Hände nicht schmutzig gemacht".

Nein, dachte Echo. Vermutlich hatte er seine Leute dafür. Vielleicht jemanden wie Broscheit... "Und wer hat *ihn* umgebracht?" fragte er schließlich.

Der Gärtner lächelte versonnen. Doch er sagte nichts.

Eine Reaktion, die Echo nicht gleich verstand. "Dessauer...", überlegte er schließlich. "Schneewind..."

"Schneewind ist Teilhaber der Sozietät Cornelius & Partner", erklärte Cohen noch bevor Echo seine Frage formulieren konnte. "Ebenso wie Dessauer. Sie hat ihren Sitz in Hamburg und hat nach dem Krieg in großem Umfang und mit ebenso großem Erfolg Mandanten vertreten, die nach den Nürnberger Prozessen in Deutschland wegen Kriegsverbrechen oder Verbrechen gegen die Menschlichkeit angeklagt wurden."

Echo nickte und war seinem Gefühl, das ihn hierherkommen ließ, dankbar. "Woher wissen Sie das alles?" fragte er unvermittelt. Mit dem angebotenen *Du* kam er nicht zurecht.

"No, haben wir uns erkundigt..." erwiderte Cohen mit breitem jiddischem Akzent. Er schürzte die Lippen und schien nachzudenken. "Das *Jüdische Dokumentationszentrum* in Linz war da sehr hilfreich", fügte er eilig hinzu.

Über den *British Intelligence Service* oder die *Zitadelle des Lichts* war dort aber ganz sicher nichts zu finden gewesen, dachte Echo. Ihm war klar, daß der Gärtner nicht alles gesagt hatte über seine Recherchen. "Was wissen Sie von der Loge?"

Cohen sah ihn ernst an. "Nichts", sagte er sofort. "Gar nichts." Er hatte Echo warnen und nicht tiefer in eine Sache hineinziehen wollen, von der der Junge nichts verstehen konnte.

"Aber es muß doch jemanden geben, der verantwortlich ist, der den Russen beauftragt hat, jemanden, der hinter allem steht..."

"Vereinfacht gedacht, ja." Cohens Gesichtsausdruck wurde noch eine Nuance aggressiver. "Aber das geht dich nichts an! Laß die Finger davon!"

"Sind Sie nie auf die Idee gekommen, daß Sie Kerschenstein hätten helfen können?"

"Ich war hier, um ihm zu helfen", erwiderte der Gärtner kühl. "Aber ich kam zu spät. Ich hatte nicht damit gerechnet, daß ihm nach all den Jahren noch etwas zustoßen könnte. Es ging uns darum, zu verhindern, daß SIE die *Steinerne Karte* in die Hände bekommen. Das funktionierte, bis Morand sie aus ihrem Versteck holte. Und nun hast du sie..."

"Sie ist in Sicherheit..."

Cohen schnaubte. "No, bist ein Schmock, wenn du das glaubst."

"Ein was?"

"Ein Idiot."

Echo hob die Augenbrauen ob dieser harschen Antwort. Aber vielleicht hatte Cohen recht, vielleicht gab es keine Sicherheit...

Wenn er nur wüßte, wer dieser Cohen war. Denn für einen Gärtner hielt er ihn längst nicht mehr. Dann fiel ihm das Blatt Papier wieder ein, das auf dem Tisch lag, und das dieselben Gebilde aufwies, wie die Zeichnung, die er in Morands Tasche gefunden hatte. "Was hat es mit diesen Gebilden wirklich auf sich?" wechselte er das Thema und wies auf das Blatt mit dem zitterig geschriebenen Satz *Suum cuique*.

Cohen überlegte einen Augenblick, bis er wußte, was Echo meinte. "*Der Sephirot–Baum?*"

"Chessed, Geburah und Tifereth", erinnerte sich Echo. "Ja –"

Der Gärtner lachte kurz auf. "Nichts", sagte er, wobei er den Kopf schüttelte und das Papier in die Hand nahm. "Das war Jacobs Flucht zu G'tt. Seine Form des Betens vielleicht. Er hatte ja nur noch seinen Glauben, alles andere war ihm genommen worden. Aber eine metaphorische oder mystische Bedeutung hatte das nicht." Er sah Echo an. "Enttäuscht?" fragte er väterlich.

Echo lächelte. "Nein", log er. "Und die Überschrift?"
"Jedem das Seine?" Cohen seufzte. "Damit hat es tatsächlich eine Bewandtnis", erwiderte er schließlich sachlich. "Die Worte waren in das Haupttor des KZ Buchenwald geschmiedet. So was wird man nicht wieder los..."
Echo sah den Gärtner betroffen an. "Das wußte ich nicht..."
"Oh, das wissen viele nicht." Er zwinkerte Echo zu. Plötzlich aber versteifte er sich. Ein Geräusch, leise, einem Schritt auf Kies ähnlich, war draußen vor dem kleinen Haus zu hören gewesen. Cohen trat ans Fenster und lugte hinaus. Ohne sich umzusehen wies er auf die Wand hinter Echo, in der eine etwas schiefe hölzerne Tür in einen weiteren Raum zu führen schien. Echo betrachtete sie unschlüssig. Was sollte er dort? Dann wandte er sich wieder Cohen zu, genau in dem Augenblick, in dem das Fenster, durch das der Gärtner so vorsichtig sah, barst. Das Splittern von Glas, in dem das leise, dumpfe Geräusch brechender Knochen unterging, folgte. Blut spritzte, der Gärtner sackte zusammen, in Echos Wahrnehmung langsam und kunstvoll, tatsächlich jedoch plump und von der Schwerkraft getrieben. Es dauerte einige Sekunden, bis er reagieren konnte, akzeptieren, was er sah. Bis er den Schatten vor dem Haus wahrnahm. Echo stürzte zur Tür, auf die Cohen gerade noch gezeigt hatte, der Schlüssel steckte, wie automatisch zog er ihn ab, riß die Tür auf und verschloß sie wieder hinter sich.

Dunkelheit umgab ihn und ein muffiger Geruch. Er hörte, wie jemand das kleine Haus betrat, Stimmen ertönten, dumpf und leise, offenbar waren zwei Männer dort, wo er soeben noch gestanden hatte. Möbel wurden umgestoßen. Dann wurde es ruhig. Echo trat an die Tür und lauschte. Plötzlich wurde die Türklinke heruntergedrückt, er fuhr zurück, jemand trat gegen die Tür, schlug und stieß dagegen.

Sie hielt stand.

Doch die Männer blieben. Echo konnte nicht verstehen, was sie sprachen, er erkannte auch keine der Stimmen. Nur daß der *Russe* nicht dabei war, *das* konnte er hören. Aber was bedeutete das schon? Zu bewegen traute er sich nicht, auch nicht, als alles ruhig blieb – vielleicht wollten sie ihn ja nur hinauslocken. Wußten die Männer, daß er hier war? Wußten sie, daß sein Auto keine hundert Meter vom Friedhof entfernt stand?

Nein, er würde ausharren, in diesem nachtschwarzen Loch, so lange, bis er sicher sein konnte, daß er allein war...

Es war seltsam, aber er wunderte sich nicht im geringsten darüber, daß nun ausgerechnet auch noch Cohen erschossen worden war. Der Gärtner hatte Morand gekannt, Dessauer, Kerschenstein, er hatte von der Karte gewußt, es war ganz natürlich, daß auch er hatte sterben müssen. *Im Grunde bleibe nur noch ich übrig*, dachte Echo. Ein unkontrollierbares Zittern überkam ihn, sein Atem ging schnell aber flach. *Aber nur ich weiß, wo sich das Päckchen befindet*, war sein nächster Gedanke, und er wirkte unmittelbar beruhigend. Das Päckchen war sein Trumpf, seine Lebensversicherung. Zumindest versuchte er sich das vorzumachen.

Der Schüttelfrost blieb. Die Befürchtung, daß die Männer dort draußen sich einen Dreck um das Päckchen kümmerten überkam ihn. Was, wenn sie einfach nur den einzigen Zeugen am Mord an einem Friedhofsgärtner zum Schweigen bringen wollten? Das Bild des erlöschenden Lebens tanzte vor seinen Augen, das Loch über Cohens Auge, Blut und Hirn...

Echo taumelte, machte einen Schritt zurück und stieß mit dem Rücken gegen etwas Weiches, etwas, das sich anfühlte wie der kalte Körper eines Soldaten, eingehüllt in Moleskin. Er fuhr herum, wollte den Mann von sich stoßen, wobei er einen angewiderten, gepreßten Laut ausstieß.

Seine Hände wurden aufgefangen von etwas, das sich nach einem Stapel alter, muffiger Wolldecken anfühlte. Echo ging in die Hocke, verschränkte die Arme und versuchte, ruhig zu atmen. Wolldecken! Es waren Wolldecken! *Wofür brauchten sie diese verdammten Decken hier?*

Nach ein paar Minuten wurde er ruhiger. *War das der Nachrichteneffekt?* fragte er sich. Stumpfte man langsam ab, wenn man immer wieder mit dem Tod konfrontiert wurde?

Doch ganz so war es nicht. Den Anblick des sterbenden Cohen bekam er nicht aus dem Kopf. Und auch die Angst blieb, daß die Dunkelheit und die verschlossene Tür dieser Kammer keinen ausreichenden Schutz böten. Die ersten Anzeichen eines Hustenreizes kamen nur Sekunden später. Die muffige, staubige und abgestandene Luft des dunklen Raumes legte sich kratzend auf seine Brust und akkumulierte sich mit unterdrückter Panik. *Das würde ihn verraten! Ihn verraten...* Es ging nicht mehr anders, so sehr er auch dagegen ankämpfte, er mußte husten, würgend, stakkatoartig, laut. Als der Reiz verklungen war, das Husten verstummt, biß er die Zähne aufeinander, hielt inne und lauschte. Wer auch immer dort draußen war, er würde jetzt wissen, daß es einen Zeugen gab...

Doch alles blieb still, und für einen Augenblick hoffte Echo, daß die Männer das Haus schon verlassen hatten. Ein dumpfer Knall machte seine Hoffnungen zunichte. Er trat instinktiv von der Tür zurück, verharrte regungslos und fluchte stumm und verzweifelt. Warum hatte er dem Gärtner nicht wenigstens die Waffe abgenommen? *Seine* hatte er im *Commodore* gelassen.

Ein unangenehmes Geräusch drang durch die Tür, eine Art Prasseln, das lauter werdende, verzehrende Geräusch von Flammen. Urplötzliche wurde ihm klar, was passiert war. Die Männer hatten Feuer gelegt, das alte Haus würde brennen wie Zunder! *Er saß in der Falle!* Hastig tastete er sich zur Tür vor, drehte den Schlüssel um und zog sie auf. Sofort schlug ihm Rauch entgegen und drang brennend in seine Augen, Flammen loderten über den Holzschrank, den Boden und die Stühle. Es stank nach Benzin, offenbar hatten sie es als Brandbeschleuniger benutzt. Die Decken! Er stürzte zurück, griff sich einen Stapel Decken, breitete sie aus und warf sie über die Flammen, wiederholte es mit den restlichen Decken und taumelte schließlich hustend und mit tränenden Augen hinaus an die frische Luft.

Ein paar Atemzüge später wurde ihm klar, daß er nicht bleiben konnte. Er ging in die Hocke und sah sich um. Waren die Männer noch in der Nähe?

Es war niemand zu sehen...

Doch das Feuer schwelte noch und Rauch drang aus dem kleinen Haus, was bestimmt nicht unbemerkt bliebe. Niemand würde Echo glauben, daß nicht er es gewesen war, der das Feuer gelegt hatte. Und dennoch konnte er jetzt nicht fortlaufen, noch nicht, kehrte statt dessen um, zögernd, widerwillig, und betrat ein weiteres Mal den kleinen Raum, warf einen fahrigen Blick auf die durcheinandergeworfenen Möbel, die brandzerfressenen Decken und den Kohleofen, der umgestoßen vor dem Fenster lag. In seinem Schatten erkannte Echo die Leiche des Gärtners, die Arme unnatürlich über den Kopf gedreht, so als wäre sie dorthin gezogen worden. Vermutlich hatten die Männer genau das getan, um sicherzugehen, daß der Körper des Gärtners auch vollständig verbrannte. Zum Teil mit Erfolg, denn die Arme wiesen schwarze Flecken und Brandblasen auf, umgeben von braunen und hellroten Hautteilen. Obgleich an einigen Stellen der Brand noch schwelte, hatten Echos Löschversuche fürs Erste schlimmeres verhindert.

Er kniete sich neben den Leichnam und versuchte, dem mit Blut, Ruß und Hirn verschmierten Kopf und den Armen, die einen widerlichen Geruch von verbranntem Fleisch ausstrahlten, keine Beachtung zu schenken. Nachdem er bereits in dem dunklen Abstellraum den ersten Schock überwunden hatte, blieb er so einigermaßen ruhig, zumindest widerstand er dem instinktiven Drang fortzulaufen. Statt dessen tastete Echo die Jacke des Gärtners ab, in der sich jedoch weder die Waffe, *die Jericho*, noch eine Brieftasche fand.

Der kleine Schrank, dachte er im nächsten Moment, der kleine Schrank, aus dem Cohen den Brief von diesem – wie hieß er noch? – *Camiènne* hervorgezaubert hatte. Seine Oberfläche war verbrannt wie fast alles hier, doch das Feuer hatte nicht genug Zeit gehabt, um ihn komplett zu zerstören. Echo zog die Reste der Decken zur Seite, mit denen er das Feuer erstickt hatte, und öffnete die Tür des Schranks mit dem Schürhaken, über den er beinahe gestolpert wäre. Tatsächlich lagen weitere Papiere oder Briefe, zum Teil mit verkohlten Rändern, darin, die bei der ersten Berührung halb zerfielen und dadurch den Blick auf eine kleine Mappe freigaben. Echo nahm sie heraus und erkannte, daß es eine Brieftasche war. Cohens Brieftasche zweifellos. Er fuhr zusammen, vor der Tür waren Schritte zu hören, das Knirschen von Kies, leises Flüstern, Fluchen. Wie automatisch steckte Echo die Brieftasche ein, wobei er sich hektisch umsah – nur eines der drei Fenster ging nach hinten, zur Friedhofsmauer hinaus. Die einzige Fluchtmöglichkeit. Doch es war schwergängig. Echo versuchte es mehrmals, und zog mit aller Kraft daran, als er den Mann in der Tür bemerkte. Der Fensterflügel gab nach und Echo stolperte zurück. Er spürte Hände an seiner Schulter, entwand sich einem hastigen Griff und sprang, ohne einen weiteren Blick zurück, durch das offene Fenster. Mit einem Ächzen landete er in einem Dickicht aus Brennesseln, Knöterich und wilden Forsythiensträuchern, die sein Gesicht und seine Arme zerkratzten. Mit den Händen das Geäst abwehrend arbeitete er sich am Haus entlang, bis er im Schutz eines Baumes auf die angrenzende Friedhofsmauer steigen konnte. Als er auf der anderen Seite wieder hinunterspringen wollte, mußte Echo feststellen, daß er an etwas hängengeblieben war, etwas, das seinen rechten Fuß umklammerte und ihn schließlich sogar wieder hinab zog. Echo klammerte sich fest, blickte sich um, versuchte zu erkennen, was ihn festhielt, und sah einen Mann, einen Mann, den er kannte, oder zumindest schon einmal gesehen hatte, in einem dunklen Kolani, mit blondem Haar, eine Waffe in der rechten Hand, die linke um seinen Fuß geklammert.

Ohne zu überlegen, nur einem nicht wirklich ausgeprägten Instinkt folgend, drehte Echo sich auf den Rücken und trat mit dem freien Fuß zu, wobei er den Halt verlor und rücklings von der Mauer fiel. Äste brachen und Sterne tanzten vor seinen Augen, als er, ohne sich abstützen zu können, mit dem Rücken auf dem Boden aufkam.

Sekunden später erst konnte er den Blick in Richtung des Mannes im Kolani wenden. Er hatte die Waffe verloren und hielt sich die Hände vor das Gesicht. Blut lief an ihnen herab. *Ich hab' also die Nase erwischt*, dachte Echo und versuchte sich aufzurappeln, doch die Schmerzen, die dabei durch seinen Rücken zogen, mischten sich mit denen in seinem Kopf, die er zwar schon kannte, aber bis zu diesem Sturz einigermaßen verdrängt hatte. Er taumelte, ohne den anderen aus den Augen zu lassen. *Die Photographien*, durchfuhr es ihn, als der Fremde nun auf seine blutigen Hände starrte. Er hatte den Mann auf Kristin Nijmanns Photographien gesehen! Er war einer der beiden Männer, die den Hundertneunziger gefahren – und vermutlich seinen Vater umgebracht – hatten. Er trat noch einmal zu und der Mann im Kolani ging in die Knie.

Wieder versuchte Echo über die Mauer zu steigen. Diesmal gelang es, langsam zwar, doch der Fremde folgte ihm nicht, konnte es nicht, denn er krümmte sich auf dem Boden. Wo der zweite Mann war, wußte Echo nicht, es war ihm auch egal. In der Ferne erklangen Feuerwehrsirenen, aber auch sie nahm er kaum war. Ein wenig benommen sah Echo sich um. Der Rauch brannte noch in seiner Lunge, die Hitze des Feuers in seinem Gesicht.

Langsam und orientierungslos zunächst, dann schneller werdend, lief Echo die Mauer entlang. Vor dem Friedhofstor hatten sich bereits erste Schaulustige versammelt; er lief weiter ohne sie zu beachten und ohne sich umzusehen, immer weiter, bis er endlich den *Commodore* erreicht hatte.

Erst jetzt wagte er einen Blick zurück, hinüber zum Friedhof, nur um ungläubig festzustellen, daß ihm niemand bis hierher gefolgt war. Hastig schloß Echo die Tür auf, stieg ein und ließ die Brieftasche auf den Beifahrersitz fallen. Sie öffnete sich und ein Bild fiel heraus, eine Photographie, schwarzweiß und irgendwie vertraut. Es dauerte ein paar Sekunden, in denen Echo den Wagen startete und ihn aus der Parklücke lenken wollte – dann plötzlich wurde alles um ihn herum seltsam gleichgültig. Er nahm die Photographie auf und wußte bereits vor dem nächsten Blick, daß es ein Bild von Rosa war. Echo machte sich nicht die Mühe zu überlegen, wie es in die Brieftasche des Gärtners gelangt sein mochte, schließlich waren Cohen und Kerschenstein befreundet gewesen. Er starrte es nur an, unfähig, das Photo wieder aus der Hand zu legen. Es war nicht das gleiche wie das Bild, das Stein in dem kleinen Flandernbuch gefunden hatte. Zwar war auch dieses schwarzweiß, zeigte aber nur Rosas Gesicht. Er wandte es um. *Uylenspiegel* stand mit blauer Tinte darauf geschrieben. Darunter *Brugge*. Die Buchstaben waren nicht in Sütterlin geschrieben sondern in moderner Schrift von Frauenhand geformt. *Uylenspiegel...* wiederholte Echo leise. Dann fiel sein Blick wieder auf die Brieftasche. Er öffnete sie. Ein deutscher Paß wies den Gärtner als Levek Cohen aus. Ein israelischer allerdings als Nachum Schavit. Ein weiteres Papier, verblichen, verfilzt und von Feuchtigkeit ein wenig verzogen, trug einen runden Stempel mit dem Symbol einer Menorah darin, eines siebenarmigen Leuchters. *HaMossad leModi'in uleTafkidim Meyuḥadim* stand darunter, und etwas kleiner und verwischt die englische Übersetzung. *Institute for Intelligence and Special Operations*. Es war nicht schwer zu erraten, daß es sich um ein Dokument des *Mossad* handelte, des israelischen Geheimdienstes. Das mochte einiges erklären, dachte Echo, auch wenn es ihm schwerfiel zu glauben, daß Cohen ein *Mossad* Mann war.

Eine Bewegung ließ ihn zusammenzucken, sein Blick fiel automatisch auf den linken Außenspiegel. Ein Mann tauchte aus dem toten Winkel auf und griff nach der Fahrertür. Echo fluchte, schlug instinktiv das Lenkrad ein und gab gleichzeitig Gas, wobei er jedoch den auf der Straße herankommenden Wagen übersah. Das Hupen ließ ihn zusammenfahren, er bremste, sah sich um, und erkannte, daß der Mann, bei dem es sich um den Komplizen handeln mußte, denn er trug keinen Kolani, wieder nach der Fahrertür griff. Echo gab erneut Gas und folgte dem Wagen, mit dem er fast kollidiert wäre. Im nächsten Moment hatte er den Friedhof aus den Augen verloren.

Als ihm bewußt wurde, daß er auf dem Weg nach Hause war – zum Haus seines Vaters –, daß er vor Anspannung – oder war es Entschlossenheit? – das Lenkrad so fest umklammert hielt, daß die Knöchel bereits weiß hervortraten, als ihm klar wurde, daß mit dem letzten Photo von Rosa aus der vagen Idee, diese Frau zu suchen, ein konkreter Plan geworden war, da fühlte er sich augenblicklich besser, erleichtert, vielleicht sogar erlöst. War die Zielführung der *Steinernen Karte* noch abschreckend ungenau gewesen, so hatte er jetzt mit der Photographie eine viel genauere Angabe des Ortes, wo Rosa zu finden sein würde. Und er hatte keinen Zweifel daran, daß es sich um einen weiteren Hinweis von *ihr* handelte. Es war geradezu so, als hätte sie selbst ihn auf diese Spur geführt. *Brugge. Uylenspiegel.* Die *Rue de la Manticore* ...

Engholm nickte mit ausdruckslosem Gesicht. Es war also Broscheit gewesen, der die Taxe am Vorabend des Unfalls bestellt hatte. Das hatte Kolbergs Sekretärin herausgefunden und damit einen Hinweis geliefert, an dem kein Haftrichter mehr vorbeikam. Außerdem hatte sie mit wenigen Telefonanrufen herausgefunden, daß auch er es war, der am 4. September den Mercedes gemietet hatte. *Den* Mercedes, der samt Kennzeichen auf den Photos von Kristin Nijmann zu sehen war. Zwar war der Wagen auf einen anderen Namen gemietet worden, doch die Rückrufnummer war die von Markus Broscheit. Ein Anfängerfehler.

Allen dreien war klar, daß der Polizeimeister dadurch zum Bauernopfer wurde. Ein Logenmitglied des inneren Kreises wäre für Handlangerdienste dieser Art nie in Frage gekommen.

"Aber was beweist das schon?" fragte Jordan, der immer wieder Mühe hatte, über den Schatten seines eigenen Grundpessimismus zu springen.

"Nun, Broscheit ist damit geliefert", erwiderte Engholm langsam. "Da hilft auch der beste Anwalt nichts mehr. Wir holen ihn uns, lassen ihn heute nacht im eigenen Saft schmoren, und ich wette, morgen früh hat er uns viel zu erzählen! Jemand wie Broscheit muß nur *glauben*, daß wir ihm etwas beweisen können." Er grinste unsicher, stand auf und nahm seine Jacke.

Jordan sah ihm nach. "Wo willst du hin?"

"Wohin schon? Marburg ist in Gefahr! Wir sollten uns so schnell wie möglich um ihn kümmern!"

"Wir sollten so schnell wie möglich Broscheit verhören", warf Voigt ein, "Wenn wir bis morgen warten, dann hat unser Polizeimeister längst mit seinem Anwalt gesprochen. Und dann kriegst du gar nichts mehr aus ihm heraus!" Er sah seinen Kollegen auffordernd an. "Komm' schon, die halbe Stunde! Was soll Marburg schon passieren?"

Engholm sah nervös auf die Uhr. Er seufzte. "Kannst du dich um Marburg kümmern?" fragte er vorsichtig zu Jordan gewandt, hin und hergerissen und mit einem unguten Gefühl. Der Kommissar nickte. Hauptsache, er kam hier raus und mußte Eilers nicht noch einmal begegnen.

Engholm warf ihm die Autoschlüssel zu, dann verließen sie 322.

"Wen von den Fünfen hast du umgebracht?" begann Engholm mit ruhigem, bemüht kameradschaftlichen Ton, nachdem er die kleine Zelle betreten hatte. "Oder gehen alle Fünf auf dein Konto?"

Broscheit saß auf der Pritsche. Er sah auf, sah den Hauptmeister fragend an; dann wandte er den Blick wieder ab und starrte auf die Wand vor ihm.

"Kerschenstein?" fuhr Engholm unbeirrt fort. "Marburg? Nijmann? Morand? Dessauer?" Zugegeben, er bluffte ein wenig, denn daß Broscheit alle Morde begangen hatte, war unwahrscheinlich. Aber was wußte der Polizeimeister schon vom Stand der Ermittlungsergebnisse? Und wenn er einen Mord gestand, reichte das fürs Erste auch.

"Verstehe ich das richtig?" startete Voigt einen zweiten Versuch, nachdem Broscheit keine Anstalten machte, etwas zu sagen, sondern nur vor sich hinstarrte. "Verstehe ich das richtig, daß du die Drecksarbeit machen durftest? Und die Herren von der Loge sollen durch dein Schweigen unerkannt bleiben?"

"Was wissen Sie schon von der Loge?"

"Weniger als uns lieb ist", mußte Engholm zugeben. Er versuchte, den Polizeimeister anzulächeln. "Aber mir geht es um dich", fuhr er so sanft wie möglich fort. "Nur um dich. Schließlich sind wir doch Kollegen. Warum willst du deinen Kopf hinhalten für Typen, die dich längst fallengelassen haben? Die Indizien sind eindeutig, die Fingerabdrücke, das Talinolol, Kerschensteins Photos, die Taxe, die Zeugenaussagen, deine Aussage. Das alles reicht für eine Verurteilung. Also komm schon, hilf uns! Oder willst du für den Rest deines Lebens hinter Gitter? *Ein* Name würde reichen für den Anfang…"

"Ich kenne keine Namen." Broscheits Stimme wurde ein wenig unsicher. "Und ich habe nichts ausgesagt…"

"Wir wissen mittlerweile, daß du den Mercedes gemietet hast, mit dem Gert Marburg von der Straße gedrängt wurde." Voigt setzte sich neben den Polizeimeister auf die Pritsche. "Oder soll ich sagen: mit dem Marburg *umgebracht* wurde?"

Broscheit zuckte zusammen und sah den Kommissar erschrocken an. "Ich habe keinen Mercedes gemietet…"

"Doch, das hast du", beharrte Voigt. "Du hältst uns doch nicht für blöd, oder?"

Broscheit schüttelte den Kopf.

"Wir wissen, daß du den Mercedes gemietet hast, du hast die Taxe verschwinden lassen, du hast Journalisten bedroht und…"

"*Journalisten?*" Broscheits Gesichtszüge bekamen etwas Verzweifeltes. "*Wieso? Welche Journalisten?*"

"Zum Beispiel den einer Hannoveraner Zeitung", sagte Engholm ruhig und fuhr mit einem Lächeln fort: "Es gibt mehr Zeugen, die dich belasten, als du denkst Und es gibt sogar Zeugen für einen schweren Fall von Körperverletzung und Freiheitsberaubung." Das Lächeln verschwand, als er noch hinzufügte: "Du hast deine Dienstwaffe auf einen Kommissar des Landeskriminalamts gerichtet und ihm mit dem Tod gedroht. Allein das wird dir das Genick brechen..."

Der Polizeimeister vergrub das Gesicht in seinen Händen.

Voigt seufzte. "Du hast vom WERK gesprochen..."

"Wir wissen von dieser Loge", unterbrach ihn Engholm. Wir wissen, daß sie hinter den Morden der letzten beiden Wochen steckt. Wir wissen auch, wer von uns dabei ist. Nur beweisen können wir es nicht..."

"Ich kenne keine Namen."

"Natürlich tust du das", sagte Engholm mit säuerlichem Lächeln. "Du mußt nicht denken, daß du der einzige bist, der sich in der Welt der Logen und Geheimbünde auskennt. Also raus damit: wer hat dich aufgenommen? Wer erteilt die Befehle? Wer ist dein Kontakt?"

"Ich habe nichts von einer Loge gesagt..."

"Doch, das hast du." Engholm versuchte es auf eine andere Art: "Nach der Aufnahme begleitet ein Mentor den..." Er suchte nach dem richtigen Ausdruck. "...den Adepten vom Lehrling bis zum Gesellengrad. Autonom ist man erst mit dem Meistergrad. Dann aber übernimmt man die sauberen Führungsaufgaben für die Loge, die, bei denen man sich nicht mehr die Hände schmutzig macht." Engholm sah den Polizeimeister herausfordernd an. "Da ich nicht glaube, daß du als Meister vom Himmel gefallen bist, frage ich dich noch einmal: wer ist dein Mentor?"

Broscheit schwieg. Er sah verstohlen auf seine Armbanduhr. Ein wenig mußte er noch aushalten. Eine halbe Stunde vielleicht, dann war die Sache mit Marburg erledigt. Dann hatte die Loge, was sie wollte, dann hatten sie gewonnen...

"Es hat doch keinen Zweck", brummte Voigt mißmutig und wandte sich zur Zellentür.

Engholm hielt ihn am Arm zurück. "Du mußt es wissen, Rainer", sagte er so gleichgültig wie möglich. "Aber vielleicht interessiert es dich, daß jeder hier im Revier weiß, was bei dir zu Hause passiert ist. LKA oder nicht, Jordan ist einer von uns. Und ich bin mir sicher, daß du heute nacht ein paarmal Besuch bekommen wirst. Ich bezweifle, daß du morgen dann noch aussagen kannst."

Broscheit schwieg, doch Engholm und Voigt sahen, daß er mit sich rang. *Gut so, mein Junge*, dachte der Hauptmeister, *denk gut nach...*

"Wenn ich euch irgend etwas erzähle", erwiderte der Polizeimeister schließlich kopfschüttelnd, "dann bin ich so gut wie tot. Das wißt ihr ebenso wie ich!"

"Ich weiß, daß es völlig gleichgültig ist, was du uns erzählst." Voigt konnte ein maliziöses Lächeln nicht unterdrücken, als er Broscheit ansah. "*Wir sind hier.* Ob du schweigst oder mir Namen nennst, interessiert dort draußen niemanden mehr. Wenn du recht hast, dann bist du längst als Verräter abgestempelt und dein Leben ist keinen Pfifferling mehr wert..."

Broscheit nickte kaum merklich. Und doch war seine letzte Hoffnung, daß *SIE* ihn hier rausholten, wenn die Sache mit dem Päckchen erst einmal geklappt hatte. Wenn alles gutgegangen war. Eine Stunde noch, vielleicht eine halbe...

"Hör' mal". Engholm senkte seine Stimme und setzte sich neben Broscheit auf die Pritsche. "Ich bin ein wenig älter als du. Ich habe eine kriminalistische Ausbildung hinter mir. Ich weiß zum Beispiel, daß es in Fällen wie diesem, mit einer ganzen Reihe von Mordopfern und einem großen Interesse der ermittelnden Behörden, Zeugenschutzprogramme gibt. Deine Polizeikarriere ist vorbei, so oder so. Aber wenn sich herausstellt, daß deine Befürchtungen berechtigt sind..."

"Berechtigt sind?" rief Broscheit aus und sprang auf. "Natürlich sind die berechtigt! Ihr habt ja keine Ahnung!"

"Die Staatsanwaltschaft wird dich schützen..."

"Mich? Meine Familie, meine Eltern?"

Engholm zögerte. Für einen Augenblick fehlte es ihm an Phantasie, wie weit die Repressalien von derartigen Vereinigungen gehen mochten. Und wieviel das Versprechen, die Staatsanwaltschaft werde Broscheit schützen, wert war. *Wie auch immer*, wollte er sagen, *das hättest du dir vorher überlegen müssen!* "Das wird nicht notwendig sein", improvisierte er statt dessen. "Wenn du offiziell als tot giltst, wird es keinerlei Maßnahmen gegen deine Familie geben."

"*Tot?*"

"Natürlich. Du wirst eine andere Identität annehmen."

"Was werden sie denken? Meine Eltern, meine..."

"*Denen wird es gleichgültig sein, wenn sie glauben müssen, einen Mörder großgezogen zu haben.*" Voigts Geduld näherte sich ihrem Ende.

"Ich bin kein Mörder", sagte Broscheit kleinlaut und wandte sich ab.

"Dann hilf uns, das zu beweisen."

Doch Broscheit schüttelte nur den Kopf. "Laßt mich in Ruhe!" sagte er, so leise, daß die beiden Polizisten ihn kaum verstanden. Er vergrub das Gesicht in den Händen. "Laßt mich in Ruhe..."

"Denk drüber nach", meinte Engholm ergeben. "Viel Zeit hast du allerdings nicht mehr..." Mit einem Seufzer stand er auf und klopfte gegen die Zellentür.

Und nun, unser Gott, was sollen wir nach alledem sagen? Wir haben deine Gebote verlassen, die du durch deine Knechte, die Propheten, geboten hast, als sie sagten: Das Land, in das ihr kommt, um es in Besitz zu nehmen, ist ein beflecktes Land, denn die Völker der Länder haben es befleckt mit ihren Greueln, mit denen sie es von einem Ende bis zum andern Ende in ihrer Unreinheit angefüllt haben.
So sollt ihr nun eure Töchter nicht ihren Söhnen geben, und ihre Töchter sollt ihr nicht für eure Söhne nehmen. Und sucht nicht ihren Frieden noch ihr Gutes ewiglich, damit ihr stark werdet und das Gute des Landes eßt und es euren Kindern vererbt ewiglich.
Das Buch Esra, 9, 11

59. OLDENBURG, MONTAG, 17. SEPTEMBER 1984

Echos Rücken brannte noch immer vom Sturz von der Mauer, die Äste hatten einige häßliche Schürfwunden hinterlassen und durch seinen Kopf pulsierten die schon fast zur Gewohnheit gewordenen Schmerzen. Er sah immer wieder unkonzentriert in den Rückspiegel während er durch den Feierabendverkehr Richtung Stadtnorden fuhr. Worauf sollte er achten? Auf den CX? Auf den blauen Opel Rekord? Auf den grünen Geländewagen? SIE konnten in jedem Wagen sitzen, SIE hatten viele Gesichter. SIE brauchten ihn nicht einmal zu verfolgen, denn SIE *wußten*, wo er hinfuhr.

Seine anfängliche Zuversicht Rosa zu finden begann bereits wieder zu verblassen. Er hatte nicht die geringste Ahnung, wo dieses verdammte *Brugge* lag. Im Autoatlas war es nur ein Punkt mitten in Europa, irgendwo bei Brüssel. Und wo sollte er dort nach ihr suchen? *Uylenspiegel,* gewiß, aber konnte das nicht alles mögliche sein? Gab es die *Rue de la Manticore* überhaupt noch?

Zweifel und Selbstmitleid fingen an ihn zu umklammern wie ein kaltes Paar Hände. Was sollte diese Geheimnistuerei? *Wenn Rosa ihn sehen wollte, sollte sie doch kommen!* Nicht in Träumen oder Visionen, aus denen sie ebenso leicht verschwand wie die Frau im weitfaltigen Kleid, sondern so, daß er ihre Hand nehmen und sie festhalten konnte. Er wollte nicht das Opfer der Templer oder irgendeiner Loge sein, die um die Weltherrschaft rangen und doch immer den Mechanismen des Liberalismus und der modernen Marktwirtschaft unterliegen würden.

Wofür aber, dachte Echo im nächsten Moment, waren die Träume gut gewesen? Zu was waren sie nütze, wenn sie ihn immer wieder eine Turmtreppe hinauflaufen ließen, eine Kathedrale zeigten, die sich *Sint Salvators* nannte und die – wer wußte das schon? – in Brugge liegen mochte. *Brugge,* verdammt, selbst im Traum war er auf dem Weg dorthin gewesen, auf dem Pferd, über einen staubigen Wegdamm, nachdem er in Gent übernachtet hatte. Brugge war die Station auf dem Weg zu *ihr...*

Echo hatte lange überlegt. Schließlich konnte er nur feststellen, daß ihm das Päckchen völlig gleichgültig war. Er hatte es aus dem Schließfach geholt und auf den Beifahrersitz gelegt. Als Lebensversicherung taugte es ehrlich gesagt ohnehin nicht. Sollten SIE es sich doch holen! Kerschensteins Wachspäckchen, dem er die Photographien und Rosas letzten Brief entnommen hatte. Beides steckte zusammen mit der Schraffur der *Steinernen Karte* in seiner Jackentasche. Die Listen, die Briefe, die Morand ihm hinterlassen hatte, die Zeichnungen, all das interessierte ihn nicht. Er brauchte sie nicht, um Rosa zu finden. Echo lachte auf. Oh ja, er *wollte* Rosa finden!

Esso Schwinge, Alexanderstraße, Echo fuhr auf den Hof der Tankstelle, an der er vor Jahren schon getankt hatte, als er mit seinem ersten Golf die automobile Freiheit des Erwachsenseins entdeckt hatte.

Jetzt war alles fremd, alles wirkte bedrohlich, wie ein letzter Abschied.

Er ließ sich Zeit beim Tanken, wischte die Scheiben gründlicher als sonst und fuhr schließlich so vorschriftsmäßig wie seit der Fahrprüfung nicht mehr, weiter, aus der Stadt hinaus nach Metjendorf. Er hatte es plötzlich gar nicht mehr eilig, *nach Hause* zu kommen und fand sich in einem stoischen Mechanismus wieder, der ihn nur langsam vorantrieb. Das Buch, seine Reisetasche, das kleine Medaillon – er mußte noch einmal in die Wohnung seines Vaters. Danach würde er verschwinden. Vielleicht für immer. Das hing ganz von Rosa ab. Oder von den Templern...

Als Echo den Wendeplatz erreichte, wurde ihm einmal mehr das Fehlen der Taxe bewußt. Sie hatte an jenem Samstag hier gestanden, an dem er zur Beerdigung seines Vaters gekommen war. Er sah den Sarg und er sah Jens von Aten vor sich, das dunkle Haar wehend im Wind, das Rennrad an den Zaun gelehnt. Taxifahren, um das Studium zu bezahlen. Nun war er tot, gestorben, weil er in IHREN Bannkreis geraten war und Echos Taxe gefahren hatte. Zur falschen Zeit am falschen Ort konnte man sagen.

Echo wendete und bog wenig später in die Seitenstraße an der Rückseite des Hauses, wo er den *Commodore* halb auf dem Gehweg parkte. Ein weißer Mercedes stand ebenfalls am Straßenrand, Kinder spielten, eine Frau bearbeitete ihren Vorgarten mit einer Unkrauthacke. Als Echo den *Commodore* abschloß sah sie zu ihm herüber. Etwas Mißbilligendes lag in ihrem Blick.

Gleichgültig, dachte Echo und wandte sich ab. Dieser Platz, das war ihm bewußt, konnte kein Versteck sein. Er lag einfach nur ein bißchen *aus dem Blickfeld.* Eine Chance, falls SIE plötzlich *vor* dem Haus stünden...

Dennoch stieg er nicht über den Gartenzaun sondern nahm den Weg zum Vordereingang, schloß die Tür auf und betrat das Haus. Der muffige, kaltrauchige Geruch war ein wenig erträglicher geworden seit seinem ersten Besuch. Die Stille nicht. Die Terrassentür stand offen und bewegte sich knarrend, die Gardinen wehten im Wind. Echo schloß die Tür, verkeilte sie wieder mit dem Holzbrett, und sah sich im Haus um. Er war allein, zumindest hoffte er das. Nacheinander betrat er das Arbeitszimmer, das Schlafzimmer und den Dachboden. Alles war immer noch so unordentlich, wie er es hinterlassen hatte. Aber zumindest war der *Russe* nicht im Haus, und das war gut so.

Als Echo ans Fenster trat und hinunter sah in den verwilderten Garten, kam ihm die Begegnung mit der Schlange in den Sinn, an jenem Nachmittag, an dem er das Krankenhaus verlassen hatte. Stëin hatte sie gesehen, dort unten im Garten, und von *Kundalini* erzählt, dem Schlangensymbol, dem Synonym für die die ätherische Kraft des Menschen, vielleicht sogar für sein Karma. Ein Schauer lief ihm den Rücken hinunter, unwillkürlich fuhr er über seine Armbeuge. Die Stimmen, die Stëin nicht gehört hatte, der Fremde. Die Übelkeit. Er sah sich hastig um. Schatten wichen seinem Blick aus, nichts sonst. Die Frau im weitfaltigen Kleid ließ auf sich warten.

So absurd ihm bisher der Gedanke an Karma und Wiedergeburt erschienen war – nach den Träumen von einem weit zurückliegenden Ich, die er in den letzten zwei Wochen gehabt hatte und an die er sich noch immer so deutlich erinnerte, mochte er dieses *kosmische Konzept* nicht mehr so ganz ausschließen. Natürlich, dachte er, all das konnte auch nur eine Art Alp sein, hervorgerufen durch eine Schädelprellung. Oder durch Drogen. Durch Psilocybine...

Aber welchen Sinn machte es dann?

Echo schüttelte den Kopf, so als müßte er einen lästigen Gedanken abschütteln, und lachte leise auf. War es nicht vielleicht doch etwas vermessen, hinter den Träumen von Rosa ein *kosmisches Konzept* zu vermuten?

Plötzlich fiel ihm ein, daß er nicht gehen konnte, ohne Jordan über das zu informieren, was er gesehen hatte. Er nahm das Telefon und wählte die Nummer, die der Kommissar auf seiner Visitenkarte vermerkt hatte. Vergeblich. Nach dem zehnten Klingelton legte er wieder auf. Dann versuchte er es mit der 110. Die war immerhin besetzt. Echo fragte nach Jordan und Engholm, und es war schließlich Engholm, der abnahm, aber das war ihm ebenso recht. "Suchen Sie noch den Hundertneuniger?" fragte er tonlos.

"Welchen..." Engholm seufzte entnervt. Dann erinnerte er sich. "Was zum Teufel meinen Sie damit? *Wo sind Sie?*"

"Zu Hause. Ich dachte, Sie wüßten das."

Natürlich, dachte Engholm. Und für einen Augenblick war er beruhigt. "Ist Jordan bei Ihnen?"

"Nein, sollte er?"

"Er wird bald bei Ihnen sein", sagte Engholm alarmiert. "Öffnen Sie bis dahin niemandem!"

Echo lachte. "Wer hier rein will, kommt auch rein. Die Terrassentür steht ihm immer noch offen..."

Engholm fluchte nervös. *Seien Sie vorsichtig*, wollte er sagen. Doch Echo kam ihm zuvor: "Ich habe einen der Fahrer auf dem Photo der Nijmann gesehen. Er hat..." Echo überlegte, wie er Cohen nennen sollte – "...er hat den Gärtner erschossen. Heute mittag. Auf dem *Jüdischen Friedhof...*"

"Und woher wissen Sie das?" fragte Engholm in einer Mischung aus Entsetzen, Angst und Resignation. Er hatte erst vor ein paar Minuten von dem Brand und dem Mord erfahren. Die Kollegen hatten den Friedhof mittlerweile abgesperrt und erste Zeugen vernommen. Einen Hinweis auf den oder die Täter gab es seines Wissens nach noch nicht. Nur Brandbeschleuniger waren gefunden worden. Und irgend jemand hatte den Brand wieder gelöscht.

"Ich war auch dort", antwortete Echo knapp. "Sie waren zu zweit. Einer von ihnen hat mittlerweile eine gebrochene Nase, falls ihnen das weiterhilft."

Engholm fluchte leise. Wie konnte man sich nur freiwillig und andauernd derart in Gefahr bringen? Dann kam ihm eine Idee: "Ich brauche Ihre Aussage", improvisierte er eilig. "Schriftlich. Hier auf dem Revier." Hauptsache, Marburg blieb nicht im Haus, dort, wo vermutlich Eilers oder der Russe jeden Augenblick auftauchen würden. Wo zum Teufel war Jordan?

"Wozu?" erwiderte Echo. "Mehr als jetzt kann ich Ihnen dort auch nicht sagen." Er zuckte mit den Schultern und legte auf.

Überraschenderweise versuchte der Hauptmeister nicht, ihn wieder zurückzurufen. *Dann eben nicht*, dachte Echo mit zufriedenem Lächeln und ging hinüber ins Schlafzimmer um seine Reisetasche zu holen. Für einen Moment wurde ihm schwindelig. Als er sich am Spiegelschrank abstützte und in den zweiten Spiegel neben dem Bett sah, erkannte er sich nicht. Jemand bewegte sich darin, keine Frage, spiegelverkehrt und synchron zu ihm, doch sein Bewußtsein nahm das Bild nicht an, erkannte es nicht, verzerrte es.

Echo zögerte und schwankte ein wenig dabei. Daseinstaumel. Ein Sog versuchte ihn zu erfassen, schwach, aber dennoch spürbar. *Nicht jetzt!*, dachte er ängstlich, *jetzt keine Schwäche zeigen...* Dann wandte er sich ab und atmete tief ein. Die Welt kehrte zurück. Vorsichtig warf er einen zweiten Blick in den Spiegel. Ein junger Mann stand dort in Jeans und Kapuzenshirt. Er sah ihn durch eine runde Nickelbrille an. *Daseinstaumel!* Wie kam ihm dieses Wort jetzt wieder in den Sinn? "Fehlt bloß noch, daß die Frau im weitfaltigen Kleid neben mir steht", murmelte er, nachdem er sich erkannt hatte. Doch die Frau erschien nicht.

Echo brachte die gepackte Tasche zu seinem Auto und kehrte zurück ins Haus. Oben im Arbeitszimmer zögerte er. Noch immer schob er den Zeitpunkt hinaus, an dem er die Entscheidung, nach Brugge zu fahren, treffen mußte. Nach Belgien. Zu Rosa. Herrgott, es war, als liefe er einer Chimäre hinterher!

Das Buch lag auf dem Boden neben dem Schreibtisch. Er hob es auf und betrachtete es. Stëin hatte Rosas Photo darin entdeckt. Dem Büchlein selbst hatte Echo kaum Beachtung geschenkt, hatte es flüchtig durchgeblättert als er noch nicht im Entferntesten daran gedacht hatte, nach Belgien zu fahren, nach Flandern. *Helmut Domke*, las er, *erste Auflage* der Reise nach *Flandern* von1964. Die Ausgabe war also zwanzig Jahre alt, taugte mithin nicht mehr wirklich als Reiseführer. Dann bemerkte er das Papier, das zwischen den nächsten beiden Seiten steckte, dünnes Briefpapier, dünner noch als die Seiten des Büchleins, daher war es ihnen vorher wohl nicht aufgefallen.

Echo faltete es auseinander und das Blatt zerfiel an der Falz in vier Teile. Ein paar blaßblaue, tintengeschriebene Zeilen fanden sich auf dem Papier. Sütterlin. Er versuchte zu übersetzen, was da auf französisch stand:

Ach, die gebrochene Glut, ach die erfahrene Todesqual Deines Wesens, das sich in Liebe verströmt, ach...
Am Grunde unendlicher Wonnen
spüre ich den starken Geschmack des Todes...
Rosa, Rue de la Manticore , Bruges, automne 1919

Das klingt nach Baudelaire, vermutete Echo, der schon wegen des Lesens geringerer Literaten beinahe durch das Steuerseminar gefallen wäre. *Die Blumen des Bösen*. Oder so. Auf jeden Fall schien es eine Art Abschiedsbrief von Rosa zu sein, nachdem sie hatte feststellen müssen, daß Jacob wohl nicht mehr kommen würde.

Und *verdammt*, schon wieder dieser Hinweis auf die *Rue de la Manticore* ! Er wiederholte den Namen und fügte fast zärtlich hinzu: *Uylenspiegel*. Den Namen, den er auf der Photographie in Cohens Brieftasche gefunden hatte. Beides offenbar in Brugge. *Bruges*. Und beides schloß sich nicht gegenseitig aus. Vielleicht war *Uylenspiegel* der Name eines Hauses. Oder einer Kneipe. Echo zuckte mit den Schultern. Sicher war nur, daß er seine Suche in Brugge beginnen mußte, und so plötzlich wie dieser Gedanke kam auch die endgültige Gewißheit, *daß* er fahren würde. Noch heute. Jetzt.

Urplötzlich riß ihn das Geräusch berstenden Holzes aus seinen Gedanken, das aus dem Wohnzimmer heraufdrang. Die Terrassentür war aufgestoßen worden, jemand lief durch das Wohnzimmer, Fluchen, Stimmen, es waren zwei Männer. Dann ertönten die Schritte auf der Treppe.

> *As a sleeper in metropolis you are insignificance*
> *Dreams become entangled in the system*
> *Environment moves over the sleeper:*
> *Conditioned air, conditions sedated breathing*
> *Anne Clark: Changing Places, 1983*

60. OLDENBURG, MONTAG, 17. SEPTEMBER 1984

Die letzte Ampel auf der Ausfallstraße schlug um auf Grün. Jordan gab Gas, beschleunigte den alten Passat, so gut er konnte. Die Straße führte am Fliegerhorst vorbei, zwei Kilometer Maschen- und Stacheldrahtzaun. Warum hatten sie Marburg überhaupt gehenlassen? Warum keine Courage gezeigt und den Jungen entgegen Eilers' Anweisung auf dem Revier behalten? Marburg war natürlich froh gewesen, wieder nach Hause fahren zu können. Jordan fluchte. Erst jetzt fiel ihm ein, daß er das Blaulicht nicht aufs Autodach gesetzt hatte. Er öffnete das Handschuhfach. Besser jetzt als gar nicht. Als er wieder aufsah, erkannte er den Wagen, der aus der Seitenstraße kam. Zwanzig Meter vor ihm. Eine knappe Sekunde verging, dann riß er das Lenkrad herum, wich aus und steuerte, ohne darüber nachdenken zu können, den Wagen zwischen zwei entgegenkommenden Fahrzeugen hindurch auf den Fliegerhorstzaun zu. Jetzt erst trat Jordan auf die Bremse – doch nichts geschah, auf dem Grasstreifen faßten die Räder nicht, der Wagen rutschte, drehte sich schließlich und kam mit einem dumpfen Krachen und Splittern an einem der Betonpfeiler des Zauns zum Stehen. Ohne daß er später sagen konnte, wie, löste Jordan den Gurt, stieg aus und taumelte vom Wagen weg. In Filmen explodierten die ja immer. Der Passat verzichtete allerdings darauf. Nach ein paar Schritten steckte sich Jordan mit zitternden Fingern eine Zigarette an und betrachtete mit leerem Blick die anderen Autofahrer, die angehalten hatten und ausgestiegen waren. Was hatte er hier eigentlich gewollt? Was war geschehen?
"*Ist Ihnen etwas passiert?*"
"Der andere Wagen ist einfach weitergefahren..." hörte Jordan jemanden sagen. "Aber Sie waren auch zu schnell..."
"*Brauchen Sie einen Arzt?*"
Jordan schüttelte den Kopf, hockte sich hin und lehnte sich gegen den Zaun.
Dort saß er auch noch, als der Streifenwagen eintraf um den Unfall aufzunehmen. Der Beamte fragte Jordan, ob er der Fahrer des weißen Passats sei. Jordan sah auf und betrachtete den Polizisten. Dann nickte er.
"Der Krankenwagen ist gleich hier."
"Krankenwagen?" fragte Jordan, dem plötzlich wieder einfiel, weshalb er hier war. "Unsinn! Wir müssen zu Marburg..."

"Sie müssen jetzt erst einmal nirgendwo hin", sagte der zweite Beamte. "Sie haben einen Schock." Er legte Jordan eine Decke über die Schultern. "Ist das Ihr Fahrzeug?" fragte er mit einem Seitenblick auf den Passat.
"Nein..." Jordan schnippte seine Zigarette weg. "Das ist eurer."

Kriminalrat. Eilers grinste breit. Das zumindest hatten sie ihm versprochen. Und zwar bald schon. Was aus Kolberg würde, war ihm gleichgültig. Kolberg, dessen Vertrauen er gewonnen hatte, dessen Vertreter er inoffiziell war und dessen Meinung er so leicht hatte beeinflussen können. Bis heute.

Eilers zuckte mit den Schultern. Rücksicht nehmen hieß Schwäche zeigen, und das konnte er sich jetzt nicht mehr leisten. *Polizeipräsident*. Die Aussicht war zu verlockend. Der Karrieresprung würde auffallen, aber es dürfte sich niemand finden, der sich etwas zu sagen traute, sollte doch selbst der Ministerpräsident zur Loge gehören! Und Karin hätte endlich das Ansehen, daß sie schon immer wollte. Karin. Machte er das wirklich alles nur wegen ihr? Verdammt, heute hätte er beinahe jemanden umgebracht! Ein Punkt, bei dem er für einen Augenblick ins Grübeln gekommen war. Die übrige Drecksarbeit hatten bisher andere übernommen, *Leiharbeiter*, *Legionäre*, deren Identität weitgehend von der Loge verwischt worden war. Nicht zuletzt dank seiner Unterstützung, keine Frage. Aber er hatte sich eben nicht selber die Hände schmutzig gemacht. Ein kurzer Funke des Stolzes durchzog ihn: diese Arbeit war sehr wertvoll für die Loge. Ein zweiter Gedanke folgte sofort: *er wußte zuviel*. Drei der höheren Initiationsgrade kannte er jetzt schon persönlich. Die Loge würde ihn nicht wieder gehenlassen. Wenn etwas schieflief war das sein Todesurteil. Nicht das erste, von dem er wußte.

Eilers schlug mit der Faust gegen den Küchenschrank. Es *war* etwas schiefgelaufen! Wenn nicht noch ein Wunder geschah, dann war der Traum einer Karriere als Polizeipräsident ausgeträumt noch bevor er richtig begonnen hatte. Dann war er geliefert.

Mit versteinertem Gesicht zog er die weiße Tür von Broscheits Wohnung hinter sich zu, sah sich verstohlen um, ob er von irgendwoher beobachtet werden konnte, und beschloß, daß er vorsichtig genug gewesen war. Alles im Haus war ruhig.

Ein wenig müde lief er die Stufen hinunter, umrundete das kleine Zweifamilienhaus und ging mit schnellen Schritten den *Heideweg* hinunter. Er hatte sein Auto sicherheitshalber fünfzig Meter entfernt geparkt.

Die Vermieterin hatte ihn dennoch erkannt.

Als Eilers im Auto saß, schloß er die Augen und fluchte laut. Wie sollte er das dem *Großen Auserwählten* beibringen, vom *Ritter* ganz zu schweigen? Er hatte weder die Photographien noch das Gift gefunden. Zwei Beweismittel. Verschwunden. Wenn Jordan sie ihm weggeschnappt hatte, dann konnte ihm nicht einmal mehr der *Große Auserwählte* helfen, dann war er erle-

digt. *Herrgott, welcher Teufel hatte ihn geritten, diesen Trottel von Broscheit mit der Aufbewahrung von all diesem Kram zu betrauen?*
Plötzlich drang das Funkgerät in sein Bewußtsein. Ein paar hektische Anfragen. Offenbar wurde Jordan gesucht. *War diese Ratte noch immer nicht abgereist?* Die Meldung wurde wiederholt, was nur bedeuten konnte, daß der LKA-Mann mit einem Einsatzwagen unterwegs war!
Einen Augenblick lang spielte er alle Möglichkeiten, die es gab, durch. Die plausibelste war, daß Broscheit gesungen hatte und Jordan unterwegs zu Marburg war. Gut, daß er ihn aus der Untersuchungshaft geholt hatte. Gut, daß Broscheit nicht reden würde. Nicht mehr.
Eilers fluchte, startete den Wagen und fuhr los. Er mußte den kleinen Kommissar abfangen und sich dann um das Päckchen kümmern, sonst war wirklich alles umsonst gewesen! Ein Anflug von Panik überkam ihn. Er mußte Jordan loswerden, endgültig, und er mußte dem Russen zuvorkommen. Der wußte zum Glück nicht, daß Marburg entlassen worden war. Eilers versuchte zu grinsen. Das Päckchen war seine einzige Chance, nur das Päckchen, hinter dem die Loge her war, konnte ihm jetzt, da die Sache mit Broscheit schiefgelaufen war, noch den Hals retten.
Eilers hielt an der Hauptstraße, die am Fliegerhorst entlangführte. Er zog den Stadtplan aus dem Handschuhfach und schlug ihn auf. Das Haus des alten Marburg war, wenn er sich richtig erinnerte, ganz in der Nähe. Sein Blick fiel auf seine Dienstwaffe. Auch sie lag im Handschuhfach. Nach einem kurzen Zögern nahm er sie heraus, wog sie in der Hand und zog den Schlitten zurück. Nun war sie geladen.
Geladen...
Er seufzte. Wollte er das wirklich?
Gleichgültig Darum ging es schon lange nicht mehr.
Was hatte er noch zu verlieren?

Engholm steuerte den Passat durch den Feierabendverkehr stadtauswärts. Er war nervös, es ging ihm nicht schnell genug. Sie mußten Marburg warnen, am besten sogar mit zurücknehmen. *Wenn* der Junge noch lebte! Und von Jordan gab es noch immer keine Spur.
Voigt griff nach dem Funkgerät.
"Was machst du?" fragte Engholm und hielt Voigts Arm fest. Der sah ihn überrascht an. "Wir brauchen Unterstützung!"
"Laß das", brummte der Hauptmeister. "Wenn Eilers mithört, ist er gewarnt!"
Mit einem widerwilligen Seufzen drückte der Kommissar das Mikrophon wieder in seine Halterung. Natürlich, Engholm hatte recht. Aber wenn Marburg etwas zustieß, weil sie zu spät kamen, dann waren *sie* verantwortlich, es wäre allein ihre Schuld. Und am Ende des Tages würden sie sich den

Vorwurf gefallen lassen müssen, nicht schnell genug geschaltet oder das richtige unternommen zu haben... Aber was war das *Richtige*?
Jens?
Einen Augenblick fiel Engholms Blick ungläubig auf das Funkgerät. Dann wurde er erneut gerufen: *Jens, wo seid ihr?*
"Alexanderstraße", meldete Voigt sich. Und vorsichtig fügte er hinzu: "Habt ihr etwas von Jordan gehört?"
Nein. Wie weit seid ihr? Könnt ihr zu Broscheits Wohnung fahren? Die Vermieter haben sich bei uns gemeldet. Da ist etwas passiert..."
"Was?" entfuhr es Voigt. "Was sollen wir da denn?"
Gute Frage. Fahrt hin und sagt es mir.
Engholm fluchte. "Hast du keinen anderen in der Nähe?"
Nein.
Was sollte schon passiert sein? Broscheit war von Eilers gerade erst auf freien Fuß gesetzt worden. Wenn er hätte reden wollen, hätte er das vor einer Stunde tun können! "Wir fahren hin", brummte Engholm ergeben. Schließlich war es nur ein kleiner Umweg. Und wer wußte schon, ob sich der Kollege nicht doch entschlossen hatte, sein Wissen um die Loge preiszugeben. *Fünf Minuten, höchstens zehn!*

Wenig später erreichten sie Broscheits Adresse und liefen den Weg zur Einliegerwohnung hinunter. Vor der Tür erwartete sie bereits das Ehepaar dem die Wohnung gehörte. "Kommen Sie..." Der Vermieter, ein schlanker Mittsiebziger mit schlohweißem Haar, forderte die beiden Polizisten mit belegter Stimme auf, ihm die Treppe hinauf zu Folgen. Seine Frau ließ sie passieren. Sie war den Tränen nahe.
"Er ist mit diesem Mann gekommen..." begann sie und unterdrückte ein Schluchzen. Ihre darauffolgende Beschreibung paßte auf Eilers. "Aber der ist vor einer Viertelstunde wieder gegangen... Und dann wollten wir uns, nun ja, unterhalten. Wegen der Sache... wegen der Angelegenheit... heute morgen. So geht das doch nicht, dachten wir..."
Die Wohnungstür stand offen. "Wir sind in die Wohnung..." versuchte der Mann zu erklären. "Er hat doch nicht aufgemacht. Wir dachten..."
"Schon gut", unterbrach ihn Voigt und eilte in die Wohnung. "Wo ist er?"
Der Vermieter wies auf eine der beiden Türen. "Das Schlafzimmer..."
Voigt ahnte, was sie erwartete und zögerte, während Engholm vorsichtig die Schlafzimmertür öffnete. Das Bild, das er sah, kam ihm bekannt vor: Ein an der Deckenlampe aufgeknüpfter Körper, ein umgestoßener Schemel. Die Vermieterin trat neben ihn und gab ein lang anhaltendes Heulen von sich. Engholm drängte sie aus dem Zimmer während Voigt auf den Schemel stieg, um nach einem Puls oder Pupillenreflex zu suchen, doch es war zu spät, Broscheit war tot. Er stieg wieder hinunter ohne die Leiche vom Strick

zu lösen – das blieb der Spurensicherung vorbehalten –, und griff nach seinem Funkgerät, um die Kollegen zu benachrichtigen, die Spurensicherung, den Arzt.

"Mach das unterwegs!" rief Engholm und rannte hinaus.

Voigt sah ihm kurz nach. Dann wies er die Vermieter an, nichts zu berühren und die Wohnung abzuschließen, und lief ebenfalls hinaus.

Fünf Minuten später fuhren sie vor Marburgs Haus vor. Ein Streifenwagen stand im Wendekreis, ein weiterer an der rückwärtigen Gartenseite. Engholm erkannte Jordan und Sternberg, einen weiteren Kommissar aus der Bereitschaft. Einige Uniformierte beobachteten im Schutz parkender Fahrzeuge das Haus.

Jordan kam auf sie zu. Er sah ein wenig derangiert aus, mit wilden Haaren und einer notdürftig bepflasterten Platzwunden auf der Stirn. "Alles ruhig", erklärte er. "Kein Zugriff..."

"*Wo warst du?*" fuhr ihn Engholm an. "Warum hast du dich nicht gemeldet?"

Jordan fuhr mit der Hand über seine schmerzende Brust, dort, wo der Gurt gesessen hatte. "Das ist so eine Sache", erwiderte er gequält. Dann fiel ihm die Platzwunde ein und er wies mit dem Daumen darauf. Als Engholms vorwurfsvoller Blick etwas Mitleidiges bekam, fuhr er ohne weitere Erklärung fort: "Wir sind auch erst seit zwei Minuten hier. Die Nachbarn sagen, es gab Schüsse im Haus, mehr weiß ich auch nicht. Ich wollte gerade hinten zur Terrassentür rein..."

"Wo ist Marburg?" fragte Voigt. Er überlegte und sah sich um. "Ist sein Wagen hier irgendwo?"

"Das rote Coupé?" ergänzte Engholm.

"Negativ." Jordan schüttelte den Kopf. Er hatte vergeblich nach Marburgs Auto Ausschau gehalten. "Hier in der Nähe ist der Wagen nicht."

"Aber er hat mich von hier aus angerufen", wunderte sich Engholm. Irgend etwas stimmte hier nicht. "Wir sollten nach dem Wagen suchen lassen!"

Voigt nickte und lief hinüber zu einem der Einsatzwagen, um die Fahndungsmeldung durchzugeben.

Es gab nur wenige Stellen an Jordans Körper, die nicht wehtaten. Außerdem war ihm übel und schwindelig. Zumindest das Gefühl kannte er, und er bedauerte, daß nicht sein Lieblingsbier daran schuld war. *Initiative*, fuhr es ihm plötzlich durch den Kopf. *Das ist es, was sie von mir erwarten, Initiative...*

Er sah sich um und zog seine Waffe aus dem Holster. "Na, dann wollen wir mal..." murmelte er, stieg über den Zaun in den Garten und lief so geduckt wie er in seinem lädierten Zustand konnte, auf die Terrassentür zu, von der er wußte, daß sie kaputt und somit einfach zu öffnen war. Daß er bis dorthin ein gutes Ziel abgab, versuchte er zu verdrängen. Vermutlich war das Haus ohnehin verlassen, und wenn nicht – wer schoß schon auf einen Polizisten? Ein Grinsen flog über sein Gesicht bei diesem dämlichen Gedanken.

Alles blieb ruhig, und tatsächlich ließ sich die Tür ohne weiteres aufdrükken. Als Jordan das dahinterliegende Wohnzimmer betrat, stand Sternberg hinter ihm. Er war ihm gefolgt und deutete an, daß auch die Eingangstür gesichert war. Jordan nickte und wies auf die Kellertür. Sternberg verstand, öffnete sie und betrat den dahinterliegenden Treppenraum. Alles war es dunkel, der Lichtschalter funktionierte nicht. Sternberg zog eine Taschenlampe aus der Seitentasche seiner Cargo-Hose und stieg vorsichtig hinunter.

Jordan stellte mit gezogener Waffe sicher, daß sich in Küche und Gästetoilette niemand aufhielt, dann öffnete er die Haustür und ließ die dort sichernden Beamten herein. Als sie eintraten, sahen ihn die beiden Polizisten überrascht an, genaugenommen, sahen sie an ihm vorbei. Als Jordan merkte, daß ihre Aufmerksamkeit irgend etwas hinter ihm galt, wandte auch er seinen Blick zurück zum Wohnzimmer. Sternberg kam soeben aus dem Keller herauf, und Engholm stand in der Terrassentür. Sie alle starrten auf den Leitenden Hauptkommissar, der plötzlich am Fuß der Treppe stand und mit der Linken ein rot getränktes und um den rechten Arm gewickeltes Handtuch hielt.

Er schien tatsächlich verwundet zu sein.

"*Was steht ihr da wie die Ölgötzen?*" brummte Eilers. "Besorgt mir einen Arzt! Marburg hat auf mich geschossen!"

Jordan rührte sich nicht. Gerade den Hauptkommissar hatte er nicht erwartet, jedenfalls nicht so, so offensichtlich... Was zum Teufel war hier passiert?

Eilers sah in die Runde, er fluchte und Jordan riß sich zusammen. "Rufen Sie einen Arzt", wies er einen der Polizisten, die noch in der Haustür standen, an. "Und die Spurensicherung brauchen wir hier ebenfalls." Dann wandte er sich an Eilers: "Ist Marburg noch oben?"

"Ich glaube nicht, daß Sie das noch etwas angeht", gab der Hauptkommissar tonlos zurück. Er wandte sich zu Sternberg um, wobei er leicht schwankte. "Es ist niemand mehr im Haus. Geben Sie die Fahndung nach dem Kerl raus..." Dann ließ er sich in einen der Wohnzimmersessel fallen.

Jordan stieg die Treppe hinauf. Die Tür des Arbeitszimmers war aufgebrochen und hing schief in den Angeln, das Fenster stand offen, auf dem Boden lag ein vertrockneter *Ficus benjamina*, Erde und zahllose Tonscherben. *Ein Kampf*, dachte er, *hier hat ein Kampf stattgefunden*. Hatte Eilers etwa recht? Hatte der Junge ihn angegriffen? Aber was machte der Hauptkommissar überhaupt hier? Eine Erklärung hatte er nicht geliefert...

In einem jedenfalls hatte er recht: es schien niemand mehr im Haus zu sein. Ein Umstand, der Eilers' Version zu bestätigen schien. Jordan versuchte sich vorzustellen, daß Marburg auf den Hauptkommissar geschossen hatte. Es fiel ihm schwer. Warum hätte er das tun sollen?

Was war geschehen? War er geflüchtet?

Engholm kam herauf und sah sich ebenfalls um. Sie wechselten einen kurzen Blick, den Jordan nur mit einem Schulterzucken quittierte. Schließlich wandte er sich ab und stieg die Treppe wieder hinunter. Im Flur betrachtete er einen Augenblick lang den im Wohnzimmer wartenden Hauptkommissar. Jeden anderen Beteiligten hätte er jetzt vernommen. So aber verließ er das Haus.

Dies war nun nicht mehr *sein* Tatort...

Daß du nicht enden kannst, das macht dich groß,
Und daß du nie beginnst, das ist dein Los.
Dein Lied ist drehend wie das Sterngewölbe,
Anfang und Ende immerfort dasselbe,
Und was die Mitte bringt, ist offenbar
Das, was zu Ende bleibt und anfangs war.
Johann Wolfgang von Goethe, Gedichte. West-
östlicher Divan, Buch Hafis, 1819

61. HANNOVER, DIENSTAG, 18. SEPTEMBER 1984

Jordan unterschrieb den Bericht für seinen Dezernatsleiter und steckte ihn in die Reisetasche, die er sogleich wieder in das Gepäcknetz über seinem Sitz schob. Müde und mit ein wenig Abschiedsschmerz lehnte er sich zurück und richtete den Blick auf die vor dem Abteilfenster vorbeiziehende Landschaft. Der Regionalexpreß würde erst spät in Hannover ankommen, aber was machte das schon? Der Einsatz in Oldenburg war vorbei. Er hatte es hinter sich. Und allein das zählte. Was er noch vor sich hatte, war unbestimmt. Weder Eilers noch Kolberg hatten sich noch einmal zu dem angedrohten Disziplinarverfahren geäußert. Natürlich heiligte der Zweck nicht die Mittel. Aber ohne sein Eindringen in Broscheits Wohnung, dachte Jordan trotzig, hätten sie den Polizeimeister nicht überführt. *Und vermutlich*, so sein nächster Gedanke, *wäre er jetzt noch am Leben.*

Sein Mitleid hielt sich in Grenzen.

Es hing wohl von Kriminalhauptkommissar Berndes, seinem Dezernatsleiter, ab, ob seine Eigenmächtigkeit als Einbruchdiebstahl behandelt wurde oder als Ermittlungserfolg.

Auf den vier Seiten seines Berichts hatte Jordan die letzten zwei Wochen zusammengefaßt. Seine Unfähigkeit, eine strukturierte Ermittlung zu leiten, hatte er dabei so gut es ging kaschiert. Ebenso sein Versagen, fünf Morde zu verhindern: Nijmann, Morand, von Aten, Cohen und, wenn man so wollte, Broscheit.

Eilers Unschuld war von Seiten der Staatsanwaltschaft unverzüglich festgestellt worden. Eine nähere Untersuchung hatte es nicht gegeben. Offiziell hatte sich Rainer Broscheit selbst getötet. Hämatome ließen zwar auf einen Kampf schließen, der aber wurde der Auseinandersetzung mit Jordan am Mittag zugeschrieben. Weder Voigt noch Engholm hatten dem später in der Gerichtsmedizin widersprochen. Seine Anwesenheit in Marburgs Wohnung hatte Eilers mit Zweifeln an der Richtigkeit von Marburgs Entlassung wenige Stunden zuvor begründet. Er gab sich selbst recht mit dieser Einschätzung und bedauerte, nicht in der Lage gewesen zu sein, den Studenten aufzuhalten. Auch dieser Aussage widersprach niemand.

Die Fahndung nach dem Wrack der Taxe war noch am Montagabend erfolgreich verlaufen. Das erste Ergebnis war, daß Broscheits Fingerabdrücke – unter zahllosen anderen – gefunden wurden. Es lief vermutlich darauf hinaus, daß ihm auch der Mord an dem jungen Taxifahrer angelastet würde. *Ein toter Angeklagter wehrt sich nicht.* Verbindungen zur Loge, zu Eilers oder Vomdorff ließ Jordan in seinem Bericht mangels belastbarer Beweise unerwähnt.

Von Marburgs Verschwinden schrieb er natürlich, zumal der Student nun auf der Fahndungsliste stand. Vermutlich waren mittlerweile sogar die Kollegen an der Grenze informiert worden. Nach Eilers' Aussage am Morgen wurde seine Flucht als Schuldeingeständnis gewertet, nicht als ein weiterer Vermißtenfall. Jordan hoffte inständig, daß Marburg bald gefunden wurde, auch wenn das bedeutete, daß er sich für den Mord an Dessauer und den Angriff auf einen Polizisten würde verantworten müssen. Beides in einem Maße lächerlich, über das Jordan nicht mehr lachen konnte. Trotzdem war er in Polizeigewahrsam sicherer als irgendwo dort draußen. Denn, auch das erwähnte er in seinem Bericht, Dimitri Kolesnikow, so einer der Namen des *Russen*, lief noch immer frei herum. Anhand der Verhaltensmuster, der wenigen Zeugenaussagen und der Umstände mußten sie davon ausgehen, daß er zumindest der Mörder von Kerschenstein, Dessauer und Morand war. Kristin Nijmann hatte ihre Mörder – und damit auch die des alten Marburg – photographiert. Hier hatte die Loge nicht auf den Russen zurückgegriffen, ebenso wie im Fall der Taxe, deren Bremsen nachweislich durch Manipulation ausgefallen waren. Dieses Verbrechen würde zweifellos Broscheit angelastet werden. Ebenso wie der Überfall auf den Buchhändler Franz Marten, der sogar glaubte, den Polizeimeister wiedererkannt zu haben.

Sein Dezernatsleiter, Hauptkommissar Berndes, würde ihm für diese *Erfolgsbilanz* vermutlich nicht einmal den Kopf abreißen. Wenn er ihn richtig verstanden hatte, dann war seine Erwartungshaltung nicht die, daß Jordan zahllose Verhaftungen vornehmen sollte. *Herausfinden, ob eine rechtsradikale Schweinerei vorlag*, waren, wenn er sich richtig erinnerte, seine Worte gewesen. *Alles andere ist deren Sache...*

Auch Eilers hatte an dieser Sichtweise keinen Zweifel gelassen und Jordan mehrmals zu verstehen gegeben, daß sein Einsatz in Oldenburg nichts anderes war, als das Verschwenden von Zeit und Steuergeld. Dem war heute – und ohne die Rückendeckung durch Kolberg – nichts mehr entgegenzusetzen gewesen.

Engholm hatte ihn zum Hotel gefahren, von dort wollte sich Jordan eine Taxe nehmen. Der Abschied fiel kurz und hölzern aus. Sie tauschten ihre privaten Telefonnummern und gaben sich die Hand. Ein Männerabschied eben. Der Kriminalhauptmeister – *Jens* – würde ihm fehlen. Sie waren sich so nahe gekommen, wie es eben möglich war, wenn man zwei Wochen lang zusammen arbeitete: ein wenig jenseits der Oberfläche.

Auch Jens war unzufrieden mit dem Verlauf der Ermittlungen gewesen. Vielleicht war der Fall Kerschenstein für ihn eine Gelegenheit gewesen, sich zu profilieren, Jordan wußte es nicht. Aber warum sonst konnte das Schicksal des alten Mannes ihm so wichtig sein?

Jens würde wieder dem Leitenden Hauptkommissar Eilers zugeteilt, ob es ihm gefiel oder nicht, und Eilers war ihm gewiß nicht allzu dankbar dafür, daß er die Selbstmordtheorie über den Haufen geworfen und entgegen der ursprünglichen Einschätzung zu einem Mordfall hatte werden lassen. Immerhin stand nun fest, daß es sich bei den Todesfällen der letzten Wochen um Mord handelte. Der alte Marburg war rehabilitiert, zu Lasten Broscheits, der nun wohl als alleiniger Täter gelten würde, als Einzeltäter aufgrund der vorliegenden Indizien, wenn auch ohne Motiv. Suizid als Geständnis, zur Rechenschaft konnte er nicht mehr gezogen werden. Erklärungen geben ebensowenig, und genau das war fraglos im Sinne der Loge.

Kolberg hatte er nicht mehr wiedergesehen. Der Polizeipräsident war nicht wieder im Ersten Revier erschienen. Jordan fragte sich, ob das WERK dabei seine Hände im Spiel hatte. Er zündete sich eine Zigarette an und trat ans Abteilfenster. Graue Landschaft flog vorbei. Noch eine halbe Stunde bis Hannover.

Am nächsten Morgen stand jedoch nicht der Bericht über den Fall Kerschenstein im Mittelpunkt des Gesprächs mit Berndes, sondern seine einstweilige Suspendierung. Berndes blieb sachlich und ruhig, er vermittelte Jordan sogar den Eindruck, auf dessen Seite zu sein. Dennoch, so sagte Berndes, war Jordans Verhalten in keiner Weise gerechtfertigt. Das Eindringen in die Wohnung eines Kollegen war, trotz aller Verdachtsmomente, zu jenem Zeitpunkt völlig inakzeptabel. In einem Rechtstaat galt immer noch die Gewaltenteilung, und die setzte einen richterlichen Durchsuchungsbeschluß für eine derartige Durchsuchung voraus. Gerade Jordan, als junger Kriminalpolizist, hätte das wissen und sich daran halten müssen.

Berndes versprach alles in seiner Macht stehende zu unternehmen, um die Angelegenheit, wie er es nannte, im Sande verlaufen zu lassen, zumal sich alle Verdachtsmomente als berechtigt erwiesen – und der Verdächtigte sich das Leben genommen – habe.

Das klang vage und lief trotz allem darauf hinaus, daß Jordan seine Dienstwaffe und die Dienstmarke abgeben und noch am Morgen wieder nach Hause fahren mußte.

"Und der Bericht?" fragte Jordan vorsichtig.

"Ich werde ihn mir durchlesen", versicherte der Hauptkommissar. "Aber alles zu seiner Zeit." Damit war die Unterredung beendet.

Jordan trollte sich, ließ sich trotzig seine Auslagen erstatten und suchte die wenigen privaten Dinge hervor, die er in seinem, bisher nur ein paar Tage genutzten, Schreibtisch deponiert hatte. Dann verließ er das Dienstgebäude am Welfenplatz. Er dachte kurz über darüber nach, eine Taxe zu nehmen, entschied sich dann aber vorsichtshalber für den Bus, mit dem er zu der Opel-Werkstatt fuhr, die seit zwei Wochen darauf wartete, daß er seinen Ascona wieder abholte. Als er die Rechnung sah, wußte Jordan, daß es klug gewesen war, auf die Fahrt mit der Taxe zu verzichten.

Und ich sah einen Engel aus dem Himmel herabsteigen, der hatte den Schlüssel des Abgrundes und eine große Kette in seiner Hand. Und er ergriff den Drachen, die alte Schlange, welche der Teufel und Satan ist, und band ihn auf tausend Jahre und warf ihn in den Abgrund und schloß zu und versiegelte über ihm, damit er die Völker nicht mehr verführte, bis die tausend Jahre vollendet wären.
Und nach diesen muß er auf kurze Zeit losgelassen werden.
Offenbarung des Johannes, Kapitel 20, 1-3.

62. OLDENBURG, MONTAG, 24. SEPTEMBER 1984

Das Telefon klingelte zum ersten Mal seit einer Woche. Zwar hatte Jordan versucht, Lohmann anzurufen, doch der war weder in der Redaktion noch zu Hause zu erreichen gewesen. Darüber hinaus hatte er nicht das Bedürfnis gehabt, mit jemandem zu sprechen.

Und doch saß er seit einer Woche in seiner Wohnung und wartete auf den erlösenden Anruf. Der sollte natürlich von Berndes kommen, der ihm sagte, alles sei in Ordnung, er könne wieder arbeiten. Oder von Engholm, der ihm mitteilte, daß Kolberg zurückgekommen wäre und ihn angefordert hätte, um den Fall abzuschließen. *Den Fall Eilers.*

Nichts von beidem war eingetreten.

Beim fünften Läuten griff er nach dem Hörer.

"*Jens!*" sagte er erleichtert, vielleicht erleichterter als er klingen wollte, als der Kriminalhauptmeister sich meldete. "*Gibt es was Neues?*"

"Kannst du rüberkommen?" fragte Engholm ohne auf die Frage einzugehen. "Nach Oldenburg? Heute noch?" Er klang ein wenig aufgeregt.

Dafür, daß er glaubte, mit der Provinz abgeschlossen zu haben, kam seine Zusage erstaunlich schnell. Jordan war über sich selbst erstaunt, zumal die Fahrt sein Privatvergnügen würde. Er war ja noch immer beurlaubt. Auf die nachfolgende Frage nach dem *Warum* antwortete Engholm ausweichend. "Hier ist jemand, der dich sprechen will", sagte er dunkel.

"*Marburg? Habt ihr ihn gefunden?*"

Engholm seufzte, nicht genervt sondern enttäuscht. "Nein", erwiderte er leise. "Von dem Jungen fehlt immer noch jede Spur..."

"Was dann?"

"Wirst du sehen. Komm einfach." Dann fiel Engholm noch etwas ein: "Es gibt noch ein paar interessante Neuigkeiten", versuchte er Jordans Neugier in andere Bahnen zu lenken, denn der Besuch sollte eine Art Überraschung bleiben. "Kerschensteins Obduktionsbericht und Marburgs Alkoholuntersuchung wurden von demselben Arzt ausgeführt, einem Doktor Meinardus aus Bremen..."

"Das ist keiner von euren Gerichtsmedizinern, oder?"

"Nein. Wir haben ihn noch nicht befragen können. Fest steht aber, daß er die Würgemale an Kerschensteins Hals übersehen hat und bei Marburgs Blutwerten einen falschen Alkoholgehalt festgestellt hat."

565

"Wie habt ihr das denn rausgefunden?"
"Erzähle ich dir, wenn du hier bist", erwiderte Engholm ungeduldig.
Jordan akzeptierte, daß nicht mehr aus dem Hauptmeister herauszuholen war. Sie verabredeten sich für achtzehn Uhr im *Pilgerhaus*. *Das sollte zu schaffen sein*, dachte er und sah auf seine Armbanduhr. Es war kurz nach drei. *Das sollte zu schaffen sein...*

Das Gefühl, mit dem Jordan das *Pilgerhaus* betrat, ließ sich nur schwer beschreiben. Hier hatte er sich an einem der ersten Tage in Oldenburg mit Marburg getroffen, dem mittlerweile verschwundenen Studenten, hatte ihn befragt und, möglicherweise mehr als gut war, von Kerschenstein erzählt. Jener Nachmittag schien allerdings ewig her zu sein...
Und nun? Ging es nun weiter? Wer wollte ihn hier sprechen? Und durfte er sich überhaupt mit Engholm treffen? *Unsinn*, dachte Jordan im nächsten Augenblick, *dies war schließlich ein rein privater Besuch.*
Im nächsten Augenblick erkannte er den Hauptmeister an einem der hinteren Tische. Das *Pilgerhaus* war an diesem Abend nicht allzu voll, so daß er nicht lange zu suchen brauchte.
Ein großer, drahtiger Mann mit schmalen Augen saß bei ihm, sein blondes Haar war auf Stoppellänge kurzgeschnitten, sein irgendwie osteuropäisch anmutendes Gesicht sonnengebräunt. Jordan hatte ihn nie zuvor gesehen. Sein erster Gedanke war: *das ist der Russe*. Warum wollte er ausgerechnet *ihn* sprechen?
Der Händedruck des Fremden, der dem Namen nach keine Russe sondern ein Franzose war, trieb Jordan beinahe Tränen in die Augen.
"Sous-Lieutenant Le Brizec ist inoffiziell hier", eröffnete Engholm das Gespräch. Er hatte sich natürlich schon mit dem Franzosen, der am Nachmittag in Oldenburg eingetroffen war, unterhalten. Le Brizec hatte nach Jordan gefragt, den er als Ermittlungsleiter im Mordfall Morand genannt bekommen hatte, und war nun überrascht, einen so jungen Polizisten vorzufinden. Der Sous-Lieutenant versuchte vergeblich, seine Verwunderung in Form eines abfälligen Grinsens zu verbergen.
Jordan fragte den Franzosen, warum er nach Deutschland gekommen sei. Dann erinnerte er sich an das Irische Bier, das sich ihm als besonders trinkbar eingeprägt hatte, und bestellte eine Runde.
"Vor etwa drei Wochen", begann Le Brizec zu erzählen, "genau am ersten September, wurde in Marseille Jean Leclercque, ein ehemaliger Colonel der Fremdenlegion, auf ziemlich grausame Weise ermordet. Capitaine Jacques Morand, dessen Leiche Sie mittlerweile gefunden haben, war Offizier im Ersten Fremdenregiment, der Einheit, in der auch der Colonel Dienst getan hatte. Er war an jenem Tag mit Colonel Leclercque verabredet. Als er dessen Wohnung betrat, war Leclercque bereits tot. Aber er traf auf seinen

Mörder und konnte ihn identifizieren. Leider waren wir die einzigen, die ihm diese Geschichte glaubten. Die Polizei hielt den Capitaine für den Mörder..." Der Sous-Lieutenant verzog verärgert den Mund und machte eine Pause. Sein Französisch war absolut akzentfrei, so daß Jordan und Engholm ihn mit ihren Schulfranzösischkenntnissen recht gut verstehen konnten.

"Es gab kein plausibles Motiv", fuhr Le Brizec fort, nachdem er einen Schluck von seinem Bier getrunken hatte. "Erst recht nicht für Morand, der, sagen wir, einen Gefallen von Leclercque erbeten hatte. Morand war auf der Suche nach seiner Stammakte, die der Colonel ihm besorgt hatte. Der Grund für die Suche war, um es kurz zu machen, ein Hinweis des *Deuxième Bureau*, also des Geheimdienstes der Legion, daß Morands leibliche Eltern nicht aus Belgien kamen, was er bis dahin angenommen hatte. Tatsächlich war er adoptiert worden. Seine wirklichen Eltern waren deutsche Juden, und er hatte es sich in den Kopf gesetzt, sie zu suchen. An dieser Stelle glauben wir das Motiv für den Mord gefunden zu haben. Denn jeder, der sich mit der Stammakte des Capitaines beschäftigt hat, ist mittlerweile tot. Leclercque, der die Akte kannte, Ein weiterer Offizier, der die Akte kopiert hat und nun auch Morand selbst..."

"Was war so besonders an der Akte?" fragte Engholm.

"Da sind wir uns nicht ganz sicher", räumte Le Brizec ein. Er wartete einen Augenblick, während die Bedienung Jordans Bier auf den Tisch stellte. Dann fuhr er fort: "Es handelt sich um eine ganz normale Akte mit Einsatzbefehlen, Lehrgangszeugnissen oder Beförderungsurkunden. Es gibt jedoch Briefe aus dem Umfeld des Colonels, die uns vermuten lassen, daß der brisante Punkt in der Akte der Hinweis auf einen gewissen Jacob Kerschenstein ist, bei dem es sich offenbar Morands leiblicher Vater handelt. Kerschenstein ist Jude, und er stand in der Nachkriegszeit unter Mordverdacht." Der Sous-Lieutenant zuckte mit den Schultern. "Weder das eine noch das andere erklärt den Mord an Colonel Leclercque und seinem Mitarbeiter..."

Jordan starrte nachdenklich in sein Glas. Daß dieser Fall bereits mit zwei Morden in Frankreich seinen Ursprung genommen hatte, bestärkte nur den Verdacht, daß das WERK seine Hände im Spiel hatte. Wie hatte Lohmann die Loge genannt, die im Gegensatz zur Mafia ihre Wurzeln in Frankreich haben sollte? *La Citadel de la Lumière*? "Auch Kerschenstein ist tot", sagte er ohne aufzusehen. "Ebenso wie ein Taxifahrer, eine Journalistin und ein Rechtsanwalt."

"Und ein Friedhofsgärtner, den es eigentlich gar nicht gibt", fügte Engholm hinzu. "Lewek Cohen schien jahrelang unter falschem Namen in Deutschland gelebt zu haben."

Jordan sah seinen Kollegen überrascht an. Das hatte er nicht gewußt. "Alle kamen auf die eine oder andere Weise aus Kerschensteins Umfeld..." sagte er ein wenig verwirrt. Wenn Cohen nicht der Friedhofsgärtner war – wer war er dann? Und warum hatte ihm das niemand gesagt? Warum hatte ihm seit einer Woche niemand *irgend etwas* gesagt?

"Dann sind Sie nicht weiter als wir?" unterbrach Le Brizec Jordans Selbstmitleid.

"Offenbar nicht", meinte Engholm mit einem unzufriedenen Lächeln. "Aber mit dem was wir nicht wissen", versuchte er einen Scherz, "sind wir gerne bereit, die französische Polizei zu unterstützen..."

Le Brizec wandte sich ruckartig Engholm zu. "Oh, ich fürchte, da besteht ein Mißverständnis, Monsieu Engholm." Er überlegte kurz, wie er die Situation, in der er sich befand, formulieren sollte. "Ich bin nicht im Auftrag der Polizei hier", erklärte er schließlich und fügte mit einer gewissen Dignitas hinzu: "Ich bin Offizier der *Légion Étrangère*". Einen Augenblick überlegte der Sous-Lieutenant, ob er das *Deuxième Bureau* ins Spiel bringen sollte, das tatsächlich einige Polizeiarbeit geleistet und die Photographien geschossen hatte. Er verwarf den Gedanken. "Die Legion fühlt sich verantwortlich für die Aufklärung des Mordes an einem..." Le Brizec korrigierte sich: "an drei ihrer Offiziere, nachdem wir annehmen müssen, daß die Zivilbehörden nicht daran interessiert sind, den wirklichen Mörder zu finden. Für die Police National ist Morand der Mörder des Colonels. Nun, da auch er tot ist, wird der Fall mit Sicherheit zu den Akten gelegt. Im übrigen besteht von oberster Stelle ein striktes Verbot der Einmischung, was die Ermittlungen angeht. Und wenn ich sage von oberster Stelle, dann meine ich *Paris*. Unser Gespräch findet also gar nicht statt, kann es gar nicht, und falls doch, dann können Sie sich vorstellen, was mit mir und meinem Vorgesetzten geschieht?"

Engholm und Jordan sahen den Franzosen überrascht an. Konnte es sein, daß in Frankreich dasselbe geschah wie hier? Daß Ermittlungen von höherer – wenn nicht sogar von höchster – Stelle, behindert und Morde vertuscht werden sollten? Eine Vermutung, ja, aber nach der Einmischung der Staatsanwaltschaft keine ganz unbegründete.

"Sagt Ihnen der Name HET WERK etwas?" fragte Jordan, einer plötzlichen Intuition folgend. "Oder: *La Citadel de la Lumière?*"

"Nein..." Le Brizec schüttelte nachdenklich den Kopf. Von einer Zitadelle hatte er noch nie etwas gehört. Aber er erinnerte sich plötzlich an etwas, dessenthalben er nicht zuletzt hierhergekommen war und das in seiner Jakke steckte. Mit dem Griff eines Kartenspielers holte er einen kleinen aber prall gefüllten Briefumschlag aus der Innentasche seiner Jacke hervor. "Sagt *Ihnen* denn *Le Russe* etwas?" erwiderte er Jordans Frage. "Der Russe?"

Jordan sah überrascht Engholm an, der wiederum mit ernst gekrauster Stirn langsam in le Brizecs Richtung nickte. "Blond, groß, osteuropäische Physiognomie?"

Der Franzose nickte.

"Ja, dann kennen wir den Herrn", erklärte Engholm erwartungsvoll und mit einem neugierigen Blick auf den Umschlag des Franzosen fuhr er fort: "Wir vermuten, daß er hier in Deutschland ist. Genau genommen sogar hier in Oldenburg. Oder war. Wir haben nämlich seine Spur vor einer Woche verloren..."
"Er war wirklich hier?"
"Was ist mit dem Mann?" mischte sich Jordan ein.
Der Franzose warf ihm einen abschätzenden Blick zu. "Wir – die Legion", sagte er schließlich, "sind uns sicher, daß er – und nicht Morand – Leclercque umgebracht hat. Es spricht einiges dafür: die Durchführung der Morde, das Kaliber und nicht zuletzt Morands Beschreibung des Mannes..."
"Morand wird gar nicht gesucht?" Jordan verstand das erst jetzt, und es warf ein völlig anderes Licht auf den Fall. Der Legionär war kein Mörder auf der Flucht, wie Interpol ihnen mitgeteilt hatte, sondern vielmehr ein Zeuge. Mitwisser. Opfer... Aber was machte das jetzt noch? Morand war tot.
"Oh doch", wehrte Le Brizec ab. "Gesucht wird er schon. Denn wie gesagt: für die Police National ist er nach wie vor der Täter." Er zuckte mit den Schultern und sah in die Runde, als wolle er sagen: *das ist eben Politik, das geht mich nichts an.* Dann öffnete er das Couvert, zog einen kleinen Stapel Photos hervor und breitete sie vor den beiden Deutschen aus. Sie betrachteten die Aufnahmen, bei denen es sich um zehn Hochglanzabzüge handelte, mit größer werdenden Augen. Eine leichte Unschärfe, eine hohe Blendenweite und die Motive ließen darauf schließen, daß sie mit einem Teleobjektiv geschossen worden waren. Alle zeigten denselben Mann, der nun also allgemein als *der Russe* bekannt zu sein schien. Die meisten zeigten ihn in einem Straßencafé, zwei in seinem Hotelzimmer und die letzten drei offenbar in der Lounge eines Flughafens. Und dies waren die Bilder, die die beiden Polizisten schlagartig in ihren Bann schlugen. Sie zeigten die Übergabe eines Briefumschlags. Ob er Geld oder Instruktionen enthielt, war nicht zu ersehen, es war auch gleichgültig, denn Jordan und Engholm kannten den Mann, der dem Russen gegenübersaß.
"Das ist Eilers!" sagte Jordan nach einem kurzen, ungläubigen Zögern. *"Was macht der da?"*
"Na was wohl?" fragte Engholm zurück. "Er bezahlt den Russen. Oder er überreicht ihm seinen nächsten Auftrag, einerlei. Beides entlarvt ihn als Mitglied der Loge." Und an Le Brizec gewandt fragte er: "Wann und wo wurden die Aufnahmen gemacht?"
Der Franzose machte sich Notizen. "Eilers?" fragte er zur Bestätigung.
Engholm nickte. "Bernd Eilers", sagte er, unsicher darüber, ob er diese Information eigentlich weitergeben sollte. Aber Le Brizec hatte ihm bei der Begrüßung seinen Ausweis gezeigt, also war alles in Ordnung, sie zogen

gewissermaßen am selben Strang. "Bernd Eilers, Leitender Kriminalhauptkommissar, Kripo Oldenburg."
"Kripo?"
"Kriminalpolizei."
"Ah oui..." Le Brizec verstand. Er klappte seinen Notizblock zu, nahm eine der Photographien und drehte sie um. "Die Photos sind am 9. September in der *Clubhouse Lounge* gemacht worden, *John F. Kennedy International Airport*", sagte er betont beiläufig. "Ich bin überrascht, daß Sie einen der Männer kennen."
"Ich auch", seufzte Engholm und zeigte auf Eilers. "Dieser Mann ist mein Vorgesetzter."
Das wiederum schien den Franzosen etwas zu beunruhigen. Er sammelte die Photos ein und steckte sie zurück in den Umschlag.
"Wir haben den Verdacht", beeilte sich Jordan zu sagen, "daß er für das WERK... für eine Loge... für eine kriminelle Vereinigung arbeitet..."
"Sie?"
"Ja, wir. Einige von uns..." Engholm hob die Schultern. "Wir können noch nichts beweisen, das macht die Situation etwas... schwierig. Erst recht, weil es sich um eine interne Angelegenheit handelt..."
"Verstehe ich das richtig? Sie ermitteln gegen Ihren eigenen Vorgesetzten? Innerhalb Ihrer Dienststelle?"
"Mehr oder weniger", murmelte Jordan.
"Inoffiziell und undercover", bestätigte Engholm, der sich des Graubereichs bewußt war, in dem sie sich seit Tagen bewegten. "Um so wichtiger sind Beweise wie diese –" er tippte auf die Photos. "Um etwas gegen den oder die Kollegen in der Hand zu haben, die..."
"*...auf der falschen Seite stehen?*" vollendete Le Brizec den Satz. "Diese Photos könnten Ihnen weiterhelfen?"
"Selbstverständlich..." Engholm nickte nachdenklich. "Sie beweisen, daß Eilers Kontakt zum Russen hatte." Wirkliche Euphorie wollte sich irgendwie nicht einstellen, nicht, solange sie sich fragen mußten, wem sie ihre Ermittlungsergebnisse überhaupt präsentieren sollten. Er wandte sich an den Franzosen: "Warum haben Sie *den Russen* nicht verhaftet? *Wenn* Sie schon auf seiner Spur waren?"
"Das *Deuxième Bureau* nimmt keine polizeilichen Aufgaben wahr", verteidigte sich Le Brizec. "Ebenso wie die *Police Militaire* dürfen sie keine Zivilpersonen verhaften." Daß der Russe nur noch lebte, weil ihnen die *Police National* dazwischengekommen war, verschwieg er lieber. Aber das war ohnehin eine andere Geschichte. Um ein wenig glaubwürdiger zu wirken, fügte er schließlich hinzu: "Der Russe interessiert uns eigentlich nicht. Er ist nur Befehlsempfänger. Wir wollen wissen, wer dahinter steht. Weshalb mußte Colonel Leclercque sterben. Hat er militärische Geheimnisse verraten?

Kam der Auftrag aus offiziellen Kreisen, weil er aus irgendeinem Grund unbequem geworden war oder war es nur eine... wie sagt man? Privatfehde? Wir wollen die Auftraggeber..."

"Und dabei ist er Ihnen durch die Lappen gegangen."

Der Sous-Lieutenant verzog den Mund. "In gewisser Hinsicht ja", gab er zu. "Nach dem Treffen am Airport wurde er mit einer Chartermaschine nach Europa gebracht. An der Stelle haben wir ihn verloren. Erst vor ein paar Tagen haben wir ihn hier in Bremen wiedergefunden. Aber er ist gut darin, nicht allzu viele Spuren zu hinterlassen. Ich glaube, dank Ihrer Mithilfe sind wir nun doch ein ganzes Stück weitergekommen..."

Engholm betrachtete den Franzosen abschätzend. Aus irgendeinem Grund glaubte er ihm nicht. Aber warum sollte sie der Offizier anlügen? "Ich nehme an", sagte er vorsichtig, "wir dürfen die drei Photographien aus der Flughafen-Lounge behalten?"

Le Brizec grinste. "Sagen wir so: wenn Sie mir Kopien der Untersuchungsakten des gesamten Falls überlassen, werde ich Ihnen die Photos übergeben."

Alle Akten, dachte Engholm. Am Ende war viel mehr an der Geschichte, als sie ohnehin vermuteten? Wußte Le Brizec mehr als er vorgab? Und woher wußte das *Deuxième Bureau* vom Auftauchen des Russen in Bremen?

Er seufzte. Die Akten zu besorgen war nicht einfach. Wenn Kolberg noch nicht wieder zurückgekehrt war, mußte er sie aus Eilers Obhut entwenden, kopieren und wieder an ihren Platz legen...

Aber sie brauchten die Photos.

Und nicht nur die. "Wir benötigen auch *Ihre* gesamte Akte", sagte er im nächsten Moment. "Alles, was Sie bisher in der Sache in Erfahrung gebracht haben. Einschließlich der Photos."

Der Franzose sah ihn in einer Mischung aus Skepsis und Unwillen an, so daß Engholm sich genötigt sah hinzuzufügen, daß eine Hand die andere wasche.

Le Brizecs Grinsen erstarb gänzlich. Schließlich aber nickte er. "Geben Sie mir Zeit bis morgen mittag." Er sah sich um, schien abzuwägen, ob das *Pilgerhaus* seinen Ansprüchen an ein neuerliches Treffen genügte. Das schien der Fall zu sein. "Morgen mittag um 12 Uhr", präzisierte er. "Hier."

Engholm war nicht ganz wohl in seiner Haut, aber auch er sagte zu. "Morgen mittag um 12..."

Le Brizec stand auf, verabschiedete sich mit einem lässigen militärischen Gruß und verließ das *Pilgerhaus* bevor Engholm ihn nach einer Adresse oder Telefonnummer fragen konnte. Als Jordan dem Franzosen folgen wollte, hielt er ihn jedoch zurück. "Warte. Hier ist noch etwas für dich. Ich hab' es vor ein paar Tagen bekommen. Geht wahrscheinlich um Spesen." Er gab Jordan einen grauen Umschlag, der große Ähnlichkeit mit denen hatte, die sie in der Dienststelle verwendeten. Für Polizeikram. *Kriminalkommissar Jordan* stand handgeschrieben darauf.

"Die Schrift kenne ich irgendwoher", meinte Jordan und öffnete den Umschlag. Er enthielt ein kleines Stück Papier, nicht größer als eine Postkarte. *Ich habe Angst*, stand darauf. *Angst vor Eilers. Er ist im WERK mein Mentor, er gab die Befehle. Er weiß, daß ich mit Ihnen gesprochen habe. Helfen Sie mir! Broscheit.*

Die beiden Polizisten sahen sich einen Augenblick lang stumm an. "*Und der liegt seit Tagen bei dir rum?*" fragte Jordan vorwurfsvoll. Seit einer Woche plagten ihn Selbstvorwürfe wegen Broscheits Tod, seit einer Woche versuchte er sie zu unterdrücken. Hätte er diesen Kassiber unmittelbar nach seiner Niederschrift bekommen, könnte ihr Kronzeuge noch leben...

"Das... konnte ich nicht ahnen..." verteidigte sich Engholm. *Und für Broscheit*, dachte er, *wäre es ohnehin zu spät gewesen*. Er hatte den Brief erst einen Tag nach dessen Tod gefunden.

Jordan fluchte. Dann lief er hinaus. Engholm fluchte ebenfalls, was er in letzter Zeit ungewöhnlich häufig tat, legte dem Wirt einen Zwanzigmarkschein auf den Tresen und lief hinter Jordan her.

"Wo willst du hin?"

"Zu Kolberg. Er wird ja wohl ein Zuhause haben, wenn er schon nicht zum Dienst kommt..."

"Kolberg?"

"Ja, *Kolberg*", gab Jordan gereizt zurück. "Mir reicht es jetzt, irgend etwas müssen wir unternehmen!" Er hielt den grauen Briefumschlag hoch. "Dies hier und die Photos müssen doch wohl genügen, um Eilers zu verhaften! Endgültig!"

Engholm sah ihn zweifelnd an, und auch Jordan blieb stehen, unvermittelt, mit geschlossenen Augen. Ihm schien etwas eingefallen zu sein. "Wir müssen einen Haftbefehl beantragen, stimmt's?"

Engholm nickte.

"Und wir wissen nicht, wer diesen Haftbefehl ausstellen würde?"

Engholm schüttelte den Kopf.

"Weil wir nicht wissen, wem wir hier vertrauen können?"

Engholm nickte erneut.

"Aber Kolberg..." murmelte Jordan unbeholfen. "Er müßte doch..."

"Kolberg hat, bevor er ging, angedeutet, daß er höchsten Respekt vor der Loge und ihren Mitgliedern hat."

"Respekt oder Angst?"

Engholm hob die Schultern. "Wenn wir Vomdorff nach einem Haftbefehl fragen, wird das wenigste sein, daß er Eilers vorwarnt. Wenn er überhaupt einen ausstellt."

"Und Dings..." Jordan machte eine ungeduldige Handbewegung. "Der Behördenleiter..."

"Evers?" Engholm lachte auf. "Der wird seinem Oberstaatsanwalt bestimmt nicht in den Rücken fallen."

Jordan schwieg. Was, fragte er sich plötzlich, machte er dann überhaupt hier? Warum war er zu diesem Treffen mit Le Brizec gekommen? Broscheit konnte nicht mehr aussagen, Lohmann wollte nicht. Die Nachricht des Polizeimeisters war zu spät gekommen. Und selbst mit den Photos von Le Brizec war es keineswegs sicher, daß sie Eilers vor einen Richter bekamen.

Jordan lenkte den Ascona Richtung Stadtautobahn. Engholm saß neben ihm. Er hatte sich von Frank, seinem Lebensgefährten, bringen lassen, da der Passat mit irreparablem Totalschaden auf dem Hof des Reviers stand. Eine Weile fuhren sie nebeneinander her, dann brachte Jordan den Opel neben einer Telefonzelle zum Stehen.

"Die Adresse..." fragte er. "Kennst du sie?"

Engholm schüttelte den Kopf.

"Dachte ich mir." Der Kommissar stieg aus und suchte Kolbergs Adresse aus dem Telefonbuch heraus. Einen Augenblick lang hielt er inne. Es paßte nicht in sein Weltbild, daß das Netzwerk dieser französischen Mafia – *La Citadelle de la Lumière, HET WERK* oder wie auch immer sie sich nennen mochte – bis in die Behörden des Landgerichts und höchstwahrscheinlich sogar bis in kleine oder große Regierungskreise reichten. Nicht zu wissen, wem man vertrauen konnte, war ein lähmendes, widerwärtiges Gefühl. Aber sollten sie untätig rumsitzen und zusehen? Irgend etwas mußten sie doch tun...

Jordan stieg wieder ein, seufzte und fuhr sich mit der Zunge über die Lippen, als wolle er etwas sagen. Warum hatten sie nicht wenigstens die Photos des Franzosen einbehalten? Ein weiterer Fehler in einer langen Liste. Hinzu kam, daß sie noch immer kein Lebenszeichen vom jungen Marburg hatten, der nach wie vor wie vom Erdboden verschluckt zu sein schien. Er bekam den Gedanken nicht mehr aus dem Kopf, daß es seine Schuld war, allein seine Schuld, wenn sie Marburg nur noch als Leiche wiederfanden...

EPILOG: LA LUNE

> *Ich weiß nicht, ob ich vorgestern abend gut daran tat zu bleiben. Andernfalls wüßte ich heute zwar den Anfang, nicht aber das Ende der Geschichte. Oder ich wäre nicht hier, wie ich es nun bin, einsam auf diesem Hügel, während drunten im Tal die Hunde bellen, allein mit der Frage, ob dies wirklich das Ende war, oder ob das Ende noch kommen muß.*
> Das Foucaultsche Pendel, Umberto Eco, 1. Kapitel, "Kether"

63. OLDENBURG, DONNERSTAG, 27. SEPTEMBER 1984

Das Geschriebene ist rein gar nichts wert, es verhallt im Vergessen, verrottet im Bücherschrank oder stellt sich selbst mit jedem neu beschriebenen Blatt in Frage. Den wahren Wert werden nur die ermessen, die sich erinnern können.

Ich kann es nicht.

Echos Erwähnung des *Zirkus der Nacht* in seinem letzten Brief ruft in mir unbestimmbares Unbehagen hervor – aber keine einzige Erinnerung. Bin ich dort gewesen? Habe ich die Templer gesehen? Oder die junge Frau auf der alten Photographie? Echo sagt ja.

Ich suche Rosa, schrieb er auf einen kleinen Zettel. *Ich weiß nun, wo sie ist, und ich werde sie finden. Entweder kehre ich mit ihr zurück oder gar nicht.* Diese Nachricht steckte in dem Buch über Flandern, das ich im Haus seines Vaters gefunden hatte, kurz nachdem er niedergeschlagen wurde. Engholm hatte es bei seinem ersten Besuch mitgebracht. Es hatte in Echos Haus gelegen, auf dem Schreibtisch. Das Arbeitszimmer seines Vaters muß seine letzte Zuflucht gewesen sein. Die Tür wies mehrere Einschußlöcher auf.

In dem Buch steckte ein Briefumschlag mit einem Schlüssel und besagte Notiz. War er wirklich verrückt geworden? Oder sollte der Hinweis auf Flandern nur seine Verfolger in die Irre führen?

Zwei oder dreimal war Engholm innerhalb der letzten zehn Tage hiergewesen und hatte nach Echo gefragt. Jedesmal vergebens. Ich meinerseits hatte ihn immer wieder nach dem Abend gefragt, an dem Echo verschwunden war. Der Abend des *zweiten* Überfalls, der Schußwechsel im Haus, der Hauptkommissar, den er angeblich angeschossen haben sollte. Was geschehen ist, verstehe ich bis heute nicht. Warum hatte es soweit kommen müssen? Warum fehlt von Echo und seinem Auto jede Spur?

Als ich Engholm heute mittag anrief, erzählte ich ihm von Echos Nachricht. Für einen Augenblick schien er erleichtert und versprach, sofort vorbeizukommen.

Offensichtlich stand Echo noch immer auf der Fahndungsliste. Hätte Engholm nicht mehrfach beteuert, daß er ihn für unschuldig hielt und sich größte Sorgen wegen des *Russen* mache, der nach wie vor flüchtig und vermutlich noch immer hinter Echo her war, ich hätte ihm nicht von dieser Nachricht erzählt.

Engholm kam allein, er wirkte unsicher, seine Bewegungen fahrig. Er setzte sich auf einen der Küchenstühle und las Echos Zeilen. Dann schüttelte er den Kopf. "Ist das wirklich von ihm?"

Als ich nun darüber nachdachte, mußte ich gestehen, daß ich mir nicht sicher war. Einwandfrei identifizieren konnte ich seine Handschrift nicht, ich hatte ja keinen Vergleich.

Er nickte und tippte auf den kleinen Zettel. "Darf ich das behalten?"

Ich bejahte in der Annahme, daß es Echo helfen würde, und er steckte die Notiz ein. "Haben Sie den Russen noch einmal gesehen?" wollte er wissen.

"Nein." Daß es der Mann war, der Echo niedergeschlagen und auf uns geschossen hatte, wußte ich. Ebenso wußte ich, daß er hinter Echo hersein mußte, wenn er sich nicht mehr hier herumtrieb.

Gesehen hatte ich ihn nie. Der Gedanke an seinen Anschlag auf uns, löste eher Haß als Angst in mir aus, nicht zuletzt weil die Seitenscheiben meines Opels noch immer nicht repariert waren. Zwei Löcher und ein Netz von Rissen zierten das Glas. Neue Scheiben kann ich mir gerade nicht leisten. "Wollen Sie etwas trinken?"

Engholm nickte dankbar. "Ein Kaffee wäre nicht schlecht."

Ich begann einen aufzubrühen. Ohne es erklären zu können, mußte ich zugeben, daß mir der Mann sympathisch war – ein Polizist, wer hätte das je gedacht! An diesem Abend aber bekam ich sogar Mitleid mit ihm, so wie er vor mir saß, müde und ohne seine frühere Souveränität.

Mitleid, schön und gut, fürchtete ich doch immer noch, mich für das Entwenden von Kristin Nijmanns eigentlichem Zeitungsartikel über Gert Marburgs *Unfall* verantworten zu müssen. Unterschlagung von Beweismaterial nannte man das wohl.

Doch darüber verlor er kein Wort.

Statt dessen warnte mich Engholm. Ich solle die Geschichte nicht auf die leichte Schulter nehmen. *Als ob ich das täte!* Aber erst als er mir vom WERK erzählte, einer Loge, deren Name auch *La Citadel de la Lumière lautete,* da wurde mir klar, daß die Vergangenheit uns eingeholt hatte. Rosa hatte die Loge in einem ihrer Briefe erwähnt, wobei sie allerdings die deutsche Übersetzung verwendet hatte: *Die Zitadelle des Lichts.* Mein versuchter Ausstieg aus Martens Verschwörungsgeschichte war zu spät gekommen. SIE würden jeden von uns finden.

Und hatten SIE es nicht schon? Bevor er sich wieder auf den Weg machte, zeigte mir Engholm ein Photo des Russen. Es zeigte ihn zusammen mit einem – wie Engholm es vorsichtig formulierte – möglichen Auftraggeber. Und plötzlich verstand ich. Der zweite Mann war einer der beiden Polizisten, die nach dem Überfall auf Marten als erste zur Stelle waren. Und es war dieser Mann, dieser Polizist, den Marten wiedererkannt zu haben glaubte. Dieser Mann hatte ihn beinahe umgebracht.

Ich behielt diese Erkenntnis für mich. Trotz aller oberflächlichen Sympathie wußte ich nicht, ob ich Engholm in letzter Konsequenz trauen konnte. *Der Kraken hat seine Arme überall*, heißt es in den Berichten über die Mafia.

Als Engholm sich verabschiedete, machte er trotz aller anfänglichen Resignation einen zuversichtlichen Eindruck. Vielleicht würde er sich an die belgische Polizei wenden, um Echo zu finden. Kurz bevor ich die Tür schloß, wandte er sich noch einmal um. "Und diese Rosa – wohin ist sie eigentlich geflohen?"

Geflohen? So hatte ich es bisher nicht betrachtet. Aber vielleicht war es so. Eine Flucht. "Nach Belgien", erwiderte ich. "Ihre letzten Briefe kamen aus der Nähe von Brugge."

"Brugge… So so…" Er nickte und ging zu seinem Wagen, einen blauen Opel Rekord.

"Neunzehnhundertneunzehn, war das", sagte ich leise nachdem ich die Tür geschlossen hatte. "Vor fünfundsechzig Jahren…" Dann ließ ich den Schlüssel, den ich in dem Buch über Flandern gefunden hatte und der zweifellos zu einem Schließfach gehörte, wieder in meine Hosentasche gleiten. In diesem Schließfach befand sich das Päckchen, Kerschensteins Päckchen. Ich hatte es dem Polizisten übergeben wollen.

Hatte…

© Edition Blanchegarde